TEATRO CUBANO CONTEMPORÁNEO

ANTOLOGÍA

TEATRO
CUBANO
CONTEMPORÁNEO

ANTOLOGÍA

1492-1992
QUINTO CENTENARIO

FONDO DE
CULTURA
ECONOMICA

MINISTERIO DE CULTURA

Primera edición, 1992

Director de la colección:
Moisés Pérez Coterillo

Diseño de la maqueta y cubiertas:
Antonio Fernández Reboiro

Coordinador de este volumen:
Carlos Espinosa Domínguez

Edición:
Centro de Documentación Teatral
Capitán Haya, 44. 28020 Madrid. España

Fondo de Cultura Económica, Sucursal España,
Vía de los Poblados (Edificio Indubuilding-Goico, 4º-15).
28033 Madrid

© *De esta edición:*
Centro de Documentación Teatral
Sociedad Estatal Quinto Centenario
Fondo de Cultura Económica, S. A. de C. V., Sucursal España.

Esta colección de Antologías se edita gracias al acuerdo suscrito
entre el Ministerio de Cultura de España y la Sociedad Estatal
Quinto Centenario (España).

ISBN: 84-375-0314-0
Depósito legal: M. 10220-1992

Impreso en España

TEATRO CUBANO CONTEMPORÁNEO
ANTOLOGÍA

VIRGILIO PIÑERA
Electra Garrigó

CARLOS FELIPE
Réquiem por Yarini

ROLANDO FERRER
Lila, la mariposa

ABELARDO ESTORINO
*La dolorosa historia del amor secreto
de don José Jacinto Milanés*

JOSÉ R. BRENE
Santa Camila de la Habana Vieja

MANUEL REGUERA SAUMELL
Recuerdos de Tulipa

MATÍAS MONTES-HUIDOBRO
Su cara mitad

JOSÉ TRIANA
La noche de los asesinos

MANUEL MARTÍN Jr.
Sanguivin en Union City

ANTÓN ARRUFAT
Los siete contra Tebas

EUGENIO HERNÁNDEZ ESPINOSA
María Antonia

HÉCTOR QUINTERO
El premio flaco

ABRAHAN RODRÍGUEZ
Andoba

RENÉ R. ALOMÁ
Alguna cosita que alivie el sufrir

ABILIO ESTÉVEZ
La verdadera culpa de Juan Clemente Zenea

JOEL CANO
Timeball

Cuando en 1941 Virgilio Piñera convierte la tragedia de Sófocles en una parodia habanera, comienza, al decir de los críticos, la moderna dramaturgia cubana. Se cruzan dos líneas hasta entonces irreconciliables, la aspiración a un teatro culto, universal en su concepto, ilustrado en los modelos europeos, por un lado, y por el otro, la puesta en valor de los modos y los arquetipos populares, descendientes directos de los bufos, que poblaron el repertorio del Alhambra, el sainete vernáculo y la zarzuela amulatada. Con *Electa Garrigó* la apropiación de lo universal, la inversión del signo trágico por el cómico, el gusto por el juego, la fulminante presencia de lo cubano, la distorsión que produce la temprana mirada del absurdo, son ya claves de modernidad para una renovación teatral que va a prolongarse en los años siguientes y que tiene su laboratorio en pequeñas salas y su motor en el entusiasmo de una nueva profesión.

La llegada de la revolución hará momentáneamente realidad un imposible. Transformar aquel proyecto de laboratorio en un formidable escenario abierto a multitud de tendencias y destinado a la inmensa mayoría. Un nuevo modo de entender la creación, en medio de vertiginosos cambios políticos y sociales contagiará a los actores, espoleará a los dramaturgos y movilizará a los directores de escena, durante un breve período que tiene la intensidad del sueño y el poder de convicción de la utopía. A él pertenecen títulos recogidos en este volumen como *Réquiem por Yarini, Santa Camila de la Habana Vieja, Recuerdos de Tulipa, María Antonia...*, que suman una

9

diversidad de temáticas, tendencias, lenguajes y estilos en los que cabe medir la ambición con que se ponen los cimientos de la moderna dramaturgia cubana.

Sin embargo, desde finales de los sesenta, aquel sueño de libertad comienza a ser sistemáticamente administrado por un turno implacable de comisarios. El teatro de lo posible se reduce a las dimensiones que impone la mediocridad y el sectarismo. La escritura dramática se escinde por un lado, hacia el ostracismo interior o el exilio, como ejemplifican los casos de *Los siete contra Tebas* o *La noche de los asesinos*. Por otro, se fuerza la creación de un teatro de compromiso, apellidado nuevo, que a pesar de disfrutar de condiciones de privilegio no consigue a corto plazo los resultados apetecidos. Una discreta rectificación ha permitido en los últimos años la reconsideración de dramaturgos marginados, la incorporación de otros nuevos y una lectura diferente del teatro de las décadas precedentes, aunque permanezcan casos irreductibles, como el de Virgilio Piñera, con buena parte de su obra aún inédita. Existen en el interior autores con una obra sólida, ajena a la instrumentalización política, con buenas dosis de autocrítica y un propósito integrador sobre la sociedad cubana, como Estorino, Hernández Espinosa o Abilio Estévez. Existe también una nueva escritura teatral, hija del desencanto de los más jóvenes, que en nuestra selección está representada por *Timebold*, de Joel Cano.

Pero esta antología traicionaría su mirada, si no incluyera la obra de los dramaturgos cubanos escrita en el exilio. Los textos de Montes-Huidobro, Manuel Martín Jr. y René R. Alomá son, entre otros muchos, parte indiscutible de una cultura nacional hoy escindida, a quien nadie podrá negar su cubanía ni su talento. Su presencia en estas páginas da sentido a los deseos de reconciliación y solidaridad que formulamos para Cuba.

MOISÉS PÉREZ COTERILLO

UNA DRAMATURGIA ESCINDIDA

CARLOS ESPINOSA DOMÍNGUEZ

La evolución que experimenta la dramaturgia cubana al entrar en el siglo XX, constituye un fenómeno cuando menos curioso. Al pujante desarrollo alcanzado en el siglo pasado, a través de autores como Joaquín Lorenzo Luaces, Gertrudis Gómez de Avellaneda, José Jacinto Milanés, José María Heredia y José Agustín Millán, entre otros, siguió en éste un período de crisis y esterilidad creadora que se extendió hasta mediados de la década de los treinta. Algunos investigadores lo explican argumentando que nuestra entrada en los tiempos modernos se inició bajo el signo de la frustración política: la naciente república resultó, en realidad, un fraude para las aspiraciones revolucionarias e independendistas que llevaron a los cubanos a tomar las armas contra el colonialismo español en 1868 y 1895. En tal contexto, la decepción política devino frustración del teatro y, en general, de la cultura.

De la herencia dramatúrgica decimonónica, sólo una, la del bufo, tuvo una línea de continuación en los espectáculos del Teatro Alhambra (1900-1935), un nombre que dominó nuestro panorama escénico en estos años y que logró una enorme respuesta del público a base de una estética populachera, un criollismo fácil y una sátira política epidérmica. Títulos como *La casita criolla, La isla de las cotorras, Delirio de automóvil* y *Tin Tan te comiste un pan,* fundamentaron en mecanismos de efica-

cia indiscutible (tipos populares, textos de simple captación, doble sentido, humor de diferentes matices y grada-
ciones, esquemas superficiales y reiterados) su éxito, que
se repartían por igual libretistas, músicos e intérpretes.

Además de los libretistas del Alhambra (Federico
Villoch, Francisco y Gustavo Robreño, Mario Sorondo),
algunos autores como Marcelo Salinas (1889-1976), Salvador Salazar (1892-1950), Ramón Sánchez Varona (1888-
1962) y Luis A. Baralt (1892-1969) dejaron una obra
dramática más o menos numerosa. Se trata, en general, de
textos que no han resistido la prueba del tiempo y hoy
sólo poseen un interés histórico. Están cargados de
ambientes "típicos" y personajes estereotipados, esto
cuando su acción no se sitúa en escenarios tan exóticos
como el imperio inca (*La mariposa blanca,* de Baralt) o el
París versallesco del siglo XVIII (*La gallina ciega,* de
Salazar). Fuese una u otra la opción escogida por los
autores, esa dramaturgia configuró, a veces más por
escasez de talento que "por intereses clasistas y complicidad con el imperialismo",[1] una imagen falsa de nuestra
realidad. En esa línea de idealización y maquillaje se
ubica también la abundante producción de Gustavo
Sánchez Galarraga (1893-1934), quien escribió cerca de
treinta piezas en prosa y en verso. Su estilo se caracteriza,
en esencia, por un romanticismo trasnochado.[2] El Benavente cubano, lo llamó un contemporáneo suyo. Con
todo, hay que decir que disfrutó en vida de una gran
popularidad: publicó en nueve volúmenes todas sus
obras, la mayoría de las cuales se representaron.

Una expresión que distingue a la actividad escénica de
esos años, es el auge que alcanzó, a partir de la segunda
mitad de la década del veinte, el teatro lírico y, en
particular, la zarzuela. Compositores como Gonzalo Roig,
Eliseo Grenet, Moisés Simons, Rodrigo Prats y, sobre
todo, Ernesto Lecuona, se unieron a libretistas como el ya
citado Sánchez Galarraga[3] y crearon obras de gran calidad:

Cecilia Valdés, La Habana que vuelve, Amalia Batista,

Rosa la China, El cafetal, María la O, Lola Cruz, muchas de las cuales forman parte del repertorio actual de las compañías líricas del país. Al igual que el del Alhambra, fue un género que dejó además grandes intérpretes. Entre ellos, una se destacó por sus notables cualidades musicales e histriónicas: Rita Montaner, quien no por azar mereció el calificativo de "la Única".

Pero de todos los dramaturgos pertenecientes a la llamada primera generación republicana, fue José Antonio Ramos (1885-1946) la figura más importante. Creador de un teatro de profundo contenido social, lastrado a veces por el melodrama y por influencias no precisamente saludables (Echegaray, Benavente), tuvo la lucidez de llevar a la escena algunos de los males que aquejaban a la naciente república. En sus textos se ocupó de temas como la necesidad de liberación de la mujer *(Liberta)*, la confusión ideológica que frustró la revolución de 1933 *(La recurva)*, las luchas obreras *(Alma rebelde)*, los sucios manejos de los políticos criollos *(FU-3001, Flirt)*, la oposición entre la civilización y el fanatismo religioso *(En las manos de Dios)*. Sin embargo, su pieza más lograda y la que más difusión ha alcanzado, es *Tembladera* (1918). En ella, Ramos se anticipa a otros intelectuales de su época y advierte sobre el peligro de la penetración norteamericana en el campo cubano. Tiene además el acierto de mostrar ese conflicto de trascendencia nacional a través del microcosmos familiar, un recurso que aparecerá de manera constante y repetida en buena parte de nuestra producción dramática de este siglo.

José Antonio Ramos representó, desafortunadamente, un caso aislado, una excepción. En esas tres décadas predominó, como ya apuntamos, una dramaturgia que mostraba una imagen falsificada de nuestra realidad, y que por eso, entre otras razones, no consiguió establecer una verdadera comunicación con el público. La única propuesta que éste aceptó como "cubana" fue la del Alhambra, que a base de concesiones a la platea mantuvo el Coliseo ubicado en las calles habaneras de Consulado y Virtudes abarrotado hasta que cerró sus puertas, en lo que se dice es la temporada teatral más larga del mundo.

Un heroísmo precursor

La fundación en 1936 de La Cueva marca el inicio de la modernización del teatro en Cuba. El hecho debe entenderse, sin embargo, como la culminación de una serie de intentos que se produjeron en las tres décadas anteriores —Sociedad de Fomento del Teatro (1910), Sociedad Pro-Teatro Cubano (1915), Institución Cubana Pro-Arte (1927), Compañía Cubana de Autores Nacionales (1927), las revistas *Teatro* (1919) y *Alma Cubana* (1923)— que no llegaron a cuajar ni a consolidarse, pero que de alguna manera abonaron el camino. A esos esfuerzos se sumaron las aportaciones que significaron las visitas de varios artistas extranjeros, como son los casos del director español Cipriano Rivas Cherif, quien ofreció varias charlas en La Habana y, con la famosa actriz catalana Margarita Xirgu, presentó obras de Bernard Shaw, Hoffmansthal, Lorca y Lenormand, autores hasta entonces desconocidos por nuestro público.

Por otra parte, a partir de la segunda mitad de la década del treinta el país entró en una etapa de relativa estabilidad política, que influirá en la evolución del arte nacional. Tras la caída del dictador Gerardo Machado, se convocan elecciones presidenciales, se aprueba una nueva constitución, regresan los exiliados, los cargos públicos son renovados periódicamente, se restablecen las libertades políticas y las instituciones democráticas. A ello hay que añadir la frustración de la lucha antimachadista, que "favorece la búsqueda de una suerte de refugio en el arte" y la elaboración de "un concepto intemporal de lo cubano".[4] Una corriente en la que se inscriben las obras

16 de Wifredo Lam, Víctor Manuel, René Portocarrero y

Mariano Rodríguez, en las artes plásticas; José Ardévol, Alejandro García Caturla y Amadeo Roldán, en la música; Enrique Labrador Ruiz, José Lezama Lima y Lino Novás Calvo, en la literatura, sin olvidar el impulso que, algunos años antes, representaron el Grupo Minorista y la *Revista de Avance* (1927-1930).

En febrero de 1935 se derrumba el techo del pórtico y parte de la platea del Alhambra. Al año siguiente, se funda, bajo la dirección de Luis A. Baralt, La Cueva. Los dos hechos se unen por eso que Lezama Lima gustaba llamar azar concurrente: una etapa de nuestro teatro concluía y empezaba otra. El primer estreno de La Cueva era ya un manifiesto, una declaración de principios: *Esta noche se improvisa la comedia,* de Pirandello, que se traducía al castellano por primera vez. El grupo alcanzó a presentar sólo cinco montajes más: a comienzos de 1937, los problemas económicos impidieron a La Cueva continuar, y tras una corta y fructífera vida se disolvió. Los escasos ocho meses que duró no impidieron, sin embargo, que su ejemplo sirviera de incentivo a otros creadores con inquietudes similares. A partir de 1938, la escena cubana asiste al surgimiento de unos quince grupos e institucio-nes que, desde posturas estéticas e ideológicas diversas, "se turnan en un esfuerzo, con frecuencia patético, para mantener en nosotros el gusto por el drama".[5] Con ellos, nuestro teatro empieza a modernizarse, a ponerse al día, a dejar de ser provinciano para aspirar a otra categoría.

No será una tarea fácil. En primer lugar, porque aquellos nombres pertenecían a "la generación que em-pieza a darse a conocer algo antes de 1940, *generación de entrerrevoluciones,* una de las más asfixiadas de nuestra historia", pues "se abre a la vida entre los rescoldos de la abortada revolución de 1933, cuyas frustraciones van a ser su aire cotidiano".[6] En el caso concreto del teatro, se sumaban otros factores: indiferencia y falta de apoyo oficial, lo que repercute de modo directo en la inestabili-dad de los grupos; escaso público; competencia de la radio 17 y la televisión, medios que al poder ofrecer salarios fijos e incluso altos, ocasionaron un éxodo de actores, directores y técnicos; subestimación de los autores nacionales. Hacer teatro significaba, por tanto, un acto de heroísmo. Y heroico fue el esfuerzo de aquellos artistas que, a pesar de tantos obstáculos, se empeñaron en materializar la meta de su firme vocación. Tal vez pudieron haber hecho más y llegado más lejos, es cierto, pero las causas antes apuntadas limitaron el alcance de su actividad.

Entre 1938 y 1950, nuestro panorama escénico se vio enriquecido con la creación de Teatro Cubano de Selección (1938), Teatro-Biblioteca del Pueblo (1940), Academia de Artes Dramáticas de la Escuela Libre de La Habana (1940), Teatro Universitario (1941), Patronato del Teatro (1942), Teatro Popular (1943), Teatralia (1943), Academia de Artes Dramáticas (1947), Prometeo (1947), Farseros (1947), Compañía Dramática Cubana (1947), La Carreta (1948), Grupo Escénico Libre (1949), Las Máscaras (1950) y Los Comediantes (1950). Nunca antes hubo tal proliferación de grupos, pese a que algunos tuvieron una vida efímera o desaparecieron para convertirse en otros de nueva creación. Nunca antes se produjeron tantos estrenos ni de tanta calidad, aunque este esfuerzo ingente se malgastase en la función única y ante un auditorio reducidísimo. "Era nuestro destino histórico desempeñar el papel de precursores", ha dicho Virgilio Piñera, uno de los principales protagonistas de aquella renovación de nuestra escena.[7] Y en efecto, su contribución a sentar las bases de nuestro teatro posee un valor indiscutible.

Por su estrecha vinculación a uno de esos grupos y por constituir un nombre de obligada mención en la dramaturgia escrita en este período, debemos ocuparnos de Paco Alfonso (1906-1990), quien fue el principal animador de Teatro Popular. Sus primeros pasos en la escena datan de 1939 y estaban ligados a actividades políticas organizadas por el que luego sería Partido Socialista Popular. Bajo los auspicios de ese partido y de la Confederación de Trabajadores de Cuba, se creó Teatro Popular, que tuvo como una de sus líneas —aunque no la única— el teatro político de agitación. Estos breves datos sirven para definir la orientación dramática de Paco Alfonso y explicar algunas de sus limitaciones. *Sabanimar, Hierba hedionda, Cañaveral, Yari-Yari, mamá Olúa, Ya no me dueles, luna* poseen el valor de abordar con honestidad problemas sociales de la época, pero caen en el error de poner el arte en función de las tesis políticas, con los resultados empobrecedores usuales en estos casos: esquemas en lugar de personajes, consignas encendidas en lugar de diálogos, realismo de trazo grueso en lugar de elaboración de la realidad. Como ha apuntado un investigador, con Paco Alfonso, como con Baralt, se da una triste paradoja: la de que "dos de los hombres a quienes más debe nuestra escena en la etapa republicana sean al mismo tiempo tan malos dramaturgos (...) Que a pesar de errores y tropiezos, La Cueva y Teatro Popular pueden en la actualidad recoger frutos, mientras que la literatura de Baralt y Alfonso no produce más que dolor y pena".[8]

La renovación llega a la dramaturgia

Como era de esperar, en estos años se produce un notorio aumento de la nómina de autores que escriben teatro con cierta constancia y persistencia. Algunos de estos textos se publican en revistas o en ediciones costeadas por los dramaturgos, o bien obtienen premios y menciones en los concursos que convocaban ADAD (1947 y 1948), Prometeo (1950 y 1951), el Patronato (1948, 1949, 1955, 1956 y 1958) y el Ministerio de Educación (1927, 1928, 1936, 1938, 1939, 1943, 1949 y 1950). Los más afortunados tienen la posibilidad de verlos estrenados, aunque los montajes no pasaran de la triste representación única. Para la mayoría, sin embargo, la situación era muy desalentadora: sus manuscritos iban a dormir en la oscuridad de las gavetas, sin lograr esa prueba imprescindible que es el contacto con el público y el escenario.

En medio de esa realidad tan frustrante, muchos decidieron apostar por el riesgo, con la intuición de que "el tiempo venidero nos daría la razón, y nos la daría porque no estábamos arando en el mar".[9] Aparece así un grupo de nuevos dramaturgos: Nora Badía *(Mañana es una palabra, La Alondra)*, Eduardo Manet *(Scherzo, Presagio, La infanta que quiso tener ojos)*, Raúl González de Cascorro *(Villa Feliz, Una paloma para Graciela)*, Roberto Bourbakis *(Survey, La gorgona, La rana encantada)*, René Buch *(Del agua de la vida, La caracola vacía)*, Ramón Ferreira *(Marea alta, Dónde está la luz, Un color para este miedo)* y Flora Díaz Parrado *(El velorio de Pura, Juana Revolico)*. En general, se trata de los primeros intentos de autores que en los años siguientes escribirán sus textos más significativos. Tres nombres, sin embargo, consiguen imponerse ya desde esta etapa y se convierten de inmediato en sólidos valores de nuestra literatura dramática: Virgilio Piñera (1912-1979), Carlos Felipe (1914-1975) y Rolando Ferrer (1925-1976), cuyos primeros estrenos están ligados a Prometeo, ADAD y Las Máscaras, respectivamente.

Virgilio Piñera irrumpió en la escena habanera con la velocidad de un meteoro y la fuerza removedora de un terremoto. Su *Electra Garrigó* es en nuestro teatro una pieza seminal y liberadora, que rompe con la comedia de salón y el diálogo insustancial. Su condición de clásico se liga de manera inseparable al nombre de Francisco Morín: éste no sólo dirigió el montaje de Prometeo de 1948, sino también las reposiciones de 1958, 1960, 1961 y 1964.

Electra Garrigó parte, en efecto, del modelo griego. Piñera continúa una vieja corriente de nuestra literatura, que comenzó con la cubanización de la épica *(Espejo de paciencia)* y prosiguió con varia fortuna cubanizando el romance (Domingo del Monte), la égloga y la fábula

(Plácido) y la anacreóntica (Luaces), como ha apuntado Cintio Vitier.[10] El coro griego sustituido por nuestra típica "Guantanamera", la pelea de gallos como metáfora de la lucha por la hembra, la muerte de Clitemnestra envenenada con una frutabomba, la presencia del matriarcado de nuestras mujeres y el machismo de nuestros hombres, son algunas de las referencias más visibles de esa cubanización, que alcanza, no obstante, una profundidad más esencial. En la obra, Piñera desacraliza a los personajes clásicos, hace una parodia de la tragedia y convierte esta historia de sustancia sagrada en un conflicto doméstico entre padres e hijos. En el monólogo que abre el segundo acto, Electra se dirige a los "no-dioses", a las "redondas negaciones de toda divinidad, de toda mitología, de toda reverencia muerta para siempre", en un texto de una fuerza intelectual y una riqueza de ideas y conceptos filosóficos no escuchadas hasta entonces en un escenario cubano.

Esta cualidad criollísima de no tomar nada en serio, de someterlo todo a la acción del choteo, será una de las características distintivas de buena parte de la obra teatral y literaria de Piñera. Como él mismo ha señalado, esa sistemática ruptura con la "seriedad" era su modo de hacer resistencia a una realidad hostil y asfixiante. Se ha utilizado frecuentemente el término de teatro del absurdo para encasillar su dramaturgia. En realidad, una de las aportaciones de Virgilio Piñera a nuestra escena es, como ha apuntado Matías Montes Huidobro, transformar un rasgo nacional, el "choteo", en asunto relativo a la dramaturgia del absurdo, que emplea la banalidad y el humor como pilares para equilibrar la angustia. La experiencia de esta técnica piñeriana, sin embargo, no debe buscarse en Ionesco, sino en el pretérito relajo cubano.[11] El resumen de la producción de Piñera en los diez años que separan su primer y su último estreno en el período prerrevolucionario, deja el siguiente balance: una obra fundamental de nuestra dramaturgia *(Electra Garri-* 21 *gó*, 1948), una lograda muestra de teatro en un acto *(Falsa alarma*, 1957), un texto con valores parciales *(Jesús*, 1950) y un intento malogrado *(La boda*, 1958).

Carlos Felipe representa entre nosotros el ejemplo típico de autor autodidacta, con todo lo que esto tiene de positivo y de negativo. Nació y creció en el barrio habanero de Atarés, zona aledaña al puerto en la que se concentraban los prostíbulos. La asistencia a una presentación de *Rigoletto*, significó para Felipe el hallazgo deslumbrante del teatro. Escribe su primera pieza, *Esta noche en el bosque* (1939), y gana con ella el primer premio del concurso convocado por el Ministerio de Educación. La siguen *Tambores* (1943), *El chino* (1947), *Capricho en rojo* (1948), *El travieso Jimmy* (1949) y *Ladrillos de plata* (1957), con las que acumula tres premios y una mención en los concursos del Ministerio de Educación y ADAD, pero que salvo contadas excepciones, no se representaron. Esta escasa oportunidad de depurar, pulir y decantar sus piezas a partir de la confrontación con actores y público, explica algunos de los defectos de la obra dramática de Felipe, que pese a ello constituyó una contribución importante a la consolidación de un teatro nacional.

"Yo soy sincero conmigo mismo y llevo a mis obras lo que encuentro en mis búsquedas por la entraña popular: la mulata, el guajiro, el lenguaje dicharachero, lo que es mío". Esta declaración de principios estéticos de Felipe precisa una de las notas distintivas de su obra, pero oculta a la vez el alcance de su propuesta artística. ¿Es el suyo un teatro de tema y personajes "típicos" y motivos folcloristas, tan epidérmico e intrascendente como el de muchos de los autores que le precedieron? No. En sus piezas hallamos, en efecto, prostitutas, chulos, mulatas, marineros, modestos empleados, a los que Felipe ubica en ambientes como los muelles habaneros, un baile de carnaval o la Nueva Gerona de los años veinte. Su mayor acierto, lo que le da un nuevo sentido a sus obras, es la incorporación del misterio y la poesía y de recursos modernos como el pirandelliano teatro dentro del teatro. El mejor momento de su producción en esta etapa es *El chino*. Palma, su protagonista, se aferra al recuerdo de su fugaz encuentro con un marinero e intenta recuperarlo mediante la representación de ese momento de su vida. Debe ser el propio joven el que se interprete a sí mismo, así que envía al chino que da título la pieza para que lo encuentre. Mas todo resulta en vano: como para Pablo *(Capricho en rojo)*, Lisia *(Ladrillos de plata)* y Leonelo *(El travieso Jimmy)*, para Palma el pasado es irrecuperable. En *El chino*, Felipe hace coincidir dos planos temporales (pasado y presente) e incursiona en innovaciones estructurales no habituales en sus textos. Logra además personajes muy bien trazados, desarrolla el conflicto con seguridad y limpieza y consigue cuadros de una indudable magia escénica. Pero como en todo su teatro, la artificiosa cursilería de muchos diálogos resta eficacia a la pieza, pese a que aquí sea, por momentos, un recurso funcional. Felipe emplea los adjetivos con torpeza y construye frases pretendidamente poéticas de dudosa teatralidad. Con todo, *El chino* se cuenta entre los cuatro o cinco títulos fundamentales de nuestra literatura dramática prerrevolucionaria, y su ausencia de los escenarios cubanos en las últimas tres décadas es una omisión lamentable e injusta.

Las puestas en escena de Andrés Castro de *La hija de Nacho* (1951) y *Lila, la mariposa* (1954) sirvieron para revelar a un joven dramaturgo, Rolando Ferrer. Ambos textos coinciden en varios aspectos formales y temáticos: análisis de la psicología femenina, recreación del habla popular y de detalles costumbristas, la familia cubana de clase media como microcosmos, tratamiento poético, atmósfera trágica. *Lila, la mariposa* es no sólo la mejor creación de Ferrer, sino uno de los mejores textos de nuestro teatro.

De alguna manera, esa madre sobreprotectora, neuró-tica y posesiva que gira en torno a su hijo, es otra manifestación de la dictadura sentimental que los padres imponen a los hijos que Piñera trató en *Electra Garrigó*. Ferrer, sin embargo, opta por otras vías. En *Lila, la mariposa,* la magia religiosa y la mitología irrumpen en la realidad cotidiana de la modesta casa de una costurera. En la pieza se advierte la influencia de Lorca. En todo caso, es una influencia bien asimilada por el cubano, quien sabe imponer por encima de ella su personalidad y su talento. El coro de trágicas parcas, por ejemplo, posee cierto simbolismo lorquiano. Pero al mismo tiempo tiene una inconfundible cubanía racial y folclórica: sus integrantes son una negra, una mulata y una blanca que Ferrer presenta ataviadas con los trajes y atributos de Yemayá, Ochún y Obatalá. Otros personajes completan la galería: la Cotorrona, el Energúmeno, el yerbero, Cabalita Kikirikí, el borracho que se expresa través del lenguaje de la charada, la criada negra con sus brujerías. Los diálogos alcanzan un gran poder de síntesis expresiva y de caracterización de los personajes, en particular los que corresponden a la angustiada y nerviosa protagonista. Por causas que valdría la pena desentrañar, en su obra posterior Rolando Ferrer no logró escribir un texto de la calidad de *Lila, la mariposa.* Después de 1959, creó varias piezas en un acto *(Los próceres, La taza de café, Las de enfrente),* realizó adaptaciones y traducciones y, finalmente, se dedicó a la dirección.

Las salitas sustituyen a los grupos

Entre 1954 y 1958, se ubica lo que en el teatro cubano se conoce como etapa de las salitas, debido al considerable número de salas de bolsillo que se abrieron en La Habana. Es un período en el cual nuestra escena experimenta un incremento cuantitativo notable, pero que no se traduce en el salto cualitativo que era de esperar. La situación política del país era diferente a la etapa anterior, lo que conllevaba, a su vez, un cambio en los presupuestos culturales. El arte escénico asiste así a un proceso en el que el teatro de arte y el comercial conviven y se turnan en un delicado equilibrio imposible de mantener durante mucho tiempo.

En junio de 1954, un lecho insólito marcará el cambio de timón. En una improvisada salita del Vedado, se estrena un montaje en teatro arena de *La ramera respetuosa*, de Sartre. Estaba programado para un fin de semana, pero debido a la acogida del público fue prorrogado y alcanzó la asombrosa cifra de ciento dos funciones. Para nuestra escena comenzaba una nueva etapa. Irrumpía por fin la función diaria, una necesidad impostergable que era la primera premisa para lograr un salto cualitativo y una mayor profesionalidad y dominio del oficio.

Varias salas nuevas empiezan a trabajar regularmente: El Sótano, Prado 260, Talía, Los Yesistas, Farseros, Atelier, Hubert de Blanck, Arlequín. Tres de los grupos del período anterior que lograron sobrevivir, Patronato del Teatro, Las Máscaras y Prometeo, abren sus salas en 1954, 1957 y 1958, respectivamente, aunque todos habían mantenido una actividad estable en otros locales. Un órgano oficial de la dictadura de Batista, el Instituto Nacional de Cultura, construyó en el Palacio de Bellas Artes una sala que mantuvo, a partir de 1956, una programación continuada. Las instituciones docentes tampoco escaparon al influjo de esta realidad: dentro de las limitaciones que les imponía su labor de formación, el Teatro Universitario y la Academia Municipal de Artes Dramáticas incrementaron su flujo de representaciones. Se producen los primeros éxitos de taquilla: a *La ramera respetuosa* siguen otros como *Las criadas* y *Té y simpatía*. La actividad de las salitas habaneras alcanzó tal peso dentro del panorama escénico, que en 1957 se creó la Asociación de Salas Teatrales. El cambio afecta además a la estructura interna de las unidades de producción. Las instituciones se convierten en empresas y "surge ese teatrista nativo que es al mismo tiempo director, actor, empresario y dueño de su sala de espectáculos".[12]

Al finalizar esta etapa, nuestra capital contaba con unas diez salas de bolsillo que sumaban en total unas mil novecientas localidades y un auditorio que rondaba los diez mil espectadores. Las funciones se daban todos los días excepto el jueves, y luego se adoptó una programación más racional de jueves a domingo. Pero estas cifras, que a primera vista pueden parecer alentadoras, en realidad distaban mucho de serlo. El esfuerzo de estos profesionales llegaba a un porcentaje reducido de la población. Por otro lado, los artistas de las tablas enfrentaron una contradicicón entre el teatro de arte que muchos hubiesen querido hacer y las demandas económicas que los llevaron a buscar los seguros éxitos de taquilla. No fueron capaces de resolverla, y a la larga esta última opción se impuso.

Un índice elocuente de las concesiones que eso implicó, se obtiene a través del análisis del repertorio que se puso en esos años. En esa ecléctica nómina en la que se mezclaban la vanguardia europea, el melodrama español, la comedia sentimental y las obras de reconocida calidad, dominan, sin embargo, los dramaturgos ingleses y norteamericanos. No es un hecho fortuito, sino el índice del peso que los grandes éxitos de Broadway empezaron a adquirir en la programación que veían los cubanos.

Resulta notoria, por otra parte, la sensible disminución de los textos cubanos que se montan en este período. No se escribe ninguno de la calidad de *Electra Garrigó, Lila, la mariposa* o *El chino,* y resulta elocuente que de esos tres autores sólo Piñera estrena en la etapa de las salitas. Incluso se produce otro hecho significativo: el Teatro Experimental de Arte convocó en 1954 un concurso de dramaturgia que luego no se realizó más, a causa del bajo nivel de los originales presentados. A juicio de una investigadora, este descenso tanto a nivel numérico como de calidad se debió a que fueron los dramaturgos "los que percibieron, más hondamente que ningún otro elemento teatral, el embate de la crisis, escondiéndose en un hermetismo que sólo el triunfo de la revolución sacudió en alguna medida".[13]

Aparecen, no obstante, algunos nombres nuevos. Fermín Borges (1931-1987) estrena en 1955 tres obras cortas en un estilo cercano al neorrealismo. Su tratamiento de temas y personajes de nuestra realidad más cotidiana e inmediata llamó la atención de los críticos, por su hallazgo del "hombre pequeño y humilde": el matrimonio mal llevado de una destartalada casa de inquilinato *(Gente desconocida)*, la pareja de ancianos que espera salir de su angustiosa miseria gracias a un premio de la lotería *(Pan viejo)*, los dos jóvenes a quienes la pobreza llevó a la delincuencia *(Doble juego)*. Dos años después se presenta en el Lyceum un programa de absurdo cubano, compuesto por *Falsa alarma*, de Piñera, y *El caso se investiga*, de Antón Arrufat (1935), una farsa sobre la justicia con la que su autor inaugura una aventura teatral desconcertante, rica en preocupaciones filosóficas e intelectuales. En la obra hay momentos en que el absurdo alcanza una cubanía que los críticos de la época no supieron captar, como cuando al inicio de la investigación Eulalia, en una muestra de esa incoherencia que forma parte de nuestra idiosincrasia, interrumpe al Inspector para hablarle sobre las guanábanas. En la obra hallamos definiciones sobre el tiempo y la muerte —temas que parecen preocupar a Arrufat—, así como una meditación sobre la dialéctica entre víctima y victimario. Un teatro de ideas que, como ha declarado el propio autor, tiene conscientemente mucho de "chisporroteo, de pirotecnia", a partir del juego humorístico. Otros autores de estos años que merecen citarse son Matías Montes Huidobro *(El verano está cerca, Las caretas, Sobre las mismas rocas)*, José A. Montoro Agüero *(Desviadero 23, Tiempo y espacio)* y Gloria Parrado *(El juicio de Aníbal)*.

Ante la falta de textos cubanos de calidad, algunos directores optaron por encargar o realizar ellos mismos adaptaciones a nuestra realidad de piezas extranjeras. Se trataba de una solución transitoria que tomaba una estructura dramatúrgica para adicionarle contenidos nuevos, y estimular así a los autores nacionales. Pero el clima represivo que asumió el batistato en su etapa final, no era precisamente propicio para la creación artística. Habrá que guardar hasta la siguiente etapa, la que se inicia en 1959 con el triunfo de la flamante revolución.

Zanjar el recuerdo del pasado

Alguien tan indicado como Virgilio Piñera resumió así lo que la revolución significó para el teatro cubano: "De las exiguas salitas-teatro se pasó a ocupar grandes teatros; de las puestas en escena de una sola noche se fue a una profusión de puestas y a su permanencia en los teatros durante semanas; de precarios montajes se pasó a los grandes montajes; del autor que nunca antes pudo editar una sola de sus piezas se fue a las ediciones costeadas por el Estado y al pago de los derechos de autor sobre dichas ediciones; se hizo lo que jamás se había hecho: dar una cantidad de dinero al autor que estrenara una obra. Al mismo tiempo se crearon los grupos de teatro, formados por actores profesionales; nacieron las Brigadas Teatrales, la Escuela de Instructores de Arte y el Movimiento de Aficionados".[14]

Las conquistas enumeradas por Piñera se tradujeron, ante todo, en una verdadera explosión de autores dramáticos, uno de los rasgos que caracteriza a este primer período de la revolución. Este ascenso puede medirse con una cifra que habla con elocuencia: en la década del sesenta se estrenaron cerca de cuatrocientos títulos cubanos. Sólo en 1959 se llevaron a escena cuarenta y ocho obras nacionales, una cantidad que supera a la de las que se montaron entre 1952 y 1958. A los dramaturgos ya consagrados o que por lo menos se dieron a conocer antes del 59, se suman varios nombres nuevos, muchos de ellos formados en el Seminario de Dramaturgia (1960) que dirigieron en La Haban la mexicana Luisa Josefina Hernández y el argentino Osvaldo Dragún.

Desde el punto de vista estilístico, la literatura dramática que se produce en este primer lustro puede agruparse en dos grandes corrientes. Están de un lado los autores que se ubican dentro de los cánones realistas: Estorino, Reguera Saumell, Brene, Quintero. Por otro, se hallan los que demuestran una definida preferencia por las formas experimentales, como Triana, Arrufat y Dorr. Habría que mencionar por lo menos que en estos años se montan además algunos textos que reflejan el impacto directo del cambio social, pero que no superan el nivel del panfleto inmediatista. Hay, asimismo, otros autores de interés, como Montes Huidobro, Borges, Raúl de Cárdenas y Ferreira, pero la mayor parte de su producción la escriben en el exilio, por el que optan desde incios de los años sesenta. Con ellos y otros que se le irán sumando se inicia el tetro cubano del exilio, un fenómeno que por su importancia y proporciones exige ser tratado aparte.

Por otro lado, las piezas de esta etapa insisten de manera marcada en la denuncia y el ajuste de cuentas con el pasado inmediato; el presente aparece apenas en obras como *Santa Camila de la Habana Vieja* y *La casa vieja*. Como ha observado un escritor español, esta tendencia, que se extiende a la narrativa y el cine, responde a "la perentoria necesidad de dejar zanjado el recuerdo de un mundo abolido, acusándolo moralizadoramente desde el que empezaba a formarse".[15] Su posible explicación puede estar en el trauma sufrido por los artistas que, incapaces de convertirse en vanguardia política, se contentaron, en el mejor de los casos, con ser testigos de la transformación social del país. De ahí su comprensible postura de prudente y cauteloso tanteo intelectual ante un

proceso que no podían asimilar en toda su radical
intensidad.

En estos años se sitúan las obra que Carlos Felipe y
Virgilio Piñera estrenan en el período revolucionario. En
Requiem por Yarini (1965), Felipe recrea la personalidad
de un famoso proxeneta habanero, en una tragedia que
mezcla hombres y dioses, política y sexo, elementos
sagrados y crónica roja. Al autor no le interesa ofrecer una
visión crítica de la época, tampoco escribir una glorifica-
ción de Yarini, sino investigar, a partir de recursos
escénicos, todos los sentidos simbólicos posibles del
personaje.[16] Felipe no logra liberarse de su principal
defecto, la cursilería del lenguaje cuando intenta hacer
poesía, lo que no le impide crear un texto hermoso y de
una gran fuerza y altura trágica.

Piñera, por su parte, recogió en un grueso volumen su
Teatro completo (1960) y estrenó *El flaco y el gordo*
(1959), *El filántropo* (1960) y *Aire frío* (1962), una de sus
grandes obras. En la primera, se mantiene dentro de la
estética del absurdo y el humor negro: el flaco se come al
gordo y se vuelve gordo él mismo. Luego aparece otro
flaco que posiblemente se lo comerá a él. Una situación,
en resumen, que se repite como un ciclo fatalista y sin
solución. El negativismo del planteamiento no cayó bien,
y algunos críticos expresaron su inconformidad. Cometie-
ron un error que se repetiría con otras obras teatrales y
literarias de Piñera, y que fue una de las causas que más
tarde provocaron su injusta marginación. En el aspecto
temático, el teatro de Piñera es, en efecto, pesimista. Pero
eso obedece al contexto en el cual el escritor se formó.
Pedirle optimismo a sus piezas "sería falsear todo un
pasado al que la obra de Piñera estuvo agónicamente
condenada".[17] Por razones obvias, mucho mejor recibida
fue *Aire frío*. A partir de un acercamiento casi naturalista
a la vida de una familia cubana de clase media entre 1940
y 1958, Piñera traza una visión crítica y despiadada de la
Cuba prerrevolucionaria. No hay un argumento, una

anécdota al estilo tradicional. Sin embargo, la representación dura tres horas y, lo más significativo, llena la sala cada vez que se ha presentado. Como expresó Antón Arrufat a propósito de su estreno, en sus largas y minuciosas escenas asistimos al proceso de la memoria que va restituyendo el pasado. El autor rastrea en su propia experiencia y abre las puertas de su santuario para mostrarnos, a través de la agónica cotidianeidad de los Romaguera, la vida de las familias cubanas que como ellos luchaban y jadeaban por sobrevivir. El realismo de la obra es más aparente que real. Tal y como el propio dramaturgo aclaró, le bastó presentar una historia "por sí misma tan absurda que de haber recurrido al absurdo habría convertido a mis personajes en gente razonable".[18] *Aire frío* confirmó a Virgilio Piñera como la voz más original del teatro cubano, y quedó como uno de sus proyectos más logrados y de mayor envergadura. Si exceptuamos algún trabajo de escaso interés, como *El encarne* (1969), un intento de teatro musical, fue su último estreno hasta que en 1990 se llevara a escena, ¡por fin!, *Dos viejos pánicos,* ya que en estas casi tres décadas sólo se repusieran *Aire frío* y *Electra Garrigó.* Eso no significa que Piñera dejara de escribir, sino sencillamente que su teatro dejó de editarse y montarse en Cuba.

En 1961, Antón Arrufat estrenó *El vivo al pollo,* una farsa macabra y delirante en la que hallamos elementos del grotesco y, sobre todo, de nuestro teatro bufo. Lo mismo que otros textos suyos, éste promovió discusiones y críticas acerca de su rechazo consciente de todo convencionalismo realista y su falta de obvia cubanía. Arrufat definió su postura de manera categórica: "No me preocupa la vida normal en el escenario. Creo que la literatura crea un mundo imaginario, que partiendo de la realidad va transformando ese mundo hasta que el espectador reconoce la realidad, pero la reconoce de otra forma (...) Es por eso que no me preocupa mucho eso de que mis personajes hablen falsamente".[19] Su teatro, en efecto, prescinde de elementos típicos y aborda asuntos abstractos: la búsqueda de la inmortalidad *(El vivo al pollo)*, la constante y periódica repetición de la vida *(La repetición)*, el amor como una condena interminable *(El último tren)*. Es frío, inteligente, reflexivo, ascéptico, grave, seco, y maneja ideas profundas dichas de un modo que desconcierta al espectador. No debe extrañar, por tanto, que sea tan mal aceptado y comprendido en un medio teatral en donde abundan la banalidad, el costumbrismo, el diálogo intrascendente y la exhuberancia. La trayectoria de Arrufat no se reduce a esos títulos, sino que en años posteriores se ha enriquecido y ampliado con la incorporación de registros patéticos *(Todos los domingos)*, críticos *(Los siete contra Tebas)* y épicos *(La tierra permanente)*, en los que la poesía es un ingrediente esencial.

Los nuevos autores

Es en estos años cuando aparecen dos nombres fundamentales de nuestra dramatugia actual: José Triana (1933) y Abelardo Estorino (1925). Ambos empezaron a escribir teatro desde mediados de la década de los cincuenta, pero sus primeros estrenos tienen lugar después del 59. Triana se dio a conocer con *El Mayor General hablará de Teogonía* (1960), una pieza en un acto que participa de la estética del absurdo. Pero fue *Medea en el espejo* (1961) el título que lo ubicó entre las nuevas promesas. Triana acude, como Piñera en *Electra Garrigó*, a la recreación de un mito griego. Su Medea (María) es una mulata muy atractiva que vive en un solar y es amante de Julián, un chulo blanco con quien tiene dos hijos. Hasta que un buen día éste decide contraer matrimonio con la hija de Perico Piedra Fina, un poderoso político. Como apuntó Calvert Casey al reseñar el montaje de Morín, Triana inventa un contrapunto clásico-popular. Hay, por ejemplo, un coro al estilo griego, pero sus integrantes son

tipos tan criollos como el billetero, el barbero, el bongo-
sero y "la mujer de Antonio". El modelo clásico acoge a
ingredientes tan criollos como el chisme, el solar y los
mitos afrocubanos. Asimismo, el lenguaje incorpora el
habla doméstica y cotidiana, para elevarse en ocasiones a
niveles de mayor densidad y elaboración poética. Triana
escribió después *El Parque de la Fraternidad, La casa
ardiendo, La visita del ángel* y *La muerte del ñeque,*
textos de menos interés o de valores parciales. Habrá que
aguardar hasta 1965 para conocer su gran obra, *La noche
de los asesinos,* en la que no obstante empezó a trabajar
desde 1961.

Con *El robo del cochino* (1961), Estorino logra el que
posiblemente es el primer texto importante de esta primera
etapa. A partir de una estructura ibseniana y un realismo
limpio de detalles costumbristas superfluos, alcanza un
equilibrio dramático admirable. La acción se sitúa en un
pueblo de provincia, en la última etapa de la lucha contra
Batista. En la pieza hallamos algunos de los motivos
frecuentes en nuestra dramaturgia: el conflicto padre-
hijo, el ambiente familiar, el machismo, la discriminación
de la mujer, que Estorino tratará en buena parte de sus
obras posteriores. A partir de *El robo del cochino,* su
creador inicia una brillante trayectoria como dramaturgo,
compartida con su trabajo de director, que se distingue
por su coherencia y por la filiación a un estilo realista
que, en su caso, se ha ido ampliando y enriqueciendo en
cada nuevo texto, hasta situarle, tras la muerte de Piñera,
como el mejor autor vivo con que cuenta hoy nuestro
teatro. La favorable acogida recibida por su primer
estreno posibilitó que sacara a la luz una pieza en un acto
que escribió en 1955, *El peine y el espejo,* y que se
publicaran y montasen *La casa vieja* (1964) y *Los mangos
de Caín* (1966), un digno ejemplo de teatro satírico y
crítico en el cual incorpora, como ingredientes nuevos, el
humor, la ironía y la caricatura. Realiza además varias
versiones de cuentos para niños *(El mago de Oz, El*

fantasmita y *La cucarachita Martina,* todas de 1961), escribe el libreto de una comedia musical *(Las vacas gordas,* 1962) y adapta a la escena una conocida novela de principios de siglo, *Las impuras,* de Miguel de Carrión, que da pie a un espectacular montaje y a uno de los mayores éxitos de taquilla de esos años.

En otro nivel de importancia, está la obra de un autor interesante, Manuel Reguera Saumell (1928), quien con *Sara en el traspatio* (1960), *Propiedad particular* (1961), *El general Antonio estuvo aquí* (1961) y *La calma chicha* (1963) se convirtió en el cronista de la pequeña burguesía de provincia. Su teatro está hecho de trazos delicados, sensibilidad, buen gusto, y, en el buen sentido del término, en un tono menor. Por sus piezas desfila una galería de personajes frustrados e insatisfechos que, como en el teatro de Chejov, se debaten en angustias internas más que en conflictos estridentes. Reguera Saumell los trata con nostalgia y compasión, pero sin que falte a su retrato cierto matiz crítico de ese mundo que, irremedia-blemente, se hunde. Su mejor texto es *Recuerdos de Tulipa* (1962), patética historia de una bailarina de un circo de mala muerte que lucha por hacer de su número de nudismo un hecho artístico. En *La soga al cuello* (1968) retornó a su ambiente preferido, la familia, y con ello volvió a plantearse entre los críticos la preocupación de que si ese enclaustramiento en un mundo tan limitado y estrecho no significaba una veta ya agotada. La interrogante quedó sin respuesta, pues al poco tiempo Reguera Saumell tomó el camino del exilio y, además, abandonó definitivamente el teatro.

Otros dos autores llamaron la atención con sus prime-ras obras y fomentaron en torno suyo grandes expectativas que su producción posterior no satisfizo. Apenas quince años tiene Nicolás Dorr (1947) cuando estrena *Las pericas* (1961), una farsa escrita con una fantasía desbordante y una infantil frescura. Esta imagen del mundo según la óptica de un adolescente prosiguió en *El palacio de los cartones* (1961) y *La esquina de los concejales* (1962), que cierran el conjunto más interesante de la obra de Dorr. Después realizó unas rutinarias adaptaciones de farsas francesas y escribió algunos textos en los que el humor negro, el toque surrealista y el absurdo cedieron el puesto a un teatro más serio y convencional, con concesiones al costumbrismo *(La Chacota,* 1974), la taquilla *(Confesión en el barrio chino,* 1984; *Vivir en Santa Fe,* 1986) y el panfleto *(Mediodía candente,* 1980), para alcanzar de nuevo un buen momento con *Una casa colonial* (1981), comedia de correcta construcción que disfrutó de una gran acogida popular.

Santa Camila de la Habana Vieja (1962), de José R. Brene (1927-1991), es la primera pieza en la que aparece la presencia de la revolución, pese a que sea a través de una nueva forma de dignidad, de una concepción distinta de la relación amorosa y de la puesta en evidencia de la crisis del viejo sistema de valores. [20] El montaje de Adolfo de Luis fue visto entonces por unos veinte mil espectadores, y reposiciones posteriores han confirmado esta fama. La calidad de aquel primer texto no se mantuvo en otros posteriores como *El gallo de San Isidro, El corsario y la abadesa, Los demonios de Remedios, Pasado a la criolla,* entre otras razones porque Brene escribía demasiado y corregía poco. Ha quedado así como el creador de *Santa Camila,* uno de los títulos que mejor representan a esta etapa.

Un poco más tarde se dio a conocer Héctor Quintero (1942), nuestro mejor comediógrafo y el único dramaturgo cubano capaz de llenar un teatro y convertir en best-seller una selección de sus piezas. Pocos autores de las últimas promociones han sabido asimilar y recoger como él lo más positivo y valedero de nuestro teatro vernáculo para continuarlo y ponerlo al día. *Contigo pan y cebolla* (1964) y *El premio flaco* (1966) son obras en las que la comicidad está matizada por situaciones amargas e ingredientes melodramáticos que hacen sus planteamientos más profundos y trascendentes. La segunda ha disfrutado de una gran circulación en el extranjero, después que un jurado compuesto por Eugène Ionesco, Christopher Fry, Diego Fabbri y Alfonso Sastre le otorgó el máximo galardón del concurso convocado por el Instituto Internacional del Teatro. La crítica nacional, sin embargo, considera superior *Contigo pan y cebolla,* conmovedor retrato de un hogar cubano en los años cincuenta, y otro de los clásicos indiscutibles de nuestra escena actual.

¿Un improductivo eclecticismo?

El lustro 1965-1970 se distingue por la aparición de nuevas líneas expresivas y por el reflejo en los escenarios de las confrontaciones artísticas e ideológicas que se dan en el terreno de la cultura. Es, por otro lado, una etapa de nuestro teatro que la mayoría de los investigadores suelen valorar de manera bastante superficial, cuando no desde posiciones francamente dogmáticas. Así, para Magaly Muguercia se trata de un período "en el que se produce en nuestra escena el alarmante predominio del irrealismo, la neurosis, el individualismo morboso, las contorsiones histéricas, la remisión permanente al clima pequeñoburgués, con su sofocante atmósfera de vacilación, todo eso salpicado de criticismo banal, despolitización e inercia". La autora nos aclara cuál era, a su juicio, el camino a seguir por nuestra escena al lamentarse de que en el repertorio de esos años quedó casi absolutamente desierto "el renglón de la dramaturgia de los países socialistas, y muy marcadamente de la soviética".[21] Resulta paradójico que se defienda como vigente una postura sobre la cual Ernesto Guevara había alertado oportuna y lúcidamente, cuando en 1965, en "El socialismo y el hombre en Cuba", calificó el peligro de "buscar en las formas congeladas del realismo socialista la única receta válida", como un "error proudhoniano de retorno al pasado".[22]

Como resultado de estas inquietudes, la experimentación gana terreno en nuestros escenarios. Con resultados diversos, los creadores intentan la adaptación al contexto cubano de las técnicas, entonces de moda, del absurdo, la crueldad, los espectáculos rituales y lúdicos, el desplazamiento del texto por los códigos no verbales y el uso de la improvisación, un fenómeno que se daba de manera más o menos similar en otros países de Latinoamérica. Exponentes respresentativos de esas búsquedas, son títulos como *Collage USA* y *Los juegos santos,* de José Santos Marrero, *Imágenes de Macondo* y *Juegos para actores,* de Guido González del Valle, *En la parada, llueve,* de David Camp *La vuelta a la manzana,* de René Ariza, *La cortinita,* de Raúl Macías y *Otra vez Jehová con el cuento de Sodoma, La toma de La Habana por los ingleses, Vade retro* y *La reina de Bachiche,* de José Milián. En algunos casos, sus creadores no lograron ir más allá de las fotocopias de los modelos occidentales y norteamericanos, pero no todo se redujo a eso. Varios de aquellos textos han sido recuperados en los últimos años, lo cual prueba que no sólo tenían algunos valores, sino que, además parte de éstos poseen aún vigencia. Y hace sólo unas semanas Milián recibía el Premio de la Crítica por una recopilación en la que aparecen editadas tres de las obras suyas antes mencionadas. Por otro lado, es poco sostenible la tesis de que espectáculos como los mencionados "desideologizan nuestra escena y la exponen como un mecanismo autónomo que opera en una campana de vacío".[23] Basta recordar, para refutarla, que precisamente tuvieron carácter ideológico las polémicas que se suscitaron en torno a textos como los de Milián y Camps, en los cuales éstos incluyeron elementos críticos y visiones de nuestra realidad e historia que no complacieron a los comisarios de la cultura. Además, fue un proceso que no llegó a consumarse porque fue brutalmente abortado, por lo cual resulta aventurado y hasta injusto hacer juicios concluyentes. De no haber sido cortado, podría haber

37

seguido una evolución similar a la que, por ejemplo, experimentó el teatro de Argentina, en donde autores como Griselda Gambaro, Eduardo Pavlovsky y Ricardo Monti se fueron apartando paulatinamente de los patrones europeos y crearon obras originales y propias. Debe tomarse en cuenta, además, el gran aislamiento en el que se desarrolló nuestro movimiento escénico en esta década. Poquísimos fueron los grupos cubanos que salieron al exterior, como contadas fueron las compañías extranjeras que nos visitaron en esos años. En la mayoría de los casos, nuestra gente de teatro trabajaba sólo a partir de las escasas referencias librescas que podían consultar.

En lo que se refiere a la dramaturgia, entre 1965 y 1970 se estrenan algunos textos significativos. Al año siguiente de haber obtenido el Premio Casa de las Américas, Vicente Revuelta lleva a escena con Teatro Estudio *La noche de los asesinos* (1966), de Triana. El montaje recibió el Gallo de La Habana en el VI Festival de Teatro Latinoamericano y emprende luego una exitosa gira por Europa. Desde entonces, la pieza ha conocido una enorme difusión internacional y se ha representado en más de treinta países. A partir de una situación sencilla y presumible, Triana crea, con tres personajes que se desdoblan, un extraño ritual parricida que transcurre en una atmósfera de videncia y sorpresa. Tres hermanos juegan al asesinato, y a través del juego reviven sus frustraciones, así como la incomprensión y la violencia de que son objeto por parte de sus padres. El varón los acuchilla simbólicamente y después es castigado por la sociedad (sus dos hermanas) que acude a salvaguardar el viejo mundo de los adultos. De nuevo el mundo familiar y el viejo conflicto entre padres e hijos, pero con una proyección que los hace trascender esos límites: Triana sugiere que el acto de rebeldía de los tres hermanos se dirige también a la opresión más vasta y secreta que los padres encarnan, como rostros de "una sociedad que impone el fracaso de los individuos, de un mundo corroído por la sumisión alienada".[21] En 1968, la revista *Casa de las Américas,* con motivo del décimo aniversario de la revolución, publicó una encuesta entre los críticos sobre las obras más importantes de la literatura cubana producidas en ese decenio. Los cinco especialistas que respondieron coincidieron de modo unánime en incluir, junto con *Aire frío,* la pieza de Triana.

Un creador tan inquieto y atento a los nuevos estímulos como Virgilio Piñera, recibió la influencia fecunda de *La noche de los asesinos.* Como entonces declaró en una entrevista, aceptó el reto lanzado por Triana y salió al ruedo con el cuchillo entre los dientes: en 1968 él mismo ganó el Premio Casa con *Dos viejos pánicos,* que se estrenó en varios países, incluida la España franquista, pero que en Cuba debió aguardar hasta 1990. Se trata también de un siniestro juego teatral protagonizado por una pareja de ancianos sesentones, que luchan entre sí para matar el miedo, que pasa a ser un personaje más. No hay argumento, sino un ciclo sin principio ni fin que se repite, y a través del cual Piñera expone sus ideas sobre el tiempo y la vejez y sobre las angustias, frustraciones y decadencia del ser humano. ¿Un discurso que opera en el vacío en una sociedad en pleno proceso de transformación? A su manera, Piñera refleja ese proceso por omisión, al presentar, como comentó el uruguayo Hiber Conteris, la crítica de una generación que no encuentra el modo de recuperar el sentido de lo histórico. Es lo último de su teatro que el dramaturgo vio publicado. La inflexible marginación que sufrió hasta su muerte impidió que se conocieran los textos que escribió en esos años y los posteriores: *El no, El trac, Las escapatorias de Laura y Oscar, La niñita querida, Estudio en blanco y negro, Un arropamiento sartorial en la caverna platónica* y *Una caja de zapatos vacía,* estrenada en Miami en 1987. Con la publicación en 1988 del penúltimo de los títulos citados, se ha iniciado la tardía recuperación de nuestro dramaturgo más importante.

Otra obra de especial significación es *María Antonia,* de Eugenio Hernández Espinosa (1937). El gran investigador y ensayista Fernando Ortiz expuso en una ocasión la necesidad de crear un teatro cubano en el cual el negro "viva lo suyo y lo diga con su lenguaje, con sus modales, en sus tonos, en sus emociones". El texto de Hernández Espinosa vino a llenar ese vacío y es la pieza cubana que posiblemente da la imagen más auténtica y veraz del negro. El mundo de la santería es asumido en la obra como un componente legítimo de nuestra identidad, sin el matiz crítico y reprobatorio con que aparecía en *Santa Camila de la Habana Vieja.* El autor utiliza un esquema trágico, pero no acude a los modelos griegos sino a los ritos y elementos de la cultura afrocubana. Con un gran aliento poético, ofrece un cuadro estremecedor de la realidad del hombre negro y su marginación, en un mundo en el que la violencia está siempre presente. Su estreno en 1967, en un excelente montaje de Roberto Blanco, promovió acaloradas discusiones, sacudió el ambiente capitalino y, sobre todo, atrajo a un público numeroso y poco asiduo a las salas. Sólo en las primeras dieciocho representaciones, *María Antonia* fue vista por unas veinte mil personas. En títulos posteriores, Hernández Espinosa ha confirmado ser el dramaturgo cubano que más y mejor ha penetrado en las raíces africanas de nuestro mestizaje.

Hasta aquí, la dramaturgia cubana se mantenía fiel a ciertas constantes: el marco familiar, la imagen crítica del pasado más inmediato, la perspectiva individual. Se echaba de menos, entre otras cosas, el tratamiento de la realidad y los problemas de hoy, una carencia que se había vuelto impostergable. Un joven cuentista que sostiene que la vitalidad de una cultura está dada por "su capacidad de responder a las necesidades de su tiempo, de su público", fue quien tomó la iniciativa. A partir de tres cuentos de su libro "Los años duros", Jesús Díaz (1941) escribió *Unos hombres y otros* (1965), en donde la revolución irrumpe con fuerza y violencia. Lilliam Llerena, directora del montaje, sintetizó en las notas al programa la importancia de la obra de Díaz: "Nuestro anémico movimiento de teatro (...) necesitaba a nuestro entender una obra así. No se trata de un punto de llegada, pero sí de partida". Su propio título adelanta el asunto: el antagonismo entre dos ideologías, dos morales y dos actitudes ante la vida, en el marco de la lucha contra las bandas contrarrevolucionarias que operaron en la zona del Escambray. Nada que ver, pues, con la familia y el pasado, sino con conflictos sociales ubicados en el presente. Para los invitados extranjeros que vieron la pieza durante el Festival de Teatro Latinoamericano de 1966, *Unos hombres y otros* era la muestra del teatro que esperaban ver en Cuba.

Al mismo tiempo que escribe y dirige espectáculos musicales *(Los muñecones, Los siete pecados capitales)* y realiza adaptaciones como *Cuentos del Decamerón,* Héctor Quintero incursiona por primera vez en las temáticas actuales con *Mambrú se fue a la guerra* (1970), una comedia acerca de los rezagos del pasado que aún sobreviven. Fue todo un éxito de público, pues su autor tiene una gran capacidad para captar nuestra cotidianeidad y nuestro lenguaje popular. Pero su calidad es muy inferior a la de *Contigo pan y cebolla* y *El premio flaco,* ya que Quintero se aferra a situaciones y personajes de un costumbrismo muy del momento y que, por eso, poseen una vigencia demasiado efímera.

Entre el 14 y el 20 de diciembre de 1967, se celebra en La Habana el Seminario Nacional de Teatro, en el que participan más de mil personas. Sus sesiones y debates sirvieron para poner de manifiesto las inquietudes y tendencias que confluían en nuestro panorama escénico. Un sector se mostraba insatisfecho con el teatro que se hacía y que, según su criterio, se hallaba a la zaga respecto a la dinámica de los cambios sociales, cuando debería ser "parte de la realidad misma, centro de gravedad y una forma dialéctica y viva de comunicación". Otro, en cambio, defendía una opción que se planteaba el rescate de "una imagen integral del hombre que no se agote en el plano de lo psicológico o lo intelectual, sino que incorpore esferas tales como los mitos, los instintos y el inconsciente". Entre esos dos polos se movía el teatro cubano al finalizar 1970.

Del proyecto de Marx
al universo de Orwell

En los años finales de este lustro, alcanzó una particular intensidad la lucha en el terreno de las ideas. En la cultura, se manifestó en una serie de obras artísticas y literarias cuya ideología, a juicio de los dirigentes de la Unión de Escritores y Artistas de Cuba, "en la superficie o subyacente, andaba a veces muy lejos o se enfrentaba a los fines de nuestra revolución".[25] Eran tiempos, además, en los que Estados Unidos había arreciado su política hostil contra Cuba y durante los cuales el país se hallaba en pleno proceso de la llamada ofensiva revolucionaria. Existía, pues, el caldo de cultivo propicio para la crisis que no demoró en estallar.

En la cuarta edición del Concurso Literario de la UNEAC, en cuyo jurado figuraban varios intelectuales extranjeros, resultaron premiados, en los géneros de teatro y poesía, dos originales que "ofrecían puntos conflictivos en un orden político, los cuales no habían sido tomados en consideración al dictarse el fallo, según el parecer del comité director de la Unión".[26] Al final, se determinó publicar la pieza *Los siete contra Tebas*, de Antón Arrufat, y el poemario *Fuera del juego*, de Heberto Padilla, acompañados de una nota en la que la UNEAC expresara su discrepancia. Sobre el segundo libro corrió en su momento mucha tinta y por razones obvias no nos ocuparemos de él. En cambio, se escribió poco acerca del texto de Arrufat. Hay que ser, en efecto, un lector extremadamente suspicaz para entender las causas que motivaron el airado rechazo de la UNEAC. Arrufat toma la obra homónima de Esquilo y escribe a partir de ella una hermosa pieza en verso que conserva el asunto de las guerras fratricidas entre Etéocles y Polinice, en el marco de una Tebas asediada por el enemigo extranjero. Hay, sí, un coro que duda y se hace preguntas, y que por representar al pueblo debió parecer una imagen no muy ortodoxa a los censores. Pero la imaginación de éstos era más poderosa, y halló aproximaciones entre la realidad que presenta la obra y la que difundía la propaganda norteamericana. Desde las páginas de *Verde Olivo*, órgano de las Fuerzas Armadas, Leopoldo Ávila (seudónimo tras el cual se enmascaraba Luis Pavón Tamayo, más tarde presidente del Consejo Nacional de Cultura) atacó violentamente a Arrufat y expresó que en *Los siete contra Tebas* el tema de una antigua tragedia griega "es esta vez el método para dar una tesis contrarrevolucionaria".

La tenebrosa maquinaria de oscurantismo dogmático, xenofobia cultural y represión que impuso el estalinismo, echó a andar en la isla caribeña. En abril de 1971 se realiza el I Congreso Nacional de Educación y Cultura, cuyas discusiones estuvieron encabezadas por el propio Fidel Castro. Su discurso de clausura fue una airada invectiva contra los intelectuales latinoamericanos y europeos que le enviaron la conocida carta, a raíz del caso Padilla. Pero interesan más las resoluciones aprobadas en el evento, pues su puesta en práctica tuvo efectos nefastos para nuestra cultura. Los documentos se ocupaban de manera pormenorizada de aspectos como la familia, la función del maestro, la juventud y las modas, la religión, los medios de comunicación, el arte y la literatura, la educación sexual. En el caso de esta última, se enfatizó sobre el carácter antisocial de la homosexualidad y se aprobó la ubicación en otros organismos de "aquellos que siendo homosexuales no deben tener una relación 43 directa de nuestra juventud desde una actividad artística o cultural" [27] El Congreso, además, adoptó una postura tajante respecto a "las podridas y decadentes sociedades de la Europa Occidental y los Estados Unidos", y resolvió alentar "las expresiones culturales legítimas y combativas de la América Latina, Asia y África". Quedaban así legalizados y se daba carta blanca a los excesos que de inmediato empezaron a cometerse.

Aplicando las resoluciones del Congreso, numerosos artistas e intelectuales fueron separados de sus puestos y trasladados a otros donde no pudiesen ejercer su malsana influencia. Destacados actores, directores, escenógrafos y dramaturgos fueron víctimas de esta "campaña de saneamiento". Fueron disueltos colectivos como Ocuje y La Rueda, a la vez que se crearon, en 1973, tres nuevos: Teatro Popular Latinoamericano, Teatro Cubano y Teatro Político Bertolt Brecht. Este último fue tomado como buque insignia de la nueva política teatral, e ilustra muy bien lo que significaron aquellos oscuros años en que la mediocridad y el oportunismo invadieron nuestros escenarios, con la consiguiente deserción de gran parte del público. El repertorio del grupo se nutrió fundamentalmente de las coproducciones con la Unión Soviética, RDA, Bulgaria y Hungría, aunque esta última fue censurada y prohibida antes del estreno. En cuanto a la dramaturgia nacional, sus títulos hablan por sí solos: *Girón: historia verdadera de la brigada 2506,* de Raúl Macías; *Ernesto,* de Gerardo Fernández, obra de corte policial sobre la labor de la contrainteligencia cubana; *En Chiva Muerta no hay bandidos,* de Reinaldo Hernández Savio, sobre la lucha de las fuerzas armadas contra las bandas del Escambray; *La risible y trágica ascensión de Rubén Acíbar y su ejemplar caída,* de Macías y Freddy Artiles, uno de los fracasos más estrepitosos del grupo, a los que hay que agregar la exhumación de *Cañaveral,* de Alfonso, lo más parecido entre nosotros al realismo

socialista.

Tal ambiente resultó, en especial, estéril para la dramaturgia nacional. Pocos textos de los estrenados en esos años merecen hoy ser tomados en cuenta. Entre las contadas excepciones está *Llévame a la pelota* (1971), de Ignacio Gutiérrez, inspirada en un hecho real ocurrido en 1955, cuando un grupo de estudiantes irrumpió en el terreno del Gran Stadium de La Habana enarbolando pancartas contra Batista. Gutiérrez ubica la trama en el cuarto de los porteros, a donde llega un joven apaleado, y logra una obra de gran fuerza dramática y admirable capacidad de síntesis. El ámbito familiar aparece de nuevo en *Adriana en dos tiempos* (1971), de Freddy Artiles. Su hermetismo es roto aquí por la irrupción del mundo exterior, que llevará a la protagonista a liberarse y salir de él. Quintero, por su parte, estrenó *Si llueve te mojas como los demás,* una comedia acerca de las dificultades para incorporarse a la nueva sociedad de un joven cuyos padres se marcharon a Estados Unidos.

En su discurso de clausura del citado congreso, Fidel se refirió en tono triunfalista a que sus frutos, "los mejores, los más altos", podrían verse en quince, veinte, veinticuatro o treinta años. En el caso del teatro, como se ve, no hubo que aguardar tanto.

Una inyección necesaria

Si bien sus inicios se sitúan a fines de 1968, en este período cobra auge un fenómeno que será, en su conjunto, lo más significativo de esos años, y que además ejercerá una fecunda influencia en la práctica escénica tanto de la década del setenta como de la primera mitad de la siguiente. Es lo que en Cuba se conoce, por obra y gracia de algunos funcionarios, como *teatro nuevo.*

Todo empezó cuando en noviembre de 1968 doce profesionales decidieron dejar la capital para iniciar una experiencia nueva: el Grupo de Teatro Escambray. Pertenecían al sector que en el Seminario Nacional de Teatro de 1967 expresó su insatisfacción con la rutina en que había caído nuestro movimiento escénico, con un repertorio que "raras veces incidía sobre las instancias esenciales de la transformación del país". Con más interrogantes que certezas, comenzaron el trabajo en una zona montañosa de la región central de la isla, con un repertorio inicial (*Unos hombres y otros,* un espectáculo de farsas francesas, una adaptación de *Los fusiles de la madre Carrar,* un programa sobre cuentos de Onelio Jorge Cardoso) que les sirvió como primer puente para la comunicación con aquel auditorio que no conocían. Gracias al régimen de convivencia que adoptaron, poco a poco fueron avanzando en el conocimiento de la zona y sus habitantes, proceso en el que además fueron perfilando una metodología basada en la investigación.

Dos años después, tenían acumulado un abundante material, y a partir de él uno de los miembros del colectivo asumió la tarea de escribir un texto. Surgió así *La Vitrina* (1971), uno de los espectáculos definitorios del grupo, que marcó además el nacimiento de uno de los autores más interesantes de esta década, Albio Paz (1931). La obra nació de una necesidad inmediata, el plan de desarrollo agropecuario que implicaba la colectivización de las tierras tanto del Estado como de los pequeños propietarios. Pero lo que pudo reducirse a una pieza inmediatista o un sociodrama, se convirtió en una obra con grandes valores y hallazgos artísticos. Albio Paz no cayó en la trampa de la imagen paternalista y esquemática del campesino que predominó en nuestra dramaturgia de temática rural, sino que, por el contrario, muestra seres complejos, contradictorios, capaces de defender la revolución con la misma vehemencia con que se aferran a un pedazo de tierra. En el tratamiento escénico, echa mano a recursos del absurdo, emplea el humor negro y la farsa, presenta personajes que se "mueren y desmueren", todo 46 dentro de una pieza modélica y aleccionadora.

La Vitrina, por otro lado, definió algunas de las líneas que el grupo desarrollaría en montajes posteriores: tratamiento exclusivo de temas actuales, inclusión del debate como parte de la estructura dramática, ausencia de soluciones a los conflictos expuestos, rescate y reelaboración de las tradiciones y la cultura campesina. Se estrenan nuevos trabajos: *El rentista* y *El paraíso recobrado,* de Paz; *Las provisiones,* de Sergio González; *El juicio,* de Gilda Hernández. Este último parte de un evento de participación, un juicio, para crear la propuesta más osada del grupo en cuanto a la intervención del público.

El núcleo fundador del Escambray sufrió incorporaciones y salidas. Dos de sus miembros, Herminia Sánchez y Manolo Terraza, regresaron a La Habana y fundaron el Teatro de Participación Popular. Su idea consistía en aplicar el método del Escambray y adecuarlo a la labor con actores no profesionales, en este caso trabajadores del puerto. Estrenan así *Cacha Basilia de Cabarnao, Amante y penol, Audiencia en la Jacoba, Me alegro.* Otra actriz del grupo, Flora Lauten, debió trasladarse por problemas familiares a la recién inaugurada comunidad de La Yaya, y allí formó con algunos vecinos un colectivo teatral. De piezas cortas como *¿Dónde está Marta?,* sobre la incorporación de la mujer al trabajo, *¡Que se apaguen las chismosas!,* sobre los malos hábitos de algunas familias, o *El secreto de la mano,* acerca de los peligros del curanderismo, pasaron a espectáculos más ambiciosos: *Este sinsonte tiene dueño, Los hermanos,* una deliciosa comedia musical de enredos, y *De cómo algunos hombres perdieron el paraíso,* en cuya estructura dramatúrgica se combinaban una recreación escénica de nuestra historia y una asamblea para discutir la decisión de los testigos de Jehová de la zona de no sembrar tabaco, para afectar de ese modo los planes de la revolución.

Tras una década como compañía de repertorio abierto, en el seno del Conjunto Dramático de Oriente se empezó a gestar un proceso similar de insatisfacción. Los primeros intentos por darle una respuesta fueron *Los cuenteros, Amerindias, Del teatro cubano se trata* y *El macho y el guanajo*. Ese camino de investigaciones y búsquedas los condujo al hallazgo de las relaciones, vieja y olvidada manifestación popular, síntesis de ingredientes hispanos y africanos, en la que se mezclaban música, carnaval, teatro y danza. El primer trabajo en ese renovado viejo estilo fue *El 23 se rompe el corojo* (1973), de Raúl Pomares, al que siguió *De cómo Santiago Apóstol puso los pies en la tierra* (1974), del mismo autor, un espectáculo brillante, muy atractivo desde el punto de vista escénico, y con el mismo poder de fascinación y convocatoria de un desfile de carnaval. Como apuntó un crítico español que pudo ver la obra en Caracas, es esa explosión de música, abigarrado y colorista vestuario y ritmo festivo e insistente lo que arrastra en el espectáculo "más que la siempre testimoniante urgencia de derramar sobre el montaje el ungüento de la tesis". [28] El grupo, que adoptó años después el nombre de Cabildo Teatral de Santiago, estrenó luego *Juan Jaragán y los diablos, De cómo Don Juan el gato fue convertido en pato, Mientras más cercas... más lejos, Cefi y la muerte, Sobre Romeo y Julieta, La paciencia del espejo*, en los que la calidad descendió notablemente. Habrá que aguardar hasta el estreno de *Baroko* (1990), versión libre de Rogelio Meneses del *Requiem por Yarini*, de Felipe, para que el Cabildo alcance otro buen momento.

De un desprendimiento del grupo santiaguero surgió en 1974 la Teatrova, integrada por una actriz, un trovador y un director. Su estética la definían como la búsqueda de "una palabra hablada-cantada que satisficiera las necesidades expresivas del actor, en una dirección diferente a la del teatro lírico". Obras como *Papobo, La sierra chiquita, La compañera* y *Los zapaticos de rosa*, demostraron la presencia de un estilo propio, cargado de poesía y sensibilidad, con una desnuda teatralidad, capaz de permitirles la comunicación, con similar eficacia, con niños y adultos.

Todas estas experiencias, cada una con sus especificidades y rasgos propios, tenían objetivos comunes: las animaban la necesidad sincera de ensayar caminos propios para nuestra escena, la voluntad de participar de manera activa en el proceso social del país, la búsqueda de un público diferente, el tratamiento de otras temáticas, el empleo de nuevos recursos expresivos y de comunicación. Las hermanaba además el hecho de haber surgido por inquietudes espontáneas, orgánicas y honestas de las gentes de teatro. A partir de un encuentro organizado en 1977 por la Dirección de Teatro y Danza, algunos funcionarios proclamaron la existencia de un movimiento, al que bautizaron como *teatro nuevo*. Decidieron además que había que apuntalarlo y expandirlo, y fundaron para ello tres nuevas agrupaciones: Cubana de Acero, cuyo perfil sería la creación de una dramaturgia de temática obrera; Teatro Juvenil Pinos Nuevos, que investigaría los problemas del sector juvenil, y Colectivo Teatral Granma, cuyo repertorio debía reflejar las tradiciones históricas y culturales de la región bayamesa. Uno puede entender, en parte, el entusiasmo con que fue acogido a nivel oficial el *teatro nuevo*. Era, en efecto, muy tentadora esta posibilidad de mostrar, ¡por fin!, una expresión teatral genuinamente revolucionaria, liberada de lo que Ernesto Guevara llamó el pecado original. De ahí ese apoyo incondicional y desmedido que se le dio, y que introdujo divisiones en nuestro movimiento escénico, al fomentar, con desatención del otro, un sector que disfrutaba de privilegios y mimos. Por ejemplo, en 1978 fue celebrado el I Festival de Teatro Nuevo, que sustituía al Panorama de Teatro y Danza, y cuya trayectoria fue muy fugaz, pues por su nada satisfactorio balance artístico no pasó de esa edición.

Sobrevaloraciones y paternalismos aparte, el *teatro nuevo* representó para nuestra escena una inyección 49 necesaria, y sus efectos benéficos influyeron en la práctica escénica. Impuso, en primer lugar, el interés por los asuntos sociales, y en su búsqueda de un repertorio adecuado a sus fines dio un impulso considerable a la dramaturgia, tanto a través de los mejores textos estrenados por esos grupos (*La Vitrina, El paraíso recobrado, El compás de madera, Huelga, La emboscada, Los hermanos...*) como de otros inspirados de modo indirecto. Asimismo, con esas obras llegaron a los escenarios personajes nuevos: obreros, estudiantes, campesinos, protagonistas de una sociedad en proceso de cambio, y, además, contribuyeron a estimular el espíritu crítico que alienta a muchas de las piezas cubanas más recientes.

La convivencia plural de los ochenta

Pese a que hasta hoy nunca se ha hablado de una política de rectificación de los errores y excesos cometidos a partir del 71, es evidente que con la creación en 1977 del Ministerio de Cultura se abre un período menos dogmático. La propia Tesis sobre la Cultura Artística y Literaria, aprobada en el I Congreso del Partido (1975), está redactada en términos más moderados si se la compara con las incendiarias resoluciones del otro congreso, el de Educación y Cultura.

El teatro inicia así una lentísima recuperación del lamentable estado en que había quedado. De modo gradual y, en ocasiones, no con la celeridad que hubiese sido necesaria, la mayoría de los creadores separados de sus puestos pudieron ejercer de nuevo su profesión. Para algunos, no obstante, la justicia demoró tanto que no alcanzaron a verla, bien por haber muerto (Piñera) o bien por haber optado por el exilio (Triana, Ariza). Con estas reincorporaciones y ausencias y con las filas engrosadas por algunos integrantes de la nueva promoción, nuestra escena emprendió la configuración de un nuevo rostro, el complejo panorama de los ochenta.

Un crítico español que asistió a las tres primeras ediciones del Festival de Teatro de La Habana (1980, 1982 y 1984), apuntó algunas características de la escena cubana que pudo confirmar de una visita a otra: "el pluralismo; las envidiables condiciones de trabajo, en medio de una economía de bloqueo; el impulso de una política teatral que trata de alentar cada día un mayor desarrollo; la obsesión por la búsqueda de una dramaturgia nacional; la falta, aún, de resultados plenamente satisfactorios". [29] La apreciación resume bastante bien varias de las notas que dominan la práctica teatral de esta década, sus logros y desaciertos, sus hallazgos y paradojas. Por un lado, nos hallamos ante un panorama en el cual coexisten tendencias diversas, que se desarrollan gracias a una base material muy superior a la de los años sesenta. Por otro, el teatro cubano no ofrece los resultados artísticos que cabría esperar al cabo de tantos años de revolución. Se empieza a poner de manifiesto, es cierto, una toma de conciencia y una postura autocrítica en ese sentido, y entre el estatismo, la repetición y la rutina se advierten algunos esfuerzos y síntomas de cambio para salir del impasse. A ello ha contribuido en buena medida el surgimiento de una nueva promoción tanto de creadores (actores, dramaturgos) como de críticos e investigadores, egresados en su mayoría del Instituto Superior de Arte, que hallaron en la revista *Tablas* (1982-1990) su principal tribuna.

Si un rasgo distingue a esta década de las anteriores, es el abrumador predominio de los autores nacionales. Un dato puede ilustrar: de los cuarenta montajes presentados en la primera edición del Festival de Teatro de La Habana, treinta y dos pertenecían a autores cubanos. Uno de los atributos distintivos del *teatro nuevo*, la voluntad de los autores de vincularse a la realidad que los circunda, a través de una recreación que elude la complacencia y busca el reflejo crítico, dominará la dramaturgia de esta etapa, sobre todo durante la primera mitad de la década. Esto coincidirá con la desaparición de las polarizaciones artificiales y maniqueas de *teatro nuevo* y teatro ¿de sala?, que darán paso a un criterio integrador, a la convivencia de diferentes opciones y a una interfluencia dialéctica, viva y enriquecedora.

Esta predilección por los asuntos actuales tendrá por igual ganancias positivas y negativas. En primer lugar, aportó contenidos, historias y personajes nuevos y propició el debate sobre situaciones polémicas: la desorientación social de algunos jóvenes (*Rampa arriba, Rampa abajo*, de Yulky Cary; *Tema para Verónica*, de Alberto Pedro; *Aquí en el barrio*, de Carlos Torrens); la supervivencia de códigos éticos del marginalismo (*Andoba*, de Abrahan Rodríguez) y de rasgos pequeño burgueses de apego a los bienes materiales (*La permuta*, de Juan Carlos Tabío y Tomás Guitiérrez Alea); los problemas de una profesional soltera que se enfrenta a la maternidad (*La primera vez*, de Jorge Ybarra); el papel del dirigente en la educación integral de sus hijos (*La familia de Benjamín García*, de Gerardo Fernández); las dificultades de una mujer para integrarse a la actividad laboral (*Aprendiendo a mirar las grúas*, de Mauricio Coll); los obstáculos para que surja una nueva moral (*Los novios*, de Roberto Orihuela). Nuestra dramaturgia pudo así salir del círculo familiar y doméstico y extenderse a otros ámbitos como el centro laboral y la escuela. Se trata, en general, de obras expresadas en moldes realistas, de acción directa y carácter didáctico. En ese conjunto, hay que mencionar la saludable recuperación de ciertos·elementos de nuestro teatro vernáculo, en lo que Rosa Ileana Boudet ha llamado sainete de nuevo tipo. A esa línea pertenecen, entre otros, Lázaro Rodríguez (*Caliente, caliente, que te quemas*) y Luis Ángel Valdés (*Chivo que rompe tambó* o *El entierro de Ambrosio*).

Pero, como han apuntado algunos investigadores, alrededor de 1984 empezó a notarse una banalización de las temáticas actuales y el enfoque crítico. En general, había un apego al naturalismo chato, a las fórmulas esquemáticas, al lenguaje "popular", lo que generó una retórica de la contemporaneidad y lastró el hallazgo de formas expresivas más modernas y complejas. La búsqueda de la comunicación con el público se convirtió en un arma de doble filo, al confundirse lo popular con lo populachero y darse cabida al mal gusto, la chabacanería, el costumbrismo pintoresquista y la trivialidad.

No obstante, de esa corriente quedaron algunos textos valiosos: *Molinos de viento,* de Rafael González (1950), una valiente y aguda crítica acerca del desfase entre los conceptos éticos que padres y profesores tratan de inculcar a los jóvenes y la realidad no precisamente digna que éstos tienen como ejemplo; *El esquema,* de Freddy Artiles (1946), una modélica farsa de sólida estructura en la que se fustiga el absurdo de la burocracia y la simplificación que implica que un proyecto sea tergiversado; *Proyecto de amor,* de José González (1955), una sugerente y sensible reflexión acerca de la responsabilidad con que los jóvenes deben asumir el amor; *El compás de madera,* de Francisco Fonseca, análisis de las causas que convierten a un buen alumno en un caso problemático; *Ni un sí ni un no,* de Estorino, donde nuestro mejor dramaturgo vivo trata con gran libertad narrativa e imaginación, cuestiones como el machismo y la intromisión de los padres en la vida matrimonial de los hijos; *Kunene,* de Ignacio Gutiérrez (1929), que sin ser un gran texto, posee la virtud de abordar sin estereotipos, edulcoraciones ni tonos heroicos la vida de los cubanos que cumplen misiones internacionalistas en Angola; *Los hijos,* de Lázaro Rodríguez (1949), visión sencilla y directa, pero honesta y veraz, del dilema de dos jóvenes que tras concluir sus estudios, no quieren regresar al campo, uno de los escasos títulos que se acercan a la problemática rural; y *Sábado corto,* de

Quintero, deliciosa y entrañable crónica de la vida cotidiana de una mujer que lucha contra la soledad y las frustraciones, en el marco de La Habana de los ochenta. Aunque sus valores sean más sociológicos que artísticos, en esta nómina debe figurar *Andoba,* una obra que sólo en sus primeras dieciocho representaciones fue vista por veinticuatro mil personas. Cuenta la historia de un delincuente que quiere redimirse y vuelve sobre un aspecto, el automarginalismo social, que aparecía ya en *Santa Camila de la Habana Vieja,* y que en la década anterior sirvió de base a un interesante trabajo, *Al duro y sin careta,* sobre un guión cinematográfico de Tomás González. La mejor plasmación escénica del tema es, sin embargo, *Calixta Comité,* de Hernández Espinosa, quien logró trascender la copia naturalista y el afán testimonial mediante una elaboración poética del lenguaje y un lúcido y profundo tratamiento. La intolerancia y el dogmatismo se ensañaron con el montaje, que tras su estreno en el Festival de Teatro de La Habana de 1980 fue prohibido por los funcionarios de la Dirección de Teatro y Danza, que exigían al autor humillantes cortes y arreglos.

Como reacción al facilismo y al mal gusto que presidían muchas de las obras de temática actual, a mediados de la década se advierte en algunas obras una tendencia a optar por la indagación en el pasado y apostar por la elaboración poética de la realidad, por contenidos de mayor densidad filosófica y por estructuras dramatúrgicas más flexibles. Entre ellas se incluyen, en primer lugar *Morir del cuento* y *La dolorosa historia del amor secreto de don José Jacinto Milanés,* de Estorino, dos de los mejores textos de nuestra dramaturgia contemporánea. La segunda es un ambicioso intento de entender nuestro siglo XIX, a través de la figura del célebre poeta matancero. Estorino realiza un despliegue creativo inédito en su producción anterior, y crea un ambiente onírico y evanescente en el que confluyen diferentes planos temporales.

Bajo la benéfica influencia del *Milanés*, un joven autor lleno de talento, Abilio Estévez (1954) escribió *La verdadera culpa de Juan Clemente Zenea*, en la que acude al pasado no con ánimo historicista, sino para hurgar en las motivaciones y contradicciones de un personaje de trágica y atormentada trayectoria. Ambos títulos parecen haber despertado el interés de otros dramaturgos por figuras de nuestra herencia literaria, tal vez por las posibilidades que brindan para reflexionar sobre las relaciones entre artista y sociedad y los antagonismos entre lo existencial y lo histórico.

En esa línea se hallan textos como *Plácido*, de Gerardo Fulleda, *Delirios y visiones de José Jacinto Milanés*, de Tomás González, *Mascarada Casal*, de Salvador Lemis, *Catálogo de señales*, de Carlos Celdrán, y un proyecto sobre Juan Francisco Manzano que ha anunciado Hernández Espinosa. Aunque su temática tenga poco que ver con los títulos anteriores, también participa de esta superación de la estética populista una pieza como *Weekend en Bahía*, de Alberto Pedro (1954), primera que logra presentar con madurez y complejidad de matices el tema del exilio y del regreso de los cubanos que abandonaron el país.

Pese a que los asuntos y personajes contemporáneos se impusieron de manera abrumadora en nuestra escena durante esta década, no lograron desplazar del todo a los temas relacionados con la historia. Un autor como Gerardo Fulleda (1942), que desde sus primeros trabajos (*Los profanadores*, 1975; *Azogue*, 1979) demostró una clara vocación histórica, ha estrenado *La querida de Enramada* (1983), *Plácido* (1986) y *Chago de Guisa* (1991), su pieza más elaborada y sólida. Un tratamiento distinto, que busca más proyectar los sucesos históricos al presente, realiza Albio Paz en *Huelga* (1981), un texto que se enriqueció con el montaje dirigido por el colombiano Santiago García. Otros autores, por último, han preferido acercarse a la historia desde una postura menos reverente, y han apostado por la cubanísima vía del choteo. Tusy Caveda, por ejemplo, hace una versión desmitificadora, picaresca y muy caribeña del intento de santificación de Colón (*La divertida y verídica relación de Cristóbal Colón*); mientras que Norberto Reyes reflexiona en tono burlón y desenfadado sobre los peligros de la actual carrera armamentista a partir del personaje del cubano que en 1856 ascendió en globo y nunca más apareció (*El ingenioso criollo Don Matías Pérez y gravísimos rumores en el cielo*).

Recuperación, reivindicación e innovación

Uno de los indicios de los aires de apertura con que se inició la década, es la recuperación de varios textos malditos que aguardaban la oportunidad de confrontarse con los espectadores. Se han podido estrenar así *Juana de Belciel, más conocida por su nombre de religiosa de Madre Juana de los Ángeles*, de Milián, el *Milanés* de Estorino, de quien también se ha repuesto, tras más de veinticinco años de ausencia de nuestros escenarios, *Los mangos de Caín*, y *Dos viejos pánicos*, de Piñera. Sin embargo, hay aún algunos títulos que aún no han recibido luz verde, como *Los siete contra Tebas,* de Arrufat, o toda la producción de Piñera correspondiente a su etapa de ostracismo. De particular importancia ha sido el rescate de dos autores que tras su brillante irrupción en los años sesenta, conocieron en la década siguiente una cruel marginación: Tomás González (1938) y Eugenio Hernández Espinosa. González, que estrenó, entre otros textos, *Yago tiene feeling* (1962) y *Escambray 61* (1963), debió aguardar hasta 1985 para montar *Los juegos de la trastienda*, que rescata la línea grotowskiana que desarrolló entre nosotros el grupo Los Doce, a cuyo equipo perteneció el dramaturgo. En su obra, dos jóvenes combatientes de la clandestinidad esperan el aviso para salir a realizar una acción, y mientras esperan inician un juego de desdoblamientos y de teatro dentro del teatro que los devuelve a la infancia. Cuatro actores se distribuían a lo largo de la representación los dos papeles, en un trabajo que descansaba sobre una intensa labor física y vocal. Desde entonces, González se ha mostrado muy activo y ha estrenado varios montajes, en su mayoría monólogos y unipersonales. Trece años separan las puestas en escena de *María Antonia* y *Calixta Comité,* tiempo durante el cual Hernández Espinosa acumuló manuscritos que fueron a parar a la gaveta, a excepción de *La Simona,* que ganó en 1977 el Premio Casa de las Américas. Después ha podido estrenar *Odebí, el cazador* (1982), *Oba y Shangó* (1983) y *Mi socio Manolo* (1988, escrita en 1971), las dos primeras basadas en leyendas y mitos de origen africano y la última, una lúcida visión del marginalismo, a través de la confrontación de dos amigos que se reencuentran. Es el suyo un teatro que reivindica nuestro mestizaje, en una recreación de la cultura y las tradiciones afrocubanas hecha desde una óptica contemporánea, sin caer en el pintoresquismo ni en la etnografía. "El desconocido Hernández", lo llamó Arrufat en un artículo, atendiendo seguramente a la enorme cantidad de textos suyos que nunca se han representado —*Caridá Muñanga, Desayuno a las siete en punto, Shangó Valdés, Aponte...*—, pero que no han impedido que Hernández Espinosa sea en nuestra dramaturgia un autor imprescindible.

En los últimos años de la pasada década y en los que han transcurrido de la presente, algunos hechos denotan que en la escena cubana algo empieza a moverse. En primer lugar, se han escrito y/o estrenado varias obras que reivindican el individuo, aspecto de particular importancia en una sociedad en donde toda experiencia pasa obligatoriamente por la esfera pública. Carlos Pérez Peña, actual director del Teatro Escambray, un grupo cuya integridad ideológica nadie pondría en duda, ha declarado 57 al respecto: "Temo que las enormes exigencias de la colectivización que ha planteado la revolución han sacrificado, de algún modo, la individualidad de la gente (...) Creo que estamos en una etapa en la que el individuo reclama cada vez más su parte en el proceso revolucionario y rechaza el ser uno más dentro de la masificación de la revolución".[30] Para demostrar que no se trata sólo de buenas intenciones, el Escambray ha estrenado dos textos que participan de esa preocupación: *Accidente,* de Roberto Orihuela (1950), reflexión crítica sobre el precio humano que cuestan los planes y sobrecumplimientos y un reclamo respecto al individuo, a quien la sociedad, por más orientada al colectivismo que esté, nunca puede ignorar; y *Calle Cuba 80 bajo la lluvia,* de Rafael González, acerca de los problemas y crisis de dos parejas. Otra obra de Orihuela espera su turno para subir a escena; su título es muy elocuente: *Siete horas en la vida de un hombre.* Similares inquietudes comparten obras recientes de Yulky Cary *(A tiempo de escapar,* sobre las relaciones humanas y la búsqueda del amor y la felicidad) y Reinaldo Montero *(Aquiles y la tortuga,* acerca del amor de la pareja). Esto coincide, por otro lado, con una sensible disminución de la calidad en varias obras de temáticas actuales que se mantienen dentro de los patrones más previsibles y consensuados, y cuyos signos de agotamiento resultan evidentes. Son los casos, entre otras, de *Con el gato de chinchilla* o *La locura a caballo,* de Paz, de la fallida *Don Juan normado,* de Reyes, y de *Lo que sube,* del por lo demás talentoso Alberto Pedro, y *El sudor,* de Abrahan Rodríguez, dos pobres intentos de recuperar la llamada dramaturgia de la producción.

En otro orden de cosas, hay que constatar la revitalización que ha experimentado el monólogo, a partir de la convocatoria, en 1988, del Festival del Monólogo, del cual se han celebrado ya cuatro ediciones. La iniciativa era una vía alternativa —modesta, es cierto, pero no por eso desdeñable— para escapar de la rigidez de las compañías establecidas y poder crear con un mínimo margen de libertad, además de que agilizaba y garantizaba la relación texto escrito-puesta en escena. De ahí que la respuesta de autores, directores y actores fuera, desde la primera edición, muy entusiasta. Bajo el estímulo directo del festival, dramaturgos tanto consagrados como noveles han aprovechado el escenario del Café Teatro Brecht, sede fija del evento, para mostrar en público sus textos, entre los cuales se cuentan algunos de valores indiscutibles: *Las penas saben nadar,* de Estorino, *El masigüere* y *Emelina Cundiamor,* de Hernández Espinosa, *Las penas que a mí me matan,* de Paz, *Monólogo para un café teatro,* de Carlos Franco, y *El gran amor es siempre el último,* de Tomás González.

En 1986, un proyecto de hechura y circulación domésticas llamó la atención del auditorio capitalino, sobre todo el juvenil, que lo pudo ver cuando pasó a una sala y se presentó en varios centros estudiantiles. Se llamaba *Los gatos,* y lo escribió y montó Víctor Varela, un joven egresado del Instituto Superior de Arte. Contaba, con bastante desenfado, el encuentro de dos jóvenes, una noche en la que se ven, hacen el amor, charlan y se despiden. Las inquietudes de crear fuera de los circuitos tradicionales llevaron a Varela a concebir un segundo proyecto, *La cuarta pared* (1988), que inicialmente tuvo como escenario un minúsculo apartamento del barrio habanero de El Vedado, y que el joven director montó sin apoyo oficial ni local de ensayo. Por sugerencia de algunos profesionales, el Teatro Nacional acogió el montaje en su salón del noveno piso. La temporada allí fue todo un éxito y *La cuarta pared* se convirtió en el acontecimiento escénico del año. Pocos espectáculos han suscitado tantas discusiones y acumulado tal cantidad de críticas, comentarios y reseñas. En cualquier otro contexto, hoy no habría pasado de ser un montaje más, pero en el nuestro fue una propuesta de particular validez. En el espectáculo no hay texto, sólo gestos y sonidos guturales. 59

Tampoco porta ningún mensaje obvio, sino que está cargado de violencia e incomunicación. El actor adquiere en él un protagonismo casi absoluto. Como detalle que contribuyó a la curiosidad creada en torno al trabajo, estaba el que por primera vez se veía en nuestros escenarios un desnudo completo. La crítica reconoció de manera casi unánime la sinceridad de *La cuarta pared*, su fecunda vocación experimental, su honesta preocupación de "no aspirar al signo taquillero, sino hacer poesía escénica y compartirla", su capacidad de innovación y riesgo en un panorama donde abundan la rutina, la mediocridad y la insinceridad.

Pero en la indagación de *La cuarta pared* hay que ver, sobre todo un indicio significativo de la presencia, indetenible ya, de una nueva generación que está a punto y exige un lugar en nuestra escena. Su lenguaje, imperfecto e inmaduro aún, se aparta de modo consciente del de sus maestros, algunos de los cuales comienzan a dar síntomas de cansancio. Es además la saludable respuesta a un teatro moribundo, agónico, que ha estado demasiado sometido a la eficacia política, a esquemas ideológicos estáticos y a un realismo —no importa si socialista o burgués— que, en muchas ocasiones, se queda en un naturalismo trasnochado. Esta explosión de nuevos creadores se ha visto favorecida por los cambios introducidos por el Ministerio de Cultura en la organización interna de la vida teatral. En 1989 se puso fin a la rigidez e institucionalización de los grupos, una estructura que era un obstáculo para la creación, y se adoptó una nueva dinámica de proyectos, basada en la flexibilidad para que los profesionales se unan en función de intereses artísticos. Esto ha permitido el acceso a las salas y teatros de una buena cantidad de gente joven, que en poco tiempo ha dado pruebas de su talento y su pujanza. Una confirmación de ello es que entre los espectáculos galardonados con el Premio de la Crítica, abundan los trabajos gestados por colectivos nuevos y dirigidos por artistas de las últimas promociones.

¿Debe verse esta corriente como uno de los inevitables y sistemáticos parricidios en los que el arte fundamenta su evolución y renovación? En cierta medida, sí. Pero hay también una voluntad, admitida y asumida por los jóvenes creadores, de establecer un puente con las búsquedas experimentales de finales de los sesenta, más como continuidad de un proceso en el que reconocen aspectos vigentes que como actitud de nostalgia. Se revalorizan así experiencias como la de Los Doce, se vuelve a Artaud y Grotowski, se descubre el minimalismo, la danza-teatro, el teatro antropológico de Eugenio Barba. Nombres que durante muchos años fueron considerados modelos decadentes y nocivos por los comisarios de la cultura, que impusieron como patrón estético el realismo más ortodoxo. Las revoluciones, cuando se mencionan términos como vanguardia y experimentación, sufren un curioso fenómeno de lógica al revés: se paralizan, se enquilosan y, como recordaba Ángel García Pintado en una anécdota sobre los cubistas, se ponen a llamar a los gendarmes.[31] Y la revolución cubana no ha sido, en ese sentido, una excepción.

Se han estrenado trabajos en los que el texto verbal es desplazado por la gestualidad y los componentes visuales y sonoros. A veces, se acude a referencias occidentales, como en *La cuarta pared*. Otros autores prefieren orientar sus búsquedas hacia las raíces afrocubanas, como ocurre en *Baroko,* de Rogelio Meneses. Se da también la convivencia armónica de códigos verbales y no verbales, como en *El hijo* (Teatro 2), parábola del hombre moderno en busca de sí mismo. Y están, en fin, los espectáculos de danza-teatro, que tienen en *Hablas como si me conocieras, Test* y *Eppure si muove,* del Ballet Teatro de La Habana, sus mejores exponentes.

Con todo, nuestra dramaturgia más reciente aún se mantiene bajo la dictadura de la palabra. En las últimas obras hay que resaltar, en primer término, su visión nada complaciente ni triunfalista de zonas de nuestra realidad que hasta ahora habían sido silenciadas y postergadas. Se han estrenado, en algunos casos en condiciones poco favorables, textos en los que se habla de frustraciones, violencia cotidiana, neurosis, intolerancia, roles representativos, homosexualidad. Textos que, por lo demás, no hubiesen podido escribir los autores de la "vieja guardia", ya que su mundo referencial es otro. Se trata, como ha apuntado un crítico, de inquietudes que mantienen "muchos puntos de contacto con sus (...) homólogos en la plástica, en la narrativa, en la música".[32] Un personaje bastante insólito en nuestra dramaturgia es, por ejemplo, la Ana de *¿Cuánto me das, marinero?*, de Carmen Duarte (1959), en la que afloran la incomunicación, la crisis de valores y la soledad que llevan a una joven cubana de nuestros días a recurrir al suicidio como vía de escape. Tampoco es ortodoxa la imagen de nuestra juventud que presenta Raúl Alfonso en *El grito*, en la cual la salida de la rabia acumulada da lugar a una violenta confrontación entre dos amigos de la adolescencia, cuando uno descubre que su expulsión de la escuela fue apoyada por el otro. Seres cargados de frustraciones y sueños son también los protagonistas de *El que quiera azul celeste*, de Amado del Pino (1960), aunque aquí aparezcan atemparados por el tratamiento sensible y el suave lirismo. Es, sin embrgo, *Timeball*, de Joel Cano (1966), el título que mejor representa y sintetiza las investigaciones y los hallazgos de la novísima dramaturgia cubana. Su negación de componentes tradicionales como el argumento, los personajes, la linealidad, su perspectiva irónica ante estereotipos y símbolos de la historia, su riqueza conceptual y la libertad formal de su escritura escénica —*Timeball* nos recuerda al Joan Brossa del *Teatro Irregular*—, lo sitúan como uno de los textos más audaces y transgresores de nuestra dramaturgia contemporánea.

Estas obras, por otra parte, han coadyuvado de manera decisiva a la formación de un público con una sensibilidad diferente. En un país donde el boca a boca —radio bemba, como se le conoce popularmente— funciona con una eficacia que ya quisieran para sí los medios de comunicación oficiales, la noticia de que en un espectáculo en cartel se hacen alusiones críticas o se quebrantan tabúes incita esa curiosidad morbosa que siempre ha sido uno de los efectos más contraproducentes de la mordaza. Empieza a darse un fenómeno que se hizo frecuente en la escena española en la etapa del teatro independiente: el público cómplice que caza al vuelo las referencias sutiles o directas, su reacción explosiva cuando reconoce alguna situación, los parlamentos que la realidad política carga de nuevas lecturas. Es fácil imaginar, por ejemplo, lo que sucede entre los espectadores cuando en *Desamparado,* la última obra escrita por Alberto Pedro a partir de personajes y motivos de "El Maestro y Margarita", de Mijaíl A. Bulgakov, se habla de muros que se derrumban, de presidentes pasados por las armas, separaciones y uniones impredecibles, inviernos fríos y despensas vacías, como preludio "del apocalipsis y de la llegada del reino de la incertidumbre". O cuando asisten, en *Timeball,* a la desacralización mordaz de mitos hasta ahora considerados como intocables. Son aromas de renovación y cambio que se han extendido al patio de butacas y que representan otra de las conquistas de este teatro empecinado en sacar la cabeza y forzar el techo de la censura.

Cuánto más podrá la escena cubana disfrutar de este exiguo espacio de libertad, es algo difícil de vaticinar. No obstante, hechos como la notoria ausencia en el programa del Festival Internacional de Teatro de 1991 de muchos de los proyectos más interesantes e innovadores de las últimas temporadas, constituyen augurios no precisamente buenos. Asimismo, el recrudecimiento de la represión contra cualquier forma de disidencia hace temer sobre el futuro de este teatro inconformista. Por otro lado, 63 la actividad escénica misma se ha visto afectada directamente por la aguda crisis económica que afecta a la isla: debido a las drásticas medidas de ahorro de energía, las funciones en las salas se han quedado reducidas a los fines de semana. En todo caso, tal vez sea secundaria la interrogante que formulábamos al inicio y habría que formularla en los términos en que la definió un profesor universitario mexicano: hasta cuándo durarán Castro, el petróleo, el pan y la paciencia del pueblo cubano.

En la Cuba de enfrente

Al igual que ha ocurrido con la música, las artes plásticas y la literatura, en los treinta y tres años que corresponden a la etapa de la revolución ha surgido y se ha desarrollado una corriente de teatro en el exilio. Como a esas otras manifestaciones, se le conoce poco y mal, sobre todo en Cuba, debido a la ruin e inflexible práctica de borrones, exclusiones y silencio llevada a cabo por las instituciones y publicaciones de la isla. Y como ellas también, durante mucho tiempo fue despreciado por la intelectualidad progresista de Estados Unidos que, en un primer momento, simpatizó con Castro.

Cualquier acercamiento a este teatro, debe partir de que se trata de un fenómeno que se inserta en el complejo entramado del teatro de lo que en Estados Unidos se conocen como minorías hispanas, que abarcan a los chicanos, puertorriqueños y latinoamericanos en general. Esto nos lleva, en primer lugar, a tomar en consideración su existencia dentro de una cultura ajena que las soporta de modo marginal y que sólo establece con ellas, en el mejor de los casos, un diálogo paternalista. Para las culturas de estas minorías, el sistema ha fijado una serie de reglas y pautas que les exigen el tratamiento de temas "étnicos", lo cual significa, en otros términos, el acatamiento de los prototipos y clichés que el mundo anglosajón tiene de esos hombres y mujeres. Esas normas deben ser acatadas no para que se les admita en el *mainstream* —un artista latino difícilmente podrá acceder a éste—, sino para poder aspirar a las subvenciones, que, no hace falta decirlo, son reducidas. En este medio tan adverso y difícil han realizado su labor los creadores cubanos, lo que los coloca en franca desventaja respecto a sus colegas de la isla. No han disfrutado como éstos de la protección del Estado. Por el contrario, han tenido que anteponer la sobrevivencia, y eso ha reducido en buena medida la creación. Aun hoy, al cabo de más de tres décadas, son contados los artistas que pueden vivir del teatro.

Si pasamos revista a las obras escritas y estrenadas en este período, encontraremos un conjunto bastante heterogéneo en el que se mezclan, como también sucede en la literatura, generaciones, estilos y posturas ideológicas bien disímiles. Como elemento común, está la voluntad de no perder la identidad, algo que se da incluso en el caso de los autores que se formaron en el extranjero y que escriben en otros idiomas. Llegamos así al primer punto sobre el que algunos pueden discrepar. ¿Cómo considerar cubanas obras que han sido escritas en un idioma que no es el que se habla en la isla? La respuesta pueden darla dos de los textos incluidos en esta antología, *Sanguivin en Union City* y *Alguna cosita que alivie el sufrir*. ¿No resultan cubanos sus personajes, sus temáticas? ¿No reconocemos en ambos algunos motivos recurrentes de nuestra dramaturgia: el microcosmos familiar, el desvelamiento de lo que ocultan las apariencias, el peso del pasado sobre el presente? Precisamente, uno de los méritos de este teatro es el empeño por mantener la identidad en un contexto cultural y lingüístico diferente, la voluntad de prolongar los límites de la patria hasta allí donde los ha arrojado el destierro y defender una integración y una continuidad que ningún sistema político pueden condicionar.

Hay que aguardar hasta inicios de la década del setenta para asistir al despegue de la dramaturgia del exilio. En la anterior se produjeron unos cuantos títulos que no pasaron de ser intentos aislados, posiblemente a causa de la provisionalidad con que entonces fue asumido el destierro. El único nombre sobresaliente de los sesenta es precisamente el de una autora que salió de Cuba en 1945 y se formó en Europa y Estados Unidos: María Irene Fornés (1930). Con el estreno de *Tango Palace* (1963), inició una brillante carrera que la convirtió en una figura destacada en el movimiento de off Broadway, y que se ha visto recompensada en seis ocasiones con el codiciado premio Obie, que ha obtenido con piezas como *Promenade* (1965), *The Successful Life of 3* (1977), *Fefu and her Friends* (1979) y *Abingdon Square* (1988). El teatro de María Irene Fornés parte de los moldes realistas, pero incorpora un lenguaje nuevo que lo mismo se amolda al musical y el vodevil que a obras de una cálida delicadeza. Autora de unas veinticinco piezas, varias de las cuales ha dirigido, se le considera una de las mejores escritoras de la dramaturgia norteamericana actual. Desde 1980 se dedica a la formación de nuevos autores, principalmente hispanos, a través del laboratorio de dramaturgia que dirige en INTAR.

Con el paso de los años y el cambio de actitud ante la realidad del exilio, surgieron los primeros grupos que se dedicaron a montar obras cubanas: Spanish Dumé Theatre (1969-1978), Duo Theatre (1969), Centro Cultural Cubano (1972-1979), Prometeo (1976-1981), a los que más tarde se sumaron los ya consolidados INTAR (1966) y Repertorio Español (1968), que pese a que su perfil era inicialmente otro, han incluido en su repertorio algunos textos de dramaturgos cubanos. En años posteriores se creó en Miami el Teatro Avante, que además organiza, desde 1986, el Festival de Teatro Hispánico. No muchos más son los colectivos profesionales y de una trayectoria más o menos estable que pueden agregarse a esta lista, lo cual se traduce en una cifra de estrenos que no guarda relación con la de los originales que esperan la oportunidad de cobrar vida escénica. Otra carencia que padecen los dramaturgos, es la escasez de buenos directores. Algo parecido puede decirse de la crítica, casi inexistente en lo que a teatro se refiere. La prensa norteamericana apenas se ocupa de la actividad escénica de los hispanos, y cuando lo hace, sus reseñas destilan un paternalismo ofensivo, que es fiel reflejo de su incapacidad para evaluar una realidad que no entiende. Ese desolador panorama se repite en el campo editorial, de manera que el investigador que se interese por tener una visión global del teatro del exilio, deberá enfrentarse a un grueso volumen de originales fotocopiados.[33] Un esfuerzo meritorio en ese sentido vienen realizando Matías Montes Huidobro y Yara González-Montes con la publicación del boletín *Dramaturgos* y, últimamente, de la colección Persona, dentro de la cual han aparecido piezas inéditas de José Corrales, Manuel Pereiras, Raúl de Cárdenas, José Triana, Leopoldo Hernández y el propio Huidobro.

Un espacio de libertad y memoria

Un escritor en el exilio, ha dicho Joseph Brodsky, es un ser retrospectivo, retroactivo. Buena parte de la dramaturgia que se escribe fuera de Cuba confirma esa afirmación del poeta ruso, y aunque es cierto que ganó un innegable espacio de libertad, sigue adherida a la memoria y al material del pasado. Unas veces asume un tono abiertamente didáctico y recrea figuras señeras de nuestra herencia histórica. Así, José Martí, nuestro prócer independentista más admirado y querido, es protagonista de *Abdala-Martí,* de Iván Acosta (1948) y Omar Torres (1945), y de *Un hombre al amanecer,* de Raúl de Cárdenas (1938). Aparece además en *A Burning Brech,* de Eduardo Machado, aunque con un tratamiento diferente al de los textos anteriores. A este autor, uno de los de obra más sólida e interesante, pertenece el ciclo *Obras de las Islas Flotantes,* ambicioso proyecto que cubre un amplio panorama de la historia cubana de este siglo: los años veinte y treinta *(Las damas modernas de Guanabacoa),* los cincuenta y sesenta *(Fabiola),* la etapa revolucionaria de las nacionalizaciones *(In the Eye of the Hurricane),* el destierro provocado por el castrismo *(Revoltillo).* Como la mayor parte de la producción dramática de Machado, se trata de visiones descarnadas y críticas de la familia cubana. Eso explica por qué el público más conservador de Miami recibió con tanto rechazo una obra como *Revoltillo,* en la que saca al sol los trapos de una familia cuya hija va a contraer matrimonio con un norteamericano. Están también algunas piezas de Manuel Pereiras (1950), como *Zoila y Pilar, Micaela's Daugther* y *Santiago,* aunque su tratamiento del pasado dista mucho de ser arqueológico o historicista y busca más una proyección hacia el presente que no excluye la provocación. Y en otra línea, la del teatro cómico con ingredientes folclóricos y costumbristas, está *Las Carbonell de la calle Obispo,* de Cárdenas, cuya acción se sitúa en los años cuarenta. Utilizando una fórmula aplicada con frecuencia por el cine norteamericano y tomando en cuenta el éxito de taquilla obtenido por la obra, tuvo una secuela, *Las Carbonell de la Villa Jabón Candado,* escrita por Marcos Casanova, que presentaba a los mismos personajes entre diciembre de 1953 y septiembre de 1958.

Como era previsible, el proceso revolucionario ha sido asunto o por lo menos telón de fondo de varias obras. Es posiblemente la vertiente temática más lastrada por el resentimiento y el tono apasionado, lo que ha malogrado más de un proyecto prometedor. A este grupo pertenecen piezas como *Recuerdos de familia,* de Cárdenas, *La época del mamey,* de Andrés Nóbregas, y *Persecución,* compuesta por cinco textos cortos, primera y fallida incursión en el teatro del novelista Reinaldo Arenas. Ni siquiera un autor del talento y la profesionalidad de Matías Montes Huidobro (1931) logra salir indemne al tratar esta temática en *Exilio*. En cambio, consigue textos tan logrados como *La madre y la guillotina* y *La sal de los muertos* cuando prescinde de las referencias explícitas y las alusiones directas y expresa sus ideas mediante la frustración y la desilusión de los personajes. Ése es el procedimiento artístico que sigue Iván Acosta en *Recojan las serpentinas que se acabó el carnaval,* en la que aborda en clave satírica el problema de las dictaduras, en una trama que sitúa en un país latinoamericano. Julio Matas (1931), por último, se ocupa de la situación del intelectual bajo la revolución en *Diálogo de Poeta y Máximo.* Pero, insistimos, en la mayoría de los casos son autores que lograron sus mejores textos cuando se han ocupado de temas distanciados de la realidad política más inmediata.

El conjunto más numeroso y de más interés lo conforman las obras que abordan el tema del exilio y los problemas de adaptación y desarraigo que conlleva. Uno de los primeros títulos que lo trató con lucidez fue *El súper,* de Acosta, en el que se presenta, en un estilo cercano al sainete y tono tragicómico, la vida de una familia cubana en Nueva York. La pieza tiene, entre otros valores, el de mostrar con verosimilitud y sencillez la dura existencia de los exiliados y su amargo descubrimiento de la verdadera cara del *american dream.* Esta remisión al ámbito familiar la hallamos también en *La familia Pilón,* de Miguel González-Pando, *Sanguivin en Union City,* de Manuel Martín Jr. (1934), *Café con leche,* de Gloria González, y *Mamá cumple ochenta años,* de Mario Martín (1934), las dos últimas acerca de los esfuerzos de algunos cubanos por americanizarse. Los aborda también Luis Santeiro (1947) en *Mixed Blessing,* versión libre de *Tartufo* en la cual el personaje de Molière se transforma en un nuevo rico cubanoamericano que es convencido para que pruebe suerte en la política. El dilema del bilingüismo y la dualidad cultural tiene una de sus mejores plasmaciones en *Coser y cantar,* de Dolores Prida (1943), cuyo contenido la autora resume así: "cómo ser una mujer bilingüe y bicultural en Manhattan, sin enloquecer". Sus dos personajes, Ella y She, son en realidad dos facetas de una misma mujer que se enfrentan en un diálogo en el que una se expresa en español y la otra en inglés. Ese conflicto pierde importancia para los miembros de las nuevas generaciones, que se educaron en el extranjero, y para quienes patria y Cuba resultan términos vacíos. Entre ellos domina la alternancia de uno y otro idioma, con una marcada preferencia por el inglés, como evidencia Aurelita, la hija del protagonista de *El súper.* Y si para ésta el sentimiento emblemático respecto a sus raíces parece ser el olvido, para la Catalina de *Sanguivin en Union City* es, por el contrario, el recuerdo, la nostálgica búsqueda de la tierra perdida, el aferramiento a mitos arcaicos que el paso del tiempo vuelve cada vez más endebles.

Con el inicio de los primeros diálogos entre las autoridades cubanas y algunos sectores del exilio, se incluyó en la dramaturgia el motivo del reencuentro de los que se quedaron en la isla y los que emigraron. Es el asunto central, por ejemplo, de *Alguna cosita que alivie el sufrir,* de René R. Alomá (1947-1986), y da pie al conflicto en *Siempre tuvimos miedo,* de Leopoldo Hernández (1921), y *Así en Miami como en el cielo,* de Raúl de Cárdenas, sobre el doloroso encuentro —en este caso, como en el de la obra de Hernández, en Estados Unidos— de un padre y su hijo. En la vertiente humorística, está *La dama de La Habana,* de Santeiro, que explora el problema de la asimilación de los recién llegados de Cuba. Un texto de especial interés por sus valores teatrales y por la agudeza con que trata el tema, es *Nadie se va del todo,* de Pedro Monge Rafuls (1943), estructurado a partir de una narración fragmentada en la que se alternan diferentes planos temporales y espaciales. El diálogo entre los cubanos de la isla y del exilio, como lo muestra el dramaturgo, es difícil, doloroso, pero en todo caso posible si unos y otros demuestran comprensión y respeto hacia la otra realidad.

La convivencia con otras minorías hispánicas ha llevado a algunos autores, sobre todo los residentes en Nueva York, a reflejarla en sus obras. Uno de los grandes éxitos de público del teatro hispano neoyorkino en 1991, fue *Botánica,* un sainete en el que Dolores Prida recrea el ambiente de los puertorriqueños que viven en El Barrio. La propia Prida ha dedicado otra obra, *Beautiful Señoritas,* a los prejuicios machistas sobre la mujer latina. En *Solidarios,* Monge Rafuls narra, con personajes típicos y lenguaje directo, la historia de un grupo de inmigrantes hispanos ilegales que deciden unirse para luchar contra el sistema. Hispanos son también los protagonistas de *El chino de la charada,* de Pereiras, comedia musical ambientada en el Este del Bajo Manhattan, y de *Nuestra Señora de la Tortilla,* de Santeiro. Randy Barceló (1946), escenógrafo de reconocido prestigio, dedicó su primera obra, *Canciones de la vellonera,* a la búsqueda de la identidad de los integrantes de una minoría, concretamente la puertorriqueña, mientras que González-Pando se ha ocupado de los problemas que confrontan los latinos en Estados Unidos en *The Great American Justice Game* y *A las mil maravillas.* De aspectos extraídos de la vida de los hispanos, también se ocupa Renaldo Ferradas (1932) en título como *Pájaros sin alas, La Visionaria* y *La puta del millón.* En esta enumeración, que no pretende ser exhaustiva, hay que incluir, por último, a *Carmencita,* de Martín Jr., deliciosa adaptación al ambiente puertorriqueño de la *Carmen* de Bizet, y *Su cara mitad,* de Montes Huidobro, que figura en este volumen.

Miami y Nueva York constituyen los dos puntos en los que se concentra la mayor actividad teatral de los cubanos. Sin embargo, en cada ciudad asume características bien definidas y con diferencias muy marcadas respecto a la otra. Algunos investigadores, como José A. Escarpanter y

Joanne Pottlitzer, han señalado que mientras en Nueva York el teatro hecho por cubanos se orientó más a la consolidación de grupos e instituciones al estilo del Teatro Rodante Puertorriqueño, en Miami, por el contrario, se ha basado más en los teatros y en las empresas comerciales, sin olvidar la influencia, no siempre positiva, de los gustos del público. En esta última ciudad, ha proliferado así un teatro de estilo frívolo, que se mueve entre la revista y el sainete vernáculo, que inserta a veces referencias epidérmicas a los acontecimientos políticos del momento, y del que son ilustrativos títulos como *Si me gusta lo tuyo te enseño lo mío, Ponte el vestido que llegó tu marido, En los 90 Fidel revienta, El curriculum de Feliciana* o *A Vicente le llegó un pariente.* Eso explica por qué la dramaturgia no ha alcanzado allí las cotas de calidad, espíritu de innovación y riqueza logradas por los autores radicados en Nueva York. Hay que anotar, no obstante, la aparición en Miami de algunos dramaturgos de obra aún exigua y, en muchos casos, desconocida por no haberse estrenado ni publicado. Nombres como los de José Cabrera *(Patio interior)*, Evelio Taillacq *(Yo quiero ser, Maloja 257)*, José Abreu Felippe *(Amar así)* y Daniel Fernández *(Guantanamera, Fuerte como la muerte)*, merecen ser tomados en cuenta, pues a la vuelta de poco tiempo pueden depararnos alguna sorpresa.

A algunos de los autores residentes en Nueva York nos hemos referido ya de modo parcial. Sobre Manuel Martín Jr., conviene añadir que posee una producción abundante, que se inició con acercamientos a figuras de la historia europea *(Rasputin, Francesco: The Life and Times of the Cenci)*, para luego concentrarse en los problemas de los cubanos y latinos en Estados Unidos, en textos como *Swallows, Fight!, Sanguivin en Union City, Carmencita,* en varios de los cuales la música ocupa un papel significativo. A esos títulos hay que añadir *Rita and Bessie,* espléndida obra en la que, a través del imaginario encuentro de Rita Montaner y Bessie Smith, realiza un penetrante análisis de la hipocresía racial y sus consecuencias en la vida de las dos artistas. Posiblemente, uno de los autores que menos concesiones ha hecho al costumbrismo sea José Corrales (1937), algo que debe haber influido en los pocos montajes que ha acumulado. Es el suyo un teatro más preocupado por la realidad interna y psicológica y por el tratamiento sensible, y que se interesa por aspectos de la vida moderna como la incomunicación *(Un vals de Chopin)* y las relaciones familiares *(Honilight).* Manuel Pereiras, con quien Corrales ha escrito en colaboración obras como *Las hetairas habaneras* (versión paródica de *Las troyanas* de Eurípides) y *The Butterfly Cazador,* posee una extensa producción que admite mal el encasillamiento. Provocador e iconoclasta, Pereiras maneja un amplio registro que va de las piezas ubicadas en nuestra historia más reciente *(Guajira de salón, Santiago, Zoila y Pilar)* a las de temática homosexual *(The Two Caballeros of Central Park West, In the Country of Azure Nights, La paloma, Ira Evans),* pasando por la recreación moderna de mitos clásicos *(Oriana).* Otro motivo sobre el cual ha insistido es el de la ruptura de las fronteras entre arte y vida, presente en *Still Still* y *Álbum.* Sus textos abarcan además géneros muy diversos y poco ortodoxos: la tragedia aristofánica, la comedia española, la ópera hablada, el melodrama mítico y la metatragedia. Además de los títulos ya mencionados, Pedro Monge Rafuls es autor de otras piezas de interés: *Recordando a mamá,* obra de tono intimista acerca de dos hermanos a quienes su madre, acabada de fallecer, convirtió en seres frustrados e infelices; *Trash,* monólogo en el que un ''marielito''[34] narra, con bastante honestidad y sin caer en los clichés políticos al uso, la dramática experiencia que lo lleva a cometer un crimen, y *Noche de ronda,* un texto corto concebido con fines didácticos sobre las medidas de prevención del sida. Está, por último, Tony Betancourt (1921), dramaturgo muy prolífico que ha estrenado textos como *Los vecinos, La factoría* y *El* 73 *problema es por la loto.* En lo que se refiere a la dramaturgia escrita por mujeres, a los nombres de María Irene Fornés y Dolores Prida se ha sumado últimamente el de Ana María Simo (1944), formada en el laboratorio de INTAR, en donde ha estrenado *Exiles, Alma* y *Going to New England.*

La existencia de estos dos grandes núcleos no debe llevarnos a olvidar a otros autores que desarrollan su actividad en otras ciudades. En Estados Unidos, están José Raúl Bernardo (1938), que escribe fundamentalmente obras musicales en un género cercano a la ópera, entre las que se hallan *Something for the Palace, The Child* y *Red Peppers and Bulldogs;* René Ariza, que se ha dedicado fundamentalmente a los trabajos unipersonales y las piezas para niños, y Elías Miguel Muñoz (1954), de quien Duo Theatre montó en 1990 *The L. A. Scene,* un musical en un acto que trata los conflictos de una estrella de rock, el cubanoamericano Julián Toledo, frente al problema de su identidad cultural. Un asunto que ha abordado en sus novelas, la subversión y rechazo del código machista de nuestra sociedad, es el tema de su siguiente obra, *The Greatest Performance,* en la que un chico y una chica de origen cubano, ambos homosexuales, se cuentan sus experiencias de marginación familiar a causa de su condición. Desde su salida de la isla en 1980, José Triana reside en París, donde además de dirigir una versión en francés de su famosa *Noche de los asesinos,* ha retomado algunos textos inéditos que traía de Cuba y escrito uno nuevo, el monólogo *Cruzando el puente.* A los primeros pertenecen *Revolico en el Campo de Marte,* una pieza en verso, *Ceremonial de guerra,* recreación del *Filoctetes* de Sófocles cuya trama se sitúa en la guerra de independencia de 1895, y *Palabras comunes,* que fue estrenada en 1986 por la Royal Shakespeare Company. Pese al interés demostrado por algunos grupos como Repertorio Español por montar esta última obra, hasta ahora no ha sido posible debido a las dificultades que implica el elevado costo de su producción. El texto es una adaptación bastante libre de una popular novela de comienzos de siglo, "Las honradas", de Miguel de Carrión. Triana hace un recorrido por la historia de una familia de terratenientes, para trazar un cuadro de la situación de la mujer cubana, educada según una moral hipócrita y machista. Su versión profundiza más en algunos personajes, introduce escenas nuevas, amplía y enriquece otras y consigue, como ha apuntado José A. Escarpanter, una obra que supera en belleza y emoción al original en el que se inspira. Por último, está Manuel Reguera Saumell, que reside en Barcelona, aunque su producción en el exilio se reduce a un solo título: *Otra historia de las revoluciones celestes, según Copérnico* (1971), después del cual abandonó de manera definitiva el teatro.

Ésta es, a grandes trazos, la evolución experimentada por nuestra dramaturgia a lo largo de más de cuatro décadas que abarca su período moderno. Es éste el contexto en el que fueron creadas las dieciséis obras que componen esta antología, cuya selección es lícito discutir. En todo caso, hemos querido ofrecer un censo representativo de esa realidad bicéfala que es el teatro cubano actual, sin tomar en cuenta criterios políticos esquemáticos y excluyentes con los que el arte no suele llevarse bien. Reunir por primera vez en un mismo volumen a autores de la isla y el exilio, puede ser una forma de contribuir a que esa reconciliación sea algo más que un pronóstico esperanzador.

Madrid, enero de 1992

---

[1] Rine Leal: *Breve historia del teatro cubano*, Edit. Letras Cubanas, Ciudad de La Habana, 1980, p. 107.

[2] En su libro *Teatro cubano (1927-1961)*, Nati González Freire ubica a Sánchez Galarraga dentro de lo que ella denomina, con una delicadeza muy femenina, "existencia de un estilo anterior". Edición del Ministerio de Relaciones Exteriores, La Habana, 1961, p. 61.

[3] En general, los libretos son el talón de Aquiles de la mayoría de esas obras.

⁴ Graziella Pogolotti: "Sobre la formación de una conciencia crítica", en *Literatura y arte nuevo en Cuba*, Edit. Laia, Barcelona, 1977, p. 103.

⁵ Calvert Casey: "Teatro 61", revista *Casa de las Américas*, núm. 9, nov.-dic., p. 103.

⁶ Roberto Fernández Retamar: "Hacia una intelectualidad revolucionaria en Cuba", revista *Casa de las Américas*, núm. 40, ene.-feb., 1967, p. 6.

⁷ Virgilio Piñera: "No estábamos arando en el mar", revista *Tablas*, núm. 2, abr.-jun., 1983, p. 42.

⁸ Rine Leal: *En primera persona*, Instituto del Libro, La Habana, 1967, p. 57.

⁹ Virgilio Piñera: *op. cit.*, p. 40.

¹⁰ Cintio Vitier: "Eros en los infiernos", en *Crítica sucesiva*, Ediciones Unión, La Habana, 1971, p. 411.

¹¹ Matías Montes Huidobro: "Virgilio Piñera: Teatro completo", revista *Casa de las Américas*, núm. 5, marzo-abril, 1961, p. 88.

¹² Rine Leal: Prólogo a *Teatro cubano en un acto*, Ediciones R, La Habana, 1963, p. 23.

¹³ Nati González Freire: *op. cit.*, p. 130.

¹⁴ Citado por Julio E. Miranda en *Nueva literatura cubana*, Taurus Ediciones, Cuadernos Taurus, Madrid, 1971, p. 106.

¹⁵ José Manuel Caballero Bonald: Introducción a *Narrativa cubana de la Revolución*, Alianza Editorial, Madrid, 1968, p. 13.

¹⁶ Cintio Vitier: *op. cit.*, p. 412.

¹⁷ Matías Montes Huidobro: *op. cit.*, p. 90.

¹⁸ Virgilio Piñera: "Piñera teatral", en *Teatro completo*, Ediciones R, La Habana, 1960, p. 29.

¹⁹ En "El teatro cubano actual" (mesa redonda), revista *Casa de las Américas*, núm. 22-23, enero-abril, 1964, p. 96.

²⁰ Graziella Pogolotti: Prólogo a *Teatro y revolución*, Edit. Letras Cubanas, La Habana, 1980, p. 16.

²¹ Magaly Muguercia: *Teatro: en busca de una expresión socialista*, Edit. Letras Cubanas, Ciudad de La Habana, 1981, p. 9.

²² Ernesto Guevara: *Obras*, Casa de las Américas, La Habana, 1970, tomo 2, p. 379.

²³ Rine Leal: "Un cuarto de siglo de dramaturgia (1959-1983)", *Revista de Literatura Cubana*, núm. 4, enero, 1985, p. 33.

²⁴ Julio Ortega: *Figuración de la persona*, Edhasa, Barcelona, 1971, p. 294.

²⁵ Declaración de la UNEAC, en *Los siete contra Tebas*, Ediciones Unión, La Habana, 1968, p. 8.

²⁶ *Ibídem*, p. 7.

²⁷ Declaración del I Congreso Nacional de Educación y Cultura, revista *Casa de las Américas*, núm. 65-66, marzo-junio, 1971, p. 14.

²⁸ Moisés Pérez Coterillo: "Más de 300 horas de teatro", revista *Pipirijaina*, núm. 19-20, octubre, 1981, p. 65.

²⁹ Moisés Pérez Coterillo: "El teatro cubano hace inventario", revista *Pipirijaina*, núm. 22, mayo, 1982, p. 80.

³⁰ "Rescatar una cultura de la discusión y de la crítica", revista *Primer Acto*, núm. 228, abril-mayo, 1988, p. 39.

³¹ Ángel García Pintado: *El cadáver del padre*, Akal Editor, Madrid, 1981, p. 101.

[32] Salvador Redonet: "¿Cuánto le das marinero?", revista *Tablas*, núm. 1, enero-marzo, 1990, p. 17.

[33] Ollantay Center for the Arts, de Nueva York, ha puesto en marcha el proyecto de un inventario/directorio de dramaturgos cubanos en el exilio, que será una complilación de gran valor para saber qué se ha escrito realmente durante estas tres décadas. Agradecemos a Pedro Monge Rafuls, director de Ollantay, el habernos permitido consultar los fondos recibidos hasta el mes de noviembre de 1991, así como la inestimable información y ayuda que nos brindó.

CRONOLOGÍA

Carlos Espinosa Dominguez

Política

1945	Regulación del Diferencial Azucarero, vigorosamente defendido por los trabajadores de ese sector. Proliferan las organizaciones armadas de carácter gansteril, bajo el amparo del gobierno de Grau San Martín.
1946	El gobierno inicia una violenta represión contra los trabajadores y el movimiento sindical. Es asesinado el líder campesino Niceto Pérez. Como símbolo del gansterismo y la corrupción imperantes, es robado el diamante del Capitolio, en pleno centro de La Habana.
1947	El gobierno hace fracasar la expedición de Cayo Confites, que se preparaba para luchar contra la dictadura del dominicano Rafael Leónidas Trujillo. Eduardo R. Chibás y otros disidentes del Partido Revolucionario Cubano fundan el Partido del Pueblo Cubano (Ortodoxo). Fuerzas policiales asaltan la sede de la Central de Trabajadores de Cuba.

CRONOLOGÍA

Cultura	Teatro
Se instituye el Premio Nacional de Periodismo Juan Gualberto Gómez y se funda la orquesta del Conservatorio Municipal de La Habana. René Portocarrero, Mariano Rodríguez y Roberto Diago exponen en Nueva York. Aparecen *Taita, diga usted cómo*, de Onelio Jorge Cardoso, *Papel de fumar*, de Enrique Labrador Ruiz, y *Aventuras sigilosas*, de José Lezama Lima.	Cesa sus actividades Teatro Popular. El grupo ADAD presenta su primera producción. Estrenos de *Lo que no se dice*, de Isabel Fernández y Cuqui Ponce de León, y *Noche de esperanza*, de Flora Díaz Parrado.
Abre sus puertas la Universidad de Villanueva. Es fundada la Comisión Nacional Cubana de la UNESCO. Son editados *El engaño de las razas*, de Fernando Ortiz, *Divertimentos*, de Eliseo Diego, *La música en Cuba*, de Alejo Carpentier, y *Mapa de la poesía negra americana*, de Emilio Ballagas. Muere José Antonio Ramos.	Paco Alfonso, mención en el Concurso Joshua Logan con *Yari-yari mamá Olúa*. El Patronato del Teatro instituye los premios Talía. Se estrena *Ya no me dueles, luna*, de Alfonso.
Primeras ediciones de *Juego de agua*, de Dulce María Loynaz, *El son entero*, de Nicolás Guillén, *Poema mío*, de Eugenio Florit, y *Carne de quimera*, de Labrador Ruiz. Inician sus actividades el Museo y Archivo de la Ciudad de La Habana, la Universidad de Oriente y Radio Reloj.	Aparece el primer número de la revista *Prometeo*, que se publicará hasta 1953. *El chino*, de Carlos Felipe, recibe el Premio ADAD. Se crea el grupo Farseros. Abre sus puertas la Academia Municipal de Artes Dramáticas.

CRONOLOGÍA

Política

1948

Entra en vigor el Acuerdo General
sobre Aranceles y Comercio, que
sustituye al Tratado de Reciproci-
dad Comercial de 1934, así como
la Ley Azucarera, que permite al
Congreso norteamericano establecer a su arbitrio la cuota. Carlos
Príо Socarrás gana las elecciones
presidenciales. Se producen protestas populares por el aumento
del precio del transporte público.
Es asesinado el dirigente azucare-
ro Jesús Menéndez.

1949

Se recrudece la política represiva
del gobierno. Son clausurados los
programas radiales de Eduardo R.
Chibás y Salvador García Agüero.
Con el pretexto de combatir el
gansterismo, se crea el Grupo Represivo de Actividades Subversi-
vas.

1950

Huelga general contra los proyectos de la llamada Federación Pa-
tronal. El gobierno anuncia una
política de «nuevos rumbos», destinada supuestamente a combatir
la corrupción administrativa. Son
creados el Banco de Fomento
Agrícola y el Tribunal de Cuentas.

Cultura

El 1 de abril empieza a salir al aire la radionovela de Félix B. Caignet *El derecho de nacer,* un clásico del género que ha recorrido el mundo entero y se ha traducido a numerosos idiomas. Más de dos millones de cubanos siguieron entonces sus trescientos catorce capítulos. Son publicados *Por qué,* de Lydia Cabrera, *Al sur de mi garganta,* de Carilda Oliver, y *Diez poetas cubanos,* de Cintio Vitier. Abre sus puertas la Universidad de Las Villas. Es asesinado en Harlem Chano Pozo.

Es creado el Departamento de Cine de la Universidad de La Habana. Se publica *El reino de este mundo,* donde Carpentier expone su concepción de lo real maravilloso. Aparecen además dos importantes poemarios: *La fijeza,* de Lezama Lima, y *En la Calzada de Jesús del Monte,* de Diego. Muere Fidelio Ponce.

En octubre, comienzan a emitirse las primeras señales televisivas. Cuba es el tercer país del continente que introduce la televisión. En cine, es un año récord: se producen cuatro largometrajes. Entre ellos, está *Siete muertes a plazo fijo,* de Manuel Alonso, un thriller a la cubana y uno de los

Teatro

Estreno de *Electra Garrigó,* de Virgilio Piñera, con el que queda constituida la Asociación Prometeo. El Patronato del Teatro inicia la convocatoria de un concurso de dramaturgia, que se realizará de manera irregular hasta 1959. Felipe gana de nuevo el Premio ADAD con *Capricho en rojo.* Se estrena *La mariposa blanca,* de Luis A. Baralt.

Se crea el Grupo Escénico Libre. En *Orígenes,* se publica la pieza *Falsa alarma,* de Piñera. *El niño inválido,* de Antonio Vázquez Gallo, y *El travieso Jimmy,* de Felipe, premios en el certamen de dramaturgia del Ministerio de Educación. Estrenos de *Scherzo,* de Eduardo Manet, *Cita en el espejo,* de Rolando Ferrer, y *Nosotros los muertos,* de René Buch.

Andrés Castro funda la Compañía Dramática Las Máscaras. *Cañaveral,* de Alfonso, premio en el concurso del Ministerio de Educación. Estreno de *Jesús,* de Piñera.

Política

1950

1951

En agosto, el líder ortodoxo Eduardo R. Chibás se suicida tras finalizar una emisión radial. Su muerte conmueve a toda la nación. El gobierno alcanza su más bajo nivel de popularidad. El general Fulgencio Batista anuncia su candidatura a la presidencia por el recién fundado Partido Acción Unitaria.

1952

Ante las escasas posibilidades de ganar los comicios, Batista da un golpe de Estado. Al mes siguiente, rompe relaciones diplomáticas con la URSS e impone unos Estatutos que sustituyen a la Constitución de 1940. La zafra azucarera supera los siete millones de toneladas.

Cultura	Teatro

mejores títulos de este período. Se editan *Elegía como un himno*, de Roberto Fernández Retamar, *Asonante final*, de Florit, y *La africanía de la música folklórica en Cuba*, de Ortiz. Primera exposición individual de Raúl Martínez.

Se crean la Sociedad Cultural Nuestro Tiempo y la Academia Cubana de la Lengua. Emilio Ballagas, Premio Nacional de Poesía por *Cielo en rehenes*. En el Museo Nacional de Arte Moderno de París se presenta una muestra de arte cubano contemporáneo. Primeras ediciones de *La semilla estéril*, de José Z. Tallet, *Jardín*, de Loynaz, y *Las miradas perdidas*, de Fina García Marruz. Muere Leopoldo Romañach.

Auspiciado por Nuestro Tiempo, se realiza en La Habana un cursillo sobre Stanislavski. *Yerba hedionda*, de Alfonso, recibe el Premio Prometeo. Se estrenan *La hija de Nacho*, de Ferrer, y *Sobre las mismas rocas*, de Matías Montes Huidobro.

Cesan las actividades editoriales y radiales de la Universidad del Aire. Estreno del filme *La única*, de Ramón Peón, protagonizado por Rita Montaner. Creación del Cuarteto de Aida. Son publicados *La carne de René*, de Virgilio Piñera, *Cincuenta años de poesía cubana (1902-1952)*, de Vitier, y *Cincuentenario y otros cuentos*, de Raúl González de Cascorro.

Vinculado a Nuestro Tiempo, se funda el Teatro Experimental de Arte. Se estrena *Martí 9*, de María Álvarez Ríos.

CRONOLOGÍA

Política

1953	La dictadura ilegaliza el Partido Socialista Popular y cierra la Universidad de La Habana. El 26 de julio, un grupo de jóvenes revolucionarios, encabezados por Fidel Castro y Abel Santamaría, asalta el cuartel Moncada, de Santiago. La acción fracasa, la mayoría de los asaltantes son asesinados y los demás son capturados días después, procesados y condenados a quince años de prisión.
1954	Batista convoca a unas falsas y fraudulentas elecciones para legitimar su golpe militar. Se crea el Buró de Represión de Actividades Anticomunistas. Circula clandestinamente «La historia me absolverá», alegato de Castro ante el tribunal que juzgó a los asaltantes del Moncada. El gobierno se ve forzado a suspender la censura de prensa y anuncia la concesión de una amnistía general, con el propósito de mejorar su imagen.
1955	Salen de la cárcel los asaltantes del Moncada. Una vez en el exilio, organizan el Movimiento 26 de julio, al que se une el argentino Ernesto Guevara. En medio de una ola represiva, se reinstaura la censura de prensa.

Cultura	Teatro
Se celebra en La Habana el Congreso de Escritores Martianos. Estreno de *Casta de robles,* de Alonso, el gran melodrama rural del cine prerrevolucionario. Primeras ediciones de *Analecta del reloj,* de Lezama Lima, *Los pasos perdidos,* de Carpentier, *Viento sur,* de Raúl Roa, y *Décimas por el júbilo martiano en el centenario del Apóstol José Martí,* de Ballagas.	Auspiciado por la Asociación Cubana de Naciones Unidas, Irma de la Vega imparte un seminario sobre Stanislavski. Rubén Vigón realiza en varios clubs habaneros el fallido intento del Teatro de Sobremesa. Se presenta *Escenas de gente desconocida,* de Fermín Borges.
En respuesta a la Bienal batistiana y franquista, se realiza el Primer Festival Universitario de Arte Cubano Contemporáneo. En cine, se estrena *La rosa blanca,* de Emilio Fernández, con una gran controversia y un enorme suceso de público. El gobierno crea el Instituto Nacional de Cultura. Comienza a editarse la revista *Nuestro Tiempo.* Primera edición de *El monte,* de Lydia Cabrera, un clásico dentro de las investigaciones afrocubanas.	Con *La ramera respetuosa,* de Sartre, se inician las funciones diarias de la «época de las salitas». Prometeo estrena *Las criadas,* de Genet, que se mantiene varias semanas en cartel e introduce en la escena cubana la modalidad del teatro arena. Abren sus puertas la sala Talía y el Teatro de los Yesistas. Se funda el Grupo Arena Teatral. Se lleva a escena *Lila, la mariposa,* de Ferrer.
Aparece el primer número de la revista *Ciclón.* Se proyecta *La fuerza de los humildes,* de Miguel Morayta, primer largometraje cubano en colores. Se publican *Refranes de negros viejos,* de Cabrera, *Gradual de laudes,* de Ángel	Se inauguran las salas Atelier y Hubert de Blanck. La Sociedad Nuestro Tiempo inicia la publicación de los *Cuadernos de Cultura Teatral* y organiza sesiones de lectura y debate de obras cubanas inéditas. *Desviadero 23,* de José A.

85

CRONOLOGÍA

1955	
1956	En abril, es asaltado en Matanzas el cuartel Goicuría. La dictadura suspende las garantías constitucionales. Son ajusticiados los jefes del Servicio de Inteligencia Militar y de la policía. En diciembre, arriba a las costas orientales el yate Granma, con ochenta y dos expedicionarios encabezados por Castro. Son perseguidos por las fuerzas batistianas, pero una docena logra llegar a la Sierra Maestra y establecer el núcleo guerrillero del Ejército Rebelde.
1957	Comienza la ofensiva del Ejército Rebelde. En marzo, jóvenes del Directorio Revolucionario asaltan el Palacio Presidencial. En la acción muere José Antonio Echevarría, presidente de la Federación Estudiantil Universitaria. La dictadura recrudece la represión. Para desmentir la noticia de su muerte, Castro concede una entrevista al periodista del *New York Times* Herbert Mathews, en la que asegura que no es comunista. El Departamento de Estado norteamericano empieza a presionar para que cese el suministro de armas a Batista.

Cultura	Teatro
Gaztelu, *Los párpados y el polvo*, de Fayad Jamís, y *Tobías*, de Félix Pita Rodríguez.	Montoro Agüero, primer premio en el concurso del Patronato del Teatro. Borges estrena *Pan viejo*, *Gente desconocida* y *Doble juego*.
El INC retira al Ballet de Cuba la modesta subvención que le concedía, ante la negativa de sus directores de ser absorbidos por el aparato oficial. La Federación Estudiantil Universitaria organiza un acto de desagravio en el Estadio Universitario. Deja de editarse *Orígenes*. Primeras ediciones de *Cuentos fríos*, de Piñera, *Mi casa en la tierra*, de Loló de la Torriente, *El acoso*, de Carpentier, y *Canto llano*, de Vitier. Muere Mariano Brull.	El Grupo Experimental Arena estrena *La lección*, de Ionesco, en un programa que incluye además *El juicio de Aníbal*, de Gloria Parrado. Inauguración de la sala El Sótano. Estreno de *Según el color*, de Álvarez Ríos.
Cuba se convierte en uno de los principales productores de películas pornográficas. Aparecen editados *La expresión americana*, de Lezama Lima, y *Anagó; vocabulario lucumí*, de Cabrera. Mueren Carlos Enríquez y Gustavo Robreño.	Se abren las salas Las Máscaras y Arlequín. *Complejo de champán*, de Leslie Stevens, alcanza en este último local las 152 representaciones. Se llevan a escena *Un color para este miedo* y *Dónde está la luz*, de Ramón Ferreira. *Falsa alarma*, de Piñera, y *El caso se investiga*, de Antón Arrufat.

CRONOLOGÍA

Política

1958	En enero, se inician desde la Sierra Maestra las trasmisiones de Radio Rebelde. Se abre el II Frente Oriental, comandado por Raúl Castro. Se frustra un intento de huelga general. Dos columnas rebeldes emprenden la invasión a las provincias occidentales. Estados Unidos decreta el embargo de armas a Batista. La dictadura se desmorona vertiginosamente.
1959	Batista y varios de sus colaboradores huyen del país. El 2 de enero entran en La Habana las tropas del Ejército Rebelde. Se ponen en marcha las primeras nacionalizaciones y se promulga la Ley de Reforma Agraria.

CRONOLOGÍA

Cultura	Teatro
Aparece el primer número de la revista *Islas*. Primeras ediciones de *La paloma de vuelo popular*, de Guillén, *El cuentero*, de Cardoso, *Lo cubano en la poesía*, de Vitier, *El gallo en el espejo*, de Labrador Ruiz, y *Tratados en La Habana*, de Lezama Lima. Mueren Rita Montaner y Regino E. Boti.	Pocos meses después de su estreno mundial, se monta en La Habana la primera traducción al castellano de *Viaje de un largo día hacia la noche*, de O'Neill, espectáculo con el que queda constituido Teatro Estudio. Prometeo inaugura una salita en la calle Galiano. *Árboles sin raíces*, de Raúl González de Cascorro, premio Luis de Soto. Se celebra el Mes de Teatro Cubano, en el que se escenifican, entre otras piezas, *La boda*, de Piñera, *La víctima*, de Álvarez Ríos, *Gracias, doctor*, de Enrique Núñez Rodríguez, y *Con la música a otra parte*, de Borges.
Fundación de la Casa de las Américas y el Instituto Cubano de Arte e Industria Cinematográficos. Empiezan a circular el diario *Revolución* y el suplemento cultural *Lunes de revolución*. Son editados *Historia de una pelea cubana contra los demonios*, de Ortiz, *Certidumbre de América*, de Juan J. Arrom, y *El sol a plomo*, de Humberto Arenal.	Se representa *El alma buena de Se-chuan*, primer texto de Brecht que se monta en Cuba. *Sara en el traspatio*, de Manuel Reguera Saumell, primer premio en el concurso convocado por la Dirección General de Cultura. Se llevan a escena *La taza de café* y *Los próceres*, de Ferrer, *Punto de partida*, de Borges, *El hombre inmaculado*, de Ferreira, *Los ánimos están cansados*, de Raúl de Cárdenas, y *La madre y la guillotina*, de Montes Huidobro.

CRONOLOGÍA

Política

1960

Cuba reestablece relaciones diplomáticas con la URSS. Firma del primer convenio comercial entre los dos países. Se produce el primer gran atentado contrarrevolucionario: el buque francés La Coubre explota en el puerto habanero, con un saldo de más de cien muertos. Son nacionalizadas una treintena de compañías norteamericanas. Estados Unidos suprime la cuota azucarera, suspende la cuota del producto y decreta el embargo total del comercio con la isla. Comienza en el Escambray la lucha contra las bandas contrarrevolucionarias. Son creados el Banco de Comercio Exterior y la Junta Central de Planificación.

1961

Estados Unidos rompe relaciones diplomáticas con Cuba. En abril, son bombardeados los aeropuertos de La Habana y Santiago. En el entierro de la víctimas, Castro proclama el carácter socialista de la revolución. Es derrotada la invasión de mercenarios de Playa Girón. Se lleva a cabo un canje de dinero y se emprende una masiva campaña de alfabetización. Son expulsados del país un obispo y más de un centenar de sacerdotes: las relaciones entre iglesia y gobierno alcanzan su peor momento.

CRONOLOGÍA

Cultura	Teatro
Fundación de la Imprenta Nacional de Cuba. El primer título es una edición del *Quijote*. Jean-Paul Sartre y Simone de Beauvoir visitan la isla. La censura y requisa del documental *P.M.* provoca la primera polémica sobre la libertad de expresión y promueve el cierre de *Lunes de revolución*. Se convoca por primera vez el Premio Casa de las Américas. El ICAIC produce su primer largometraje: *Cuba baila*, de Julio García Espinosa. Aparecen *Así en la paz como en la guerra*, de Guillermo Cabrera Infante, *Poesía, revolución del ser*, de José A. Baragaño, *Dador*, de Lezama Lima, y *Bertillón 166*, de José Soler Puig. Dejan de publicarse *Prensa Libre*, *Diario de la Marina* y *Carteles*. Muere Rolando T. Escardó.	Se crea el Teatro Nacional de Cuba. Estrenos de *Medea en el espejo*, de José Triana, *La hora de estar ciegos*, de Dora Alonso, y *Función homenaje*, de Ferrer.
Se realiza el Primer Congreso Nacional de Escritores y Artistas, en el que queda constituida la Unión de Escritores y Artistas de Cuba. Por un decreto del Consejo de Ministros, se crea el Consejo Nacional de Cultura. Se abre la Escuela de Instructores de Arte. Inauguración del Museo Napoleónico. Primeras ediciones de *Libro de Rolando*, de Escardó, *Toda la poesía*, de Pablo Armando Fernández, *Odas mambisas*, de Manuel Navarro Luna, y *No hay problema*, de Edmundo Desnoes. Muere Jorge Mañach.	Inicia sus actividades el Seminario de Dramaturgia del Teatro Nacional. Se realiza el Primer Festival de Teatro Latinoamericano. Se estrenan *Las pericas* y *El palacio de los cartones*, de Nicolás Dorr, *La palangana*, de Cárdenas, *El corte* y *Fiquito*, de Ferrer, *El tiro por la culata* y *Gas en los poros*, de Montes Huidobro, *El vivo al pollo*, de Arrufat, *El General Antonio estuvo aquí*, de Reguera Saumell, y *El robo del cochino*, de Abelardo Estorino.

91

CRONOLOGÍA

1962

Cuba es expulsada de la Organización de Estados Americanos. Crisis de octubre: Kennedy ordena el bloqueo y amenaza con la agresión militar si se instalan en la isla los misiles soviéticos. El gobierno cubano declara la alarma de combate. Finalmente, Jrushow acepta retirar las bases de cohetes. Son reestructuradas las Organizaciones Revolucionarias Integradas. Primer incidente con Aníbal Escalante: Cuba trata de independizarse del comunismo oficial, representado por el viejo partido y por las orientaciones soviéticas. Se implanta la libreta de racionamiento para los alimentos y los productos industriales.

1963

Se constituye el Partido Unido de la Revolución Socialista, que sustituye a las ORI. Castro visita la URSS. En octubre, se promulga la segunda Ley de Reforma Agraria, por la que se nacionalizan las propiedades mayores de 65 hectáreas. Se aprueba la ley de Servicio Militar Obligatorio. El huracán Flora azota las provincias orientales, con un balance de cuantiosos daños materiales y cientos de víctimas. Se comienzan a experimentar en la economía algunos sistemas alternativos de organización socialista.

Abren sus puertas el Museo Hemingway y la Escuela Nacional de Arte. La Casa de las Américas realiza la primera edición de la Exposición de La Habana. Circulan los primeros números de *Unión* y *La Gaceta de Cuba*. En cine, se estrena *El joven rebelde*, de Tomás Gutiérrez Alea. Carpentier publica *El siglo de las luces*, una de sus mejores novelas. Aparecen también *El regreso*, de Calvert Casey, *El justo tiempo humano*, de Heberto Padilla, *En claro*, de Antón Arrufat, y *Con las mismas manos*, de Retamar. Mueren Raúl Cepero Bonilla, Francisco Ichaso y José A. Baragaño.

Fundación del Conjunto Dramático Nacional, las Brigadas Francisco Covarrubias y el Conjunto Folclórico Nacional. Estrenos de *El filántropo* y *Aire frío*, de Piñera, *Las Yaguas*, de Maité Vera, *Santa Camila de La Habana Vieja*, de José R. Brene, *El Parque de la Fraternidad*, de Triana, *Propiedad particular* y *Recuerdos de Tulipa*, de Reguera Saumell, y *Las vacas gordas*, de Estorino.

Luis Martínez Pedro presenta la exposición «Aguas territoriales». Primeras ediciones de *El ingenio*, de Manuel Moreno Fraginals, *Gestos*, de Severo Sarduy, *Un oficio del siglo XX*, de Cabrera Infante, *Memorias de una cubanita que nació con el siglo*, de Renee Méndez Capote, y *La situación*, de Lisandro Otero. Mueren Ernesto Lecuona y Benny Moré.

Inicia sus actividades el Teatro Nacional de Guiñol. El Teatro del Pueblo, de Buenos Aires, lleva a escena *Recuerdos de Tulipa*. Se estrenan *Los cuchillos de 23*, de Reinaldo Hernández Savio, y *La calma chicha*, de Reguera Saumell.

CRONOLOGÍA

1964

Todos los miembros de la OEA, con la excepción de México, votan unánimamente por la ruptura de relaciones diplomáticas con Cuba. La política cubana de fomentar focos guerrilleros choca con la estrategia soviética de actuar a través de los partidos comunistas. Las relaciones entre ambos países se deterioran.

1965

Constitución del Partido Comunista de Cuba. Como parte de una campaña represiva contra los homosexuales, se crean las Unidades Militares de Ayuda a la Producción, en realidad, campos de trabajo forzado. Ernesto Guevara dimite de todos sus cargos en el gobierno y parte a luchar en otras tierras de Latinoamérica. Cuba autoriza el puente aéreo Varadero-Miami, para ciudadanos que emigran a Estados Unidos. Comienzan a circular los diarios *Ganma* y *Juventud Rebelde*.

Cabrera Infante obtiene el Premio Biblioteca Breve con *Vista del amanecer en el trópico*, que luego aparecerá como *Tres tristes tigres*. Aparecen los primeros números de *Nueva Generación, Cuadernos Desterrados* y *Cultura 64*. Se publican *Tengo*, de Guillén, *Cuentos para abuelas enfermas*, de Évora Tamayo, *Poemas del hombre común*, de Domingo Alfonso, y *Juan Quinquín en Pueblo Mocho*, de Samuel Feijóo. Inauguración del Museo de Artes Decorativas. Muere Ángel Acosta León.

Comienza a editarse la revista *Conjunto*. Estrenos de *Contigo pan y cebolla*, de Héctor Quintero, *La casa vieja*, de Estorino, y *La repetición*, de Arrufat.

Santiago Álvarez realiza *Now*, un clásico del cine de agitación. Se estrena también *Un día en el solar*, de Eduardo Manet, primer musical de la cinematografía cubana. La UNEAC convoca su primer concurso nacional de literatura, que inicialmente sólo incluía novela. Empiezan a circular el diario *Granma* y la revista *Exilio*. Primeras ediciones de *Antología de la poesía cubana*, de Lezama Lima, *Memorias del subdesarrollo*, de Desnoes, *Hábito de esperanza*, de Florit, y *La vieja y la mar*, de Tamayo.

La noche de los asesinos, de Triana, recibe el Premio Casa de las Américas. Estrenos de *Mi solar*, de Lisandro Otero, *Réquiem por Yarini*, de Felipe y *Pato Macho*, de Ignacio Gutiérrez.

CRONOLOGÍA

| 1966 | Se celebra en La Habana la Conferencia Tricontinental. Las tensiones entre Cuba y la URSS alcanzan su punto más álgido. En junio, el gobierno decreta el estado de alerta militar ante una nueva amenaza de agresión directa de Estados Unidos. Un avión bombardea la central eléctrica de Matanzas. Se inicia una purga en los organismos oficiales de los antiguos miembros del PSP. |
| 1967 | Ernesto Guevara cae abatido en una operación del ejército boliviano. Su muerte marca el fracaso y el fin de la política de exportar la revolución guerrillera. Es organizado el Movimiento de Trabajadores de Avanzada, similar al de los stajanovistas en la Unión Soviética. Se celebra en La Habana la Conferencia de la Organización Latinoamericana de Solidaridad. |

Alicia Alonso obtiene el Grans Prix de la Ville en el Festival Internacional de Ballet de París. Una gran exposición de Wifredo Lam recorre varias capitales europeas. Se celebra la Primera Bienal de Artistas Jóvenes. Se publica *Paradiso*, novela con la que Lezama Lima reafirma su condición de gran poeta. Se publican además otros títulos importantes: *Memorial de un testigo*, de Gastón Baquero, *Biografía de un cimarrón*, de Miguel Barnet, *El oscuro esplendor*, de Diego, *Los años duros*, de Jesús Díaz, y *Cuerpos*, de Jamís. Aparece el primer número de *El Caimán Barbudo*. En cine, se estrenan *La muerte de un burócrata*, de Alea, y *Manuela*, de Humberto Solás, que obtienen varios galardones internacionales. *Cerro Pelado*, de Álvarez, Paloma de Oro en el Festival de Leipzig. Mueren Elías Entralgo, Enrique Loynaz Muñoz y Manuel Navarro Luna.

En Nueva York se crea INTAR. *La noche de los asesinos* obtiene el Gallo de La Habana en el VI Festival de Teatro Latinoamericano. Primera edición del Festival Nacional de Teatro para niños. El Instituto de Teatro de la Universidad de Chile monta *La casa vieja*. Estrenos de *Chismes de carnaval*, de Brene, *Unos hombres y otros*, de Jesús Díaz, *Todos los domingos*, de Arrufat, y *¿Quién pidió auxilio?*, de Berta Martínez.

Por primera vez, el Salón de Mayo viaja a América y se presenta en La Habana y Santiago. Lo acompañan, entre otros, Peter Weiss, Jorge Semprún, Juan Goytisolo y Michel Leiris. Primera edición del Festival Internacional de Ballet. Se convoca el Premio David para autores noveles. Es creado el Instituto del Libro. Primeras ediciones de *Cabeza de zanahoria*, de

Es montada por primera vez *El becerro de oro*, de Joaquín Lorenzo Luaces. La puesta en escena de *La noche de los asesinos* realiza una importante gira por Europa y se presenta en el Teatro de las Naciones, el Festival del Joven Teatro de Lieja y el Festival Internacional de Venecia. *María Antonia*, de Eugenia Hernández Espinosa, gran éxito del año. Se estre-

Política

1967

1968   El gobierno justifica y apoya la invasión soviética a Checoslovaquia. Se inicia una nueva fase en las relaciones cubano-soviéticas. Puesta en marcha de la ofensiva revolucionaria, con la que se nacionalizan todos los establecimientos comerciales e industriales privados que aún quedaban. Aníbal Escalante es condenado a veinticinco años de cárcel, por conspirar para lograr la subordinación de Castro a la disciplina del Partido. Nueva tentativa de ahogar a los antiguos militantes del PSP.

Cultura	Teatro

Luis Rogelio Nogueras, *De donde son los cantantes*, de Sarduy, *El gran zoo*, de Guillén, *Celestino antes del alba*, de Reinaldo Arenas, *Tute de reyes*, de Antonio Benítez Rojo, y *Tres tristes tigres*, de Cabrera Infante, una gozosa celebración de la noche habanera. Con *Aventuras de Juan Quinquín*, de García Espinosa, el cine cubano alcanza su primer gran éxito popular. Muere Félix Lizaso.

nan además *Vade Retro*, de José Milián, *Tambores*, de Felipe, y *La soga al cuello*, de Reguera Saumell.

En enero, 450 intelectuales de 70 países asisten al Congreso Cultural de La Habana. El Salón de Mayo otorga el Premio a la Joven Pintura al conjunto de artistas cubanos. Dos de los libros seleccionados en el Premio UNEAC, *Los siete contra Tebas*, de Arrufat, y *Fuera del juego*, de Padilla, desencadenan una polémica por su contenido ideológico. En la revista *Verde Olivo*, órgano de las Fuerzas Armadas, aparecen varios artículos en que se ataca a ambos autores. Asimismo, la edición de *Lenguaje de mudos*, de Delfín Prats, es destruida antes de que circule. La etapa de liberalidad en la cultura está llegando a su fin. Año de madurez para el cine: se estrenan *Lucía*, de Solás, *L.B.J.*, de Álvarez, *Acerca de un personaje que unos llaman San Lázaro*, de

Dos viejos pánicos, de Piñera, Premio Casa de las Américas. Quintero recibe el primer premio del Instituto Internacional del Teatro por *El premio flaco*. Actores de diversas procedencias fundan el Grupo Teatro Escambray. Son nacionalizadas las salas privadas. Estrenos de *La vuelta a la manzana*, de René Ariza, y *Otra vez Jehová con el cuento de Sodoma*, de Milián.

Política

1968

1969

El gobierno anuncia el proyecto de lograr para 1970 una zafra azucarera de 10 millones de toneladas, la mayor de la historia del país. Llega a la isla el primer contingente de la Brigada Venceremos, integrada por jóvenes norteamericanos que participarán en labores agrícolas. Los obispos cubanos se pronuncian contra el bloqueo norteamericano.

Cultura	Teatro

Octavio Cortázar, y *Memorias del subdesarrollo,* de Alea, un título de referencia indispensable. Mueren Amelia Peláez, Andrés Núñez Olano, Enrique Serpa y José Masiques.

Se convoca por primera vez el Premio 26 de Julio: las Fuerzas Armadas pretenden ejercer control sobre la cultura. En Washington, se celebra la Primera Reunión de Estudios Cubanos. Pablo Armando Fernández obtiene en España el Premio Adonais con el poemario *Un sitio permanente.* Creación del Grupo de Experimentación Sonora. Se publican *No hay aceras,* de Pedro Entenza, *Escrito sobre un cuerpo,* de Sarduy, *Notas de un simulador,* de Casey, *Canción de Rachel,* de Barnet, *El mundo alucinante,* de Arenas, y *La guerra tuvo seis nombres,* de Eduardo Heras León. *La primera carga al machete,* de Manuel Octavio Gómez, obtiene uno de los galardones de la Mostra de Venecia. Mueren Juan J. Remos, Fernando Ortiz, José María Chacón y Calvo, Calvert Casey y Sindo Garay.

El grupo colombiano La Mama realiza el estreno mundial de *Dos viejos pánicos.* En Nueva York, se fundan Repertorio Español y Duo Theatre. Son montadas *La cortinita,* de Raúl Macías, *En la parada, llueve,* de David Camps, *Las monjas,* de Manet, *Cuentos del Decamerón,* de Quintero, y *Collage USA,* de José Santos Marrero.

Política

1970	Bandas contrarrevolucionarias secuestran a varias embarcaciones pesqueras cubanas. En el discurso de recibimiento, Castro anuncia que no se han alcanzado los diez millones. Este revés significa la dislocación económica y política más seria sufrida hasta entonces por la revolución. Chile reestablece relaciones diplomáticas con la isla. Cuba se somete a la disciplina y al modelo comercial de los países del Este.
1971	Visita de Castro a Chile, Perú y Ecuador. Es aprobada la Ley contra la Vagancia. Deja de editarse la revista *Pensamiento Crítico*, símbolo de un marxismo abierto, pluralista y heterogéneo.

Cultura	Teatro
El pintor Manuel Mendive es premiado en el Festival Internacional de Pintura de Cagnes Sur-Mer, Francia. Primeras ediciones de *El que vino a salvarme*, de Piñera, *Maneras de contar*, de Lino Novás Calvo, *Sacchario*, de Miguel Cossío, *Los pasos en la hierba*, de Heras León, *Once caballos*, de Dora Alonso, e *Instantáneas al borde del abismo*, de Carlos Alberto Montaner. Fundación de Los Van Van. Empieza a editarse la revista *Signos*.	Una obra de Milián, *La toma de La Habana por los ingleses*, confronta dificultades por sus alusiones críticas y finalmente es retirada de cartel. Estrenos de *Mambrú se fue a la guerra*, de Quintero, y *Los juegos santos*, de Santos Marrero.
Se celebra el Congreso Nacional de Educación y Cultura: las resoluciones y documentos aprobados y puestos en práctica marcan el inicio de una política más rígida y dogmática. Para la cultura cubana empieza lo que los críticos llaman el «quinquenio gris». Se publican *Erinia*, de Julio Matas, *Ayapá: cuentos de jicotea*, de Cabrera, *Calibán*, de Retamar, *Los fundadores: Alfonso y otros cuentos*, de Lourdes Casal, y *La última mujer y el próximo combate*, de Manuel Cofiño, una de las obras emblemáticas de este período. Muere Bola de Nieve.	Se inicia para la escena cubana su década más estéril y de calidad más baja. Aplicando las resoluciones aprobadas en el Congreso de Educación y Cultura, varios colectivos son disueltos y muchos de sus integrantes pasan a trabajar en la producción. Se estrenan *La Vitrina*, de Albio Paz, *Los muñecones*, de Quintero, y *Cacha Basilia de Cabarnao*, de Herminia Sánchez.

CRONOLOGÍA

Política

| 1972 | Cuba ingresa en el Consejo de Ayuda Mutua Económica. El país adopta el modelo soviético y organiza su economía en planes quinquenales. Guyana, Jamaica y Trinidad-Tobago reestablecen relaciones diplomáticas con la isla. Es creado el Comité Ejecutivo del Consejo de Ministros. |
| 1973 | Estados Unidos y Cuba firman un tratado sobre piratería aérea, primer acuerdo oficial entre ambos países en muchos años. Reestablecimiento de relaciones diplomáticas con Argentina. Es reformado el sistema judicial. Cuba envía 500 conductores de tanques a luchar a favor de Siria en la guerra contra Israel. Visita de Castro a Viet-Nam. |

Cultura	Teatro
Un jurado presidido por Octavio Paz otorga en España el Premio Maldoror a José Lezama Lima. *Paradiso* es elegido el mejor libro hispanoamericano publicado en Italia. La prensa cubana silencia ambos reconocimientos. En Nueva York, se crea el Centro Cultural Cubano. Fundación del Movimiento de la Nueva Trova. *Cobra,* de Sarduy, recibe el Francia el Premio Médicis. Se convocan por primera vez el premio de narrativa policial del Ministerio del Interior y el de literatura infantil La Edad de Oro. Se publican *El sitio de nadie,* de Hilda Perera, *Perromundo,* de Montaner, y *El diario que a diario,* de Guillén.	El Grupo Teatro Escanbray inaugura su sede y estrena *El paraíso recobrado,* de Paz.
Se realiza el Primer Forum sobre Literatura Infantil y Juvenil. Es creado el grupo Irakere. Son editados *Provocaciones,* de Padilla, *Poesía sobre la tierra,* de Raúl Rivero, *Persona, vida y máscara en el teatro cubano,* de Matías Montes Huidobro, y *La ronda de los rubíes,* de Armando Cristóbal Pérez. En cine, se realizan *Ustedes tienen la palabra,* de Gómez, y *El hombre de Maisinicú,* de Manuel Pérez, que es vista por dos millones de espectadores.	Creación del Teatro Político Bertolt Brecht, buque insignia de la nueva política teatral. Estrenos de *Las provisiones,* de Sergio González, *Los chapuzones,* de Gutiérrez, *El juicio,* de Gilda Hernández, y *Audiencia en la Jacoba,* de Sánchez.

CRONOLOGÍA

Política

1974	Se celebran en Matanzas las primeras elecciones de delegados al Poder Popular. Reestablecimiento de relaciones diplomáticas con Panamá, Barbados y Venezuela.
1975	Se hace público el envío de tropas cubanas a varios países de África. En diciembre, se celebra el Primer Congreso del Partido: queda sustancialmente concluida la institucionalización de la revolución. La OEA levanta el embargo comercial contra Cuba. Es aprobado un nuevo Código de la Familia. Reestablecimiento de relaciones diplomáticas con Colombia.

Cultura	Teatro
Aparece el primer número de la revista *Areíto*. Primeras ediciones de *Vista del amanecer en el trópico*, de Cabrera Infante, *La rueda dentada*, de Guillén, *Claudia a Teresa*, de Pancho Vives, *Barroco*, de Sarduy, *Concierto barroco*, de Carpentier, y *Una historia inusitada*, de Natalio Galán. Muere Sara Gómez.	Se celebra el Primer Panorama de Teatro y Danza. Varios excomponentes del Cabildo Teatral de Santiago fundan la Teatrova. Son llevadas a escena *De como Santiago Apóstol puso los pies en la tierra*, de Raúl Pomares, *Cap a pie*, de María Irene Fornés, *Girón: historia verdadera de la Brigada 2506*, de Macías, *En Chiva Muerta no hay bandidos*, de Hernández Savio, y *El rentista*, de Paz.
El Museo Nacional realiza una exposición retrospectiva de Mariano Rodríguez. Aparece *Días y flores*, primer disco grabado por Silvio Rodríguez. Se publican *De cal y arena*, de Eliana Rivero, *Este judío de números y letras*, de José Kozer, *La selva oscura*, de Rine Leal, *Anaforuana*, de Cabrera, *Desnudo en Caracas*, de Fausto Masó, y *El pan dormido*, de Soler Puig, una de las mejores novelas de la década. Mueren Carlos Felipe y Rafael Soler.	Se estrenan *Los profanadores*, de Gerardo Fulleda, *Once a family*, de René R. Alomá, y *De dos en dos*, de Freddy Artiles.

CRONOLOGÍA

Política

1976	Se realiza un referendo nacional para aprobar una nueva Constitución de carácter socialista. Elecciones nacionales al Poder Popular. La Asamblea Nacional de ese órgano elige a Fidel presidente del Consejo de Estado de la República. Mueren 73 personas en el atentado a un avión cubano. Se adopta una nueva división político-administrativa, por la que el país pasa a tener 14 provincias. Es fundado en La Habana el Comité Cubano Pro Derechos Humanos.
1977	Comienza una tentativa de normalización de las relaciones cubano-norteamericanas. Apertura de una sección de intereses de Estados Unidos en La Habana, con sede en la embajada de Suiza, y de Cuba en Washington, con sede en la de Checoslovaquia. Viaja a Cuba el primer contingente de la Brigada Antonio Maceo, integrada por jóvenes sacados del país al inicio de la revolución.

Cultura	Teatro
Inicia sus actividades el Instituto Superior de Arte. El artista plástico Alfredo Sosabravo obtiene la medalla de oro del Concurso Internacional de Arte de Faenza, Francia. Se estrena *La última cena*, de Alea, que obtiene varios galardones en los festivales de Chicago, São Paulo, Biarritz y Figueira da Foz. Carlos Franqui publica *Diario de la revolución cubana*. Mueren José Lezama Lima, Rolando Ferrer y Raimundo Lazo.	El Teatro Escambray actúa para los soldados cubanos en Angola. *Algo muy serio*, de Quintero, gran éxito comercial del año: 52.000 espectadores en 112 representaciones. También suben a escena *Spics, spices, gringos y gracejo*, de José Corrales, *Ernesto*, de Gerardo Fernández, *Beutiful señoritas*, de Dolores Prida, *Rasputin*, de Manuel Martín, y *Al duro y sin careta*, de Tomás González.
Alejo Carpentier recibe en España el Premio Cervantes. Es creado el Ministerio de Cultura. Inauguración del combinado poligráfico Juan Marinello, con capacidad para imprimir veintidós millones de libros al año. Es creada la Editorial Letras Cubanas y restituida la Ley de Derecho de Autor, derogada de hecho desde inicios de los sesenta. El pianista Jorge Luis Prats obtiene el gran premio en el Concurso Long-Thibaud, en Francia. Se publican *Ni verdad ni mentira y otros cuentos*, de Uva Clavijo, *Fragmentos a su imán* y *Oppiano Licario*, de Lezama Lima, *El comandante Veneno*, de Manuel Pereira, y *La piel de la memoria*, de Edith Llerena. En	Yuri Liubímov dirige con Teatro Estudio *Los diez días que estremecieron al mundo*. Se crea el Teatro Juvenil Pinos Nuevos. *La Simona*, de Hernández Espinosa, Premio Casa de las Américas. Se lleva a escena *El súper*, de Iván Acosta, que obtiene el premio de la Asociación de Cronistas de Espectáculos de Nueva York a la mejor obra del año.

Política

1977

1978   Tropas cubanas participan al lado del ejército etíope en la guerra con Somalia. Se celebra en La Habana el XI Festival Mundial de la Juventud y los Estudiantes. Adolfo Suárez, presidente de España, visita la isla. Castro inicia conversaciones con la comunidad cubana en el exilio. Es liberado Huber Matos.

1979   Se celebra en La Habana la Conferencia del Movimiento de los No Alineados. Castro es elegido presidente para el próximo período. Polémica con China, a propósito del conflicto chino-vietnamita. Cien mil exiliados visitan la isla.

Cultura	Teatro

cine, se estrenan *El brigadista*, de Cortázar, y *De cierta manera*, de Sara Gómez, realizada tres años antes, un interesante acercamiento a temas contemporáneos.

El Museo Español de Arte Contemporáneo acoge la muestra «Pintura y gráfica cubanas». Aparecen editados *Contra viento y marea*, de Grupo Areíto, *Maitreya*, de Sarduy, *El candidato*, de Alfredo A. Fernández, *De Peña Pobre*, de Vitier, y *La consagración de la primavera*, de Carpentier. Se proyectan los filmes *55 hermanos*, de Jesús Díaz, y *Los sobrevivientes*, de Alea.

Se celebra en Santa Clara el Festival de Teatro Nuevo. El Teatro Escambray actúa en Panamá y Venezuela. Estrenos de *Carmencita*, de Martín, *La emboscada*, de Roberto Orihuela, *El ingenioso criollo don Matías Pérez*, de Brene, *Juana Machete: la muerte en bicicleta*, de Corrales, y *Autolimitación*, de Paz.

El súper, de Orlando Jiménez Leal, Gran Premio en los festivales de Manheim y Biarritz. La película es seleccionada además para la Mostra de Venecia. Se celebra el Segundo Congreso de la UNEAC. Hilda Perera obtiene en España el Premio Lazarillo con *Cuentos para grandes y chicos*. El Festival de Cine de San Francisco programa una retrospectiva de Gutiérrez Alea. Primeras ediciones de *La Habana para un infante difunto*, de Cabrera Infante, *El mundo se dilata*, de Orlando González Esteva, *Eurídice en la fuente*,

Tras varios años cerrado por obras, se abre el Teatro Nacional. *Andoba*, de Abrahan Rodríguez, uno de los grandes éxitos de público de la década. Son estrenadas también *El feliz cumpleaños de Lala Rumayor*, de Montoro Agüero, y *The Beggar's Soup Opera*, de Prida.

111

CRONOLOGÍA

	Política
1979	
1980	En menos de cuarenta y ocho horas, 10.000 personas se refugian en la embajada de Perú en La Habana. Aprovechando una relajación temporal de las restricciones migratorias, unos ciento veinte mil cubanos emigran a Estados Unidos desde el puerto del Mariel, a través de la llamada «flotilla de la libertad». Se celebra el Segundo Congreso de Partido. El gobierno apoya la invasión soviética a Afganistán. Es aprobado el mercado libre campesino.
1981	Con el objetivo de atraer el capital extranjero, Cuba anuncia una ley de empresa mixta. En Miami, es creada la Fundación Nacional Cubano-Americana. En la isla, se fundan las Milicias de Tropas Territoriales..

Cultura	Teatro
de Juana Rosa Pita, *Dialéctica de la revolución cubana*, de Carmelo Mesa Lago, y *Los naipes conjurados*, de Justo Rodríguez Santos. Se estrena *Elpidio Valdés*, de Juan Padron, primer largometraje de dibujos animados realizado en Cuba. Es también el año de *Retrato de Teresa*, de Pastor Vega, que provoca acaloradas polémicas sobre el tema del machismo. Mueren Virgilio Piñera y Agustín Acosta.	
Se celebra en Columbia University el Segundo Congreso de Intelectuales Cubanos Disidentes. Empieza a circular *Linden Lane Magazine*. Se editan *Cuando una mujer no duerme*, de Reina María Rodríguez, *La rueca de los semblantes*, de Kozer, *Superficies*, de Octavio Armand, *El palacio de las blanquísimas mofetas*, de Arenas, y *Viajes de Penélope*, de Pita. Se proyecta con gran aceptación popular el filme *Guardafronteras*, de Cortázar. Muere Alejo Carpentier.	Teatro Estudio se presenta en los festivales internacionales de Sitges, Belgrado y Oporto. Es reabierto el Teatro Musical de La Habana. Primera edición del Festival de Teatro de La Habana. Se estrenan *El compás de madera*, de Francisco Fonseca, y *Swallows*, de Martín. Por encargo del Ministerio del Interior, se representa *El escache*, de A. Rodríguez, sobre los sucesos de la embajada de Perú.
La cinematografía cubana se embarca en su primera superproducción, *Cecilia*, de Solás, que no convence ni a críticos ni espectadores. Se realiza en La Habana el Encuentro de Intelectuales por la Soberanía de los pueblos de Nues-	Se celebra en La Habana el Primer Encuentro de Teatristas Latinoamericanos y del Caribe. El Cabildo Teatral de Santiago se presenta en el Festival Internacional de Caracas. Estrenos de *Huelga*, de Paz, *Tema para Verónica*,

113

Política

1981

1982 Cuatro funcionarios cubanos de
alto rango son acusados por un
jurado federal de Estados Unidos
de introducir narcóticos en el
país.

Cultura	Teatro

tra América. Primeras emisiones televisivas en colores. Se instituye la Orden Félix Varela. Flavio Garciandía, premio de dibujo en la Bienal de Cali, Colombia. Primeras ediciones de *Imitación de la vida*, de Nogueras, *Flores juntan revolución*, de Casal, *Plantado*, de Perera, *El hombre junto al mar*, de Padilla, *Retrato de familia con Fidel*, de Franqui, *Imagen y posibilidad*, de Lezama Lima, *Termina el desfile*, de Arenas, y *Días ácratas*, de Alberto Guigou. Mueren Lourdes Casal y Carlos Montenegro.

de Alberto Pedro, *Los novios*, de Orihuela, *Vivimos en la ciudad*, de Artiles, *Una casa colonial*, de Dorr, y *Coser y cantar*, de Prida.

Tomás Sánchez obtiene los premios Joan Miró y de la Bienal de Cali. Se estrena *¡Patakín!*, de Gómez, fallido intento de comedia musical. Sergio Giral realiza *Techo de vidrio*, que deberá aguardar seis años para salir a las pantallas. Primeras ediciones de *Los ñáñigos*, de Enrique Sosa, *Páginas vueltas*, de Guillén, *Juicio de residencia*, de Armando Álvarez Bravo, y *Dialéctica del espectador*, de Alea. Muere Wifredo Lam.

Circula el primer número de *Tablas*. Cubana de Acero y el Escambray se presentan en Estados Unidos. Son llevadas a escena *Odebí, el cazador*, de Hernández Espinosa, *The Danube*, de Fornés, y *La familia Pilón*, de Miguel González Pando.

Política

1983	Las tropas norteamericanas desembarcan en Granada: la presencia cubana en la isla caribeña llega a su fin.

1984	Cuba se une al boicot soviético contra las Olimpiadas de Los Ángeles. El gobierno firma un acuerdo con Estados Unidos para la devolución de unos tres mil refugiados cubanos. Empieza a ensayarse el plan del médico de la familia. Primera Ley general de la vivienda, que permite a los inquilinos adquirir el domicilio que ocupan. El precandidato demócrata Jesse Jackson visita la isla.

CRONOLOGÍA

Cultura	Teatro
Se celebra en Miami el Festival de las Artes, dedicado a los artistas del Mariel. Se conceden por primera vez los premios de la Crítica y Nacional de Literatura. Empieza a publicarse *Mariel*. Se publican *Letra con filo*, de Carlos Rafael Rodríguez, *Agradecido como un perro*, de Rafael Alcides Pérez, *Cuentos para adultos, niños y retrasados mentales*, de Cabrera, *Bajo este cien*, de Kozer, *Un rey en el jardín*, de Senel Paz, *Contradanzas y latigazos*, de Reynaldo González, *Los viajes de Orlando Cachumbambé*, de Elías Miguel Muñoz, y *La vida es un special*, de Roberto G. Fernández. En cine, se estrenan *Se permuta*, de Juan Carlos Tabío, y *Hasta cierto punto*, de Alea. Mueren Lino Novás Calvo y Loló de la Torriente.	Bajo los auspicios del ITI, se celebra en La Habana el Taller Internacional de Teatro Nuevo. Se realiza la primera edición del Festival de Teatro de Camagüey. Estrenos de *Molinos de viento*, de Rafael González, *Unión City Thaksgiving*, de Martín, *Morir del cuento*, de Estorino, *Confesión en el barrio chino*, de Dorr, y *Canciones de la vellonera*, de Randy Barceló.
Conducta impropia, de Néstor Almendros y Orlando Jiménez Leal, recibe el primer premio en el Festival de los Derechos Humanos de Estrasburgo. Primera edición de la Bienal de Artes Plásticas de La Habana. Se pone en marcha la Campaña Nacional por la Lectura. Aparecen editados *Hagiografía de Narcisa la bella*, de Mireya Robles, *Llorar es un placer*, de Reynaldo González, *Magias e invenciones*, de Baquero, *Ensayos*	Tercera edición del Festival de Teatro de La Habana, que este año incluye una importante participación internacional. Abre sus puertas el Salón Ensayo, ubicado en la antigua Casa de la Comedia. Son llevados a escena *La Visionaria*, de Renaldo Ferradas, y *Sarita*, de Fornés.

117

Política

1984	

| 1985 | Inicia sus trasmisiones desde Estados Unidos la emisora Radio Martí, lo que provoca la suspensión, por parte cubana, del tratado de inmigración. Encuentro Nacional Cubano: la jerarquía católica asegura que la sociedad cubana ayuda a los valores cristianos. Al año siguiente, es autorizada la primera casa de Misioneros de la Caridad, filial de la congregación fundada por la madre Teresa de Calcuta. Asimismo, se autoriza a la iglesia católica una imprenta propia. Las relaciones entre iglesias y estado entran en una nueva etapa. |

| 1986 | Viraje en la política interna del país: comienza el proceso de rectificación. Entre otras medidas, se elimina el mercado libre campesino, por deformar la estructura de la sociedad. Tercer Congreso del Partido, en el que se hacen críticas al sistema de dirección y planifi- |

Cultura	Teatro

voluntarios, de Guillermo Rodríguez Rivera, *La caja está cerrada,* de Arrufat, y *El clavel y la rosa,* de Belkis Cuza Malé. En cine, *Los pájaros tirándole a la escopeta,* de Rolando Díaz, se convierte en un gran éxito de taquilla. Muere Raúl Milián.

Se proyecta *Una novia para David,* de Orlando Rojas, primer largometraje de un joven director de talento. Primeras ediciones de *Poesía inconclusa,* de Manuel Díaz Martínez, *El jardín del tiempo,* de Carlos A. Díaz, *Holy Smoke,* de Cabrera Infante, *Las dos caras de D,* de Lourdes Tomás, y *Strip-tease,* de Antonio Orlando Rodríguez. Mueren Blanca Becerra y René Portocarrero.

Estreno mundial de *La aprendiz de bruja,* única obra teatral escrita por Alejo Carpentier. *Morir del cuento,* mención especial en el Premio Cau Ferrat en el Festival Internacional de Sitges. Teatro Irrumpe se presenta en el Festival de las Américas de Montreal. Se estrenan *La dolorosa historia del amor secreto de don José Jacinto Milanés,* de Estorino, *La flor de Cuba,* de David García, *Fabiola,* de Eduardo Machado, *La familia de Benjamín García,* de Fernández, *The conduct of life,* de Fornés, y *Café con leche,* de Gloria González.

Explosión de cineastas aficionados, con un rico registro formal y temático. Son publicados *Ámbito de los espejos,* de César López, *Escritores cubanos de la diáspora,* de Daniel M. Maratos y Marmesba D. Hill, *Nosotros vivimos en el submarino amarillo,* de José R.

La Royal Shakespeare Company estrena *Palabras comunes,* de Triana. Se celebra en Miami la primera edición del Festival de Teatro Hispano. Gira del grupo Buscón por Portugal, RFA, España y RDA. Son llevadas a escena *La verdadera culpa de Juan Clemente*

119

Política

1986	cación de la economía, la indisciplina laboral y la corrupción.
1987	La Asamblea Nacional del Poder Popular aprueba un programa para subsanar la situación financiera del país. Se adoptan medidas económicas de austeridad y se reducen las importaciones en un veinticinco por ciento. Luis Orlando Domínguez, antiguo dirigente de la Unión de Jóvenes Comunistas, es encarcelado por manejos fraudulentos y privilegios abusivos. Cuarto Congreso de la UJC, con un amplio carácter crítico.

CRONOLOGÍA

Cultura	Teatro

Fajardo, *Hablar de poesía*, de Marruz, y *Cuestión de principios*, de Heras León. Se proyectan los filmes *Otra mujer*, de Daniel Díaz Torres, y *Un hombre de éxito*, de Solás. Mueren Jorge Oliva, Gloria Parrado y René R. Alomá.

Zenea, de Abilio Estévez, *Los gatos*, de Víctor Varela, *Las Carbonell de la calle Obispo*, de Cárdenas, *Sábado corto*, de Quintero, *Los juegos de la trastienda*, de Tomás González, *Nuestra Señora de la Tortilla*, de Luis Santeiro, *Las damas modernas de Guanabacoa*, de Machado, y *Alguna cosita que alivie el sufrir*, de Alomá.

Las iniciales de la tierra, de Jesús Díaz, un libro que llevaba varios años de espera, aparece por fin y se convierte en una de las novelas más importantes de la década. En España recibe excelentes críticas y alcanza varias ediciones. Abilio Estévez obtiene el Premio Luis Cernuda con el poemario *Manual de las tentaciones*. Se publican *El buen peligro*, de Reinaldo García Ramos, *La trenza de la hermosa luna*, de Mayra Montero, *La Loma del Ángel*, de Arenas, *Poesía reunida*, de Pío E. Serrano, *Para festejar el ascenso de Ícaro*, de Delfín Prats, y *Las sabanas y el tiempo*, de Frank Rivera. En cine, se estrenan *Clandestinos*, de Fernando Pérez, y *Nadie escuchaba*, de Almendros y Jorge Ulla.

El Teatro Avante, de Miami, estrena *Una caja de zapatos vacía*, de Piñera. La Habana es sede del XXII Congreso del ITI. La Sección de Cultura de la Unión de Periodistas de Cuba selecciona los mejores montajes del año, rescatando una vieja tradición de la etapa prerrevolucionaria. Estrenos de *Weekend en Bahía*, de Pedro, *Recojan las serpentinas que se acabó el carnaval*, de Acosta, y *Álbum*, de Manuel Pereiras.

CRONOLOGÍA

Política

1988

Cuba no asiste a las Olimpiadas
de Seúl. Una delegación de con-
gresistas norteamericanos intercambia opiniones con el gobierno
cubano acerca de la lucha contra
el narcotráfico. Una comisión de
las Naciones Unidas visita la isla
para estudiar el estado de los derechos humanos. Castro se desmar-
ca públicamente de la perestroika.

1989

En julio y tras un proceso trasmi-
tido por la televisión, son fusila-
dos el general Arnaldo Ochoa y
tres jefes militares más, por un
supuesto delito de narcotráfico en
territorio cubano. La revolución
se enfrenta a su más grave crisis
política. Mijaíl Gorbachov visita
la isla. Inicio de la repatriación de
las tropas cubanas en Angola.
Juan Abrantes, ministro del Interior, es condenado a veinte años
de cárcel por negligencia y abuso
de poder. Se prohíbe la circulación en el país de las revistas
soviéticas *Sputnik* y *Novedades de
Moscú,* por propagar ideas ajenas
a los cubanos.

Cultura	Teatro
Exposición en la calle de un grupo de artistas jóvenes, que se apartan de la retórica oficial y las consignas. Se celebra el IV Congreso de la UNEAC. Se publican *El pájaro tras la flecha*, de González Esteva, *Historias sobrenaturales*, de Teodoro Espinosa, *Trece poemas*, de José Mario, *Llorar es un placer*, de González, *El diablo son las cosas*, de Mirta Yáñez, *Una broma colosal*, de Piñera, y *Vida, aventuras y desastres de un hombre llamado Castro*, de Franqui. Se proyecta *Plaff*, de Tabío. Mueren Marcelo Pogolotti y Jesús Gregorio.	Se realiza el Primer Festival del Monólogo. Estrenos de *La cuarta pared*, de Varela, y *Eppure si muove*, de Caridad Martínez: algo empieza a moverse en la escena cubana, al margen de la rutina oficial. Son llevadas también a escena *Mi socio Manolo*, de Hernández Espinosa, *Abingdon Square*, de Fornés, *Rita and Bessie*, de Martín, *Que el diablo te acompañe*, de Estorino, *Revoltillo*, de Machado, y *Padre Gómez y Santa Cecilia*, de G. González. Raúl de Cárdenas gana el Premio Letras de Oro con el monólogo *Un hombre al amanecer*.
Se edita en La Habana *El monte*, de Lydia Cabrera, que se agota en pocos días. Por primera vez es publicado en la isla un autor cubano del exilio. Amando Fernández obtiene en España el Premio Luis de Góngora con *El ruiseñor y la espada*. El Centro Cultural de la Villa acoge la muestra «La Habana en Madrid», que incluye actividades de teatro, música, danza, artes plásticas y literatura. Primeras ediciones de *Con tu vestido blanco*, de Félix Luis Viera, *La mala memoria*, de Padilla, *El gran incendio*, de Daniel Iglesias Kennedy, y *Mi correspondencia con José Lezama*	Es constituido el Consejo Nacional de las Artes Escénicas. De los grupos de plantilla fija, se pasa a los proyectos conformados según intereses artísticos. *Chago de Guisa*, de Fulleda, Premio Casa de las Américas. Son llevadas a escena *Las perlas de tu boca*, de Buendía, *Pasión Malinche*, de Pedro, *Mamá, yo soy Fred Astaire*, de T. González, *Solidarios*, de Pedro Monge, y *El chino de la charada*, de Pereiras. El director italiano Eugenio Barba visita Cuba y dicta un taller sobre sus técnicas.

Política

1989

1990   Los vertiginosos acontecimientos
producidos en el Este afectan directamente a la isla, sobre todo a
nivel económico. Las restricciones
y la escasez de alimentos se agudizan. En junio, fuerzas policiales
cubanas irrumpen en la embajada
de España en la Habana, persi-
guiendo a unos ciudadanos que
intentaban solicitar asilo. El incidente provoca un grave deterioro
de las relaciones entre ambos países. En agosto, representantes de
varias tendencias políticas en el
exilio constituyen la Plataforma
Democrática Cubana. Las pruebas de Tele Martí son eficazmente
interferidas por Cuba.

Cultura	Teatro

Lima, de José Rodríguez Feo. Se estrenan *Vals de La Habana Vieja,* de Luis Felipe Bernaza, y *Papeles secundarios,* de Rojas, una visión inédita de la sociedad cubana de hoy. Muere José Z. Tallet.

El escritor de origen cubano Óscar Hijuelos obtiene el Premio Pulitzer con la versión en inglés de *Los reyes del mambo tocan canciones de amor.* El Centro Georges Pompidou programa una amplia y completa retrospectiva del cine cubano. Una selección de los filmes se presenta luego en la Filmoteca Española. Se proyectan *Hello, Hemingway,* de F. Pérez, y el largometraje colectivo *Mujer transparente.* En octubre, la Fundación Germán Sánchez Ruipérez organiza en Madrid un ciclo de charlas sobre la obra literaria y cinematográfica de Cabrera Infante. Se publican *Cocuyo,* de Sarduy, y *De donde oscilan los seres en sus proporciones,* de Kozer. Muere Reinaldo Arenas.

Veintidós años después de publicada, se estrena en Cuba *Dos viejos pánicos.* Una trilogía compuesta por *El zoológico de cristal, Té y simpatía* y *Un tranvía llamado Deseo,* se convierte, por la novedad y audacia de su lectura, en el gran suceso del año. También se estrenan *Baroko,* de Rogelio Meneses, *Juana de Belciel, más conocida por su nombre de religiosa como Madre Juana de los Ángeles,* de Milián, *La señora de La Habana,* de Santeiro, y *Going to New England,* de Ana María Simo.

Política

1991	Castro asiste a la Cumbre Iberoamericana de Guadalajara, México. Es aprobada una ley que autoriza la salida temporal del país a las personas mayores de veinte años. Mijaíl Gobachov anuncia la retirada de las tropas soviéticas en la isla y la revisión de las relaciones comerciales entre los dos países. Una delegación de la Conferencia Episcopal española realiza una visita pastoral a Cuba. En La Habana, es abortada una manifestación de protesta ante las oficinas de la Seguridad del Estado. Para reprimir actos de este tipo, son creados los Batallones de Respuesta Rápida, similares a las Camisas Negras de la Alemania nazi. El presidente de la Fundación Cubano-Americana, que agrupa a buena parte de las fuerzas del exilio, es recibido en Moscú por las autoridades soviéticas. Asimismo, la prensa de ese país ataca por primera vez al régimen castrista. En octubre, se celebra el IV Congreso del Partido: las resoluciones aprobadas no pasan de «cambios cosméticos». Cuba termina el año con las despensas vacías y el anuncio de nuevas restricciones para 1992.

Cultura	Teatro

En junio, un grupo de intelectuales, entre ellos algunos de reconocido prestigio, dan a conocer un manifiesto en el que piden reformas democráticas en el país. El diario *Granma* los acusa de «traición a la patria». Meses después, una de las firmantes, la poeta María Elena Cruz Varela, es condenada a dos años de cárcel. Se publica *El lobo, el bosque y el hombre nuevo*, cuento con el que Senel Paz obtuvo el Premio Juan Rulfo 1990. Aparecen también *La última noche que pasé contigo*, de Montero y *Espacio mayor*, de Fernández. En cine se estrena *Adorables mentiras*, de Gerardo Chijona. Meses después de su presentación en el Festival de Berlín, se proyecta *Alicia en el pueblo de Maravillas*, de Daniel Díaz Torres, que es retirada de cartel al cuarto día. Para la cinematografía cubana, es uno de los años de más escasa producción. Mueren Julian Orbón, Lydia Cabrera, Mariano Rodríguez, José R. Brene y Enrique Labrador Ruiz.

Pedro Monge recibe el premio New York City Artist por la pieza *Noche de ronda*. Se celebra el Festival Internacional de Teatro de La Habana, con la participación de grupos de nueve países. Estrenos de *Fabriles*, de R. González, *Desamparado*, de Pedro, *Así en Miami como en el cielo*, de Cárdenas, *Botánica*, de Prida, *Un sueño feliz*, de Estévez, *Las penas que a mí me matan*, de Paz, y *El gran amor es siempre el último*, de T. González.

127

VIRGILIO PIÑERA

ELECTRA GARRIGÓ

UNA BRILLANTE ENTRADA EN LA MODERNIDAD

RAQUEL CARRIÓ

Hace exactamente medio siglo, un joven cubano de veintinueve años, nacido en la ciudad de Cárdenas —con todo lo que de provincianismo y deslumbramiento guarda todavía el lugar— escribió el texto que, estrenado siete años más tarde (1948), marcaría el punto de giro (o de ruptura) que separa la tradición colonial o los primeros años republicanos de la irrupción de una vanguardia y el nacimiento de una nueva dramaturgia.[1]

Pero una nueva dramaturgia no significaba entonces —y quizás ahora tampoco con demasiada nitidez— el surgimiento de una nueva teatralidad, o lo que es igual, una manera inédita de pensar, escribir o ejecutar el acto escénico. A Piñera se le acusó en su tiempo (entre otros encasillamientos) de ser excesivamente literario; quizás, por las largas tiradas de los personajes, pero también por el desconcierto que seguramente producían en el lector/espectador las peligrosas adecuaciones del teatro griego al nuestro: es decir, las difíciles transacciones entre lo universal y lo cubano, entre los modelos extranjeros y el entorno, el paisaje, la familia y las costumbres criollas.

Que Piñera mismo dudó de la validez de este intento de adecuación o cubanización de los modelos (no sólo la tragedia clásica, sino posteriormente sus incursiones en el existencialismo, el teatro del absurdo o la crueldad), lo

131

prueba su excelente Prólogo a la edición de su teatro en 1960,[2] que bastaría glosar para estudiar las claves más secretas de su obra. Y sin embargo, la investigación crítica y el tiempo obligan a otras reflexiones.

No es arriesgado decir que con *Electra Garrigó* (1941) nace el teatro moderno en Cuba. Pero en cambio, sería insuficiente argumentarlo sólo a partir de la vocación universalista o la adopción de técnicas modernas para su aplicación a la expresión de lo cubano. Quizás, en principio, porque en la vieja pelea entre lo universal y lo nacional, lo extraño y lo propio, lo foráneo y lo autóctono, y, finalmente, lo culto y lo popular en el terreno del arte en Cuba, se hayan cometido —a nivel de la apreciación estética y de la investigación crítica— más de una torpeza o banalidad. En realidad, y visto desde la perspectiva que da el tiempo, lo que define la modernidad de *Electra...* no es sólo o aisladamente la vocación universalista y experimental que sin duda pueden leerse con facilidad, sino precisamente lo contrario al deslumbramiento dócil, es decir, la presencia —actuante a lo largo de toda la obra de Piñera, pero cuyo núcleo germinal ya está en *Electra...* — de una contradicción que se asume con insólita franqueza. Para Virgilio (y es lo que lo distingue de otros contemporáneos) lo·cubano no está —desde el principio— desvinculado de lo universal o inscrito sólo en las antinomias de lo vernacular (identificado también fácilmente con lo propio o lo autóctono), sino precisamente en la contradicción, la interacción continua de estos límites. Significa que al revés del deslumbrado que opone la gran cultura clásica o universal a las pobrerías de lo propio, pero también del que opone las raíces de lo autóctono a todo lo que tácitamente considera extraño, foráneo u hostil, Virgilio centra su escritura en una vocación integradora de tradiciones interactuantes que es lo que lo salva a un tiempo del esnobismo intelectual (aunque haya oído su canto de sirenas) y de la postura extrema: el encierro vanidoso, el aldeanismo estéril, el regodeo costumbrista o vernacular que en definitiva repite fórmulas al uso e impide la renovación del lenguaje y las vías de comunicación con el espectador.[3]

En un legítimo lugar de avanzada

Para entender la obra de Piñera, hay que empezar por situarse en esta contradicción, esta zona de interacciones que está en el centro de su producción desde *Electra...* a *Dos viejos pánicos* (1968), pasando necesariamente por *Aire frío,* su obra mayor, e incluyendo las últimas piezas. Afortunadamente, hoy podemos apelar a conceptos (intertextualidad, cruce de normas y estratos culturales diversos) que ayudarían a resolver el problema y colocarían al autor en un legítimo lugar de avanzada no sólo con respecto a la modernidad en el teatro de América Latina, sino a ciertas anticipaciones de lo posmoderno. Pero en las décadas en que se desarrolla esencialmente su obra (teatro, narrativa, poesía), ente 1940-1979, los límites no eran tan claros: sus búsquedas parecieron con frecuencia caprichosas o anárquicas: un dramaturgo sin estilo definido, un casi autor teatral —como él mismo afirmó— a caballo entre el choteo, la diversión o el espejismo.[4]

De hecho, nada más contrario a lo real. La escritura de *Electra...* significa, en el contexto de la dramaturgia nacional y continental de la época, no sólo el ejercicio de cubanización o asimilación cultural que señala Piñera en su prólogo, sino además, aunque por eso mismo, el intento más serio de penetración y disección de los problemas de una cultura nacional (y continental) que no se agotan, como pudiera suponerse, en la mera denuncia de los procesos colonizadores o deformadores de una entidad específica de esta condición, pero desde luego, no a la manera en que lo haría el ensayo científico o el discurso político, sino a partir de los materiales y recursos circunstanciales a la imagen artística. De allí la insistencia

133

en la búsqueda de un lenguaje dramático-teatral que integre fuentes y tradiciones diversas (lo culto y lo vernacular, la herencia clásica —el canon— y las variaciones —contrapuntos— de una tradición popular) en el intento de una escritura (literaria y escénica) que rebase la mera polarización de las fuentes. Desde este punto de vista, en *Electra*..., como en las piezas posteriores, el encuentro de culturas (en el espacio del texto) genera resultados inusuales: una estructura abierta, móvil, que da paso a la improvisación de las formas (variantes sobre el canon, el modelo) donde el absurdo, la ironía, la sorpresa, el humor, la parodia, el grotesco y el juego teatral son recursos que sacuden y distancian al espectador para la captación de lo esencial. En síntesis: un lenguaje anticonvencional, caricatural, paródico, pero por ello mismo cargado de significaciones.

En realidad, es precisamente del encuentro e interacción de textos culturales diferentes de donde surge la posibilidad de una renovación —a nivel del lenguaje y la ideación política, escénica— que marca la ruptura con la tradición precedente al par que la integración, superadora, de sus mejores aportaciones. Pocas veces se recuerda, por ejemplo, que la parodia como recurso expresivo —y como intención estética— proviene de la tradición vernacular. De igual forma, el repentismo, la décima, la controversia (véase el Coro) señalan la filiación con la tradición campesina. En este sentido, un estilo que resulta de la integración de estas formas, pero al mismo tiempo, juega con la retórica, la normatividad (lingüística, moralizante), y pone en tela de juicio los principios más sagrados. De allí que una de las instancias que opera de manera más curiosa en *Electra*... sea no sólo la dominación de los padres y la rebeldía de los hijos (lugar común aquí/allá, ahora/entonces), sino el propio juego que evidencia la figura del Pedagogo. Está claro lo del matriarcado y el machismo (tópicos —y gestos— reiterados en la tradición

dramática cubana); como también el tema —definido por

Piñera— de la educación sentimental que nuestros padres nos han dado.[5] Y desde luego, claro que aquí se trata, una vez más, de la identidad Familia-Casa-Nación, es decir, la familia como célula que refracta (y representa) contradicciones y rasgos de un contexto mayor. Quizás hubo un tiempo en que se consideró a *Electra...* un simple divertimento irreverente contra la tradición; juego teatral y ejercicio de estilo de un aprendiz de época. Pero desde hace años la crítica descubrió el sustrato: reflexión, cala profunda en los problemas más complejos del ser nacional por la vía de recursos que renovaban el lenguaje y relativizaban los conceptos.

Anverso y reverso

A medio siglo, la búsqueda de Piñera no sólo en el terreno ético (la familia como formadora/deformadora de valores), refracción a su vez (metáfora dramática) de la situación social (el contexto republicano, la herencia, la tradición, mitología) o el planteamiento ontológico (el ser nacional, el carácter del cubano) —necesariamente estas instancias permeadas de polémicas y alusiones— provoca todavía un curioso estudio de las relaciones de cambio: los *actantes* insertos en una relación (un sistema de relaciones) de dominación/libertad, opresión/liberación, tiranía/rebeldía y opciones personales: Electra-Orestes) que revelan el texto como el espacio generador (o reproductor) de constantes en los distintos niveles que disecciona. Los temas de la educación (no sólo sentimental, sino ideológica, ética), de la denominación y la rebeldía, la acción iconoclasta proyectada como imposibilidad y por tanto trasvestida al juego —véase sus derivaciones en *Dos viejos pánicos* y *La noche de los asesinos,* de José Triana— revelan el núcleo filosófico de mayor profundidad en el texto y tal vez el carácter mismo de su teatralidad: teatralidad fundamentada no sólo en el cruce de expresiones, sino también —como código cifrado— en una secreta relación Poder-Seducción, Muerte-Vida, Partir-No partir, opciones en definitiva marcadas por la antinomia Posibilidad/Imposibilidad que define la acción.[6]

Juego, cruce, zona de confrontaciones que vertebra *Jesús, Aire frío, Dos viejos pánicos* (donde se llega a la conformación del rito) y las últimas piezas en las que lo real y lo irreal de los personajes y las situaciones advierten el juego de anverso y reverso en la identidad de sus acciones.

Lo que es evidente es que el acto de insurgencia (la rebeldía de los personajes: Electra, Orestes, Luz Marina, Oscar y todos) se inserta en un círculo de fábulas personales y reiteraciones donde la ensoñación (la búsqueda de la luz, el espejismo, el juego de matar o el intercambio de roles) ocupan el centro de expresión. Es metáfora porque no se cumple. Porque cada personaje juega un actante difícil cuyo cumplimiento es el acto mismo de la representación y no su origen (mítico, contextual, familiar), que sólo sirven de materiales necesarios a la alquimia. Supone entonces un estudio de las contradicciones o las determinaciones (sociales, históricas, culturales), pero al mismo tiempo, lo indeterminado (el juego de espejos o de aparentaciones) es el acto de representación (o de interpretación). Supone, igualmente, una transgresión absoluta —no sólo una negación—, sino una sobrenaturaleza de cambio, un artificio (sustitución) que es consustancial al hecho teatral.[7]

Quizás —ya analizado en otros estudios y desbrozado el camino sobre las determinaciones, así como las implicaciones de carácter ético, social y cultural de los textos de Piñera— valdría centrarse en el análisis de esta teatralidad que propongo, que no niega la indagación de las fuentes, sino a partir de ellas incita al lector, al crítico o al espectador a descifrar la manera en que estos referentes mezclados, interactuantes, producen un tercer efecto de naturaleza sincrética donde lo real se sustituye por la imagen (genéricamente histórica, pero virtualmente otra), y no menos, el juego de transmutaciones que permite la mutabilidad de la fábula. En cierta forma, la fábula perversa es sólo un artificio. Pero es sin duda este artificio el que le otorga la infinita posibilidad de mutaciones en el tiempo. Creo que es su trampa mayor, pero es también el único juego que vale intentar en la lectura [8].

[1] Cf. Raquel Carrió: "Los dramaturgos de transición", en *Escenarios de dos mundos. Inventario teatral de Iberoamérica*, t. 2, Madrid, Centro de Documentación Teatral, 1988; y *Dramaturgia cubana contemporánea. Estudios críticos*, La Habana, Edit. Pueblo y Educacion, 1988.

[2] Virgilio Piñera: "Piñera Teatral", *Teatro completo*, La Habana, Ediciones R, 1960.

[3] Sobre el tema de la Modernidad, Raquel Carrió: "Una pelea por la modernidad" (Notas sobre el teatro de vanguardia en Cuba), revista *Primer Acto*, nº 225, 1988, y "Estudio en blanco y negro: Teatro de Virgilio Piñera", *Revista Iberoamericana*, v. 152-153, 1990.

[4] En particular, cf. las piezas escritas en la última década de su producción: *Las escapatorias de Laura y Oscar*, revista *Primer Acto*, número citado, o *Un arropamiento sartorial en la caverna platónica*, revista *Tablas*, nº 1, 1988.

[5] "Piñera Teatral", prólogo citado.

[6] Véase, al respecto, el estudio de Román de la Campa: *José Triana: ritualización de la sociedad cubana*, Institute for the Study of Ideologies and Literature, University of Minnensota, 1979.

[7] En este sentido, lo teatral: como posibilidad no sólo de reflejo sino de infinitas repeticiones y mutaciones en el Espacio/Tiempo (de representación).

[8] En 1984, una nueva versión del texto provocó polémicas y más de un asombro. Cf. Raquel Carrió: "De La emboscada a Electra: una clave metafórica", revista *Tablas*, 1985, recogido posteriormente en *Dramaturgia cubana contemporánea*, edición citada.

VIRGILIO PIÑERA

Nació en Cárdenas, en 1912, y murió en La Habana, en 1979. Realizó estudios universitarios en La Habana y en 1946 obtuvo una beca que le permitió viajar a Argentina. Se vinculó al movimiento teatral de la capital y estrenó en 1948 *Electra Garrigó*. Se dedicó además a la traducción y la animación de revistas literarias como *Poeta* y *Ciclón*. Su obra abarca géneros como la poesía (*La isla en peso, Las furias, La vida entera*), el cuento (*Cuentos fríos, El que vino a salvarme*) y la novela (*La carne de René, Presiones y diamantes, Pequeñas maniobras*). Después de su muerte se han publicado *El fogonazo, Muecas para escribientes* y *Una broma colosal*. En 1969 ganó el Premio Casa de las Américas de Teatro con *Dos viejos pánicos*. En 1990, Ediciones Unión publicó un tomo de su *Teatro inconcluso*. Entre sus principales obras figuran:

TEATRO

Electra Garrigó. Estrenada por Prometeo en 1948. Publicada en su *Teatro completo*, Ediciones R, La Habana, 1960.

Falsa alarma. Estrenada en el Lyceum de La Habana en 1957. Publicada en la revista *Orígenes*, nº 21, primavera 1949, e incluida en su *Teatro completo*.

La boda. Estrenada en la Sala Atelier en 1958. Incluida en su *Teatro completo*.

Jesús. Estrenada en 1959. Incluida en su *Teatro completo*.

El flaco y el gordo. Estrenada en 1959. Incluida en su *Teatro completo*.

Aire frío. Estrenada en 1962. Publicada por La Milagrosa, La Habana, 1959, incluida en su *Teatro completo* y editada por la Asociación de Directores de Escena, Serie Literatura Dramática Iberoamericana, Madrid, 1990.

Dos viejos pánicos. Estrenada por el grupo La Mama, de Bogotá, en 1969. Publicada por Ediciones Casa de las Américas, La Habana, 1968, y por el Centro Editor de América Latina, Buenos Aires, 1968.

Una caja de zapatos vacía. Estrenada por el Teatro Avante, de Miami, en 1987. Publicada por Ediciones Universal, Miami, 1986.

Un arropamiento sartorial en la caverna platómica. Sin estrenar. Publicada en la revista *Tablas*, nº 1, enero-marzo 1988.

Las escapatorias de Laura y Oscar. Sin estrenar. Publicada en la revista *Primer Acto*, nº 228, abril-mayo 1989.

ELECTRA GARRIGÓ

Virgilio Piñera

PERSONAJES

CORO
ELECTRA GARRIGÓ
PEDAGOGO
EGISTO DON
AGAMENÓN GARRIGÓ
CLITEMNESTRA PLA
ORESTES GARRIGÓ
MIMOS

ACTO PRIMERO

CORO. En la ciudad de la Habana,
   la perla más refulgente
   de Cuba patria fulgente
   la desgracia se cebó
   en Electra Garrigó,
   mujer hermosa y bravía,
   que en su casa día a día
   con un problema profundo
   tan grande como este mundo
   la suerte le deparó

   Electra era inteligente,
   sensitiva y pudorosa,
   luciente botón de rosa
   del jardín de sus mayores;
   merecedora de honores,
   de tacto fino y humano,
   mas la suerte mano a mano
   como un sol que se derrumba
   abrió en su casa dos tumbas
   con esfuerzo sobrehumano.

   Ella salió a la palestra
   con frialdad de diamante,
   y a su hermano Orestes amante
   en quien también la tormenta
   con sordo ruido revienta,
   le anima a que no permita

141

un sacrificio banal
por una madre fatal,
que en su casa provocó
lo que Electra Garrigó
con voz dolorosa cuenta.

Portal con seis columnas que sigue la línea de las antiguas casas coloniales. Piso de losas blancas y negras. Ningún mueble. El Coro (en este caso la Guantanamera) hará sus apariciones junto al proscenio. Luz amarilla violenta. La acción pasa durante la noche. Tras la declaración del Coro, aparece Electra, vestida de negro

ELECTRA. *(Sale por entre las dos columnas centrales. Se detiene junto a ellas, Apoya sus manos en una de las dos columnas.)* ¡Qué furia me sigue, qué animal, que yo no puedo ver, entra en mi sueño e intenta arrastrarme hacia una región de la luz adonde todavía mis ojos no sabrían usar su destino! *(Se adelanta al centro de la escena.)* ¡Oh, luz! ¿Serás tú misma ese animal extraño? ¿Eres tú lo que ilumina el objeto o el objeto mismo? *(Pausa.)* Pero... ¿Cómo se atreve con la luz una pobre muchacha de veinte años? Ayer leí que las doncellas que meditan demasiado el tema de la luz acaban por quedarse ciegas. *(Pausa.)* Sin embargo, en pleno campo, he pasado infinitas veces a un metro del sol.

Entra el Pedagogo vestido de centauro y se coloca detrás de Electra. Lleva frac, cola de caballo y cascos.

PEDAGOGO. ¿Declamas...?

ELECTRA. *(Sin moverse.)* Declamo.

PEDAGOGO. Sigues la tradición, y eso no me gusta. ¿No te he dicho que hay que hacer la revolución? *(Pausa.)* ¿Por qué no clamas?

ELECTRA. Ya clamaré *(Pausa.)* Pero escucha: se habla de que la ciudad está llena de una clase de raras mujeres. ¿Las conoces?

PEDAGOGO. Sí, son las mujeres sabias. Son mi terror. Me persiguen con sus disertaciones, me piden una discusión abierta... *(Con burla.)* Y yo, Electra, nada tengo que decirles.

ELECTRA. ¿No accederían ellas a ser tus amantes una por una?

PEDAGOGO. Tienen horror del hombre y del caballo.

ELECTRA. Entonces hay que exterminarlas. Son muy poca cosa.

PEDAGOGO. Te alarmas fácilmente, Electra. Ellas no son sino esas plagas que toda ciudad debe padecer de cuando en cuando. *(Pausa.)* El mal no está en las langostas de paso. Y toda la ciudad tiene siempre un monstruo perpetuo.

ELECTRA. Por eso invocaba a la luz. Hace falta mucha luz para que los ojos puedan considerar y medir al monstruo que ofende a la ciudad.

Entra Egisto llevando en la mano derecha una bandeja de plata con una papaya enorme. Cuarenta años, muy bello y fuerte, viste todo de blanco, como lo chulos cubanos.

EGISTO. *(A Electra.)* Busco urgentemente a Clitemnestra. ¿La has visto?

ELECTRA. *(Sin mirarlo.)* No.

PEDAGOGO. La luz le molesta.

EGISTO. En efecto, hay mucha luz aquí. *(Se mira la ropa.)* Casi no se me ve la ropa. Habrá que poner pantallas muy pronto.

ELECTRA. *(Sin mirarlo.)* Yo prefiero toda la luz.

EGISTO. Como gustes. *(Caminando hacia las columas de la izquierda.)* En ese caso me voy al cuarto de tu madre. Así no sabré de la llegada del día. Estarán las cortinas echadas. *(Sale.)*

PEDAGOGO. Los monstruos se encuentran... *(A Electra.)* Dime, Electra, ¿tu padre no está en la ciudad?

143

ELECTRA. Sí. *(Pausa.)* Uno de sus criados me dijo hace un momento que Agamenón quería hablarme, aquí en el portal.

PEDAGOGO. Entonces me voy. *(Se da vuelta, de tal modo que pone su cola entre las manos de Electra.)* Querida Electra, ¿querrías alisarme la cola un tanto? *(Saca del bolsillo del frac un gran peine y se lo da a Electra.)*

ELECTRA. *(Empieza alisar los pelos de la cola. De pronto se detiene; con la mano en alto.)* Escucha, Pedagogo: si te aliso la cola es sólo un hecho; si te asesinara con este puñal *(Esgrime el peine a modo de puñal.)* sería nada más que otro hecho. *(Pausa.)* ¿He comprendido, Pedagogo?

PEDAGOGO. *(Saliendo de escena con el paso que se supone tenían los centauros.)* Has comprendido, Electra, lo has comprendido todo.

Entra Agamenón. Tiene sesenta años, pero aspecto robusto. Alto y majestuoso. Está en mangas de camisa.

AGAMENÓN. *(Mirando hacia las columnas de la derecha por las que acaba de desaparecer el Pedagogo.)* Todavía el Pedagogo...

ELECTRA. Por maestro me lo diste. Además, me complace.

AGAMENÓN. Está bien. Dejemos el Pedagogo. *(Pausa.)* ¿Sospechas cuál puede ser el objeto de mi llamada?

ELECTRA. Sí, los rumores de que el pretendiente te amenaza con raptarme.

AGAMENÓN. En efecto, no quiero que te rapte; no quiero que se case contigo.

ELECTRA. Si no quieres que me case, si no quieres que me rapten, dime: ¿qué quieres entonces para mí?

AGAMENÓN. Quiero tu felicidad, Electra Garrigó.

ELECTRA. No, Agamenón Garrigó, quieres tu seguridad. *(Pausa.)* Además, sería muy divertido que me raptaran. *(Ríe.)*

AGAMENÓN. Te quiero demasiado para perderte, Electra Garrigó.

ELECTRA. Me quiero demasiado para perderme. Te opones: te aparto, Agamenón Garrigó. Es cosa muy simple.

AGAMENÓN. Tú blasfemas, Electra Garrigó. *(Pausa.)* Está bien. Pero me debes obediencia.

ELECTRA. Nada te debo. El tema de la libertad no es un asunto doméstico.

AGAMENÓN. ¿Y la familia? Si esta ciudad ha resistido durante milenios a los enemigos, ha sido a causa de la unión entre las familias; las familias formando una inmensa familia.

ELECTRA. ¡Pura retórica! Además, llamas familia a tu propia persona multiplicada. Somos parte de tu mecanismo, debemos funcionar según tus movimientos.

AGAMENÓN. ¿Y la voz de la sangre?

ELECTRA. Frases, nada más que frases. Al final deberé oponer mi sangre a la tuya. Mi sangre es un asunto mío.

AGAMENÓN. Electra Garrigó: te repito que estás blasfemando. De mi sangre saliste y a mi sangre tienes que volver.

ELECTRA. Yo tengo el valor.

AGAMENÓN. Sería inútil. Te hemos dado una educación cristiana. Además, quieres más a tu padre que a tus teorías.

ELECTRA. No seas tan confiado. Se puede cambiar. A veces siento que mi sangre corre más que la tuya. Entonces...

AGAMENÓN. *(Persuasivo.)* Tengo fe en tu cariño.

ELECTRA. *(Agitada.)* Pero puedo rebelarme.

AGAMENÓN. No lo harás. *(Pausa.)* ¡Mira: te digo: cásate con el pretendiente, abandona el hogar! No lo harás, me quieres demasiado.

ELECTRA. *(Volviéndose al público.)* ¡Oh, crueldad!   145

AGAMENÓN. *(Volviéndose hacia las columnas.)* ¡Oh, necesidad!

Entra por la derecha Clitemnestra Plá. Cuarenta años, hermosa y alta. Viste una bata morada.

CLITEMNESTRA. *(Muy agitada.)* ¿Han visto a Orestes?

ELECTRA. No. *(Pausa.)* ¿Has visto a Egisto?

AGAMENÓN. Estás agitada, Clitemnestra Pla.

CLITEMNESTRA. Acabo de presenciar desde mi ventana la muerte de un joven.

AGAMENÓN. ¿Cómo sucedió?

CLITEMNESTRA. Lo mató un soldado de un balazo en la nuca. Dio un salto como buscando algo en el aire, y cayó sordamente de espaldas. *(Pausa, suspirando.)* Era muy hermoso.

ELECTRA. *(Irónica.)* No me explico tu terror. Siempre fuiste una mujer valiente. ¿No me has educado en el culto de la sangre...?

CLITEMNESTRA. Pensé en Orestes. ¡Ah, Orestes!

AGAMENÓN. ¿Te imaginas a Orestes con una bala en la nuca?

CLITEMNESTRA. *(Tapándole la boca.)* ¡Calla! Cómo puedes pensar tales cosas...

AGAMENÓN. Las pensastes tú ya, Clitemnestra Pla.

CLITEMNESTRA. Es verdad. Pero mi cariño me hace ver los cuadros más sombríos: Orestes expuesto al viento, Orestes a la merced de las olas, Orestes azotado por un ciclón, Orestes picado por los mosquitos...

ELECTRA. *(Con sorna.)* Yo creo que una plancha de acero en la nuca de Orestes...

CLITEMNESTRA. Eres monstruosa.

ELECTRA. *(Ambigua.)* Trato de salvar a Orestes. Eso es todo.

CLITEMNESTRA. *(Confundida.)* ¡Qué dices!... ¿Salvar a Orestes? Pero... ¿salvarlo de qué? ¿Contra quién?

ELECTRA. *(Enigmática.)* Ése es mi secreto.

CLITEMNESTRA. *(Furiosa se lanza contra Electra.)* ¡Mientes! Tú no tienes secreto alguno. Orestes está libre de todo peligro. *(Pausa, dubitativa.)* Si... Yo me pregunto: ¿qué le podría suceder? ¿Qué...? *(Pausa.)* ¡Ah, Orestes...!

AGAMENÓN. Nada, Clitemnestra Pla; nada le podría suceder. Electra sólo quiere decir que algo imprevisto, el azar... Por ejemplo, un automóvil que pasa en el momento que Orestes cruza la calle.

CLITEMNESTRA. *(Retorciendo sus manos histéricamente.)* ¡Ah, Orestes, no cruces la calle...!

ELECTRA. Orestes acabará por matarte.

CLITEMNESTRA. Primero morirá tu padre.

AGAMENÓN. ¿Sabes mi destino?

CLITEMNESTRA. No, pero conozco a tu hija. Te matará de un disgusto, Agamenón Garrigó.

AGAMENÓN. *(A Electra, ansiosamente.)* ¿Me harías sufrir al punto de matarme, Electra Garrigó?

ELECTRA. *(Elusiva.)* Yo no me expondré nunca a las ruedas de un automóvil...

CLITEMNESTRA. Pero te casarás con ese hombre que tu padre detesta.

ELECTRA. *(A Agamenón, con burla.)* ¿Eso te haría morir?

AGAMENÓN. *(Ingenuamente.)* Sí, eso me haría morir.

CLITEMNESTRA. *(A Electra.)* ¿Lo oyes, Electra Garrigó? Si no quieres ser la causa del fallecimiento de tu padre, deberás permanecer bajo este techo por el resto de tus días.

Entra Orestes. Veinticinco años, muy hermoso. En camisa.   147

ORESTES. *(Medio oculto entre las columnas del centro.)* ¡Y yo partiré por el resto de mis días!

CLITEMNESTRA. *(Volviéndose rápidamente.)* ¡Ah, Orestes! *(Anhelante, lo abraza.)* Pero, ¿qué extraña palabra acabas de pronunciar! ¿Quién habla de partir?

ELECTRA. Orestes Garrigó, tu hijo, mi hermano. Debe partir.

CLITEMNESTRA. Mas no se lo he exigido yo, su madre.

ELECTRA. Se lo exige su destino.

AGAMENÓN. Escucha, Clitemnestra Pla: ¿qué piensas que sea el destino, el pez o el anzuelo?

CLITEMNESTRA. *(Pensativa.)* Pienso que es el anzuelo.

AGAMENÓN. ¡Mortal error! Es el pez.

ELECTRA. El hombre lanza su anzuelo y atrapará un pez: ese pez será su destino.

AGAMENÓN. Pargo o tiburón...

ELECTRA. Dicha o desgracia.

CLITEMNESTRA. *(Nerviosa, a Orestes.)* No partirás, a pesar del destino.

ORESTES. *(Con temor.)* ¿Y mi porvenir?

CLITEMNESTRA. ¿Y tu madre?

AGAMENÓN. *(A Clitemnestra.)* Nada podrá detener el curso de su destino.

ELECTRA. Cuando el pez surja del agua, serás devorado por él o lo verás servido en tu mesa.

CLITEMNESTRA. *(Con ridícula afectación.)* Pero un buen hijo nunca desearía que el inofensivo pargo se convierta en furioso tiburón para su madre.

ELECTRA. ¿Ignoras, Clitemnestra Pla, que lo único que puede tu hijo es pescar ciegamente su pez?

CLITEMNESTRA. ¡Basta de símbolos! Me abruman con tan negros presagios. *(A Orestes.)* No partirás, Orestes.

AGAMENÓN. El hombre siempre debe viajar.

CLITEMNESTRA. Y la mujer quedarse en casa, ¿no es así? Parece que el tema del destino sólo me afecta a mí. Crees rechazar el tuyo obligando a Electra a permanecer en esta casa. *(Pausa.)* Pero, oye, si estoy sujeta al destino tú también lo estás.

AGAMENÓN. Electra Garrigó jamás abandonará a su padre.

CLITEMNESTRA. Electra Garrigó se casará con el pretendiente.

AGAMENÓN. *(Irónico.)* ¿Te interesa mucho que se marche de la casa?

ELECTRA. Clitemnestra Pla quiere para mí lo que ha tenido ella: un marido.

AGAMENÓN. Y yo deseo para Orestes lo que hice en mi juventud: un viaje a tierras lejanas.

CLITEMNESTRA. ¡Calla, pájaro agorero, calla! Orestes es mi hijo, exclusivamente mío. *(Pausa.)* ¡Oh, Dios mío! ¿Qué me sucedería si una mañana me levantase con la infausta noticia de la partida de Orestes?

ELECTRA. Te clavarías un puñal.

ORESTES. En ese caso no me iría. No debo atormentar a Clitemnestra Pla.

AGAMENÓN. *(Burlonamente).* ¿Lo oyes, Electra Garrigó? ¿Oyes a tu hermano? Rechaza una posición brillante en aras de la tranquilidad de su madre.

CLITEMNESTRA. Escucha, Agamenón Garrigó: tú ves la paja en el ojo ajeno, pero no ves la viga en el tuyo... Me recriminas por mi temor ante la partida de Orestes, ¿y tú? ¿Podrías soportar que Electra se casara con el pretendiente?

149

AGAMENÓN. No lo soportaría. Ese pretendiente no es digno de la mano de Electra.

CLITEMNESTRA. Vamos... El pretendiente es sólo un recurso retórico de que te vales, Agamenón Garrigó. Lo cierto es que temes la partida de Electra tanto como yo la de Orestes.

ELECTRA. Añade a eso, Clitemnestra Plá, que quieres verme casada para ser tú la reina de esta casa.

ORESTES. Y tú deseas ardientemente, Agamenón Garrigó, que yo parta para ser tú el rey de la casa.

CLITEMNESTRA. ¡Ah, no...! ¡Horrible consorte!

AGAMENÓN. ¡Jamás! Una reina que me sacaría los ojos.

ORESTES. ¿Quién debe, pues, ser el rey?

CLITEMNESTRA. ¡Tú, amado Orestes, tú el rey de mi vida!

ELECTRA. *(Irónica.)* ¿Nada más que Orestes?

CLITEMNESTRA. *(Acercándose a Electra con gesto de ferocidad.)* Sí, Electra Garrigó, nada más que Orestes.

AGAMENÓN. *(A Electra.)* Hija, no vas a suponer que yo... Ya fui una vez rey.

ELECTRA. Qué importa... Mira a Clitemnestra que persiste en ser reina.

AGAMENÓN. ¿A su edad? ¿Es posible...?

CLITEMNESTRA. No soy una vieja, Agamenón Garrigó. Una mujer de cuarenta años es joven todavía. Me casé contigo hace quince. Si entonces tenías cuarenta, eso no me interesa.

AGAMENÓN. Es cierto, me siento cansado.

CLITEMNESTRA. *(Con acento fúnebre.)* Uno debe dormir cuando ya se siente cansado.

ELECTRA. Clitemnestra se emociona ante el brillo de la regencia.

ORESTES. *(Se abre la camisa.)* ¿Verdad que hace un calor sofocante?

ELECTRA. Eso se llama un rodeo. No te conozco, Orestes. ¿Qué hacer para encontrarte?

CLITEMNESTRA. Sí, amado Orestes: hace, en efecto, un calor sofocante. ¿Te pido una limonada?

ORESTES. No la deseo ahora mismo. *(Pausa.)* Dime, en cambio: ¿no soportarías verdaderamente mi ausencia?

CLITEMNESTRA. Moriría de pesar, amado Orestes. *(Pausa.)* ¡Mira, a tal punto llega mi exaltación, con tanta fuerza padezco, que busco desesperada por todos los cines de barrio esas películas que cuentan la muerte de una madre por la partida de su hijo.

ELECTRA. Pero tienes dos hijos, Clitemnestra Plá. En ausencia del hijo te quedaría la hija.

CLITEMNESTRA. Quise decir un único hijo varón. *(Pausa. Brutalmente.)* Además no me suicidaría por tu partida.

ELECTRA. Y durante la noche reproducirás en tus sueños esas películas, ¿no es así?

CLITEMNESTRA. *(Con vehemencia.)* ¡Sí, lo reproduzco todo, y mucho más! Todas las combinaciones son pocas para una pobre madre amenazada de perder su único hijo varón. *(Llorosa y ridícula.)* Sí, amenazada de perderte, Orestes, ¡ah, Orestes...!

ELECTRA. Yo, en cambio, soñé anoche que una yegua asesinaba a su semental dándole a oler un perfume chino...

ORESTES. ¡Oh, los relinchos...! Siempre quise ser un garañón. ¿Por qué no pedimos ser convertidos en una tropilla de caballos?

ELECTRA. Tienes razón. Me gustaría ser una yegua para sentarme en mi palco de la ópera dándome aire lentamente con un enorme abanico de plumas.

151

ORESTES. Mientras yo galoparía por el escenario pisoteando la cabeza enjoyada de la primadona.

CLITEMNESTRA. ¡Basta de locuras! Somos humanos, y no podremos, no, no podremos despojarnos de las palabras ni de los nombres.

En ese momento se escuchan, desde un altoparlante, situado fuera de escena, los nombres de Electra y de Orestes. Éstos, al escuchar sus nombres, salen lentamente de escena. Coincidiendo con esta salida, aparecen, por el centro de las columnas, cuatro actrices negras. En el siguiente orden: primero dos, y cargan una cama lujosamente vestida. Éstas son las camaristas. Inmediatamente aparece la anunciadora de noticias; por último, aparece la que remedará a Clitemnestra. Las tres primeras visten de sirvientas, la cuarta imita minuciosamente el vestido de Clitemnestra.

El movimiento escénico es como sigue: las camaristas se sitúan a la izquierda del actor. La anunciadora permanece entre las dos columnas aludidas. La que hace de Clitemnestra se sitúa junto a la cama. En el momento en que las cuatro actrices negras acaban de realizar su movimiento, aparecen de nuevo Electra y Orestes. La primera por la columna de la extrema derecha; el segundo por la columa de la extrema izquierda. Se sitúan de espaldas al público. Clitemnestra se coloca en el centro del escenario y muy cerca de las candilejas. Agamenón hace lo mismo. Se hará una doble pausa. Clitemnestra da dos palmadas. Una pausa. Clitemnestra y Agamenón también se colocan de espaldas al público.

En la pequeña farsa que seguirá inmediatamente, Clitemnestra hará las voces de las cuatro actrices negras. Éstas realizarán la mímica.

CLITEMNESTRA. *(Completamente rígida.)* ¿Por qué me detengo? ¿Por qué no avanzo? ¿Por qué avanzo? ¿Por qué abro tanto la boca? ¡Ah, se me doblan las piernas... Desfallezco...! ¡Eh, mi lecho...! *(Pausa.)* ¿Qué hacen ustedes que no me llevan al lecho? ¡Ah, lecho mío! *(Pausa.)* Yo, la infeliz Clitemnestra Pla, mujer de Agamenón Garrigó, madre de Electra y de Orestes...

(Grito muy agudo.) ¡Ay, Oresteees, Oresteees! Llamadme a Orestes. ¡Pronto, llamadlo!

Las camaristas se ponen a dar vueltas alrededor del lecho simulando burlonamente el juego de la gallina ciega. La anunciadora se pone en movimiento remedando la llegada precipitada de un mensajero. Se detiene junto a la cama. Saca un papel del bolsillo. Finge leerlo.

CLITEMNESTRA. ¡Ayer por la mañana, a la salida del sol, murió despedazado por las fieras Orestes Garrigó, el competente ingeniero de la Australian Iron Company! *(Doble pausa.)* ¡Mentira! Ese telegrama es una impostura. Orestes no puede haber muerto despedazado por las fieras. Él mismo era un león, un tigre, una pantera... Lo digo, lo afirmo, yo, su madre, Clitemnestra Pla. *(Doble pausa.)* Señora, el texto del telegrama es lo que menos importancia tiene. Orestes ya no existe. *(Doble pausa.)* En ese caso, moriré yo también. *(El doble de Clitemnestra se acuesta en la cama. A las camaristas.)* Me voy a cubrir con el manto. Cuenten en voz alta hasta diez, levanten el manto, me contemplarán absolutamente muerta.

Las camaristas hacen gestos mientras Clitemnestra cuenta enfáticamente hasta diez. Las camaristas levantan el manto y aparece el doble de Clitemnestra en actitud yacente.

ELECTRA. *(Volviéndose hacia el público, aplaudiendo.)* ¡Bravo, bravo! ¡Clitemnestra Pla acaba de morir!

CLITEMNESTRA. *(También se vuelve hacia el público. Pausa. Llega junto a Electra.)* Sí, mediante un doble. En tanto, que esa Clitemnestra se mantiene rígida, mira a ésta que se mueve y circula como una corriente de aire amenazadora.

ELECTRA. Bato palmas por la que muere en escena. La otra morirá en el momento oportuno.

ORESTES. *(Se vuelve hacia el público, a Electra.)* Querida Electra: ¿muero yo despedazado por las fieras?

ELECTRA. Antes deberás partir para Australia.

153

CLITEMNESTRA. Tus augurios son letra muerta. Serás tú la que abandonarás muy pronto la casa y la ciudad.

AGAMENON. Será Orestes, no Electra.

(Se escucha el nombre de Electra por el altoparlante.)

CLITEMNESTRA. Digo Electra, no Orestes.

(Se escucha el nombre de Orestes por el altoparlante.)

ELECTRA. Orestes.

ORESTES. Electra.

Salida de ambos hermanos. Entran cuatro actores negros en el siguiente orden: los tres primeros —mensajeros de la muerte de Electra— se sitúan junto a las columnas de la derecha. Les sigue el que hará las veces de Agamenón. Los mensajeros visten de sirvientes. El que hace de Agamenón viste como éste. Los mensajeros llevan largos rollos de papel. Agamenón hace sucesivamente las cuatro voces. Los actores negros la mímica. En el momento en que los actores negros acaban de ocupar sus sitios, salen de nuevo Electra y Orestes. La primera por la columna de la extrema derecha; el segundo por la columna de la extrema izquierda. Se colocan de espaldas al público. Agamenón da dos palmadas, Clitemnestra vuelve a situarse de espaldas al público.

AGAMENÓN. *(Haciendo la voz del primer mensajero.)* ¡Se ha recibido por radio la noticia del asesinato de la bella Electra Garrigó a manos del pretendiente!

AGAMENÓN. *(Haciendo la voz del segundo mensajero.)* A causa de la negativa de su padre a desposarla con el pretendiente, hoy murió de pasión de ánimo la bella Electra Garrigó.

AGAMENÓN. *(Haciendo la voz del tercer mensajero.)* ¡Por abandono del pretendiente hoy se suicidó la bella Electra Garrigó!

AGAMENÓN. *(Haciendo la voz del doble, que tiene la mano apoyada en la sien.)* Tres versiones de la muerte de Electra.. *(Pausa.)* Lo echaré a la suerte. *(El doble señala con el dedo a los mensajeros mientras Agamenón va diciendo.)* ¡Tin marín de dos pingüé, cúcara mácara títere fue! *(El doble se adelanta y pone su dedo índice sobre el pecho del segundo mensajero.)* ¡Ah, triunfó tu versión! Electra ha muerto de pasión de ánimo. *(Doble pausa.)* ¡Y qué hago yo en el mundo, mísero mortal, privado de la presencia de mi amada Electra! ¡No, muera yo al punto! ¡Oh, vida cruel, imploro de la muerte el remedio a todas mis desdichas! *(Pausa.)* Mas sí: moriré yo también de pasión de ánimo. *(El doble de Agamenón se tiende afectadamente en el suelo.)* ¡Ya está! Un padre se dispone a morir. *(El doble de Agamenón señala a los mensajeros.)* Contad hasta cinco. Quiero demostrar a Clitemnestra que sólo contando hasta cinco, y no hasta diez, un padre puede morir perfectamente.

La voz de Agamenón cuenta cada número lentamente. Los mensajeros hacen la mímica. El doble de Agamenón se pone el manto sobre la cabeza y adopta una actitud yacente.

CLITEMNESTRA. *(Caminando hacia el centro de la escena. Poseída de furor.)* ¡El destino! ¡Todavía el destino! ¿Quién va a ganar? ¿Quién va a perder? ¡El destino lo dirá, el espantoso destino!

ORESTES. *(Se acerca a Clitemnestra.)* ¿Qué quiere el destino contigo, Climnestra?

ELECTRA. *(Se acerca a Clitemnestra.)* El destino quiere su parte, pero niego que sea espantoso. El destino es sólo el destino.

AGAMENÓN. *(Se acerca y se sitúa de espaldas a Clitemnestra.)* ¿Quién de nosotros es el destino?

Desde este momento hasta el final del acto los cuatro actores permanecerán completamente rígidos, con las manos hacia abajo y los puños cerrados.

CLITEMNESTRA. Yo.

ELECTRA. ¡Mentira!

AGAMENÓN. ¿Quién de nosotros es el Destino?

ORESTES. ¿Electra es el Destino?

CLITEMNESTRA. ¡Atrás, perra!

ELECTRA. ¡Perra, adelante!

AGAMENÓN. ¡Destino, oh Destino!

ORESTES. Es viscoso.

CLITEMNESTRA. ¡Pero tan seguro!

ELECTRA. ¡Sí, se acerca!

AGAMENÓN. ¡Destino, oh Destino!

ORESTES. ¿Hacia quién, Clitemnestra?

CLITEMNESTRA. Hacia Electra Garrigó.

ELECTRA. Portador de la justicia.

AGAMENÓN. ¡Destino, oh Destino!

ORESTES. ¿Por qué provocar al Destino?

CLITEMNESTRA. Tu Destino es el pretendiente.

ELECTRA. Tu Destino es la partida de Orestes.

AGAMENÓN. ¡Destino, oh Destino!

ORETES. Matemos al Destino.

CLITEMNESTRA. Matarías al pretendiente.

ELECTRA. El pretendiente no es el Destino.

AGAMENÓN. ¡Destino, oh Destino!

ORESTES. ¿Soy yo el Destino acaso?

CLIMNESTRA. ¡No, no, no eres tú el Destino!

ELECTRA. ¡Sí, sí, sí eres tú el Destino!

AGAMENÓN. ¡Destino, oh Destino!

ORESTES. ¿Quién me haría partir?

CLITEMNESTRA. ¡Nadie! No lo quiere el Destino.

ELECTRA. Entonces morirás tú, Clitemnestra Plá.

AGAMENÓN. ¡Destino, oh Destino!

ORESTES. ¿Morirá Clitemnestra Pla?

CLITEMNESTRA. ¿Morirá Agamenón Garrigó?

ELECTRA. ¿Morirá Agamenón Garrigó?

AGAMENÓN. ¡Destino, oh Destino!

ORESTES. ¿Morirá Agamenón Garrigó?

CLITEMNESTRA. ¿Morirá Agamenón Garrigó?

ELECTRA. Morirá Agamenón Garrigó.

AGAMENÓN. ¡Destino, oh Destino!

Rompe a cantar el Coro. Los cuatro personajes se mantienen rígidos. La luz va desapareciendo gradualmente. Cortina lenta.

CORO. En las olas de la mar,
     en las aguas del arroyo,
     en los bravíos escollos,
     en el aire del palmar;
     en el doliente pinar,
     en el canto del canario,
     en el afán temerario
     se muestra la pasión loca
     que corre de boca en boca
     con acento funerario.

     Sigue, Electra, sin desmayo,
     tu obra llena de acechanzas
     —mujer, vaso de fragancias,
     purísima flor de mayo.
     Rosa gentil que en un tallo
     de espinas fieras te asientas,
     rompe esa prisión y cuenta
     al mundo tus sinsabores:
     revélanos tus temores,
     Electra de las tormentas.

157

ACTO SEGUNDO

CORO. Ya una ciudad se dispone
a presenciar un ejemplo,
a ver derribar el templo
en que un tirano se impone.
No lo consienta, y corone
de Electra el triunfo la frente,
no lo consienta el potente
ánimo de tal doncella:
roca en la que se estrella
un egoísmo demente.

El mismo decorado del acto primero. Aparece Electra vestida de rojo. Luz muy débil.

ELECTRA. *(Saliendo lentamente por las columnas de la extrema izquierda. Se detiene.)* ¿Dónde estáis, vosotros, los no-dioses? ¿Dónde estáis, repito, redondas negaciones de toda divinidad, de toda mitología, de toda reverencia muerta para siempre? Quiero ver, siquiera sea, a uno de entre Ustedes. Pido la aparición de un no-Dios que caiga en medio de este páramo. *(Pausa.)* Sí, os conmino, extensas criaturas que no existís; formas no registradas en libro alguno, o puestas sobre la infamia de la tela del pintor. Electra os conmina, no-dioses, que nunca naceréis para no haceros tampoco nunca divinos. ¡Qué inmensa atonía os cubre desde este pecho que lanza sus cargas de soledad y evita los santuarios y las posternaciones! *(Pausa.)* No, vosotros no tendréis santuarios ni sacrificios. ¿Ante quién de vosotros se prosternaría un humano? ¡Oh, ellos no saben que después de la muerte de los dioses, el nuevo panteón de los no-dioses no confiere ni premio ni castigo! *(Se adelanta al centro de la escena.)* No castigaréis a Electra. Tampoco vais a recompersarla. Sois de tan grandiosa apatía que puede Electra segar una vida sin el temor a un reproche. Solamente lo tomaríais como el ruido sordo de un fruto que cae, de un fruto que cae en medio de vosotros-frutos que giran estallando en la violácea dilatación del olvido. *(Doble pausa.)* ¿Sois parte de una selva o la estáis llenando con esas formas hinchadas de hechos sin castigo o recompensa? *(Hace un gesto como aprehendiendo.)* ¿Sois solamente este brazo, este seno, o esta cabellera? *(Pausa.)* Un camino me conduce al sitio apático, al centro de la indiferencia: allí las grandes hojas se hunden en un agua que procura la apariencia de senos chocando sus pezones, de garras y picos atravesando las espinas hasta caer del lado de una mujer olvidada encima de una mesa. *(Pausa.)* Ningún tribunal, ningún juez podría formarse con estas presencias. ¿Oye alguien la campanilla del ujier apelando a un juicio final que no se producirá? *(Doble pausa.)* ¡Ah, Electra...! Asciende más y más y siempre. Es hacia la residencia de la luz donde debes encaminar tus pasos, a fin de procurar las armas que necesitas. *(Comienza a iluminarse la escena.)* ¡Electra! ¡Electra giratoria! ¡En acecho! ¡En acecho, Electra! *(Pausa.)* No avanzo, giro, siempre en el sentido de la luz. ¡Formas de ella, procuradme el camino y la frente que debo aniquilar! Preciosos animales cabalgando en la vertiginosa modulación de sus ápices; líneas que no van a encontrarse para que el espanto no se apodere de los ojos. *(Pausa.)* ¡Adelante, Electra! Siempre envolviendo más y más tu cuerpo en la luz. Sus dientes penetran ya tu carne, pero no serás despedazada, serás exaltada. *(Doble pausa.)* No, Electra, ni premio ni castigo. Una violenta ondulación no permite que las formas lleguen a ser objeto de veneración. ¡Estais, oh, formas, rodeadas de indivinidad! Puedo suprimir este cuerpo, pronto la luz lo devolverá a su sitio. *(La luz se hace enceguecedora.)* ¡Aquí la línea divisoria! Pero la interrumpiré, para que el centro apático recobre su imperio. *(Pausa.)* ¡Atrás, fantasmas de antiguos dioses! ¡Dioses de nada con ojos, de nada! Vais a caer en el centro de esta luz, y 159 giraréis eternamente como la parte de un todo que no se compadece nunca de sí mismo. ¡Aquí, venid: más hojas, y también troncos, cabezas, plumas, lianas, raíces de la luz! La sangre que va a derramarse producirá un sonido frío al chocar con las últimas resistencias de la piedad. *(Pausa.)* Electra va a suprimir la línea divisoria. ¡Hecho! No hay que abrir los ojos, las formas son ahora millones de ojos entrelazados que se contemplan unas a las otras. ¿Tiene la luz necesidad de verse? ¿Ve la luz a algo, a alguien? Sus consecuencias se vuelcan, como las inútiles Erinnias, en Clitemnestra Pla y en Agamenón Garrigó. *(Doble pausa.)* ¡Oh, por fin sé que me llamo Electra! Soy la que conoce la cantidad exacta de los nombres. Yo, la que procede fríamente con hechos. ¿Qué me podría penetrar? ¿Qué podría henderme o atravesarme? La misma mano que entrara por el lado derecho encontraría su mano en el lado izquierdo. Nadie me toque, porque se engañaría: no dejaré la mejor huella, ni el rastro más poético, porque no compongo elegías ni veo pasar a los amantes. *(Pausa.)* Es a vosotros, no-dioses que os digo: ¡yo soy la indivinidad, abridme paso! *(Al concluir el monólogo un golpe de viento hace ondular el vestido de Electra. Electra permanece rígida.)*

EGISTO. *(Entra seguido de Clitemnestra.)* ¡Abridle paso, sí, abrid paso a la divina Electra! *(Le toma la mano a Electra y se la besa.)* ¿Habías terminado ya, Electra? ¿Es con esa frase —¡Abridme paso!— que lo decías todo? *(Pausa.)* ¡Vamos, ánimo...! La próxima vez te saldrá mejor. *(A Clitemnestra.)* Será una gran actriz.

CLITEMNESTRA. *(Cogiendo la barbilla de Electra.)* Es ya una gran actriz. Vive en el mundo sólo para representar. Tengo la certeza de que nada siente. Lo que ella nos presenta es su vaciado en yeso. *(Pausa.)* ¡En cuanto a mí, confieso que prefiero la vida misma! ¡Todo lo tengo en la punta de los senos! ¿No soy yo, Clitemnestra Pla, la de sibilinos senos?

EGISTO. Querida amiga, ¿van tus senos a comunicarnos alguna revelación?

CLITEMNESTRA. *(Con afectación.)* No por el momento, querido Egisto, fiel amigo de esta casa. No, no vengo a efectuar revelación alguna. Vengo sencillamente a informar a Electra de lo que ya sabe toda la ciudad.

ELECTRA. *(Sin curiosidad.)* ¿Qué sabe toda la ciudad?

CLITEMNESTRA. *(Fingiendo indiferencia.)* El pretendiente se suicidó esta tarde a las tres. Todos los vendedores de periódicos de la edición nocturna lo pregonan por las calles. ¿No los escuchastes?

ELECTRA. *(Ensimismada.)* Es el primero que parte. *(A Clitemnestra.)* No tengo necesidad de los vendedores de periódicos para saber la definitiva suerte del pretendiente. Además, no me importa esa muerte. Es el primero que parte, le seguirán algunos más.

CLITEMNESTRA. Tu padre celebra esa muerte ruidosamente. El patio central está poblado de botellas rotas.

ELECTRA. Pero, Agamenón, ¿está borracho?

EGISTO. Se ha tomado dos cajas de cerveza. Sabes que es de generosa garganta.

ELECTRA. *(Pensativa.)* Así sufriría menos...

CLITEMNESTRA. *(Agarrándola por los brazos.)* ¿Qué quieres decir?

ELECTRA. Nada.

EGISTO. Y ahora, ¿qué vas a hacer, pobre Electra? ¿No era el pretendiente tu suprema esperanza?

ELECTRA. Nunca hay una suprema esperanza. En cambio, me quedaré en esta casa por el resto de mis días.

CLITEMNESTRA. *(Mirando a Egisto.)* Eso no te asienta. Eres muy joven y otros te pretenderán. El mundo está lleno de hombres hermosos.

ELECTRA. Nada me interesan.

EGISTO. ¿Qué maquina tu padre? El pretendiente acaba de suicidarse, porque Agamenón se negaba obstinadamente a darle 161 tu mano. ¿Es que pretenderá que estés con él toda la vida? *(A Clitemnestra.)* ¿No piensas como yo, Clitemnestra Pla?

ELECTRA. Ya dije que mi destino es quedarme aquí. Creo que no hay necesidad de la socorrida metáfora del capitán que se hunde con su barco... Y yo, me hundiré con esta casa. Me quedo, y esto debe bastar.

EGISTO. *(A Clitemnestra.)* ¿Te agrada, Clitemnestra Pla, la idea de una vestal bajo tu techo?

CLITEMNESTRA. Confieso que no. *(A Electra.)* No cejaré hasta encontrarte otro pretendiente.

Entra Agamenón, remedando con sábanas y una palangana el traje y el casco de un jefe griego. Está borracho, pero se comporta dignamente.

AGAMENÓN. *(Avanzando hacia los tres personajes.)* La crueldad de un dios es infinita. Si agrado a Mercurio con libaciones, desagrado a Júpiter con mis caballos. Mercurio me recompensa con una nueva feliz: la muerte del pretendiente. *(A Electra.)* ¿Sabes ya, querida Electra, que tu pretendiente marchó al Averno?

CLITEMNESTRA. ¿Y qué te ofrece Júpiter, Agamenón Garrigó?

AGAMENÓN. *(Golpeándose la frente.)* ¡Los cuernos de su toro! Me eres infiel, Clitemnestra Pla.

EGISTO. *(Aterrorizado, pero fingiendo.)* ¿Y por quién te abandona Clitemnestra, valiente Agamenón?

AGAMENÓN. *(Poniendo su índice en el pecho de Egisto.)* ¡Por ti, Egisto! Sé que duermes con Clitemnestra, mi mujer, hija de Tíndaro y de Leda, esposa de Agamenón, madre de Electra y Orestes, de Ifigenia y Crisotemis.

CLITEMNESTRA. Nos ofendes, Agamenón Garrigó. Mas te lo perdonamos en obsequio a tu borrachera. Soy Clitemnestra Pla, la siempre casta.

AGAMENÓN. Eres de reducido humorismo, Clitemnestra Pla. ¿Es que nunca podrás contemplarme en el papel de Agamenón, rey de Micenas y Argos, de la familia de los Atridas, hermano de Menelao, sacrificador de Ifigenia, jefe de los Aqueos? *(Doble pausa, dirige la vista a lo alto.)* He querido oscuramente una vida heroica, y soy sólo un burgués bien alimentado. *(Suplicante.)* ¡Pero, decidme, os suplico, decidme! ¿Cuál es mi verdadera tragedia? ¡Porque yo debo tener una tragedia como todos los humanos, una tragedia que cumplir, y se me escapa su conocimiento!

EGISTO. *(Irónico.)* Parece que la cerveza le otorga el tono épico. *(A Agamenón.)* No tienes tragedia que cumplir. Eres un padre feliz que se divierte improvisando placenteras comedias; un padre tan feliz que se atavía con sábanas y palanganas... *(Dándole golpecitos en la espalda.)* ¡Anda, ve, Agamenón de Cuba; anda: ve, y échate otra caja de cerveza! Quizá así descifres el secreto de tu vida.

AGAMENÓN. *(Alejándose majestuosamente.)* ¡Una tragedia! Yo vivo una tragedia y se me escapa su conocimiento. *(A mitad de camino se detiene; a Electra.)* Adiós, amada Electra, voy a sumergirme en el sueño. *(Llega a las columnas.)* Yo vivo una tragedia, ¿querría alguno hacérmela conocer? *(Desaparece.)*

EGISTO. *(A Clitemnestra, cínicamente.)* Casta Clitemnestra, te demando: ¿sostenemos ilegales relaciones, vivimos alguna adúltera pasión?

CLITEMNESTRA. Tal cosa te iba a preguntar, caballeroso Egisto, fiel amigo de todos los maridos, leal compañero de todas las casadas: ¿sostienes ilícitas relaciones?

ELECTRA. *(Dando la vuelta a Clitemnestra.)* No veo el pecado, Clitemnestra Pla. Te gusta Egisto Don, te acuestas con Egisto Don. Es muy sencillo.

CLITEMNESTRA. ¿Cómo puedes suponer...? ¿Estás borracha como tu padre?

ELECTRA. Lo sé todo; no comprendo tu simulación. Sería inútil. Sabes que soy valerosa.

163

EGISTO. Nos ofendes con presumir...

ELECTRA. Querido Egisto: nada te reprocho. Eres el amante de mi madre, tratas de suprimir a mi padre, pretendes sus riquezas, Clitemnestra te secunda, ¿qué esperas?

CLITEMNESTRA. ¿Qué oráculo vienes de consultar, Electra?

ELECTRA. La suerte de mi padre está echada. Tenéis manos libres para obrar.

Se oye desde adentro la voz del Pedagogo, que se aproxima. Entra seguido de Orestes.

PEDAGOGO. *(A los tres personajes.)* ...No quiere comprender que en el reino animal sólo hay hechos, nada más que hechos.

ELECTRA. Pero también, Pedagogo: hechos, nada más que hechos en el reino humano.

PEDAGOGO. De acuerdo, pero estás más adelantada que tu hermano. Yo, por el momento, sólo pretendo que Orestes comprenda que en el reino animal...

ELECTRA. *(A Orestes.)* Sí, Orestes, nada más que hechos...

PEDAGOGO. Si en el reino animal un hecho debe producirse, no habrá justicia que lo detenga, poder divino ni humano que lo impida.

ELECTRA. *(Dando una palmada.)* ¡La ley de la necesidad!

EGISTO. ¡Bravo, Electra, bravo! ¡Viva la necesidad!

CLITEMNESTRA. *(Palmoteando.)* ¡Sí, que viva! *(Pausa.)* Pero, decidme: ¿cuál de nosotros es la necesidad?

ELECTRA. Tú, Clitemnestra Pla. Tú eres por ahora la necesidad. No pierdas la ocasión.

CLITEMNESTRA. *(Apoyándose en Egisto, con la mano en la frente.)* ¿Soy yo ahora la necesidad? ¡Ah, Orestes, amado hijo mío!, ¿soy yo la necesidad?

ORESTES. ¿Cómo puedo saberlo, Clitemnestra, si yo no sé qué cosa es esa necesidad que ustedes propalan? *(Al Pedagogo.)*

Escucha, Pedagogo, ¿es que la necesidad va a ser, por ejemplo, que el gallo viejo de mi madre muera hoy mismo picoteado por las gallinas?

PEDAGOGO. Parece que sí, porque se lo oí ordenar a tu madre hace un momento. Le decía al mayordomo: "Acabe usted cuanto antes con ese gallo, está lleno de viruelas, mis gallinas lo rematarían a picotazos de muy buen grado". *(A Clitemnestra.)* ¿No es así, divina Clitemnestra?

CLITEMNESTRA. *(Absorta.)* Sí, Pedagogo, he dado esa orden.

ORESTES. *(Toma al Pedagogo del brazo.)* Vamos, Pedagogo. Un sacrificio es tan sólo un puro hecho. *(Empiezan a caminar hacia las columnas.)*

EGISTO. *(Alcanzándolos.)* Voy con ustedes. Me pierdo por las peleas de gallos. Aunque en este caso sean las gallinas el verdugo. De todos modos, si ellas no lo acaban pronto, lo estrangularé yo con estas manos. *(Las muestra. Salen.)*

CLITEMNESTRA. *(A Electra, con tono grave.)* ¿Oíste, Electra? La muerte de mi gallo viejo... ¿Sabes a cuál me refiero? Al que me regaló tu padre hace dos años.

ELECTRA. Sé perfectamente a qué gallo te refieres. Debe morir hoy mismo.

CLITEMNESTRA. Pero, Electra... ¿debe morir realmente hoy mismo?

ELECTRA. Sí, Clitemnestra, hoy mismo. Sus llagas amenazan con una epidemia. Además, es feo. Debe morir hoy mismo.

CLITEMNESTRA. No, te engañas, Electra. No está tan enfermo. Podría tirar todavía algún tiempo...

ELECTRA. Debe morir hoy mismo.

CLITEMNESTRA. *(Mirando a Electra con insistencia.)* Ponme el manto, Electra.

ELECTRA. *(Quitándose el chal se lo coloca en la cabeza a Clitemnestra.)* ¡Adelante, Clitemnestra!

CLITEMNESTRA. *(Empieza a dar vueltas con las manos extendidas, como en el juego de la gallina ciega. La luz se va apagando.)* ¡Sí, no hay duda! El gallo viejo debe morir hoy mismo. Una mano fuerte debe estrangularlo; tiene el cuello duro, temo que mis gallinas no puedan rematarlo a picotazos. ¿Fui yo sibila al bautizar a mi gallo con el nombre de Agamenón? *(Pausa.)* Agamenón, gallo viejo, debes morir hoy mismo. Acabarías sabiendo mis amores con Egisto Don. *(Ríe a carcajadas.)* Pero, ¿qué diablos estoy diciendo? ¿Cómo puede un gallo saber de relaciones ilícitas entre humanos? ¿Ni qué importa? *(Vuelve a reír.)* Pero, es tan celoso... Con la madre y con la hija. *(Pausa, comienza a subir la voz.)* Yo lo comprendo: ha sido durante años rey del gallinero, y ahora se ve desplazado por un gallo magnífico. *(Pausa.)* ¿Será este gallo magnífico el verdugo que necesitan mis gallinas? ¡Oh, dejadme declararlo: es un gallo de noble estampa! Cuando me besa, siento que desfallezco de embriaguez. *(Ríe convulsivamente.)* ¡Qué tonterías estoy diciendo! ¿Como puede un pico besar unos labios? Además, comparado conmigo, un gallo es tan pequeño... ¿Y cómo podrían sus plumas pegarse a mi carne? *(Pausa. Muy seria.)* Y toda la razón está de mi parte. Me refiero, claro está, al gallo viejo. Es intolerante, abusador, me ha hecho sufrir. Por otra parte, sabréis que con este maldito designio de guardar a su hija perpetuamente en el corral entorpece la buena marcha de mis amores con Egisto. *(Pausa.)* Sí, con Egisto: no tengo por qué ocultarlo. *(Sube más la voz.)* ¡Aquí hace falta una limpieza de sangre! Es preciso que este gallo viejo muera hoy mismo. Soy una infeliz mujer que no puede disfrutar de su amante, a causa de un gallo viejo, paticojo, encorvado, picado de viruelas, renegrido, ronco y maloliente. *(Da dos vueltas.)* Así, este girar me anima. Lo veo todo rojo. Me da fuerzas. ¡Fuerzas, venid! Una pobre mujer pide solamente que aparten de sus hermosos ojos ese horror que es un gallo viejo. *(Con voz atronadora.)* ¡El gallo joven, el gallo macho: que venga en socorro de una hermosa mujer! *(A Electra.)* ¿Qué debo hacer, Electra, qué debo hacer?

ELECTRA. Obrar.

CLITEMNESTRA. *(Girando de nuevo.)* Sí, obrar, obrar rápida-mente. *(Gritando.)* ¡Egisto, Egisto! *(Aparece entre las dos columnas centrales la sombra gigantesca de un gallo.)* ¡Hermoso gallo blanco, hermoso gallo macho: acude! ¡Hoy es el día de la sangre! *(La sombra se mueve grotescamente. Clitemnestra se quita el chal. Corre hacia la sombra.)* ¡Egisto, a él, al gallo viejo! ¡Al gallo negro! ¡Hoy debe morir! ¡Sí, Egisto, remátalo con tus espolones! *(Golpea la sombra.)* ¡Al gallo viejo, al gallo negro! *(La sombra desaparece. Clitemnestra sale por las columnas gritando.)* ¡Al gallo viejo. Al gallo negro!

CORO.   La muerte su fuerte rayo
hacia Agamenón dirige,
y ya Clitemnestra inflige
con su amante destructor,
de sábanas el rumor
sobre su cuello envolviendo,
como serpiente cayendo
en medio de tanto horror.

Ya una muerte sobrevino,
ya un ejemplo se propone,
ya un padre no se interpone
de una hija en el camino.
El espantoso destino
echó en la noche su suerte,
y la blanquísima muerte
entre sábanas advino.

Oye, Clitemnestra infiel,
esta canción agorera,
porque también a ti, artera,
en tu egoísmo de madre
le pasará lo que al padre
de una hija fría y certera.

ACTO TERCERO

CORO. Ya contemplaste, ¡oh, ciudad!
    de la muerte el ala oscura,
    cubrir con su sombra dura
    de un padre la honda impiedad.
    Asunto de sanidad,
    salvación de dos hermanos,
    rápido juego de manos
    libertando a una ciudad.

    Mas todavía la muerte
    no ha cesado en sus clamores,
    la muerte quiere fulgores,
    luces, rayos en su pecho,
    y a Clitemnestra en su lecho
    pronto verá entre dolores.

La misma decoración de los actos anteriores. Único cambio: puerta cerrada izquierda. Marco de puerta derecha. Luz amarilla intensa. Acción por la noche. Salen Orestes y el Pedagogo.

ORESTES. *(Riendo.)* Perdona la insistencia, Pedagogo, pero la nocturna muerte del gallo viejo me ha dejado en una situación bastante maravillosa.

PEDAGOGO. Nada te reprocho, Orestes. Me complace verte satisfecho. Además, compruebo, que al menos, algo te ha maravillado. Es un buen síntoma.

ORESTES. *(Como hablando consigo mismo.)* ¡Tenía dura la vida el gallo viejo!

PEDAGOGO. Yo mismo estaba asombrado. Según mis cálculos, el terror le produciría un colapso. Pero no fue así. *(Pausa.)* A propósito: ¿observaste qué habilísimo juego de dedos tiene Egisto para estrangular?

ORESTES. Estoy contigo. Partió el cuello del ave con sólo dos dedos. Aunque, te confieso, el cuello de un ave nunca ofrece, esto creo, la resistencia de un cuello humano.

PEDAGOGO. *(Levantando una mano.)* ¡Pero no, Orestes, no se trata, en este caso, de una fuerza mayor que opone una resistencia igualmente máxima. No se trata, repito, del material resistente que informa a esa fuerza. A lo que me refiero, muy concretamente, es a la habilidad de los dedos de Egisto. No habría requerido mayor cantidad de fuerza para estrangular a un hombre; por ejemplo, a tu padre, que tiene cuello de toro.

ORESTES. Te confieso, Pedagogo, que me sentí fascinado cuando Egisto partió tan delicadamente el cuello del ave.

PEDAGOGO. ¡Y qué decir del elegante movimiento del pañuelo sobre la cabeza del animal! Para evitar una larga agonía puso su pañuelo, y la vida se extinguió de un golpe. *(Pausa.)* Tengo la absoluta certeza de que el pobre gallo se lo agradeció.

ORESTES. He oído decir a Çlitemnestra que Egisto viajó por la India en su juventud.

PEDAGOGO. ¡No, no, no, Orestes! Nada de pesquisas, ni una gota de Scontland Yard. Egisto es un consumado estrangulador. Eso es todo.

ORESTES. ¡Pues si por eso mismo te lo digo, Pedagogo! Me gustaría conocer tal arte. Quizás Clitemnestra me deje partir si sabe que me atrae la India y sus estranguladores.

PEDAGOGO. Y qué, ¿Clitemnestra Pla conoce las artes de la estrangulación, ha viajado, ella también, por la India?

169

ORESTES. ¡Oh, no, en modo alguno! Pero tiene tal admiración por Egisto... Egisto es para ella la suma de todos los conocimientos.

PEDAGOGO. Y de todos los trucos. Será por eso que jamás he podido saber lo que piensa. Es un consumado sofista de salón.

ORESTES. Igual me sucede a mí. No importa lo que dice, sino cómo lo dice. Es el mejor "decorador" de toda la ciudad.

PEDAGOGO. ¡Y Clitemnestra Pla es tan decorativa!

ORESTES. ¡Pues claro! No sé ya por qué medios arrancar a mi madre el consentimiento de mi viaje. Y tengo la seguridad que si Egisto me enseña su ciencia, Clitemnestra cedería.

PEDAGOGO. Jamás te la enseñará. Los ilusionistas nunca descubren sus ilusiones. Primero te enseñaría a estrangular.

ORESTES. Algo que tú no me has enseñado, y lo que es peor, que no podrás enseñarme. *(Pausa.)* En nuestra ciudad los gimnastas y los parlanchines forman la casta superior. Y no cuento las armas disimuladas bajo la ropa. Con tu ciencia, ni yo mismo podría estrangularme.

PEDAGOGO. Uno mana virtud y no sangre, como la fuente mana agua y no vino, aunque los Egistos digan otra cosa. *(Pausa.)* Esta noble ciudad tiene dos piojos enormes en su cabeza: el matriarcado de sus mujeres y el machismo de sus hombres.

ORESTES. Pero, al menos, puedes, cuando ofenden tu parte de humano, meterte bajo tu caballo...

PEDAGOGO. Entonces me apalean la parte de caballo. *(Pausa.)* No, no hay salida posible.

ORESTES. Queda el sofisma...

PEDAGOGO. Es cierto. En ciudad tan envanecida como ésta, de hazañas que nunca se realizaron, de monumentos que jamás se erigieron, de virtudes que nadie practica, el sofisma es el arma por excelencia. Si alguna de las mujeres sabias te dijera que ella es fecunda autora de tragedias, no oses contradecirla; si un hombre te afirma que es consumado crítico, secúndalo en su mentira. Se trata, no lo olvides, de una ciudad en la que todo el mundo quiere ser engañado.

ORESTES. La palabra es partir. Pero, ¿cómo partir? *(Pausa. Mira su reloj.)* Las once. Me voy a la cama. Me espera el gimnasio a las seis.

PEDAGOGO. ¿El gimnasio..., Orestes?

ORESTES. *(Desde las columnas.)* Es cierto, Pedagogo, pero la costumbre es la más feroz de las diosas. Y yo, Pedagogo, ¿podré rebasar algún día estas hostiles columnas en busca del mar océano?

En el momento que Orestes va a salir, es detenido por Clitemnestra que entra acompañada de Egisto. Viste una bata negra con adornos de plata en la cintura y en la cabeza. Sobre el seno un marpacífico rojo. Egisto viste de blanco.

CLITEMNESTRA. *(Acercándose al Pedagogo.)* ¿Te abrumaba, no es cierto, Pedagogo, con su eterna cantinela de la partida? *(A Orestes.)* Eres un muchacho malcriado. *(Pausa.)* Oye: ¿ignoras que la vida empieza de esas columnas hacia acá? Lo que hay detrás de ellas es la muerte y la descomposición.

PEDAGOGO. *(A Orestes, con intención.)* Tu madre dice la verdad, Orestes. Detrás de esas columas está el océano, y, por el momento, se muestra tan incierto como aquel que estrelló a Odiseo contra las playas de la divina Calipso. *(Volviéndose a Egisto, alza una mano como saludando.)* ¡Salud a ti, estrangulador de gallos! No te digo que Esculapio te esté reconocido, pues le sacrificaste un gallo enfermo.

CLITEMNESTRA. *(Riendo a carcajadas.)* ¡Viejo, paticojo, ronco y maloliente! Una mera cuestión sanitaria, como nos dijo Electra. *(Redoblando las carcajadas.)* ¡Una mera cuestión sanitaria! ¡Ahora somos tan felices...! *(Caminando por la escena.)* Que este palacio se llene de felicidad y de flores rojas, como ésta que mi pecho exalta. La sanidad ha tomado posesión de esta casa, y

171

todo lo feo, todo lo raro, debe desaparecer. *(Parándose junto a Orestes.)* ¿Sabes que Agamenón partió anoche?

ORESTES. ¿Por esas columnas, rumbo al océano...?

CLITEMNESTRA. Rumbo al océano... Ningún mortal podría decir si regresará o no.

ORESTES. Me parece excelente la decisión de mi padre. ¿No es el más importante de los dos miembros de tal ecuación, el primero, esto es, la partida?

CLITEMNESTRA. Pero esa partida significa la muerte. *(Pausa.)* No partirás.

ORESTES. *(Fingiendo.)* Nadie habla de partir, Clitemnestra Pla. Y si se hablara de partir sería, exclusivamente, hacia la India...

CLITEMNESTRA. No veo que la India te evite los peligros de Australia.

ORESTES. No, pero me enseñaría a estrangular. *(A Egisto.)* ¿No aprendiste tú, Egisto, el arte de la estrangulación en la India?

EGISTO. Muy cierto: hace años, vientos adversos empujaron mis naves hacia Calcuta. Un mes me bastó para aprender a estrangular elegantemente con los diez dedos de la mano.

PEDAGOGO. Así es: se procede según la escala ascendente. Dos dedos para aves de corral —por ejemplo, gallos; cinco dedos para un conejo o un majá; finalmente, diez dedos para un ser humano.

ORESTES. ¡Un momento, Pedagogo, un momento! Niego que para el cuello afinado de una mujer se requieran los diez dedos de la mano.

EGISTO. Orestes tiene razón. He visto estrangular en Marsella a una mujer con sólo dos dedos. Verdad que la yugular de aquella muchacha no era mayor que la yugular de una gallina madre.

ORESTES. *(Señalando a Clitemnestra.)* ¡Ahí la tienen: ahí tienen a la gallina madre! *(Pone sus dedos pulgar e índice en el cuello de Clitemnestra.)* ¿Es que no puedo estrangular, Clitemnestra Pla, tu cuello con estos dos dedos?

CLITEMNESTRA. *(Llena de terror, se quita los dedos del cuello.)* ¡Aparta! ¡No moriré estrangulada! ¡No moriré estrangulada!

PEDAGOGO. ¿Quién habla de morir, señora?

CLITEMNESTRA. *(Refugiándose en los brazos de Egisto.)* Orestes, hijo mío, ¿proyectas estrangularme?

ORESTES. No, Clitemnestra, aún no he viajado por la India... *(Pausa.)* En todo caso sería Egisto el indicado. *(Pausa.)* ¿No has reparado que su brazo rodea tu cuello?

CLITEMNESTRA. *(Aparta con violencia el brazo de Egisto al mismo tiempo que se protege el cuello con ambas manos. Mira fijamente a Egisto, quien se ha quedado con la mano en alto formando anillo con el pulgar y el índice.)* ¿Tú también, Egisto? No soy una muchacha de Marsella, no soy una gallina vieja... Soy tu... *(Pausa.)* Perdonad, ya estoy completamente histérica. Contáis tales cosas. *(Se acerca al Pedagogo.)* Decidles, Pedagogo, que moriré en mi lecho.

PEDAGOGO. No soy augur, Clitemnestra Pla, *(Mostrando la cola.)* Esta cola dice muy por lo claro que soy un Centauro. Mi oficio es enseñar, no profetizar. Me pagas, y meto mi ciencia en la cabeza de tus hijos.

CLITEMNESTRA. Entonces, ¿quién va a profetizar mi suerte?

CORO. No preguntes, Clitemnestra,
por tu muerte o por tu vida,
tu cuello no tendrá herida
de la vida en la palestra.
No preguntes, Clitemnestra,
qué te reserva el destino:
tu vida tiene un camino

173

hacia una muerte espantosa.
Mujer, es negra tu rosa:
la que a tu maldad convino.

PEDAGOGO. Divina Clitemnestra: yo, como siempre, me lavo las manos... *(Hace el gesto de lavarse las manos.)*

CLITEMNESTRA. Con tal que no las pongas sobre mi cuello... *(Se vuelve a tapar el cuello con las manos.)*

EGISTO. *(Quita a Clitemnestra las manos del cuello.)* ¡Cuidado, divina Clitemnestra! Podrías estrangularte con tus propias manos.

ORESTES. *(Como profetizando.)* Clitemnestra Pla no morirá estrangulada.

CLITEMNESTRA. *(Abrazando a Orestes.)* ¡Ah, hijo mío, Orestes, pasión de mi vida! Una madre atribulada te agradece tal declaración. *(Pausa a todos.)* ¿Lo habéis oído? Mi amado Orestes asegura que no moriré estrangulada.

ORESTES. No te regocijes con exceso, Clitemnestra Pla. Quedan tantas muertes todavía...

CLITEMNESTRA. *(Furiosa.)* ¡Escuchad: quiero vivir eternamente, quiero ser inmortal! No acepto ninguna muerte, trágica o no. *(Pausa.)* Bueno, a lo sumo aceptaría morirme, pero muy vieja, y en mi lecho. *(A Egisto.)* ¡Vamos Egisto! Mi brujo me dirá lo que ninguno de ustedes puede predecirme. *(Empieza a salir, ya en las columnas, se detiene, a Orestes.)* ¡Orestes, no cruces... No cruces... (Salen.)*

ORESTES. *(Absorto en sus pensamientos, al Pedagogo.)* ¿Qué dijo?

PEDAGOGO. Que no cruzaras...

ORESTES. ¿Que no cruzara...? ¿Qué?

PEDAGOGO. Parece que las columnas... *(Camina hacia las columnas.)* Yo, por mi parte, voy a cruzarlas. Me espera Electra para la lección de apatía. *(Ya en las columnas.)* ¿Vendrás a reunirte con nosotros? Electra te busca ardientemente. *(Sale.)*

Orestes, durante el parlamento del Pedagogo, se ha reconcentrado aún más. De pronto corre impulsivamente hacia la primera columna de la derecha. De allí llama angustiosamente a Electra. Repite el llamamiento en el resto de las columnas. En la última, queda recostado con las manos atrás. La luz se hace muy tenue. Doble pausa.

ORESTES. Electra no vendrá. El problema es éste: Electra no vendrá. *(Pausa.)* Pero analicemos: primero las partes, Electra no vendrá, yo no partiré, el pretendiente ha muerto, Agamenón ha muerto, Clitemnestra teme morir. *(Pausa.)* Ahora el todo. *(Abandona la columna y da dos o tres pasos por la escena.)* Es el todo lo que se me escapa... *(Pausa.)* ¿Qué relación existe entre la muerte de Agamenón y el temor de Clitemnestra? Y a su vez: ¿qué tiene que ver Clitemnestra con la muerte de Agamenón? Y en directa relación con esto último, ¿a causa de qué, Clitemnestra, que siente ese indecible horror por Electra, propicia la muerte de Agamenón? Esto sería dejar a Electra dueña de su voluntad. *(Pausa.)* Pero, consecuentemente, ¿qué tiene que ver Electra con la muerte de Agamenón? ¿Acaso el pretendiente? No, Electra no formaría laboriosas intrigas por pretendientes más o menos... *(Pausa.)* Hagamos combinaciones: ¿un odio excesivo de Electra a causa de un amor excesivo de Agamenón? ¿Un amor excesivo de Electra a causa de un odio excesivo de Agamenón? *(Pausa.)* En cambos casos, un amor excesivo otorga, al amor o al odio excesivo que provoca, armas de exterminio. *(Pausa.)* Pero, Electra, ¿amaba u odiaba a Agamenón Garrigó? ¿Y si Electra ni amaba ni odiaba a Agamenón Garrigó? *(Pausa.)* Pero entonces... ¿qué objeto tendría su participación en la muerte de nuestro padre? ¿Socorrer a Clitemnestra Pla? Esto me lleva a una nueva cuestión: si Agamenón Garrigó era un perfecto marido para Clitemnestra Pla, ¿qué interés podía mover a mi madre en propiciar la muerte de mi padre? ¿Estimaría que con ello enlutaría el alma de Electra? ¿O pensaría que la muerte de Agamenón iba a facilitar a Electra el abandono del hogar?   175

(Pausa.) Pero Clitemnestra nunca facilitaría la partida de Electra por Electra misma. Ella odia a Electra cordialmente. Mas, ¿por qué la odia? No por hermosura —Clitemnestra se cree la más bella de las mujeres—. No por mundanismo. —Clitemnestra se cree la más mundana de las mujeres—. No por sabiduría —Clitemnestra se cree la más sabia de las mujeres—. ¡No, no por nada de esto! Clitemnestra no odiaría jamás por vaguedades. Debe haber algo muy preciso. *(Pausa.)* ¿Porque yo amo más a Electra que a ella? No, en ese caso Clitemnestra la habría asesinado. Clitemnestra no puede concebir que yo pueda amar otra cosa que no sea la persona de Clitemnestra. ¡Está ella tan segura de este amor! *(Doble pausa.)* Reflexionemos: Clitemnestra, se ve esto muy claro, quería eliminar a Electra y a Agamenón, mas... ¿a causa de qué? *(Pausa.)* Veamos las preferencias de Clitemnestra: Yo, en primer lugar. *(Pausa.)* Después... *(Iluminado de súbito.)* ¡Egisto! El favorito del palacio, el "partenaire" de Clitemnestra, el confesor de Clitemnestra, el criado de Clitemnestra, el eco de Clitemnestra, el criado de Clitemnestra, ¡el amante de Clitemnestra! *(Doble pausa.)* La suerte de Agamenón estaba echada. Tres personas se interesaban en su muerte. Tal muerte me tiene sin cuidado. Si Agamenón no podía arreglar por sí mismo sus asuntos, peor para él. Entre Agamenón y yo no existía el menor vínculo. Y lo que importa, es que había tres personas interesadas fuertemente en su muerte. *(Pausa.)* Pero, Agamenón... ¿quería realmente morir? En modo alguno. Algo más fuerte que él lo venció. *(Pausa.)* En cambio yo, quiero partir, pero una fuerza se opone a mi partida. ¿Qué es esa fuerza? ¡Clitemnestra Pla! Mas también otra fuerza, igualmente poderosa, quiere que yo parta. ¡Electra! *(Pausa.)* Pero sucede con Electra algo contradictorio: desea, según dice el Pedagogo, verme ardientemente. Clamo por ella, la llamo desde estas columnas, y no acude. Veo que las barreras son las columnas. *(Pausa.)* ¡Pretextos las columnas! ¡Oh, pretextos! Alma débil, ¿no darás jamás en el blanco? *(Pausa.)* Las cosas se plantean así: yo, Clitemnestra, las columnas, la partida... Tengo que derribar esta parte de mí que se me opone, y una vez conseguida esta meta, procurar la otra, es decir, suprimir a Clitemnestra Pla.

Seguidamente, derribar las columnas, y entonces, sólo entonces, partir.

Orestes ha quedado de espaldas a las columnas. Doble pausa. Entra Electra por la columna central. La luz muy tenue.

ELECTRA. *(Detenida en la columna.)* Ésta es la ocasión, y ahí está el extranjero. Ciertas señales me dicen que es mi amado hermano Orestes. El Pedagogo me ha contado que puso sus dedos alrededor del cuello de Clitemnestra, pero, ¿bastaría ello para reconocer a un hermano? Por otra parte, es de suma importancia que haya osado decir a Clitemnestra que existen otras muchas muertes violentas. Pero, ¿y si le interrogo y compruebo que no es Orestes, que es tan sólo un extranjero? En ese caso, tendría que asesinarlo. Electra no permitiría que un extraño sepa que Electra no puede encontrar a su hermano. *(Pausa.)* Sin embargo, debo interrogarle. Es preciso que escuche de sus propios labios si es Orestes o no. Sólo siendo Orestes podrá asesinar a Clitemnestra y partir. *(Pausa.)* ¡Está decidido! Le interrogaré. *(Se acera a Orestes y lo toca en el hombro.)* Escucha, extranjero: ¿cómo te llamas?

ORESTES. *(Volviéndose con desgano.)* Orestes.

ELECTRA. Vuelve a escuchar, extranjero, y perdona las preguntas de una mujer curiosa. De ese nombre tuve un hermano, al que muy pequeño perdí, por las intrigas sentimentales de nuestros padres. Muy pequeños éramos Orestes y yo cuando fuimos separados. Mi padre me tomó, y a Orestes su madre. Con el correr de los años he tratado de conocer a mi hermano en muchos Orestes que a este palacio han llegado. Ninguno de ellos era el verdadero Orestes.

ORESTES. ¿Cómo lo sabías?

ELECTRA. Los sometía a una prueba que no puede fallar.

ORESTES. ¿Cuál es la prueba? 177

ELECTRA. Como la esfinge, proponía yo al presunto Orestes una cuestión. Su recta respuesta era la prueba del verdadero Orestes; una respuesta equivocada valía la muerte al impostor.

ORESTES. En verdad, una prueba acerba. *(Pausa.)* ¿Y se arriesgaban a ella?

ELECTRA. Sí, extranjero. La curiosidad puede más que la muerte. Y en verdad, ¿no sentían ellos oscuramente que algo les tocaba del verdadero Orestes? ¿Algo que, con extraña obstinación, permanecía sin revelarse?

ORESTES. *(Anhelante.)* ¿Y ninguno de esos extranjeros resistió la prueba?

ELECTRA. ¡Ay, no, ninguno! ¡Ninguno era al fin el verdadero Orestes!

ORESTES. *(Cruzando sus manos sobre el pecho y cuadrándose ante Electra.)* Si presumes que soy el Oreste que buscas, ¿qué esperas para someterme a esa prueba?

ELECTRA. *(Dubitativa.)* Un fracaso significaría tu muerte. Y ya he matado a tantos Orestes... Y eres tú tan hermoso.

ORESTES. Ni una palabra más. Exijo la prueba.

ELECTRA. Sea. He ahí la cuestión: ¿qué deberá hacer el verdadero Orestes?

ORESTES. *(Pronunciando lentamente.)* El verdadero Orestes asesinaría a su madre, partiría después.

La luz se hace intensa.

ELECTRA. ¡Ah, eres Orestes! *(Pausa.)* Te daré el arma que necesitas.

ORESTES. La espero ardientemente.

ELECTRA. Debemos ser cautelosos. Clitemnestra ve enemigos por todas partes. Se ha echo recubrir el cuello con una pieza de plata maciza. Tiene un infinito horror de ser estrangulada.

ORESTES. *(Con ansiedad.)* ¿Debo yo, Electra, estrangular a Clitemnestra?

ELECTRA. No, tal cosa sería imitar a Egisto. Clitemnestra morirá envenenada con su fruta favorita.

ORESTES. ¡La frutabomba!

ELECTRA. Exacto: en el momento oportuno le brindarás una tajada. La comerá sin vacilar. Tiene ciega confianza en ti.

ORESTES. Entonces, no perdamos un momento. Sabes que Clitemnestra acostumbra a tomar el fresco a esta hora.

ELECTRA. *(Tomando a Orestes por el brazo y señalando las columnas.)* Vamos a trasponer esas columnas, porque en un instante la muerte y la descomposición estarán del lado de acá. *(Salen.)*

CORO. Ya se encuentran dos hermanos,
      separados por un muro,
      hecho por padres impuros
      contra secretos arcanos.
      Pero la potente mano
      de un destino inexorable,
      pone su ley inmutable
      en una madre siniestra,
      y Orestes a Clitemnestra
      la juzgará responsable.

Aparece Clitemnestra. Lleva al cuello una pieza de plata. Ofrece el aspecto de una persona derrotada y aterrorizada. Se sitúa al centro de la escena y explora el terreno.

CLITEMNESTRA. Veo Electras por todas partes. Electras que me asaltan como esos copos de una nieve cruel que nunca he visto. Si veo una silla es Electra. Si un peine, Electra; un espejo, el sol que se pone, estas losas, aquellas columnas. *(Pausa.)* Todo es Electra. He ahí lo terrible. Esa mujer me persigue. *(Vuelve a espiar con la mirada.)* Quiere mi muerte. Además, sus horribles sortilegios... Después que ella ha mirado cualquier objeto de este palacio, ya no puedo mirarlo. Lo que me mira, es Electra; lo que miro, es Electra; lo que se siente mirado por mí, se hace Electra. ¡Yo misma acabaré por volverme Electra! *(Pausa.)* Pero, no, antes la muerte. Esa mujer viscosa, esa mujer objeto, esa mujer que es sólo un personaje de tragedia. *(Pausa.)* ¿Se puede matar a un personaje de tragedia? ¿Se puede envenenar a una sombra? Y ella es todo eso... *(Pausa.)* Me tiene desesperada, no puedo disfrutar mi crimen tranquilamente. Me mira, y con esos bovinos ojos que tiene me dice: "No te cargo de remordimiento, pero morirás como el muerto que produjiste". *(Se toca el cuello.)* He ahí el motivo de esta pieza de plata. Sin embargo, no me cae mal, me hace el cuello más flexible. Pero Orestes me aseguró que no moriré estrangulada. *(Pausa.)* ¡Ah, dulce sorpresa, te muerdo: Orestes, Orestes es el antídoto contra Electra! ¿Cómo no había caído en ello? ¡Pues claro, la cosa es muy sencilla! Dejaré partir a Orestes bajo una condición. ¿Cuál? La muerte de Electra. Pero, ¿he dicho que Orestes partirá? Primero mi muerte. Prefiero ver a Electra por todas partes. *(Mira fijamente en dirección de las columnas.)*

Salen de las columnas centrales las criadas de Clitemnestra. Le siguen los criados de Agamenón. Después el Pedagogo. Cierra la marcha Egisto. La primera actriz negra lleva un espejo de mano; la segunda un peine de plata; la tercera una mesita; la cuarta una bandeja de plata con una tajada de frutabomba.

CLITEMNESTRA. ¿Qué significa esta procesión?

La primera actriz negra entrega el espejo a Clitemnestra, la segunda el peine, la tercera pone la mesita en el suelo, la cuarta coloca la bandeja sobre la mesa.

CLITEMNESTRA. ¿Qué significa todo esto? *(Divisando a los criados de Agamenón.)* ¿Todavía están bajo este techo? ¿Qué hace el mayordomo? ¡Ni un minuto más en mi casa!

Las criadas empiezan a dar vueltas alrededor de Clitemnestra.

180   CLITEMNESTRA. ¿También me abandonan ustedes?

Las criadas tres veces asienten burlonamente con la cabeza. Salen por las columnas centrales, seguidas por los criados negros que hacen una reverencia afectada.

PEDAGOGO. *(Acercándose a Clitemnestra.)* Divina Clitemnestra: ha terminado mi misión. Ya tus hijos tienen manos propias. Yo parto.

CLITEMNESTRA. Pero, Pedagogo. Aguarda. No te echo de mi casa. Ésta es la casa de la alegría. ¿Y qué mejor cosa que la alegría para un filósofo?

PEDAGOGO. Si a la alegría la llaman Electra, convenido. *(Pausa.)* Agamenón se fue... Se van ahora sus criados; tus criadas se van; Orestes partirá; Egisto aguarda para despedirse. Finalmente, tú misma partirás.

CLITEMNESTRA. *(Dolorosamente.)* ¿Deberé partir, Pedagogo?

PEDAGOGO. Sí, porque este palacio va a llenarse con un fluido nuevo que se llama Electra. Todo aquí se convertirá en Electra. ¿Formarías tú parte de esa infinita multiplicación de Electra?

CLITEMNESTRA. *(Absorta en sus pensamientos.)* Una infinita multiplicación de Electras... Eso es: una infinita multiplicación de Electras... *(Pausa.)* Aquí todo es Electra. El color Electra, el sonido Electra, el odio Electra, el día Electra, la noche Electra, la venganza Electra, *(Gritando entre sollozos.)* ¡Electra, Electra, Electra, Electra, Electra!

PEDAGOGO. *(Alejándose.)* Pronto descansarás de Electra.

CLITEMNESTRA. *(Anhelante.)* ¿Qué acabas de decir?

PEDAGOGO. *(Desde las columnas.)* Que muy pronto descansarás... *(Sale.)*

EGISTO. *(Acercándose a Clitemnestra.)* Clitemnestra Pla...

CLITEMNESTRA. ¿Tú también Egisto?

181

EGISTO. *(Cínico.)* Yo también, divina Clitemnestra. No me conviene tu casa, no me conviene tu dinero, tu casa es Electra, Electra tu dinero. Esta casa cruje, amenaza volverse un revoltijo de material Electra. Y yo, Clitemnestra, no quiero perecer aplastado bajo un material tan oscuro. Ya sabes que me encanta la ropa blanca.

CLITEMNESTRA. Pero tienes manos de estrangulador, podrías librarme de ese oscuro peso. *(Pausa.)* Si acabaste con el padre puedes acabar con la hija. Serías entonces el dueño absoluto de mi casa.

EGISTO. *(Ríe.)* ¿Crees que se puede estrangular a un fluido? ¿No escuchaste al Pedagogo? Prefiero irme. ¿No te vas tú?

CLITEMNESTRA. *(Furiosa.)* Todo el mundo me dice que partiré, y yo no he dispuesto tal viaje.

EGISTO. ¿Será que vas a viajar contra tu voluntad?

CLITEMNESTRA. Yo lo hago todo según mi voluntad. No quiero ese viaje. *(Pausa.)* En cambio, quiero que suprimas a Electra.

EGISTO. Electra no será suprimida. Mete bien eso en tu hermosa cabeza.

CLITEMNESTRA. *(Dándole la espalda.)* Está bien. Vete. Me queda Orestes.

EGISTO. *(Empieza a salir.)* No quisiera yo contar con Orestes. *(Se detiene.)* Escucha, Clitemnestra Pla: soy egoísta, soy asesino, pero no deseo tu muerte. Guárdate de Orestes.

CLITEMNESTRA. *(Furiosa.)* ¡Vete! ¡Miserable difamador, vete de esta casa! Orestes es parte de mí misma, es mi corazón, y estos ojos, y estas manos. Si yo muriera, Orestes moriría.

EGISTO. Si así lo piensas... *(Sale.)*

CLITEMNESTRA. *(Mirando atentamente el peine.)* ¡Qué horror! Peine Electra. *(Pausa, mira el espejo.)* Espejo Electra.

Sale Orestes cautelosamente, se acerca por la espalda de Clitemnestra y pone las manos en sus ojos.

CLITEMNESTRA. *(Gritando.)* ¡Electra!

ORESTES. *(Quitando las manos.)* No, Orestes.

CLITEMNESTRA. No, tú no eres Orestes, eres Electra. Yo no soy Clitemnestra, soy Electra. ¿Ignoras que aquí todo es Electra?

ORESTES. Te veo muy nerviosa, Clitemnestra. Debes descansar.

CLITEMNESTRA. *(Mirando a Orestes fijamente.)* Voy a creer que estás en el juego.

ORESTES. ¿Qué juego, Clitemnestra?

CLITEMNESTRA. Ese que dice que debo descansar... *(Se mira al espejo.)* Después de todo puede que tengan razón. Luzco un poco cansada. *(Pone el espejo sobre la mesa.)* Mañana volveré a estar espléndida. *(Pone el peine en la mesa.)* ¡Ah, Orestes, los objetos...! Jamás te enfrentes con ellos. Cuando los objetos se oponen a los humanos son más que feroces que los mismos humanos.

ORESTES. ¿Te odian los objetos, Clitemnestra Pla?

CLITEMNESTRA. Electra les ha ordenado odiarme. *(Pausa.)* ¿También les habrá ordenado que me obliguen a abandonar mi propia casa?

ORESTES. ¿Abandonar tu casa...?

CLITEMNESTRA. También dicen eso, dicen que debo partir...

ORESTES. ¿Sabes que soy el encargado de hacerte partir?

CLITEMNESTRA. ¿Tú?

ORESTES. Sí, pero disponemos de bastante tiempo aún.

CLITEMNESTRA. *(Horrorizada.)* ¿Tú, pero tú mismo?

ORESTES. Sí, yo mismo. *(Pausa.)* Comerás tu fruta favorita. *(Señala la frutabomba.)* Confieso que en esto el tribunal ha estado muy acertado, y partirás hacia lo desconocido.

CLITEMNESTRA. *(Riendo.)* ¡Ah, gracias, hijo mío, gracias por alegrar a tu afligida madre con humoradas tan deliciosas! *(Pausa.)* ¡Y qué distraída soy! He mirado la mesa y no he visto la fruta. ¿Quién puso esa margnífica tajada ahí? ¿Tú, Orestes?

ORESTES. La trajo una de tus criadas. La compré en la calle. Pesa diez libras. ¿No es de un color deslumbrante?

CLITEMNESTRA. Sí, de un glorioso color. *(Coge la frutabomba y la observa.)* Es de pureza tan absoluta, que nada malo puede haber en su delicada pulpa. *(Empieza a comerla.)* ¡Soberbia! *(Llorosa.)* Estoy muy quejosa de Electra. *(Pausa.)* Es de un sabor exquisito... Gracias, Orestes, por este obsequio supremo. *(Pausa, llorosa.)* Electra, sabes, es la causa de todos los males de este hogar... *(Ríe.)* ¿Y dices que pesa diez libras? *(Pausa, de nuevo llorosa.)* Escucha, no te lo quería decir pero me han amenazado de muerte. *(Pausa.)* ¡Magnífica fruta, Orestes! *(Pausa.)* Hizo asesinar, sí, hizo asesinar a tu padre. *(Pausa, histérica.)* ¡Y ahora, Orestes, intenta asesinarme! *(Deja caer la tajada y se echa en los brazos de Orestes.)*

ORESTES. *(La aparta suavemente.)* Nada temas, Clitemnestra Pla, antes que Electra pueda poner en ejecución sus sombríos proyectos, estarás muy lejos de su alcance, te lo aseguro.

CLITEMNESTRA. ¿Cómo, hijo mío?

ORESTES. Yo te pondré a salvo. ¿No soy el encargado de hacerte partir?

CLITEMNESTRA. Oye: si asesinas a tu hermana consentiré esa partida que deseas tanto.

ORESTES. ¿Pedir yo tu partida, Clitemnestra?

CLITEMNESTRA. No, la tuya. La que me pides desde hace tanto tiempo.

ORESTES. Ya no es necesario tu consentimiento. Partiré después de tu viaje.

CLITEMNESTRA. *(Riendo.)* Eres incansable, Orestes, con tus bromas. *(Seria.)* Pero más incansable es Electra con sus designios. Tú sabes... *(Se interrumpe, se pone las manos en la frente.)* Todo me da vueltas... Se me va la cabeza... Debe ser el calor... Sí, hay mucho calor, aun aquí en el portal. *(Pausa.)* Te decía que Electra es incansable en sus designios, me persigue... *(Pausa, habla con esfuerzo.)* ¡Qué extraño, me zumban los oídos.... *(Se aprieta el vientre.)* Ahora el estómago... Te decía, Orestes... *(Se interrumpe sofocada.)* Podrías estrangularla fácilmente. Ella es como la muchacha de Marsella... *(Pausa.)* ¡Ay, es en el estómago...! no puedo continuar... Me voy a la cama... *(Se aleja.)* Mañana continuaremos discutiendo este asunto... *(Pausa.)* Pero no me mires así, soy tu madre... Me siento morir... Te repetía, por milésima vez, que Electra... *(Pausa, llega a las columnas centrales.)* Te decía que Electra proyecta suprimirme... *(De pronto se encuentra con Electra que se apoya en la columa del centro. Clitemnestra cae a sus pies. Electra le echa el chal rojo sobre la cabeza.)*

ELECTRA. *(Con ferocidad.)* ¡Ya estás suprimida, Clitemnestra Pla!

CLITEMNESTRA. *(Dando un grito ahogado.)* ¡Electra! *(Se arrastra hasta colocarse detrás de las columnas de tal modo que sólo se ve su cabeza tapada con el chal.)*

ELECTRA. *(Aproximándose a Orestes que se mantiene rígido.)* ¡Una cuestión sanitaria! ¡Una mera cuestión sanitaria!

ORESTES. ¿Qué debo hacer, Electra?

ELECTRA. ¡Partir! *(Señalando la puerta que está cerrada.)* He ahí tu puerta de partir. *(Llevando a Orestes junto a la puerta.)* Siempre se debe partir... *(Abriendo la puerta, por la que entra una viva claridad.)* ¡Vamos! *(Con alegría trágica.)* ¡Partir, Orestes, partir! *(Orestes sale, Electra vuelve a cerrar la puerta. Se enfrenta a la otra puerta.)* He ahí mi puerta, la puerta de no partir. ¡La puerta Electra! *(Camina al centro de la escena. Mira atentamente a lo alto.)* ¿Y esas Erinnias? No las veo, no acuden. ¡Vamos, acudid! *(Ríe.)* No, no hay Erinnias, no hay remordimientos. Yo esperaba un batir de alas... No hay alas porque no hay Erinnias. *(Pausa.)* Hay esta puerta, la puerta Electra. No abre ningún camino, tampoco lo cierra. ¡Considerad, inexistentes Erinnias, la poderosa realidad de esta puerta! No os alegréis, inexistentes Erinnias, no sois vosotras ese rumor que yo sólo percibo. El rumor Electra, el ruido Electra, el trueno Electra, el trueno Electra... *(Sale por la puerta y la cierra pesadamente.)*

CARLOS FELIPE

RÉQUIEM POR YARINI

RITUAL DE SEXUALIDAD Y SANGRE

ARMANDO CORREA

Cuando Yarini desafía el mandato de los dioses, mira hacia atrás y "se convierte en estatua de sal", la Jabá entona uno de las más hermosas elegías de la escena cubana. En el barrio de San Isidro, meca de los prostíbulos habaneros, entre chulos y santeros, Carlos Felipe vive y desarrolla su obra. *Réquiem por Yarini* es el ritual de los dioses, el culto a Eros, donde desborda la sexualidad y la sangre. Una clásica tragedia griega que emerge desde nuestra identidad.

Su dramaturgia ha sufrido la censura, ha sido excluida de los escenarios por la "sublimación de seres marginados", "por resultar ofensiva a la moral" burguesa de la república. Pero años después, ya reconocido Felipe como un creador profesional en la primera década de la Revolución, *Réquiem por Yarini* fue incluida en la "lista negra" del Consejo Nacional de Cultura. Al asumir temas alejados de las problemáticas sociales más acuciantes de la época, hay que entender su obra no como evasión, sino como desafío a la estética oficial. Las prostitutas, chulos y santeros que emergen de la obra de Felipe no son invención ni fantasía: son reflejo de ese mundo "otro", ignorado por la cultura oficial, pero no menos real y tangible en la sociedad cubana. Y ese mundo "otro" reclamaba una visión distinta, justamente la que aporta el autor.

Felipe forma parte de un movimiento de renovación que florece en los inicios de los años cuarenta. Pertenece a un conjunto de autores que tienen como núcleo el teatro que instituciones nacientes llevan a escena. El repertorio de estos grupos se multiplica eclécticamente, pero en la mayoría de los casos algo lo unifica: el deseo de mostrar lo mejor de la dramaturgia universal. Diversidad de títulos y autores desfilarán por nuestros escenarios. Las principales agrupaciones estrenan más de una pieza de Eugene O'Neill. Es el dramaturgo que aparece como constante en los repertorios. Otros que coinciden son Tennessee Williams, Casona, Molière, Lope de Vega, Lorca y Chejov. Carlos Felipe se forma viendo este teatro, inmerso en un mundo de frustraciones y desengaños, donde impera la sexualidad, y en el que habitan individuos solitarios. Pero si en él es innegable la presencia pirandelliana u oneilliana, posee también una raíz nacional. Desde 1943, cuando escribe *Tambores,* se arraiga en nuestra tradición.

¿Quién puede poner en duda la cubanía de *El chino* y *Réquiem por Yarini?* No sólo procesa un tema nacional, sino que perfila la esencia de lo cubano. Felipe y sus contemporáneos asimilan los problemas de una clase media, que es, en realidad, el público a quien fundamentalmente dirigen su creación. Buscan la identidad del individuo a través de una crisis moral, no social, partiendo de la esencia psicológica.

Obra incompleta

Ofrecer conclusiones sobre el teatro de Carlos Felipe implica un riesgo. Las obras que se conservan, ya sean publicadas o en el libreto de sus puestas en escena, no son su teatro completo. Hay títulos que se conocen sólo por entrevistas realizadas al autor o por los premios nacionales que han obtenido. La última pieza que publica es *Los compadres*, fechada en 1964. ¿Fue realmente su última pieza? Desde 1964 hasta 1975, año de su muerte, ¿abandonó la creación? En varias entrevistas declaró que tenía terminadas algunas obras, pero que no sabía si las publicaría. Al fallecer, se dio por perdido el resto de su producción.

Alrededor de 1926 escribe Felipe su primer esbozo dramático, *La gaceta del pueblo*. Hacia 1931 se inicia como aduanero. El puerto de La Habana se le descubre en una magnitud mayor. La presencia del mar, su límite con lo desconocido, estará presente como una condena en toda su obra y vida. Escribe varias piezas y obtiene premios en concursos convocados por emisoras de radio y por el Ministerio de Educación, pero es en 1947 cuando se lleva a la escena un texto suyo, *El chino*, primer premio del Teatro ADAD. A partir de entonces, estrena y publica *Capricho en rojo* (1948), *El travieso Jimmy* (1949) y *Ladrillos de plata* (1957). De esta época data su proyecto sobre Yarini, pero con el título de *El gallo de la zona;* la termina de escribir en junio del 60 y la Universidad Central de Las Villas la publica en el tomo *Teatro cubano.*

Al triunfo de la Revolución, Felipe comienza a trabajar en el Consejo Nacional de Cultura como asesor. Estrena *De película* (1963) dirigida por Pierre Chussat con el Conjunto Dramático, y *Réquiem por Yarini* (1965), dirigida por Gilda Hernández en el Teatro Las Máscaras, que logra un verdadero éxito de público. Realiza una versión de *Tambores,* que el Grupo Jorge Anckerman lleva a escena en 1967. Un año después Orlando Nodal estrena su última obra, *Los compadres,* en el Centro de Documentación.

El 14 de octubre de 1975, Carlos Felipe muere en un hospital de la ciudad. Dos años después la editorial Letras Cubanas publica una selección de su teatro, que incluía el texto de *De película,* reconstruido tras una ardua tarea de recopilación.

Un arquetipo de la masculinidad

Con *Réquiem por Yarini* Felipe logra el punto más alto de su creación. Elaborada a lo largo de trece años, construye una pieza bajo los moldes del teatro griego y eleva a categoría de tragedia un tema cubano. El mundo de las prostitutas, la figura del chulo a través de Alberto Yarini y Ponce de León, sirven de base a la obra. Felipe utiliza la historia real como punto de partida, a la vez que elabora elementos de nuestra cultura popular recreándose en los dioses del panteón yoruba. ¿Quién fue Alberto Yarini y Ponce de León? Provenía de una familia acomodada de la república. Desde joven se vinculó al mundo del puerto y ganó fama como comerciante del sexo femenino. Se introdujo en la política y fue candidato del Partido Conservador, para lo cual contó con el apoyo del barrio de San Isidro. Se vinculó a la secta abakuá con el propósito de aumentar sus votos. Murió a los veintidós años, en una reyerta callejera entre sus hombres y los de Luis Lotot, quien pertenecía a la "escuela francesa" de la prostitución de la época.

Felipe toma la figura de Yarini y procesa los elementos útiles a su tragedia. Hay que tener en cuenta que no es de su interés hacer una crítica al proxenitismo. En una entrevista concedida en ocasión del estreno, declaró a la revista *Bohemia:* "Siempre me interesó la personalidad de Yarini, que a su vez se une a mi interés por todo lo cubano. Cuando yo era muchachito, se hablaba de Yarini como la representación viva de la masculinidad".

El juego entre ilusión y realidad en que se debate el destino de Yarini-Dios-Changó, es el espacio humano en que el autor ubica la trama. Yarini-Changó es hombre y no dios. Comete el pecado de sentirse deseado y desear a otro ser inferior, la Santiaguera. Cuando la Jabá invoca a los dioses a través de Bebo la Reposa, sabe que los dioses están en contra de su hombre, demasiado débil para ser dios.

Desde el inicio, *Réquiem*... se ubica en la zona del infierno; en un mundo poblado de mujeres y hombres que adoran a un dios semejante y que como semejante, tiene la facultad de morir. Sólo así podrá unirse a La Macorina, la diosa de las prostitutas. La Santiaguera es sinónimo de la carne y el deseo y la Jabá lo sabe, lo intuye, lo presiente y pide que le lean los caracoles para corroborarlo. Los dioses exigen que no mire hacia atrás. Es la confirmación de su debilidad. Sólo una voz le hará volverse: la de la Santiaguera. Aquí Felipe construye una escena de fuerte dramatismo para quebrantar el espacio de seres que viven en la penumbra. El halo trágico que envuelve a los personajes es el destino, por todos conocido, de que la muerte de Yarini-Changó es cercana e inevitable, a pesar de que se cierren todas las puertas, y representa, a la vez, la muerte de su mundo.

En *Réquiem por Yarini*, Carlos Felipe demuestra su dominio de la teatralidad. La acción fluye con intensidad y continuidad dramática, la esencia teatral no viene dada sólo por lo externo, por la estructura, sino por el doble juego que oscila entre realidad e ilusión, pasado y presente, en que se debaten sus criaturas. Sin embargo, la crítica coincide en señalar que el diálogo ha sido su talón de Aquiles. Su creación se vio siempre lastrada por un diálogo ampuloso y, en ocasiones, falso.

Sus personajes tienen un mismo modo de hablar. En *Réquiem*..., no hay diferencias entre las prostitutas, chulos, Yarini, Bebo la Reposa o la Dama del Velo. Todos emplean un lenguaje elevado, una de las formas con que Felipe se evade del medio. Evasión que se realiza, a su vez, para darle sentido mítico y extraer la sustancia sagrada de ese inframundo. Si Felipe pierde al hacer literatura y elaborar un diálogo lleno de imágenes banales, cursis, en las que lo metafórico bordea lo ridículo, gana en cambio al lograr una "poesía" dada en la representación, en el sentido teatral de la pieza, que resulta dramáticamente efectiva. *Réquiem...* va más allá del lenguaje artificioso, para lograr una belleza teatral inusitada.

El lenguaje de la obra dramática de Felipe refleja la afectación de toda una época, que busca la superación escénica por caminos muchas veces sin salida: es el problema de una generación que intenta superarse teatralmente, pero que carece de una formación literaria. Para ellos, el teatro exigía la representación de lo cubano como una manera elevada (y artificial) del habla. Buscan la manera de conformar una escena nacional, pero les falta adecuar su medio de expresión. Lo literario queda limitado a una poesía forzosamente elaborada.

Para Carlos Felipe, hacer teatro significa, además, romper con muchos de los valores oficiales que rigen la sociedad y formar una imagen de resistencia. Imagen que es también sinónimo de supervivencia en un medio hostil. Sólo así podremos apreciar su teatro como imagen virtual de su momento.

CARLOS FELIPE

Nació en La Habana, en 1914, y murió en esa ciudad, en 1975. Desde muy joven tuvo que trabajar para ayudar a su familia. A los once años y sin haber ido nunca al teatro, escribió su primera obra. Estudió de manera autodidacta literatura, inglés, francés y música. En 1939 ganó el primer premio en el concurso teatral del Ministerio de Educación con *Esta noche en el bosque*, por lo que decide dedicarse profesionalmente al teatro. Trabajó como asesor literario en el Conjunto Dramático Nacional. Varias de sus obras permanecen inéditas y sin estrenar. Sus principales piezas son:

TEATRO

Tambores (1943). Estrenada por el Grupo Jorge Anckerman en 1967. Inédita.

El chino (1947). Estrenada por ADAD.

Capricho en rojo (1948). Sin estrenar e inédita.

El travieso Jimmy (1951). Estrenada. Incluida en la antología *Teatro cubano contemporáneo*, Aguilar, Madrid, 1959.

Réquiem por Yarini (1960). Estrenada por el Conjunto Dramático Nacional en 1965. Publicada por Ediciones Calesa, Miami, 1978, e incluida en la antología *Teatro Cubano*, Universidad Central de Las Villas, 1960.

Parte de su producción dramática está recogida en tres volúmenes: *Teatro*, Universidad Central de Las Villas, 1959, que contiene *El chino, El travieso Jimmy* y *Ladrillos de plata; Teatro*, Ediciones Unión, La Habana, 1967, en el cual figuran *Réquiem por Yarini, El travieso Jimmy, El chino* y *Los compadres;* y *Teatro*, Letras Cubanas, Ciudad de La Habana, 1978, que incluye *Réquiem por Yarini, El travieso Jimmy, El chino* y *De película*.

RÉQUIEM POR YARINI

CARLOS FELIPE

A mi gente del
barrio de San Isidro

ACTO PRIMERO

Amplio patio de una casa en la calle de San Isidro, destinada a bailes y otras diversiones. Los detalles decorativos son los propios de la época y el lugar, plantas, gallardetes, faroles chinescos, etcétera. Derecha e izquierda del actor. A la izquierda, primer término, con celosías por las que trepan plantas raquíticas, se forma un pabellón o reservado; dentro, una mesa con sillas alrededor. A la derecha, primer término, un mostrador; sobre el mismo, caja contadora, vasos, botellería, etcétera. Al centro del foro, salida para un pasillo que conduce al exterior de la casa. Las puertas de la izquierda conducen al salón de baile; las de la derecha, al interior de la casa. en distintos sitios, principalmente sobre el proscenio, mesas y sillas. Hay algunos aparatos caleidoscópicos de la época.

El orden y la limpieza del lugar del lugar, así como el buen gusto en el arreglo de los muebles y adornos, y la calidad de los mismos, acusan un vivo interés por hacer de aquél un patio extraordinario.

Está en escena la Jabá. Es una mulata que anda cerca de los cuarenta. Conserva el porte airoso de una buena moza que, sin mucho esfuerzo, ha conseguido la prolongación de su hermosura. Son firmes y precisos sus movimientos, como de persona habituada al mando. Viste de acuerdo con la hora, el lugar y la época. La gracia y señorío con que lleva sus prendas parecen provenir, más que de sí misma, de un reflejo en el que estuviera inmersa. Aparece en primer término, apoyada en el mostrador. Espera a alguien, indudablemente. Toda ella pétrea, inmóvil; la **199** *mirada firme de sus ojos grandes, hermosos, han de revelar una intensa preocupación.*

Se oye la campanilla de la puerta. Entra Dimas, por la izquierda. Es un negro alto, fornido; usa camisa colorinesca, anudada sobre el vientre y pañuelo punzó en el cuello. Es la típica estampa del curro manglaresco.

JABÁ. Vete a abrir; y no abandones la puerta. Ya te he dicho que cuando él está en casa no podemos descuidarnos. ¿Estás como es debido?

DIMAS. Sí, Jabá, como es debido. *(Ilustrando su afirmación se abre la camisa floreada y muestra un puñal.)*

JABÁ. Está bien. Recuerda que quien lo caza primero sigue comiendo pollo. Si es Bebo la Reposa hazlo pasar en seguida.

Se va Dimas por el pasillo de foro. Entra Bebo la Reposa, un mulato ya entrado en años, pero buen mozo aún. El equívoco acicalamiento de su persona, y la suavidad no acentuada de sus ademanes, contrastan con su físico vigoroso. En presencia de Bebo la Reposa, se modifican los ademanes y las actitudes de la Jabá; se tornan más espontáneos, casi sinceros. Es decir, los liberta la comunidad de raza, de credo y de espíritu.

JABÁ. Llegaste al fin. ¡Que mi tranquilidad haya entrado por esa puerta, Santa Bárbara bendita!

BEBO. Así será. Ella siempre te escucha. Supongo que ha sucedido algo grave para que me llamaras con tanta urgencia.

JABÁ. La próxima vez que te necesite, ven corriendo. Creo morirme cuando estoy inquieta y esperándote. Lo sabes bien, mulato lindo, y me has hecho aguardar. *(Se sientan en el reservado, la Reposa frente al público.)* Eternas me parecieron las horas.

BEBO. Vamos, Jabá, déjate de nerviosismo, que estoy muy sereno y no vas tú a agitarme. ¿Le sucedió algo a tu hombre? ¿Te amenaza algún peligro? ¿O es que ya perdiste la fe en mi protección, prostituta incrédula?

JABÁ. Es esta inquietud...

BEBO. No hay en La Habana una persona que pueda vivir más segura. Detrás de ti está la Reposa, y la Reposa tiene amarradas las mayores potencias, y tú lo sabes. ¡Inquietud! Celos es lo que tienes. ¿Crees que no me han dicho que le has puesto una vigilancia especial a la Santiaguera, y que compruebas fielmente los hombres que hace por liquidaciones que envía?

JABÁ. La odio.

BEBO. Los celos, en una maestra de la profesión, como lo eres tú, es el colmo del ridículo. ¡Otra vez la Santiaguera! Si me hubieras dejado hacer cuanto yo quería, hace tiempo que la tendríamos hecha un guiñapo.

JABÁ. No quiero oírte habar de ese modo; Santa Bárbara no me lo perdonaría.

BEBO. Todo depende de que se lo pidiéramos en una forma que le agradara. Ella te complacería y te perdonaría.

JABÁ. No le pediré cosa mala.

BEBO. Jabá hipócrita, ¡que por orden tuya tengo crucificado a Luis Lotot, con un alfiler clavado en la frente!

JABÁ. A ése, sí, ¡que se muera! ¡Fulmínalo pronto con tu espada de fuego, Reina del Universo! Eso es distinto. Lotot es el enemigo de mi amor, y quiere su muerte. Y defender la vida de mi amor no es hacer cosa mala. Pero esa infeliz mujer... Y sin embargo, la odio. Ah, si se muriera, Reposa... Si se fuera lejos, a donde él no pudiera alcanzarla, desde donde no pudiera hacerme daño... Si el mal le llegara por sus propias culpas sin que tuviera que intervenir la mano de la Jabá... Pero cada día está mejor; sube como la espuma, como si la protegieran santos más poderosos que los nuestros.

BEBO. ¡Que esa mujer te preocupe, mi china linda, cuando en horas *(Cierra el puño amenazador.)* puedo hacerla polvo!... ¡Que te haga penar quien no te llega a la suela del zapato!...

JABÁ. Pero tiene veinte años, y es hermosa; y el cutis de su rostro es blanco, como leche; blanco como el vientre de mi amor. *(Una pausa.)* Y la Jabá es prieta; y la Jabá está vieja, padrino.

BEBO. ¡Bah! La Jabá es la mulata más retrechera de la zona.

JABÁ. Fue...

BEBO. Se recorre la isla de punta a cabo y no se ven dos ojos como los tuyos, ojos negros, de fuego, que el cielo bendiga.

JABÁ. Los de ella también son hermosos.

BEBO. Pero no tienen la llamarada de los tuyos, que parecen ascuas que nunca se han de extinguir, ni aunque te mueras.

JABÁ. Ya mis ojos están muertos; no viven sino para mirarlo a él.

BEBO. ¿Y qué mejor destino quieres para ellos?

JABÁ. Ningún otro.

BEBO. Egoísta, eres su mano derecha; la administradora de su establecimiento principal; lo ves a todas horas, cuando sus otras mujeres están condenadas a no estar con él sino cuando le viene en ganas, una vez al mes algunas veces.

JABÁ. ¿Qué sería de mí si no pudiera verlo a todas horas? Pero... ¡no sé! Pienso a veces que aceptaría el tormento de no verlo sino una vez al mes, por la satisfacción de trabajarle mi cuerpo, joven, si lo fuera; amontonando hileras de luises en el fondo de mi armario, ganadas con mi esfuerzo, para él, y a él entregándome en cuantos hombres cruzaran por mi puerta. Como puede hacer ella.

BEBO. Le eres más útil en esta posición. Todas las mujeres de la calle San Isidro te la envidian.

JABÁ. Pero él está orgulloso de ser quien es, y es quien es por ellas, no por mí. Yarini el político nada significa; Yarini el tahúr no es gran cosa, te lo digo yo que conozco sus mañas. Ah, pero Yarini el chulo... ¡Yarini el chulo es el Rey! Y lo sé yo bien, padrino, que conozco sus méritos. Ese título es su orgullo, y se lo debe, no a la pulcritud de mi administración, sino a la habilidad de sus otras mujeres; de la Santiaguera principalmente, que está haciendo época en la historia de la Zona. ¡Levanta más luises en una noche que las otras en una semana!

BEBO. ¡Bah, los viente años que atraen como la miel a los moscones! Tú, con viente años, esos ojos, y un Yarini al lado, ¿qué no hubieras hecho, Jabá?

JABÁ. Habría conquistado el mundo para él; y siempre hubiera hecho poco, porque siempre se merece más... Pero no se trata de lo que pudo ser; sino de que hoy estoy presa de mis años y mis arrugas. Yo anoto los triunfos de ellas mientras ellas, repartidas en los cuatro ámbitos de la Zona, se enfrentan con todos los peligros del oficio por la honra de nuestro amor.

BEBO. Cada una en el sitio donde puede ser más útil a la causa común. Punto en boca, y el pecho a lo que venga. Te enfermarías a morir si te dedicas a envidiar la suerte de quince mujeres.

JABÁ. Sólo la de él.

BEBO. ¿Por qué?

JABÁ. Yarini piensa en la Santiaguera a todas horas...

BEBO. Porque es la única que le ocasiona contratiempos con sus rebeldías y exigencias.

JABÁ. "Jabá, ¿qué te dicen de la Santiaguera?", por la mañana. "Jabá, ¿cómo se está portando la Santiaguera?", por la tarde. "Jabá, ¿qué estará haciendo ahora la Santiaguera?", por la noche. Y cuando hace estas preguntas se nubla su voz sin que él mismo lo advierta, estoy segura. Ni advierte tampoco que llevan sus palabras un estremecimiento interior que sólo yo percibo. Y tu ahijada tiene que esconderse, padrino, para que él no la vea golpearse el pecho con los puños.

BEBO. ¿Y qué deduces?

JABÁ. No que la prefiera a nosotras, por supuesto. Él no puede diferenciarnos. Su amor es indivisible. Nos ama. Ya seamos una, o seamos miles. Eso es todo. Deduzco... ¿lo sé yo acaso? Si algo supiera, ya estaría en la pista de mi mal, y tú me ayudarías a encontrarle remedio... ¡Esta inquietud sin asideros para agarrarla y desprenderla de mí! *(Se golpea la frente en la mesa.)* ¡Ayúdame, padrino!

BEBO. *(Después de una pausa, mirándola compasivo.)* Recuperaté, Jabá.

JABÁ. *(Levantado la cabeza.)* Bebo la Reposa, mulato lindo, ¿ayudarás a tu ahijada?

BEBO. Sí.

JABÁ. ¿Los trajiste contigo?

BEBO. Sí. *(Saca del pecho, solamente, un pañuelo punzó. Lo abre y ruedan sobre la mesa siete caracoles.)* Aquí están.

JABÁ. *(Besa el pañuelo con unción.)* ¡Gracias, padrino!

Bebo la Reposa recoge los caracoles, hace una invocación en voz baja, cerrando los ojos y extendiendo las manos, y los tira sobre la mesa. La Jabá lo observa con respeto y ansiedad. Bebo escruta los caracoles. Hace un gesto de contrariedad.

JABÁ. ¿Qué ves?

BEBO. Nada. Hoy los Santos no me acompañan. Hay días así. *(Mira de nuevo. Una pausa)* Nada. *(Recoge los caracoles. El mismo juego, y vuelve a tirarlos. Los observa. Una pausa.)*

JABÁ. *(Ansiosa.)* Dime algo, padrino.

BEBO. No puedo ver... Como si me encontrara, de noche, ante el muro de una manigua que me ocultara lo que esconde detrás.

JABÁ. Haz un esfuerzo... Hoy más que nunca necesito de ti. Llama en tu ayuda... Ah, si anduviera cerca el espíritu de la Macorina, para que te ayudara... Macorina, reina de las prostitutas, ven si estás cerca; socorre a una desventurada, como tú lo fuiste, que pena por su hombre... Pero no vendrás... siento que me envidias... porque desencarnaste antes de que surgiera por San Isidro, tu reino, el bien de que hoy yo gozo... Llama en tu ayuda a la vieja Virgulita.

BEBO. Ya la llamé... No quiere acudir... "Ña Virgulita, ¿dónde etá tú? ¡Vení a mí ayudá, viejita linda, que no pueo ve!... Conguita congá, la del trapito blanco y el ramito de hierba fresca, ¿dónde etá tú?"

JABÁ. "Vení, vení, ña Virgulita; vení, vení..."

BEBO. "¿No oí tú a la negra Jabá, ña Virgulita?"

JABÁ. "Que por mal trance pasá la negra Jabá; que toa la pena, como perro rabioso, la tengo clavá aquí..."

BEBO. "¿Cuándo ha sío tú mal agradecía, ña Virgulita? Te voy a ofendé. ¿Quién te pone la comiíta ebajo la cama, tu arrocito con frijó y tu plátano maduro?..." *(Una pausa.)* No quie vení... "¡Que te voy a ofendé! ¡Que te voy a decí cosa mala!..."

JABÁ. Dile mala palabra pa que venga...

BEBO. Negra bruja... Comilona.

JABÁ. Comilona, comilona, ña Virgulita... ¡negra bruja!... ¡Chismosa!

Una pausa. Las manos de la Reposa van quedando paralizadas sobre la mesa; sufre todo su cuerpo las leves agitaciones precursoras del trance. Después recoge los caracoles y los tira por tercera vez.

BEBO. ¡Yo sabé que tú va a vení!... Ña Virgulita, la del trapito blanco y el ramito de hierba fresca, no me podía dejá plantao... Etá ahí la suerte de mi ahijá... Yo na ve... pero tú me va a ayudá... *(Pausa.)* Bebo la Reposa ya podé leé con los ojos e su maestra. *(Observa atentamente los caracoles. Se inquieta.)* Hay nubes cargás de trueno n'el camino de mi ahijá, y piedra grande que no se podé mové; y tierra mojá, como si hubiá lloví...   205

Fango... Si tú entrá ahí te va a tascá, Jabá... Hasta la boca te va a llegá al fango...

JABÁ. ¡Solavaya! ¡Solavaya!

BEBO. Mira bien, ña Virgulita, que no me quieo equivocá.

Pausa.

JABÁ. Dime...

BEBO. ¡To malo pa ti! *(Se transfigura su rostro hasta el horror. Se levanta lentamente.)* ¡Sangre!

JABÁ. *(Después de una pausa, venciendo el terror a la respuesta.)* ¿De quién?

BEBO. Si fuera la tuya no me dolería tanto lo que veo.

JABÁ. ¡Es la de él entonces! ¡Habla!

BEBO. ¡Sí!

Un silencio.

JABÁ. Has visto mal, Reposa. Fíjate mejor. Esa vieja chismosa de Virgulita quiere burlarse de nosotros. La sangre de mi amor es elemento sagrado, como el agua con que mojamos los dedos en la pila de San Francisco; no es vino que pueda derramarse de un vaso y manchar una mesa.

BEBO. ¡No veo sólo vino derramado del vaso blanco que es el cuerpo de tu hombre! Veo algo más... ¡La muerte!

Se levanta la Jabá. Da unos pasos, en movimiento que es fuga o desahogo.

JABÁ. Nunca se habían mostrado tan terribles los Santos con esta pobre criatura... *(Se vuelve a la Reposa.)* ¡Es una amenaza! ¡Nada más una amenaza! Lee... Si tienes ojos para ver esa sangre, ojos tendrás para ver quién ha de verterla... Necesito saberlo. El que saca primero el puñal, sigue comiendo pollo.

BEBO. Serénate. Tu inquietud me perturba. No puedo ver más. He de estar muy sereno para hundir mi vista en estos espantos.

JABÁ. No los recojas aún. Dime si lo que me anuncias es evitable, o si está escrito ya por la espada de la Guerrera.

BEBO. No puedo saberlo ahora. Es inútil que interroguemos. *(Recoge los caracoles.)* Me voy a casa, me encerraré, y a trabajar. Y si algo puede hacerse, ahijada, se hará.

JABÁ. Se hará, padrino. Sea lo que fuese. No escatimes en gastos. Mi bolsa está repleta de luises. Y si el gran Bebo la Reposa tiene sus dudas, o si no quiere responsabilizarse con algún recurso extremo al que deba acudirse, convoca a los Maestros de Cuba, al Maestro de Guanabacoa y al Maestro que está en La Maya, en Oriente. Diles que está en peligro la vida de Alejandro Yarini, el ecobio blanco, y verás qué pronto sacuden lo que tengan que sacudir. *(Acompaña hasta el pasillo de foro a la Reposa que se va. Baja inquieta hasta el proscenio y se sienta junto al mostrador. La intranquilidad la domina. Toma una decisión. Grita.)* ¡Ismael!

Una pausa. Por la derecha entre Ismael Prado, un joven blanco, buen tipo; viste con irreprochable elegancia. Tiene peculiares modales y actitudes que después, cuando salga Yarini, veremos desarrollados en el original.

ISMAEL. ¿Qué quieres?

JABÁ. Quería decirte algo... Se me fue de la mente. Ya lo recordaré. ¿Alejandro se levantó?

ISMAEL. Se está vistiendo.

JABÁ. Vaya, date un trago. Anoche llegaron muy tarde.

ISMAEL. Estuvimos por el Louvre, como hasta las cinco de la mañana

JABÁ. ¿Tú solo lo acompañabas? Es un peligro.

ISMAEL. Teníamos a los otros en la esquina del Payret.

JABÁ. ¡Ah! Seguro que se encontrarían a Lotot.

ISMAEL. Estuvimos con él toda la noche.

207

JABÁ. No quiere ser menos que Alejandro en nada. Dicen que va a prohibir a sus mujeres que levanten la cabeza en su presencia, y que hablen mientras él no les de permiso, como hace Alejandro.

ISMAEL. No lo creo. Su técnica es francesa; además haría el ridículo. Él no tiene talla ni personalidad para eso.

JABÁ. Desde que llegó de Europa trata de superarse. Ahora sale a lucirse por el Parque Central, y cultiva relaciones sociales en el Louvre. Fíjate si no es verdad que anoche ustedes se lo encontraron.

ISMAEL. Él fue a la Acera anoche a buscar a Yarini.

JABÁ. ¿Iba bien vestido? Se ha puesto muy buen mozo. Dicen que él trajo de París magníficos trajes.

ISMAEL. ¡Bah! No digo yo Alejandro que es cosa única, cualquiera de nosotros luce mejor que él.

JABÁ. No menosprecies tanto al enemigo, que es peligroso. Los hombres olvidan sus odios tomando juntos. Y él iría al Louvre a invitar a Yarini a unos tragos...

ISMAEL. No precisamente; pero tomamos juntos, y bastante.

JABÁ. Y se separarían como buenos colegas, en la mayor armonía; sin que sucediera nada desagradable durante la noche...

ISMAEL. Nada. Pasamos un buen rato.

JABÁ. Hablarían de negocios. Porque a Luis Lotot le obsesionan las ganancias y los negocios.

ISMAEL. Ahora hay algo que le interesa más que los negocios.

JABÁ. ¿Una mujer?

ISMAEL. Sí. Y de Alejandro.

208 JABÁ. ¡Si es de Alejandro trabajo le doy para conseguirla!

ISMAEL. Él lo sabe. Por eso quiere comprarla. Para tratar el asunto fue anoche al Louvre. Ofreció quinientos luises.

JABÁ. ¡Quinientos luises! Pero, ¿es que hay alguna mujer que valga tanto dinero? ¿Cuál de nosotras es la privilegiada? Ismael... ¿seré yo?

ISMAEL. Tú vales lo que pesas... y ya pesas algo, con esas caderas...

JABÁ. Que te oiga tu amigo...

ISMAEL. Él sabe que me gustas...

JABÁ. ¡Como te gustan todas! ¡Pillo! ¿Y quién es ella? Lo sé, como si me lo hubieras dicho: es la nueva, la de la calle Águila...

ISMAEL. No. Es la Santiaguera.

JABÁ. *(Después de una pausa.)* ¿La Santiaguera? No vale los quinientos luises.

ISMAEL. Luis Lotot opina lo contrario. Y Alejandro también.

JABÁ. Se reiría cuando le hicieron la oferta...

ISMAEL. Se rió; se rió tanto que Lotot se amoscó un poco y no siguió hablando del asunto.

JABÁ. Pero Yarini diría algo.

ISMAEL. Le dijo a Lotot que no fuera imbécil; que nunca había vendido a una mujer, y que además le pedía la que era como la niña de sus ojos... Naturalmente que esto fue una broma de Alejandro, porque él no tiene preferencia con ninguna.

Una pausa.

JABÁ. A veces tu amigo es muy bromista. ¿Y será mucho el interés de Lotot por esa mujer? Lotot es peligroso, y no repara en medios para conseguir lo que se propone.

ISMAEL. ¿Cómo puedo saberlo?

209

JABÁ. Mucho será cuando se humilla a su rival pidiéndole una mujer.

ISMAEL. No le afectaría mucho la negativa cuando siguió con nosotros.

JABÁ. Charlando y bebiendo, amigablemente.

Entra Dimas por el pasillo de foro. Lo sigue la Dama del Velo. Viste con suma discreción y buen gusto. Lleva sobre la cabeza un velo que le cubre el rostro. Basta con verla, sentada o de pie, para saber que se trata de una real señora. La Jabá nunca pudiera parecer una señora estando presente la Dama del Velo.

DIMAS. Pase usted.

DAMA. *(Entra en el patio; señalando a Ismael.)* ¿Es el señor Yarini?

ISMAEL. *(Ríe satisfecho.)* Lamento decepcionarla. Soy Ismael Prado, a sus órdenes.

DIMAS. La señora desea ver a Alejandro. *(Se va.)*

JABÁ. ¿Espera él su visita?

DAMA. No. Él no me conoce. Si tiene la bondad de recibirme, se lo agradeceré.

JABÁ. Tal vez el asunto en que usted quiere ocuparlo no es de los que él trata en este lugar.

DAMA. Precisamente en este lugar quiero que me reciba.

JABÁ. Él dirá si puede atenderla. Mientras, tenga la bondad de esperar. *(Le señala el reservado.)* Ya has oído, Ismael, para que le hables. No sé si el señor Yarini podrá recibirla.

DAMA. *(Pasa al reservado y se sienta. Pensando.)* "Entré con el pie izquierdo. Un error imperdonable. Un buen mozo. Me dijeron que es el mejor tipo de La Habana. Y éste lo es. Conozco dos hombres. Entonces Yarini lo supera. Debieron informarme: es mejor tipo que el mejor tipo de La Habana. No me perdonaré esta torpeza."

JABÁ. Podemos creer entonces que todo marcha bien.

ISMAEL. Si te refieres a nuestras relaciones con Lotot...

JABÁ. Lotot es el peligro inmediato.

ISMAEL. No lo creo.

JABÁ. ¿Qué puede preocuparnos más que la enemistad de Lotot?

ISMAEL. La policía.

JABÁ. ¡Bah, la policía! ¿No somos complacientes y generosos con ella? ¿Es que quiere más? No pensabas tú andar por San Isidro cuando ya me había desprendido del miedo a la policía.

ISMAEL. No me refiero a los miembros de calle. De más alto viene el peligro.

JABÁ. ¿Del nuevo capitán de la Demarcación? He ordenado que se investiguen su posición monetaria y sus aficiones amorosas.

ISMAEL. Ya estamos en eso; y no será el único Capitán que se nos resista. De más alto viene el peligro.

JABÁ. Pero, ¿qué ha sucedido que yo ignore? ¿Desde cuándo no se me avisa de cuanto puede afectar a la seguridad de Alejandro?

ISMAEL. Él te hablará cuando lo crea conveniente. No le presta mucha atención a estas cuestiones de seguridad.

JABÁ. Pues, es claro; para eso estamos nosotros; para eso estoy yo. Para tomar las medidas necesarias, y velar para que se cumplan al pie de la letra. ¿Qué hay por encima del Capitán de la Demarcación? ¿El Jefe de Policía? Nos ha asegurado que no debe temerse una acción violenta de su parte; hemos puesto en práctica algunas de las medidas que él mismo sugirió para evitar los escándalos. ¿Qué ha sucedido, pues?

ISMAEL. De más alto viene el peligro, Jabá

JABÁ. ¿De Palacio?

ISMAEL. Sí. Son rumores. Nada concreto se sabe aún.

211

JABÁ. ¿Y qué esperamos para averiguarlo? ¿Que una noche nos traigan a Alejandro con una libra de plomo en el pecho?

ISMAEL. Se habla de iniciar una enérgica campaña de moralización pública.

JABÁ. ¡Moralización pública! ¡Y no se moralizan ellos los bolsillos, que se llenan sin escrúpulos y sin en el menor riesgo! Y aquí nosotros, como benditos, esperando que un confidente demorado nos traiga, cuando ya sea tarde, una noticia fatal. En horchata se nos está convirtiendo la sangre, Ismael Prado.

ISMAEL. No hables fuerte, Jabá, que se hará lo necesario cuando el momento llegue.

JABÁ. Cuando el momento llegue ya nada habrá que hacer, sino lamentarse. Y no quiero tener que lamentarme. Podemos controlar la acción de los hombres de la Demarcación y de la Jefatura. Pero, ¿qué podemos contra Palacio? Prevenirnos; estar alertas para esquivar el golpe, Palacio no anuncia cuando acomete. "Las cosas de Palacio van despacio"; pero no cuando se trata de tumbar una cabeza que molesta. Tan rápidas van entonces, que resulta difícil hurtarles el cuerpo a tiempo. Pero nosotros se lo hurtaremos. ¿Qué harás esta noche?

ISMAEL. Dime qué piensas.

JABÁ. Hay que investigar. Enseguida. Y no podemos abandonarnos a las noticias de segunda mano de los confidentes. Esta noche, después que oscurezca, te vas a ver de mi parte a Rosa la Candonga, que vive frente a la Iglesia del Ángel. Ella es amiga íntima de un teniente de la guardia presidencial. Le dices que "necesito saber lo que sucede". Lo demás queda de su parte. Primero te das una vuelta por la Machina. Por allí verás (y si no, lo ves, búscalo, hasta que lo encuentres) a Joaquín, el Tiburón de Regla. Le dices que, a partir de esta noche, debe tener una embarcación preparada junto a los baños de San Lázaro, y que no se aparte de ella ni un momento, ni de día ni de noche. ¿Entendido?

ISMAEL. Sí

JABÁ. Algo más. Hay que situar coches en lugares estratégicos. Que haya uno en la esquina de Habana y otro en la de Compostela, es decir, uno en cada extremo de esta cuadra. ¿Se te ocurre algo más?

ISMAEL. Nada, por el momento. *(Se va por la derecha.)*

JABÁ. ¿De dónde vendrá el golpe, Santa Bárbara bendita?

Entra Dimas.

DIMAS. Jabá, otra mujer.

JABÁ. ¡Mujeres! ¡Mujeres!

DIMAS. Ésta sí es conocida. Y mucho. Quería entrar a la fuerza; pero la obligué a que esperara. Es la Santiaguera.

JABÁ. ¿Qué hace aquí? ¿Te dijo si Yarini la mandó a buscar?

DIMAS. Se lo pregunté. Me contestó que no estaba obligada a responderme.

JABÁ. ¡Pues que se vaya! Arrójala como una perra inmunda, que eso es ella. Él ha prohibido que sus mujeres lo busquen. Cada una en su casa. Y ésta es la mía. Aquí la mujer soy yo. Bajo mi responsabilidad: despídela, a empellones si es preciso. *(Transición rápida; cuando ya Dimas se marcha:)* Espera, Dimas... *(Una pausa.)* Hazla pasar.

Se va Dimas; poco después entra la Santiaguera, una hermosa mujer de veinte años. Con desplante se detiene en la puerta, paseando por el patio el agresivo resplandor de sus ojos. La filosidad de sus senos horada el espacio, en una actitud de triunfo y reto. Su mirada se detiene en el reservado.

SANTIAGUERA. ¿Quién es esa mujer?

JABÁ. No sé. Quiere ver a Alejandro. No te dirijas a ella, porque no sabrías hablarle. Es una dama.

SANTIAGUERA. ¡Una dama! ¡Como si no tuviera la nariz donde mismo la tenemos todas! Supongo que puedo mirarla, 213 porque mis ojos son míos. *(Baja hasta el proscenio, mirando con impertinencia a la Dama del Velo.)*

DAMA. *(Piensa.)* "¿Por qué me habrá mirado con tan malos ojos? ¿Pensará que vengo a causarle daño o a quitarle algo que es suyo? Descuida, infeliz; nada de lo que tú puedas poseer me interesa."

SANTIAGUERA. *(Acercándose a la Jabá.)* ¡La señora no quiere que la conozcan! No debiste admitirla. Estas damas de sociedad, cuando dicen a ser satas, nos dan vuelta y media a nosotras.

JABÁ. Guárdate las groserías.

SANTIAGUERA. Todas no tenemos la suerte de ser tan finas como tú. Pero, hija, no te hagas muchas ilusiones, que aunque la mona se vista de seda... mona se queda...

DAMA. *(Piensa.)* "Es un olor enervante... desagradable. Me repugna. Sin embargo, si lo vendieran en un hermoso frasco de cristal, me gustaría tenerlo cerca de mi cama. Me sería útil algunas veces. Mis actuales admiradores son caprichosos."

SANTIAGUERA. Tengo sed. ¡Si el agua pudiera apagar el fuego que me está quemando por dentro! *(Se sirve y bebe.)*

DAMA. *(Piensa.)* "¿Qué carácter puedo ofrecer con este perfume? ¿De dónde saldrá? ¿De estas mustias plantas? ¿De estas mujeres? ¡Qué asco!"

JABÁ. No lo apaga.

SANTIAGUERA. Oh, ¡qué desesperación, Jabá! ¡Sufro mucho!

DAMA. *(Piensa.)* "No son feas. ¡Cómo habrá hombres que se acerquen a ellas con esa ropa horrible que usan! Si saben lo que es vestir elegante me envidiarán. Mañana me probaré el traje de noche para el viernes. No me gustan los adornos de ese color. El terno de brillantes será mío."

JABÁ. Sospecho que te ha sucedido algo muy grave. De otro modo no te hubieras atrevido a desafiar la ira de Alejandro abadonando tu casa sin su permiso. Y mucho menos a venir aquí a molestarlo. Porque no tienes permiso...

SANTIAGUERA. No. ¿Dónde está él?

JABÁ. Con sus amigos terminando de vestirse. Bajará pronto. Te disculpará si puedes justificar tu conducta, es decir, si te ha sucedido algo realmente grave.

SANTIAGUERA. Estoy muriéndome. No puede sucederme nada peor.

JABÁ. Te ofrezco mi ayuda; a él le afecta mucho que desobedezcamos sus órdenes. Te puedo solucionar cualquier problema, como él mismo. Y no se entera de que has estado aquí.

DAMA. *(Piensa.)* "Después de conocer a este Yarini quedaré tranquila. Era mucha mi curiosidad. ¿Qué le contestaré cuando me pregunte lo que deseo? Debo preparar una respuesta. Le diré la verdad. Es lo mejor. Cualquier cosa que yo diga siempre parece bien."

SANTIAGUERA. Sé solucionar mis propios problemas.

DAMA. *(Piensa.)* "Además, estos hombres son vanidosos. Le agradará que una elegante desconocida quiera conocerlo. Será amabilísimo y tratará de saber quién soy. Pero no podrá lograrlo. Mi reputación antes que nada."

SANTIAGUERA. Sí, Jabá, me ayudarías si me pudieras prestar tus ojos, que lo ven a diario.

JABÁ. Respiro. Te arrastra el deseo de verlo.

DAMA. *(Piensa.)* "Supongo que no me recibirá en este patio. ¿En qué consistirá su atractivo? Dicen que las quince mujeres más hermosas de La Habana son suyas. ¿Podré precisar en una sola entrevista cuál es su encanto?"

SANTIAGUERA. No conoces mi mal, porque lo ves a todas horas.

JABÁ. No cuando duermo; o cuando está ausente.

215

SANTIAGUERA. Pero ya lo poseíste con los ojos durante las horas en que lo tuviste a tu lado; y lo hiciste tuyo de tal forma, que están abiertos aún los surcos que sus músculos trazaron en tu carne.

DAMA. *(Piensa.)* "Porque existe. Y muy poderoso. Estoy segura. Podré. Una sola ojeada y habré descubierto, o imaginado, el punto de ataque de su físico. Y sabré más de él que las quince mujeres que lo mantienen. Estúpidas. Groseras. Degeneradas."

SANTIAGUERA. Y siempre lo oyes, porque el eco de sus palabras resuena siempre bajo este techo. Nunca se aleja de ti lo suficiente como para que no te llegue el olor de la colonia con que perfuma sus pañuelos, ni el perfume sin perfume del aire de su boca.

DAMA. *(Piensa.)* "El hombre de tributos más generosos no compensa la sumisión depravada de la mujer. Educación. Debemos educar a estas mujeres. E higienizarlas. Un sistema pedagógico racionalista puede lograr que... El terno de brillantes será mío."

SANTIAGUERA. Mientras que yo... ¡vivo por un recuerdo que día a día se va muriendo en mi memoria! ¡Necesito de él, Jabá!

DAMA. *(Piensa.)* "La más joven está presa de una gran inquietud. Si pudiera oír lo que hablan... Atenderé. No parece nueva en este medio."

JABÁ. ¿Cuándo te visitó la última vez?

DAMA. *(Piensa.)* "Nueva en este medio soy yo. Pero yo no soy una... No. Yo soy una dama. No debí venir. ¿Dónde residirá su encanto?"

SANTIAGUERA. Hace diez días. Necesito verlo, olerlo, sentirlo.

JABÁ. Se acerca entonces la próxima visita.

SANTIAGUERA. El límite de mi resistencia llegó.

216   JABÁ. Te dije que desafiabas su ira.

DAMA. *(Piensa.)* "El rey del danzón. Dicen que lo baila sobre un ladrillo. Quien baile el danzón con maestría me asegura en la intimidad el sentido del ritmo, de la medida, de la oportuna quietud del intermedio."

SANTIAGUERA. Desafiaré su ira, pero lo veré. Me falta el aire, quiero respirar para vivir. Mis pulmones son sus brazos. Una gota de consuelo en quince días es muy poco, Jabá, para la que tanto ama.

DAMA. *(Piensa.)* "Esa mujer quiere algo. Desesperadamente. No puedo oír lo que hablan. Atenderé. ¿Querrá un terno de brillantes?

JABÁ. Las otras nos resignamos y no lo amamos menos que tú.

SANTIAGUERA. Menos, sí. Como yo, ninguna. Y este cuerpo necesita de él, verlo, olerlo, sentirlo; y no una vez cada quince días, sino día a día, hora tras hora, ¡siempre!

JABÁ. Comprendo tu impaciencia, pero no tu inconformidad. El creyente, para gozar un día la gloria incierta del Altísimo, soporta esta larga expiación que es la vida, ¡y tú no puedes esperar quince días para gozar la gloria cierta de sus brazos!

SANTIAGUERA. No puedo. El nombre de mi amor es la única oración que me sé. Y a todas horas la llevo sobre mi pecho, como tú, sobre el tuyo, llevas esa espada de Santa Bárbara. No me alivia el rezo, ni a mi San Lázaro ni a mi Virgen del Carmen. Cuando estoy en la soledad de mi casa, aterida de dolor; cuando me apuñala esa enfermedad que es amarlo a todas horas, inútilmente me vuelvo a las imágenes de mis santos. En los ojos de San Lázaro están sus ojos. Me sonríe su boca en la boca de mi Virgen del Carmen. Y una rabia me entra, Jabá, y unos deseos de destrozar la imagen, para no cometer el sacrilegio de besarla.

JABÁ. ¡Estás maldita! ¡Los malos seres te acompañan!

DAMA. *(Piensa.)* "Hablan de santos. Yo tengo resueltos mis problemas religiosos. El padre Agustín siempre me asegura que un espíritu "dilecto" como el mío está destinado al goce... ¿qué **217** goce?... el de la Gloria Celestial. Es muy simpático el padre Agustín. ¡Y es tan tolerante con mis entretenimientos! Apenas un Avemaría y dos Padrenuestros cada cuatro meses... Quiere hacerme dama de la Cofradía. Trabajaré activamente y conseguiremos una fuerte ayuda del Estado para la construcción de la capilla. Me sentiré feliz cuando logremos terminarla. Las lágrimas me salen sólo de pensarlo."

SANTIAGUERA. Estoy maldita desde que lo vi la primera vez. Vieja como eres, conocerás mucho de estos males. ¡Aconséjame, Jabá! ¿Qué hiciste cuando eras mujer y no soportabas las ausencias de tu hombre?

JABÁ. *(Después de una pausa.)* Supe perder. Y seguir adelante. Cuando algo me arrancaban, ni siquiera me detenía a restañarme la sangre. En la próxima esquina una nueva sombra esperaba por mí. Desde niña. Esperaba grandes cosas de la vida y del amor.

DAMA. *(Piensa.)* "Se demora mucho. ¿Me dirá que me parezco a alguna de sus mujeres?"

SANTIAGUERA. No me aconsejes. Es inútil. No podría hacer lo que nadie hizo. Soy distinta.

DAMA. *(Piensa.)* "Y si me lo dice, ¿tendré que aceptarlo como un elogio o como una ofensa?"

JABÁ. Somos iguales. Nacimos para lo mismo. Me atropellaron sobre una tabla de planchar, una tarde, en mi niñez. Fue debajo de un carretón cargado de barriles de petróleo. Por los tablones desunidos se escapaba el aceite espeso, y las gotas negras, mal olientes, manchaban mi cara y mis senos desnudos. Cuando salí de aquel agujero, arreglándome la ropa estropeada, y sin oír una palabra afectuosa del que se alejaba presuroso, con los labios apretados, supe que poco o nada podía esperar de la vida y del amor. No volví la vista atrás. Supe perder. Será porque hemos dilapidado el tesoro de nuestras ternuras, y no disponemos de una caricia de reserva que ofrecer, pero es el caso que nada podemos exigir a la máscara amorosa que se digna atendernos. Conformarse; y seguir adelante.

SANTIAGUERA. ¡No puedo!

JABÁ. Y para el caso extremo de un desgarrón definitivo, recuérdalo: en la próxima esquina una nueva sombra espera por ti.

SANTIAGUERA. ¡Nunca! ¿Qué mujer crees que soy? ¿Piensas que si él me deja de la mano tendré fuerzas para seguir hasta la esquina próxima? Mis fuerzas están en él; y en él las emplearía de tal modo, que no podrá desprenderse de mí sin arrancarse pedazos de su propia carne.

JABÁ. ¡Santa Bárbara no te oiga! ¡Me horroriza el castigo que tendrás que sufrir!

SANTIAGUERA. No será peor que este que sufro, no sabes como soy, Jabá; has conocido a todas las mujeres calientes de la Zona de treinta años a esta parte, entre ellas estás tú, que chancleteabas por San Isidro como una reina, y todas te temían, y no había una que se atreviera a poner los ojos en tu hombre de turno.

JABÁ. Cuando se me obligó a que compartiera, supe respetar la voluntad de mi hombre...

SANTIAGUERA. Yo he respetado la del mío. Hasta hoy. Hasta hoy he compartido con otras, contigo, caricias que han de ser sólo para mí.

JABÁ. No sabes lo que hablas. Para aspirar a tanto hay que poseer cualidades que te faltan. No tienes sino tus veinte años.

SANTIAGUERA. Y mi coraje. Te puedes reír de cuanta hembra brava llegó a la Zona. ¡Ah, cuando esta Santiaguera tenga que demostrar de lo que es capaz! Que lo digan las negras de los Hoyos, mujeres machas si las hay, con el ramo de albahaca en los moños y la navaja caliente en la liga. Se fueron en peregrinación al Cobre, a darle gracias a la Virgen, cuando me fui de Santiago. A todas ellas me las había colgado en la saya. Y   219 aquí en La Habana, ¿quién abofeteó en plena calle a Madelón la francesa? ¡Y hablan de Francia! Mujeres de sangre, las que dan mis montes, y, de todas, la primera yo. *(Una pausa.)* ¿Qué piensas?

JABÁ. Trato de recordar si cuando yo era mujer empleaba ese mismo lenguaje.

SANTIAGUERA. No, posiblemente.

JABÁ. Tienes razón. Siempre tuve cerca de mí un paño limpio con el que limpiarme la podredumbre que se me pegaba.

Salen por la derecha algunas mujeres; son las que entretienen a los clientes de la casa.

JABÁ. Ya viene Alejandro. Empieza la jornada de hoy. *(A una de las mujeres.)* Que enciendan los faroles de China...

SANTIAGUERA. *(Como buscando protección.)* Jabá...

JABÁ. Se hartarán tus ojos.

DAMA. *(Expectación. Se levanta y va a la puerta del reservado. Piensa.)* "¡Lo veré al fin!"

Situación. Se iluminan los faroles del patio. El ámbito escénico se embellece. Una pausa. Por la derecha entra Yarini; lo siguen Ismael Prado y cuatro hombres jóvenes de su grupo de acción, todos guapos, vestidos irreprochablemente. Ha salido el rey. Se hace en el patio un silencio respetuoso. Nadie se atreverá a romperlo. La Santiaguera le entrega su homenaje. Apenas sin tiempo para verlo, baja la cabeza. No la levantará hasta que se indique.

Sin la menor deferencia a las personas que se encuentran en el lugar, en una plenitud de confianza lindante con la soberbia, Alejandro Yarini atraviesa el patio y se sienta en primer término. Tranquilo, ceremoniosamente, realiza ahora una parte importante del diario ritual: encender el tabaco. Con los dientes, cuya blancura refulge un momento sobre el carmelita de la hoja, guillotina la punta. Y la escupe. Enciende el puro, y lanza la primera bocanada con delectación. Traducidos en silencio y quietud lo rodean la admiración y el respeto. Otra larga y sabrosa bocanada. Contempla el puro. Por fin se digna hablar. Llama a alguien, sin volver apenas la cabeza, seguro de que tal persona ha de responder de inmediato a su solicitud.

YARINI. ¡Dimas!

Pero como Dimas no se encuentra en el patio sufren los presentes una rápida, imperceptible consternación. Alguien se lanza al pasillo, a buscarlo. Una pausa. Yarini fuma. Todos esperan. Entra Dimas. Se acerca a Yarini en silencio.

YARINI. Quiero ganarte la toma. Saca los cubos.

DIMAS. *(Lanza una carcajada.)* Si no tienes más trago que el que quieres ganarme a mí, te quedadrás sin beber esta noche.

YARINI. Saca los cubos.

DIMAS. *(Saca del bolsillo del pantalón un par de dados, los suena y los tira sobre la mesa.)* Ahí están.

Yarini los recoge, los suena, acercándose la mano cerrada al oído, con atención de experto los tira.

YARINI. Recoge tus dados. Tú no vas a robarme a mí, porque yo soy más ladrón y más vivo que tú.

DIMAS. *(Recogiéndolos y guardándolos.)* Es que moviendo el hueso tú no me ganas, blanco. Te pago la convidá.

YARINI. Quiero ganártela. Cuélgame un bicho, y dime un verso que te lo voy a adivinar.

DIMAS. Ahí tú sí estás fuerte, ¿eh? Pues tampoco tengo miedo colgándote el bicho.

YARINI. Yo estoy fuerte en el bicho y en los cubos, pero jugando con caballeros, no con tramposos como tú.

DIMAS. Eso es despecho. Buena encendía te di ayer. Todavía te duele. ¿Cuántos números?

221

YARINI. Seis y el verso que ajuste; mira a ver cómo te las arreglas.

DIMAS. *(Se coloca detrás del mostrador. Saca de una caja algunas figuras de cartón y separa una, procurando que no la vean.)* Ya está el bicho.

YARINI. *(Sin volver la cabeza.)* Sácalo y cuélgalo.

DIMAS. Mirarás con el rabo del ojo...

YARINI. Acaba. Venga el verso.

Dimas saca una figura de cartón, como de medio metro de alto, que representa un toro con cuernos prominentes y un número dieciséis en el centro. La cuelga en lugar visible.

DIMAS. Del quince al veinte. *(Una pausa. Compone mentalmente el verso.)* Ahí va: "Un general que pierde las batallas."

Un silencio. Yarini da vueltas al tabaco, y lo mira como si en él hubiera de encontrar la solución que busca.

DAMA. *(Sobre el silencio de la escena, de pie entre el reservado y el patio. Piensa.)* "¡Y esto es Yarini! ¡Qué desencanto! Apenas puedo comprender que la atracción brutal de su físico (no puede negarse) justifique el deslumbramiento que lo circunda. ¿Qué rasgo suyo, escondido, lo llevará al corazón de sus mujeres? ¿Dónde está? No lo veo. ¿Habrá algo más allá que escapa a mis ojos? Es bello. Pero me repele. Prefiero a Pepito Zaldívar. No juega a la charada ni escupe la punta del tabaco. ¿Su belleza? Cuando el amor me vence, la noche cierra mis ojos. Y todos los hombres son una masa informe."

YARINI. Ya está. Sin el menor esfuerzo. El dieciséis, el de los cuernos.

ALGUNOS. ¡Bravo!

YARINI. *(Vuelve la cabeza para comprobar el acierto.)* Me zumba tumbando el bicho, y cuando lo cuelgo no hay quien lo tumbe.

DIMAS. *(Descolgando la figura y guardándola.)* Me parece que miraste con el rabo del ojo.

YARINI. Venga el trago, camarero, que el negro lo paga. Y sírveles a los hombres presentes. Eso lo pago yo. *(El camarero les sirve. Dimas se va por el pasillo. Sigue fumando Yarini.)*

YARINI. *(Después de una pausa. Hay una ligera acritud en su voz.)* Jabá...

JABÁ. *(Acercándose.)* Dime.

YARINI. Ésa... ¿qué hace aquí?

JABÁ. Ella podrá decírtelo.

YARINI. Que no me dirija la palabra. Ismael, ¿fue informada debidamente esta mujer de las condiciones que debía respetar cuando aceptó mi protección?

ISMAEL. Sí.

YARINI. Pregúntale si ha perdido la memoria; si ha olvidado el reglamento, su tabla de Ley.

JABÁ. *(A la Santiaguera.)* Ya lo oíste.

SANTIGUERA. Yo...

YARINI. Que se concrete a contestar lo que pregunto.

SANTIGUERA. No lo he olvidado.

YARINI. Ismael, ¿en cuántas infracciones ha incurrido en menos de dos meses?

ISMAEL. No te puedo responder con exactitud.

YARINI. Son muchas. Di cuál fue la más importante, la que tuvimos que resolver regalándole un reloj de oro al Secretario del Juzgado.

ISMAEL. Todas las infracciones ocasionan gastos.

YARINI. Lo diré yo; la cartera con quinientos dólares que le robaron al turista americano.

223

SANTIGUERA. ¡Él me regaló la cartera!

YARINI. Dile que se calle, Jabá.

SANTIGUERA. No disfruté de ese dinero; lo puse en la liquidación semanal, como propina.

YARINI. Échala, si no quiere callarse. *(Una pausa.)* Ismael, ¿cuál es la mujer que más me preocupa, quiero decir, la que más disgustos me ocasiona? ¿No es la Santiaguera? ¿No comprende que no puedo perder mi tiempo con los líos diarios de una revoltosa? Soy un hombre de negocios; tengo asuntos muy importantes que atender... *(Se levanta y se pasea nervioso)* ...y he de estar temiendo que le robe la cartera a un cliente, o que se tire de los moños con una vecina. Mi negocio es de orden. Existe un reglamento que mis pupilas deben conocer y respetar. No toleraré que se infrinja impunemente. En él se determina con claridad que no podrán sin mi consentimiento abandonar la casa que se les destine; y se les prohíbe, terminantemente, que se personen, cualquiera que sea el pretexto, en los lugares que yo suelo frecuentar, o en mi domicilio. ¿No está claro? ¿No tengo gente que está al tanto de sus necesidades? ¿No saben ellas cómo dirigirse a mí cuando me necesitan? *(Se sienta.)* Jabá, pregúntale qué quiere.

JABÁ. Dilo.

SANTIAGUERA. Tú lo sabes.

JABÁ. Y él también. Dilo, te lo ordena.

SANTIAGUERA. Verlo.

JABÁ. Dice que moría; que estaba a la orilla del mar, entre la noche y el cadáver de un náufrago que la invitaba a caminar sobre las olas. Pero sabía que sus pies de plomo se habrían de hundir en las aguas. Y ella quiere la vida.

YARINI. ¿A quién oí? ¿A la Santiaguera? ¿A la Jabá?

SANTIGUERA. A la Santiaguera.

JABÁ. Dice que la vida es como una luz que se le apaga; que le teme a la noche y al náufrago muerto que la invita a pasear; que quiere la vida, repite, y que la vida está en la luz de tus ojos. Que la perdones si no puede aceptar con resignación la muerte a que la condenas.

SANTIGUERA. ¡Oh, Jabá, háblale también de la soledad de mi corazón, mil veces peor que la muerte que detesto!

JABÁ. Dice que la vida, en tu ausencia, es el eco constante de un golpe en sus entrañas vacías.

YARINI. Está perdonada. *(Leve complacencia.)* Es curioso. Es mucho entonces el alcance de su amor. Pregúntale cuál es. Que lo precise.

SANTIAGUERA. No podría.

JABÁ. No se puede medir. El camino que nos conduce a Dios es inconmensurable, Yarini.

YARINI. No quiero oír más.

JABÁ. *(Se acerca a él, en súbito y relampagueante arrebato de ira.)* Porque ya estás harto. Otra gota de satisfacción y no podrías ocultar tu felicidad desbordada. *(Reacciona.)* ¡Ismael! *(Serenándose.)* ¿Te dijo Ismael lo que hemos acordado? ¿Lo apruebas?

YARINI. Sí.

JABÁ. Pues, ya es hora, Ismael; puedes irte. Ordena que abran al público el salón de baile, coloca un hombre que sea listo en la puerta, y que no se separe de ella en toda la noche. En la otra puerta ya tengo fijo a Dimas. Que me avisen inmediatamente si entra alguien desconocido, alguien que no sea de los concurrentes habituales. Vuelve tan pronto te sea posible.

Se va Ismael por la izquierda. Entra Dimas por el pasillo del foro.

DIMAS. *(Inquieto. A los hombres)* ¡Preparados! *(Dos de los hombres de Yarini se colocan en la entrada del pasillo.)* Patrón, ¿me dejas hablarte?

225

YARINI. Di.

DIMAS. Ahí está ese demonio. A un demonio le temeríamos, y nosotros no le tememos a Lotot.

JABÁ. ¡No lo recibas!

YARINI. Si quiere verme, que pase. Siempre que llegue a mis puertas deseando verme, no lo detengas; que pase; no le temo.

DIMAS. ¿Dejo entrar a sus hombres?

YARINI. Aquí están los míos.

Se va Dimas. La Jabá se une al grupo de las mujeres. Separada de éstas en la puerta del reservado, queda la Dama del Velo. Inquietud en los presentes, menos en Yarini, dueño de sí. Entra Luis Lotot y cuatro de sus hombres. Un ligero acento, apenas perceptible, acusa la procedencia extranjera de Lotot.

LOTOT. ¡Salud y pesetas para Alejandro Yarini y sus amigos!

YARINI. ¡Salud y pesetas para Luis Lotot y los suyos!

LOTOT. ¿Soy bienvenido?

YARINI. Siempre. Siéntate. *(Le ofrece un asiento a su lado.)* Camarero, sirve a los presentes los que deseen beber, en homenaje a un personaje ilustre que nos honra con su presencia.

LOTOT. Agradezco tu gentileza. Tu pico de oro no se desmiente, siempre dispuesto a verter frases amables.

YARINI. Es justicia que te hago. Soy sincero.

LOTOT. No lo dudo, señor de las altas palabras. Cuando me hablan de tus éxitos se los cargo a tu lengua. No te matan si te dejan hablar.

YARINI. De nada me serviría esta virtud si no poseyera las otras: entereza, acción, hombría.

LOTOT. Sigo creyendo que tu órgano vital lo llevas en la boca.

YARINI. Has vuelto muy bromista de Europa.

LOTOT. Será que desde mi llegada todo en La Habana me resulta más claro y fácil, y me siento muy seguro de mí mismo.

YARINI. Para nosotros es imprescindible esa seguridad que a mí nunca me ha faltado.

LOTOT. ¡Camarero, sirva, y va por mí! ¡Por la amistad de los dos hombres más fuertes de la Zona! Créeme que celebro la reanudación de nuestra amistad.

YARINI. La Habana es grande y da para todos, más de lo que tú y yo, y veinte como nosotros, podamos abarcar. Todo es cuestión de organización.

LOTOT. Eso es: organización. Si como todos queremos continúa tan buena disposición en nuestro ánimo, podemos hacer una inteligente delimitación de zonas de influencia. También nos será muy provechoso un constante acuerdo sobre las tarifas de las mujeres.

YARINI. El desagradable problema de las tarifas.

LOTOT. ¿Hay algo más estúpido que esa competencia en los precios? Nuestro material es bueno, pues que se pague por él lo que tú y yo, puestos de acuerdo, decidamos. Una tarifa razonada, científica, en la que se prevean las circunstancias que la hagan variar, como tiempo de atención al cliente, consideración al día de que se trate, si es hábil o feriado. No es aconsejable atemperar la tarifa a la calidad de la mujer.

YARINI. Detesto ese procedimiento. Todas mis protegidas son de una misma calidad, la superior.

LOTOT. Y puesto que las mías se encuentran en la misma categoría, nos será fácil ajustarlas a una tasa común. Y obligarlas, por supuesto, a que respeten lo convenido. Acordaremos un castigo severo a la que, por sentimentalismo o lástima, altere la tarifa.

YARINI. Me parece bien, en principio.

227

LOTOT. Es lo razonable; no dañarse, no interferirse. La vida es breve. Y es estúpido perderla por una ruin cuestión de céntimos.

YARINI. Desde luego que exageras los peligros de mi competencia. Ni yo ni mis hombres atacamos por una ruin cuestión de céntimos.

LOTOT. Es un decir.

YARINI. Lo hacemos, claro, con la rapidez y energía que sean precisas, pero sólo cuando el caso lo amerita, o cuando no son eficaces otros medios para la defensa de mis intereses. Odio la sangre.

LOTOT. Odiamos la sangre. Pero es como una maldición gitana: la odiamos, y a cada paso estamos obligados a verla... En mi casa, es que soy muy impulsivo. Mucho.

YARINI. Domínate. No lo soy menos que tú, y ¡ya ves! He disciplinado mi reflexión y logro magníficos resultados.

LOTOT. *(Ríe.)* ¿Cuentas hasta cien cuando estás iracundo?

YARINI. O hasta mil, hasta el número que sea necesario con tal de no golpear por causas fútiles, porque mis golpes, Lotot, ¡y tú lo sabes bien!, pueden ser terribles. Golpes que puedan revertirse sobre mi conciencia, los evito. Odio la sangre. Amo mucho la vida, el amor, las mujeres...

LOTOT. *(Le llena el vaso.)* ¡Por la vida, por el amor, por las mujeres! *(Beben.)* Nos hizo de la misma pasta, y en el mismo molde, un padre común: la hombría. Puedo apreciarte por eso más que ningún otro de tus amigos. Como ningún otro de los míos estás más capacitado tú para juzgar, admirar ciertos hechos, por ejemplo, los míos en Europa hace unos meses.

YARINI. Alguna noticia nos ha llegado.

LOTOT. Muchas. Los comentarios, las historias que se cuentan sobre mí están en todos los labios; salen de San Isidro, por docenas, por miles, como proyectiles que atraviesan los barrios de La Habana, y que llevan mi fama a los rincones más lejanos de la isla. Se relatan hazañas casi increíbles en esta época de polvo y fango. Porque ya no hay héroes. Cuanto dicen de mí, no sólo no es mentira, sino que es pálido comparado con la realidad. ¿Qué testigo tuve de mis proezas? Ninguno que aquí pudiera relatarlas. He sido parco y discreto al comentarlas, porque no soy fatuo ni petulante. Es la propia resonancia de los hechos que se expande y llega a dondequiera. Ah, amigo Alejandro, ¡cómo me admirarías de haber sido testigo de mis triunfos!... Madrid, Barcelona, Marsella, París... itinerario glorioso de tu amigo, por el que fui dejando huellas de la capacidad de mis caricias en las más hermosas mujeres de la tierra.

YARINI. Y salpicaduras de sangre, ¿dejaste también?

LOTOT. *(Una pausa.)* También. Ver la sangre es el precio que hemos de pagar por lo que somos. ¿Por qué me lo recuerdas? La mujer, para ti y para mí, es una flor de sangre. Y así la amamos *(Molesto.)* Tus manos tampoco están limpias.

YARINI. Sucias también, con tal suciedad que ni el fuego pudiera limpiarlas. Ni te envidio ni te acuso, porque te compadecí. Con tu evocación me llegó una pestilencia que me es familiar. Nadie menos apropiado que yo para aplaudir tus hazañas. Sé bien lo que has tenido que pagar por ellas. *(Una pausa.)* Pero detrás de la putrefacción está la mujer. Y es lo que importa.

LOTOT. Es lo que importa.

YARINI. *(Llena los vasos.)* Otra. Ésta por las mujeres que desde Madrid, Barcelona, París, Marsella, te tienden aún los brazos suplicantes... ¡Por todas las mujeres de la tierra! *(Beben.)* Hablemos de ellas. Elogian mucho a las que trajiste...

LOTOT. No puedo quejarme. Este viaje último ha sido fructífero. ¿No has visto a ninguna? ¿No has sentido curiosidad?

YARINI. Pues, hombre, siempre hay un deseo que no saca la cara, por ver lo que es bueno, pero en este caso no llega a la curiosidad. No me gusta catar el vino que no puedo beberme.   **229**

LOTOT. Es sensanto; pudieras cogerle gusto y es peligroso.

YARINI. Pudiera robarte esa leontina, pero no daría un paso para causarte molestias con tus amigas. Y no es miedo, sería ingenuo pensarlo. Sino ética.

LOTOT. Tengo el mismo respeto a ese bien del otro, que es sagrado por sobre todas las cosas. Nunca he comprendido cuál es la dulzura de la fruta del cercado ajeno, de que tanto se habla.

YARINI. El fruto ajeno, gustado subrepticiamente, me sabe ácido. Gusto de una mujer después que he logrado todos los titulos de posesión, por los medios que para mí son lícitos. Y no es probable que entre las mujeres que trajiste haya alguna de tan raros méritos que modifiquen mi naturaleza.

LOTOT. Las hay muy hermosas.

YARINI. Lo sé. Conoces lo que es bueno, y no te molestarías por algo indigno de ti.

LOTOT. Traigo una rubia de Marsella, llamada Yvonne; su boca es un clavel que ha reventado a los dieciséis años de su vida; no habla español aún, y cuando algo se le pregunta, rompe a reír y enseña los pechos, como la única respuesta que pudiera dar a la curiosidad de los hombres. Traigo una madrileña. Dieciocho. La infinidad del océano, que vio a mi lado por primera vez, se le quedó en el verde de las pupilas. Y cuando en él te asomas sientes como te asesinan los cristales de sus aguas.

YARINI. Te felicito. Estás cumplido por el momento.

LOTOT. *(Después de una pausa.)* No estoy cumplido.

YARINI. ¿Insatisfecho aún? ¿Preparas un nuevo recorrido por la vieja Europa, en busca de alguna prenda que acreciente tu tesoro?

LOTOT. Búrlate cuanto quieras. *(Yarini se ríe.)* Tuve la debilidad de mostrarte mis cartas. *(Se levanta.)* Alejandro Yarini, anoche te ofrecí quinientos luises por una de tus mujeres.

YARINI. Y te dije que no.

LOTOT. Duplico esa cantidad.

YARINI. *(Se ríe.)* No.

Una pausa.

LOTOT. La triplico. Tengo el efectivo a mano. A una orden mía, antes de diez minutos, mis hombres habrán cubierto de oro esta mesa, que se hundirá, que no resistirá tanto peso si no la apuntalan.

YARINI. No.

LOTOT. Yarini, te aseguro que las diez mujeres que traje en este viaje, por su propia voluntad, con el ánimo de hacer carrera, y confiadas a mi protección, son las diez mujeres más hermosas que encontré a mi paso. Cada una de ellas es una satisfacción distinta en el orden íntimo; y en el profesional, una fuente de oro. Escoge tres, las más valiosas, Ivonne, la madrileña de ojos de mar, y otra, ¿cuál?, la que más te agrade. Escoge tres, y dame la que anoche te pedí.

YARINI. No.

LOTOT. Cinco. Escoge cinco. La mitad de mi nuevo tesoro. Más no puedo ofrecerte, porque me quedaría vacío.

YARINI. No. *(Ríe. Transición.)* Espera. Ella está presente.

LOTOT. Lo sé. La he presentido; porque no la he mirado.

YARINI. No dirás que no soy generoso. Si quiere irse contigo, te la llevas, y no te cuesta un céntimo.

LOTOT. No acepto... Quiero pagar.

YARINI. No vendo. Es mi voluntad. Que decida ella.

LOTOT. Pero no delante de mí...

YARINI. Es preciso. No hay otra alternativa. *(Una pausa.)* ¿Qué respondes?

LOTOT. *(Decisión dolorosa.)* Está bien.

231

YARINI. Santiaguera... *(La Santiaguera baja a primer plano.)* Luis Lotot se interesa por ti y desea administrarte. No sé si quiere ofrecerte algo, ni cómo te pueda ir al lado suyo. Él te lo dirá.

LOTOT. *(Se acerca a la Santiaguera. Sus manos, convulsas, casi acarician los hombros de la mujer, sin tocarla. Y bajo, al oído:)* "Serás la reina de mi corazón." *(A Yarini.)* Lo he dicho todo.

YARINI. Pues que acepte o no, con una palabra. No quiero oírla hablar. Que diga el monosílabo indispensable. *(Todos esperan.)* ¡Vamos!

SANTIAGUERA. ¡No!

YARINI. Únete a las mujeres. *(A Lotot.)* Ya lo oíste. Que conste mi generosidad.

Lotot se acerca a la mesa; se sirve una y otra vez, y bebe, estremecido.

LOTOT. ¿Desde cuándo los hombres de San Isidro otorgan a sus mujeres el derecho a decidir? ¿Qué importa el sí o el no de una mujer de San Isidro? Tu consentimiento es lo que debo ganar. Tu amor propio tiene un límite. Tu interés tiene un precio. Te has divertido a mi costa. Una buena burla que merezco por mi debilidad. Pero no me importa, con tal de lograr lo que quiero. Sal con dos hombres, Petit Jean; vuelvan con todo el oro que tenemos en casa, y déjenlo caer en estas mesas. Traigan a las diez mujeres que me acompañaron desde Europa, y colóquenlas aquí, desnudas, deslumbrantes, para que cieguen a este hombre y despierten su codicia y sus instintos. Es todo cuanto poseo. Y esta leontina de diamantes. Va en el cambio. *(Se la quita y la tira sobre la mesa.)*

YARINI. Me causa gracia pensar que me costaría muy poco hacerte feliz. *(Coge la leontina.)* Me gusta. El engarce es exquisito.

LOTOT. En toda la América no se encontrará un trabajo en oro y diamantes como ése. Es creación del mejor orfebre de París.

232

YARINI. *(Observando la leontina.)* ¿Qué significa el dibujo del dije?

LOTOT. El vendedor me lo explicó pero no lo entendí.

YARINI. Un hombre ante una puerta cerrada; es amplia y señorial; conduce a un palacio, a un castillo, o algo así; en la mano derecha, un puñal; con él se hiere por todo el cuerpo; y con la mano izquierda se va cubriendo de fango las heridas.

LOTOT. "Paga lo que le cuesta la entrada", me dijo el vendedor.

YARINI. ¿Qué hay en el interior del castillo?

LOTOT. Habló de algún superior anhelo.

YARINI. *(Observa complacido la prenda.)* Me gusta. Que no salga Petit Jean. Quédate con tus luises y con tus mujeres. Esto es lo único que quiero de ti. Tu leontina contra la Santiaguera. Pero no será un cambio. No somos empleados de una casa de empeños. O todo, o nada. Jugaremos. El que gane se lo lleva todo. La Santiaguera y la leontina serán como un bien indivisible. ¿De acuerdo?

LOTOT. De acuerdo.

YARINI. Coge, Santiaguera, esta cadena, y cuélgatela del pecho. Ahora es una parte de ti misma. *(Le entrega la prenda.)*

LOTOT. ¿Póker? ¿Dados?

YARINI. ¿No dicen tus amigos que eres el rey de la charada? Lo veremos. Cuelga un bicho, que te lo voy a tumbar. *(Estupor en los presentes. Quedan expectantes.)* Ahí tienes un equipo. Cuelga el bicho donde todos puedan verlo. Yo cerraré los ojos. Me los cubriré con un pañuelo, si quieres.

LOTOT. Lo prefiero. ¿Cuántos números? ¿Diez?

YARINI. No. Seis. Lo que se acostumbra. Y el verso que ajuste.

LOTOT. Ajustará ¿Cuántos minutos para pensar? Dos es bastante

YARINI. Tres. Lo que se acostumbra.

Queda Yarini de pie, en primer término, con los ojos vendados. Del mostrador saca Lotot una figura que representa un elefante con la trompa enhiesta y con un número nueve en el centro. La cuelga.

YARINI. Los números.

LOTOT. Del cinco al diez.

YARINI. Del cinco al diez. Venga el verso. *(Lotot, ávido, nervioso, trata mentalmente de arrancar a la figura la composición de su charada. Yarini piensa:)* "Del cinco al diez. (Cinco, monja. Seis, jicotea. Siete, caracol. Ocho, muerto. Nueve, elefante. Diez, pescado grande.) Hay tiempo aún para frustrar el absurdo. Me arranco el pañuelo, miro el bicho y me fajo con Lotot. Pero se comentará mañana por San Isidro que no soy un caballero, y que no soy el más generoso de los hombres. Cinco, monja. Seis, jicotea." *(A Lotot:)* Venga el verso.

LOTOT. Ahí lo tienes. *(Una pausa.)* "Un músico al que la flauta no le suena".

YARINI. *(Piensa.)* "Un músico al que la flauta no le suena". ¿Y por qué un absurdo? Al contrario. Éste es el negocio más lógico que he hecho en mi vida. Y el más lícito. Y el más provechoso. Ganaré o perderé con honestidad. Un músico al que la flauta no le suena. Quiero acertar. Acertaré. No hay quien me gane en La Habana tumbando el bicho con seis números. Treinta y seis son demasiados. Pero seis, me los como. Seis; tengo el seis que es jicotea. Un músico al que la flauta no le suena. No le va. Suponer un instrumento musical del carapacho sería irracional. Y el ajuste del verso es preciso. Lotot sabe darlos. Como se burle de mí le rompo la estampa. ¿De quién es esa cara hosca que me mira? La tiniebla que ha traído a mi vista este pañuelo me hace ver fantasmas. ¿Cuál es tu problema, Macorina? ¿Continúas persiguiéndome? Es una delicia ver fantasmas que tienen esas tremendísimas caderas que tienes tú... Algún día seré yo también un fantasma. El cinco, monja. Le rompo la cara como sea el

cinco. La toca, sin embargo... ¿Qué peculiaridad que pueda
determinar a una religiosa sería hallable en un músico? ¿Cuál es
ese punto de referencia que ha de ser un instrumento? Ninguno.
La monja es mujer. Magnífico el negocio para mí. ¿De qué otro
modo podía librarme de la Santiaguera? Si pierdo, salgo
ganando. Se acabaron las infracciones. Necesito mi tiempo para
atender mis asuntos, que son muchos y muy importantes; no lo
perderé más en solucionar los problemas de esa revoltosa.
Fuera... Siento que perderla a ella significa perder la leontina.
Pero leontinas hay muchas. Soy rico. Cuando quiera puedo
poseer una más valiosa. Tiene una alegoría; pero de nada nos
sirve si el bruto de Lotot ha olvidado la clave. Siete, caracol. Un
músico al que la flauta no le suena. El mismo caso de la jicotea.
Es una cuadrilla de bichos de caracteres comunes. Maldito sea
este Lotot; me está haciendo pasar un mal rato. Ocho, muerto.
Nueve, elefante. Diez, pescado grande. Pescado grande y el mar
grande. Grande como esa ola de aguas negras que me entra por
la boca y me inunda. Me siento incómodo. De un humor
detestable. ¿Qué relación hay entre el pescado grande y el músico
al que la flauta no le suena? ¡Pobre Lotot! Está en mis manos
proporcionarte los quebraderos de cabeza más grandes de tu
vida... *(Lanza una carcajada.)* Pierdo con deliberación y te llevas
la gran prenda. ¡Te compadezco! "¡Serás la reina de mi
corazón!" El muy tonto creyó que no le oíamos. ¿Se hundirá la
casa? Nunca me sentí descender como ahora. Impresiones de la
oscuridad. ¿Mareos? He de ganar. Espreciso hacer un esfuerzo.
Por mi prestigio. Aunque tenga que seguir cargando con la
reina del corazón de Lotot. Quedan, el ocho, muerto y el nueve,
elefante. *(Nueva carcajada.)* ¡Ya está! ¡Es uno de estos dos! El
muerto o el elefante. Lotot debe su fama al contenido pornográfico de sus versos. Un músico al que la flauta no le suena. Pero,
¿cuál de los dos? ¿El nueve? ¿El ocho?

LOTOT. Los tres minutos. Venga pronto el número.

YARINI. *(En alta voz.)* ¡Ya está! *(Una pausa.)* El ocho, muerto.

Un silencio. Lotot ha reaccionado, y grita:

LOTOT. ¡Gané! ¡Ya es mía!

YARINI. *(No se vuelve para mirar. Lentamente se quita la venda de los ojos; doble el pañuelo y se lo guarda. Después de una pausa.)* ¡Ahora es tuya! *(Se sienta. Una pausa. Con voz hueca:)* Jabá, que se marche con Lotot ahora mismo.

SANTIAGUERA. Entonces... ¿ya soy libre? ¿Todas mis ataduras están rotas? *(Una duda:)* Pero... ¿y las de mi corazón? *(Transición.)* Por el momento soy libre... *(Abriendo los brazos.)* ¡Libre! Ahora es mía mi lengua y son míos mis ojos, y no necesito el permiso de un tirano para abrirlos. Puedo pararme a tu lado, Alejandro Yarini. *(Acercándose a él, que no ser vuelve, pétreo.)* y de igual a igual decirte lo que pienso de ti...

LOTOT. *(Desde la puerta; imperioso.)* ¡Vamos!

SANTIGUERA. *(Contiene su ira; esforzándose.)* Trataré de ser respetuosa y complaciente con mi nuevo señor... *(Se une a Lotot. Se van la Santiaguera, Lotot y sus hombres por el pasillo de foro. La Jabá se ha acercado al mostrador.)*

JABÁ. ¡Aguardiente! *(Con el contenido de la botella que el camarero le entrega rocía el umbral que acaba de cruzar la Santiaguera.)* ¡Para que "el eguá" la acompañe, y le sean propicios todos los caminos que alejan de esta casa! *(Se acerca a Yarini, y le pone la mano protectora sobre el hombro derecho.)*

TELÓN

ACTO SEGUNDO

En el mismo lugar, minutos después. Como la acción del segundo acto comienza donde terminara el primero, y lo mismo sucede en el tercero con respecto al segundo, esta comedia se puede representar en una sola jornada, sin la interrupción de los entreactos. En escena, los que estaban al finalizar el acto anterior. Junto a la cantina, Yarini charla con sus hombres. La Dama del Velo espera, sentada en el reservado. La Jabá en el fondo, con algunas mujeres. Se oyen los últimos compases de Parlá sobre el Niágara *u otro danzón antiguo, muy conocido.*

JABÁ. Prefiero que no haya hoy mucho trajín en el salón de baile. No estoy de humor para soportar la estupidez de esa gente. No saben sino chillar y reír. Se demora Ismael: aseguró que antes de una hora estaría de regreso. *(Se acerca a Alejandro.)* Esa señora estará molesta, por lo que ha tenido que esperar.

YARINI. ¿Quién es?

JABÁ. No dijo su nombre. *(Se une a las mujeres.)*

YARINI. *(A sus amigos.)* ¿Creen que esté buscando un protector? *(Todos ríen. Se dirige a la Dama del Velo.)* Señora, estoy a sus órdenes. Permítame expresarle mi sentimiento por lo que ha esperado.

DAMA. Le confieso que nunca vi más castigada mi paciencia.

YARINI. Se adivina que no está usted habituada a las exigencias de este medio.

237

DAMA. Exacto. Creí al principio que en mérito a eso iba a obtener de su parte mejor atención.

YARINI. Perdóneme.

DAMA. No hay de qué, señor Yarini. Una personalidad muy destacada como la suya siempre es una fuente de sorpresas. Y en fin de cuentas, resultan gratas las novedades.

YARINI. Agradecido.

DAMA. Ahora me siento sumamente favorecida. Nuevos incidentes pudieron demorar su atención, y hasta pudo suceder que usted se marchara, privándome del placer de conocerlo, único motivo de mi presencia en este lugar.

YARINI. Siento que al anunciarme su visita no hayan agregado que se trataba de una dama de simpatía... arrasadora. No hubiera podido soportar la curiosidad y de inmediato habría venido a sentirme arrasado por ella.

DAMA. ¡Simpática! Anoto la calificación. Por su experiencia cualquier observación que haga usted sobre mi persona, tiene que interesarme.

YARINI. Debido a ese velo, que tanto la aleja de mí, me resulta imposible referirme a alguna otra de sus cualidades, que son muchas, estoy seguro, y adivino muy concretas y sustanciosas. Espero el momento en que me las deje contemplar.

DAMA. *(Se ríe.)* No. He decidido que no me conozca usted.

YARINI. Es vengativa. Para obtener su perdón me comprometo a lo siguiente: de antemano concedido lo que haya venido a solicitar, sea lo que fuere.

DAMA. No estoy molesta. No he venido a solicitar nada.

YARINI. ¿Nada? Una mujer siempre solicita algo.

DAMA. En este caso, no. Vine a conocerlo. Nada más.

238　　YARINI. Pues ya es algo. ¿Se considera complacida?

DAMA. De cierto modo, sí. Lo he conocido. Sé cómo es usted, físicamente. Pero comprendo ahora que mi curiosidad tenía otras aspiraciones. Me equivoqué. Creía que un solo golpe de vista me entregaría su carácter, el eje de su carácter. Y no ha sido así. Por lo menos estoy...

YARINI. Está...

DAMA. Desconcertada.

YARINI. Lo siento.

DAMA. No, por favor. No se trata de un desencanto, en ningún sentido. Al contrario. Creo que las personas que, después de conocerlo, elogian de usted, por ejemplo, las prendas corporales, y otras gracias externas, carecen de palabras para colocar el elogio a la altura de la cosa elogiada.

YARINI. *(Después de reír de buena gana.)* Aludía usted al carácter.

DAMA. Fue una ligereza esperar que una sola entrevista me entregara el carácter de un extraño. Sobrestimé mi perspicacia.

YARINI. Pero es que vino usted en busca de una respuesta que no existe. ¿Cree que haya una clave con la que pueda abrirse la caja fuerte en que está encerrado el propulsor de nuestras acciones? Si la descubre, le compro el secreto.

DAMA. Usted es una sorpresa constante.

YARINI. ¿Qué es ahora?

DAMA. Veo que piensa.

YARINI. Soy todavía un animal racional.

DAMA. Con una capacidad amorosa tan absorbente, según yo me figuraba, que lo libraba de las otras humanas actividades, como pensar.

YARINI. Para calmar un poco su curiosidad, si es posible, le diré lo único que puedo decir de mí: que vivo. Y, para mí, vivir es marchar en línea paralela a mis inclinaciones.

239

DAMA. Es muy fuerte el sistema. Estoy a punto de escandalizarme.

YARINI. No se moleste. Haría usted una deliciosa demostración de escándalo. Pero no me engañaría. Me resultaría muy difícil decirle o hacerle algo que la escandalizara.

DAMA. Soy muy sensible a la rudeza, señor Yarini. Me marcho. Se lo confieso ahora: me voy desencantada.

YARINI. No puedo evitarlo, señora. No quiere usted decirme su nombre. Viene a mi casa a contemplarme como si yo fuera un objeto raro, expuesto en una vidriera. ¿Le extraña que yo piense? ¿Quién se imaginaba que fuera Alejandro Yarini? ¿Un burdo "souteneur", que anda por la vida en una racha de suerte? No sabría explicarla cuál es el destino de un "souteneur", señora. Pero lo siento dentro de mí. Y es más, creo que es tan eminente y tan privilegiada esa categoría, de la que estoy orgulloso, orgulloso como un hacendado de la posesión de sus ingenios, o un general de sus hazañas militares, que reclamo para ella todos los repetos.

DAMA. *(Sin mirarlo; desafiante.)* No entiendo lo que oigo. ¿Habló un soberano o un inquilino de la calle San Isidro?

YARINI. Soy de toda La Habana, que es mi ciudad, y que me siente y me admira. Y vecino de San Isidro y a mucha honra; porque es San Isidro el corazón, o el bajo vientre, no importa el órgano, de esta pobre ciudad en que usted y yo deglutimos el fango de nuestra existencia. *(Una pausa.)* Créame que hice cuanto pude para que le resultara agradable esta visita. He violentado al máximo mis expresiones amables, que tengo muy pocas oportunidades de emplear.

DAMA. Su triunfo, que ha hecho famoso su nombre y del cual tanto se enorgullece, lo justificaba en un don extraordinario, que rara vez la naturaleza concede a los hombres: la seducción, y para ejecutarlo, tendría usted, según me imaginaba, una interminable lista de recursos irresistibles.

YARINI. Me cree usted un conquistador.

DAMA. ¿Y no lo es?

YARINI. Señora...

DAMA. No es mi intención ofenderlo...

YARINI. No soy un conquistador. Conquistar es vencer resistencia; ganar lo que se nos niega. Supone necesidad y petición. Y jamás he necesitado ni he pedido.

DAMA. Entonces... ¿No hay obstinación apasionada al claro de la luna? ¿No hay acordes de guitarra, ni rumores de versos dichos al oído? ¿Qué alivia, pues, el peso de la esclavitud, sino el recuerdo de la emoción del vencimiento? Adiós. ¿Qué desconocida atracción lo llevará a usted al corazón de sus mujeres? No me conteste. Adiós. *(Movimiento para marcharse. Yarini se levanta. La Dama se vuelve.)* Señor Yarini... Ofrézcame usted una última oportunidad. *(Pausa.)* Sólo en dos cosas encuentro más felicidad que en el amor. En el sueño y en el baile. El sueño porque me brinda el supremo descanso, o me hace vivir ese mundo de imágenes extrañas y seductoras que inútilmente buscamos en el arte o en la vida. El baile, porque es la excitación corporal a la que soy más sensible. Lo amo con locura. Un buen danzón, y un buen compañero, es el más exquisito regalo que me puedo ofrecer. Usted es el rey de muchas cosas, del danzón, entre ellas. Se cuenta que el danzón fue creado para que usted lo bailara un día. Los pisaverdes de la Bombilla y del Carmelo imitan sus pasos, y tienen a honra que se les compare con usted en el movimiento del ladrillo. En fin, toda la seducción de ese baile, a cuyo ritmo tantas virtudes femeninas se han desvanecido, está en usted. *(Lo mira desafiante.)* ¿Es cierto?

YARINI. *(Una pausa. La mira. Se decide.)* ¿Cuál es su danzón preferido?

DAMA. *(Atrevida.)* Lo dejo a su elección.

YARINI. *(Se dirige a uno de sus hombres.)* Ordénale a la orquesta que toque mi predilecto. *(Se acerca a la Dama. Uno de los hombres sale por la izquierda.)* Es *La flauta mágica.* En ese danzón agoto mi capacidad; lo demás queda a su cargo. *(Sale al*   241 *centro de la escena. Con impecable estilo acompaña a la Dama. Esperan el comienzo de la música, ensimismados, sumergidos en el respeto a la liturgia del baile. Se oye la orquesta. Bailan. Sin el menor esfuerzo por parte de Alejandro Yarini, queda convencida la Dama de Velo de que no son exagerados los elogios en cuanto a la maestría de su compañero. Ella, por su parte, no lo hace menos bien. Se entrega al baile con fruición. Sin embargo, lentamente, según transcurren los compases, un desasosiego que no puede ocultar turba el perfecto acoplamiento de la pareja. Yarini detiene el baile.)*

YARINI. ¿Cansada?

DAMA. No.

YARINI. ¿Es suficiente?

DAMA. Sí.

YARINI. ¿Se marcha?

DAMA. Sí. Una última molestia. Contésteme. Sea rudo si es necesario. *(Se adelanta indecisa, evitando su mirada.)* Es díficil la pregunta.

YARINI. Hágala.

DAMA. ¿Me considera usted con méritos para ocupar un sitio entre sus mujeres?

YARINI. *(La mira; se guarda las palabras. Al fin:)* Usted posee la respuesta. *(Una pausa.)* ¿Haría usted algún esfuezo por conseguirlo?

DAMA. *(Lo mira intensamente; no responde. Lo saluda con una inclinación de cabeza y se dirige al pasillo. Se vuelve.)* Decididamente, no, señor Yarini. *(Se va.)*

JABÁ. *(Acercándose a Yarini.)* ¿Quién es?

YARINI. No me dijo el nombre, ni me interesa saberlo. Es una mujer demasiado insustancial, frívola.

242   *Entra Lotot.*

YARINI. ¡Hola!... ¿Vienes a devolverme las prendas? ¿Temes haber cargado con un animal extraño que no sabes cómo alimentar?

LOTOT. *(Se ha acomodado en silencio, dipuesto a tratar seria y largamente un importante asunto.)* Quiero hablar a solas contigo. Despide a esa gente.

YARINI. Son mis amigos. No tengo secretos para ellos.

LOTOT. Pero yo sí: los de mi corazón.

YARINI. El tuyo es un corazón público.

LOTOT. Debo decir palabras desagradables; pueden resultarte ofensivas oídas ante extraños.

YARINI. Estos extraños oyen por mí mejor que yo mismo.

LOTOT. Te ofenderé.

YARINI. *(Súbita reacción.)* Y yo te mataré. Porque no te temo, Luis Lotot, ni a veinte como a ti. ¿Qué podemos hacernos o decirnos tú y yo en la soledad? La soledad desataría nuestro odio. ¿La quieres? Vámonos entonces a la negrura del monte Barreto, donde no tendremos otro testigo que la noche, y del que saldrá uno de los dos con las manos tintas de la sangre del otro...

JABÁ. ¡Alejandro!

YARINI. ¿Por qué viene a mi propia casa a decirme que me ofenderá? ¿Por qué ha de ofenderme?

Una pausa.

LOTOT. Odio la sangre. La maldición de mi oficio es la sangre. Y no la quiero derramar. La tuya menos que la de nadie.

JABÁ. *(Piensa.)* "¡No la derramarás!"

LOTOT. No sé qué suerte me obliga a venir hasta tu casa para que pisotees mi orgullo... ¡Quién lo creería!... Luis Lotot, el soberbio Luis Lotot, se arrastraría como un miserable a los pies de Yarini, a pedirle una gracia.

YARINI. Jugamos. Me tocó perder. Ya está olvidado.

LOTOT. Lotot, el reservado Luis Lotot, que cierra herméticamente los secretos de su hombría...

YARINI. Hablas como cualquiera. Hiciste una relación detallada de tus aventuras que aquí a nadie interesa, que nadie te pidió.

LOTOT. Quise despertar tu interés por las mujeres que traje y facilitar el cambio que te ofrecía.

YARINI. Es que estabas deseoso de lanzarme a la cara tus éxitos.

LOTOT. Lotot, el que encierra los secretos de su corazón para que ningún hombre pueda asomarse a ellos, se ve hoy condenado, ¡maldición!, a llegar hasta ti, y descubrirlos y mostrarte lo que escondo aquí dentro... para evitar tu sangre, Alejandro Yarini...

JABÁ. *(Piensa.)* "¡No la derramarás!"

YARINI. Deja ya ese tono de perdonavidas...

LOTOT. ¡Estoy deshecho! Ordena, por favor, que me sirvan un vaso de agua, a ver si calmo ese ardor interior que me destroza...

JABÁ. *(Piensa.)* "¡No lo calma!"

LOTOT. El todopoderoso Lotot pisaba fuerte... Ah... ¡cómo miraba yo la vida por encima del hombro! ¿Quién era el atrevido, hombre o mujer, que se permitiera hacerme vacilar en una intención? Nadie. *(Bebe.)* Y hoy me parece que todos se mofan de mí; y estremecido de ansiedad, ocultando mis intenciones en palabras triviales, me acerqué anoche a tu mesa en el Louvre. Tuve que soportar el escarnio de tu risa, y te odié, más que nunca... extrañado de que no sintieras la fuerza de mi odio... ¡Cómo deseé anoche derramar tu sangre!

JABÁ. *(Piensa.)* "¡No la derramarás!"

LOTOT. Y hoy, la gran humillación: rogarte de nuevo, sufrir que me complacieras, y sentir dependiendo mi felicidad de un

número que alguien debía pronunciar: tú. Pero nunca te he

odiado más que en este momento en que, ante oídos que no son los tuyos (porque quieres humillarme... porque deseas que mañana estas lenguas voceen por San Isidro mi degradación), me obligas a confesar, ¡cuánto la quiero! *(Se restriega la derecha en la cara, convulso. Una pausa.)* ¡Cómo la quiero!

YARINI. No necesito saberlo. Allá tú, con tus propios asuntos.

JABÁ. *(Piensa.)* "Se muestra fanfarrón e indiferente; pero su voz es un registro hueco, que lo traiciona."

YARINI. No sé de quién hablas, ni me importa...

JABÁ. *(Piensa.)* "¡Sabe de quién! Pero quiere, y no quiere, oír el nombre de la Santiaguera en los labios del otro."

LOTOT. Va a hacer un mes ahora... Un mes es suficiente para que puedan los ojos de una mujer destrozar el espléndido destino de un hombre como yo... Fue días después de mi vuelta a La Habana... La noche de Santa Teresa... Aquella maldita noche, aquella bendita noche de Santa Teresa, algo me hizo levantar la vista. La ventana; las viejas rejas pintadas de aluminio, como pintadas de luna... y los tiestos de flores y de albahacas... Había allí dos puntos luminosos dirigidos a mí; y el resplandor de un pelo negro, largo, que iluminaba la calle. Estaba allí la mujer que iba a sorberme como si fuera yo de humo... estaba allí la reina de mi corazón.

YARINI. ¿Por qué me lo cuentas? No tengo interés en oírlo...

JABÁ. *(Piensa.)* "Tiene interés. ¡Y cómo anhela una descripción más detallada del sentimiento que no se atreve a confesarse!"

YARINI. Ni la Jabá, ni yo, ni mis amigos, ni estas mujeres deseamos que nos exhibas el harapo de tus intimidades...

LOTOT. Debo hacerlo... para que aprecies por el fuego de mis palabras la trascendencia de mi conducta, la seriedad con la que me he plantado delante de ti para decirte lo que te digo. No es por gusto, ni por fanfarronería, que un hombre como Luis Lotot dice lo que vas a escucharme...

YARINI. ¡Habla! ¡No amenaces más!

LOTOT. Que la amo. La Jabá no lo sabe; ni estos hombres, ni estas mujeres; pero tú lo sabes bien: que un hombre como yo, que fundamenta su existencia en la libertad de su corazón, no arriba fácilmente a la conclusión aterradora de su esclavitud; a ese "la amo" que acabas de oírme, sin una dolorosa desintegración de todo mi ser. *(Una pausa.)* Si aún estás libre...

YARINI. Lo estoy.

JABÁ. *(Piensa.)* "¡Mentira!"

LOTOT. ...te corresponde la dignidad de que gocé hasta la noche de Santa Teresa; eres el primer "souteneur" de La Habana, el gallo de la Zona. Y lo eres gracias a este débil corazón que me ha traicionado. *(Bebe.)* Débil y tierno para llorar y vocear sus cuitas; sumiso y enternecido para postrarse a los pies de la mujer que lo hace palpitar, en demanda de una caricia; pero fiero aún, rebelde, indomable, para defender la posesión de esa misma mujer, que ahora es mía.

YARINI. Mil veces quisiera desaparecer, morirme...

JABÁ. *(Piensa.)* "¡No escuches esas palabras, Santa Bárbara bendita!"

YARINI. ...antes que ver hundida mi dignidad entre los muslos de una mujer, por hermosa que sea.

LOTOT. Fiero, capaz de las violencias más crueles para obligarte a repetir lo que es ya mío; como yo supe respetarlo cuando era tuyo...

YARINI. ¡Bah! ¿Me crees contaminado de tu envilecimiento? Que mutilen mi físico, que me despojen de lo que más aprecio el día en que, por una mujer...

JABÁ. *(Piensa.)* "¡Por ella! ¡Por la Santiaguera!"

YARINI. ...descienda yo a traicionar a un hombre.

LOTOT. Fiero, sediento de esa sangre tuya que no quiero derramar, para obligarte a que me devuelvas lo que te gané... ¡Lo que tienes tal vez escondido en estas habitaciones, oyendo tras de unas persianas mis lamentos, gozando con tu cinismo y con tu hipocresía, riéndose de este hombre que la ama tanto!... Si la tienes escondida, ¡devuélvemela o mátame, Alejandro Yarini, antes de que saque el estilete que llevo en la cintura; que ya ves cómo tiembla mi mano; que ya no la puedo detener más tiempo!...

Sorpresa. La Jabá se adelanta.

JABÁ. Serénate. Desahógate cuanto quieras. Estás bajo una pena, y no sabes de dónde procede. Pero no es de aquí... Bebe un trago. *(Le sirve. Lotot bebe.)* Y ahora... explícanos. Deja todas esas palabrerías y esas amenazas, que aquí nadie te teme... Dinos: ¿huyó de tu lado la Santiaguera?

YARINI. *(Piensa.)* "¡Pobre Lotot! ¿Qué sacudimientos interiores arrancan su orgullo y lo hacen perecer? Pero no; no es el fondo cenagoso de un mar embravecido, rico Lotot, al que te diriges cuando deseas hundir tu cara en el vientre hendido de una mujer, como si buscaras, por ese tibio camino del pecado, una razón para morir... Te envidio. Cuando termine de beber contestará la pregunta que se le hizo, y dirá si la Santiaguera huyó de su lado."

LOTOT. Huyó... Salimos. Subimos a mi coche. Ella, Petit Jean y yo. Estaba distraído, hablando sobre no sé qué con Petit Jean; de pronto, abrió la portezuela y saltó; traté de agarrarla, pero ya no estaba a mi alcance; la llamé; pero no quiso atenderme, como si no fuera yo su dueño (que tú sabes, Jabá, que lo soy, porque estabas aquí cuando me la gané); desapareció, corrió hacia los muelles, se perdió en ese laberinto de burdeles de la calle Desamparados...

JABÁ. ¿Y por qué vienes a buscarla a esta casa?

LOTOT. Aquí está el hombre que hasta hoy la administró; el que ella cree... preferir.

247

JABÁ. Búscala en esos burdeles peseteros de Desamparados; hacia ellos la llevó su instinto; de ellos no debió salir nunca... Porque eso es ella: pesetera: mientras más módica la tarifa, más oportunidades cada noche de levantarse el vestido.

LOTOT. ¡Jabá!

YARINI. ¡Jabá!

JABÁ. Aquí nada tienes que buscar. Mañana te remitiré la liquidación de su cuenta... ¡eso es todo! El dueño de esta casa es un hombre. Y cuando la Jabá dice de alguien que es "un hombre", lo es; no porque use pantalones; ni por el desarrollo de sus atributos; ni por el coraje con que se enfrenta a los peligros y los venza; sino porque hay algo en la raíz de su ser, algo de que carecen los brutos y los hombres que lo son a medias, algo que es el sostén de la hombría, y que en el mundo hipócrita de la gente decente se llama "honra", y que para mí es el sello que pone el Altísimo en sus elegidos; y él es uno de ellos. ¿Cómo pretendes que no sepa liquidar una deuda de juego, o que aspire a lo que ya no le pertenece? ¿Se te escapó? Pues, búscala; ése es tu problema. Pero no en esta casa. Ni escoltada por todos los ángeles de la corte celestial él la admitiría. Primero, ya lo dijo antes, se deja mutilar... Y así quiero verlo, castrado, sin vida, antes que... emplearé esa palabra de la gente decente.. antes que sin honra.

Una pausa.

LOTOT. Dime que es cierto lo que ha dicho la Jabá, para irme.

YARINI. Es cierto.

Lotot se levanta penosamente; siente, se ve, el peso que lo abruma. Ninguno de los presentes se mueve a compasión para acercarse a él y socorrerle. El desamparo lo acompaña. Se dirige a la puerta en silencio. Se vuelve.

LOTOT. Pero si no lo es... Si te atreves a poner tus manos en lo que ya no es tuyo... Si desprecias la vida hasta el punto de poner tus ojos en la mujer que hoy es mía, mía, y de todos los hombres

que quieran pagarla, menos tú, entonces me cerraré a los
escrúpulos; dedicaré mi vida a seguir tus pasos; San Isidro
resultará pequeño; pequeña la isla y pequeño el mundo entero...
no habrá sitio demasiado oculto que te pueda librar de mi
venganza; ni cárceles ni cadenas que me puedan sujetar... Bajaré
al centro de la tierra si es preciso, por ésta te lo juro, a derramar
tu sangre.

JABÁ. *(Piensa.)* "¡No la derramarás!"

Después que se ha oído el pensamiento de la Jabá, se va Lotot,
por el pasillo de foro. Inquietos los presentes por la amenaza
proferida, se acercan en actitud de identificación a Yarini.

YARINI. ¿Qué les pasa a ustedes?

JABÁ. ¡Y lo preguntas!... Nos hace temblar la amenaza de ese
hombre, aunque sepamos que nada puede sucederte, porque no
darás lugar a ello y porque aquí estamos todos para dar la vida
por ti. Pero sentimos que es preciso hacer algo.

YARINI. No creerán que he tomado en serio los ladridos de
Lotot. Mientras él vociferaba, pensaba yo en la nobleza de la
misión del "souteneur". Poseemos el instinto de la belleza
femenina y el de la capacidd de la mujer para el amor; buscamos
los más altos exponentes de estos dones de la naturaleza; los
sustraemos del egoísmo burgués del matrimonio y, dadivosa-
mente, a cambio de una módica cuota indispensable, los
ponemos al alcance de los hombres todos, para que calmen su
hambre de amor y de belleza. El "souteneur" tiene mucho de un
dios que sintiera compasión por los hombres.

Entra Ismael Prado.

ISMAEL. ¡Jabá!

JABÁ. Ven. Siéntate. Has venido corriendo...

ISMAEL. Casi...

JABÁ. Límpiate el sudor. ¡Dios nos ampare! ¡Es terrible la
noticia que nos traes! ¡La leo en tus ojos!

ISMAEL. Hablé con Rosa.

JABÁ. Acércate, Alejandro. Ismael nos trae noticias importantes. Hay que tomar decisiones.

YARINI. *(Acercándose.)* Este Ismael es un flojo.

ISMAEL. Es grave el asunto. Hemos estado en veinte situaciones peligrosas...

YARINI. Más que ésta.

ISMAEL. Como ésta, ninguna. No sabes de qué se trata.

YARINI. Eres impresionable como una niña.

JABÁ. Habla de una vez. ¡No atiendas la bravuconería de este hombre!

TODOS. ¡Jabá!

JABÁ. ¡Perdón! ¡Me enfurezco! ¡El tiempo se va! Cada segundo es un paso más hacia lo que debe ser evitado... pese a todo... ¡pese a ti mismo! ¿Qué te dijo Rosa?

ISMAEL. Cuando llegué a su casa, Rosa se disponía a salir para prevenirte. Al verme dijo: "¡Te trajo Dios: llegas caído del Cielo!"

JABÁ. ¡El instinto de la Jabá! ¡Que nunca me falle!

ISMAEL. Parece que es muy comprometida la situación interna del Gobierno. Se teme una crisis que provoque la caída del Gabinete. Y los que están arriba están dispuesto a todo para que no se les despoje de sus posiciones. Concretamente, se les acusa de desmoralizados. Hoy por la tarde celebraron un consejo, y después de mucho deliberar y discutir llegaron a la conclusión de que sólo podían salvarse iniciando una intensa campaña de moralización pública. Y de nuevo el recurso cómodo y barato de cargarles los males del país a la prostitución y al juego...

YARINI. ¡Hipócritas! ¡Bien saben que son otras las lacras que han de extirpar, la politiquería y la desvergüenza de todos ellos!

JABÁ. Sigue...

ISMAEL. Acordaron... ¿Para qué voy a repetirlo? Rosa temblaba cuando me lo decía...

JABÁ. Pero la Jabá no ha de temblar cuando lo oiga, porque ¡no ha de suceder!

YARINI. ¡Cobardes!

ISMAEL. Tu muerte... Parece que alguno te defendió, pero se aceptó al fin que era inútil contigo la recomendación o la amenaza. Se tomó una decisión firme y definitiva con respecto a ti.

YARINI. ¿Cuándo será?

JABÁ. ¿Por qué preguntas que "cuándo será"? ¿Es que admites que pueda suceder?

ISMAEL. Se han tomado todas las precauciones para que todo resulte como ellos desean. El golpe se ha confiado a los hombres más hábiles y de más hígado. Para evitar el soborno de les ha dicho que la seguridad de la cabeza de ellos está en que caiga la tuya. No titubearán.

JABÁ. ¡Asesinos! ¡Ilusos! ¡Como si la cabeza de Yarini pudiera ser desprendida del tronco que la sostiene! ¡Como si no viviera la Jabá! ¡Como si faltaran en toda la isla, seis mil hombres, de una potencia corajuda, dispuesta a todo por el ecobio blanco! ¡Como si la Reina de los Guerreros hubiera sido despojada de su poder por los dioses! ¡Ilusos! Dinos, Ismael... ¿Cuándo será?

ISMAEL. Esta noche.

JABÁ. ¡La noche! ¡Siempre la noche, refugio de los cobardes! ¡Siempre mancillar la majestad de la noche, haciéndola alcahueta del amor y de la muerte! ¡Como si no fuera más valiente y hermoso amar y matar a la luz del día! *(A uno de los hombres.)* Sal; dile a Dimas que le pase un recado urgente a Bebo la Reposa... Nadie lo sabe; ni mortales ni seres conocen aún   251 cuándo será... pero ¡nunca esta noche! ¿Tomaste todas las precauciones que te indiqué?

ISMAEL. Todas.

JABÁ. Son pocas; hay que tomar otras. ¡Discurran! Todas las precauciones deberán ser tomadas, por insignificantes que parezcan.

ISMAEL. ¡Cálmate, Jabá!

JABÁ. ¡Hay que cerrar todas las puertas por donde pueda penetrar el puñal de un asesino!

YARINI. *(Se ha ido pensativo a la mesa del reservado.)* Jabá. *(Ésta se le acerca.)* ¡No he de pelearte porque me llamaras bravucón delante de todos!

JABÁ. Lo sé; por el acento de tu voz, casi suplicante, cuando has dicho: "Jabá". No debí hacerlo.

YARINI. Te he perdonado.

JABÁ. De ti no acepto el perdón si no viene acompañado del castigo.

YARINI. Está bien.

JABÁ. Ya estaremos solos, en cualquier glorioso momento en que te dignes a descender hasta mí; y tu esclava negra, para castigar su osadía, te suplicará que quemes sus mejillas con el látigo de tus manos. No volveré a hacerlo, señor.

YARINI. Acércate a mí. Afina tu oído para que sólo tú oigas las palabras que quiero decirte; para que nadie más advierta ese acento extraño que notas en mi voz, y que inútilmente trato de disimular.

JABÁ. No te avergüences. Habla. ¡Ahora sólo yo te escucho! No oigo ese acento por vez primera. Y por la esperanza de oírlo una y otra vez la vida tiene sentido para mí. Es el acento en que me haces penetrar en los reinos celestiales; con el que me permites compartir con las Potencias la felicidad de sentirme diosa.

YARINI. Conozco las instrucciones que le diste a Ismael. Agregué otras que me parecieron efectivas.

JABÁ. No temas hablarme. No me ocultes nada. Que sólo yo te escucho. Somos solos en el mundo en este momento. Y si han sido mis oídos sensibles a tus palabras de amor, más lo serán a la confesión de tus debilidades, cuando te dignes a descubrírmelas; que las tienes; porque además de ser Yarini, eres hombre. No te avergüences.

YARINI. ¿Por qué miras mis manos?

JABÁ. Nunca las he sentido convulsas, como en este momento.

YARINI. ¿Convulsas? Nunca he estado más sereno ni más dueño de mí.

JABÁ. Hablabas de Ismael.

YARINI. ¿Crees que habrá ejecutado las órdenes que le dimos?

JABÁ. Sí.

YARINI. Asegurémonos. Pero no quiero que interprete como una preocupación lo que es sólo una curiosidad.

JABÁ. *(Levanta la voz.)* Ismael...

ISMAEL. *(Que forma grupo con los hombres.)* Dime.

YARINI. Ismael...

ISMAEL. Dime.

YARINI. ¿Recuerdas cuando los chulos de Jesús María quisieron invadir San Isidro?

ISMAEL. Lo recuerdo. Magnífica refriega. ¡Buena pateadura la que les dimos!

YARINI. ¿Y cuando a navajazos nos batimos con los negros chéveres de La Victoria?

ISMAEL. ¡No voy a acordarme! Tres de ellos quedaron besando los adoquines de la calle.

YARINI. Esa vez me dijiste algo que me hace feliz cuando lo recuerdo.

ISMAEL. Te dije: "Eres el hombre más corajudo que ha parido madre."

YARINI. Eso dijiste. ¡Si hubieras visto, Jabá, qué entusiasmo y qué admiración despertó entre mis hombres mi valentía!

JABÁ. Ismael...

ISMAEL. Dime.

JABÁ. ¿Ejecutaste las instrucciones de seguridad que te di, y las que añadió Alejandro?

ISMAEL. Te he dicho que sí.

YARINI. Al hombre que, según Ismael, es el más corajudo que ha parido madre, no puede preocuparle el acuerdo de cuatro políticos degenerados.

ISMAEL. *(A los hombres.)* Los chulos de Jesús María, gentuza desarrapada, vividores en mangas de camisa, osaron desconocer la supremacía de Alejandro... Pero Yarini es único.

LAS MUJERES. *(Formando grupo aparte.)* ¡Yarini es único!

Al llegar a este pasaje, los instrumentos, que son los personajes, estarán divididos en tres grupos temáticos. Primer plano: la Jabá y Yarini; segundo, Ismael con los amigos; tercero, las mujeres.

ISMAEL. El barrio de San Isidro era la meta. Quien domine sus calles y callejones: San Isidro, calle Real donde está el trono; Picota, con las mulatas más lindas de Guantánamo y Camagüey; Condesa, con la flor de Francia, cuentas de cielo en los ojos y una invitación al placer extraño en la sonrisa; Desamparados, donde es más caliente la tierra, donde un negrerío barato recibe al que llega con la pobreza en el bolsillo, y las llagas del pico y la pala en las manos; el que disponga, en fin, de todo ese imperio que hoy nosotros ayudamos a administrar, será el dueño de la Vida. Y San Isidro despertó un día la ambición de los chulos de

254

Jesús María. Pero ya San Isidro tenía su dueño: Yarini, el corajudo.

LAS MUJERES. ¡Yarini, el corajudo!

YARINI. No puedo ocultarte que, después de escuchar la afirmación de Ismael, me siento... más sereno. ¡No! ¡Sí! Dije bien; el que esté más sereno ahora que otras veces no quiere decir que alguna vez haya perdido mi serenidad.

JABÁ. ¡Un hombre de tu talla viril no pierde nunca la serenidad!

YARINI. ¡Me comprendes! ¡No sé si por eso, a veces, me parece que te amo más que a las otras!

ISMAEL. Entraron por Compostela. Eran diez, quince, veinte hombres armados, dispuestos a todo. Alejandro, solo, salió a esperarlos en la esquina de San Isidro... Y allí, hasta que llegaron sus amigos, se mantuvo, sereno. Porque un hombre de la talla viril de Yarini nunca pierde la serenidad.

LAS MUJERES. ¡Nunca!

YARINI. Resulta, Jabá, que por habituados que estemos a la belleza de la vida, hay veces en que sin proponérnoslo, sin quererlo, sin saber por qué, penetramos hasta los límites de esa belleza.

ISMAEL. ¡Es bella la vida!

MUJERES. ¡Bella!

YARINI. Y lo es por las mujeres y por el amor. Porque a la orilla de todos los caminos hay frutos en flor, que esperan la mano hambrienta y atrevida del caminante. Porque en cualquier rincón, por desolado que sea el paisaje, y grande la miseria del que transita, se encuentra siempre un rosal sin dueño, cuajado de senos de mujer.

ISMAEL. ¡La vida es bella por el amor!

MUJERES. ¡Por el amor!

YARINI. Y lo es también por toda la piedad que encontramos en ella; la que sentimos por los demás, y por nosotros mismos.

JABÁ. Y por el pecado, que momentáneamente nos aparta de Dios, señalándonos al mismo tiempo la senda para llegar a Él.

YARINI. También lo es por el pecado, camino hacia Dios.

MUJERES. ¡Camino hacia Dios!

YARINI. Y por la felicidad, y por el sufrimiento: La belleza está en la vida... ¿Estará también en la muerte?

JABÁ. ¡No!

MUJERES. ¡No!

YARINI. No. La muerte es fea. Tiene por ojos dos sepulturas vacías. Por eso el hombre la rechaza y procura mantenerla lejos de sí. Tienes razón: están convulsas mis manos.

JABÁ. ¡Estrecha las mías! Mi serenidad es inagotable, porque está alimentada por mis dioses, y quiero traspasártela. Aprieta más... más... ¿Qué quieres decirme con esa mirada?

YARINI. *(Después de una pausa.)* La... Macorina...

JABÁ. Deja en paz a los muertos. No sé por qué la mencionas.

YARINI. ¿Cuántos años hace que murió?

JABÁ. No lo sé. Te he suplicado que no me hables de ella. Háblame de los vivos; no de los muertos, contra los que nada pueden mis guías.

YARINI. ¿La conociste?

JABÁ. Cuando llegué a San Isidro hacía años que ella había descarnado.

ISMAEL. Vibra en el aire, lanzado por el arco de un boca, el nombre de la Reina: la Macorina.

MUJERES. ¡La Macorina!

YARINI. Los chulos viejos me cuentan que era hermosa. Pero son incapaces de detallarme su hermosura. Me dicen unos que era prieta, como tú; otros, que era blanca, como... alguna de mis otras mujeres.

JABÁ. La Santiaguera ya no es tuya.

ISMAEL. Cuentan los chulos viejos...

JABÁ. Pero si su belleza estaba en su blancura, no busques parecido con nadie: mírate el vientre, amor mío.·

MUJERES. El vientre de Yarini es blanco, como es blanco un copo de nube.

ISMAEL. Y cuando se quitaba el corpiño, cuentan los viejos chulos, se moría la noche: tal era el resplandor de aquellos dos soles que hendían el aire. Los hombres todos quisieron quemar sus manos en ellos...

YARINI. Los hombres todos quisieron quemar sus labios en ellos, para purificarlos.

MUJERES. ¡La Macorina!

YARINI. Sabía alegrarse; reír y hacer feliz a los que la rodeaban, porque era su misión en la vida... Sin embargo, era una mujer triste.

ISMAEL. Fue arrogante, orgullosa; inhumana; con nadie quiso comprometerse. Hablan los viejos de ella con admiración, pero con despecho. No tuvo chulo.

YARINI. ¿Por qué, Jabá, la tristeza de la Macorina?

ISMAEL. No consideró a ninguno con talla suficiente para alcanzarla.

YARINI. Ay, Jabá... ¡si hubiera podido yo mitigar su tristeza!

ISMAEL. Y, al fin, porque todo llega, surgió en San Isidro el que era digno de compartir su trono. Pero ¡ya era tarde!

MUJERES. ¡Ya era tarde!

JABÁ. Ya. Queden los fantasmas en su reino de luz o de sombras. Que no perturben a los que recorren el tránsito de la tierra.

YARINI. Los que a su vez serán fantasmas un día.

JABÁ. No todos. Hombres hay marcados por las Potencias con el sello de la inmortalidad.

YARINI. ¿Viven siempre?

JABÁ. Siempre. Con talla de gigantes, les resulta demasiado estrecha y baja la puerta de la muerte.

YARINI. ¿Cuándo crees que debo cruzarla?

JABÁ. ¡Nunca!

MUJERES. ¡Nunca!

YARINI. ¿Existirá una hora en que le sea permitido al hombre reconocer la llegada de su momento, para el gran salto?

JABÁ. ¡No lo conocerás!

MUJERES. ¡No lo conocerás!

YARINI. ¡No puedo conocerla aún! ¡Soy feliz!

ISMAEL. Envidiado por todos los hombres es Yarini. ¡Le tienden los brazos las quince mujeres más hermosas de la isla, tierra de las frutas dulces, y de las mujeres hermosas!

YARINI. Rosal de quince rosas, que reservan a la caricia de mi mano la entrega de su perfume. El dueño de esa mano debe agradecer a la vida la posesión de sus dones, y amarla con frenesí, como yo la amo. Y luchar por conservarla. ¡Préstame de nuevo tus manos serenas para pasarlas por mi frente!

JABÁ. Tómalas *(Piensa.)* "Ay, si contemplaras la tempestad que destroza mi tranquilidad interior."

YARINI. ¡Si de un águila proviniera la amenaza, subiría al
punto más alto de la tierra, con el pecho desnudo, para que me

mordiera el corazón! ¡Pero son cuatro lagartijas venenosas! ¡Debo luchar! ¡Lucharé!

JABÁ. ¡Nada podrán contra ti!

YARINI. ¿Qué haremos? ¿Por qué estoy aquí sobre tu falda, como una mujerzuela, disimulando mis temores? ¿Por qué tú, guardiana de mis alientos, no haces algo más efectivo que contemplar mi cobardía? ¿Es que ya todo está hecho? ¿Es que no hay otras medidas que tomar? ¿Crees que sería útil recurrir a los ecobios de Tallapiedra?

JABÁ. Espero a Bebo la Reposa. Él dirá la última palabra.

YARINI. Jabá... *(Una pausa.)* ¡Santa Bárbara nunca te ha desoído!... Pídele mi vida... ¡No quiero morir!

ISMAEL. Diez, quince, veinte, eran los hombres que vinieron de Jesús María aquella noche.

MUJERES. Diez, quince, veinte, eran los hombres que vinieron de Jesús María aquella noche.

JABÁ. ¡Sólo veintiséis años! ¡Es demasiado pronto! ¡No ver; no hablar; no sentir! ¡No compadecer! ¡Y el dolor que tal vez se sienta en el momento del desprendimiento! ¡Y tal vez un último deseo de decir una palabra cuando estén ya cerrados los labios para siempre!

JABÁ. ¡Calla!

YARINI. ¡Estréchame! ¡Estréchame así! ¡Coge el pañuelo! ¡Enjúgame el sudor de la frente! ¡Ampárame!

JABÁ. La petición está hecha.

ISMAEL. Yarini no puede morir.

MUJERES. No, no puede morir.

Pausa. Entran Bebo la Reposa y tres negros acompañantes. Dos de ellos traen tambores batá.

BEBO. *(A la Jabá.)* Recibí tu recado.

259

JABÁ. Habla.

BEBO. No quiero impaciencias ni agitaciones ¿No hay alguien en la habitación de arriba?

JABÁ. Nadie.

BEBO. Necesito ocuparla. Traje un despojadero y dos batá. Hay que invocar el "eguá" durante la noche.

JABÁ. El "eguá", protector de los caminos materiales.. ¿Qué hiciste? ¿Habló la Guerrera?

BEBO. Habló. Ella me envía.

JABÁ. ¿Qué ha decidido?

BEBO. Lo sabrás.

YARINI. Me voy al salón con mis hombres. *(A sus amigos.)* ¿Cómo están esos pantalones?

ISMAEL. Bien puestos.

YARINI. ¿Y ese ánimo?

ISMAEL. Como debe estar, corajudo, como tú.

YARINI. ¿Y esas armas?

ISMAEL. En su sitio. De Ismael Prado, de Domingo Rivas, de Basterrechea, no se dirá que te abandonaron.

YARINI. Gracias; eso quería oír. Ahora que vengan cuando quieran los perros de Palacio. A Doce y Veintitrés los mandaremos, con el hígado roto. *(Se disponen a salir.)*

BEBO. Espera. *(Yarini y sus amigos se detienen.)* Cuando salgas de este patio será para no volver a él, en mucho tiempo.

JABÁ. Pero... ¿volverá?

BEBO. Sí.

JABÁ. ¿Vivo?

260   BEBO. Sí; si cumple una orden de La que todo lo puede.

JABÁ. ¡La cumpliremos! ¡Bendito seas mil veces, divino Changó! ¡Beso la tierra que un día regaste con tu sangre! *(Se agacha, y se besa tres veces los dedos, que después coloca sobre el piso.)*

YARINI. Reposa, déjate conmigo de lenguaje cabalístico, y háblame claro.

BEBO. Blanco, claro voy a hablarte, y pronto, porque no hay tiempo que perder. Acércate.

Quedan en primer término Yarini, la Jabá y la Reposa.

BEBO. Tu vida es preciosa y hay que defenderla. En estos momentos todos los batá de la isla están sonando, pidiendo protección para ti. No hay mano negra, de yoruba maestro, que no esté agitando el caracol, llamando a los guías, para que asistan al "eguá", en el señalamiento de tu camino.

JABÁ. ¡Changó! ¡Changó! ¡Qué grande eres!

BEBO. A las seis de la tarde, con la llegada de la noche, rompió el bembé permanente en casa de María la de Juanelo. Durará hasta que los Santos avisen que estás al abrigo de todo mal. No quiero hablarte de las ofrendas que se hacen.

YARINI. ¡Abrevia!

BEBO. Hay que advertirte, por si no lo sabes, que el momento es serio.

JABÁ. Lo sabemos, padrino. Por eso, ansiosos, estamos pendientes de tu palabra, de la que esperamos la salvación.

BEBO. Nunca, sobre la cabeza de un blanco ecobio, monina que todos quieren, se había reunido tanta nube oscura. No se sabe aún (pero ya se sabrá, y haremos lo que sea preciso), qué fuerza desconocida te arrastra al desencarnamiento. Hay que romper esas nubes y alejarlas. Para eso está el bembé de María. El maestro de Guanabacoa...

JABÁ. ¡Dios le dé mucha vida y salud al anciano!

261

CARLOS FELIPE

BEBO. ... salió de su retiro. Su materia, vieja y cansada, que más desea el descanso de la tierra que las molestias de un viaje, se trasladó a Juanelo. Allí está trabajando por ti. A él le debemos la comunicación. Por él logramos oír la voz de la Guerrera. Ahora —escucha bien—, antes de trasmitirte sus palabras debo hacerte unas preguntas. Piensa mucho lo que contestarás, porque está Ella por medio, y con Ella no podemos jugarnos.

YARINI. *(Después de una pausa.)* Pregunta.

BEBO. *(Pausa. Mirándolo fijamente.)* ¿Quieres vivir?

YARINI. *(Pausa. Se adelanta hacia el proscenio, con mirada que no puede ser sustituida por ningún discurso interior.)* ¡Sí!

BEBO. ¿Estás dispuesto a cumplir una orden de la Guerrera a cambio de su protección?

YARINI. ¡Sí!

BEBO. ¿Por difícil y doloroso que te resulte?

YARINI. ¡Sí!

BEBO. *(Después de una pausa.)* Así sea. Ha hablado un hombre y tengo tu palabra. Ella te ha oído y espera que la sepas respetar.

YARINI. ¿Qué debo hacer?

BEBO. No temas. No es nada difícil ni doloroso. Jamás a hombre alguno se le ha brindado tanto, como es la vida, por tan poco, como es no hacer un gesto.

YARINI. ¿Un gesto?

BEBO. Mírame. *(Está de pie, erguido; vuelve la cabeza mirando hacia atrás; después, todo el cuerpo.)* ¿Qué hice?

YARINI. Volviste la cabeza y el cuerpo hacia atrás.

BEBO. ¿Qué es eso?

262   YARINI. Un movimiento, un ademán, un gesto.

BEBO. Exacto. Es todo lo que se te prohíbe hacer durante unas horas. Escucha ahora el mandato de la Guerrera: "Saldrás de La Habana inmediatamente, sin perder un minuto. Irás a donde quieras, que lugares no faltan; y esperarás a que Ella autorice tu regreso. Antes de marcharte, ahora mismo, se te hará un despojo, sencillo, porque no hay tiempo que perder. Pero ¡escucha bien!, a partir de ese instante del depojo, no podrás volver atrás la cabeza hasta mañana, hasta que el nuevo sol haya disipado las nubes de tu cielo." ¿Enterado?

YARINI. Sí.

BEBO. Al despojo, entonces.

Entra Dimas, por la puerta del foro.

DIMAS. Patrón...

YARINI. Habla.

DIMAS. ¡Ha llegado un confidente! Dice que seis esbirros —no sabe los nombres, pero sí que son los más terribles de la jauría de Palacio—, salieron de la Jefatura y se fueron al Louvre, preguntando por ti. Ahora, vienen hacia acá.

YARINI. Bien. Vuelve a la puerta.

JABÁ. ¿Como es debido, Dimas?

DIMAS. Como es debido, Jabá. *(Se va Dimas.)*

JABÁ. *(A Ismael.)* Sal. Pon tres coches en la puerta. Alejandro se marcha ahora mismo. Ustedes lo acompañarán y recibirán sus instrucciones. *(A las mujeres.)* Cierren ustedes el salón y despidan a los músicos y a los hombres.

Salen por la izquierda Ismael, los amigos y las mujeres. Reposa ha llevado a Yarini al extremo derecho del patio. Dos de los negros se colocan el batá entre las piernas y dan los golpes litúrgicos sobre el cuero. La Reposa y el tercero negro ofician el despojo alrededor de Yarini, que está de pie. Con sagrado recogimiento la Jabá contempla la ceremonia.

263

BEBO. *(Cuando termina.)* La limpieza está hecha. Ya hicimos lo nuestro. Lo demás corre de parte tuya. Adelante siempre, sin que te importe lo que dejas detrás; y que los Santos te acompañen.

JABÁ. *(Se acerca a Yarini; le acaricia el rostro, sin besarlo.)* Hasta pronto, amor mío.

YARINI. ¡Jabá!

JABÁ. No derrochemos los minutos de tu salvación con una despedida. Quedo tranquila. Porque partes bajo la protección de la más poderosa de las Potencias. Sal.

Yarini avanza. Hacia el lado derecho de la escena están la Jabá, Bebo y tres acompañantes. Yarini, al llegar al extremo izquierdo, casi a punto de salir, se detiene.

JABÁ. ¿Por qué no sigues?

YARINI. *(Erguido; siempre mirando a su frente, que es la izquierda de la escena.)* Creo oír voces que vienen del pasillo de la calle.

JABÁ. No oigo nada.

YARINI. Como si alguien estuviera discutiendo con Dimas. Es una voz de mujer.

JABÁ. *(Naciente inquietud.)* Sigue tu camino, nosotros atenderemos a la que sea.

Pausa. Por la puerta del pasillo entra la Santiaguera. Viene sofocada, despeinada, con la ropa raída. Se diría un animal salvaje que hubiera estado huyendo de sus perseguidores. Se dirige al reservado y se echa en una silla, cansada. La Jabá se lleva la mano a la boca, para que no se le escape un grito.

YARINI. *(Sin volver la cabeza, siempre dirigida a la izquierda.)* ¿Alguien entró?

JABÁ. *(Esforzándose.)* Nadie.

264 JABÁ. Ya no oigo las voces del pasillo.

JABÁ. No te demores más. Te aguardan en los coches.

YARINI. Oigo ahora una respiración jadeante.

JABÁ. ¡Es la mía! *(Se dirige al reservado. Se arrodilla ante la Santiaguera.)* ¡No hables! ¡No le llames! ¡Le va en ello la vida! ¡Déjale partir ahora! Después, yo te prometo que será tuyo. ¡Yo misma lo pondré en tus brazos!

JABÁ. ¿Qué dices, Jabá, en voz muy baja?

JABÁ. Es que rezo por ti, amor mío.

SANTIAGUERA. *(Muy quedo.)* Alejandro...

JABÁ. ¿Quién me llama?

JABÁ. He sido yo, que he pronunciado tu nombre...

JABÁ. ¿Por qué, Jabá, en vez de la tuya, oigo la voz a la que no podré resistirme?

JABÁ. ¿La de quién?

YARINI. La Santiaguera.

JABÁ. Para esa voz estás sordo. Hay alguien que pude oírla y atenderla: Lotot.

SANTIAGUERA. Alejandro...

YARINI. Lo sé.

SANTIAGUERA. Alejandro...

JABÁ. *(Desde el suelo, a los pies de la Santiaguera.)* Rey mío, repite mis palabras; dilas con todo el corazón: "Bendita Santa Bárbara, te lo suplico..."

YARINI. Bendita Santa Bárbara, te lo suplico...

JABÁ. "¡Dame fuerzas para seguir mi camino!"

YARINI. ¡Dame fuerzas para seguir mi camino!

SANTIAGUERA. ¡Alejandro!...

YARINI. ¡No podré! Me siento... como a orillas del mar...
¡Junto al cadáver de un náufrago que me invita a pasear sobre
las olas!

SANTIAGUERA. ¡Alejandro!...

YARINI. ¡Es ella! ¡No podré!

JABÁ. *(Se levanta.)* ¡Maldita seas! ¡Quién tuviera un puñal para
hacerte así... y hundírtelo en el corazón.

SANTIAGUERA. ¡Alejandro!

*Pausa. Yarini vuelve lentamente la cabeza, ve a la Santiaguera y
se dirige a ella, con los brazos abiertos. Según se acerca Yarini al
reservado, la Jabá se retira, horrorizada, hacia el grupo que
forman Bebo y los tres acompañantes. La Santiaguera se levanta
y se arroja en los brazos de Alejandro. Boca con boca, quedan
unidos hasta el final del acto. Un silencio. Se oye la campanilla
de la puerta. Entra Dimas, por el pasillo del fondo.*

DIMAS. Jabá, una mujer pregunta por Alejandro. Se cubre con
tules blancos, como si llevara el hábito de las Mercedes. Me dijo:
"Dile a Alejandro que lo espero." Le pregunté su nombre, y me
contestó: "Me dicen la Macorina."

*La Jabá lanza un grito. Corre hacia la puerta, abriendo los
brazos, como impidiendo la entrada de alguien, mientras grita:*

JABÁ. ¡No!

TELÓN

ACTO TERCERO

Los mismos personajes, menos Dimas. La Jabá está junto a la Reposa y sus tres acompañantes. Yarini y la Santiaguera, en el reservado.

BEBO. No sé qué pueda hacerse ahora. Detrás de la última página de un libro nada hay que leer. Temo que llegamos al final.

JABÁ. No puedo conformarme. Hay que ser pobre de imaginación y deseos para bajar los brazos y rendirse.

BEBO. ¿A dónde acudirás?

JABÁ. No lo sé.

BEBO. Ha sido desoída la voz de nuestra Madre. No podemos dirigirnos a Ella de nuevo, como no sea para pedirle que desate su furia y castigue al que desconoció su mandato.

JABÁ. ¡Calla!

BEBO. No nos queda qué hacer, sino esperar a que nos ciegue con su resplandor la Espada vengadora.

JABÁ. ¡Aplaca tu cólera, padrino! ¿Cómo te parece que me encuentro yo? ¿No concibes que he de hacer un esfuerzo para no ir adonde está esa perra y arañarle el rostro. Míralos, contemplándose como dos inocentes enamorados a la luz de la luna...

Entra Dimas. 267

DIMAS. Jabá, no tuve que pedirle que se marchara... Cuando llegué a la puerta había desaparecido.

BEBO. ¿Dijiste que viste un hábito blanco?

DIMAS. Sí, como el de la Virgen de las Mercedes. *(Se va.)*

BEBO. Es un ser con luz. Y un ser con luz se nos acerca para causarnos daño. Pero... ¿quién puede afirmar que sea un daño el que nos desprenda de la vida?

JABÁ. Ha de serlo, en el caso de Alejandro. La tierra se haría polvo si no resplandecieran esos ojos, que ahora miran a esa mujer.

BEBO. Enloqueces...

JABÁ. ¡No puede morir! ¡Ayúdame! ¡No perdamos la esperanza mientras el alma está en el cuerpo! ¿Qué hacen los tambores que no invocan al "eguá" para que ilumine los caminos materiales de mi Rey?

BEBO. No hay camino.

JABÁ. ¡Lo hay! ¡Suban! ¡Castiguen los parches y que se estremezca esta casa, La Habana, la tierra toda! ¡Ha de haber un camino! ¡A buscarlo! Y si no existe y estas manos no sirven para costruirlo, ¿para qué las quiero? ¡Córtamelas!

BEBO. ¡Serénate! Desafías el furor de la Poderosa...

JABÁ. *(Crisis de llanto.)* ¡Qué pequeña me siento! ¡Qué débil es mi amor, si no puedo hallar palabras para conmover la piedad de mi Señora y arrancarle el perdón que él no se merece! *(Solloza en los brazos de Bebo.)* ¡Ayúdame, padrino, a encontrar esas palabras, aunque sean palabras de fuego que me quemen los labios!

BEBO. ¿Qué no haría por ti, si pudiera, mulata linda?

JABÁ. ¡Ella sabe que no puedo contemplar con serenidad la hora del desprendimiento! ¡Debo morir antes! ¡Estallaría mi corazón si viera salir de su boca la gota de sangre que arrojan los muertos!

BEBO. *(Acariciándola.)* No has de verlo. ¡No serán tan crueles los Seres que te hagan sufrir ese dolor! ¡Ojalá mueras antes!

JABÁ. ¡Ojalá! ¡Tienes razón! ¡Ya nada puede hacerse! ¡Está justificada tu furia! Espero tu palabra de nuevo: dame la seguridad de que ya todo es inevitable, para adelantarme a él...

BEBO. No puedo dártela. Espera aún. Subo. Haré invocaciones.

JABÁ. Si te fallan, me dirás qué he de hacer... Me indicarás cuál es el veneno que con más rapidez nos devuelve a la paz.

BEBO. Te lo prometo. *(Se va Bebo, con los tres acompañantes, por la derecha.)*

YARINI. *(A la Santiaguera.)* Somos estúpidos los hombres. Andamos por las calles; como locos, buscando; y lo que más felices puede hacernos lo tenemos en casa.

SANTIAGUERA. Antes debiste comprender que era yo, de todas tus mujeres, la que más te ama; la más hermosa; la que mejor trabaja; la que más fácilmente puede conseguirte el oro que necesitas. Tuvo que intervenir ese maldito Lotot. ¡Me ha hecho correr por toda La Habana como si hubiera cometido un asesinato! Y pensar que gracias a él...

YARINI. Estuvo aquí, buscándote; anda detrás de ti, desesperado. ¿Qué le has dado a beber? ¿Qué me has dado a beber a mí?

SANTIAGUERA. A ti, nada, como no sea todo mi ser cuando soy tuya... A él, veneno le habría dado. ¡No lo soporto! Estuve a punto de romperme una pierna y quedarme coja para toda la vida. Fue cosa de milagro... Como si una fuerza sobrenatural hubiera intervenido para que yo pudiera escapar. Me tenía agarrada la mano y había echado el cerrojo de la puerta del coche. Él hablaba con Petit Jean. Oí de pronto como una voz que me dijo: "es el momento; huye". Pues, sin saber cómo, me había soltado la mano; sin saber cómo, estaba abierta la puerta

269

del coche. Un movimiento hacia adelante, y me encontré en la calle, corriendo. ¡Estoy cansada! ¡Desecha!

YARINI. Ahora descansarás a mi lado. Me tienes a mí para defenderte de Lotot y de todos los hombres... Es posible que te saque particular.

SANTIAGUERA. ¿Quieres decir...?

YARINI. No lo he decidido todavía, pero es posible que te deje para mi servicio, exclusiva.

SANTIAGUERA. Entonces... ¿seré algo así como...? No sabes la repugnancia que siento por el francés cuando me llama "reina de su corazón"; y era esa repugnancia, ahora lo comprendo, porque no eras tú quien lo decía.

YARINI. Te lo digo ahora, y te lo diré muchas veces... Comienza a no gustarme el que otros hombres pongan sus manos en ti. Tal vez decida, que cuando te quites el corpiño, sea yo el único que se deslumbre; el único que pueda contemplarte, desnuda, sobre la sábana de hilo de mi cama; que sea mi boca la única que logre la purificación de tu cuerpo, besándote, mordiéndote, toda. Y no me importará que mi dignidad te haga pedazos, ni que puedas lanzarme a la cara el insulto que hace morir de vergüenza a los hombres.

SANTIAGUERA. ¡Alejandro! ¡Déjame ahora!

YARINI. ¡Dame algo de lo que es mío! ¡Y sólo mío!

SANTIAGUERA. Esa mulata nos mira... ¡Dile que se vaya! ¡No! ¡Déjala! ¡Para que sufra! *(Se ríe.)* ¡Pobrecita! Ya está muy vieja... Dentro de poco los pellejos del pecho le llegarán al vientre.

YARINI. Ella se encogerá; se consumirá con los años, y como una pasa prieta la enterraremos. Tú, en cambio, te conservarás. Estos dos pechos, pedazos de mármol, por lo duros; dos soles, por lo calientes; rosas, por el perfume que despiden, serán eternos. Estas caderas no perderán su forma, para que yo pueda deslizar mis manos por ellas, y enloquecerme. ¡Te amo! ¡Qué linda eres! ¡Rabio de celos cuando pienso en los cientos de hombres que te han besado!

SANTIAGUERA. Ninguno me ha besado, sino tú. Porque era la tuya cuanta boca yo dejaba colocar sobre la mía. ¡Tanta hambre de ti tuve siempre!

YARINI. Te hartaré... Hasta que me apartes de ti, cansada.

SANTIAGUERA. Hablas, besas, tocas, como un llanero de los postreros camagüeyanos, siempre encendidos por el vaho de una tierra que nunca recibe el viento del mar. Como las mujeres de mis montes orientales, que jamás alargamos los brazos, cansadas. Siempre estamos como la tierra en una larga sequía, sedientas. Y aún, inundadas, siempre apretamos más y más sobre el nuestro, el pecho del hombre que adoramos.

YARINI. Tráeme para cederle mi lugar a alguno de esos llaneros... Parece que has conocido alguno que me supere.

SANTIAGUERA. Muchos he conocido... Pero, ¿cómo ha de existir alguno que te supere? Es como si hubieras nacido en cada pedazo de tierra de la isla.

Entra Ismael.

ISMAEL. Esperamos por ti. No puedes demorarte un segundo más... Están los tres coches en la puerta. Tú irás en el del centro, conmigo y con Basterrechea, a los lados. Quizá no se atrevan a dispararte no yendo solo.

JABÁ. Me demoro algo todavía, el tiempo que te lleve el encontrar a Lotot y decirle que venga rápido, que aquí lo espero.

ISMAEL. ¿A Lotot? Nos queda el tiempo preciso para marcharnos. Los esbirros se acercan. Andan ahora buscándote por Marte y Belona.

YARINI. No puedo marcharme sin antes arreglar cuentas con Lotot.

271

ISMAEL. ¡De Marte y Belona hasta aquí no se demorarán ni diez minutos! Todavía, si partimos ahora mismo, estamos a salvo. En media hora nos pondremos fuera de La Habana.

YARINI. Pues, si llegan, les haremos frente.

ISMAEL. Son muchos. Se han unido cuatro más a los seis que salieron de la Jefatura.

YARINI. Más eran los chulos que llegaron de Jesús María.

ISMAEL. Esta vez seremos nosotros los que se queden besando los adoquines de la calle. Éstos traen lo que nosotros no tenemos: el apoyo de la ley.

YARINI. ¿Qué ley? Nosotros tenemos la nuestra... ¡lo que ya tú sabes! ¡Márchense ustedes, si tienen miedo! Busca a Lotot, dile que lo espero. Después, nos vamos enseguida... Y Basterrechea que vaya en otro coche... Con nosotros dos irá la Santiaguera.

ISMAEL. Acabas de perder el juicio.

YARINI. Por supuesto que sí... Lo raro es que no lo haya perdido antes... rodeado siempre de tantas mujeres lindas.

Se va Ismael, por la izquierda.

Una larga pausa. Yarini se sienta tranquilamente, y procede de nuevo al ritual del tabaco. La Santiaguera enciende el fósforo. Al otro extremo de la escena, la Jabá, silenciosa, apoyada en el mostrador, como la vimos al principio del primer acto. Si era entonces la inquietud por algo que se espera, es ahora la aceptación de lo inevitable. Nada tiene que hacer; su palabra está dicha. Empieza a oírse el toque de los batá, bajo, lejano, como se oye de madrugada, en los pueblos, el grito del bembé distante. Reacciona a esa voz familiar. Se yergue; todo no está acabado para ella; aún tiene una palabra que decir. Lentamente se ilumina un pequeño estrado, a manera de púlpito, colocado en el lugar más avanzado y lateral de la escena. Si se prefiere, este sitio puede estar situado fuera del ámbito escénico, delante del telón de boca. En este caso habrá de verse antes de comenzar la acción. Hacia este lugar se dirige la Jabá. Sube. Sus brazos, desolados, a lo largo del cuerpo. Su mirada, hacia las altas esferas, donde moran los Seres a quienes va dirigido su discurso.

JABÁ. "Sea mi primera palabra de perdón por las muchas veces que te molesté, invocándote, madre Changó. Mas, ¿qué puede hacer una débil criatura humana, aquejada de un corazón que palpita, colocada frente al empuje de las pasiones y las desventuras, sino elevar los ojos a quienes puedan aliviar sus males? Y así, estoy aquí de nuevo, con mis súplicas, a punto de agotar tu paciencia y tu generosidad. Pero, esta vez, madre Changó, no acudo a ti para que cubras con tu protección la vida de un hombre: no te molestaré para que pidas, a los generosos dioses lucumíes, que señalen y alumbren un camino que aleje de la muerte a un ser humano. Acudo a ti en demanda de palabras; palabras fáciles de tu Sabiduría, pero difíciles para mí; palabras escondidas bajo la pesada piedra de mi torpeza. Son palabras negras, lúgubres, dolorosas. Las necesito para describir con ellas la desolación en que caerá este mundo que habitamos, Madre mía, cuando la Ley se cumpla, cuando se retire del cuerpo el espíritu de un hombre, el que es en la tierra imagen de la perfección Divina. Si las encuentro, ha de ser tan pavoroso y triste el cuadro que resulte, que se ha de conmover de nuevo tu piedad dormida, madre Changó."

SANTIAGUERA. No quiero pensar que estuve a punto de perderte... El ángel bueno que me abrió la portezuela del coche, y que me soltó de la mano de Lotot, te demoró un minuto para que yo pudiera verte. No habría sabido de ti, porque esa envidiosa no me hubiera dicho dónde estabas... Una vez juntos, podemos irnos. No comprendo ese interés en esparar a Lotot. No sé qué has de hablar con él.

YARINI. Estáte tranquila, no te envalentones por lo que te he dicho, porque no lo tolero.

Entra Bebo la Reposa, por la derecha, en estado de hipnosis. Se sienta en primer término. Sigue oyéndose, lejano, el toque de los batá.

JABÁ. "En esta tierra te adoramos. Desde que saliste de las selvas africanas, Changó, acompañando y aliviando la desventura de mis abuelos, arrancados de las calientes orillas nigéricas, todos hemos puesto en ti nuestra fe y nuestro amor..."

BEBO. ¿Qué haces, Jabá?

JABÁ. *(Levanta la cabeza.)* Rezo.

BEBO. ¿Sirve de algo rezar?

JABÁ. Sí.

BEBO. Curiosa; siempre tratando de conocer el límite de lo insondable. No existe. Si alguna pregunta quieres hacer...

JABÁ. Ninguna. Rezo.

BEBO. ...acércate. Siento que se avecina un mensajero de las esferas celestiales. Un ser con mucha luz, agitado por no sé qué ansias de hablar, busca una materia para comunicarse con los seres vivientes. No hemos tenido que llamar esta vez. Alguien acude. Escoge mi materia y quiere utilizar mi voz para que se escuche su grito. Si llega y le preguntas, tal vez quiera contestarte.

JABÁ. Ya nada quiero saber.

BEBO. ¿Será ña Virgulita? *(Va cayendo en trance.)* No, no oigo el repiqueteo de las chancletas de ña Virgulita; ni el susurro del ramo de albahaca con que ña Virgulita viene siempre limpiando el camino.

JABÁ. "No interrumpas mi rezo. Trato de decir, y es difícil, a nuestra amada Madre, qué desventurados nos sentiremos los hijos de esta tierra que la ama, cuando presenciemos, mañana, ya oscurecido el sol que habrá perdido sus rayos más hermosos y ardientes, a través de las calles, a todo lo largo de la calzada de la Reina y de la carretera de Zapata, en el viaje último, de donde no se vuelve, el cortejo, silencioso, fúnebre, que acompañe el féretro donde vaya encerrado el cuerpo muerto de mi amor."

274

YARINI. Poco tiempo tenemos. Lotot correrá hacia aquí tan pronto reciba el aviso. Y en el coche no podemos hablar. Dime cuánto es tu amor: cómo es tu amor. Es justo que sepa bien por qué me estoy jugando la vida, que a veces no veo claro.

SANTIAGUERA. Cuando lo preguntaste esta tarde, por mí respondió la Jabá. No comprendí muy bien lo que dijo; pero era exactamente lo que yo sentía.

JABÁ. "La tierra en tinieblas; la isla en tinieblas; San Isidro en tinieblas; porque habrán desaparecido la simpatía y la generosidad. Luto, mantos negros para las mujeres, porque cerrada estará la boca que supo dar los más ardientes besos; cerrados los labios en el que dibujaron los dioses la más cautivadora de las sonrisas. Mantos negros para las honradas, porque alimentaban sus inquietudes viéndole pasar, ruborosas y estremecidas. ¿Para qué ir ahora al Prado, a la Alameda, si ya no habrán de ver, tarde tras tarde, el caballo negro en el que el ídolo se pasea? Mantos negros para las prostitutas, porque él se lleva la escala por la que pudimos ascender hasta la suprema felicidad: la de sentirnos consideradas seres humanos, porque él mismo, siendo dios, no conoció el asco de rozar con sus labios los nuestros, mancillados e impuros."

BEBO. ¡No es ña Virgulita! ¡No es el de ña Virgulita ese refulgente manto blanco, encendido en luz, que trae el ser que busca mi materia... ¡Qué esplendorosas formas me conmueven! ¿Es posible tanta hermosura en una sola mujer? Contéstame, antes de que te posesiones de mí: ¿Viviste entre los hombres o eres una estatua, esculpida en nubes blancas, creada para el festín de los ojos? ¡Ya sé quien eres! ¡Oh, negro Dimas, insensible, descubro ahora que no eres hombre! ¡Si lo fueras, te habría fulminado el deslumbramiento de tanta belleza de mujer, al verla hace un momento!

JABÁ. "Cerradas las ventanas y balcones de la ciudad en señal de duelo; crespones negros, humedecidos en lágrimas, en el corpiño de las mujeres; franjas negras en el sombrero de los hombres. El pueblo, silencioso, en la calzada de la Reina. En el cementerio, 275 los "enyoró" de todas las Potencias, con sus alaridos desgarrantes. Y el descendimiento solemne, hacia el fondo de la tierra voraz, insensible, insatisfecha, del sol ya apagado. Y el lamento grave de los "batá" que golpean las manos de todo un pueblo."

BEBO. *(Ya en trance. Sus primeras palabras son lamentosas, gimientes, con resonancia lejana.)* ¡Ay! ¡Ay! ¡Qué dolor en esta mano! ¡Ay! ¡Ay! ¡Qué atrevida fui! ¡Y todo por culpa tuya, Alejandro!

YARINI. Oye, Santiaguera, no sé cómo ni por qué; pero es lo cierto que, precisamente en este instante, estoy viviendo un momento único en mi vida.

BEBO. ¡Ay! ¡Ay! ¡Este dolor de mi mano derecha! ¡Y pensar que fue algo cómico! ¡A pesar del dolor tengo ganas de reír! ¡Qué parecería yo, con estos mantos al aire, sentada en el techo del coche! *(Ríe.)* ¡Qué cara habrían puesto los transeúntes si huberan podido verme! ¡Ay! ¡Ay! ¡Es delicioso ser un espíritu! ¡Con cuánta impunidad hacemos las mayores travesuras!

YARINI. Será la revelación de mi sentimiento hacia ti; pero nunca como en este momento me he sentido inundado de esta emoción extraña.

BEBO. ¡Alejandro, por culpa tuya me lastimé los dedos con el cerrojo de la portezuela del coche!

YARINI. Si esto es amor ¡nunca hasta hoy amé! ¡Puedes afirmar que nunca hombre alguno ha amado a una mujer como te amo yo ahora! ¿Podría describir lo que siento? No. Haciendo un esfuerzo, torpemente te diría que, exactamente ahora, ha quedado al descubierto la zona más escondida de mi corazón... Amor mío, ¡no sé por qué me viene a la idea de que tienes los dedos lastimados! ¡Déjame besártelos! *(Besa los dedos de la Santiaguera.)* Pues... en esa zona, ya vulnerada, está el punto del corazón del hombre donde nacen las canciones y los versos... ¡Me atrevería a escribirlos! Y tú, dímelo ¿me quieres aún con amor nuevo?

SANTIAGUERA. El mío es tan viejo como el tiempo que te conozco. No es siempre el mismo: aumenta cada día.

BEBO. ¡Ay! Mis soledades en los brazos de todos los hombres de la tierra... Desde entonces te quiero; mas no sabía quién habrías de ser, ni cuál sería tu nombre...

YARINI. Dime cómo es de fuerte tu amor.

BEBO. ¡Ay! El mío es débil, como una delicada brisa de primavera que apenas dobla el tallo hueco de los lirios, pero que, sin embargo, conmueve y riza en olas la superficie de los mares.

SANTIAGUERA. Fuerte, como el golpe que recibo en mis entrañas cuando estás lejos de mí.

BEBO. ¡Ay! ¡Carezco de entrañas donde recibir golpes!

SANTIAGUERA. Fuerte, como la desesperación que esta tarde me arrastró a la calle, haciéndome olvidar tus ordenanzas y exponiéndome a tu castigo; como la dicha que siento cuando estoy despojada de ropa, y compruebas la variedad de sensaciones que tengo en cada pulgada del cuerpo, para ti.

BEBO. ¡Ay de mí! ¡Con mi amor de nube! ¡Ay de mí! ¡Que no tengo brazos para besarte, ni pechos que ofrecer al regocijo de tus labios y de tus ojos! ¡Qué doloroso encierro este de la muerte, cuando nada hay que brindar al hambre del ser que amamos!

SANTIAGUERA. ¿Qué haces?

YARINI. ¡Palpar, sin ver, como un ciego, tus brazos y caderas; acariciar los puntos que te limitan, y por los que estás encerrada en el espacio! ¡El roce sólo de tanta hermosura me excita hasta la última consecuencia! Sin embargo, ¡menos concreta te preferiría! ¡Un poquitín más imprecisa de formas! ¡Como es impreciso un rayo de luz que anda por el aire!

BEBO. ¡Eso es cuanto soy! ¡Luz! ¡Si quisieras asomarte a mí y contentarte con el resplandor que despido! ¡Ay! ¡Si supieras lo feliz que fui engalanando el carruaje nupcial que podría conducirnos a la zona de las refulgencias eternas! ¡Ay, qué belleza la de los caballos blancos! ¡Cuántas repiqueantes campanillas de plata adornando el arreo de las bestias! ¡Cuánta flor de azahar! ¡Ay! ¡Ven a mí, Alejandro! ¡Acompáñame! ¡Quiero enseñarte por qué valió la pena el que dijeras que era el ocho muerto, y no el nueve elefante! ¡Ay! ¡Ay! ¡Me duele la mano con la que abrí la portezuela del coche! ¡Y todo por culpa tuya! ¡Ay! ¡Ay! ¡Ay! *(Se extingue la voz. Se va retirando el ser. Queda Bebo en estado de somnolencia, del que sale poco a poco. Aparece Lotot por el pasillo.)*

YARINI. Entra, Lotot, y siéntate.

JABÁ. "Termina mi oración. No puedo seguir hablándote. Necesito mi afán, mi vehemencia, y aun mi esperanza, para una frase: "No la derramarás, Lotot." Contemplo ahora resignada y exclamo: "Cúmplase tu voluntad, Madre Gloriosa."

Un largo silencio mientras Lotot avanza y se sienta junto a Yarini.

YARINI. Bufas como una bestia... Así quería verte, dispuesto a todo.

LOTOT. ¡A todo!

YARINI. Te envié un recado.

LOTOT. Lo recibí y aquí estoy.

YARINI. Hablemos.

LOTOT. ¿De qué? He venido a recoger lo que es mío. No he venido a hablar.

YARINI. Es preciso. Te advierto que cada minuto que pierdo contigo aumenta el peligro en que estoy. Me persiguen.

LOTOT. Lo sé. Puse en antecedentes a tus hombre de lo que yo sabía; pero me dijeron que estabas enterado y que habías tomado precauciones.

278 YARINI. Se te agradece.

LOTOT. Me repugna que caiga en manos de los perros de Palacio un hombre de tu clase.

YARINI. No caeré. Pienso estar lejos de La Habana dentro de media hora... si es que no quedo aquí.. a manos tuyas.

LOTOT. ¿A manos mías? Es que... ¿has querido verme para otra cosa que no sea entregarme lo que me pertenece?

YARINI. ¿Nada te dijo Ismael?

LOTOT. Que viniera. Nada más. Esperaba tu aviso. Acababan de comunicarme mis confidentes que ella había entrado aquí. No es posible esperar de ti otra cosa. Eres un hombre de honor.

YARINI. ¡Bueno!... Dudo ahora que yo sea un hombre de honor. De lo que sí estoy cada vez más seguro es de que soy... un hombre. Lo otro es lo de menos.

LOTOT. Eso es asunto tuyo.

YARINI. Ahí la tienes.

LOTOT. Ya la veo.

YARINI. ¿La quieres aún? ¿No detestas a la mujer que te manifiesta su desprecio, en público, como lo ha hecho ella?

LOTOT. El desprecio de esa mujer irrita mi amor, y lo aumenta. La conquistaré.

YARINI. No podrás.

LOTOT. Eso es asunto mío. Estamos hablando demasiado. No estoy de humor para tu palabrería. Santiaguera...

YARINI. *(Enérgico.)* ¡No le dirijas la palabra, Lotot! ¡Estás en mi casa!

LOTOT. ¡Dime lo que quieras, para dejar de estar en tu casa, con lo que es mío!

YARINI. *(Ligera pausa.)* ¿Trajiste el tuyo? El estilete...

LOTOT. Siempre.

279

YARINI. Aquí está el mío. *(Lo saca y lo pone a su lado, sobre la mesa.)* Saca el tuyo.

LOTOT. Si lo quieres... *(Lo saca.)*

YARINI. Ponlo en la mesa.

LOTOT. Alejandro... *(Grita.)* ¡Que no quiero derramar tu sangre!

JABÁ. *(Se mueven sus labios; no se oye su voz.)*

YARINI. ¡Ni yo la tuya!

LOTOT. *(Ha puesto el estilete en la mesa.)* ¿Qué me miras?

YARINI. El dije de la leontina.

LOTOT. *(Se quita la leontina con el dije y la tira sobre la mesa.)* Ahí la tienes. Llegué aquí esta tarde, anhelante, con la boca amarga, para pedirte algo; me sometiste a la humillación de tus burlas. San Isidro en pleno; La Habana en pleno; la isla en pleno, se ríe ahora de mí. Pero ¡no me importa! ¡Logré lo que quería! ¡Llegué aquí esta noche, con dos brasas de fuego en los ojos, encendidas en mi desesperación. Me arrastré hasta donde ya no es posible que un hombre se arrastre más. Te amenacé, y juré, besando la cruz de estos dedos. ¡Vuelvo ahora!... a suplicarte otra vez... ¡maldición! Alejandro, ¡déjame marchar tranquilo, con la mujer que amo! ¡Me horroriza ese estilete! ¡No me obligues a poner la mano en él!

YARINI. Te irás y te la llevarás; pero después que ese estilete esté manchado con mi sangre. O quedarás aquí, besando el suelo. Porque yo también quiero irme con la mujer que amo.

LOTOT. *(Después de una pausa.)* Ni una palabra más, entonces.

YARINI. Ni una palabra más.

Situación. Se miran. Se entienden bien. Ambos quieren lo mismo. Son las mismas condiciones y los recursos de que ambos disponen. Cada uno recoge su estilete sin dejar de observarse. La

menor distracción o descuido será aprovechada por el adversario.
En la diestra, el arma en alto, lista para caer. El patio es un
campo de duelo. Lo recorren los duelistas en todas direcciones,
frente a frente. Las armas, estremecidas, no bajan. Un golpe en
falso sería fatal; tiempo y posición aprovechados por el enemigo.
Cuando una baje, será para hundirse en el corazón contrario. Un
movimiento torpe de alguno de los dos; y las dos armas se unen,
arriba. Los cuerpos se funden; pecho con pecho; rostro con
rostro. Bajan al mismo tiempo las dos armas y se pierden entre
los dos pechos que forman uno solo. Cuando los cuerpos se
separen alguno de los dos estará herido de muerte. Larga pausa.
Silencio. Se separan lentamente los combatientes conservando el
arma en la mano. La de Lotot está manchada de sangre. Se
tambalea Alejandro, buscando el apoyo de una silla, en la que se
deja caer. La Santiaguera lanza un grito.

LOTOT. ¡Cállate! ¡Aquí sobramos! ¡Ven conmigo! (*La arrastra*
por una mano. Se van por el pasillo de foro. Largo silencio. La
Jabá y la Reposa están clavados, como estatuas. Alejandro, con
sobrehumano esfuerzo, dice una palabra que apenas se oye:)

YARINI. ¡Jabá!

La Jabá reacciona. Baja de su púlpito y lentamente se acerca al
herido. No puede hablar.

YARINI. (*Con ansiedad en los ojos; haciendo el postrer esfuerzo*
de su vida:) ¡El dije!

La Jabá extiende la mano, recoge la leontina, y con unción
religiosa, como una cadena, la coloca en el cuello ya frío. Queda
el dije sobre el pecho del agonizante. La ansiedad desaparece de
los ojos de Alejandro. Y como un niño que ya posee el juguete
que deseaba, se dispone a dormir. Cierra los ojos. Una levísima
inclinación de su cabeza hacia un hombro. Eso es todo. La Jabá
se arrodilla. Bebo se acerca a ella.

BEBO. ¿Ya?

JABÁ. (*Después de una pausa; sin volver la cabeza:*) Ya. Ya sabe
lo que hay detrás de la puerta del castillo. (*Se estremece;* 281

levantando los ojos hacia Bebo.) ¿No sientes?... Es aire perfumado, con flores blancas de azahar... ¿No oyes?... *(Escucha. Pausa.)* Son campanillas. Alegres campanillas de plata. Como las que adornan los arreos de los caballos blancos que arrastran los coches nupciales...

BEBO. *(En voz baja.)* Jabá, voy en busca de los tamboreros. Le bailaremos aquí el "enyoró", antes de que llegue la gente. *(Se va Bebo, por la derecha, retrocediendo, sin dar la espalda al cadáver.)*

JABÁ. *(Después de una pausa.)* Ya va apareciendo, por un rincón de tus labios, la gota de sangre. Y yo vivo aún. Mas... ¡ya sé por qué no he muerto! Era preciso que una voz de mujer dijera la palabra de tu despedida; que una mano de mujer colocara una flor sobre tu cadáver. Descansa en paz, Yarini.

TELÓN LENTO

ROLANDO FERRER

LILA, LA MARIPOSA

UNA TRAGEDIA EN TONO DOMÉSTICO

Eberto García Abreu

Continuadora de un largo proceso de gestación, la obra de autores como Virgilio Piñera (1912-1979), Carlos Felipe (1914-1975) y Rolando Ferrer (1925-1976) constituye el punto medular alrededor del cual se consolida el rostro y el espíritu contemporáneo del teatro cubano. Las dos décadas finales de la República no son abundantes en lo referente al quehacer escénico y a la repercusión social del teatro. Los intentos aislados, la voluntad irreverente, el profundo compromiso ético y la necesidad ineludible de alzar sistemáticamente el telón, son, entre otros rasgos, los que más se aproximan a la caracterización de la actitud y la labor de nuestros "románticos" creadores del período. En efecto, la intención teatral se mantuvo, pero el teatro no llega a confirmarse como una evidencia generalizadora. Paradójicamente, es en este contexto donde se desarrolla el grueso de la producción dramática de los autores citados.

La primera señal de la irrupción de esta tríada en nuestro panorama escénico se produce en 1941 cuando Piñera escribe *Electra Garrigó,* estrenada siete años después. Aunque las motivaciones y las influencias entre ellos son a veces divergentes e incluso sin tangibles vasos comunicantes, su creación dramatúrgica crea una zona de tránsito entre la precariedad y el estatismo del teatro cubano de la época, marcado por el melodrama y el realismo más doméstico y provinciano, y un estadio de apertura, indagación y mutaciones esenciales en la estructuración del discurso escénico. Como herencia reciben la voluntad de mostrar lo nuestro, lo autóctono, lo que nos es inmediato. Reciben también la voluntad de trascender nuestras costas y reconocernos en un universo que nos integra y nos distingue. Reajustar nuestro espacio teatral en un tiempo otro que propone, sugiere, evidencia otras formas y maneras de organizar la imagen poética de la escena. Se trata, en fin, de hallar una formulación contentiva de una nueva sensibilidad creadora, correspondiente a la contradictoria expresión de la contemporaneidad. A esa dramaturgia "soterrada", que en muy pocas ocasiones alcanzó la altura del escenario, se le reconocerá luego como la *dramaturgia de transición* (1947-1958).

Retrato de familia

Un año más tarde que Piñera escribiera *Electra Garrigó,* llega Rolando Ferrer a La Habana, procedente de su natal Santiago de Cuba. Tiene sólo diecisiete años. De inmediato se integra en los círculos intelectuales universitarios y en el mundillo teatral. Gana reconocimientos y premios por sus obras iniciales. Forma parte del Grupo Escénico Libre y en 1951 estrena *La hija de Nacho.* Se trata de su primer éxito y de su primera obra verdaderamente consistente.

Concebida en un acto único, dividido en tres cuadros, *La hija de Nacho* presenta el mundo familiar de tres hermanas de clase media santiaguera en 1904. La familia, la moral, la ética ciudadana, el matrimonio, la realización individual, la frustración sexual y amorosa, el autoencierro, la libertad y la psicología femenina son tópicos que la obra recorre mediante un conflicto polarizado entre las hermanas alrededor del marido de una de ellas. Contención en el enfrentamiento de las fuerzas interactuantes, precisión en el manejo de la intriga y unidireccionalidad de la acción en función de un punto climático relevante, hacen de la pieza un modelo tradicional de corte realista que recuerda a Chejov en algunos pasajes y, fundamentalmente, a Lorca no sólo por el tema, la fábula y la concepción de los personajes, sino también por la cuidada elaboración del diálogo.

Tras esta obra, se identifica en Ferrer el dominio de la escritura dramática. Es un texto que prefigura y contiene la dinámica de la escena. *Lila, la mariposa,* su obra más relevante, la que le distinguirá para siempre, arribará al escenario en 1954, en puesta en escena de la Compañía Las Máscaras.

Temáticamente, *Lila, la mariposa* aporta a nuestra dramaturgia una revisión de la familia desde una perspectiva singular. En el ordenamiento de las relaciones entre Lila, Marino y Hortensia se presenta la caracterización tradicional de la familia de la clase media, sólo que aquí se trata de los restos de aquella célula primaria: la madre, el hijo y una tía. En torno a ellos, están Mariana, la criada; Lola, Clara y Meche, las costureras; La Cotorrona y su hija, Juan Alberto, Capitán, Adelfa y los demás vecinos. Entre todos trazan con exactitud el contexto y las circunstancias específicas de la acción. Entre todos se afirma la noción de la realidad apresada y trascendida por la fábula dramática.

Si bien el desarrollo general de la acción se comporta linealmente, no puede hablarse de un conflicto estructurado sobre la base del enfrentamiento directo entre los personajes, al menos en sus aspectos más evidentes. *Lila...* desarrolla un conflicto fragmentado en diversos planos que progresa hacia la colisión fundamental de toda la estructura. Clásicamente, como una tragedia de línea aristotélica, todas las fuerzas se dirigen al hallazgo de la verdad, lo que supone la catástrofe, la ruptura del endeble equilibrio aparencial defendido por la protagonista. Al mismo tiempo, ello indica el desvelamiento de la verdadera condición de los personajes. Éstos llevan en sí una contradicción que profundiza las tensiones de la oposición central de la obra (Lila-Marino-Hortensia). La visión desajustada, melodramática y reductora con que Lila pretende retener el comportamiento natural de la vida de su hijo, choca contra la inevitable necesidad de crecer de Marino y contra las frustraciones de su cuñada Hortensia. Lo incierto choca con lo objetivo, con lo indetenible. Partiendo de una psiquis desequilibrada, la crisis de Lila se expande más allá de la materialización "real" de sus afanes infructuosos. Ferrer la rodea de un coro de costureras que comentan y participan críticamente de la acción. Ellas leen y prefiguran el decursar y el final de la historia. Son fuerzas cuyo origen es inmanente al hombre en el mundo metafísico. Lila es lo apolíneo desgastado e irreal; las costureras negra, blanca y mulata, son lo dionisíaco que apunta hacia el cambio, hacia el futuro inevitable. Justo entre esos polos se teje la fábula y la teatralidad de la pieza.

Un mundo cerrado

Los tres actos que organizan el proceso dramático quizás sugieran una concepción realista de la teatralidad inherente a la obra. Me refiero a su interpretación más tradicional y externa. En efecto, *Lila...* posee una estructura interna precisa, cuya base principal es un ordenamiento de causalidades y efectos no siempre explícitos. La palabra y, en especial, el diálogo, funcionan como medios expresivos insoslayables para el conocimiento y la continuidad de la acción. Son los personajes los definidores de todo el movimiento interno de la obra. En conjunto, tales características denotan una aprehensión "directa" de la realidad abordada. Sin embargo, el tiempo y el espacio son resortes que desarticulan una supuesta proyección realista en puridad. Entre el ámbito interior de la casa y el mundo exterior, hay una recurrente contradicción, que orienta el rumbo de los personajes y el carácter de sus decisiones. El espacio opera fragmentariamente como motivación y refugio que refleja desde su condición, la trayectoria general del conficto. La realidad contextual e histórica se confronta con las visiones irreales del coro de costureras. Tanto ellas como Mariana actúan en un espacio diferente y en un tiempo suspendido sobre los demás personajes. No gravitan en torno a Lila, sino a la historia que la envuelve y, finalmente, la anula. Así, el tiempo tampoco se somete al encierro y ofrece una posible apertura al problema tratado.

A pesar del psicologismo subyacente, Ferrer transparenta mediante los personajes secundarios las coordenadas históricas y la relación entre el medio familiar y la sociedad. Éstos conectan el microcosmos del taller con la amplitud del universo. La Cotorrona y su hija, Cabalita, Adelfa, Capitán y los vecinos son la referencia de la dinámica temporal y sustentan una imagen grotesca e incisiva que transita, descompone y relativiza la evidente tragicidad de la obra.

La familia como patentizadora de modelos de conducta ahistóricos está en extinción, refiere Ferrer. Habla entonces del encuentro de los reales signos que identifican al individuo por sus acciones y no por el cumplimiento de preceptivas que lo aherrojan. Marino se pregunta "¿qué es un hombre?", cuando ha visto caer los soportes míticos de su mundo familiar. Es libre para optar, pero, afortunadamente, se suspende en medio de la duda. Con sus propias interrogantes comienza su verdadera vida. Su casa se abre a la luz y a ese mar que es, definitivamente, de todo el mundo.

De seguir por este camino, Ferrer hubiera sido quizás un dramaturgo mayor. Es ésta una afirmación peligrosa. *Lila...* lo situó en nuestra escena, pero él la superó con sus acciones de matiz humano y social. Las formulaciones experimentales continuaron como parte de sus interrogantes, pero su integración vital al proceso revolucionario condujo su teatro hacia una zona de "imperfección" e inmediatez, cuya valoración justa exige registros totalmente diferentes. Entre sus obras de iniciación y las últimas, parece haber una fractura. Pero ésas son también las paradójicas apariencias del rostro y el espíritu, aún indescifrable, del teatro cubano contemporáneo.

ROLANDO FERRER

Nació en Santiago de Cuba, en 1925, y murió en La Habana, en 1976. Inició estudios de Medicina y Derecho, que abandonó para ingresar en la Academia Municipal de Arte Dramático de La Habana. En 1946 ingresó en el Grupo Escénico Libre, donde trabajó como asistente de dirección, ayudante de escena, traspunte y actor. En 1960 obtuvo una beca del Ministerio de Educación para cursar estudios de teatro en París. Realizó versiones y adaptaciones de textos de Ben Johnson, Plauto, Lope de Rueda, Mishima, Maquiavelo, Cervantes y Shakespeare. Perteneció a los grupos La Rueda y Rita Montaner, con los que dirigió varios montajes. Sus principales obras son:

TEATRO

Soledad. Inédita y sin estrenar.

Cita en el espejo. Estrenada en 1949. Inédita.

La hija de Nacho. Estrenada por Las Máscaras en 1951.

Lila, la mariposa. Estrenada por Las Máscaras en 1954.

La taza de café. Estrenada por la Dirección General de Cultura en 1959.

Función homenaje. Estrenada en la Sala Arlequín en 1960.

Fiquito. Estrenada por el Grupo Semiprofesional de Pinar del Río en 1961.

El corte. Estrenada en la Sala Arlequín en 1961.

El que mató al responsable. Estrenada por el Frente de Arte de Combate en 1962.

Los próceres. Estrenada por el Teatro Experimental de La Habana en 1963.

Las de enfrente. Estrenada por Teatro Estudio en 1964.

A las siete la estrella. Sin estrenar.

Cosas de Platero. Estrenada por la Dirección General de Música en 1965.

Busca, buscando. Sin estrenar.

La producción dramática de Ferrer está recogida en dos volúmenes: *Teatro*, Ediciones Unión, La Habana, 1963, que incluye: *La hija de* 291

Nacho, Lila, la mariposa, La taza de café, Los próceres, Función homenaje, A las siete la estrella, Fiquito, El corte y *El que mató al responsable;* y *Teatro*, Letras Cubanas, Ciudad de La Habana, 1983, que contiene, además de las piezas anteriores, las obras para niños: *Cosas de Platero* y *Busca, buscando.*

LILA, LA MARIPOSA

Rolando Ferrer

ACTO PRIMERO

Un barrio en los alrededores del puerto. Borrachos, chucheros, marineros, prostitutas, en los cafés cercanos que rodean la casa. Ésta, frente al mar del Malecón, sirve, a la vez que vivienda, de taller y establecimiento de confecciones femeninas. La puerta de la sala, abierta, sostiene una placa que dice: "La Mariposa, Confecciones". Una pequeña vitrina enseña blusas y trajecitos de niño. Un maniquí de entalle, tres máquinas de coser y una mesa de madera con patrones, forman el taller. También un espejo de pie, un reloj de pared, algunos muebles esmaltados, restos de veinte años atrás, cuando la boda de Lila. Nada en la casa ha sido renovado, Lola, Clara y Meche, costureras, se mueven en ella fuera del tiempo. Llegaron con los muebles, con la boda, o sabe Dios cuándo. Negra, mulata y blanca, son, en el religioso mundo de la criada, mágicas encarnaciones de fuerzas naturales desencadenantes de la tragedia. Los vestidos: sencillos, actuales, con alguna alusión en el adorno (conchas, corales, caracoles de río, de mar, etcétera). Se abre el telón con la escena oscura. Se oyen las voces de Lola, Clara y Meche, y el ruido de las máquinas de coser. Antes cruzará Mariana de izquierda a derecha.

MARIANA. *(Mientras cruza.)* Vamos, inocentes, sigan hablando, no se callen cuando yo esté delante. Que ¡total, aunque oiga y aunque diga, a mí nadie me hace caso! Que después dicen que soy yo la única que ve cosas. Y que estoy loca. *(Se va.)*

LOLA. Adivina, adivinador..., ¿cuál es el árbol que no echa flor?   295

CLARA. El que no se riega.

LOLA. Sí... puede ser.

MECHE. El que no le abonan la tierra.

LOLA. Tal vez... sí.

CLARA. El que... no sé.

MECHE. Yo tampoco. Nos damos por vencidas.

LOLA. Pues yo tampoco. *(Ríe.)*

MECHE. ¡Boba!

CLARA. ¿Y por qué lo haces?

LOLA. No sé. Yo hablo, y digo y me río.

CLARA. ¡Claro!

MECHE. Si no, nos morimos con tanto trabajo. *(Ríen.)*

La luz va subiendo hasta ser brillante con las risas. Son las nueve de la mañana. Es el mes de julio. Hortensia está en escena y cose.

HORTENSIA. Lola, dame una hebra.

CLARA. ¿Qué le pasa?

MECHE. No le hagan caso. Yo creo que está borracha.

LOLA. *(Le da una hebra de hilo.)* Una hebra. *(Regresa a su sitio.)* Me llamo Lola.

CLARA. Si ella supiera.

MECHE. *(Burlándose.)*

> Lola no existe.
> Lola no está.
> Lola se muere todos los días.
> Lola está viva.
> Lola no está.

CLARA. ¿Está? ¿O no está? *(Se ríen.)*

LOLA. ¡Qué boba es! *(Ríen con maldad sana.)*

HORTENSIA. Un broche, Meche. *(Meche obedece.)*

LOLA. *(A Clara.)* La llamó Meche. *(Vuelve Meche. Ríen.)*

HORTENSIA. Clara, una cinta.

Clara lleva la cinta y regresa riendo.

CLARA. ¡Me llamo Clara...!

LOLA. *(Riendo.)* ¡Qué bobas son! ¡Qué bobas! Ni ésta es Clara, ni yo soy Lola, ni aquélla es Meche. ¡Qué bobas son! ¡Qué bobas! ¿Quién sabe cómo nos llamamos? Trabajamos, comentamos, hablamos y jugamos a las adivinanzas. Nada más.

Continúa el murmullo de las poleas en la mañana. Pasa un Pregonero por la puerta. Arrastra su voz por el aire, ligeramente alegre.

PREGONERO. ¡Yerbero...! ¡Abre camino, rompesaragüey y albahaca...! ¡Albahaca...! Para limpiar la casa, para la buena suerte, para alejar lo malo. *(Se asoma a la puerta.)* Medio gajo todos los días, por si hay borracho. Un gajo entero, si viven locos.

HORTENSIA. Ni locos, ni borrachos.

PREGONERO. Y treinta gajos de un solo tirón, para que la suerte no se vaya nunca.

HORTENSIA. Somos dichosos. Y cierre la puerta.

PREGONERO. Está bien. Tiene desconfianza porque soy negro. Y no soy negro. Tengo color de violín viejo. ¡Que no es igual!

HORTENSIA. *(Sonriéndose.)* Cierre la puerta.

PREGONERO. Pues quédese con la mala suerte. *(Yéndose.)* ¡Albahaca...!

Entra Mariana, corriendo, desde la cocina.

MARIANA. ¡Oye...! *(Regresa el Pregonero.)* Dame unos gajos.

PREGONERO. ¿Cuántos?

MARIANA. Unos cuantos. La marca no te la voy a decir.

La criada toma los gajos y paga. Se va el Pregonero. Lola, Clara y Meche, sonríen.

HORTENSIA. ¿Más brujerías?

MARIANA. Más. Al menos en mi cocina. *(Señala a las operarias.)* Mientras ésas estén aquí. Son tres, y las tres son malas. No me gusta cómo se ríen.

HORTENSIA. Nunca las he oído reírse.

MARIANA. ¿Así que no se ríen nunca...?

HORTENSIA. Nunca.

MARIANA. ¿Y hace un momento no se reían?

HORTENSIA. Yo trabajo y no me ocupo de los otros. No he oído nada.

MARIANA. Pues yo sí, desde mi cocina. Y a mí me basta. *(Al irse tumba un florero. Mira a las operarias, que ríen.)* Mírelas, mírelas, se están riendo. *(Las operarias están serias. Hortensia se ríe.)*

HORTENSIA. ¡Ay, Mariana!

Mariana recoge el florero.

MARIANA. A mí me sacan de quicio. *(Sale.)*

Hortensia, sonriendo, se levanta y da a las operarias un vestido terminado.

HORTENSIA. Envuélvanlo. Ya tiene plancha. Póngalo en una caja fina. Es para la de Estévez. *(Sale.)*

MECHE. ¿Para la de Estévez? ¿Cuál es ésa? Yo vengo de tan lejos que no me acostumbro a la gente, ni a eso de tener una obligación. Siempre viví en el mar.

CLARA. Y yo junto al río.

LOLA. Yo en la primera raíz que se hundió en la tierra. Eso dice mi madre, por arisca, dice mi madre. ¿Cuál es la de Estévez?

CLARA. La última cliente: ¡La Cotorrona!

MECHE. ¡La Cotorrona!

LOLA. ¡La Cotorrona!

(Ríen. Comienzan a envolver el vestido.)

CLARA. Una adivinanza.

MECHE. A ver.

CLARA. ¿Para qué tú envuelves eso, Meche?

MECHE. Para desenvolver lo otro.

CLARA. Adivinaste.

LOLA. Yo sé otra. Tú, Clara, ¿para qué atrasas un día?

CLARA. Para adelantar tres, idiota.

LOLA. Adivinaste, adivinaste.

Ríen. Entra La Cotorrona, con pretensiones de nueva rica y con El Energúmeno.

LA COTORRONA. Buenos días.

LOLA, CLARA Y MECHE. *(Con sorna.)* Buenos días.

La Cotorrona y su hija se sientan.

LA COTORRONA. *(A Meche.)* Dígale a Lila que la señora de Estévez, el administrador de la compañía "All Sea Company" está aquí. *(Sonríe muy oronda.)*

EL ENERGÚMENO. De la compañía "Todos los mares".

LA COTORRONA. Eso es, de "Todos los mares".

LOLA. *(Se levanta y llama.)* La señora de Estévez, el administrador de la Compañía, está aquí.

CLARA. La Cotorra de la Compañía.

LOLA. La Cotorrona del administrador.

CLARA. Con su hija y su teta.

MECHE. *(Volviéndose.)* Con su teta y su hija.

LOLA. La Cotorrona del Cotorrón.

Ríen. Siempre La Cotorrona asiente orgullosa y ausente. Entra Hortensia con figurines.

HORTENSIA. *(Seca y cortés.)* Buenos días. Lila viene enseguida. Aquí tiene unos figurines. Dispense que no la atienda. Tengo que trabajar.

LA COTORRONA. No tenga pena ninguna, ninguna.

Hortensia se sienta. Cose. La Cotorrona hojea el figurín. A cada rato levanta la vista hacia Hortensia tratando de entablar conversación. Tose, vuelve a toser, se mira las sortijas, suena los collares; la niña se saca los mocos, los pone en el abaniquito chino con el que juega, despedazándolo. De vez en vez la risa y la mirada maliciosa de las operarias, el rodar de las poleas y el ruido de las tijeras sobre los patrones.

LA COTORRONA. Lila atendiendo a su hijo, ¿no?

HORTENSIA. Como siempre.

LOLA. Dándole vueltas.

CLARA. Como una mariposa.

MECHE. Hasta que se queme.

EL ENERGÚMENO. *(A Hortensia.)* Oye, tú, ¿por qué la tienda se llama "La Mariposa"?

LA COTORRONA. Niña, no se dice tú. Siempre metida en lo que no le importa. Pero, ¿por qué se llama así?

HORTENSIA. Es una historia muy vieja. No creo que en realidad le interese.

LA COTORRONA. ¡Cómo no! Es un nombre tan lindo. Me encantaría que me la contara.

HORTENSIA. *(Molesta.)* Yo no creo que... Lila tenía un enamorado... Todavía viene por aquí... un poco poeta. Como Lila era muy alegre, él decía que Lila revoloteaba sobre las cosas que quería como una mariposa alrededor de la luz. Le dedicó un libro de versos con ese nombre. Cuando se publicó el libro, la gente empezó a llamarle "La Mariposa". Esto fue cuando Lila era soltera, antes de casarse con mi hermano. Por ahí anda el libro, tirado en un cajón. *(Pausa. De momento mira el almanaque.)* ¡Qué curioso! Hoy hace veinticinco años que se publicó.

LA COTORRONA. Pero yo tendría ese libro donde lo viera la gente. Todo eso es tan bonito. ¡Tan romántico! Y usted, ¿no tiene usted también un libro?

HORTENSIA. *(Rápida.)* No. Parece que yo soy demasiado seria.

LA COTORRONA. Pero ella es tan alegre, tan ligera...

Entra Lila arreglándose nerviosamente el pelo sobre la nuca. Trata de mantener una seguridad que va mermando por día. Hay en su actitud una manera fácil de acción y expresión demasiado caduca. Una mujer por última vez, presintiendo la muerte. Ausente del hecho social de su profesión, piensa constantemente en otra cosa.

LILA. Buenos días, señora de Estévez. ¿Cómo está usted? Hortensia, ¿está listo el vestido? ¿Qué tal, Clara, Lola, Meche? Y ¿cómo está usted, señora? Lindo día, ¿verdad? El cielo azul, maravilloso. ¿Me perdona un momento? *(Se acerca al lateral y llama. Su voz es ahora miedosa, obsesiva, demasiado dependiente del hijo.)* ¡Marino, hijo! Tu desayuno está servido. Sobre el aparador tienes la mantequilla. *(Con tono ligero, profesional.)* Se sofoca una con tanto trajín. Levantarme, ocuparme del hijo, volverme a ocupar del hijo. Luego el ajetreo del taller que en realidad es mucho para nosotras. Si no fuera por mi cuñada, no sé qué me haría. ¿Tiene usted fresco, señora? Hortensia, ábrele 301 un poco la ventana. No mucho. A mí no me gusta asomarme y ver el mar. Estoy loca por mudarme, pero el cielo es otra cosa. Desde mi cuarto se ve un cuadradito azul, completamente puro; con una nubecita alta... allá arriba. Yo me despierto por las mañanas, miro el cielo y pienso: cielo azul, espíritu despejado. Pero no siempre sucede... ¡claro está! *(Ríe débilmente. A la niña.)* Y ella con su abaniquito chino. Pero lo va a romper.

EL ENERGÚMENO. Ya lo rompí.

LA COTORRONA. *(Le da uno nuevo.)* Es el tercero que le compro esta semana.

Lila ríe por compromiso. Hortensia sonríe. La Cotorrona mira a su hija como a un monstruo inevitable.

LILA. Hortensia, ¿está listo el vestido?

HORTENSIA. Hace rato.

LILA. Magnífico, magnífico.

LA COTORRONA. ¡Pero qué alegre es usted!

LILA. Pues no sé cómo, señora. Porque no quiero dar mi brazo a torcer; porque hay veces... hay veces que me sostengo por no sé qué milagro. Pero, ¡ahí vamos! Y mientras no nos falle aquello que nos sostiene, mientras no nos corten las alas, como decía mi madre, se puede disfrutar de este cielo, y de este calor más o menos en paz. Del mar, no, por supuesto. Ese constante vaivén que me acaba los nervios, y después ese rumor eterno, como si un gentío enorme hablara y hablara sin cesar. No, a mí no me gusta el mar. Yo quisiera mudarme, pero las casas son demasiado caras. Además, la clientela ya conoce el camino, ¡y qué sé yo!, algo que me retiene aquí. Un minuto, por favor. *(Va hacia el lateral. Mira inquieta hacia el interior.)* ¡Ese muchacho! Duerme, duerme y duerme, o se pasa el día en el muro, mirando el mar o en la escuela. Casi no puedo verlo. Se me escapa... Perdone. ¿Usted sabe? Es el único. *(Mirando al Energúmeno.)* Ella, calladita, con su abaniquito chino. Y está grandísima para siete años. ¡Grande...! ¿Verdad, Hortensia?

LA COTORRONA. Grande y aplicada. Es la primera alumna de su clase.

EL ENERGÚMENO. La primera empezando por detrás. *(Ríe.)*

LA COTORRONA. ¡Niña!

LILA. ¡Qué cosas tienen! ¡Es verdad que dan lucha, que hacen quedar mal a una!, ¡pero son los hijos! Ya ve usted al mío. Tiene trece años, y para mí tiene cinco. *(Hortensia tose, mira a Lila. Lila la mira.)* Sí, no me mires más. Trece años. Trece. ¿Porque luzca mayor voy a aumentarle la edad? Estoy muy nerviosa. Pues, sí, mi cuñada me critica, que si yo le chiqueo mucho; la maestra igual... que si yo lo minimizo, o qué sé yo cómo me dice. *(Mirando a Hortensia.)* De todos modos, yo lo prefiero así. Que no crezcan, ¿verdad?

LA COTORRONA. *(Mirando a su hija.)* Bueno, no sé qué decirle.

LILA. Un minuto, sólo un minuto. *(Llama.)* Marino, ¿todavía no te has levantado?

HORTENSIA. Déjalo, Lila. Hoy es sábado. No tiene clases.

LA COTORRONA. No tienen clases. Esto es lo malo. Deberían tener clases las veinticuatro horas del día, y los sábados, y los domingos, y los días festivos. *(El Energúmeno hace una seña fea con el dedo mayor.)* Me va a enfermar. Y lo peor es que no puedo decirle nada, porque sería capaz de pegarme. Yo tratando de hacerla una niña bien, como quería ser yo... pero nada. ¿Colegios de monjas? Ha estado en cuatro. Siempre la botan. ¿Clases de piano? Entra un maestro y sale otro. No escatimo un centavo, porque, ¡gracias a Dios!, su padre tiene buena entrada. Pero la niña es decididamente un cafre.

LILA. *(Junto a la puerta.)* Es que... no me gusta que duerma tanto. No sé qué piensa cuando está durmiendo. *(Entra.)*

HORTENSIA. ¡Lila! *(Mueve la cabeza en señar de desaprobación.)* No le gusta que juegue, porque no sabe qué está **303** pensando, ni que estudie, porque no sabe lo que está aprendiendo.

LA COTORRONA. ¡La pobre! ¡Cómo quiere a su hijo!

HORTENSIA. ¡Dios quiera!

MARINO. *(Desde el interior.)* Voy, mamá, voy.

LILA. Vamos, mi hijo. Es que duermes mucho... eso hace daño.

VOZ DE MARINO. Sí, ya voy.

VOZ DE LILA. Bueno, pero no voy, no voy. Ya, levántate.

VOZ DE MARINO. Mamá, déjame, déjame.

Se oye el llanto de Lila.

VOZ DE MARINO. Está bien, mamá. Me levantaré.

HORTENSIA. *(Apenada.)* Voy a ver.

LA COTORRONA. ¡Oh, no, no!, déjela. Esas cosas pasan en todas las casas. Y no conviene preocuparla. ¡En su estado! Ayer me lo contó todo la señora de Ruiz. Esa que es tan gorda, y que le gusta la ropa corta y con mucho fruncido. Por cierto, si no es indiscreción, ¿cómo le paga?

HORTENSIA. Paga bien. Es una de las pocas clientes que tenemos que paga bien.

LA COTORRONA. Bueno, pero ella puede.

HORTENSIA. Sí, pero otras pueden, y no lo hacen. Se olvidan que la casa y la bodega hay que pagarlas, y la farmacia. Pero Lila es boba. Le vienen con el cuento. Algunas, de verdad no pueden. Sus maridos son empleados del Gobierno. Puestecitos de ministerios, pero sí que pueden hacerse vestidos. Eso sí.

LA COTORRONA. Pues, volviendo a la señora de Ruiz. Me contó...

EL ENERGÚMENO. Que Lila seguía enferma de los nervios. Que le daban ataques.

LA COTORRONA. En todo... en todo. Pero, dígame, ¿no será cosa de importancia, verdad?

Entra Lila, llorosa, seria, triste.

LILA. No lo sabemos, señora de Estévez.

LA COTORRONA. ¡Por Dios, señora! Es que me impresioné tanto, que...

LILA. *(Tratando de recuperar el tono ligero.)* No importa. Los nervios se enferman. Igual que el corazón...

CLARA. O la lengua.

LA COTORRONA. Que no me quedó más remedio que interesarme, porque...

HORTENSIA. *(Rápida.)* ¡Pero qué sortijas más lindas tiene usted; una, dos, tres... cuatro sortijas!

LA COTORRONA. *(Satisfecha.)* Cinco. Ésta es de zafiro. Ésta, de esmeralda.

EL ENERGÚMENO. Hay dos de rubíes.

LA COTORRONA. *(Mirando a la hija.)* Y una de brillantes. ¡Metida que es!

HORTENSIA. Son muy lindas, ¿eh, Lila?

LILA. *(Lejana.)* Sí... Hortensia, dale el vestido.

HORTENSIA. El de la niña estará mañana.

LA COTORRONA. *(Levantándose.)* ¡Oh!, el de ella no corre prisa.

EL ENERGÚMENO. Tengo bastantes.

LA COTORRONA. El mío sí, para esta noche. Para el banquete de los empleados de la Compañía.

HORTENSIA. Lucirá usted muy bien. La tela es cara.

305

LA COTORRONA. ¡Ojalá! Yo confío mucho en el gusto de ustedes; y en la cursilería de la señora de Ruiz. Como vamos juntas... *(Le paga a Hortensia.)*

HORTENSIA. Puede abonarlo mañana, con el de la niña.

LA COTORRONA. No, hija, no. Gracias a Dios, puedo abonarlo en seguida. Yo también he conocido tiempos malos. De enfermedad, de penurias. *(A Lila.)* Y... créame... estoy muy apenada. Debe cuidarse. Si yo pudiera hacer algo... *(Lila sonríe forzadamente.)* Menos mal que tiene usted ese carácter; risueño, ligero... como una mariposa.

EL ENERGÚMENO. *(Palmoteando diabólicamente.)*

> Mariposa quemada,
> Mariposa incendiada,
> Mariposa achicharrada.

Ríe. La Cotorrona se enfurece. Le va arriba al Energúmeno.

LA COTORRONA. ¡Cállate! ¡Cállate! *(Le pega.)* Perdóneme, Lila... Yo... esto es espantoso. Este monstruo va a acabar conmigo.

Sale El Energúmeno con su estribillo y La Cotorrona con su furia a la mañana. Lila se recuesta al marco de una puerta, próxima a un ataque.

HORTENSIA. ¿Quieres un vaso de agua?

LILA. ¡Esa chiquilla! Mándale el vestido. Que no ponga más los pies aquí. Díselo a la madre. Si perdemos la clienta, mejor. Como si perdemos la clientela entera.

HORTENSIA. Te traeré el agua. *(Sale.)*

CLARA. Adivina, adivinador.

LOLA. Cuál es el árbol...

MECHE. Que no echa flor.

306   *Vuelve Hortensia con el agua. Lila la toma con dificultad.*

LILA. Me falta el aire... como si fuera a ahogarme.

HORTENSIA. Siéntate, te echaré fresco. *(La abanica.)*

Cruza Marino del interior a la calle. Parece algo mayor de trece años. Bajo una apariencia moderada, una gran fuerza interior pugna por manifestarse.

LILA. ¿A dónde vas?

MARINO. Ahí, en frente, a sentarme en el muro.

LILA. Sigue mirando el mar, sigue. Pero, ¿es que no hay otra cosa que barcos?

MARINO. Voy a hablar con Capitán y con Adelfa.

LILA. Tampoco quiero que veas a Capitán, ni a su hermana. Te sonsacan, nos estudian. Siempre con el mar, y el mar... hablando de viajes... de barcos. Jugando a los noviecitos, metiéndose en el billar, con los dados. No he querido que cobres las cuentas por eso. En la calle sólo se aprenden cosas que después duelen, que después tienen consecuencias. Y además, eres muy niño.

MARINO. Yo nunca he tenido edad; como nunca he tenido padre.

HORTENSIA. Déjalo ir un rato.

LILA. Por eso te cuido. Yo he tenido que ser tu padre.

MARINO. Entonces lo que me ha faltado es la madre.

LILA. *(Levantándose.)* No, no digas eso, por Dios, que me duele. Dame un beso. *(Comienza a dar vueltas a su alrededor.)* Un beso para tu madre. *(Lo besa.)* Así. *(Lo aprieta contra ella.)*

MECHE. Ya está dando vueltas.

LOLA. Y un día se quemará.

CLARA. Pero no es la hora.

LILA. Bueno, yo te dejo ir. Pero siéntate de espaldas. No mires mucho los barcos. *(Sale Marino.)* No los mires, no...

Lila queda mirando el lugar por donde salió el hijo.

HORTENSIA. ¡Lila...! ¡Lila...! *(Suspira.)* No hay nada que hacer. *(Hortensia continúa cosiendo. Entra Juan Alberto con un libro de versos.)*

JUAN ALBERTO. *(Recitando.)*

> Sobre los aires vuela,
> la mariposa.
> Tiene alas de seda,
> cuerpo de rosa.

(Cierra el libro tristemente.) Hoy hace vinticinco años que se publicó este libro. Los versos se han puesto viejos y gastados, pero la intención es la misma.

LILA. *(Ausente.)* Veinticinco años.

JUAN ALBERTO. Tú eras soltera. Ahora de viuda me gustas más. Pero nada. Yo para ti no soy nada. *(Pausa. Dándole el libro.)* Encontré este ejemplar, y te lo traje. Como nunca he visto el que te regalé. Me hubiera gustado...

LILA. Está por ahí... en un cajón. ¡Marino!

HORTENSIA. Ese muchacho se va a enfermar.

LILA. No te metas. Es mi hijo.

HORTENSIA. Y yo, soy sólo la tía. ¡Claro!

JUAN ALBERTO. Y yo un estorbo. Así pasa siempre con la gente. Ir, venir, pero no coincidir. Cuando más, dar vueltas los unos sobre los otros. A veces pienso que yo soy la Luna, dando vueltas alrededor de Lila, que es la Tierra; la cual a su vez da vueltas alrededor de su hijo, que es el Sol, el cual gira sobre sí mismo sin encontrarse nunca. Tonterías de viejo solterón. *(A Hortensia.)* ¿Y tú? ¿Qué estrella quisieras ser?

HORTENSIA. ¿Yo? Una estrella fija. O mejor, una piedra.

JUAN ALBERTO. Ella móvil, tú fija. ¡Y el círculo! ¡Apolo y Dionisio! ¡Y el círculo! ¡La luz y la sombra! ¡Y el círculo! La vida y la muerte... *(Ríe amargamente.)* Todo esto es ridículo. Me voy.

HORTENSIA. *(Emocionada.)* ¡Juan Alberto!

LILA. ¡Ay!

JUAN ALBERTO. *(Corriendo a su lado.)* ¿Qué pasa?

LILA. Nada. Unos muchachos... pasaron corriendo por el muro. Creí que lo habían tumbado, que se había caído al mar.

JUAN ALBERTO. Menos mal. Me voy. ¿Qué me decías tú, Hortensia?

HORTENSIA. ¿Yo? Nada. Tonterías de vieja solterona.

JUAN ALBERTO. Adiós, Hortensia.

Hortensia no responde.

JUAN ALBERTO. Adiós, Lila.

LILA. *(Todavía en la ventana. Ausente.)* Adiós...

En el momento en que Juan Alberto sale, entra Marino.

JUAN ALBERTO. ¿Qué tal, Marino?

MARINO. Ahí...

Bajan los dos la cabeza. Marino entra, el otro sale.

LILA. ¿No me oías, hijo?

MARINO. Te oía, mamá. Te he oído siempre. Quisiera morirme.

LILA. Eso no. Cállate, cállate. Me moriría yo también. No andes más con Adelfa y Capitán. No mires más los barcos. Bésame. No los mires. Bésame, bésame.

MARINO. Déjame, mamá. Déjame. *(Entra.)*

LILA. ¡Marino! ¡Marino!

HORTENSIA. *(Cortándole el paso.)* ¡Déjalo! No debe ser.

LILA. Tú también... también... Todo se opone. Y siento que mi hijo se me escapa... que mi hijo no es mío.

HORTENSIA. Es que lo tienes preso, Lila.

LILA. ¿Y no debo? Su padre se iba al mar, y yo me quedaba con él, chiquitito. No era nada cuando lo metía en la cuna. Nada cuando lo sacaba. Parecía que se me iba a deshacer entre los brazos. Sin embargo, era lo único que me hacía compañía. Su padre se iba al mar, y yo me quedaba con él. Yo tenía veinte años. Tú no vivías con nosotros entonces, por eso no sabes bien. Era fácil coser, y, además, cocinar, limpiar los rincones, ¡y hasta, esperarlo era fácil! Al fin el mar me lo traía, igual; pero no igual, igual por fuera. Por dentro estaba enfermo, enfermo de mujeres. Yo creo que las buscaba porque allá donde iba no tenía un hijo que le hiciera compañía. No, tú no sabes lo que es la soledad.

HORTENSIA. No...

LILA. No, tú no sabes. Yo siempre he dependido de alguien. A mí sola la vida me parece muy difícil. Pero tú sí sabes que me fui de casa peleada con mi padre. Yo allá tenía de todo. Y tuve que escoger entre mi padre y él, que era marinero y estaba mal mirado. Yo no era rica, pero tenía de todo; pero era miedosa, temblaba de todo y me movía de aquí allá, de allá para acá, sin saber. Sólo sabía coser. Vino el hombre primero, luego vino el taller, la clientela, la lucha por el peso. Él era fuerte, y yo a su lado también era fuerte. Cuando se iba y me quedaba sola, no sabía qué hacer con la mañana, con la tarde. Entonces cosía y cargaba a Marino, que era lo único que me quedaba de él, sólo que no era duro, ni fuerte, sino indefenso como yo. Lo veía tan chiquito, tan mío, que le apretaba mucho para que no se me fuera, para no quedarme sola. No, tú no sabes nada. Un día fuimos al médico, pero ya era tarde, empezaron los delirios, las malas noches... y a mí, a mí me empezó este dolor aquí *(Se lleva las manos al pecho.)* que no me deja un momento. *(Desesperada.)* ¡Que no quiero que crezca, que no quiero que crezca! *(Llora.)*

HORTENSIA. No, no hables más. Yo sé todo eso. Lo vi enfermarse, lo vi morirse. No te fatigues. Contrólate. Lola, cierra la puerta. *(Lola obedece.)*

LILA. Este dolor aquí. *(Señala el pecho.)* que no se irá. *(Saliendo.)* Hasta dejarme quieta... *(Sale también Hortensia.)*

LOLA. *(Como una letanía.)* Con los ojos cerrados.

CLARA. Con el cuerpo dormido.

MECHE. Con las alas quemadas.

Irrumpe Adelfa, descalza y con el pelo suelto. Capitán la sigue.

ADELFA. ¡Marino...! ¡Sálvame, Marino!

Busca en la sala un lugar donde esconderse. Acorralada, se ríe, sensual, alegre.

CAPITÁN. Bandida, bandida, te cogí.

La abraza, la tira al suelo. Adelfa se ríe. Capitán le hace cosquillas. Entre risa y risa Adelfa llama a Marino, logra incorporarse y se escapa corriendo hacia la calle. Capitán la sigue. Entra Mariana.

CLARA. ¿Tienes algún refrán nuevo, Lola?

LOLA. Uno... Tantas veces va el cántaro al agua...

CLARA. ...hasta que al fin se rompe. ¿Y tú, Meche?

MECHE. Otro... "No le busques los tres pies al gato."

LOLA. Y tú, ¿no sabes ninguno?

CLARA. Sí. "No hay mal que dure cien años ni cuerpo que lo resista." También sé éste: "Quitando la causa se quita el efecto."

MECHE. Esto lo sabe todo el mundo: "No por mucho madrugar se amanece más temprano."

LOLA. Éste también: "Donde menos se piensa, salta la liebre."

HORTENSIA. Haz un poco de tilo. Lila se siente mal otra vez. 311

MARIANA. No lo dudo. Mientras ésas estén aquí. Y lo peor es que me da miedo que se vayan, porque cuando se vayan algo malo habrá pasado. Son tres y las tres son malas.

HORTENSIA. Déjate de supersticiones. La vida es más seria.

MARINA. ¡A mí! ¡Como si no lo fuera! Yo pongo mi vaso de agua y mis yerbas. No me importa que pasen el día criticando y riéndose. Yo en la cocina, oyéndolas cómo se ríen del que entra y del que sale, pero... ¡que en ella se ensuelva! Porque yo no puedo botarlas, ni tirarlas al mar; pero el vaso de agua encima del locero.

HORTENSIA. Nunca las he oído reírse. Ni Lila, ni Marino, ni nadie.

MARINA. Sí, si. Lo que yo sé es que esas mujeres atrasan.

CLARA. Para adelantar.

MARINA. Que son destructoras.

LOLA. Para construir.

MARINA. Que atrasan, que atrasan.

MECHE. Para adelantar, para adelantar.

HORTENSIA. Déjate de boberías y vete a la cocina.

MARINA. Me voy, pero mi vaso de agua encima del locero.

Sale. Queda Hortensia sola. Camina hacia donde Juan Alberto ha dejado el libro de versos, lo acaricia, llora. Poco a poco se repone hasta recuperar su apariencia de piedra. Cierra la puerta.

HORTENSIA. ¡Mariana...!, el cocimiento. *(Sale.)*

Llega Adelfa corriendo y riendo a la ventana, llamando a Marino. El llamado se confunde con las voces de Lola, Clara y Meche.

LOLA. ¿Cuál es el árbol que no echa flor...?

CLARA. El que no se riega.

MECHE. El que no le abonan la tierra.

CLARA. El que le cortan las ramas.

LOLA. Adivinaste, Clara. Adivinaste, Meche.

TELÓN

ACTO SEGUNDO

Las seis de la tarde. Adelfa ante el espejo, recoge su pelo con una cinta. Marino en un sillón, tensamente lejano. Cruza Marina la escena con una taza. Clara y Lola susurran: solemnes, magníficas.

MARIANA. Otra taza de cocimiento. ¡Ay, inocentes! ¡Inocentes!

CLARA. ¡Ya es la hora!

LOLA. ¡Buena hora para tretas y jelengues!

CLARA. ¡Meche estará junto a ella, las tijeras en la mano...!

LOLA. Pero no cortará un vestido.

CLARA. Ni una cinta.

LOLA. Cortará una respiración pesada.

CLARA. Un aliento demasiado pobre. ¡Es inhumano!

LOLA. Y sin embargo, no hay tragedia inútil.

CLARA. Ni dolor eterno.

Suspira Adelfa ante el espejo.

ADELFA. ¡Qué calor! Yo quisiera vivir desnuda. *(Se contempla.)*

LOLA. A Meche le será fácil.

CLARA. Trabaja bien. Es astuta, sabe de trampas, como una reina.

314

LOLA. O como una ladrona.

CLARA. También nosotras somos sabias.

LOLA. Pero de otro modo. Yo afilo las tijeras, ella les da un destino, luego tú mitigarás las penas.

CLARA. Yo soy como la brisa. A todos toco. Eso se me reprocha.

Adelfa ríe ante el espejo.

ADELFA. Un día se lo dije a Capitán; me rompió el vestido, y me dejó en cueros en la calle. *(Ríe.)* Mamá por poco se lo come a golpes.

LOLA. Meche sabrá ponerlas. El sitio exacto, para el momento preciso.

CLARA. *(Ansiosa.)* ¿Las puntas... hincan?

LOLA. De sólo mirarlas. Conozco bien mi oficio.

Adelfa arregla su vestido ante el espejo.

ADELFA. *(Imitando la voz de la madre.)* "Tienes el vestido ajado." "Están todos sudados." "Estos niños." *(Pausa.)* Pero yo corro y mi hermano corre. *(Suspira.)* Algún día seré bailarina: la cintura bien apretada y baile y baile y baile. ¡Tendré vestidos largos y un espejo grande, que llegue al cielo! *(Se deja caer en un sillón al lado de Marino.)*

CLARA. ¡Mira que tarda!

Adelfa se acomoda en el sillón.

ADELFA. Pero para eso tendré que irme de la casa y dejar al viejo. Papá y mi hermano siempre están peleando. Mi hermano se va de la casa, a trabajar. A mí no me importa porque tú te quedas. Tú eres mi novio. Un día me diste un beso y se te pusieron las manos frías, como al novio de Tita, cuando Tita lo besa. *(Ríe.)* Oye, cuando nos casemos, vamos a correr como hacemos mi hermano y yo. Hoy nos corrimos todo el Malecón. Primero, nos encontramos con un negrito; segundo, con otro negrito. Dice Capitán que los negros bailan mejor que los   315 blancos, y que son más alegres. Y cuando era chiquito se pintó todo con tizne del caldero, y gritaba a voz en cuello que él era negrito, negrito, y que yo no era blanca, sino amarilla; que blanca era la leche, y las palomas. *(Ríe.)* Mamá se rió, y papá. Yo no entendí, pero me reí también. *(Pausa.)* ¿Y tú... no te ríes?

MARINO. *(Sombrío.)* No.

ADELFA. ¿Es porque tu mamá está enferma?

MARINO. *(En el mismo tono.)* No.

ADELFA. Entonces no sé. *(Pausa.)* Estoy cansada. Tengo sueño. Hasta en las piernas tengo sueño. *(Se acomoda. Bosteza.)* Oye, cuando nos casemos nos vamos a correr el Malecón. ¡Vamos a correr el mundo! Yo voy a ser bailarina, y a apretarme la cintura. *(Bosteza.)* Tendré un espejo para mí sola, ¡grande! En el cielo habrá un gigante, en el gigante un lucero, y en el lucero una luna... Con eso me dormía mi abuelo cuando yo era chiquita. *(Se duerme.)*

Entra Meche.

CLARA. *(Ansiosa.)* ¿Ya?

MECHE. *(Satisfecha.)* Ya. *(Se sienta.)*

LOLA. Las pusiste...

MECHE. En lugar visible.

CLARA. Sobre las sábanas.

LOLA. Sobre los pañuelos...

MECHE. ¡Sobre la almohada!

CLARA. Se tirará en la cama.

LOLA. Las puntas, frías, tocarán su cara.

MECHE. Entonces será lo terrible.

CLARA. Le temblarán las alas.

LOLA. Hortensia dará tres gritos, ¿así es?

MECHE. Así.

LOLA. Y algo habrá terminado.

CLARA. ¡Al fin!

LOLA. Para poder irnos.

MECHE. Todo llegando, todo corriendo, todo pesando.

Entra Hortensia con unas tijeras.

HORTENSIA. ¿Dónde están las tijeras?

LOLA. *(Disimulando.)* ¿Las tijeras?

HORTENSIA. Sí, las de plata, éstas no cortan, están despunta-das.

Deja las tijeras en alguna parte.

LOLA. No las he visto. ¿Y tú, Meche?

MECHE. Tampoco. Yo corto los hilos con los ojos.

CLARA. Yo con las manos.

LOLA. Yo con los dientes.

HORTENSIA. *(A Mariana que cruza silenciosa.)* ¿Habré dejado las tijeras nuevas en la cocina?

MARIANA. *(Grave.)* En mi cocina no. *(Se detiene, enigmática, ante las operarias.)* ¡Dios sabrá!

HORTENSIA. Extraño. ¿Dónde...? No puedo explicarlo. Siem-pre he tenido buena memoria y sin embargo, hoy... ¡Hace tanto calor! *(Busca en algún mueble. Despierta a Adelfa.)* Adelfa, levanta. A la noche no podrás dormir. *(Adelfa se levanta bostezando. Luego se deja caer de nuevo, cuando Hortensia ha buscado en el asiento.)* Tampoco aquí. *(A Marino.)* ¿Y tú?

MARINO. ¿Yo qué?

HORTENSIA. Las tijeras... ¿Las has visto?

MARINO. *(En el mismo tono.)* No.

317

HORTENSIA. *(Acercándose tierna.)* ¿Qué te pasa?

Marino la mira. No responde. Hortensia intenta acariciarlo, se contiene. Marino sorprende el gesto.

MARINO. *(Triste.)* Anda, abrázame, que no te dé pena.

HORTENSIA. ¿Por qué habría de darme pena?

LILA. *(Se oye lejana y angustiada su voz.)* ¡Hortensia...!

MARINO. *(Triste, mirando a Hortensia.)* ¿Por qué? *(Un silencio.)* Por eso... por todo.

HORTENSIA. *(Conmovida, en voz alta. Mirando a Marino.)* Sí...

ADELFA. No vayas a llorar. No llores.

Sale Hortensia. Marino intenta sonreír.

MARINO. Ojalá pudiera. Desde que nací estoy oyendo lo mismo "Yo no quiero que salga y vea el mar. Yo no quiero que crezca. Un día se casará y una mujer sufrirá por su culpa". Y yo me siento como si me tuvieran amarrado. Los demás muchachos saltan, brincan... Tu hermano es menor que yo, y me lleva la cabeza. Las matas de mi tía crecen y rompen las macetas. Pero yo no puedo creer. *(Llora.)*

ADELFA. *(Ansiosa.)* No llores. Trabaja. Vete de la casa. Mi hermano se va. No llores. Te vas volviendo chiquito como una hormiguita, y alguien te podría aplastar. Yo misma podría aplastarte. Mira, si quieres lloro yo y tú te ríes. Anda, ríete, ríete.

MARINO. Y si ella quiere, yo no veo el mar, ni los barcos. Pero yo no puedo oír lo mismo siempre: "Tu desayuno está servido. Sobre el aparador tienes la mantequilla, sobre el aparador tienes la mantequilla".

ADELFA. *(Firme.)* Está bien, llora, pero yo te dejo.

Sale Adelfa, corriendo. Se oye una guitarra. Marino reacciona y **318** *sale detrás de Adelfa, llamándola. Entra Hortensia.*

HORTENSIA. *(A Clara.)* ¿Y Marino?

CLARA. Mirando el mar.

HORTENSIA. ¿Y Adelfa?

LOLA. A su lado.

HORTENSIA. ¿Acaba de salir?

MECHE. Ahora mismo.

HORTENSIA. *(Compasiva.)* ¡El pobre! *(Va a la ventana, buscando el mar. Lila la llama desde el interior.)* Voy, voy. *(Sale.)*

LOLA. Voy, voy, voy. La va a volver loca.

CLARA. Al hijo casi lo ha vuelto.

LOLA. ¡Qué ganas tengo de que todo acabe!

MECHE. ¡Silencio!, que ahí viene la vieja.

Se pone a trabajar afanosamente. Entra Mariana, misteriosa.

MARIANA. *(Entrando.)* ¡Silencio!, que ahí viene la vieja, silencio, que ahí viene la criada. Pero la criada y la vieja es la única que las oye. A ver, ¿y las tijeras? ¿Donde están las tijeras? Así, cállense. ¡Moscas muertas! ¡Bribonas! Bueno, ¿y qué quieren? ¿Qué es lo que quieren que pase aquí? *(Pausa.)* Yo sé que conmigo no es, porque yo estoy en mi sitio. Y de él no me van a sacar ni tú, ni la otra, ni la de enfrente, como no sea para botarlas de la casa a patadas. ¡Bribonas!

Hortensia entra con dos vestidos, cansada.

HORTENSIA. *(Firme.)* Está bueno, Mariana. Las muchachas están ocupadas. *(Da los vestidos a las operarias.)* Al de Lucía más escote, al de Victoria más cintura.

Va al maniquí, que tiene un traje a medio hacer. Se sienta y comienza a ponerle alfileres.

MARIANA. Muy ocupadas, ¡y cómo!, y yo cambiando el agua todos los días. *(Refunfuñando.)* Que los muertos no existen. Y los vivos no hablamos de otra cosa. Y tanto se piensa en ellos, que entran en las casas, y ahí se quedan, como si las casas, y las gentes, y hasta el mar les perteneciera. *(A las operarias, con segunda.)* Claro que hay muchos inocentes que no saben nada de eso, que se pasan todo el día trabajando, cosiendo, cantando *(Fuerte.)*, escondiendo tijeras.

HORTENSIA. Te he dicho que ya está bueno.

MARIANA. No, si por mí, no. Yo tengo ya el camino recorrido; un marido viejo que me dio una hija boba. *(Pausa.)* Ni por usted, ni por Lila, ni por el muchacho; que con una hija boba y un marido viejo, ¿qué pueden importarme ustedes?; sino por ellas, porque están ahí, enredando, cuchicheando, riéndose.

HORTENSIA. *(Irritada.)* ¡Mariana! Vete a acabar la comida. *(Algo más suave.)* Hoy no puedo ayudarte. Lila no me ha dejado descansar un segundo. *(Fatigada.)* Un día voy a cruzarme de brazos en un rincón, y a mirar el suelo. *(Pausa.)* No es que proteste, pero Lila es peor que un niño. A mí no me importa estar a su lado todo el día, ¡como si no respiro! Yo estoy vencida desde hace tiempo; pero Marino, que más parece hijo mío, que puede escapar, que todavía está vivo... ¡Si yo me atreviera! Una sola cosa que le dijera y escaparía. Tú no tienes trece años, tienes quince, tu madre te engaña, tu madre es una egoísta. Pero es también una mujer enferma, y los enfermos son débiles y fuertes, abusadores, tiranos. ¡Si yo tuviera valor...! *(Deja caer la cabeza entre las manos. Pausa. Levanta, brusca, la cabeza.)* ¿Qué haces ahí plantada? *(Mariana se retira en silencio, dolida.)* Perdona, vuelve. *(Mariana vuelve.)* Si fuera otra, no importaba, pero ella fue la mujer de mi hermano, y era distinta antes de él morir. Yo quería ser como ella. Siempre viví a través de los otros; y como ella se reía tan bien, yo no reí más; como yo no tengo hijo, tengo que querer al suyo. Como hablaba tan bonito, yo me callé, y, poco a poco, me he ido convirtiendo en esto que soy ahora, una máquina, un mulo de carga, la tía, la flaca, la aguanta velas. Y mi gran miedo es que a Marino le pase lo mismo. Sé que hay que ayudarlo, y que tengo que ser yo. Y sé que puedo, pero tengo miedo.

Mariana se ha ido acercando poco a poco. Las tres mujeres ríen por turno. Mariana estrecha tiernamente a Hortensia.

MARIANA. *(Mirando a las mujeres, como para desbaratar el hechizo.)* Rece, por su hermano, por el marido de Lila, por el padre de Marino.

LOLA. Por que se abran las puertas.

MARIANA. Por los muertos, para que se sepan muertos. Por los vivos, para que se sepan vivos.

CLARA. Por que el mar entre en la casa.

MARIANA. *(Poniendo las manos sobre la frente de Hortensia.)* Por lo que fue y no es, para que no siga siendo.

MECHE. Para que todo corra.

MARIANA. Por el Padre.

LOLA. Para que todo llegue.

MARIANA. Por el Hijo.

MECHE. Para que todo pase.

MARIANA. Y por el Espíritu Santo. *(Se persigna.)* ¡Amén!

Las tres mujeres ríen al mismo tiemo. Tocan a la puerta, toques rápidos, imperativos. Mariana hace ademán de abrir, Hortensia la detiene.

HORTENSIA. Deja, yo iré. *(Abraza a Mariana.)* Perdona, debe ser el trabajo, el calor. *(Hortensia va a abrir, lentamente, cansada. Mariana no le ha quitado la vista a las mujeres.)*

MARIANA. *(Seca.)* ¡Bribonas! *(Sale.)*

Insisten los golpes. Hortensia abre. En el umbral de la noche: La Cotorrona; sortija y collares, se precipita en la casa.

HORTENSIA. *(Sorprendida.)* ¿Usted?

LA COTORRONA. Yo, muy apenada por lo de esta mañana.

HORTENSIA. *(Atajándola.)* El vestido de la niña no está todavía.

LA COTORRONA. No, si no vengo por eso, permítame que me siente. *(Se sienta.)*

HORTENSIA. Es que Lila está mala...

LA COTORRONA. Comprendo, ¡la imbécil de mi hija! Una mujer así de delicada, de fina. Yo ni siquiera pude almorzar de la indignación. No sabía qué hacer; hasta que mi marido, que es un hombre importante y muy cumplido, me dio la solución, me dijo: "Vístete y excúsate". Y aquí estoy para hablar con ella. *(Se abanica.)*

HORTENSIA. Si fuera lo mismo yo, ella estaría enferma.

LA COTORRONA. Lo sé, lo sé, y créame que lo siento de veras, pero tengo que verla personalmente. Unas palabras nada más, se lo prometo; si no puede levantarse yo podría pasar al aposento. ...humillarme, necesito humillarme, ante ella, porque la ofendió mi hija, que es como quien dice una parte mía. Yo soy católica: confieso, comulgo; tengo un rosario de nácar y un misal de galalí.

HORTENSIA. Si la ve, se sentirá peor. Señora...

LA COTORRONA. Se lo ruego, dígale que no le va a pesar.

HORTENSIA. *(Molesta.)* Espere un momento, le avisaré. *(Sale.)*

LA COTORRONA. Muchas gracias *(Se abanica.)* No le va a pesar, seguramente no le va a pesar.

Queda La Cotorrona en escena, abanico en mano, oronda, abstraída en su pretendida bondad. Irrumpe en la puerta Cabalita.

CABALITA. ¡Kikirikí! ¡Kikirikí! El Cheche Cacamónico, que toma agua y mea gasolina.

LA COTORRONA. ¡Oh!

CABALITA. Yo soy Kikirikí. Me dicen Cabalita Kikirikí, porque digo la cábala. Uno, caballo; dos, mariposa.

LA COTORRONA. *(Tratando de sacar voz.)* ¡Hortensia...!

CABALITA. Cállese, no cacaree; ríase, ¿o es que no sabe reírse? ¿O es que no conoce la risa? A ver, ¿qué tiempo dura?, ¿qué color tiene? Te lo voy a decir: ¿verde?, ¿rojo?, ¿amarillo? No, no, no, no. No tiene color, ¿ves? No tiene color. *(Ríe.)* Te voy a poner una charada y si la adivinas te voy a dar un beso. A ver: La falda es una campana. La campana es una flor. La flor es la tumba fría. La tumba no es lo mejor. *(Se da un trago de ron.)* Y a tomar ron y a echarme fresco. ¡Y que me calumnien! *(Pausa.)* Aquí, aquí... Cabalita Kikirikí, duélale a quien le duela. Uno caballo; dos mariposa; y tres... ¿qué cosa, mi Dios? Cacarea, gallina vieja, cacarea, gallina, cacarea, cacarea.

LA COTORRONA. *(Aterrada.)* Tres... marinero, cuatro... gato, cinco... monja, seis... jicotea, siete... *(Hay un momento de silencio.)* Siete, caracol.

CABALITA. Caraco, carijo, cari-larga, cari-gorda, cari-vieja, cara-cola, cara-mala, cara-boba, ¡carajo...! El cinco mil trescientos quince premiado en quinientos pesos. Bum, bum, bum, cataplum. Seis, jicotea, siete, caracol y ocho... ocho...

LA COTORRONA. ¡Ocho muerto!

CABALITA. Ocho muerto, eso es, ocho muerto, dos mariposa, ¿qué cosa mi padre?, ¿qué cosa mi sangre? Ah, sí, y ocho muerto. *(Inicia tristemente el mutis.)* La falda es una campana, la campana es una flor, la flor una tumba fría, la muerte no es lo mejor. *(Echa a andar, y se detiene tristemente en la puerta.)* Mira... *(Triste.)* ¿Qué tiempo dura? ¿Qué color tiene?

Quedan en la escena los desmayados ¡oh! de La Cotorrona. Entra Hortensia. La Cotorrona en el asiento espera y se abanica, suspira, se lamenta, ayes y ohes.

HORTENSIA. *(Ayudándola.)* ¿Qué le pasa?

323

LA COTORRONA. *(Abanicándose nerviosa y señalando a la puerta.)* Un borracho, un loco, ¡la maldición de Dios sobre su cabeza! ¡Cierre, cierre la puerta, que si lo veo aparecer me da algo!

HORTENSIA. *(Cerrando.)* ¿Borracho?

LA COTORRONA. Y loco: uno, caballo, dos, mariposa, ¡pero qué estoy diciendo!

HORTENSIA. Es Cabalita, un infeliz del barrio, a nadie hace daño. Lo engañó la mujer y se quedó así.

LA COTORRONA. Un desecho del ambiente.

HORTENSIA. Siento mucho lo ocurrido.

LA COTORRONA. Un desecho, como diría mi marido. Cada vez que me acuerdo... ¡Oh!

HORTENSIA. *(Solícita.)* Respire fuerte, recuéstese.

LA COTORRONA. Olvídelo, hija, olvídelo. *(Recobrándose.)* Y dígame, ¿puedo ver a Lila?

HORTENSIA. Me temo que no. Lila está peor de lo que ella imagina, desde esta mañana no hace más que temblar.

LA COTORRONA. ¡Claro! ¡Mi hija! Me tiene siempre en jaque. ¡Ese energúmeno! Ayer se sopló las narices con un mantel de encaje, y allá fue su pobre padre a pagar el daño. Antes de ayer sonó al hijo de la vecina, que es cuatro años mayor que ella. Pero, ¡se irá de pensión! Yo no me explico. Yo fui muy pobrecita —mamá me hacía la paloma para ir al colegio—, eso sí, pero muy comedida. Ella lo tiene todo, roce, posición... Dice mi marido que yo no tengo el sentido de la oportunidad, pero es ella, hija, ella, ¡y ahora con Lila que es una mujer enferma!

HORTENSIA. Es muy sensitiva...

LA COTORRONA. ¡Un espíritu exquisito! *(Pausa.)* Bueno, la cosa es que yo quisiera ayudarla: desagraviarla, como dijo mi marido. Él, como usted sabe, es administrador de una compañía naviera y podría colocar allí al muchacho. Lila tendría una entrada más y trabajaría menos.

HORTENSIA. *(Entusiasmada.)* ¿Lo cree posible?

LA COTORRONA. Seguro, dígaselo usted. Que con trece años ya puede empezar en viajecitos cortos en el comercio de cabotaje. Claro que no se le podría pagar mucho, hay que empezar por lo más duro.

HORTENSIA. *(Vacilante.)* En realidad es mayor. *(La Cotorrona hace gesto de sorpresa.)* Digo, que parece mayor.

LA COTORRONA. Pues muchísimo mejor. *(El reloj da las seis.)* ¡Dios! ¡Las seis! ¡Me voy!, que me espera mi marido. *(Se levanta.)*

HORTENSIA. *(Emocionada.)* Señora... *(Le da la mano.)* Muchas gracias, perdone a Lila. Las cosas no marchan bien últimamente.

LA COTORRONA. No, hija, no, son ustedes las que tienen que perdonarme. *(Va a salir.)* Y ya sabe, que me avise. *(Al llegar a la puerta se detiene.)* ¡Oh, el loco...! A lo mejor está esperándome.

HORTENSIA. *(Asomándose a la calle.)* Pase usted. El camino está libre.

LA COTORRONA. Gracias, hija. *(Murmurando.)* ¡La maldición de Dios! ¡Borracho! ¡Indecente! *(Se pierde. Hortensia cierra la puerta. Aprieta las manos.)*

HORTENSIA. *(Como rezando.)* Si al menos él, ¡si al menos él!

Un silencio. Entra Lila en bata de casa, despeinada, ojerosa, enferma: más trémula que en el primer acto; pero con la agresividad de un animal al que le van a arrebatar su presa.

LILA. ¿Ya se fue? Aquí que no vuelva más, ¡vieja Cotorrona! ¿Por qué no se queda en casa, en vez de venir a molestar a la ajena? *(Se sienta.)*

HORTENSIA. ¿Por qué te levantaste?

LILA. Se cansa una de ver cómo la gente se empeña en ser desagradable, y la vida y la más mínima cosa. Esa chiquilla me dio miedo. Luego soñé, el mar quería tumbarme la puerta... El mar tenía un vestido como ese suyo. Tú hablabas con unas mujeres que se reían, me parecía que alguien andaba en mi cuarto, entre mis sábanas, sobre mi almohada. *(Ahogada.)* Dame, dame el abanico.

HORTENSIA. *(Impresionada.)* ¿Quieres que te abanique yo?

LILA. No, deja. *(Hortensia le da el abanico.)* Sí, hasta la más mínima cosa. *(Señalando.)* Una ventana abierta...

HORTENSIA. Perdona. *(Va a cerrarla.)* No me acordaba.

LILA. Pues acuérdate, ¡por Dios!, acuérdate...

HORTENSIA. ¿Tan mal te sientes?

LILA. Muy mal, una angustia y otra angustia. *(Pausa. Luego brusca.)* ¿Y ésa qué quería?

HORTENSIA. Vino a hacerte un favor. Está avergonzada de la conducta de la hija. Pensó en Marino, en tus desvelos... *(Con cuidado.)* Su marido puede emplear a Marino.

LILA. ¿A mi hijo? ¿Y quién le dijo a ella que mi hijo necesita empleo?

HORTENSIA. Nadie, como eres viuda... ella vino y vio al muchacho *(Con cuidado.)* que ya es un hombre...

LILA. ¡Y claro! ¡A llevárselo de mi lado! A llenarle la cabeza de cosas, para que yo no pueda pegar los ojos. ¡Que nunca falta alguien! Llamarle hombre a un niño. Agobiar de responsabilidades a un muchacho de trece años que no sabe nada de la vida.

HORTENSIA. Pero que es hora de que sepa. Y además, sabes muy bien que no tiene trece años, que es mayor. A fuerza de repetirlo has llegado a creerlo.

LILA. Cállate, por favor, podría oírte. ¿Dónde está? ¿En su cuarto?

HORTENSIA. Salió un momento.

LILA. *(Angustiada.)* ¿A dónde?

HORTENSIA. *(Sin cuidado.)* A donde único sale, ¡a respirar!

LILA. Llámalo, a mí no me oiría, no me alcanza la voz.

HORTENSIA. ¿No te parece que es abusar?

LILA. ¡Llámalo, por Dios! Llámalo.

HORTENSIA. Como quieras.

Cuando Hortensia va a llamarlo, la guitarra y el hombre del Malecón ahogan su voz. Hortensia regresa.

HORTENSIA. He tratado, pero no me oye.

LILA. Primero una cotorra, luego una guitarra, entre una mujer y su hijo. ¡Llámalo!

HORTENSIA. *(Firme.)* Perdona, pero no voy a llamarlo.

LILA. Bien, lo haré yo. *(Va a la ventana y trata de que Marino la oiga; pero la guitarra y el hombre del Malecón ahogan su voz. Regresa.)* Estarás contenta, tú y todos. He fallado. *(Llora.)* Mi vida no ha sido más que una serie de fracasos, y ¡estoy hastiada!, porque nadie me ha comprendido, porque me han dejado sola: tú ahora, y él antes, y mi hijo esperando un barco, pendiente de una ventana, ¡sola!, ¡sola! *(Llora.)*

HORTENSIA. *(Fuerte.)* Basta ya, Lila, yo no te voy a oír, yo no te voy a oír. *(Pausa.)* ¡Una mujer que lo ha tenido todo! A mi hermano que te quiso como pueden querer los hombre, un hijo al que no dejas comer, ni dormir ni vivir en paz, una clientela que aprecia en ti el trabajo que hago yo. Un hombre como Juan Alberto, que te quiere desde toda la vida *(Dolida.)* mientras conmigo es fríamente cortés. *(Llora contenida.)* Si lo hubieras querido me hubiera conformado, te hubiera querido como a mí misma, pero has preferido tu viejo mundo de lamentaciones. *(Pausa.)* ¿Y lamentaciones por qué? ¿Por haber sufrido para que un hijo se moviera a tu lado? Yo no me quejo y ¡mírame! Soy una mujer igual desde el primer día. Me han pasado los años por la piel, pero dentro estoy entera. Un solo bloque, ¿comprendes?, un solo bloque. *(Llora.)*

LILA. *(Desesperada.)* Yo no tengo fuerzas, ¡pero lucharé!, ¡lucharé! *(Va a la ventana.)* ¡Marino! ¡Marino!

HORTENSIA. *(Recuperándose.)* Yo no he dicho nada, ya sé que es inútil. *(Se sienta.)* Me sentaré y tomaré la aguja. *(Toma la aguja.)*

LILA. *(Con una alegría histérica.)* ¡Ya viene!

HORTENSIA. *(Fatal.)* ¿Sabes una cosa?

LILA. Ya está aquí. *(Va hacia la puerta.)*

HORTENSIA. Tú no comprendes la vida. No la mereces.

Aparece Marino en el umbral de la puerta. Lila abre la puerta, se le cuelga al cuello.

LILA. ¡Hijo! Mi niño. Mi niño. *(Se aprieta como descansando contra él. Marino frío. Lila recupera su angustia.)* ¿Por qué tardas tanto? Te llamo y te llamo, pero no me oyes, cuando estás entre la gente que habla y grita no me oyes. Cuando estás con ellos no eres mi niño. Te llenan el oído de cosas. Te arrastran a vivir una vida que es dura, que no tiene sentido; porque odian que tú seas mío, que tú seas mi hijo, ¡mío! *(Marino, fríamente le quita las manos del cuello y avanza.)* Marino, ¿qué te han hecho? Te han hecho algo, lo sabía, cada año que pasa es un año que te alejas de mí.

MARINO. ¡Mamá! Mañana salgo a *(Vacila.)* a buscar trabajo.

LILA. No, no es posible. No puedes hacerlo. ¿No te das cuenta? ¿No te das cuenta que eres muy joven todavía, que... que no es posible? *(Va hacia él.)*

328 MARINO. *(Amenazador.)* No te acerques, mamá.

LILA. Que eres un muchacho decente... que no estás acostumbrado a esa vida de hombres que salen del trabajo para ciertas calles, para ciertas casas prohibidas para los niños.

MARINO. *(Tapándose los oídos.)* No te voy a oír, no te voy a oír.

LILA. ¡Que eso eres, un niño! *(Pausa.)* No lo encontrarás, se reirán de ti. Ellos tuvieron un padre, y sus padres tuvieron otro padre y sus padres otros, pero tú sólo me tienes a mí, a mí.

MARINO. *(Desesperado.)* No puedo dejar de oírte, ¡mamá!, ¡mamá!

HORTENSIA. Esto es cruel. ¡Marino!, hoy estuvo aquí la señora de Estévez.

LILA. *(Terrible.)* Cállate, cállate...

HORTENSIA. Vino a ofrecerte un empleo.

Lila le da una bofetada.

MARINO. *(Sorprendido.)* ¡Mamá!

LILA. No la oigas, es una mujer dura, como tu padre; tú no, tú eres como yo. Ella no comprende. ¿Qué son trece años para enfrentar la vida? Yo tenía tu edad cuando lo conocí y fíjate. ¡Tan poca cosa! ¡Trece años!

HORTENSIA. *(Serena.)* ¡Mentira!

LILA. *(Desesperada.)* Verdad, verdad.

MARINO. ¿Qué es mentira?

LILA. Nada, no creas nada, ella no es tu madre, ella no es madre de nadie. Es una solterona, una solterona amargada, todo lo que dice es mentira. Quiere que crezcas para que vivas. Y ¿qué es la vida? Los hombres dejan a sus mujeres por sus queridas, o se mueren. Las mujeres dejan a un hombre por otro. Entonces, ese hombre solo, toma, se emborracha... Óyeme a mí, no a ella. Ella es una mujer envidiosa. A mí sí, yo soy tu madre, yo digo la verdad.

MARINO. ¿Qué es mentira, tía?

Hortensia vacila todavía.

LILA. *(En el colmo de la desesperación, dando vueltas a su alrededor.)* Nada. Ella nada sabe. Yo, yo te mecía, chiquito entre mis brazos. Yo te cantaba: "mi pescadito, mi pescadón"...

MARINO. *(Suplicante, a Hortensia.)* Dime, dime.

LILA. ... "Mi cielo gallego, mi verdugón".

HORTENSIA. *(En voz baja, emocionada.)* Tú no tienes trece años. *(Lila interrumpe la canción, mirando al suelo espera el resto de la sentencia.)* Tienes quince. *(Hay un largo silencio. A Lila.)* Yo no hubiera hablado, Lila. Si tan sólo le hubieras quitado dos años, si solamente se lo hubieras dicho. Pero un día fuiste a ver a la maestra. Marino estaba en el tercer grado. Se te había metido en la cabeza que Marino estaba muy adelantado para su edad, que sabía mucho. Convenciste a la maestra para que le desaprobara una asignatura, para que repitiera el grado. Tú hijo había hecho un buen examen, yo misma le había tomado las lecciones. Cuando el muchacho supo que lo habían desaprobado, se tiró en la cama a llorar. Al otro día Marino era ya un muchacho callado, alguien que no comprendía la injusticia... Yo me hubiera callado, Lila, pero otro día Marino esperaba a unos compañeros para ir a patinar. Los muchachos patinan, corren, se mueven... Como estaba cansado, se quedó dormido con los patines puestos, esperando... Antes de dormirse, te había dicho... "Me van a venir a buscar, mamá, llámame..." Yo les hubiera dicho a los muchachos... "Entren, llenen la casa de ruidos, de risas, de cualquier cosa que pueda parecerse a la alegría". Tú no, tú abriste la persiana y les dijiste: "Marino no está", y dejaste la vida afuera. Yo me hubiera callado... ¡Perdóname!

MARINO. *(Sorprendido.)* ¡Mamá!

Lila mira a Hortensia ligeramente de soslayo; Hortensia vuelve la cabeza. Lila continúa haciendo mutis.

MARINO. ¿Por qué, mamá? *(Lila se detiene un instante.)* Mi padre te hizo sufrir, ¿pero yo? *(Lila sale siempre mirando el suelo. Marino cae en un sillón.)* ¿Y yo mamá, y yo? *(Se oyen los tonos finales de una guitarra. Hortensia vuelve la cabeza hacia el cuarto de Lila, Marino llora.)*

HORTENSIA. ¡No, Lila, no, no...! *(Gritando.)* ¡No...!

Se tapa la cara con las manos. Marino se incorpora ante el grito, mira a Hortensia. Luego echa a andar como hipnotizado hacia el cuarto de la madre.

CLARA. Adivinaste.

LOLA. Adivinaste.

MECHE. Adivinaste.

ACTO TERCERO

Cuadro Primero

Comienza el acto en un gran silencio. Mucha gente en escena. Hortensia es sostenida por la madre de Adelfa y por la criada.

MADRE. Acuéstala, Mariana. Un pañuelo mojado en alcohol. Es la fatiga.

HORTENSIA. No, yo estoy bien; ocúpate de él, Mariana. Tengo que hacer.

MADRE. *(A Marina.)* No le hagas caso. *(A Hortensia.)* Olvídate de todo. Yo mandaré los recados. *(Al hijo que está sentado al lado de Adelfa.)* ¡Capitán!

Mariana se lleva a Hortensia. Capitán cruza a donde la Madre.

MADRE. *(A Capitán.)* Rápido. A la funeraria. Ya falta poco.

Sale rápido Capitán. Adelfa en su sitio, llorando bajito. Sale la Madre. Comienzan levemente los murmullos.

VIEJA. *(A la Boba que se mece a su lado.)* Y esto no es lo peor. Lo malo será cuando se lleven a la difunta. Es un momento muy doloroso. Yo he visto ya muchos velorios, y siempre la misma tristeza. Sin contar que a veces pasan cosas terribles. En el velorio de mi padre, estando reunidos los dolientes, por poco se cae la caja. Desde entonces siempre temo que la caja se caiga. *(Pausa.)* ¿Y a usted no le da miedo? *(La Boba se mece en silencio.)* Yo no hubiera venido, pero le tengo miedo a la soledad. Como soy casi sorda y casi ciega, no puedo valerme por mí misma. Y acá mi nieta *(Señala a Adelfa a su lado.)* y mi hija, vinieron a cumplir. Es un momento doloroso. *(A Adelfa.)* ¿Quién se murió, Lila u Hortensia?

ADELFA. Lila, abuela.

VIEJA. ¡La pobre!

El coro de los hombres, junto a la puerta, ríe un chiste a media voz. Tres mujeres conversan en un pequeño grupo.

PRIMERA MUJER. ¡Las tijeras! Quién lo iba a decir. Lo que le dio de comer le quitó la vida.

SEGUNDA MUJER. Así son las cosas.

TERCERA MUJER. Los nervios vuelven locas a las gentes.

PRIMERA MUJER. Ella sufría mucho. Trabajaba como una esclava. Mantenía al hijo y a la cuñada.

SEGUNDA MUJER. Buena costurera.

TERCERA MUJER. A mí me hizo este vestido.

PRIMERA MUJER. *(Tomando el vestido de la otra en sus manos.)* ¿Crepé?

TERCERA MUJER. Crepé romano. Dos cincuenta la yarda.

PRIMERA MUJER. ¡Lindo!

Los hombres murmuran. Ríen.

VIEJA. Una capa preciosa, como correspondía a un patriota de primera. Yo me quedé con la cruz que era de plata. ¿A usted le gusta la plata?

BOBA. Sapiti pon, que no tiene tapón...

VIEJA. ¿Le gusta? A mí me gusta mucho la plata; y el agua de coco.

Entra Mariana y se para ante el Marido.

MARIANA. Vete ya. Y llévatela.

La Vecina Primera se levanta a hablar con su marido en el coro de hombres, al pasar acaricia la cabeza de la Boba.

PRIMERA MUJER. *(Como a una niña chiquita.)* Aurorita...

BOBA. *(Para agradar.)* Sapiti pon, que no tiene tapón.

MARIANA. No puedo verla hacer el ridículo. ¿Por qué vinieron?

MARIDO. Es que estoy cansado. Tú trabajando y yo solo con ella, me aburro. *(Señala para Aurorita.)*

MARIANA. Arrea. *(A Aurorita.)* Aurorita, a casa. *(Aurorita repite el estribillo. El viejo se incorpora.)*

MADRE. *(Asomándose.)* Mariana. *(Reprochando.)* Los rezos...

Entra Mariana. Sale el viejo con la hija de la mano. Suben los murmullos. Entra una mujer joven con su hijo chiquito. El niño lleva un lío de ropas. La mujer va en cutaras. Se detiene en el centro de la escena; cerca del coro de mujeres.

TERCERA MUJER. También me hizo un deshabillé y la ropa de cama en mi último parto. Por cierto, que el niño me ha salido bizco, pero de todos modos no creo que tenga nada que ver. No soy supersticiosa.

NIÑO. Mamá, vámonos. ¿Qué estás haciendo aquí?

MUJER. Mirando, chico, mirando...

VIEJA. *(A la Boba.)* Luego me quedé con la cruz de la caja de mi marido, que era rosadito como una manzanita... Pero la cruz ya no era de plata, ni mi marido era patriota. *(Tristemente.)* Era político.

La mujer, que no comprende nada, coge al niño del brazo. Entra Capitán y se deja caer cansado al lado de la hermana.

CAPITÁN. Vengo de la funeraria. *(Adelfa llora.)* No llores más.

ADELFA. Está pegado al ataúd mirándola.

CAPITÁN. Las gentes tienen que morirse. ¿Quieres que se queden para semilla?

ADELFA. Yo lloro por él. No por ella.

CAPITÁN. Yo supongo que debía llorar también. Es mi amigo. Me gustaría ayudarlo.

El grupo de las tres mujeres.

PRIMERA MUJER. Dicen que es obra de los eclipses. Yo no lo creo. Me inclino a creer en el pasmo, o en un empacho.

PRIMER HOMBRE. ...y ella contestó: "Es el nevero". "¿Y éste?", preguntó el marido; y ella contestó: "Éste es el lechero"... *(Ríen.)*

VIEJA. Y por último, la cruz de la caja de mi hijo. ¡El pobre! Pasaba el día bebiendo, y yo pensando: ¡patriota, político y borracho! ¡Una cruz de plomo! ¡Y la cruz que trae uno desde que nace! *(A la nieta.)* Adelfa, ¿quién se murió? ¿Lila u Hortensia?

ADELFA. Ya te he dicho que Lila. ¡Abuela!

VIEJA. Ah, sí, la del marido mujeriego.

CAPITÁN. Hoy hablé con el capitán de la goleta. Cállate y no te azores, porque te apachurro. ¡Me voy esta noche!

ADELFA. No me gusta eso. Ahora me pegarán a mí sola.

CAPITÁN. *(Levantándose.)* Voy a preparar la ropa. Si te preguntan, dile que fui al... *(Al oído de Adelfa. Sale.)*

ADELFA. Cochino.

Los hombres del coro ríen.

LA COTORRONA. *(Sale y se sienta al lado de la vieja.)* Yo no sé qué hago aquí... Qué horrible es todo. Tan buena mujer. Tan fina... Y en un barrio tan bajo. Claro... Cómo no iba a morirse...

VIEJA. *(Dogmática.)* ¿Que el barrio es bajo? Más bajo está el cementerio y allí vamos a parar todos...

LA COTORRONA. *(Cambiándose para el lado de las tres mujeres.)* ¡Qué grosería!

PRIMERA MUJER. *(Conciliadora.)* ¿Usted es parienta?

LA COTORRONA. *(Molesta.)* ¡Dios me libre! Yo soy la señora del administrador de la "All Sea Company". *(Explicativa.)* Lila era mi costurera...

PRIMERA MUJER. *(Sin comprender.)* Ah...

Se miran las tres y se burlan. Ríen. La risa es interrumpida por una de ellas cuando se oyen los rezos en el cuarto de la muerta.

SEGUNDA MUJER. Es el final. ¡Los rezos!

Sale la madre de Adelfa llevando del brazo al poeta Juan Alberto.

MADRE. Usted despedirá el duelo.

JUAN ALBERTO. *(Con voz tomada.)* ¿Yo? Yo no quisiera... si no es absolutamente necesario. "Tiene alas de seda, cuerpo de rosa..." *(Casi llorando.)* Para mí es demasiado duro... *(Recuperándose.)* Está bien, estaré con ella hasta el último momento. No podré decir que no le he sido fiel. Pero... ahora permítame salir... Aquí me ahogo. Es que me parece que la estoy mirando revolotear... que... *(Sale llorando.)*

La madre de Adelfa se echa a un lado. Salen Clara, Lola y Meche, que se colocan a un lado igualmente y no se moverán de su sitio en todo el acto.

VIEJA. *(A Adelfa.)* ¿Qué pasa que nadie habla?

ADELFA. *(Atenta.)* Ya se la llevan.

VIEJA. *(Inquieta.)* ¿Ya? Que no vaya a caerse la caja. Cuidado... cuidado...

Sale la criada llorando. Hay un silencio momentáneo y en seguida sollozos y las frases al descuido.

UNA. Era una mujer extraordinaria.

OTRA. Una magnífica esposa.

OTRA. La madre más ejemplar.

OTRA. ¡Sobre todo eso!

OTRA. ¡Sí, sobre todo eso!

UN HOMBRE. Fiel a su marido, como quedan pocas.

LA COTORRONA. Dios la tenga en la gloria.

UNA. Cosió toda su vida.

LA COTORRONA. ¡Lila, la mariposa!

Entran Marino y Hortensia.

UNA. Por su hijo.

LA COTORRONA. Por su único hijo.

UNA. Luchando. Sangrándole los dedos.

OTRA. Cuidándolo como un tesoro.

UN HOMBRE. *(Afectuoso.)* Sé un hombre como ella quiso que fueras.

UNA. Venérala hasta el día de tu muerte.

OTRA. No todos han tenido una madre así.

OTRA. Pero no estés triste; ella no te abandona. Las gentes viven siempre en el corazón.

Lo han ido rodeando, las voces suben hasta hacerse casi incoherentes. Marino se desploma sobre una silla. Hortensia se abre paso entre los que rodean a Marino.

HORTENSIA. Déjenlo solo, déjenlo solo. *(Se coloca protectoramente al lado del muchacho.)* Cálmate. *(A los otros.)* Salgan, por favor; estamos muy cansados.

Las gentes salen en medio del silencio. Marino se echa a llorar en su hombro. Entran dos hombres a buscar la caja.

HORTENSIA. Marino, Marino... ten valor.

337

MARINO. Es que me parece que yo lo estaba deseando. *(Pausa.)*

HORTENSIA. Te parece, te parece, nadie ha deseado nada. ¡Levántate...! Tú no has deseado nada... ¡Levántate...!

Marino se incorpora como un autómata.

MARINO. *(Con la voz muerta.)* ¿Qué vamos a hacer?

HORTENSIA. *(Firme.)* Enterrarla...

Un ruido y unas voces en el cuarto de Lila.

VOCES. Álzala bien... Ahora... qué bestia eres...

Hortensia pasa el brazo alrededor de Marino para sostenerle. Salen los dos primeros hombres con la caja a cuestas... Comienza a caer el telón. Se oye a la vieja suplicante.

VIEJA. Cuidado... cuidado...

TELÓN

Cuadro Segundo

La luz baja. Se han llevado las sillas del velorio. Quedan sólo algunos de los antiguos muebles, desoladamente, al descuido. Es de noche. El mar está tranquilo. Hortensia de negro. Marino, triste, sentado.

HORTENSIA. Tienes los ojos rojos de tanto llorar. *(Pausa.)* Mariana te dará algo de comer. *(Va a llamarla.)*

338   MARINO. No tengo hambre.

HORTENSIA. *(Se detiene.)* Aunque no tengas. Estamos cansados. Yo, al menos. *(Pausa.)* ¡La casa está tan vieja! Me daba pena que vieran las paredes. Habrá que pintarlas. ¿No te parece? *(Marino no contesta.)* Marino, es necesario que comas algo, y que hablemos de cualquier cosa... *(Buscando.)* De cualquier cosa...

MARINO. ¿De qué?

HORTENSIA. Ya no sé qué me pasa. Quisiera ayudarte. Siempre me ha sido fácil ayudarte, pero ahora... estoy como amarrada.

Entra Mariana, silenciosa.

MARIANA. ¿Preparo las camas? *(Nadie responde.)* No olvidarse que hay que dormir *(Va hacia el cuarto de Lila con intención de entrar. Allí se detiene. Suspenso. Se vuelve. Mira a los demás.)* Después de todo... si no tienen sueño... *(Llora.)*

HORTENSIA. ¡Mariana...! *(Mariana sale.)*

Marino se levanta como movido por un resorte. Hortensia va hacia él; lo abraza, Marino la abraza. De pronto, bruscamente, Hortensia se separa, camina.

MARINO. *(Siguiéndola.)* ¿Qué te pasa, tía?

HORTENSIA. Nada... no sé, a mí no me pasa nada. Te fui a tocar y no pude..., no pude.

MARINO. Pero, tía.

HORTENSIA. Sí, tía, sí, pero no tu madre. Yo soy una solterona, nada más. Ya eso lo sabías.

MARINO. ¿Por qué dices eso?

HORTENSIA. Porque así es. Tú no eres mi hijo. Ella lo decía a cada rato. *(Llorosa.)* "Cállate, déjalo, es mi hijo". *(Pausa.)* Sí, sí sé lo que pasa. Ahora sí sé. Ahora está claro. He vivido años pensando: "Si fuera mi hijo lo dejaría suelto, que se fuera al mar, a donde quisiera". Luego... la veía, la oía llamarte, y yo

339

cosía y pensaba: "es cruel, egoísta..." ¡Y no era más que envidia! Eso es lo que descubrí ahora, hace un momento, cuando te fui a abrazar. Eso es lo que me pasa. Le envidiaba todo... Su modo de hablar, de moverse, el terror de su voz cuando te llamaba. ¡Es horrible vivir años y años para descubrir la envidia de repente!

MARINO. *(Hacia ella.)* No digas eso.

HORTENSIA. *(Busca miedosa.)* No te acerques. Vete. Ahí tienes el mar. Deja que sea yo la que piense. Yo nunca tuve una flor en el corpiño, yo estoy bien de negro.

MARINO. Entonces, estoy solo.

HORTENSIA. Estamos solos. *(Camina hacia el cuarto de Lila. Se detiene, conmovida.)* Yo no te estoy mirando, Lila. Tú eres una mujer muerta y los muertos no son más que un poco de tierra; y sin embargo, ahí está dando vueltas y gritándome: "¡ladrona!, suelta a mi hijo. Anda, déjalo ir. Ábrele la puerta y que se vaya al mar". *(Pausa trágica.)* Pues sí, Lila, ahí tienes a tu hijo. Yo no robo. Yo quiero dormir esta noche, levantarme mañana a trabajar, coser, sudar, abrir la ventana y acostarme de noche, rendida, sabiendo que estoy cansada. Déjame entrar a mi cuarto, a mi último cuarto, Lila. Déjame entrar esta noche que mañana yo prometo olvidarte, que mañana yo seré fuerte otra vez. Déjame entrar. *(Llora.)* Déjame entrar.

Tocan a la puerta. Pausa. Ni Hortensia ni Marino se mueven. Cruza Mariana y abre la puerta. Entra Capitán. Mariana sale en silencio.

CAPITÁN. Yo, yo no sabía si debía venir. Me fui a casa cuando acabó todo, pero pensé que estarías solo, y aunque mamá dice que en estos casos lo mejor es que la gente esté sola, ya *(Con un arranque de sinceridad:)* ¡Yo soy tu amigo, Marino! *(A Hortensia.)* Y si a usted no le importa, yo quisiera hablar con él un momento. *(Capitán espera a que Hortensia salga. Ésta no se mueve.)* Bueno, pues... la cosa es que yo... me voy esta noche, y me voy preocupado porque... no sé cómo decirlo. Pues... que, yo me voy al mar y tú te quedas, tú querías el mar antes que yo, y yo voy a tenerlo y tú no... y eso no me gusta; porque el mar es de todo el mundo, y yo pienso... ¡caray!, qué difícil es decir las cosas... Pues yo creo que ya tú no tienes nada que hacer aquí, porque ya ella no está y... ¡coño!, que tú no haces nada, que tú ya eres un hombre y si tu tía se queda sola, que se aguante. *(Mira a Hortensia.)* Usted perdone. *(Pausa.)* Yo me voy... no sea que se despierten los viejos... Todavía tengo que recoger mi ropa. *(Le pone la mano sobre el hombro.)* Embúllate... *(Bajito.)* Yo estoy en el café de la Rubia hasta que salga el barco... *(Conmovido.)* Yo soy tu amigo. *(Antes de irse mira a Hortensia, apenado.)* Y usted perdone. *(Sale precipitadamente. Pausa larga. Marino se incorpora lentamente. Se oye la guitarra del Malecón.)*

MARINO. Dice que es mi amigo, que aquí no hago nada y que debo hacerme un hombre. *(Pausa.)* Y, ¿qué es un hombre...? ¿Qué es hacerme un hombre? *(Abre la ventana.)* El mar está tranquilo. También la casa está tranquila... ¡Hay estrellas...! ¡Cuántas estrellas! Hay brisa..., un poco. Tía... ¿No hay un poco de brisa?

HORTENSIA. *(Lejana.)* Parece.

MARINO. Tía...

HORTENSIA. *(Todavía lejana.)* ¿Qué...?

MARINO. ¿Por qué ahora no tengo ganas de irme? ¿Por qué ahora no me gusta el mar?

HORTENSIA. No sé...

MARINO. Esta casa es fresca... Tía...

HORTENSIA. ¿Qué?

MARINO. Nada... la verdad es que estoy un poco cansado... Tía...

HORTENSIA. ¿Qué?

MARINO. Lo que son las cosas.

HORTENSIA. ¿Qué cosas?

341

MARINO. Me estaba preguntando, con todo este lío, dónde puse mis libros. Ahorita empiezan las clases, y no he estudiado en las vacaciones. *(Pausa.)* ¡Son tantas las cosas que estoy pensando de pronto...! *(Pausa.)* ¿Y tú?

HORTENSIA. *(Recostada al marco de la puerta del cuarto de Lila.)* Sí...

Marino se acerca a una de las paredes.

MARINO. De verdad que están feas las paredes. Nunca me había fijado. *(Pausa.)* Lo mejor sería pintar toda la casa. Pero para eso voy a tener que trabajar; con lo que tú ganas, no va a alcanzar para tanto. *(Pausa.)* ¿Cómo me dijiste que se llamaba esa mujer...?

HORTENSIA. La señora de Estévez. *(Pausa. De momento Hortensia ríe débilmente.)* Le dicen La Cotorrona.

MARINO. *(Se ríe.)* ¿Es la que viene con la hija?

HORTENSIA. *(Riéndose más.)* Sí.

MARINO. Pero yo no voy a trabajar con esa mujer. *(Riéndose.)* Habrá que buscar otra cosa. Yo no podría, tía. *(Los dos se ríen. La risa sube y baja. Marino se acerca a Hortensia. La empuja, suavemente, por la espalda.)* Vamos a tu cuarto, te voy a cambiar el bombillo. Las conexiones están malas. De todos modos, va a haber que mudarse de esta casa. Está muy vieja y resulta demasiado grande. *(Hortensia llora de nuevo en el hombro de Marino.)* ¡Vamos! En todas las familias hay alquien que se ha muerto. *(Marino llora también.)*

Salen. Tocan a la puerta. Mariana entra.

MARIANA. Menos mal que se fueron a dormir.

Mariana abre. Entra Adelfa.

ADELFA. ¿Y Marino?

MARIANA. ¿Y Marino? ¿Y Marino? Éstas no son horas de estar despierta. No piensas más que en el noviecito. La mujer acabada

de morir y la niña detrás del hijo. Siéntate. *(Llama.)* Marino...,
aquí está Adelfa. *(Sale.)*

Entra Marino. Adelfa se acerca.

ADELFA. Capitán se fue. Tenía miedo que te hubieras ido tú
también.

MARINO. Yo no me voy. *(Pausa. Se oye la guitarra del
Malecón, débilmente.)* ¿Qué es un hombre, Adelfa?

ADELFA. ¿Un hombre? ¡Qué bobería! ¿Y yo qué sé? Papá es un
hombre, mi hermano, tú...

MARINO. No. Yo quiero decir otra cosa. Por ejemplo: tu
hermano dice que ser un hombre es jugar al billar y acostarse
tarde, y en la escuela nos dicen: "tienen que estudiar y trabajar
para hacerse hombres de provecho".

ADELFA. Entonces, debe ser eso. Yo sólo sé que te quiero y que
voy a ser bailarina.

*Se oye la guitarra, afuera, en la noche. Adelfa le coge una mano
a Marino. Están juntos.*

MARIANA. *(Entrando.)* Voy a apagar la luz. Ya es tarde. El
amorcito puede quedarse para mañana. *(A Adelfa.)* Usted para
su casa. *(A Marino.)* Y usted a dormir y a descansar. ¡Vamos!

ADELFA. Ya voy.

Se oye la voz de la madre de Adelfa llamándola.

ADELFA. ¡Voy...! *(A Marino.)* Mañana vas por allá...

MARINO. Sí... o no. No sé. Estoy cansado. Como mareado, de
tanta cosa.

MARIANA. *(Cerrando la ventana.)* Andando, andando...

*Adelfa sale y Marino entra. Mariana apaga la luz. Se oyen en la
oscuridad las voces de Clara, Lola y Meche.*

LOLA. Una adivinanza: ¿Qué hace el árbol?

343

CLARA. Crece.

LOLA. ¿Qué tiene dentro?

MECHE. Otro árbol.

LOLA. Adivinaste, Clara... Adivinaste, Meche.

Entra Mariana y enciende la luz.

MARIANA. Me pareció oír, clarito, que esas tres hablaban. Pero no hay nadie. Debe ser que yo estoy chocheando, que nunca las he oído reírse, que estoy cansada de luchar. *(Se sienta.)* ¡La vida...! *(Se va quedando dormida.)* ¡La vida...!

TELÓN LENTO

ABELARDO ESTORINO

LA DOLOROSA HISTORIA DEL AMOR SECRETO DE DON JOSÉ JACINTO MILANÉS

LA DOLOROSA BÚSQUEDA DE LOS RECUERDOS

Vivian Martínez Tabares

En una escena crucial de *La dolorosa historia del amor secreto de don José Jacinto Milanés,* el protagonista afirma: "No hay sitial más alto que el del poeta". En esa frase escueta y concluyente está contenida una de las propuestas temáticas esenciales en la obra de Abelardo Estorino, la más significativa y madura de toda la dramaturgia cubana durante la revolución.

La creación dramática de Estorino se compone de más de una docena de títulos, muchos de los cuales resultan imprescindibles a la hora de hacer un recuento del teatro cubano contemporáneo: *Hay un muerto en la calle* (1954, inédita); la trilogía de "variaciones machistas sobre familias provincianas", integrada por *El peine y el espejo* (1956), *El robo del cochino* (1961) y *La casa vieja* (1964); *El tiempo de la plaga* (1968); *La dolorosa historia del amor secreto de don José Jacinto Milanés* (1974); la comedia *Ni un sí ni un no* (1979); la "novela para representar" *Morir del cuento* (1983), su pieza más lograda; la versión farsesca de *Don Juan, Que el diablo te acompañe* (1987); *Una admiradora anónima* (1987); y el monólogo *Las penas saben nadar* (1989), además de *Vagos rumores*, una muy reciente versión del *Milanés* para sólo tres actores.

A lo largo de su obra, son claves permanentes del artista la indagación en la familia cubana, a través de una amplia mirada que le permite diseccionar la sociedad en su conjunto; la elevada exigencia ética para explorar en la identidad cubana y en los rasgos más profundos de nuestra idiosincrasia, y la perspectiva dialéctica con que encara la constante transformación del hombre en su lucha por una verdadera moral.

Algunos de sus más célebres personajes, en diversas circunstancias exclaman: "Yo creo en lo que está vivo y cambia", "Quiero comprender... ¡todo!", "... encontrar las motivaciones más profundas", "... la vida del hombre es algo inabarcable", expresiones orgánicas de una óptica crítica que se abre en la producción dramatúrgica cubana de los últimos treinta años y que en el universo de Estorino se proyecta cada vez más firmemente enraizada en su entorno social.

Una obra de singular coherencia

José Jacinto Milanés, el notable poeta y dramaturgo matancero del siglo XIX, personaje central de la obra que representa a Abelardo Estorino en esta antología, afirma: "El drama no sólo debe pintar el exterior del hombre sino también su interior. Y entre nosotros debe expresar una deducción moral que nos saque de la impasibilidad en que vivimos". Punto de vista que el autor suscribe cuando defiende que "el teatro debe servirle a la gente para reconocer sus problemas", y al definir como su gran conflicto teatral "ir buscando la autenticidad de lo que cada uno piensa, sin temor a decirlo todo.". [1]

La singular coherencia que engarza este sistema de pensamiento, más allá de acuñaciones esquemáticas que le atribuyeron el machismo como tema capital de una larga etapa de su trabajo, se encamina de modo determinante a valorar el papel del artista en la sociedad, preocupación que se hiciera sensible desde el Esteban de *La casa vieja*, o quizás antes, desde el propio Juanelo de *El robo del cochino,* de modo más elaborado y metafórico, y, actualmente, cada vez más tangible.

No por gusto, en el texto que sigue a estas líneas —su obra más entrañable—, el personaje central es un poeta inmerso en angustiosas circunstancias personales, familiares y sociales, como no es gratuito que en sus últimas obras aparezca con insistencia el mundo de la escena por dentro (*Una espectadora anónima* y *Morir del cuento*) [2], en un deliberado afán por expresar conceptos extraídos de la realidad y no una copia fotográfica, y por explorar la propia naturaleza del arte y su función en la sociedad.

Estorino escribe *La dolorosa historia...* después de un exhaustivo proceso de investigación documental que amenazaba convertirse en interminable, y que en un momento le obligó a tomar la decisión tajante de detenerse y comenzar a escribir. La azarosa existencia del poeta —Pepe, como llaman sus amigos a Estorino, y provinciano y matancero como él—, su brillante creación artística, las limitaciones que le impuso una familia numerosa y de escasos recursos, su temprana y aún no esclarecida locura, el atormentado amor imposible y el complejo contexto lleno de corrupción, pragmatismo y crueldad en medio del mundo esclavista que le tocó vivir, son aristas temáticas que el dramaturgo eslabona con maestría, al mezclar hechos reales fielmente extraídos de fuentes documentales y escenas donde suelta las riendas de su imaginación, para presentar su interpretación personal de hechos y figuras a la luz del presente, su propuesta contemporánea y polisémica de diálogo con el lector-espectador.

El autor explota la intertextualidad del discurso escénico, superpone planos, marca paralelismos entre el desequilibrio mental del poeta y los horrores de la realidad de los esclavos; enlaza la crueldad de los tíos hacia su amor por Isa con los pasajes de represión hacia los negros, para revelar así dos caras confluentes de las angustias de su secreto amor: la patria envilecida por las condiciones del coloniaje ("ante las pequeñas penas nuestras, las penas del país son más importantes") y la mujer soñada, Isa, casi una niña, sólo alcanzable en sus delirios. El nuevo ordenamiento de los sucesos acentúa sugerentes reflexiones del dramaturgo acerca de las relaciones de la vida personal y social del individuo.

Una clara voluntad de actualización

La palabra juega un papel fundamental y es una fiel aliada a los procedimientos de renovación que propone la pieza. El autor confirma nuevamente su eficaz dominio del diálogo y la sintáxis del lenguaje coloquial, esta vez con la elaboración poética y la distancia estilística que demandan los personajes y la atmósfera de la época, y la fusión de diálogos de ficción con afirmaciones reales de las figuras históricas y versos entresacados de la poética del autor de *El conde Alarcos,* de la cual se incluye una escena que sirve a Milanés para trasmutarse en un héroe trágico en la lucha contra el despotismo.

La ciudad, entendida en un amplio diapasón de significados, desde el más inmediato de la casa, el hogar paterno, hasta la patria toda, es un motivo ambiental elocuente, como lo fue —cárcel y motivación permanente— en la vida del poeta. Estorino lo explica con palabras llenas de sensibilidad: "Allí está mi amor por Matanzas, el recuerdo de esta ciudad dormida, la sombra de los zaguanes y la poesía que el poeta halló en el mango; con ella descubro mecanismos teatrales que no he abandonado luego. El conocimiento del autor sobre todo el material que va a emplear en su obra me sugirió el paralelo con una persona muerta que revive y pasa cuentas de lo que ocurrió en su vida. A partir de Milanés ha crecido mi lucha por hacer más cristalino y expresivo el mismo proceso de creación." [3] El tiempo —en su curso— y el sentido de la historia, vistos a través de una distancia crítica, son también motivos reiterados.

La dolorosa historia... abre una línea de búsquedas formales en la dramaturgia de Estorino con respecto a su creación anterior. Estructurada en siete escenas o grandes cuadros: Prólogo, La Familia, El viaje, Matanzas, Tertulia, El amor y Delirio, la obra comienza con la muerte de Milanés, quien es conducido por el Mendigo —personaje extraído de su poética— para enfrentar su vida en un viaje a saltos, donde están presente lo onírico y lo alegórico, y donde los recuerdos dan paso a la representación de las escenas vividas.

A través de un libre juego con el espacio y el tiempo, Milanés enjuicia su trayectoria toda, las relaciones afectivas, en especial el polémico vínculo con su hermana Carlota, las contradicciones insalvables con viejos amigos, el doloroso sentimiento de amor, el olvido, los juegos infantiles, la dantesca secuela de la conspiración de "la Escalera"... El recuento no persigue un propósito historicista, sino que, por el contrario, está guiado por una clara voluntad de actualización. Personalidades políticas y literarias reales de la época se muestran a través de un prisma cuestionador de actitudes contradictorias, y descubren un mosaico multifacético de una etapa esencial en el desarrollo de la nacionalidad cubana.

Apenas al inicio, el dramaturgo acota un escenario vacío que los personajes irán llenando poco a poco de muebles y objetos viejos y gastados en el transcurso de la acción, hasta tomar el aspecto de un lugar abandonado y cubierto de polvo y telarañas. La indicación escénica armoniza con el tono desgarrante, opresivo y simbólico que preside toda la obra, y deja libertad para múltiples vías de representación escénica de la acción fragmentada que elige en su composición. Además de una fascinante lectura, la pieza ofrece un reto para una inteligente recreación escénica, aún no consumada del todo entre nosotros, a pesar del recordado intento inconcluso de

351

Vicente Revuelta en 1976 y del espectacular montaje de Roberto Blanco en 1985.

La dolorosa historia del amor secreto de don José Jacinto Milanés, desde su compleja estructura y su profunda indagación de autoctonía, en esa batalla interminable de Abelardo Estorino por descubrir la verdad, consigue resonancia universal y perdurable, tan cercana como la última intervención del Mendigo cuando recuerda que "los poetas no se entierran. Viven cada vez que se abre un libro."

---

[1] Cancio Isla, Wilfredo: "Abelardo Estorino: En busca del tiempo vivido", en *Revolución y Cultura,* nº 5, 1987, p. 2.

[2] Ver Martínez Tabares, Vivian: "Aproximación a un texto teatral", en *Tablas,* nº 1, 1984, p. 28-34, y "La transformación del hombre en la escena cubana", en *Resumen Semanal de Granma,* La Habana, año 15, nº 51, 21 de diciembre de 1980, p. 3.

[3] Cancio Isla, Wilfredo: *Op. cit.,* p. 5.

ABELARDO ESTORINO

Nació en Unión de Reyes, en 1925. Graduado de Cirugía Dental, se dedica finalmente a la publicidad. Escribió su primera obra, *Hay un muerto en la calle,* en 1954, aunque su primer estreno, *El peine y el espejo,* es de 1960. Ha trabajado como asesor literario del Teatro Musical de La Habana y Teatro Estudio, y desde hace varios años es director artístico en este último grupo. Es autor de un guión de cine, de varias piezas para niños y de versiones de textos de otros escritores. Obras suyas se han traducido y representado en Checoslovaquia, Noruega, Suecia, México, Estados Unidos y Chile. Sus principales obras son:

TEATRO

El peine y el espejo. Estrenada en la Sala Granma en 1960. Incluida en la antología *Teatro cubano en un acto,* Ediciones R, La Habana, 1963.

El robo del cochino (1961). Estrenada en la Sala Hubert de Blanck en 1961. Publicada en el volumen *Teatro cubano,* Ediciones Casa de las Américas, La Habana, 1961, y en las antologías *Teatro hispanoamericano contemporáneo,* Fondo de Cultura Económica, México, 1964, y *Teatro y revolución,* Letras Cubanas, Ciudad de La Habana, 1980.

Las vacas gordas (1962). Estrenada por el Grupo Guernica en 1962. Incluida en la antología *Comedias musicales,* Letras Cubanas, Ciudad de La Habana, 1985.

La casa vieja (1964). Estrenada por Teatro Estudio en 1964. Publicada en el volumen *Teatro,* Casa de las Américas, La Habana, 1964.

Los mangos de Caín (1964). Estrenada en el Colegio de Arquitectos de Cuba en 1965. Publicada en la revista *Casa de las Américas,* nº 27, diciembre, 1965, y en la antología *Teatro latinoamericano en un acto,* Ediciones Casa de las Américas, Ciudad de La Habana, 1986.

La dolorosa historia del amor secreto de don José Jacinto Milanés. (1974). Estrenada por Teatro Irrumpe en 1985.

Ni un sí ni un no (1980). Estrenada por Teatro Estudio en 1980.

Pachencho vivo o muerto (1982). Estrenada por el Teatro Musical de La Habana en 1982. Inédita.

Morir del cuento (1984). Estrenada por Teatro Estudio en 1984. Publicada por la revista *Tablas*, nº 1, enero-marzo, 1984, e incluida en la antología *Seis obras de teatro cubano,* Letras Cubanas, Ciudad de La Habana, 1989.

Que el diablo te acompañe (1987). Estrenada por Teatro Estudio en 1987. Publicada por Ediciones Unión, Ciudad de La Habana, 1989.

Las penas saben nadar. (1989). Estrenada en el II Festival del Monólogo de La Habana. Publicada en las revistas *Tablas,* nº 3, julio-septiembre, 1989 y *Unión,* nº 7, julio-septiembre, 1989.

Parte de su producción dramática está reunida en el volumen *Teatro de Abelardo Estorino*, Letras Cubanas, Ciudad de La Habana, 1984, en el que se incluyen *El robo del cochino, La casa vieja, La dolorosa historia del amor secreto de don José Jacinto Milanés* y *Ni un sí ni un no.*

LA DOLOROSA HISTORIA DEL AMOR SECRETO DE DON JOSÉ JACINTO MILANÉS

Abelardo Estorino

PERSONAJES

La familia de Milanés:
DON ÁLVARO MILANÉS, padre
DOÑA RITA DE FUENTES, madre

Sus hijos:
JOSÉ JACINTO
FEDERICO
CARLOTA
RITICA
CLEO
TERE
PASTORA, hermana de Doña Rita

La familia de Ximeno:
DON SIMÓN DE XIMENO
DOÑA ISABEL DE FUENTES

Sus hijos:
FRANCISCO
JOSÉ MANUEL
ANTONIO
ISA

Los amigos:
DOMINGO DEL MONTE
RAMÓN DE PALMA
CIRILO VILLAVERDE

Los negros:
PLÁCIDO
MANZANO
POLONIA, esclava de Oviedo

CONTRAMAYORAL
SEBASTIÁN, calesero
NEGRO 1
NEGRO 2
ESCLAVOS

Los españoles:
EL ESPAÑOL, vestido de Capitán General
LA ESPAÑOLA, su esposa
MENDIGO
LA IMAGINACIÓN DE MILANÉS
MANUEL DE ZEQUEIRA
SERENO
JOSEFA LA ENDEMONIADA

Otros personajes:
LOLA
ESTEBAN SANTA CRUZ DE OVIEDO
EL INGLÉS
EL FISCAL
EL GOBERNADOR DE MATANZAS
PANCHO MACHETE
SACERDOTE
RAMERA
EL BANQUERO
MUJER QUE APUESTA AL REY DE ORO
JOVEN QUE APUESTA A LA SOTA DE COPAS
JUGADORES
3 DEPENDIENTES
2 HACENDADOS
3 MUJERES
3 NIÑOS
2 MUCHACHAS ENJOYADAS

357

LA ESCENA

Al comienzo de la obra el escenario estará completamente vacío. Los muebles y utilería serán traídos a escena siempre por negros. Una vez que se coloque algún objeto, éste debe permanecer en escena el resto de la obra, de modo que el escenario se llenará de muebles, útiles de trabajo de los esclavos, objetos de adorno, y se crearán caminos, espacios donde actuar y sentarse, aunque no sean para estas funciones, y tomará el aspecto de un lugar que ha permanecido cerrado mucho tiempo, donde nadie ha entrado. Todo debe parecer como cubierto de polvo y telarañas.

Los personajes deben recordar objetos de museo, figuras de cera en vitrinas empolvadas o momias envueltas en sudarios. Pueden estar vestidos con trajes de la época, pero en ningún momento darán idea de riqueza o brillo, sino de algo que está desintegrándose. Las ropas estarán amarillentas, manchadas, rotas (no por el uso sino porque han estado gaurdadas mucho tiempo).

Los personajes estarán maquillados muy pálidos, para lograr cierto romántico aspecto fantasmal.

PRÓLOGO

Escenario vacío, penumbra, campanadas de duelo. Desde el fondo del escenario avanza el cortejo de un entierro; los personajes musitan o cantan un poema de Milanés; traen un libro con sus obras; al llegar al frente se abren en dos filas y van hacia los lados. Al fondo queda el ataúd, vertical. El Mendigo se acerca y lo abre; Milanés descruza las manos que tiene sobre el pecho. El Mendigo lo toma por una mano y lo hace avanzar algunos pasos.

MILANÉS. ¿Y esas campanas?

MENDIGO. Doblan por el difunto.

MILANÉS. ¿No cesarán nunca?

MENDIGO. ¿Puedes oírlas?

MILANÉS. Muy lejanas. ¿No podrían dejar de tocar?

MENDIGO. No.

MILANÉS. Oigo sollozos.

MENDIGO. Debe de ser Carlota. ¿Puedes oírla?

MILANÉS. Casi lo adivino. ¿Hay alguien más aquí?

MENDIGO. No veo a nadie. Nosotros dos.

MILANÉS. Son las campanas de la catedral. Reconozco el tono grave de la Mayor. Fíjate, queda vibrando en el aire y parece que no va a terminar.

359

MENDIGO. No tengo un oído tan fino.

MILANÉS. ¡Sss! *(Escucha durante un momento.)* A veces, por la tarde, paseando junto al Yumurí me entretenía en adivinar quién tocaba. Había un sacristán que sabía sacarle un sonido más profundo. Casi podía verse flotando sobre el agua y avanzar corriente arriba hacia el valle. *(Pausa.)* ¿Y ahora qué hacemos?

MENDIGO. Nada. *(Pausa.)* ¿Te llega el olor de las flores?

MILANÉS. Azucenas.

MENDIGO. Sí, había muchas. Y dalias, dalias enormes, rosas, madreselvas, todas blancas. Flores blancas llenaban la casa.

MILANÉS. Cuando mi hermano menor
          huyó tronchado en su flor
          de este universo ilusorio,
          le mandó mi padre ornar
          de flores, y rodear
          con los cirios del velorio

MENDIGO. ¿Quién estará recordando esos versos?

MILANÉS. Yo los recuerdo.

MENDIGO. *(Suelta una carcajada.)* No recuerdas ni versos, ni flores, ni campanas, ni sollozos. Nada.

MILANÉS. Escucha: es la Mayor, la oigo.

MENDIGO. Sí, alguien la oye. Alguien recuerda que tú dijiste una vez que ibas por las tardes al Yumurí y desde allí los tañidos remontaban el río hasta adentrarse en el valle.

MILANÉS. Pasó esta noche cruel:
          asomó el sol y con él
          vino mi padre y me dijo:
          —"Ve donde todo hombre va:
          lleva a tu hermano y allá
          haz que me lo entierren, hijo."

360   MENDIGO. Debe de ser Federico quien recuerda los versos.

MILANÉS. ¿No será...?

MENDIGO. ¿Quién?

MILANÉS. No, no. No.

MENDIGO. *(Burlándose.)* ¿Quién? ¿Carlota?

MILANÉS. No, no. *(Muy excitado.)* No quiero. No puedo.

MENDIGO. Di, di ese nombre. Es fácil, es corto.

MILANÉS. No quiero.

MENDIGO. Pronúncialo. Alguien lo recuerda ahora y lo pone en tu boca. Tus labios se fruncen para formar la primera letra y recuerdas la manos, el olor de sus vestidos, una flor en el pelo...

MILANÉS. *(En un grito.)* ¡Isa! *(Tenso, trata de contener el nombre. Una pausa larga. El Mendigo se acerca y lo abraza consolándolo.)*

MENDIGO. Tienes que acostumbrarte. Ellos seguirán recordándote: Carlota, Federico, harán un culto a tu memoria; publicarán tus versos una y otra vez; contarán anécdotas, recordarán tu niñez, la escuela, los primeros versos, después el éxito...

MILANÉS. No hubo ningún éxito.

MENDIGO. Sí, *El conde Alarcos* en el teatro Tacón.

MILANÉS. Se fracasa siempre.

MENDIGO. El público estaba estremecido. Creo que hasta coreaban tu nombre.

Los personajes del cortejo aplauden.

MILANÉS. Yo no estaba allí. Estaba enfermo.

MENDIGO. *(Irónico.)* ¿De verdad?

MILANÉS. No podía ir. Deliraba.

MENDIGO. Pero Del Monte te lo contó en una carta.

361

MILANÉS. ¿Puedo recordarlo?

MENDIGO. Desde ahora será siempre así: recordar y repetir. Nada nuevo puede suceder.

MILANÉS. Algo puede surgir inesperadamente.

MENDIGO. Nada. Recordar y repetir, nada más. Los otros recuerdan las campanas, escriben sobre los sollozos, llenan páginas describiendo la agonía y el entierro. Otros leen tus poemas.

MILANÉS. ¿En Matanzas?

MENDIGO. A orillas del San Juan.

MILANÉS. "De codos en el puente."

MENDIGO. Ahora hay otro puente, grande, de hierro, como los que viste en Europa.

MILANÉS. ¿Y el viejo puente de madera?

MENDIGO. No sé. *(En voz muy alta.)* ¿Alguien sabe qué pasó con el viejo puente de madera? *(Espera una respuesta.)* La gente se deja llevar por el progreso, se entusiasma con el hierro y olvida los viejos tablones. ¿Qué se va a hacer? Habrá que hurgar en viejos libros y descubrir que se lo llevó un ciclón o una gran crecida del río.

MILANÉS. No puede ser. Era un río manso.

MENDIGO. San Juan murmurante, que corres ligero
llevando tus ondas en grato vaivén
haciendo en tus olas que mansas voltean
un pliegue de espumas, deshecho después.

MILANÉS. ¿Fue en 1842?

MENDIGO. No sé. Estará en alguna buena antología, hecha con cuidado: los poemas en orden, con su fecha y un estudio preliminar.

MILANÉS. *(Entusiasmado.)* ¿Harán eso?

MENDIGO. ¿Por qué no? Son buenos versos.

MILANÉS. Podría hacer algunas correcciones. *(Risa del Mendigo.)* Domingo decía que siempre hay un adjetivo mejor.

362 MENDIGO. Ya te lo dije: recordar y repetir, nada nuevo.

MILANÉS. Es como una pesadilla. *(Mira al Mendigo y reconoce al personaje de un poema.)* ¿Quién eres?

MENDIGO. ¿Ya me recordaste?

MILANÉS. Siempre me dio miedo.

MENDIGO. Entonces no debías haber escrito el poema en que aparezco.

MILANÉS. Quería liberarme del espanto y ahora estás aquí.

MENDIGO. Por calles oscuras, torcidas, sin gente,
susurró en mi oído cláusula funesta:
se grabó en mi espejo; se sentó en mi silla
de mi cabecera tomó posesión,
y la mano negra de la pesadilla
la apoyó tres veces en mi corazón.

MILANÉS. ¿Por qué estás conmigo?

MENDIGO. Alguien piensa que debo acompañarte.

MILANÉS. No, no. Que venga Carlota. Carlota me acompaña de noche, se sienta junto a mi cama y borda.

MENDIGO. Ya vendrá, todos vendrán, absolutamente todos. Pero a su tiempo.

MILANÉS. Vete. Carlota me pone compresas frías, compresas frías. Tengo fiebre, me ahogo, vete. *(El Mendigo va hacia él. Milanés huye.)* Carlota, despiértame, ábreme los ojos, ábreme los ojos, los ojos, Carlota. *(Se cubre los ojos, el Mendigo se acerca.)* Vete, no quiero verte.

El Mendigo se aleja. Milanés queda en el centro con los puños sobre los ojos. Un actor del cortejo se acerca con una estaca en cuyo extremo está clavada la cabeza de un negro. Da vueltas alrededor de Milanés. Los otros personajes del cortejo restallan látigos. El actor clava la estaca junto a él y cesa el sonido de los látigos. Silencio. Milanés abre los ojos y al ver la cabeza grita: "Sálvame". El Mendigo se lleva la estaca y vuelve junto él.

MENDIGO. Ya, ya pasó.

MILANÉS. Sí, todo terminó. Definitivamente. ¡Qué espanto! ¿Y ésos son mis recuerdos? ¿No hay otros? ¿No pude tener otra vida en un tiempo diferente? Ahora recordar y repetir, como tú dices. Si pudiera encontrar una explicación sentiría cierto alivio.

MENDIGO. Búscala.

MILANÉS. Lo terribles es no poder cambiar nada. Todo fue así. Se acabó mi tiempo y ya. Quisiera encontrarle un sentido a esos recuerdos.

MENDIGO. Búscalo. Si alguien recuerda otros momentos y los aprovechamos puede que todo cobre una significación. Yo sólo digo las palabras que otros ponen en mi boca. Tú sólo recordarás lo que otros recuerdan de ti. Pero la historia puede hacerse de distintas maneras y hay tantas historias como recuerdos, memorias escritas en papeles amarillentos, cartas anudadas con cintas de seda azul, viejos daguerrotipos, facturas, actas capitulares, anales, archivos olvidados... Todo sirve para buscarle un sentido. Y tú debes encontrarlo.

MILANÉS. Yo creía tenerlo. La naturaleza me parecía reflejar la perfección de Dios y la vida podía copiar su imagen en la pureza de una tarde, la limpieza de un arroyo, el almo* esplendor del cielo.

MENDIGO. Vuelve a buscarlo.

MILANÉS. ¿Cómo?

MENDIGO. Ahora, en este momento, alguien abre un libro con tus versos y mira tu retrato. Escudriña tus ojos, los del retrato y ve allí una palabra. Yo la veo en tus ojos. Te lanza al mundo de la memoria esa palabra. Déjate llevar por ella. Pronúnciala.

MILANÉS. Mamá.

El Mendigo desaparece.

---

* Alimentador, vivificador, benéfico. Milanés empleaba esta palabra con frecuencia.

LA FAMILIA

Milanés se mueve ligero, parece más joven. Llama.

MILANÉS. Mamá, mamá. *(Aparece la madre. Es una mujer joven, como Milanés la recuerda, y está encinta. La sigue una esclava, Candelaria, que trae una mecedora y una canasta de labor. Cubriéndola de besos.)* Mamá, mamá.

DOÑA RITA. Pepe, no seas tan baboso. Tengo mucho que hacer.

MILANÉS. ¿Yo no era tu hijo favorito?

DOÑA RITA. Candelaria, ¿tú has visto qué muchacho más vanidoso? *(La esclava ríe.)*

MILANÉS. *(Acariciándole el vientre.)* Todos éstos vendrán después.

DOÑA RITA. *(Severa.)* ¡Pepe!

MILANÉS. José Jacinto de Jesús Milanés y Fuentes, el primogénito. Aquí están todos los otros.

DOÑA RITA. ¡Que vergüenza! ¿Cómo puedes decir esas cosas?

MILANÉS. Soy tu primer hijo, tu primer hijo.

DOÑA RITA. Tengo mucho que hacer para perder el tiempo en este juego.

MILANÉS. No tienes nada que hacer. Ya se acabó la vida. 365

DOÑA RITA. Basta de poesía y déjame tranquila. ¿Tú crees que es poca cosa criar quince hijos?

MILANÉS. ¿Y cómo encontraste nombres para esa tribu?

DOÑA RITA. El almanaque está repleto de nombres de santos.

CANDELARIA. Nombres de santos para estos diablitos.

DOÑA RITA. José Jacinto de Jesús.

MILANÉS. *(Le abraza las piernas.)* Aquí, dichoso de encontrarte.

DOÑA RITA. Federico de la O, María Felicitas.

MILANÉS. Muerta al año de nacida.

DOÑA RITA. ¿Candelaria, está lista la ropa de Álvaro?

CANDELARIA. Su merced sabe que sí.

DOÑA RITA. María Carlota.

MILANÉS. ¿Dónde está mi hermana? No la veo. *(Busca alrededor de la mecedora.)*

DOÑA RITA. José Manuel, Rosa María, Esteban de Jesús. ¿Candelaria, qué haces ahí como una estaca? Álvaro está al llegar y no quiero contrariarlo. María Teresa, Bernardo Salomé, María Josefa, María Cleofé, Rita Bernarda.

MILANÉS. Mamá, no encuentro a Carlota.

DOÑA RITA. Estará en casa de tía Babí. Y despúes tres varones seguidos: Álvaro Martín, Pedro Antonio y Álvaro Florencio.

MILANÉS. Muertos antes de cumplir los dos años.

DOÑA RITA. Quince hijos.

MILANÉS. Sólo vivimos Federico y yo, y las muchachitas. ¡Qué extraño!

DOÑA RITA. ¡Qué sabes tú lo que es parir quince hijos! Veintiún años estuve así. *(Se toca el vientre.)* Uno tras otro, uno tras otro.

MILANÉS. Ocho murieron.

DOÑA RITA. Ay, Pepe, ¿eso qué importa ahora? Ya todos somos recuerdos... recuerdos... Ninguno de ustedes se casó, ni tú... ¡Bueno!, ni Federico ni las muchachitas... ¡Tan linda Carlota!

MILANÉS. Quiero verla.

DOÑA RITA. ¿Te acuerdas, Pepe, cómo se divertían de niños? Y tú con aquellos juegos y las comedias y los primos... La casa era una algarabía constante.

MILANÉS. Hasta aquel momento, aquel día... ¿Qué me pasó?

DOÑA RITA. Ah, no empieces con tu melancolía. Busca a tus hermanos, deben de estar en el patio. *(Llama.)* Federico, Rosa...

Entran los hermanos, vestidos con sombreros estrafalarios que recuerdan yelmos, telas que caen como capas medievales, máscaras o antifaces. Cantan, hacen reverencias, juegan. Le dan vueltas a Milanés y uno le cubre los ojos. Él agarra a una de sus hermanas. Se quita la venda: es Carlota. Las manos de Milanés recorren la cara de la hermana, reconociéndola.

MILANÉS. Mi fiel y dulce Carlota ¡Qué naricita tan fea!

CARLOTA. ¿Pepe, estás bien?

MILANÉS. No sé. *(Transición.)* Sí. Estamos juntos otra vez. Carlota, ¡cuántas noches terribles!

CARLOTA. Olvídalo, ya pasó.

MILANÉS. Tengo miedo. Podemos estar juntos mientras alguien nos recuerde juntos.

CARLOTA. Siempre nos recordarán juntos.

367

FEDERICO. Y ahora, señoras y señores, vamos a tener el placer de presentar a ustedes a la familia de enfrente: los Ximeno. Entre ellos se encuentran los más grandes acróbatas del siglo, la mejor bailarina de la historia, el cantante más famoso de la Era Cristiana. ¡Aquí vienen los primos! Ante ustedes José Manuel y Antonio, los reyes del trapecio. *(Entran.)* Francisco María Nazario *(Los otros gritan "Viva Pancho".)* cuya melodiosa voz encantó a los reyes de Polonia. Y por último Isabel María Damiana, ¡Isa, la inmortal Isa! *(Todos miran a Milanés.)*

FRANCISCO. No ha nacido todavía. *(Todos ríen.)*

FEDERICO. Bien. Esperaremos hasta 1828 para presentarles a Isa. Mientras tanto la función da comienzo.

Dos primos convierten una sábana en telón, otros se sientan como espectadores. Se abre el telón: sentada como en un trono está Carlota, con una corona de papel. Se desarrolla una pantomima en la cual traen un preso encadenado y ella lo condena a ser azotado. Mientras se desarrolla la pantomima comienza a oírse un canto de negros. Por un lado del escenario aparece un grupo de esclavos atados a un cepo. Atraviesan el escenario. La pantomima se interrumpe y los primos miran asombrados. Se oye el toque del Ángelus. La madre aparece seguida por Candelaria, miran pasar los esclavos. Silencio.

DOÑA RITA. Calabaza, calabaza, cada cual para su casa. *(Se rompe el silencio. Algazara de los primos que se despiden. Sigue el sonido de las campanas.)* Rita, avísale a tu padre. Virgen santa, miren cómo han puesto esto. *(Comienza a ordenar el lugar. Algunos hijos traen sillas.)* Un día me voy a poner dura y se van a terminar estas funciones. Todo lo revuelven. Candelaria, recoge esas flores. Y no vuelvan a cogerme sábanas limpias para ese juego. Pepe, tú los exaltas, tú y Federico, los mayores, que debían tener más juicio...

Aparece Don Álvaro con un rosario de oro en las manos. Doña Rita calla y va a colocarse junto a él. Todos se arrodillan. Entra Pastora y se arrodilla, mira a su alrededor inquieta; busca otro lugar donde arrodillarse. Milanés está en primer término.

Comienza el rezo que se convierte en un murmullo y sobre él las palabras de Milanés.

MILANÉS. Prendiste mi corazón, hermana, esposa mía; has apresado mi corazón con uno de tus ojos, con una gargantilla de tu cuello. Cuán hermosos son tus amores, hermana, esposa mía. Cuánto mejores que el vino tus amores, y el olor de tus ungüentos que todas las especias aromáticas. Como panal de miel destilan tus labios, oh esposa, miel y leche hay debajo de tu lengua; y el olor de tus vestidos como el olor del Líbano. Huerto cerrado eres, hermana mía, esposa mía; fuente cerrada, fuente sellada. Tus renuevos son paraíso de granados, con frutos suaves, de flores de alheña y nardos; nardo y azafrán, caña aromática y canela, con todos los árboles de incienso; mirra y áloes, con todas principales especias aromáticas.

Termina el rezo. Se oyen murmullos de las hermanas que ahogan risas. Milanés permanece arrodillado y Pastora se le acerca. Todos observan la escena.

PASTORA. ¿Lo viste?

MILANÉS. ¿A quién?

PASTORA. Rondaba la casa mientras rezábamos. No se atrevió a entrar porque tu padre tenía el rosario en las manos. *(El padre se acerca.)* Álvaro, hay que repetir los rezos.

DON ÁLVARO. Mañana, Pastora, mañana.

PASTORA. Álvaro, hay que expulsar de la casa todo lo nauseabundo, hay que limpiar y limpiar hasta alcanzar una pureza sin mácula.

DON ÁLVARO. Descansa, Pastora, después limpiaremos.

PASTORA. Todo lo dejan para luego. Me encerraré en mi cuarto. No voy a arriesgarme a respirar el vaho que sale del fondo de la tierra. *(Sale.)*

DOÑA RITA. Vamos, vamos, no se pierdan en comentarios. Candelaria, ¿la comida está lista?

369

TERE. Mamá, ¿puedo ponerme el vestido azul?

DOÑA RITA. ¿Cuándo? Pepe, ¿qué haces ahí?

TERE. Mañana, para la retreta.

DOÑA RITA. Vamos, la comida se enfría. *(Sale.)*

MILANÉS. Papá, quiero hablar con usted.

DON ÁLVARO. Después. Tu madre quiere, como siempre, salir pronto de esta tortura. *(Riéndose.)* Y le dará un bocabajo a todo el que no coma mucho y despacio.

MILANÉS. *(Le ofrece las manos.)* Péguheme.

DON ÁLVARO. ¿Qué te pasa, muchacho?

MILANÉS. Péguheme, estoy esperando.

DON ÁLVARO. Cálmate.

MILANÉS. Quiero mi castigo. No atendí a los rezos. Las campanas me distraían, seguía el sonido de las campanas y decía otras palabras, pensaba otras palabras.

DON ÁLVARO. Todos nos distraemos a veces. Estamos repitiendo la oración y de pronto descubrimos que pensamos en otra cosa.

MILANÉS. Yo no quiero pensar en otras cosas. Cada hora tiene su ocupación: la hora del juego y la hora de la lección.

DON ÁLVARO. No seas tan exigente contigo mismo.

MILANÉS. Castígueme, papá. Será la única forma de sentirme en paz. Si ahora no atiendo a los rezos...

DON ÁLVARO. Ah, muchacho, te castigaré mañana. Si vuelves a distraerte te prometo una gran zurra. *(Se aleja.)*

MILANÉS. Señor, tú me hiciste a tu imagen y semejanza. Yo quiero estar a la altura de tu imagen. Quita esas palabras de mis labios, borra de mí toda mancha, toda suciedad. Haz que yo pueda hablar contigo y no sienta vergüenza, que mi labio sea limpio, que la pureza a que aspiro sea digna de ti. No me abandones, Señor, tengo miedo de quedarme solo. Tómame de la mano y llévame por tu camino, aunque duro, no temeré, no temeré...

Federico se acerca de puntillas y llega junto a Milanés al final de la plegaria.

FEDERICO. Ah, el poeta egoísta se satisface solo y recita para sí, sin compartir la belleza. ¿Serán versos de amor?

MILANÉS. Fico, quiero confesarme.

FEDERICO. ¿Conmigo?

MILANÉS. No estoy para bromas.

FEDERICO. Puedes esperar hasta el domingo. Este domingo me tocan tres sí y dos no.

MILANÉS. ¿Qué es eso?

FEDERICO. Mi método de confesión para ese cura cabrón. ¿Te acuerdas cuando éramos muchachos? Íbamos a misa con mamá y papá, padrino y Babí a la cabeza, y detrás el ejército de primos. Y todos nos confesábamos. Primero ibas tú, con la cara iluminada como si fueras a encontrarte con la Virgen. Después venía mi turno; un orden riguroso. Me arrodillo en el confesionario, del otro lado el cura cabrón espera mi confesión. *(Haciendo voces y llevando con los dedos la cuenta de los sí y los no.)* "Hijo mío, ¿has sido desobediente con tus padres?" "Sí, padre." Uno. "Hijo, ¿has dicho palabras obscenas?" "Sí, padre." Dos. "Hijo, ¿has rezado cada noche tus oraciones?" "Sí, padre." Tres. Ahora vienen los dos no. "Hijo mío, responde la verdad. ¿Has tenido contacto carnal con niñas, niños o animales?" "No, padre." Uno. "Hijo, ¿has usado tus órganos genitales en juegos pecaminosos?" "No, padre." Dos. Entonces volvía a responder tres sí y dos no. Claro, al domingo siguiente podía cambiar: tres no, un sí; dos no, dos sí; un no, tres sí. Siempre manteniendo un ritmo: así cumplía mis propias leyes y el cura cabrón me daba la absolución. *(Lo ha hecho reír.)*

371

MILANÉS. ¿De veras hacías eso? ¿Y no te sentías culpable?

FEDERICO. Culpable el cura que tenía tres hijos con una negra. Pepe, ¿vámonos esta noche al baile?

MILANÉS. Tú sabes que no sirvo para marcar un solo paso.

FEDERICO. Tienes que aprender.

MILANÉS. Aprendo leyendo a Lope.

FEDERICO. Lope aprendió viviendo.

MILANÉS. Vivir es una palabra equívoca. La imaginación suple las experiencias. Hay quienes se pasan la vida en un ajetreo constante: no se pierden un baile, una fiesta, un velorio, una retreta, un sarao, una excursión, una pesca, un paseo, una tertulia, una representación...

FEDERICO. ¡Ya!

MILANÉS. Y no tiene ninguna experiencia. Déjame leyendo a Lope.

FEDERICO. Pasará el tiempo y yo me iré a los bailes, a los gallos, jugaré al monte, visitaré los barracones y tomaré ron.

MILANÉS. Pasará el tiempo y yo me quedaré leyendo, esperando mi hora.

FEDERICO. Pasará el tiempo y yo contaré que te quedabas leyendo y diré que tuviste que aprender solo porque no teníamos dinero para ir a un buen colegio.

MILANÉS. Pasará el tiempo y lo leerán y nos criticarán y no comprenderán todo el trabajo que nos costó vivir aquella época. Y después nos olvidarán.

FEDERICO. Yo haré que no se olviden.

MILANÉS. Siempre confié en ti.

FEDERICO. No fue fácil. Pasará el tiempo y tendré que echar al cesto muchas ambiciones, muchos proyectos. Y después heredaremos el cafetal y tendremos una vida desahogada. Pero ya será tarde. Papá y mamá estarán muertos y para entonces tú...

MILANÉS. Dilo.

FEDERICO. Mantendrás aquel silencio que duró veinte años. *(Pausa.)* Papá y mamá sufrieron mucho.

MILANÉS. No lo comprendí.

> No era durez de corazón, ni ahínco
> de ser libre o ser más. Era ese afecto
> colmado de esperanza o bien de orgullo
> que el corazón enciende del mancebo,
> porque nunca imagine que le falte
> la sombra dulce del amor paterno

Con el último texto Milanés y Federico se separan y van hacia el fondo. Milanés regresa con el padre, Federico con la madre, y los dejan en el centro de la escena.

DON ÁLVARO. Creo que te hice sufrir mucho.

DOÑA RITA. Nunca me quejé.

DON ÁLVARO. Era peor. Si hubieras protestado de todas nuestras carencias me hubiera sentido más tranquilo.

DOÑA RITA. Nunca me faltó nada.

DON ÁLVARO. No fuiste exigente. Pero nos dolía ver a los muchachos con sus estudios interrumpidos. ¿Y qué podía hacer yo? Un inspector de la Real Hacienda. Suena como si fuera un destino importante. No era nada, un triste empleadito cobijado en la casa que tus padres nos habían cedido; un hombre que te llenó de hijos para hacerte llorar con la muerte de muchos de ellos.

DOÑA RITA. Cuidarlos y verlos crecer me hizo feliz.

DON ÁLVARO. Ay, Rita, Rita, fueron tantas las frustraciones. Y pensar en Pepe... Quizás... Tenía inteligencia para llegar muy alto. Si hubiera podido estudiar una carreraa... Los primos se   373 iban a buenos colegios y se hacían licenciados, abogados, viajaban... Él se quedaba aquí, preso entre los dos ríos, entre San Severino y la Vigía...

DOÑA RITA. Dios lo dispuso así.

DON ÁLVARO. Me exaspera esa resignación de las mujeres. No sé cómo puedes...

DOÑA RITA. Me duele que no estuviera conmigo en el último momento. ¡Ese maldito viaje! Ni lo curó ni le sirvió de nada.

DON ÁLVARO. Tampoco estuvo conmigo.

DOÑA RITA. Estaba en la casa.

DON ÁLVARO. Más ausente que nunca. Caminaba por la casa en silencio, se asomaba al patio sin decir una palabra, sonreía... Pero me aterrorizaba cuando lo miraba a los ojos. ¡Ay, los hijos! Uno debería dejarlos en la ignorancia si después no es capaz de llenar sus exigencias. *(Llama.)* ¡Pepe!

DOÑA RITA. No lo llames, Álvaro.

DON ÁLVARO. Sí, hay que decírselo de una vez.

DOÑA RITA. Tal vez hay otra solución.

DON ÁLVARO. ¿Hasta cuándo vamos a esperar? *(Llama.)* ¡Pepe!

MILANÉS. Papá, ¿usted me llamó?

DON ÁLVARO. Una vez te llamé y te entregué un libro: "El Parnaso Español", de Quintana, y te dije: toma, disfruta de la poesía.

MILANÉS. Se lo agradecí toda la vida.

DON ÁLVARO. Ahora debo decirte que la poesía sólo no basta. No soy de los que piensan que es un ocio inútil. Tú sabes que yo, a veces, por pasar el rato, ¡claro!, no voy a pretender que es en serio, en fin... unas rimas no me cuestan mucho trabajo.

MILANÉS. De usted me viene esa bendición.

DON ÁLVARO. Para los tiempos que corren, yo diría maldición.

MILANÉS. ¿Lo dice por buscar la rima?

DON ÁLVARO. Ojalá. Debemos hablar seriamente.

MILANÉS. ¿Sucede algo grave?

DON ÁLVARO. Sucede que el hombre vive también de pan.

MILANÉS. Estoy trabajando con padrino.

DON ÁLVARO. Eso ya no basta. Tienes que pensar en un destino.

MILANÉS. Cuando pienso en un destino escojo la poesía.

DON ÁLVARO. La poesía no llena la barriga.

MILANÉS. ¡Papá!

DON ÁLVARO. Hay que ser realistas.

MILANÉS. ¿Quiere decir estar con el poder real?

DON ÁLVARO. No quiero bromas, me faltas al respeto.

MILANÉS. No puedo tomarlo en serio. Usted me enseñó a buscarla.

DON ÁLVARO. ¡Terco! ¿Tú crees que puedo mantener esta familia con mis cuatro reales?

MILANÉS. Yo no pido nada.

DON ÁLVARO. Estoy pensando en tu futuro.

MILANÉS. Yo lo veo de otra manera.

DON ÁLVARO. Eres de corazón duro. Pero yo sabré ser duro también, aunque me duela.

DOÑA RITA. Álvaro, tal vez...

DON ÁLVARO. No hay alternativa.

375

DOÑA RITA. Pepe, quiero hablar con tu padre. *(Milanés se retira.)* Podemos intentar algo, hacerle una sugerencia a...

DON ÁLVARO. No me gusta mendigar.

DOÑA RITA. A Ximeno directamente no, pero tal vez Babí... Siempre han sido generosos con nosotros.

DON ÁLVARO. No quiero vivir de la generosidad de los parientes.

DOÑA RITA. Es su sobrino. Babí lo quiere como a un hijo... Y para Pepe sería tan importante estudiar.

DON ÁLVARO. Ximeno lo tiene trabajando en su oficina y no ha resuelto la situación. ¿Qué podemos hacer?

DOÑA RITA. Hablarle. Decirle que ya Pepe está en edad de decidir su vida. Son dieciocho años. ¿Qué futuro le espera de escribiente en la oficina? Álvaro, hablalé, deja tu orgullo bayamés a un lado y piensa en el porvenir de tu hijo.

DON ÁLVARO. Está bien. Hablaré con él.

Aparecen Don Simón de Ximeno y su mujer, Doña Isabel. Los sigue Sebastián, calesero, cargado de paquetes de regalos. Mientras Don Simón habla, entrega a su mujer los paquetes y ella los distribuye entre las hijas de Don Álvaro. Las muchahas abren los paquetes entusiasmadas.

SIMÓN. Mi padre, Joseph Matías de Ximeno era bilbaíno. El hombre se hace fuerte luchando con la naturaleza y esas provincias del norte de España son muy frías. Aquí, con este calor, las gentes se acuestan en las hamacas y que se hunda el mundo. Toma, éste es para Rita. Le irá bien con su pelo negro. Mi padre trabajó muy duro y lo que tengo se lo debo a él, y a mi tenacidad. Y mi tenacidad también se la debo. Los hijos no somos más que la continuación de las virtudes de los padres. No, no, ése no. Dame aquél, el grande. Para que Cleo no diga que su tío no la quiere. Con esa tenacidad mi padre creó sus riquezas, con la ayuda de Dios y su honradez. ¡Y su ojo para los negocios, desde luego! Y fundó la primera casa azucarera de Matanzas, por eso lo eligieron síndico y alcalde de la Santa Hermandad una y otra vez. Porque lo respetaban. Tere, cuanto te lo pongas, no coquetees demasiado. Eso no está bien en las muchachas. Mi padre está viejo, ya puede descansar. Pero yo no. Debo seguir cimentando nuestro prestigio. Ayer mismo entregué dos mil pesos para la Casa de Beneficencia. Todo lo que das, se revierte, tarde o temprano, sobre los negocios. Y hay que pensar en los hijos. Mis hijos aprenderán de mí esa tenacidad vizcaína. José Manuel será abogado, lo he decidido, y podrá resolver los problemas que se presenten en nuestros negocios. Esta ciudad crece y con ella el comercio. O crece la ciudad porque el comercio crece. Cuando miro la bahía y veo tantos barcos anclados siento una satisfacción indescriptible. Nuestra casa de comercio es una puerta abierta al mundo. Carlota, ése es para ti: para la mayor el paquete más pequeño. Eres pícara, sabes que el tamaño no tiene importancia. Todavía no he pensado qué carrera darle a Pancho. Pero hay tiempo, es joven. Tú también has tenido suerte, Álvaro; tus hijos son como tú, honrados. Pepe es un buen trabajador y tiene una letra primorosa. Me siento orgulloso de enviar esas cartas comerciales escritas por la mano de tu hijo.

Las muchachas se van con los regalos.

DON ÁLVARO. De eso quería hablarte, Ximeno.

SIMÓN. Estoy muy satisfecho con su trabajo.

DON ÁLVARO. Pepe es muy inteligente.

SIMÓN. Sí. Si se olvidara un poco de la poesía... Vivimos una época de grandes cambios y hay que aprovecharla. No tengo a mal su preocupación por la lectura; mis hijos también leen. Pero lo de Pepe es una obsesión.

DON ÁLVARO. Creo que su inteligencia le permitiría ocupar otras posiciones.

SIMÓN. ¿No está contento en la oficina?

DON ÁLVARO. Es muy reservado.

377

SIMÓN. Se ha vuelto un poco huraño.

DON ÁLVARO. Los padres queremos lo mejor para los hijos.

SIMÓN. Los tuyos son como si fueran hijos míos. Y mi mujer ve por los ojos de Pepe.

DON ÁLVARO. Pepe está en edad de decidir qué va a ser en la vida.

SIMÓN. Álvaro, habla francamente. ¿Qué quieres?

DON ÁLVARO. Que Pepe tenga las oportunidades que yo no tuve.

SIMÓN. Perdóname. Álvaro, tú has sido un hombre apocado, sin audacia.

DON ÁLVARO. No quisiera que Pepe terminara su vida haciendo cartas comerciales.

SIMÓN. En mi oficina no puedo ofrecerle otra cosa. Y en esta ciudad no hay otras oportunidades. Mi padre cuenta que en España un hombre empieza como carpintero y termina como armador. Pero aquí los pardos y los negros se ocupan de los oficios. ¿Qué nos queda a los blancos? Por eso hay tantos vagos... Pero podríamos mandar a Pepe a La Habana.

DON ÁLVARO. ¿Sería posible?

SIMÓN. Tengo amistades.

DON ÁLVARO. Creo que si Pepe pudiera estudiar...

SIMÓN. ¿Estudiar? Tú no puedes pagarle los gastos. Yo hablo de un destino.

DON ÁLVARO. *(Decepcionado.)* Un destino.

SIMÓN. Tengo relaciones con el dueño de una ferretería. Con su letra y su formalidad, puede abrise paso por sí mismo.

378 DOÑA RITA. ¿Pero en La Habana no es peligroso?

SIMÓN. Los que van a estudiar corren el mismo peligro. Que luche solo, se olvide de la pocsía y se haga un hombre de provecho. Decidido, Álvaro. Mañana mismo le escribo a don Valentín. No te preocupes por los gastos del viaje, yo le conseguiré pasaje gratis en una goleta con la que tengo negocios.

Salen Simón e Isabel. Milanés entra lentamente.

DON ÁLVARO. Irás a La Habana. La Habana es una ciudad importante y hay oportunidades para todo el que trabaja. Allí puedes labrarte un destino.

DOÑA RITA. Hay grandes bibliotecas. Y teatros.

DON ÁLVARO. Y harás amistades, nuevas amistades. Ximeno te dará una carta y estarás en un lugar de confianza, respetado, haciéndote un porvenir.

DOÑA RITA. Sí, Pepe, un porvenir, un porvenir brillante. *(Se seca una lágrima.)*

Los padres salen. Pasa un Sereno. Capa negra, vara y farol.

SERENO. Las once de la noche de este día de gracia del Señor, 5 de octubre de 1832. Hay una llovizna fina. Se avecina un norte y el cielo anuncia tormenta. Casi no hay luna, casi no hay luz. Nubes negras se ciernen sobre la ciudad. Las once de la noche de este día de gracia del Señor.

MILANÉS. No quiero irme. Me quedaré en esta ciudad horrible, preso entre los dos ríos. No quiero abandonar esta cárcel vigilada por San Severino y la Vigía. Me consumiré aquí, en estas calles oscuras, torcidas, sin gentes. Quiero ver siempre esa bahía asquerosa, repleta de barcos que arrojan sus desperdicios en la playa inmunda. No quiero abandonar el valle, abismo sin fondo, y hundirme, hundirme en este hueco donde me tocó nacer.

379

EL VIAJE

*Mientras Milanés habla, la escena se puebla con los personajes
del cortejo. Unos negros cargan canastas y pregonan frutas,
viandas, panales de miel; otros venden billetes de lotería. Una
muchacha coquetea con un caballero. Sobre una tarima venden
una negra. Unos jóvenes se acercan y la miran; el vendedor
muestra los senos de la negra; los jovenes le levantan la falda y
se alejan entre carcajadas. Milanés pasa y observa asustado. Los
tres Dependientes siguen a Milanés.*

DEPENDIENTE 1. Cangrejero, ¿te gusta La Habana?

DEPENDIENTE 2. Es una ciudad alegre, que huele a tasajo y
bacalao.

DEPENDIENTE 3. Esta noche es tuya, ¡tómala!, te la regalo.

DEPENDIENTE 1. ¡Pero cuídate!

DEPENDIENTE 2. Detrás de cada guardacantón se oculta un
puñal.

MILANÉS. *(Se sienta en una banqueta. Va diciendo las cifras
mientras los Dependientes siguen las burlas.)* Diez pesos, quince
reales. Ocho reales, nueve reales, siete reales. Ocho pesos, cinco
reales. Nueve pesos, veinte reales. Dieciocho pesos, veintinueve
pesos, dos reales. Noventa pesos, cinco reales, diez pesos...

DEPENDIENTE 3. Alégrate, cangrejero. La Habana tiene más
ventajas que tu querida Matanzas. Aquí se elimina a los

enemigos sin complicaciones. Siempre hay alguien dispuesto a recibir las onzas con la izquierda y a matar con la derecha.

DEPENDIENTE 1. Por la espalda, naturalmente.

DEPENDIENTE 2. ¿Un rival amoroso?

DEPENDIENTE 3. Tres onzas. ¡Y al hoyo!

DEPENDIENTE 2. ¿Alguien te ganó al monte?

DEPENDIENTE 3. Diez pesos, recobras lo perdido y aparece pudriéndose en una zanja.

DEPENDIENTE 1. Aprende a vivir en una gran ciudad. Llénate los bolsillos y eres dueño de la Alameda.

Milanés sigue escribiendo onzas y reales.

DEPENDIENTE 2. Oye, ¿dijiste algo?

DEPENDIENTE 3. No he abierto la boca.

DEPENDIENTE 1. Se oye un murmullo. ¿Eres tú quien recita en voz baja?

DEPENDIENTE 2. ¿Yo...? ¡Nequaquara!

Los tres se vuelven hacia Milanés.

DEPENDIENTE 1. Ah, es el matancero silencioso.

DEPENDIENTE 2. Rompe el silencio para dedicarse a las musas.

DEPENDIENTE 3. Vate milagroso, enviado del Olimpo, ¿con quién hablas? *(Carcajadas.)*

MILANÉS. Yo tenía las palabras, me escudaba en las palabras y mientras buscaba un adjetivo trataba de olvidarlos. Una metáfora inesperada los elimina durante un momento. Pero no me daban tregua. Mi silencio los exasperaba, los enfurecía.

DEPENDIENTE 1. Muchacho, ¿el azúcar sube de precio y tú pierdes el tiempo haciendo versitos?

DEPENDIENTE 2. De París llegó un cargamento de lienzos para hacer casacas y los barracones están llenos de negras que te enseñan el paraíso por cuatro reales.

DEPENDIENTE 3. Existen la hamaca, el aguardiente y las mulatas.

DEPENDIENTE 1. Cómprate un ingenio con cien negros y te perdono los versos, las quimeras, las alucinaciones.

DEPENDIENTE 2. Pero esto no es un ingenio.

DEPENDIENTE 3. Ni siquiera un cafetal. Éste es el templo de la chatarra.

DEPENDIENTE 1. Mira a tu alrededor: destornilladores, pinzas, tuercas.

DEPENDIENTE 2. Clavos, candiles, ejes, martillos.

DEPENDIENTE 3. Tornillos, llaves, puntillas.

DEPENDIENTE 1. Alambre, yunque, cincel.

DEPENDIENTE 2. Escoria.

DEPENDIENTE 3. Chatarra.

DEPENDIENTE 1. Metralla.

DEPENDIENTE 2. Trata de conseguir los reales, que las onzas son muy difíciles.

Se oyen campanadas. Al fondo del escenario encienden antorchas.

DEPENDIENTE 3. Y si no tienes una peseta, ¿qué te espera, poeta?

DEPENDIENTE 1. Olvida la rima, que la vida es corta y el cólera te la convierte en nada. *(Se oyen gritos de "¡Agua, agua!" Los Dependientes se asustan.)* Cierra la ventana.

DEPENDIENTE 2. El calor me asfixia.

DEPENDIENTE 3. ¡Ciérrala! Es peligroso el vaho que sube de la calle. Una ráfaga entró en una casa y contaminó a cuatro niñas. Al día siguiente entregaron el alma.

DEPENDIENTE 1. Quince muertos el lunes.

DEPENDIENTE 2. Las miasmas de las ciénagas lo contaminan todo.

DEPENDIENTE 1. Tres cadáveres en la plaza.

DEPENDIENTE 3. Enciende un barril de brea frente a tu casa, purifica el aire.

DEPENDIENTE 1. Diez cadáveres en la zanja sin enterrar.

DEPENDIENTE 2. Los negros mueren como moscas.

En el cortejo se oyen gritos de "¡Confesión, confesión!"

DEPENDIENTE 3. Nadie sale de su casa. Y los que pueden huyen de la ciudad y se van a Puentes Grandes, a Guanabacoa, a sus cafetales.

DEPENDIENTE 2. Moja tu pañuelo en vinagre y aspíralo.

DEPENDIENTE 1. Veinte muertos el viernes, veintiocho el domingo.

El cortejo se arrodilla y se oyen rezos. Un hombre arrastra un cadáver a través del escenario. Dos hombres se acercan y se lo arrebatan, luchan por él, lo registran y saquean. Los Dependientes desaparecen. Un Sacerdote sale del cortejo y encuentra a Milanés.

SACERDOTE. Esta ciudad está perdida. Parece desierta, pero las tabernas están repletas y el aguardiente corre por los gaznates como medicina infernal. Olvidaron a Dios y el Señor envía sus plagas. Santísima Trinidad, vela por nosotros. Señora de la Misericorda, ampáranos. Señor, apiádate de los cadáveres que permanecen insepultos en las zanjas. Jesucristo bendito, lanza tu llama vengadora sobre los que saquean los sepulcros; abren las tumbas, Señor, y roban las joyas de los que han sido enterrados   383 en el camposanto. ¡Herejes, nada podrá salvarnos de la ira de Dios!

El Mendigo aparece empujando una carretilla roja en la que trae algunos cadáveres, cuyas manos y pies cuelgan por los lados.

MENDIGO. *(A Milanés.)* Amigo, ¿me ayuda? *(Milanés huye; el Mendigo lo sigue y logra alcanzarlo. Forcejean.)* Alguien tiene que ayudarme. Vengo empujando esta carretilla desde la calle de los Oficios y tengo que llevarla hasta Extramuros.

MILANÉS. Suéltame. No quiero nada con la muerte.

MENDIGO. Estás rodeado de cadáveres.

MILANÉS. Me voy de esta ciudad.

MENDIGO. Toda la Isla está infestada.

MILANÉS. Odio todo lo que se corrompe.

MENDIGO. Ah, los jóvenes... Piensan siempre que la muerte está enamorada de lo viejo. ¡Mira! *(Obliga a Milanés a mirar.)* Casi una niña. No podemos dejarla tirada en una zanja.

Milanés ayuda a empujar la carretilla. Los rezos y las campanadas aumentan. Dan vueltas por el escenario, sorteando cadáveres o gentes que huyen. Tropiezan con un hombre que llora junto a un cadáver.

MILANÉS. ¿Quién es ese que llora?

MENDIGO. ¿No lo recuerdas?

MILANÉS. ¿Lo conozco?

MENDIGO. Ha vivido en Matanzas y allí volverás a encontrarlo. Es poeta.

MILANÉS. Plácido.

MENDIGO. No, todavía no es Plácido. Ahora es simplemente un mulato peinetero que a veces escribe versos. Pero el año que viene escribirá "La siempreviva" y lo aclamarán en todas partes. ¿Te parece envilecido?

MILANÉS. No soporto ver a alguien sufrir.

MENDIGO. Pues sufrirá mucho más. Ahora llora la pérdida de su amada Fela. Llorará mucho más. Déjalo, de una pérdida así nadie puede consolarlo. Vamos, empuja, estos muertos pesan como plomo. Esta que llevamos aquí, no hace un mes bailaba con su novio. Piel fresca, acariciable; virgen y sin conciencia del pecado, aunque ya la mano del novio hacía temblar su carne joven. Parecía que la música no iba a terminar nunca y que estarían eternamente bailando... ¡Y ya ves! Empezaron los vómitos, la piel se puso amarillenta y los ojos que brillaban bajo las lámparas se hundieron, negros en sus cuencas, sin brillo. Ahora ni mil lámparas podrán sacar brillo de esos ojos. Gritaba suplicando agua y le dieron el agua corrompida de la Zanja Real. Se acabó la piel de nácar y los labios que el novio no había besado serán devorados por gusanos insaciables. "Sic transit gloria mundi".

MILANÉS. ¿Cómo es posible que Dios permita que estos cuerpos, templo de su soplo, se corrompan? ¿Que estos labios, hechos para la oración y esos ojos que han buscado su imagen, se corrompan?

MENDIGO. ¿Será que Dios no existe?

MILANÉS. Tiene que existir. Y yo le pediré una explicación de esta catástrofe.

MENDIGO. ¡Vamos! Mientras la explicación llega, empuja, que estos cuerpos tocados por la gracia de Dios empiezan a apestar.

Se pierden en la oscuridad empujando la carretilla.

MATANZAS

Tres Niños corren por el escenario gritando "Ya vienen, ya vienen". Se esconden y esperan a los personajes de la ecena siguiente, durante la cual corren alrededor de ellos, les tiran de la ropa y se burlan. Los personajes luchan contra ellos continuamente. Entran Zequeira, con su sombrero, Josefa la Endemoniada, el Sereno y el Mendigo.

SERENO. Regresa, Milanés, regresa.

JOSEFA. La ciudad de Matanzas te espera, con sus calles a la medida de tus pasos.

SERENO. Esta ciudad fue creada para ti, sólo para ti. Será recordada porque tú naciste en ella y tu nombre irá siempre unido al nombre de tu ciudad. Ven, pisa las piedras, ennoblece sus plazas con tu mirada, dale la inmortalidad a los puentes, al mango. El pitirre y el tocoloro, esperan por tus versos.

MENDIGO. Ven, poeta, a San Carlos de Matanzas, la muy noble y leal, fundada para ti por Carlos II, el Hechizado, adorador perpetuo de la forma perfecta. En su castillo de Toledo vio el mapa de la bahía, con los dos ríos y dijo:

ZEQUEIRA. ¡Construyan una ciudad!

JOSEFA. Y mientras quemaba herejes y exorcizaba demonios firmaba la cédula real.

ZEQUEIRA. Yo, el Rey.

Los Niños gritan "Dios salve a Su Majestad Católica", y se inclinan ante Zequeira.

SERENO. Y autorizó que treinta familias canarias ocuparan las tierras al borde de la bahía donde los indios perpetraron la matanza que dio nombre a la región.

JOSEFA. Y Matanzas era la bahía.

MENDIGO. Y Matanzas el río que después fue San Juan.

ZEQUEIRA. Y Matanzas las tierras frente a la bahía.

SERENO. Y ahora Matanzas es tu ciudad, como lo fue de tus ascendientes, castellanos de San Severino y alcaldes de la Santa Hermandad.

JOSEFA. La Matanzas de tu antepasado José Ignacio Rodríguez de la Barrera, cura de la iglesia de San Carlos, enviado especial del Santo Oficio, que vino a la ciudad buscando herejes.

ZEQUEIRA. Tus antepasados eran los más puros, los que podían descubrir el demonio en los otros. De esa cepa vienes.

SERENO. No niegues la tradición. Ven y establece la pureza en la ciudad.

JOSEFA. Yo profetizo: en esta ciudad se cometerá la mayor matanza de negros en nuestra historia. Los perseguirán como fieras, los atarán a una escalera y los azotarán hasta desangrarlos. Ven, no te pierdas ese espectáculo, aprende a hacer historia.

ZEQUEIRA. Yo te prestaré mi sombrero y serás invisible, testigo oculto en el infierno.

Los Niños le arrebatan el sombrero y juegan con él, intercambiándoselo.

NIÑOS. Nadie me ve, nadie me ve, tengo el sombrero de Zequeira.

Zequeira recobra su sombrero.

SERENO. Y aquí vino a residir tu padre; desde la vieja Bayamo vino, cargado con la gloria de sus antepasados. Porque ya, en los principios de la Isla, Jácome Milanés se enfrentaba a los piratas, con alabarda y una pluma parda.

JOSEFA. *(En voz baja.)* Ven, tenemos para ti el sombrero de Zequeira.

ZEQUEIRA. ¡Tómalo! Cúbrete la cabeza y desapareces para el mundo.

JOSEFA. ¡Zas! Ya no existes.

SERENO. Pasea por la Plaza del Ahorcado, comprobarás que nadie te saluda.

MENDIGO. Entra en la iglesia, arrodíllate frente al altar mayor. Nadie ve tus manos alzadas al cielo pidiendo perdón.

ZEQUEIRA. Ven, la ciudad está tranquila; el Gobernador ha dictado un bando prohibiendo que los matanceros se burlen de Josefa.

MENDIGO. Vuelve, Milanés, vuelve. Ya conociste el mundo más allá de Yumurí. Tú no puedes vivir lejos de tus ríos. Carlos el Hechizado, tu tía Pastora, Zequeira y su sombrero, Josefa la Endemoniada y yo te esperamos. Vuelve junto a los tuyos, alción canoro. La bahía está en calma, ya puedes anidar aquí.

Los Niños gritan: "Aquí está". Los personajes adoptan una pose de retrato junto a Milanés. Carlota permanece a un lado del escenario.

CARLOTA. ¿Recuerdas el regreso?

MILANÉS. Recuerdo el viaje en la goleta "La Princesa Heredera". Me pareció interminable. Pensé que nunca volvería a ver el valle, la bahía, el Pan. Cerraba los ojos y veía la calle de Gelabert. Te imaginaba parada detrás de la ventana.

CARLOTA. Mientras estabas en La Habana me encerraba en tu cuarto y acariciaba los libros. Te lo voy a confesar: registraba los papeles que habías dejado y los leía. Un día descubrí un poema que no conocía. Fue como si de pronto estuvieras aquí y casi oía tu voz mientras recorría los versos con la vista. Eran tus palabras y tu voz me las decía.

MILANÉS. No soportaba vivir lejos. Soñaba con la casa y el patio, las arecas, el cundiamor de la cerca con las frutas amarillas.

CARLOTA. ¿Recuerdas cuando llegaste?

MILANÉS. Te recuerdo en el fondo del comedor, parada junto al tinajero. Yo estaba abrazando a papá y te descubrí allí, en la sombra.

CARLOTA. Recuerdo cómo me abrazaste.

MILANÉS. Recuerdo lo que me dijiste.

CARLOTA. Nadie puede sustituir a mi hermano.

MILANÉS. Nada puede sustituir a un hermano.

Entra el resto de la familia y la escena se anima. Los personajes de la escena anterior desaparecen. Algazara.

FEDERICO. Ah, el habanero está de regreso.

TERE. Pepe, Pepe, aquí está Pepe.

DOÑA RITA. *(Abrazándolo.)* Ay, Pepe, qué delgado estás.

CANDELARIA. ¡Mi niño! Ya Candelaria está contenta.

CLEO. Estás más grueso.

RITICA. Pepe, has crecido.

DOÑA RITA. Debes de estar muerto de hambre. Candelaria, un vaso de leche.

CANDELARIA. Te voy a cocinar un bacalao que te vas a chupar los dedos.

MILANÉS. La bendición, papá.

DON ÁLVARO. *(Besándolo en la frente y mirándolo solemnemente.)* Déjame mirarte. Podemos estar tranquilos, La Habana **389** no lo ha corrompido. *(Se abrazan.)* Ya, Rita, ya. *(La madre llora.)* Ya está de nuevo con nosotros.

CARLOTA. *(Se acerca y lo abraza.)* Para un hermano como tú, no hay sustituto en el mundo.

Entra Pastora. Milanés y Pastora caminan uno hacia el otro, se detienen frente a frente.

PASTORA. Tú eres como yo, exactamente como yo. No puedes vivir lejos de esta casa, ni tampoco en esta casa. ¿Dónde vamos a vivir nosotros, tú y yo? *(Se retira.)*

CLEO. *(Rompiendo el silencio.)* Pepe, cuenta, cuéntanos cómo es La Habana.

RITICA. ¡Babí, Babí! Ya llegó Pepe.

FEDERICO. ¿No te enamoraste por allá?

DOÑA RITA. Los Guiteras preguntaban por ti todos los días.

CLEO. Y las Lamar.

ISABEL. *(Entrando.)* Ay, Pepe. *(Lo abraza.)* Déjame mirarte. Solo, en esa Habana tan grande. Menos mal que estás aquí. Rita, ahora no lo dejes salir ni a la puerta, le cogen el gusto a la calle y después no vuelven. ¿Trajiste libros nuevos? Tienes que leerme algo. En todos estos meses no he tenido tiempo de leer. Si tú no estás... Tantos muchachos... Bueno, ya estás aquí. ¡Qué tranquilidad!

Los personajes se retiran, excepto Milanés, Carlota y Federico.

MILANÉS. ¿Fue así?

CARLOTA. Es posible. Recuerdo que estábamos Fico, tú y yo. Los demás no están en mi memoria.

MILANÉS. ¡Oh qué dolor tan agudo
es olvidar!
El tiempo, el tiempo veloz
que tiñe nuestras cabezas
de blanco, y tantas bellezas
deja sin luz y sin voz.

FEDERICO. Nosotros no te olvidamos nunca.

CARLOTA. Guardamos tus papeles

FEDERICO. Imprimimos tus poemas.

CARLOTA. Te llevamos flores al cementerio.

FEDERICO. Conservamos tu cuarto como lo tenías.

CARLOTA. Dedicamos el resto de nuestros años a tu memoria.

FEDERICO. La casa se convirtió en altar.

CARLOTA. Rechacé a los pretendientes.

FEDERICO. Tus poemas se hicieron populares.

CARLOTA. Y me vestí siempre de negro.

Silencio. Milanés no escucha y comienza a alejarse. En la escena siguiente los personajes aparecen en el momento que hablan e irán creando ambiente de una tertulia familiar que después se transformará en baile.

RITICA. ¿No estás lista todavía?

CARLOTA. Me arreglaré en un minuto.

RITICA. ¿Y Pepe? Vamos a llegar tarde.

PALMA. Total, hemos llegado tarde a la vida.

FEDERICO. No pierdes oportunidad para hacer una frase.

PALMA. Me ejercito. Una frase detrás de otra y a fin de año tengo una novela.

CARLOTA. ¿Estás escribiendo alguna?

PALMA. Sí, necesito dinero. ¡Y la literatura es tan lucrativa!

FEDERICO. Terminará cubierto de oro.

VILLAVERDE. Se convertirá en Midas.

PALMA. Con un soneto puedo comprar un negro. Un poema largo me hace dueño de un cafetal.

FEDERICO. ¿Y una novela?

391

PALMA. Eso es todo un ingenio con una dotación completa de doscientos bozales comprados de contrabando. ¡Relucientes!

RITICA. ¿Usted no toma nada en serio, Palma?

PALMA. ¿Quién dijo eso? ¿No ve toda mi preocupación por combinar el color de la casaca con los botines? *(Risas.)* La seriedad no produce cajas de azúcar ni pipas de ron. Leer mis versos es contemplar el vuelo de un pájaro, sin otras consecuencias.

MILANÉS. Esas poses byronianas no van con este clima.

VILLAVERDE. Se necesitan brumas para un escepticismo tan intenso.

PALMA. ¿Y las brumas del alma? "L'entourage ne m'interesse pas". Nómbreme uno, uno solo interesado en la literatura, y yo le atesoraré en mi corazón, Horacio.

FEDERICO. ¡El censor! Registra por todos los rincones buscando un manuscrito para llenarlo de marcas rojas.

MILANÉS. Hagamos como Plácido
    Torpe!... que a su pensamiento
    siendo libre como el viento
    por alto don,
    le corta el ala, le oculta,
    y en la cárcel le sepulta
    del corazón!
    Y, ¿qué es mirar a este vate
    ser escabel del magnate
    cuando el festín,
    cantar sin rubor ni seso,
    y disputar algún hueso
    con el mastín?

VILLAVERDE. Eres demasiado severo con él.

MILANÉS. Soy demasiado severo conmigo mismo.

PALMA. Tiene mucho talento.

MILANÉS. Pero lo emplea mal. Como un coplero adocenado espera que termine el banquete para fungir de alegre improvisador. ¡Qué vergüenza!

CARLOTA. No lo tomes tan a pecho.

MILANÉS. Me molesta. Humillarse y rendir homenaje a los que ocupan una posición más alta. No más alta, no hay sitial más alto que el del poeta.

Aparecen dos Muchachas lindas y enjoyadas.

MUCHACHA 1. Hablando de poesía. En esta casa no hay otro tema.

PALMA. Cuando ustedes llegan la poesía se suicida.

MUCHACHA 2. ¿Cómo tomamos sus palabras?

PALMA. Es un cumplido, por supuesto. ¿Qué tiene que hacer la poesía en presencia de la música? *(En complicidad con los demás.)* Todo en ustedes es musical: el crujido de la seda, el tintineo de las joyas, el color de los lazos y mirañaques *(Las muchachas ríen.)* y el cascabeleo de esa risa es... ¡indefinible!

MUCHACHA 1. *(En voz baja.)* ¿Y las Milanés no se ofenden?

PALMA. *(En voz baja.)* Mueren de envidia. *(En voz alta.)* Carlota, cántanos algo, impera el reinado de la música. *(En voz baja, a Carlota.)* Para acallar ese ruido.

CARLOTA. Es hora de irnos.

VILLAVERDE. Si usted canta nos quedamos toda la noche oyéndola.

MUCHACHA 2. ¿Toda la noche? Nos perderemos el baile, Villaverde.

CARLOTA. Voy a complacerlos. *(Canta algunos versos de "La fuga de la tórtola". La voz de Milanés se oye sobre la canción.)*

MILANÉS. Algunas veces
me pongo a contemplar a quien más debo
en este mundo en que lloré pesares,
¡y de mi madre a las sentidas preces

el lauro justo llevo
y al hermoso sentir de tus cantares!
Por eso tú como la imagen bella
de la casta inocencia, te entrelazas
a la imagen de amor y vas con ella.
Por eso yo cuando feliz suspiro,
oigo tu voz y en la ventura creo,
¡porque una dulce precursora veo
en ti del bien a que ardoroso aspiro!

PASTORA. *(Irrumpe enloquecida entre el grupo.)* Oí la música, esas notas indecorosas del piano llenan la casa. ¿Cómo se atreven a sacar de ese instrumento tales obscenidades? Ésta es mi casa, la casa de mis padres, la casa de mis abuelos, es la casa donde vivo y quiero desterrar de aquí toda la inmundicia.

FEDERICO. ¡Tía Pastora!

PASTORA. Bueno estás tú, ¡indecente!

CARLOTA. Vamos, tía...

PASTORA. Con ustedes no voy ni al cielo. Son sucios como perros. Hasta dormidos piensan en asquerosidades. *(A Federico.)* ¡No me toques! No quiero que ningún hombre ponga sus manos sobre mí.

CARLOTA. Cálmese, tía, o llamo a papá.

PASTORA. Tú, mosquita muerta, relinchas como una yegua cuando te da el olor de los caballos. Pepe, ¿oíste el piano? Tuve que taparme los oídos, jadeaba, cada nota saltaba desesperada en busca de placer, sin resuello, buscaba el aire para aplacar los instintos. ¿Por qué te callas? Tú lo oíste, sabes que es verdad lo que digo y que tengo razón: se nos mete en la carne el sonido y nos convierte en bestias. *(Silencio. Pastora tiene los brazos alrededor de su cuerpo en un gesto de defensa y placer a la vez. Sale muy lentamente.)*

MUCHACHA 2. *(Rompiendo la situación.)* Vamos a llegar al baile cuando todo haya pasado.

RITICA. *(A Carlota.)* Mamá que te pongas la manta.

CARLOTA. Hace calor.

VILLAVERDE. Debe abrigarse.

MUCHACHA 1. Usted la cuida demasiado.

VILLAVERDE. *(A Carlota.)* ¿Y hoy me permitirá bailar con usted?

CARLOTA. ¿No bailamos siempre?

VILLAVERDE. Se lo pido de manera especial.

CARLOTA. No es una noche especial.

VILLAVERDE. Para mí sí: estoy con usted.

CARLOTA. Conozco a los escritores: siempre buscando sensaciones para describirlas después.

VILLAVERDE. Le hablo en serio.

CARLOTA. ¿Y la literatura no es seria? *(Llama.)* ¡Pepe!

VILLAVERDE. Quiero acompañarla al regreso.

CARLOTA. Regresaré con mi hermano. Venga en el grupo.

VILLAVERDE. A usted no hay quien la entienda.

CARLOTA. ¿Por qué se molesta? No le he negado nada de lo que me ha pedido.

VILLAVERDE. Preferiría que se negara. *(Se aleja.)*

MUCHACHA 1. *(A Carlota.)* Lo vas a matar a disgustos.

FEDERICO. *(Rodeado de muchachas.)* No voy a bailar con ninguna de ustedes.

MUCHACHA 2. ¿Te vas a quedar sentado toda la noche, al lado de tu mamá?

FEDERICO. Hoy estoy melancólico, abrumado, taciturno, tengo una tristeza tan grande que parezco una aura tiñosa.

MUCHACHA 1. ¿Y cuál es la causa?

FEDERICO. ¡No te burles, ingrata!

395

Música. Todos se entregan al baile con gran entusiasmo.
Milanés permanece a un lado, observando. Aparece el Mendigo,
se acerca a Milanés, y le dice algo al oído. Milanés se aleja
seguido por el Mendigo hasta el centro del escenario. El
Mendigo insiste. La música se interrumpe y en el silencio se oye
a Milanés que dice en voz alta "Perdone". Todos lo miran.
Siguen bailando sin música: un baile fantasmal, descomposición
de los pasos anteriores. Milanés baila con el Mendigo. Los que
bailan comienzan a musitar los versos siguientes creando un
raro murmullo.

> Que hay una mancha en tu frente
> imposible de borrar.
> Mancha negra en lino fino,
> que primero rasga el lino
> que se consiga lavar.
> Siempre la mancha horrible se divisa
> cual negro buitre en el azul del cielo.
> Como en el fondo lóbrego de un río
> la cola de algún pez que brille y huya.

MENDIGO. ¿Es girar tu destino, como gira
el vago insecto entre el charcal y el lodo?

> La noche se acerca, la tarde se va;
> si el viento te coge, ¿de ti qué será?
> En esqueletos vivos convertidos,
> macerando su cuerpo en hondas cuevas.
> Todo paró en vil ceniza,
> todo en corrupción inmunda.

El baile se transforma en un burdel. Los hombres se disputan a
una mujer que ríe a carcajadas y cae en brazos de Milanés.

RAMERA. ¡Yo soy la mujer de todos!

Milanés huye. Tropieza con el Banquero que le ofrece una carta.

EL BANQUERO. ¿A qué carta se juega su vida? *(Se forma un*
garito. Los personajes lo rodean. Sacando cartas.) Ahora la

felicidad puede tocarle a cualquiera. A sacar al albur. Aquí está la primera: el Rey de Oro.

MUJER. Dos onzas al rey.

EL BANQUERO. No se precipiten, no hagan apuestas. El segundo albur puede ser una sorpresa. ¡Silencio! Debe hacerse en el mayor silencio para no alejar la suerte. Aquí, sobre la mesa el Caballo de Espadas, triunfador en la guerras: la astucia y el valor en una sola carta.

JUGADORES. Corre, banquero, corre.

JUGADOR 1. A este albur me lo juego todo y compro dos negras de tetas como toronjas.

JUGADORES. Corre, banquero, corre las cartas.

JUGADOR 1. ¿Dónde está el gallo? Estoy esperándolo para jugarme la salvación eterna.

JUGADOR 2. El que juega albur y gallo es un caballo.

EL BANQUERO. ¡Y ya viene el gallo!

JUGADOR 1. Canta, mi gallo, anúnciame el día del triunfo. Canta y despiértame las gallinas.

JUGADOR 2. Pisa esa gallina, gallo, y que me ponga un huevo de oro.

EL BANQUERO. Ni caballo ni rey. Ésta es la sota. Sota de Copas. ¿Quién juega, señores?

MUJER QUE APUESTA AL REY DE ORO. Dos onzas al Rey de Oro. Y brilla, brilla mi rey, ilumina mi vida con esa esfera amarilla en la punta de tu dedo. Mis manos son tus altares, aquí estás, anudado a mis dedos; envuelves mis muñecas con tu resplandor y siento tu frialdad en mi garganta. Como el sol, tienes su color y alumbras mis mañanas. Cuando envejezca tú prolongarás mi vida. Si estás de mi parte nada se me niega; el hombre más guapo introduce su mano en mi seno y allí tropieza contigo. Y cuando mis cabellos comiencen a blanquear tú les pondrás otros brillos. Nadie mirará mi piel cuando pierda su frescura porque tu reflejo penderá de mis orejas. Ésa es mi 397 apuesta. Corre, banquero, corre, soy súbdita del rey que va a abrirme las puertas del paraíso.

JUGADORES. Corre, banquero, corre.

JOVEN QUE APUESTA A LA SOTA DE COPAS. La Sota de Copas, ésa es mi carta. Contigo apuesto mi vida y llenamos la copa de ron. Y después la vaciaremos para que desaparezca el mundo.

JUGADORES. Corre, banquero, corre.

JOVEN. Contigo olvido el oro y la espada. ¿Para qué me sirven? Apuesto al Siete de Copas y al Rey de Copas y al copón divino. Llénenme todas las copas de ron y la cabeza de niebla. Ése es mi paraíso.

JUGADORES. Corre, banquero, corre.

EL ESPAÑOL. ¡Criollos! Vosotros apostáis siempre al oro. Lo queréis todo fácil. Apostáis a una carta y queréis que os entreguen el paraíso, este paraíso de palmas y sol que tanto celebráis. ¡No! Yo apuesto al Caballo de Espadas. Ahí está nuestra fuerza. Toda la tradición de la España en ese jinete que blande su espada. Ésa es mi carta de triunfo. Vengo de la Metrópoli a poner orden en esta isla de negros y azúcar. Lánzate, jinete, a recorrer la Isla y ponla a mis pies, con sus negros, y sus cañas y su azúcar que se vende a precio de oro. La espada es la fuerza y lo consigue todo: oro, mujeres, poder. De rodillas, criollos, de rodillas, ante la fuerza del Caballo de Espadas. Corre, banquero, corre, con mi caballo dominaré este paraíso.

Todos se arrodillan. Música religiosa. El lugar del Español lo ocupa un Sacerdote. Cuatro actores sostienen un palio por encima de su cabeza. En las manos lleva el Santísimo Sacramento y se forma una procesión del Corpus Christi en la que participa la familia Milanés. Los personajes se mueven con la solemnidad y magnificiencia de la celebración católica. La música se interrumpe por el sonido de tambores negros que precede a la Tarasca, llevada en brazos por negros. Es una serpiente marina con pechos enormes. Los negros bailan alrededor.

SACERDOTE. Jesucristo glorioso, vence místicamente con tu pasión y muerte al monstruoso Leviatán de ojos como párpados del alba. Con sus estornudos enciende lumbre y de su boca salen hachones de fuego, centellas de fuego le preceden, su aliento enciende los carbones y de su boca sale llama. En su cerviz está la fuerza y delante de él se esparce el desaliento y la concupiscencia. Ni espada, ni lanza, ni dardo durará, saeta no le hace huir cuando alguno lo alcanzare. En pos de sí resplandece la senda. No hay en la tierra quien se le parezca, animal hecho exento de temor, menosprecia todo lo alto y reina sobre los soberbios. De su grandeza tienen temor los fuertes y a causa de su desfallecimiento hacen por purificarse.

El rito católico se convierte en profano: los negros bailan una danza de la fecundación llena de lujuria. Milanés avanza, queda aislado de los demás personajes blancos y se encuentran frente a la Tarasca, rodeado de negros.

MILANÉS. ¿Qué animal es éste que aparece frente a mí y fascina mi sentidos? ¡Ah! ¡Qué fuerza me arrastra! El fuego que brota de su boca me quema, me atrae y adivino una exaltación indigna. Bestialidad execrable que surge inesperadamente y se adueña de la carne, hace arder mis dedos y mi labio se vuelve insano y torpe. ¿Por qué mi boca osada, ansiosa, se llena de vivo ardor? Te conozco, te conozco, sé todo lo que puedes y no hay pensamiento que se esconda de ti.

TERTULIA

La Tarasca desaparece y Milanés queda solo en el escenario con el Mendigo.

MENDIGO. ¿A qué carta se juega su vida?

MILANÉS. ¡Basta! No quiero recordar más.

MENDIGO. Eso te tocó vivir.

MILANÉS. Qué dolor esa ciudad perdida. Y hay otros sucesos esperando, lo sé. Como la caja de Pandora, levantas la tapa y salta la sangre. ¿No hay nada más que esta inmensa fábrica de azúcar?

MENDIGO. Están los campos, mucho azul y mucho verde, la madrugada que despierta al buey y salta en la montaña.

MILANÉS. Y la soledad. Tengo que encontrar otra ciudad, una ciudad dentro de la ciudad.

MENDIGO. Te propongo un juego. Yo digo una palabra y tú buscas un recuerdo.

MILANÉS. No soy un niño.

MENDIGO. El juego es un álivio.

MILANÉS. Nunca tomé la vida como juego.

MENDIGO. Todo el mundo comete errores.

400　MILANÉS. No me vengas con sarcasmos.

MENDIGO. ¿Entonces qué? Se acabaron los recuerdos y la repetición. ¡Ah!, poeta cobarde, acuérdate del Dante: no tuvo miedo, círculo tras círculo descendiendo incansable.

MILANÉS. Tú no eres Virgilio.

MENDIGO. Y por supuesto, tú no eres Dante. *(Pausa.)* Juguemos a que yo soy Virgilio.

MILANÉS. ¿Me llevarás al infierno?

MENDIGO. Escoge: infierno o paraíso. ¿Si digo paraíso qué te recuerda?

MILANÉS. No.

MENDIGO. Vamos, será divertido. Paraíso, paraíso, paraíso...

MILANÉS. *(Entrando en el juego lentamente.)* Juegos infantiles, comedias, Federico comiéndose un mango, mamá dándome un beso antes de dormir, Carlota cantando, Carlota cantando, Carlota...

MENDIGO. Playa de Judíos.

MILANÉS. ¡Oh, qué bello es el mar cuando en Oriente
su mansa ondulación el sol platea!...
El delicioso azul que le hermosea
no se puede pintar, sólo se siente.

MENDIGO. Silla.

MILANÉS. Papá leyendo.

MENDIGO. Escuela.

MILANÉS. Roma y Cartago, palmeta, calabozo.

MENDIGO. Teatro.

MILANÉS. Lope de Vega. *(Ríen según avanza el juego.)*

MENDIGO. Calle.

MILANÉS. Llovizna, sereno, farol, volanta.

401

MENDIGO. Soga.

MILANÉS. Batel.

MENDIGO. Loco. *(Milanés no contesta, el Mendigo se apresura a decir otra palabra.)* Dinero.

MILANÉS. Padrino.

MENDIGO. Látigo.

MILANÉS. Negro.

MENDIGO. Escalera.

MILANÉS. Látigo.

MENDIGO. Gafas.

MILANÉS. Domingo.

MENDIGO. Libro.

MILANÉS. Domingo

MENDIGO. Amigo.

MILANÉS. Domingo.

MENDIGO. Maestro.

MILANÉS. Domingo.

MENDIGO. Chino.

MILANÉS. Domingo.

MENDIGO. Araña.

MILANÉS. Domingo.

Aparece Domingo del Monte seguido de Palma y Villaverde. Agunos esclavos sirven moviéndose en un respetuoso silencio.

MILANÉS. Domingo, no es posible.

402   DEL MONTE. No se acobarde, Milanés.

MILANÉS. Cuando joven hice unos ensayos, pero sin ningún valor.

DEL MONTE. ¿Pretende que el arte sea fácil?

MILANÉS. El teatro es más difícil que la poesía.

VILLAVERDE. Sí, es cierto. Los pueblos nuevos viven más la vida del sentimiento o la poesía, que la vida del juicio o la meditación.

MILANÉS. El drama no sólo debe pintar el exterior del hombre sino también su interior. Y entre nosotros debe expresar una deducción moral que nos saque de la impasibilidad en que vivimos.

PALMA. No podemos tener teatro: somos un pueblo sin historia.

DEL MONTE. Cállese, pesimista a la moda. *(Risas.)* Discutí mucho con Heredia: hay la posibilidad de un teatro americano, olvidándose del fatalismo griego. Huáscar, ése es un tema; Huáscar atrayéndose la cólera de su padre, las disensiones de Huáscar y Atahualpa, la sangrienta jornada de Cajamarca.

VILLAVERDE. No sé qué pensar. Hay escritores y público que no están dispuestos a escribir ni a oír hablar de otra cosa que de dinero, de negocios y de empresas. Y si acaso de diversiones, chistosas o ridículas, cuando no escandalosas.

MILANÉS. Tengo un tema que me da vueltas.

DEL MONTE. ¿De veras? Ah, nos oculta sus proyectos.

MILANÉS. No es nada definitivo. Sólo... Es un tema de impresión social inmediata, basado en un romance español.

DEL MONTE. Pues ahora mismo lo echo a puntapiés de mi casa y se pone a escribir.

PALMA. ¿Ni siquiera lo va a dejar disfrutar del refresco de tamarindo?

DEL MONTE. Bien. Concedida la merced, ya que Palma intercede. Mire, mire este tomo de Calderón. ¡Ah! Estoy tan ogulloso de esta edición. *(Huele y acaricia el libro.)* Es exquisita, hecha con un cuidado extraordinario. Un libro debe ser un objeto artístico: las tapas, el papel, hasta la disposición de los encabezamientos pueden producir una emoción estética. Ay, estas gafas inquietas no cabalgan bien sobre mi nariz. Lléveselo y léalo, siempre se aprende de los clásicos.

MILANÉS. Perdone que para agradecérselo no le escriba una oda a lo Plácido. *(Risas.)*

PALMA. ¿Y no es excesivamente conceptual?

DEL MONTE. La condición del poeta no es sólo cantar por cantar como usted piensa, Palma. Un escritor debe sustentar sus obras con un orden fijo de ideas.

PALMA. No, no, no ¡Me niego!

DEL MONTE. Usted vive negando.

PALMA. La poesía no es más que el primer arranque del alma. ¿Qué tiene que ver con la reflexión ni el examen?

DEL MONTE. Ideas afrancesadas. Dumas, George Sand y De Vigny hacen una literatura de réprobos; presentan un caos de ideas y sentimientos donde, entre adulterios y la más repugnante concupiscencia, aparece el suicidio como síntoma que corroe la sociedad.

PALMA. Nadie puede glorificarse de haber practicado siempre los mismos principios.

MILANÉS. Yo escribiré siempre con toda libertad, pero respetando la moral, aun en lo más mínimo.

PALMA. ¿Quién no ha acogido, con el entusiasmo de la pasión, alguna idea de consecuencias perniciosas? Y además, ¿qué influjo tiene el poeta en nuestro siglo?

DEL MONTE. ¿Qué dice? Hoy más que nunca es responsable del uso que haga de sus facultades, pues conoce el influjo de sus ideas sobre la muchedumbre.

VILLAVERDE. Es triste, pero jamás vimos una sociedad tan indiferente para las cosas del espíritu.

MILANÉS. Yo estoy persuadido de que las letras ejercen una influencia: bien para mejorar o bien para pervertir.

DEL MONTE. Y por eso la sociedad tiene derecho a exigirle.

PALMA. ¿Y quién será el portavoz de la sociedad, el Capitán General o los negreros?

DEL MONTE. Vivimos en un siglo predestinado a resolver grandes y terribles problemas. Y la poesía debe decir presente.

PALMA. No hay que darle tanta importancia a la poesía.

VILLAVERDE. No hay engrandecimiento ni cultura, verdaderos y eficaces, si no marchan a la par el interés por el movimiento científico y literario con el mercantil e industrial.

DEL MONTE. *(Se sienta. Un negro le coloca un escabel.)* El poeta, antes que poeta se considerará hombre, y junto a los demás artistas y filósofos que sean dignos de llamarse hombres, quiero decir, que sientan bríos y tengan corazones enteros y varoniles, empleará todas sus fuerzas a la mejora de sus semejantes. Y para eso tiene que revestirse de un espíritu militante y denodado y no renegar cobardemente de la humanidad, tan calumniada. Ésa es su misión.

PALMA. ¿Cuál, pedir limosnas como Homero o andar fugitivo como el Dante? Cuando más, podemos aspirar a vivir encerrados en una cárcel, como el Tasso.

MILANÉS. Soñamos con una Arcadia y vivimos en una sociedad donde la esclavitud crea vicios. Palma, usted se encanta cantando y ante las pequeñas penas nuestras, las penas del país son más importantes.

PALMA. No veo qué eficacia puede tener un poema.

405

MILANÉS. Denunciar esos vicios.

PALMA. ¿Denunciar ante quién? Todos los conocen.

MILANÉS. La gente vive dentro de la corrupción sin verla. Un poema ilumina la corrupción, la hace viva ante los ojos de quienes lo leen.

PALMA. Ese poema se deshace ante el filo de una espada. Nos atropellan, nos gobiernan con leyes especiales y usted piensa en la eficacia de un poema. No me haga reír. ¿Quiénes somos nosotros? Una minoría que discute estos problemas. Los demás se enriquecen con la sangre de los negros.

DEL MONTE. Y los negros son el minero de nuestra mejor poesía. Dilo. Eso es lo que hay que decir, que se enriquecen con el trabajo de unos hombres a los que han llevado a la condición de bestias. La esclavitud nos corrompe a todos, insensiblemente va minando nuestras instituciones, convirtiéndonos en seres ociosos y viciosos.

PALMA. Con sangre se hace azúcar, dicen, y los latigazos ahogan nuestras voces.

Se oyen latigazos; suenan nuevamente campanadas y un grupo de esclavos avanza cantando tristemente. Los textos siguientes se distribuyen entre distintos actores.

ESCLAVO. Es el Avemaría. El día comienza.

ESCLAVO. Las campanas nos llaman al trabajo.

ESCLAVO. Los campos esperan.

ESCLAVO. Los cañaverales son más extensos que el mar que atravesamos desde nuestra tierra.

TODOS. Nuestra tierra.

ESCLAVO. En nuestra tierra no hay campanas.

ESCLAVO. Y los dioses están libres.

406   ESCLAVO. Están libres los tambores.

ESCLAVO. Y cantan y bailan bajo los árboles.

Aparece el Contramayoral, negro.

CONTRAMAYORAL. ¡Vaya! ¿Esperan cortar toda esa caña cantando? Pues a cantar rápido. Yo llevo el ritmo. ¿Quieren música? Pues a cantar conmigo.

Suena el látigo. Los negros cantan una canción de trabajo de ritmo más vivo. El Contramayoral vigila. Se acerca a un negro y lo azota.

ESCLAVO. ¿Por qué me pega?

CONTRAMAYORAL. Porque quizás en estos momentos estás deseando que me parta un rayo. Voy a borrar de tus ojos esa mirada de odio. *(Levanta el cuero y se lo enseña.)* Aquí tengo el borrador. Míralo bien, observa el largo. Desde aquí llega a tus nalgas y te trazo una cruz. Apréndete de memoria su canto. Oye cómo suena. *(Suena el látigo varias veces.)* ¿No suena lindo?

ESCLAVO. Estoy enfermo.

CONTRAMAYORAL. *(Dulce.)* ¿Quieres ir a la enfermería?

ESCLAVO. No tengo fuerzas, anoche trabajé en las pailas.

CONTRAMAYORAL. *(En el mismo tono.)* Necesitas una buena medicina.

ESCLAVO. Tengo fiebre, se me cierran los ojos... el sol...

CONTRAMAYORAL. ¿Quieres jarabe de manatí o fricciones de manatí? *(Brutal.)* ¡Tumba! *(El negro se acuesta bocabajo. El Contramayoral lo fustiga. La música adquiere un aire guerrero.)* ¿Quieres que sea bueno? ¿Quieres que sea dulce? ¡Cuenta, cuenta! *(El Esclavo irá contando los latigazos según los reciba.)* Buenos son los santos y los santos son los amos. ¿Pretendes que corte contigo? Yo no soy como tú. Óyelo bien. Yo soy el contramayoral, yo dirijo esta negrada, yo duermo aparte, yo como aparte, yo hablo con el amo. Pagó por ti cuatrocientos pesos. Pagó por mí cuatrocientos pesos. Yo los devuelvo dando cuero y a ti hay que sacártelos del cuerpo. ¡Corta! No hay que 407 pensar en la tierra, ni en dioses ni tambores. Los amos son los dioses y quieren que cortes. Déjame limpio este campo como si nunca hubiera habido caña. El amo ordena y yo cumplo. Ahora éste es mi Dios. *(Levanta el cuero.)* Mi único Dios. Él me saca de los campo, me da el sueño y las mejores negras. Ya no soy la bestia que espera la campana para descansar. Yo ordeno que se toque la campana. Yo doy órdenes como el amo. Ya no soy la bestia que trabaja. Yo soy un hombre.

Los negros quedan extáticos, mirándolo. Suenan nueve campanadas.

ESCLAVO. Son las Vísperas.

ESCLAVO. Con las campanas abandonamos los campos.

ESCLAVO. Pero esperan las pailas, el trapiche, los tachos.

ESCLAVO. Y después, después llega el sueño.

TODOS. Ah, el sueño.

Suena la campana. Los Esclavos se mueven como en sueños.

ESCLAVO. El toque de reposo y recogimiento nos anuncia el sueño.

ESCLAVO. El barracón en silencio, el murmullo de la noche fuera y dormir, dormir cuatro horas.

ESCLAVO. Cuatro horas cada noche después que termino las faenas.

ESCLAVO. Días iguales, con noches iguales en años iguales.

ESCLAVO. Duermo, duermo y entonces estoy vivo.

ESCLAVO. Dormir me reintegra a la vida.

ESCLAVO. Soñar con irse al monte.

ESCLAVO. Alzarse, alzarse. Dejar atrás el barracón y dormir en el monte.

ESCLAVO. Dormir sin miedo. Y mientras duermo soñar que dormimos todo el día.

ESCLAVO. La alegría de soñar con la tierra, la nuestra.

ESCLAVO. Soñar que el palenque está lejos y el ranchador no lo descubre.

ESCLAVO. Soñar que no hay perros.

ESCLAVO. Soñar que no hay foete.

ESCLAVO. Soñar que no hay amo.

ESCLAVO. ¡Cuidado! Estás dormido.

ESCLAVO. La vigilia es la pesadilla: el manatí y el bocabajo.

ESCLAVO. El mayoral y el manatí.

ESCLAVO. ¡Cuidado! No te duermas, el calabozo es traicionero.

ESCLAVO. Atención, no te duermas, carga el bagazo.

ESCLAVO. Vigila, no dejes tu sangre en las mazas.

ESCLAVO. Cuida tus manos, no las pierdas trituradas como cañas.

ESCLAVO. Corto con los ojos cerrados, dormido.

ESCLAVO. Dormido llevo la caña al trapiche.

ESCLAVO. Dormido echo la leña en los hornos.

ESCLAVO. Dormido atiendo las pailas.

ESCLAVO. Dormido como el funche y el tasajo.

CONTRAMAYORAL. *(Sonando el látigo.)* Abre los ojos, negro, que te quiero bien despierto.

MILANÉS. Campiñas, ¡ay! do la feroz conquista
　　　　　cual antes en el indio, hoy vil se ensaña
　　　　　en el negro infeliz; donde la vista
　　　　　al par que mira la opulenta caña
　　　　　mira, ¡qué horror!, la sangre que la baña.

409

DEL MONTE. Estas cosas deben ser conocidas. El mundo tiene que enterarse de lo que sucede en la isla.

PALMA. El lápiz rojo impedirá que se publique una palabra.

DEL MONTE. Encontraremos la forma de divulgarlo. Siga escribiendo así. Siempre hay un juego, una argucia, un traspié para burlar la censura.

Entre los negros aparece El Inglés.

EL INGLÉS. Mi país, la Gran Bretaña, aprobó la abolición inmediata de la esclavitud en 1838 y todas las Antillas son desde entonces un hervidero de ideas abolicionistas.

ESCLAVO. ¿Son libres en Jamaica?

EL INGLÉS. Libres.

ESCLAVO. ¿Y en Nassau?

EL INGLÉS. Libres. Y en Haití hace años que son tan libres como un ciudadano francés. *(Acercándose a Del Monte.)* Usted y yo nos entendemos. Desde 1817 España y Gran Bretaña firmaron el tratado sobre la supresión de la trata y mi país está dispuesto a exigir su cumplimiento.

DEL MONTE. No piense en lo que España firma. Vea lo que hace.

EL INGLÉS. Estoy aquí para hacer que se cumpla. Todo negro que haya entrado en la isla después de esa fecha tiene derecho a la emancipación. Y registraremos los navíos. ¿Piensa que la juventud cubana está dispuesta a cooperar para acabar con este horror?

DEL MONTE. Todos están interesados en la eliminación de la trata.

EL INGLÉS. ¿Y la abolición?

DEL MONTE. Primero un paso, después otro. No se puede correr si no se sabe caminar.

EL INGLÉS. Los negros aprenden a caminar corriendo. *(Se dirige a los negros.)* Hay blancos dispuestos a cooperar con el plan. Obtendremos todas las libertades: la independencia de España y la abolición de la esclavitud. Hemos hecho contacto en Jamaica con el general Mariño que vendrá al frente de una expedición. Pero es necesario aunar fuerzas, tener mucha discreción, hacer los contactos con cautela.

DEL MONTE. Cuídese de España, es un enemigo peligroso.

EL INGLÉS. En mi país se mira la esclavitud como una abominación. En nuestras colonias hemos demostrado que puede fabricarse azúcar sin mano esclava.

DEL MONTE. Los cubanos que piensan lo saben. Por eso vive Saco desterrado. Tengo materiales literarios que usted podría publicar.

EL INGLÉS. ¿Literatura abolicionista? Cuanto antes mejor.

DEL MONTE. Suárez está escribiendo una novela sobre un tema que conoce perfectamente: describe la vida de los esclavos en un ingenio. ¿Y usted qué hace, Milanés?

MILANÉS. Pronto podré leerles un acto de "El conde Alarcos". No es una obra antiesclavista, pero trata un tema social.

DEL MONTE. Ya lo ve. ¡Nuestros jóvenes no pierden el tiempo! Tanco y Federico escriben poemas con temas negros. ¡Ah!, quisiera que conociera a Manzano, es un joven poeta esclavo. Hemos iniciado una colecta para comprar su libertad.

El Contramayoral trae a Manzano y lo coloca en un cepo de frente al público, de modo que mientras dice su texto sólo son visibles la cabeza y las manos.

MANZANO. En 1810 si mal no me acuerdo, una tarde salimos al jardín. Ayudaba a mi ama a trasplantar algunas maticas. Al retirarnos, sin saber lo que hacía, cogí una hojita, una hojita no más de geranio donato, esa malva sumamente olorosa. Llamóle la atención el olor y me preguntó: ¿Qué traes en las manos? Mi cuerpo se heló de improviso. Enseguida vino el administrador, a 411 quien me entregó. Yo fui para el cepo. En este lugar, antes enfermería, pero que ya no se le daba ningún empleo y sólo se depositaba en él algún cadáver, se me encerró. Apenas me vi solo cuando todos los muertos me parecía que se levantaban y vagaban por todo lo largo del salón. Una ventana "media" derrumbada golpeaba sin cesar y cada golpe parecía un muerto que entraba por allí de la otra vida. No bien había empezado a aclarar cuando sentí correr el cerrojo. Entra un contramayoral seguido del administrador. Me sacan una tabla y un mazo de cujes con cincuenta de ellos. Veo al pie de la tabla al administrador envuelto en un capote. Dice debajo del pañuelo que le tapa la boca con una voz ronca: ¡amarra! Mis manos se atan como las de Jesucristo, se me carga y mete los pies en las dos aberturas que tiene. También mis pies se atan. ¡Oh Dios! Cuando volví en mí me hallé en el oratorio en brazos de mi madre.

Del Monte y sus amigos sacan a Manzano del cepo. Entran Oviedo y los Hacendados 1 y 2.

HACENDADO 1. ¿Qué piensan? ¿Cuál es el juego de esos criollos anglófilos?

HACENDADO 2. Se enternecen con las lágrimas de un negrito que ha escrito cuatro mamarrachadas y han comprado su libertad.

OVIEDO. ¿Se imaginan que nos vamos a dejar despojar de nuestras propiedades? Esos negros son nuestros, nos costaron nuestras onzas y nos pertenecen legalmente.

HACENDADO 1. Y la propiedad es sagrada.

DEL MONTE. Si acabáramos con la trata podríamos blanquear la Isla.

HACENDADO 2. ¿Cómo es posible? ¿Quién cortará la caña? Sabemos bien cuántos negros mueren en cada zafra. ¿Y con qué vamos a reponerlos? Son nuestros, más baratos que las máquinas inglesas, digan lo que digan Saco y sus amigos. Somos los dueños de estas tierras y las hacemos producir con los medios que tenemos.

DEL MONTE. El análisis de Saco es correcto: los colonos blancos inmigrarían y tendríamos una civilización distinta.

OVIEDO. ¡Ah, la filantropía! Ahora les ha dado por la filantropía.

HACENDADO 1. Yo me cago en la filantropía. Los ingleses quieren la abolición porque no pueden competir con nuestros precios.

DEL MONTE. El hombre debe defender el progreso, no el salvajismo.

HACENDADO 1. Salvajes, sí. Son monos. Los bajaron de la mata y les cortaron el rabo. Repare en sus bembas, su nariz ñata, su frente aplastada, su haraganería, su torpeza, su abandono, su ingratitud para con nosotros que los hemos traído de su continente salvaje para cristianizarlos.

EL INGLÉS. ¿Es satisfactorio el estado de la religión en la Isla?

DEL MONTE. Pocos creen y los que creen son supersticiosos, ignorantes y corrompidos.

EL INGLÉS. ¿Y los clérigos también tienen esclavos?

DEL MONTE. Hasta los frailes de Belén tienen un número considerable.

HACENDADO 1. ¿Y pretenden que les tratemos como hombres? Apenas pueden rezar el Padrenuestro.

DEL MONTE. No se lo han enseñado porque ni ellos mismos lo saben.

HACENDADO 1. El demonio se les mete en el cuerpo. ¿No los han visto bailar? Saltan y se contorsionan como verdaderos monos. Nunca podrán pertenecer a una sociedad civilizada. Hay que mantenerlos separados, aislados, sus costumbres dañarían nuestra sociedad. Hay que conocerlos: son lúbricos y pecadores.

OVIEDO. Sólo piensan en tambores, en pañuelos de colores, en bailar los domingos en el batey.

413

HACENDADO 2. Un tambor los enloquece. Los he visto bailar durante horas al ritmo de un cajón.

HACENDADO 1. Y cuando son libres se visten de colorines, se ponen sombreros estrafalarios y se contonean por las calles de La Habana con una navaja en la cintura.

HACENDADO 2. El último censo arrojó cifras alarmantes. Más del cincuenta por ciento de la población es negra.

OVIEDO. Hay el peligro inminente de una rebelión. La Isla peligra, porque en una rebelión triunfará el negro o el blanco, ésa es la alternativa. Y si triunfan los negros, ¡adiós civilización! Recuerden Haití.

HACENDADO 1. Cuando se sublevaron en Haití incendiaron las haciendas, asesinaron a sus amos y violaron a las mujeres blancas.

HACENDADO 2. Viven obsesionados por nuestras mujeres. Miran la carne blanca de una mujer y enloquecen.

OVIEDO. ¡Qué extraño! Yo enloquezco cuando veo las nalgas de una negra. Cuando me casé, la noche de la boda, salí de la casa de vivienda y me fui al barracón y aspiré el olor de los vestidos de una negra. Necesitaba ese olor, ese olor que me acompaña desde niño; mamé de una negra, crecí entre negras y una negrita de doce años, costurera de mi madre, me enseñó las delicias de la zona oscura. *(Risas.)* Y sigo buscando ese olor, ese olor que traen de su tierra, un olor negro, un olor de oscuridad, de cuarto en penumbra, de sábanas sudadas, de piel tersa bañada en saliva.

MILANÉS. ¡Puercos! Son más salvajes que los salvajes de que hablan. Se dicen cristianos pero la concupiscencia los corrompe y los convierte en bestias. Animales amodorrados que duermen en hamacas al mediodía mientras sueñan con infiernos de lujuria.

DEL MONTE. ¿Y qué puede hacer?

MILANÉS. Estoy indignado.

DEL MONTE. Ésa es la indignación que tiene que utilizar.

MILANÉS. Ya lo estoy haciendo. "El conde Alarcos" estará terminado dentro de unos días.

Aparece El Español en el centro de la escena.

EL ESPAÑOL. ¿Quién puede creer que son tertulias literarias? Cuevas de conspiradores enemigos de la España. ¿A quién reciben allí? A los ingleses. Les hacen honores en sus reuniones y les oyen sus filípicas contra la esclavitud. Y en el fondo no hay más que una sola idea: separatismo. ¿Creéis que vivo con los ojos cerrados? Tengo miles de ojos que vigilan por mí. ¡Ah! España, qué hijos tan ingratos tienes en esta Isla. Pero yo cumpliré la misión que me ha encargado la Reina Gobernadora. Los tendré a raya, aquí no permitiré lo que pasó en el continente. Por eso Saco no volverá a poner los pies en esta tierra: esos jóvenes ambiciosos lo admiran y están dispuestos a seguir sus ideas. Que no se publique ni una sola palabra ambigua. Ya lo sabéis, ni una sola palabra que pueda poner en peligro el dominio de la España sobre esta tierra que nos pertenece. Porque nosotros la pusimos en el mundo y nos hemos sacrificado durante trescientos años para hacerla rica, civilizada y cristiana.

Los Hacendados se acercan.

HACENDADO 1. Vuestra Excelencia debe saber que cuenta con nuestra simpatía.

EL ESPAÑOL. No bastan las palabras. Espero demostraciones más evidentes.

HACENDADO 2. Hemos atacado a esos criollos que pretenden impedir la entrada de negros en la Isla y destruir nuestra economía.

EL ESPAÑOL. ¿Por qué los atacan? No hacen más que pedir que se cumplan los tratados con la Gran Bretaña. Os enriquecéis porque en la Isla entran barcos cargados de ébano que se convierten en onzas relucientes en vuestras manos. ¿Y qué recibe 415 la España? La Reina Gobernadora se expone. Las leyes firmadas por su mano son inviolables.

OVIEDO. ¿Vuestra Excelencia quiere decir...?

EL ESPAÑOL. Que no quiero escándalos con los ingleses. Vosotros andáis contentos, satisfechos, con los bolsillos repletos. Y la España sufre los peligros.

HACENDADO 1. Vuestra Excelencia no debe preocuparse. Nosotros sabremos corresponder a la magnanimidad de España y de la Reina Gobernadora.

EL ESPAÑOL. Espero que así sea. Os dejo con mi esposa. *(Sale, dándole paso a La Española.)*

HACENDADO 1. ¿Está bien de salud Vuestra Excelencia?

LA ESPAÑOLA. ¿Quién puede hallarse bien en este horno?

HACENDADO 2. Pero a la sombra siempre corre brisa.

LA ESPAÑOLA. En la sombra están nuestros enemigos. Vivimos rodeados de enemigos. Cantan letrillas insultantes contra el Capitán General, sabemos que nos dicen sobrenombres ofensivos y publican libelos infamantes contra España. Nadie puede sentirse a gusto en una tierra así.

OVIEDO. Esto puede mitigar sus males. *(Le entrega una bolsa.)*

LA ESPAÑOLA. ¿Cuánto hay aquí?

HACENDADO 1. Trescientas onzas.

LA ESPAÑOLA. Mal rayo me parta. *(Tira la bolsa.)* ¿Es que también tendremos que luchar contra los amigos?

HACENDADO 1. ¿Qué dice Vuestra Excelencia? Los amigos son fieles.

LA ESPAÑOLA. Fieles pero ladrones. Tres barcos entraron por la zona de Cuba en menos de una semana. ¿Cuántos negros traía cada uno?

416   OVIEDO. No eran tantos, Excelencia. Eran goletas pequeñas.

LA ESPAÑOLA. ¡Goletas! Son capaces de traer mil negros en un bote. ¿No sabéis que yo también llevo cuentas? Recibo informes, sé cuántos negros entran por las costas, a quién los vendéis y a cómo. Quiero cuentas claras. O recibo media onza por cada negro que entra en la Isla o los ingleses se encargan de vuestros barcos. Media onza, ni un real menos.

HACENDADO 2. Excelencia, Excelencia.

LA ESPAÑOLA. Dejaos de remilgos y tantos parabienes y genuflexiones. ¡Las onzas, González, las onzas! Si permitimos que vosotros entréis los negros y nos exponemos a que Inglaterra nos vigile no es para recibir homenajes. ¡Excelencia, Excelencia!, pero faltan cien onzas. Recordar bien y decid a vuestros amigos, miserables negreros, que a mí no se me escapa un solo negro. Tomad vuestra bolsa y traed la cantidad exacta. Quiero esa bolsa repleta.

Los personajes desaparecen en la sombra. El Mendigo se adelanta hacia Milanés, acompañado de un negro que usa como ejemplo.

MENDIGO. Cifras, cifras y tantos por ciento, Milanés. La historia es muy simple: en la Costa de Marfil un negro es perseguido, atrapado, apaleado y encadenado en la bodega de un barco español o portugués entre cientos de negros, unos sobre otros y todos sobre sus excrementos, ¡entre la mierda, poeta! Así hace el viaje desde el continente negro hasta el continente indio. ¡Ah! La nobleza de los blancos les hace conocer que el mundo es redondo y que hay mares inmensos, cerúleos, donde navegan hermosos veleros, esbeltos y orgullosos, que recorren la ruta descubierta por el glorioso Colón. Los ingleses, blancos, cristianos y filantrópicos han decidido acabar con esa ignominia. ¡Quieren vender sus máquinas!, y registran los barcos españoles, portugueses y norteamericanos. Pero el barco negrero es taimado y lanza al azul del mar su mercancía negra. Y el negro perseguido, atrapado, apaleado y encadenado se convierte en una cifra. Después dice la historia: se calcula que en la travesía perecía el veinte por ciento de la carga. O si no se lee: en 1817 el   417 número de esclavos era de 199.145. En 1838, la cifra, ¡siempre la cifra!, se había elevado a 436.495. Si tratas al hombre como una bestia, lo persigues, lo acosas y lo humillas, el hombre se convierte en lo que quieres que se convierta: en una bestia, una bestia acosada. Pero una bestia es peligrosa, es agresiva y una bestia acosada está dispuesta a acabar a dentelladas con su perseguidor. Vamos, Milanés, pon tu granito de arena contra ese español que hace crecer las cifras.

Milanés comienza a leer. Cuando se indique, El Español continúa diciendo las réplicas del Rey y Milanés actúa como el Conde.

MILANÉS. Al señor Domingo del Monte dedica "El conde Alarcos" su amantísimo amigo, José Jacinto Milanés. Acto II, Escena V. Peronajes: El Rey y Alarcos.

> ALARCOS
> Gran señor, si consentís
> que a España me torne ahora,
> pues ya cumplí...
>
> REY
>   ¿Qué decís?
> ¡Callad, callad!, que en mal hora
> llegásteis, conde, a París.
>
> ALARCOS
> Si en volver no me dilato,
> y si ves que estoy contigo,
> ¿en qué te he faltado al contrato?
>
> EL ESPAÑOL
> Conde, escuchad lo que os digo:
> ¡sois conmigo un hombre ingrato!
> ¿Fuera gratitud volverte
> a tu patria, y mi bondad
> menospreciar de esta suerte?
>
> MILANÉS
> ¡No, sino necesidad

tan terrible como fuerte!

EL ESPAÑOL
Ya sé: de abreviar los plazos
por volver a ver la hermosa
que quizás con torpes lazos...

MILANÉS
Señor, no es dama, es esposa
la que me tiende sus brazos.

EL ESPAÑOL
¿Esposa decís? Alabo
vuestro enamorado ardor,
aunque a la verdad no acabo
de entender cómo un esclavo
se atreve a tener amor.

MILANÉS
Mi rey, mi señor, si erré
fue porque en tu amor fié
mi perdón.

EL ESPAÑOL
            ¡Funesto error!
¿Qué amor, decidme, qué fe
hay entre esclavo y señor?
¿Sabéis que sois un traidor?
¿Sabéis que mi deshonor
con sangre se ha de lavar?
¿Sabéis que no puedo hablar
porque me ciega el furor?

MILANÉS
Señor, si os habló su alteza
y como vasallo, yo
he de callar, ¡mi bajeza
pague mi cabeza!

EL ESPAÑOL
            ¡No!

419

MILANÉS
¿Y qué remedio hay, señor?

EL ESPAÑOL

Casarte al primer albor
con Blanca.

MILANÉS
¡Yo! ¿De qué suerte?

EL ESPAÑOL
Dando a tu esposa la muerte.

MILANÉS
¿A mi esposa? ¿A mi Leonor?
¡Señor, en nombre de Dios
puesto que sois rey, sed hombre!

EL ESPAÑOL
¿Qué es lo que quieres que valga
a tu esposa? Ella no es
de nombre ni sangre hidalga.
Es plebeya: muera pues
antes que la aurora salga.

MILANÉS
¿Y quién, estando yo aquí,
ha de dar muerte a mi esposa?

EL ESPAÑOL
Quien mande yo, porque ya
me he determinado a ello.
Y un ministro ejecutor
en secreto enviaré
para que muerte le dé.

MILANÉS
¿A mi esposa? ¿A mi Leonor?
Yo la ampararé,

EL ESPAÑOL

¿Qué estás
diciendo? Tú callarás.

MILANÉS
¡Yo!

EL ESPAÑOL
Tú eres esclavo mío.
Conde, no hay más que decir
sobre lo dicho. Ella tiene
esta noche que morir.

MILANÉS
¿Piensas que obedeceré
tus órdenes?

EL ESPAÑOL
Sí, porque
si no haces lo que he prescrito
¡yo le buscaré un delito
y la decapitaré!

Aplausos en el cortejo. Gritos. Todos los personajes rodean a Milanés, que se retira en medio de los aplausos. Sólo quedan Pastora, los locos y el Mendigo.

MILANÉS. Al fin era el éxito y todo era posible. Los periódicos hablaban de mí, la gente me buscaba, recibía cartas pidiéndome poemas y me habían pagado diecisiete onzas como derechos. Hablé con papá y le dije: Mira, la poesía también paga, puedo vivir sin traicionarme; así soy, en esto creo. Era estar en lo alto del Pan y abajo Matanzas, la ciudad entera a mis pies.

PASTORA. Huye, Pepe, enciérrate en tu cuarto como yo. No te dejes encantar por el mundo. Esos sonidos son más indecentes que la notas del piano. No toques ese dinero. No pises las calles. El atrio de la iglesia está manchado de mendigos. Enciérrate en tu cuarto de paredes blancas y no salgas más.

ZEQUEIRA. Milanés, ésta es tu hora. No te pueden negar nada.   421

SERENO. Conquistaste tu ciudad, no sólo tu ciudad, sino la Isla entera.

JOSEFA. Pide por esa boca: no te negarán nada: ni el oro ni el amor. Es el minuto de la dicha.

ZEQUEIRA. Toma mi sombrero y te hará invisible. Oye lo que dice la gente: hablan de ti con admiración y esperan mucho más. Como yo, tienes el poder de la palabra, que pasa a la posteridad.

Carcajada del Mendigo.

MILANÉS. No tenía nada. Estaba solo en lo alto del Pan y abajo la ciudad, siempre inconquistable. El triunfo no era como yo esperaba y tenía que encontrar algo, algo...

EL AMOR

En el cortejo se oyen voces femeninas que llaman "Pepe".
Aparece Lola. Los locos se pierden en la sombra.

LOLA. ¡Pepe, Pepe!

MILANÉS. ¿Y esa voz?

LOLA. ¡Pepe!

MILANÉS. ¿De dónde viene ese recuerdo?

LOLA. Soy yo.

MILANÉS. ¿Qué quiere?

LOLA. Qué circunspecto. Ahora me tratas de usted.

MILANÉS. ¿La he visto antes?

LOLA. Mírame bien. *(Es una mujer vieja, repulsiva. Tiene las manos deformadas por la artritis.)* Muchas veces te miraste en mis ojos. Míralos, tienen el mismo color. Hay menos pestañas y han perdido el brillo, pero el color sigue siendo el mismo. Y las manos... acariciaste estas manos, con recato, tal vez con demasiado recato... ¡siempre fuiste excesivamente puro! Pero estuvieron entre las tuyas.

MILANÉS. Seguramente hay una equivocación.

LOLA. Ah, sí me equivoco. Ya no es Pepe.

CARLOTA. *(Aparece y lo llama.)* Vamos, Pepe, ese recuerdo... 423

LOLA. No te lo vas a llevar, mosquita muerta. Tenemos mucho que hablar.

MILANÉS. ¿Qué sucede, Carlota?

LOLA. Ella no tiene nada que ver en esto. O tal vez sí. Con su aire de sabihonda y su ternura fraternal me hizo la vida imposible.

CALOTA. No tenemos que escuchar insultos.

LOLA. ¿Ves? ¡Escuchar! No dice oír como todo el mundo. Ahora van a tener que escucharme los dos. A no ser que prefieras irte, Carlotica. Pero no sé adónde...

CARLOTA. No hay razón para entrar en aclaraciones después de tanto tiempo.

LOLA. Tanto tiempo. ¿Cuántos años fueron? ¿Diez? ¿Diez años de mi vida no cuentan para nada?

MILANÉS. ¿Quién es, Carlota?

LOLA. ¿Hará falta una presentación formal? Ah, sí, ya comprendo. Ahora es José Jacinto Milanés, poeta laureado, poeta celebrado, poeta aplaudido, poeta muerto. Ya no es el Pepe que me dedicó sonetos. Una parte de tu vida está ligada a mí y hay que recordarla. Escribiste poemas en que mi nombre está unido a hermoso, almo, ligero. Cuando regresaste de La Habana, después del cólera, visitabas mi casa... ¿Eso no hay que recordarlo? Una noche...

MILANÉS. *(Recordándola)* ¡Lola!

LOLA. Sí, la adorada Lola.

MILANÉS. Perdón.

LOLA. No me trates como al Mendigo. Fui tu novia, Pepe, tu novia de diez años. Y todavía preguntas. No te perdono el olvido.

424 MILANÉS. Mi vida no fue una fiesta.

LOLA. Yo estaba muerta y enterrada. ¿Quién me trae aquí a recordar los años en que me fui secando mientras me inflaba como una calabaza? Sola en una ciudad donde nadie me miraba como posible esposa porque había estado diez años contigo. Me estaban negados el velo y los azahares porque tú no me los diste. Y después, los años que viví hasta mi muerte, fui llenándome de tanta amargura que escupía para no envenenarme. Mira estas manos, ¡por Dios!, y arráncame los recuerdos.

MILANÉS. *(Comienza a regresar al pasado con la descripción.)* Estas manos que acaricié tantas veces: dedos largos, ágiles como palomas se mueven sobre el bastidor mientras bordas con hilos púrpuras y celestes un cojín. Me siento en un escabel y te observo en silencio: la cabeza inclinada sobre el bordado, la línea del cuello iluminada por la luz del postigo. Te observo en silencio. Toda la vida, toda la vida, la vida entera observando esa línea de luz que dibuja la unión de tu barbilla con el cuello y desciende hasta el seno.

LOLA. *(Transfigurada.)* Estás muy callado, Pepe.

MILANÉS. Entre nosotros sobran las palabras. Soy feliz.

LOLA. Te contentas con poco.

MILANÉS. ¡Ay!, divinos así y encantadores
ricos de suavidad única y sola,
¡me inundaron de amor los vencedores
ojos que ostenta mi adorada Lola!
El aura embalsamada que a estas flores
besa, al volar, la tímida corola
es su aliento gentil: su blando acento
aquel raudal que me enamora lento.

LOLA. ¿Vas a publicarla?

MILANÉS. No. Que nada entorpezca nuestra intimidad. Quiero preservarla de miradas ajenas. Que nada la destruya nunca. Me siento en paz mientras estoy contigo. Siempre será así, siempre, siempre...

LOLA. ¡Qué siempre tan breve!

MILANÉS. Después que rompimos...

LOLA. *(Como al comienzo de la escena.)* Rompiste tú. Y la ciudad entera se rió de mí. Eran diez años de lo que tú llamabas amor casto. ¡Una palabra! Siempre enamorado de las palabras. Palabras que no cumpliste, porque de pronto apareció ella...

CARLOTA. ¡Cállate!

LOLA. Tú siempre queriendo ocultarlo todo. "Que nadie se entere. No pasa nada. Pepe está bien." ¡No! Estuvimos callados mucho tiempo y ahora alguien nos impulsa a hablar. *(A Milanés.)* ¿Quién era? ¿Qué tenía? Una chiquilla estúpida que se reía por nada. Y allá van las lecturas y los paseos y los juegos y yo me daba cuenta de que algo pasaba porque no era estúpida y te conocía muy bien y eran diez años y los silencios significaban mucho para mí y los ojos empezaron a brillarte como antes y a veces parecía que habíamos vuelto atrás, que acababas de llegar de La Habana después del cólera, pero yo no era la causa del regreso al pasado, el motivo estaba frente a tu casa, yo lo adivinaba y la ciudad entera lo sabía. Te parabas detrás de la ventana y vigilabas, cualquier rumor te hacía correr el postigo: una volanta, un vendedor de panales...

MILANÉS. *(Grita.)* ¡Isa!

Lola huye. Carlota se acerca y lo calma, llevándolo hacia la parte oscura del escenario. El Mendigo se adelante con un largo tablón y lo coloca como puente sobre dos soportes; se sube sobre el tablón.

MENDIGO. Llueve torrencialmente. Repentinamente a las cinco de la tarde escampa y brilla de nuevo el sol de mayo. Pero la calle de Gelabert ha quedado convertida en un lodazal. Allí está la casa de los Milanés; al frente la de los primos, los Ximeno. La única forma de cruzar la calle es poniendo un tablón sobre los charcos.

FEDERICO. *(Cruza por el tablón llamando alegremente.)* ¡Babí, Babí!

RITICA. Fico, ayúdame. *(Ríen mientras Federico la ayuda a cruzar.)*

CARLOTA. *(Desde un extremo.)* Fico, dile a Antonio que venga para que pruebe el boniatillo.

DOÑA RITA. ¿No pueden estarse en su casa un momento?

Federico regresa con Antonio y en el centro del tablón se encuentra con Cleo.

FEDERICO. ¿Qué quieres?

CLEO. Voy a buscar una cinta que Isa me va a prestar.

CARLOTA. Cleo, dile a Babí que me mande el hilo.

CLEO. ¿De qué color?

CARLOTA. Azul celeste, es para coser la cinta.

CLEO. *(Se encuentra con José Manuel.)* ¿Vas para casa?

JOSÉ MANUEL. Dice Fico que Pepe escribió unos versos muy cómicos.

CLEO. Para morirse de risa.

Pasan primos de uno al otro lado, con risas y aspavientos. Se oyen frases: "Cuidado. Me caigo. No me salpiques", etcétera. Milanés avanza desde un extremo seguido por primos y hermanos; Isa avanza desde el otro, algunos la siguen. Se encuentran en el centro, ella pierde el equilibrio y él la sostiene. Quedan abrazados unos instantes. Los demás miran en silencio y se retiran lentamente.

MILANÉS. ¡Oh, bella ante mis ojos, como brilla
          un cielo puro al desposado amante,
          en cuyo limpio y celestial semblante
          es rosa del Edén cada mejilla!

        Si revelar mi cítara sencilla

427

toda tu gracia al mundo circundante
pudiera, ¡ay Dios!, humilde en el instante
doblara el mundo entero la rodilla.

Cada palabra tuya es un cariño,
cada mirada tuya es una aurora
que arroba ya mi corazón de niño.

¿Por qué he tardado, amiga encantadora,
en darte el corazón? Yo me lo riño.
¡Más de amarte a ti sola siempre es hora!

Isa se retira asustada, mientras él la sigue hasta el extremo del tablón. Ella se pierde en el extremo que representa su casa. Milanés, cabizbajo y en silencio, volviendo la vista hacia atrás, regresa hacia la suya.

En casa de los Ximeno. Se preparan para asistir a una fiesta.

SIMÓN. ¿Qué se ha creído ese loco?

ISABEL. No hables así.

SIMÓN. ¿No está viendo que es una niña?

ISABEL. Está asustada.

En casa de los Milanés. El padre hace cuentas; las madre zurce.

DOÑA RITA. Pero no sé cómo lo van a tomar.

DON ÁLVARO. Como tienen que tomarlo. Ahora trabaja y en la Compañía de Ferrocarril lo aprecian.

DOÑA RITA. Ximeno es muy celoso.

DON ÁLVARO. Puede darse con un canto en el pecho. Ya no es el Pepe que trabajaba en su oficina. Es don José Jacinto Milanés, respetado en todas partes.

En casa de los Ximeno.

SIMÓN. No es más que eso, un vagabundo.

428 ISABEL. Ximeno, es mi sobrino.

SIMÓN. Un sobrino vagabundo.

ISABEL. Está trabajando.

SIMÓN. Porque yo le conseguí el destino. Pero me lo han dicho: que pierde el tiempo, sigue perdiendo el tiempo con sus versitos.

ISABEL. En La Habana lo respetan mucho.

SIMÓN. ¿Quiénes? Los que son como él, los que se buscan problemas: esa turba de abolicionistas a los que hay que salir a defender a cada rato.

En casa de los Milanés.

DON ÁLVARO. ¿Qué quieren para la niña, un duque?

DOÑA RITA. Ellos no han dicho nada.

DON ÁLVARO. Pero se han distanciado. Y tu cuñado me saluda a duras penas. Mucho amor, mucho cariño mientras las cosas no tocan a fondo.

En casa de los Ximeno.

SIMÓN. Un depravado.

ISABEL. No te lo permito.

SIMÓN. Lo dice todo el mundo. Matanzas entera.

ISABEL. Eso es mentira.

SIMÓN. Casi treinta años, ¿y sabes lo que hace?

ISABEL. No quiero saber nada.

SIMÓN. Sí, se encierra y en su cuarto, solo... ¡como los muchachos!

ISABEL. Cállate.

SIMÓN. Le tiene miedo a las mujeres.

En casa de los Milanés.

DON ÁLVARO. Que vengan y nos lo digan en la cara: nos oponemos.

DOÑA RITA. Se va a enfermar.

DON ÁLVARO. Que se comporte como un hombre: firme.

En casa de los Ximeno.

SIMÓN. Si vuelve a molestarla, le entro a patadas.

ISABEL. Está enfermo.

SIMÓN. A patadas le quito la enfermedad.

En casa de los Milanés.

DON ÁLVARO. Que digan la verdad; que somos pobres, que no tenemos un real, que aspiran a casarla con un rico, que quieren venderla, eso es lo que quieren.

En casa de los Ximeno.

SIMÓN. No voy a permitir que mi hija se muera de hambre con un loco que hace versos.

El Mendigo y Milanés avanzan hacia el frente. El Mendigo se lleva el tablón.

MENDIGO. Y no hizo falta el tablón.

MILANÉS. *(Comienza a hablar lentamente, con gran seguridad. Termina en un delirio.)* Yo soy José Jacinto Milanés, poeta. El autor de "El conde Alarcos", estrenada en el Teatro Tacón, elogiada en Madrid. Soy honrado, culto, de una familia intachable. ¿Dónde está mi mancha? Y ellos... ¿De dónde viene su linaje? ¿Dónde están los títulos, los castillos, dónde están los escudos y los pergaminos? ¿Qué tienen? Onzas, sólo onzas relucientes escondidas en arcas de madera. Sus títulos: onzas. Sus pergaminos: pesos. Y ella me ama. Lo supe mientras le leía un poema, me sonreía y bajaba los ojos, con las mejillas ardiendo de pudor por mi presencia. Pero la han encerrado bajo cerrojos en el último cuarto para impedir que me vea. La tienen maniatada, las manos blancas atadas con cuerdas para que no toque las mías que tiemblan. Le han puesto una mordaza para impedir que me llame. Yo lo adivino. Oigo su voz aquí, aquí, dentro de mi cabeza está su voz que suplica y grita mi nombre. Oigo cómo grita mi nombre de noche, no puedo dormir, hace noches que no duermo y cuando duermo oigo su voz. Su amor es más fuerte que todas las mordazas, atraviesa los muros y ella viene hasta mi cuarto. Anoche estuvo, vestida de blanco con un clavel y se acercó a mi cama. Sin tocarla, sin tocarla. Paseó por mi cuarto, me entregó el clavel, rojo, rojo como la sangre que corría por sus labios, la atormentan, la torturan de noche y la azotan, la atan a las rejas de la ventana y la azotan hasta que sangra y viene a mi cuarto con el vestido blanco manchado. ¿Donde está mi macha? Mancha mis sábanas y deja mi cuarto repleto de sangre, la sangre va anegando mi cuarto, lo encharca, no puedo tocar los libros, están manchados, no puedo coger la pluma, es la pluma de un pájaro asesinado. ¡Asesinos!

Se oyen tambores. Un grupo de Esclavos avanza con teas encendidas. Los textos siguientes se distribuyen entre distintos Esclavos.

ESCLAVO. Es la hora del fuego y la liberación.

ESCLAVO. Basta de amos y esclavos.

ESCLAVO. Basta de azotes, torturas, bocabajos.

ESCLAVO. Se acabaron los negros y los blancos.

ESCLAVO. Se acabaron los esclavos y coartados.

ESCLAVO. Que el fuego consuma las casas de vivienda.

ESCLAVO. Que el fuego arrase con los cañaverales.

ESCLAVO. Con los barracones.

ESCLAVO. Con los cepos y los foetes.

ESCLAVO. Con las pailas, los tachos, los hornos.

ESCLAVO. Con las cajas de azúcar.

ESCLAVO. Con los bocoyes de miel y las pipas de aguardiente.   431

ESCLAVO. Correremos libres sobre la tierra calcinada y cantaremos.

ESCLAVO. De la mañana a la noche cantaremos la canción de la libertad.

Aparecen Oviedo, los Hacendados y sus Mujeres. Los tambores siguen sonando.

HACENDADO 1. Toda la dotación del ingenio Alcancía se ha lanzado a los campos y corren endemoniados incendiando lo que encuentran a su paso.

HACENDADO 2. Los cañaverales arden en San Juan Nepomuceno, en Santa María, en San Nicolás.

MUJER 1. ¡Sálvennos! ¿No hay un hombre capaz de enfrentarse a esas bestias?

OVIEDO. Los negros de San Francisco gritan enfurecidos pidiendo libertad.

HACENDADO 1. En Santa María de la Buena Gracia quemaron la casa de vivenda y asesinaron a seis hombres y dos mujeres.

MUJER 1. Los tambores me enloquecen.

MUJER 2. Suenan de la mañana a la medianoche anunciando la rebelión.

HACENDADO 1. Se les unen los negros de San Antonio, de San Pedro, del Cristo de la Bienandanza.

MUJER 1. Y bailan, bailan alrededor de mi quinta.

MUJER 2. Los tambores no cesan.

MUJER 3. Bailan, bailan desnudos.

HACENDADO 2. Cometen los crímenes más atroces en la Purísima Concepción.

OVIEDO. Degollaron al dueño del Victoria del Santísimo Sacramento.

HACENDADO 1. Violaron a una niña en la Santísima Trinidad.

MUJER 1. Me miran, miran mi carne blanca.

MUJER 2. Y se excitan cuando oyen mi voz blanca.

MUJER 3. Quieren arrancarnos los vestidos.

MUJER 1. Desnudarnos y atarnos a los cepos.

MUJER 2. ¡No! Yo no quiero ser azotada en el cepo.

MUJER 3. Siento su respiración negra en mi nuca.

MUJER 1. Sus manos negras en mis senos.

MUJER 2. Buscan mis muslos, sus dedos negros arden cuando recorren la carne blanca de mi vientre.

MUJER 3. Me atraviesan el cuerpo con sus teas encendidas.

En el cortejo comienzan a marcar pasos militares. Aparece El Español.

EL ESPAÑOL. Que un destacamento de Lanceros del Rey salga inmediatamente hacia Matanzas donde las asonadas en los campos están acabando con la civilización blanca. Que se haga un escarmiento con todos los negros sublevados. Todo negro que sea encontrado en el campo fuera de su finca queda en manos de las autoridades competentes. Llevad los presos a las haciendas, amarradlos a los palos del batey y que sean azotados frente a la negrada. Después, a la vista de toda la dotación, encended pencas de guano y quemadles sus vergüenzas. Arrancadles las manos y colgadlos bien alto en los bateyes. Cortadles los pies con un hacha y colgadlos en las torres de los ingenios. Cortadles las cabezas y colocadlas en los extremos de unas púas, clavadlas en la tierra, para escarmiento de los esclavos. La España será inflexible con estos sublevados, hará cumplir sus leyes y los mantendrá en sumisión. Quemad, destruid, destrozad sus carnes, pero que la sumisión sea absoluta, que la ley se extienda con mano rigurosa y los doblegue para siempre. Y que ni un solo negro vuelva a gritar la palabra libertad.

433

MILANÉS. ¡Asesinos!

El sonido de los tambores decrece. Las otras figuras desaparecen y Milanés queda solo. Pastora se acerca con un gran cuchillo en la mano y se lo muestra.

PASTORA. Con este cuchillo la degollaron.

MILANÉS. *(Toma el cuchillo y lo mira alucinado.)* Vi cuando levantaba este cuchillo. Los otros la mantenían inmóvil sobre la mesa de la cocina. Se reían mientras la sujetaban, se reían mientras levantaba el cuchillo, lo mantuvo en el aire y lo hundió en el cuello.

PASTORA. La sangre le manchó la camisa; la mesa de la cocina está roja de sangre. ¡Hay que limpiarla! Tú y yo somos los encargados de dejarla inmaculada.

MILANÉS. Después la traerán al comedor, aderezada con papas y aceitunas. No probaré bocado. ¡No volveré a probar bocado!

PASTORA. Hay que limpiar. Buscaré agua y jabón y no quedará una sola mancha.

MILANÉS. La sangre no puede limpiarse, se adhiere a las cosas en coágulos cárdenos.

PASTORA. Agua, mucha agua. No quedará una sola mancha. Quiero que todo sea impoluto y reluzca.

MILANÉS. A mis niñeces volvedme gratas,
               que ya volaron como las nubes.
(Transición.) Es inútil.

PASTORA. Me destrozaré las manos purificándolo todo.

MILANÉS. Siempre queda un coágulo oculto. Es mejor levantar el cuchillo y... *(Se abre el cuello de la camisa, se palpa buscando un lugar.)* ¡aquí!

CARLOTA. *(Aparece y lo detiene.)* ¡Pepe!

434   MILANÉS. Carlota, ¿viste cómo se hartaban?

CARLOTA. Papas, comían papas.

MILANÉS. Era carne, vi cuando la degollaban.

CARLOTA. Yo prepararé tus comidas.

MILANÉS. Sin carne. ¿Me lo prometes?

CARLOTA. ¿No confías en mí? *(Le quita el cuchillo.)*

MILANÉS. Hollemos hoy la solitaria playa.
Declina el rojo sol.

Aparecen el padre, la madre, Federico y las hermanas. Se pasan el cuchillo uno a otro diciendo: "Escondan los cuchillos", mientras sigue el texto.

MILANÉS. Estoy cansado.

CARLOTA. Tienes que dormir.

MILANÉS. Tengo frío.

Candelaria aparece con una gran capa negra forrada en grana. Se la entrega a Carlota.

CANDELARIA. ¿Cómo está el niño?

CARLOTA. *(Furiosa, pero sin gritar.)* Está perfectamente. ¡Vete! Le duele la cabeza, nada más. Vete. Una esclava no tiene que mezclarse en estos asuntos. Hay mucha ropa que lavar. Vete al patio, a tu lugar. *(Se vuelve muy dulce a Milanés.)* Abrígate. *(Lo envuelve en la capa y lo sienta en un sofá.)* La noche está fría.

MILANÉS. No podré dormir nunca más.

CARLOTA. Yo estoy aquí. Dormirás viente años y yo estaré sentada aquí veinte años. *(Toma un bastidor y comienza a bordar.)*

SERENO. *(Pasando.)* Las diez de la noche de un día de mayo de 1843. Noche muy clara. Hay luna. El señor nos regala un tiempo espléndido. Todo está en paz.

DELIRIO

Se oyen distintos sonidos: látigos, tambores, lamentos, pasos militares cada vez más fuertes. Una voz grita: "¡Fuego!"

VOZ DE PLÁCIDO. Adiós mundo, adiós Cuba. No hay piedad para mí. ¡Fuego aquí!

Pasos militares. Aparece Plácido: lleva una banda de lino arrollada a la cabeza. La banda y la camisa están manchadas de sangre. Voz que grita "¡Fuego!".

PLÁCIDO. Adiós mundo, adiós Cuba. No hay piedad para mí. ¡Fuego aquí! *(Milanés se estremece. Carlota permanece bordando, inalterable. Plácido se acerca lentamente a Milanés.)* Ahora podemos estar juntos y conversar. Hay algo que nos iguala, mi muerte y tu delirio. En fin, que todo ha terminado para nosotros. *(Pasos militares. Voz que grita "¡Fuego!".)* ¡Fuego aquí! *(Silencio.)* Es muy simple. Sientes el impacto de la bala que penetra, rápido, un golpe inesperado. *(Lírico.)* Y entonces el calor casi agradable de la sangre que brota y te va cubriendo, te envuelve y cae al suelo, allí se extiende y el charco crece... crece... *(Rápido.)* ¡Ya! *(Vuelven a oírse pasos militares.)* No, no, no vuelvas a pensar en eso. *(Ríe.)* Para ti es una obsesión, para mí un recuerdo más. ¡Qué extraño! Nos recuerdan haciendo los gestos que no dependieron de nuestra voluntad. Milanés saliendo de la casa de la calle de Gelabert y gritando "Isa, Isa". Muy dramático. Plácido camino del patíbulo recitando la Plegaria. ¿Te gusta esa imagen que retienen de nosotros? No, yo preferiría que me recordaran amando a Gila. O bailando. Simplemente

436

tomándome un vaso de cerveza o comiéndome una tajada de piña. Qué delicia morder la fruta y sentir el jugo que te llena la boca. En esos momentos fui feliz. Eso es algo que tú te perdiste: las mujeres, el baile, los gallos.

MILANÉS. Me asombra la gente que goza viendo cómo dos animales se destrozan.

PLÁCIDO. Odio a la gente que goza azotando a un negro.

MILANÉS. Yo también.

PLÁCIDO. Lo sé, por eso puedo hablar contigo. No estoy tan envilecido.

MILANÉS. Perdóname.

PLÁCIDO. Te perdoné hace tiempo.

MILANÉS. Escribí aquel poema irritado al ver cómo desperdiciabas tus dotes. *(Molesto.)* ¿Cómo podías escribir aquellas odas, cantar el cumpleaños de una niña tonta, ensalzar a un viejo gordo y gotoso cargado de dinero? No puedo entenderlo.

PLÁCIDO. Es muy simple. Tenía ruidos en la barriga y había que llenarla, si no el estruendo cubriría la Isla. *(Tono confidente.)* Y podían acusarme de subversivo. Infidencia, es la palabra exacta.

MILANÉS. Yo tampoco era rico.

PLÁCIDO. Pero tú eras blanco.

MILANÉS. Había que ser inflexible, no ceder ante la corrupción.

PLÁCIDO. No, no, Milanés, había que vivir. La Isla entera convidaba a vivir. Tú lo sabes. Mucho azul y mucho verde y el aire embalsamado de las madrugadas.

MILANÉS. Vivir con decoro o enloquecer.

PLÁCIDO. Tú pertenecías al mundo, era un mundo blanco.   437

MILANÉS. En ese mundo blanco yo no pude estudiar, en ese mundo blanco fui rechazado por mis parientes, en ese mundo blanco sentí tanto asco que prefiero mi silencio.

PLÁCIDO. En ese mundo blanco tú podías elegir. Yo no. Yo era rechazado porque mi padre había sido un mulato cuarterón, y sólo podía ser: carpintero, peinetero, músico. Decidí ser poeta. Y se la cobraron. No les gustó que yo eligiera. "Qué atrevimiento el de ese mulato que no se da su lugar y quiere igualarse a nosotros y usar el idioma castellano, blanco, como si fuera el suyo. Y además lo emplea bien y el pueblo lo aclama, lo admira, lo busca, repite lo que dice. Es demasiado atrevimiento." Y ese mundo blanco inventó una conspiración fantástica para acabar con un mundo mulato que se iba formando. Y por aquí entró la bala.

Se oyen gritos de mujer. Oviedo arrastra a la negra Polonia y la presenta frente al Gobernador de Matanzas.

OVIEDO. Cuenta, cuéntale al señor Gobernador todo lo que sabes. *(Polonia grita.)* No grites, bestia. Habla.

POLONIA. Tengo miedo. Si se enteran me matarán. Voy a aparecer ahorcada en una guásima.

EL GOBERNADOR. Habla sin miedo, negra, la ley te protegerá.

POLONIA. Son muchos, no podrán protegerme. Todos están de acuerdo y acabarán con nosotros. Son cientos y cientos, todos de acuerdo. *(Huye. Plácido corre y se interpone en su camino.)*

PLÁCIDO. Bestia ruín. ¿Qué te proponías?

POLONIA. Suéltame. Tú no tienes ningún derecho.

PLÁCIDO. Habría que cortarte la lengua.

POLONIA. Tú eras libre. Tú no podías entender lo que me pasaba.

PLÁCIDO. Te vendiste por unos pesos.

POLONIA. Me habían vendido hacía tiempo y ahora compraba mi libertad. Después que hice la denuncia me dieron la libertad y quinientos pesos. ¡Entonces fui como tú!

Oviedo se acerca y la lleva de nuevo frente al Gobernador.

OVIEDO. Repite todo lo que dijiste.

EL GOBERNADOR. ¿En qué están de acuerdo?

OVIEDO. Habla o seré yo quien te saque la lengua.

POLONIA. Van a matar a las negras.

EL GOBERNADOR. ¿Qué negras?

POLONIA. Las negras del Santísima Trinidad. Las que se acuestan con él. *(Señala a Oviedo.)*

EL GOBERNADOR. ¿Quiénes las van a matar?

POLONIA. Los negros. Hablan, se reúnen en los barracones, cuchichean en los rincones, se esconden en el monte, buscan a los negros de otras dotaciones, me miran con odio, miran con odio a todas las negras que nos acostamos con blancos y todos están de acuerdo en acabar con nosotras. Y después... después acabarán con todos los blancos.

EL GOBERNADOR. ¿Cómo lo sabes?

POLONIA. Me amenazaron.

OVIEDO. ¿Lo ve usted? Vivo amenazado. Todas mis propiedades están en peligro de ser incendiadas y a mí me degollarán cualquier noche.

POLONIA. Te lo dije. Fui la única que se atrevió a decírtelo. Tus otras negras no hablaron. Dejarán que quemen el ingenio, el fuego acabará con la casa de vivienda, te atravesarán la garganta con un clavo y ellas no hablarán. Yo sí, yo te lo dije todo. Tú eres mi amo; mandas y no tengo secretos para ti. Las otras se callan. No las dejes entrar más en tu cuarto, ni siquiera tocar tus sábanas. Ponlas en el cepo y márcales el cuerpo con el manatí, destrózales las nalgas a foetazos.

439

OVIEDO. ¡Cállate ya!

EL GOBERNADOR. Investigue. Sáqueles cuanto pueda. Le autorizo a hacer cuantas averiguaciones crea pertinente. Le mandaré un ayudante que conoce muy bien la zona de la Sabanilla: Francisco Hernández Morejón.

Aparece Hernández Morejón (a) Pancho Machete. Se dirige a los Hacendados.

PANCHO. Llegó mi momento. Se acabaron las risitas a espaldas de Hernández Morejón. De frente no se atreven a abrir la boca. Mudos se quedan, sin habla, tiesos como palmas. ¡Ah, Pancho Machete! Ahora tendrán razón en decirme Pancho Machete porque voy a poner a funcionar el filo de mi nombre. Con mi nombre les voy a cortar la cabeza a todos esos mulatos lindones que se están haciendo ricos y creen que tienen a Dios cogido por las barbas.

HACENDADO 1. Quiero que se me permita hacer investigaciones.

PANCHO. ¿Investigaciones? ¡Ya lo creo! Que no quede un solo negro sin investigar.

HACENDADO 2. Entre la negrada de mi ingenio hay una gran inquietud. Se nota en todo lo que hacen, mientras trabajan, en el barracón. Ya no bailan y los tambores tienen un toque extraño.

PANCHO. Para que todo salga a la luz lo autorizo a usar los medios de corrección que estime necesario. ¿Está claro?

OVIEDO. Capturamos una cuadrilla de cimarrones que pretendían libertar a un grupo de esclavos presos.

PANCHO. ¿Cómo lo sabe?

OVIEDO. *(Gesto de azotar.)* Hice hablar a un negrito. Dijo que se prepara un alzamiento en Ceiba Mocha. Miles de negros están comprometidos. Si no tomamos medidas drásticas, esto va a acabar muy mal.

PANCHO. Frente a toda la dotación, póngalos contra un poste y allí, uno a uno, a la vista de todos, acaben con ellos como escarmiento. Después, queme los cadáveres para que no quede ni la sombra de la conspiración.

Entran El Español y El Fiscal, rodeados de algunos militares.

EL ESPAÑOL. Hay que lograr el esclarecimiento de esta situación y castigar a los culpables. Que la Comisión Militar se encargue del proceso. Su presidente tiene mano abierta para emplear los medios que estime conveniente.

Traen tres escaleras. Comienzan a amarrar en ellas a los negros mientras el Sacerdote dice el texto siguiente.

SACERDOTE. La tortura no puede hacerse hasta ocho horas después de haber comido y esto para que no se conturbe el estómago, vomite el reo y le sobrevenga enfermedad grave e incurable. No se puede torturar a menores de catorce años ni a mayores de sesenta y cinco años; a los que padecen de fiebre, apoplejía, epilepsia o "Gravis morbo gallicus", a los que han sufrido graves contusiones en la cabeza, garganta, pecho, vientre, brazos; a los corpulentos por superabundancia de grasa, a los estrechos de pecho, monstruosos, gibosos, desiguales de brazos y mujeres embarazadas.

EL FISCAL. *(Junto al Sacerdote.)* Como presidente de la Comisión Militar encargada de esclarecer todo lo concerniente a la conspiración de los negros contra la raza blanca, declaro: cuando se trata de la seguridad del país y de un delito de Estado, cualquier medio es legal y permitido si de antemano existe la convicción moral de que ha de producir el resultado que se desea y es exigido por el bien general.

En el cortejo suenan látigos. El Fiscal, con una botella en la mano de la que bebe de cuando en cuando, interroga a los negros, que son azotados con fiereza. El Negro 2 permanece orgullosamente callado durante todo el interrogatorio

EL FISCAL. ¿Has hecho contacto con el Enemigo?   441

NEGRO 1. Yo no sé nada.

EL FISCAL. ¿Por qué negar lo que es de todos conocido? Sabemos que el Enemigo Infiel siembra la cizaña entre las mieses. Confiesa.

NEGRO 1. Yo trabajo, trabajo y corto caña.

EL FISCAL. Di la fecha, la fecha del levantamiento. *(Lo azotan.)*

NEGRO 1. Nochebuena.

EL FISCAL. ¿Estás seguro?

NEGRO 1. Pascuas, será en Pascuas.

EL FISCAL. Ladino, esos errores ocultan tu obstinación. ¿Cuándo, cuándo?

NEGRO 1. Nochebuena, Nochebuena Chiquita.

EL FISCAL. Fijaos cómo trata de evadir la investigación de este tribunal. Ni el tormento es capaz de hacerle abrir su corazón. Si en dicho tormento muriese o fuese lisiado, sea a su culpa y cargo, y no a la nuestra, por no haber querido decir la verdad. *(Lo azotan.)* ¿Es cierto que se pretende acabar con la raza blanca, quemando los cañaverales, matando el ganado y sorbiendo su sangre?

NEGRO 1. Sí.

EL FISCAL. Para mayor acrecentamiento de la justicia conviene separar la mala semilla de la buena. Los nombres, quiero los nombres de los complotados.

NEGRO 1. Narciso Mina.

EL FISCAL. No te calles. Sigue nombrando a los fanáticos.

NEGRO 1. Santiago.

EL FISCAL. ¿Ese Santiago es diestro en artes de brujería?

NEGRO 1. No, no.

EL FISCAL. ¿Ese Santiago os vende amuletos para haceros inmune a las armas de los blancos?

NEGRO 1. No.

EL FISCAL. ¿No os vende pócimas y yerbas con poderes contra los blancos?

NEGRO 1. No.

EL FISCAL. Los padres brujos os han hecho creer que podréis acabar con la raza blanca, incendiando, matando, desgarrando y violando, con espanto de cuantos lo vieron.

NEGRO 1. No, no, no.

EL FISCAL. Los nombres, quiero los nombres de los padres brujos.

NEGRO 1. Onofre Gangá.

EL FISCAL. Nombres. Los nombres de todos los que atentan contra nuestra civilización. *(Lo azotan.)*

NEGRO 1. Ignacio Congo, Melitón Lucumí.

EL FISCAL. Somos odiados no solamente por los esclavos. Hay otros nombres que todavía no has dicho. Nombres con sus apellidos, nombres detrás de los cuales hay oficios, profesiones, tierras, esclavos, onzas. Nómbralos.

NEGRO 1. Santiago Mina, José Gangá.

EL FISCAL. ¡No! Desecha todo temor y pronuncia los nombres ingleses y castellanos, blancos, los nombres blancos. Debes denunciar al enemigo que está urdiendo toda esta conjuración. Dilo. *(Pausa.)* Turnbull, es un inglés que se llama Turnbull. *(Lo azotan.)*

NEGRO 1. Turnbull.

EL FISCAL. ¿Os ha hecho entrega de armas para exterminar a los blancos?

EL FISCAL. Sí.

443

EL FISCAL. ¿Qué otros blancos están juramentados?

NEGRO 1. Otros blancos.

EL FISCAL. Quiero nombres.

NEGRO 1. Nombres, nombres.

EL FISCAL. ¿Domingo del Monte es un juramentado?

NEGRO 1. Sí.

EL FISCAL. ¿José de la Luz y Caballero?

NEGRO 1. Sí.

EL FISCAL. Santiago Bombalier, Félix Tanco, Pedro José Guiteras, Benigno Gener.

NEGRO 1. Sí, sí, sí, sí.

EL FISCAL. ¡Inmediatamente! Cúrsese orden de encarcelamiento contra las personas acusadas. Es herejía ver a estos criollos mezclándose en las tenebrosas maquinaciones de los ingleses, haciendo alianzas malditas con los negros y todo por desautorizar a la España y separarse de la Metrópoli. *(Al Negro.)* En esta ciudad hay un individuo, dentista de profesión, que lleva una vida extraña, reúnese con negros y viaja frecuentemente. Ese individuo tiene dinero, fincas, y gasta sus onzas vistiendo y viviendo como los blancos. Dime su nombre.

NEGRO 1. No lo conozco.

EL FISCAL. ¿Cómo se llama ese dentista que conspira para exterminar a los blancos? *(Lo azotan.)*

NEGRO 1. ¿Cómo se llama?

EL FISCAL. Dodge. Andrés Dodge.

NEGRO 1. Dodge. Andrés Dodge.

EL FISCAL. Escribano, anótese el nombre de Andrés Dodge. ¡Anótelo! El reo ha confesado la participación de Dodge en la conjuración. Confiscadle los bienes, encerradlo en la Vigía e incomunicadlo hasta que se haga una investigación exhaustiva. *(Al Negro.)* Ahora los nombres de los músicos. ¡Los nombres!

NEGRO 1. No sé los nombres.

EL FISCAL. Jorge López.

NEGRO 1. Jorge López.

EL FISCAL. ¿Es Jorge López un enemigo de la raza blanca?

NEGRO 1. Sí.

EL FISCAL. ¿Es Santiago Pimienta un enemigo de la raza blanca?

NEGRO 1. Un enemigo de la raza blanca.

EL FISCAL. José Miguel Román.

NEGRO 1. José Miguel Román.

EL FISCAL. Bartolo Quintero, zapatero.

NEGRO 1. Bartolo Quintero, zapatero.

EL FISCAL. José de la O, alias Chiquito.

NEGRO 1. Chiquito.

EL FISCAL. Bruno Huerta.

NEGRO 1. Bruno Huerta.

EL FISCAL. Miguel Naranjo, Pedro de la Torre, Antonio Abad.

NEGRO 1. Sí, sí, sí.

EL FISCAL. Ya estás en el buen camino, dime el nombre de quien dirige toda esta intriga.

NEGRO 1. Dime el nombre.

EL FISCAL. Tú lo sabes. Es un mulato que escribe poesías.

NEGRO 1. Un mulato que escribe poesías.

En el cortejo se oyen voces que gritan: "Huye, Plácido."

EL FISCAL. Plácido.

NEGRO 1. Plácido.

Arrastran a Plácido hasta donde está El Fiscal.

EL FISCAL. Así que usted, Gabriel de la Concepción Valdés, alias Plácido el Poeta, es el cabecilla de esta conspiración que se propone exterminar a los blancos.

PLÁCIDO. Para acabar con los blancos, nunca he conspirado.

EL FISCAL. No niegue la evidencia. Hay un poema suyo que dice:
>"Extendidas mis manos he jurado
>ser enemigo eterno del tirano
>manchar si me es posible mis vestidos
>con su execrable sangre, por mi mano."

Ese oficio de poeta no es más que una excusa para disimular su vagancia. ¿Por qué viaja tan frecuentemente por el interior de la Isla?

PLÁCIDO. Me gusta cambiar de aire.

EL FISCAL. ¿Tiene contactos en Trinidad?

PLÁCIDO. Tengo amigos.

EL FISCAL. ¿Y tiene que visitarlos tan a menudo?

PLÁCIDO. Cuando me siento solo.

EL FISCAL. Esos amigos de Trinidad son tan sospechosos como usted. Y allí, junto con ellos, estuvo en la cárcel.

PLÁCIDO. Fui puesto en libertad porque no había cargos contra mí.

EL FISCAL. No trate de evadir la justicia. Conocemos perfectamente sus antecedentes. ¿Dónde están escondidas las armas?

PLÁCIDO. Mis armas son las palabras. No tengo otras.

EL FISCAL. ¿Por qué va tanto a los bailes?

446   PLÁCIDO. En esta Isla a todos nos gusta bailar.

EL FISCAL. ¿Usa los bailes para tener reuniones con los juramentados?

PLÁCIDO. Bailo porque me gusta la música.

EL FISCAL. ¿Por qué se casó con una negra siendo mulato claro, casi blanco?

PLÁCIDO. Es inútil responder a esa pregunta. Usted no tiene nada que ver con el amor.

EL FISCAL. Las pruebas contra usted son contundentes: viaja por la Isla haciendo contactos con los juramentados; ha escrito un poema donde habla de crimen y sangre; es un individuo muy peligroso, vago e inútil. Y como prueba concluyente se ha casado con una negra. Queda comprobado que sus propósitos son acabar con la raza blanca y por lo tanto será fusilado por la espalda.

Pasos militares.

PLÁCIDO. Querida esposa mía: el llanto que te pido a mi memoria es que socorras a los pobres siempre que puedas y mi sombra estará tranquila y risueña. No dejo expresiones a ningún amigo porque sé que en el mundo no los hay. *(Los pasos militares aumentan. Una voz grita: ¡Fuego!)* Y te esperaré, te esperaré en la eternidad, ante Dios, para aclarar cuentas. Y mi sombra te perseguirá. Como un búho mi sombra te seguirá a todas partes, en lo oscuro de la noche y apareceré en tus pesadillas, te miraré con mis ojos de búho y haré que te arrepientas de este crimen. *(Una voz grita: ¡Fuego!)* ¡Adiós mundo, adiós Cuba, no hay piedad para mí!

Los negros cantan tristemente. Plácido camina lento hacia la oscuridad. Aparece el Mendigo y se acerca a Milanés.

MILANÉS. ¿Ya?

MENDIGO. ¿Quieres esperar?

MILANÉS. No. Mientras más pronto mejor.

MENDIGO. ¡Espera! Me he aficionado a los números. En los distintos procesos instruidos por la Comisión Militar de Matan-

zas fueron comprendidas más de cuatro mil personas, blancas y
de color. Setenta y ocho fueron condenadas a muerte y ejecutadas.
Cerca de seiscientas condenadas a presidio y más de cuatrocientas
expulsadas de la Isla. Durante los procesos murieron más de
trescientos negros. A estas cifras debe agregarse el gran número
de esclavos que huyeron a los montes y se apalencaron, más
tarde fueron asesinados. Y muchos apelaron al suicidio *(A
Milanés.)* ¿Estás dispuesto?

MILANÉS. Sí.

MENDIGO. No será fácil.

MILANÉS. Nunca pensé que iba a ser fácil. Tiemblo un poco.

MENDIGO. Es natural.

MILANÉS. ¿Qué haré si no puedo soportarlo?

MENDIGO. Grita.

MILANÉS. Pensarán que deliro.

MENDIGO. Estás delirando.

MILANÉS. Vamos, vamos ya. Creo que mi vida no ha sido más
que una preparación para esta hora. *(Milanés extiende los brazos
y el Mendigo le va desnudando el torso.)* ¿Con qué me amarrarán
las manos?

MENDIGO. Con una soga.

MILANÉS. ¿Así tiene que ser?

MENDIGO. Así cuenta la historia que se hizo con los que
torturaron en tu ciudad. Atando su cuerpo a lo alto de una
escalera, cada muñeca estaba sujeta con cordeles que apenas
permitían circular la sangre, al tiempo que les estiraban los
brazos por encima de la cabeza hasta oír el crujido de las
articulaciones de los hombros. Los pies y las piernas quedaban
extendidos del mismo modo, amarrados a la parte inferior del
instrumento de tortura con un cordel que volvía a cruzar por los
riñones y la espalda, ligando todo el tronco del infeliz, dejándolo

inmóvil. En esa posición y a punta de foete prestaban declaraciones.

Mientras el Mendigo habla, Milanés se coloca en la escalera en la posición descrita. Aparece el Negro 2 con un foete.

NEGRO 2. ¿Por qué escribiste contra la esclavitud?

MILANÉS. Porque tenía ideas humanistas y no podía soportar la crueldad de unos hombres contra otros.

NEGRO 2. Si no has probado el látigo no sabes lo que es crueldad.

MILANÉS. Conozco otra crueldad. Yo había sido humillado.

NEGRO 2. Nosotros también, pero hasta un extremo que tú no eres capaz de imaginar.

MILANÉS. Aquí estoy. Despiértame la imaginación.

El Negro 2 lo azota.

MILANÉS. *(En un delirio.)*
En la alta cruz, ante el bramar enhiesta
de un pueblo atento al fraude, al mando, al oro,
con el manto ceñido del desdoro
el hombre —Dios exánime se acuesta.

Herido: sólo a la impiedad contesta:
—por ellos, padre amado, a ti te imploro
y bañada la faz en filial lloro:
—cúmplase en mí del todo tu ley esta.

Del templo en impensada terribleza
rasgóse el velo; funeral suspiro
la tierra alzó, sin sol en su tristeza.

Murió... ¿Quién? Quien compuso cuanto admiro,
¿Por quién? Por mí, que en mi feroz crudeza
¡sin deshacerme en lágrimas lo miro!

DEL MONTE. *(Aparece y grita a Milanés.)* Milanés, no seas impío, es locura y orgullo lo que haces.

MILANÉS. Ah, Domingo, ahora apareces, tan tarde.

DEL MONTE. Estaba lejos.

MILANÉS. Sí, tan lejos que hubiera podido quedarme ronco gritando. *(Un latigazo del Negro y un grito de Milanés.)*

DEL MONTE. Me dijeron que tenías accesos de delirios.

MILANÉS. ¿Delirios? ¿No ves que estamos en el círculo más profundo del infierno? Todos me dejaron solo. Necesitaba un amigo y tú te fuiste.

DEL MONTE. Tenía que salvar a mi familia.

MILANÉS. Y mientras tu barco se alejaba de las costas, la Isla entera se convertía en un cañaveral incendiado y mi ciudad en una ergástula donde los lamentos y la sangre me impedían respirar.

DEL MONTE. ¿Y qué podía hacer? Yo estaba más comprometido que tú.

MILANÉS. Estar aquí. Aterrorizado, pero estar aquí. ¡Ah, Domingo, qué gran pesadilla te perdiste!

DEL MONTE. No iba a quedarme en este país que podía ser reducido a cenizas por una raza salvaje.

MILANÉS. ¿Raza salvaje? ¿Pero no habíamos hablado de la misión del poeta? ¿Raza salvaje? Ahí están las cartas donde nos instabas a Federico y a mí, a escribir sobre los temas negros. Habíamos dicho que la raza negra era el minero de nuestra mejor poesía. ¿Y ahora es salvaje? Ah, no puedo comprender. ¡Cómo! Todas aquellas lágrimas leyendo la autobiografía de Manzano. Y Manzano está ahora metido en un hueco, sin decir una palabra, encerrado en una mazmorra en la Vigía, a pesar de las buenas intenciones, la filantropía, la colecta...

DEL MONTE. Cálmate, Milanés.

MILANÉS. Estoy asqueado. Es muy cómodo incitar a los demás, proponerles un tema, una misión, hablar de sacrificarse por una causa social y después... ¡adiós palmas!

DEL MONTE. Hablemos con serenidad.

MILANÉS. Ya no hay tranquilidad para tener tertulias.

DEL MONTE. Eres injusto conmigo.

MILANÉS. Aspiramos siempre a una sociedad justa. Y ahora hay cientos de negros amarrados a una escalera.

DEL MONTE. ¿Y yo qué puedo hacer? ¡Qué frágil es la mente!

MILANÉS. No podemos hablar. Las palabras no tienen sentido, son chispas, fuegos fatuos, pompas de jabón. Y los amigos... los amigos... ¡Ya ves! Si había que estar por la abolición había que estar hasta el final.

DEL MONTE. Una cosa es estar por la abolición, teóricamente, y otra entregar el país al salvajismo. Pero claro, aquí es difícil conversar. La incultura nos impide una comprensión de problemas tan complejos. Somos un injerto de español y mandinga, los dos últimos eslabones de la raza humana. ¿Qué podemos esperar? Yo proponía eliminar la trata, lograr la emancipación pulatinamente y propiciar la inmigración blanca para convertir esta isla en un país civilizado.

MILANÉS. No, no podemos hablar. Ya no nos entenderemos nunca. Me siento traicionado.

DEL MONTE. Yo nunca hablé de insurrecciones.

MILANÉS. Yo no te oigo.

DEL MONTE. No tengo que justificarme. Usted no es mi juez.

MILANÉS. Ya no lo oigo. Sus labios se mueven, simplemente. No hay sonidos.

DEL MONTE. Yo seguí luchando por mi país. Desde lejos traté de incitar a los más lúcidos para lograr mejoras.

MILANÉS. Ya no lo oigo. España está muy lejos, su voz no me llega. Hemos muerto con un mar por medio.

DEL MONTE. Milanés, yo traté de evitar este horror. Para los grandes movimientos sociales hay que estar preparados. Desde 451 un punto de vista humano la esclavitud es una abominación, pero es imposible lograr la emancipación si previamente... las circunstancias... es decir...

La voz Del Monte se convierte en un murmullo hasta perderse y su figura desparece en la penumbra. El Negro 2 se adelanta.

MILANÉS. *(Delirando.)* No oigo, no oigo nada.

NEGRO 2. Tendrás que oírme. Alguien tiene que oírme y saber lo que nos pasa.

MILANÉS. *(Al Negro 2.)* ¿Qué dices?

NEGRO 2. ¿Comprendes por qué encendimos la tea?

MILANÉS. Yo estaba contra toda la violencia.

NEGRO 2. ¿Y cómo se lucha contra esta violencia? *(Le muestra el látigo.)*

MILANÉS. Ahora no podrás decir que no comprendo tus dolores.

NEGRO 2. Y entenderás nuestra violencia.

MILANÉS. No, no, eso no. Hay que encontrar otro camino.

NEGRO 2. El único: ojo por ojo, y diente por diente. Fueron miles los perseguidos y azotados. Los más débiles se suicidaron. Otros murieron en la escalera sin decir una palabra. Me tocó esa suerte. El rencor comiéndome por dentro, mordiéndome los labios para no gritar.

MILANÉS. Muchos blancos fueron encarcelados.

NEGRO 2. No fue igual. Se dictó contra ellos orden de detención. No se les persiguió como fieras. Tú lo has dicho, fueron encerrados en cárceles, donde los familiares los visitaban y los amigos hacían gestiones para que se les celebraran procesos legales. Y después todos fueron libertados. A los esclavos, no.

MILANÉS. ¿A dónde quieres llegar?

NEGRO 2. Los esclavos no teníamos amigos, ni dinero. Nos amarraron a esa escalera y nos azotaron así. *(Lo azota.)* Ningún blanco alzó la voz para pedir piedad. Estaban demasiado asustados, asintiendo a todo con su silencio. Algunos dejaron de visitar a sus amigos para no comprometerse. Siempre igual: arriba los blancos, protegidos por las leyes que hicieron para sí mismos; más abajo los libres, pardos o morenos, que todavía tenían algo que dar a cambio; abajo, en el fondo, nosotros, los esclavos, que sólo teníamos los grillos y el cepo.

MILANÉS. Cállate. Ya he admitido la culpa. Tengo derecho al silencio.

NEGRO 2. Llenaremos tu silencio de voces; los gritos de los que murieron en la escalera, el clamor de los que huyeron a los campos y se colgaron de los árboles...

MILANÉS. ¡Isa, Isa!

NEGRO 2. Nada de evasiones. Nosotros también tenemos derecho a la libertad.

MILANÉS. ¿No es hora ya de amor?

NEGRO 2. Enfréntate al látigo.

MILANÉS. Sueños siempre juzgué mis sensaciones.

NEGRO 2. Mira la escalera tinta en sangre.

MILANÉS. Me encuentro lejos del puerto,
sin vela, timón ni sonda.

NEGRO 2. Abre los ojos, clava la mirada en el horror.

MILANÉS. La gallarda ilusión que toda es aire.

NEGRO 2. Los negros condenados se pudren en las cárceles españolas.

MILANÉS. Los dos sencillos floreros
en la mesa de caoba

NEGRO 2. Plácido está muerto y enterrado.

MILANÉS. La blanca quinta entre el montón de palmas.

NEGRO 2. Manzano no escribirá una palabra más. Enmudeció de terror.

MILANÉS. ¡Isa, Isa! *(El Negro 2 lo desata de la escalera. Carlota se acerca, le seca la cara con un pañuelo y lo cubre con la capa.)*

PASTORA. *(Acercándose.)* Te lo dije, Pepe. Había que limpiar. Todo era inmundo y corrompido y nosotros teníamos que esforzarnos para encontrar la pureza. Yo lo sabía, y en cualquier cosa que miraba o tocaba sentía el hedor del mundo. Quisiste participar de la vida y el mundo no era para nosotros. Nosotros, tú y yo, no teníamos nada que hacer aquí. Ahora estás callado como yo. Ahora no puedes hacer nada más que esperar y esperar y esperar. Después el cielo se tomará su venganza y el ciclón azotará la Isla, vendrá la gran sequía y vendrán las plagas y el ganado morirá en los campos y todo se secará y viviremos en el desierto.

CARLOTA. Qué pálido está. *(Llama.)* ¡Fico! *(Federico se acerca.)*

MILANÉS. Quiero ver el mar.

MENDIGO. Y te llevaron junto al mar y estuviste algunos días en la playa.

MILANÉS. Cuando pase el tiempo comprenderán lo que sentí por Cuba. No hubiera podido vivir en ninguna otra parte.

MENDIGO. No te olvidarán. Sembraste la esperanza y no te olvidaron.

En el cortejo cantan.

>Hijo de Cuba soy: a ella me liga
>un destino potente, incontrastable:
>con ella voy: forzoso es que la siga
>por una senda horrible o agradable.

>Con ella voy sin rémora ni traba,
>ya muerda el yugo o la venganza vibre.
>Con ella voy mientras la llore esclava.
>Con ella iré cuando la cante libre.

>Buscando el puerto en noche procelosa
>puedo morir en la difícil vía:

mas siempre voy contigo... ¡Oh Cuba hermosa!,
y apoyado al timón espero el día.

*Se oyen las campanadas de duelo. Por un lado del escenario
entran los locos y observan.*

MILANÉS. *(A Carlota.)* Hace veinte años que estoy enfermo.

MENDIGO. Como se dice en las biografías, ésas fueron tus
últimas palabras.

MILANÉS. ¿Y nada más?

MENDIGO. Para ti, nada más.

MILANÉS. Oigo otra vez las campanas.

MENDIGO. Alguien recuerda tu muerte.

MILANÉS. Debemos seguir al cortejo.

MENDIGO. No, los poetas no se entierran. Viven cada vez que
se abre un libro.

*Milanés se levanta, deja caer la capa, se dirige hacia los locos y
se pierde en la oscuridad con ellos, seguido por el Mendigo.
Carlota recoge la capa.*

CARLOTA. Ya soy vieja. Lo cuidé día y noche, asistí a su
silencio de todos estos años sin saber qué pasaba por su frente.
Un silencio más aterrador que los gritos y el delirio. Ya soy vieja,
ahora puedo descansar. Me merezco el descanso y una vejez
tranquila. No puedo esperar otra cosa. Ya soy vieja. Estoy vieja.
Me miro al espejo y no me reconozco. Piedad, Señor, ahora ten
piedad de nosotros y déjanos descansar en paz. *(Deja la capa
sobre un mueble y desaparece. Federico pasea entre los objetos
que hay en el escenario. La luz va iluminando su paso y queda
en uno de los objetos o muebles que toca o mira. A mitad del
texto se pierde en la oscuridad.)*

FEDERICO. Ya vuelven otra vez las tardes de oro
del templado noviembre. Ya en la playa
más encrespado el mar y más sonoro
tiende más bello su espumosa raya.

455

Límpido el aire está.
Ya el soplo de los nortes bullicioso
vivaz discurre sobre loma y llano;
ya vuelve a Cuba, oh Dios!, el tiempo hermoso
el tiempo hermoso en que murió mi hermano.
Adiós por siempre.
Adiós al disco de oro que se pierde
en el extenso y cárdeno horizonte.
Adiós al mucho azul y mucho verde
que enlazan cielo y mar y valle y monte.
Adiós al libro, que sincero amigo,
le dio solaz en la tranquila casa.
Adiós también al pálido mendigo
que por la calle sollozando pasa.
Adiós al gran llover en noche oscura
que en abrigado hogar suena propicio.
Yo lo bendigo. Porque fue divina
piedad para aquel hombre a su funérea
fosa bajar, al pie de la colina,
llena la mente de la lumbre etérea.
Luz serena también, que, en noche grave
mientras la tempestad alta rugía,
junto al timón de contrastada nave
ver esperó cuando brillase el día!

Los personajes del cortejo han desaparecido. Sólo quedan los objetos iluminados por una luz blanca. El Mendigo coloca en el centro un libro, las Obras de Milanés, y se aleja. La luz crece.

FIN

JOSÉ R. BRENE

SANTA CAMILA
DE LA HABANA VIEJA

LA RECUPERACIÓN DE LA LÍNEA VERNÁCULA

ROBERTO GACIO SUÁREZ

Cuando en 1962 se estrenó *Santa Camila de la Habana Vieja,* su autor, José R. Brene, quien hasta entonces había sido marinero y hombre de duros oficios, sólo llevaba unos meses como estudiante en el Seminario de Dramaturgia del Teatro Nacional. Ese mismo año, la pieza fue elegida por el Grupo Milanés para inaugurar su primera temporada.

¿Quién era aquel dramaturgo desconocido hasta entonces? Brene fue un hombre extremadamente modesto, caballeroso, sincero, tímido, aunque a menudo tuviera encima unos tragos de más. Con treinta y tantos años se colocó en los primeros planos de nuestra dramaturgia cuando se iniciaba la llamada década de oro del teatro cubano. Lo más interesante de esa etapa reside en la recurrencia de los asuntos tratados por las obras, que en cuanto a bloques temáticos pueden agruparse en: obras sobre la revolución, la familia, la incorporación de la mujer al proceso social, el problema de la tierra, para citar sólo los más significativos. En una clasificación más restringida, pueden distinguirse dos grandes grupos de obras: las que enfrentan el pasado y los que se ocupan del presente. En la mayor parte de los textos, la presencia de la mujer es fundamental, ya sea como madre o como parte de la pareja amorosa.

En *Santa Camila...* se debate el tema de la Revolución como elemento de transformación de la realidad. Sin embargo, el modo de vida de Camila es la razón de ser de la obra, que clasificaría en el segundo gran grupo. Pero esto solo no basta para expresar su verdadera dimensión, a casi treinta años de su estreno.

Aunque el carácter dicótomo parece abrir distancias insondables entre *Santa Camila...* y *Aire frío,* de Virgilio Piñera, un texto excepcional dentro del panorama mencionado, ambas tienen algunas coincidencias que las acercan. En *Aire...* descubrimos la desesperanza, la falta de oportunidades de los personajes para desenvolverse en la vida, la frustración que los hace renunciar a la lucha; mientras que en *Camila...* nos encontramos el mundo que las transformaciones abren al individuo. Si la primera nos brinda las imágenes de una familia promedio en tres etapas anteriores a 1959, la segunda enfrenta los personajes al conflicto de lo nuevo contra lo viejo.

Aquellos años se caracterizaron por las intensas búsquedas del hombre cubano en la escena. Por esta razón algunos dramaturgos se remitieron al bufo y lo revitalizaron, extrayendo de él los tipos y su poderosa comunicación con el auditorio. Otros ahondaron en la psicología de los caracteres, en un penetrante rastreo de los rasgos definitorios de la identidad nacional. Algunos, apoyados en Brecht, insistían en la primacía del factor contextual al definir una figura escénica, o fusionaban lo psicológico con lo social. *Santa Camila...* tomó la imagen del bufo y le añadió elementos de caracterización psicológica.

El amor como centro estructural

El montaje tuvo como asistente de dirección al propio autor, quien durante los ensayos transformó diálogos, reestructuró algunas escenas y aceptó las proposiciones del director, Adolfo de Luis, sobre la conveniencia de crear dos personjes que permitieran ciertos cambios de vestuario de los protagonistas. La joven pareja así incorporada, María Cristina y Rudy, vinieron a ser como un coro griego, narradores de los cada vez más radicales giros de la fortuna de Camila y Ñico y de los que se producían en ellos mismos.

Los protagonistas son verdaderos personajes con trayectoria definida y compleja. Junto a ellos aparecen tipos como Pirey, Bocachula, la Madrina, con diversos niveles de profundidad, en un mosaico en el que los caracteres y los tipos coexisten y se complementan recíprocamente.

Los personajes de Brene son representativos de la problemática de su época, pero el mayor logro de la obra no lo constituye la lograda pintura de ambientes como los de la santería, el raterismo, el proxenetismo o el juego, sino que la singularidad del texto radica justamente en la lucha de los caracteres contra esos factores y las circunstancias en que tienen lugar. Lo trágico se encuentra exactamente en el punto en que la necesidad de conservar esos modos de vida se enfrenta a la fuerza impetuosa que trata de modificarlos.

Concebida según los moldes del teatro aristotélico, la obra está construida alrededor de Camila y Ñico, su contrafigura, quien representa la acción paralela que provoca y anima el carácter trágico de la mujer. El amor aparece también como centro de su desarrollo estructural, la pasión de Camila en primer plano y de fondo, como variaciones del mismo tema, el amor maternal y el filial. Camila, dominada por la pasión, se aferra al mundo que la sostuvo, apela a la santería y al chantaje para retener a su hombre. Lucha por los dos, pero no comprende que necesita emplear armas nuevas. El modo de enfrentar la relación en pareja, común para un amplio sector de las mujeres cubanas de esa época, es uno de los aspectos más significativos del personaje.

Camila, de origen casi marginal, no reprime su pasión, a diferencia de otras mujeres de diferentes estratos sociales que sí tenían que hacerlo. Mantenía a Ñico como chulo, pero ya en 1962 ese estatus se derrumba. Defiende entonces su pasión de un modo visceral, por encima de toda lógica, y con ello reafirma su carácter trágico. Hembrismo y machismo se entremezclan en una batalla de sexos.

La investigadora y dramaturga Gloria Parrado estableció un paralelo entre Medea y Camila, a pesar de la diferencia de época y género.[1] Las dos se muestran vengativas con sus amantes y piden ayuda a las fuerzas mágicas para evitar el inminente abandono, y también ambas engendran un temor irrefrenable en sus respectivos hombres. Camila, a diferencia de Medea, retendrá a su amado y lo acompañará en la vida que recién comienza, pero sin renunciar a sus creencias religiosas. La inteligencia del dramaturgo se puso de manifiesto al permitir a la mujer seguir siendo la misma, aunque sea capaz de adaptarse a la nueva situación.

Un resumen de cubanía

Ñico es el personaje que evoluciona, el que logra asumir su plena capacidad humana y social. Su desgarramiento se produce al encontrar a otras dos figuras que lo influirán beneficiosamente: Leonor y Teodoro. Aunque de la primera se ha dicho que es uno de los aspectos más débiles de la obra —efectivamente, carece de hondura—, representa para Ñico un tipo de mujer diferente, con intelecto desarrollado y, sobre todo, afirmada en su plena igualdad como ser humano. A través de ella, Ñico comprenderá otra manera de tratar a su pareja.

Teodoro cumple una función vital en el texto. Es la persona que contribuye a la transformación definitiva de Ñico. Inspirado en un personaje conocido por el autor, se convierte en la vía mediante la cual el joven abandonará el regazo de Camila y alcanzará, a través de una aventura marítima, el reconocimiento de sus valores y sus posibilidades de futuro. También de interés resulta el personaje de la Madrina, un verdadero oráculo para Camila. La anciana, paradójicamente, confirma que la contradicción fundamental para la amante de Ñico es la realidad que los circunda.

Resumen de cubanía, la pieza de Brene posee además una estructura dramática sólida y coherente, un diálogo fluido y chispeante, con la inclusión de la "jerga propia del ambiente" y la riqueza del refranero popular. Este lenguaje lo emplean fundamentalmente María Cristina y Rudy, en quienes muchos estudiosos han visto a la mulata y al negrito del sainete vernáculo traídos a la actualidad.

Brene, como se ha señalado también, fue un dramaturgo prolífico, desigual en sus resultados, a veces hasta en un mismo texto. Escribió con posterioridad infinidad de obras. Se cuenta entre las más relevantes *Pasado a la criolla,* ubicada en los tiempos inmediatos al 59, que posee el encanto del trazado agudo de los personajes y los claroscuros de situaciones patéticas que tienen su raíz en la injusticia social. Otra zona de su producción se remite al teatro histórico, género que Brene manejó con mucha libertad en textos como *El corsario y la abadesa.* Recrea en este caso la vida de un pirata que habitó una pequeña casa incorporada posteriormente al convento de Santa Clara. El gran atractivo de la pieza radica en el enfrentamiento de este hombre al poder arbitrario de la madre superiora y en la pasión que ella siente por aquél.

Otro texto singular de Brene es *Fray Sabino,* en el que, como ha apuntado un crítico, se mezclan en dinámica y febril abullición las virtudes mayores de la dramaturgia de Brene: el rescate de lo popular, el uso del humor negro, el doble sentido, la parodia en barroco juego teatral, la apropiación personalísima de la historia.[2]

Aunque algunos han calificado a Brene como autor de una sola obra, esto no es cierto y lo desmienten los sólidos valores y hallazgos de otros textos del dramaturgo. Pero sí puede catalogarse como su obra de mayo éxito la ya casi legendaria *Santa Camila de la Habana Vieja,* que no sólo es un antecedente necesario del repertorio posterior, que tiene en *Andoba* de Abrahan Rodríguez una digna continuidad, sino que deviene ella misma un clásico del teatro cubano de las últimas tres décadas.

---

[1] Gloria Parrado: *"Santa Camila.* Aproximación a la obra", trabajo inédito.

[2] Amado del Pino: "Primer plano a José Ramón Brene", revista *Letras Cubanas,* núm. 14, abril-junio 1990, pág. 234.

JOSÉ R. BRENE

Nació en Cárdenas, en 1927, y murió en La Habana, en 1990. Tras cursar estudios en Cuba y Estados Unidos, se vio obligado, por razones económicas, a enrolarse en un barco mercante. Regresó a Cuba definitivamente después del triunfo de la revolución, y en 1961 ingresó en el Seminario de Dramaturgia del Teatro Nacional. Al año siguiente estrena su primera obra: *Santa Camila de la Habana Vieja*, que alcanzó una enorme popularidad. En 1970 obtuvo el Premio de Teatro en el Concurso de la Unión de Escritores y Artistas con *Fray Sabino*. Trabajó como asesor literario y guionista de televisión. Su producción dramática es muy extensa, aunque muchos de sus textos permanecen inéditos y sin estrenar. Sus principales obras son:

TEATRO

Santa Camila de la Habana Vieja. Estrenada por el Grupo Milanés en 1962. Publicada por Ediciones El Puente, La Habana, 1963, e incluida en la antología *Teatro y Revoluvión*, Letras Cubanas, Ciudad de La Habana, 1980.

Pasado a la criolla. Estrenada por Teatro Estudio en 1962. Publicada por Ediciones El Puente, La Habana, 1963.

El gallo de San Isidro. Sin estrenar. Publicada por Ediciones R, La Habana, 1964.

La fiebre negra. Estrenada por el Grupo Milanés en 1964.

Un gallo para la Ikú. Estrenada por el Grupo Rita Montaner en 1966. Inédita.

Chismes de carnaval. Estrenada por Taller Dramático en 1966. Inédita.

Fray Sabino. Sin estrenar. Publicada por Ediciones Unión, La Habana, 1970.

El camarada Don Quijote, el de Guasabacuta Arriba, y su fiel compañero Sancho Panza, el de Guasabacuta Abajo. Inédita y sin estrenar.

El ingenioso criollo don Matías Pérez. Estrenada por el Teatro Político Bertolt Brecht en 1979.

Parte de su producción está recogida en tres volúmenes: *Teatro*, Ediciones Unión, La Habana, 1965, que contiene: *El ingenioso criollo*

don Matías Pérez, La fiebre negra y *Los demonios de Remedios; Teatro,*
Letras Cubanas, Ciudad de La Habana, 1982, que incluye *Santa Camila
de la Habana Vieja, El gallo de San Isidro, Miss Candonga* y *El corsario
y la abadesa;* y *Pasado a la criolla y otras obras,* Letras Cubanas, Ciudad
de La Habana, 1984, en el que figuran *Pasado a la criolla, El ingenioso
criollo don Matías Pérez, Los demonios de Remedios* y *Fray Sabino.*

PERSONAJES

ÑICO
CAMILA
CUCA
PIREY
BOCACHULA
ANTONIA
MADRINA
LEONOR
JACINTA
TEODORO
RUDY
MARÍA CRISTINA

ACTO PRIMERO

ESCENA I

Una habitación en el primer piso de un antiguo palacio colonial en la Habana Vieja. Este palacio, en el pasado orgullo de una opulenta familia criolla, es ahora una ciudadela o lo que se llama una casa de vecindad en donde viven en franca promiscuidad unas veinte o treinta familias pobres. Al descorrerse el telón se verá un pilón (el pilón usado en la santería para guardar la piedra), y frente al pilón reza de rodillas Camila, mujer de unos treinta años, hermosa y santera de profesión. Es el mes de mayo de 1959. Un gran murmullo, imprecaciones y gritos de protestas suben repentinamente del patio central. Camila se levanta y desaparece por la puerta que da al balcón.

VOZ DE CAMILA. *(Gritando.)* ¿Qué pasa?

UNA VOZ. Se llevan a Pirey y a Bocachula.

VOZ DE CAMILA. Pero, ¿quién se los lleva, hombre?

OTRA VOZ. Acababan de acostarse para dormir la juma que cogieron anoche. *(Risotadas.)*

VOZ DE CAMILA. ¿Y por eso se ríe, comecatibía?

VOCES. ¡Aquí los sacan...! ¡Miren qué borrachos están...! ¡Abran paso, dejen libre el paso a la policía...! *(Murmullo de gritos y voces.)* ¡Mi Pirey...! ¡Bocachula, mi hijo...! ¡Pónganle la camisa a Pirey...! ¡A Bocachula le falta un zapato! ¿Dónde está?

VOZ DE CAMILA. *(Gritando.)* Oye, tú, pirata... ¿quién se muda?

469

VOZ DEL PIRATA. Nadie, Camila, ésos son los "jamones" que compraban Pirey y Bocachula. Ahora la policía se lleva los jamones.

Camila entra en la habitación y cierra la puerta del balcón atenuándose mucho el vocerío. Se sienta pensativa en una silla frente a la mesa. Momentos después entra una mujer asustada y llorando. Es Cuca, vecina de la ciudadela.

CUCA. *(Aterrorizada.)* ¡Camila, se llevaron a Pirey...! ¡Se lo llevaron! *(Cae frente el pilón llorando.)* ¡Changó bendito, socórreme, que se llevan a Pirey, mi marido, tu hijo Pirey! *(Sigue llorando y gimiendo. Reza en voz baja.)*

CAMILA. ¿Qué hicieron ahora?

CUCA. *(Levantándose y yendo hacia Camila. Se seca las lágrimas con el borde del vestido.)* Pirey y Bocachula hace unos días pasaron un contrabando de cigarros americanos. Alguien dio un chivatazo.

CAMILA. Los cogieron asando maíz, borrachos como esos marineros noruegos en la Alameda, ¡qué lindo, ¿verdad?!

CUCA. De algo tienen que vivir los pobres, ¿no? No hay nada malo en comprar en un precio y vender en otro o comprar lo que otros roban.

CAMILA. En nada hay nada malo: pero eso les ha pasado por cabeciduras. Los hombres se creen muy hombres y no hacen las cosas cuando se les manda.

CUCA. Sí, Camila, tienes razón. Yo le decía hace poco: "Pirey, refresca tu collar, está muy tieso." Pero nada, no me hacía caso. Sólo me contestaba: "mañana compraré los cocos y lo demás y se los llevaré a Camila"; pero nunca lo hizo.

CAMILA. Nunca vino. Y eso que él estaba presente cuando el santo se lo pidió. Y a Bocachula, Changó le pidió un carnero... ¿Tú viste el carnero? Por eso están encanaos otra vez. Con los santos no se juega.

CUCA. ¿Bocachula de dónde iba a sacar el carnero? La situación está muy mala ahora.

CAMILA. *(Llevándose las manos a la cadera.)* ¿Que la situación está mala ahora...? ¡Bah... a otro perro con ese hueso! Yo sé de buena tinta que ese negro conseguía todo lo que le pedía esa blanquita chusma del bar de Picolindo. Para esa "pelúa" sí había dinero, pero para los santos no. Ahora que se jeringue.

CUCA. *(Suspirando.)* ¡Ay... sí! La perdición de un negro es enamorarse de una blanquita chusma. *(Se encamina hacia la puerta con intención de marcharse. Se vuelve de pronto.)* ¡Camila... Ñico puede hacer algo por mi marido!

CAMILA. ¿Ñico...? No sé qué pueda hacer.

CUCA. Claro que puede hacer mucho. Ñico ayudó a coger mucha gente gorda los primeros días de enero.

CAMILA. Bueno, ¿y qué?

CUCA. El capitán de la Estación fue su jefe aquellos días. Él puede ayudar a Pirey si Ñico se lo pide.

CAMILA. Es verdad. Cuando venga se lo diré; pero antes hay que consultar a Elegguá a ver si hay camino.

CUCA. ¡Eso...! También deberías "registrarme".

CAMILA. Sí, vamos a ver lo que dicen los santos. *(Se llega hasta un pequeño armario que hace de canastillero y saca de él una bolsita que contiene los caracoles y una estera. Tiende ésta en el suelo y se sienta en un extremo de ella. Cuca en el otro. Camila, como en un rezo.)* Babba akidaga ala komako, ala monibatá, Aché Babba, Aché Yeyé, Aché Olúo, siguaya, oyubona, Aché tologüo, Aché tomikié, Aché Ikofá, Aché Isulena, Seife, Oche-réoo, Aché Olodumare, igümale fiedenu. *(Lanza los caracoles en la estera y trazando una línea imaginaria separa un número de caracoles que corresponderán a su mano derecha y otro a la izquierda y los vuelve a lanzar. Mira los caracoles atentamente).*

CUCA. ¿Quién habla, Camila?

471

CAMILA. Olocun y Yeguá. (*Camila pone las manos en el suelo y después se las lleva a los ojos.*) Ten cuidado con la vista no te vayas a enfermar y no mires lo que no te importa. (*Pausa.*) Ten cuidado con una cosa que piensan hacerte; abre los ojos. Aquí habla de enfermedad, y esa persona, tú o algún ser querido, no puede pasar por encima de ningún hoyo y que, o ha estado en cuestiones de justicia o va a tenerlo que sacar de una prisión. En sus manos está su salvación. (*La puerta de la calle se abre y entra Ñico. Las dos mujeres quedan en silencio un momento hasta que Ñico se sienta en una silla frente a la mesa. Ñico es el concubino de Camila. Bien parecido y de unos veintisiete o veintiocho años. Camila continúa.*) Si alguien te convida a una cosa no la cojas, puede sucederte algo malo. Ten mucho cuidado. Ten mucho cuidado con la candela y en tu casa hay una persona que por su "palucha" siempre está peleando. Esa persona tarde o temprano va a tener que hacerse santo, tiene que adorar mucho a Elegguá, a Yemayá y a los Jimaguas. Ponle mucha fruta a los muchachos. Como ebbó, un gallo, tres palomas, una jícara, un ecó, manteca de corojo, tela blanca y punzó, ori, babosa, algodón y cuatro pesos con veinte quilos. Más nada. (*Las dos mujeres se levantan.*)

CUCA. A la tarde te lo traigo todo.

CAMILA. Está bien. (*Cuca se marcha y Camila se acerca a Ñico. Trata de besarlo, pero Ñico la aparta con un gesto brusco. Ñico se quita la camisa y la tira sobre una silla. Viste un collar de Oshún. Camila toma la camisa y va a colgarla de un perchero que pende de un clavo en la pared. Antes de colgar la camisa mira de soslayo a Ñico y al ver que está sumido en sus pensamientos y que no la ve, huele la camisa y le registra los bolsillos. Después de colgar la camisa se mete en la cocina.*) ¿Dónde estuviste toda la mañana?

ÑICO. Dentro de mis pantalones.

VOZ DE CAMILA. Déjate de chistes, que nunca has sido gracioso.

ÑICO. *(Malhumorado.)* Y tú, déjate de tus celos porque el horno no está para pan.

VOZ DE CAMILA. Pero, ¿qué te has creído tú, que eres Rodolfo Valentino o Robert Taylor...? ¡Qué risa me da! ¿Yo celosa de ti?

ÑICO. Siempre dices lo mismo, pero no me dejas vivir, siempre te tengo "encarná". Hasta un día que reviente y me largue a casa de todos los diablos.

VOZ DE CAMILA. Para luego es tarde. A bolina. *(Ñico se levanta violentamente de la silla, se encamina hacia el perchero donde está su camisa y se dirige a la puerta; pero Camila, saliendo velozmente de la cocina, corre y se interpone entre él y la puerta con los brazos en cruz.)*

ÑICO. *(Riéndose a carcajadas.)* Si te vieras ahora. Pareces un Cristo crucificado. *(Ríe.)* ¡Santa Camila de la Habana Vieja! *(Ríe. Camila deja caer los brazos como agotada por la emoción. Deja la puerta.)*

CAMILA. Juegas conmigo como si fuera un trapo. Algún día pagarás caro lo que me haces sufrir.

ÑICO. Eres muy lengua larga. Siempre estás diciendo lo que no sientes y lo que sientes de verdad nunca lo dices. Eres hipócrita.

CAMILA. ¿Y acaso tú eres sincero?

ÑICO. *(Sentándose.)* Trato de serlo, bueno, lo que más pueda.

CAMILA. Entonces dime dónde estuviste esta mañana.

ÑICO. Fui a ver a la vieja.

CAMILA. ¿Cómo está?

ÑICO. Media matunga. Uno de estos días guarda el carro.

CAMILA. No lo creas. La gente de su tiempo es dura de pelar. Quizás nos entierre a todos nosotros.

ÑICO. No lo creo. La pobrecita ha trabajado mucho en su vida. Todos mis recuerdos de ellas son halando batea y planchando

473

como una mula. ¿Y para qué? Para que yo tuviera un plato de harina y boniatos, una camisa y un pantalón. Si tú supieras, Camila, el medio que ella me daba para la merienda le costaba una hora más de batea y plancha.

CAMILA. Por eso mismo es dura de pelar. A nosotros los pobres el trabajo nos hace fuertes como ceibas.

ÑICO. *(Riéndose irónico.)* ¿A nosotros?

CAMILA. Sí, a nosotros. Yo no trabajo duro porque nací con un don de los santos; pero así y todo trabajo, y muy duro. A cada cual lo suyo.

ÑICO. A cada cual lo suyo. A mi madre le tocó trabajar como una mula, mientras que a otras "muy señoras" les cayó del cielo echarse fresco de la mañana a la noche. Muy justo, ¿verdad? Por eso mi orgullo es no haber dado un golpe nunca en mi vida. Que trabajen los animales y las máquinas.

CAMILA. ¿Y el apuntar charada no es trabajo? Es un trabajo como otro cualquiera.

ÑICO. ¡Bah... eso era antes! Ahora no se puede jugar. Esos revolucionarios están locos, quitarles el juego al cubano que es su vida. ¡Mal rayo los parta a todos!

CAMILA. *(Acercándose.)* Veo que vienes con un tremendo berrinche. ¿Qué te pasa?

ÑICO. Nada. Y déjame tranquilo. No empieces con tus preguntas. Preguntas más que un cabo de carpeta.

CAMILA. Te preguntaba porque me extraña oírte hablar así de los revolucionarios. Tú siempre estás de parte de ellos.

ÑICO. Casi en todo; pero no en eso de que quiten el juego. Ellos no deberían meterse en eso.

CAMILA. Siempre te lo dije. A mí no me gustan ni un poquito, se meten en todo y todo lo quieren cambiar.

474 ÑICO. Está bueno ya de tanto hablar. ¿Hay algo de almorzar?

CAMILA. *(Pegándose a Ñico y acariciándole la cabeza.)* ¿Cuándo tu mujercita te ha dejado sin comer? Y el día que no tenga qué darte me cocino yo misma.

ÑICO. Tú me gustas cruda. *(Le muerde un brazo.)*

CAMILA. *(Riendo.)* Cuando me muerdes así se me paran los pelos de punta.

ÑICO. Porque soy Ñico Chambelona, el rey de las mordidas elegantes. *(Camila lo besa y se le sienta en las piernas.)*

CAMILA. Tú llegaste preocupado. ¿Qué te pasa?

ÑICO. Problemas. Ya no es como antes. Ahora me cuesta trabajo conseguir un peso.

CAMILA. ¿Eso es todo? Registra la caja fuerte y verás.

Ñico mete la mano en el seno de Camila y saca un rollito de billetes. Los cuenta y separando dos billetes se mete el resto en el bolsillo del pantalón.

ÑICO. *(Alargando los dos billetes a Camila.)* Quédate con estos dos.

CAMILA. Cógetelo todo. Si algo me hace falta se lo cojo a Mongo, el bodeguero.

ÑICO. Hay cosas que no comprendo de ti. Unas veces para sacarte una peseta hay que matarte; y otras, bueno, otras das todo sin que te pida.

CAMILA. *(Encogiéndose de hombros.)* No sé. *(Pausa.)* Soy feliz viéndote contento. Todo lo haría por ti, pero ya lo sabes, te quiero sólo para mí, para mí solita. Por eso no te doy dinero algunas veces. Los hombres con dinero son para las mujeres, como la miel para las moscas. Si algún día me engañaras con otra soy capaz de arrancarte los ojos, de matarte.

ÑICO. Ya empiezas de nuevo con tus celos. *(La hace levantar de sus piernas.)*

CAMILA. Porque te quiero.

475

ÑICO. ¿Dónde conseguiste esos siete pesos? Esta mañana al salir me diste tu última peseta.

CAMILA. *(Con satisfacción.)* ¿Estás celoso? Me gusta que me celes.

ÑICO. Déjate de boberías. ¿Dónde conseguiste el dinero?

CAMILA. Después que te fuiste hice dos limpiezas y un registro... ¿Sabes ya que se llevaron a Pirey y a Bocachula?

ÑICO. ¿La policía?

CAMILA. Sí. Y cargaron también con los jamones que habían comprado. Un radio, un frigidaire, un colchón de muelles, un tocadiscos, un traje de esos negros con rabo y un bastón.

ÑICO. Me alegro. Se lo tienen bien merecido por berracos.

CAMILA. *(Sorprendida.)* Yo creí que ellos eran tus socios.

ÑICO. Y lo son; pero son unos primos. Yo les dije muchas veces que la policía de ahora no es como la de antes, que cambiaran de negocio. No me hicieron caso y ya ves, ahora ni el médico chino los salva de la loma.

CAMILA. Pero, ¿qué iban a hacer los pobres? No saben hacer otra cosa.

ÑICO. Son unos primos. Hay que cambiar según cambia el tiempo y el viento. Hay muchas maneras fáciles de ganarse la vida sin problemas... Fíjate en mí, nunca he tenido esos negocios y he vivido como Carmelina.

CAMILA. Porque primero tuviste a tu madre y después a mí. Las dos hemos trabajado para ti.

ÑICO. ¡Eso es mentira tuya, lengua larga...! Yo me buscaba la vida con las apuntaciones.

CAMILA. Con las apuntaciones sólo no hubieras podido tener cuatro trajes de cien pesos, zapatos de gamuza inglesa y camisetas chinas con botones de oro. Todo eso te lo doy yo... menda.

ÑICO. Sin ti lo hubiera tenido igual. Las apuntaciones daban para todo eso y mucho más.

CAMILA. *(Riendo.)* Pero, muñeco mío, si fui yo la que te recomendó al banquero, que es ahijado mío. Sin mí no hubieras podido ser apuntador. No olvides que antes de ser mi marido eras un sapo de billar, un surrupio que no tenía dónde caerse muerto. Yo te hice gente.

ÑICO. *(Dando un fuerte manotazo en la mesa.)* ¡Lo que me hiciste fue un chulo indecente! *(Se levanta y se encamina a la puerta. Camila se interpone entre la puerta y él, aferrándose tenazmente a las argollas donde descansa la tranca. Ñico tira fuerte de ella, pero Camila no cede.)*

CAMILA. *(Suplicante.)* ¡Por todos los santos, Ñico, no te vayas...! ¡No me hagas sufrir!

ÑICO. *(Soltándola.)* ¡Estúpida, no quiero romperte el alma! *(Pausa.)* Estoy hasta la coronilla de oírte sacarme en cara todo lo que haces por mí... ¡Sal de esa puerta, déjame ir al diablo! *(Pausa empleada por Ñico en sentarse a la mesa.)* Quizás no te hayas dado cuenta; pero mañana o pasado me entregan el pasaporte y mis socios en el sindicato me van a dar el carné y un barco. *(Gritando.)* ¿Lo has oído? Voy a coger un barco y me largaré para siempre de todo esto, de ti, de todo. Seré libre, completamente libre, no dependeré de nadie ni de nada. Libre. ¿Lo has oído bien, mosquita muerta? ¡Libre!

Camila deja la puerta y se acerca lenta y temerosamente a Ñico.

CAMILA. ¿Tú marino...? ¿Te vas...? ¿Es verdad entonces los chismes de Cuca?

ÑICO. Sí. El único que lo sabía era Pirey. *(Pausa.)* Ya no hay por qué negarlo. Me voy bien lejos, donde nadie me saque en cara que siempre ha vivido a costillas de la vieja y de ti. Y es verdad, lo he comprendido un poco tarde al verla cómo se me muere seca como un bagazo de caña. Quiero irme y ganar mucho dinero para ella, mucho dinero.

477

CAMILA. Lo puedes ganar aquí. No tienes que irte. Yo te ayudaré a tenerla como una reina, pero no te vayas.

ÑICO. Ahora no podría ganar el dinero que ganaba antes, y de ti no quiero ni la salud. *(Se mete las manos en el bolsillo y sacando los cinco pesos se los arroja a Camila. Camila se acerca a Ñico y lo abraza. Ñico se deja abrazar indiferente.)*

CAMILA. Perdóname, muñeco mío. Todo esto pasa porque te quiero. Te quiero más que a mi vida.

ÑICO. ¿Querer...? ¿Sabes tú lo que es el cariño?

CAMILA. ¿Y tú lo sabes?

ÑICO. No lo sé; pero siento que el cariño no es lo que tú me has dado.

CAMILA. ¿Qué te he dado entonces?

ÑICO. Tampoco lo sé. *(Pausa.)* Tal vez los deseos de una hembra.

CAMILA. ¿Y tú acaso me has dado algo más que los deseos y el maltrato de un macho?

ÑICO. Tienes razón, no nos hemos dado más que deseos. *(Se levanta.)*

CAMILA. *(Sobresaltada.)* ¿A dónde vas?

ÑICO. Para viejo.

CAMILA. ¿No te doy pena...? Mírame.

ÑICO. No sé. Me siento como si ya no pudiera pensar más. Tomaré la lancha de Regla. El aire de mar me hará bien.

CAMILA. Cuca quiere que vayas a ver a tu amigo el capitán.

ÑICO. No iré. Yo no saco la cara por jamoneros.

CAMILA. Hazlo entonces por mí. Quizá el capitán pueda tirarles la toalla.

478 ÑICO. Ahora no hay toallas que valgan. El que la hace la paga.

CAMILA. Cuca tiene tres hijos, ¿quién les traerá la comida?

ÑICO. Aquí en esta ciudadela los niños se crían solos, el aire los alimenta y Dios los cuida por las calles. Ninguno es hijo de Pirey.

CAMILA. No importa. Cuca lo quiere y los tres fiñes lo llaman papá.

ÑICO. Está bien, hablaré con el capitán, pero estoy seguro que nada hará. Éstos son otros tiempos.

CAMILA. Pero al menos quedas bien con Pirey. *(Ñico sale. Camila saluda al santo en el pilón echándose por tierra y besando tres veces el suelo. Se arrodilla.)* ¡Oh... Changó mío... Changó de mi alma! Haz que Ñico no se vaya de mi lado y que ni mire a ninguna otra mujer. Dame esa gracia, padre mío. Prefiero morir antes que perderlo. Si me das lo que te pido te daré todo lo que me pidas. *(Camila inclina la cabeza hasta tocar el suelo y lo besa tres veces. Momentos antes se han ido apagando las luces hasta la total oscuridad. Cuando se enciende de nuevo...)*

ESCENA II

Camila enciende velas frente al pilón. Sentada en el borde de la cama se encuentra una mujer de unos cincuenta años, muy canosa, de aspecto lastimero y sufrido. Es la madre de Ñico, Antonia. Sentada en una silla se encuentra Cuca.

CUCA. Ya debería de haber llegado, la Estación no está tan lejos.

CAMILA. *(Sin volverse.)* Hace más de una hora que se fue. A lo mejor está esperando a que lo suelten.

479

CUCA. Casi seguro que los han soltado ya y están por ahí dándose tragos. *(Suspirando.)* ¡Los hombres...! Y una aquí reventándose de pena por ellos.

ANTONIA. *(Triste.)* Reventando de pena, eso. *(Pausa.)* Hay veces que pienso que nosotras no parimos hijos, sino piedras o animales. Los varones no ven nuestros sufrimientos. *(A Camila.)* Dichosa tú que nunca has parido.

CAMILA. Porque sé bañarme y esconder la ropa. Además, bastante tengo ya con Ñico, es peor que un hijo malcriado.

CUCA. Es verdad, los maridos dan más trabajo que los hijos, ¿por qué será? A los fiñes tú les repartes unos cuantos pescozones y a la cama. *(Suspirando.)* ¡Si una pudiera hacer lo mismo con los maridos!

CAMILA. ¿Quién le pone el cascabel al gato?

ANTONIA. Nosotras creemos que el hombre es como un niño huérfano, les cogemos lástima y bueno... *(Se detiene. Pausa.)*

CAMILA. *(Volviéndose interesada.)* ¿Y qué?

ANTONIA. Nos cogen la baja. Y nosotras tenemos la culpa, toda la culpa.

CAMILA. ¿Por qué?

ANTONIA. Nosotras hacemos de nuestras lágrimas la leche que los hace vivir, engordar, ser felices.

CUCA. Es verdad. Y ellos son tan animales que no lo entienden, o si no, fíjense, mi Pirey...

Se abre la puerta y entra Ñico. Al ver a su madre hace un gesto de sorpresa y corre rápidamente a su lado.

ÑICO. ¿Qué te pasa, vieja?

ANTONIA. Nada, hijo.

ÑICO. ¿Por qué has venido entonces?

480   ANTONIA. *(Señalando para Camila.)* Ella me trajo.

Ñico se vuelve hacia Camila.

CAMILA. Ya te explicaré luego. ¿Viste a la gente?

CUCA. *(Anhelante.)* ¿Qué pasa... sale o no sale?

ÑICO. *(A Cuca.)* Tu Pirey... ¡Valiente porquería!

CAMILA. *(Asombrada.)* ¿Qué pasa, Ñico?

ÑICO. ¿Que qué pasa? Que esos dos berracos me han hecho pasar la vergüenza más grande de mi vida. Por culpa de ellos el capitán me cogió en una mentira. *(Volviéndose hacia Cuca.)* Y han confesado todo como dos guanajos de escobillón, todo. *(Furioso.)* ¡Ojalá que se pudran en la cárcel!

CUCA. Yo te creía amigo de mi marido.

ÑICO. Lo era. De ahora en adelante no tengo amigos ni saco más la cara por nadie.

CUCA. Pirey te creyó siempre su amigo; pero a mí nunca me engañaste. *(Se encamina a la puerta y la abre. Se vuelve.)* Yo le decía: "Pirey, ten cuidado con Ñico, es un hablantín y un bemba de trapo". *(Desaparece. Voz de Cuca alterada y gritando.)* ¡Camila... bota a ese hombre, no sirve ni para sacar los perros a mear!

ÑICO. *(Corre hasta la puerta abierta y grita furioso.)* ¡Anda por ahí, guaricandilla, búscate un chino que te ponga un cuarto, so cochina!

Camila corre hasta la puerta y la cierra.

CAMILA. Pero, ¿es que te has vuelto loco?

ÑICO. ¡Que se vaya a la porra la chusma esa! *(Se acerca a la cama y se sienta junto a la madre. Le toma una de las manos.)* ¿Qué ha pasado, viejita?

ANTONIA. Camila fue a mi cuarto y me dijo que...

CAMILA. *(Interrumpiéndola.)* Fui a buscarla, porque me dijiste que se sentía mal. La traje para cuidarla.

481

ÑICO. *(A la madre.)* Pero, mamá, te dije esta mañana de mudarme contigo y cuidarte, no quisiste. No insistí porque sé que te gusta vivir sola.

ANTONIA. Pero es que Camila me dijo que te ibas a no sé dónde, muy lejos. ¿Vas a dejar que me muera solita?

CAMILA. Eso mismo digo yo. ¿Vas a dejar que tu madre se muera estando tú por esos mundos? *(Pausa.)* ¿Quién le cerrará los ojos si se muere? *(Persignándose.)* Ni que Dios lo quiera. Claro que yo lo haría; pero no sería lo mismo, ése es un deber de hijo.

Ñico se levanta y da unos pasos por la habitación reflexionando.

ÑICO. *(Como si pensara en voz alta.)* Yo pensaba irme para ganar mucho dinero y tenerte como una reina.

ANTONIA. No me hace falta estar como una reina, hijo. Con un plato de sopa, un buchito de café, un batilongo de Pascuas a San Juan y un poquito de tranquilidad estaría más contenta que una reina.

CAMILA. No se preocupe, mamá. Yo haré que todo eso y mucho más nunca le falte.

ANTONIA. Gracias, hijita.

ÑICO. *(Continuando su paseo y pensando en alta voz.)* El capitán me ha ofrecido trabajo.

CAMILA. *(Gritando casi.)* ¡Ñico!

ÑICO. *(Sorprendido.)* ¿Qué te duele?

CAMILA. *(Jubilosa.)* ¿Sabes lo que eso significa...? ¡Pero si es la felicidad completa, muñeco mío...! ¡La felicidad!

ÑICO. ¿Pero el qué, mujer...? ¿Te sacaste el gordo?

CAMILA. *(Radiante.)* La solución de todo, ¿comprendes? No tendrás que embarcarte ni irte lejos de tu madre y de mí. Trabajando aquí estarás cuidado; tranquilo.

ÑICO. ¡Bah...! Sé lo que son esos trabajos que se consiguen tan fácilmente. Trabajar como un caballo de sol a sol por veinticinco pesos a la semana. Eso no es para mí. Quiero dinero, mucho dinero como antes.

CAMILA. Éste es tu defecto. Te imaginas las cosas antes de conocerlas. ¿Por qué no tratas? Fíjate, coges el trabajo y pruebas durante dos o tres días, una semana. Si no te conviene, lo dejas. A lo mejor es un buen trabajo, fácil y de mucho guano. El capitán es amigo tuyo y puede darte un palancazo para un trabajo más chévere. *(Suplicante.)* Hazlo por mí, muñeco mío... No, por mí no, por tu viejita. *(A Antonia.)* ¿Verdad que debe probar, viejita?

ANTONIA. Con probar no se pierde nada y a lo mejor todo sale a pedir de boca.

ÑICO. Está bien, probaré.

Camila lo abraza y lo besa.

CAMILA. ¡Ya me lo decía el corazón! *(Suelta a Ñico y se dirige al pilón, se echa en el suelo y hace el saludo ritual besando tres veces el suelo.)* ¡Changó bendito, rey de mi alma! Gracias... Te prometo un tambor para la semana que viene, y un carnero. ¡Todo, todo lo que me pidas!

Apagón.

ESCENA III

Ángulo del patio comunal de la ciudadela. Entra Rudy, un negro joven (diecinueve o veinte años), empujando una carretilla de mano, llena de botellas vacías y se pone a ordenarlas por tamaño. Entra María Cristina.

483

MARÍA CRISTINA. ¿Ya estás aquí?

RUDY. Siempre regreso a esta hora.

MARÍA CRISTINA. Pero tú siempre regresas dando gritos y hoy estás muy callado... ¿Estás enfermo?

RUDY. No.

MARÍA CRISTINA. ¿El negocio anda mal?

RUDY. De bala... ¿Y sabes una cosa? Que me parta un rayo o se me caigan los brazos si vuelvo a empujar una carretilla en mi vida.

MARÍA CRISTINA. *(Burlona.)* ¿No me digas...? ¿Y de qué vas a vivir?

RUDY. Del aire.

MARÍA CRISTINA. Los únicos que viven del aire son los globos.

RUDY. Ya me cansé de estar recogiendo botellas. Tengo otras aspiraciones en la vida.

MARÍA CRISTINA. ¿Conseguiste otro trabajo mejor?

RUDY. No.

MARÍA CRISTINA. Te veo mal. Vas a pasar más hambre que un ratón de ferretería.

RUDY. Ya me las arreglaré. Fíjate en Ñico, nunca en su vida ha disparado un chícharo y vive de bacán.

MARÍA CRISTINA. Pero tú no eres Ñico, él sí es un mulato inteligente. Además, hace ya tres meses que está trabajando en una fábrica y muy contento que está.

RUDY. Porque está haciendo lo que le gusta. Yo también estaré contento cuando haga lo que tengo pensado. ¡Seré grande, María Cristina!

484   MARÍA CRISTINA. ¿Piensas crecer más todavía?

RUDY. Déjate de bonche. Ya verás, yo también haré lo que me gusta.

MARÍA CRISTINA. *(Riendo.)* El solibio de hoy te ha calentado la chola.

RUDY. *(Malhumorado.)* Bah, ustedes las mujeres no entienden nada de nada.

MARÍA CRISTINA. ¿Que no? ¡Más que ustedes los hombres...! A ver, ¿cuándo tú has visto que un hombre inteligente deje un trabajo sin antes tener otro?

RUDY. ¿Y quién te ha dicho que yo no tengo otro trabajo?

MARÍA CRISTINA. Tú mismo me lo dijiste hace un momento. ¿Qué trabajo es ése?

RUDY. Voy a ser músico.

MARÍA CRISTINA. *(Burlona.)* ¿En qué orquesta?

RUDY. En ninguna todavía. Después que aprenda.

MARÍA CRISTINA. *(Riendo.)* ¡Ahora sí que me llenaste la cachimba de tierra! Mira que las notas musicales no alimentan ni engordan.

Rudy, malhumorado, empuña la carretilla e inicia el mutis.

RUDY. Con ustedes las mujeres no se puede hablar, tienen menos sesos que un mosquito.

MARÍA CRISTINA. ¿A dónde vas?

RUDY. A devolver esta carretilla para siempre.

MARÍA CRISTINA. ¡Pobrecito...! Ya me veo los domingos haciéndote la visita en Mazorra.

RUDY. *(Violento.)* ¡El día que vayas a visitarme te entro a pedradas! *(Mutis de Rudy.)*

MARÍA CRISTINA. *(Mofándose a carcajadas.)* ¡Músico sin orquesta...! ¡Tocao del queso!

VOZ DE RUDY. ¡Sale pa'llá, guaricandilla!

Apagón.

ESCENA IV

La habitación de Camila tres meses después. Bien visible en la pared de foro hay una tabla a guisa de librero con siete u ocho libros. La madre de Ñico barre el piso. Camila sale de la cocina poco después.

CAMILA. Voy a la bodega. ¿Quiere echarle un ojo a los frijoles?

ANTONIA. Pierde cuidado, Camila.

CAMILA. ¿Ya le trajo Ñico el alcohol para sus fricciones?

ANTONIA. No, se le olvida siempre.

CAMILA. Son esas cosas que ahora lee, que le están comiendo los sesos. Pasaré por la botica y traeré el alcohol.

ANTONIA. No te preocupes, Camila; ya él me lo traerá.

Entra Ñico dejando caer sobre la mesa dos libros.

ÑICO. *(A Camila.)* ¿A dónde vas?

CAMILA. Para vieja. *(Se encamina a la puerta. Da tres golpes en el Elegguá de puerta y sale. Ñico se sienta.)*

ANTONIA. *(Sonriente.)* Te pago con la misma moneda. Va a la bodega. *(Toma los libros y se encamina al librero.)*

ÑICO. ¿A dónde vas con los libros?

ANTONIA. A guardarlos en su lugar.

ÑICO. Cada vez que traigo un libro tú corres enseguida a esconderlo.

ANTONIA. Toma. *(Deja los libros sobre la mesa y se sienta. Ñico toma uno y comienza a hojearlo. Antonia lo mira con insistencia.)* ¿De qué trata?

ÑICO. De mecánica. Estoy aprendiendo un poco a ver si paso de ayudante a mecánico. Más plata, ¿sabes?

ANTONIA. *(Mostrándole el otro.)* ¿Y éste?

ÑICO. De cosas de política, pero... ¿a qué vienen tantas preguntas?

ANTONIA. Por nada malo, hijo; quiero saber tus cosas. *(Pausa.)* Ñico...

ÑICO. ¿Qué?

ANTONIA. ¿Qué te pasa con Camila?

ÑICO. Nada. ¿Qué me va a pasar? *(Pausa.)* ¿Por qué me lo preguntas?

ANTONIA. No los veo como antes. De un tiempo a esta parte noto a Camila triste. ¡Hum, mujer que tiene marido y anda triste...!

ÑICO. Boberías y sonseras de ella. Quiere que me pase la vida pegado a su falda como un perrito sato.

ANTONIA. Tú la acostumbraste a eso. *(Sonriendo.)* ¿Tú no dices que eres el inventor del champú de cariño?

ÑICO. Eso era cuando no tenía nada que hacer. Ahora es diferente, trabajo y estudio. Apenas tengo tiempo ni para arrascarme la cabeza.

ANTONIA. Tienes que ocuparte más de ella. Camila sufre.

ÑICO. Porque quiere. Ahora me porto mejor que nunca.

ANTONIA. Pero la dejas sola. Sácala como antes a pasear, al cine, a bailar, que le dé el aire. Las mujeres guardadas crían roña.

ÑICO. ¿Y cuándo leo?

ANTONIA. Antes no leías.

ÑICO. Porque antes el leer no daba nada. Ahora quiero aprender. Fíjate, por armar y desarmar un motor o apretar un tornillito, pagan once pesos diarios, ¿qué te parece? Once pesos diarios que no creen en nadie ni los brinca un chivo.

ANTONIA. *(Sobresaltada.)* ¡Los frijoles! *(Se levanta y sale corriendo para la cocina. Ñico se pone a leer. Al regreso, Antonia se sienta en el mismo sitio. Ñico cierra el libro.)*

ÑICO. Vieja, ¿tú crees que una mujer linda y educada pueda enamorarse de un hombre pobre? *(Antonia lo mira escrutadoramente.)* Digo... de un hombre así como yo...

ANTONIA. ¿Y por qué no? Lo que no creo es que llegue a casarse con él. Es como tratar de ligar el aceite con el vinagre. *(Pausa.)* ¿Por qué me lo preguntas?

ÑICO. Por nada. *(Pausa.)* Sí, creo que tienes razón. *(Pausa.)* ¿Tú crees que una mujer así hay que tratarla de una manera especial?

ANTONIA. Claro. A una dama no se le puede decir: "¿Cómo anda eso, negrona?" O si la invitas a tomar no puedes hacerlo así: "Qué, consorte: ¿quieres dispararte un directo al pulmón?".

ÑICO. Estás enterada de todo.

ANTONIA. Ni vivo en la luna, ni soy sorda, ni ciega. *(Pausa.)* ¿Quién es ella?

ÑICO. ¿Ella...? Una compañera de trabajo. Es la que me da todos esos libros. Trata de hacerme pensar como ella. *(Malhumorado.)* No me gusta la mujer que se mete en todo.

ANTONIA. ¿Y entonces por qué los lees?

ÑICO. Por pena, por no quedar mal con ella. Después me hace preguntas y no quiero que vea que no los he leído. Ella dice que soy muy inteligente.

ANTONIA. La inteligente es ella. Te está trabajando como el caimán a la jicotea.

ÑICO. Mentira. Tú sabes muy bien que a mí no hay mujer que me domine.

ANTONIA. El hombre es tronco de ceiba, pero la mujer es hacha de acero. *(Pausa.)* Y ándate con cuidado, porque Camila no se chupa el dedo. Deja a esa muchacha tranquila.

ÑICO. No te preocupes, mamá. No pasará nada.

ANTONIA. No pasará nada hasta que ella no quiera que pase.

ÑICO. Eso es diferente. Donde se cae el burro se le dan los palos.

ANTONIA. Algunas veces es el hombre el que cae y el burro da los palos.

ÑICO. *(Riendo.)* Eres tremenda, viejita; no hay quien pueda contigo. *(La besa.)* Si tú supieras, mamá...

Entra Camila con dos grandes cartuchos llenos de mandados que deja sobre la mesa.

CAMILA. *(A Antonia.)* ¿Vino Cuca?

ANTONIA. No.

CAMILA. *(Reparando en los libros.)* ¿Más libros...? *(A Ñico.)* Vas a perder la chaveta con tanto leer.

Antonia se escurre para la cocina olfateando una tormenta.

ÑICO. No te preocupes, tengo una azotea a prueba de guayabitos.

CAMILA. ¿Trabajas esta noche?

ÑICO. No.

CAMILA. ¿Vamos a Regla a casa de madrina?

ÑICO. No puedo ir. Tengo que hacer.

CAMILA. ¡Antonia!

ANTONIA. *(Saliendo de la cocina.)* Dime, hija.

489

CAMILA. Hazme el favor, vieja, lleva este cartucho a casa de Cuca.

Antonia toma el cartucho y se marcha.

ÑICO. Al fin conseguí trabajo para Pirey en la fábrica. Tan pronto salga, comienza.

CAMILA. Tengo que hablar contigo, Ñico.

ÑICO. Pues di.

CAMILA. ¿Qué te pasa conmigo?

ÑICO. Nada. ¿Qué me va a pasar?

CAMILA. ¿Y todavía me lo preguntas?

ÑICO. Claro. No sé de qué te vas a quejar. Soy un perfecto marido.

CAMILA. Tú no eres perfecto en nada, y por eso me gustas. Lo que me tiene cantando bajito es el que te estás cambiando para otro Ñico, y el nuevo no me está gustando ni un poquito.

ÑICO. Cuando te deje de gustar del todo me lo dices y levanto el vuelo como Matías Pérez.

CAMILA. No empieces.

ÑICO. Y tú no acabes con mi paciencia.

CAMILA. ¿Por qué te alejas de mí? *(Ñico hace un gesto de fastidio.)* Ya, repugnancia con el dulce después del atracón.

ÑICO. Eres tú la que te alejas. No te gusta nada de lo que hago.

CAMILA. Lo que estás haciendo desde que entraste en la fábrica.

ÑICO. Eso es lo que no me entra en la cabeza. Otra mujer estaría encantada con un marido como soy ahora.

CAMILA. ¡Pero esa otra mujer no es Camila...! Y esta Camila quiere seguir queriendo al Ñico de antes.

ÑICO. Tú no quieres quererlo. Con no llevarme la contraria serías feliz.

CAMILA. ¡Eso...! Que me quede ciega, sorda y muda, que no sienta ni padezca. Todo eso lo haría contenta si al menos tú te ocuparas de ese montón de carne boba.

ÑICO. Si me quisieras te gustaría todo lo que a mí me gusta.

CAMILA. Sería una hipócrita. No estoy de acuerdo con esas boberías de ahora como tú. No me interesa eso de "pan para todos", ni otras guanajadas por el estilo. Mi vida es vivir con mis santos y querer al hombre que me gusta. Nada más me interesa, para que lo vayas sabiendo.

ÑICO. Estás equivocada. Tú vives en un país de seis millones de habitantes, no en un desierto.

CAMILA. ¡A la mierda los seis millones de habitantes!

ÑICO. Ya empiezas a sulfurarte. Por eso no nos entendemos.

CAMILA. (Irónica.) ¿Y por qué antes nos entendíamos tan bien?

ÑICO. Porque éramos dos animales ciegos.

CAMILA. (Ofendida.) ¡El animal lo serás tú!

ÑICO. (Casi gritando.) ¡Está bueno ya!

Camila comienza a pasearse por la habitación como un animal enjaulado. Entran Cuca y Antonia. Ésta se sienta en un sillón frente al radio.

CUCA. Gracias, Camila.

CAMILA. (Dominándose.) No hay de qué. Era mi deber de vecina.

CUCA. Pero ya es mucho, nunca podré pagarte.

CAMILA. Tampoco tienes que pagarme. Lo hago por tus hijos.

CUCA. (Sentándose muy triste.) Y pensar que otros tienen de todo. Juguetes, ropa, comida, buenas camas... Tienen tanto que

491

en el fondo son desgraciados, porque en el fondo no saben qué hacer con lo que les sobra.

CAMILA. *(Sonriente.)* Así es... Y todavía hay berracos con plumas que creen en eso de la igualdad y el pan para todos; pero ya se sabe que desde que el mundo es mundo el pan se lo comen unos cuantos. ¡Como siempre!

ÑICO. Como siempre, no. Ahora a los guajiros les han dado la tierra que antes trabajaban para otros.

CAMILA. Es verdad, les han dado tierra... *(Ríe a carcajadas.)* ¡Para que coman tierra!

ÑICO. No seas cayuca, Camila; de la tierra sale toda la riqueza.

CUCA. Es verdad, Camila, hay cosas muy buenas. Fíjate, meten preso a Pirey, ¿verdad? Pues me lo han puesto a gozar como un pachá.

ÑICO. *(A Cuca.)* Te tengo una buena noticia. El capitán me ha prometido darle trabajo a tu marido en la fábrica cuando salga de la cárcel. ¿Qué te parece?

CUCA. *(Llevándose las manos al pecho emocionada.)* ¡No, no lo creo!

ÑICO. Es verdad. Te lo juro por mamá.

CUCA. *(Levantándose.)* Con tu permiso, Camila. *(Besa a Ñico en la mejilla.)* ¡Me has dado la alegría más grande de mi vida...! Al fin veo a Pirey con un trabajo fijo. *(A Camila.)* Ahora sí seremos felices, ya lo verás.

CAMILA. Espera, vamos a ver lo que dice Pirey. A lo mejor...

CUCA. ¡Por Dios, Camila, no me mates esta ilusión tan linda! *(A Ñico.)* ¿Cuánto ganará?

ÑICO. Más o menos como yo; pero hay muchas horas extras.

CUCA. *(Radiante.)* ¡Un sueño...! ¡Qué lindo, Dios mío! *(A Camila.)* De la primera paga le pago al santo lo que tú sabes. A él le debemos esta alegría.

CAMILA. Changó nunca se olvida de sus hijos, Cuca.

ÑICO. *(Riendo.)* Pues esta vez se olvidó de Pirey. ¡Ni una sola visita le ha hecho en la cárcel! Y todavía no he visto que le haya traído un cartucho de mandados a Cuca. Me parece que Changó algunas veces es un poco olvidadizo... y algo sinvergüenza también.

CAMILA. *(Enfrentándose a Ñico.)* ¡Te prohíbo hablar así de Changó en mi presencia!

ÑICO. ¡Bah! Tú misma le dices cosas peores cuando te encabronas con él.

CAMILA. Yo puedo, porque soy su hija.

ÑICO. Si tú eres su hija, yo soy su yerno. *(Ríe a carcajadas.)* Tiene gracia: Ñico Chambelona yerno de Changó por obra y gracia de Camila. *(Sigue riendo a carcajadas.)*

La puerta se abre y en el umbral aparece Pirey.

PIREY. ¡Salud que haya, familia! *(Todos se vuelven asombrados. Cuca se levanta de un salto, pero inmediatamente vuelve a sentarse vencida por la honda emoción. Pirey se le acerca.)* ¿Qué, no reconoces a tu maridito lindo?

Cuca se levanta y se abraza a Pirey muy conmovida.

ÑICO. No me irás a decir que te escapaste.

PIREY. Sí, y en la huida matamos a tres policías.

CUCA. *(Separándose de Pirey aterrada.)* ¡No!

CAMILA. *(A Cuca.)* Está jugando, boba. ¿No se lo ves en la cara?

ÑICO. ¿Que pasó? Tú no salías hasta dentro de tres meses.

PIREY. *(Sentándose frente a Ñico.)* Nada, asere; nos portamos bien y nos soltaron antes de tiempo.

CUCA. *(A Camila.)* Ahí tienes a los hombres. Tres meses preso y cuando lo sueltan le vira la espalda a su mujer y se pone a hablar boberías.

493

Pirey toma a Cuca por una mano y la hala fuerte hacia él.

PIREY. Estás celosa, chiquita. Ven, siéntate aquí. *(Trata de sentarla en sus piernas.)*

CUCA. ¡Suelta pa'llá, atrevido! No estás en tu casa.

CAMILA. *(A Antonia.)* Viejita, háganos un poquito de café.

ANTONIA. *(Levantándose.)* Enseguida, hija, enseguida. *(Se pierde en la cocina.)*

ÑICO. *(A Pirey.)* Y a Bocachula, ¿lo soltaron también?

PIREY. También. A ese negro, si no lo sueltan, se muere de sonsera cardíaca. ¡Qué flojo es para la cárcel, compay!

CAMILA. ¿Y dónde está?

PIREY. Haciéndole un cuento filipino a la vieja para tumbarle el aguardiente.

CAMILA. Milagro que ya no ha venido por aquí.

Cuca ha tomado una silla y se ha sentado junto a Pirey. Le ha puesto un brazo sobre los hombros y lo mira cariñosamente.

PIREY. *(A Cuca.)* ¿Y tú cómo estás, escoba amarga?

CUCA. Bien. No me duelen ni los callos.

PIREY. ¿Y los chamas?

CUCA. Como siempre, hechos unos malditos. Están ahora en la Alameda con Ceferina.

PIREY. ¿Y Cusito?

CUCA. En estos días tiene un poco de catarro.

PIREY. Pues mucho jarabe de güira con él.

CUCA. Ahora que hablas de tu famoso jarabe, te diré que por tu culpa por poco se muere Cusito el otro día.

494 PIREY. *(Asombrado.)* ¿Por mi culpa...? ¿Qué pasó?

CUCA. ¿Y todavía me lo preguntas, sinvergüenza...? ¿Qué le habías echado al jarabe?

PIREY. ¡Vaya, que se jaló Cusito! *(Ríe.)*

CUCA. El pobrecito, yo jarabe con él y él cada vez más bobo, hasta que me di cuenta de que el jarabe de güira lo habías preparado con aguardiente.

PIREY. Claro, mujer, si lo preparé para mí. *(Todos ríen.)*

Entra el negro Bocachula con una botella de aguardiente en las manos.

BOCACHULA. ¡A festejar, qué caray! ¡Hoy es día de fiesta en la Habana Vieja! Salud, madrina. *(Por Ñico.)* Al consorte *(Por Cuca.)* y a la monja, ¡salud pa todos!

CUCA. Ya este negro está jalao.

BOCACHULA. *(Frente al pilón.)* Despierta, Babá. *(Da tres golpes sobre el pilón.)* Despierta, que llegué yo, el negro más sabrosón de toda la Habana Vieja. Toma, pa que te refresques. *(Deja caer un chorrito de la botella sobre el pilón.)*

CAMILA. *(Por Bocachula.)* Y pensar que hay que aguantarle la mecha de nuevo.

BOCACHULA. ¡Y para siempre! No pienso caer más en la loma ni de visita.

CAMILA. Bueno, ya veremos, hasta que vuelvas a meterte con otra blanquita chusma. ¿No sabes que fue esa tipa la que dio el chivatazo?

BOCACHULA. Cállate la boca, salagente. No me recuerdes cosas tristes. Anda, trae jarros.

Camila se mete en la cocina.

ÑICO. *(A Bocachula.)* Me han dicho que allá en la loma parecías un totí enjaulado y que estabas más triste que un perro cuando le cortan el rabo.

BOCACHULA. *(Haciendo una mueca.)* Fue horrible, "yénica", ¡horrible!

PIREY. ¿Horrible...? Yo quisiera que tú hubieras estado antes. Ahora es un paraíso comparado con otros tiempos. Antes te mataban de hambre, tenías que dormir en el suelo pelao y te trataban peor que a un perro con rabia.

BOCACHULA. Lo que más me dolía era el estar trancao como un pájaro.

CAMILA. *(Volviendo con vasos.)* Lo que decíamos ahorita.

PIREY. *(Que no ha comprendido la alusión.)* Así es, Camila. Fíjate, antes te daban una vez por semana un cachito de carne del tamaño de una chapita de láguer, y ahora un bistezazo así de grande que no lo brinca un chivo.

BOCACHULA. Y postre también, y colchones de esos de tres pisos. ¡Pero qué va!, yo afuera siempre.

PIREY. Bueno, salud que haya, caballería. *(Beben todos.)* Por eso me porté bien esta vez. Con el trato que nos dan ahora no se puede ser malo. ¿Y saben ustedes que hasta empecé a aprender carpintería? Soy un fenómeno con el cepillo en las manos.

CAMILA. Por algo eres sobrino de un cura.

BOCACHULA. Por la fuerza uno tiene que portarse bien. Ya lo dije: a mí no me agarran más. Me busco un trabajo y a vivir tranquilo, en paz con Dios, el diablo y todos los santos del cielo y de la tierra.

CUCA. *(Dando un brinco en la silla.)* ¡Pirey...! ¡Ñico te buscó un trabajo fijo en la fábrica!

PIREY. ¿Cómo?

CUCA. Sí, pregúntale a él.

ÑICO. Es verdad. El capitán Machín me lo prometió.

496   PIREY. ¿El capitán ese que nos cogió?

ÑICO. El mismo.

PIREY. Aquí hay gato encerrado. ¿Cómo te va a conseguir "pega" el mismo capitán que te manda a la loma?

ÑICO. Él sabe que no eres mala gente, quiere darte otro chance.

PIREY. Deja, deja, que no me dé ningún chance. La "fiana" es siempre "fiana".

CUCA. *(A Pirey.)* ¡No empieces, por favor! Acuérdate de los niños y de mí. Ya estamos cansados de vivir intranquilos por el siguiente plato de comida. Quiero conocer alguna vez en mi vida lo sabroso que es comer sin susto, conocer la tranquilidad, acostarme por la noche sin tener que pensar cómo haré para comer al día siguiente. ¡Yo he pasado mucha hambre, Pirey!

PIREY. Pero, ¿no ves que eso es una trampa?

CUCA. ¡Por tu madre, Pirey, ten cabeza alguna vez en tu vida! *(Comienza a llorar.)*

PIREY. *(Bromeando.)* Lo más feo del mundo es una negra llorando. *(Trata de acariciarle el rostro. Cuca le rechaza la mano con brusquedad.)*

CUCA. ¡Déjame, so vago!

PIREY. ¡Ya se formó en el timbeque! *(Pausa.)* Todo esto ha sido idea tuya, ¿no?

CUCA. *(Llorando.)* Sí, y no te importa.

PIREY. Me lo olía... Ya lo pensaré.

BOCACHULA. *(A Pirey.)* Si no quieres esa pega, traspásamela.

CUCA. *(Alarmada.)* ¡No, no, él la va a coger! *(A Pirey.)* ¿Verdad que sí, pirulí mío?

PIREY. Te he dicho que lo pensaré. *(Llena de nuevo los vasos.)*

BOCACHULA. No te olvides de mí.

CAMILA. *(A Bocachula.)* No sea berraco, hombre. Allí no quieren negros.

ÑICO. No empieces, Camila.

BOCACHULA. ¿Y quién te ha dicho que soy negro? Yo soy blanco, lo que pasa es que tengo un lunar que me cubre todo el cuerpo. *(Risas.)*

PIREY. ¡A beber, partía de curdas!

Todos beben. Entra Antonia con las tazas de café y las deja sobre la mesa y vuelve a sentarse frente al radio. Después se beben el café mientras hablan.

BOCACHULA. Oye, Pirey, cuando fui a comprar el pomo, Mongo el bodeguero me dijo que quería verte.

CUCA. Sí, ya sé por qué. El muy degenerao no quiso fiarme cuando caíste preso. Me dijo que una mujer viuda, o con el marido preso, que era lo mismo, tenía que ganarse la comida en la cama. Ya pueden imaginarse lo que quería de mí. Entonces yo le mandé a que le hiciera el negocio a su santísima madre.

PIREY. *(Levantándose violentamente.)* ¡Voy a verlo ahora mismo...! ¡Creo que ingresé en la loma de nuevo! *(Mutis de Pirey corriendo seguido por Bocachula. Cuca también los sigue.)*

VOZ DE CUCA. ¡Por Dios, Pirey, ten cabeza...! ¡Maldita la lengua mía...! ¡Por Dios, Pirey, escucha...!

El radio deja escuchar un danzón. Ñico se encuentra pensativo.

CAMILA. Tengo miedo por Pirey. Acaba de salir y se la está jugando de nuevo.

ÑICO. No te preocupes. El Mongo ese es cucaracha como él solo.

CAMILA. *(Pegándose a Ñico.)* Hay danzones que me arrebatan. Éste es uno de ellos. ¿Te acuerdas?

ÑICO. ¿De qué?

CAMILA. *(Jugando con el cabello de Ñico.)* Que este danzón me trae recuerdos muy dulces. ¿Te acuerdas de las tardes en los jardines de La Tropical?

ÑICO. Buenos tiempos aquellos.

CAMILA. Pueden volver si tú quieres. ¿Bailamos? *(Ñico se levanta y abrazando a Camila, comienzan a bailar.)* Como en aquellos tiempos en que me enamorabas. *(Ríe.)* Te costó trabajo, ¿eh? ¡Cómo se te caía la baba por mí!

ÑICO. Sí, fuiste dura de pelar... Tendremos que volver a los jardines una tarde de éstas.

CAMILA. ¿Por qué no el domingo próximo?

ÑICO. Prometido.

Camila y Ñico siguen bailando amorosamente bajo la mirada sonriente y feliz de Antonia. Apagón.

ESCENA V

En un ángulo del patio interior y comunal de la ciudadela donde viven Ñico y Camila, se encuentra Rudy tocando una tumbadora. María Cristina se asoma a un balcón interior.

MARÍA CRISTINA. ¡Me tienes muy cansada ya con tu tiquitiqui todo el santo día! ¡Está bueno ya de tanta bulla! ¿Me oíste? ¡No estás en ningún solar!

RUDY. Estoy practicando, corazón.

MARÍA CRISTINA. *(Despectiva.)* Practicando... Lo que estás es vagueando. Vete a trabajar en algo, anda. Y oye una cosa, suprime eso de corazón, porque nunca te he dado tanta confiancita.

RUDY. Yo estoy trabajando, cariño... ¿No ves que yo soy artista?

MARÍA CRISTINA. Artista, sí; pero artista del cuento es lo que eres. Y vete sabiéndolo, los vagos se están acabando. Aquí el que no trabaja no come.

RUDY. Ahora no trabajo porque todavía no han sabido apreciar mi arte. Pero deja que me descubran y vas a ver cómo gano la plata a burujón puñao. Y oye esto. *(Canta en guaguancó.)*
    Cuando me ponga en el duro,
    por mi madre te lo juro,
    un chalet voy a tener,
    y máquinas voy a correr...
Deja, deja que me descubran; vas a correr detrás de mí como una perseguidora.

MARÍA CRISTINA. ¿Yo...? ¡Sale pa'llá, más equivocao que Boloña!

RUDY. Pero Boloña, equivocao y todo, tenía siete mujeres.

MARÍA CRISTINA. Goza, goza ahora, que te veré pagando como Dios manda. El único vago que queda aquí eres tú. Hasta Pirey ya está trabajando, y Cuca engordando a mil.

RUDY. Te equivocaste, perla mía. Bocachula no está pegando. Ese negro sí es de los buenos.

MARÍA CRISTINA. Pa que te enteres, bobera: Bocachula está loco buscando trabajo. Ñico le prometió conseguirle también trabajo en la fábrica.

RUDY. Como si Ñico fuera el dueño de la fábrica esa. *(Ríe.)* Lo que pasa es que ellos no son artistas como yo.

MARÍA CRISTINA. ¿Que no? Ellos eran más artistas que tú mil veces. Lo que pasa es que en Cuba ya se está acabando el artistaje. Y a ti te veré pegando como todo un bendito. *(Ríe.)* Ya verás, artista: te veré con callos en las manos y no por tocar tumbadora.

RUDY. Maldición de burra no llega al cielo. *(Rudy carga su tumbadora y hace mutis. María Cristina le empieza a cantar.)*

MARÍA CRISTINA.

Trabaja, negro trabaja
y vive de tu sudor
que así el pan que te comas
tras la faena sabrá mejor...
(Apagón.)

ESCENA VI

La habitación de Camila. Ésta se encuentra echada en la cama, vestida, con zapatos y fumando. Reflexiona. Poco después tocan a la puerta. Camila reacciona poniéndose de pie con un salto. Abre la puerta.

CAMILA. ¡Madrina, Oyubona mía! *(Camila se arrodilla.)*

Entra una viejecita negra enteramente vestida de blanco, la cabeza cubierta con un pañuelo blanco. Un hermoso y largo collar de Changó al cuello y en las muñecas una gran cantidad de pulsos de cuentas multicolores. Se apoya en un bastón. Parece tener más de ochenta años. La viejecita toma a Camila por los hombros y suave y cariñosamente la levanta. Camila y la viejecita hacen entonces el saludo ritual santero, o sea, chocarse los hombros. Después la viejecita camina hasta el pilón, da sobre él tres golpecitos y después se besa los nudillos.

MADRINA. *(Al pilón.)* Despierta, Babá, que estoy aquí. *(Con su lento paso de vieja casi centenaria se encamina hacia una silla junto a la mesa y se sienta.)* ¡Ufff...! Lo que has hecho conmigo es un crimen, ahijá, un crimen. *(Pausa.)* Dame un poco de agua. *(Camila le trae un vaso de agua y se lo bebe.)* Un crimen... Me

501

has hecho salir de Regla a todo correr... Vine echando el bofe...
Hacía más de tres años que no salía de Regla... y después, esa
escalera tuya del diablo malo... ¿Estás enferma?

CAMILA. No, madrina.

MADRINA. Entonces, ¿por qué me mandaste a buscar...? Me
asusté. Me dijo la mujer esa que mandaste, que querías verme lo
más pronto posible y que nadie viniera conmigo. Pensé que te
estarías muriendo.

CAMILA. Quería hablar contigo, consultarte.

MADRINA. ¿Por qué no fuiste tú a verme? Eres joven, fuerte; tu
sangre es caliente, no está fría como la mía.

CAMILA. Perdóname, madrina; sé el sacrificio que te ha costado
venir; pero si voy a tu casa no habría podido hablarte a solas.
Tienes en la casa como quince nietos, tres yernos, cuatro...

MADRINA. No tantos, no tantos...

CAMILA. Por eso te hice venir. Hoy estaré sola todo el tiempo.
Ñico y su madre fueron al campo a visitar una hermana de ella.

MADRINA. ¿Tienes problemas con la suegra o con tu marido?

CAMILA. Bueno, madrina, problemas, problemas, no; pero
quiero que me refresques el ángel.

MADRINA. ¿Yo...? ¿Por qué no te lo hiciste tú misma?

CAMILA. Me gusta que seas tú. Madrina, tengo el ángel
confuscao, decaído, necesito una "rogación de cabeza" y nadie
mejor que tú que me trajiste al mundo, que me enseñaste los
secretos de los santos y me hiciste santa.

MADRINA. Está bien... ¿Lo tienes todo preparado?

CAMILA. Sí.

MADRINA. *(Escrutando el día a través de la ventana del
balcón.)* Ahora no cae el sol, no es hora "acalé".

502 CAMILA. Lo sé. El peligroso "oságga" no ha muerto.

MADRINA. ¿Cómo andan tú y tu marido?

CAMILA. Ni bien ni mal. Apenas nos peleamos desde hace seis meses, mejor dicho, desde que entró en la fábrica. Eso no me gusta, está muy tranquilo.

MADRINA. ¿De qué te quejas entonces?

CAMILA. No me quejo, es que... algo anda mal entre nosotros.

MADRINA. ¡Que te entienda el diablo!

CAMILA. Yo me entiendo, madrina; pero no sé cómo explicarme.

MADRINA. *(Después de mirarla fijamente a los ojos.)* ¿Me dejas que entierre mi bastón?

CAMILA. *(Bajando la vista.)* Sí, madrina.

La Madrina hace gestos como si enterrara su bastón.

MADRINA. ¿Qué tal se porta por las noches?

CAMILA. *(Sin levantar la vista del suelo.)* Busco su corazón y no lo encuentro, no lo siento latir.

MADRINA. *(Dando una fuerte palmada en la mesa.)* ¡Ya me lo imaginaba...! Al muerto lo han enterrao con caja. ¡Hum, malo, muy malo!

CAMILA. *(Con ligero temblor de miedo.)* No te entiendo, madrina.

MADRINA. Me entiendes.

CAMILA. No te entiendo. *(Pequeña pausa.)* Desde niña siempre te oigo hablar de enterrar el bastón o de muertos con caja y muertos sin caja. ¿Qué quieres decir con eso?

MADRINA. ¡Anjá...! Eso nunca falla, ahijá, nunca. Lo aprendí del cura Simón. *(Se persigna.)* Que en la gloria esté el muy cabrón. *(Pausa.)* Hace muchos años, muchos años, muchos, allá por el tiempo de Maricastaña y del ciclón "de los jamones", el cura Simón cobraba por los finaos que enterraban en el   503 cementerio de Regla, pero por los pobres que enterraban sin caja no cobraba nada. *(Ríe.)* Cuando le decían que habían enterrado a un pobre sin caja, el muy vivo entonces corría al cementerio y en la sepultura de tierra floja enterraba su bastón. *(La Madrina remeda de nuevo el acto de enterrar su bastón en tierra.)* Si el bastón chocaba con algo duro que sonaba a madera, era que lo habían engañado y corría hecho una salación a casa de los parientes del finao a pedir los derechos. Nunca fallaba, ahijá. Yo aprendí de él a enterrar el bastón en busca de la verdad. Nunca falla, ahijá, nunca.

CAMILA. *(Temerosa.)* ¿Qué le dijo ahora su bastón, madrina?

MADRINA. Mi bastón chocó con algo duro, muy duro, tan duro como una mujer enamorá. Ten cuidado.

CAMILA. ¿Crees que hay una mujer entre Ñico y yo?

MADRINA. Es la única razón para que se porte como lo hace, y tú me has dicho siempre que Ñico era el gallo más enamorao de todos los gallineros.

CAMILA. ¡Era...!

MADRINA. Malo... malo... *(Le toma de las manos cariñosamente.)* Debes sufrir mucho por eso. Siempre fuiste una criolla de ley. Al nacer, Oshún derramó sobre ti su candela que no quema, pero consume, ¡pobrecita!

CAMILA. *(Explotando.)* ¡No soy ninguna pobrecita y no hay ninguna otra mujer...! Ése es mi problema, madrina, no hay ninguna otra mujer.

MADRINA. Tiene que haberla.

CAMILA. Si la hay, boto a Ñico enseguida. No soy plato de segunda mesa, ¡lo quemo vivo!

MADRINA. No, no te engañes; eso es malo. Ñico es tu hombre, el que ha sabido meterte en cintura.

504   CAMILA. ¡Te digo que no hay otra mujer!

MADRINA. Si no la hay por ahora, aparecerá.

CAMILA. Estoy segura porque lo he seguido día y noche, lo he vigilado como si fuera mi sombra. Durante noches enteras me he sentado en la cama esperando a que en sueños se le escapara algo; pero nada, madrina, el muy condenado duerme siempre como un tronco.

MADRINA. ¿Lo has amarrao?

CAMILA. Y bien amarrao.

MADRINA. ¿Qué amarre hiciste?

CAMILA. Las plantillas de sus zapatos, siete alfileres, un pedazo de su camiseta, paja de maíz, amansaguapo, pelos de él, mi nombre y el de él en cruz, lo amarré con una madeja, lo enterré todo y luego le pagué al santo. ¿Qué tú crees?

MADRINA. Buen amarre; pero yo conozco otro mejor.

CAMILA. *(Anhelante.)* Dámelo, madrina.

MADRINA. Hierba de la niña, uñas de los pies y las manos, piedra de imán, tres manises, pelos de tres distintos lugares del cuerpo, amorseco y amansaguapo. Lo tuestas todo y se lo das en el café, ¿lo oíste bien?, en el café porque es el mejor amigo de los amores.

CAMILA. Lo haré. No debe fallarme, porque tú eres la que más sabe de esto.

MADRINA. *(Halagada.)* Más sabe el diablo por viejo que por diablo. Pero también debes darte baños de amor para tenerlo siempre como gallo de pelea.

CAMILA. Me doy baños también.

MADRINA. ¿Qué usas?

CAMILA. Helecho macho, álamo, flores de nomeolvides blancas, paramí, cundiamor y palo vencedor.

505

MADRINA. Muy bien, eso nunca falla; pero al agua de baño échale también agua bendita, aguardiente, miel de abejas y su poquito de extracto de benjuí.

CAMILA. Está bien, madrina.

MADRINA. Ahora la última pregunta y la más importante... Dime, ¿no serás tú la que te estás enfriando?

CAMILA. Al contrario, madrina, su frialdad me... perdóname, iba a decir una barbaridad.

MADRINA. *(Riendo.)* No tengas pena de mis canas, porque yo en mis tiempos dije e hice muchas barbaridades, y no me arrepiento. *(Pausa.)* Bien, sigue.

CAMILA. Ya no me hace caso.

MADRINA. Malo, malo. Tiene que haber otra mujer.

CAMILA. *(Fuera de sí.)* ¡Y dale Catana con la otra mujer...! Te he dicho que no hay ninguna otra mujer. Es imposible que haya otra. Figúrate que después que llega del trabajo casi nunca sale y ya no toma como antes. Ni siquiera dice malas palabras ni pelea. Ha cambiado tanto, madrina, que me parece otro. ¿No será que le han echado un "endiambo"? Pero no, no es ningún bilongo. Soy yo la única culpable de que él haya cambiado.

MADRINA. *(Sorprendida.)* ¿Tú?

CAMILA. Sí, yo. Fui yo la que lo empujó a trabajar, y el trabajo me lo ha cambiado. ¡Maldita la hora en que lo embullé!

MADRINA. Malo, malo...

CAMILA. Estoy segura, segurísima, de que no hay otra mujer. La culpa de todo la tiene la Revolución y los libros.

MADRINA. *(Asombrada.)* ¿La Revolución y los libros?

CAMILA. Sí. Ahora se pasa las horas leyendo esos libros de revolución y qué sé yo cuántas cosas más. Esos libros me lo tienen siempre en babia. Está más bobo que el Bobo de

Batabanó. ¿Y sabes una cosa? Ya no usa el collar ni va a los toques. Algunas veces pienso que ya no cree en los santos.

MADRINA. Malo, malo... Pero Ñico nunca fue muy creyente...

CAMILA. *(Con rabia.)* ¡Qué rabia le tengo a la Revolución y a esos condenados libros! Por culpa de ellos estoy abandonada y sufro.

MADRINA. Estás confundiendo el tocino con la electricidad. Yo tengo un yerno que es "ñángara", no cree en los santos, lee muchos libros también y, sin embargo, mi hija Caridad pare un negrito todos los años.

CAMILA. Pero es que a Ñico le ha dado con furia, tiene el "sarampión". Figúrate que hasta ha tratado de leérmelos; pero yo sí que no, no quiero saber nada de Revolución ni de nada; ¡que se vaya al diablo! Y ésa es una enfermedad que se pega. Pirey hace tres meses que está trabajando en la fábrica y ya habla de capitalismo, de producción y mil porquerías más. Y lo increíble, madrina, lo increíble es que hasta Cuca se está contagiando de esa enfermedad. La muy zopenca cree que le van a dar una casa nueva con tres cuartos, baño intercalado y cocina eléctrica. ¡Bah, comecatibía que es! Y Bocachula, ¿te acuerdas de él? Hasta ése dice que es socialista y va a todos los mítines y lee periódicos. Pero todo eso es porque le gustan las blanquitas.

MADRINA. Malo, malo. Estás loca. Haces bien en querer refrescar a tu ángel guardián, que está bien ofuscao... Así como estás ahora no podemos enterrar el bastón en busca de la verdad. Y la verdad es que la Revolución no es tu enemiga.

CAMILA. *(Desesperada.)* ¡Al carajo tú y tu bastón!

MADRINA. *(Levantándose.)* Es hora de irme al carajo.

CAMILA. *(Arrodillándose ante la Madrina.)* Perdón, madrina. Perdí los estribos.

MADRINA. Estás perdiendo los estribos, la montura y hasta el caballo. ¡Lo estás perdiendo todo!

507

CAMILA. (*Levantándose.*) Es que sufro mucho por lo de Ñico, madrina. Si fuera una mujer la que lo tuviera "embilongao", la pudiera odiar, echarle mano, matarla; pero es la Revolución, que no se ve, que no tiene cuerpo...

MADRINA. Pero que existe...

CAMILA. Por eso rabio... Ella es mi enemiga, sé que existe y que me ha quitado a mi Ñico, el hombre que quiero más que a mi propia vida.

MADRINA. Entierra el bastón y comprenderás muchas cosas. La Revolución no es tu enemiga. ¿Por qué no te unes a ella? Así Ñico no se alejará de ti.

CAMILA. ¡Antes muerta, coño! En el corazón de Ñico quiero estar yo sola, ¡sola!

MADRINA. Malo, malo... ¿Qué dice tu suegra de todo esto?

CAMILA. Ni pescado frito. Eso es lo que más me jeringa de esa hipócrita. No dice nada, no pide nada, no hace ruido, no oye nada, nunca ve nada... Algunas veces pienso que ella es un fantasma.

MADRINA. La suegra perfecta.

CAMILA. Pero es una hipócrita. Ella y Ñico siempre están hablando bajito, como en secreto. Piensan hacerme algo, madrina, lo sé, lo huelo en el aire. Y cuando trato de escuchar se callan. ¿Por qué...? Es un tormento, madrina. Mi casa se ha vuelto un infierno.

MADRINA. Despójala.

CAMILA. Ya lo hice.

MADRINA. Vete a registrar con un babalao.

CAMILA. Regístrame tú con los caracoles.

MADRINA. No, no... no podría. Eres mi ahijada preferida y tengo miedo. Vete a ver un babalao.

CAMILA. ¿Tienes miedo?

MADRINA. *(Tratando de desviar la conversación.)* ¿Se habrá ido el sol?

CAMILA. Voy a ver. *(Va hasta la puerta del balcón interior.)* Ya cae la tarde.

MADRINA. Tráeme todo para la rogación. Es hora.

Camila va a la cama y de debajo de ella saca una caja de cartón y la deposita en la mesa. Camila hace mutis a otra habitación interior. La Madrina empieza a sacar de la caja las cosas siguientes:

MADRINA. *(Saca dos platos de loza blanca.)* Akotó fun-fun... *(Saca dos velas.)* Ataná... *(Saca dos cocos verdes ya abiertos.)* Obí... *(Saca un pedazo de tela blanca.)* Achó funfun... *(Saca un pedazo de algodón.)* Oú Obatalá... *(Saca una barrita de manteca de cacao.)* Orí... *(Saca una jícara con cascarilla.)* Efún... *(Saca un pescado ahumado.)* Eyá... *(Saca un pedazo de jutía ahumada.)* Ekún... *(Entra Camila vistiendo un amplio sayón con mangas y de un blanco inmaculado, y descalza. Se sienta en una silla con las manos en las rodillas y las palmas hacia arriba. La Madrina enciende las velas y tomando un coco hace con él una cruz sobre la cabeza de Camila y después deja caer el agua sobre la cabeza de Camila mientras reza lentamente.)* Emí kobo Orí Cosí Ikú; cosí ano; cosí eypo; cosí ofó; arikú babaguá...

APAGÓN

ACTO SEGUNDO

ESCENA I

Garita en la puerta de entrada de una fábrica. Es de noche. Leonor, mujer de unos veintiocho años, vistiendo uniforme de miliciana, monta guardia con un fusil al hombro. Entra Ñico trayendo una caja de cartón en las manos. Al lado de la garita un montón de sacos de arena.

LEONOR. Has llegado tarde.

ÑICO. Perdóname, Leonor.

LEONOR. Sé que ayer fuiste al campo. Por eso estaba intranquila.

ÑICO. Tuve que ir a un bar antes de venir para acá. *(Se sienta sobre los sacos de arena, dejando la caja a su lado.)*

LEONOR. ¿Estás bebiendo de nuevo?

ÑICO. ¿Yo?

LEONOR. Acabas de decir que fuiste a un bar.

ÑICO. No a beber, a otra cosa.

LEONOR. A los bares se va a beber... o a buscar mujeres.

ÑICO. Leo, yo...

LEONOR. Ya sé, no te molestes. Eres un santo: no bebes, no sales con mujeres, te acuestas temprano y el domingo vas al cine a ver los muñequitos.

ÑICO. Nunca te he dicho nada de eso. Al contrario, ya te conté que siempre fui un borracho, un jugador de billar y apuntador de charada; pero ahora no.

LEONOR. Era una broma.

ÑICO. Y los domingos no veo muñequitos, sino que leo los libros que tú me das. *(Pausa.)* Leo, quería decirte... que desde hace tiempo vivo con una mujer.

LEONOR. ¿Tu esposa?

ÑICO. No.

LEONOR. Es lo normal. *(Pausa.)* Hace días que quiero hacerte una pregunta y no me atrevo.

ÑICO. Atrévete.

LEONOR. ¿Por qué no eres miliciano?

ÑICO. Ya se lo expliqué al capitán Machín.

LEONOR. Pero a mí no.

ÑICO. Tú no comprenderías.

LEONOR. Lo que no comprendo es que siendo revolucionario no seas miliciano.

ÑICO. ¿Y para qué...? Es lo mismo que si lo fuera. Hago guardias, trabajos voluntarios y voy a todas las reuniones.

LEONOR. Sigo sin comprender.

ÑICO. *(Casi gritando.)* ¡Porque no soporto que me manden!

LEONOR. *(Molesta.)* Si quieres gritar, ve a tu casa y grítale a tu mujer.

ÑICO. Perdóname, Leonor... Es que todos en la fábrica me preguntan lo mismo. Yo me crié completamente libre. No puedo soportar que me digan: "Haz esto, haz lo otro, ve para allá, ven para acá..."

511

LEONOR. Así se habla. Con buenos modales todo el mundo se entiende.

ÑICO. *(Toma la caja y se la alarga a Leonor.)* Te traje esto.

LEONOR. *(Asustada.)* ¿No será una rana...? Tú sabes que el "coco" mío son las ranas.

ÑICO. ¿Una miliciana con miedo a las ranas?

LEONOR. No puedo evitarlo. Ábrela tú.

ÑICO. No seas miedosa. Te juro que no es nada malo.

Leonor toma la caja, la destapa y saca de ella una cajita de madera muy fina. Mira a Ñico intrigada.

LEONOR. ¿Qué es esto?

ÑICO. Ábrela.

Leonor abre la cajita y enseguida se deja escuchar una musiquita melodiosa y alegre. Leonor se sienta en los sacos y escucha ensimismada la música.

LEONOR. *(Después de una pausa.)* ¿Por qué lo hiciste?

ÑICO. No sé. Anoche me encontré con un marinero italiano medio borracho, allá por los muelles, que la estaba vendiendo. Entonces me acordé de ti y se la compré. La dejé guardada en un bar. Por eso llegué tarde.

LEONOR. Muchas veces le pedí a mi marido que me regalara una cajita de música. Nunca lo hizo. Decía que no era de hombre el estar regalando esas tonterías.

ÑICO. Te hubieras comprado una si te gustaban tanto.

LEONOR. Necesitaba que alguien me la regalara.

ÑICO. No te entiendo ni jota.

LEONOR. Porque no sabes lo principal: cuando niña, un vecinito mío tenía una cajita de éstas y se pasaba el día oyéndola. Yo soñaba día y noche con la cajita. Un día se la robé y la escondí... Varios días después tomé la cajita y me fui hasta el río para escucharla a mis anchas. Empezaba a darle la cuerda cuando una voz me dijo: "¿Qué haces, niña?" Y asustada tiré la cajita al río.

ÑICO. No veo por qué ese recuerdo te haga sufrir después de tanto tiempo. *(Pausa.)* Tu marido fue muy bruto al no regalarte una.

LEONOR. Mejor así. Tenías que ser tú.

ÑICO. ¿Te sigue escribiendo?

LEONOR. Casi nunca. Se habrá cansado de pedirme que me vaya de Cuba.

ÑICO. O habrá encontrado a otra como él por allá. Un clavo saca a otro clavo.

LEONOR. ¡Ojalá!

ÑICO. ¿Todavía lo quieres?

LEONOR. Ya no... pero, ¿para qué hablar de eso? Ya todo te lo he contado.

ÑICO. A mí me pasa lo mismo.

LEONOR. ¿Ella no te comprende?

ÑICO. Ella lleva el camino de Pinar del Río y yo el de Santiago.

LEONOR. ¡Pobrecita! *(Pausa.)* Ñico... Cuando te conocí me pareciste vulgar; pero ahora estoy confundida... ¿Cómo eres?

ÑICO. A la verdad, no sé; pero siento que cambio y que me vuelvo otro. Es como si me viera crecer y al mismo tiempo me siento viejo.

LEONOR. Tu regalo ha sido una revelación.

ÑICO. Bah, una cajita de música la regala cualquiera.

513

LEONOR. No es la cajita en sí. Mira, cuando me diste la caja, pensé que contenía algo feo y, sin embargo, lo que había dentro... Así me ha pasado contigo...

Ñico hace un ligero ademán de acercamiento para besarla, pero se contiene.

ÑICO. Voy a dar un vistazo por la posta del fondo. *(Se levanta.)*

LEONOR. Espera. *(Ñico vuelve a sentarse.)* Cuando hicimos los turnos para las guardias el capitán y yo, te puse de pareja con Juanita, pensando que eso la alegraría, y a ti también; pero no te puedes imaginar la sorpresa que me llevé cuanto te oí pedirle al capitán Machín que te cambiara para mi guardia. ¿Por qué pediste ese cambio si Juanita es muy linda y está loquita por ti?

ÑICO. Porque tú me comprendes. Todo lo que te digo de mí, tú lo comprendes muy bien.

LEONOR. ¿No será que tratas de conseguir algo de mí?

ÑICO. No sé el qué.

LEONOR. No te hagas el bobo, que no lo eres.

ÑICO. Ya, lo de siempre.

LEONOR. Sí, lo de siempre. Casi todos los hombres que me han brindado su amistad, lo han hecho pensando en otra cosa. ¿Ibas a ser tú la excepción?

ÑICO. Camas se me sobran.

LEONOR. ¿Qué buscas entonces en mí?

ÑICO. No sé. Me siento bien contigo.

LEONOR. ¿Desde cuándo te diste cuenta?

ÑICO. Desde el día que me diste un libro y me dijiste: "Un hombre sin cultura es un diamante sin pulir"

LEONOR. Yo empecé a pensar en ti desde muchos antes.

514   ÑICO. ¿Desde cuándo?

LEONOR. Desde la noche en que dieron la función de teatro. Cuando entré, todas las sillas estaban ocupadas y tú te levantaste y me diste la tuya.

ÑICO. Me acuerdo. Fue casi al mes de estar yo en la fábrica, y llevaba tres días con esta pierna enferma.

LEONOR. Toda aquella noche no te quité la vista de encima. Me gustó mucho que alguien sufriera para que yo estuviera cómoda.

ÑICO. Leo, yo te...

Leonor le tapa la boca con una mano.

LEONOR. No digas nada. Sé lo que vas a decirme. Pero no es tiempo aún de que me lo digas.

ÑICO. Está bien... ¿Puedo pedirte algo?

LEONOR. Di.

ÑICO. Después de la guardia, ¿vamos a Catalina a comer butifarras?

LEONOR. *(Riendo.)* Bueno.

ESCENA II

La habitación de Camila. Ñico lee con el libro sobre la mesa y Camila se pinta frente a un espejo. Antonia zurce sentada al lado del radio. Es de noche.

ÑICO. *(A Camila.)* ¿Vas a salir?

CAMILA. *(Volviéndose.)* ¿Cómo que voy a salir?

ÑICO. Claro, si te estás arreglando.

CAMILA. ¡Pero, Ñico...! ¿Es posible? ¿Así que lo olvidaste?

ÑICO. ¿El qué, mujer?

CAMILA. Antier me prometiste ir conmigo a Regla. Hoy madrina da un tambor.

ÑICO. ¡Ah, sí, un tambor...! Se me había olvidado. *(Pausa.)* Pero creo que no podré ir. Entro de guardia a las doce.

CAMILA. ¡Esto ya es el colmo...! *(Se acerca a la mesa.)* Ñico, ha llegado el momento de hablar muy seriamente tú y yo.

ÑICO. No sé de qué.

CAMILA. Yo sí lo sé... *(Violenta.)* ¿Qué rayos es lo que te pasa desde que entraste en la fábrica?

ÑICO. Otra vez lo mismo, la música de siempre.

CAMILA. Ñico, ¿tú me sigues queriendo?

ÑICO. Claro.

CAMILA. *(Dando un fuerte manotazo en la mesa.)* ¡Aquí no hay nada claro, coño!

Antonia deja de zurcir. Ñico se levanta y se asoma al balcón interior. Camila empieza a pasearse muy alterada.

ÑICO. ¡Cuca...! ¿Por fin te mudas mañana?

VOZ DE CUCA. ¡Tinta en sangre y envuelta en algodón!

ÑICO. ¡Atrás, ni para coger impulso!

VOZ DE CUCA. ¡Y con la moral muy alta!

ÑICO. ¡Que sea para suerte!

VOZ DE CUCA. Gracias, Ñiquito.

Ñico entra de nuevo en la habitación

ÑICO. Cuca se muda mañana

516   CAMILA. No soy sorda.

ÑICO. Dice Pirey que les parece un sueño el vivir como las personas. Desde la semana pasada está enseñando a los hijos a no confundir el inodoro con el bidet.

CAMILA. Ninguno es de él, ¡grandísimo berraco!

ÑICO. Es como si los fueran. Él los quiere.

CAMILA. Los querrá desde hace poco, porque antes... *(Ríe.)*

ÑICO. Antes estaba ciego.

CAMILA. Claro, antes no creía en esas cosas, ¿verdad? Ahora lee también esas porquerías de libros y se ha vuelto bueno.

ÑICO. Ahora está comprendiendo muchas cosas.

CAMILA. A ver: tú que siempres estás hablando de comprender, ¿tú me comprendes a mí?

ÑICO. Ahora más que nunca.

CAMILA. *(Riendo a carcajadas.)* ¡Qué risa me da...! Si lo único que me falta para ser viuda es el traje negro. Yo quiero más presión y menos comprensión.

ÑICO. Sería el colmo que te quejaras de mí. Soy tu marido, vivo en tu casa, duermo en tu cama, como lo que tú cocinas...

CAMILA. Si la chinche está en la butaca del cine, no es porque le guste la película.

ÑICO. Cada día eres más vulgar.

CAMILA. Y tú más fino. *(Amanerada.)* Tan fino que te clareas. Ten cuidado con una corriente de aire.

ÑICO. Y tú ten cuidado con los dientes: puedes escupirlos.

CAMILA. En fin, ¿me acompañas a Regla, machote?

ÑICO. No.

Camila va hasta la cama, se coloca un chal y toma su cartera.   517

CAMILA. *(Ya en la puerta.)* ¿No tienes miedo a un tarrito, muñeco mío?

ÑICO. *(Indiferente.)* Depende de quien venga. *(Camila se abalanza sobre Ñico con intención de darle un carterazo, pero Ñico ataja el golpe y asiéndola por un brazo fuertemente la hace sentar en una silla.)* ¡No me hagas perder la sangre fría!

CAMILA. ¡Mariquita!

Ñico hace ademán de darle una bofetada a Camila, pero la madre se le tira al brazo y se lo impide.

ANTONIA. ¡Ñico, por favor!

ÑICO. Vieja, recoge nuestras cosas.

ANTONIA. Sí, sí... *(Saca una maleta vieja de debajo de la cama y comienza a meter ropas en ella.)*

CAMILA. *(Fuera de sí.)* Antes eras un chulo de a peseta, pero ahora no llegas ni a los tres quilos... ¡Ya lo decía yo! *(Ríe nerviosamente.)* Ñico, ya no sirves ni para sacar los perros a mear.

ÑICO. Apúrate, viejita.

ANTONIA. No puedo recoger más aprisa.

Ñico comienza a ayudarla.

CAMILA. ¿Sabes una cosa, Ñiquito Chambelona? Bueno, eso era antes, porque ahora hasta has perdido el palito. *(Ríe a carcajadas.)* ¡Te echaré una brujería que te largará zurdo y zambo! No viviré tranquila hasta verte hecho leña, aserrín de pinotea. Mira, ¡lo juro por ésta! *(Se besa los dedos en cruz. Ñico cierra la maleta y tomando a la madre por un brazo se encamina a la puerta. Camila se levanta y va detrás de ellos. Ñico abre la puerta y deja pasar a la madre.)* ¡Adiós, hijo de mala muerte! *(Ñico se vuelve y le da un bofetón a Camila que la hace caer al suelo. Ñico hace mutis cerrando la puerta. Camila se pone en pie y permanece unos instantes como alelada. Va hacia el pilón y saluda al santo de rodillas, besando el suelo tres veces.)* ¿Qué pasa, Babá...? ¿Qué pasa...? Babá, no me abandones, no te olvides de mí, de tu hija Camila. *(Llora.)* ¿Por qué tantos sufrimientos, Babá... Babá, mi vida eres tú y Ñico, ¿por qué lo separas de mí? *(Con rabia repentina.)* ¡Tráemelo, tráemelo! *(Empieza a tirar lejos del pilón las fuentes con comida. Mientras esto hace monologa.)* ¡Te dejaré sin comida mientras no me traigas a Ñico, y si lo pierdo, te dejaré morir de hambre...! ¡Me lo tienes que traer, coño! ¡Eres malo, malo! ¡Te dejaré morir de hambre, sinvergüenza!

Llora. La puerta se abre y Bocachula asoma la cabeza..

BOCACHULA. ¿Se puede...? ¡Si se puede!

CAMILA. *(Volviéndose sobresaltada.)* ¿Eres tú? *(Se levanta secándose las lágrimas con las palmas de las manos.)* Entra.

BOCACHULA. No. Me voy. Vendré otro día. *(Hace ademán de marcharse.)*

CAMILA. *(Dominante.)* ¡Entra!

BOCACHULA. *(Entrando.)* Busco a Cuca. Me dijeron que estaba aquí.

CAMILA. No.

BOCACHULA. Voy a ver si la encuentro. *(Vuelve hacia la puerta.)*

CAMILA. *(Imperiosa.)* No te vayas, quiero hablar contigo.

BOCACHULA. Luego. Necesito ver a Cuca.

CAMILA. *(Siempre imperiosa.)* Te he dicho que te quedes. Quiero saber algo.

BOCACHULA. *(Regresando a su lado.)* ¿Qué pasa...? Estabas llorando.

CAMILA. ¿Todavía eres amigo mío?

BOCACHULA. Siempre, mulatona, desde la punta al cabo y hasta el último buchito.

CAMILA. Vamos a ver si es verdad. Te voy a probar.

BOCACHULA. Arriba. Por ti iría hasta el Polo Norte en calzoncillos.

CAMILA. Dime si Ñico tiene otra mujer. *(Bocachula luce indeciso y sorprendido.)* Sé que lo sabes como todo el mundo. Menos yo, claro está.

BOCACHULA. Yo no sé, Camila. Él no me ha dicho nada.

CAMILA. Él tiene otra y tú lo sabes. Me lo dijeron los santos.

BOCACHULA. Los santos saben más que yo. No me metas en los líos de ustedes.

CAMILA. Eres un mentiroso y un mal amigo. Bocachula, como no eres amigo mío, tengo que cuidarme de ti. Te haré un trabajo.

BOCACHULA. *(Acobardado.)* No, Camila... Ñico es amigo mío, ¿qué pensaría de mí si...?

CAMILA. No me importa. Dímelo todo o si no... *(Señala al pilón.)* Ya sabes, lo pongo en contra tuya.

BOCACHULA. *(Después de una pausa.)* Tiene otra.

CAMILA. ¡Qué recomebola he sido...! ¿Cómo se llama?

BOCACHULA. Leonor.

CAMILA. No conozco a ninguna mujer en el barrio con ese nombre.

BOCACHULA. No es del barrio. Es la secretaria del capitán director de la fábrica.

CAMILA. *(Muy asombrada.)* ¿La fábrica? *(Pausa.)* ¡Razón tenía madrina!: "Entierra el bastón, hija", y yo como una niña boba le repetía *(Aniñando la voz.)*: "No hay otra mujer, madrina, yo soy la única noviecita de Ñico." *(Con voz natural.)* Si hasta me dan ganas de reírme. *(Agarrándolo por un brazo.)* ¿Es bonita?

BOCACHULA. Sí.

CAMILA. ¿Y...? *(En el aire dibuja con las manos un cuerpo de mujer.)*

BOCACHULA. Un tirito.

CAMILA. *(Pensando en alta voz.)* ¿Qué le habrá dado esa mujer?

BOCACHULA. Caminos.

CAMILA. ¿Caminos...? No te entiendo. ¿Algún nuevo bilongo?

BOCACHULA. No sé. A la verdad que yo tampoco entendí muy bien. Él me dijo que ella le había dado un camino para la vida, un camino para llegar al futuro y otros caminos que ahora no me acuerdo. A la verdad que no lo entendí muy bien.

CAMILA. ¡Paquetes! Si ella fuera un penco, no hubiera conseguido cambiarlo como lo ha hecho. Lo que hace cambiar al hombre es el cuerpo bonito y caliente de la mujer, no los caminos ni ocho cuartos. Ya nos veremos: ella con sus caminos y yo con mis santos. ¿Ella gana mucho en la fábrica?

BOCACHULA. Bastante.

CAMILA. ¡Pantalla y más pantalla...! Ñico va detrás de su dinero. Ñico sigue siendo el chulo de siempre. ¡Me alegro! Así sabrá ella lo duro que es cargar con un chulo a cuestas.

BOCACHULA. No lo creas.

CAMILA. Qué sabes tú. Es muy sabroso que le caigan a uno los pesos mansamente.

BOCACHULA. Sé más que tú. Más de lo que tú piensas. Los bobos ya se están acabando, Camila. Tú eres una de las pocas que aún no quieren ver las cosas como son.

CAMILA. ¡Vete!

BOCACHULA. Y me voy. De mejores lugares que éste me han botao. *(Se encamina hacia la puerta y ya en ella se vuelve.)* Camila...

CAMILA. ¿Qué te duele ahora?

521

BOCACHULA. Mi vieja, esta vez sí que se te cayó el "chemís"...

Camila furiosa toma una taza y se la arroja a Bocachula. Éste desaparece a tiempo cerrando la puerta. La taza se hace pedazos contra la pared.

ESCENA III

La garita de la puerta de entrada a la fábrica. Leonor está sentada en los sacos de arena. Pirey se pasea de arriba abajo, vestido de miliciano y con una metralleta que le cuelga del hombro. Es de noche.

LEONOR. ¿Qué le habrá ocurrido?

PIREY. No me dijo. Cuando me llamó, sólo me dijo que le hiciera la guardia hasta que él llegara.

LEONOR. Estoy intranquila.

PIREY. Él sabe defenderse.

LEONOR. No es por eso. *(Pausa.)* Tengo el presentimiento de que todo esto acabará mal.

PIREY. Ideas tuyas. Estás impresionada aún por el escándalo de Camila la otra noche.

LEONOR. Lo sé, pero no puedo evitarlo. Esa mujer no se me aparta de la mente. ¿Por qué no la dejaste entrar?

PIREY. Hubiera sido peor... Camila es capaz de todo.

LEONOR. Me es desagradable enfrentarme con ella; pero algún día tendrá que ser. Con sus gritos de la otra noche me ha trastornado toda, me ha hecho pensar en cosas que ya estaban muertas. Dudo.

PIREY. No irás a creer en todo lo que gritó de Ñico.

LEONOR. Si creyera no dudaría, que es peor.

PIREY. ¿Por qué no vas a la oficina y descansas? Te veo muy nerviosa hoy.

LEONOR. Tengo que verlo. Aclarar ciertas cosas.

PIREY. Tú lo eres todo para Ñico.

LEONOR. Eso es lo malo.

PIREY. Piensa en su bien.

LEONOR. Pienso en el mío también.

PIREY. ¿Ya no lo quieres?

LEONOR. Mucho; pero el cariño muchas veces hace desgraciadas a dos personas.

PIREY. No entiendo.

LEONOR. Ni trates. Hay muchas cosas que no sabes.

Pirey se encoge de hombros. De pronto empuña la metralleta.

PIREY. ¿Quién va?

VOZ DE ANTONIA. ¡Yo, hijo, Antonia! *(Poco después entra Antonia.)*

ANTONIA. ¿No ha llegado?

LEONOR. ¿Ha ocurrido algo?

ANTONIA. Nada. Ñico fue a Marianao. Vine aprovechando que estabas sola. Quiero hablar contigo. *(Leonor se levanta y abre la pequeña puerta. Antonia entra. Leonor le ofrece un cajón vacío y Antonia se sienta.)* Pirey, ¿quieres darte un paseíto por ahí?

PIREY. Sí, vieja. *(A Leonor.)* Estaré cerca. Si algo ocurre, llama. *(Mutis de Pirey.)*

LEONOR. ¿Y ha hecho todo el camino sola?

523

JOSÉ R. BRENE

ANTONIA. Solita como alma en pena. *(Pausa.)* Hija, vine a suplicarte que no dejes a Ñico.

LEONOR. Pero, ¿qué pasa? Todos se figuran que me voy a pelear con él.

ANTONIA. *(Sorprendida.)* ¿No?

LEONOR. No.

ANTONIA. Pues él te nota muy rara desde aquella noche. Tiene miedo de que lo dejes de querer.

LEONOR. ¿Y por qué?

ANTONIA. No sé. Él lo presiente. *(Pausa.)* Esa mujer es mala, muy mala. Ten mucho cuidado con ella.

LEONOR. Y antes... ¿era mala también?

ANTONIA. Sé lo que quieres decir. Antes no, al contrario. Era como otra madre para él; pero una madre bruta, celosa, dominante.

LEONOR. Esa mujer es digna de admiración, porque quiere con locura. *(Pausa.)* ¿Y a qué vino usted, Antonia?

ANTONIA. A rogarte que no dejes de querer a mi hijo. ¿Me lo prometes...? ¡Quiérelo, Leonor! *(Empieza a llorar.)* Tú lo has cambiado, lo has hecho otro hombre. Si lo dejas, volverá a ser lo que era antes. Mi Ñico no sabe vivir sin una mujer que lo quiera y volvería a caer en las garras de esa fiera de Camila.

LEONOR. Necesita una mujer que lo ampare y vele por él...

ANTONIA. *(Alegre.)* ¡Eso mismo...! ¿Tú lo ves con ese cuerpo de hombrón grande y fuerte? Pues es como un niño. *(Pausa.)* Yo moriré pronto; pero moriré tranquila, porque sé que lo dejaré a tu lado. *(Levantándose.)* Me voy. No quiero que él venga y me vea aquí. No le digas que vine.

524   LEONOR. Descuide, Antonia.

ANTONIA. ¿Me dejas darte un beso? *(La besa.)* Adiós, hija, que Dios te bendiga. Rezaré por ti.

Leonor abre la puertecita y Antonia sale.

LEONOR. Cuidado al cruzar la carretera.

Antonia, toda asustada, empuja a Leonor hacia adentro. Entra de nuevo y cierra la puertecita.

ANTONIA. ¡Ahí viene Ñico! ¡Que no me vea!

LEONOR. *(Señalando.)* ¡Métase en el garaje!

Antonia hace mutis. Momentos después llega Ñico.

ÑICO. ¿Estás sola...? ¿Y Pirey?

LEONOR. Dando una vuelta.

ÑICO. Me pareció ver a alguien contigo.

LEONOR. Sería mi sombra.

ÑICO. Quiero darte algo. Te suplico que lo cojas y no me hagas preguntas. *(Saca algo de un bolsillo y se lo alarga.)* Ponte esto y por nada del mundo te lo quites. ¡Hazlo por mí, por nuestro cariño!

LEONOR. *(Tomando el objeto.)* ¿Qué es esto...? ¿Un collar?

ÑICO. Sí, póntelo ahora mismo y no te lo quites ni para bañarte. Si se te rompe, avísame enseguida.

LEONOR. ¡Qué desilusión, Ñico!

ÑICO. Lo sé; pero póntelo, te lo ruego.

LEONOR. ¡Qué desilusión...!

ÑICO. Te juro que no creo en eso.

LEONOR. ¡Mentira!

ÑICO. Lo hago por ti. No puedo soportar la idea de que Camila pueda hacerte daño. Sé que está haciendo cuarenta cosas para hacerte daño.

LEONOR. Crees.

ÑICO. *(Enfadado.)* ¡No creo...! Es por ti. Ella también hizo cosas contra mí y en cambio, no me defendí, no me importó.

LEONOR. ¿Tú sabes quién es el único que puede hacerme daño?

ÑICO. Camila.

LEONOR. No. ¡Tú!

ÑICO. *(Sorprendido.)* ¿Yo?

LEONOR. Sí, tú.

ÑICO. Estás loca. Yo sólo quiero tu bien porque te quiero...

LEONOR. Nunca lo he dudado. Todo me lo darías, menos una cosa que haría mi felicidad enteramente.

ÑICO. Te daría mi vida, ¿qué más quieres?

LEONOR. Un hombre.

ÑICO. *(Aturdido.)* ¿Un hombre? *(Reacciona.)* Mira que me estás ofendiendo.

LEONOR. No, simplemente me defiendo. Tengo derecho a la felicidad como cualquier otro ser viviente.

ÑICO. Yo te la iba a dar.

LEONOR. Me ibas a dar una mala imitación de la felicidad.

ÑICO. Yo pensaba darte todo lo que el otro no te dio.

LEONOR. Al contrario. Me estás ofreciendo exactamente lo mismo.

ÑICO. ¿Qué entiendes tú por hombre?

LEONOR. Hombre es el que se enfrenta a la vida y la vence.

526   ÑICO. No te entiendo.

LEONOR. Algún día entenderás. A mí me llevó años comprenderlo.

ÑICO. Entonces... ¿todo se acabó?

LEONOR. Sí.

ÑICO. ¿Sin esperanzas?

LEONOR. Ninguna. A no ser que ocurra un milagro y yo no creo en milagros.

ÑICO. En el fondo yo esperaba esto de ti algún día. Nunca te hubieras casado conmigo porque soy mulato.

LEONOR. Eso nunca me importó. Yo deseaba querer a un hombre: mulato, negro, chino o árabe, cualquier raza o color, pero eso sí, a un hombre.

ÑICO. Pregúntale a Camila si lo soy.

LEONOR. Ella me diría: "Es una perfecta máquina de placer." Yo viví ocho años con una máquina de placer y me hizo infeliz. Ñico.

ÑICO. El hombre que tú quieres no lo encontrarás nunca. No existe.

LEONOR. Existe. Sólo quiero un hombre más hombre que yo.

Ñico la mira sorprendido. Enciende un cigarro nerviosamente. Se levanta.

ÑICO. Por última vez, ¿todo ha terminado?

LEONOR. Sí.

ÑICO. Entonces adiós. *(Se encamina hacia la puerta.)*

LEONOR. ¿A dónde vas...? ¿Y la guardia?

ÑICO. ¡Ahora no me importa nada, ni guardia, ni fábrica, ni nada! ¡Al diablo tú y tu hombre y todo el mundo! *(Mutis.)*

LEONOR. *(Gritando.)* ¡Ñico, no seas loco...! ¡Ñico!

527

ANTONIA. *(Entra corriendo.)* ¡Ñico, hijo...! ¡Óyeme, Ñico! *(Mutis detrás de Ñico.)*

PIREY. *(Entra corriendo.)* ¿Qué pasa?

LEONOR. Se ha ido.

PIREY. Ya comprendo. Es el fin.

ESCENA IV

Ángulo del patio interior de la ciudadela donde viven Ñico y Camila. Se encuentra Rudy sentado en un banco y tocando la guitarra. Entra María Cristina.

MARÍA CRISTINA. ¿Qué pasa, Rudy?

RUDY. Aquí... practicando unos acordes que están de bala.

MARÍA CRISTINA. Has progresado, ¿sabes? Anoche te estuve oyendo y parecía mentira que en dos meses ya tocaras tanto. Cuando empezaste con la guitarra, creía que habías metido una docena de gatos en ella.

RUDY. Es que en la escuela hay muy buenos maestros.

MARÍA CRISTINA. Quién lo iba a decir, ¿verdad? Ahora te enseñan y encima te pagan.

RUDY. ¿Yo no te lo decía siempre? Tengo arte, soy un artista.

MARÍA CRISTINA. Ahora sí te creo. ¿Cobraste ya?

RUDY. Sí, ayer.

MARÍA CRISTINA. Préstame tres pesos.

RUDY. ¿Para qué los quieres?

MARÍA CRISTINA. ¡Eso sí que no...! Si me los vas a prestar, me los prestas, pero sin averiguaciones y metederas en lo que no te importa.

RUDY. Te los voy a prestar; pero la próxima vez que me pidas para lo mismo, no te lo voy a dar.

MARÍA CRISTINA. Tú no sabes nada.

RUDY. Lo sé todo. Hace un rato te vi entrar en el cuarto de Camila. Te fuiste a echar los caracoles, ¿no...? ¿No te da vergüenza? En esta era atómica y tú creyendo en esas boberías.

MARÍA CRISTINA. Me gusta saber lo que me va a pasar. O si no, fíjate en lo que le pasó a Ñico. Si hubiera sabido su futuro, ahora no estaría de vago otra vez. Es muy importante conocer su futuro.

RUDY. Más importante es saber lo que está pasando; lee los periódicos, entérate y verás que sabrás tu futuro sin ayuda de los caracoles.

MARÍA CRISTINA. Yo me entero de todo. Ya sé que todo se está poniendo patas arriba.

RUDY. Al contrario, todo se está arreglando y de lo mejor.

MARÍA CRISTINA. Camila dice que no, que vamos pa'atrás como el cangrejo.

RUDY. ¿Qué sabe ella? Lo único que a ella le interesa es ganarse cuatro pesos con las bobas como tú y correr detrás de Ñico como su sombra.

MARÍA CRISTINA. Ella sabe más que tú; pero dejemos eso. Tú eres muy bruto en estas cosas de santos... ¿Sabes que Camila está que echa chispas?

RUDY. Claro.

MARÍA CRISTINA. Dice que la Revolución ha vuelto loco a Ñico y que se lo cambió para bobo. Y creo que es verdad. En estos días no hace más que darse tragos en la bodega de Mongo. **529**

RUDY. Allá ellos con su condena. Esa Camila no me gusta mucho. Me parece un poco vividora.

MARÍA CRISTINA. No sé. Hay cosas que no comprendo. Bueno, ¿me das el dinero?

Rudy le da el dinero. María Cristina emprende el mutis.

RUDY. ¿A dónde vas?

MARÍA CRISTINA. A la placita de Jesús María.

RUDY. ¿Puedo ir contigo?

MARÍA CRISTINA. Bueno... si usted insiste...

Mutis de los dos.

ESCENA V

La habitación de Camila. Ésta se encuentra apoyada en el marco del balcón mirando hacia abajo. Luce muy nerviosa y como si esperara a alguien. Viste con bastante elegancia. De pronto corre hacia el espejo y se arregla el cabello y el vestido apresuradamente. Corre hacia el pilón y se apoya en él con aire de triunfadora. Tocan a la puerta.

CAMILA. ¡Adelante! *(Entra Ñico. Luce agotado, barbudo y con las ropas sucias y en desorden. Se encuentra algo borracho.)* ¿Qué quieres?

ÑICO. *(Cabizbajo.)* Hablar contigo... Decirte algo...

CAMILA. Rápido, porque estoy muy ocupada.

ÑICO. Quiero que me perdones.

CAMILA. Ya te perdoné. No soy rencorosa. *(Ñico titubea y está muy nervioso.)* ¿Algo más?

ÑICO. No.

CAMILA. Entonces, ahueca el ala. *(Ñico da media vuelta y se encamina a la puerta.)* ¿Y la vieja cómo está?

ÑICO. *(Volviéndose.)* Bastante mala.

CAMILA. Cuando tenga lugar iré a verla.

ÑICO. Se pondrá muy contenta. *(Hace ademán de marcharse.)*

CAMILA. ¿Quieres un pellejito de café?

ÑICO. Bueno...

CAMILA. Siéntate mientras lo hago *(Se mete en la cocina.)*

VOZ DE CAMILA. ¿Ya no estás en la fábrica?

ÑICO. No, la dejé. *(Se sienta.)*

VOZ DE CAMILA. ¿Y por qué?

ÑICO. Cosas que pasaron.

VOZ DE CAMILA. Nunca creí que aguantaras tanto.

ÑICO. Demasiado.

Camila aparece en el marco de la puerta de la cocina.

CAMILA. ¿Y qué piensas hacer ahora?

ÑICO. Nada... vivir.

CAMILA. Ésa es la vida: vivir.

ÑICO. Sí.

CAMILA. El café amargo y la mujer dulce. Eso decías siempre; pero hay veces que es el contrario: el café dulce y la mujer amarga.

ÑICO. Estás hablando bien.

CAMILA. ¿Qué te paso con esa niña bitonga de la fábrica?

ÑICO. Jugó conmigo como si yo fuera un muñeco.

531

CAMILA. Era de esperar.

ÑICO. ¿Por qué?

CAMILA. Las mujeres de su clase son caprichosas, quieren con el cerebro. *(Entra a la cocina y poco después sale con dos tazas de café. Beben en silencio.)* Te noto destruido.

ÑICO. Más que destruido. Ahora no soy más que un tarugo de circo. Salgo esta noche para el interior y no volveré en un año.

CAMILA. El que por su gusto muere, que la muerte le sepa a gloria.

ÑICO. Así es.

CAMILA. A los cuatro días dejarás el circo. Te conozco como si te hubiera parido.

ÑICO. No creo, de algo tendré que vivir.

CAMILA. Volverás a La Habana porque no puedes vivir solo, sin una mujer.

ÑICO. En el campo hay mujeres y en el circo, artistas.

CAMILA. ¡Bah...! Tú eres muy repochón, te gusta el amor con un decorado bonito y que la mujer huela a perfume y no a lona de caballitos.

ÑICO. *(Riéndose.)* Lona de caballitos... ¿Qué olor es ése?

CAMILA. Ya lo sabrás.

ÑICO. *(Muy serio.)* No tengo a nadie.

CAMILA. Ya la encontrarás. Eres chulo de nacimiento.

ÑICO. Era... Se me acabó el caché.

Camila lo besa frenéticamente. Ñico la sienta en sus piernas.

CAMILA. Tu error ha sido querer ir en contra de ti mismo. El trabajo no se hizo para ti, muñeco mío. Compréndelo de una vez. Éste es nuestro ambiente y lo demás es mentira. Aquí vales y fuera no vales ni un cabo de tabaco, digan lo que digan.

Olvídalo todo y seamos como antes. Todo, todo es mentira, solamente tú y yo existimos.

ÑICO. Tú y yo.

CAMILA. Tú y yo. Más nada. *(Se besan.)* Nadie en el mundo puede quererte como yo.

ÑICO. Nadie. Lo he comprendido un poco tarde.

CAMILA. Nadie te puede comprender como yo, ni darte lo que te doy. Eres mío, ¿sabes...? Todo este tiempo de separación he estado ahorrando para ti; pide por esa boquita linda. Hasta pajaritos volando te daré.

ÑICO. Eres como mi madre; por eso te quiero.

CAMILA. Y yo a ti. *(Se besan. Tocan a la puerta.)* ¡Mal rayo parta a ese pasmador! *(Colérica.)* ¡Adelante! *(Camila se levanta de las piernas de Ñico, la puerta se abre y entra Pirey.)*

PIREY. Salud.

CAMILA. Naciste un miércoles, ¿no?

PIREY. No, un día de fieles difuntos.

CAMILA. *(Irónica.)* ¿Y ese milagro tú por aquí?

PIREY. Pasaba por aquí y me encontré con la madre de Bocachula. *(A Ñico.)* Me dijo que estabas aquí.

ÑICO. Siéntate.

Pirey se sienta.

PIREY. Desapareciste como por encanto.

ÑICO. Pues aquí me tienes. *(A Camila.)* Vete abajo y tráenos un litro de ron y quince o veinte Ginger Ales.

CAMILA. El Ginger Ale apenas se encuentra.

ÑICO. Búscalas. No regreses sin ellas.

Camila toma la cartera. Sale de mal humor y da un portazo.   533

PIREY. Por lo visto has caído de nuevo en la chulería.

ÑICO. A nadie le importa. Cada cual hace lo que le da la gana.

PIREY. Razón tenía Leonor.

ÑICO. *(Colérico.)* Si has venido para hablar de ella, puedes irte largando ya.

PIREY. Vine para entregarte los días que no fuiste a cobrar. *(Saca un sobre y un papel del bolsillo. Le señala el papel.)* Firma aquí.

Ñico firma y se guarda el sobre.

ÑICO. ¿Qué dice el capitán?

PIREY. Imagínate.

ÑICO. Yo estaba equivocado. Aquél no era mi ambiente.

PIREY. Así parece. Tu ambiente es de incubadora.

ÑICO. *(Sorpendido.)* ¿Incubadora?

PIREY. La frase no es mía, es de Leonor.

ÑICO. ¡Ah!

PIREY. Ella pudo conocerte a fondo. Dice que eres como un pollito que aún necesitas el calor de la gallina.

ÑICO. Yo también la conozco muy bien, grandísima... ¡Bah!

PIREY. ¿Qué piensas hacer ahora?

ÑICO. Nada... vivir.

PIREY. Vivir como los sapos, debajo de una piedra; pero en tu caso la piedra es Camila.

ÑICO. ¡Aquí cada cual tiene su piedra!

PIREY. ¡Los débiles sí!

ÑICO. Ella te envió con todo ese sermón, ¿no?

534   PIREY. Sí. Es el mensaje que ella te manda.

ÑICO. Para eso has quedado, para llevar y traer recados. *(Lo mira con desprecio.)* ¡Vete de aquí!

Pirey se levanta y lo mira con desprecio, después se encamina hacia la puerta. Al abrirla se tropieza con Camila, que entra con las botellas.

CAMILA. ¿Te vas ahora que esto se pone bueno?

PIREY. Entro de guardia muy pronto. *(Sale..)*

Camila deja las botellas sobre la mesa, va la cocina y regresa con un abridor y dos vasos. Abre el litro de ron y una Ginger. Ñico echa ron en un vaso y se lo bebe de un trago. Camila se prepara otro y se lo bebe.

CAMILA. Hacía tiempo que no tomaba. *(Ñico se toma otro trago.)* ¿Quieres que cojamos un buen jalao?

ÑICO. *(Distraído.)* Cualquier cosa... Todo menos pensar.

Camila se sienta a la mesa con sonrisa de satisfacción y empieza a llenar los vasos.

ESCENA VI

Angulo del patio interior y comunal de la ciudadela donde viven Ñico y Camila. María Cristina, apoyada en la pared y mirando hacia dentro de un cuarto. Entra Rudy con una toalla al cuello. Se dirige a una palangana sobre un barril y se lava la cara.

RUDY. ¿Qué te pasa...? ¿Te levantaste con el moño virao?

MARÍA CRISTINA. Salación que tiene una.

RUDY. No sé dónde está tu salación, porque ahora todo te va muy bien: ya tienes trabajo.

535

MARÍA CRISTINA. Por eso mismo. Hoy llegaré tarde al trabajo. ¿Que dirá la gente? Ya empiezo a llegar tarde a los pocos días de empezar a trabajar.

RUDY. Te hubieras levantado más temprano.

MARÍA CRISTINA. Desde las seis estoy en pie; pero esta condenada chiquita se ha levantao mala. *(Gritando hacia dentro del cuarto.)* ¿Ya acabaste, condenada? ¡A ver si terminas pronto, que voy a llegar tarde!

RUDY. Hoy tengo examen de solfeo.

MARÍA CRISTINA. Ojalá que salgas bien.

RUDY. Tengo que salir bien; he estudiado como un caballo.

MARÍA CRISTINA. No lo cojas con tanta furia que a lo mejor te pasa lo que a Ñico, que mandó la fábrica al demonio y se metió a vago otra vez. ¡Parece mentira...! Yo hubiera jurado que llegaría hasta a ser jefe de la fábrica.

RUDY. Todo es culpa de Camila. Esa mujer va a desgraciar a Ñico.

MARÍA CRISTINA. ¡Eh...! ¿Tú no dices que no crees en esas cosas?

RUDY. No lo digo por la brujería. El pobre Ñico quiere progresar, pero ella le pone piedras en su camino.

MARÍA CRISTINA. ¿Qué piedras ni la suela de mis zapatos? A Ñico no le gusta trabajar; ahí está la cosa.

RUDY. Antes creías a Ñico muy inteligente. ¿Qué te pasa ahora?

MARÍA CRISTINA. No sé... Algunas veces pienso cosas diferentes. *(Hacia dentro del cuarto.)* ¡Acaba ya de una vez, condenada, que voy a llegar tarde...! *(A Rudy.)* Una puede cambiar de opinión, ¿no?

RUDY. Claro. ¿Y quién te ha dicho lo contrario? *(Pausa.)* Me gusta que cambies de opinión. ¿Ya cambiaste acerca de mí?

MARÍA CRISTINA. No he cambiado mucho. Sigo pensando lo mismo de ti. *(Pausa.)* ¿Qué quisiste decir con eso?

RUDY. Nada, nada. Como ya no me tratas tan duro como antes.

MARÍA CRISTINA. ¡Al fin acabaste, condenada! *(Entra en el cuarto.)*

RUDY. Esa noche estoy libre. ¿Quieres ir al cine?

VOZ DE MARÍA CRISTINA. Hace mucho calor para ir al cine.

RUDY. Entonces vamos a refrescar al muro del malecón.

MARÍA CRISTINA. *(Saliendo con un orinal y cruzando la escena.)* Bueno...

ESCENA VII

La habitación de Camila; pero con la diferencia de que en esta escena, en vez del radio, hay un tocadiscos estereofónico y colgada sobre éste, de un clavo, una guitarra. Ñico se encuentra echado en la cama y de cara a la pared. Oye un disco. En un sillón Camila zurce ropa. Después de una larga pausa Ñico se vuelve, apaga el tocadiscos y permanece un momento sentado en el borde de la cama y de una manera desganada y apática saca unos acordes de la guitarra. De pronto la arroja con violencia sobre la cama.

CAMILA. ¿Qué te pasa?

ÑICO. *(Poniéndose de pie.)* ¡Que me aburro como un pájaro enjaulao!

CAMILA. Porque tú quieres. Sal a dar una vuelta: nadie te lo prohíbe.

ÑICO. Es igual. En la calle me aburro más todavía.

537

CAMILA. Vete al cafetín de "Pan con timba" a jugar dominó.

ÑICO. No hay nada más tonto que poner números uno detrás del otro.

CAMILA. Es verdad: pero antes te gustaba mucho... Deberías ir a un médico.

ÑICO. ¿Yo...? Me siento muy bien.

CAMILA. Algo debe andar mal. Me pediste un tocadiscos para entretenerte, y me gasté como quinientos pesos en el dichoso aparato. Después me pediste una guitarra, y ahí la tienes. ¿Qué quieres ahora? No me irás a pedir un par de patines.

ÑICO. ¡Una bomba, a ver si reventamos todos de una vez! *(Camila lo mira asombrada.)* No me mires así, que no estoy loco ni tengo tarros ni rabo.

CAMILA. No te sulfures, muñeco. Acuéstate y descansa. *(Ñico se pasea pensativo.)*

ÑICO. Camila...

CAMILA. ¿Qué, muñeco?

ÑICO. ¿Por qué tú nunca has parido?

Camila reacciona a tal pregunta dejando caer su labor y bajando la cabeza y quedando inmóvil como si la hubieran bañado con un cubo de agua helada.

CAMILA. Nunca te interesó eso. ¿Por qué me preguntas eso ahora? ¿Acaso quieres tener hijos?

ÑICO. Pienso algunas veces que con dos o tres Ñiquitos corriendo por aquí no estaría tan aburrido.

CAMILA. Es hora de que lo sepas... Al principio de vivir juntos, salí en estado; pero no te lo dije. Pensé entonces que un hijo vendría a terminar con nuestra felicidad. Fui a una comadrona allá en Guanabacoa... Parece que la muy bruta se equivocó y... ya ves, me quedé seca... Un castigo bien merecido. *(Pausa.)* Yo también he soñado mucho con tener hijos... *(Tocan a la puerta.)* ¡Adelante!

La puerta es abierta y entra una mujer de unos cuarenta y cinco años. Es Jacinta, una vecina del barrio.

JACINTA. Quería hablar contigo, Camila; pero si molesto vengo más tarde. *(A Ñico.)* ¿Cómo estás, Ñico?

ÑICO. Bien, Jacinta, ¿y usted?

JACINTA. Regular.

CAMILA. No molestas, al contrario. Llegaste cuando esto se ponía triste. Tú sabes que ésta ha sido siempre tu casa a cualquier hora. Pero, siéntate. *(Se sienta. Ñico toma la guitarra y se sienta en el borde de la cama rasgueándola lentamente. Durante todo el diálogo siguiente no deja de tocar.)* ¿Problemas?

JACINTA. ¡Ay, sí! *(Implorando al cielo.)* ¿Hasta cuándo, Santa Barbara bendita?

CAMILA. ¿Enfermedad?

JACINTA. No. Otra vez Teodoro.

CAMILA. ¿Qué le pasa...? ¿Está sacando el pie del plato?

JACINTA. ¡Oh, no...! Por el lado de las mujeres nunca he tenido quejas de él.

CAMILA. Ya me extrañaba. Él es muy serio.

JACINTA. El eterno problema de siempre. Ahora se le ha metido en la cabeza volverse a embarcar. ¿Te das cuenta?

CAMILA. Pero, ¿se ha vuelto loco?

JACINTA. Eso es lo que yo creo, o que me lo han embrujado. ¿Te das cuenta, Camila? Después de soñar durante veinte años en una vida tranquila a su lado, consigo al fin que deje los barcos, y ahora, después de un año de estar trabajando en tierra, se le mete en la cabeza embarcarse de nuevo. Algo tienen que

539

habernos echado, Camila, y ahora sí que no aguanto más; prefiero morirme... *(Llora.)* Morirme, morirme.

CAMILA. Vamos, Jacinta, cálmate; todo se arreglará.

JACINTA. Tiene que arreglarse. No soporto más, no puedo aguantar una vejez separada de él como en la juventud, siempre sola, esperando como una loca que él regresara a casa, temiendo por su vida, por su salud, y yo consumiéndome como un cabito de vela.

CAMILA. *(Después de meditar un rato.)* Creo que podré retenértelo.

JACINTA. ¡Oh, no me engañes...! Perdón, sé que eres milagrosa, todo el barrio lo dice. Si consigues que no salga de viaje te daré lo que quieras.

CAMILA. Lo que yo quiera, no; lo que pida el santo.

JACINTA. Sí, lo que él pida.

CAMILA. Pero el trabajo tiene que ser hecho en tu casa, con las ropas de tu marido.

JACINTA. Él está ahora en casa. ¿Qué hacer?

CAMILA. *(Después de una pausa.)* Ñico, ¿quieres ayudarme?

ÑICO. ¿En qué?

CAMILA. A entretener aquí al señor Teodoro por un rato.

ÑICO. ¿Y qué rayos voy a hablar con el señor Teodoro?

CAMILA. De mecánica. ¿No eras mecánico en la fábrica?

ÑICO. Un mecánico mataperros, y el señor Teodoro es todo un señor jefe de máquinas.

CAMILA. *(Levantándose.)* No importa, háblale de barcos y verás que lo aguantas aquí aunque sea media hora. *(Se dirige hacia el canastillero y saca de él varios utensilios y cosas de santería. Las envuelve en un pañuelo blanco. Jacinta y Camila se marchan.)*

Apagón.

ESCENA VIII

Al encenderse las luces de nuevo, Ñico se encuentra sentado a la mesa bebiendo. Tocan a la puerta.

ÑICO. ¡Entre!

La puerta se abre y entra Teodoro. Es un hombre de unos cincuenta años.

TEODORO. ¿Me querías ver, Ñico?

ÑICO. Sí, señor Teodoro. Hace un momento pensaba que tantos años de vecinos y nunca hemos hablado mucho tiempo. Además, quiero hacerle unas preguntas de mecánica.

TEODORO. Pues tú dirás. *(Se sienta y repara en la botella.)* De fiesta, ¿eh?

ÑICO. No, aburrido.

TEODORO. Buena medicina para matar el aburrimiento: guitarra y ron.

ÑICO. ¿Quiere usted un traguito?

TEODORO. De tanto querer estoy flaco.

Ñico le llena un vaso y Teodoro bebe.

ÑICO. No sabía que le gustara el ron.

TEODORO. ¿Cuándo has visto un marino que no le guste el ron?

ÑICO. Pues entonces hagamos un brindis. *(Mientras Ñico llena los vasos de nuevo, Teodoro toma la guitarra y empieza a cantar dos o tres estrofas de una canción marinera. Ñico le hace de segundo. Cuando termina...)* ¡A su salud, Teodoro!

TEODORO. ¡A la salud del "Triunfador"! *(Los dos beben.)*

541

ÑICO. Ahora que habla del "Triunfador", ¿qué pasa con él? La gente anda diciendo que se hundirá por ahí. Por eso todos se fueron del barco.

TEODORO. Chismes de cobardes y mujercitas. Ya no hay marinos, Ñico. Acuérdate de lo que te digo: dentro de poco verás a los barcos tripulados por mujeres. ¡Qué porquería!

ÑICO. Es lo que yo creo. *(Llena los vasos.)*

TEODORO. Pues sí, ya no hay marinos; se acabaron aquellos buenos tiempos. Mientras el "Triunfador" hacía viajecitos de laguna, todo...

ÑICO. *(Interrumpiéndolo.)* ¿Viajecitos de laguna?

TEODORO. *(Después de beber.)* Bueno, es un decir; son los viajecitos cerca, como a Miami, Tampa, Cayo Hueso... Entonces todos estaban en el barco muy contentos, desde el capitán al mozo de máquinas. Claro, porque todas las semanas anclaban en "cayo hembra". *(Ríe.)* Pero cuando se les acabó el "japi", empezaron los lloriqueos y el miedo. No es lo mismo ir a Miami y a Tampa que a Terranova, y mucho menos en invierno. Para ese viaje hay que tener lo que tenemos los marinos de altura: "mucha vela". ¿Entiendes?

ÑICO. *(Después de beber.)* ¿Y dónde se encuentra Terranova?

TEODORO. Cerca del Polo Norte.

ÑICO. *(Asombrado.)* ¿Y hay que ir ahora en invierno?

TEODORO. Claro, la semana que viene.

ÑICO. ¡Pero eso es un crimen! No hay cubano que aguante ese frío.

TEODORO. Crimen es el que esas cuatrocientas toneladas de bacalao se pudran.

ÑICO. ¿Qué bacalao?

TEODORO. Hombre, el bacalao que pescaron los cubanos allá este año. Si no se trae, se pierde y entonces...

ÑICO. *(Pensativo.)* Claro, claro. *(Pausa.)* Pero el "Triunfador" es un barquito pequeño. ¿Por qué no mandan uno mayor?

TEODORO. Colón descubrió América con tres bateas. Se manda el "Triunfador", porque es el único que tiene refrigeración. El bacalo necesita refrigeración.

ÑICO. Pero, ¿vale la pena exponer la vida por ese bacalao?

TEODORO. Escucha, Ñico, lo principal aquí es el honor, la moral. Los gringos han presionado internacionalmente para que ninguna compañía naviera nos traiga ese bacalao. Ese bacalao representa para nosotros miles y miles de dólares y de trabajo humano. Quieren que se pierda y al mismo tiempo hacernos carecer de comida y demostrar al mundo que esta Revolución va al fracaso; pero se cogerán el culo con la puerta, porque iremos y traeremos el bacalao. *(Dando un fuerte manotazo sobre la mesa.)* ¡Lo traeremos, coño, aunque nos cueste la vida...! ¡Demostraremos que esta Revolución es de hombres, y donde hay hombres no hay fantasmas, por muy yanquis que sean!

ÑICO. ¡Así es, Teodoro!

TEODORO. *(Enardecido.)* ¿Y te das cuenta de lo hermoso que sería si triunfamos? Sería el día más feliz de mi vida. Ir a esos mares repletos de icebergs tan...

ÑICO. ¿El qué...?

TEODORO. Icebergs, pedazos de hielo tan grandes como montañas que flotan a la deriva. Luchas contra ellos, contra el frío, la niebla, las tempestades polares. ¿Te das cuenta? Y salir victoriosos y traer ese bacalao pasándoselo a esos gringos por sus mismas narices, para que lo huelan y sufran y vean que con nosotros no se juega, que somos hombres, que luchamos y que algún día veceremos. *(Pausa.)* Sí, ese día será el más feliz de mi vida. *(Toma el vaso y bebe. Coge de nuevo la guitarra y canta dos o tres estrofas más de la misma canción marinera. Mientras canta, Ñico reflexiona profundamente.)*

ÑICO. *(Cuando Teodoro deja de cantar.)* ¿Está completa la nueva tripulación?

TEODORO. Desgraciadamente, no; pero iremos aunque nos falte la mitad. Estos marineritos de agua dulce tienen miedo, 543 dicen que no llegaremos, que el barquito se hundirá. ¡Pobrecitos...! Es mejor, después de todo, que se queden en sus casas viendo televisión al lado de sus mujercitas tibias, porque serían un estorbo para nosotros los hombres, un lastre.

ÑICO. *(Con decisión.)* Voy con usted, Teodoro.

TEODORO. ¿Tú...? No eres marino.

ÑICO. No soy marino; pero sí un hombre.

TEODORO. El sindicato no te embarcará.

ÑICO. Sí. Yo pertenezco al sindicato y tengo pasaporte y todo.

TEODORO. Lo que más falta hace es gente de máquinas.

ÑICO. En la fábrica trabajaba la mecánica. Conozco algo.

TEODORO. *(Levantando su vaso.)* ¡A la salud de los hombres de pelo en pecho!

ÑICO. *(Levantando el suyo.)* ¡Por el "Triunfador"!

Los dos beben. Teodoro se pone de pie.

TEODORO. Vamos ahora mismo al sindicato.

ÑICO. *(Levantándose.)* ¿Cuánto durará el viaje?

TEODORO. Mes o mes y medio, depende.

ÑICO. No sabe usted cuánto siento no haberme encontrado con usted antes, señor Teodoro.

TEODORO. Y yo estaba muy equivocado contigo, Ñico.

Los dos hacen mutis cantando las estrofas de la canción marinera ya mencionada. Apagón.

ESCENA IX

Ángulo del patio interior y comunal de la ciudadela donde viven Ñico y Camila. María Cristina y Rudy sentados en un banco y con las manos entrelazadas.

MARÍA CRISTINA. Di algo. Desde que somos novios te has quedado mudo. Antes me decías muchas cosas.

RUDY. Es la emoción. Me pongo nervioso cada vez que pienso que me voy a casar con la mulata más linda de toda La Habana.

MARÍA CRISTINA. Mentira. Ustedes los hombres todos son iguales. Al principio, muy cariñosos, pero después patica pa qué te quiero, emprenden la retirada a la velocidad de un cohete.

RUDY. Mi cohete no tiene marcha atrás, mi santa.

MARÍA CRISTINA. ¿No me engañas, mi príncipe negro?

RUDY. No, mi lirio del valle.

MARÍA CRISTINA. ¡Ay, qué lindo!

RUDY. Para eso soy artista y tú mi musa inspiradora, mi Venus de terracota. *(Trata de besarla, pero María Cristina aparta el rostro.)*

MARÍA CRISTINA. Aquí no. Aún hay muchos malos ojos en este palacio de pobres.

RUDY. No me hagas sufrir, prieta linda.

MARÍA CRISTINA. ¿Vamos esta noche al muro del malecón?

RUDY. Aunque llueva, truene o relampaguee. Te gusta el muro del malecón, ¿eh?

MARÍA CRISTINA. Mucho, pero contigo.

RUDY. ¿Y por qué?

MARÍA CRISTINA. Porque el mar no tiene ojos ni es chismoso. 545

RUDY. Es verdad. El otro día él fue el que me inspiró la canción que te estoy componiendo ahora.

MARÍA CRISTINA. ¿Cómo se llama?

RUDY. La Venus de terracota. Óyela. *(Canta.)*
En lo hondo de mi alma se acomoda
una pasión primaveral...

MARÍA CRISTINA. ¡Chisssst! Cállate...

RUDY. ¿Por qué?

MARÍA CRISTINA. La gente va a salir y empezarán con sus puyas.

RUDY. Tienes razón. *(Pausa.)* ¿Por qué dijiste que yo era como todos?

MARÍA CRISTINA. Porque ustedes los hombres son así... Por ejemplo: Ñico dejó a Camila sin decirle ni pío y ahora está lejísimo de aquí. Y el señor Teodoro, el maquinista, también puso pies en polvorosa.

RUDY. ¿Qué tiene que ver una cosa con la otra? Ellos están cumpliendo con su deber. Están trabajando.

MARÍA CRISTINA. ¿No te separarás de mí cuando nos casemos?

RUDY. Eso no depende de mí. Yo iré adonde más falta haga.

MARÍA CRISTINA. Tienes razón, yo haría lo mismo; pero es tan rico estar siempre juntos... *(Recorre el patio con la vista.)* En el fondo me da pena tenerme que ir de aquí.

RUDY. Porque tú quieres; puedes quedarte.

MARÍA CRISTINA. ¡Echa pállá...! Mi apartamento no lo cambio por nada del mundo.

RUDY. ¿Entonces?

MARÍA CRISTINA. Es que aquí nací, aquí me crié...

RUDY. Y también pasamos aquí mucha hambre.

MARÍA CRISTINA. Sí, tremenda hambre... pero es triste ver cómo todos se van yendo poco a poco y este caserón se va quedando vacío.

RUDY. Porque de viejo se está cayendo y no tiene comodidad. Los que se van lo hacen para mejorar.

MARÍA CRISTINA. Lo sé y me alegro. Pero siempre duele dejar donde una nació.

RUDY. A mí no me duele. Soy cubano y mi casa es toda Cuba. En cualquier punto de la Isla estaría contento.

MARÍA CRISTINA. Y yo también. Todo el mundo aprende y los brutos se están acabando. ¿No te has fijado?

RUDY. Sí. ¿Y tú no te has dado cuenta de que casi todo lo nuevo es mejor que lo viejo?

MARÍA CRISTINA. ¿Por qué será?

RUDY. Por algo tiene que ser.

UNA VOZ. ¡Rudy, te busca una muchacha!

MARÍA CRISTINA. ¿Cómo...? ¿Una muchacha...? ¡Eso sí que no!

RUDY. No te asustes. Debe ser una compañera de la escuela.

MARÍA CRISTINA. Pues yo quiero conocerla. ¡Tú no estás nada claro!

RUDY. *(Molesto y autoritario.)* ¡Los celos tienes que dejarlos en este caserón cuando nos mudemos!

MARÍA CRISTINA. *(Voz alta.)* ¿Sí, eh...? ¡Tú lo que eres un descarado. Yo también voy a invitar a amigos para que vengan a visitarme!

RUDY. *(Emprendiendo el mutis.)* ¡Déjate de celos porque si no, lo nuestro acabará como la fiesta del Guatao! *(Mutis.)*

547

MARÍA CRISTINA. *(Corriendo detrás de él.)* ¡Ya verás, artista, lo que te pasará cuando te agarre en el brinco!

Apagón.

ESCENA X

La habitación de Camila. Ésta, vestida elegantamente y muy contenta camina de un lado a otro poniendo orden en la habitación. Toda ella rebosa alegría y se cimbrea al compás de un danzón que deja escuchar el tocadiscos. Llaman a la puerta y Camila se lleva las manos al pecho muy emocionada.

CAMILA. *(Con un hilo de voz.)* Adelan... te. *(La puerta se abre y entra Pirey.)* Dichosos los ojos que te ven. Estabas perdido.

PIREY. Mucho trabajo. Te noto contenta.

CAMILA. *(Yendo a apagar el tocadiscos.)* ¿No lo adivinas?

PIREY. Lo acabo de ver.

CAMILA. ¿En el restaurante?

PIREY. Sí. El banquete de bienvenida está muy concurrido. En el momento en que llegué un comandante decía un discurso. Le decía a la tripulación: *(Con voz grave.)* "Ustedes representan en estos momentos a la nueva generación de valientes que harán de la Patria una Patria nueva, una Patria digna de amar y de reverenciar"... Figúrate, Ñico no cabía en la ropa de orgulloso. Si tú le hubieras visto la cara en esos momentos... Parecía otro.

CAMILA. *(Triste.)* ¿Él te vio?

PIREY. No. ¿Cuándo entró el barco?

548 CAMILA. Esta mañana.

PIREY. ¿Qué cuenta del viaje?

CAMILA. No he podido hablar con él todavía. Yo estaba en la Alameda cuando el barco atracó; pero había tanta gente que él no me vio.

PIREY. Claro, son los héroes del día. Ahora tendremos bacalao para varios meses.

CAMILA. Siéntate.

PIREY. *(Sentándose.)* ¿Demorará mucho?

CAMILA. No sé. Con Ñico nunca se sabe nada. Yo soy la última que se entera de sus pensamientos y de lo que hace. Me vine a enterar que se había embarcado cuando el barco llevaba ya un día navegando.

PIREY. Te lo habrá ocultado por temor a una discusión. Como nunca estás de acuerdo con él en nada.

CAMILA. De ahora en adelante, sí. Me he dado cuenta de que soy la vencida, la que tiene que bajar la cabeza y obedecer. Al fin pude enterrar el bastón y comprender la verdad.

PIREY. ¿De qué estás hablando, mujer?

CAMILA. Cosas mías.

PIREY. La cuestión no es de obediencia, sino de comprenderse.

CAMILA. Lo único que quiero es no perderlo.

PIREY. Para no perder una cosa lo esencial es comprender su valor.

CAMILA. Déjate de filosofía barata...

La puerta se ha abierto y en ella aparece Ñico. Trae un saco de lona a las espaldas y dos pencas de bacalao en una mano.

ÑICO. ¡Vaya, la familia completa!

CAMILA. ¡Ñico...! *(Corre hacia él y lo besa.)*

549

ÑICO. Toma. Lo traje para ti. Un bacalao estupendo. *(Camila toma las dos pencas de bacalao y las lleva a la cocina. Ñico deja el saco en el suelo y da la mano alegremente a Pirey.)* ¿Y ese milagro tú por aquí?

PIREY. Leí la llegada ayer en el periódico. ¿Cómo te fue?

ÑICO. *(Sentándose.)* Maravillosamente. *(Camila sale de la cocina y toma el saco con intención de vaciar su contenido.)* No te molestes. Camila, déjalo ahí.

Camila hace un gesto de extrañeza y permanece indecisa, miedosa.

PIREY. ¿Maravilloso por qué?

ÑICO. No sabría explicarte. Es algo que uno siente y no sabe qué es. Algo que al mismo tiempo que nos trastorna nos produce una alegría enorme.

Camila va a la cocina y vuelve enseguida con un litro de ron y dos vasos que deposita entre los dos amigos. Camila se sienta al borde de la cama mirando fijamente a Ñico, como tratando de leer sus pensamientos más profundos.

PIREY. *(Llenando los vasos.)* No hace falta que me expliques nada. Te comprendí hace un momento cuando pasé por el banquete. Sé que ha regresado otro Ñico, el verdadero.

ÑICO. Y muy otro. *(Los dos beben.)* Nunca antes en mi vida he sido tan feliz como en este viaje. *(Corta pausa.)* El ancla del barco se trabó en el fondo de la bahía con un cable submarino. Estuvimos trabajando veinticuatro horas para sacarla bajo un frío de veinte grados bajo cero; pero al fin salió sin dañar el cable ni perder el ancla, ¿te das cuenta? El trabajo todo lo vence. Para el trabajo no hay imposibles. *(Ríe con satisfacción.)*

PIREY. ¿De qué te ríes?

ÑICO. De nosotros. Quisiera que nos hubieras visto en aquellos momentos como le jugábamos cabeza a los icebergs. Parecía un juego de niños. Cuando descubríamos uno de esos monstruos de hielo, gritábamos alegres: "¡Ahí viene, ahí viene...!" ¡Qué alegría!

PIREY. ¿Piensas quedarte en el mar?

ÑICO. Sí; pero durante un tiempo vamos a la Academia a hacer un curso sobre maquinarias.

PIREY. Me alegro. Ése es tu camino.

ÑICO. El camino que toda mi vida busqué sin saberlo. Al fin lo he encontrado.

PIREY. *(Levantándose.)* Ésa es la verdad. Me voy. ¿Puedo verte en otro momento?

ÑICO. Mañana mismo partimos para la Academia. Cuando tenga un día libre te iré a ver.

PIREY. Muy bien. *(A Camila.)* Hasta otro momento.

CAMILA. Adiós... Recuerdos a Cuca. *(Mutis de Pirey. Camila permanece con la cabeza baja, muy triste. Ñico se encuentra embarazado.)* No tengas pena en hablar. Ya te oí. *(Pausa.)* ¿Entro en tu nueva vida?

ÑICO. No. *(Camila empieza a llorar en silencio.)* Lo siento, Camila, pero tiene que ser así. El Ñico que tú querías ha muerto del todo y quedó enterrado en la nieve de Terranova. Ahora... no quiero que nos separemos como dos perros rabiosos que se dan mordidas, sino como dos viejos amigos que emprenden caminos diferentes.

CAMILA. No puedo, Ñico, no puedo. Tú eres mío y seguirás siendo mío. *(Con dulzura, como mujer que se siente completamente derrotada.)* Dejaré de vivir mi vida para vivir la tuya.

ÑICO. No podrás, Camila. Hay cosas que nos separan.

CAMILA. ¿La Revolución...? Ya no. Estuve loca. Al principio creí que era ella lo que te separaba de mí; pero desde que apareció la otra me di cuenta de todo. Eran mis celos de mujer. *(Corta pausa.)* Mientras viajabas, me di cuenta de muchas cosas. Enterré el bastón. ¿No comprendes, Ñico, que al perderte me   551 quedo vacía? No tengo a nadie en el mundo y estoy a la mitad de mi vida, y esa otra mitad que me queda quiero, necesito vivirla a tu lado... Pero claro, me pongo vieja; tuviste lo mejor de mí y ya no te sirvo.

ÑICO. *(Acercándose.)* En ocho años nunca me oíste decir "te quiero", ¿no es verdad?

CAMILA. Sí, porque nunca me quisiste.

ÑICO. Pues te equivocas, y ahora te lo diré por primera vez: "Te quiero, Camila." *(Camila resplandece de alegría y trata de incorporarse. Ñico se lo impide sujetándola por un hombro.)* No te alteres. Escucha: no puedo vivir contigo en este lugar. Esta casa, el barrio, todo me recuerda un pasado que odio, que me abochorna. Quiero hacer borrón y cuenta nueva.

CAMILA. Haz lo que tú quieras. Yo no pido nada: nunca te pedí nada. Yo sólo quiero que te dejes querer.

ÑICO. Yo sí pido.

CAMILA. Pide lo que quieras; nunca te negué nada. *(Se levanta.)*

ÑICO. Deja todo esto y ven conmigo.

CAMILA. *(Asustada.)* No, no... eso nunca.

ÑICO. No te entiendo. Dices que lo harías todo por mí y no quieres seguirme a donde voy yo.

CAMILA. No es eso. En el fondo lo que tú quieres es que yo deje a mis santos.

ÑICO. *(Riendo.)* Mal pensada.

CAMILA. No. Es la verdad. Ya no crees en los santos y quieres que yo también deje de creer.

ÑICO. Mentira. Nada me importa lo que tú creas. Yo sólo quiero romper con todo mi pasado y empezar una vida nueva contigo.

CAMILA. Yo no me voy de aquí. Aquí he vivido siempre. Aquí tengo mi clientela, y si la pierdo, ¿de qué viviré?

ÑICO. De mi trabajo. Es lo normal. Bien, ¿qué dices?

CAMILA. No, no me iré de aquí.

ÑICO. Está bien.

Se encamina hacia el saco y se lo echa al hombro. Se dirige a la puerta. Camila corre detrás de él y lo detiene agarrándolo fuertemente por el saco.

CAMILA. Pero, grandísimo bruto, ¿dónde vas a encontrar otra mujer que te quiera como yo?

Ñico suelta el saco y agarrando a Camila fuertemente por los hombres la sacude con violencia.

ÑICO. ¡No seas estúpida, Camila! ¡Despierta y créeme!

CAMILA. Me haces daño.

ÑICO. No me importa. ¡Ven conmigo!

CAMILA. No, no creo en ti. Me has engañado muchas veces. ¡Tú lo que quieres es que deje mis santos!

ÑICO. *(Sacudiéndola violentamente.)* ¡No y mil veces no! Nada tienen que ver tus santos con mi cariño y con mis ideas. ¡Es a ti a quien quiero, Camila!

CAMILA. *(Aterrada.)* Tengo miedo... tengo miedo... *(Ñico la abraza y la besa ardientemente. Camila se abandona. Después del beso, Ñico comienza a decirle algo al oído. Según Ñico le habla al oído, Camila va transformándose, primero en una risa suave seguida por una risa más fuerte hasta que rompe en una sonora carcajada al mismo tiempo que lo empuja por el pecho.)* ¡Cochino!

ÑICO. Confía en mí: yo te protegeré.

CAMILA. No me atormentes más... ¡No puedo!

ÑICO. Sí puedes si yo te ayudo. Ven. *(La hala.)*   553

CAMILA. *(Resistiendo.)* No puedo... No puedo... Mátame, pero no me moveré de aquí.

ÑICO. Te sacaré de aquí aunque tenga que hacerte pedacitos. *(La hala hacia la puerta. Camila ofrece resistencia, pero no mucha. Se agarra a una argolla del madero que cierra la puerta por dentro.)*

CAMILA. ¡Ésta es mi casa...! Mi... Mi... *(Ñico toma el saco, se abraza a Camila y le empieza a besar los cabellos como a una niña. Camila suelta la argolla y se acurruca en el pecho de Ñico.)* ¿Prometes no dejarme sola nunca cuando vengas de los viajes?

ÑICO. Ni viajando te dejaré sola... Mi amor siempre te acompañará.

CAMILA. Entonces... que lo santos me perdonen... *(Camila va apresuradamente al canastillero y saca de él la bolsa de los caracoles y algunos atributos más de santería, los envuelve en el pañuelo blanco y abrazándose a Ñico ambos hacen mutis. Durante unos momentos la habitación queda vacía y silenciosa. Entra una vecina.)*

VECINA. Camila... ¡Camila! *(Mira por toda la habitación y después se dirige a la puerta de la cocina.)* ¿Estás ahí, Camila? *(De pronto la vecina es presa de un miedo místico. Vuelve a mirar la habitación con terror. Caminando lentamente hacia atrás alcanza la puerta y hace mutis..)*

La habitación queda vacía y silenciosa unos instantes más hasta el

TELÓN FINAL

MANUEL REGUERA SAUMELL

RECUERDOS DE TULIPA

UN IMPLACABLE CRONISTA
DE LA VIDA PROVINCIANA

CARLOS ESPINOSA DOMÍNGUEZ

D e entre la escasa bibliografía crítica que la obra de
Manuel Reguera Saumell (Camagüey, 1928) ha ge-
nerado, hay una definición de Rine Leal que sintetiza
muy bien, a mi juicio, la estética del dramaturgo: "Su
línea de creación —apunta el investigador cubano— es
correcta, educada, de buenas maneras, como esas visitas
domingueras que pagan la cortesía de provincias. Se
puede entrar en su teatro con los ojos cerrados porque
todas las cosas están donde deben estar y a la salida el
autor nos espera para estrecharnos la mano y desearnos
buenas noches."

Reguera Saumell es, en efecto, un dramaturgo que no
se distingue por deparar grandes sorpresas. Por el contrario, hay en su trayectoria una tenaz fidelidad a motivos,
estructuras y ambientes fijos que algunos críticos le han
criticado, argumentando que las obras no eran, sino
variaciones sobre un mismo y obsesivo tema. Buena parte
de sus textos son retratos realistas, no exentos de matices
nostálgicos y elegíacos, de la existencia provinciana, un
mundo del que ya se habían ocupado antes José Antonio
Ramos y Rolando Ferrer, entre otros, y que tiene tanto
peso en la primera etapa de la obra de Abelardo Estorino.
El autor de *Recuerdos de Tulipa* se centra, sin embargo,
en una zona muy característica de la sociedad cubana

557

prerrevolucionaria: la pequeña burguesía que se asentaba alrededor de los puestos administrativos y las oficinas de los centrales azucareros. A través de ese sector, Reguera Saumell traza una versión en miniatura del mundillo burgués rural, con su mentalidad provinciana, intrigas, mediocridades, prejuicios y ambiciones de poder y dinero. Un medio en donde, por otra parte, era más evidente la penetración norteamericana, dado que muchos centrales eran propiedad de compañías yankis. Así, los empleados imitaban y reproducían el estilo de sus jefes en las casas (los típicos bungalows de los bateyes), vestidos, diversiones y hábitos, con la vana pretensión de diferenciarse de los obreros. El cronista implacable que es Reguera Saumell nos descubre el infierno que se oculta tras las ventanas y paredes de los hogares de esos pueblecitos de campo.

Un autor en sus predios favoritos

La carta de presentación del novel dramaturgo fue *Sara en el traspatio* (1960), con la cual Reguera Saumell se instala en sus predios favoritos. La obra debió formar parte de una trilogía sobre la vida en los centrales azucareros, que luego se redujo a sólo dos títulos —el otro es *Propiedad particular*—, debido, según el autor, a que el tema perdió interés para el público. Estamos en 1956, en el patio interior de la casa de un central de Camagüey. Como en *El jardín de los cerezos* —Chejov es un nombre que siempre se cita cuando se habla del teatro del autor cubano—, hay una propiedad (la casa) que va a cambiar de dueño. Sus protagonistas pertenecen a la fauna peculiar del mundo de provincia: Ana María, especie de Lady Macbeth pueblerina que se codea con los americanos y se avergüenza de su cuñado porque no tiene modales refinados; la frustrada Eloísa, a quien su familia no permitió casarse con el novio porque era un "obrerito"; Herminio, el solterón resignado ya a su soledad. Están también el luto riguroso, el temor al qué dirán, las rencillas de familia mal llevadas y el aburrimiento de la vida mediocre y gris de la pequeña burguesía. El autor retrata el derrumbe de un mundo al que se aferran los personajes, y lo refleja con trazos delicados, tono intimista y mirada compasiva, así como un admirable dominio de los recursos teatrales. *Sara en el traspatio* constituyó un dignísimo debú y despertó la expectativa por el siguiente estreno de Reguera Saumell.

Sólo hubo que guardar algunos meses. En 1961 subía a escena *El general Antonio estuvo aquí*, una pieza en un acto, un canto a la revolución recién triunfante. Su acción se sitúa en mayo de 1958, cuando la lucha contra Batista era más intensa, en una casa colonial perteneciente a una familia de heroica tradición. El autor establece un paralelo entre los integrantes del Ejército Rebelde y los mambises del siglo pasado, y mezcla el ruido de caballos y cornetas con el estrépito de las bombas lanzadas por los aviones enemigos. Es una muestra de teatro político de contenido revolucionario, típica del momento de euforia y romanticismo que entonces vivía el país, pero que posee la virtud de no caer en el panfleto. En el texto están presentes además algunas cualidades que Reguera Saumell desarrollaría después, como sus excelentes dotes de dialoguista y su capacidad para captar con sinceridad y verismo el habla cotidiana.

El tercer estreno del dramaturgo significó un gran paso de avance. En *Recuerdos de Tulipa* (1962), abandonó el núcleo familiar y trasladó la acción a un circo de mala muerte (ripiera, como se les llamaba popularmente). Este cambio de escenario y esta ampliación del diámetro representaron una ganancia cualitativa notable para su teatro. La perspectiva humana de la obra se amplió y enriqueció considerablemente, y sus personajes ganaron en hondura psicológica y perdurabilidad. No estamos ahora ante la recreación de un mundo específico, sino ante una indagación de la vida sin más calificativos. Si en

559

algunas ocasiones se le ha señalado a su realismo cerrado las limitaciones para trascender su propia realidad, aquí nos hallamos ante una historia humana, veraz y sensible, que no se queda en lo que narra el texto, y que es llevada por el autor hasta sus últimas consecuencias.

La primera virtud de la obra es que relata una anécdota que sucede dentro de un circo, sin que este ambiente tenga demasiado peso en sí mismo ni se hagan concesiones al pintoresquismo. De hecho, la trama jamás sale de la carpa de la protagonista. La acción exterior se adivina, llegan algunos de sus ecos, pero no aparece mostrada en el escenario. En ese marco se desarrolla la lucha de Tulipa por conservar y defender sus valores como ser humano . Como ella misma se vanagloria, se ha conservado decente y ha "convertido un espectáculo pornográfico en verdadero arte". No importa que su público sea el menos idóneo; ella tiene su técnica: cuando ejecuta su Danza de los Siete Velos se olvida de los borrachos e imagina que baila para reyes y faraones. Asimismo, tiene como artista su ética, y por eso abandona la función tan pronto aparece en escena la mujer de Cheo, que ha convertido el número cómico en un acto deplorable y vulgar. Su conflicto es que mantiene la dignidad dentro de circunstancias nada favorables. Esas circunstancias la han ido golpeando, y aunque no la han vencido, sí han frustrado muchos de sus sueños e ideales. De modo que su victoria ante la mediocridad del medio es sólo una victoria ante ella misma. Y sobre todo, la ha conseguido a costa de enajenar e idealizar su vida. Ese desgarramiento de Tulipa, ese drama de su soledad, hacen de ella un personaje patético, aunque uno no pueda dejar de admirarla. Es además contradictoria como todos los seres humanos: buena y mala, generosa y egoísta, dura y tierna, como apuntó Calvert Casey. Con *Recuerdos de Tulipa*, Reguera Saumell logró su mejor obra y demostró que era capaz de sorprender y, a la vez, mantenerse leal a su estética realista.

Tras dos tropiezos, la recuperación

Tras el listón tan alto conseguido con *Recuerdos de Tulipa,* era mucho el interés con que se esperaba el siguiente estreno de Reguera Saumell. *Propiedad particular* (1962) supuso, en más de un aspecto, una vuelta atrás, un retroceso. El autor tuvo la mala suerte de que una obra escrita antes, se conociese después del que en realidad era su último texto. De nuevo sus personajes son empleados de la administración de un central en Camagüey, en los días anteriores a 1959. De nuevo una historia de frustraciones, maledicencias, envidias, encierro y asfixia provinciana. De nuevo el universo pequeñoburgués, con sus mujeres falsas, preocupadas sólo por casar bien a sus hijas y codearse con gente importante, y sus hombres mediocres y fracasados. Los críticos reconocieron, una vez más, el talento del autor para concebir la trama, construir escenas, mantener una línea argumental y cerrarla de modo impecable. Pero señalaron la falta de profundidad psicológica de los personajes, pese a que estaban trazados con vigor. Entre ellos, tal vez se salvan un poco Carlos, con su dualidad de valores en pugna, Emilio, que soñó con ser médico y no fue capaz de irse a tiempo, y Engracia, que arriesga todo por el amor y, al final, tiene la valentía de marcharse a La Habana. En descargo del autor, hay que decir que en este caso, lo mismo que en el de otras obras suyas, la puesta en escena no favoreció el texto y acentuó algunos de sus defectos.

El temor de Reguera Saumell a abrirse a formas más flexibles y novedosas y dar el salto, se puso de nuevo de manifiesto con el estreno de *La calma chicha* (1963). La trama transcurre ahora en Santiago de Cuba, durante los días del carnaval de 1953, horas antes de que un grupo de revolucionarios asaltara el Cuartel Moncada. Una tía dominante tiene ahogadas a sus sobrinas. Una de ellas, Casilda, se enfrenta a los prejuicios familiares y se casa con un mulato del que espera un hijo. Mario, el sobrino varón, es médico en el ejército y ha sido testigo de la crueldad con que fueron asesinados los jóvenes asaltantes. Toda la acción se desenvuelve en la sala de la casa, a la que llegan, no obstante, las referencias sonoras del mundo exterior: el desfile del carnaval, un auto que se detiene, los disparos de las ametralladoras. Está insinuada la intención del autor de destacar el contraste entre el apacible ambiente hogareño y la violencia desatada en las calles tras la acción revolucionaria. Pero tal como está dada esta última, su efectividad dramática es insuficiente por no estar todo lo valorada que debiera. A eso se suman la poca profundización en el conflicto y la falta de desarrollo de la acción, lo que lastra a la obra con cierto tono monocorde. En cuanto a los personajes, el de la tía sigue moldes demasiado manidos, lo mismo que el de la criada. Mejor concebidos e interesantes son Ana, con su contradictoria rebeldía contra los valores que en el fondo comparte, y Mario, torturado por su tardía toma de conciencia, su lealtad al régimen y su miedo. *La calma chicha* fue la confirmación de que para Reguera Saumell su recuperación como creador pasaba ineludiblemente por la renovación.

Viene entonces un período de cuatro años durante el cual no estrena ningún texto nuevo. ¿Acaso se lo dio para reflexionar y replantearse su trayectoria inmediata? Lo cierto es que en la primera obra que dio a conocer tras esa ausencia tan prolongada de las carteleras, se nota un cambio, si no total, por lo menos considerable. *La soga al cuello* (1967) constituye su primera experiencia en los terrenos de la farsa y el humor negro, aunque insiste en la remisión al microcosmos familiar. Abandona por otro lado la etapa del batistato y se instala por primera vez en la Cuba de la revolución. Una mañana, un importante industrial aparece ahorcado en el baño de su residencia.

La pieza se centra en las peripecias de la familia para que la buena sociedad (¡que ya no existe!) no sepa cómo murió realmente el patriarca. Reguera Saumell reincide en el análisis de un mundo caduco que se empeña en conservar su perdida vigencia, y saca a la luz sus divisiones, mezquindades, cobardías y egoísmos. Sólo que ahora se vale de un humor feroz, que llega a alcanzar notas de una burla sardónica e irritante. Otra innovación notoria es la ruptura del plano temporal del presente, a través de *flash backs* en que, acosado por los recuerdos, aparece el padre, con una soga al cuello cada vez más larga. El autor se anota asimismo hallazgos en el plano del lenguaje, que aquí se muestra menos apegado a la charla del día a día. Estructurada con solidez, sin puntos muertos ni caídas, con una trama que fluye de principio a fin, la pieza posee una lograda galería de caracteres, entre los cuales sobresale, por su consistente construcción, el de la madre. A propósito del montaje de la Escola d'Art Dramàtic Adrià Gual, de Barcelona, en 1974, el crítico catalán Joan-Antón Benach destacó en *La soga al cuello* el ensayo de un poco usual tipo de farsa que establece "contrastes entre el ridículo más distorsionado y el diálogo más naturalista".

En esa misma línea, Reguera Saumell escribió *La coyunda,* que aunque tuvo una recomendación del jurado de teatro del Premio Casa de las Américas 1968, no llegó a estrenarse ni editarse. Poco tiempo después, el dramaturgo tomaba el camino del exilio y su nombre pasaba a engrosar la larga lista de condenados a lo que Severo Sarduy llama el olvido prepóstumo oficial. Instalado ya en Barcelona, volvió sobre aquel texto, lo reescribió y amplió, adicionándole fragmentos tomados prestados de Shakespeare y algunos clásicos griegos. De esa operación surgió *Otra historia de las revoluciones celestes, según Copérnico* (1971), en donde revisa, en clave farsesca, la historia de los vaivenes de la política cubana desde el machadato hasta la revolución. Hasta hoy permanece inédito y sin estrenar. El abandono definitivo de la 563 escritura teatral por parte del autor hace poco probable que alguna vez pueda ser conocido por el público. Se cierra de este modo la carrera de un creador dramático al que nuestra escena le debe algunos títulos significativos. Su trayectoria es representativa de la evolución de muchos artistas de la isla en las últimas tres décadas, que del apoyo entusiasta pasaron a la frustración y el desencanto. Y así, quien saludó sin reservas a la revolución castrista en textos como *El Mayor General estuvo aquí*, se despidió con una desencantada reflexión sobre los usos y abusos del poder.

MANUEL REGUERA SAUMELL

Nació en Camagüey, en 1928. Realizó estudios de Arquitectura en la Universidad de La Habana. Obtuvo en 1959 el Premio de la Dirección de Teatro con su primera pieza, *Sara en el traspatio*, que fue estrenada dos años después. Trabajó como asesor literario en algunos grupos profesionales. Escribió los diálogos de la película *La salación*, así como una pieza para la televisión, *La hora de los mameyes* (1963). Su obra *Recuerdos de Tulipa* fue llevada al cine en 1967. En 1970 salió de Cuba y se estableció en Barcelona, donde imparte clases de Historia del Arte. Su producción dramática incluye los siguientes títulos:

TEATRO

Sara en el traspatio. Estrenada en 1960. Publicada en la *Revista Nacional de Teatro*, nº 1, 1961.

El general Antonio estuvo aquí. Estrenada por el Joven Teatro en 1961. Incluida en la antología *Teatro cubano en un acto*, Ediciones R, La Habana, 1963.

Recuerdos de Tulipa. Estrenada en la Sala Arlequín en 1962. Publicada por Ediciones R, La Habana, 1963.

Propiedad particular. Estrenada por el Teatro Nacional en 1962. Inédita.

La calma chicha. Estrenada por el Teatro Experimental de La Habana en 1963. Inédita.

La soga al cuello. Estrenada por Taller Dramático en 1967. Inédita.

La coyunda. Inédita y sin estrenar.

Otra historia de las revoluciones celestes, según Copérnico. Inédita y sin estrenar.

TULA
BEBA
TOMASA
RUPERTO
CHEO
TARUGO

La acción, en un pequeño circo que viaja por el interior de la
isla. Época: En el año cuarenta y pico.

PRIMER ACTO: Una noche, a fines de noviembre.

SEGUNDO ACTO: Una semana después, por la mañana.

TERCER ACTO: Una semana después, por la mañana.

PRÓLOGO

Se oye música de una charanga; mientras las luces de la sala van apagándose lentamente, hasta que nada más queda un "spot" sobre un Tarugo viejo, mal vestido con un vistoso uniforme raído. En una mano lleva una trompeta, en la otra una bocina de vocear. Luce cansado, ajeno al mundo que lo rodea, y hace una reverencia al público. Toca unas cuantas notas con la trompeta, y luego desmayadamente empieza a vocear:

TARUGO. Distinguido y respetable público... El Gran Circo Ruperto y Sobrino tiene el honor de presentarles esta noche su primera función anual. Este año mejor que el otro, según su lema... después de una gira triunfal por lo más selecto de las seis provincias. *(Toca la trompeta.)* Y como grandes atracciones podemos anunciarles, entre otras, a "Las Águilas Voladoras", los ases del trapecio. *(Saca un gran cartel que muestra a tres trapecistas en malla y lo coloca sobre un caballete en un extremo de la escena.)* Al gran domador inglés, Sir John de Jamaica *(El domador negro en gran uniforme.),* y a los reyes indiscutibles del sainete: Cheo, María Belén y Ferreira *(Cuadro del clásico trío mulata—negrito—gallego.),* en lo mejor de su repertorio, y muchas... muchas atracciones más *(Cuadro mostrando "muchas atracciones" en abigarrada confusión de líneas y colores. Los otros carteles deben ser de gran simplicidad.)...* Todo en su nueva y lujosa carpa gigante. *(Vista general del circo.),* como siempre, a precios populares, muy rebajados en el gallinero. Niños de pecho, gratis. *(Ahora deja la trompeta, la bocina, y se acerca al público en tono confidencial.)* Y este año, como todos,

569

no podía faltar en su carpa aparte... *(Saca un gran cartel que trae enrollado como si fuera un pergamino y lo muestra al público: una hermosa criolla con muy poca ropa y muchas plumas.)...* ¡Tulipa, la mujer de las mil revoluciones por minuto!... ¡La sirena del Nilo!... ¡La reina de las danzas exóticas! ¡La flor del Caribe!... Espectáculo sólo para caballeros amantes del arte y de la belleza femenina... Al natural... Funciones continuas desde las ocho de la noche al módico precio de diez centavoz. *(Va hasta la salida.)* Recuerden, Tulipa... la mujer de las mil revoluciones por minuto... ¡Para mayores solamente! *(Hace una reverencia al público y sale llevándose el caballete.)*

Ahora la música de la charanga ha ido bajando hasta desaparecer, y en su lugar empezamos a oír la música de las danzas exóticas de Tulipa que va aumentando a medida que se abre el telón.

PRIMER ACTO

ESCENA UNO

Escena: interior de una pequeña carpa que forma parte de un circo que viaja por el interior. Un catre con una alegre cubrecama, palanganero con su palangana y cubo, una mesita que sirve de tocador, con un espejo rodeado de cintas, artículos de maquillaje. Otra mesa con un reverbero, taza, etc. Y un quinqué. Un perchero del que cuelga una llamativa kimona, un gran baúl camarote abierto con adornos de plumas, lentejuelas, etc. Y colgados en algún lugar un retrato del difunto y un afiche anunciando a Tula vestida de rumbera en su gran momento de glorias pasadas. Bajo el catre, una maleta y unas zapatillas de plumas. Todo debe estar distribuido para dar la impresión de orden y limpieza: éste es el mundo privado de Tula, ajeno al desorden exterior del circo.

La carpa tiene dos aberturas: una que da al exterior y otra a la carpa adyacente donde Tula baila.

Al abrirse el telón continúa oyéndose la "música exótica", esta vez acompañada de gritos y aplausos que vienen de la carpa vecina donde Tula está bailando, y si el escenario lo permite, puede verse parte de esta carpa y la silueta de Tula moviéndose al compás de la música y dejando caer sus "velos". La escena está vacía y débilmente iluminada por el quinqué con la llama muy baja. Momentos después por la salida al exterior, entra Cheo, y tras él, Beba, que se queda cautelosa junto a la "puerta".

CHEO. *(Un criollo "bonitillo" de cuarenta años.)* Acaba de entrar que nadie te va a comer. *(Beba da unos pasos.)* Esto está   571 más oscuro que la boca de un león. *(Sube la llama del quinqué al mismo tiempo que aumenta la iluminación de la escena, aunque siempre se mantiene baja en este acto.)* ¡Qué vieja más tacaña! Tú sabes que ella baja el quinqué cuando sale a bailar por costumbre, porque al final consiguió que nosotros le pagáramos la luz brillante... No en balde tiene dinero guardado... *(Dando una vuelta por la carpa.)* ¿Dónde lo esconderá? Dicen que se lo guarda en la liga, pero imagínate... si cuando baila queda hasta sin medias... ¡Abajo el catre!... *(Se agacha y saca la maleta.)* ¡Seguro que lo esconde en la maleta!

BEBA. *(Veintitrés años, bonita de una manera corriente.)* ¡Cheo, respeta lo ajeno! ¡Pareces un ladrón! *(Con el pie empuja la maleta otra vez abajo del catre y Cheo aprovecha para acariciarle la pierna. Ella se aparta bruscamente.)*

CHEO. *(Poniéndose de pie.)* Perdóneme... señorita. Se me olvida que usted es ajena también. *(Pausa.)* Bueno... ésa es la vida. Cría cuervos y te sacarán los ojos... *(El público de Tula grita entusiasmado.)* ¿Estás oyendo? Eso es lo que te espera si no me haces caso... una pila de borrachos pidiéndote que te quites la ropa. *(Acercándose.)* Si tú quisieras... te desnudarías para mí nada más. *(Trata de abrazarla pero ella lo rechaza.)*

BEBA. ¡Para ti y para tus amigos! Yo sé muy bien cómo es el asunto.

CHEO. No confundas el negocio con lo de nosotros. *(Acercándose.)* Piensa que de noche, cuando te quedaras sola, yo iría a verte como antes en tu colocación... ¿te acuerdas?... cuando tú me esperabas. *(Trata de abrazarla.)*

BEBA. ¡Suéltame, Cheo!

CHEO. ¿Por qué no me esperas esta noche como antes?...

BEBA. *(Empujándolo.)* ¡No, Cheo, eso se acabó!

CHEO. Pero, ¿por qué eres tan cabecidura?

BEBA. ¡Porque nada más que de acordarme me dan ganas de vomitar!

CHEO. ¿Ah, sí? ¿Repugnancia con el dulce, después que te lo comiste?

BEBA. ¡Y tú no te imaginas cómo me pesa!

CHEO. ¡Yo no me explico cómo me fijé en ti!... ¡Pero por mi madre santa que está en Manzanillo, que es primera y última vez que me enredo con criaditas!...

BEBA. ¡Me alegro mucho, porque las criadas van a salir ganando!

CHEO. ¡So... malagradecida! ¡Después de todo lo que hice por ti!

BEBA. ¿Y qué fue lo que hiciste por mí?... ¡A ver, dímelo!

CHEO. ¡Tú eras una cocinera y yo te convertí en una artista!

BEBA. ¿Artista? ¡No me hagas reír!... ¡En una mujer de la vida era en lo que me ibas a convertir si no me ando con cuidado!

CHEO. ¡Pues en eso precisamente vas a acabar! ¿O te crees que vas a bailar en cuero y seguir dándote lija de decente?

BEBA. ¡Prefiero mil veces bailar en cuero que ser mujer de todo el que me busque!... Ya yo te lo dije, Cheo... ¡Lo que es a mí no me vas a sacar ni un kilo!

CHEO. ¡Vaya, al fin! ¡Ahora ya sé lo que te pasa!... Está bien... yo no me voy a ocupar del dinero. Cóbralo tú y adminístralo para que veas que vas a parar a una casa de mala muerte enseguida.

BEBA. ¡Yo no he pensado en el dinero! ¡Yo lo que no hago por nada del mundo es meterme a mujer mala!

CHEO. Deja... que yo tengo paciencia. Ya te cansarás de exhibirte en pelota por todas partes y vendrás a suplicarme que te recoja.

BEBA. ¡Primero muerta! *(Se oye un gran alboroto de gritos y aplausos y la música cesa.)*

573

CHEO. No escupas para arriba. Ya te convencerás de que es preferible hacer algunas cosas en privado... con mucha discreción, como yo te proponía... que otras en público. *(Pausa.)* Conmigo hubieras llegado lejos... Yo he pasado mucho trabajo y mucha hambre en mi vida, pero aprendí cómo hay que hacer los negocios en este país para salir a flote.

BEBA. Mira... no te ocupes tanto de mis asuntos y vigila más a tu mujer, que buena falta le hace.

CHEO. *(Tomándola por un brazo.)* Oye... a mi mujer la respetas. Te juro por mi madre santa que está en Manzanillo que por menos he metido a gentes en el hospital. *(Entra Tula.)*

ESCENA DOS

TULA. *(Entrando con una bata de fantasía y plumas de colores en el peinado. A pesar de sus cuarenta y cinco años conserva su llamativa belleza cubana.)* ¿Qué hacen aquí? ¿Quién les dio permiso para entrar en mi camerino? *(Señalando hacia fuera.)* ¡Le tengo dicho a ese dichoso tarugo que no me deje entrar a nadie cuando yo estoy en la escena!

CHEO. Un momento... que los únicos que podemos dar órdenes en este circo somos mi tío y yo.

TULA. ¡Ustedes darán órdenes allá afuera, pero en mi carpa mando yo!

BEBA. *(Con timidez.)* Nosotros nada más estábamos esperándola...

TULA. *(Señalando el quinqué.)* Y para esperarme, ¿tenían necesidad de esta iluminación?

CHEO. ¡Déjate de tacañerías, que la luz brillante la pagamos nosotros!

TULA. ¡Pero la mecha es mía!

CHEO. Está bien, está bien... no quiero discusiones. ¿Quieres que apague y hablamos en la oscuridad?

TULA. ¡Ahora no! Cuando yo termino mi último "chou" me gusta que haya luz en mi camerino mientras me preparo para dormir... ¡Sola! De manera que digan lo que tienen que decir pronto.

CHEO. ¿Puedo sentarme... señora?

TULA. Bien, puede, pero antes hágame el favor de echarme ese biombo para acá.

CHEO. ¿Biombo?... ¿Para qué quieres el biombo?

TULA. ¡Para ponerme el ropón de dormir, señor mío!

CHEO. ¡Será posible!... ¡Toda la noche bailando en pelota delante de media humanidad y ahora la señorona tiene que desvestirse detrás de un biombo!

TULA. *(Colocando el biombo en una esquina ayudada por Beba.)* ¡La gente del público paga por verme bailar!... ¡Pero ahora el espectáculo se terminó!...

CHEO. *(Tirándole una moneda.)* Si la cosa es por pagar, toma... para una función especial sin biombo.

TULA. *(Controlándose.)* Oye bien lo que te voy a decir. Ni tú, ni tu tío Ruperto, ni tu santa madre de Manzanillo tienen, juntos, suficiente dinero, para pagarme una función especial... ¡Ésas eran nada más para mi difunto marido *(Señala el retrato.)*, y cuando él se acabó se acabaron esas funciones!...

CHEO. *(Arreglando el biombo.)* Usted perdone, madama... ¿está bien así? ¿No quiere algo para que se tape el... ropón?

TULA. *(Muy fina y digna.)* Muy agradecida... alcánzame esa kimona... gracias. *(Va detrás del biombo a cambiarse. Desde* 575

explico cómo hay gente enferma del gusto que pague diez kilos por verla en pelota. *(Pausa.)* Y como seguro que dentro de poco no va a haber quien quiera pagarlos... le traemos una sustituta.

BEBA. ¡Yo no sabía que...!

CHEO. *(Interrumpiéndola.)* ¡Tú te callas! *(A Tula.)* Y dice mi tío que si a usted le da pena que la gente del circo se entere... aunque de todas maneras aquí nadie puede verla ni en pintura... puede decir que le hemos traído una alumna para que le enseñe todo su arte...

TULA. No me voy a rebajar a contestarte como mereces. Nada más quiero preguntarte... ¿Ya terminaste?

CHEO. Ya, madama.

TULA. ¡Entonces lárgate de aquí, hijo de... *(Conteniéndose.)* ¡Manzanillo!

CHEO. Me voy porque no quiero acabar en presidio por tu culpa... ¡abuela!

TULA. ¿Abuela de qué? ¡Si tu santa madre no sabe ni quién es tu padre!

CREO. *(A Beba.)* ¡Vámonos antes de que haga un disparate!

BEBA. Yo... yo me quedo un rato hablando con la señora.

CHEO. Está bien... Habla con la señorona. ¡Pero si te vas a mudar con ella mañana, no te encierres en tu carpa esta noche, porque tengo que hablarte!

BEBA. Ya te dije que no, Cheo. Me voy a encerrar aunque tú no quieras.

CHEO. *(Sacando una sevillana que se abre bruscamente. Las mujeres gritan y retroceden.)* No se asusten, señoras, que es nada más para demostrarles que a un hombre como yo no hay carpa que lo detenga. *(Toma un pedazo de la carpa y amaga como si fuera a romperla.)* Nada más que tengo que dar un corte... ¡así!... y ya estoy dentro.

CHEO. ¡Déjate de tacañerías, que la luz brillante la pagamos nosotros!

TULA. ¡Pero la mecha es mía!

CHEO. Está bien, está bien... no quiero discusiones. ¿Quieres que apague y hablamos en la oscuridad?

TULA. ¡Ahora no! Cuando yo termino mi último "chou" me gusta que haya luz en mi camerino mientras me preparo para dormir... ¡Sola! De manera que digan lo que tienen que decir pronto.

CHEO. ¿Puedo sentarme... señora?

TULA. Bien, puede, pero antes hágame el favor de echarme ese biombo para acá.

CHEO. ¿Biombo?... ¿Para qué quieres el biombo?

TULA. ¡Para ponerme el ropón de dormir, señor mío!

CHEO. ¡Será posible!... ¡Toda la noche bailando en pelota delante de media humanidad y ahora la señorona tiene que desvestirse detrás de un biombo!

TULA. (Colocando el biombo en una esquina ayudada por Beba.) ¡La gente del público paga por verme bailar!... ¡Pero ahora el espectáculo se terminó!...

CHEO. (Tirándole una moneda.) Si la cosa es por pagar, toma... para una función especial sin biombo.

TULA. (Controlándose.) Oye bien lo que te voy a decir. Ni tú, ni tu tío Ruperto, ni tu santa madre de Manzanillo tienen, juntos, suficiente dinero, para pagarme una función especial... ¡Ésas eran nada más para mi difunto marido (Señala el retrato.), y cuando él se acabó se acabaron esas funciones!...

CHEO. (Arreglando el biombo.) Usted perdone, madama... ¿está bien así? ¿No quiere algo para que se tape el... ropón?

TULA. (Muy fina y digna.) Muy agradecida... alcánzame esa kimona... gracias. (Va detrás del biombo a cambiarse. Desde *allí.)* Yo creo que lo menos que uno puede pedir es un poco de tranquilidad para descansar después de la función... pero claro... hay que ser artista para darse cuenta lo que agota entretener al público. Pero en fin... no todo el mundo puede comprender nuestro temperamento. *(Sale vestida con la kimona y va hasta la mesa—tocador para quitarse el maquillaje, las plumas, etc.)* Ahora ya podemos hablar.

CHEO. ¿Ustedes se conocen?

TULA. De vista. Me dijeron que la joven había tenido una tremenda bronca con tu mujer. *(A Beba.)* Yo la comprendo, y no crea que sea necesario decirle que usted puede contar con todo mi apoyo.

BEBA. *(Por decir algo.)* Yo estoy en el circo hace un mes y pico.

TULA. ¡Bastante aguantaste! La gente siempre tiene bronca con ella mucho antes.

CHEO. ¡Nosotros no hemos venido aquí a hablar de mi mujer!

TULA. De acuerdo. De lo malo, mientras menos se hable, mejor. *(A Beba.)* La otra noche tuve el gusto de verla actuar, y la felicito, porque estuvo muy bien.

CHEO. No me diga... *(A Beba.)* Oye, puedes darte con un canto en el pecho... ¿Tú sabes que la señorona te ha hecho un gran honor? Ella nunca se digna ver la función.

TULA. Eso es mentira, yo la veo hasta que sale tu mujer. *(A Beba.)* ¿Usted ha visto lo que hace con el sainete? Es un crimen.

CHEO. Supongo que cuando usted lo hacía era algo sensacional.

TULA. No se trata de lo que tú supongas o dejes de suponer... sino lo que ha dicho la gente que vale de verdad. ¡Quiero que sepas que yo convertí el sainete en gran espectáculo!

CHEO. *(Con risa forzada.)* ¿En qué, Tula?

TULA. En un gran espectáculo... Y cuando tu mujer me quitó el papel, lo convirtió en una gran porquería.

CHEO. Bueno, ahora sí se me llenó la cachimba de tierra. ¡A mi mujer hay que respetarla!

TULA. ¡La respetas tú... y al fin y al cabo eres el único!

CHEO. Si no fuera por mi tío hace tiempo que te hubiera botado del circo o te hubiera echado en la jaula del león. ¡Aunque ni él es capaz de meterle el diente a la carne vieja!

TULA. Déjate de alardes, que tu tío y el león se quedaron sin dientes hace rato.

CHEO. ¡Y conste que yo le aguanto no por mí, sino porque le prometí a mi tío que le iba a hablar!

TULA. ¿Y qué le pasa a tu tío? ¿Se quedó sin lengua también?

CHEO. Lo que pasa es que aunque tú lo insultes es más bueno que el pan, y no se atreve a decirte cuatro verdades... ¡cara a cara!

TULA. *(Encarándose a él.)* Ah, y tú sí te atreves. Tú eres el guapo de la familia... ¡Pues no boconees más y dímelas!

CHEO. Él me pidió que te hablara con mucha delicadeza..., sin ofenderte, y te dijera que te vamos a complacer poniéndote un ayudante.

TULA. Se dice vestidora. ¡Hace años que la vengo pidiendo! *(Pausa.)* ¿Y a qué se debe que al fin hayan decidido rascarse el bolsillo?

CHEO. Es un premio a tus muchos años... A tus muchos años de servicio, quiero decir. *(Señalando a Beba.)* ¡Ahí tienes a tu desvestidora! Ahora ella se ocupará de arreglar tu ropa para que sólo tengas que pensar en cómo te la vas a quitar.

TULA. Bueno... ya se habló bastante bobería. Ahora déjate de hipocresías y dime qué desvergüenza se traen tú y tu tío.

CHEO. Yo creo que usted lo sabe muy bien, madama. Con todo respeto y delicadeza, usted está vieja... vieja pelleja, y no me explico cómo hay gente enferma del gusto que pague diez kilos por verla en pelota. *(Pausa.)* Y como seguro que dentro de poco no va a haber quien quiera pagarlos... le traemos una sustituta.

BEBA. ¡Yo no sabía que...!

CHEO. *(Interrumpiéndola.)* ¡Tú te callas! *(A Tula.)* Y dice mi tío que si a usted le da pena que la gente del circo se entere... aunque de todas maneras aquí nadie puede verla ni en pintura... puede decir que le hemos traído una alumna para que le enseñe todo su arte...

TULA. No me voy a rebajar a contestarte como mereces. Nada más quiero preguntarte... ¿Ya terminaste?

CHEO. Ya, madama.

TULA. ¡Entonces lárgate de aquí, hijo de... *(Conteniéndose.)* ¡Manzanillo!

CHEO. Me voy porque no quiero acabar en presidio por tu culpa... ¡abuela!

TULA. ¿Abuela de qué? ¡Si tu santa madre no sabe ni quién es tu padre!

CREO. *(A Beba.)* ¡Vámonos antes de que haga un disparate!

BEBA. Yo... yo me quedo un rato hablando con la señora.

CHEO. Está bien... Habla con la señorona. ¡Pero si te vas a mudar con ella mañana, no te encierres en tu carpa esta noche, porque tengo que hablarte!

BEBA. Ya te dije que no, Cheo. Me voy a encerrar aunque tú no quieras.

CHEO. *(Sacando una sevillana que se abre bruscamente. Las mujeres gritan y retroceden.)* No se asusten, señoras, que es nada más para demostrarles que a un hombre como yo no hay carpa que lo detenga. *(Toma un pedazo de la carpa y amaga como si fuera a romperla.)* Nada más que tengo que dar un corte... ¡así!... y ya estoy dentro.

TULA. ¡Atrévete a hacer un hueco ahí, desgraciao, para que veas la cuenta que le voy a pasar a tu tío! ¡Esta carpa es mía!

CHEO. No lo va a ser por mucho tiempo.

TULA. ¡Eso lo veremos!

CHEO. ¡Lo veremos! *(A Beba.)* Y tú, acuérdate que te estoy esperando ahí afuera. *(Sale.)*

ESCENA TRES

TULA. *(Mientras hace unos "pases" con un pomo de agua florida.)* ¡Solavaya! ¡Cualquiera que lo oye se cree que es muy guapo... ¡y el muy jutía aguanta que su mujer se "adultere" con cualquiera!

BEBA. Yo quiero que usted sepa que me trajo engañada. Él me dijo que ya se habían puesto de acuerdo con usted... porque si no, por nada del mundo vengo.

TULA. Yo lo sé, bobita. Nada más hay que ver el tipo de infeliz que tienes para darse cuenta que no eres capaz de ofender a nadie. ¡Esos dos sinvergüenzas son los que tienen la culpa de todo!

BEBA. Si usted no está conforme con que yo venga, dígamelo sin pena. Ya yo buscaré dónde meterme.

TULA. No seas guanaja, muchacha. Si no eres tú, me traerán otra para que me vaya. Además, para serte franca, yo estoy hasta la coronilla de este churroso circo. ¡Ya va siendo hora de que me busque nuevos horizontes!... Porque tú comprenderás que después de veinte años aquí hay que ir pensando en renovarse... ¡Qué va, mi vida, una nunca debe estancarse!

BEBA. Entonces... ¿no está brava conmigo?

TULA. No, hija, no. Si estuviera brava no estaría hablando contigo, porque yo soy muy educada... pero no tengo pelos en la lengua. ¡Le digo lo que tenga que decirle al pinto de la paloma!... Y desde que te vi me recordaste a mí misma cuando llegué al circo. *(Pausa, acercándose.)* ¿Qué edad tú tienes?

BEBA. Cumplí veintitrés años el mes pasado.

TULA. *(Después de pensar las fechas.)* ¡Libra! No en balde me caes tan bien... Yo soy de Leo, y ese sinvergüenza que acaba de salir es de Tauro. ¡Nunca deberías de haberte juntado con él!

BEBA. ¿Usted cree que venga a buscarme?

TULA. ¿Aquí? Ni pensarlo. Ése no se atreve a entrar sin mi permiso, porque sabe lo que le espera... ¡Pero no seas boba, muchacha, estás pálida!... Déjame prepararte algo para los nervios. *(Busca una botella.)*

BEBA. *(Sentándose.)* ¿Tiene jazmín de cinco hojas?

TULA. No seas anticuada. *(Le sirve un vaso y otro para ella.)* ¡Modernízate!

BEBA. ¡Pero a mí me hace daño la bebida!

TULA. Pues si vas a entrar en el "chou—bisnis" tienes que acostumbrarte. Hay momentos en que lo vas a necesitar...

BEBA. ¿En qué dijo usted que voy a entrar?

TULA. "Chou—bisnis"... También vas a tener que aprender un poco de inglés, porque en los centrales viene mucho público americano.

BEBA. Imagínese... yo que casi no sé leer ni escribir...

TULA. Ya aprenderás... Por ahora con saber decir: "No, Míster", es suficiente.

580 BEBA. *(Tomando y tosiendo.)* ¿Quién más viene a las funciones?

TULA. Más que nada, viejos verdes... y en los pueblos mucha gente tralla, ésa es la verdad. Pero en los centrales el público es selecto... americanos y hasta gente "jai".

BEBA. ¿Y se portan bien con usted?

TULA. Eso depende... Cuando Cheo está en la entrada deja entrar a todo el que traiga los diez kilos... aunque sea un niño o un borracho. *(Pausa.)* Pero yo digo que a palabras necias oídos sordos, y los oprobios que me gritan me entran por un oído y me salen por el otro. *(Pausa.)* ¿Cómo te sientes?

BEBA. Mejor, muchas gracias.

TULA. ¿No te dije? Y si te tomas otro se te "relajean" todos los nervios. Eso no falla. *(Le vuelve a servir.)* Ahora vamos a presentarnos como personas decentes. *(Le estrecha la mano.)* Gertrudis Fuentes, para servirle. Pero me dicen Tula.

BEBA. *(Se incorpora un instante para darle la mano, y vuelve a sentarse.)* Genoveva Ramírez, aquí me manda. *(Pausa.)* ¿Cómo es que le dicen, Tula o Tulipa?

TULA. Tula... Tulipa es mi nombre de batalla. *(Beba la mira sin comprender.)* De escena... tú sabes, algo que se le pegue al público en el oído. *(Pausa.)* A ti hay que buscarte uno también, porque Genoveva no sirve.

BEBA. A mí me dicen Beba.

TULA. Sí, ya sé, pero ése tampoco sirve. Parece de niño chiquito y no viene bien con el negocio... Déjame ver... ¡Ya sé! ¡Titina! *(Pausa.)* ¿Qué pasa, no te gusta?

BEBA. *(Por compromiso.)* Sí... así se llamaba una perrita que yo tenía.

TULA. Es el nombre de una canción que me trae muy buenos recuerdos... Yo la cantaba como número especial cuando la gente aplaudía mucho el sainete. *(En su recuerdo, con un "spot" sobre ella, mientras bajan las luces.)* A veces llegaban a un pueblo donde no habíamos estado desde hacía tiempo, y el 581 público pedía... ¡Titina, Titina!... y yo sacaba un abanico de plumas muy grande que me había regalado mi marido... se apagaban las luces... y yo salía bajo un reflector cantando... *(Canta y baila con un abanico imaginario las primeras líneas de la canción y se detiene de pronto, sube de nuevo la iluminación, y vuelve a la realidad.)* Bueno, ahora parece picúo, pero yo quisiera que lo hubieras visto a media luz y con aquel pericón... ¡Eso era arte y lo demás bobería!... Pero de eso hace mucho tiempo y después tuve que cantar esa canción en otra carpa... para un público de diez kilos... ¡y sin las plumas!

BEBA. Usted ve... ¡ahora sí me gusta el nombre!

TULA. Gracias, mijita. *(Se oye la voz de Cheo fuera de escena llamando a Beba.)*

BEBA. ¿No se lo dije? ¡Me está esperando ahí afuera!

TULA. *(Acercándose a la salida y gritando.)* ¡Espérala sentado, sietemesino! *(Volviendo a Beba.)* No te asustes... Mira, vamos a hacer una cosa. Ahorita yo te acompaño a recoger tu catre y tu maleta y te mudas para acá esta misma noche... ¿eh?

BEBA. ¡Ay, señora, cómo se lo voy a agradecer!

TULA. Tú lo ameritas. Y hazme el favor, dime Tula y trátame de tú.

BEBA. Está bien... Tula.

TULA. ¡Anjá, así me gusta! Y que te sirva de lección, la próxima vez no te enredes con un sinvergüenza, y menos si es de Tauro.

BEBA. ¿Pero quién se iba a imaginar que era un sinvergüenza de esos que usted dice? Cuando lo conocí yo trabajaba de cocinera en San Juan de los Remedios, y me pareció que el dueño de un circo era algo del otro mundo.

TULA. Pero niña, si en la cara se le ve la clase de tipo que es. ¿Tú no te has fijado que mira de lado... así como si te fuera a fajar? ¡Y ese caminao de cheche!... ¿Quién se ha creído que es, Rodolfo Valentino?

BEBA. Yo no sé lo que me pasó... pero a la verdad, así de pronto me gustó. Entonces me embulló a que me juntara con el circo... Y como de todas maneras yo iba a dejar la colocación...

TULA. Espérate, vamos por partes. ¿Tú eres de ese pueblo... San Juan de lo que sea?

BEBA. ¿San Juan de los Remedios? No, qué va. Yo soy de monte adentro.

TULA. Pues mira, que no lo parece. Tú no hablas como la gente del campo.

BEBA. Cheo decía eso mismo. Parece que yo solté los "ariques" en el año que pasé en el pueblo.

TULA. Así que tú eres del campo... Y como en tu casa había tanta miseria, tuviste que colocarte de criada en el pueblo.

BEBA. ¿Y usted... tú, cómo lo sabes?

TULA. Ay, mijita... la historia se repite. ¡El cuadro de hambre que habría en tu casa cuando te fuiste!

BEBA. ¡Y dígalo! Imagínese que al viejo lo habían botado otra vez.

TULA. *(Interrumpiéndola.)* ¿Botado de dónde?

BEBA. De dondequiera. *(Pausa.)* Siempre pasaba lo mismo, cada vez que teníamos un techito y un sembrado, nos botaban... y otra vez a buscar dónde colarnos... Pero de todas maneras acabamos en la guardarraya.

TULA. ¿Dónde está tu gente ahora?

BEBA. Cerquita de San Juan. Esta vez al viejo lo dejaron quedarse en un pedregal que hay por allí, pero yo no pude aguantar más. Una se mataba trabajando y lo único que se daban eran las piedras. ¡Y el hambre que estábamos pasando! Yo creo que es a lo único que uno no se acostumbra... Y para acabar de ponerle la tapa al pomo, mamá estaba recién parida y no se podía levantar de la cama por la reuma.

583

TULA. ¿Cuántos hermanos son ustedes?

BEBA. *(Sentándose junto a ella, entrando en "confianza".)* Nueve. Un hermano mayor y los demás menores que yo... así en escalera hasta el chiquitico. ¡Y la guerra que dan! Siempre enfermos... y un dale que dale con la guataca, ¡por gusto!... ¡porque lo único que se daban eran las piedras!... Y siempre con el estómago pegado al espinazo...

TULA. ¡Hasta que decidiste resolver el problema y buscarte una colocación en el pueblo!

BEBA. Sí, pero no crea que resolví nada... La señora de la casa decía que yo tenía hambre vieja y que gastaba mucho... y... ¡pum! ¡para la calle! Después entré en otra casa y tampoco comíamos lo mismo que los señores, ¡qué va! Los criados aparte y mal... Hasta que me dije: total, para pasar hambre y trabajar como una mula, regreso al pedregal, porque allí por lo menos no tenía que aguantar las zoqueterías de la señora, que me trataba como a una perra.

TULA. ¿Y no le diste un buen escándalo antes de irte?

BEBA. No, el escándalo me lo dio ella a mí. ¡Qué clase de chusma me resultó, y eso que se las daba de fina! Me dijo horrores porque yo la dejaba plantada con invitados, y que me robaba no sé qué... ¡Ah!, y me registró la maleta alante de todo el mundo... ¡yo que nunca me he cogido ni un alfiler!

TULA. ¿Y por qué no te quedaste en tu casa de una vez?

BEBA. Porque allí la cosa se había puesto peor. Mi hermano mayor se había juntado con una muchacha y entonces, además de no comer no se podía ni dormir... porque usted sabe cómo es la cosa en un bohío así de chiquito, y mi hermano y la mujer durmiendo en mi cuarto... Y entonces me dije: ¡por ésta que no vuelvo al pedregal!... *(Besa sus dedos en forma de cruz.)* ¿Me puedo tomar otro poquito?

TULA. Sí, mi hijita, sírvete tú misma... pero tienes que aprender una cosa. Esto te calma los nervios, pero no te hace olvidar.

BEBA. *(Sirviéndose y sentándose otra vez.)* Entonces conseguí otra colocación y me puse más fatal todavía. Al caballero le dio por querer colarse en mi cuarto por las noches, y después el hijo del caballero... y últimamente el padre del caballero, que tenía como ochenta años.

TULA. ¡Hija, qué calamidad! ¿Por qué no probaste con un buen despojo a ver si se te iba la salación?

BEBA. Probé con todo: baños de albaca, agua florida... limpieza con cocos, ¡el mundo colorao!... pero nada, no había manera de levantar cabeza. Y cuando Cheo me habló del circo, me dije: deja ver si cambiando de trabajo...

TULA. ¡Tú lo que deberías haber cambiado era de espiritista!

BEBA. Es que yo me embullé con lo del circo porque me dije: total, no va a ser nada nuevo para mí andar de un lado para otro... y esta vez no tendría que dormir en la guardarraya. *(Pausa.)* Además, yo me estaba cansando... si no era con Cheo iba a ser con otro.

TULA. ¡Cualquiera hubiera sido preferible que un ser que atrasa! ¡Y nada menos que de Tauro!

BEBA. Pero es que al principio era tan cariñoso conmigo... Yo sabía que tenía mujer, pero cuando vi que era tan vieja y tan fea, me dije... a lo mejor deja ese mamarracho y se queda conmigo.

TULA. ¡Muchacha, ni pensarlo! Ella es de Piscis, y además, brujera. Y en eso hay que reconocerle su mérito... lo que ella no sepa de bilongo es porque no vale la pensa saberse.

BEBA. En los primeros días todo era de lo mejor. Él y yo andábamos juntos para arriba y para abajo... y me ayudó a aprenderme los sainetes. ¡Parecía un sueño!

TULA. ¡Milagro que esa fiera lo dejó que se acercara a ti!

BEBA. Ella estaba en el hospital, ¿no te acuerdas? Fue cuando el trapecio se rompió y le cayeron arriba los trapecistas.

585

TULA. ¡Verdad que sí, estaba todo enyesada! Nada, hija, que bicho malo nunca muere.

BEBA. *(Sin oírla.)* Sí... la cosa iba muy bien. No era lo mismo ser cocinera que artista, y cuando yo salía con mi bata de vuelos y Ferreira bailaba la rumba conmigo, la gente se volvía loca aplaudiendo... ¿Sabes lo que le dijo el señor Ruperto? ¡Que yo era la mejor mulata de sainete que había tenido el circo!

TULA. *(Dando un salto.)* ¿Qué fue lo que dijo ese viejo malnacido?

BEBA. Bueno, sin desdorar a los presentes, porque yo sé que tú fuiste buena de verdad, él quiso decir que yo era mucho mejor que la mujer de Cheo.

TULA. Ay, mijita, no te sientas han halagada. Mejor que esa caguama es cualquiera.

BEBA. Pues con todo y eso no le habían acabado de quitar el yeso y ya quería volver al sainete. Y yo tuve que escoger entre lo que me proponía Cheo o...

TULA. O ser una desnudista, no te dé pena decirlo... ¡Ay, la historia se repite!

BEBA. Y yo me dije, del mal el menos... porque así no tendría que acostarme con nadie si no quiero. *(Pausa, mirándola fijamente.)* ¿Usted no se acuesta con nadie, verdad?

TULA. ¿Quién, yo? ¡Nunca jamás! ¡Yo soy prácticamente señorita!

BEBA. ¿Señorita?

TULA. Bueno, casi, casi. Yo estuve casada con mi difunto marido, pero de eso hace más de veinte años... Y después de todo ese tiempo de ayuno, puedo considerarme señorita sin ninguna dificultad.

BEBA. ¿Y nunca más se volvió a enamorar?

TULA. Eso depende de como tú lo mires... Yo he tenido mi "flirt" muy de tarde en tarde... pero con la más absoluta discreción, y eso cuando me he sentido muy sola. Pero me tocaba cada perla que no se la deseo ni a la mujer de Cheo... De manera que decidí no ocuparme más del romance. *(Pausa.)* Además, para serte franca... ni siquiera con el difunto me pareció que el asunto fuera nada del otro mundo.

BEBA. Yo estoy pensando seriamente en dejar esto también.

TULA. Haces bien. Mírame a mí. La gente dirá que soy una bailarina desnudista, pero de mi honra... ¡ni así! *(Pausa.)* Podrán calumniarme por envidia, pero me considero más decente que esas que no se desnudan en público y sin embargo se pasan las noches brincando de cama en cama... ¡como una chinche!... Mira, déjame darte el primer consejo. Ten mucho cuidado con quien te reúnes aquí. Yo me trato de fuera a fuera con todo el mundo, pero mi única amiga es Tomasa la Barbuda.

BEBA. Y ahora yo también, ¿verdad?

TULA. ¡Tú eres mi amiga y mi alumna! ¡Brindemos! *(Toman.)*

BEBA. *(Con los efectos del licor.)* ¡Y voy a imitarte en todo, aunque mi vida acabe tan triste como la tuya!

TULA. *(Ofendida.)* ¿Cómo triste? *(Quitándole el vaso.)* ¡Dame acá, que yo creo que tú estás medio ajumada!

BEBA. Yo quiero decir triste... vieja... y sola. Hasta que me traigan a mí también una sustituta joven.

TULA. *(Herida en su amor propio.)* Vamos a dejar esto bien aclarado, mi vida. Si estoy sola es porque prefiero estar sola que mal acompañada... y quítate de la cabeza eso de que me sustituyen por vieja... ¡Soy yo la que deja este piojoso circo! *(Pausa.)* Para eso me he matado ahorrando... para irme cuando me dé la gana.

BEBA. Ay, Tula, vieja... no te ofendas.

587

TULA. ¿Ofenderme a mí? ¡Qué disparate! Lo que pasa es que nadie sabe apreciar lo que he hecho. *(Pausa.)* ¡Me he conservado decente y he convertido un espectáculo pornográfico en verdadero arte! ¡Y por eso estoy tan orgullosa de mí misma!

BEBA. *(Los tragos la hacen confianzuda.)* Deja eso ya, chica. *(En ningún momento debe dar la impresión de borracha, sino mareada. Va hasta el catre y se sienta, pero poco a poco se deja caer acostada.)*

TULA. ¡Cuando yo empecé en este acto vine a sustituir a una vieja chusma que de milagro no estaba presa por indecente! Yo quisiera que tú hubieras visto qué meneo y qué lenguaje usaba con el público. Era para poner colorado a cualquiera... Pero entonces llegué yo y se acabó el relajo. ¡Yo me propuse que iban a tener arte quisieran o no!

BEBA. ¡Y cuando Tula propone... Tula dispone!

TULA. ¡Ésa es la verdad! Lo primero que hice fue suprimir el coloquio con el público. Imagínate, si yo en mi vida privada, ¡jamás digo una mala palabra, mucho menos iba a usarlas con el respetable! *(Pausa.)* Entonces dije: ¡nada de quedarse en pelota! Que siempre quede algo sugerente... una pluma... una flor... algo artístico. *(Pausa.)* Y después siguieron las grandes renovaciones... Yo fui la primera en Cuba que usó abanico de plumas en el acto. ¡Y la primera que cantó Titina mientras se desvestía!...

BEBA. *(Despertando, incorporándose a medias.)* ¿Titina?

TULA. ¡Sí, Titina! Y no sólo eso, sino verdadera música... ¡Danzas exóticas del Egipto y del Nilo!

BEBA. La verdad es que supiste triunfar por lo grande, vieja. Pero yo, francamente, no creo que pueda.

TULA. ¡Nunca digas eso! ¡Querer es poder! ¡Lo que necesitas es mucha confianza en ti misma!

BEBA. Con todo, yo creo que no voy a poder... ¡qué va! ¡No voy a poder! *(Va dejándose caer rendida en el catre.)*

TULA. Parece mentira, tan joven y tan pesimista... ¡Fíjate como conmigo no han podido acabar!... Y la guerra que pienso dar todavía. ¡Ánimo, mucho ánimo! ¿Tú estás oyendo? *(Se acerca y la sacude.)* ¡Beba, despiértate! ¡No pienses que te vas a quedar con mi catre y con mi puesto tan pronto! *(La sacude, pero es inútil.)* ¡Mira que esto es grande! *(Se queda inmóvil mirándola un instante. Se encoge de hombros. Va hasta el quinqué y baja la llama. Luego se sirve otro trago y se sienta en el tocador a hacerse moñitos mientras canta con mucho brío: Titina, Titina, etc., pero las palabras van desmayando hasta que se queda inmóvil mirándose en el espejo, y oculta el rostro entre las manos mientras se oye a lo lejos la música de Titina tocada tristemente en una pianola. Y el telón va cayendo lentamente.)*

Fin del Primer Acto

SEGUNDO ACTO

ESCENA UNO

La escena es la misma, una semana más tarde, pero ahora en otra parte de la carpa puede verse el catre de Beba y sus objetos personales. Al levantarse el telón, Tula va examinando distintos objetos y anotando en un papel.

TULA. *(Para sí.)* Un perchero... cuatro pesos. Palanganero... palangana, jarro y cubo... *(Se detiene pensativa.)* Ocho pesos. *(Entra Tomasa por la salida al exterior y se queda junto a la entrada sin ser vista por Tula.)* Un catre...

TOMASA. *(Cincuenta años, gorda, amable, sencilla. Con voz muy grave y sombra en la cara.)* ¿Qué estás haciendo, Tula?

TULA. *(Volviéndose.)* Inventario. *(Se queda un instante mirándola.)* ¡Tomasa, no te conocía sin la barba! *(Se acerca.)* Déjame verte... ¡Pero qué bien afeitada te dejaron! ¡Te ves monísima!

TOMASA. Sí, chica, al fin me decidí. *(Pausa.)* ¡Dios quiera que mis hijas sepan entender este sacrificio!

TULA. Serían muy malagradecidas si no lo hicieran... ¿Y te sientes muy extraña sin la barba?

TOMASA. ¡Extrañísima! Me siento así como... como si estuviera desnuda alante de todo el mundo.

TULA. Deja, no sigas. Ya te comprendo.

TOMASA. Pero vale la pena, Tula. Elsa es la única hija que me queda soltera... y es la más cariñosa de todas. Yo quisiera que vieras cómo insistió para que fuera... Tú sabes que cuando las otras se casaron no me dejaron ir a la boda.

TULA. A mí siempre me pareció una acción muy fea de parte de ellas. Uno nunca debe avergonzarse de su madre aunque sea un fenómeno.

TOMASA. Yo no las critico, Tula. Hay que ponerse en su lugar. A ningún novio le gusta ver una suegra barbuda en la boda. *(Pausa.)* De manera que esta vez decidí darme el gusto de ver a mi hija casándose, aunque me tuviera que afeitar.

TULA. Bueno, no te preocupes. Ya volverá a crecer.

TOMASA. La verdad es que no me voy a dejar la barba otra vez. Yo quisiera quedarme con mis hijas... ¡Ellas me necesitan! Los muchachos tienen que quedarse solos cuando ellas van a su colocación... Fíjate si hago falta.

TULA. Y tú, que estás chocha con los nietos.

TOMASA. Chocha, Tula... pero es bobería. Con la barba no puedo entenderme con ellos. Aquella vez que Tomasita me trajo el niño, ¿te acuerdas, en Calabazar? El dichoso muchacho se asustó y empezó a dar gritos desde que me vio, y cuando al fin cogió confianza, le dio por decirme abuelo.

TULA. No sé ni qué decirte... A mí me parece que ya tú estás acostumbrada a esta vida.

TOMASA. Lo que estoy es cansada de exhibirme como un fenómeno. Yo lo que quiero es hacerme un moño, ponerme un delantal y quedarme en la casa cuidando a mis nietos... ¡aunque me tenga que afeitar todos los días!

TULA. ¡Entonces vamos a brindar por tu decisión! *(Busca una botella escondida en la maleta.)* Yo quiero desearte buena suerte... aunque sé cómo te voy a extrañar, Tomasa.

TOMASA. Yo también te voy a extrañar con toda el alma, mi amiga. Pero a ti tampoco te queda mucho tiempo en el circo, ¿verdad?

TULA. *(Sirviendo dos vasos y vuelve a guardar la botella.)* No, parece que no. *(Suspira y le da un vaso.)* ¡Este circo se está cayendo a pedazos!

TOMASA. No es el circo... somos nosotros, Tula. Por lo menos, a mí la barba se me estaba cayendo pelo a pelo.

TULA. A ti la barba y a mí otras cosas. *(Pausa, con brío.)* ¡Brindemos porque el ánimo sea lo último que se nos caiga!

TOMASA. ¡Chócala! *(Toman con la naturalidad del que está muy acostumbrado al trago.)* ¡Este coñac es del bueno, Tula!

TULA. Es para las grandes ocasiones. Tú comprenderás que no voy a despedir con mofuco a mi mejor amiga.

TOMASA. ¡No digas eso! Nosotras no podemos despedirnos después de una amistad de tantos años. *(Pausa.)* ¡Si todavía me parece estar viéndote, el día que llegaste vestida de punzó y escarpines con tacón alto!

TULA. Ay, Tomasa. ¡Mira que a ti te gusta hablar del año de la Nana! A mí me pone la carne de gallina... ¡mira!

TOMASA. Pero es la realidad, mi amiga... Vamos para viejas y hemos dado tantos tumbos por ahí que nos merecemos un buen descanso.

TULA. ¡Me imagino la cara que habrá puesto el viejo Ruperto cuando se enteró de que te ibas... Ahora tiene que buscarse otra barbuda, y las buenas como tú no abundan!

TOMASA. Si tú supieras lo bien que se ha portado conmigo últimamente... Lo que pasa es que hace tiempo que no hablas con él y no sabes cómo ha cambiado.

TULA. Lo dudo. *(Recitado.)* Arbol que nace torcido, jamás su tronco endereza, pues se hace naturaleza el vicio con que ha crecido.

TOMASA. ¡Yo te digo que ha cambiado! Él sabe que no le queda mucho tiempo de vida...

TULA. Eso tampoco lo creo. Ese viejo es malo y se queda para semilla. ¡Aunque sea de Géminis!

TOMASA. Yo le pregunté al médico, Tula. Me dijo que tenía una cosa mala en el hígado.

TULA. Sí, el alcohol que ha venido acumulando toda la vida. Pero por desgracia eso lo que hace es conservarlo.

TOMASA. Francamente, eso me extraña de ti. Yo te tenía por una persona que podía perdonar.

TULA. Una se puede permitir el lujo de perdonar cuando el mal que te han hecho ha pasado... Pero cuando sigue haciéndote daño... ahí está recordándote que no perdones. *(Pausa.)* ¡Y yo salgo a bailar desnuda todas las noches!

TOMASA. ¡Pero si ya tú te vas del circo!

TULA. No. Tomasa, no me voy. ¡Me botan, que no es lo mismo! *(Pausa.)* ¡Ellos dicen que por vieja, pero yo sé que es por envidia! ¡Porque yo les he dado a todos en la cabeza!... Ellos me desnudaron... ¡pero yo me di el gusto de conservarme decente! ¡Y eso no me lo perdonan!

TOMASA. Tú eres grande, Tula, yo siempre lo he dicho. Ten la seguridad de que si no hubiera tenido la suerte de nacer con barba, a mí me hubieran hecho bailar desnuda también... ¡Y sabe Dios en lo que hubiera parado! *(Pausa.)* Pero ya pasó lo peor y tenemos un dinerito ahorrado... ¡Ahora nos toca reírnos de lo que nos decían las tacañas!

TULA. *(Sin oírla.)* Y lo que más me duele no es dejar esta maldita carpa, porque ya estaba loca por irme... sino que me boten por vieja. ¡Con lo buena que yo estoy todavía!

TOMASA. ¡Y dígalo! Lo que se llama un buen carro de verdad. *(Pausa.)* Con los años has cogido unas libritas... pero muy bien repartidas.

TULA. Todavía tengo la misma cintura de soltera... ¡mira! ¡Y los piropos que me sueltan los hombres por la calle todavía!... 593

¡Me dicen barbaridades, Tomasa! *(Pausa.)* Por eso me da roña que ese viejo sinvergüenza me quiera botar.

TOMASA. Pero él no te quiere botar... ¡él quiere ayudarte!

TULA. ¿Cómo? ¿Trayéndome una sustituta?

TOMASA. Él me dijo que iba a venir ahorita, porque tiene que proponerte algo muy bueno.

TULA. Si son las mismas proposiciones de hace veinte años, que ni se moleste. ¡Primero muerta que ser la querida de ese viejo!

TOMASA. ¡No, Tula, no es eso! ¡Si el médico le ha prohibido toda clase de ejercicio!

TULA. En ese caso, hablaré con él... y trataré de no pensar en lo mal que se portó conmigo.

TOMASA. Él se portó mal, Tula... pero a mí siempre me pareció que tú exageraste un poco.

TULA. ¡Él tuvo la culpa que mi marido acabara en borracho perdido! ¡Con el futuro que tenía en la política!

TOMASA. ¿Futuro de qué, Tula? Si tú misma dices que nunca salió ni Concejal.

TULA. Pero si llega a entrar en aquellas elecciones, triunfa. ¡Se había acabado de sacar un billete! *(Pausa.)* Pero en lugar de hacerme caso a mí, se puso a oír a Ruperto y vino a meter el dinero en este circo de mala muerte.

TOMASA. Cualquiera que te oye se cree que Ruperto le puso un revólver en el pecho...

TULA. Fue peor que eso... Tan pronto se enteró que nos sacamos la lotería se nos pegó día y noche... Y si lo hubieras oído hablar... ¡Nosotros íbamos a ser los dueños del circo! ¡Y yo iba a ser la gran estrella del sainete!

TOMASA. Por lo menos tú llegaste a ser la gran estrella.

TULA. ¡Sí, mientras mi marido vivía! ¡Pero tan pronto faltó, el manganzón de Cheo, su mujer... el viejo, todo el mundo me cayó arriba como si fueran auras!... ¡O bailaba desnuda o me iba para la calle! Y tú comprenderás que yo tenía que vigilar lo poco que me quedaba en el circo. *(Pausa.)* Total, que cuando me vine a dar cuenta que ya se lo habían robado todo, hacía tanto tiempo que era desnudista que no valía la pena irse... La cosa entonces era sacarle el mejor provecho y ahorrar...

TOMASA. ¡Pero nadie lo hubiera hecho como tú! ¡Desnuda pero con la frente muy alta! *(Entra Beba.)*

ESCENA DOS

BEBA. *(Entrando.)* Ay, perdona, no sabía que tenías visita. *(Se queda mirándola.)* ¡Tomasa!

TOMASA. Sí, no me lo digas. Tú no me conocías... y lo que va a pasar es que mis hijas no me van a conocer tampoco.

BEBA. ¡Pero es que no me canso de mirarla!... ¡Se ve de lo más bien!... ¿Verdad, Tula?

TOMASA. Gracias, hija. Favor que tú me haces.

BEBA. Se lo digo con toda franqueza. *(A Tula.)* Ahorita me encontré con Cheo y me dijo que tú lo habías mandado a buscar...

TULA. Sí, mijita. A él y al tarugo de la charanga para ver qué tiene preparado para anunciarte, no vaya ser una chapucería.

TOMASA. ¡Pero, Tula! ¿Van a sacar una charanga para anunciarla?

TULA. Muchacha, por todo lo alto. Van a adornar el camión con guirnaldas y ella va a ir.

BEBA. *(Interrumpiéndola.)* ¿Cómo? ¿Pero yo voy a ir en el caminón?

TULA. Claro que sí. La gente tiene que ver lo que le ofrecen porque si no nadie viene. ¡Imagínate que fuera la mujer de Cheo la que iba a bailar! ¡Te aseguro que quemaban la carpa!

TOMASA. ¡Tú siempre te negaste a exhibirte en ese camión por la calle!

TULA. Sí, mi vida. Pero ya a mí el público me conocía. Acuérdate que yo estuve más de dos años en el sainete... Mientras que Beba es una desconocida y hay que lanzarla.

TOMASA. La verdad es que ese lanzamiento no me gusta nada.

TULA. A mí tampoco, pero hay que hacerlo. Ya te lo dije, Beba... sacrificios que hay que hacer en el "chou-bisnis".

BEBA. ¿Y tengo que ir en el camión así... así sin nada puesto?

TULA. No, hija. Lo del camión es un avance de la función de la noche. Tú deja eso de mi parte que yo sé lo que tengo que hacer.

TOMASA. No estoy segura, Tula. Aquí hay algo raro.

TULA. Nada de raro. Tú lo verás. *(A Beba.)* Anda y dile a Cheo que venga antes de que Tomasa se vaya para hacerle una demostración.

BEBA. *(Iniciando el mutis.)* ¿A qué hora se va usted, Tomasa?

TOMASA. A eso de las tres, mijita.

BEBA. Es que yo quería mandarle unos caramelos a sus nietos.

596   TOMASA. Ay, bobita, no te molestes...

BEBA. Es con mucha voluntad, así que espéreme de todas maneras. *(Sale.)*

ESCENA TRES

TOMASA. ¡Qué muchachita más fina, Tula... y qué tranquila parece! *(Suspira.)* ¡Qué lástima!

TULA. ¿Lástima por qué?

TOMASA. Porque va a acabar hecha una perdida por ahí.

TULA. Bueno, así tampoco. Yo soy desnudista y no me eché a perder.

TOMASA. Tú eres distinta. Tula, tú eres inteligente y sabes usar la cabeza. Pero otra en tu lugar...

TULA. ¡No sabes cómo me alegra oírte decir eso, porque ya yo había hecho mis planes para quitarle de la cabeza lo de bailarina!

TOMASA. Valiente manera de quitárselo de la cabeza, dándole clases de baile y montándola en el camión de la charanga.

TULA. ¡Ay, Tomasa, usa el cerebro!.. Yo no puedo decirle de sopetón que se olvide del·baile porque tiene mala cabeza. Yo tengo que ir engatusándola poco a poco, sin que se dé cuenta...¡Y quiero que sepa lo que es esa charanga a ver si de la pena se arrepiente!

TOMASA. ¿Por qué no le escribes a la familia, a ver si ellos la convencen?

TULA. Pero, mi vida, no te me adelantes. Lo primero que hice fue pedirle que le escribiera a los padres, pero se me resistió. No hubo manera de convencerla y tuve que escribirle en su nombre. 597

TOMASA. ¿Y te contestaron?

TULA. Todavía no hay tiempo, ellos viven en donde el diablo dio las tres voces. ¡Pero deja que lean mi carta para que veas cómo le contestan enseguida!

TOMASA. Tula, hay que quitarse el sombrero. ¡Tú eres grande!... ¡Brindemos!

TULA. ¡Chócala! *(Toman.)* Es que no sé qué me pasa con esa muchacha... A veces me parece que soy su madre. *(Pausa.)* Debe ser lo que tú dices, me estoy poniendo vieja... Porque últimamente me ha dado por acordarme de mi familia. *(Pausa, como una confesión.)* ¿Tú sabes una cosa? Yo también le escribí a mis padres.

TOMASA. Pero, Tula... ¿Tú no les escribías?

TULA. Yo les mandaba un dinerito de vez en cuando sin decirles desde dónde. Ellos nunca vieron con buenos ojos que yo fuera artista... ¡Y eso que no sabían qué clase de artista!

TOMASA. ¿Y se lo contaste todo en la carta?... ¿Lo de tus bailes exóticos y todo?

TULA. Todo, Tomasa... pero en una carta tan cariñosa que yo quisiera que leyeras lo que me contestaron. ¡Mira! *(Saca del seno una carta y Tomasa la lee mientras Tula la vigila por detrás.)* ¡Fíjate en esta parte!

TOMASA. *(Emocionada.)* ¡Ay, Tula, qué cosa más triste y más linda...! ¡Parece una guantanamera!

TULA. *(Guardando la carta.)* ¡Es que están tan viejitos y tan solitos los pobrecitos!

TOMASA. Es lo que yo te decía, Tula... Cuando la gente siente la muerte cerca quieren dejar este mundo en paz y tranquilidad... y con todas las cuentas arregladas.

TULA. Ellos siguen viviendo en Guaracabulla, allá en Las Villas... Y cuando mi hermano murió el año pasado les dejó una quincallita y cuatro hijos.

TOMASA. ¿Y tú no tienes ganas de verlos?

TULA. Tremendas... Deja ver si para Nochebuena me animo y voy allá. *(Pausa.)* Parece que de hablarle tanto a Beba de la familia me estoy contagiando.

TOMASA. ¡Es que nosotras hemos tenido una vida de mucho ajetreo y eso es lo que necesitamos... la tranquilidad de la casa y la familia!

TULA. ¡Ay, no, solavaya! ¡Bastante tranquilidad vamos a tener en el cementerio! ¡Ahora hay que aprovechar!

TOMASA. Ya nosotras no tenemos nada más que aprovechar... Estamos como un par de velas apagadas.

TULA. ¡No, qué va! ¡Yo me siento encendida todavía! *(Pausa.)* Yo no puedo resignarme a que mi vida sean estos años miserables que he pasado... y que lo único que me queda es tirarme en un rincón a esperar la muerte. *(Pausa.)* ¿Tú no crees que la vida tiene que ser otra cosa?

TOMASA. Dicen que la vida es una cumbancha... pero es una cumbancha muy triste.

TULA. Bueno... entonces yo me conformo con que me toque la última carcajada de esa cumbancha.

TOMASA. ¡Tú déjate de tantas carcajadas y vuelve a tu casa! ¡Mete tus ahorros en la quincallita y ponte a cuidar a tus viejos y a tus sobrinos!

TULA. Espérate un momento... Esto es una rueda ¿o qué? Yo convenciendo a Beba y tú convenciéndome a mí...

TOMASA. Yo lo que quiero es tu bien... para eso soy tu mejor amiga.

TULA. No, Tomasa... ¡mi única amiga!... ¡Dame un abrazo, mi hermana! *(Se abrazan emocionadas, al borde de las lágrimas.)*

TOMASA. Ay, Tula... todavía me parece estar viéndote con aquel vestidito punzó y unos chorongos.

TULA. *(Interrumpiéndola.)* ¡No, Tomasa! ¡Vamos a brindar! *(Sirve otra vez en los vasos.)*

TOMASA. Porque los años que nos queden sean mejores... ¡y más tranquilos! *(Toman.)* Yo no quiero llegar a la tumba cansada y con la lengua afuera. ¡El día que me llegue la hora quiero estar reposada para poder mirar a Dios cara a cara!

TULA. ¡Poesía pura, Tomasa... tú eres poesía pura! ¿Dónde voy a encontrar un alma amiga tan fina como la tuya? ¡Ay, cómo te voy a extrañar! *(De pronto el estridente sonido de una trompeta en el exterior las sobresalta. Tula da un grito y entra Beba muy agitada.)*

ESCENA CUATRO

BEBA. *(Entrando.)* ¡Ahí están Don Ruperto y los demás!

TULA. *(Todavía sobresaltada.)* ¿Pero qué se ha creído ese viejo? ¿Qué hay que anunciarlo como al rey de España? *(Otra vez se oye la trompeta y entra Ruperto seguido de Cheo y el Tarugo.)*

RUPERTO. *(Entrando, sesenta años, dril cien viejo y ajado, sombrero de jipi amarillento en la mano. Rostro cansado y demacrado.)* ¿Se puede?

TULA. *(Con hostilidad.)* No sé para qué lo pregunta si ya está adentro.

RUPERTO. ¿Interrumpimos alguna celebración?

TOMASA. Nada importante... dos viejas amigas despidiéndose.

RUPERTO. Una despedida puede tener más importancia de lo que tú crees. *(Mirándola fijamente.)* No había tenido oportunidad de decírtelo Tomasa, pero nunca me imaginé que se escondía algo tan bueno atrás de la barba.

TOMASA. ¡Ay, Ruperto, usted no cambia! Genio y figura hasta la sepultura. *(Se da cuenta de su indiscreción.)* Quiero decir que usted es un tremendo punto... ¿Verdad, Tula?

TULA. Sí. Un punto filipino.

TOMASA. ¡Tula, no empieces!

RUPERTO. *(Señalando a Cheo.)* Si van a ensayar algo, no tengan pena. Yo vuelvo después.

CHEO. ¿Cómo? ¿Acaso tú no eres dueño del circo? ¡Entonces tienes derecho a quedarte donde te dé la gana!

TULA. ¡Un momento! ¡Esta carpa es mía y aquí la que tiene que decir si se queda o se va soy yo! *(Volviéndose a Ruperto muy ceremoniosa.)* Puede quedarse.

BEBA. Ay, Tula, no hace falta que haya tanta gente.

TULA. Acostúmbrate, porque hoy somos nosotros pero despúes vas a tener al pueblo entero atrás del camión.

TOMASA. ¡Y los muchachos en pandilla gritándote oprobios!

CHEO. ¿Empezamos o no? Yo tengo mucho que hacer. *(Pausa. A Beba.)* Tú ven acá para enseñarte el saludo.

TULA. ¡Aquí la única que la enseña a ella soy yo! *(A Beba.)* Siéntate allá y mucho ojo. *(Los demás se apartan.)*

CHEO. *(Señalando lugares y movimientos.)* Vamos a suponer que el camión está aquí... adornado con guirnaldas... y el sexteto de Totico que está ahí afuera esperando mis órdenes... *(Cogiendo al Tarugo por un brazo.)* A éste lo paramos aquí alante... con la trompeta... y ponemos una plataforma en el medio... así como ésta. *(Coge la banqueta del tocador.)* Usted, madama, súbase aquí, si me hace el favor... *(Tula obedece y se queda inmóvil, en pose.)* Y yo voy a ir encaramado en el techo repartiendo los volantes. *(Se sube en una silla. Al Tarugo.)* Empieza... *(El Tarugo permanece inmóvil.)* ¡Dale ya, muchacho! *(Éste da un trompetazo.)* ¡No, no, así no! Mira, déjalo. *(Va hasta la salida.)* ¡Totico, tócame eso de la caña... anjá, eso mismo! *(Empieza un* **601** *conjunto típico con "el alacrán tumbando caña", etc.)* Ahora tú...

TARUGO. *(Desmayadamente por la bocina.)* Caballeros... este año, como gran sorpresa de Navidad, el Gran Circo Ruperto y Sobrino... *(Se detiene y saca un papel.)...* presenta una nueva atracción... *(Trompeta.)...* ¡Titina! *(Tula empieza a moverse saludando a un público imaginario y adoptando poses supuestamente provocativas.)* ¡El gran descubrimiento de Cheo Carvajal escogida entre miles de aspirantes para ocupar el lugar de la gran Tulipa!... ¡La misma que ven aquí, admírela al natural!... ¡Un gran espectáculo artístico a la altura de la capital, ahora en funciones corridas empezando a las ocho de la noche! ¡La gran Titina, la nueva estrella de las mil revoluciones por minuto! ¡Espectáculo para mayores solamente, al módico precio de diez centavos! *(El Tarugo se queda inmóvil.)*

CHEO. *(Entusiasmado, bajándose de la silla. Va hasta la puerta.)* ¡Totico, aguanta! *(Cesa la charanga.)* ¿No es algo artístico?... Entonces, vuelve a sonar la trompeta... ¡La trompeta, estúpido! *(El Tarugo toca)* ¡Y mientras yo reparto los volantes, tú abres los brazos y dejas caer la capa! *(Tula ha seguido sus instrucciones y se queda con los brazos en alto, inmóvil.)*

BEBA. ¿Qué capa?

CHEO. ¿Cómo que qué capa? ¡La capa de la madama!

BEBA. ¿Y tú piensas que yo me voy a quedar en pelota en el medio de la calle?

CHEO. ¡Pero a quién se le ocurre eso! ¡Tú vas a tener puesta la trusa de lentejuelas de Cuca la trapecista! *(Viene un gran silencio.)* Bueno... ¿es artístico o no?

TULA. *(Abandonando su postura y bajando de la banqueta.)* Sí, Cheo. Está a la altura de tu cerebro.

CHEO. Pues parece que a su alumna no le ha gustado mucho que digamos.

BEBA. ¿Y qué tú esperabas, que me pusiera a dar brincos? ¡A nadie le gusta que la exhiban en un camión anunciando... eso!

RUPERTO. No es por meterme, Tula... ¿pero no podríamos suprimir la charanga? Yo me acuerdo que tú nunca quisiste hacerlo.

CHEO. ¿Qué cosa tú dices? ¿Suprimir la charanga?... ¡De eso nada! ¡Después que yo he pasado tanto trabajo ésta sale en el camión o sale del circo para siempre!

TULA. Ay, hijo, no te vayas a comer a nadie por eso. Si hay que hacerlo se hace y se acabó... ¿verdad, Beba? ¡Todo sea por el espectáculo!

CHEO. Entonces no hay más que hablar. *(Al Tarugo.)* ¡Vamos! *(El Tarugo, sobresaltado, toca la trompeta.)* ¡No, estúpido, vámonos a trabajar1 (Inician el mutis.)*

TULA. *(Al Tarugo.)* ¡Acuérdate que hoy tienes que venir por la tarde! *(A Beba.)* ¿Por fin vamos a dar la clase por la tarde, no? *(Beba asiente.)*

CHEO. *(Al salir.)* Y deja que vean los carteles, yo mismo los pinté. ¡Algo artístico! *(Sale seguido por el Tarugo.)*

TULA. *(A Beba.)* Supongo que no estarás brava conmigo... Yo lo único que quiero es ayudarte a que las cosas salgan lo mejor posible... ¿Dónde vas?

BEBA. A... a comprar los caramelos para Tomasa... vuelvo enseguida. *(Sale presa de una gran emoción contenida.)*

TOMASA. ¡Pobre muchacha!

TULA. Que aprenda... porque si se queda aquí le esperan momentos más amargos todavía.

RUPERTO. Yo creo que es pedirle demasiado a esa muchacha, Tula.

TULA. ¡Ah, eso es lo que usted cree ahora! ¡Pero cuando me tocó a mí nadie se compadeció... y yo era mucho más joven! **603**

TOMASA. Tula... sigue mi consejo. Olvídate del pasado y trata de arreglar las cosas para tu futuro. *(Pausa.)* Yo mejor los dejo solos para que hablen. *(A Tula.)* Después vendré a despedirme.

TULA. Ay, Tomasa, a mí los nervios no me aguantan una despedida más. Vamos a decirnos ahora hasta luego... y yo te escribiré enseguida que sepa... dónde voy a establecerme.

TOMASA. No dejes de hacerlo, mi amiga... y cuídate.

TULA. Cuídate tú también... Acuérdate que eres de Sagitario. Nunca te encarames en una azotea y por nada del mundo en un avión.

TOMASA. Te lo prometo... *(Desde la puerta, muy dramática.)* ¡Abur y felicidades!

ESCENA CINCO

RUPERTO. *(Al quedar solos.)* ¿Puedo sentarme? *(Ella asiente.)* Gracias... es que últimamente me canso de nada. *(Pausa.)* ¿Hace tiempo que no te hacía la visita, eh, Tula?

TULA. Veinte años, que es lo que lleva de muerto mi difunto.

RUPERTO. ¡Y mira que ha llovido de entonces acá!

TULA. No me diga que usted ha venido a hablarme de la lluvia.

RUPERTO. He venido como amigo, Tula... y yo quiero que sepas que estoy enfermo. *(Pausa.)* Me estoy muriendo, Tula.

TULA. No lo creo. A otro perro con ese hueso.

RUPERTO. ¡Tienes que creerme! No me voy a poner con mentiras a estas alturas. Ahora nada más importan dos verdades: ¡Tú te vas del circo y yo me voy a morir!

TULA. O sea, que los dos vamos a pasar a mejor vida.

RUPERTO. No seas tan rencorosa. Yo me porté mal en otra época, pero ahora...

TULA. *(Interrumpiéndolo.)* ¡Pero ahora se siente con un pie en la tumba y le remuerde la conciencia! ¿No? ¡Pues aguante callado, que ya es demasiado tarde!

RUPERTO. Nunca es tarde para arreglar las cosas... por lo menos para tratar...

TULA. ¿Y qué piensa hacer? ¿Resucitar a mi difunto?... ¿Devolvernos el circo que nos robó?... *(Pausa.)* ¡Pues ni con eso puede pagarme estos años de trabajo y hambre!

RUPERTO. Tampoco me lleves a la soga, Tula. Si tú pasaste hambre fue porque te dio la gana. *(Pausa.)* La verdad, y no te ofendas, es que eres bastante agarrada, pero yo siempre te pagué muy bien.

TULA. ¡Usted me pagó bien porque le he tenido la carpa repleta de público, ocho funciones por noche durante veinte años!... ¡Pero yo tenía que ahorrar porque sabía que el día menos pensado me botaba para la calle!

RUPERTO. ¡Yo no voy a botarte a la calle! ¡Voy a ocuparme de ti!

TULA. Déjeme advertirle que si me va a hacer proposiciones deshonestas otra vez, va a salir de aquí como un volador de a peso.

RUPERTO. ¡No, Tula, no! Esto está bien para la gente joven, pero ahora sería ridículo.

TULA. ¿De gente joven, no? ¡Eso quiere decir que ya estoy hecha un cáncamo!

RUPERTO. Tampoco así, muchacha... Tú siempre me gustaste y ahora que me fijo, estás más madura y mejor que antes. *(Le acaricia una mano.)*

605

TULA. Quite la mano, que ya usted no está para esos trajines.

RUPERTO. Tienes razón, pero deberías de servirme un trago para hacer las paces.

TULA. ¿No se supone que la bebida le hace daño?

RUPERTO. El médico dice que es un veneno, pero total...

TULA. ¡Entonces ahí va el trago! *(Va hasta la maleta donde guarda el coñac, pero se arrepiente y le sirve de la botella que tiene sobre la mesa.)*

RUPERTO. ¡Ya, Tula! *(Ella le da el vaso.)* Bueno... por ti.

TULA. Muchas gracias. Y ahora al grano. ¿Qué era lo que iba a proponerme?

RUPERTO. ¿Cuánto dinero tienes ahorrado?

TULA. Eso no se lo digo ni soñando. Confórmese con saber que son unos cuantos reales.

RUPERTO. ¿Y qué has pensado hacer con ellos?

TULA. *(Vagamente.)* No estoy segura... tengo varios planes. Por ejemplo, mis padres quieren que invierta algo en su establecimiento.

RUPERTO. ¿Qué establecimiento?

TULA. Una próspera tienda que ellos tienen en Guaracabulla.

RUPERTO. ¿Tienda de qué?

TULA. Tienda... mixta.

RUPERTO. ¡Tú querrás decir un timbiriche! ¡A mí tú no me puedes tupir, Tula! *(Pausa.)* Ahora cállate la boca y déjame hablar... ¿Tú te acuerdas de mi hermano Ramón, el que es Concejal en Santiago?

TULA. ¿Mongo Pillería? ¡Claro que me acuerdo de él! El año pasado vino a comprar boletas... y entre paréntesis, salió electo y no le ha pagado a nadie todavía.

RUPERTO. Ramón ha tenido sus cosas, pero esto es distinto. Aquí el responsable soy yo y no te voy a enredar en nada sucio.

TULA. Si usted y su hermanito están metidos por el medio, el negocio es sucio.

RUPERTO. ¡Está bien, es sucio!... Pero va a dar muy buena plata. ¿Te interesa o no?

TULA. *(Después de pensarlo.)* Me interesa.

RUPERTO. Ya nos vamos entendiendo. *(Pausa.)* ¿Tú has oído hablar del Teatro Shangai de La Habana?

TULA. ¿Donde hacen indecencias? ¡Ya me imaginaba que era algo por el estilo!

RUPERTO. Es el único negocio que tú y yo conocemos, público y espectáculo. Y es una cosa muy segura, porque hay gente muy respetable financiándolo.

TULA. No, gracias. Yo no voy a salir de aquí para ponerme a lidiar con un público que no conozco.

RUPERTO. ¡Pero si tú no tienes nada que ver con el público!... Tú serías algo así como una accionista, pones tu dinero en el negocio y cobras los intereses a fin de mes. ¡Y sanseacabó!

TULA. ¿Y si es un negocio tan bueno, por qué no se quedan con todo?

RUPERTO. Ahí está la cosa. Para que pueda funcionar tiene que tocarle algo a las autoridades locales... y allí mi hermano es un personaje.

TULA. No sé... aquí hay algo que no me gusta. Además, yo tenía pensado retirarme del teatro definitivamente...

RUPERTO. ¿Para hacer qué?

TULA. ¡Para cultivarme! ¿No? ¡No quiero morirme siendo una ignorante!

607

RUPERTO. Pues cultívate en Santiago. Allí hay muy buenos colegios.

TULA. ¿Santiago? ¿No me dijo que era el Shangai de La Habana?

RUPERTO. No, hija. Éste es una sucursal. ¡Es el Shangai de Santiago y va a ser a todo lujo! ¡Imagínate qué clase de negocio! ¡Si en La Habana, con tanta competencia es una mina... éste acaba con la quinta y con los mangos!

TULA. ¿Qué tiempo me da para pensarlo?

RUPERTO. ¡Qué desconfiada eres! *(Pausa.)* Piénsalo todo lo que quieras... hasta después de Navidades. Pero acuérdate que una persona que tiene cerca la muerte no es capaz de engañar a nadie.

TULA. Eso es lo malo... Usted se estará muriendo, pero Mongo Pillería está bueno y sano.

RUPERTO. Confía en mí, Tula. Yo dejaré los papeles legalizados para que nadie pueda perjudicarte.

TULA. Ya que estamos hablando de negocio, déjeme aprovechar para preguntarle quién me va a pagar esto. *(Señala la carpa.)*

RUPERTO. ¿Qué cosa?

TULA. Esto... la carpa y los muebles, que son míos, de mi propiedad.

RUPERTO. Pero esa muchacha... Beba ¿no se va a quedar en tu lugar?

TULA. No esté muy seguro... Pero aunque así fuera, no piense que yo le voy a hacer una donación al circo. ¡A mí hay que pagarme hasta el último kilo!

RUPERTO. Tú no cambias... Está bien, hazme un inventario.

608 TULA. *(Interrumpiéndole y dándole un papel.)* ¡Aquí está!

TULA. ¡Tú eres de empuje, Tula! *(Extendiéndole el vaso otra vez.)* ¿Brindamos juntos ahora?

TULA. *(Quitándole el vaso.)* No, señor. Deje eso, que le hace daño. *(Pausa.)* No me mire con esa cara, que no lo hago por buena, sino para proteger... mis posibles inversiones. Déjeme hacer este brindis a mí... *(Se sirve un trago y levanta el vaso.)* ¡Brindo por los infelices que han tenido que aguantar los golpes... y se han pasado la vida viendo cómo se ríen de ellos! *(Pausa.)* ¡Porque a todo el mundo le llega la hora... porque estoy segura que la última que se va a reír soy yo! *(Toma, mientras Ruperto sale con la cabeza baja y cae el telón rápidamente.)*

TERCER ACTO

ESCENA UNO

La escena es la misma, una semana después, por la mañana. Al levantarse el telón, Beba está leyendo una carta, y sentado en un rincón, inmóvil como un muñeco, el Tarugo, con la trompeta bajo el brazo. Momentos después entra Tula, y Beba esconde la carta rápidamente, como si la hubiera sorprendido.

TULA. Ahí están los músicos... ¿Damos la clase ahora o lo dejamos para después?

BEBA. Vamos a darla ahora, porque últimamente siempre se nos queda la clase de un día para otro.

TULA. La culpa la tienes tú, que te noto de lo más desembullada. Ya yo te lo advertí, para dedicarse al baile hay que tener mucha voluntad, y sobre todo, haber nacido con talento. Y francamente, mi vida, me siento un poco desengañada contigo.

BEBA. ¡Es que me hace falta practicar más!

TULA. ¡Está bien, practiquemos! *(Señalando al Tarugo.)* ¿Y ese guanajo, qué hace sentado ahí como un muñeco? *(Él no la oye. Acercándose.)* ¡Chucho! ¿Tú estás sordo o sigues fumando la cosa ésa?

TARUGO. Yo... yo...

TULA. ¡Camina a reunirte ahí afuera con los músicos, y que no me entere de que andas otra vez con la yerbita, porque te quito la trompeta!

610   TARUGO. *(Iniciando el mutis.)* Yo... yo...

TULA. ¡Yo, nada! ¡Haz lo que te digo! *(Él sale lentamente.)* Ahí tienes un ejemplo de lo que hace el circo en la gente. Primero le saca el jugo y después lo bota como si fuera un gollejo de naranja. *(Pausa.)* ¿Tú sabes quién era Chucho? Nada menos que el gran fakir Alí—Babá, el mejor comecandela que ha habido en Cuba. Cuando yo llegué al circo él era la gran atracción, hasta un día que se quemó y le cogió tanto miedo a la candela que cuando ve un fósforo encendido se desmaya.

BEBA. ¿Cómo fue que se quemó?

TULA. Ah, por cabeciduro. Tan pronto como yo me enteré que era de Capricornio le dije: "Oígame, Fakir... no juegue con la candela si no quiere quemarse"... Pero tú sabes cómo es la gente. No cree en las estrellas ni le hace caso a nadie. ¡Y ahí lo tienes! *(Pausa.)*

BEBA. Yo, siendo él, me hubiera buscado trabajo fuera de aquí.

TULA. Mira, muchacha... después que la gente se acostumbra al circo, ya no puede vivir fuera. Fíjate en el pobre Chucho. Cuando salió del hospital tuvo que meterse a Tarugo y lo pusieron a limpiar la jaula del león. De esto hace años, cuando todavía tenía dientes... y un día por poco se lo come. Entonces andaba por ahí hecho una piltrafa... fumando la yerba y hablando de cuando él era Alí—Babá y de los aplausos, y figúrate... a mí me dio tanta lástima que le compré una trompeta de uso... y lo puse con los músicos de mi "chou". Después aprendió un poco más y lo metieron en la charanga.

BEBA. ¡El pobre!... ¡Siempre anda en otro mundo!

TULA. Sí... en el mundo donde van a parar todos los que desbarata la vida del circo. *(Pausa.)* ¿Tú has visto esa viejita... Nicolasa, la que limpia la pista?... ¿Tú has visto cómo anda siempre borracha tirada por los rincones? Pues era una gran trapecista, y un día...

BEBA. *(Interrumpiéndola.)* ¡Tula, por favor, no me cuentes más tragedias! ¡Con todo lo que tú me digas, hay gente que no acaba mal... mírate a ti!

611

TULA. Está bien, mijita. Yo nada más quiero que abras los ojos, y...

BEBA. *(Interrumpiéndole otra vez.)* ¡Ya los tengo bien abiertos, gracias! *(Pausa.)* ¿Y ahora, vamos a dar la clase o no?

TULA. *(Ofendida.)* Como tú quieras.

BEBA. *(Más amable.)* No te me pongas brava, Tula... es que tengo los nervios de punta últimamente. *(Pausa.)* ¿Tú no me ibas a enseñar hoy el baile de los velos?

TULA. Se llama la Danza de los Siete Velos, aprende a decirlo bien. *(Beba prepara una silla, de espaldas al público, y se sienta mientras Tula entra detrás del biombo, con un montón de velos en la mano.)* Éste es uno de mis grandes éxitos... Una vez, siendo yo niña, lo vi en una película, no estoy segura si era Cleopatra o Salomé... y me impresionó muchísimo. Lo malo que la película era muda y la música tuve que sacarla de otro lado... ¡Pero siempre he dejado al público con la boca abierta... noche tras noche durante... veinte años!... *(Gritando.)* ¡Dale ya, Chucho! *(Se oye la trompeta y empieza la musiquita vagamente oriental, de flauta y timbal.)* ¡Ahora, mucha atención, que voy a empezar! *(Tula saca una mano, sujetando un velo que mueve acompasadamente... y lentamente sale cubierta de velos, estratégicamente situados sobre su vestido, y con el rostro cubierto por otro, como las mujeres del Oriente. Sus movimientos rítmicos, ondulantes, que imitan una danza del ombligo, pueden resultar risibles o patéticos, pero nunca obscenos. Esto es muy importante para el director: nunca obscenos. Mientras baila, le va hablando.)* Ahora fíjate bien... Ve soltando los velos uno a uno, porque acuérdate que abajo no vas a tener casi nada... Imagínate que eres Salomé, la mujer más bella de la India... y olvídate de los borrachos del público... Ahora estás bailando para los Reyes y Faraones... y toda esa gente que se volvía loca por Salomé... De vez en cuando te viras y los miras de frente... ¡así!... y domínalos. ¡Tú eres una Reina y ellos están a tus pies! *(Se detiene.)* ¿Pero qué te pasa?

BEBA. Nada, Tula... es que no me siento bien hoy.

TULA. ¡Yo lo sabía! *(Quitándole el resto de los velos y gritando.)* ¡Aguanta, Chucho! *(La música cesa y acercándose.)* Yo sé lo que a ti te pasa, boba... A mí tampoco se me quita de la cabeza esa carta.

BEBA. ¡Qué carta ni qué ocho cuartos!... ¡Ya yo ni me acordaba de eso!

TULA. Vamos, no seas hipocritona. Cuando entré te pillé leyéndola otra vez. *(Beba se vuelve.)* ¡Pero no te dé pena! ¡Si deberías de darle gracias a Dios de tener unos padres que te quieran tanto y escriban tan lindo!

BEBA. Ellos no saben escribir.

TULA. ¡Pero saben dictar! ¿No? *(Pausa. El Tarugo, trompeta en mano, entra y se queda inmóvil junto a la entrada.)* ¿Y tú qué quieres ahora, muchacho?

TARUGO. Yo... Yo... *(Señala afuera.)*

TULA. ¡Lo que más me gusta de ti es la conversación! ¿Qué tú quieres saber? *(El Tarugo señala afuera.)* ¿Que si pueden irse los músicos? *(Él asiente.)* ¡Sí, hijo, y tú también! *(Se acerca a él y lo empuja suavemente hacia afuera. El Tarugo sale y Tula, después de un instante pensativa, se acerca a Beba otra vez.)* ¡Ya no sé ni lo que estábamos hablando!... ¡Ah, sí, la carta de tus viejos!

BEBA. Vamos a dejar eso ahora.

TULA. *(Sin hacerle caso.)* ¡Ay, Beba, cada vez que me acuerdo de esa parte que dice que piensan en ti y que están locos por verte!... ¡Mira cómo me erizo!... Y cuando el viejo te cuenta de los sembrados que han empezado a salir en el pedregal!...

BEBA. ¡Ésas son exageraciones de papá! Salieron unas yerbitas y, dice que son sembrados. *(Pausa.)* ¡Él siempre ha sido muy confiado y ésta no es la primera vez que está seguro que no lo van a desalojar!

TULA. A lo mejor, como es un pedregal y nadie lo quiere, se lo dejan...

BEBA. ¡Ni lo sueñes! Cuando tenga el terreno bien preparado lo botan para la guardarraya, como siempre... Y lo más bonito, que se irá para otro lado y empezará a sembrar otra vez...

TULA. Algún día tiene que salirle bien...

BEBA. Eso mismito dice él... algún día. *(Pausa.)* ¡Pero se muere de viejo y ese día no llega!

TULA. Hay que saber esperar, Beba. Los viejos del campo tienen razón.

BEBA. ¡Allá los viejos, pero yo soy joven y me cansé!

TULA. Una vez yo me cansé de esperar también... y ahora me pesa. Las cosas que uno quiere no se dan fáciles... hay que fajarse por conseguirlas y no desesperarse. *(Pausa.)* ¡Si yo hubiera sabido esperar un poquito más... si hubiera luchado un poquito más... otro gallo cantaría!

BEBA. ¿Pero tú de qué te quejas? ¡Tú has sabido darte buena vida!

TULA. ¡No digas boberías! ¿Tú crees que esto que yo he llevado es buena vida?

BEBA. ¡No hace mucho tú me dijiste que sí!

TULA. ¡No hagas caso a lo que te dije entonces y óyeme ahora! *(Pausa.)* ¡Yo también salí huyendo de mi casa, del monte, de la miseria... igual que tú!... y me fui con mi madrina para el pueblo. *(Pausa.)* ¡Ella era conserje de la Escuela Pública, y yo pensaba que iba a aprender mucho. Ése era mi delirio, aprender! *(Pausa.)* Pero en vez de ir al colegio tuve que colocarme, porque mi madrina no podía mantenerme... ¡Y el colegio nada más lo veía de lejos! *(Pausa.)* Me acuerdo que yo iba a ver pasar las maestras por la mañana tempranito... iban tan limpias... tan decentes... ¡y todo el mundo las trataba con tanto respeto! *(Pausa.)* ¡Cómo me hubiera gustado ser maestra!... Pero en vez de quedarme y dar la batalla, me cansé muy pronto... como tú... y me fui con el primero que me lo propuso. *(Pausa.)* ¡Y ten la seguridad que para mí no es lo mismo que la gente diga: "Ahí va la señorita Gertrudis, la maestra de Kindergarten"..., a que digan: "Ahí va Tulipa, ¡la mujer de las mil revoluciones por minuto"!

BEBA. *(Después de largo silencio.)* De todas maneras, ya es tarde para pensar en esas cosas.

TULA. ¡Nunca es tarde si la dicha es buena! ¡Aquí donde tú me ves yo pienso estudiar para maestra aunque sea por correspondencia!

BEBA. ¿Y a mí, Tula... qué dicha buena me puede tocar ahora?

TULA. ¡Tú puedes escoger tu camino!

BEBA. ¡Mentira! ¿Qué camino puede uno escoger si la gente lo que quiere es que uno no levante cabeza?... ¡A palo limpio acaban con lo bueno que queda!

TULA. Con todo lo que tú digas, hay gente que trata de ayudar.

BEBA. Sí, la gente que no puede hacer nada por uno. *(Pausa.)* Mira, Tula... olvida que hay otros caminos. ¡Tú vas para el Shanghai y yo me quedo a bailar aquí!

TULA. ¡No, Beba!... Mira, vamos a pensarlo bien... ¡pero no aquí!... Ahora viene la Nochebuena y...

BEBA. *(Interrumpiendo.)* ¡Ya te dije que yo no voy a casa por nada del mundo! ¡Si voy me enredan, yo sé lo que me digo!

TULA. ¡Nada más por Nochebuena!

BEBA. En mi casa nunca ha habido Nochebuena.

TULA. ¡Este año puede haberla! De todas maneras yo pensaba darte una cuelga y tú te puedes aparecer allá con una jaba de turrones, y de juguetes para tus hermanitos, y...

BEBA. *(Interrumpiendo.)* ¿Acaso tú vas a ir a tu casa? ¡Yo todavía no lo creo! **615**

TULA. Sí. Beba, ya lo tengo decidido. ¡Y te juro que allá me quedo!... ¡Mírate en este espejo... estoy hecha una vela vieja con la mecha apagada... y quiero pasar tranquila lo que me queda de vida!

BEBA. Allá tú, pero yo no estoy vieja ni cansada todavía.

TULA. Lo vas a estar... más pronto de lo que te imaginas.

BEBA. ¡Déjame tranquila, Tula! *(Pausa.)* Mira, no te ofendas pero no te metas más en mi vida... Tú has sido muy buena conmigo, la amiga más buena que he conocido... y lo único que has podido hacer por mí es enseñarme a bailar en cuero. *(Viene un largo silencio en que Beba se arrepiente de su dureza y Tula se aleja de ella lentamente sin decirle nada, porque nada tiene que añadir. Con emoción.)* Óyeme, Tula.

TULA. *(Interrumpiéndola con firmeza pero sin brusquedad.)* No, Beba, no me digas nada más.

BEBA. ¿No ves? Ya metí la pata otra vez... yo soy muy bruta para decir las cosas. Tula, no te ofendas.

TULA. No me siento ofendida... al fin y al cabo, tienes muchísima razón. *(Pausa.)* Uno puede querer mucho a una persona y no puedes hacer nada por ella... aunque te rompas la cabeza tratando de ayudarla. *(De pronto se oye la voz de Ruperto que llama fuera de escena: "¿Tula, se puede?")* Y ahora este dichoso viejo viene a acabar de jeringar. *(Gritando.)* ¡Adelante!

RUPERTO. *(Entrando.)* ¿Qué tal por aquí? *(Volviéndose.)* Entra, Cheo. *(Éste entra cauteloso.)* ¿Y qué? ¿Mucho embullo para la Nochebuena?

TULA. *(Con hostilidad.)* Les advierto que han llegado en un mal momento. *(A Cheo.)* Y para ser franca, usted sobre todo.

CHEO. ¿Qué le pasa, Tulipa? ¿Está nerviosa?

TULA. Óigame bien lo que le voy a decir: mi nombre es Gertrudis y mis amigos, entre los que usted no se cuenta, me dicen Tula. ¡Tulipa era una bailarina que se retiró para siempre!

CHEO. ¿Que se retiró? ¡Qué descaro! Si para sacarla de esta carpa por poco hay que darle candela como a un macao.

TULA. Mira... el Sol y Urano están en conflicto esta semana, así que no me busques la lengua porque me vas a encontrar.

RUPERTO. Si tú quieres nosotros podemos volver más tarde, Tula.

CHEO. ¡De eso nada! ¿Quién te has creído que es ella?... ¿Paulina?

RUPERTO. No te agites tanto, Cheo, que la vida es corta...

CHEO. ¡Yo tengo un circo que atender, y por mi madre santa que está en Manzanillo que si es por ti el negocio se hunde!

TULA. *(A Ruperto.)* ¡Deje que el energúmeno este acabe de hablar para que se vaya pronto!

CHEO. ¡Yo venía a preguntarle a la señorona si su distinguida alumna está lista para empezar a bailar o no!

TULA. *(Con parsimonia.)* Pues no, señor. No está lista todavía.

CHEO. ¿Pero tú piensas que le estás enseñando a cantar ópera?... ¡Ella lo que tiene que hacer es bailar en cuero!

RUPERTO. Hasta bailar en cuero puede hacerse con arte, Cheo... y necesita tiempo.

CHEO. ¡Qué tiempo ni qué niño muerto! ¡Lo que pasa es que la señorona quiere perjudicarnos y quiere que ésta se arrepienta!

BEBA. ¡Mentira, que ella me está ayudando mucho!

CHEO. ¿Ayudando a qué? ¡Ya están hechos los programas y se iban a repartir mañana!

BEBA. ¡Mañana no!... Vamos a dejarlo para después de Noche-buena.

617

CHEO. ¿Qué cosa tú dices? ¿Y acaso la madama se va a quedar bailando hasta entonces?

TULA. Conmigo no cuenten para nada. Ya yo estoy retirada y tengo mi pasaje sacado para Guaracabulla esta misma noche.

CHEO. ¿Y tú crees que yo voy a permitir que la carpa se quede vacía mientras tanto? ¡Y en vísperas de Navidades! ¡Ah, no, qué va! ¡Pónganse de acuerdo a ver quién se queda bailando!

TULA. ¿Por qué no ponen a esa santa señora de Manzanillo?

CHEO. *(A Ruperto.)* Parece mentira que te rías, tratándose de tu propia hermana. *(A Tula.)* ¡Y usted ándese con cuidado porque se puede ganar un buen sopapo!

TULA. *(Amenazándolo con el puño.)* ¡Anda y atrévete, cobarde! ¡Que te vas a llevar lo que tengo guardado desde hace veinte años!

CHEO. ¡No lo hago porque a mí me enseñaron a respetar las ancianas!

TULA. *(Sin control)* ¡Ah, debe ser por respeto a las ancianas que le aguantas lo que le aguantas. *(Hace una señal de tarros en su frente.)* a tu mujer!

CHEO. *(Hacia ella.)* ¡Yo la mato!

RUPERTO. *(Interponiéndose.)* ¡Cheo, aguanta! ¡Parece mentira, Tula! ¡Y después quieres que te traten como a una dama!

TULA. *(Controlándose.)* Tiene razón. Eso me pasa a mí por no darme mi lugar y ponerme a discutir con toda clase de gente. *(Muy digna otra vez.)* Ustedes perdonen esta explosión de mis nervios.

CHEO. *(A Beba.)* ¡Y tú eres la culpable de todo esto!... ¡Y me vas a decir ahora mismo si vas a bailar o no!

618   BEBA. ¡Ya te dije que sí!

CHEO. ¡Entonces voy a mandar a repartir los programas para que empieces mañana mismo! *(Tomándola por el brazo.)* ¡Vamos!

BEBA. ¿A dónde?

CHEO. ¡Al camión con la charanga!

BEBA. ¡No, Cheo... eso sí que no!

TULA. ¡Anjá, Beba! ¡Ponte dura y no dejes que este manganzón te haga eso! ¡Yo nunca permití que me montaran en el camión!

CHEO. Entonces tenías a éste *(Señala a Ruperto.)* que te defendía, pero ahora las cosas van a ser muy distintas.

TULA. ¿Estás oyendo, Beba?... ¡Acuérdate del fakir... de la trapecista, del gollejo de naranja... no vayas! *(Beba no la mira y se deja llevar por Cheo. Tula los sigue hasta la salida.)* ¡Te lo suplico, Beba... hazlo por mí!... ¡Si te vas ahora es como si estos sinvergüenzas hubieran acabado conmigo dos veces!... ¡No vayas!

CHEO. *(Al salir.)* ¡No se meta más en lo que no le importa! ¡Ya usted está liquidada... abuela! *(Sale empujando a Beba.)*

TULA. *(Gritando.)* ¡Tarrudo!

ESCENA DOS

RUPERTO. *(Después de un largo silencio.)* Tula... me parece que este juego lo perdiste... y lo siento.

TULA. *(Vencida.)* Así es la vida... jugar y perder. Y a mí nunca me tocó nada. *(Pausa.)* Ni siquiera reírme último.

RUPERTO. Tú hiciste por ella todo lo que pudiste.

619

TULA. Y todo lo que pude fue enseñarla a encuerarse en público.

RUPERTO. No te preocupes tanto... Ella es joven y con los golpes aprenderá a defenderse.

TULA. No, ésta no... ésta va a acabar muy mal... y muy pronto.

RUPERTO. De todas maneras en el campo le esperaba una vida de perros.

TULA. Pero allí le quedaba la esperanza de que las cosas cambiaran algún día... mientras que aquí...

RUPERTO. *(Después de una pausa.)* ¿Y tú... qué piensas hacer?

TULA. Voy a pasar la Nochebuena con mis viejos... después, ya veremos.

RUPERTO. En el negocio del teatro puedes hacer dinero. Tula... si es lo que más te interesa.

TULA. *(Con dureza.)* ¿No es lo que más le interesa a todo el mundo?

RUPERTO. Sí... pero cuando llegas al final... te das cuenta que había otras cosas más importantes. *(Pausa.)* Lo malo es que para entonces ya es tarde. *(Inicia el mutis.)* Bueno, tú me avisas lo que decidas.

TULA. *(Casi con ternura.)* Ruperto... ¿y tú qué vas a hacer?

RUPERTO. *(Encogiéndose de hombros.)* ¿Yo?... Morirme. *(Sale. Al quedar sola, Tula permanece unos momentos inmóvil. Muy emocionada, va con desgano a servirse un trago. Entonces entra Beba lentamente, sombría y sin mirarla, saca su maleta y empieza a recoger sus ropas. Tula, con el rostro iluminado, deja el vaso, saca su maleta también y empieza a arreglarla mientras va cantando muy bajito su canción: Titina. De nuevo se oye la pianola, esta vez alegramente, con el tema de Titina. Las dos mujeres se miran sonriendo, mientras el telón cae lentamente.)*

MATÍAS MONTES HUIDOBRO

SU CARA MITAD

UNA CONFRONTACIÓN CON TRAMA DE SUSPENSE

José A. Escarpanter

Desde su aparición en el panorama teatral habanero en 1951, Matías Montes Huidobro (1931) se destacó por la creación de una dramaturgia singular, alerta tanto a las formas más avanzadas de la escena de nuestro siglo como a los problemas que asedian al hombre contemporáneo en general y al cubano en particular. Su teatro ha desdeñado, en el orden estético, el realismo y ha incorporado procedimientos de los estilos más diversos, siempre de un modo muy peculiar, con énfasis en los aspectos del tiempo y el espacio. Con su labor ha logrado una de las expresiones más significativas y personales en el teatro cubano de las últimas cuatro décadas.

Su primer estreno, *Sobre las mismas rocas* (1951), preludía las directrices básicas de su teatro con la presencia de la crueldad y la violencia en los temas, el uso de ambientes y nombres de resonancias simbólicas, la distorsión del lenguaje, la organización de la trama en cuadros, casi siempre dentro de la forma del acto único, y la preponderancia de la luz sobre los otros signos escénicos, rasgos que rompían con los discursos dominantes en la escena cubana de la época.

Con el impulso que el entusiasmo revolucionario propició al teatro cubano, Montes Huidobro estrenó entre 1959 y 1960 cuatro piezas. *Los acosados* trata de un humilde

623

matrimonio sin nombre, perseguido por las miserias cotidianas. Entre los logros de este texto, se encuentra el uso de expresiones coloquiales cubanas injertadas en un diálogo en apariencia gris, pero de gran funcionalidad dramática, que sitúa la acción en la realidad insular sin los pintoresquismos habituales. Las otras tres, *La botija, El tiro por la culata* y *Las vacas,* responden a un propósito común: reflejar el momento de transformaciones auspiciado por la revolución y echar una ojeada sarcástica al pasado inmediato. Esta actitud se expresa por el camino de la farsa, donde se manifiesta por primera vez el incisivo sentido humorístico del autor. Aunque la apariencia de las obras sea optimista y se prodiguen en ella lo cómico y lo caricaturesco, en su fondo se advierte ya la actitud recelosa del dramaturgo hacia el nuevo gobierno. Su desilusión se expresa nítidamente en las piezas que escribió en 1961: la única que se estrenó en Cuba, *Gas en los poros, La sal de los muertos* y *La madre y la guillotina.* En ellas no existen referencias explícitas a la circunstancia cubana, pero menudean giros y alusiones con los que se puede precisar el ambiente. El centro de atención lo constituye, como en los títulos anteriores, el núcleo familiar, donde el autor sostiene que se manifiestan en forma microscópica el acoso y la violencia del macrocosmos político. En estas tres piezas, Montes Huidobro usa por primera vez uno de los mecanismos más eficaces de su técnica dramática: el metateatro. Los personajes, confinados por vínculos de sangre en un espacio cerrado, recrean el pasado (*Gas en los poros*), se aventuran en juegos peligrosos (*La sal de los muertos*) o ensayan un catártico texto teatral (*La madre y la guillotina*).

El desengaño como temática

En 1961 el autor bandonó Cuba, lo cual determinó un hiato en su creación dramática. Con la publicación en 1979 de *Ojos para no ver,* Montes Huidobro reanudó su actividad teatral, que continúa hasta el presente, aunque la mayoría de las obras escritas fuera de Cuba no se han estrenado por las dificultades que confronta el teatro cubano en el exilio.

Ojos para no ver retoma la temática nacida del desengaño revolucionario y es una de las piezas más importantes del autor. Con un excelente dominio del instrumento lingüístico en su vertiente popular, Montes Huidobro amplía la situación política cubana al ámbito continental al incluir voces y referencias a México, Nicaragua y Perú. Y, por primera vez, pone a actuar en escena a los responsables de los acontecimientos políticos, quienes en sus obras anteriores permanecían ocultos en los entresijos de la trama. En *Ojos para no ver,* Montes Huidobro hace gala de sus preferencias por el espectáculo teatral. En cuanto a las luces, adquieren como nunca antes una dimensión simbólica y en cuanto al espacio escénico, los personajes no se encuentran en un medio cerrado como el de sus obras anteriores, sino que se remueven en un mundo abierto de playas y mares, pero sujetos siempre a la implacable represión política.

En *Funeral en Teruel* (1990), el dramaturgo desarrolla una parodia según la interpretación contemporánea de este género. Por ello, en el texto existe, además de un brillante sentido lúdico, un definido propósito de reconocimiento de una pieza clave del romanticismo español y un homenaje al teatro popular que en Cuba se conoce como bufo o vernáculo. Por estas intenciones, la obra resulta un fruto muy expresivo de la tradicional idea de la hispanidad, tan de moda en los días que corren, pero concebida dentro de las formas más actuales, ya que, por una parte, la pieza responde al concepto del teatro total y, por otra, a la estética de la posmodernidad.

Exilio (1988) aborda, explícitamente por primera vez en el teatro del autor, la experiencia revolucionaria cubana, vivida desde dentro por cinco personajes: dos matrimonios y un amigo. La trama se concentra en tres momentos: los tiempos del exilio en Nueva York a fines de la dictadura Batista (1958); el afianzamiento del nuevo régimen en La Haban de 1961 y el reencuentro de los cinco personajes, de trayectorias diferentes, en el Nueva York de los años ochenta.

El texto comienza dentro de los esquemas de la comedia realista, pero enseguida emergen los elementos quebrantadores de ese estilo. Como nunca antes, Montes Huidobro demuestra aquí su dominio cabal de esa técnica tradicional, con la que juega hasta hacerla añicos. La transgresión de los artificios realistas se produce, ante todo, por el recurso del teatro dentro del teatro, por la aplicación de técnicas procedentes de la narrativa, como la pluralidad de puntos de vista, y por el irracionalismo. Todos estos factores impiden que *Exilio*, uno de los textos más sólidos de la literatura de la diáspora cubana, padezca del sentimentalismo frecuente en el teatro que se escribe fuera de la isla.

Una pieza de espléndida concepción

Su cara mitad se relaciona en muchos aspectos técnicos con *Exilio*. Como ella, se desarrolla entre cinco personajes, también dos matrimonios y un amigo; responde a la estructura realista de los tres actos convencionales, que utiliza aquí las unidades de tiempo y lugar, y maneja con eficacia el "suspense". A primera vista, parece que este encuadre realista ofrece el ambiente para uno de los motivos favoritos de ese estilo, ya que el clásico triángulo amoroso, a treinta años de la revolución sexual de los sesenta, adopta ahora la forma de un pentágono sin mayores escándalos. Hasta aquí las apariencias realistas. El título mismo de la obra y el primer acto confrontan al lector con múltiples ambigüedades: ¿cuál es el verdadero sentido de ese significante *cara* que acompaña a *mitad*: significa los adjetivos querida o costosa o es sinónimo de rostro? ¿Cuál es la relación verdadera entre los cinco personajes, uno de los cuales se menciona repetidamente, pero no aparece? A partir del segundo acto, la trama sufre un vuelco total que se intensifica en el irónico y sorprendente acto tercero. Este vuelco se produce por la intervención de los elementos del metateatro característicos del autor. Es preciso que el lector atienda cautelosamente a cada parlamento de los personajes y a cada detalle de la trama, pues se encuentra ante un "suspense" de índole intelectual, no policíaco. Por supuesto que en el discurso dramático se rastrean las huellas de Calderón, con su dilema sueño/realidad, y las de Unamuno y Pirandello, los dos gigantes del confuso proceso de la creación literaria, referencias ilustres que sirven de punto de partida para articular una pieza espléndidamente concebida. Pero *Su cara mitad* no es sólo un ejercicio de virtuosismo dramático. Mediante ella, el escritor confronta el mundo norteamericano en que vive desde hace cuarenta años con el de sus raíces hispanas, más allá de los manidos estereotipos. Partiendo de un texto teatral abierto a las interpretaciones más diversas, Montes Huidobro somete a un análisis profundo y sereno tanto las constantes de la civilización y la cultura de Estados Unidos como las de los inmigrantes hispanos que pretenden asimilarse a ellas. El dramaturgo subraya estas irreconciliables fuerzas en pugna que al final de la pieza otorgan, con un acto definitivo, un significado preciso al título. *Su cara mitad,* por encima de sus comentados aciertos técnicos, constituye un texto fundamental para ayudar a conocer de veras el mundo norteamericano contemporáneo, más allá de la miopía alimentada por los nacionalismos trasnochados y las usuales referencias anticolonialistas, pero, a la vez, revela, con sinceridad y sin melodramatismo, el hondo conflicto vivido por todos aquellos hispanos, en especial los creadores literarios, que por razones económicas o políticas han tenido que abandonar su país e irse a vivir a Estados Unidos.

MATÍAS MONTES HUIDOBRO

Nació en Sagua la Grande, en 1931. Comenzó su actividad como dramaturgo a comienzos de la década del cincuenta, con el estreno de *Sobre las mismas rocas*. Ha ejercido la crítica y colaborado en publicaciones como *Casa de las Américas, Revolución, Journal of Interamerican Studies, Romance Notes* y *Latin American Theatre Review*. La lista de libros que ha publicado incluye la novela *Segar a los muertos*, el poemario *La vaca de los ojos largos*, el tomo de cuentos *La anunciación y otros cuentos cubanos* y los volúmenes de ensayos *Persona, vida y máscara en el teatro cubano* y *Bibliografía crítica de la poesía cubana*, este último en colaboración con Yara González. Salió de Cuba en los años sesenta, y desde entonces trabaja en el Departamento de Lenguas y Literatura Europeas de la Universidad de Honolulu. Sus principales obras son:

TEATRO

Los acosados. Estrenada por la Asociación Pro-Arte Dramático en 1960. Publicada en *Lunes de Revolución*, nº 8, mayo 24, 1959.

El tiro por la culata. Estrenada en el Teatro Nacional en 1960.

Las vacas. Estrenada en el Palacio de Bellas Artes en 1961. Inédita.

Gas en los poros. Estrenada por Prometeo en 1961. Publicada en *Lunes de Revolución*, marzo 27, 1961, e incluida en la antología *Teatro cubano en un acto*, Ediciones R, La Habana, 1963.

La sal de los muertos. Sin estrenar. Publicada en la antología *Teatro contemporáneo hispanoamericano*, Escélicer, Madrid, 1971.

Ojos para no ver. Sin estrenar. Publicada por Ediciones Universal, Miami, 1979.

La navaja de Olofé. Estrenada en el I Festival de Teatro Hispano de Miami en 1986.

Exilio. Estrenada en el Museo Cubano de Arte y Cultura, de Miami, en 1988. Publicada por Editorial Persona, Honolulu, 1988.

Funeral en Teruel. Sin estrenar. Publicada por Editorial Persona, Honolulu, 1991.

Las paraguayas (1988). Inédita y sin estrenar.

En 1991, la Editorial Persona publicó el tomo *Piezas en un acto*, en el que se incluyen los siguientes textos: *Sobre las mismas rocas, Los acosados, La botija, Gas en los poros, El tiro por la culata, La madre y la guillotina, Hablando en chino, La navaja de Olofé, Fetos, La garganta del diablo, La soga* y *Lección de historia*.

RAUL
(que escribe su nombre sin acento), treinta y cinco años, parece tener
veinticinco, tipo "latino" muy bien parecido.

BOB,
unos diez años mayor que Raul, de aspecto más bien amorfo.

SAM,
quince años mayor que Raul, algo grueso y tosco; podría ser
confundido con un estibador.

JUDY,
por lo menos dos años mayor que Sam, atractiva y con un cuerpo
digno de "Penthouse", parece tener quince años menos.

SARA,
treinta y cinco años, rubia, entre elegante y deportiva, es de las que las
mata callando.

MARÍA,
unos veinticinco años, muchacha de tipo latino de aspecto
insignificante.

EL TIZNADO

*La acción tiene lugar en el "living room" de un "penthouse"
newyorkino con vista al Parque Central, tarde y noche de un día
de primavera. Al fondo, puerta de entrada al apartamento, que
debe ser ancha. Hacia un lado debe verse parte de una puerta
vidriera que conduce a la terraza. Hacia el lado opuesto, puerta
que conduce a la alcoba. Sofá, butacas, mesa de centro, mesita
para el teléfono (hacia el frente del escenario), etc.*

Época actual.

PRIMER ACTO

*Al descorrerse el telón el escenario está completamente ilumina-
do. Bien visible, con el respaldo hacia el público, hay una silla
con un saco. Suena el timbre del teléfono. Entra Raul descalzo y
en bata de baño. Descuelga y contesta, ligeramente alterado.
Mira hacia el interior de la alcoba, cuya puerta ha quedado
abierta.*

RAUL. ¡Hola! Sí, claro que soy yo. Raul. ¿Quién podría ser,
no...? No, no estaba dormido... Bueno, quizás suene como si
hubiera estado dormido, está bien... Sí, ya he terminado el
primer acto... He cambiado muchas cosas y le he dado un giro
inesperado, ya verás... A medida que lo escribía se me fueron
ocurriendo cosas que no había pensado cuando hablé contigo...
No, no es necesario que vengas en este momento. Prefiero que lo
oigas después, cuando esté aquí todo el mundo. Así cada cual lee
su parte... No, no vengas ahora... De eso tendremos tiempo en
otro momento, ¿no te parece...? *(Bajo.)* Claro, claro que tengo
ganas... Bueno, pero ahora... Sería mejor que no... De todas
formas nos veremos esta noche... Sí, comprendo que eso es otra
cosa... Bueno, como quieras... Sí, a eso de las dos, como de
costumbre... No, no me pasa nada raro... De todas formas, con el
tránsito que hay te tomará más de dos horas llegar aquí... No
vamos a tener tiempo *para nada*... Bueno, lo que tú digas...
Hasta luego.

*Cuelga un poco molesto. Mira hacia la puerta de la alcoba. Se
escucha la descarga del tanque de agua de un inodoro. Después*   633

*entra Bob en mangas de camisa, terminando de anudarse la
corbata. Viste con discreción y elegancia.*

BOB. ¿Quién era?

RAUL. Era tu mujer.

BOB. ¿Mi mujer? ¿Y qué quería?

RAUL. Quería saber a qué hora era la comida.

BOB. ¡Dichosa comida! ¡Lo has complicado todo, Raul...!
Primero la comida... Después la lectura del primer acto... Y
cuando terminemos, irnos a la entrega de premios... Es más de la
cuenta, ¿no te parece?

RAUL. Te dije que no vinieras hoy.

BOB. Pero hoy es martes, ¿no?

RAUL. No hay que llevar las cosas a punta de lanza.

BOB. No sé por qué se te metió esa idea de la cena en la cabeza.
Dentro de un par de horas tendré que estar de nuevo por aquí.

RAUL. Sabes que tenía ese compromiso.

BOB. ¿Compromiso con quién?

RAUL. Con ustedes.

BOB. ¿Con nosotros?

RAUL. Te debo mucho. Si no hubiera sido por ti, *Su cara mitad*
nunca se hubiera llevado a escena.

BOB. No exageres. Por lo menos debiste haber escogido otro día
de la semana.

RAUL. No creas que es tan fácil. Tengo un horario bastante
complicado. Cada día le trae a uno obligaciones diferentes.

BOB. Y esa idea de hacer una lectura del primer acto.

634 RAUL. No tomará demasiado tiempo, te lo aseguro.

BOB. En todo caso, no había necesidad de esta invitación. No me debes nada. Te lo he dicho un centenar de veces.

RAUL. Te debo todo lo que soy.

BOB. Más te debo yo a ti.

RAUL. ¿En qué sentido?

BOB. En muchos sentidos.

RAUL. Sin contar que le debo mucho a tu mujer.

BOB. ¿En qué sentido?

RAUL. En muchos sentidos también. No te olvides que ella fue la primera en reconocer mi talento, cuando tú no te habías dado cuenta de él.

BOB. Es cierto. Pero no te olvides que fui yo el que tuvo la idea de que Sara dirigiera la obra.

RAUL. Además, me tiene cierta ojeriza.

BOB. ¿Quién te ha metido esa idea en la cabeza?

RAUL. Ella y tú.

BOB. ¿Los dos?

RAUL. Ambos.

BOB. Pero eso fue hace mucho tiempo. Cuando tenía celos de ti.

RAUL. ¿Crees que ya no tiene celos?

BOB. Ya no. Eso fue al principio, cuando pasábamos mucho tiempo trabajando juntos y Sara pensaba que no me ocupaba de ella lo suficiente... Que cuando nos enfrascábamos en nuestros proyectos me olvidaba de todo lo demás. ¿Recuerdas?

RAUL. ¡Cómo no me voy a recordar! Gracias a eso terminamos algunas escenas de *Su cara mitad*. Sara jugó buena parte en el asunto. A la larga resultó divertido.

BOB. ¿Se lo has dicho?

RAUL. No, por supuesto. ¿Y tú?

BOB. Claro que no, pero yo creo que Sara se lo sospecha. En todo caso, no creo que le importe mucho.

RAUL. Bueno, me *tenía* ojeriza.

BOB. Es curioso. Ahora recuerdo que ella pensaba lo mismo.

RAUL. ¿Qué cosa?

BOB. Que *tú* nos tenías ojeriza.

RAUL. ¿Y por qué se la iba a tener?

BOB. Por hispano. Decía que tú creías que nosotros te discriminábamos.

RAUL. ¿Y eso no era cierto...?

BOB. Te he demostrado que no.

RAUL. *(Con una casi imperceptible sonrisa, matizada de desdén.)* ¿Te parece?

BOB. Por favor, Raul, no hables tonterías.

RAUL. Y ella, ¿no me discriminaba?

BOB. No, lo que pasa es que Sara pensaba que tú te creías el típico *latin lover*, y eso la sacaba de quicio. A mí me producía gracia.

RAUL. Yo no se la veo por ninguna parte.

BOB. ¿De veras? No me hagas reír. Desde el primer día que viniste a vernos...

RAUL. Que te vine a traer el primer acto.

BOB. Sí, eso mismo. Yo tenía algo que hacer, no recuerdo, y fue Sara la que te recibió... Desde entonces empezó con aquello del *latin lover*... No creas, de vez en cuando me he puesto a pensar...

RAUL. Sus razones tendría.

636   BOB. ...que no dejaba de tener gracia.

RAUL. A lo mejor tú piensas lo mismo... que yo soy el típico *latin lover.*

Pausa. Se miran fijamente por un momento. Bob desvía la mirada.

BOB. En todo caso, cuando empezamos a trabajar juntos los tres y yo le dije que debía dirigir la obra...

RAUL. A instancias mías.

BOB. ¿Cómo a instancias tuyas?

RAUL. ¿Pero no lo recuerdas? Si Sara siempre había dirigido las obras tuyas, era lógico que ahora que nosotros escribíamos esa obra en colaboración fuera ella la que la dirigiera.

BOB. Estás equivocado de medio a medio. Sara en esos días estaba insoportable y se había vuelto muy suspicaz. Había que ponerla a hacer algo. A veces hablaba más de la cuenta, y otras veces se ponía a hablar a medias tintas.

RAUL. A lo mejor fue una idea de Sara y no nos hemos dado cuenta. Ya sabes cómo es.

BOB. ¿Qué quieres decir con eso de "ya sabes cómo es"?

RAUL. No quiero decir nada, pero me parece que si los tres estuvimos de acuerdo...

BOB. ¿Los tres?

RAUL. ¿Qué te pasa? ¿Por qué estás tan suspicaz?

BOB. No sé. Perdona.

RAUL. Pues no ha resultado mal. Después de todo, Sara te ha dejado en paz.

BOB. Es que estaba pensando... Si aquel día... Cuando trajiste el libreto... Venías a verme a mí o venías a ver a Sara.

RAUL. A ti; fue contigo con quien hablé por teléfono.

BOB. Pero tú sabías que Sara ha dirigido todas mis obras.   637

RAUL. Pero eso lo sabe todo el mundo, Bob. ¿O es que vas a restarle importancia al trabajo que ha estado haciendo Sara durante estos años? Bien sabes que se ha dicho que es ella la que ha puesto el toque final a lo que tú has escrito. Lo que es lógico, porque en última instancia es ella la que las lleva a escena. Es ella la que las dirige. *(Pausa.)* Quizás... quizás desde antes que tú las hayas escrito.

Ambos se quedan pensativos.

BOB. Lo cual quiere decir...

RAUL. Que ella también ha dirigido *Su cara mitad.*

Pausa.

BOB. Lo cual no contesta mi pregunta. A lo mejor, desde el primer momento, venías a ver a Sara.

RAUL. Cosa que, por lo demás, no tiene la menor importancia. El orden de los factores no altera el producto.

BOB. En todo caso, ya no tiene razón para decir que no me ocupo de ella. En realidad te ocupas tú... *(Pensativo.)* Que viene a ser, más o menos, lo mismo. Hay que ver las horas que pasan ustedes juntos.

RAUL. Si Sara va a dirigir la obra, es mejor que la consulte desde el principio. Después vienen los cambios. Quitar por aquí. Poner por el otro lado. En eso estuvimos de acuerdo, ¿no? Es por eso que hemos pasado días, meses diría yo, trabajando juntos. Aunque a la larga, tengo que confesarlo, he hecho tantos cambios que en última instancia he acabado haciéndolo todo por mi cuenta.

BOB. ¿Tú crees? Uno nunca sabe. Tú mismo lo has dicho. A lo mejor, sin que te hayas dado cuenta, ella te lo ha estado escribiendo todo a ti, porque si lo ha hecho conmigo...

RAUL. Es un caso diferente, creo yo. Hay situaciones en la obra que ni la propia Sara puede imaginar.

638   BOB. Ni yo tampoco, supongo.

RAUL. Quiero agarrarlos de sorpresa.

BOB. Espero que con el público estés haciendo lo mismo. Ni que nos estuvieras tendiendo una trampa, Raul.

RAUL. Es una lástima que no lo sepas todo. No es mi culpa que tú no hubieras querido colaborar en *Juegos prohibidos.*

BOB. ¿Pero no se llamaba *Reglas de conducta?*

RAUL. Así querías llamarla tú, que eres un moralista. No te gusta llamar las cosas por su nombre.

BOB. Precisamente por eso tenía que dejarte por tu cuenta. Te has empeñado en decir las cosas por su nombre, y no hay nada más peligroso que eso. Creí que con el éxito de *Su cara mitad* te habías dado cuenta, pero, en fin... Si te empeñas... Era imposible que nos pusiéramos de acuerdo.

RAUL. Es lo que Sara me dijo. Que nunca nos pondríamos de acuerdo.

BOB. ¿Te dijo eso?

RAUL. Que a ti te gustaban las reglas de conducta, pero que yo prefería los juegos prohibidos.

BOB. Pero con *Su cara mitad* nos pusimos de acuerdo. Aunque, quizás no pasara de una escaramuza. Yo creía que nos había ido bien, ¿no?

Bob mira fijamente a Raul. Éste no contesta la pregunta.

RAUL. Tenía que cambiar el título. Y en eso Sara está de acuerdo. Le pareció que en estos momentos los juegos prohibidos se venden mejor que las reglas de conducta. No te olvides que tu mujer es un tiro para la compra—venta.

BOB. Pero a la larga todo depende de la calidad de la mercancía.

RAUL. Estás picado, Bob. Lo que pasa es que tienes celos de tu mujer por el tiempo que ahora pasamos juntos. Pero eso no tiene sentido. En el fondo, ella siempre me ha considerado un oportunista, un advenedizo... *(Muy violento.)* Que eso es lo que 639 ella entiende por *latin lover*. Eso fue lo que ella quiso decir desde el primer día que nos vimos. No creas que me hago ninguna ilusión. Y es muy probable que tú pienses lo mismo, ya te lo he dicho. En el fondo, no te preocupes, ustedes dos acabarán siempre poniéndose de acuerdo.

BOB. Ahora eres tú el que tienes celos.

RAUL. Confundes los celos con la lucha de clases.

BOB. ¿Así que eso se llama ahora así?

RAUL. ¿Es que no te habías enterado todavía?

BOB. Estás molesto.

RAUL. Lo estás tú, porque con esta obra me he puesto a trabajar por mi cuenta. Aunque Sara no me lo ha recomendado, es cierto. Siempre quiso que la escribiéramos juntos, para *estabilizar* nuestras relaciones, dijo.

BOB. ¿Estabilizar nuestras relaciones? ¿Y qué quiso decir con eso?

RAUL. No sé. No quise preguntarle.

BOB. ¿Las relaciones de quién?

RAUL. Quizás se refiriera a la de los tres.

BOB. Pero allá sí está colaborando contigo.

RAUL. Pero no de la misma manera.

BOB. Sí, ya lo sé.

RAUL. No debes ponerte así. Te has puesto de mal humor y sientes como si nosotros... como si yo... te hubiera desplazado... Pero para Sara... para mí...

BOB. Ella quería todo lo contrario. No conoces a Sara.

RAUL. ¿Estás seguro?

BOB. Conozco a mi mujer mucho mejor que tú, no se te olvide. Por algo he vivido quince años con ella.

RAUL. Quizás ésa sea una buena razón para no conocerla.

BOB. Desde que vino a verme cuando tenía veinte años, sabía muy bien lo que Sara quería.

RAUL. Por lo visto, estás muy seguro.

BOB. Después de todo es "mi cara mitad" y no la tuya.

RAUL. Yo creía... Yo creía que ella era para ti, algo así como todo lo contrario... Me sorprendes, Bob... Por lo menos eso era lo que me habías dado a entender... Lo que escribiste... Lo que escribimos... en *Su cara mitad*.

BOB. Mitad y mitad. No te olvides que eso no pasa de ser una obra de teatro.

RAUL. Yo creo que es hora que te vayas, Bob. Esta conversación no conduce a ninguna parte y no hacemos otra cosa que irritarnos.

BOB. No recuerdo exactamente en qué momento Sara cambió su punto de vista y por qué lo hizo.

RAUL. ¿Qué punto de vista?

BOB. Su punto de vista con respecto a ti.

RAUL. No tienes más que preguntárselo.

BOB. Me diría todo lo contrario.

RAUL. Sería un modo de saberlo, ¿no te parece?

BOB. Siempre es difícil saber la verdad, mucho más diciendo lo contrario. O diciendo una fracción de lo que uno piensa. Bueno, eso lo sabes tú tanto como yo, porque después de todo también eres dramaturgo. Aunque prefieras ser más explícito.

RAUL. Cambió de opinión cuando leyó lo que yo había escrito.

BOB. No, no, fue mucho después.

RAUL. Lo leyó de un tirón una noche en que no podía coger el sueño y en que tú estabas roncando.

BOB. ¿Te dijo eso?

RAUL. Dijo que le parecía una obra maestra. Y que no se parecía en nada a nada de lo que tú habías escrito.

BOB. No seas ridículo.

RAUL. Es cierto que el primer acto no acababa de cuajar. Sin embargo...

BOB. Eras un material utilizable.

RAUL. Si pretendes ponerme a mal con tu mujer... que es, por cierto, la que dirige lo que yo escribo...

BOB. ¿Por qué tú crees que ella quiso que yo colaborara contigo?

RAUL. ¿Quieres que te diga *todo* lo que ella me dijo?

BOB. Si quieres ponerme a mal con mi mujer, recuerda que entre marido y mujer nadie se debe meter. Que es un asunto estrictamente prohibido.

RAUL. Me parece que es mejor que te vayas. Estás imposible.

BOB. Me largo cuando me digas *todo* lo que ella te dijo.

RAUL. Te lo digo cuando me digas *todo* lo que te dijo de mí.

BOB. Que no ibas a llegar a ninguna parte porque eras un hispano acomplejado, el típico *latin lover* con la cabeza vacía que creía que podía resolverlo todo con lo que tenía entre las piernas, pero que lo que habías escrito era una mierda.

RAUL. Entonces, ¿por qué insistió en que tú colaboraras conmigo?

BOB. Ella no insistió. Fui yo el que quise hacerlo.

RAUL. Estás mintiendo, Bob.

RAUL. Tienes razón. Sólo hemos dicho una sarta de mentiras.

Se oye el sonido de una llave en la puerta del apartamento. Raul y Bob se inmovilizan por un instante, mirando hacia la puerta.

Entra Sam, de aspecto grosero, algo brutal, muy indiferente. Viste mal y con desaliño. Es robusto y nada refinado.

SAM. *(A Bob.)* Ah, ¿estabas aquí?

BOB. Me iba. Hasta luego, Raul.

SAM. No, si yo no te pregunto si te ibas. Yo te pregunto si estabas aquí.

BOB. Esa pregunta no tiene sentido, Sam. Tiene que ser una exclamación.

RAUL. Es obvio que estaba aquí, Sam.

SAM. No te hagas el listo, Raul. No me des lecciones ni me hagas sentir como si fuera un estúpido. Ya sabemos que tú eres uno de los autores de *Su cara mitad.* ¿Por qué no dejas que la otra mitad diga su bocadillo?

BOB. Está bien, Sam. Dejemos esta conversación tan estúpida. Estaba aquí, pero ahora me largo.

SAM. No será porque he llegado. *(A Raúl.)* ¿Ves qué fácil es? Hasta Bob sabe decir su parte. No había motivos para alterarse tanto. *(A Raul.)* ¿Por qué no me preparas un trago? *(A Bob.)* Hasta la vista, Bob. Nos vemos esta noche, ¿no? Cariños a Sara.

Raul prepara un trago. Sam se sienta en una butaca, estirando las piernas y poniéndolas, algo groseramente, sobre la mesa de centro. Bob va a la puerta. La abre. Queda pensativo. Se vuelve.

BOB. *(A Sam.)* No sabía que tuvieras llave del apartamento.

SAM. ¿Y por qué tenías que saberlo?

BOB. No, por nada. Pero me pareció algo raro. Entraste como perro por su casa, Sam.

SAM. Es que es mi casa, Bob. Después de todo, soy el dueño del apartamento. Raul no es más que un inquilino. Y se lo doy a buen precio. ¿No es cierto, Raul?

RAUL. Una ganga.

643

SAM. Lo menos que puede hacer es dejarme la llave para pasar a inspeccionarlo cada vez que me dé la gana, para ver cómo andan las cosas.

Raul se acerca con un trago y se lo da a Sam. Sin decir nada más, Bob cierra la puerta y sale.

SAM. ¿Y a ése qué le pasa? ¿Por qué está de tan mal humor?

RAUL. Yo creía que eras tú el que estaba de mal humor.

SAM. No me refiero al mío. Me refiero al humor de Bob. ¿A qué vino?

RAUL. No está conforme con el título de la obra. Prefiere que la llamen *Reglas de conducta*.

SAM. ¿Y eso era todo? Yo creía que esa obra la estabas escribiendo por tu cuenta.

RAUL. Sí, pero de todos modos Sara la dirige, Judy la interpreta y tú la produces. No es posible que Bob se quede fuera. Esto es un pentágono, Sam.

SAM. Un secreto de Estado. Todos eran y nadie parecía. Espía contra espía.

RAUL. No confías en nadie, Sam. Nunca has confiado en mí. Como hiciste con el apartamento, que te guardas la llave para inspeccionarlo de vez en cuando.

SAM. Te estás pasando de listo. No te olvides...

RAUL. Yo no me olvido de nada, pero no es necesario que me lo estés recordando. Me acuerdo de quien me saca una espina y no olvido aquel que me la entierra. Eso del apartamento fue de bastante mal gusto.

SAM. ¿Y qué le iba a decir? Después de todo, no hice otra cosa que decirle la verdad.

644   RAUL. Hubiera sido más sencillo tocar la puerta.

SAM. ¿Así que ahora tengo que pedir permiso para entrar en mi propia casa?

RAUL. Ésta no es tu propia casa. Tu casa es la que vives con tu mujer.

SAM. Te estás soliviantando, ¿sabes? Se te ha dado un dedo y te quieres coger la mano. No sé si Bob se habrá dado cuenta.

RAUL. A lo mejor me he vuelto un revolucionario.

SAM. ¿Tú? Si te oye alguno que lo sea de verdad te manda al paredón, por darle mala fama a los revolucionarios. Y no le faltaría razón, te lo advierto

RAUL. Ten cuidado, que te estás volviendo bastante desagradable.

SAM. No creía que te importaba demasiado.

RAUL. ¿Querías algo?

SAM. *(Quitando los pies de la mesa de centro y poniendo el trago sobre ella.)* Se me ha atravesado este trago en la boca del estómago.

RAUL. Si quieres algo podemos despachar rápidamente. No tengo tiempo que perder. Sabes que tengo invitados a comer. Tú entre ellos.

SAM. ¿Y esa comida a qué viene?

RAUL. Hoy se cumplen las doscientas representaciones de *Su cara mitad*. Lo más probable es que esta noche nos den un premio a cada uno de nosotros, incluyéndote a ti, por haberla producido, y que todos salgamos con una estatuilla debajo del brazo. Sobran razones para celebrarlo. Hemos llegado lejos. Además, quiero demostrarles mi agradecimiento.

SAM. ¿A quién quieres demostrarle tu agradecimiento?

RAUL. A ti. Sé lo que te debo.

SAM. Hay otras maneras mejores que ésa.

645

RAUL. Sé que arriesgaste un capital por "tu cara mitad".

SAM. Con Judy en el reparto no había pérdidas. Es la inversión más segura que he hecho en mi vida. No te hagas ilusiones, Raul. Yo sé dónde pongo mi dinero.

RAUL. Me alegro que reconozcas lo que vale tu mujer, porque a ella también le estoy agradecido. Sin ella no se hubiera llegado a las doscientas representaciones de *Su cara mitad*, tengo que reconocerlo.

SAM. Mucho menos hubiera llegado sin mi dinero, que es la mitad que les faltaba.

RAUL. No te lo niego, pero lo has recuperado con creces. No te puedes quejar.

SAM. Supongo que tú tampoco te quejes de nada. Has llegado donde menos te lo imaginabas. Eres el primer hispano que conquista Broadway.

RAUL. Con la ayuda de ustedes. Porque no vamos a dejar a un lado lo que Bob y Sara han puesto.

SAM. ¿Así que ellos han puesto algo también?

RAUL. Yo sé que tú has puesto tu dinero, pero Bob y Sara han puesto su talento y su esfuerzo.

SAM. ¿Y mi mujer? ¿Acaso ella ha puesto algo más?

RAUL. Bueno, tu mujer ha puesto su belleza. Ya sabes que es la mitad de su talento.

SAM. ¿Y qué más han puesto Bob y Sara?

RAUL. ¿Y qué más tú crees que ellos iban a poner?

SAM. No sé, pero lo que es el talento de Bob... Bueno, tú sabes dónde lo tiene. Pero tú sabrás lo que pone cada cual. Después de todo, ¿no eres tú el que paga los intereses? A lo mejor han puesto algo más y no me lo has dicho.

646   RAUL. ¿Y por qué tenía que decírtelo?

SAM. Yo creo que eso estaba implícito en el contrato.

RAUL. No me vengas con ésas. Con el dinero que tienes y a estas alturas sabes bien que en los contratos no hay nada implícito. Lo que no está estipulado por escrito no cuenta. Éste es un contrato de arrendamiento, temporal, pura cuestión de intereses. Arreglados estaríamos si fuéramos a funcionar de otra manera.

SAM. Pues si Bob y Sara no han puesto nada más que su esfuerzo y su talento, han hecho una inversión que no tiene pérdidas. Mucho mejor que la mía, que he sido más generoso, ¿no es cierto?

RAUL. Tus intereses son altos, Sam.

SAM. Creí que te gustaba pagarlos.

RAUL. A nadie le gusta pagar intereses.

SAM. Nunca me lo habías dicho.

RAUL. Nunca me lo habías preguntado. No conozco a nadie que se haya excitado pagándole intereses a un banco.

SAM. Judy siempre ha pagado con gusto.

RAUL. ¿Cómo puedes saberlo? Judy es una buena actriz. Eso lo sabe todo el mundo. ¿O es que tú no te habías enterado? Eres un ignorante. Después de todo, pensabas que yo pagaba con gusto. A lo mejor tu mujer y yo tenemos más cosas en común de lo que tú te imaginas.

SAM. Seré yo.

RAUL. O tu dinero.

SAM. Dios los cría.

RAUL. Y ellos se juntan.

SAM. Cría cuervos.

RAUL. Y te sacarán los ojos.

647

SAM. Pero para eso hay que tener agallas. Y ni tú ni ella las tienen.

RAUL. ¿Cómo lo puedes saber?

SAM. Porque sé de dónde han salido.

RAUL. Tú crees que tu mujer y yo estamos jugando el mismo papel.

SAM. No sé, pero así parece.

RAUL. Aunque no sea necesariamente lo que es.

SAM. Yo creía que a ti te gustaba llamar las cosas por su nombre. Se te debe haber pegado algo de Bob. Déjate de trabalenguas. ¿Por qué no llamas al pan pan y al vino vino? Habla de una vez.

RAUL. A lo mejor tu mujer y tú son los que tienen los mismo gustos.

SAM. Entonces serás tú lo que tenemos en común. ¿Es eso lo que quieres decir?

RAUL. ¿No te parece? La lógica es la misma, Sam. Sólo hay que cambiar el punto de vista.

SAM. Vete al carajo, Raul. Me estás encabronando.

RAUL. No te hagas el macho, coño. Sé la pata de donde cojeas.

SAM. Habla de una vez y di lo que tengas que decir.

RAUL. Esto se acabó. Entrégame la llave.

SAM. Entonces has encontrado quien te dé préstamos a intereses más bajos. Es Bob, ¿no? ¿Es Bob el prestamista? Yo también sé de la pata de que cojeas.

RAUL. Tú no sabes nada, Sam. Todo lo quieres resolver con el signo del dólar.

SAM. Un signo al que le cae atrás todo el mundo. Se meten los dólares por donde pueden. Después que se atragantan con ellos vienen las repugnancias con el dulce. Y el que no se atraganta es porque no puede. No creas que tú eres ninguna excepción, Raul. El mundo está lleno de degenerados como tú.

Se acrecienta la violencia. Tal parece que se van a entrar a golpes.

RAUL. No es lo mismo la necesidad que el gusto.

SAM. Sí, eso dicen las putas, pero ve tú a saber.

RAUL. Crees que con el dinero puedes comprarlo todo, corromperlo todo.

SAM. ¿Y no es así?

RAUL. Deberíamos exterminarte.

SAM. ¡Pero tú no tienes pantalones para eso!

RAUL. Créete tú eso. Con los pantalones he armado todo este tinglado.

SAM. Puede que te arrepientas de lo que estás haciendo. ¿Así que Bob ha puesto su esfuerzo y su talento? ¿Le has dado llave? ¡Coño! ¡Le has dado la llave! Eres un hijo de puta. Le debes haber dado la llave a medio Nueva York. Será una llave de dominio público.

RAUL. Eres un bruto, Sam. Lo echas todo a perder. Bien me lo ha dicho Judy.

SAM. Éste es un asunto entre tú y yo. Deja en paz a mi mujer. No metas a Judy en esto.

RAUL. Con eso no contabas. No sabías que yo iba a meter a Judy en esto. Y la tengo metida hasta el cuello.

SAM. Vete al carajo antes que te parta el alma en dos.

RAUL. La llave te la di yo a ti, pero ya es hora que me la devuelvas. Dame la llave, Sam.

SAM. Vete al carajo.

RAUL. *(Gritando.)* ¡Dame la llave!

SAM. *(Gritando también.)* ¡Coño, primero te mato!

Se abre la puerta de la calle. Entra Judy. Está cargada de paquetes. Es una mujer muy bella y atractiva, conservada maravillosamente bien gracias al maquillaje, los ejercicios, la dieta y la cirugía plástica. Viste bien, pero demasiado llamativamente y con un toque de vulgaridad. Parece una réplica de Joan Collins.

JUDY. ¡Pero qué escándalo! Los gritos de ustedes se oían desde la puerta del elevador.

SAM. Así que tú también tienes la llave.

JUDY. ¿Qué llave?

SAM. La que tiene todo el mundo, por lo visto. La de este apartamento.

JUDY. *(Mirando la llave, que ya iba a guardar en la cartera.)* Ah, la llave... ¿Estaban discutiendo por eso?

RAUL. No, no exactamente.

JUDY. *(A Raul.)* Pero tú estabas gritando que te la devolvieran. *(Alargándole la llave.)* Si tú quieres que te la dé...

SAM. ¿Por qué no tocaste?

JUDY. Porque ya había sacado la llave de la cartera.

SAM. Entraste como perro por su casa.

RAUL. ¿Te has dado cuenta?

SAM. No sabía que ibas a venir por aquí.

JUDY. Ni yo tampoco que tú ibas a hacerlo. Le había prometido a Raúl unas copas para la cena. Si llego a saber que tú venías a verlo me hubiera ahorrado el viaje.

650   RAUL. ¿Ves? Todo tiene su explicación, Sam.

SAM. *(A Raul.)* Entonces, también le has dado la llave a mi mujer.

JUDY. ¿Cómo que me ha dado la llave? Esta llave la tengo yo desde hace muchísimo tiempo. ¿Es que te has olvidado que antes éramos nosotros los que vivíamos aquí? Cuando Raul se mudó, yo me quedé con un juego de llaves.

SAM. Por lo visto la llave de este apartamento la tiene medio Nueva York y es muy probable que la mitad y media del Barrio. Tendré que cambiarle la cerradura.

RAUL. A lo mejor soy yo el que tengo que cambiársela. Después de todo, Judy también es dueña de todo esto, Sam. Muebles incluídos, porque no olviden que se trata de un apartamento amueblado, con todo lo que tiene dentro.

JUDY. Oh, Raul, no digas tonterías. Ya sabes que detesto hablar de dinero. El dinero se ha hecho para gastarlo, querido. Es lo único que me interesa de él.

RAUL. En esta vida todo debe compartirse, Sam.

SAM. Hablas como si esto fuera una comuna.

RAUL. Particularmente el capital.

SAM. Especialmente si no es el capital de uno.

RAUL. No estés tan seguro.

SAM. El capital hay que sudarlo, Raul.

RAUL. No conozco a ningún capitalista con peste a grajo.

JUDY. ¡Qué inocente eres, Raul! Yo he conocido a cada uno.

RAUL. Bueno, será por sucio, pero no porque la haya sudado. El que la suda es el trabajo.

SAM. Así que la cosa es ahora de lucha de clases. Hay que tener la cara dura.

RAUL. No te olvides que yo soy el que la ha sudado.   651

JUDY. Esto es ridículo. ¿De qué tontería estamos hablando? En esta vida todo tiene que compartirse, Sam. *(A Raul.)* Es por eso que cuando el apartamento estaba desocupado y tú empezaste a trabajar en *Su cara mitad* y no tenías un buen lugar donde hacerlo, me pareció una buena idea que ocuparas el apartamento. No pienses que los capitalistas somos unos ogros, Raul. No seremos comunistas, pero nos gusta compartir lo que tenemos. ¿Verdad, Sam?

RAUL. Pero yo creía que eso del apartamento había sido idea de Sam. *(Volviéndose.)* Al menos eso fue lo que tú me dijiste.

JUDY. *(A Sam.)* ¿Le dijiste eso?

SAM. Es mío, ¿no?

RAUL. De los dos, Sam. De Judy y de ti. No se te olvide. Es lo que llaman bienes gananciales. *(A Judy.)* Y es por eso que también tú te quedaste con la llave. Como parte del contrato.

JUDY. ¿Qué contrato?

RAUL. El contrato de arrendamiento.

JUDY. No sabía que había un contrato.

SAM. Claro que hay. Nunca se da nada gratis. Siempre hay que pagar.

RAUL. Sam no da nada por nada, Judy.

JUDY. No me lo tienes que decir a mí. Por más de veinte años he tenido que pagar intereses muy altos. Tú no conoces a Sam, Raúl.

RAUL. No creas, ya me voy enterando.

JUDY. Después de todo, como dirías tú, soy "su cara mitad". *(Melosa, a Sam.)* ¿No es cierto?

SAM. *(Brusco.)* De todos modos, bien pudiste tocar a la puerta... Podrías haber sorprendido a Raul.

JUDY. ¿Sorprendido a Raul?

SAM. Con una amante.

JUDY. ¿Una mujer?

SAM. Naturalmente. ¿Qué te has creído?

JUDY. Eso no era posible, Sam.

SAM. ¿Cómo que no era posible? Después de todo, Raul es un hombre joven, guapo, que ha triunfado en Broadway, con un brillante porvenir y con un *penthouse* en la Quinta Avenida. Está en la nómina de los latinos que triunfan.

JUDY. Ya te dije que tus gritos se oían desde el elevador, Sam. Así que no era posible que Raul estuviera con una amante.

RAUL. A lo mejor tu marido acabará diciendo también que soy el típico *latin lover*.

JUDY. ¿*Latin lover*? Pero eso está muy visto. ¡Ni que estuviéramos en la época de Rodolfo Valentino! Yo diría que Raúl es un *yuppie* muy bien parecido.

SAM. ¿Con esa alcoba tapizada de espejos? Será la excepción que confirma la regla. Un producto del Barrio que ha dado el salto de la minoría de los latinos muertos de hambre a la de los elegidos.

JUDY. Yo no creo que esa alcoba tenga nada de malo.

SAM. Pero, ¿la has visto?

JUDY. Ni que estuviera ciega. ¿No la has visto tú?

RAUL. Hay que pasar por ella para ir al baño.

SAM. Son unos espejos del dominio público.

JUDY. (*Acercándose a Raul, melosa.*) Raul no tiene secretos para mí, Sam. Soy su confidente. Si tuviera una amante, me lo hubiera dicho. ¿No es cierto, Raul?

RAUL. (*Dejándose hacer.*) Sí, Judy, no tengo secretos para ti.   653

JUDY. Raul me lo cuenta todo, Sam. No es como tú, que te guardas muchas cosas. ¿No es cierto, Raul?

RAUL. Sí, te lo cuento todo, Judy.

JUDY. Por eso sé que no tiene ninguna amante. Me lo hubiera dicho. *(Separándose de Raul, falsa.)* Aunque nunca me ha querido decir de quién fue la idea de ese cuarto tapizado de espejos.

SAM. Será un secreto de alcoba que ni siquiera quiere compartir contigo. *(Mofándose de Judy.)* ¿No es cierto, Raul? *(Violento.)* Estos espejos debió sacarlos del Barrio, de algún lugar donde él o alguien de su familia estaría trabajando.

Gesto violento de Raúl. Judy se le acerca nuevamente.

JUDY. Oh, no le hagas caso, Raul. Son prontos de Sam que después se le quitan. También me lo ha dicho a mí. Flor de fango, o cosas por el estilo. En el fondo, Sam es un anticuado. Ni que estuviera viendo películas mexicanas. Lo que pasa es que Sam tiene celos. A lo mejor se le ha metido alguna idea descabellada en la cabeza.

SAM. Coño, Judy. ¡Vete al carajo!

Sam sale violentamente. Judy y Raul miran hacia la puerta del cuarto por donde ha salido Sam. Se oye a Sam tirando la puerta del baño. Judy y Raul se miran. Después se besan apasionadamente, pero de una forma algo teatral y cinematográfica.

JUDY. ¿No te importa que te diga algo?

RAUL. ¿Qué cosa?

JUDY. Júrame que no te vas a ofender.

RAUL. Te lo juro.

JUDY. Que es verdad... Que tú eres un *latin lover.*

Mientras se besan nuevamente, se oye una puerta que se abre y la descarga del tanque de agua de un inodoro. Al mismo tiempo, lentamente, cae el telón.

SEGUNDO ACTO

Poco después del acto anterior. El escenario está completamente iluminado, como en el primer acto. Suena el timbre del teléfono. Entra Raul, vestido de etiqueta. Luce muy bien, pero se ve algo nervioso y despeinado. Está francamente intranquilo, aunque no quisiera aparentarlo. Contesta.

RAUL. ¡Oigo...! ¡Oigo...! ¿Cómo...? No, no entiendo... ¿Qué dice usted? Sí, sí, ése es el número de teléfono... En la Quinta Avenida, sí... No, no, aquí no vive ningún revolucionario... No, ni un terrorista tampoco... ¿Un atentado? ¿Qué quiere decir...? No, no lo entiendo, y quizás sea mejor así. De lo contrario había que llamar a la policía... No, le aseguro que aquí no queremos matar a nadie... ¿A mí? ¿Quién iba a querer matarme a mí? Ni yo quiero matar a nadie tampoco... Es cierto, quizás sea mejor que no acabemos de ponernos de acuerdo...

Raul se vuelve. Nota que Sara está abriendo la puerta vidriera.

RAUL. No, aquí nadie ha pedido una pizza con peperoni... Ni una docena de tacos tampoco... Mire, ¿por qué no deja de joder? No, le aseguro que no hemos pedido nada... Bueno, hasta la vista. Buenas noches.

Raul cuelga y se queda como pensativo, ligeramente impresionado. Sara, con una copa en la mano, entra procedente de la terraza. Traje negro, de noche, muy elegante. Maquillada a la perfección, sin exageración, luce muy bien. Aunque debe parecer natural, tiene su toque de mujer fatal.

SARA. ¿Quién era?

RAUL. Un equivocado. Alguien que quiere traernos una pizza tapizada con peperoni.

SARA. ¡Una pizza con peperoni! ¡Qué asco! Querrá matarnos de una indigestión.

RAUL. Será un revolucionario.

SARA. Lo dudo. *(Pausa breve.)* ¿Por qué dices que será un revolucionario?

RAUL. Me dio esa impresión.

SARA. Estará drogado.

RAUL. No lo entendí muy bien. Habló de una bomba, un acto terrorista.

SARA. ¿Te traes otra cosa entre manos? Por una noche ya hemos tenido bastante.

RAUL. Sí, debe ser un loco, un drogado, de los muchos que andan sueltos por ahí.

SARA. A lo mejor es un personaje que no dejaste entrar en el primer acto. Como hiciste conmigo.

RAUL. No digas disparates.

SARA. Haz memoria. Piénsalo bien, porque si tenía tu número de teléfono... a lo mejor sabía tu nombre y apellido... Y es posible que llegue de un momento a otro.

RAUL. No, ese tipo no estaba en carácter. Desentonaría entre todos ustedes.

SARA. Entre todos nosotros, querrás decir. *(Irritada.)* Después de todo, Bob, Sam y tú están vestidos de la misma manera. Eres igual que ellos.

RAUL. Que es como decir también que soy igual que tú.

SARA. Exactamente. Te hemos asimilado.

656

RAUL. ¿Me *han* asimilado?

SARA. Sí, te *hemos* asimilado. ¿Es que no te habías dado cuenta? ¿Es que pensabas que eras como ese que acaba de llamar por teléfono? Bueno, es posible que fueras tú, *antes*. Porque lo recuerdo como si te estuviera viendo. No fue así como llegaste la primera vez, vestido de etiqueta. Parecías un terrorista, un revolucionario, un tigre tal vez.

RAUL. En todo caso, ése será el personaje de alguna obra que todavía tengo que escribir.

SARA. Estará furioso. Querrá acabar con todo, romper puertas y ventanas. Pero si llamó por teléfono entonces no es más que un personaje ausente, de esos que nunca entran en escena. Como hiciste conmigo. Aunque te advierto que no todos tienen la paciencia que yo he tenido.

RAUL. Estás de muy mal humor. Como todos los demás.

SARA. ¿Y de qué humor tú quieres que estemos? ¿Te has dado cuenta de lo que has hecho? ¿De qué humor quieres tú que estemos después que nos han dado una bofetada?

RAUL. Pero yo creía que ustedes eran americanos, que son medio masoquistas.

SARA. ¿Masoquistas nosotros? No nos entiendes.

RAUL. Es posible que entonces no *los haya* asimilado del todo.

SARA. Eres un mal agradecido.

RAUL. Yo creía que ustedes eran objetivos. Esto no es más que una obra de teatro. Sólo he escrito el primer acto de *Su cara mitad* para celebrar las doscientas representaciones de *Reglas de conducta*. Eso es todo. Ficción y nada más que ficción. Ahora, si ustedes se empeñan en hacer realidad de la ficción, eso es cosa de ustedes.

SARA. ¿Vas a decir que no somos nosotros? ¿Con nombre propio y casi con apellido? Has querido humillarnos. Eres un

657

resentido. ¿Qué derecho tienes a quejarte? Tienes todo lo que siempre has deseado.

RAUL. Piensa por un momento en el resentimiento de los demás. Porque hay muchos que sí tienen derecho a quejarse. Recuerda que alguien está llamando por teléfono.

SARA. No creas que me vas a meter miedo con esa tontería. Has enredado todo esto de una forma que no sé cómo vamos a salir. ¡Lo has echado todo a perder! Pero no te olvides de quién eres tú y quiénes somos nosotros. *(Pausa.)* Y de contra, para empeorar la cosa, hiciste de mí un personaje ausente, mientras que Judy...

RAUL. Ah, entonces es eso. Un problema de faldas.

SARA. Que por lo visto también es de pantalones.

RAUL. Una comedia de equivocaciones, Sara, en la que cada cual parece ponerse alguna prenda de vestir que le corresponde a los demás. Tómalo como un sueño de una noche de primavera en el que se renace a lo que cada uno es.

SARA. Interpreta el asunto como quieras, pero no tiene ninguna gracia andar de personaje ausente. Me has hecho hacer un papelazo, especialmente delante de Judy.

RAUL. *(Acercándosele, satisfecho.)* Entonces... entonces tú también estás celosa.

SARA. No es para menos, pero no de la forma que tú te imaginas.

RAUL. ¿Y cómo me lo imagino yo?

SARA. Como se lo imaginan todos los hombres, no importan las circunstancias. Como si el asunto entre Judy y yo fuera una cosa de mujer a mujer...

RAUL. Entonces tú no sabías lo de Raul y Judy...

SARA. Como si yo estuviera celosa de Judy porque me está disputando el... el amor... el amor de un hombre... ¡Oh, Dios, qué ridículo suena esto, Raul! ¿Estás seguro que no estás escribiendo una telenovela?

RAUL. ¿Con estos... episodios? ¡No, no lo creo! Aunque a lo mejor nos hemos metido en una de ellas y no nos hemos dado cuenta. Después de todo, es la única mercancía que se vende.

SARA. El caso es que desde que colgaste el teléfono me veía entrar en escena de un momento a otro, esperando que llegara mi bocadillo.

RAUL. Lo estuve considerando, pero me parecía un poco monótono que ella también abriera la puerta.

SARA. Podría haber tocado el timbre.

RAUL. No, eso no lo podía hacer porque te hubiera colocado por debajo de todos los demás, lo que sí te hubiera perjudicado. Era imprescindible que la llave la tuvieras tú, porque de lo contrario...

SARA. Pero si esa llave parece tenerla todo el mundo.

RAUL. Precisamente... Entiende, Sara. Te aseguro que mientras más lo pensaba, mejor me parecía la idea de dejarte entrar a principios del segundo acto, como has hecho en este momento. Porque sería un segundo acto más íntimo, entre tú y yo, secreto, del cual no se iban a enterar los otros personajes. *(Tomándola en sus brazos.)* Algo... algo único... realmente diferente.

SARA. *(Separándose.)* No me interesa. Has calculado mal. Y a lo mejor a él también le has dado la llave.

RAUL. ¿A quién?

SARA. Al terrorista. A ese que te llamó hace unos minutos. Pero quizás no sea más que un personaje ausente ansioso de decir su bocadillo. ¡Qué chasco! Así estará él, hecho un muerto de hambre, sin un bocadillo que llevarse a las cuerdas vocales. Eres un cobarde, Raul. Lo más seguro es que no se aparezca por aquí, que no le dejes asomar las narices.

RAUL. Vamos, no te pongas así. Ni que fueras actriz. **659**

SARA. ¿No lo somos? Siempre estamos actuando, Raul. Lo que pasa es que a veces estamos tan metidos en nuestro papel que no nos damos cuenta. Yo no seré actriz, pero me gusta interpretar papeles importantes, y en este caso es evidente que Judy, con esa escena final, es la que se roba la obra.

RAUL. ¿Pero es que no te pareció bien ese final del primer acto con esa escena del *latin lover*? Judy parece encantada con ella.

SARA. ¿Cómo no va a estarlo? Ya la conoces.

RAUL. ¿Qué quieres decir?

SARA. Que Judy tiene mentalidad de telenovela y que con finales como ésos terminan todos los episodios cada día, con un primer plano que es el "mañana continuaremos". Me temo que te estás contagiando con todos esos disparates. Nunca me pude imaginar que ahora te ibas a bajar con esa clase de teatro. Sin contar con lo de la llave y el ojo de la cerradura. Todo muy trasnochado. Lo cual no quiere decir que a la gente no vaya a gustarle.

RAUL. Así que te parece mal...

SARA. No he dicho exactamente eso.

RAUL. Por lo visto aquí nadie dice exactamente nada.

SARA. Tú lo sabrás mejor que yo. Pero te advierto, es el único modo de decirlo exactamente todo.

RAUL. Yo creo que la que se está bajando con una telenovela eres tú. Nunca me hubiera podido imaginar que ibas a hacer tal cosa. De Judy no me extraña, pero de ti...

SARA. En todo caso, una mujer de su edad besándose con un *latin lover* veinte años menor que ella, siempre está encantada con su papel, aunque ese papel no sea otra cosa que un papelazo.

RAUL. De veras, nunca te imaginé en ese plano. Pero es posible que lo presintiera y es por eso que no te dejé entrar en el primer acto. Un encuentro con Judy lo hubiera echado todo a perder.

SARA. No creas, a pesar de todo siempre sabemos cómo comportarnos. No nos confundas con una de esas latinas del Barrio.

RAUL. Te hacía con más clase.

SARA. No me vengas con el cuento que ese beso al final del primer acto era fingido. Te aseguro, Raúl, que lo hiciste muy bien. Autor y personaje. Menos mal que Sam no pasó por alto los efectos de sonido y se fue para el baño. Desde cualquier punto de vista hubiera pasado un mal rato.

RAUL. A la verdad, ahora eres tú la que estás a punto de hacer un papelazo. Más vale que te calmes, porque los otros pueden entrar en un momento a otro y no sería nada elegante que te encontraran en estas condiciones.

SARA. Eres un degenerado, Raul.

RAUL. ¿Y tú qué cosa eres?

SARA. Por lo menos no juego en los dos bandos, como tú. Con uno tengo más que suficiente.

RAUL. Eso será desde el punto de vista que se mire.

SARA. Me conoces bien poco, lo que a estas alturas me da igual. Yo creía... Bueno, conoces bien poco a las mujeres. No en balde.

RAUL. Yo no te hacía tan convencional. Te aseguro que me parecías todo lo contrario. Lo siento. Aparentemente los dos estábamos equivocados. Quizás tengas razón y a lo mejor es Judy *mi* protagonista.

SARA. Pero no te creas que eres su primer dramaturgo. Ni el primero ni el último.

RAUL. Si no me equivoco, el primer dramaturgo fue tu marido.

SARA. Cuando trajiste aquel libreto para que Bob lo leyera y viniste a verlo aquel día que él no estaba aquí, pensé que las cosas iban a ser diferentes... Pero después... Después empezaste a cambiar el texto.

661

RAUL. Le dijiste a Bob que lo que yo escribía no servía para nada, que todo era una mierda.

SARA. ¿Quién te dijo eso?

RAUL. Me lo dijo Bob.

SARA. Eso te dijo Bob que le había dicho Sara, pero lo que dijo Sara no lo puedes saber, porque no la dejaste entrar en escena... Lo has inventado todo, Raul, y ahora te crees que todo lo que inventaste es cierto. Si tú querías saber lo que yo pensaba, era a mí a quien me lo tenías que preguntar, sin contar que otras veces ya te lo había dicho.

RAUL. ¿Y cómo iba a poder saber que no me estabas mintiendo? Porque es como si lleváramos siempre una careta encima.

SARA. Es un riesgo que hay que tomar. ¿O es que tú crees que se puede ir por el mundo gritando la verdad siempre?

RAUL. Sí, debemos ir por el mundo gritando la verdad siempre. Ahí tienes a *Su cara mitad.*

SARA. *Su cara mitad... Reglas de conducta... Juegos prohibidos...* ¡Mentiras, no han dicho nada más que mentiras! ¿O es que tú crees que en ese primer acto de... de *Juegos prohibidos...*

RAUL. De *Su cara mitad...*

SARA. ...Sam, Bob, Judy y tú han dicho la verdad en algún momento...? Mentiras, no han dicho más que mentiras... Sólo Sara ha dicho la verdad, porque la dejaste entre bastidores... *(Pausa.)* Pero... cuando trajiste aquel libreto la primera vez, pensé que las cosas iban a ser diferentes...

RAUL. Pero lo han sido.

SARA. Todo ha vuelto a su lugar, como si fuera lo mismo. Hemos vuelto al punto de partida. Un poco más atrás, cuando no nos conocíamos... *(Pausa.)* Pero... cuando yo te abrí la puerta por primera vez... ¿Te acuerdas?

RAUL. Sí, lo recuerdo, coño. Lucías tan bien que no parecías de verdad. *(Violento.)* Cuando te vi por primera vez, sentí ganas de patearte, de acabar contigo, de arrancarte todo el pellejo a dentelladas. No sé cómo pude contenerme, porque tan pronto te vi quería tirarme encima de ti y entrarte a mordidas, arrojarte sobre el sofá y acabar contigo con el cuerpo que yo llevaba. ¿Te acuerdas, no?

SARA. Me acuerdo, sí; pero te aseguro que de un momento a otro todo eso lo habré olvidado. Será como si no hubiera pasado jamás. En realidad, ya casi lo he olvidado.

RAUL. ¿Y qué te parecía yo? ¿Es que yo te parecía blando y lechoso como tu marido? ¿Es que yo te recordaba a Bob?

SARA. No, no me lo recordabas. En aquel tiempo tenías barba y vestías mal. Ese que acaba de llamar debe ser como tú fuiste.

RAUL. ¿Por qué lo dices?

SARA. Porque desde que te abrí la puerta me parecía que te estaba oliendo. Sí, era tu olor. Era como si la puerta la hubieras abierto a patadas y no fuera un hombre el que entraba, sino una bestia desbocada. Tampoco sé cómo pude contenerme, porque desde que te vi lo único que quería hacer era tirarme encima de ti y empezar a morderte.

RAUL. Tendría ese olor especial de las clases bajas que vuelve loca a muchas mujeres. Ese olor que se llama peste. Sería un *latin lover.*

SARA. Te aseguro que si me hubieras parecido un *latin lover* no me hubiera acostado contigo.

RAUL. Lucías tan linda que no parecías de verdad. Eras como una estampa, pero de película. Cuando era niño fui a ver una película de Grace Kelly, no recuerdo cuál, y cuando te vi, fue ella la que me vino a la cabeza. Era tan linda que no parecía de verdad. Tan limpia como si siempre estuviera acabada de bañar y hubiera salido del agua, y al mismo tiempo estuviera maquillada, arreglada para mí, pero siempre natural, acabada de nacer del agua. Fue ella la que me vino a la cabeza cuando te vi, y me di cuenta que entonces tenía que acabar contigo, porque me excitabas de arriba abajo y no sabía cómo iba a poder contenerme. Eras tan linda que creí que eras de mentira, pero todo tu cuerpo y todo mi cuerpo me decía que eras de verdad, y media hora más tarde ya sabía yo que eras más puta que las gallinas.

SARA. Me apuesto a que no te recordaba a ninguna de las puertorriqueñas con las que te habías acostado en el Barrio.

RAUL. Pero a ti te debía recordar yo al chico de la bodega, el que mandabas a buscar para que te subiera los mandados; ese *latin lover* de la hora del *lunch*, que siempre sale más barato, al que despachabas con una propina.

SARA. No, no me lo recordabas.

RAUL. Por poco te mato.

SARA. Sí, por poco me matas.

RAUL. Pero después te quedaste rabiando, como si no te hubieras quedado satisfecha.

SARA. Me había quedado satisfecha.

RAUL. Como si quisieras más.

SARA. No, no era que quisiera más. Era que quería que me hubieras matado.

RAUL. Me odiabas, me detestabas.

SARA. Que me castigaras, que, efectivamente, acabaras conmigo, pero no de mentira, sino de verdad; no figurativamente... Que me ejecutaras de una vez para siempre con el arma que tenías entre las piernas.

RAUL. Me odiabas, me destestabas, aborrecías lo que te estaba haciendo.

SARA. Sí, Raul. Te odiaba, te detestaba, te aborrecía por todo lo que me estabas haciendo.

RAUL. Pero querías más. Que te pateara, que te triturara por lo que eres, por americana puta y perra, como esas que van por ahí buscando los machos del subdesarrollo, acostándose con ellos a la hora del *lunch*, aprovechando el alza del dólar y la baja de todas las monedas, la inflación y la miseria. Porque eso era lo que eras, ¿no? Y tú lo sabías, ¿no?, y tú lo sabías tanto como yo. Pero yo no era Bob, ni era como ninguno de los otros que habías conocido en el bar de la esquina, ni siquiera como esos *latin lover* hambrientos, limosneros, que te traían los mandados, ¿no es verdad?

Raul tira a Sara sobre el sofá. Forcejean.

SARA. Sí, es cierto.

RAUL. Y estabas furiosa, furiosa contigo misma, y eras tú la que se quería patear, patearte a ti misma, porque pensabas que sólo yo podía satisfacerte, que ni Bob ni ninguno de esos americanos descoloridos con los que lo habías engañado una y otra vez te gustaban, te satisfacían, que yo te gustaba más porque tenía ese olor, ese sabor a bestia que venía de algún lugar exótico que ni siquiera te podías imaginar, ese sudor que me corría y que caía sobre ti y que te bañaba; que yo la sudaba como no la sudaban ellos, que yo hacía un trabajo a conciencia como si fuera un camionero, un obrero, y que eso era lo que tú querías, así, a lo bruto, en unas fantasías del Parque Central donde te veías acostada con hispanos como yo, mulatos y negros del Barrio que caían sobre ti, porque sólo tú, que eras una americana blanca y rubia y con dinero podía sentir, podías gustarles.

Siguen forcejeando de una manera brutal, en una escena de sexualidad y violencia.

SARA. ¡Déjame! ¡Déjame!

RAUL. Y era entonces cuando ibas a Bob con el cuento de que yo no servía para nada, ¿no es así? Porque eso es verdad y yo no he inventado nada, porque eso era lo que pensabas de mí mientras tenías otras razones metidas en la cama.

665

SARA. Sí, es cierto. Y es por eso que Bob y yo decidimos acabar contigo, castrarte de una vez.

RAUL. ¿Qué quieres decir?

Sara gana terreno y se pone de pie.

SARA. Que todo lo decidía yo. Que Bob y yo decidimos acabar contigo. Tragarte. Deglutirte. ¿O es que tú crees que eso que tú me repetías al oído era una caricia? "Puta, puta, hija de puta". Y me lo repetías en español una y otra vez, para que me lo aprendiera de memoria. "Puta, puta, hija de puta". Y eso era lo que yo era para ti. Y me gustaba oírtelo, porque sí, porque me insultabas, porque me hacía descender a lo que yo soy, a lo que tú eras: "hijo de puta, hijo de puta, hijo de puta".

Sara se tira en un rincón, hacia el frente del escenario.

SARA. Y era entonces cuando más sentía, cuando más me apretaba a ti. Y tú me lo repetías porque te dabas cuenta que eso era lo que quería escuchar yo, esas patadas de tu voz que eran una caricia sobre mi cuerpo. Y me lo repetías. Ese sexo que te salía de la garganta, odiando y violándome como si todas las americanas rubias y putas del mundo estuvieran allí, reunidas en el sexo que tenía entre las piernas.

Después de retorcerse sobre el escenario, Sara se va incorporando.

SARA. Te juro que nunca he deseado tanto... he amado tanto... Te amaba de una manera que no se puede entender... Esperaba esa voz en el teléfono... Una explosión que acabara con todo... Una descarga brutal... Que la puerta se abriera de un momento a otro y entraras tú en un vuelco que fuera el definitivo... El hombre, Raul, el hombre que tú eras... Que tú fuiste... Que no fueras a ceder... Que escaparas a todas las leyes de la gravedad que llevaban a un caída inevitable... el hombre, Raul... Que no dieras un paso atrás... Que escaparas de mí... Del *glamour* de Judy... De la astucia de Bob... De los dólares de Sam... El hombre, Raul, el hombre...

Sara está ya de pie. Raul está sentado en el sofá, inmóvil, anonadado.

SARA. Sí, tienes razón. Te acostabas conmigo como si estuvieras metido en una lucha de clases. Y yo me acostaba contigo por la misma razón. ¿Nos odiábamos, no? ¿Era hermoso, no? *(Pausa.)* Hasta que un día me di cuenta que ya era diferente, que había pasado lo que tenía que pasar... Que ya no estabas aquí... *(Pausa.)* No sé cuándo fue, exactamente... Un gesto tuyo... *(Pausa.)* Tal vez fue una palabra de Bob que me dio el aviso... *(Pausa.)* Bueno, debo confesártelo, yo siempre he amado a Bob también. A nuestra manera nos hemos amado mucho. De una forma también que nadie entendería. ''Mi cara mitad''. Es por eso que Bob y yo siempre acabamos poniéndonos de acuerdo. ¿O es que tú crees que todo esto que tú cuentas nos ha cogido de sorpresa? Si tú crees que nos has dado una bofetada en pleno rostro, una humillación, un chantaje, no te imagines que vas a ganar nada con ello. En todo caso, Bob y yo siempre hemos estado de acuerdo. ¿O es que tú crees que todo lo que ustedes estaban haciendo lo hacían a espaldas mías? ¿O es que tú crees que Bob no ha llamado también al chico que hace los mandados, despachándolo después con una propina? ¡Qué inocente eres! Era una guerra y teníamos que castrarte. Lo siento, de veras, más de lo que te puedes imaginar, pero no nos quedaba otro remedio. Una cuestión de seguridad, una medida preventiva. Por higiene. Como se hace con los perros y los gatos, para meterlos en casita y que nos laman las puntas de los dedos. Compréndelo. *(Pausa.)* Me temo.. Me temo que vas a tener que volver a escribir ese primer acto otra vez.

Suena el timbre del teléfono. Raul, inmóvil en el sofá, levanta la cabeza, pero no va a contestar. Sara, decidida, contesta.

SARA. ¡Oigo...! ¡Hello...! ¡Oigo...! *(Ansiosa.)* ¿Quién llama? ¿Qué quiere? ¿Quién es usted?

Sara cuelga. La puerta vidriera que conduce a la terraza se abre. Entra Judy, también muy elegante, vestida de noche.

JUDY. ¿Quién era?   667

SARA. No sé.

JUDY. Pero, ¿qué quería?

SARA. Nada, no contestó nada. Era... como si llamara para saber... para saber si todavía estábamos aquí...

JUDY. Hija, qué ideas se te ocurren. Será alguna amiguita de Raul... o algún amigo, ve tú a saber, de los muchos que tiene.

SARA. ¿Qué han decidido?

JUDY. Bueno, Bob y Sam no acaban de ponerse de acuerdo. Claro, como Bob es un demócrata libertal y Sam un republicano cavernícola, cada uno de ellos tira para el lado contrario. A cada uno se le ocurre un final diferente, aunque en el último momento se pondrán de acuerdo. Pero a la verdad, no sé qué saldrá de todo esto. Eso sí, los dos quieren que sea un éxito de taquilla.

SARA. Entonces todo terminará en un *happy end*.

JUDY. Es mejor así, ¿no te parece? La gente viene al teatro a pasar un buen rato y no vamos a aguarles la fiesta. ¿No es verdad, Raul?

SARA. Raul se ha quedado mudo y con la boca abierta.

JUDY. *(Acercándose a Raul, despeinándolo cariñosamente.)* ¡Pobre Raul! ¡Tan orondo que estaba al final del primer acto! *(Volviéndose a Sara.)* ¿Qué le has hecho?

SARA. Bueno, habíamos quedado...

JUDY. *(Acariciando a Raul.)* ¡Oh, Sara, qué mala eres!

SARA. Yo sólo le he dicho la verdad.

JUDY. ¿Y te parece poco?

SARA. La verdad nunca duele.

JUDY. ¡Qué disparate! *(A Raul, como regañándolo.)* Claro que tú te la buscaste, haciendo por ahí cosas que no se deben. ¿Quién te mandó a meterte en camisas de once varas y sacar las patitas del plato? Porque, ¡vamos a ver! ¿No te bastaba con Sara y conmigo para tener que meter a Bob y a Sam a hacer cosas feas? ¿Eh? ¿Es que no he sido siempre complaciente contigo? Porque, vamos a ver, ¿es que no te hacía yo todo lo que me pedías? ¡Di! ¡Contesta! *(Raul no se mueve.)* ¡Pero no te pongas así, Raul! ¡No lo tomes tan a pecho! No conozco ninguna obra de Bob que no termine en *happy end*.

SARA. Esta obra es de Raul, Judy. No te olvides que él es responsable de todo esto.

JUDY. Sí, es verdad. ¡Qué cabeza la mía! Pero, después de todo, da lo mismo. Desde que escribieron juntos *Reglas de conducta*, no hay diferencia entre uno y otro. ¡Pobre Raul! No creas, siempre le estaré eternamente agradecida por ese final del primer acto. ¡Es tan romántico! Espero que Bob y Sam no se pongan demasiado pesados... Porque si hubiera sido entre tú y yo, ya lo hubiéramos resuelto. Nos lo hubiéramos repartido de alguna manera. Tú sabes, con ese título de *Su cara mitad* pensé que la cosa era mucho más sencilla.

SARA. Bueno, lo que pasó fue que Bob no quería colaborar en la comedia y me pidió que yo trabajara con Raul.

JUDY. ¿Entonces tú también has estado escribiéndola? No en balde esto se ha enredado de esta manera.

SARA. No, yo no he estado escribiéndola directamente. Simplemente, Raul y yo hemos trabajado juntos planeando el desarrollo del argumento, los caracteres, las situaciones, para no tener que hacer demasiados cambios después, al llevarla a escena. Lo que pasa es que después, al ponerse a escribirla...

JUDY. Entonces... ¿entonces tú lo sabías todo?

SARA. ¿Qué cosa?

JUDY. Lo de Bob y Raul.

SARA. Pues claro, Judy. Fue idea mía.

JUDY. ¿Y lo de Sam?

SARA. Bueno, eso se caía de su peso. Es una ley económica que no tiene pérdida.

JUDY. ¿Entonces es por eso que Bob y Sam también estaban de acuerdo?

SARA. *(Sorprendida.)* ¿Cómo que Bob y Sam estaban de acuerdo?

JUDY. No lo tomes al pie de la letra, porque con estos enredos a lo mejor estoy equivocada. *(Con intención.)* Pero, Bob y Sam...

SARA. ¿Bob y Sam?

JUDY. Lo que tú oyes. Algo de eso dijeron en la terraza, aunque no entraron en detalles. Pero yo creía que Bob no tenía secretos para ti.

SARA. Sí, pero no hay que explicarlo todo. Entrar en detalles sin importancia.

JUDY. Bueno, debe ser eso. Yo, en realidad, no le presto asunto a nada de eso. En definitiva, no me quejo. Sam tiene sus inconvenientes, pero he ido tirando. En todo caso, era feliz con Raul. *(Mirando a Raul.)* ¡Pobre Raul! ¡Está destrozado!

SARA. Él se lo buscó. Bien merecido se lo tiene.

JUDY. Tengo que confesarte que lo de ustedes dos me agarró de sorpresa... Bueno, no me podía imaginar que tú... con ese tipo tuyo, así, tan arregladita siempre... Yo creía que tú y Bob eran felices.

SARA. Bob y yo somos felices.

JUDY. Sí, entiendo, porque cada cual es feliz a su manera. En todo caso, Sam me lo decía. Que no confiara en ti. Que tú eras de las que las mataba callando... Y Raul...

SARA. ¿Raul te hablaba de mí?

JUDY. Bueno, no exactamente.

670 SARA. ¿Qué quieres decir con eso?

JUDY. Eran epítetos... Bueno, insultos más bien.

SARA. Pero eso era de mal gusto, Judy.

JUDY. Eso le decía yo. Pero en fin, hay que tener en cuenta que después de todo Raul es un latino. Quizás Sam tenga razón en lo que dice. Que nosotros somos una raza superior. Gozamos por ahí, pero pensamos con la cabeza. Por eso estamos donde estamos. Pero ellos son tan ignorantes que sólo piensan por ahí, y que por eso están donde se han quedado. En fin, que hay que tener en cuenta que después de todo Raul es un latino también. ¿Qué se le puede hacer? Le gustaba decir malas palabras. Se empeñaba que tú...

SARA. Dilo, Judy, dilo...

JUDY. Es que, hija... No te quiero ofender.

SARA. No, no, dilo de una vez.

JUDY. "Puta, americana puta", "Puta rubia y flaca", "Puta degenerada". Que eras una puta mosquita muerta. Bueno, ¡para qué contarte! Con decirte que yo creo que estaba obsesionado contigo... Te advierto que a mí me decía lo mismo, pero como soy trigueña aquello de "puta rubia" no iba conmigo y me hacía reír. ¡Qué locura! Espero no haberte ofendido.

SARA. ¡Habrá que castrarlo! ¡Como a los gatos y a los perros!

JUDY. ¡Qué bárbara, Sara! ¿Cómo puedes decir tal cosa? ¡Ni que ésta fuera la historia de Judith y Holofernes! ¿De dónde has sacado eso? *(Tocando a Raul afectuosamente.)* ¡Mira cómo has puesto a Raul! ¡Lo tienes temblando de pies a cabeza! Te advierto que para ese tipo de obra no cuenten conmigo.

SARA. Es un canalla. Un latino degenerado y oportunista que detesta todo lo que tienen las mujeres como nosotras, como yo. Un resentido, Judy, que se ha acostado con nosotras para humillar a nuestros maridos.

JUDY. No sé qué decirte, pero lo que soy yo no me voy a poner en ese plano... Competir contigo, pase; pero lo que es con esa 671

Judy se lleva la mano a la boca como si ahogara un grito, sin poder terminar la oración.

SARA. *(A Bob.)* ¿Quién era?

BOB. Nadie. Alguien que marcó un número equivocado, supongo.

SARA. ¿Estás seguro?

BOB. No, claro que no. ¿Cómo lo voy a saber?

SARA. ¿Nadie te dijo nada?

BOB. No, claro que no.

SARA. ¡Júrame que no me estás mintiendo, Bob!

BOB. ¿Pero cómo te voy a estar mintiendo por una tontería semejante?

SARA. Para no alarmarme. ¡Qué sé yo! O alguna otra razón para que yo no sepa la verdad.

SAM. ¿Han llamado antes?

SARA. Es la tercera vez. A lo mejor Raul se trae algo entre manos, Sam. Sabe Dios qué idea se le ocurre. No vamos a tener paz y tranquilidad hasta que acabemos con él.

SAM. Es lo que digo yo. Que vamos a tener que cambiar la cerradura, porque al menor descuido todo el Barrio tiene la llave y se nos echa encima. Aquí ya hay más latinos de la cuenta.

SARA. Tengo miedo, Bob.

SAM. Sara tiene razón. Son una partida de delincuentes.

SARA. Morfinómanos... Degenerados... Prostitutas...

BOB. Cálmate, Sara. Usa la cabeza.

SARA. No puedo, Bob. De pronto, estoy aterrada... Es como si nos fueran a atacar de un momento a otro... Ladrones... Asesinos... Terroristas... Revolucionarios tal vez...

674   BOB. Ven, ven, no te pongas así. Tienes los nervios destrozados.

JUDY. Eran epítetos... Bueno, insultos más bien.

SARA. Pero eso era de mal gusto, Judy.

JUDY. Eso le decía yo. Pero en fin, hay que tener en cuenta que después de todo Raul es un latino. Quizás Sam tenga razón en lo que dice. Que nosotros somos una raza superior. Gozamos por ahí, pero pensamos con la cabeza. Por eso estamos donde estamos. Pero ellos son tan ignorantes que sólo piensan por ahí, y que por eso están donde se han quedado. En fin, que hay que tener en cuenta que después de todo Raul es un latino también. ¿Qué se le puede hacer? Le gustaba decir malas palabras. Se empeñaba que tú...

SARA. Dilo, Judy, dilo...

JUDY. Es que, hija... No te quiero ofender.

SARA. No, no, dilo de una vez.

JUDY. "Puta, americana puta", "Puta rubia y flaca", "Puta degenerada". Que eras una puta mosquita muerta. Bueno, ¡para qué contarte! Con decirte que yo creo que estaba obsesionado contigo... Te advierto que a mí me decía lo mismo, pero como soy trigueña aquello de "puta rubia" no iba conmigo y me hacía reír. ¡Qué locura! Espero no haberte ofendido.

SARA. ¡Habrá que castrarlo! ¡Como a los gatos y a los perros!

JUDY. ¡Qué bárbara, Sara! ¿Cómo puedes decir tal cosa? ¡Ni que ésta fuera la historia de Judith y Holofernes! ¿De dónde has sacado eso? *(Tocando a Raul afectuosamente.)* ¡Mira cómo has puesto a Raul! ¡Lo tienes temblando de pies a cabeza! Te advierto que para ese tipo de obra no cuenten conmigo.

SARA. Es un canalla. Un latino degenerado y oportunista que detesta todo lo que tienen las mujeres como nosotras, como yo. Un resentido, Judy, que se ha acostado con nosotras para humillar a nuestros maridos.

JUDY. No sé qué decirte, pero lo que soy yo no me voy a poner en ese plano... Competir contigo, pase; pero lo que es con esa

671

bestia de Sam, ¡ni pensarlo! *(A Raul.)* ¡Vamos, habla, Raul! ¡No te hagas el mudo! ¿Te gustaba o no te gustaba acostarte conmigo? Te advierto que con ese mutismo no vas a llegar a ninguna parte, porque tenemos que tomar una decisión y con alguien tendrás que quedarte. *(A Sara, tomando a Raul por la barbilla.)* ¿Pero tú crees que a un hombre tan guapo puede gustarle estar con un gorila como mi marido? ¡Dímelo a mí, que he tragado mis buches amargos! ¡Y con Bob, que debe ser un hombre tan aburrido! *(Soltando a Raul, un poco como quien deja una cosa.)* No, Sara, sus razones tendría. Será un canalla, un oportunista, un resentido, todo eso y mucho más, que en eso no me voy a meter ni lo voy a poner como un dechado de virtudes, pero lo cierto es que yo pasaba mis buenos ratos con él y estoy segura que él los pasaba conmigo. Ustedes han armado un alboroto por nada. Yo te creía más moderna, más sofisticada. Pero en fin, como me imagino que a ti no te importa, *quiero que me lo dejes.*

SARA. ¿Cómo que te lo deje? ¿Qué quieres decir?

JUDY. Nada, dejar todo esto en una pieza en un acto y cuando Sam salga del baño yo le digo que me quedo con Raul. Si él quiere que se quede con el apartamento y todos los espejos, que, por cierto, a estas alturas no he podido saber quién tuvo esa idea... En fin, que me quede con él.

SARA. Te quedarás con un gatito, con un misumisu, con un minino.

JUDY. ¿Cómo con un minino? Por favor, Sara, tú bien sabes que Raul no es ningún minino.

SARA. Un minino, un misumisu, un perrito faldero que Bob y Sam sacarán a pasear por Park Avenue.

JUDY. Bueno, lo que tú digas, que a mí eso me importa un comino. Me quedo con el misumisu. Lo mío con Sam está finiquitado, de todas formas. No lo aguanto ni un día más. Y estoy segura que Bob podrá buscarse otro perrito faldero de los

miles que andan por ahí... Latinos, italianos, griegos, chinitos también. De todas las marcas, tamaños y colores. Pero tú me dejas a Raul, que es mi *¡latin lover! (A Raul.)* ¿Verdad, mi vida, que tú quieres quedarte conmigo? *(A Sara.)* Que me dé un beso, que caiga el telón y que se quede conmigo.

SARA. *(De pronto.)* Ve a la cocina y trae el cuchillo.

JUDY. *(Sin entender.)* ¿Cómo?

SARA. Que vayas a la cocina y traigas el cuchillo.

JUDY. ¿Qué dices? ¿Que yo vaya a la cocina a buscar un cuchillo? ¿Yo? ¿Vestida así? Te has vuelto loca de remate, Sara. Si tú crees que yo, que he interpretado las mejores comedias que se han puesto en Broadway, voy a entrar en escena vestida como estoy y con un cuchillo, es evidente que estás loca de atar y has perdido el juicio.

SARA. *(Amenazante, bastante desquiciada, a Judy, que retrocede.)* Ve a la cocina y trae el cuchillo. ¡Ve a la cocina y trae el cuchillo!

JUDY. ¡Ve tú, hija de puta! ¡Ve tú, puta de mierda! Entra por esa puerta como una loca. Haz el ridículo, como Anthony Perkins en *Psycho*, que se jodió para siempre y no ha puesto una nunca más. ¡Pero lo que es conmigo no cuentes para eso!

Se abre la puerta vidriera que conduce a la terraza. Entran Bob y Sam, ambos de etiqueta, como Raul. Al mismo tiempo, suena el timbre del teléfono. Sara, consternada, lo mira. Raul levanta la cabeza y lo mira también, pero no se mueve.

SAM. ¿Qué pasa aquí? ¿Qué escándalo es éste?

Sara da unos pasos hacia el teléfono, pero Bob se adelanta y contesta.

BOB. ¡Oigo! ¡Hello! ¡Oigo! ¡Hello!

Bob cuelga

JUDY. Nada, Sam, que Sara se ha vuelto loca y quiere que vaya a buscar un cuchillo a la cocina para...

673

Judy se lleva la mano a la boca como si ahogara un grito, sin poder terminar la oración.

SARA. *(A Bob.)* ¿Quién era?

BOB. Nadie. Alguien que marcó un número equivocado, supongo.

SARA. ¿Estás seguro?

BOB. No, claro que no. ¿Cómo lo voy a saber?

SARA. ¿Nadie te dijo nada?

BOB. No, claro que no.

SARA. ¡Júrame que no me estás mintiendo, Bob!

BOB. ¿Pero cómo te voy a estar mintiendo por una tontería semejante?

SARA. Para no alarmarme. ¡Qué sé yo! O alguna otra razón para que yo no sepa la verdad.

SAM. ¿Han llamado antes?

SARA. Es la tercera vez. A lo mejor Raul se trae algo entre manos, Sam. Sabe Dios qué idea se le ocurre. No vamos a tener paz y tranquilidad hasta que acabemos con él.

SAM. Es lo que digo yo. Que vamos a tener que cambiar la cerradura, porque al menor descuido todo el Barrio tiene la llave y se nos echa encima. Aquí ya hay más latinos de la cuenta.

SARA. Tengo miedo, Bob.

SAM. Sara tiene razón. Son una partida de delincuentes.

SARA. Morfinómanos... Degenerados... Prostitutas...

BOB. Cálmate, Sara. Usa la cabeza.

SARA. No puedo, Bob. De pronto, estoy aterrada... Es como si nos fueran a atacar de un momento a otro... Ladrones... Asesinos... Terroristas... Revolucionarios tal vez...

674 BOB. Ven, ven, no te pongas así. Tienes los nervios destrozados.

Sara corre a los brazos de Bob, que la abraza y parece protegerla entre ellos.

JUDY. *(Desolada, en medio del escenario.)* ¿Pero quién va a querer hacernos daño? ¿Qué mal hemos hecho, Sam?

BOB. *(A Sara, paternalmente.)* Lo que pasa contigo es que todo lo quieres llevar al pie de la letra. Has asustado a Judy con esa historia del cuchillo. No es necesario llegar a esos extremos. También el pobre Raul ha querido llevar las cosas a punta de lanza. Ya estará aprendiendo su lección, como la hemos aprendido todos alguna vez. *(A Raul.)* Porque no te creas, Raul, que lo que te ha pasado a ti no nos ha pasado a todos los demás. A todos nos pasa, aunque seamos sajones. Lo que pasa es que a nosotros nos pasa en inglés, y es por eso que la gente no nos entiende.

JUDY. Es triste, Bob. ¡Oh, yo siempre seré una sentimental! Bob, no me hagas llorar.

SAM. Vamos, Judy, déjate de ridiculeces.

SARA. Termina, Bob. Termina de una vez.

BOB. Mira, Judy, alcánzame el libreto y dame las tijeras. Tenemos que hacer algunos cortes en el texto.

Sara se separa de Bob. Judy va a la mesita donde está el teléfono. Toma un libreto y unas tijeras que están allá. Se las lleva a Bob. Éste las toma y le da las tijeras y el libreto a Sara.

BOB. Cortáselo tú.

Mientras dice el texto que sigue, Sara corta el libreto y tira los pedazos por el escenario. Lee en algunas ocasiones. No hay indicaciones específicas, pero el texto mismo va determinando la violencia y el creciente paroxismo de Sara. El escenario se va oscureciendo, aunque nunca queda completamente a oscuras, sino en una penumbra. Un foco de luz sigue a Sara y otro cae sobre Raul sentado en el sofá y con la cabeza baja.

SARA. *(Sin dirigirse directamente a Raul, como si fuera una reacción al texto que tiene en las manos.)* Desde que leí la primera oración sabía que teníamos que acabar contigo. Exter-

675

minarte, a ti y a los de tu ralea, como si los mandáramos a las cámaras de gas. ¡Canalla! ¡Degenerado! No sé qué te habías creído. *(Pausa.)* El texto estaba ahí, sobre la mesa de noche, y su olor llenaba la habitación como si estuviera copulando... Aquel primer acto era una batalla campal, un grito de guerra, para acabar con todos nosotros. Con las rubias de ojos azules como yo. Con la vida barata de Judy. Con las claudicaciones de Bob. Con los dólares de Sam. Allí estaban todas las pateaduras que te habían dado, las de antes y después, que llevabas dentro como si te hubieran marcado para siempre. Era una amenaza de destrucción, un caos, que me hacía temblar al lado de Bob. *(Pausa.)* Bob roncaba como un bendito. *(Transición. Histérica.)* ¡Despierta, Bob! ¡Despierta, Sam! ¡Despierta, Judy! ¡Despierten todos ustedes! *(Pausa.)* El peligro estaba allí, en cada una de las palabras escritas en el papel, con un pasado que te arrastraba hacia atrás, hacia otro idioma, hacia otro territorio; un extranjero, después de todo... Sam pensando que sus dólares estaban seguros en la caja fuerte... Judy entre pieles... siempre nueva otra vez... acabada de hacer... Y yo con aquel texto que era la revolución y la muerte y que me hacía temblar al lado de Bob... Las palabras estaban ahí, delante de mí, devorándome como me había devorado él, amenazándome. *(Transición.)* ¡Había que empezar a cortar! ¡Cuanto antes mejor! ¡Acabar de una vez con aquel lenguaje, con aquel ataque cuerpo a cuerpo! *(Violenta.)* ¡Sí, sí, a tijeretazo limpio! ¡Córtalas una a una, Sara! ¡Que no levanten cabeza! ¡Desarticulada, asesina, ejecuta el texto! ¡Así! ¡Así! ¡Córtalas, hazlas pedacitos...! *(Pausa larga.)* Estaba en peligro de muerte, Bob. Su lenguaje dentro del mío, poseyéndome, arrastrándome hacia los bajos fondos de su origen... Un latino más en un territorio que era nuestro... *(Pausa.)* Él seduciéndome con aquella voz de serpiente... Y yo surgiendo de las aguas linda y perfumada... *(Reaccionando, violenta.)* ¡No, no te dejes engañar, Sara! ¡Arroja esas sílabas, sácalas de ahí! ¿Qué te importa a ti que él esté buscando un lugar en el sol? Está haciendo trampas, ¿lo ves? Sólo quiere acostarse contigo, aprovecharse de ti, humillarte. No escuches el texto, no. ¡Métele tijera, ¿eh?, métele tijera! Oraciones llenas de odio, párrafos llenos de rabia, escenas

llenas de inmundicias, siglos llenos de miseria, rencor y desesperación. *(Paroxismo.)* ¡Tragedia! ¡Melodrama! ¡Tragedia! ¡Melodrama! ¡Un grotesco que no sirve para nada! *(Pausa.)* ¿Sin poder
levantar cabeza? ¡Jódete! ¡Palabras, palabras nada más! ¡Como si
dijeran algo! *(Transición, erguida.)* ¡Nosotros, no! ¡Limpios,
blancos, sonrientes, lujo! *(Transición.)* Y tú ahí, desnudo en el
papel... Ese olor... Ese sudor... Tu cuerpo que lo llevaba todo
consigo... *(Arrastrada eróticamente por el texto.)* Cada letra...
cada sílaba... cada palabra... Una lujuria... un orgasmo... ¡No...!
(Transición.) Por eso aquella vez, cuando te apareciste con aquel
primer acto que yo tenía que cortar... *(Muestra la tijera.)* Con
este filo, ¿ves? *(Cortando.)* Así y así... A pedacitos... Y yo sola,
para acabar contigo. *(A punto de dejarse llevar eróticamente.)*
Tú... que me sacudías de pies a cabeza... *(Transición.)* ¡Bob...!
¡Bob...! ¡Despierta, Bob! ¡Ahora! ¡Pronto! Acaba con él... Destrúyelo... Digiérelo... suavemente... despacio... lentamente... ¡Trágatelo! Hay que moldearlo, fabricarlo de nuevo, hacerlo otra
vez... Fabricado por mí, por ti, por nosotros mismos... A la
medida de nuestros intereses... Blando como tú, Bob... Déjalo
que piense que escribe la obra, que pone los puntos y las comas.
Déjalo que él crea que sí, que al fin escala, que traza el
argumento, que tiene su lugar en el sol... Que piense que es él el
que tiende la trampa... Déjalo... Trabaja con él... Quítale una
palabra por acá... Otra por allá... ¡Asfíxialo! *(Transición.)*
¡Sam...! ¡Sam...! Ponle el dinero entre las piernas... Dale la
llave... Un lugar en el sol... Un lugar en el *penthouse*...
¡Cómpralo, Sam! Como a los italianos... a los griegos... a los
árabes... ¡Dinero! ¡Dinero por todas partes! Por arriba... por
abajo... por fuera... por dentro... por delante... por detrás...
¡Asimílalo! ¡Trágatelo! *(Transición.)* ¡Mímalo, Judy! Se vende,
sí se vende... ¡Pura mercancía! ¡Todo lo da! ¡Todo lo entrega! Se
vende como todo lo demás... Una ganga, Judy... ¡Liquidación!
¡Oferta especial! *(Transición, firme, definitiva.)* ¡Liquidación!
¡Liquidado! *(Pausa, ahora en tono más bajo, "razonable" casi.
Deja de cortar.)* Ablándalo, Bob, ablándalo bien, como tú bien
sabes hacerlo... Águalo todo. Quítale color a las palabras.
Quítale fuego. Enséñale a escribir ese lenguaje del éxito que

677

todos quieren dominar y que todos quieren escuchar. Echa sus palabras en el tragante. Prostituye su texto. *(Vuelve a subir el tono, hasta llegar al paroxismo al final de su monólogo.)* ¡Así, así, que no sea hombre! ¡Que no diga nada que valga la pena escuchar, que valga la pena repetir! ¡Que diga solamente lo que todos quieren escuchar! ¡Aquí, allá, en todas partes! *(Tira algunas hojas por el aire.)* ¡Trucos... técnicas... recursos... mentiras... engaños... sinónimos... sutilezas... hipocresías... medias tintas...! ¡Su lugar en el sol! ¡El éxito que lo entierre! ¡La palabra que lo sepulte! ¡Moldearlo... recomponerlo... volverlo hacer...! ¡Que no quede nada de lo que dijo ni de lo que pueda decir! ¡Que se calle para siempre! *(Nuestros cortes.)* ¡Córtale todas las palabras de raíz! ¡Así... así... así...!

Sara llega al paroxismo, destrozando el libreto completamente. Bob y Sam están junto a Raul, encimados casi. Le toman la cara y lo abofetean. Se acrecienta la oscuridad, salva la luz en el sofá.

BOB. Está muerto, Sara. Es un mínimo. Un misumisu.

SAM. ¡Mira qué piltrafa, Judy! ¡Es un perrito faldero!

De pronto Raul da un salto. Empuja a Sam y a Bob, que están desprevenidos.

RAUL. *(Con toda la furia que ha ido acumulando durante todo el tiempo en que no ha dicho palabra.) Fuck you! Fuck you all! Fuck you, bastards!*

Sam y Bob reaccionan de inmediato y caen sobre él. Se entabla una lucha. El sofá cae hacia atrás. Todo muy rápido. Judy pega un grito. Sara, con la tijera en alto, se une a Sam y a Bob. Judy corre y apaga las luces. Raul grita nuevamente, pero sin que se le vea, cubierto por los cuerpos de los demás. Fuck you! De pronto, al unísono, alguien le da una patada a la puerta, que se abre de par en par de modo violento. A contraluz se ve la silueta de un hombre en posición agresiva, con una metralleta en la mano.

Cae el telón.

TERCER ACTO

El escenario está completamente iluminado, como en los actos anteriores. La puerta de la calle está cerrada. Todo parece estar en orden y en su lugar. Entra Raul, vestido de etiqueta, como en el acto anterior, muy bien arreglado pero algo nervioso. Marca un número. Habla, pero mantiene la vigilancia sobre la puerta que conduce a la terraza.

RAUL. ¿María...? Sí, soy yo, Raul. ¿Ya estás lista? Sí, ya puedes venir... Toma un taxi y ven para acá... Sí, el primer acto les ha gustado mucho... Una delicia, una maravilla, una obra maestra. Que ya no se escriben cosas así... Bueno, eso fue lo que dijeron; lo que piensan, ve tú a saber. No se puede ir más allá de la fachada... Sí, yo creo que esta vez he dado en el blanco... ¡Figúrate! Trabajo me ha costado. Sexo, violencia, mariconerías. Lo que está de moda, ¿no? Pero a la ligera, para no asustar a nadie... Claro que el segundo acto fue otra cosa y se quedaron patidifusos... Sí, sí, yo sé que El Tiznado no hace más que joder y poco a poco les fue metiendo miedo, coño, hasta ese maldito final en que se apareció para joderlo todo. Bueno, ya tú sabes como es él. Voy a tener que estrangularlo, porque lo único que quiere hacer es meter patadas por el culo... No, no, soy yo, Raul... No, no es El Tiznado... Sí, sí, ya sé que quiere salir otra vez, pero lo tengo amarrado cortico, porque si esa gente lo ve se asusta y nunca podré poner la obra. Tendré que tomar medidas para el tercer acto, no te preocupes... No, no, si te juro que tengo puesta la careta, y al cabrón ese lo tengo amarrado patas con manos. *(Tapando el auricular.)* ¡Coño, Tiznado, no jodas más!   **679**

(Sigue hablando.) Ven pronto, que aquí sólo faltas tú para ponerle a esto su shampú de cariño... ¡Esto hay que celebrarlo! ¡Nada menos que bajarme con un Tony Award! Bueno, lo tengo que combatir con Bob, pero ya tú sabes cómo es la cosa. ¡Somos el Latino Stuff y nos quieren con claveles en las orejas y castañuelas en el culo! *(Tapando el auricular.)* ¡Coño, Tiznado, carajo, qué manera de desbarrar! ¡Ésa te la cortan seguro! *(Quitando la mano.)* No, no, te juro que El Tiznado no está aquí... Esto entre tú y yo... ¡Cálmate! ¡Fue una trastada que no volverá a repetirse! Te aseguro que nadie nos está oyendo... Tú sabes cómo son ellos... No, eso no se lo he dicho todavía. Se van a caer de culo cuando les diga que nos vamos a casar... Te advierto, ¡que El Tiznado tiene un coco contigo! Bueno, te dejo, que por ahí viene Doris Day... Sí, sí, me pongo la careta, que ella viene con la suya... Chao... Hasta la vista.

Raul cuelga. Se abre la puerta vidriera y entra Sara que, efectivamente, ahora se parece a Doris Day, porque ha perdido aquello de mujer fatal que tenía en el acto anterir. Debe ser la chaqueta gris, también de vestir y mostacillas, que se ha puesto por encima y le quita dramaticidad. Raul se transforma en una mansa paloma. Hablan con naturalidad y hasta con sinceridad, pero todo lo que dicen es mentira.

SARA. ¡Qué linda obra, Raul! ¡Te felicito!

RAUL. ¿De veras?

SARA. Te lo aseguro. Es una obra deliciosa. Como si ya estuvieras en pleno dominio de tus facultades creadoras. Es lo mejor que has escrito.

RAUL. ¿Te parece?

SARA. No me cabe la menor duda. Te ha quedado muy bien, Raul.

RAUL. Gracias, Sara. Aprecio mucho más esa opinión viniendo de ti, que eres tan exigente.

SARA. Si no fuera cierto, no te lo diría. Ya sabes como soy. Mis *standards* son muy altos.

RAUL. No me lo tienes que decir.

SARA. Yo nunca digo mentiras, y mucho menos en casos como éste.

RAUL. Lo sé muy bien, Sara.

SARA. ¡Fue una suerte tan grande conocerte! ¡Ésta es una amistad tan linda, Raul! ¡Tan pura! Para nosotros, para Bob y para mí, eres como un hermano.

RAUL. ¡Ustedes han sido tan generosos conmigo!

SARA. ¿Estás contento?

RAUL. Contento es poco. Estoy contentísimo.

SARA. Yo creo que debemos irnos. Se está haciendo tarde y debemos estar allí cuando nombren a los ganadores.

RAUL. ¿Crees que nos vamos a llevar el premio?

SARA. Estoy segura. *(Pausa.)* Déjame arreglarte la corbata.

RAUL. ¿Tú crees que Bob esté contento también?

SARA. Está contentísimo.

Sara le arregla la corbata a Raul. Se abre la puerta vidriera y entra Bob, vestido como en el acto anterior.

BOB. *Great!*

SARA. ¡Hablando del rey de Roma...!

BOB. ¡Qué linda obra, Raúl! ¡Te felicito!

RAUL. Gracias, Bob.

BOB. Es lo mejor que has escrito.

SARA. *(A Raul, sonriente.)* ¿No te lo decía?

BOB. Salvo el final, claro, que nos ha dejado con la boca abierta. ¿De dónde sacaste a ese delincuente?

RAUL. No sé. Saltó como salta la liebre. En el lugar menos pensado.

BOB. Pero eso no puede ser así, Raul. Tú lo sabes tanto como yo. ¿No te parece, Sara?

SARA. Sí, claro, habrá que eliminarlo.

RAUL. ¿Cómo eliminarlo?

SARA. Sacarlo de donde lo has metido. Porque no irás a ponerlo a disparar con la metralleta.

RAUL. Pero eso es muy frecuente, Sara. ¿Es que ustedes no leen los periódicos? De vez en cuando se aparece alguien en un Mac Donald's o en un Jack in the Box, salta de un *hamburger* y empieza a disparar con una metralleta.

BOB. Pero eso no tiene sentido.

RAUL. Te advierto que algún sentido debe tener. Piénsalo.

BOB. Mira, Raul, déjate de tonterías. Hay cosas que en teatro, sencillamente, no pueden hacerse, y a ese personaje hay que sacarlo de escena.

RAUL. Eso no es tan fácil, Bob. Se va a poner hecho una fiera. Después no habrá quien lo aguante.

BOB. Eso pasa siempre, porque yo también he tenido mis líos. Pero te advierto que todo tiene solución. Te estará mortificando por un tiempo, pero al final se morirá. Como todo el mundo.

RAUL. No querrá salir. No querrá irse.

SARA. Déjate de tonterías, Raul. No te olvides que tú eres el dramaturgo y que él tendrá que hacer lo que a ti te dé la gana. En definitiva, tú eres el que tienes que decir la última palabra.

RAUL. Te aseguro que ése no entiende razones. Tendré que destaparle la tapa de los sesos.

BOB. Pues destápasela y terminas de una vez.

SARA. Pero es muy importante que eso no lo haga en escena, Bob. Sería de mal gusto, y en una comedia de este tipo el buen gusto nunca debe perderse.

BOB. Eso por descontado. Lo pones entre bastidores, se oye un disparo y ya.

RAUL. Yo nunca estoy seguro con esos muertos entre bambalinas. Siempre me parece que se han quedado vivos.

BOB. Mira, Raul, te juro que estabas escribiendo una obra maestra. Una alegoría moderna. Ligera, fina, agradable, donde el público aprende su lección sin angustias y sin indigestarse. Es por eso que todos estábamos encantados con ese triángulo amoroso que venías manejando tan bien. Todo dicho a medias tintas, sin estridencias. Muy inglés, por cierto, que es lo mejor que puedo decirte.

RAUL. ¿A medias tintas? A lo mejor no estamos hablando de la misma obra.

BOB. Estamos hablando de *Reglas de conducta*, ¿no?

SARA. Pero si ése es el encanto que tiene. Empieza con reglas de conducta y terminas con conducta impropia. No es más que una comedia de equivocaciones, deliciosa, divertida, puro entretenimiento.

RAUL. Nunca me pude imaginar que lo iban a tomar así.

SARA. Pero cómo lo íbamos a tomar, ¿en serio? ¡Qué tontería, Raul! La vida, como el teatro, claro, no es más que una comedia de equivocaciones donde todo termina en su lugar. No te voy a negar que lo tuyo no tenga su moraleja, pero no es más que una alegoría moderna a la moda, donde las cosas no se toman demasiado en serio. Te advierto que yo creía que ésa era·tu intención.

BOB. Es por eso que ese exterminador, ese asesino, tiene que desaparecer, esfumarse. Entiende.

683

SARA. Sólo lo decimos por tu bien.

BOB. Esos exabruptos no conducen a ninguna parte. Bueno, te lo he dicho mil veces y tú lo sabes.

RAUL. "He sido educado por las fieras", como se decía Olivia de Havilland en *Washington Square* mientras subía las escaleras.

BOB. Pues apréndete la lección. Y te repito que por lo demás esa obra es perfecta. Y si me permites decirte algo más...

RAUL. Sí, por supuesto...

BOB. Bueno, que ustedes los latinos no escriben así... casi diplomáticamente...

RAUL. ¿Diplomáticamente?

BOB. Bueno, la mayor parte de las veces, porque debo confesarte que en el segundo acto la obra se te iba en otra dirección, como si una persona distinta fuera la que la estuviera escribiendo. ¿No es verdad, Sara?

SARA. Sí, pero son cosas menores, Bob. A mí me parece que, así y todo, esa situación tiene arreglo.

BOB. No, no, de eso no cabe la menor duda. Como siempre, algunos cortes y podas no estarían de más.

SARA. Cambios menores, diría yo.

BOB. Pero necesarios, para darle unidad con el primer acto, que está tan bien hecho.

SARA. No, no. Si al primer acto no le sobra ni le falta nada. Es una delicia, Raul.

BOB. *(Persuasivo.)* Estoy seguro que al final todos acabaremos poniéndonos de acuerdo. Como siempre. Éste es un trabajo de equipo, Raúl. Lo que pasa es que, como tú dices, cuando menos te lo esperas hablas de otra manera y salta la liebre.

RAUL. *(Hosco.)* Sí, que nos gusta decir las cosas de sopetón. Meter una bofetada en pleno rostro. Como diría El Tiznado.

SARA. ¿Y quién es El Tiznado?

RAUL. Ese amigo mío que se mete en todo y no anda con reglas de cortesías.

BOB. Pero, ¿lo conocemos?

RAUL. ¡En escena, Bob, en escena! El Tiznado ese al que quieres arrancarle la lengua y cortarle la cabeza. *(Con cierta violencia.)* Es un toro, que embiste brutalmente como si buscara el chorro de la sangre.

SARA. ¡Qué bárbaro!

RAUL. A lo mejor me ha estado escribiendo el segundo acto sin que yo me diera cuenta.

BOB. En ese caso, tendrás que quitar todo lo que él ha escrito, porque no tiene el menor sentido.

SARA. Te advierto, Raul, que esa amistad no te conviene. El Tiznado debe creerse un matador y lo que es a mí nunca me ha gustado la corrida.

RAUL. Ni a mí tampoco. Es por eso que él y yo siempre andamos de pique.

BOB. ¿Ves? Eso es precisamente lo que digo. Es la forma de actuar, de comportarse. Es la forma de hacer teatro.

RAUL. Eso no es hacer teatro, Bob. Eso es embestir, destararse.

BOB. Es por eso que tienes que deshacerte de él y eliminarlo del segundo acto. Si te descuidas, acabará con la obra y te llevará de encuentro.

RAUL. Es decir, que lo tome por los cuernos y lo lleve al matadero.

BOB. No sé si me expresé claramente, pero no era eso lo que quería decir. Ya te dije que no soy partidario de medidas violentas. Hay que tener mano izquierda. Deshacerte de él, no es mandar a nadie al matadero.

SARA. *Put him to sleep...* Ponlo a... descansar...

BOB. *(Penetrante.)* ¿Entiendes?

RAUL. Sí, sí, claro que entiendo. No creas que por ser latino no puedo entender esas sutilezas. "A buen entendedor pocas palabras bastan", que nosotros también tenemos nuestro refranero. *(Alterado.)* ¡Sí, entiendo, sí! Tú y Sara siempre se expresan claramente, aunque hablen a medias tintas. Es como si utilizaran un estilete más delgado, más brillante, exacto y afilado, que puede penetrar más profundamente, cortar con la destreza de un cirujado y la astucia de una serpiente... Porque no es cosa de escribir una obra con los pies y arremeter con un machete, como si estuviéramos allá por las Filipinas... ¿No es eso lo que quieres decir?

SARA. Por favor, Raul, no te alteres de esa manera.

BOB. ¿Qué te pasa?

SARA. ¿Qué tienes?

Sara y Bob se miran. Hay un desconcierto, bastante sincero, entre los dos.

RAUL. A mí no me pasa nada. Pero no en balde Shakespeare manejaba tan bien la intriga. No es casual, ¿no les parece? Shakespeare llevaba la intriga en las venas y por eso sus personajes enterraban el puñal con mano maestra sin que les temblara el estilete. Y por la espalda, precisamente. *(Transición.)* Pero a un toro no se le mata a traición, Bob, y con un bisturí. Se le mata de una estocada y frente a frente.

BOB. ¡Qué exageración! ¡Qué dramatismo! Has dado un paso atrás, te lo advierto. ¡Siempre ese afán de llenarse la boca de sangre! Te advierto que aquí, con esos términos, no llegas ni a la esquina. Por el contrario, si recuerdas las mejores escenas de *Reglas de conducta* y te pones a tono con ellas...

RAUL. *(Como un poseído.)* ¡*Reglas de conducta! ¡Reglas de conducta!* ¡Bien me lo decía El Tiznado, que habla como si tirara un escupitajo! ¡Que acabaría como tú, escribiendo reglas de mierda!

SARA. ¡Pero, Raul!

Gran desconcierto. Sara y Bob se miran, sorprendidos.

RAUL. *(Muy desconcertado.)* Perdóname, Sara. Perdóname, Bob. No sé lo que me ha pasado. No sé lo que estoy diciendo.

BOB. ¡No creas que estoy dispuesto a aguantar tus insultos, Raul!

SARA. ¿Te sientes mal? ¿Qué te pasa? ¡Explícate!

RAUL. No, no me pasa nada. Fue un mal momento. Era... era como si una fiera me estuviera desgarrando por dentro... *(Pausa.)* Entonces, un golpe de sangre me vino a la cabeza y no sabía lo que estaba diciendo. Una embestida, como diría El Tiznado. Es que se me olvidó el arte del estilete, la precisión del bisturí. Soy un bruto, Bob.

BOB. Debo haberte ofendido en algo, pero te aseguro que no fue intencional.

SARA. Así, de pronto, nos asustaste. Como si fuera otro el que hablara por ti. Como si fuera El Tiznado el que te pusiera las palabras en la boca.

RAUL. Lo siento, de veras que lo siento. Espero que me puedan perdonar.

BOB. Vamos, vamos. Dame un abrazo y que la cosa quede ahí.

Hay un momento que parece sincero en que Bob y Raul se abrazan. Sin embargo, algo queda en el aire que lo vuelve dudoso. Pensativa, Sara contempla la escena. Entra Judy procedente de la terraza, seguida de Sam, que viste como en el acto anterior. Judy también viste como en el segundo acto, pero está más en plano de señora, más cerca de Deborah Kerr que de Joan Collins. El maquillaje queda reducido al mínimo, no lleva

687

ninguna joya que resulte llamativa y, posiblemente, se ha compuesto el peinado más discretamente. De todos modos, luce muy elegante, envuelta en una estola de visón.

JUDY. *(Envolviéndose en la estola.)* ¡Huy! ¡Pero qué friecito se ha destapado de pronto! ¡Me parece que me voy a congelar! *(Dirigiéndose al sofá, mirando a Raul.)* ¡Felicitaciones, Raul! ¡Te aseguro que me has hecho llorar! *It was so touching!* ¡Tan conmovedor!

Judy se sienta en el sofá y se seca una lágrima con gesto teatral, pero después se da cuenta que hay algo raro en el ambiente.

JUDY. ¿Pasa algo?

SARA. *(Evasiva.)* No, no, no pasa nada.

SAM. *(Abrazando a Raul.)* ¡Magnífico, mi hermano! ¡Felicitaciones!

JUDY. A mí se me saltaban las lágrimas. ¡Qué escenas tan tristes y emotivas! ¿No es cierto, Bob?

BOB. Estupendo.

JUDY. Uno no sabe qué decir... Uno se queda...

SAM. *Alelado.*

JUDY. Con la boca abierta.

RAUL. Ustedes me anonadan con tantos elogios.

BOB. Sara y yo también pensamos que es una obra maestra.

JUDY. ¡Claro que lo es! La historia de esos cuatro amigos...

SARA. Cinco amigos...

JUDY. Cinco amigos... unidos por una amistad tan profunda... que así, por una incomprensión, por un malentendido... está a punto de irse a pique... Te digo, de veras, que me ha hecho llorar.

BOB. Espero que estemos hablando de la misma obra. Yo, a la verdad, la encuentro excelente, Raul, pero tengo que confesarte que no me hiciste llorar.

JUDY. ¡Pero qué duro eres, Bob! Mira, no lo pareces. Porque hasta Sam, que a veces es una roca, se ha sentido conmovido... ¿No es verdad, Sam?

SAM. Sí, claro, por supuesto. Es que ese tema, el de la discriminación, nos toca a todos muy de cerca.

BOB. ¿De la discriminación? Pero... es que parece que estamos hablando de una obra diferente.

JUDY. ¿Cómo diferente? *Reglas de conducta*, ¿no? ¿No se llama así, Raul?

SARA. Yo la veía como una comedia de equivocaciones, un poco a lo Shakespeare... *(Algo desconcertada.)* Y después pensamos, Bob y yo, que era una moralidad medieval, pero a la moda, moderna y entretenida...

Mientras prosigue, Sara se va acercando a Raul, como si fuera a él a quien le estuviera haciendo el cuento.

SARA. Una moraleja, una conseja, eso que los ingleses llaman *cautionary tale*. Mi abuela, que era una viejita muy victoriana de Filadelfia, siempre me contaba la historia de Rebeca, una niña insoportable y desobediente que no hacía más que darle tirones a las puertas, hasta que un día dio un tirón tan fuerte que le cayó un busto encima y la mató... O la de Jaime, que se escapó de la escuela, se fue al zoológico, se metió en una jaula y se lo comió un león... Yo, como es natural, me moría de miedo y es por eso que siempre he seguido las reglas de conducta... Te apuesto cualquier cosa, Raul, que a ti también te hacían esos cuentos.

RAUL. Sí, mi madre me los hacía, Sara, y los desobedientes siempre acababan en el Infierno. Es por eso que también yo me moría de miedo.

Raul la mira casi con tono profético. Por un momento se sostienen la mirada, pero finalmente Sara la desvía y se vuelve hacia los demás.

SARA. Bueno, en este momento no sé qué pensar.

Raul camina hacia la puerta vidriera, la abre y sale a la terraza. Los otros lo siguen con la mirada.

SAM. Será eso y mucho más, pero yo pienso que la discriminación es el meollo de la obra.

JUDY. Es por eso que Sam quiere producirla enseguida, porque ese muchacho *(Refiriéndose a Raul.)* ha sufrido demasiado. Nosotros debemos ayudarlo.

SARA. Yo lo veo muy mal. Me tiene muy preocupada.

BOB. Quizás eso explique el estado de ánimo de Raul.

SARA. Y las ideas que El Tiznado le ha metido en la cabeza.

JUDY. ¿El Tiznado?

SARA. Ese personaje con la metralleta que aparece al final del acto.

SAM. Pero a ese personaje hay que eliminarlo, porque en eso no podemos tener concesiones. Lo que soy yo, no hago negociaciones con los terroristas. Ni siquiera en escena.

BOB. ¿Entonces ustedes piensan lo mismo que nosotros?

SAM. Sí, claro, eso está sobreentendido.

BOB. Tendremos que tomar medidas radicales.

SARA. ¿Con Raul?

JUDY. Con Raul no, el pobre, porque ese muchacho es incapaz de hacerle daño a nadie.

BOB. *(A Sara.)* Con El Tiznado, que es el tipo que se les trae. Ya viste las palabrotas que dijo.

SARA. Antes de que ustedes llegaran. Por boca de Raul. Raul nos contó después que creía que le estaba mordiendo las entrañas.

JUDY. ¡Qué hombre tan malo!

SAM. ¿Quién?

JUDY. El Tiznado. Porque hacerle eso a cualquiera es un crimen, pero hacérselo a Raul, que es un muchacho tan fino, tan educado. Y ahora, en este momento, cuando le sonríe el éxito. La fama.

SARA. Sin contar que El Tiznado le ha estado escribiendo parte del segundo acto.

SAM. Ya me lo sospechaba yo, porque ese segundo acto a mí me pareció algo raro. Siendo así, habrá que cambiarlo. Raul tendrá que hacerlo de nuevo, sin dejar que El Tiznado se meta en lo que no le importa.

JUDY. Pero eso no tiene sentido.

SARA. Eso le dijimos Bob y yo, pero él afirma todo lo contrario. Es como si se le metiera entre renglón y renglón para hacerle decir todo lo contrario de lo que tenía pensado. Inclusive para hacérselo decir a los demás. Porque tengo que confesarles que me lo sospechaba desde que leí esa parrafada de Sara al final del segundo acto, como si dijera cosas que ella no quería decir. ¿Entienden? Bueno, no sé si me explico.

JUDY. ¡Qué enredo, Dios mío! Yo creía que El Tiznado era un personaje ausente que quedaba corporeizado al final del segundo acto, pero que no se metía a decir lo que los demás no querían haber dicho.

BOB. Es evidente que Raul está pasando por una crisis muy seria.

JUDY. *(A Bob.)* Yo pensé que el primer acto lo estaba escribiendo Raul en colaboración contigo, porque se parece mucho a lo que tú escribes.

691

SAM. Un poco más "risqué", claro.

JUDY. Y que el segundo acto lo estaba escribiendo en colaboración con Sara. Y ahora resulta que es El Tiznado el que le andaba escribiendo la obra.

SARA. Quizás lo más sencillo sea eliminar todo lo que El Tiznado ha dicho.

BOB. Raul ha estado sometido a muchas presiones últimamente. No es el primer hispano que después del éxito se ha pegado un tiro en la sien.

Breve pausa. Todos se miran con un desconocido entendimiento.

JUDY. Pero eso hay que evitarlo.

BOB. A toda costa.

SARA. Sea como sea.

JUDY. *(A Sara.)* Y tú, ¿qué le has aconsejado?

SARA. ¡Figúrate! Que se deshaga del Tiznado. Que se lo saque como si tuviera clavada una espina.

BOB. Ojalá que fuera eso, pero me temo que sea mucho más serio. No va a ser tan fácil. Además, El Tiznado no lo quiere soltar.

SAM. Tendremos que mandarlo al loquero.

JUDY. Te advierto, Sara, que yo tengo uno excelente. Me salvó la vida cuando tuve aquellas depresiones y se me metió en la cabeza que me tenía que suicidar. Claro que cuesta un ojo de la cara, pero Sam se ocupará de la cuenta con tal que Raúl no se quede tuerto.

Risas.

BOB. Yo no creo que eso sea necesario. Tal vez nosotros podamos ocuparnos del asunto, con un poco de terapia teatral. Un par de escenas, y ya. ¿Qué te parece, Sam?

SAM. No sé, ustedes saben de eso más que yo.

BOB. Pero tú eres el que pone la plata.

SAM. ¡Bah! Esa escena no costará mucho trabajo montarla, y si es por la salud de Raul, manos a la obra.

SARA. Habrá que sacarle al Tiznado.

BOB. Les advierto que ofrecerá resistencia.

JUDY. ¿Quién?

BOB. Los dos. Raul y El Tiznado.

JUDY. Estoy segura que Raul estará dispuesto a colaborar.

SAM. Por la parte que le conviene. Porque, a la verdad, no sé qué ganancia tiene con ese Tiznado de mala muerte.

BOB. El problema es que no sabemos dónde lo tiene metido... En el estómago... En el corazón... En el cerebro...

SAM. En el estómago no hay problemas. Los problemas de la digestión siempre se resuelven con dinero. Ése es un laxante que siempre produce efecto.

Risas.

BOB. Lo peor sería que el mal se le haya extendido por todo el cuerpo, porque un resentimiento así... O que lo tenga escondido en las circunvoluciones del cerebro... porque... en ese caso... no quedaría más remedio que levantarle la tapa de los sesos.

Silencio sepulcral.

JUDY. Pero, ¡Dios mío!, ¿cómo es posible que Raul se haya puesto de este modo? ¿Es que no hemos sido generosos con él?

SARA. Es que somos americanos, Judy.

JUDY. ¿Y eso qué tiene que ver? ¿Qué remedio nos queda?

SAM. Especialmente yo, con ese nombre que me han dado.   693

JUDY. La vida en el Barrio debe ser terrible. Claro, uno aquí no se entera de nada. Yo, a la verdad... Bueno, uno sabe lo que sale en los periódicos, que es lo peor... O lo que se ve de reojo cuando nos vamos del teatro... Asaltos... Robos... Crímenes... Violaciones... Prostitución... Mariguaneros... Cocainómanos... Traficantes... Degenerados... ¡Y como yo ni siquiera tomo el *subway*! ¡Cosas que uno no se puede imaginar siquiera y de las que yo no quiero ni enterarme! Yo, en fin, soy una ignorante. ¿Y tú, Sara?

SARA. Así... Así...

JUDY. Y rodeado de gente tan horrible como El Tiznado, que no hace otra cosa que ponerlo todo peor y meter miedo.

SAM. Sin contar la discriminación. Porque hay mucha gente que se cree superior, que está por encima y se queda con los mejores puestos, y como es natural, con los mejores salarios, que es el principio económico de la discriminación, como si ellos, los hispanos, fueran inferiores a nosotros. No crean, no todo el mundo piensa como nosotros. Porque aunque Bob y Sara sean un par de liberales, y Judy y yo seamos un par de conservadores, llegado el momento creemos que todos los hombres son iguales.

JUDY. ¡Qué bien has hablado, Sam!

SAM. Por algo me llamo, Sam, ¿no? ¡Como el tío ese!

Risas.

BOB. Lo que pasa es que algunos hombres son más iguales que otros.

SARA. Menos mal que no somos ningunos cavernícolas. Incluyendo a Sam, con todo el dinero que tiene encima.

SAM. *(Festinadamente.)* ¡Tenía que salir a relucir el dinero de Sam! Eso no podía faltar, ¿verdad?

Risas cordiales.

BOB. ¡No hay que olvidar que hay muchos millonarios liberales en Massachusetts!

SAM. ¡Pero yo soy de Nueva York, Bob!

BOB. ¡También aquí hay muchos millonarios liberales, Sam!

SARA. ¡Menos mal que Sam tiene el complejo de culpa de la burguesía! De lo contrario no daría ni diría dónde hay.

BOB. ¡Alguien tiene que hacer teatro, Sara!

Risas. La puerta vidriera se abre y aparece Raul. Sam, medio en serio, medio en broma, le apunta con el dedo, en un gesto que no es otra cosa que un chiste pesado.

SAM. *I want you,* Raul! ¡Como dice el tío ese!

Las risas se congelan cuando Sam, Bob, Sara y Judy se fijan en el aspecto de Raul, que parece se ha entrado a golpes con alguien y que tiene toda la ropa fuera de su lugar. En la secuencia que sigue, Raul le hablará al Tiznado como si lo llevara dentro. El que, por su parte, parece que lo golpea.

RAUL. Pero eso no puede ser, Sam, porque al Tiznado no le sale de adentro. *(Al Tiznado.)* ¡Coño, Tiznado, qué pesado te has puesto! ¡Qué pateadura me has dado! *(Se dobla, como si le hubieran dado una trompada en el estómago.)* Esto es... como llevar... un toro... al matadero... ¡Lo tendré que matar con un cuchillo de carnicero! *(Recibe golpes, como si hiciera referencia a palabras del Tiznado.)* ¡Que yo no tengo valor, que yo no tengo cojones para hacerlo! ¡Que para matarlo a él hay que ser Tiznado como él, hecho de carbón y de fuego, y que yo soy un blando y un cobarde porque ustedes me han hecho con una pasta de mierda...! *(Gritándole al Tiznado.)* ¡De barro, de barro! *(Recibiendo golpes, como si El Tiznado le gritara le gritara.)* "¡De mierda, cobarde, de mierda!" *(Al Tiznado.)* ¡Cochino, sucio, malhablado! Que no puedes estar entre las personas decentes, que no puedes hablar como habla la gente, que no puedo ir contigo ni de aquí a la esquina, ¿te das cuenta? *(A los otros.)* Nada, que no quiere entender. Se lo he dicho mil veces. Que me deje hablar a mí, que aquí no se puede andar tirándole escupitajos a todo el mundo, que todo tiene que decirse al revés y pensando lo contrario, para que salga bonito y al derecho. Que

695

la gente habla así y donde dicen blanco quieren decir negro, que hay que seguir las instrucciones y cumplir las reglas de conducta, las reglas del juego... ¿Coño, qué más quieren? ¡Si esto no es un *cuationary tale* que venga Dios y lo vea! *(Pausa.)* Nada. ¡Razonable, lógico, constructivo! ¡Pero no entiende, coño, no quiere comprender nada! Que soy un monigote en manos de ustedes, un gorgojo, ¡qué se yo! *(Al Tiznado.)* ¡Coño, Tiznado, entra en razón! Esto es mejor para todos. Para ti, para mí, para tu hermano, tu primo y tu compadre, ¡para la madre que nos parió! Poco a poco y se tira "pa'alante". ¿Comprendes? *(A los otros.)* Pero no, no entiende. ¡Insultos van! ¡Insultos vienen! Porque es un porfiado y un rencoroso con una lengua que corroe como si fuera un ácido. Que yo soy un traidor, que abandoné a los míos y me puse al lado de ustedes *(Lo golpean, como si fuera la voz del Tiznado que lo insulta.)* "¡Traidor! ¡Degenerado! ¡Maricón!" *(Cae, transición.)* Que he vendido a mi madre y a mi abuela, que me he entregado al mejor postor como si fuera una puta de a peseta, que eso de "¡Váyanse a la mierda, degenerados!", no es más que una metáfora del estercolero... Que yo sólo quiero plata, billetes, dólares, dinero. *I want you, Sam! I want you, Sam! (Al Tiznado, firme.)* ¡No, eso sí que no! ¡No te doy la metralleta! ¡No entras otra vez! ¡No vas a disparar! ¡Atrás, cabrón, fuera de aquí! ¡No vas a entrar aquí para acabar con todos ellos! *(Forcejean por la posesión de la imaginaria metralleta.)* ¡Dame suelta! ¡No, no...! ¡Dame, suelta! ¡Aquí no vas a hacer ninguna masacre! ¡Dame la metralleta! *(Gana Raul, pero El Tiznado golpea.)* ¡Golpea, sí, golpea! ¡Patea más fuerte! ¡Bestia! ¡Bestia! *(Cae. Se incorpora de nuevo.)* No creas que vas a ganar, Tiznado. Tú y yo estamos perdidos. ¡Te jodiste, Tiznado! ¡Nos jodieron! ¡Razona! ¡Entiende! ¡Pero no puedes razonar! ¿Porque dando golpes de ciego a dónde vamos a llegar? ¿Es que no te das cuenta que primero hay que poner el cloroformo, inyectar la anestesia, para que no duela, y después meter el puñalito y que el enemigo no se dé cuenta hasta cuando ya la hemorragia no se pueda contener? ¿Es que eres tan obtuso que no puedes aprender la técnica del crimen perfecto, del asesinato cuyo asesino no se puede descubrir? "¡He sido educado

por las fieras!'', ¿no te das cuenta? *(A los otros.)* ¡No es así? ¿No
es eso lo que me enseñaron ustedes? *(Al Tiznado.)* ¡Coño,
Tiznado, cabrón, que estoy hablando más de la cuenta! ¡Eres tú,
hijo de puta, que siempre me haces decir lo que no debo! ¿Estás
contento? ¡Escribir la palabra que debí dejar en el tintero,
enterrarme las palabras por el culo! ¡Callarme, coño, callarme
para siempre! ¡Para que no me jodan! ¡Para que no me envidien!
¡Chitón! ¡Chitón! ¡Para que no me hagan picadillo! *(Agarrándose la garganta, al Tiznado.)* ¡Sácame la palabra, Tiznado!
¡Cómetela! ¡Trágatela! ¡Tritúrala con los dientes! ¡Desgárrala
con los colmillos! *(A los otros.)* Porque yo no quiero decir lo que
no debo decir... Porque yo no quiero decir lo que debo
callarme... Porque yo sólo debo decir lo que ustedes quieren
oír... Las palabras que ustedes me han dictado. ¡Canallas,
degenerados! *(Transición.)* ¿Ven? No sé lo que digo, porque El
Tiznado viene y se me enrosca en la lengua, ¡así! ¡así! *(Como un
loco, contorsión grotesca con la lengua.)* Y me la enreda como
una serpiente, me la muerde como un alacrán, y me la tuerce, y
me la desbarata!!! ¡Pica! ¡Envenena! Y yo me quiero callar pero,
coño, viene a joder, y me delata, me descubre, y me manda al
paredón, al de ustedes, porque ustedes son aquí los que cortan el
bacalao, porque ustedes tienen su paredón también, no se vayan
a creer. *(Pausa, al Tiznado.)* Coño, Tiznado, ¿no es eso lo que
querías? Ponerme a mal con toda esta gente, ¿no? ¡Darme el
golpe de gracia! Destrozarme. ¿No es cierto? *(A ellos.)* ¿Y ahora
qué?, la otra pateadura, ¿no? *(Al Tiznado.)* ¡Mira, Tiznado, mira
cómo están gozando! ¡Saltó la liebre, dije lo que tenía que decir,
tiré el escupitajo! ¿Y qué? ¿Pero tú crees que esto se va a poner
en alguna parte con estos coños y carajos? ¡Estúpido! ¡Cretino!
¡Hijo de la mala madre! Nunca has aprendido la lección. ¡Eres
un ignorante! Sí, lo dijiste, ¿y qué? Ahora te joderás. ¡Nos
joderemos! ¿O es que a la gente le gusta que la insulten y le den
patadas por el culo? ¿Te gusta a ti? ¡Coño, mírate a ti, Tiznado!
¡Tienes el culo en carne viva de tantas patadas que te han dado!
¡Jódete, estúpido! ¡Escupitajo de mierda! ¿Un desahogo, no?
¿Una catarsis? ¡Te dejarán al parir!

697

Raul se incorpora. Se vuelve. Mira a Sam. Alarga la mano, la palma extendida, como si pidiera algo.

RAUL. *I want you, Sam! I want you, Sam!*

Sam saca una pistola que tiene escondida en el pecho. Se la da a Raul. Desde este momento Judy, Sara, Bob y Sam, formarán una masa coral que repetirá, en crescendo:

TODOS, MENOS RAUL: "¡Mátalo! ¡Destrúyelo! ¡Acaba de una vez!"

Esto se repetirá varias veces, rítmicamente, mientras Raul, de frente al público, se lleva la pistola a la sien. La tensión va en aumento, hasta un punto en que tal parece que se prolonga demasiado, como cuando a un personaje se le olvida entrar en escena y los actores se ven precisados a repetir algunas líneas. Finalmente, suena el timbre de la puerta. Repiten el estribillo, como para apagar el sonido, pero Raul, que estaba esperando que sonara el timbre, se quita la pistola de la sien, la pone en la mesa junto al teléfono y va a abrir la puerta. Es María. Viste un traje de noche, pero corto, bastante vulgar. No se puede determinar exactamente si es una muchacha decente pero cursi, o si es una prostituta de la calle 42.

RAUL. ¡María!

MARÍA. ¡Raul!

María y Raul se besan. Sara, Judy, Sam y Bob "dejan de actuar", y se dejan caer en el sofá, en la butaca o en alguna silla, cansados de la tensión de la escena anterior.

JUDY. Santo Dios, yo creía que esa muchacha no llegaba nunca.

SARA. Pero esa entrada está muy desentonada. Habrá que repetirla otra vez.

JUDY. Por un momento llegué a pensar que Raul iba a tener que pegarse un tiro, pero como la escena la había montado Bob y a él no le gusta matar a nadie frente al público, eso me tranquilizaba.

BOB. Pero la escena no la monté yo, Judy.

JUDY. ¿Y quién la montó?

BOB. Yo creía que la estaba montando Sam, porque él era el que tenía la pistola.

SARA. Yo estaba temblando, porque se me metió en la cabeza que esa escena la estaba montando El Tiznado.

JUDY. ¡Por favor, Sara! ¡Qué ideas se te ocurren! Ya eso hubiera sido demasiado. *(Mirando a Raul, que sigue abrazando a María en el umbral de la puerta.)* El pobre Raul... Si lo han puesto como a Spencer Tracy en *Doctor Jekill and Mister Hyde*. Menos mal que la cosa aquí era de *happy ending...* ¡No sé cómo tiene ánimo!

SAM. El chico necesita desahogarse.

JUDY. *(Mirando a Raul y a María, que siguen más o menos en la misma.)* Sí, ya lo veo.

Risas.

SARA. *(Mirando la hora.)* ¡Pero miren qué hora es! Si no nos vamos enseguida nos perdemos el Tony.

Se ponen de pie y se preparan para marcharse. Raul se acerca con María. La trae de la mano.

RAUL. Un momento, por favor. Quiero presentarles a mi prometida, la señorita María Pérez. Nos casamos el mes que viene.

Se hacen las presentaciones pertinentes con las expresiones y manifestaciones de ritual, besos, abrazos: "Encantada", "Mucho gusto", "El gusto es mío", "Felicitaciones", etc. Aquí el director y los actores pueden tomarse las libertades que quieran.

SARA. Pero qué calladito te lo tenías, Raul. ¡Qué sorpresa nos has dado!

JUDY. ¡María! ¡Qué nombre tan bonito! ¡Parece una página arrancada de *West Side Story!*

BOB. ¿Y desde cuándo se conocen ustedes?

RAUL. ¡Oh, desde hace mucho tiempo! Nosotros somos novios desde que estudiábamos en secundaria.

SAM. *The girl next door.*

SARA. *(A Raul.)* Pero tu mamá estará encantada de que te cases con una chica del Barrio.

RAUL. Sí, mi mamá está encantada con María. *(A María.)* ¿No es cierto, mi vida?

MARÍA. Sí, es cierto. La mamá de Raul es muy buena.

JUDY. *(A María, refiriéndose a Raul.)* Te advierto que te llevas una joya. ¡Nuestro *Golden Boy*! Nuestro William Holden, como diría Barbara Stanwick.

SARA. Nuestro Robert Redford.

JUDY. Te advierto, María, que si te demoras un minuto más, Raul se tiene que destapar la tapa de los sesos.

SAM. ¡Te quedas viuda sin haber llegado al altar!

Risas con motivo del nuevo "chiste" de Sam.

MARÍA. Es difícil conseguir un taxi a esta hora.

JUDY. *(A Raul.)* A la verdad, llegó un momento en que me tenías verdaderamente preocupada, como si de verdad...

RAUL. Y yo llegué a pensar lo mismo. Que Sam lo había tomado en serio y me había dado la pistola para que realmente me destapara la tapa de los sesos. Te advierto que por un instante me vino a la cabeza y pensé que tenía que hacerlo. Y lo que es peor, que ustedes querían que lo hiciera.

BOB. Pero tú sabías que María tenía que llegar de un momento a otro.

RAUL. Sí, es cierto. Pero hasta llegué a pensar que María se había puesto de acuerdo con ustedes para que yo... para que yo matara al Tiznado.

JUDY. Que por cierto, andará por ahí vivito y coleando.

BOB. *(Fraternalmente.)* Pero seguro que ahora te sientes mejor, ¿verdad?

RAUL. Sí, me siento más tranquilo. Gracias, Bob.

SAM. ¡Pero, vamos, vamos, que se hace tarde!

SARA. *(Besando a María, despidiéndose.)* ¡Felicitaciones, María! Hasta que la muerte los separe.

BOB. ¡Bueno, vámonos!

RAUL. Váyanse ustedes. No vamos a caber todos en el coche de Sam. Y tengo que arreglarme un poco, porque la ropa se me ha puesto hecha un trapo. Tomaremos un taxi y nos vemos en la entrega de premios.

Más despedidas del caso. Todo el mundo besa a María. Judy y Sara besan a Raul, mientras que Bob y Sam lo abrazan. Todo un poco exagerado, especialmente si se tiene en cuenta que se van a reunir de nuevo unos minutos más tarde. Salen. Raul cierra la puerta y con gesto de extenuación se deja caer sobre ella.

RAUL. ¡Creía que no se largaban jamás!

MARÍA. Estarás extenuado.

RAUL. Extenuado es poco. El Tiznado me dio una pateadura que por poco me mata. A veces no sé qué voy a hacer con él. Creo que no voy a poder seguir. Menos mal que desde que tú llegaste me ha dejado tranquilo. Siempre se tranquiliza cuando estoy contigo. Pero si vuelve... no sé qué voy a hacer. *(Refiriéndose a los otros.)* ¿Qué te parecen?

MARÍA. Unos canallas... Unos hipócritas... Unos farsantes... Unos degenerados...

RAUL. *(Abrazándola.)* ¿No te lo dije? ¡Yo sabía que te iban a gustar!

Se besan.   701

RAUL. ¿Por qué te demoraste tanto?

MARÍA. ¿Por qué me preguntaste si yo me había puesto de acuerdo con ellos?

RAUL. No sé. De pronto se me ocurrió que eso también era posible. Todo es posible en Nueva York, ¿no es cierto?

MARÍA. ¿Por qué no les destapaste la tapa de los sesos?

RAUL. ¿Al Tiznado?

MARÍA. No, a ellos.

RAUL. Imagínate qué reguero de sangre. No, no, eso hubiera sido de mal gusto, muy desagradable. Además, me hubieran metido en la cárcel.

MARÍA. Entonces, ¿nos vamos?

Raul le pasa el pestillo a la puerta.

MARÍA. *(Sorprendida.)* Pero yo creía que íbamos a salir.

RAUL. No me irás a decir que a estas alturas tú crees en todo lo que oyes y todo lo que ves.

MARÍA. Pero el Tony, Raul. Piensa lo que ese premio representa para ti.

RAUL. La vida es sueño, María. No me hagas reír. He inventado todo esto para que ellos se fueran de aquí y quedarme contigo.

MARÍA. Por un momento creí que era verdad. Que nos habíamos conocido en la escuela secundaria y que había sido la novia tuya de toda la vida y que el mes próximo te ibas a casar conmigo.

RAUL. La vida es sueño, María.

Raul la besa. María se separa.

MARIA. El Tiznado se va a poner furioso con todo esto. ¿Por qué no lo sueltas, Raul? ¿Por qué no descansas y le destapas la tapa de los sesos? ¿Por que no le das el tiro de gracia?

Raul la besa con furia, como tapando con la boca lo que ella está diciendo.

RAUL. Calla, calla.

MARÍA. Tengo miedo, Raul. Tengo mucho miedo.

Se besan apasionadamente.

RAUL. Te tengo una sorpresa. He mandado a tapizar la alcoba con espejos, como me pediste una vez. Te va a parecer el sueño de las meninas.

MARÍA. *(Sin comprender ni jota.)* ¿De las meninas?

Raul arrastra a María hacia la habitación. El escenario se oscurece lentamente, hasta quedar en penumbras. Un foco de luz cae en la mesa donde está el teléfono y donde Raul ha dejado la pistola. Se escucha la descarga del tanque de agua del inodoro, a la que se le sobreimpone el timbre del teléfono. A dos voces, forman un diálogo que es un grotesco contrapunto. Deja de oírse el agua, pero sigue sonando el timbre del teléfono. Raul sale de la habitación, descalzo y con la bata que llevaba en el primer acto. La voz de María, que le grita desde la alcoba, lo detiene en el centro del escenario.

MARÍA. *(Gritando desde fuera.)* ¡No contestes, Raul! ¡No contestes! ¡A lo mejor es El Tiznado! ¡Déjalo que suene!

Raul va hasta el teléfono. Va a tomarlo, pero ve la pistola. Se detiene. Toma la pistola. Lentamente se la lleva a la sien. Se vuelve de frente al público. Dispara. Cae el telón mientras sigue sonando el timbre del teléfono.

JOSÉ TRIANA

LA NOCHE DE LOS ASESINOS

UN EXORCISMO LIBERADOR

JULIO GÓMEZ

A comienzos de 1959, regresa a su Cuba natal José Triana. Meses antes había triunfado la revolución, y como muchos otros compatriotas suyos el entonces joven escritor retornaba a la patria, tras haber pasado cuatro años en Europa, principalmente en Madrid. En su maleta, trae parte de la producción literaria escrita en esos años: una buena cantidad de poemas y una pieza en un acto, *El incidente cotidiano,* que más tarde se convertirá en *El Mayor General hablará de Teogonía* y que se estrenó en 1960.

Se trata de un ejercicio profanatorio estructurado en rituales. Tres miembros de una familia, que conservan el cadáver disecado de un bebé abortado tres años atrás, realizan ritos con el fin de asesinar al General en cuya casa se hospedan. Pero ante la dominante presencia del anfitrión, se muestran incapaces de ejecutar la acción. En *El Mayor General...* hallamos ya lo que después serán constantes en el teatro de Triana: ambivalencia, pluralidad de significados, la muerte como exorcismo liberador, personajes perseguidos por la culpa y el remordimiento, el ritual sustitutivo de la acción concreta, la preferencia por los antihéroes.

Al reencontrarse con Cuba, Triana se queda fascinado con su país y decide hacerle un homenaje que dista mucho de ser un panfleto político. *Medea en el espejo,* estrenada en diciembre de 1959 bajo la dirección de Francisco Morín, es la concreción de su mirada sobre el proceso que está viviendo y, en particular, de sus deberes. En el primer movimiento, la acción parece remitirse a un héroe épico: María-Medea destruye y mata al esbirro que tiranizaba y explotaba al pueblo. Mas no contenta con ello, y ya endiosada, conduce la venganza al paroxismo, y mata a sus propios hijos en el segundo movimiento. Irónicamente, en ese momento María-Medea pasa a ocupar el lugar del cacique político contra el que había luchado. Siendo la misma, es siempre "la otra".[1]

El reconocimiento internacional

Entre 1962 y 1963, Triana estrena cuatro piezas: *La casa ardiendo, La visita del ángel, El Parque de la Fraternidad* y *La muerte del Ñeque,* que en general no corren buena suerte y que para algunos críticos acusaban un debilitamiento gradual de sus temas y personajes. La última de las obras, no obstante, marca una etapa de su producción en la que el dramaturgo demuestra un control de la forma y se destaca por el manejo del diálogo y un enriquecimiento de las posibilidades del ritual. En sus tres actos, Triana desarrolla una trama en la que se mezclan poder, corrupción, racismo, sexo, violencia y venganza, y en la que la acción dramática avanza con la tensión necesaria. El autor emplea de nuevo el coro, conformado por un negro, un blanco y un mulato, seguramente para representar la composición étnica de nuestro pueblo. Pero a diferencia de *Medea en el espejo,* aquí el coro tiene una participación directa en los hechos, hasta el punto de sostener y desencadenar la acción. Cuando mata al tirano, el coro-pueblo canta una tonadilla en la que se exime de culpa. ¿Quería con esto el autor expresar, haciendo uso de su intuición casi mística, que el pueblo cubano, después de haberse liberado de Batista, se exonera de culpa por el gobernante que ha asumido el poder, o sea, Fidel Castro?

En 1965, Triana obtiene el Premio Casa de las Américas con *La noche de los asesinos,* que es llevada a escena al año siguiente. Meses después, ese mismo montaje emprende una larga gira llena de éxitos por Europa, donde recibe una calurosa acogida de público y crítica. Justo después de concluir aquella gira, Triana inició la redacción de *Ceremonial de guerra,* que terminó en 1973, en pleno proceso del ostracismo al que fue recluido, como tantos escritores y artistas cubanos, a partir de 1971. Se trata de una obra en dos actos, cuya trama se desarrolla en los campos de Cuba durante la guerra contra el colonialismo español de 1895. Sus personajes son siete soldados cubanos, de diferentes graduaciones, que se hallan en una situación desesperada debido al cerco del enemigo. A ellos se suma un vendedor ambulante, que introduce cierto elemento surrealista. La situación dramática se mantiene tensa a lo largo de toda la obra, a través de la contraposición de diferentes matices éticos de la lucha revolucionaria con los valores y necesidades humanas, una pugna que lleva al autor a aludir al término verdad en más de cincuenta ocasiones. Pero *Ceremonial de guerra* no es una obra verbalista, por el contrario, siempre hay en ella una bien definida acción dramática en la que el ritual tampoco está ausente. Triana consigue además verdadera maestría en el diálogo, así como un sugerente uso de la elipsis, que al hacer enigmático el sentido de lo que se dice, permite una atractiva dinámica con el lenguaje no verbal del actor.

Del juego mozartiano al monólogo

Simultáneamente a la elaboración de *Ceremonial de guerra,* Triana escribe *Revolico en el Campo de Marte.*

Según el propio autor, la obra es "un juego mozartiano, un divertimento escrito en un formato que parodia la versificación típica del Siglo de Oro... Los personajes se construyen y deconstruyen... Está la temática del sexo disfrazado de amor".[2]

En 1980, Triana sale de Cuba y decide instalarse con su esposa en París. Allí reescribe una obra que había empezado en La Habana, *Palabras comunes,* hermosa versión teatral de la novela de Miguel de Carrión *Las honradas* (1917). En la obra, al igual que en la novela, se destaca el sojuzgamiento de la mujer y la corrupción política y social imperante en la época, a través del acontecer de una familia cubana de la burguesía media-alta, entre 1894 y 1914. En su teatralización, Triana crea una intensa dinámica de interacción psicológica entre los personajes, que a su vez giran alrededor de las falsas morales que se ocultan bajo las máscaras apropiadas. De nuevo el dramaturgo pone en juego el concepto verdad/ética.

En *Palabras comunes,* Triana entra de lleno en el naturalismo y logra entretejer —muy afortunadamente— las cualidades de verosimilitud, variedad y perspectiva que suelen coincidir en ese estilo. Uno de los mayores logros de la obra es mantener una tensión dramática concentrada con varios personajes en escena, trascendiendo los moldes del dueto teatral, como base para lograr la tensión, sin que decaiga la atención del público.

Cruzando el puente es la última obra escrita por Triana. Terminada en 1991, aguarda la publicación y la puesta en escena. Por primera vez, el dramaturgo incursiona en el monólogo. Un antecedente dentro de su producción es *La casa ardiendo,* en la que una mujer conversa sola en el escenario con su marido, que le contesta con golpes de tambor. El protagonista de *Cruzando el puente* es Heriberto, un lumpen de mediana edad que cuenta su vida miserable en la Cuba de finales de lo años ochenta. Cuando mejor se consigue la acción dramática, es cuando Heriberto realiza sus rituales, que adquieren forma de alucinaciones. Aunque algunas partes del texto resultan un tanto narrativas, la tensión dramática no se debilita por la eficacia del lenguaje y el trazado psicológico del personaje.

Una vez más, el rito

Escrita en 1964, *La noche de los asesinos* es considerada casi por unanimidad como la mejor obra de Triana. Ya desde la primera acotación, el dramaturgo establece que la acción se desarrolla en un sótano o cuarto desván, sugiriendo con ello espacios interiores como la mente o la memoria. Una vez más, recurre al rito, en este caso, a partir de una elaboración. En la obra, se trata de un rito interno, algo que años después logró sintetizar en el único personaje de *Cruzando el puente*.

Lalo y sus hermanas Cuca y Beba, únicos personajes de la obra, representan la unidad de una conciencia que se fracciona en tres, de manera que intercambiando roles y actitudes se puedan pluralizar las "consideraciones". La "conciencia" (Lalo, Cuca, Beba) lo subvierte todo, cambia de sexo, hace de padre o de hijo y cambia los muebles, bajo el himno de guerra de la subversión del status quo: "La sala no es la sala. La sala es la cocina".

La estructura a partir de la cual está construida *La noche de los asesinos* se multiplica como metáfora de toda una serie de confrontaciones: el individuo contra el Estado (sobre todo, en un país socialista); lo nuevo contra lo viejo; los hijos contra los padres. Incluso puede albergar las interpretaciones más inesperadas, como sucedió durante la gira de la obra, cuando un respetable periodista del diario italiano *L'Unita* declaró, en una conferencia de prensa posterior al estreno de *La noche de los asesinos* en Roma, que se sentía muy complacido de que la pieza de Triana recreara ¡el conficto chino-soviético!

Al comienzo de la obra se habla de un asesino, acto seguido se aclara que se trata de una representación, y que no es la primera vez que se realiza. El objetivo de la misma es matar a los padres tiránicos, pero nunca se logra ir más allá del ritual, porque, ¿qué se hace luego con la libertad? ¿Con qué se sustituye "el mal existente"? Después del "crimen", Lalo es acosado a preguntas por "la policía". Está en un estado mental deplorable, pero no a causa de su arrepentimiento, sino porque su acto lo ha conducido a la nada, al caos.

Los personajes que continuamente repiten este rito, no logran reunir las fuerzas para conseguir la consumación real del acto, pues intuyen que eso los llevará a un vacío. El propio autor evidencia no encontrar sustento en ningún principio religioso, político o social. Su profunda naturaleza mística, lo ha conducido, si se quiere de manera irónica, a un nihilismo que, a su vez, teme ser penetrado. Debido a ese temor, es común que al final de la obra deje un pequeño resquicio, casi imperceptible, de duda. En esa duda, está la génesis de la riqueza de sus imágenes artísticas, de la multiplicidad de significados, aunque al final la serpiente termine mordiéndose la cola.

---

[1] Apuntes de Ramiro Fernández-Fernández, tomados de su libro inédito *José Triana: la subversión de la escena cubana*.

[2] *Entrevista a José Triana de Ramiro Fernández-Fernández*, revista *Románica*, New York University, Fall, 1979.

JOSÉ TRIANA

Nació en Camagüey, en 1933. Cursó estudios en Bayamo. El hecho más decisivo en su formación literaria es el viaje a Europa en los años cincuenta. Allí escribe sus primeros poemas y piezas teatrales. A principios de 1959 regresa a Cuba, y al año siguiente estrena *Medea en el espejo*. En 1965 obtiene el Premio Casa de las Américas de Teatro con *La noche de los asesinos*, que tras su estreno en 1966 lo convierte en un autor de fama internacional. Ha publicado tres poemarios: *De la manera de los sueños*, *Coloquio de sombras* y *Álbum de familia*. Desde 1980 reside en París. Sus principales obras son:

TEATRO

Medea en el espejo. Estrenada en la Sala Prometeo en 1960. Publicada en el volumen *El Parque de la Fraternidad*, Ediciones Unión, La Habana, 1962, y en *Medea en el espejo. La noche de los asesinos. Palabras comunes*, Edit. Verbum, Madrid, 1991.

El Mayor General hablará de Teogonía. Estrenada en 1960. Publicada en la antología *Teatro cubano en un acto*, Ediciones R, La Habana, 1963.

El Parque de la Fraternidad. Estrenada en la Sala Prometeo en 1962. Publicada en el volumen *El Parque de la Fraternidad*.

La muerte del ñeque. Estrenada en 1963. Publicada por Ediciones R, La Habana, 1964.

La noche de los asesinos. Estrenada por Teatro Estudio en 1966. Publicada por Ediciones Casa de las Américas, La Habana, 1965, e incluida en el volumen *Medea en el espejo. La noche de los asesinos. Palabras comunes*.

Palabras comunes. Estrenada en inglés por la Royal Shakespeare en 1986. Publicada en el volumen *Medea en el espejo. La noche de los asesinos. Palabras comunes*.

Ceremonial de guerra. Sin estrenar. Publicada por Editorial Persona, Honolulu, 1990.

LA NOCHE DE LOS ASESINOS

JOSÉ TRIANA

Para María Angélica Álvarez
Para José Rodríguez Feo

LALO
CUCA
BEBA

Los personajes, al realizar las incorporaciones de otros personajes, deben hacerlo con la mayor sencillez y espontaneidad posibles. No deben emplearse elementos caracterizadores. Ellos son capaces de representar al mundo sin necesidad de ningún artificio. Téngase esto en cuenta para la elaboración del montaje y dirección escénicas. Estos personajes son adultos y sin embargo conservan cierta gracia adolescente, aunque un tanto marchita. Son, en último término, figuras de un museo en ruinas.

TIEMPO: Cualquiera de los años cincuenta.

ESCENARIO: Un sótano o el último cuarto—desván. Una mesa, tres sillas, alfombras raídas, cortinas sucias con grandes parches de telas floreadas, floreros, una campanilla, un cuchillo y algunos objetos ya en desuso, arrinconados, junto a la escoba y el plumero.

Ay de tanto! Ay de tan poco! Ay de ellos!

CÉSAR VALLEJO

... cada uno es para sí un monstruo de sueños

ANDRÉ MALRAUX

*... este mundo humano entra en nosotros, participa en la danza de los
dioses, sin retroceder, ni mirar atrás, so pena de convertirse como
nosotros mismos: en estatuas de sal...*

ANTONIN ARTAUD

*... Can we only love
Something created by our own imagination?
Are we all in fact unloving and unlovable?
Then one is alone, and if one is alone
Then lover and beloved are equally unreal
And the dreamer is no more real than his dreams*

T. S. ELIOT

717

PRIMER ACTO

LALO. Cierra esa puerta. *(Golpeándose el pecho. Exaltado, con los ojos muy abiertos.)* Un asesino. Un asesino. *(Cae de rodillas.)*

CUCA. *(A Beba.)* ¿Y eso?

BEBA. *(Indiferente. Observando a Lalo.)* La representación ha empezado.

CUCA. ¿Otra vez?

BEBA. *(Molesta.)* Mira que tú eres... ¡Como si esto fuera algo nuevo!

CUCA. No te agites, por favor.

BEBA. Tú estás en Babia.

CUCA. Papá y mamá no se han ido todavía.

BEBA. ¿Y eso qué importa?

LALO. Yo los maté. *(Se ríe. Luego extiende los brazos hacia el público en ademán solemne.)* ¿No estás viendo ahí dos ataúdes? Mira: los cirios, las flores... Hemos llenado la sala de gladiolos. Las flores que más le gustaban a mamá. *(Pausa.)* No se pueden quejar. Después de muertos los hemos complacido. Yo mismo he vestido esos cuerpos rígidos, viscosos..., y he cavado con estas manos un hueco bien profundo. Tierra, venga tierra. *(Rápido. Se levanta.)* Todavía no han descubierto el crimen. *(Sonríe. A Cuca.)* ¿Qué te parece? *(Le acaricia la barbilla con gesto pueril.)* Comprendo: te asustas. *(Se aparta.)* Contigo es imposible.

CUCA. *(Sacudiendo los muebles con el plumero.)* No estoy para esas boberías.

LALO. ¿Cómo? ¡Consideras un crimen una bobería! ¡Qué sangre fría la tuya, hermanita! ¿Es cierto que piensas así?

CUCA. *(Firme.)* Sí.

LALO. ¿Entonces qué cosa es para ti importante?

CUCA. Deberías ayudarme. Hay que arreglar esta casa. Este cuarto es un asco. Cucarachas, ratones, polillas, ciempiés..., el copón divino. *(Quita un cenicero de la silla y lo pone sobre la mesa.)*

LALO. ¿Y tú crees que sacudiendo con un plumero vas a lograr mucho?

CUCA. Algo es algo.

LALO. *(Autoritario.)* Vuelve a poner el cenicero en su sitio.

CUCA. El cenicero debe estar en la mesa y no en la silla.

LALO. Haz lo que te digo.

CUCA. No empieces, Lalo.

LALO. *(Coge el cenicero y lo pone otra vez en la silla.)* Yo sé lo que hago. *(Coge el florero y lo pone en el suelo.)* En esta casa el cenicero debe estar encima de una silla y el florero en el suelo.

CUCA. ¿Y las sillas?

LALO. Encima de las mesas.

CUCA. ¿Y nosotros?

LALO. Flotamos, con los pies hacia arriba y la cabeza hacia abajo.

CUCA. *(Molesta.)* Eso me luce fantástico. ¿Por qué no lo hacemos? Estás inventando algo maravilloso. Quien te oiga, ¡qué pensará! *(En otro tono. Más dura.)* Mira, Lalo, si sigues fastidiando, vamos a tener problemas... Vete. Déjame tranquila. Yo haré lo que pueda hacer y se acabó.

LALO. *(Con intención.)* ¿No quieres que te ayude?

CUCA. No le busques más los cinco pies al gato.

LALO. No te metas entonces con mis cosas. Yo quiero tener el cenicero, ahí. El florero, ahí. Déjamelos. Eres tú quien trata de imponerse; no yo.

CUCA. ¡Ah, sí! ¡Qué lindo! ¿Ahora soy yo la que me impongo? ¡Vaya, hombre! ¡Esto no tiene precio! ¿Así que yo...? Mira, Lalo, no sigas, por favor. El orden es el orden.

LALO. No hay peor sordo que el que no quiere oír.

CUCA. ¿Qué dices?

LALO. Lo que oíste.

CUCA. Pues, chico, no entiendo. Ésa es la pura verdad. No sé lo que te traes entre manos. Todo eso me parece sin pies ni cabeza. En fin, que me hago un lío tremendo y entonces no soy capaz de hacer ni decir nada. Además, todo eso es terrible, si es como me lo figuro. A nada bueno nos puede conducir.

LALO. ¿Otra vez el miedo? En el mundo, esto métetelo en esa cabeza de chorlito que tienes, si quieres vivir tendrás que hacer muchas cosas y entre ellas olvidar que existe el miedo.

CUCA. ¡Como si eso fuera tan fácil! Una cosa es decir y otra vivir.

LALO. Pues intenta que lo que digas esté de acuerdo con lo que vivas.

CUCA. No me atosigues más. Déjate de sermones, que eso no te sienta bien. *(Sacudiendo una silla.)* Mira cómo está esta silla, Lalo. ¡Quién sabe cuánto tiempo hace que no se limpia! Hasta telarañas, qué horror.

LALO. Qué barbaridad. *(Acercándose cautelosamente, lleno de intención.)* Los otros días me dije: "Debemos limpiar"; pero, 721 después nos entretuvimos en no sé qué bobería y..., fíjate, fíjate ahí... *(Pausa. Con intención.)* ¿Por qué no pruebas?

CUCA. *(Casi de rodillas junto a la silla, limpiándola.)* No me metas en eso.

LALO. Arriésgate.

CUCA. No insistas.

LALO. Un ratico.

CUCA. Yo no sirvo.

Beba, que estaba en el fondo, limpiando con un trapo algunos muebles viejos y cacharros de cocina, avanza hacia el primer plano con una sonrisa hermética, sus gestos recuerdan por momentos a Lalo.

BEBA. Veo esos cadáveres y me parece mentira. Es un espectáculo digno de verse. Se me ponen los pelos de punta. No quiero pensar. Nunca me he sentido tan dichosa. Míralos. Vuelan, se disgregan.

LALO. *(Como un gran señor.)* ¿Han llegado los invitados?

BEBA. Subían las escaleras.

LALO. ¿Quiénes?

BEBA. Margarita y el viejo Pantaleón.

Cuca no abandona su labor, por momentos, se queda abstraída contemplándolos.

LALO. *(Con desprecio.)* No me gusta esa gente. *(En otro tono. Violento.)* ¿Quién les avisó?

BEBA. ¡Qué sé yo!... No, no me mires así. Te juro que no he sido yo.

LALO. Entonces, fue ella. *(Señala a Cuca.)* Ella.

CUCA. *(Limpiando todavía el mueble.)* ¿Yo?

722   LALO. Tú, sí, tú. Mosquita muerta.

BEBA. A lo mejor fueron ellos los que decidieron venir.

LALO. *(A Beba.)* No trates de defenderla. *(A Cuca, que se levanta y se limpia el sudor de la frente con el brazo derecho.)* Tú, siempre tú, espiándonos. *(Comienza a girar en torno a Cuca.)* Asegurándote de nuestros pasos, de lo que hacemos, de lo que decimos, de lo que pensamos. Ocultándote detrás de las cortinas, las puertas y ventanas... *(Con una sonrisa despectiva.)* La niña mimada, la consentida, trata de investigar. *(Entre carcajadas violentas.)* Dos y dos son cuatro. Sherlock Holmes enciende su pipa lógica. *(Como un exabrupto.)* Qué asco... *(En otro tono. Suave, como un gato en acecho.)* Nunca estás conforme. ¿Qué quieres saber?

CUCA. *(Llena de miedo, no sabe cómo meterse en situación.)* Yo, Lalo, yo..., a la verdad que... *(Bruscamente.)* No la cojas conmigo.

LALO. Entonces, ¿por qué buscas? ¿Por qué te mezclas a esa gente miserable?

CUCA. *(Con los ojos llenos de lágrimas.)* Si quieres que te demuestre que yo no tenía ninguna intención...

LALO. Eso es lo que no te perdono.

CUCA. *(Tratando de seguir en situación. Con cierta soberbia.)* Son mis amigos.

LALO. *(Con furioso desdén.)* Tus amigos. Me das lástima. *(Con una sonrisa triunfal.)* No creas que me engañas. Es estúpido. Haces el ridículo. Te opones, pero quieres esconderte como la gatica de María Ramos. Ya sé que no tienes valor para decir las cosas como son... *(Pausa.)* Si eres nuestra enemiga, enseña tus dientes: muerde. Rebélate.

CUCA. *(Fuera de situación.)* No sigas.

LALO. Hazlo.

CUCA. Me sacas de quicio.

LALO. Ten coraje.

CUCA. *(Sofocada.)* Perdóname, te lo suplico.

LALO. *(Imperativo.)* Vamos, arriba.

BEBA. *(A Lalo.)* No la atormentes.

LALO. *(A Cuca.)* Dame tu rostro.

CUCA. Me da vueltas la cabeza.

LALO. Ponte frente a frente.

CUCA. No puedo.

BEBA. *(A Lalo.)* Déjala un rato.

CUCA. *(Sollozando.)* No tengo la culpa. Soy así. No puedo cambiar. Ojalá pudiera.

LALO. *(Molesto.)* ¡Qué comebolas eres!

BEBA. *(A Cuca.)* Ven, vamos... *(La aparta y la acompaña hasta una silla.)* Sécate esas lágrimas. ¿No te da vergüenza? Él tiene toda la razón. Quieras o no, tu atrevimiento es culpable. *(Pausa. Le alisa los cabellos con las manos.)* A ver, a ver. *(En tono muy amable.)* No pongas esa cara. Sonríete, chica. *(En tono maternal.)* No debiste haberlo hecho; pero si te decidiste, entonces hay que llegar hasta lo último. *(Haciendo un chiste.)* Esa naricita coloradita parece un tomatico. *(Dándole un golpecito a la nariz con el índice de la mano derecha.)* Bobita, qué bobota eres. *(Se sonríe.)*

CUCA. *(Aferrándose a Beba.)* No quiero verlo.

BEBA. Cálmate.

CUCA. No quiero oírlo.

BEBA. Él no se come a nadie.

CUCA. El corazón... Óyelo, parece que va a estallar.

BEBA. Bah, no seas niña.

724 CUCA. Te lo juro, hermanita.

BEBA. Debes acostumbrarte.

CUCA. Quisiera echar a correr.

BEBA. Eso pasa al principio.

CUCA. No puedo aguantarlo.

BEBA. Después resulta fácil.

CUCA. Siento asco.

LALO. *(Con un caldero en las mano, haciendo una invocación.)* Oh, Afrodita, enciende esta noche de vituperios.

CUCA. *(A Beba, angustiada.)* Ha empezado de nuevo.

BEBA. *(A Cuca, conciliadora.)* Déjalo, no le hagas caso.

CUCA. Me dan ganas de escupirlo.

BEBA. No lo pinches, que salta.

LALO. *(Como un emperador romano.)* Oh, asistidme; muero de hastío.

Cuca, incapaz de ponerse al mismo nivel de Lalo, lo repudia en tono de burla.

CUCA. ¡Qué hazaña más extraordinaria! Es igualito que tu tío Chicho. ¿Verdad, hermana? *(Con asco.)* Eres un monstruo.

LALO. *(Como un señor muy importante.)* Mientras los dioses callan, el pueblo chilla. *(Tira el caldero hacia el fondo.)*

CUCA. *(Como la madre. En tono de sarcasmo.)* Tira, rompe, que tú no eres quien paga.

LALO. *(Con una sonrisa. Hacia la puerta.)* ¡Oh, qué sorpresa!

BEBA. *(A Cuca.)* ¿Te sientes mejor? *(Cuca mueve la cabeza afirmativamente.)*

LALO. *(Saludando a unos personajes imaginarios.)* Pasen, pasen... *(Como si les estrechara las manos.)* Oh, qué tal... ¿Cómo está usted?

725

BEBA. *(A Cuca.)* ¿Te decides? *(Cuca mueve la cabeza afirmativamente.)*

LALO. *(A Beba.)* Están ahí.

BEBA. *(A Lalo.)* Déjalos, que ya se irán.

LALO. *(A Beba.)* Han llegado a pasmarnos.

CUCA. *(A los personajes imaginarios.)* Buenas noches, Margarita.

LALO. *(A Cuca.)* Vienen a olfatear la sangre.

BEBA. *(A los personajes imaginarios.)* ¿Cómo están ustedes?

CUCA. *(A Lalo.)* Tú siempre con tu mala intención.

BEBA. *(A Cuca. Como la madre.)* No enciendas la candelita. *(A los personajes imaginarios.)* El asma es una enfermedad pirotécnica. Seguramente sigue haciendo estragos.

LALO. *(A Cuca.)* Esto no te lo perdonaré.

CUCA. *(Como si prestara atención a lo que hablan los personajes imaginarios. Con una sonrisa malvada a Lalo. Entre dientes.)* Ojo por ojo y diente por diente.

BEBA. *(Como la madre. A Lalo, entre dientes.)* Disimula, muchacho.

LALO. *(A Beba.)* Es un insulto. *(En otro tono. Con una sonrisa hipócrita a los personajes imaginarios.)* ¿Y usted, Pantaleón? Hacía tiempo que no lo veía. ¿Estaba perdido?

BEBA. *(Acosando a los personajes imaginarios.)* ¿Cómo anda de la orina? A mí me dijeron los otros días...

CUCA. *(Acosando a los personajes imaginarios.)* ¿Funciona bien su vejiga?

BEBA. *(Asombrado.)* ¿Cómo? ¿Cómo no se ha operado el esfínter?

CUCA. *(Escandalizada.)* Oh, pero, ¿es así? ¿Y la hernia?

LALO. *(Con una sonrisa hipócrita.)* Usted, Margarita, se ve de lo mejor. ¿Le sigue creciendo el fibroma? *(A Beba.)* Atiéndelos tú.

BEBA. *(A Lalo.)* No sé qué decirles. Se me agotó el repertorio.

LALO. *(Secreteando. Empujándola.)* Cualquier cosa. De todas formas quedarás mal. *(Va hacia el fondo.)*

BEBA. *(Mira a Lalo, angustiada. Pausa. Inmediatamente después se entrega a la comedia de los fingimientos.)* Qué linda está usted. Me luce que la primavera le da..., no sé..., un aire especial, una fuerza, qué sé yo... Hace calor, ¿verdad? Estoy entripada. *(Se ríe.)* Ay, Pantaleón, qué sinvergüenza es usted. Es un villanazo. Sí, sí. No se haga el chivo loco. La verruga se le ha puesto de lo más hermosa.

LALO. *(Como Pantaleón.)* No exagere, que no voy a creerle. Los años, mi hijita, lo van a uno deteriorando, y acaban por hacerlo un trapo, que es lo peor del caso. *(Se ríe, malicioso.)* Si tú me hubieras conocido en mis buenos tiempos, cuando las vacas gordas... Ay, si aquella época resucitara... Pero qué va, pido un imposible. *(Con un tono especial.)* Hoy tengo un dolorcito clavado aquí... *(Señala hacia la región abdominal.)* Es como una punzadita, la punta de un alfiler... *(Suspira.)* Estoy viejo, hecho un carcamal. *(En otro tono.)* Y esto cada día va peor. Los hijos no respetan ni perdonan.

BEBA. *(Como Margarita, molesta.)* No digas eso, hombre. Parece mentira. *(Secreteando.)* ¿Cómo vas a nombrar la soga en casa del ahorcado? *(Con una sonrisa.)* ¿Qué pensarán estos muchachos tan lindos y tan simpáticos? *(A Cuca.)* Ven acá, muñeca. ¿Por qué te escondes? ¿A quién le tienes miedo? ¿Quién es el coco? *(Cuca no se mueve.)* Ven acá, ¿soy acaso un vieja muy fea? Ven acá, no te pongas majadera, linda. Dime una cosa, ¿y tus papitos? ¿Dónde está tu mamita?

LALO. *(Saltando de la silla. Violento, al público.)* Ya lo ven. ¿No lo dije? A eso vinieron. Los conozco. No me equivoco. *(A Cuca. Acusador.)* Son tus amigos. Sácalos de aquí. Quieren 727 averiguar... *(Gritando.)* Que se vayan al diablo. ¿Me oyes? Se acabó.

Cuca no sabe qué hacer, se mueve, gesticula, quiere decir algo, pero no se atreve o no puede.

BEBA. *(Como Margarita, a Cuca.)* No quiero irme tan pronto. Hemos venido a hacer la visita de costumbre. La debíamos desde el mes antes pasado. Ademas, estoy tan desmejorada. Tu madre debe de tener algunas hojitas de llantén que me regale y un trocito de palosanto.

LALO. *(Frenético.)* Diles que se vayan, Cuca. Diles que se vayan al carajo. *(Como si tuviera un látigo y los amenazara.)* Fuera, fuera de aquí. A la calle.

CUCA. *(A Lalo.)* No seas grosero.

BEBA. *(Como Margarita. Dando gritos ahogados de rebeldía.)* Nos atropellan. Esto es una infamia, hijos del diablo.

CUCA. *(A Lalo. Dueña de la situación.)* Tú, por lo visto, pierdes los estribos muy fácilmente.

BEBA. *(A los visitantes imaginarios.)* Les ruego que lo disculpen.

CUCA. *(A Lalo.)* Ellos no te han hecho nada.

BEBA. *(A los personajes imaginarios.)* Tiene los nervios muy alterados.

CUCA. *(A Lalo.)* Eres un inconsciente.

BEBA. *(A los personajes imaginarios.)* El doctor Mendieta le ha mandado mucho reposo.

CUCA. *(A Lalo.)* Qué falta de tacto, de educación y de todo.

BEBA. *(A los personajes imaginarios.)* Es un ataque inesperado.

CUCA. *(A Lalo, que se ríe con cierto disimulo.)* Esto no tiene perdón de Dios.

BEBA. *(A los personajes imaginarios.)* Adiós, Margarita. Buenas noches, Pantaleón. No se olvide. Mamá y papá fueron a Camagüey y no sabemos cuándo... Esperamos que vuelvan pronto. Adiosito. *(Les tira un beso con fingida ternura. Pausa. A Lalo.)* ¡Qué mal rato me has hecho pasar! *(Se sienta al fondo y comienza a lustrar unos zapatos.)*

CUCA. *(Sutilmente amenazadora.)* Cuando mamá lo sepa...

LALO. *(En un exabrupto.)* Ve a decírselo, anda. *(Llamando.)* Mamá, papá. *(Se ríe.)* Mamita, papito. *(Desafiante.)* No te demores. Anda. Sóplaselo en los oídos. Seguramente te lo agradecerán. Vamos, corre. *(Coge por un brazo a Cuca y la lleva hasta la puerta. Vuelve hacia el primer plano.)* Eres una calamidad. Nunca te decides a fondo. Quieres y no quieres. Eres y no eres. ¿Crees que siendo así ya basta? Siempre hay que jugársela. No importa ganar o perder. *(Sarcástico.)* Pero tú quieres ir al seguro. El camino más fácil. *(Pausa.)* Y ahí está el peligro. Porque en ese estira y encoge, te quedas en el aire, sin saber qué hacer, sin saber lo que eres y, lo que es peor, sin saber lo que quieres.

CUCA. *(Segura.)* No te des tantos golpes en el pecho.

LALO. Por mucho que quieras no podrás salvarte.

CUCA. Tú tampoco podrás.

LALO. No serás tú quien me detenga.

CUCA. Cada día que pasa te irás poniendo más viejo..., y aquí, aquí, aquí, encerrado entre telarañas y polvo. Lo sé, lo veo, lo respiro. *(Con una sonrisa malvada.)*

LALO. Sí, y ¿qué?

CUCA. Hacia abajo, hacia abajo.

LALO. Esto es lo que tú quieres.

CUCA. No me hagas reír.

LALO. Es la verdad.

729

CUCA. Hago lo que quiero.

LALO. Al fin saltó el gallito de pelea.

CUCA. Digo lo que pienso.

LALO. Tú no te das cuenta que lo que yo propongo es simplemente la única solución que tenemos. *(Coge la silla y la mueve en el aire.)* Esta silla, yo quiero que esté aquí. *(De golpe pone la silla en un sitio determinado.)* Y no aquí. *(De golpe coloca la misma silla en otro lugar determinado.)* Porque aquí *(Rápidamente vuelve a colocarla en el primer sitio.)* me es más útil: puedo sentarme mejor y más rápido. Y aquí *(Sitúa la silla en la segunda posición.)* es sólo un capricho, una bobería y no funciona... *(Coloca la silla en la primera posición.)* Papá y mamá no consienten estas cosas. Creen que lo que yo pienso y quiero hacer es algo que está fuera de toda lógica. Quieren que todo permanezca inmóvil, que nada se mueva de su sitio... Y eso es imposible; porque tú, Beba y yo... *(En un grito.)* Es intolerable. *(En otro tono.)* Además, se imaginan que yo hago estas cosas por contradecirlos, por oponerme, por humillarlos...

CUCA. En una casa, los muebles...

LALO. *(Rápido, enérgico.)* Eso es una excusa. ¿Qué importa esta casa, qué importan estos muebles si nosotros no somos nada, si nosotros simplemente vamos y venimos por ella y entre ellos igual que un cenicero, un florero o un cuchillo flotante? *(A Cuca.)* ¿Eres tú acaso un florero? ¿Te gustaría descubrir un día que eres realmente eso? ¿O que como eso te han estado tratando buena parte de tu vida? ¿Soy yo acaso un cuchillo? Y tú, Beba, ¿te conformas con ser un cenicero? No, no. Eso es estúpido. *(Con ritmo mecánico.)* Ponte aquí. Ponte allá. Haz esto. Haz lo otro. Haz lo de más allá. *(En otro tono.)* Yo quiero mi vida: estos días, estas horas, estos minutos... Quiero andar y hacer cosas que deseo o siento. Sin embargo, tengo las manos atadas. Tengo los pies atados. Tengo los ojos vendados. Esta casa es mi mundo. Y esta casa se pone vieja, sucia y huele mal. Mamá y papá son los culpables. Me da pena, pero es así. Y lo más terrible es que ellos no se detienen un minuto a pensar si las cosas no debieran ser de otro modo. Ni tú tampoco. Y Beba mucho menos... Si Beba juega, es porque no puede hacer otra cosa.

CUCA. Pero, ¿por qué te ensañas con papá y mamá? ¿Por qué les echas toda la culpa?

LALO. Porque ellos me hicieron un inútil.

CUCA. Eso no es cierto.

LALO. ¿Para qué voy a mentir?

CUCA. Tratas de encubrirte.

LALO. Trato de ser lo más sincero posible.

CUCA. Eso no te da derecho a exigir tanto. Tú también eres terrible. ¿Recuerdas cuáles eran tus juegos? Destruías todas nuestras muñecas; inventabas locuras; querías que nosotras fuéramos tu sombra, o algo peor, igual que tú mismo.

LALO. Era la única manera de librarme del peso que ellos me imponían.

CUCA. No puedes negar que siempre te han cuidado, que siempre te han querido.

LALO. No quiero que me quieran de esa forma. He sido cualquier cosa para ellos, menos un ser de carne y hueso.

Beba, desde el fondo, limpiando los zapatos imita al padre.

BEBA. *(Como el padre.)* Lalo, desde hoy limpiarás los pisos. Zurcirás mi ropa. Te advierto que tengas mucho cuidado con ella. Tu madre está enferma y alguien tiene que hacer estas cosas. *(Beba va hacia el fondo y continúa lustrando los zapatos.)*

CUCA. Mamá y papá te lo han dado todo...

LALO. *(A Cuca.)* ¿A costa de qué...?

CUCA. Pero, tú, ¿qué quieres?... Recuerda, Lalo, lo que ganaba papá. Noventa pesos. ¿Qué más querías que te dieran? 731

LALO. ¿Por qué me dijeron desde el principio: "No vayas con Fulanito al colegio"; "No salgas con Menganito", "Perensejo no te conviene"? ¿Por qué me hicieron creer que yo era mejor que cualquiera? Mamá y papá creen que si nosotros tenemos un cuarto, una cama y comida, ya es suficiente; y, por lo tanto, tenemos que estar agradecidos. Han repetido mil veces hasta cansarme que muy pocos padres hacen lo mismo, que sólo los niños ricos pueden darse la vida que nosotros nos damos.

CUCA. Compréndelos... Ellos son así... Después había que sacudirse.

LALO. Yo no pude. Creí demasiado en ellos. *(Pausa.)* ¿Y mis deseos? ¿Y mis aspiraciones?

CUCA. Desde chiquito quisiste salirte siempre con la tuya.

LALO. Desde chiquito, desde que era así, me dijeron: "Tú tienes que hacer esto"; y si lo hacía mal: "¿Qué se puede esperar de ti?". Y entonces vengan golpes y castigos.

CUCA. Todos los padres hacen lo mismo. Eso no significa que tú tengas que virar la casa al revés.

LALO. Quiero que las cosas tengan un sentido verdadero, que tú, Beba, y yo podamos decir: "Hago esto"; y lo hagamos. Si queda mal: "Es una lástima. Trataré de hacerlo mejor". Si queda bien: "Pues, ¡qué bueno! A otra cosa mariposa". Y hacer y rectificar y no tener que estar sujeto a imposiciones ni pensar que tengo la vida prestada, que no tengo derecho a ella. ¿No has pensado nunca lo que significa que tú puedas pensar, decidir y hacer las cosas por tu propia cuenta?

CUCA. Es que nosotros no podemos...

LALO. *(Violento.)* No podemos. No podemos. ¿Vas a repetirme el cuento que me metieron por los ojos y los oídos hace un millón de años?

732   CUCA. Mamá y papá tienen razón.

LALO. Yo también la tengo. La mía es tan mía y tan respetable como la de ellos.

CUCA. ¿Te rebelas?

LALO. Sí.

CUCA. ¿Contra ellos?

LALO. Contra todo.

En ese instante vuelve Beba a repetir la aparición del padre. Estas intervenciones deben ser aprovechadas al máximo desde el punto de vista plástico.

BEBA. *(Como el padre.)* Lalo, lavarás y plancharás. Es un acuerdo que hemos tomado tu madre y yo. Ahí están las sábanas, las cortinas, los manteles y los pantalones de trabajo... Limpiarás los orinales. Comerás en un rincón de la cocina. Aprenderás, juro que aprenderás. ¿Me has oído? *(Vuelve hacia el fondo.)*

CUCA. ¿Por qué no te vas entonces de la casa?

LALO ¿A dónde diablos me voy a meter?

CUCA. Deberías probar.

LALO. Ya lo he hecho. ¿No te acuerdas? Siempre he tenido que regresar con el rabo entre las piernas.

CUCA. Prueba otra vez.

LALO. No... Reconozco que no sé andar en la calle; me confundo, me pierdo... Además, no sé lo que me pasa, es como si me esfumara. Ellos no me enseñaron; al contrario, me confundieron...

CUCA. Entonces, ¿cómo quieres disponer, gobernar, si tú mismo confiesas...?

LALO. Lo que conozco es esto; a esto me resigno.

CUCA. Te aferras...

LALO. Me impongo.

733

CUCA. Estás dispuesto, por lo tanto, a repetir...

LALO. Cuantas veces sea necesario.

CUCA. ¿Y llegar hasta lo último?

LALO. Es mi única salida.

CUCA. Pero, ¿tú crees que la justicia no va a meter las narices en esto? ¿Crees que vas a poder tú solo contra ella?

LALO. No sé; aunque, quizás...

CUCA. ¿De qué manera?

LALO. Espera y verás.

CUCA. Pues yo no te apoyo. ¿Me entiendes? Los defenderé a capa y espada, si es necesario. A mí no me interesa nada de eso. Yo acepto lo que mamá y papá dispongan. Ellos no se meten conmigo. Me dan lo que se me antoja..., hasta pajaritos volando. Allá tú, que eres el más cabeciduro. Bien dice papá que eres igual que los gatos, que cierras los ojos para no ver la comida que te dan. *(Da unos pasos.)* Apártate. Jamás participaré en tu juego. *(A Beba.)* Conmigo no cuentes, tú tampoco. *(En otro tono.)* Ay, líbrame, Dios mío, de esa voracidad. *(Pausa.)* Ellos son viejos y saben más que yo de la vida... Me parece una vejación, una humillación. Ellos han luchado, se han sacrificado; merecen nuestro respeto al menos. Si en esta casa algo anda mal, es porque tenía que ser así... No, no, yo no puedo oponerme.

LALO. *(Divertido. Aplaudiendo.)* Bravo. Estupenda escenita.

BEBA. *(Divertida. Aplaudiendo.)* Merece un premio.

LALO. Hay que inventarlo.

BEBA. La niña promete.

LALO. Pero es imbécil.

BEBA. Es sensacional.

734   LALO. Es una idiota.

BEBA. Es una santa. *(Aplauden rabiosamente y en tono de burla.)*

CUCA. Búrlense. Ya llegará mi hora, y no tendré piedad.

LALO. ¿Así que ésas tenemos?

CUCA. Haré lo que me dé la gana.

LALO. Haz la prueba.

CUCA. Tú no me mandas. *(Da unos pasos atrás, apartándose.)*

LALO. *(Sarcástico.)* Estás cogiendo miedo. *(Se ríe.)*

CUCA. *(Furiosa.)* Tengo manos, uñas, dientes.

LALO. *(Agresivo, retador.)* Ahora soy yo el que manda.

CUCA. No te acerques.

LALO. Harás lo que yo diga. *(La coge por un brazo y comienzan a forcejear.)*

CUCA. (Furiosa.) Suéltame.

LALO. ¿Me obedecerás?

CUCA. Abusador.

LALO. Harás lo que se me antoje.

CUCA. Me haces daño.

LALO. ¿Sí o no?

CUCA. Te aprovechas... *(Totalmente vencida.)* Sí, haré lo que me mandes.

LALO. Rápido. Levántate.

CUCA. *(A Beba.)* Ayúdame.

Beba da unos pasos acercándose a Cuca. Lalo en un gesto la detiene. Cuca hace un simulacro de que no puede levantarse.

LALO. Que se levante ella sola.

BEBA. *(A Lalo.)* Perdónala.

LALO. *(En un grito.)* No te metas.

BEBA. *(Desesperada.)* Ay, gritos y más gritos. No puedo más. Vine aquí a ayudarlos o a divertirme. Porque no sé qué hacer... Vueltas y más vueltas... Uno parece un trompo; y si no, esos gritos de los mil demonios por cualquier bobería; por un vaso de agua, por un jabón que se cayó al suelo, por una toalla sucia, por un cenicero roto, porque va a faltar el agua, porque no hay tomates... No me explico cómo pueden vivir así... ¿Acaso no existen cosas más importantes? Y yo me pregunto: ¿Para qué existen las nubes, los árboles, la lluvia, los animales? ¿No debemos detenernos algún día en todo eso? Y corro y me asomo a la ventana... Pero mamá y papá siguen gritando: "Esa ventana, el polvo, el hollín... ¿Qué estará pensando esa niña? Entra, que vas a coger un catarro". Si me voy a la sala y enciendo el radio: "Están gastando mucha corriente y el mes pasado y el antes pasado se gastó tanto y no se puede seguir gastando. Apaga eso. Ese ruido me atormenta". Si me pongo a cantar esa cancioncita que has inventado últimamente: "La sala no es la sala"..., entonces arde la casa, es un hormiguero revuelto y siguen, siguen gritando mamá y papá contra Lalo, Lalo contra mamá, mamá contra Lalo, Lalo contra papá, papá contra Lalo y yo en el medio. Al fin vengo y me meto aquí... Pero ustedes no tienen eso en cuenta y siguen discutiendo, como si esta casa se pudiera arreglar con palabras, y terminan fajándose también. Ay, no aguanto más. *(Decidida.)* Me voy. *(Lalo la sujeta por un brazo.)* Déjame. No quiero saber nada. Sorda, ciega. Muerta, muerta.

LALO. *(Con cierta ternura, aunque firme.)* No digas eso.

BEBA. Es lo que quiero.

LALO. Si tú quisieras ayudarme, quizás podríamos salvarnos.

BEBA. *(Lo mira repentinamente alucinada.)* ¿Qué estás diciendo? *(Se aferra a sus brazos.)* Sí, hoy podemos.

Rápidamente Lalo coge dos cuchillos. Los observa de filo y comienza a frotarlos entre sí.

BEBA. *(A Lalo.)* ¿Vas a repetir la historia?

CUCA. *(A Beba.)* Por favor, no sigan.

Beba debe moverse en distintos planos del escenario. Cada personaje exige una posición distinta.

BEBA. *(Como una vecina chismosa.)* ¿Sabes una cosa, Cacha? La noticia apareció en el periódico. Sí, hija, sí. Pero la vieja Margarita, la de la esquina, y Pantaleón, el tuerto, lo vieron todo, con pelos y señales, y me contaron.

LALO. *(Frotando con cierta firmeza los dos cuchillos.)* Ric—rac, ric—rac, ric—rac, ric—rac, ric—rac, ric—rac.

BEBA. *(Como un comerciante español, borracho.)* El viejo Pantaleón y Margarita lo saben todo... Háy que joderse. Qué clase de hijos vienen al mundo. Dicen que ellos estaban como si nada... El fin del mundo se acerca, lo digo yo. Ya lo dice el refrán: "Cría cuervos..." *(Se ríe en tono burlón.)* ¿Ha visto la fotografía en primera plana?

LALO. *(Frotando violentamente los dos cuchillos.)* Ric—rac, ric—rac, ric—rac, ric—rac, ric—rac, ric—rac, ric—rac.

BEBA. *(Como Margarita hablando con sus amigas.)* Nosotros fuimos a eso de las nueve, o de las nueve y media... La hora de las visitas... Pues bien, hija; yo desde que entré me dije: "Pá su escopeta. Aquí pasa algo raro". Tú sabes cómo soy yo. Tengo un olfato, tengo una vista... Y efectivamente... Qué espectáculo, niña. *(Horrorizada.)* Qué manera de haber sangre. Era espantoso. Mira cómo se me ponen los pelos. Me erizo de pies a cabeza... Yo no sé, mi amiga, porque si uno pudiera... Figúrate, qué situación... Porque uno a la verdad no puede y entonces..., es horrible, vieja... Y después un reguero, mira, es increíble... Creo que había unas jeringuillas... ¿No es verdad, Pantaleón? Y pastillas y ámpulas... Esos muchachos son de mala sangre, y eso les viene de atrás. Ay, Consolación, pregúntale a Angelita, las cosas que ella vio hace unos días... Qué barbaridad. Y unos padres tan buenos, tan abnegados. Pero él, ese Lalo, es el cabecilla. No cabe la menor duda. Él fue, él y nadie más que él... **737**

Ah, si vieras el cuchillo. Qué cuchillo... Un matavaca, ángel del cielo.

LALO. *(Abstraído en su quehacer.)* Ric—rac, ric—rac, ric—rac, ric—rac, ric—rac, ric—rac, ric—rac, ric—rac, ric—rac.

BEBA. *(Como Pantaleón.)* Yo se lo dije a Margarita: "Mujer, hay que tener contención". Enseguida empezó hablando de que si los hijos, de que si estos tiempos eran malos... Usted sabe cómo es ella. Esa lengua que no para un minuto. Ellos... No, ellos no. Mentira. Él, Lalo... Aunque a veces me inclino a pensar que, bueno, quién sabe quién fue... Pero, yo..., mi hijito, casi lo afirmaría... Porque las muchachitas..., me luce que no... Si tú hubieras visto, mi socio, la cara que puso Lalo... Era increíble. Una furia... Sí, sí, el diablo... Poco faltó para que nos entrara a golpes. Y yo, con mi artritis... Pero qué va, eso sí que no. Él, haga lo que haga, a mí eso me tiene sin cuidado, allá con su conciencia... Pero meterse con nosotros... Dios lo libre a él. El muy sinvergüenza, el muy degenerado... Ah, si llegas a ver el charco de sangre..., y el olor... ¡Qué raro es todo, verdad! *(Con una risita histérica.)* No quieras haber visto aquello... Era horrible... Horrible, sí... Horrible es la palabra... Nosotros debemos hacer algo. *(Grandilocuente.)* Protestamos contra ese hijo desnaturalizado. *(En otro tono.)* ¿Qué le parece?

LALO. *(Continuando en su extraño quehacer.)* Ric—rac, ric—rac, ric—rac, ric—rac, ric—rac, ric—rac, ric—rac, ric—rac, ric—rac, ric—rac.

Lalo ha seguido frotando los cuchillos. Este acto, aparentemente simple, debe ir creando, acompañado de los sonidos emitidos por el propio Lalo, un clímax delirante. Cuca se transforma en un vendedor de periódicos. Beba va hacia el fondo.

CUCA. *(Gritando.)* Avance. Última noticia. El asesinato de la calle Apodaca. Cómprelo, señora. No se lo pierda, señorita. Un hijo de treinta años mata a sus padres. ¡Mira..., cómo corrió la sangre!... El suplemento con fotografías. *(Casi cantando.)* Les metió a los viejos cuarenta puñaladas. Cómprelo. Última noticia. Vea las fotos de los padres inocentes. No deje de leerlo, señora. Es espantoso, caballero. Avance. *(Va hacia el fondo.)* Última noticia. *(Lejano.)* Tremendo tasajeo...

LALO. *(Continuando en su labor.)* Ric—rac, ric—rac, ric—rac, ric—rac, ric—rac, ric—rac, ric—rac, ric-rac, ric—rac, ric—rac, ric—rac.

Pausa. Beba desde el fondo avanza hacia un primer plano.

BEBA, *(Como el padre.)* Lalo, ¿qué has estado haciendo? ¿Y esa cara? ¿Por qué me miras así? Dime, ¿con quién anduviste? ¿Y esos cuchillos? ¿Qué vas a hacer? Responde. ¿Te has tragado la lengua? ¿Por qué has llegado tarde?

LALO. *(Como un adolescente.)* Papá, unos amigos...

BEBA. *(Como el padre.)* Dame acá. *(Le quita violentamente los cuchillos.)* Siempre con porquerías. *(Probando el filo de un cuchillo.)* Corta, ¿eh? ¿Vas a matar a alguien? Dime, respóndeme. No te quedes ahí como un pazguato. ¿Tú has creído que te gobiernas? ¿Crees que voy a dejar que te gobiernes? ¿Crees que no tienes que pedirme permiso para nada? ¿No te he repetido una y mil veces que éstas no son horas de andar por ahí? *(Lo abofetea.)* ¿Cuándo aprenderás a obedecer? ¿Cuándo?... ¡Ya ningún tipo de amenaza te detiene! ¿Entrarás por el aro, sí o no? ¿No ves a tu madre sufriendo, con el corazón en la boca? ¿Quieres, dime, matarnos de sufrimientos? ¿Qué te propones?... No tienes consideración conmigo... No sigas haciendo muecas. *(Lo empuja hacia una silla.)* Siéntate ahí. ¿Quieres probar otra vez el cuarto oscuro? *(Lalo hace un gesto.)* No me contestes. ¡Esta falta de respeto! ¡Yo, que te lo he dado todo, mal hijo! Mala entraña. Yo, que me sacrifico... Y eso que algunas veces tu madre me echa en cara que salgo con los amigos y con las compañeras de trabajo. Más de un negocio me ha salido mal por ti, por ustedes... ¿No están viendo los sacrificios? Treinta años... Treinta años detrás de un buró, en el Ministerio, comiéndome los hígados con los jefes, pasando mil necesidades... No tengo un traje, no tengo un par de zapatos de salir..., para que ahora nos pagues de esta manera. Treinta años, que no es cosa de juego. Treinta años soñando, para que ahora el hijo salga un vago, un mataperro... Que no quiere trabajar, que no quiere estudiar... Dime, ¿qué es lo que quieres? ¿Qué has estado haciendo?

LALO. *(Tembloroso.)* Estuvimos leyendo...

BEBA. *(Como el padre.)* ¿Leyendo, qué?... ¿Leyendo? ¿Cómo leyendo...?

LALO. *(Cabizbajo.)* Una revista de aventuras, papá.

Cuca avanza desde el fondo segura, con malvada intención, hacia el primer plano. Beba va hacia el fondo.

CUCA. *(Como la madre.)* Revistas. Revistas. Revistas. Eso es mentira. Inventa otra. Di la verdad. *(Beba, como el padre, se acerca de una manera agresiva a Lalo.)* No, Alberto, no le pegues. *(A Lalo, en otro tono.)* Me alegro que esto te haya pasado. Me alegro, me alegro. *(En otro tono.)* ¿Dónde está el dinero que tenía escondido en el aparador? *(Escena muda de Lalo.)* ¿Lo cogiste? ¿Lo gastaste? ¿Lo perdiste? *(Con odio.)* Ladrón. Eres un canalla. Eres un sinvergüenza. *(Con lágrimas en los ojos.)* Se lo diré a tu padre. No, no me digas nada. *(Escena muda de Lalo.)* Es una desgracia. *(En otro tono.)* Te matará, si lo sabe. *(En otro tono.)* Ay, Virgen Santísima, ¿qué habré hecho yo para que me castigues así? *(Furiosa, a Lalo.)* A ver, dame el dinero. *(Escena muda de Lalo.)* Suéltalo o llamo a la policía... *(Registra los bolsillos de Lalo, que está completamente anonadado. Gritando.)* Ladrón. Mil veces ladrón. Se lo diré a tu padre. Debía golpearte. Arrastrarte. Meterte en un reformatorio. *(Lalo está de espaldas al público.)*

BEBA. *(Desde el fondo, como una niña.)* Mamá, mamá, ¿esto es un elefante?

LALO. *(Como el padre.)* Beba, ven acá, enséñame las manos. *(Beba avanza hacia el primer plano. Le enseña las manos.)* Esas uñas hay que cortarlas... ¿Cuándo dejarás de ser tan...? *(A Cuca.)* Dame acá unas tijeras, mujer. *(Cuca se acerca a Lalo y le secretea al oído.)* ¿Cómo? ¿Qué me dices?... ¿Es cierto eso? ¿Y Lalo...? ¿Dónde se ha metido?... *(Cuca y Lalo miran a Beba con malvada intención.)* ¿Es cierto lo que dice tu madre? Confiesa, anda.

Confiesa o... ¿Así que te has levantado el vestido y le has enseñado los pantalones a un montón de mataperros? ¿Será posible? *(Escena muda de Beba.)* Eres sucia. *(Cuca, como la madre, se sonríe.)* Te voy a... *(Entre Lalo y Cuca acorralan a Beba.)* Serás una cualquiera, pero no mientras yo viva. ¿Me oyes? *(Sacudiéndola por los hombros.)* Óyelo bien. Te voy a matar, por puerca. *(Pausa.)* ¿Dónde está tu hermano? *(Llamándolo.)* Lalo, Lalo... *(A Cuca.)* ¿Dices que te ha robado?

BEBA. *(Saliendo de situación.)* No puedo. La cabeza me va a estallar.

LALO. *(Imperativo.)* Sigue, no te detengas.

CUCA. *(Sarcástica.)* Hazle caso al mandamás.

BEBA. *(Angustiada.)* Aire, un poco de aire.

LALO. *(A Beba.)* Ahora sonaba el timbre de la puerta.

Beba cae derrumbada en una silla.

CUCA. *(Como la madre.)* ¿Has oído, Alberto?

BEBA. *(Desesperada.)* Por favor, creo que voy a arrojar.

LALO. *(Molesto.)* Ésta lo echa todo a perder.

CUCA. *(Como la madre.)* Chist. Un momento, muchachos. El timbre de la puerta ha vuelto a sonar.

LALO. *(Como el padre. Saludando a un personaje imaginario que entra por la puerta.)* Entre usted, Angelita. Dichosos los ojos...

CUCA. *(Como la madre. A Beba.)* Dime, cariño. Anda, dime, cielito, ¿qué te pasa? *(Mímica de abnegación y cuidado.)*

LALO. *(Como el padre. Al personaje imaginario.)* Déjese de cumplidos, Angelita. *(En su tono de voz hay un acento de cordialidad y espontaneidad convincentes.)* Ésta es su casa. Siéntese.

CUCA. (*Como la madre. A Beba.*) Ponte cómoda, nenita. ¿Quieres una almohadita? (*Sus palabras denotan gran sinceridad.*) ¿No te molesta esa posición? ¿Por qué no te echas para atrás?

LALO. (*Como el padre.*) ¿Y Lalo? ¿Dónde se habrá escondido? Ay, Angelita, no sabe usted lo que son estos chiquitos. Son tres, pero dan guerra por un batallón.

CUCA. (*Como la madre. A Lalo.*) Alberto, yo creo que... (*Al personaje imaginario.*) Perdone usted, Angelita, que no la haya atendido, pero la niña me luce que está mala del estómago.

LALO. (*Como el padre.*) ¿Le pusiste el termómetro? (*Cuca afirma con la cabeza.*)

CUCA. (*Como la madre.*) Esto es terrible.

LALO. (*Al personaje imaginario.*) ¿No se lo decía yo a usted hace un segundo? Son peores que el diablo; pero conmigo no pueden. Tengo mano de hierro y un látigo. Bueno, es un decir.

CUCA. (*Como la madre. Angustiada. A Lalo.*) ¿Qué podemos hacer?

LALO. (*Como el padre.*) ¿Tiene fiebre? (*Cuca niega con la cabeza.*) ¿Le has dado un cocimiento de manzanilla?

CUCA. (*Como la madre.*) No quiere probar nada.

LALO. (*Como el padre.*) Oblígala.

CUCA. (*Como la madre.*) Todo lo vomita.

LALO. (*Como el padre.*) Haz un té negro.

CUCA. (*Como la madre.*) Ay, Angelita, usted no se puede imaginar los sufrimientos, las angustias... ¿Para qué tendrá uno hijos?

LALO. (*Como el padre. Empuñando una taza. Obligándola.*) Tómatelo. (*Beba rechaza la taza.*) Quieras o no, te lo tomarás.

BEBA. *(En un grito. Fuera de situación.)* Déjame ya. *(Se levanta como una furia. A un primer plano.)* Ustedes son unos monstruos. Los dos son iguales. *(Gritando hacia el fondo del escenario.)* Yo quiero irme. Déjenme salir. *(Cuca y Lalo intentan detenerla, pero ella llega hasta la puerta. Gritando.)* Mamá, papá, sáquenme de aquí. *(Cae llorando junto a la puerta.)* Sáquenme de aquí.

LALO. *(Como el padre.)* Pero, ¿esto qué cosa es?

CUCA. Bonito espectáculo. *(Acercándose a Beba.)* Tú, precisamente tú... que siempre me has estado empujando: "Hazlo, no seas boba. Nos divertiremos". Es increíble. Lo estoy viendo y me parece mentira. Vamos, levántate. *(La ayuda a levantarse. Como la madre.)* Recuerda que estás delante de una visita. *(Al visitante imaginario.)* Son tan malcriados, tan insoportables... *(A Beba. Llevándola hasta la silla donde estaba sentada.)* Muñeca mía, tienes que ser una niña buena, una niña educada...

BEBA. *(Como una niña.)* Me quiero ir.

CUCA. *(Como la madre.)* ¿A dónde quieres ir, nenita?

LALO. *(Fuera de situación. Violento.)* Esto no es así. Esto no sirve.

CUCA. *(Como la madre.)* No te sulfures, Alberto.

LALO. *(Fuera de situación.)* Me dan deseos de estrangularla.

CUCA. *(Como la madre.)* Hay que tener paciencia.

BEBA. *(Llorando.)* Tengo miedo.

LALO. *(Fuera de situación.)* ¿Miedo a qué? ¿Por qué llora?

CUCA. *(Como la madre.)* No le hagas caso. Es lo mejor, Alberto.

LALO. *(Como el padre. Con gestos torpes.)* Es que algunas veces... *(Se golpea la rodilla derecha.)* Compréndeme, mujer.

CUCA. *(Como la madre.)* ¿Cómo no voy a comprenderte? *(Suspira.)* Ay, Alberto, tú también eres un niño. ¿No es verdad, Angelita?

743

BEBA. *(Como una furia. Se levanta.)* Quiero hacer algo. Quiero explotar. Quiero irme. Pero no soporto este encierro. Me ahogo. Voy a morir y no quiero sentirme aplastada, hundida en este cuarto. Prefiero cualquier cosa, ay, pero no puedo más... No me interesa esto. Por favor, yo les suplico, déjenme, déjenme.

Cuca se acerca a Beba y le echa el brazo por los hombros. Su rostro y sus gestos muestran una gran ternura disimulada.

CUCA. *(Como la madre.)* Vete, amor mío. Estás un poquito nerviosa. *(Beba se queda en el fondo oscuro. Cuca regresa con una sonrisa que se convierte en una carcajada.)* ¿Ha visto usted cosa igual? Tal parecía que la estábamos torturando. ¡Qué cabeza tienen estos muchachos...! *(Se sienta. Se arregla el pelo.)* Mire cómo estoy. Debo lucir una mona salida del circo. ¡No he tenido tiempo hoy ni de respirar! ¡Qué lucha, Angelita, qué lucha! Perdone que no la haya atendido antes... *(Oye lo que dice el personaje imaginario.)* Aunque usted es como de la familia. *(Sonríe hipócritamente.)* Pero así y todo, a mí me gustan los detalles... ¿Verdad, Alberto? No te agites por gusto, viejo, que hay que tener calma. *(Lalo se levanta.)* ¿A dónde vas? Mira a ver lo que haces. *(Lalo la mira con atención.)* Ah, sí, comprendo. *(Lalo va hacia lo oscuro.)* Fue a darles una vueltecita a esos vejigos que me traen al trote. Hay que andar con cuatro ojos, qué digo cuatro, cinco, ocho, diez... Hay que espiarlos, vigilarlos, estar siempre en acecho, porque son capaces de las mayores porquerías.

En ese momento entra Lalo con un velo de novia, un tanto raído y sucio. Lalo imita a la madre en su juventud, el día de la boda de la iglesia. Al fondo, Beba tararea la marcha nupcial. Los movimientos de Lalo no pueden ser exagerados. Se prefiere, en este caso, un acento de ambigüedad general.

LALO. *(Como la madre.)* Ay, Alberto, tengo miedo. El olor de las flores, la música... Ha venido mucha gente, ¿verdad? No vino tu hermana Rosa, ni tampoco tu prima Lola... ¡Ellas no me quieren! ¡Lo sé, Alberto, lo sé...! Han estado hablando horrores: que si yo, que si mamá es esto y lo otro... ¡Qué sé yo!... ¿Tú me quieres, verdad, Alberto? ¿Te luzco bonita...? Ay, me duele el vientre. Sonríete. Ahí están el canchanchán del doctor Núñez, y su mujer... ¿Tú crees que la gente lleve la cuenta de los meses que tengo? Si se enteran, me moriría de vergüenza. Mira, te están sonriendo las hijas de Espinosa..., esas pu... Ay, Alberto, tengo un mareo y me duele el vientre, sujétame, no me pises la cola que me voy a caer... Ay, pipo, yo quiero sacarme este muchacho... Es verdad que tú te decidiste por él; pero yo no lo quiero. Ay, que me caigo... Alberto, Alberto, estoy haciendo el ridículo... No debimos habernos casado hoy, otro día mejor... Ay, esa música y el olor de esas flores, qué asco. Y ahí viene tu madre, la muy hipó... Ay, no sé... Alberto; me falta la respiración... ¡Esta maldita barriga! Quisiera arrancarme este...

CUCA. *(Como la madre. Con odio, casi masticando las palabras.)* Me das asco. *(Le arranca el velo violentamente.)* No sé cómo pude parir semejante engendro. Me avergüenzo de ti, de tu vida. ¿Así que quieres salvarte? No, chico; deja eso de la salvación... Ahógate. Muérete. ¿Crees que voy a soportar que tú, que tú, te permitas el lujo de criticarme, de juzgarme delante de las visitas? ¡No te das cuenta de lo que eres! ¡Si apenas sabes dónde tienes las narices! *(Al personaje imaginario. En otro tono.)* Perdone usted, Angelita. No se vaya, por favor. *(Con el tono anterior: duro, firme.)* Durante mucho tiempo te he rogado que me ayudaras. Hay muchas cosas que limpiar en esta casa: los platos, la fiambrera, el polvo y las manchas de agua de los espejos. Y mucho que hacer: zurcir, bordar, coser... *(Lalo se acerca a Cuca.)* Apártate. Quieres virarme la casa patas arriba y eso no te lo permitiré, ni aun después de muerta. El cenicero a la mesa. *(Pone el cenicero en la mesa.)* El florero a la mesa. *(Pone el florero en la mesa.)* ¿Qué te has creído? Ahora mismo se lo diré a tu padre... *(Con asco y rencor.)* Miserable, ¿qué será de ti sin nosotros? ¿De qué te quejas? ¿Crees que somos estúpidos? Si piensas eso, yo te digo que no somos mejores, ni peores, que los demás. Pero si lo que te propones es que nos dejemos mangonear por ti, te advierto que cogiste el camino equivocado. ¿Sabes cuántas cosas he sacrificado, cuántas concesiones he hecho por mantener esta casa? ¿Crees que renunciaremos tan fácilmente a

745

nuestro derechos...? Si quieres, vete. Yo misma te prepararé las maletas. Ahí tienes la puerta.

Cuca permanece de espaldas al público. Lalo se acerca a la mesa y contempla el cuchillo con cierta indiferencia. Lo coge. Lo acaricia. Lo clava en el centro de la mesa.)

LALO. ¿Hasta cuándo, hasta cuándo?

BEBA. No te impacientes.

LALO. Si fuera posible hoy.

BEBA. Qué bobo eres.

LALO. Ahora mismo.

Lalo se levanta rápidamente. De un golpe arranca el cuchillo del centro de la mesa. Mira a sus dos hermanas y se precipita hacia el fondo.

BEBA. No lo hagas.

CUCA. Eso te va a pesar.

BEBA. Ten cuidado.

CUCA. *(Canta muy débilmente.)* La sala no es la sala. La sala es la cocina.

Las dos hermanas están situadas: Beba, en el lateral derecho; Cuca, en el lateral izquierdo. Ambas a la vez, de espaldas al público, emiten un grito espantoso, desgarrador. Entra Lalo. Las hermanas caen de rodillas.

LALO. *(Con el cuchillo entre las manos.)* Silencio. *(Las dos hermanas comienzan a cantar en un murmullo apagado: "La sala no es la sala. La sala es la cocina. El cuarto no es el cuarto. El cuarto es el inodoro".)* Ahora me siento tranquilo. Me gustaría dormir, dormir, siempre dormir... Sin embargo, eso lo dejaré para mañana. Hoy tengo mucho que hacer. *(El cuchillo se le escapa de las manos y cae al suelo.)* ¡Qué sencillo es, después de todo...! Uno entra en el cuarto. Despacio, en puntillas. El menos ruido puede ser una catástrofe. Y uno avanza, suspendido en el aire. El cuchillo no tiembla, ni la mano tampoco. Y uno tiene confianza. Los armarios, la cama, las cortinas, los floreros, las alfombras, los ceniceros, las sillas lo empujan hacia los cuerpos desnudos, resoplando quién sabe qué porquería. *(Pausa. Decidido.)* Ahora hay que limpiar la sangre. Bañarlos. Vestirlos. Y llenar la casa de flores. Después, abrir un hueco muy hondo y esperar que mañana... *(Pensativo.)* ¡Qué sencillo y terrible!

Las hermanas han terminado de cantar. Cuca recoge el cuchillo y comienza a limpiarlo con el delantal. Pausa larga.

CUCA. *(A Beba.)* ¿Cómo te sientes?

BEBA. *(A Cuca.)* Regular.

CUCA. *(A Beba.)* Cuesta un poco de trabajo.

BEBA. *(A Cuca.)* Lo malo es que uno se acostumbra.

CUCA. *(A Beba.)* Pero, algún día...

BEBA. *(A Cuca.)* Es como todo.

LALO. Abre esa puerta. *(Se golpea el pecho. Exaltado. Con los ojos muy abiertos.)* Un asesino. Un asesino. *(Cae de rodillas.)*

CUCA. *(A Beba.)* ¿Y eso?

BEBA. La primera parte ha terminado.

Apagón.

SEGUNDO ACTO

Al abrirse el telón, Lalo, de rodillas, de espaldas al público, con la cabeza inclinada hacia el vientre. Cuca, de pie, mirándolo y riéndose. Beba, impasible, coge el cuchillo que está en la mesa.

CUCA. *(A Beba.)* Míralo. *(A Lalo.)* Así quería verte. *(Riéndose.)* Ahora me toca a mí. *(Largas carcajadas.)*

LALO. *(Imperioso.)* Cierra esa puerta.

CUCA. *(A Lalo). Cerrando la puerta.)* ¡Qué insoportable eres! ¡No te resisto, viejo!

BEBA. *(A Cuca. Mirando a Lalo con desdén.)* Me parece ridículo.

CUCA. *(A Lalo.)* ¿Qué te pasa? Oiga, jovencito, lo que voy a decir: tenemos que seguir. No te pienses que esto se va a quedar a medias como otras veces. Estoy cansada de que siempre quede pendiente.

LALO. *(Cabizbajo.)* Siempre hay que empezar.

CUCA. Está bien, lo acepto; pero, al mismo tiempo, te repito que hoy...

LALO. *(Molesto.)* Sí, sí... Lo que tú dispongas.

CUCA. Lo que yo disponga, no; lo que tiene que ser. ¿O es que ahora soy yo la inventora de todo esto? ¡Qué gracioso!

BEBA. *(Molesta. A Cuca.)* Pero a ti te encanta...

CUCA. *(Ofendida.)* ¿Qué quiere la niña que haga?

BEBA. Cualquier cosa menos eso.

CUCA. No, muñeca mía, ha llegado mi hora y tengo que llegar hasta el final.

BEBA. Entonces, ¿tengo o no tengo razón?

CUCA. A mí qué me importa.

BEBA. Entonces, me voy.

CUCA. Tú te quedas.

BEBA. No me hagas perder la paciencia.

CUCA. No me amenaces.

BEBA. Puedo arañar y patear.

LALO. Está bueno ya de discusión.

CUCA. *(A Beba.)* Tú te vas a quedar quietecita.

BEBA. Ay, ¿sí?, no me digas. Pues ¿puedes creer que no? ¿Qué te parece? Yo no voy a podrirme entre estas paredes que odio. Allá ustedes, que les gusta revolver la porquería. Tengo veinte años y cualquier día me largo para no volver y entonces haré lo que me dé la gana. ¿Cómo te suena eso...? *(Pausa.)* Al principio no querías, ahora eres capaz de matar por lograr tus propósitos. Es como si estuviera en juego la salvación de tu alma. Sí, salvarte... No me mires así. ¿Salvarte, de qué? ¿Acaso tu pellejo? *(Con intención.)* Por eso llamaste a la policía. Por eso también dentro de unos momentos empezarán las investigaciones y los interrogatorios. ¿Hizo usted eso? No, no. ¿No lo hizo? Eh, sargento... ¿Cómo es posible? Sin embargo, encontramos una señal. Ahí están las huellas. El delito ha sido cometido entre ustedes. ¿Creen que somos unos comemierdas? ¿Piensan tomarnos el pelo? *(En otro tono.)* No quiero mezclarme en esto.

CUCA. Tienes que llegar hasta el final.

BEBA. Esto nunca termina.

CUCA. No te desesperes.

BEBA. Estoy cansada. Siempre es lo mismo. Dale para aquí. Dale para allá. ¿Por qué continuamos en este círculo...? *(En otro tono. Más íntima.)* Además, no quiero que me inmiscuyan... *(Cambia el tono.)* No le veo la gracia.

CUCA. Todo lo que dices es pura bazofia. Si no te conociera creería de pe a pa ese miserable discursito. *(Como la madre.)* ¡Buena perla me has salido tú! *(En otro tono.)* ¿Te imaginas que me voy a quedar con los brazos cruzados viendo lo que éste ha hecho? Yo defiendo la memoria de mamá y papá. Las defiendo, cueste lo que cueste.

BEBA. No me toques.

CUCA. *(Autoritaria como la madre.)* Pon el cuchillo en su sitio. *(Beba obedece, deja caer el cuchillo en un extremo del escenario.)* Así no.

BEBA. *(Furiosa.)* Hazlo tú.

CUCA. *(Con sorna y una sonrisita maligna.)* Contrólate. *(En otro tono.)* Anda, cada cosa en su sitio. *(Cambia el tono.)* Todavía falta lo mejor. *(Beba coloca el cuchillo de una manera satisfactoria.)* Hay que tener mucha precaución.

BEBA. *(Furiosa.)* Conmigo no cuentes.

CUCA. *(Ordenando mentalmente la habitación.)* Las lámparas, las cortinas... Es cuestión matemática.

BEBA. *(Furiosa.)* Vete a buscar a otro. O hazlo tú misma todo.

CUCA. Tú has participado desde el principio. No puedes negarte.

BEBA. Eso lo veremos.

CUCA. *(Autoritaria, como la madre.)* Nada puede fallar.

750   BEBA. Ojalá ocurra lo imprevisto.

CUCA. También cuento con eso. *(A Lalo.)* Levántate. *(Lalo no responde.)*

BEBA. *(Furiosa.)* Déjalo. ¿No ves que sufre? *(Lalo emite un leve quejido o ronquido.)*

CUCA. No te metas en esto.

BEBA. Debías esperar. Quizás... Sólo un momento.

CUCA. Yo sé lo que hago.

BEBA. *(En tono sutil de sarcasmo.)* Me parece muy bien; pero recuerda que yo estoy en guardia, dispuesta, en cualquier momento...

CUCA. *(Rápida, furiosa.)* ¿A qué?

BEBA. A saltar.

CUCA. ¿No me digas? ¿Así que tú te opones...? Pues, oye bien claro lo que te voy a decir: no pienses que voy a dejarte intervenir en algo que no sea tu parte. Tú eres sólo un instrumento, un resorte, una tuerca. *(En otro tono.)* Debías alegrarte de que así sea. *(Pausa. Otro tono.)* No me pongas esa cara. *(Con cierto tono amenazador.)* Bueno, pues atente a las consecuencias. En esta casa todo está en juego. Ayúdame a dar los últimos toques. *(Moviéndose, intentando arreglar, disponer. Enumerando.)* El florero, el cuchillo, las cortinas, los vasos..., el agua, las pastillas. Dentro de un momento, entrará la policía... La jeringuilla y las ámpulas... Nosotras nada tenemos que hacer; entonces, a desaparecer..., a volatilizarse, si es necesario. *(Beba da unos pasos con intención de salir. Cuca la detiene.)* No, muñeca linda. No te hagas la boba. Tú me entiendes. *(Frente al tono de sarcasmo de Cuca, Beba se contrae.)* ¿Qué? ¿No estás conforme? ¿Quieres meter la cuchareta...? Nosotras seremos invisibles. ¿Tienes algo que añadir? Nosotras somos inocentes. ¿Pretendes tomar partido? *(A Lalo.)* Levántate. Se hace tarde. *(A Beba.)* ¿Vas a defender lo indefendible? ¿Acaso éste no es un asesino? *(A Lalo.)* Arréglate un poco. Pareces un cadáver. *(Lalo se levanta torpemente. Beba pone un paquete de barajas sobre la mesa y luego las esparce. A Beba.)* Jamás se me hubiera ocurrido semejante cosa.

LALO. *(Todavía de espaldas al público. A Beba.)* Tráeme un poco de agua.

CUCA. *(Imperiosa.)* No, no puede ser. *(Acercándose a Lalo, arreglándole las ropas. Con cierta ternura.)* Tienes que esperar. *(Como la madre.)* Ese cuello, qué barbaridad... Pareces un pordiosero.

LALO. Tengo la boca reseca.

BEBA. *(Como la madre, con cierta ternura.)* Has dormido muy mal.

LALO. Necesito salir un momento.

CUCA. *(Violenta.)* De aquí tú no sales.

LALO. Necesito un momento.

CUCA. No necesitas nada. Todo está dispuesto. ¿Qué piensas...? ¿Quieres hacerme una mala jugada? Pues no te dejaré.

Cuca intenta detener a Lalo, que quiere escapar. Lo agarra por el cuello de la camisa. Ambos empiezan a forcejear violentamente. Beba, por un momento, queda perpleja; luego, la lucha entablada va adquiriendo para ella un diabólico interés y comienza a dar vueltas alrededor de Cuca y Lalo.

LALO. Suéltame.

CUCA. Antes muerta.

LALO. Te engallas.

CUCA. Arriesga el pellejo.

LALO. Me arañas.

CUCA. Éste es el juego. Vida o muerte. Y no puedes escapar. Soy capaz de todo con tal de que te juzguen.

Beba corre hacia el fondo oscuro donde está situada la puerta.

BEBA. *(Gritando.)* La policía, la policía.

Los dos hermanos dejan de forcejear. Lalo cae, derrotado, en una silla. Beba está junto a la puerta, cerrada. En el otro extremo de la puerta, también al fondo, está Cuca.

CUCA. *(En el tono anterior, con furia.)* Jamás te perdonaré. Eres culpable. Culpable. Si tienes que morir, que así sea.

BEBA. Chist. Silencio. *(Pausa larga.)*

Beba y Cuca comienzan a moverse con gestos lentos, casi de cámara lenta. Son ahora los dos policías que descubrieron el crimen.

CUCA. *(Como un policía.)* Esto está muy oscuro.

BEBA. *(Como otro policía.)* Esto huele mal.

CUCA. *(Como un policía.)* Hay manchas de sangre por todas partes.

BEBA. *(Como otro policía.)* Me luce que han matado a dos puercos, en lugar de cristianos.

CUCA. *(Como un policía.)* Gente puerca, ¿verdad?

BEBA. *(Como otro policía.)* Gente sin corazón.

Las dos hermanas avanzan como si estuvieran caminando por una oscura galería. Lalo permanece en la silla. Las hermanas se detienen ante él y hacen como si enfocaran el rostro con la luz de una linterna de mano.

BEBA. *(Como otro policía, en señal de triunfo.)* Agarramos al pez.

CUCA. *(Como un policía, en señal de triunfo.)* Trabajo nos ha costado. *(A Lalo, con violencia.)* De pie, vamos, rápido. *(Lalo, molesto por la luz, trata de ponerse las manos en el rostro.)*

BEBA. *(Como otro policía. Con vulgaridad.)* Eh, chiquito... Si no quieres quedar acribillado, no te muevas.

CUCA. *(Como un policía. Con insolencia.)* Vamos, levántese.   753

BEBA. *(Como otro policía. Con insolencia.)* Has caído, mi socio. *(Lalo se pone de pie y levanta las manos.)* Hay que actuar rápido.

CUCA. *(Como un policía.)* Regístralo.

BEBA. *(Como otro policía.)* El tipo es peligroso. *(Tantea sobre la ropa, el cuerpo, de Lalo.)* Los documentos... El carnet de identidad, ¿dónde está? *(Saca un documento imaginario.)* ¿Cómo te llamas? *(Lalo no contesta.)* ¿No sabes que estás detenido? Responde a la justicia. ¿De quién eran esos gritos?

CUCA. *(Como un policía.)* ¿Mataste a alguien?

BEBA. *(Como otro policía.)* Entonces, ¿por qué hay tanta sangre?

CUCA. *(Como un policía.)* ¿Vives con tus padres?

BEBA. *(Como otro policía.)* ¿Tienes algún hermano o hermana? Contesta.

CUCA. *(Como un policía.)* Te los llevaste en la golilla, ¿verdad? Responde, que te conviene.

LALO. *(Muy vagamente.)* No sé.

BEBA. *(Como otro policía.)* ¿Cómo que no sabes? ¿Vives solo?

CUCA. *(Como un policía.)* ¿Y toda esa ropa...? *(En otro tono.)* Déjalo, Cuco. *(Se sonríe.)* Ya tendrá tiempo de hablar.

BEBA. *(Como otro policía.)* A éste no hay quien lo salve, mi hermano. *(Se ríe. Grosero.)* Éste es un delincuente de marca mayor. Seguramente robó primero; y luego, no satisfecho, decidió matarlos. *(A Lalo.)* ¿A tus padres, no?... Casi me lo imagino. ¿Los envenenaste? *(Coge en sus manos el tubo de pastillas y vuelve a colocarlo en la mesa.)* ¿Cuántas pastillas...? *(Lalo no responde. Sonríe de vez en cuando.)* Vamos, escupe... Si hablas, puede que el castigo sea menor. *(A Cuca, enseñándole la jeringuilla.)* ¿Has visto? Es probable que...

CUCA. *(Como un policía)* A todas luces éste es un crimen de los gordos. *(A Lalo)* ¿Dónde están los cadáveres? *(A Beba.)* No hay rastro alguno.

BEBA. *(Como un policía.)* ¿Dónde los escondiste? ¿Los enterraste?

CUCA. *(Como un policía.)* Hay que registrar la casa de arriba a abajo. En cualquier rincón...

BEBA. *(Como otro policía.)* ¿Por qué los mataste? Responde. ¿Te maltrataban?

LALO. *(Secamente.)* No.

CUCA. *(Como un policía.)* Ya era hora, muchacho. ¿Por qué los mataste?

LALO. *(Muy seguro.)* Yo no hice eso.

CUCA. *(Como un policía.)* Qué descaro.

BEBA. *(Como otro policía.)* ¿Estaban durmiendo?

CUCA. *(Como un policía.)* No me irás a decir mayor cinismo. ¿Así que tú no asesinaste a nadie? ¿A tus padres? ¿A tus hermanos? ¿Algún pariente? *(Lalo se encoge de hombros.)* Entonces, dime, ¿qué has hecho?

BEBA. *(Como otro policía.)* ¿Los ahogaste con las almohadas?

CUCA. *(Como un policía.)* ¿Cuántas puñaladas les diste?

BEBA. *(Como otro policía.)* ¿Cinco, diez, quince?

CUCA. *(Como un policía.)* No me irás a decir que todo ha sido un juego. Aquí están las manchas de sangre. Tú mismo estás embarrado de pies a cabeza. ¿Serás capaz de negarlo? ¿Te niegas al interrogatorio? *(En otro tono.)* Yo casi he visto el crimen... *(Rápido, casi insólito.)* ¿Dónde están tus padres? ¿Encerrados en un baúl? *(Pausa. Reconstruyendo la escena.)* Tú ibas despacio, en puntillas, para no hacer ruido, en la oscuridad... Tus padres roncando a pierna suelta y tú aguantando la respiración y en la mano el cuchillo que no tiembla...

LALO. *(Con orgullo.)* Eso no es así. Usted miente.

CUCA. *(Como un policía.)* Entonces... ¿qué? *(Agotada.)* Ah, esta casa es un laberinto.

BEBA. *(Como otro policía, que ha estado escudriñando aquí y allá la habitación.)* Aquí está la prueba. *(Señala hacia el cuchillo.)* Estamos en la pista. *(Se agacha para cogerlo.)*

CUCA. *(Como un policía, gritando.)* No lo toques.

BEBA. *(Como otro policía.)* Hay que tomarle las huellas digitales. *(Coge el cuchillo con un pañuelo y lo pone encima de la mesa.)*

CUCA. *(Como un policía.)* Si éste sigue negando...

BEBA. *(Como otro policía. Furioso.)* Esto lo arreglo yo de un plumazo. *(A Lalo.)* Ven acá, ¿te decides a hablar..., o...? Mira que no quiero emplear la violencia. ¿Quiénes tú crees que somos nosotros? ¿Piensas que estamos pintados en la pared? *(En tono amenazador y persuasivo a la vez.)* Habla, que te conviene. Yo creo que ya va terminando la hora de las contemplaciones. *(En tono más amistoso.)* Habla, total, que es por tu bien. *(Mirando a Cuca.)* Nosotros eso lo tomamos en consideración. No te preocupes. *(Cuca entra a un lateral del escenario, en actitud investigadora.)* Ya verás lo tranquilo que te vas a sentir cuando nos lo cuentes todo con pelos y señales. Es muy sencillo, sencillísimo. *(En tono casi familiar.)* ¿Cómo lo hiciste? ¿Por qué lo hiciste? ¿Te maltrataron de palabras o...? ¿No hubo, acaso un robo o alguna trastada por el estilo? ¿Qué fue lo que pasó en realidad? ¿Lo has olvidado acaso? Trata de recordar... A ver, tómate el tiempo que quieras.

LALO. *(Con gran soberbia.)* Ninguno de ustedes puede comprender...

BEBA. *(Como otro policía. Persuasivo, con una sonrisa.)* ¿Por qué dices eso?... *(Más íntimo.)* Vamos, chico, confiesa.

CUCA. *(Como un policía. Fuera del escenario. Gritando.)* No te calientes la sangre, Cuco. Aquí está el paquete. *(Entra a escena.*

Limpiándose las manos, una con la otra.) ¡Si vieras! Es un espectáculo bochornoso, qué digo, horrible. Se le paran los pelos al gallo más pintado. *(Reconstruyendo la escena.)* Ahí están la pala y el azadón... Abrió un hueco enorme. No sé cómo pudo hacerlo solo... y allí, al fondo, los dos cuerpos y un poco de tierra encima. *(Acercándose a Lalo. Dándole una palmada en el hombro.)* Conque el caballerito no hizo nada. *(Beba se dirige al mismo lugar por donde salió Cuca.)* Sí, sí, comprendo. *(Con una sonrisa de satisfacción.)* El caballerito es inocente. *(En otro tono.)* Pues bien... *(Lo mira fijamente, con desprecio.)* El caballerito tiene sus horas contadas. *(Tono vulgar.)* Has firmado tu sentencia, mi hermano.

BEBA. *(Entrando a escena. Dejando de actuar como el otro policía.)* Es espantoso.

CUCA. *(Como un policía, tono vulgar.)* No te pongas dramático.

BEBA. Me quedé fría.

CUCA. *(Como un policía.)* El chiquito se las trae.

BEBA. Sentí un escalofrío.

CUCA. *(Como un policía. A Beba.)* Vamos, arriba. No te dejes caer. *(A Lalo, con desprecio.)* Eres un... Me dan deseos de... *(A Beba.)* A levantar el acta.

BEBA. ¿Cómo...? Pero si no ha confesado.

CUCA. *(Como un policía.)* No es necesario.

BEBA. Yo creo que sí.

CUCA. *(Como un policía.)* Hay pruebas suficientes.

BEBA. Debemos intentarlo... *(Acercándose a Lalo.)* Lalo, es necesario que digas, que hables, que hables. ¿Por qué? ¿Por qué, Lalo?

CUCA. *(Como un policía.)* No te ablandes.

757

BEBA. *(A Lalo. Casi suplicante.)* ¿No comprendes que es un requisito, que es importante la confesión? Di lo que quieras, lo que se te ocurra, aunque no sea lógico, aunque sea un disparate; di algo, por favor. *(Lalo permanece impenetrable.)*

CUCA. *(Como un policía.)* A la Estación. El acta. El informe... *(Con pasos graves, Beba se dirige a la mesa y se sienta.)*

La escena, a partir de este momento, debe adquirir una dimensión extraña. Los elementos que se emplean en ella son: los sonidos vocales, los golpes sobre la mesa y el taconeo acompasado, primero de Beba y luego de los dos personajes (Beba y Cuca), en el escenario. Debe aprovecharse hasta el máximo.

CUCA. *(Dictando, automáticamente.)* En el local de esta Estación de Policía, y siendo...

BEBA. *(Moviendo las manos sobre la mesa, repite automáticamente.)* Tac—tac—tac—tac. Tac—tac—tac—tac. Tac—tac—tac—tac.

CUCA. *(En el tono anterior.)* ...ante el Sargento de Carpeta que suscribe, se presentan el Vigilante número 421, Cuco de Tal, y el Vigilante número 842, Bebo Mascual, conduciendo al ciudadano que dice nombrarse...

BEBA. *(En la forma anterior.)* Tac—tac—tac—tac. Tac—tac—tac—tac. Tac—tac—tac—tac. *(Cuca mueve los labios como si continuara dictando.)* Tac-tac—tac—tac.

CUCA. *(En el tono anterior.)* Manifiestan los dos vigilantes a un mismo tenor que: "Encontrándose de recorrido por la zona correspondiente a su posta...".

BEBA. *(Golpeando con las manos la mesa, repitiendo automáticamente, con gran sentido rítmico.)* Tac—tac—tac—tac. Tac—tac—tac—tac. Tac—tac—tac—tac. Tac—tac—tac—tac. *(Cuca mueve los labios como si continuara dictando.)*

CUCA. *(En el tono anterior.)* ...escucharon voces y un gran escándalo...

BEBA. *(En la forma anterior.)* Tac—tac—tac—tac. Tac—tac—tac—tac.

CUCA. *(En el tono anterior.)* ...que reñían, que discutían, que se lamentaban...

BEBA. *(En la forma anterior.)* Tac—tac—tac—tac. Tac—tac—tac—tac.

CUCA. *(En el tono anterior.)* ...y habiendo escuchado un grito de socorro...

BEBA. *(Golpeando con las manos sobre la mesa, taconeando y repitiendo con gran sentido rítmico, automáticamente.)* Tac—tac—tac—tac. Tac—tac—tac—tac. *(Cuca mueve los labios como si continuara dictando.)* Tac—tac—tac—tac.

CUCA. *(En el tono anterior.)* ...que al entrar en la susodicha habitación...

BEBA. *(En la forma anterior.)* Tac—tac—tac—tac. Tac—tac—tac—tac.

CUCA. *(En el tono anterior.)* ...dos cuerpos que presentaban...

BEBA. *(En la forma anterior.)* Tac—tac—tac—tac.

CUCA. *(En el tono anterior.)* ...contusiones y profundas heridas de primer grado...

BEBA. *(En la forma anterior.)* Tac—tac—tac—tac. Tac—tac—tac—tac. *(Cuca empieza a golpear sobre la mesa, a repetir, como Beba, el taconeo y el tecleo oral, hasta que la escena alcanza un breve instante de delirio. Pausa. Beba y Cuca vuelven a una actitud aparentemente normal. Cuca le muestra un papel a Lalo.)*

CUCA. *(Autoritaria.)* Firme aquí.

Pausa. Lalo mira el papel. Mira a Cuca. Coge el papel, con cierto desprecio. La observa detenidamente.

LALO. *(Furioso, firme, desafiante.)* No acepto. ¿Me entienden? Todo esto es una porquería. Todo esto es una infamia. *(Pausa.* 759

En otro tono, casi burlón.) Me parece magnífico, admirable, que así, de buenas a primeras, ustedes traten, empleando los medios más asquerosos, de hacerme un interrogatorio. Es lo más lógico. Es casi..., diría, lo más natural. Pero, ¿qué quieren? ¿Piensan acaso que voy a firmar ese mamotreto de mierda? ¿Eso es la ley? ¿Eso es la justicia? ¿Qué saben ustedes de todo eso? *(Gritando. Rompe el acta.)* Basura, basura, basura. Eso es lo digno. Eso es lo ejemplar. Eso es lo respetable. *(Patea y pisotea con rabia los papeles rotos. Pausa. En otro tono. Con una sonrisa amarga y casi con lágrimas en los ojos.)* Es muy simpático, muy digno, muy ejemplar que ustedes ahora digan: culpable. Y ya. Basta, a otra cosa. Pero que hagan lo que hacen... *(A Cuca.)* ¿Es que acaso no le satisface lo que ha pasado? ¿Por qué pretende endilgarme una serie de invenciones, sin ton ni son? ¿O es que cree o se imagina que soy bobo de remate? ¿Qué partido quiere sacar...? *(En una burla simiesca.)* ¿Piensa que estoy muerto de miedo? Pues oígalo bien claro: no. No tengo miedo. *(Beba agita la campanilla.)* Soy culpable. Sí, culpable. Júzgueme. Haga lo que quiera. Estoy en sus manos. *(Beba vuelve a mover la campanilla como un juez. Lalo, en otro tono, menos violento, pero siempre en un actitud arrogante.)* Si el señor juez me permite...

BEBA. *(Como un juez.)* Ruego al público que mantenga la debida compostura y silencio, o de lo contrario, tendré que desalojar la sala y continuar las sesiones a puertas cerradas. *(A Cuca.)* Tiene la palabra el señor fiscal.

CUCA. *(A Beba.)* Muchas gracias, señor juez. *(A Lalo.)* El señor procesado conoce las dificultades con que hemos tropezado desde el inicio para el esclarecimiento de los sucesos acaecidos en la nefasta madrugada... del... *(Beba agita la campanilla.)*

BEBA. *(Como un juez.)* Ruego, al señor fiscal, sea más explícito, y concrete más al formular su exposición.

CUCA. *(Como un fiscal.)* Perdone, señor juez, pero...

BEBA. *(Moviendo la campanilla.)* Le ruego al señor fiscal que se atenga exclusivamente al interrogatorio.

CUCA. *(Como un fiscal. A Beba.)* Señor juez, el procesado, durante el interrogatorio anterior, ha empleado una cantidad sorprendente de evasivas, lo que hace imposible cualquier intento de aclarar...

BEBA. *(Como un juez. A Cuca. Golpea fuertemente la mesa.)* Aténgase al cuestionario de orden.

CUCA. *(Como un fiscal. Solemne.)* Le repito al señor juez que el procesado obstaculiza sistemáticamente todo intento de esclarecer la verdad. Por tal motivo, someto a la consideración de la sala las siguientes preguntas: ¿puede y debe burlarse a la justicia? ¿La justicia no es la justicia? ¿Si podemos burlarnos de la justicia, la justicia no deja de ser la justicia?... ¿Si debemos burlarnos de la justicia, es la justicia otra cosa y no la justicia?... En realidad, señores de la sala, ¿tendremos que ser clarividentes?

BEBA. *(Como un juez. Implacable, golpeando la mesa.)* Exijo al señor fiscal que no se extralimite en sus funciones.

CUCA. *(Como un fiscal, alardeando ante el público de sus recursos teatrales.)* Ah, señoras y señores, el señor procesado, como todo culpable, teme que el peso de la justicia...

LALO. *(Furioso, pero conteniéndose.)* Estás haciendo trampas. Te veo venir. Quieres hundirme, pero no podrás.

CUCA. *(Como un fiscal. Solemne y furioso. A Beba.)* Señor juez, el procesado está actuando de una manera irreverente. En nombre de la justicia exijo la compostura adecuada. ¿Qué pretende el procesado? ¿Crear el desconcierto? Si ése es su propósito, tenemos que calificarlo abiertamente de intolerable. Los oficios de la ley y la justicia mantienen un tono lógico. Nadie puede quejarse de sus métodos. Están hechos a la medida del hombre. Pero el procesado, a lo que parece, no entiende, o no quiere entender, o quizás en su ánimo existan zonas turbias..., o tal vez, prefiera esconderse, agazaparse en los subterfugios de la tontería y la agresividad. Reclamo que cada uno de los interrogantes de este jurado y la sala en general tenga una clara conciencia de su actitud y que a la hora de emitirse el veredicto

761

seamos equilibrados, pero al mismo tiempo implacables. Señoras y señores, el procesado, por una parte, declara abiertamente su culpabilidad; es decir, afirma haber matado. Este hecho lamentable rebasa los límites de la naturaleza y adquiere una dimensión exasperante, para cualquier ciudadano normal que transite las calles de nuestra ciudad; por otro lado, el procesado niega, claro que de una forma indirecta, y desvía la sucesión encadenada de los hechos, empleando las más disímiles argucias: contradicciones, banalidades y expresiones absurdas. Como por ejemplo: no sé; quizás; puede ser; sí y no. ¿Ésa es una respuesta? O también el manido recurso de: si yo tuviera clara conciencia de las cosas... Esto es inadmisible, señores del jurado. *(Avanzando hacia el primer plano, con gran efecto de teatralidad.)* La justicia no puede detenerse pasivamente ante un caso semejante, donde toda la abyección, la malevolencia y la crueldad se reúnen. He aquí, señoras y señores, al más repugnante asesino de la historia. Vedlo. ¿No siente repulsión cualquier criatura frente a este detritus, frente a esta rata nauseabunda, frente a este escupitajo deleznable? ¿No se siente la necesidad del vómito y del improperio? ¿Puede la justicia cruzarse de brazos? Señoras y señores, señores del jurado, señores de la sala, ¿podemos admitir que un sujeto de tal especie comparta nuestras ilusiones y nuestras esperanzas? ¿Acaso la humanidad, es decir, nuestra sociedad, no marcha hacia el progreso resplandeciente, hacia una alborada luminosa? *(Lalo intenta balbucear algunas palabras, pero el torrente oratorio de Cuca impide cualquier acto, gesto o palabra.)* Vedlo, indiferente, imperturbable, ajeno a cualquier sentimiento de ternura, comprensión o piedad. Ved ese rostro. *(En un grito.)* Un rostro impasible de asesino. El procesado niega haber cometido el asesinato por dinero, es decir, para robar, o para convertirse en el usufructuario de la pequeña pensión de sus padres. ¿Por qué mató, entonces? Porque, en realidad, no existe ningún móvil concluyente. ¿Tendremos entonces que convenir en que fue por odio? ¿Por venganza? ¿Por puro sadismo? *(Pausa. Lalo se mueve impaciente en su silla. Cuca, en un tono mesurado.)* ¿Puede la justicia admitir que un hijo mate a sus padres?

LALO. *(A Beba.)* Señor juez..., yo quisiera, yo desearía...

CUCA. *(Como un fiscal.)* No, señores del jurado. No, señores de la sala. Mil veces no. La justicia no puede admitir tamaño desacato. La justicia impone la familia. La justicia ha creado el orden. La justicia vigila. La justicia exige las buenas costumbres. La justicia salvaguarda al hombre de los instintos primitivos y corruptores. ¿Podemos tener piedad de una criatura que viola los principios naturales de la justicia? Yo pregunto a los señores del jurado, yo pregunto a los señores de la sala: ¿existe acaso la piedad? *(Pausa.)* Pero nuestra ciudad se levanta, una ciudad de hombres silenciosos y arrogantes avanza decidida a reclamar a la justicia el cuerpo de este ser monstruoso... Y será expuesto a la furia de hombres verdaderos que quieren la paz y el sosiego. *(En tono grandilocuente.)* Por lo tanto exijo al procesado que contribuya a poner orden en el conocimiento de la realidad de los hechos. *(A Lalo.)* ¿Por qué mató a sus padres?

LALO. Yo quería vivir.

CUCA. *(Violenta.)* Ésa no es una respuesta. *(Rápida.)* ¿Cómo lo hizo? ¿Les dio algún brebaje, un tóxico, primero? ¿O los ahogó entre las almohadas, sabiendo que estaban indefensos, y después los remató? ¿Cómo puso las almohadas? ¿Qué papel juegan esta jeringuilla y estas pastillas? ¿Son acaso pistas falsas? Explique usted, señor procesado. *(Pausa.)* ¿Los mató a sangre fría, planeando paso a paso los detalles del crimen, o fue un rapto de violencia? Diga usted. ¿Solamente empleó este cuchillo? *(Agotado.)* En fin, señor procesado, ¿por qué los mató?

LALO. Yo me sentía perseguido, acosado.

CUCA. *(Como un fiscal.)* ¿Perseguido? ¿Por qué? ¿Acosado? ¿Por qué?

LALO. No me dejaban tranquilo un minuto.

CUCA. *(Como un fiscal.)* Sin embargo, los testigos presentes confiesan...

LALO. *(Interrumpiendo.)* Los testigos mienten...

763

CUCA. *(Como un fiscal. Interrumpiendo.)* ¿Niega usted la declaración de los testigos?

LALO. *(Firme.)* Esa noche no hubo nadie presente.

BEBA. *(Como un juez. A Lalo.)* El procesado debe ser más exacto en sus respuestas. Es fundamentalmente necesario. ¿Es cierto eso que acaba de afirmar...? El Tribunal exige veracidad y concreción. El Tribunal espera que el procesado acate, en el mejor sentido, estas exigencias de orden... Tiene la palabra el señor fiscal.

CUCA. *(Como un fiscal.)* ¿Y sus familiares más allegados...? ¿Su abuela, por ejemplo, sus tías..., en fin, sus parientes? ¿Se veían frencuentemente? ¿Qué tipo de relación mantenían con ellos?

LALO. No teníamos ninguna.

CUCA. *(Como un fiscal.)* ¿Por qué?

LALO. Mamá odiaba a la familia de papá y papá no se llevaba bien con la familia de mamá.

CUCA. *(Como un fiscal.)* ¿No exagera el procesado en esos cargos?

LALO. Ningún pariente nos visitaba... Mamá nunca quiso que vinieran a casa. Decía que eran hipócritas y envidiosos, que antes muerta. Papá pensaba lo mismo de los hermanos y primos y cuñados de mamá... Tampoco dejaban que los visitáramos...

CUCA. *(Como un fiscal.)* Eso no parece tener mucho fundamento. ¿Por qué...?

LALO. Nos repetían que nosotros valíamos más, que toda esa gente era baja, que no tenía condición...

CUCA. *(Como un fiscal.)* Pero usted, ¿nunca intentó establecer una relación, un contacto...?

764   LALO. Una vez lo intenté, pero me salió mal...

CUCA. *(Como un fiscal.)* ¿Conoce usted a la testigo señora Angelita...? *(Al público.)* Su nombre, por favor. Gracias. ¿A la testigo señora Angela Martínez?

LALO. Sí.

CUCA. *(Como un fiscal.)* Estuvo en su casa, ¿antes o después de los hechos?

LALO. Antes. *(Pausa.)* Serían como las seis de la tarde.

CUCA. *(Como un fiscal.)* Ella, en sus declaraciones, insiste en que ustedes jugaban de una manera especial... ¿Qué tipo de juego tenían en la casa? *(Pausa.)* ¿No había en él algo... enfermizo? *(Pausa.)* Responda: ¿no era un juego monstruoso?

LALO. *(Firme.)* No sé.

CUCA. *(Como un fiscal.)* Sus padres, según tengo entendido, se quejaban.

LALO. Toda la vida, desde que tengo uso de razón, oí siempre las mismas quejas, los mismos sermones, la misma cantaleta.

CUCA. *(Como un fiscal.)* Habría alguna razón.

LALO. A veces sí, a veces no... Una razón machacada hasta el infinito se convierte en una sinrazón.

CUCA. *(Como un fiscal.)* ¿Eran sus padres tan exigentes?

LALO. No entiendo.

CUCA. *(Como un fiscal.)* La pregunta es la siguiente: ¿qué tipo de relación tenía usted con sus padres?

LALO. Creo haberlo dicho ya: me pedían, me exigían, me vigilaban.

CUCA. *(Como un fiscal.)* ¿Qué pedían? ¿Qué exigían? ¿Qué vigilaban?

LALO. *(Desesperado.)* No sé. No sé. *(Repitiendo. Automáticamente.)* Lava los platos, lava los manteles, lava las camisas. 765

Limpia el florero, limpia el orinal, limpia los pisos. No duermas, no sueñes, no leas. No sirves para nada.

CUCA. *(Como un fiscal.)* ¿Creen los señores del jurado y los señores de la sala que ésos sean motivos capaces de provocar tal enajenación que un individuo se sienta impelido por ellos al asesinato?

LALO. *(Balbuceante.)* Yo quería...

CUCA. *(Como un fiscal.)* ¿Qué quería usted? *(Pausa.)* Responda.

LALO. *(Sincero.)* La vida.

CUCA. *(Como un fiscal. Con sarcasmo.)* ¿Le negaban sus padres la vida? *(Al público.)* ¿No es ésa una evasiva del procesado?

LALO. *(Apasionado.)* Yo quería, anhelaba, deseaba desesperadamente hacer cosas por mí mismo.

CUCA. *(Como un fiscal.)* ¿Sus padres se oponían?

LALO. *(Seguro.)* Sí.

CUCA. *(Como un fiscal.)* ¿Por qué?

LALO. Decían que yo no tenía dos dedos de frente, que era un vago, que jamás podría hacer algo de valor y provecho.

CUCA. *(Como un fiscal. Con mucha parsimonia.)* ¿Qué cosas eran las que usted quería realizar? ¿Quiere explicarse el procesado?

LALO. *(Atormentado, esforzándose, un poco confundido.)* Es muy difícil... No sé. Era algo. ¿Sabe usted? Algo. ¿Cómo podré decirlo? Es que yo sé que existe, que está ahí; pero no puedo ahora. *(Cuca se sonríe con cierta malvada intención.)* Mire... Sé que es otra cosa, pero es que... *(Seguro.)* Yo trataba, por todos los medios, de complacerlos... Una vez cogí una pulmonía... No, no debo decirlo..., es que... Las cosas siempre salían mal. Yo no quería que fueran así; pero no podía hacer otra cosa; y entonces...

CUCA. *(Como un fiscal.)* Entonces, ¿qué?...

LALO. Me gritaban, me golpeaban, me castigaban, horas interminables en un cuarto oscuro, me repetían una y mil veces que debía morir, que estaban esperando que me fuera de casa para ver si me moría de hambre, para ver qué iba a hacer.

CUCA. *(Con una sonrisa cínica.)* ¿Está usted seguro de lo que dice?

LALO. Sí.

CUCA. *(Como un fiscal. En otro tono.)* Hable, hable. Prosiga.

LALO. Yo era muy desgraciado.

CUCA. *(Como un fiscal.)* ¿Por qué?

LALO. La casa se me caía encima. Yo sentía que se iba derrumbando, a pesar de que mis padres no se dieran cuenta, ni mis hermanas, ni los vecinos.

CUCA. *(Como un fiscal.)* No entiendo. ¿Qué quiere decir exactamente?

LALO. Aquellas paredes, aquellas alfombras, aquellas cortinas y las lámparas y el sillón donde papá dormía la siesta y la cama y los armarios y las sábanas..., todo eso, lo odiaba, quería que desapareciera.

CUCA. Usted odiaba todo eso. Y a sus padres, por supuesto, los odiaba también, ¿no es así?

LALO. *(Abstraído.)* O quizás lo mejor era huir. Sí, irme a cualquier parte: al infierno o a la Cochinchina.

CUCA. *(Como un fiscal. Exagerando el tono declamatorio.)* Señores del jurado, señores de la sala...

LALO. *(Prosigue, como hipnotizado.)* Un día, jugando con mis hermanas, de repente, descubrí... *(Pausa.)*

CUCA. *(Como un fiscal. Parece cobrar un súbito interés por la divagación de Lalo.)* ¿Qué descubrió?

767

LALO. *(En el mismo tono anterior.)* Estábamos en la sala; no, miento... Estábamos en el último cuarto. Jugábamos... Es decir, representábamos... *(Sonríe como un idiota.)* A usted le parecerá una bobería, pero... Yo era el padre. No, mentira. Creo que en ese momento era la madre. Era todo un juego... *(En otro tono.)* Pero allí, en ese momento, llegó hasta mí esa idea... *(Vuelve a sonreír como un idiota.)*

CUCA. *(Como un fiscal. Con creciente interés.)* ¿Qué idea?

LALO. *(Con la misma sonrisa.)* Es muy fácil; pero resulta complicado. Uno no sabe realmente si dice lo que siente. Yo... *(Mueve las manos como si tratara de explicarse en ese movimiento.)* Yo sabía que lo que los viejos me ofrecían no era, no podía ser la vida. Entonces, me dije: "Si quieres vivir tienes que..." *(Debe detenerse, hacer gesto de apuñalar, o crispar los puños, como triturando algo.)*

CUCA. *(Como un fiscal.)* ¿Qué sintió en aquel momento?

LALO. *(Como un bobo.)* No sé, imagínese usted.

CUCA. *(Como un fiscal.)* ¿No sintió miedo?

LALO. De repente, creo que sí.

CUCA. *(Como un fiscal.)* ¿Y luego?

LALO. Luego, no.

CUCA. *(Como un fiscal. En otro tono, un poco irónico.)* ¿Se acostumbró a la idea?

LALO. Me acostumbré.

CUCA. *(Como un fiscal. Vuelve a reaccionar violentamente.)* ¿Cómo? *(Dando un golpe sobre la mesa.)* Esto es inaudito, señores de la sala.

LALO. Sí, es cierto. Me acostumbré. *(A medida que Lalo avance en el monólogo se irá transformando.)* Parece terrible, sin embargo... Yo no deseaba que fuera así; pero la idea me daba **768** vueltas y más vueltas, llegaba y se iba, y volvía otra vez. Al principio quise borrarla... ¿usted me comprende...? Y ella insistía: "Mata a tus padres. Mata a tus padres". Creí que iba a enloquecer, le aseguro que sí. Corría y me metía en la cama. A veces me entraban unas calenturas... Sí, tuve fiebre. Pensé que me desinflaría como un globo, que reventaba, que era el diablo quien me hacía señas; y temblaba entre las sábanas... Si usted supiera... No dormía; noches y más noches en vela. Tenía escalofríos... Y era espantoso porque vi que la muerte se me acercaba, poco a poco, detrás de la cama, entre las cortinas y entre las ropas del armario y se convirtió en mi sombra y me susurraba entre las almohadas: "Asesino", y luego desapareció como por encanto; y me ponía delante del espejo y contemplaba a mi madre muerta en el fondo de un ataúd y a mi padre ahorcado que se reía y me gritaba; y por las noches sentía las manos de mi madre en las almohadas, arañándome. *(Pausa.)* Todas las mañanas sufría al despertarme; era como si yo me levantara de la muerte abrazado a dos cadáveres que me perseguían en sueños. Por momentos estaba tentado..., pero, no..., no..., ¿irme de la casa? ¡Ni pensarlo! Ya sabía a lo que estaba sometido..., siempre tuve que regresar y siempre decía que no lo volvería a hacer. Ahora estaba decidido a no reincidir en esa loca aventura... ¡Todo, menos eso! Entonces se me metió en la cabeza que debía arreglar la casa a mi manera, disponer... La sala no es la sala, me decía. La sala es la cocina. El cuarto no es el cuarto. El cuarto es el inodoro. *(Pausa breve.)* ¿Qué otra cosa podía hacer? Si no era esto, debía destruirlo todo, todo; porque todos eran cómplices y conspiraban contra mí y sabían mis pensamientos. Si me sentaba en una silla, la silla no era la silla, sino el cadáver de mi padre. Si cogía un vaso de agua, sentía que lo que tenía entre las manos era el cuello húmedo de mi madre muerta. Si jugaba con un florero, caía de repente un enorme cuchillo al suelo. Si limpiaba las alfombras, no podía nunca terminar, porque era un coágulo de sangre. *(Pausa.)* ¿No ha sentido usted alguna vez algo parecido? Y me ahogaba, me ahogaba. No sabía dónde estaba ni qué era todo aquello. ¿A quién contarle estas cosas? ¿Podía confiar en alguien? Estaba metido en un hoyo y era imposible escapar... *(Pausa.)* Pero tenía   **769**

la peregrina idea de que podría salvarme... No sé de qué...
Quizás, bueno es un decir... Uno quiere explicarlo todo y casi...,
por lo regular, se equivoca... Quizás yo quería salvarme de aquel
ahogo, de aquel encierro... Poco después, sin saber cómo, esto se
fue transformando. Oí un día una voz, no sé de dónde. Si esto me
estaba ocurriendo, era algo grave, extraño, desconocido para mí
y debía hablarlo, porque, quizás inesperadamente, ocurriría una
catástrofe y no era cuestión de confiar en mis fuerzas, pero...,
no... Nadie comprendería. Se reirían, se burlarían. Oía entonces
las carcajadas y los chistes de mis hermanas por los cuartos y en
los corredores y en los patios de la casa... Y así, junto a las
carcajadas y chistes de mis hermanas, sentí que miles de voces
repetían al unísono: "Mátalos", "Mátalos". No, no crea que es
un cuento de camino. Se lo juro, es la verdad. Sí, la verdad...
(Como un iluminado.) Desde entonces conocí cuál era mi
camino y fui descubriendo que todo, las alfombras, la cama, los
armarios, el espejo, los floreros, los vasos, las cucharas y mi
sombra, en un murmullo, reclamaban: "Mata a tus padres". *(Lo
dice casi en éxtasis musical.)* "Mata a tus padres". La casa entera,
todo, todo, me exigía ese acto heroico. *(Pausa.)*

CUCA. *(Violenta.)* Me voy. Estás jugando sucio.

LALO. Hay que llegar hasta el final.

CUCA. Yo no puedo permitirte...

LALO. Tú también has tratado de aprovecharte.

CUCA. Lo que has hecho es imperdonable. Cada uno a su parte;
fue lo convenido.

LALO. ¿No me digas? Entonces tú...

BEBA. *(Como un juez. Agitando la campanilla.)* ¡Orden!
¡Silencio! Pido a los señores de la sala que guarden la debida
compostura...

CUCA. *(Como la madre. A Beba.)* Sargento de Carpeta, perdone
usted mi atrevimiento; pero yo deseo que se realice una
investigación a fondo, desde el principio. Exijo una revisión de

770

todo el proceso. Por eso he venido aquí. Yo deseo declarar. Mi hijo se presenta como una víctima y es todo lo contrario. Reclamo que se haga justicia en nuestro caso. *(Beba comienza a repetir el tac—tac de la máquina de escribir. Exagerando.)* Si usted supiera la vida que nos ha hecho pasar esta criatura. Es algo tan terrible, tan...

BEBA. *(Como el sargento. A Cuca.)* Hable usted...

LALO. *(Casi fuera de situación.)* Pero, mamá, yo... *(Lalo se siente acorralado.)* Yo..., te juro.

CUCA. *(Como la madre.)* No me jures nada. Te quieres pasar por bobo, pero conozco tus artimañas, tus rejuegos, tus porquerías. Por algo te parí. Nueve meses de mareos, vómitos, sobresaltos. Ése fue el anuncio de tu llegada. ¿Quieres engatusarme? ¿A qué vienen esos juramentos? ¿Crees que has conmovido al público y que podrás salvarte? Dime, ¿de qué? *(Se ríe, con gran desparpajo.)* ¿En qué mundo vives, mi hijito? *(Burlándose.)* Oh, ángel mío, me das pena. Verdaderamente eres, bueno, ¿para qué decirlo...? *(A Beba.)* ¿Sabe usted, sargento? Un día se le metió entre ceja y ceja que debíamos arreglar la casa a su antojo... Yo, al oír aquel disparate, me opuse terminantemente. Su padre puso el grito en el cielo. Pero ¿qué cosa es eso? Ay, usted no se imagina... El cenicero encima de la silla. El florero en el suelo. ¡Qué horror! Y luego se ponía a cantar a todo meter, corriendo por toda la casa: "La sala no es la sala. La sala es la cocina". Yo, en estos casos, me hacía la sorda, como si oyera llover. *(En otro tono. Dura, seca.)* Has contado sólo la parte que te interesa... ¿Por qué no cuentas lo demás? *(En otro tono, de burla.)* Has contado tu martirologio, cuenta el nuestro, el de tu padre y el mío. Me gustaría que refrescaras la memoria. *(Transformándose.)* Señor juez, si usted supiera las lágrimas que he derramado, las humillaciones que he recibido, las horas de angustia, los sacrificios... Mire usted mis manos... Da grima verlas. *(Casi con lágrimas en los ojos.)* Mis manos... Si usted las hubiera visto antes de casarme... Y todo lo he perdido: mi juventud, mi alegría, mis distracciones. Todo lo he perdido por esta fiera. *(A Lalo.)* ¿No te avergüenzas? ¿Sigues creyendo que has realizado un acto heroico? *(Con asco.)* Miserable. No sé cómo pude tenerte tanto tiempo en mis entrañas. No sé cómo no te ahogué cuando naciste. *(Beba agita la campanilla.)*

LALO. Mamá, yo...

CUCA. *(Como la madre.)* Nada, nada. No mereces el pan que te damos. No mereces cada uno de mis sufrimientos... Porque tú, tú, eres el culpable. El único culpable.

LALO. *(Violento.)* Déjame, déjame ya...

CUCA. *(Como la madre. Violenta.)* Me estoy poniendo vieja. Eso debes pensarlo y sacrificarte. ¿Crees que yo no tengo derecho a vivir? ¿Crees que voy a pasarme la vida en una continua agonía? Tu padre no se ocupa de mí y tú tampoco. ¿A dónde voy a parar? Sí, ya sé que están esperando que me muera, pero no les daré ese gusto. Lo gritaré a los vecinos, a la gente que pasa. Ya verás. Ésa será mi venganza. *(Gritando.)* Auxilio. Socorro. Me están matando. *(Estalla en sollozos.)* Soy una pobre vieja que se muere de soledad. *(Beba agita la campanilla.)* Sí, señor juez, estoy encerrada entre cuatro paredes sucias. No veo la luz del sol. Mis hijos no tienen consideración. Estoy ajada, marchita... *(Como si estuviera delante de un espejo. Comienza acariciando su rostro y termina golpeándolo.)* Mire estas arrugas. *(Señalando las líneas de las arrugas, con rencor y asco.)* Mire estos pellejos. *(A Lalo.)* Así los tendrás algún día. Ay, lo único que deseo es que les pase lo mismo que a mí. *(Arrogante.)* Yo siempre he sido, señor juez, una mujer justa.

LALO. *(Un tanto burlón.)* ¿Estás segura? Piénsalo bien, mamá.

CUCA. *(Como la madre.)* ¿Qué quieres decir? ¿Qué pretendes?

LALO. *(Sarcástico.)* Que yo sé que mientes. Que yo sé que una vez me acusaste...

CUCA. *(Como la madre. Indignada. Lo interrumpe con un grito.)* ¡Lalo! *(Pausa. Con suavidad.)* Lalo, ¿serías capaz de afirmar...¿ (Pausa. Da unos pasos. Parece nuevamente irritada.)* ¡Esto es el colmo! Señor juez... *(Casi sollozando.)* Ay, Lalo...

(Limpiándose las lágrimas con las manos.) ¿Que yo, Lalo...? *(Con una duda evidente.)* Tú crees que yo... ¿Será posible eso? *(Con una débil sonrisa.)* Oh, perdone, señor juez... Es probable que sí... Pero, vamos, fue una bobería. *(Se ríe groseramente.)* Yo estaba encaprichada en tener un vestido de tafetán rojo, precioso... Un vestido que se exhibía en la vidriera del Nuevo Bazar. Mi marido ganaba noventa pesos. Figúrese usted... Había que hacer milagros todos los meses para poder sobrevivir. Y yo tenía que arar con esos bueyes. Noventa pesos del Ministerio, señor juez..., y punto. Pues, como le iba diciendo... Yo estaba desesperada, loca, por un día, sin más ni más, decidí sacar el vestido del dinero de la comida. Y entonces inventé una historia.

BEBA. *(Como un juez.)* ¿Qué historia?

CUCA. *(Como la madre. Con gran desparpajo.)* Cuando Alberto llegó... Vino borracho como acostumbra... Le dije: oye, viejo, pregúntale a tu hijo... *(Se acerca a Beba para secretear.)* Porque creo que nos ha robado.

BEBA. *(Como un juez.)* ¿Por qué lo hizo?

CUCA. *(Como la madre. Con cierta ordinariez.)* No sé... Era más cómodo... *(Termina de hacer la historia con gran exageración.)* Entonces Alberto cogió una soga y no quiera usted saber la entrada de golpes que le dio al pobrecito Lalo... En realidad, era inocente; pero... ¡Yo quería tanto aquel traje rojo! *(Acercándose a Lalo.)* ¿Me perdonas, hijo mío?

LALO. *(Duro, hermético.)* No tengo que perdonarte.

CUCA. *(Como la madre. Con cierto histerismo.)* Respétame, Lalo. *(Con tono dramático.)* Ya no soy la de antes. Estoy gorda, fea... ¡Ay, este cuerpo!

LALO. No pienses más en eso.

CUCA. *(Como la madre. Autoritaria.)* Te digo que me respetes.

LALO. Sólo estaba jugando.

CUCA. *(Como la madre. Dura, imperativa.)* No me vengas con jueguitos. Tu padre es un viejo que anda corriendo como un loco detrás de algo que no existe. Igual que tú. Que te sirva de ejemplo. Haciendo el papelito "del que todo lo puede" y en realidad es una basura... Una porquería. No sirve para nada. Siempre ha sido un Don Nadie. Ha vivido del cuento y pretende seguir haciéndolo. A veces he deseado que se muera. ¿Por qué tuve que amarrarme a un hombre que nunca me ha ofrecido una vida distinta...? *(Pausa. En otro tono.)* Anda... *(Pausa.)* Si no fuera por mí, señor juez, esta casa se hubiera derrumbado, señor juez... Sí, por mí, por mí...

LALO. *(Como el padre. Con voz segura, casi terrible.)* Ella miente, señor juez.

CUCA. *(Como la madre. A Lalo.)* ¿Cómo te atreves?

LALO. *(Como el padre. A Beba.)* Es cierto lo que digo. Ella trata de ponerlo todo negro. Sólo ve la paja en el ojo ajeno. Yo, como padre, a veces he sido culpable. Y ella también. *(En tono más seguro.)* Como todos los padres hemos cometido injusticias y algunos errores imperdonables.

CUCA. *(Como la madre. Con odio.)* Venías con manchas de colorete y pintura de labios en las camisas y los pañuelos.

LALO. *(Como el padre. Violento.)* Cállate. No quieres que diga la verdad.

CUCA. *(Como la madre. Violenta.)* Señor juez, sus borracheras, sus amigos, sus invitados a deshora...

LALO. *(Como el padre. Violento.)* ¿Quién lleva los pantalones en esta casa?

CUCA. *(Como la madre. Violenta.)* En la casa mando yo.

LALO. *(Como el padre. Violento.)* Eso. "En la casa mando yo". Sí, tú..., la que manda. A eso se reduce toda tu vida. Te has burlado de mí. Me has humillado. Ésa es la realidad. Dominar. *(Pausa breve.)* He sido un imbécil, un comemierda. Perdonen la palabra, señores del jurado.

CUCA. *(Como la madre. Sarcástica.)* Vaya, hombre. Menos mal que lo reconoces.

LALO. *(Como el padre. Violento.)* Sí... ¿para qué negarlo? *(Pausa. Ordenando sus pensamientos.)* Fui al matrimonio con ciertas ilusiones. Si dijera que había cifrado mis ilusiones en el matrimonio estaría exagerando y mintiendo a la vez. Fui como va la mayoría, pensando que así tendría algunas cosas resueltas: la ropa, la comida, una estabilidad..., y un poco de compañía y..., en fin..., ciertas libertades. *(Como si se golpeara interiormente.)* Imbécil. Imbécil. *(Pausa. Es otro tema.)* No pensabas. "Lo ancho para mí y lo estrecho para ti", ése es el lema de todos. Conmigo la cosa tenía que ser distinta.

LALO. *(Como el padre. Con cierta amargura.)* Sí, es cierto. Y claro que fue bien distinta. Días antes de casarnos empezaron las contrariedades: que si la iglesia era de barrio y no de primera categoría, que si el traje de novia no tiene la cola muy larga, que tus hermanas decían, que tu madre, que tu prima, que tu tía, que tus amigas pensaban, que si tu abuela había dicho, que si los invitados debían ser tal y mascual, que si el cake no tiene diez pisos, que si tus amigos deben ir de etiqueta...

CUCA. *(Como la madre. Retadora.)* Habla... Dilo, dilo todo. Vomítalo, que no te quede nada por dentro. Al fin descubro que me odias.

LALO. *(Como el padre. Firme, convencido.)* Sí, es cierto. Y no sé por qué. Pero sé que es así. *(En otro tono.)* Cuando novios te metiste en mi cama porque sabías que era la única manera de agarrarme. Ésa es la verdad.

CUCA. *(Como la madre. Retadora.)* Sigue, sigue. No te detengas.

LALO. *(Como el padre. Firme.)* No querías criar sobrinos. Odiabas a los muchachos... ¿Pero, soltera, quedarte soltera...? No, no. Tú ibas a tener un marido. Sea quien fuere. Lo importante era tenerlo.

CUCA. *(Como la madre. Acercándose a él, furiosa.)* Te odio, te odio, te odio.

LALO. *(Como el padre. Retador.)* Un marido te daba seguridad. Un marido te hacía respetable. *(Irónico.)* Respetable... *(Pausa.)* No sé cómo explicarme... La vida, en todo caso, es algo así, si se quiere...

CUCA. *(Como la madre. Desesperada.)* Mentira, mentira, mentira.

LALO. *(Como el padre. Violento.)* ¿Me vas a dejar hablar?

CUCA. *(Fuera de situación.)* Estás haciendo trampas otra vez.

LALO. *(Como el padre.)* No quieres que la gente se entere de la verdad.

CUCA. *(Fuera de situación.)* Estamos discutiendo otra cosa.

LALO. *(Como el padre.)* Tienes miedo de llegar al final.

CUCA. *(Fuera de situación.)* Lo que quieres es aplastarme.

LALO. *(Como el padre. Violento.)* ¿Y tú qué has hecho? Dime, ¿qué has hecho conmigo? ¿Y con ellos? *(Burlándose.)* "Me pongo fea, Alberto. Estoy hinchada. Con tu sueldo no podemos mantenerlos". *(Pausa.)* Y yo no sabía los motivos, las razones verdaderas. Y, hoy, te digo: "Ponte la mano en el corazón y repóndeme, ¿me has querido alguna vez?". *(Pausa.)* Pero no importa. No digas nada. Estoy viendo claro. Ha tenido que pasar un burujón de años para que entre en razón. "Alberto, los muchachos... No puedo con ellos. Ocúpate tú". Mientras más pasaba el tiempo mayores eran las exigencias, mayor era tu egoísmo. *(Pausa.)* Y yo, en la oficina, allá en el Ministerio, con los números, los chismes y los amigos que venían y decían: "Hombre, ¿hasta cuándo vas a seguir así?". *(Cuca comienza a cantar "La sala no es la sala. La sala es la cocina. El cuarto no es el cuarto. El cuarto es el inodoro". Debe establecerse una fuerte interrelación entre los cantos y las palabras de Lalo y Cuca. Los cantos de Beba aparecen primeramente como gruñidos y se van transformando hasta alcanzar un acento dulce, sencillo, ingenuo casi. Lalo, burlón.)* ¿Y tú? "Hoy llamó tu hermana, la muy intrigante. Estos muchachos. Mira cómo tengo las manos de lavar. Estoy desesperada, Alberto. Quisiera morirme". Y venían tus lágrimas y los muchachos gritando y yo creía que me volvía loco y daba vueltas en un mismo círculo siempre... Y salía de casa, a veces a medianoche, y me daba unos tragos y sentía que me ahogaba, que me ahogaba... *(Pausa. Sin aliento.)* Y había otras mujeres y no me atrevía a pensar en ellas... Y sentía unas ganas terribles de irme, de volar, de romper con todo. *(Pausa.)* Pero tenía miedo; y el miedo me paralizaba y no me decidía y me quedaba a medias. Pensaba una cosa y hacía otra. Eso es terrible. Darse cuenta al final. *(Pausa.)* No pude. *(Al público.)* Lalo, si tú quieres, puedes. *(Pausa.)* Ahora me pregunto: ¿por qué no viviste plenamente cada uno de tus pensamientos, cada uno de tus deseos? Y me respondo: por miedo, por miedo, por miedo.

CUCA. *(Como la madre. Sarcástica.)* Yo de eso no tengo la culpa, mi hijito. *(Pausa. En otro tono. Desafiante.)* Y tú, ¿qué querías que hiciera? Estos muchachos son el diablo. Me convertían la casa en un chiquero. Lalo rompía las cortinas y las tazas y Beba no se conformaba con destrozar las almohadas... Y a ti bien que te gustaba llegar y encontrarlo todo a mano. ¿Te acuerdas cuando Beba se orinó en la sala? Tú te escandalizaste y decías: "En mi casa nunca ocurrió eso". ¿Tenía yo acaso la culpa? ¿Yo...? Ponía una silla aquí. *(Mueve una silla.)* Y me la encontraba acá. *(Mueve la silla a otro lugar.)* ¿Qué querías que hiciera?

LALO. *(Vencido.)* Había que limpiar la casa. *(Beba deja de cantar.)* Sí... Había que cambiar los muebles, sí... *(Pausa. Con gran melancolía.)* En realidad, había que hacer otra. *(Pausa. Lentamente.)* Pero ya estamos viejos y no podemos. Estamos muertos. *(Pausa larga. Violento.)* Siempre pensaste que eras mejor que yo.

CUCA. *(Como la madre.)* Contigo he desperdiciado mi vida.   777

LALO. *(Como el padre. En tono de venganza.)* No puedes escapar. Aguanta. Aguanta. Aguanta.

CUCA. *(Como la madre. Entre sollozos.)* Empleadillo de mala muerte. Ojalá murieran los tres.

BEBA. *(Como Lalo. Gritando y moviéndose en forma de círculo por todo el escenario.)* Hay que quitar las alfombras. Vengan abajo las cortinas. La sala no es la sala. La sala es la cocina. El cuarto no es el cuarto. El cuarto es el inodoro. *(Beba está en el extremo opuesto a Lalo, de espaldas al público. Lalo, también de espaldas al público, se va doblando lentamente. En un grito espantoso.)* Ayyyyy. *(Entre sollozos.)* Veo a mi madre muerta. Veo a mi padre degollado. *(En un grito.)* ¡Hay que tumbar esta casa! *(Pausa larga.)*

LALO. Abre esa puerta. *(Cae de rodillas.)*

Cuca lentamente se levanta, va hacia la puerta del fondo y la abre. Pausa. Se dirige hacia la mesa y coge el cuchillo.

BEBA. *(Tono normal.)* ¿Cómo te sientes?

CUCA. *(Tono normal.)* Más segura.

BEBA. ¿Estás satisfecha?

CUCA. Sí.

BEBA. ¿De veras?

CUCA. De veras.

BEBA. ¿Estás dispuesta, otra vez?

CUCA. Eso no se pregunta.

BEBA. Llegaremos a hacerlo un día...

CUCA. *(Interrumpiendo.)* Sin que nada falle.

BEBA. ¿No te sorprendió que pudiera?

CUCA. Uno siempre se sorprende.

LALO. *(Entre sollozos.)* Ay, hermanas mías, si el amor pudiera... Sólo el amor... Porque a pesar de todo yo los quiero.

CUCA. *(Jugando con el cuchillo.)* Me parece ridículo.

BEBA. *(A Cuca.)* Pobrecito, déjalo.

CUCA. *(A Beba. Entre risas burlonas.)* Míralo. *(A Lalo.)* Así quería verte.

BEBA. *(Seria de nuevo.)* Está bien. Ahora me toca a mí.

TELÓN

MANUEL MARTÍN Jr.

SANGUIVIN EN UNION CITY

PERSONAJES

CATALINA VALDÉS. Mujer viuda en sus sesenta años.

TONY. Su hijo mayor, en sus cuarenta años. Ha venido a pasarse el día fuera del hospital mental donde reside.

AURELITO. Su hijo, entre treinta y cinco y cuarenta años.

NIDIA. Su hija , entre treinta y cinco y cuarenta años.

NENITA. Su hija menor, en sus veinte años.

ALEIDA. La madre de Catalina, en sus ochenta años.

PETER OSORIO. Un "neuyorican", en sus veinte años. Esposo de Nenita.

SARA MENA. Amiga de Nidia, en sus treinta años.

ESCENOGRAFÍA

La acción se desarrolla en la cocina de la familia Valdés en Union City, New Jersey. Es una casa modesta. La cocina es grande y también sirve de comedor. En el foro izquierdo hay un fregadero doble. La cocina está equipada con todos los menesteres que tal habitación requiere. Sobre la estufa hay una sartén y una cazuela llenas de agua jabonosa, de la noche anterior, preparativos de la cena de "Thanksgiving". No es una cocina lujosa, ni último modelo; aunque está arregladita, vemos que el tiempo ha pasado por ella. Tiene una ventana que da fuera, desde donde se ve un letrero de un restaurant cercano: "La Flor de Union City".

TIEMPO

El día de "Thanksgiving", (Día de Acción de Gracias) fiesta típica . norteamericana, que siempre se celebra el último jueves de noviembre. Es el año 1981. La acción es continua desde por la mañana hasta la noche.

NOTA

Las palabras en inglés que usan los personajes cubanos están escritas fonéticamente para indicar el acento hispano de los personajes. Sólo Peter, que ha sido criado en los Estados Unidos, y Nenita pronuncian el inglés correctamente.

VOLVER DEL REVÉS LAS APARIENCIAS

Juan Carlos Martínez

Cuando el joven Manuel Martín llegó a Nueva York, procedente de su natal Artemisa, en el otoño de 1956, posiblemente de lo único que podía estar seguro era de que había ido demasiado lejos en aquella su primera —y, a la larga, definitiva— tentativa por romper con un mundo que se le antojaba excesivamente hostil como para vivirlo.

Nada entonces hacía prefigurar que veintisiete años después su *Sanguivin en Union City* se convertiría en una suerte de ajuste de cuentas con aquel mundo, en el cual haberes y deberes se contrapondrían dramáticamente para desvelar la naturaleza ideológica de un fenómeno de engañosa apariencia espacial: el desarraigo.

Impelido por la necesidad de encontrar un vehículo propio de expresión en una sociedad como la norteamericana —y, en especial, su capítulo neoyorquino—, a menudo sorda a los significados pero fascinada por la capacidad de persuasión de los significantes, aquel joven no encontró mejor solución que estudiar arte dramático aquí y luego en Europa, y fue entrenado por varios maestros, entre ellos Lee Strasberg. En 1969, apenas a dos años escasos de su debú profesional, funda junto con otra actriz cubana, Magaly Alabau, el Duo Theatre "en un precario espacio de veinticinco asientos en el Lower East

Side" de Manhattan, colectivo concebido como escenario experimental y taller teatral de "latinoamericanos de Nueva York que exploran las paradojas de la diversidad y de la convergencia entre ellos —y entre ellos y la Ciudad—"[1], y que durante las dos décadas subsiguientes fue una especie de vaso comunicante entre el Off-Off Broadway y sus contrapartidas latinoamericanas.

Y es justamente en Duo, al que estuvo vinculado hasta 1989, donde se forja la personalidad artística de Manuel Martín, jalonada por la apabullante atmósfera creativa que asiste al teatro experimental en los años setenta y la casi siempre agónica disyuntiva del estar y no-pertenecer que polariza todo intento de inserción en una cultura si no ajena al menos otra.

Es aquí donde culmina —fin y cima— su labor como actor, debuta como director (*El bebedero,* de Leonard Melfi, 1971) y escribe su primer texto (*Francesco: The Life and Time of the Cenci,* 1973). Las tres vertientes se dan más como respuesta a imperativos prácticos que como un proceso de redefinición vocacional. Pero a la larga se decantan por sí mismas, y lo que en un principio parecía un ejercicio casual, la escritura dramática, termina por erigirse en forma medular de expresión.

Entre la historia y la música

La diversidad temática y estilística de la composición teatral de Martín es notable. En ello cuenta mucho el que la suya es una obra creada directamente para la escena, en ocasiones dirigida a cubrir las necesidades de repertorio de su grupo, y en otras sujeta a las demandas de un productor en particular o de una institución cultural. Esta vinculación preestablecida texto-escena es común en Norteamérica, y no pocas veces mediatiza el valor artístico que presupone una obra gestada en condiciones de absoluta indepedencia creativa. Sin embargo, este autor ha conseguido un nivel cualitativo reconocible en todo su trabajo autoral, y aun en los resultados menos felices —pienso en *Fight!* (1986) y en *Lección de historia en Sorocabana* (1987)— se advierten valores suficientes para justificar su concreción escénica.

Hay en este dramaturgo una constante recurrencia a la historia, o más: a personajes y situaciones que hacen época. Pero lo que verdaderamente le distingue, por encima de una asombrosa capacidad de síntesis —no importa cuán largo sea el período histórico que aborde— es la actitud participativa que despliega en este constante viaje al pasado. Sin faltar a la veracidad de los hechos, él los reinventa, los ajusta a la conveniencia del discurso dramático y los devuelve al público no como una lección que debe ser aprendida, sino a la manera de una hipótesis de interpretación que uno está en libertad de asumir o disentir.

Tanto en *Rasputin* (1975) y *Francesco...*, donde el autor asume la historia desde el pasado, como en *Swallows* (1980) y *Lección de historia...*, en las que personajes contemporáneos desvelan, debaten y enjuician el devenir histórico del que son herederos, se aprecian ciertas premisas del teatro-documento o teatro-indagación, pero saludablemente despojados de todo viso de didactismo paralizante y chato.

Martín es, además, un hombre de obsesiones nobles. Y una de ellas es la música. Quizás eso pueda explicar el considerable peso que ésta desempeña en casi toda su obra, bien sea como recurso expresivo incidental o ya a nivel de componente de la estructura dramática en trabajos que él llama "obras con música", como *Swallows, The Legend of the Golden Coffee Bean* (1987), *Lección de historia...*, *Fight!* y la excelente *Rita and Bessie* (1986), el imaginario encuentro a las puertas del cielo de dos pilares de la música popular cubana y norteamericana, respectivamente, del primer medio siglo: Rita Montaner y Bessie Smith. Es ésta una obra mayor, quizás la que con más nitidez revela la estatura del dramaturgo sagaz, incisivo y de exquisita sensibilidad que es Manuel Martín.

A lo anterior se suman dos musicales propiamente dichos: *Carmencita* (1978) y *Platero y yo* (1989), ambos basados en los textos precedentes de Merimée-Bizet y Juan Ramón Jiménez, y que prueban sus especiales dotes para un género técnicamente muy complejo.

Una reflexión pesimista y demoledora

¿Dónde ubicar, entonces, *Sanguivin en Union City?* Ni drama histórico, ni obra con música, ni musical, es sencillamente un producto atípico de la dramática de Martín. Nada anterior o posterior se parece a los avatares de esta familia cubana exiliada al otro lado del Hudson.

Si hasta entonces y después el autor se ha movido en el campo de la experimentación y compone textos de estructuras descentradas o volatiliza la concepción unitaria actor-personaje mediante sistemas de des(y/o)composición de roles, aquí ocurre un punto de giro significativo hacia un teatro como figuración de la realidad, intimista, por momentos naturalista hasta la desesperación y con resonancias chejovianas.

La palabra sostiene toda la obra, y la acción —remitida a un plano externo que discurre paralelamente— magnifica el sentido ritual con que el autor compone el proceso de preparación de esa cena imposible, a la cual cada personaje quiere agregar un ingrediente diferente y que acabará por estallar como una caldera maldita.

Sanguivin... parece ser sólo una reflexión pesimista y demoledora acerca de la diáspora cubana, habida cuenta la naturaleza realista de la anécdota y su ubicación temporal y física absolutamente verificable con sólo alzar la vista y mirar en derredor. Pero creo que lo más trascendente de este texto es, por una parte, su voluntad de cuestionamiento de la autoridad como elemento unificador de la familia —venga de donde venga ese poder—, y, por la otra, la crítica a cierto comportamiento humano que se resiste a reconocer la vida como un proyecto hacia adelante y en su lugar, la mitifica como un sistema de valores preestablecidos e inamovibles.

El desarrollo que sufren los Valdés está condicionado, quién lo duda, por la traumática experiencia del exilio, pero su causa hay que buscarla en la manifiesta incapacidad de aprehensión e inserción en una nueva realidad. Son como fantasmas que regresan cada noche a la casa embrujada en espera de que se produzca el milagro de volver al mundo de los vivos. De repente la espiral que describe el movimiento del ayer al mañana se ha detenido y la sucesión del tiempo no tiene otro sentido que aquél derivado del "¿te recuerdas?", que como un eco rebota de una pared a otra en esta modesta casa de Union City. Cuando Nenita se pregunta para qué tanta nostalgia, y Catalina asegura que ella llora cada vez que no recuerda, uno comprende por dónde van las fuerzas que antagonizan sobre el paisaje de una isla imaginaria que nunca existió y que probablemente jamás existirá.

La sucesión de comportamientos puestos en solfa, mitos desenmascarados y apariencias vueltas de revés que como desperdicios de cena quedan amontonados sobre la mesa de *Sanguivin en Union City,* despiden un olor nauseabundo. Y uno voltea la hoja para eludir las implicaciones. Sobre todo porque nosotros tampoco sabemos, Nenita, qué pasó con la película.

---

[1] *Notas en el Programa de mano de la temporada 74-75. Duo Theatre.*

MANUEL MARTÍN Jr.

Nació en Artemisa, en 1934. Se trasladó en la década del cincuenta a Estados Unidos, donde realizó estudios de teatro en el Hunter College y la American Academy of Dramatic Arts. En 1969 creó, con Magaly Alabau, Duo Theatre, del que fue director artístico hasta 1989. Ha impartido clases en el Teatro Rodante Puertorriqueño y fue coordinador residente del Laboratorio de Dramaturgia de INTAR. Ha dirigido montajes de piezas suyas y de otros autores. Es miembro del Dramatist Guild. Entre sus principales obras, se hallan:

TEATRO

Francesco: The Life and Time of the Cenci. Estrenada en La Mama Experimental Theatre en 1973. Inédita.

Rasputin. Estrenada por Duo Theatre en 1976. Inédita.

Carmencita. Estrenada por Duo Theatre e INTAR en 1978. Inédita.

Swallows. Estrenada por INTAR en 1980. Inédita.

Union City Thanksgiving. Estrenada por INTAR en 1983. La versión en español, *Sanguivin en Union City,* fue estrenada por Duo Theatre en 1986.

Fight! Estrenada por Duo Theatre en 1986. Inédita.

The Legend of the Golden Coffe Bean. Estrenada por Don Quijote Experimental Children's Theatre en 1987. Inédita.

Rita and Bessie. Estrenada por Duo Theatre en 1988. Inédita.

SANGUIVIN EN UNION CITY

MANUEL MARTÍN Jr.

Traducción: Randy Barceló
Traducción adicional: Dolores Prida y Gonzalo Marduga

Título original: Union City Thanksgiving

PRIMER ACTO

Por la mañana temprano. Nenita entra en la cocina y se dirige hacia la estufa, coge la cafetera y la llena para hacer café. Nidia está sentada a la mesa escribiendo una carta.

NENITA. Buenos días. ¿Quieres café?

NIDIA. No, gracias, Neni. Todavía tengo.

NENITA. ¿Y por qué tan temprano?

NIDIA. Porque le debía una carta a Tía Cuca.

NENITA. ¿Y qué le vas a contar, si ella es la gaceta oficial de Miami?

NIDIA. Ay, me estás haciendo perder el hilo, chica. Déjame concentrarme.

NENITA. Perdona... ¿tú crees que va a nevar hoy? *(Va hacia la ventana y mira hacia afuera. Nidia no le contesta y continúa escribiendo.)* Esta casa es tan tranquila cuando todo el mundo está durmiendo... A mí Aurelito a veces me saca de quicio, a la verdad. No en balde Lila siempre tiene migraña. Pobrecita... Ya el médico se lo dijo el otro día, que su problema es que cada vez que tiene un dilema, le da la migraña. Imagínate, la vida con nuestro hermano es un constante dilema. Yo hace tiempo que ya lo hubiera despachado. ¿Tú no crees? *(Nidia continúa escribiendo.)* ¿Qué te pasa, no tienes ganas de hablar?

NIDIA. *(Sonriendo y escribiendo.)* M'ija, es que estoy tratando de acabar esta carta.

Nenita enciende la radio y se escucha Donna Summers cantando "Last Dance".

NENITA. *(Cantando y bailando al compás de la música.)* Let's dance, the last dance... tonight... let's dance... A mí, Donna Summers me fascina. *(Cantando.)* I need you... I need you... ¿A ti esta música no te vuelve loca? *(Nidia para de escribir, la mira y continúa escribiendo.)* Es que los pies se me van solos cuando la oigo. *(Gritando.)* All right!... En esta familia yo soy la única a quien le gusta la música americana. La música disco levanta el ánimo... ¿Tú no te aburres de todas esas canciones de la Cuba de Ayer? *(Nidia no contesta.)* ¿Para qué tanta nostalgia? Yo vivo en el presente, con muy pocos recuerdos del pasado... Pero a veces... es como una película. Una película a la cual le faltan pedazos, y de buenas a primeras, ¡chas!, salta y se para y se queda ahí la imagen, y yo digo: "¿Caballero, qué pasó con la película? Que me devuelvan mi dinero"... ¿Se me estarán olvidando las cosas? ¿Y me importa? Lo que importa es que estoy aquí, en Union City, en New Jersey, en los United States... Aquí... ..¿Tú te recuerdas de cómo era la vida en Guanajay?

NIDIA. *(Riéndose, pero un poco molesta.)* ¡Ay, Nenita!

NENITA. Vieja, 'am sorry con excuse me'. Tú sabes... es que yo... a veces me recuerdo un poquito... pero, son unos recuerdos vagos. Y la mayoría están conectados con cosas muy aburridas... un calor infernal, los hombres tomando en el bar de la esquina, las groserías que le decían a las mujeres *(Pausa.)*... Bueno, ésa fue una buena ojeada al pasado. Ahora, yo te digo a ti, Aurelito sí que no quiere enfrentarse a la realidad. Él como que ha tratado de tirar el telón a ese sainete cubano. ¿Tú te recuerdas todavía de las caras de tus compañeros del colegio?

NIDIA. *(Parando de escribir.)* Nenita... ¿Te has dado cuenta de las veces que en esta casa se dice, "tú te recuerdas"?

NENITA. ¡Es tan común como leer el "Diario de las Américas"!

NIDIA. *(Mirando al cielo gris desde la ventana.)* ¡Qué día tan lindo!

NENITA. ¿Por qué no sales? Explora.

NIDIA. Yo me siento más cómoda con el "tú te recuerdas" de Union City... Ya yo me estoy poniendo un poco vieja para andar explorando.

NENITA. Todos nos tenemos que ir algún día.

NIDIA. No. Yo no. ¿Cómo voy a abandonar a mi familia? Yo me doy el lujo de una vez por semana de montarme en la guagua número siete, con pasaje de ida y vuelta a Nueva York. Ida por la mañana y vuelta al caer la noche.

NENITA. ¿Y cómo van las cosas en el trabajo?

NIDIA. ¡Ay, muchacha, no me digas nada! ¿No sabes lo que pasó ayer?

NENITA. ¿Qué? Tú siempre dices que en tu oficina nunca pasa nada.

NIDIA. Bueno, sí, pero ayer pasó... Imagínate, cuando la oficina entera estaba en la fila del "cofi breik", uno de los muchachos que están entrenando en el "meil run" se paró frente a la muchacha que vende el café, se abrió la portañuela, se la sacó y se la enseñó a todo el mundo. No te puedes imaginar la algarabía que se armó.

NENITA. ¡No te creo! ¿Y qué pasó?

NIDIA. Bueno, en el medio de aquel furor, Estela, una de las contables, quien anda medio enamorada del muchacho, corrió hacia él, se le paró delante para taparlo, pero en eso llegó el supervisor... y los encontró en esa posición.

NENITA. ¡Ay, Dios mío! ¿Y entonces qué pasó?

NIDIA. Bueno, encerraron al muchacho en el baño hasta que la familia lo viniera a buscar. Qué cosa más triste. Los botaron a los dos.

NENITA. Pero, ¿por qué? Ella nada más que trató de ayudarlo. 793

NIDIA. El supervisor dijo que ella no tenía por qué habérselo tapado.

NENITA. ¿Por qué tú crees que el muchacho hizo eso?

NIDIA. ¡Ay, hija, tú no sabes a lo que te puede llevar el aburrimiento! Te digo que a veces a mí me dan ganas de hacer lo mismo: quitarme la blusa en el medio de la oficina, pararme arriba del escritorio y dar un par de gritos... algo... no sé... ¡para saber que estoy viva, que no soy una máquina!

NENITA. ¿Por qué no empiezas a pintar de nuevo? Tanto talento que tienes.

NIDIA. ¿Y cuánto tú crees que yo ganaría pintando? Nada. Tú sabes que la familia depende de mi sueldo.

NENITA. Bueno, todos podríamos ponernos con algo hasta que te encamines.

NIDIA. El estudio fotográfico de Aurelito no deja ganancias. Además, él tiene su mujer y dos hijos. Con él no se puede contar. Tú también tienes tu propia familia. Y a la verdad, no sé cómo Peter y tú se las arreglan para pagar la hipoteca de esa casa.

NENITA. Nada fácil muchas veces, pero se va tirando.

NIDIA. De todos modos, gracias por el ofrecimiento.

NENITA. A la que le va de maravilla por la Florida es a la tía Cuca, ¿verdad?

NIDIA. Sí. Hay que tener ambición y ser gente de negocio. Nuestra rama de la familia no fue muy práctica que digamos. Ah, pero ellos sí, ahora son esclavos de otro amo, el cubaneo florideño.

NENITA. Sí, con mucha alfombra rosada "wall to wall", y a los niños no los dejan sentarse en el comedor.

NIDIA. Sí, tienen una casa enorme, pero viven en el "Florida run". Desayunan, almuerzan, comen, ven la televisión y hasta duermen la siesta en el "Florida run". Y cada vez que ven el

Show de Rolandito Barral y sale la Blanquita Amaro bailando la última rumba despampanante del programa, se pasan el resto de la noche especulando qué edad tendrá y cómo todavía se gana la vida meneando el fondillo con esa cara de ensoñación.

Entra Aurelito, acabado de levantar.

AURELITO. ¿Quién menea el fondillo?

NENITA. Blanquita Amaro, en el Florida Room de Tía Cuca.

AURELITO. *(Como un anunciador.)* ¡All right, ahora abróchense los cinturones! Con ustedes damas y caballeros, "El Culo de Fuego" de Blanquita Amaro en el Florida Room.

NIDIA. ¡Ay, chico, no seas vulgar!

AURELITO. ¿Vulgar? ¿Yo?

NENITA. Tú y todos los cubanos. Ven un fondillo meneándose y caen en trance.

AURELITO. Nosotros los cubanos siempre hemos sido grandes admiradores del trasero femenino. Los americanos, hasta que no llegaron los comerciales de "blu yins" ni sabían que existían los fondillos. *(Se pone en pose de los comerciales y menea el fondillo.)* ¡Oohhh la la sasson!

NIDIA. *(Riéndose con Nenita.)* Ay, Aurelito, tú tienes cada cosa...

Entra Catalina secándose el pelo con una toalla.

CATALINA. ¿De qué se reían?

AURELITO. De la pasión que puede inspirar un culo bien meneado.

CATALINA. ¡Quita, grosero! No sé de dónde te viene a ti esa veta tan vulgar. Eso sí que no lo heredaste de tu padre. A él jamás se le oyó decir una mala palabra. Eso, igual que la compulsión por el trabajo, no lo heredaste de él.

795

AURELITO. No en balde ya se nos fue "a propulsión" por su "compulsión" de trabajar.

CATALINA. Debes de estar muy agradecido por lo que nos dejó.

AURELITO. ¿Qué? La casa hipotecada y una cuenta de ahorros en cero, cero, cero.

NIDIA. ¡Aurelito!

CATALINA. ¿Y qué tú esperabas de tu padre?

AURELITO. Aparentemente algo que él no podía dar.

CATALINA. Él dio lo más que pudo.

AURELITO. Pero mira que era tacaño, porque todo lo ahorraba: ropa, zapatos, dinero. No sé pa' qué.

NENITA. Yo quisiera saber por qué cada vez que hablamos de papá se tiene que formar una discusión.

NIDIA. *(A Nenita.)* ¿Tú sabes por qué? Porque Aurelito no quiere reconocer los méritos que tenía papá. *(A Aurelito.)* ¿A nosotros nos faltó algo en la mesa?

AURELITO. No... nunca nos faltó nada en la mesa.

CATALINA. ¿Y tú no crees que siempre esperaste mucho más de lo que tú padre podía dar?

AURELITO. ¿Tú crees?

CATALINA. Mijo, tú tienes que aceptar a tu padre por lo que fue... un hombre de familia, un proveedor, un trabajador abnegado. Dios sabe lo difícil que era tratar de sacarlo de su rutina.

NENITA. *(A Catalina.)* ¿Dónde está el paquete de la mezcla del cake?

CATALINA. *(A Nenita.)* ¿Para qué?

NENITA. Para hacer un cake.

CATALINA. *(A Aurelito.)* Leandro nunca creyó que la semana tenía un domingo para descansar. *(A Nenita.)* ¿Pero para qué vas a hacer un cake si tu abuela va a hacer un flan?

NENITA. Ay, mamá, el flan no pega con el pavo.

CATALINA. Trata de convencer a tu abuela. *(Saca la caja de un gabinete y se la da a Nenita, quien empieza a mezclar los ingredientes. A Aurelito.)* Tú padre adoraba su trabajo. Estoy segura que tú no sabes que él inventó un nuevo estilo de muebles. *(Sonríe.)* Él lo bautizó "Cubanesa", porque eran combinación cubana y danesa. *(Pausa.)* Sí, señor, ese hombre estaba casado con su mueblería... ¡Cómo la quería! ¿Y tú sabes que yo lo tuve que forzar a irnos de vacaciones en el 1956? Ésas fueron las primeras vacaciones que tuvo en su vida. ¿Tú te imaginas a tu mamá en "Nueva York"? Fue en octubre. Nos quedamos en casa de mi amiga Natalia, en "Wachinton Jait". En aquella época era todo de cubanos... *(Pausa.)* Dicen que los dominicanos lo han invadido.

AURELITO. Sí, seguimos perdiendo territorio.

NENITA. *(Poniendo el cake en el molde. A Catalina.)* ¿Y tú hablabas inglés?

CATALINA. ¡No, qué va, si me dio una vergüenza con Leandro!

NENITA. ¿Por qué?

CATALINA. Porque él había estado pagando las clases de inglés con aquel jamaiquino que vivía en Guanajay. A él yo lo entendía, pero cuando llegue aquí, ni papa, como si me estuvieran hablando en chino... Y con el dinero que tu padre había invertido.

AURELITO. Ya ves, siempre el dinero.

NENITA. ¡Por Dios, Aurelito!

CATALINA. Pero él a veces tenía sus gestos. Una vez me quiso dar una sorpresa y me sacó a bailar. Me llevó a "Manjatan", al "Roslan".

AURELITO. ¡Bingo!

NENITA. ¡Chico!

CATALINA. A él le gustaba mucho la música suave...

AURELITO. Qué raro... yo nunca los vi a ustedes bailar.

CATALINA. *(Nerviosa.)* Pues sí, fíjate que sí, que sí bailamos. *(Larga pausa.)* Yo me recuerdo de una cancioncita muy popular en aquella época... lo que no me recuerdo es el título. Sé que la cantaban dos muchachitas en el radio.... la letra era algo como: *(Cantando.)*
Oh, honey I know
You belong to somebody else
But tonight
You belong to me.
(Va a la estufa, coge la cafetera y se sirve café.) Tú ves, Aurelito, qué poco conocías a tu padre.

AURELITO. En eso estamos de acuerdo. Yo nunca lo conocí. Además, él a mí nunca me dio el chance de podérmele acercar.

CATALINA. Tu padre los quiso a todos por igual. Yo no sé por qué siempre te quejas.

AURELITO. Será que yo soy un inconforme.

NIDIA. ¡Tú nunca trataste de ganártelo!

AURELITO. Mira quien habla... para ti era fácil. Siempre fuiste la niña de sus ojos.

NIDIA. ¡Eso no es verdad!

NENITA. Deja eso, Aurelito. Mira, ¿por qué no coges el carro y nos llevas a Peter y a mí a comprar el vino para la comida?

AURELITO. Está bien. Ahora, me tienes que prometer que no vas a comprar la misma porquería del año pasado, porque el dolor de cabeza que me dio ese alcohol de reverbero me duró casi dos días.

NENITA. Pues no sé cómo, tú ni siquiera lo probaste. *(A Nidia.)* ¿Vienes, Nidia?

NIDIA. No, gracias. Voy a sacar a Tony a dar una vueltecita. Nos vemos luego.

NENITA. Bueno, que se diviertan. Nos vemos horita.

Nenita y Aurelito salen, Nidia va a la mesa, cierra la carta que estaba escribiendo y le pone el sello al sobre.

CATALINA. ¿A quién le escribiste?

NIDIA. A Tía Cuca.

CATALINA. ¿Le mandaste mis recuerdos?

NIDIA. Sí...

CATALINA. ¿Y le dijiste que le escribiré cuando me mejore de la artritis?

NIDIA. *(Levantándose.)* Ay, mamá, ya cerré el sobre.

CATALINA. *(Se levanta y va al fogón.)* Ohh...

NIDIA. Mamá, voy a ir a echar la carta y darle un paseíto a Tony, ¿O.K.?

CATALINA. Está bien, pero ponle el "jaque" de lana gris, porque a mí me luce que va a nevar. No se demoren. Ahh... y de paso trae las habichuelas.

NIDIA. Está bien. Vengo dentro de un ratico. *(Sale.)*

Aleida entra arrastrando un poco una pierna. Se para un momento para observar a Catalina secarse una lágrima con el paño de cocina.

ALEIDA. Niña, ¿pero por qué no lavas las cebollas en agua fría primero?

CATALINA. *(Con lágrimas corriéndole por las mejillas.)* ¿Así no lloro?

799

ALEIDA. Claro que no. Eso era lo que hacía mi madre en España.

CATALINA. Sí, pero eso a lo mejor nada más sirve para las cebollas españolas. Éstas son cebollas americanas.

ALEIDA. *(Mirando las cebollas.)* Y son tan chiquiticas también... parecen rábanos.

CATALINA. Ay, vieja, qué ocurrencias. ¿Tú te acuerdas de las que cosechábamos en el patio allá en Cuba? Ésas sí eran cebollas... tan grandes... tan lindas.

ALEIDA. Y sabían mucho mejor también. ¿Y qué me dices de los tomates? ¿Te recuerdas de aquellos tomates rojos, rozagantes que se daban en el patio? Qué ricos sabían... ¡Yo la verdad que no me explico qué es lo que tiene la tierra de Union City, porque los de aquí a mí me saben a aserrín!

CATALINA. ¡Ay, mamá! No seas exagerada, que no saben tan mal.

ALEIDA. Deben ser la contaminación, o el agua... porque en los paqueticos donde vienen las semillas, uno ve esa foto de un tomate tan rojo, perfecto, grande, y cuando crecen... nada. Pero bueno, qué se le va hacer.

CATALINA. ¿Y cómo te sientes de la pierna?

ALEIDA. Más o menos igual.

CATALINA. ¿Y la pomada nueva, te ha asentado?

ALEIDA. Yo creo que lo que hace es irritarme más.

CATALINA. Eso mismo dijiste de la otra.

ALEIDA. Es que ya yo no le tengo ninguna fe al Doctor Estévez.

CATALINA. Pero él es muy buen médico, y tú sabes que él trabajó en esa clínica famosa de los "Hermanos Mayo". *(Le da una taza de café a Aleida.)*

ALEIDA. ¿Y qué? El caso es que la pomada que me dio me irrita la piel. Y yo no sé, pero a mí me parece raro cuando un médico no se alarma por las enfermedades de sus pacientes.

CATALINA. Ay, mamá... pero él es un doctor con muchos pacientes y no se puede estar preocupando por las enfermedades de cada uno.

ALEIDA. *(Comienza a quitarse la venda.)* Ésa es la tristeza de este país. ¡Nadie se quiere preocupar por el prójimo! Pero tú sabes... hoy me siento la pierna peor. Debe de ser la temperatura.

CATALINA. Déjame traerte la pomada.

ALEIDA. No, no me la traigas. Ya te dije que me irrita.

CATALINA. Pero, vieja, la has cogido con el Doctor Estévez.

ALEIDA. Está bien, mija. Trae la pomada.

Sale Catalina. Aleida se levanta y va al fregadero a lavarse las manos.

CATALINA. Vieja, siéntate ya. Yo creo que por eso tú tienes la pierna como la tienes. Siempre te estás moviendo de un lado pa'l otro, en vez de estar sentada como te dijo el médico. *(Le da la pomada y la venda a Aleida.)*

ALEIDA. *(Poniéndose la pomada.)* Ay, Señor... esta pomada va a ser mi perdición. Ay, Catalina, alcánzame el abanico rápido, mija... ¡Padre mío, cómo arde esto!

CATALINA. *(Abanicando a Aleida.)* Deja ver... bueno, te irritará, pero se te ve mucho mejor. Yo creo que con unas cuantas embadurnadas más y ya va a estar curada.

ALEIDA. Una embadurnada más y creo que me van a tener que amputar la pierna.

CATALINA. No seas exagerada, mamá, si ya ni siquiera te sangra.

ALEIDA. ¿Tú te recuerdas de aquel día que Tony, sin querer, chocó aquella carretilla contra mi pierna?

801

CATALINA. Sí.

ALEIDA. Ese día, por primera vez, yo empecé a sospechar que no estaba muy bien. *(Se empieza a vendar la pierna.)*

CATALINA. Quién lo iba a decir.

ALEIDA. Él se puso tan pálido cuando vio la sangre.

CATALINA. Sí... pero eso fue una reacción normal.

ALEIDA. No, mija, no de la forma que él se puso. Casi le dieron convulsiones. ¿Y tú no te acuerdas la primera vez que lo descubrimos durmiendo con los ojos abiertos?

CATALINA. *(Cambiando el tema.)* Tengo que tapar el pavo, porque si no se reseca, y no hay nada más desagradable que un pavo reseco.

ALEIDA. Catalina, cuando termines, hazme el favor y alcánzame el tejido.

CATALINA. Mamá, yo no sé por qué tú sigues tejiendo. Tú sabes muy bien que eso te afecta las cataratas. *(Le da a Aleida el tejido.)*

ALEIDA. Mija, si yo ni tengo que mirar el hilo cuando tejo. A veces me duermo y cuando me despierto tengo otra aplicación terminada.

CATALINA. Hmmm...

ALEIDA. ¡Hmmm... nada! Yo estare vieja, pero no esclerótica. Y entre nosotros, Catalina, ¿tú no crees que ya es hora de que Nidia se consiga novio?

CATALINA. Pero, mamá, si ella nada más que tiene treinta y seis años.

ALEIDA. Óyeme, yo a su edad, ya había tenido siete hijos.

CATALINA. Sí, pero eso era otra época. Las cosas han cambiado.

ALEIDA. Hay cosas que nunca cambian. Además, si ella por lo menos saliera a bailar. Pero yo a ella nunca la he visto con un novio.

CATALINA. Pero, ¿y tú no te recuerdas de Elpidio?

ALEIDA. Hija, eso fue hace como veinte años, ¿no?

CATALINA. Ay, él era tan fino. Fíjate que un Día de las Madres se apareció con un juego de vasos con su jarra, que venían en una cestita de metal, y me los había traído de regalo.

ALEIDA. Ahí no había ningún porvenir. Un dependiente de farmacia no es un hombre con porvenir.

CATALINA. La farmacia de Basilio Narváez era la mejor de Guanajay.

ALEIDA. Catalina, en Guanajay nada más que había dos farmacias. Además, eso ya no importa, si total, Elpido se murió de un infarto.

CATALINA. Ave María... pero, ¿dónde tú oíste eso?

ALEIDA. Yo todavía me carteo con algunas de mis amistades en Cuba.

CATALINA. Mamá, tú a veces me sorprendes. Yo me acuerdo de las caras, pero los nombres... se me olvidan.

ALEIDA. Y te seguirás olvidando más y más. Es como si toda la familia estuviera tratando de olvidar. Yo no trato de olvidar. Yo lloro cada vez que no me acuerdo...

CATALINA. Mamá, esta mesa se tambalea.

ALEIDA. Yo estoy convencida que en esta casa no hay nada que esté derecho. Dile a Aurelito que te la arregle.

CATALINA. Aurelito fue a llevar a Nenita y a Peter a comprar vino.

ALEIDA. Díselo a Nidia entonces. Ella es tan buena carpintera. No en balde su padre la consideraba su mano derecha, y a la 803 verdad que lo era. No había un carpintero en aquella mueblería que le hiciera sombra.

CATALINA. Y está casi de paquete todavía.

ALEIDA. Eso te enseñará, mijita, a no comprarle más nunca nada a los Hermanos Rodríguez. Uno nada más debe de comprar en tiendas establecidas y con garantía, como "Castro Convertible".

CATALINA. Ay, pero ahí venden unos muebles tan "picúos" ¿En donde estará la caja de herramientas?

ALEIDA. Me preguntas a mí... ¡cuando tú sabes muy bien que en esta casa nunca se puede encontrar nada cuando se necesita!

CATALINA. Ay, mamá... *(Buscando en uno de los gabinetes.)* Aquí está... *(Abre la caja de herramientas y saca el martillo.)* Deja ver... *(Poniendo una puntilla a la pata de la mesa.)* ¡Yo quisiera saber por qué todos los hombres en esta familia salieron tan inútiles!

ALEIDA. Porque nosotras somos unas mujeres muy fuertes, por eso.

CATALINA. *(Dándole el último martillazo.)* Ya... ahí. No creo que se tambalee más.

ALEIDA. *(Pone el tejido arriba de la mesa, se dirige a unos de los gabinetes y saca un tazón.)* Ay... se me durmió una pierna. Me siento como un automóvil del que se han olvidado dónde lo dejaron parqueado. *(Va al refrigerador y saca una caja de huevos y un litro de leche, luego sigue mirando en uno de los gabinetes.)*

CATALINA. Mamá, pero siéntate, estás que... ¿A ver, qué estas buscando?

ALEIDA. *(Pone el tazón, los huevos y la leche sobre la mesa para hacer el flan.)* La vainilla, mijita.

CATALINA. Pero, mamá, ¿por qué tú insistes en hacer un flan? El flan no pega con el pavo.

ALEIDA. ¿Quién dice? ¡El flan pega con todo!

CATALINA. *(Buscando la vainilla.)* Tú siempre nos obligas a comer tu flan. Lo que pega con el pavo es el "pay" de calabaza.

ALEIDA. *(Batiendo los huevos.)* Pero el flan es mucho más sabroso.

Entra Nidia y va y le da un beso a Aleida.

NIDIA. *(Pone los comestibles sobre la mesa.)* Buenos días... ¿y por qué en pie tan temprano?

ALEIDA. Yo recuerdo que tu abuelo siempre decía que "la vida no se debe desperdiciar durmiendo".

CATALINA. ¿Y dónde está tu hermano Tony?

NIDIA. *(Desde el pasillo, donde fue a colgar su abrigo.)* En su cuarto. Él se pone tan contento cuando uno lo saca a pasear.

CATALINA. *(Le da una taza de café.)* ¿Y se puso los zapatos nuevos?

NIDIA. ¿Qué zapatos?

CATALINA. Pero, Nidia, ¿tú no saliste ayer a comprarle unos zapatos nuevos?

NIDIA. *(Entrando a la cocina de nuevo.)* Sí. Pero no los pude comprar.

CATALINA. Ay, Nidia, ¿y entonces él se va a poner esos zapatos viejos esta noche para la comida?

NIDIA. Bueno, tú tendrás que salir a comprárselos porque él no quiere "zapatos", lo que él quiere es un par de botas blancas.

CATALINA. ¿Botas blancas?

NIDIA. Sí. ¡Botas blancas!

CATALINA. ¿En medio del invierno?

NIDIA. Sí, ¡en medio del invierno!

805

CATALINA. ¡Pero eso es una locura!

NIDIA. Me lo dices...

ALEIDA. Ese niño tiene una memoria de elefante.

NIDIA. ¿Por qué, abuela?

ALEIDA. Porque cuando tu papá le compraba las boticas cuando era niño, siempre se las compraba blancas y una talla más grande, para que le sirvieran cuando creciera.

CATALINA. Ay, mamá...

ALEIDA. Ese marido tuyo tenía un corazón de oro... ¡pero qué tacaño era!

NIDIA. *(Ayudando a Catalina con las cosas de la ensalada.)* Papá no ahorraba para él. Él logró fabricar cinco casas, una para mamá y una para cada uno de sus hijos. Eso fue un gran sacrificio.

CATALINA. Pues Fidel debe de estar muy agradecido con la contribución que tu padre le dejó a la revolución.

NIDIA. ¡No empieces, mamá! ¿Tú no te recuerdas de lo que hablamos anoche? Tenemos que dejar de hablar de la revolución. Ya es hora de que empecemos a vivir en el presente.

ALEIDA. Y me puedes decir, ¿qué encanto tiene el presente?

NIDIA. ¡Y dale con el cántaro a la fuente! Tú hubieras preferido quedarte, ¿no?

ALEIDA. ¿Y qué alternativa tenía yo? Toda la familia decidió irse y a mí me arrastraron. Nadie me pidió mi opinión.

NIDIA. Bueno, pues vamos a pedirte tu opinión ahora.

ALEIDA. Ahora... no, mijita, ya es demasiado tarde.

CATALINA. ¡Caballero! ¡Pero basta! *(Prepara un vaso de jugo de naranja.)* Déjame llevarle este juguito a Ileana. Ya debe estar despierta. *(Sale.)*

NIDIA. *(Mirando el tazón de Aleida.)* ¿Haciendo flan otra vez, humm?

ALEIDA. Así es. *(Melosamente.)* Y tú, linda, ¿me harías el favorcito de hacerme el caramelo?

NIDIA. *(Saca el molde, le echa azúcar y lo pone sobre la estufa.)* Está bien.

ALEIDA. El olor del caramelo y el olor de plumas de pollo quemadas son mis olores favoritos. Caramelo y plumas quemadas.

NIDIA. *(Pausa. Mirando por la ventana.)* La ropa en la tendedera está congelada.

Aleida coge el tejido de nuevo, pero se empieza a dormir sin parar de tejer, Nidia va hacia la mesa, coge el tazón y lo pone al lado del molde con caramelo. Luego coge otra taza con los "String Beans" y se sienta.

NIDIA. La ropa congelada me recuerda mi primer invierno aquí. La primera vez que tendí la ropa en el patio, pensé que se había secado enseguida. Cuando la entré del patio la puse sobre el radiador, y en cinco minutos estaba empapada de nuevo. ¡Qué decepción! Fue mi primer invierno. Yo me creía que el aire frío de América secaba la ropa en el acto. ¿Abuela? *(Mirando por la ventana.)* ¿Por qué será que la ropa blanca se pone tan amarilla? Debe ser la falta de sol. Las sábanas.. ¿no eran más blancas en Guanajay? ¿Tú no te acuerdas las peleas entre papá y Clotilde, la lavandera? Siempre trataba de cobrarle de más por el lavado, para poder completar el alquiler que ella le debía. La pobre... tenía las manos siempre tan rojas de restregar nuestra ropa... pero era tan rico en el verano acostarse en aquellas sábanas tan blancas y olorosas. Era como flotar en un mar de espuma. ¿Qué se habrá hecho Clotilde? ¿Abuela?

ALEIDA. *(Sigue durmiendo.)* Hmmmmmmzzzzzzz

NIDIA. Tony se está mejorando. Ayer, cuando fuimos a comprar los zapatos, frente a la tienda pasó una señora con un niñito en   807 el coche.... al niño se le cayó la maruga. Tony la vió y la recogió. Era una de esas marugas que toca una musiquita y el pobrecito se fascinó con ella. Yo me puse nerviosa, porque me pareció que no se la iba a devolver. Pero la señora se dio cuenta y muy amablemente le dijo que se quedara con el juguete. Y tú puedes creer, abuela, que él la miró, le dijo "gracias" y le devolvió la maruga al bebito. Tony se quedó repitiendo: música... tenía música.

(Entra Catalina con un mantel bordado. Aleida sigue durmiendo.

CATALINA. Estos bordados están perdiendo todo el color.

NIDIA. Eso ni se nota después que se planche.

CATALINA. *(Saca la tabla de planchar y la abre, tratando de no hacer ruido para no despertar a Aleida.)* ¡Mira a mamá, qué dicha! Yo no pude pegar los ojos en toda la noche.

NIDIA. ¿Estás preocupada por algo?

CATALINA. *(Saca la plancha del closet y va al fregadero para llenarla de agua, luego va y la conecta al enchufe.)* Necesito que me repitan la receta.

NIDIA. ¿Pero para qué tu necesitas más pastillas, si tú no estás tan enferma?

CATALINA. Ay, mijita, tú no sabes lo que es la artritis. *(Pone el mantel sobre la tabla.)*

NIDIA. Yo no tengo tiempo para la artritis.

CATALINA. ¡Eres igual a tu padre! Él nunca se quejó de nada. Pero el día que se enfermó... bueno... se nos fue de las manos. *(Maniobrando el peso de la plancha.)* ¿Por qué las planchas tendrán que pesar tanto, Dios mío?

NIDIA. Deja.... Entonces yo lo plancho.

808 *Entra Tony y se sienta.*

ALEIDA. *(Que se ha despertado.)* ¿Qué dice el más bello de mis nietos?

NIDIA. Tú tienes que empezar a ver las cosas más positivamente. *(Comienza a planchar.)* Las enfermedades todas están en la mente.

CATALINA. *(Va a la mesa y continúa limpiando los String Beans.)* Es que yo creo que yo no nací para ser ama de casa y tener una familia. Ay, Nidia, cuando di a luz a Nenita, pensé que me iba a morir. Ay, mija, yo no sé qué me hubiera hecho sin ti.

NIDIA. Te las hubieras arreglado.

CATALINA. ¿Y cómo? ¿Quién la hubiera cuidado si ella fue una criatura tan enfermiza?

NIDIA. Nenita es ya una mujer hecha y derecha, y no hay por qué ocuparse de ella. Además yo creo que todos ustedes se las podrían bandear muy bien sin mí.

CATALINA. No, mi cielo, esta casa sería como nave sin rumbo.

NIDIA. No debería ser así. Algún día tendré que irme.

CATALINA. Seguro... cuando encuentres un buen hombre.

NIDIA. *(Dobla el mantel y plancha las servilletas.)* Si algún día me dan una promoción en la oficina, me podría mudar para "Nueva York".

CATALINA. ¿Tú sola? ¿Con los peligros que hay allí? Además, los alquileres son muy caros.

NIDIA. Pero podría compartir un apartamento. Sara vive en uno grandísimo y yo podría ayudar con los gastos.

CATALINA. Pero, Nidia, ¿qué tiene esta casa de malo? Bueno, quizás con unos arreglitos y un poquito de pintura... pero está en su sitio tan conveniente. Ay, no, Nidia, yo sé que si te mudas vas a extrañar a Union City.

NIDIA. *(Sarcástica.)* ¿Qué te apuestas?

809

CATALINA. Aquí la gente es más amistosa. Como es natural, no tiene la elegancia de "Nueva York", pero el ambiente es lo mas parecido que tenemos a Cuba.

NIDIA. A mí las sustituciones nunca me han gustado.

CATALINA. ¡Ay, mira que tú eres realista!

NIDIA. ¿Qué tú quieres? Toda mi vida me la he pasado enfrentándome a la realidad.

CATALINA. Yo siento tanto no haberte podido ayudar más, pero la mayor parte de mi vida de casada yo me la pasé enferma. Cuando yo era joven, tenía tanta energía, tantas ilusiones. Luego conocí a tu padre y...

NIDIA. *(Cerrando la tabla de plancha.)* ¡Mamá! *(Va a un estante y saca un frasco de pastillas, llena después un vaso de agua y lleva ambos a Tony. A Tony.)* No te pudiste dormir, ¿eh, Tony? *(Tony no contesta, Aleida mira a Nidia y, en complicidad, mueven la cabeza.)*

CATALINA. *(Se para y le pone el tazón de los String Beans en la falda de Tony.)* ¿Me quieres ayudar? *(Tony no reacciona, Catalina le pone las manos en el hombro. Tony suavemente, pero con firmeza, se las quita.)* Voy a subir a tender las camas. *(Sale.)*

AURELITO. *(Entrando a la cocina.)* ¿Y por qué esa cara de velorio? ¿Se murió alguien?

ALEIDA. En esta familia nadie se muere sin previo aviso.

NIDIA. Exactamente. El resto de la familia no lo permitiría.

ALEIDA. ¡Somos una familia muy unida!

AURELITO. *(Cogiendo una cerveza del refrigerador.)* Sí, tan unida que nos estamos asfixiando. *(A Tony.)* Hey, Tony, "was hapenin, beibi"? *(Tony no contesta, pero lo mira con ternura.)* ¿Te desvelaste, eh?

NIDIA. ¿Y Nenita y Peter?

AURELITO. Los deje en la "licor estor". Si tú hubieras visto a Peter tratando de hablar español con el dueño.

ALEIDA. Tú te imaginas lo que es ser hijo de puertorriqueños y no hablar el castellano...

NIDIA. Abuela, pero Peter nació en la ciento dieciséis en "Manjatan".

ALEIDA. Yo espero que no hagan el mismo disparate con Ileana y le enseñen a hablar español.

AURELITO. No os preocupéis, vuestra familia nunca permitirá que vuestros nietos olviden la ilustre herencia cultural que le habéis legado. ¡Es como una maldición gitana!

NIDIA. *(Riéndose.)* ¡Qué cosas tienes, Aurelito!

ALEIDA. *(A Aurelito.)* No en balde tu padre por poco te mata cuando eras chiquito. ¡Cómo pegaba ese hombre! ¿Tú te acuerdas del día que te cayó a correazos con las riendas?

AURELITO. *(Poniéndose serio.)* Sí. ¡Pegaba duro! Yo creo que si tú no te hubieras metido por el medio aquel día, yo no estaría aquí para hacer el cuento. Tú siempre fuiste la única que me defendía. *(Se sienta y le pregunta a Tony.)* ¿Quieres una cerveza?

NIDIA. No. No le des... se acaba de tomar las pastillas.

AURELITO. *(Mirando a Tony con gran ternura.)* Un adonis. Era bello como una estatua. ¿Te recuerdas, Nidia, cuando él nos llevaba a la matiné del cine "Menelao Mora"? Todos se viraban a mirarlo... Es que no había un artista de cine que le llegara a la suela del zapato. ¡Coño! ¿De dónde sacaría tanta hermosura?

NIDIA. Las muchachitas del pueblo se hacían que iban a comprar muebles, pero aquello no era más que un paripé para ver a Tony.

ALEIDA. Él tenía de donde escoger. ¡Pero no! Tuvo que casarse con Adelina.

811

NIDIA. ¡Abuela! Adelina no tuvo la culpa. *(Pone el flan en el horno.)*

ALEIDA. Yo sabía cosas que tú no sabías.

AURELITO. ¿Qué cosas?

ALEIDA. *(Cambiando de tema.)* Yo sé lo que digo. ¿Y tu mujer, dónde está?

AURELITO. En la casa con migraña.

NIDIA. ¿De nuevo?

AURELITO. No, de nuevo no. Yo creo que ella nació con migraña.

ALEIDA. Ella es una santa.

AURELITO. Sí, yo lo sé.

ALEIDA. Y tan pulcra.

AURELITO. ¡Antiséptica! Debería haber estudiado para enfermera.

ALEIDA. ¡Aurelito!

Entra Peter cargando dos bolsas. Su entrada es como la de un ángel. Peter es un ser feliz, honesto y saludable. Pone las bolsas sobre la mesa, se dirige a Aleida y le da un beso.

PETER. ¿Y qué dice la abuelita más chula de Union City?

ALEIDA. Gracias por el cumplido en nombre de las únicas cuatro abuelas cubanas que quedamos en Union City.

PETER. *(Riéndose, va hacia Nidia y le da un abrazo.)* Nidia, te tengo conseguido un "date" para ti.

NIDIA. ¿Con un neuyorican?

PETER. Con un tipo bien chévere.

NIDIA. Olvídate. El cupo de neuyoricans en esta casa está lleno.

PETER. ¿Y tú no quieres que un pueltorriqueño te endulce tu vida?

ALEIDA. *(A Peter.)* Diste en el clavo, Peter. Sangre nueva es lo que esta familia necesita... una transfusión tropical... algo.

AURELITO. Oye, Peter, ¿qué te parece si echamos una partidita de dominó?

NIDIA. No, mamá necesita la mesa para preparar la comida.

AURELITO. Está bien, yo saco la otra mesita. *(Sale a buscar la mesa.)*

Peter comienza a preparar un par de tragos.

ALEIDA. Mira que ese muchacho es testarudo... pero tiene un corazón de oro.

NIDIA. *(A Peter.)* ¿Y qué tal anda el trabajo?

PETER. The same miserable bochinche... pero peor. La semana pasada, me dieron el caso de un tecato de dieciséis años que sacó preñá a la novia, que tiene catorce años. El muchacho me prometió que se iba a meter en el programa de rehabilitación si alguien se encargaba de la novia y el nene hasta que él se curara. Los padres de él también son tecatos y los de ella "alcoholics", pero el "pay" abandono a la "may" hace tiempo ya. Anyway, el programa de "welfare" está lleno de casos como éste y a mí nadie me quiere escuchar cuando yo trato de ayudar a uno de estos casos. Y peor polque yo le di mi palabra al muchacho que yo me iba a ocupar de la mujer y el nene y conseguirle un apaltamento temporero hasta que él regresara. Y nada, no he podido resolver nada. It's very frustrating, cada vez que uno se encuentra estos casos. Anyway, lo único bueno que yo le he sacado al trabajo social, es que me encontré con tu hermana, porque el resto, no está en 'ná.

ALEIDA. Ustedes dos escogieron una carrera tan deprimente.

NIDIA. *(A Peter.)* Los dos deben de estar orgullosos de la labor que hacen.

813

PETER. Si tú lo dices.

ALEIDA. ¿Y por qué ustedes no cambian de carreras y escogen algo más... agradable?

PETER. ¿Como qué?

ALEIDA. Podrían empezar su propio negocio, algo así como una mueblería.

NIDIA. Seguro. Sigan la tradición familiar y siéntensen a esperar.

ALEIDA. Si no hubiera sido por la revolución, el negocio de tu padre lo hubiera llevado muy lejos.

NIDIA. Sí, pero a donde lo llevó fue a un timbiriche de muebles en "Bergenlain". *(A Peter.)* Pobre papá, él tenía su orgullo y nunca pudo aceptar la triste realidad de que a su edad tuvo que empezar de nuevo. Papá dejó la vida en cada mueble de aquella tienda... ¡un suicidio a plazos!

Entra Aurelito con la mesita.

AURELITO. *(Como en un funeral.)* Estimados amigos. Estamos aquí hoy reunidos para despedir al que en vida fuera...

ALEIDA. ¡Aurelito!

AURELITO. *(Abre la mesita y le pregunta a Nidia.)* ¿Dónde están los dominós?

NIDIA. En el mismo sitio en donde han estado los últimos dieciocho años.

Aurelito se arrodilla frente al fregadero y del gabinete empieza a sacar botellas y cosas, hasta sacar una caja de madera polvorienta.

AURELITO. *(Sacudiendo el polvo en dirección a Nidia.)* ¡Mira pa'llá!

814 NIDIA. Contra, chico, tú sabes que soy alérgica al polvo.

AURELITO. *(Limpiando la caja con un paño de cocina.)* ¡Tú lo que eres es alérgica a otra cosa!

NIDIA. *(Le arranca el paño de la mano.)* ¡Por favor, usa una toalla de papel!

AURELITO. *(Arrancando una toalla del "dispenser", se vira hacia Nidia.)* ¿Y Sara, viene hoy?

NIDIA. Seguro que sí.

PETER. *(Ayudando a sacar los dominós de la caja.)* Sin Sara no sería "Thanksgiving".

AURELITO. *(A Peter.)* ¡Seguro! Sara es tan indispensable como el pavo. *(A Nidia.)* Ella ya lleva compartiendo esta fiesta con nosotros hace muchos años, ¿verdad?

NIDIA. Para ser exacta, desde el mil novecientos setenta y cuatro.

AURELITO. ¡Coño! ¡Qué memoria!

NIDIA. Me recuerdo perfectamente porque ése fue el año que Tina dio la fiesta para inagurar la nueva casa.

AURELITO. *(Poniendo los dominos en orden en frente de él.)* Ah... ¿y ella, tiene novio?

NIDIA. ¿Quién? ¿Sara?

AURELITO. No, yo sé que Sara no tiene novio... digo Tina.

NIDIA. No.

AURELITO. Oh...

PETER. *(A Aurelito.)* A vel quién tiene el doble nueve.

AURELITO. Tú sabes que yo siempre te gano. *(A Nidia.)* ¿Y ella viene sola?

NIDIA. ¿Quién?

PETER. *(A Aurelito.)* Mira, man, haz la movida. ¿Qué te pasa? 815

AURELITO. *(A Nidia.)* Sara. *(A Peter.)* ¿Qué apuro tú tienes, viejo?

PETER. No, pero quiero empezar a jugar ya. C'mon, play.

NIDIA. *(A Aurelito.)* Sí, ella viene sola. *(Aurelito tira el doble nueve en la mesa. El juego comienza. Nidia saca nueces de un paquete y las pone en un plato. Mira de reojo a Aurelito. Le dice a Aleida.)* Abuela, ¿escuchaste las noticias?

ALEIDA. Se me pasaron. Me perdí a Eusebio Valls. Ese hombre da las noticias espeluznantes con una voz tan melodiosa, que da gusto oírlo.

PETER. Mire, Doña, pues no se perdió nada. El Lone Ranger sigue coltando anti poverty programs. Los ricos se hacen más ricos y los pobres se van pa'l diablo y más na'. ¿Y tu negocio, Aurelito, qué tal va?

AURELITO. De mal en peor. Ya la gente no le interesa tomarse fotos de estudio.

PETER. ¿Ni siquiera a las quinceañeras?

AURELITO. No, es que los cubanos se metieron en un montón de deudas tratando de sacar a los familiares por el Mariel.

ALEIDA. *(A Aurelito.)* A mí me contaron de una familia que se gastó catorce mil dólares en un bote, y cuando llegaron a Cuba Fidel nada más que les dejó sacar a un familiar.

PETER. ¡Diablos! ¿Y Fidel, estaba ahí en persona, contando parientes?

AURELITO. *(Bruscamente.)* Sí, Fidel, él fue el responsable. Llenó esos botes con toda la metralla que había que botar de allá... maricones, putas, ladrones y locos.

TONY. *(A Aleida.)* Abuela... música.

Todos paran lo que están haciendo y miran a Tony. Luego, lentamente prosiguen como si nada hubiera pasado.

ALEIDA. *(A Tony, mientras se levanta lentamente.)* Sí, mi cielo. Yo te pongo el tocadiscos. *(Sale.)*

VOZ DE CANTANTE
Ausencia quiere decir olvido
decir tinieblas, decir jamás.

NIDIA. *(A Tony.)* ¿Te sientes mejor? *(Tony no contesta.)*

VOZ DEL CANTANTE
Las aves suelen volver al nido
pero las almas que se han querido
cuando se alejan no vuelven más

CATALINA. *(De afuera.)* ¡Vieja, quita ese disco que está rayado! *(Entra a la cocina, va directamente a Peter y le da un beso.)* ¿Qué pasa, mi hijo?

PETER. Aquí, doña Catalina. Tratando de ganarle esta paltidita a su hijo.

CATALINA. Tú tienes la ventaja, porque él no es muy buen jugador.

AURELITO. Y a mí, doña Catalina, ¿no me da besitos?

Catalina se para detrás de Tony y le pasa la mano por el pelo. Tony, gentilmente, se la quita.

CATALINA. *(A Aurelito.)* Tú no te mereces besos ninguno.

AURELITO. *(Cantando.)*
Y dile a Catalina que se compre un guayo
que la yuca se me está pasando...

CATALINA. *(Riéndose.)* Oye, más respeto con tu madre. ¿Y Lila no va a venir?

AURELITO. No. Se quedó en la casa con los muchachos. Tiene migraña.

CATALINA. ¿Otra migraña?

AURELITO. No, la misma de siempre.

817

Entra Nenita, cargando una caja cerrada con gran cantidad de scotch tape.

NENITA. *(A Catalina.)* Abuela me dijo que bajara esta caja. Yo no entiendo por qué tanto aspaviento con esta comida.

CATALINA. No son aspavientos, mijita, es una necesidad. No tenemos suficientes cucharas.

NENITA. Podemos usar las plásticas.

CATALINA. Ten cuidado no te oiga tu abuela.

NENITA. ¿Por qué?

CATALINA. Ella jamás permitiría que su flan fuera tocado por una cuchara plástica.

NENITA. *(Tratando de abrir la caja.)* Pero, Dios mío, ¿quién empaquetó esta caja?

CATALINA. Tu abuela... ¿Qué pasa?

NENITA. Nada, que voy que tener que dinamitarla.

CATALINA. Ella la empaquetó así después de tu boda, hasta que se usara otra vez para la boda de Nidia.

AURELITO. La boda de Nidia, ¡ja! *(A Nidia.)* A ver, mi hermana, ¿cuándo vas a conseguir un macho?

NIDIA. *(Poniéndose los String Beans en un cacharro de agua.)* Yo estoy perfectamente bien sola. El día que yo necesite un marido, me buscaré uno que no me haga la vida imposible, como tú se la has hecho a Lila.

AURELITO. Todavía no me ha dejado.

NIDIA. Hay muchas mujeres que se "empantanan".

NENITA. ¡Exactamente! Prefieren tener migrañas en vez de deshacerse de sus maridos.

818   AURELITO. Claro, claro.

CATALINA. Coge este cuchillo y abre la caja, mija. No le prestes atención a ese bobo.

NENITA. Mami, ¿tú te recuerdas de mi boda?

CATALINA. Cómo no me voy a recordar.

NENITA. ¿Y de mi traje de novia?

CATALINA. Si era un sueño. Esa Maruca tenía unas manos... El día que lo terminó, se desmayó sobre la máquina de coser.

NENITA. *(Finalmente, abre la caja y saca un estuche de cubiertos.)* ¡Qué paciencia tenía esa mujer!

CATALINA. Ella era la mejor costurera que tenía "Amelita Novias". Fíjate que cuando Maruca vino para acá, Amelita tuvo que cerrar la tienda... qué pena.

NENITA. *(Lavando los cubiertos en el fregadero.)* Pena de nada, si Amelita lo que hizo fue explotarla cuando Maruca pidió la visa para irse y le quitaron el permiso de trabajo. Amelita se aprovechó para pagarle un sueldo miserable por todo aquel trabajo.

AURELITO. El que te oiga se va a creer que eres una miliciana.

NENITA. No hay que ser comunista para estar consciente de las injusticias.

AURELITO. Oye, no me hables como si yo fuera uno de tus casos del "welfare." ¡Aquí no estamos en el "South Bronx", ni un carajo! ¡Juega Peter!

PETER. ¡No me grites!

AURELITO. ¡Vamos, vamos! Juega, juega, ¡Coño!

NIDIA. *(A Aurelito.)* Está bueno ya. Estás tomando desde anoche. Sube y date una ducha fría. Cuando termines, baja a tomarte un par de tazas de café. No te voy a dejar que nos eches a perder la cena. ¿Me oíste?

819

AURELITO. *(Da un manotazo tira los dominós al piso.)* ¡Sí, mi general!

En este momento, todos los personajes, excepto Tony, quedan inmóviles en escena.

TONY. Musgo mojado... ¡Qué olor tan dulce! El tanque de agua lleno de renacuajos negros... pero relucientes, brillantes. Todos nadan en las tranquilas aguas verdosas. Y algunos de ellos con patas, nadando como peces dorados en el agua plácida con tanta elegancia. Mañana serán ranas. Metamorfosis... Abuela me enseñó esa palabra. La metamorfosis de la rana. Hoy es el día más feliz de mi niñez. Nunca me había despertado tan feliz... sintiendo el agua caer fuera del tanque... y el dulce olor de musgo húmedo. Oigo el sonido de los cascos de caballos en el piso del establo. El olor de la caballeriza y el olor de la yerba y el estiércol de los caballos me entra por las narices. ¡Qué olor tan dulce! ¿Quién se hubiera figurado que el estiércol de caballo pudiera ser tan acogedor y limpio? Los caballos son animales especiales, muy especiales...

Todos los personajes reanudan sus actividades cuando Tony ocupa su posición original. Aurelito sale.

NIDIA. *(A Peter que continúa guardando los dominós.)* Perdóname, Peter, que te haya interrumpido el juego.

PETER. No te preocupes. Anyway, yo quería ver el partido de fútbol en la televisión. *(Sale.)*

CATALINA. Déjame subir a buscarle a Aurelito un par de calzoncillos limpios.

NIDIA. ¿Por qué tienes que ir a ayudarlo? Él sabe donde está todo en esta casa.

CATALINA. Es que cuando él se pone a tomar así, no encuentra nada. *(A Nenita.)* Vigila el pavo. *(Sale.)*

NENITA. ¡Niños! Yo les digo, caballeros, que los hombres se portan a veces como niños chiquitos.

NIDIA. Es que nosotras les permitimos todas esas malacrianzas. Por eso son así.

NENITA. Tú tienes razón.... Déjame prepararle un traguito a Peter. *(Va al gabinete, saca una botella de vermouth y prepara un trago.)* Pero bueno, de vez en cuando uno tiene que malcriar al marido. Ésa es la vida.

Entra Aleida y va a una gaveta y busca entre el papeleo que hay en ellas.

ALEIDA. Dónde la habré puesto. Se me ha perdido. Nidia, ¿tú has visto una carta por aquí?

NIDIA. ¿Qué carta?

ALEIDA. Una carta que llegó para Aurelito, y a mí se me olvidó dársela.

NIDIA. ¿Para Aurelito? ¿En esta dirección? ¿Qué extraño?

ALEIDA. ¿Por qué?

NIDIA. ¿Él no tiene su propia dirección?

ALEIDA. Sí, pero como él siempre está metido aquí.

NIDIA. Sí, es verdad... ¿por qué no la buscas en una de tus cajitas de tabaco?

ALEIDA. *(Saca una caja de tabacos y empieza a buscar.)* Ay, sí, mírala aquí. Recuérdame dársela cuando baje. *(Mira el sobre.)* Qué colores tan bonitos.

NIDIA. Deja ver... ¡pero vino sin sello! ¿Dónde la encontraste?

ALEIDA. La metieron por debajo de la puerta. Yo pensé que era algo de anuncios.

NIDIA. Sí, puede ser un anuncio. Déjame guardarla para que no se extravíe de nuevo. *(Aleida guarda de nuevo la carta en la gaveta y se lleva la caja de tabaco con ella a la mesa. Se sienta y empieza a revisar su contenido. Son papeles, fotos, etc.)*

ALEIDA. Yo debería de pegar estas fotos en un album, pero necesito las esquinitas.

NIDIA. Abuela, yo creo que esas esquinitas ya no las fabrican. ¿Por qué no me dejas comprarte uno de esos álbumes mágneticos?

ALEIDA. A mí esos no me gustan. Parte del entretenimiento de pegar las fotos es ponerle las esquinitas.

NIDIA. Pero las fotos siempre se están cayendo...

ALEIDA. Es verdad.*(Encuentra un sobre viejo con una carta y una foto. Se la enseña a Nidia.)* Mira que he buscado esta carta. Pobre Magdalena...

NIDIA. ¿Qué Magdalena? ¿La hermana de abuelo en las Canarias?

ALEIDA. *(Abre la carta.)* Sí, la misma. Ésta fue su última carta. Siempre la conservo. ¿Quieres que te la lea?

NIDIA. Sí.

ALEIDA. *(Poniéndose los espejuelos.)* Lanzarote, julio catorce de mil novecientos dieciocho. Querido hermano: Mamá me tuvo que ayudar a sentarme en la cama para poder escribirte la presente. Espero que cuando recibas ésta yo me sienta mejor. He estado muy enferma. Esta mañana mamá descubrió muchos cabellos en el cepillo después de haberme peinado. He tenido una fiebre muy alta, pero con el favor de Dios ahora me siento mejor, aunque estoy muy débil. Hace mucho calor, pero el aire es puro. Tú sabes el olor que tiene la brisa aquí en las islas. ¿Cuándo nos volveremos a ver? Yo sé que tú estas ahorrando para el pasaje, ¿pero no podrías venir en tercera clase? ¡Tengo tantas ganas de verte de nuevo! Aquí te mando una foto. Siento que la hayan tenido que tomar en la cama, pero los doctores pensaban que me iba y nosotros queríamos estar seguros de que por lo menos quedara un recuerdo, por si acaso. Yo todavía me siento joven y quisiera estar aún con vida para cuando tú regreses. Por favor, hazlo pronto. Muchos besos de tu hermana que te adora. Magdalena. Hay una postdata. La monjita que ves a mi lado es la hermana María de los Ángeles. Ha sido un alma de Dios durante mi enfermedad.

NIDIA. Y abuelo... ¿la llegó a ver de nuevo?

ALEIDA. *(Doblando la carta.)* No, ella murió dos días después de enviar esta carta.

NIDIA. ¡Qué pena!

ALEIDA. Sí, es triste *(Minuciosamente mete la carta en la caja, ordena las cosas y la cierra.)* ... he pasado tantas tristezas en mi vida, que para mí es difícil llorar por algo. El corazón se va endureciendo con los años.

Entra Nenita. Aleida y Nidia se separan de este gran momento íntimo.

NENITA. *(A Nidia.)* Abuela, aquí tienes el periódico.

ALEIDA. Nenita, viste a "Margarita en la distancia" ayer?

NENITA. No, abuela, no tengo tiempo para estar viendo novelas.

ALEIDA. Entonces déjame contarte. Ayer a Margarita se la llevaron al hospital para operarla del corazón... de emergencia. ¿Imagínate quién era el cirujano que le tocó operarla?

NENITA. No tengo la menor idea.

ALEIDA. ¡Nada más y nada menos que Daniel Riolobos!

NIDIA. ¿Y quién es Daniel Riolobos?

ALEIDA. ¡Ay, Nidia, todo el mundo sabe que Daniel Riolobos fue el novio de la infancia de Margarita!

NIDIA. Disculpa mi ignorancia.

ALEIDA. Está bien, mija. Imagínate que hacía veinticinco años que ellos no se veían.

823

NENITA. ¿Y se encontraron de nuevo en la mesa de operaciones?

ALEIDA. Exactamente. ¡Ellos estaban tan enamorados!

NIDIA. Y si estaban tan enamorados, ¿por qué han estado separados por tanto tiempo?

ALEIDA. Ay, Nidia, ¿tú no sabes que Daniel Riolobos se quedó ciego después que tuvo el accidente automovilístico?

NIDIA. ¿Y qué?

ALEIDA. ¿Cómo que y qué? Él no quiso que Margarita se casara con él por lástima y se embarcó para España, dejándole una carta en la que decía que él ya no la amaba.

NENITA. ¿Cómo es que la ha podido operar si está ciego?

ALEIDA. Nenita, si tú estás interesada debieras de haber visto los primeros capítulos. Bueno... Daniel Riolobos fue operado en España por una mujer cirujano muy famosa que se enamoró perdidamente de él. Después que él recuperó la vista estaba tan agradecido, que no vio más alternativa que casarse con la cirujano. Pero él en realidad nunca dejó de querer a Margarita.

NIDIA. ¿Y por qué nunca trató de comunicarse con ella?

ALEIDA. ¡Sí, él trató! Pero en el interín ella se había metido a cantante y se había cambiado el nombre de Margarita por el de "Fátima Zulema".

NENITA. ¡Yo espero que no se quede en la mesa de operaciones!

ALEIDA. ¡Qué va, si ella se muere se acaba la novela!

NIDIA. Dios mío, y yo que creía que "Dainasti" era complicado.

ALEIDA. Yo no soy boba. Yo sé que la trama es tonta. De todas maneras, a mí me entretiene. Además, las novelas americanas son la misma bobería, aunque mucha gente se cree que son mejores porque son en inglés.

NIDIA. ¿La oíste? La vieja no sabrá pichear, ¡pero qué bien "batea"!

Entra Catalina.

CATALINA. Yo creo que ya es hora de ir preparando la mayonesa. *(Encendiendo la batidora y apagándola.)* Nidia, esta cosa se trabó de nuevo.

NIDIA. *(Acercándose a Catalina.)* ¿Y que pasó ahora?

CATALINA. La batidora se trabó de nuevo.

NIDIA. Yo sabía que eso iba a pasar. Nunca se la debiste de haber llevado a los Meneses. Esa gente son unos ladrones. La hubiera arreglado yo.

CATALINA. Bueno, Nidia, pero yo no te quería importunar con esta bobería.

NENITA. Deja ver. A lo mejor yo la puedo arreglar.

CATALINA. Pero, Nenita, si tú nunca has tenido habilidad mecánica.

NENITA. Bueno, pero puedo tratar.

NIDIA. *(A Catalina.)* Aquí lo que sucede es muy sencillo: que si yo no me ocupo de que todas las cosas en esta casa estén funcionando, nadie se ocupa de nada.

CATALINA. *(A Nidia, en lo que ésta desarma la batidora.)* Ay, Nidia, mira a ver que la mayonesa no se vaya a cortar.

NIDIA. Déjame buscar el destornillador. *(Abre la caja de herramientas.)* ¿Y quién sacó el martillo de aquí?

CATALINA. Yo tuve que arreglar la mesa que se tambaleaba.

NIDIA. ¡Un lugar para cada cosa y cada cosa en su lugar!

CATALINA. ¡Tú deberías haber sido maestra de escuela!

NIDIA. Hubiera matado a mis estudiantes.

NENITA. Deja que tú tengas hijos, ya tú verás.

825

CATALINA. ¡La papaya congelada!

NIDIA. ¿Papaya congelada?

Aleida se sienta aludida y trata de disimular.

CATALINA. Sí, eso es lo que debe de haber roto la batidora, la pulpa de papaya congelada.

NIDIA. ¿Pero por qué?

CATALINA. Porque le he dicho a mamá mil veces que no le meta los pedazos tan grandes... pero ella...

ALEIDA. *(A Catalina.)* Yo no sé por qué a mí siempre me tienen que echar la culpa de todo.

NIDIA. *(Desarmando la batidora.)* Porque tú no debes de estar tomando batidos de papaya con tanta azúcar.

ALEIDA. ¡Yo necesito azúcar para la presión!

NENITA. ¿Y quién te dijo que el azúcar era bueno para la presión?

ALEIDA. Necesito azúcar porque si no me da un descenso.

CATALINA. *(A Nenita.)* Yo la oigo bajar las escaleras de puntillas a media noche a prepararse un batido.

NIDIA. ¿Y cómo tú sabes que es para prepararse un batido?

CATALINA. Ay, hija, porque el ruido que hace esa batidora se oye en todo "Bergenlain".

ALEIDA. Esta casa está llena de espías.

NIDIA. *(Sacando una pieza del motor.)* Aquí está el problema. Necesita una pieza nueva.

CATALINA. ¿Y ahora qué hacemos?

NIDIA. Nada. ¿Qué quieres que yo haga? Es demasiado tarde para reemplazarla. A la verdad que esos Meneses son unos estafadores.

SANGUIVIN EN UNION CITY

CATALINA. Y bueno, ¿qué hago con la mayonesa?

NIDIA. ¡La puedes batir a mano! ¡Todo el mundo hacía mayonesa mucho antes que hubieran inventado la "osteraiser"!

CATALINA. Pero, Nidia, ¡mi artritis! Tú no te das cuenta de lo mala que yo tengo la mano derecha.

NIDIA. Yo te hago la mayonesa, mamá.

CATALINA. Pero te vas a demorar todo el día.

NIDIA. Estamos tan malcriados con todas las conveniencias que tenemos: que si el "tivi gai", "cable teve", batidoras, liquadoras, papaya congelada...

CATALINA. Qué tú quieres, en Nueva Jersei no hay papayas frescas.

NENITA. Cuando Onelia regresó de Cuba, no podía creer que allá no tenían "tivi gai".

CATALINA. Bueno, Onelia no está muy bien de la cabeza que se diga. Tú sabes que cuando ella era una bebita se le cayó de los brazos a la madre en la escalera eléctrica de "Siars".

NIDIA. Yo creo que ella ya era una cretina antes de la caída.

CATALINA. Ay, Nidia.

NIDIA. *(Echando la mayonesa en un tazón.)* Mañana dile a Aurelito que vaya a los Meneses y que traiga la pieza de repuesto.

CATALINA. Óyeme, ¿y por qué tú crees que Aurelito se queda a dormir fuera de su casa tan a menudo?

NIDIA. No tengo la menor idea.

CATALINA. ¿Tú crees que él tenga una querida?

NIDIA. ¿Y tú crees que en este mundo exista otra mujer, además de Lila, que pueda aguantarlo?

NENITA. *(A Aleida.)* Espero que a Lila ya se le haya pasado la migraña y pueda venir a comer con los muchachos. 827

ALEIDA. Esos niños son unos salvajes. Le pueden dar migraña a un santo, especialmente Nereida. El otro día tenía una de esas cosas puesta en las orejas. Yo me creí que se había quedado sorda.

NENITA. Abuela, lo que tenía era un "walkman."

ALEIDA. ¿Un walk qué?

NENITA. Un "walkman". Es como una radio para oír música.

ALEIDA. Las navidades pasadas, esa niña vino aquí con un radio que era casi del tamaño de una maleta, y ahora el que tiene es una miniatura. ¡Este país es algo muy serio!

NIDIA. Si llevan uno de esos "walkman" a Cuba, la gente se volvería loca.

ALEIDA. Es lo que yo digo, todos esos aparatos vuelven loca a la gente. Nidia, recuérdame darle la carta a Aurelito cuando él baje.

CATALINA. ¿Qué carta?

NIDIA. *(Batiendo la mayonesa más rápidamente.)* Uno de esos anuncios que mandan por correo, mamá.

CATALINA. Ohh... A lo mejor no era de nosotros. Tú sabes que ese cartero está demente. A la familia de al lado ayer les llegó una carta que tenía fecha del año pasado. Imagínate... Senil y demente.

Nidia, Aleida, Nenita y Catalina quedan inmóviles en sus respectivas posiciones. Tony se levanta de la silla en donde ha estado sentado y camina hacia la ventana. Las luces bajan de intensidad.

TONY. ¡Palabras, palabras, palabras!¿Por qué nos mudamos tanto? Sólo tengo ocho años y ya nos hemos mudado cuatro veces. ¿Por qué no vivimos en el mismo sitio? Mamá me entrega el despertador para que no se rompa en la mudada. Nuestra casa es la primera de la cuadra, la primera casa a la entrada del pueblo, pegada al cementerio. *(Pausa.)* ¿Por qué el anuncio allá fuera dice "La Flor de Union City?" ¿Por qué me han llevado a donde todo el mundo está vestido de blanco? Allá tienen acuarios pero no tienen tanques con renacuajos. ¿Por qué nos mudamos tan a menudo? ¿Cómo pudiera salir de esta casa? *(Tony va hacia la ventana y se para frente a Catalina.)* Tu voz es tan estridente. A veces me pregunto cómo puede existir la posibilidad de que yo haya salido de tu vientre. ¿Por qué no eres fuerte? ¿Por qué no eres honesta?... ¿Por qué no eres cariñosa?... ¡Abrázame, guíame hacia la luz, por favor, ilumíname! Yo no pedí haber nacido. Tú me trajiste a la oscuridad de este mundo. *(Tony se sienta en la misma silla que había ocupado antes de comenzar a hablar. Aleida, Nenita y Catalina continúan sus actividades. Nidia va hacia Tony.)*

NIDIA. *(Le acaricia el pelo.)* ¿Qué te pasa, Tony? ¿Por qué estás tan agitado? ¿Quieres un té? *(Nidia le acaricia la cabeza. Tony, en un gesto cariñoso y tierno, remueve la mano de Nidia de su cabeza. Las luces comienzan a bajar de intensidad.)*

Fin del primer acto

SEGUNDO ACTO

La misma escenografía que el primer acto, sólo que algunos detalles se han agregado para dejar ver que todo está listo para la cena. Nenita está poniendo los últimos detalles a la mesa. Suena el timbre de la puerta. Nadie responde. Suena el timbre de nuevo.

NIDIA. Nenita, ve a abrir la puerta. *(Sale Nenita. A Catalina.)* Debe ser Sara.

CATALINA. ¿Qué hora es?

NIDIA. *(Mirando el reloj.)* Son las cinco y treinta.

CATALINA. *(A Nidia.)* Avísame cuando sean las seis. Yo no me quiero perder la novela. *(La voz de Sara se escucha en la sala. Entra en la cocina seguida de Nenita. Viste un traje de sastre que la hace lucir más femenina. Es un mujer energética.)*

SARA. *(Abrazando a Aleida.)* ¡Buenas! No, no se levante, Aleida, por favor. Bueno, ¿cómo se siente?

ALEIDA. Ay, mija, si no fuera por esta pierna, yo estaría bailando en un tablao.

SARA. Conociéndola, se lo creo. *(Abraza a Catalina.)* Óigame, déjeme decirle que llevo dos días a dieta para disfrutar de ese famoso pavo.

CATALINA. ¿A dieta? Pero, mi amor, mírate, si tú estás flaquísima. ¿Tú has ido al médico últimamente? Oye, tienes que tener cuidado no vayas a tener anemia perniciosa y no lo sepas.

SARA. ¡Ay, Catalina, por favor! ¿Por qué será que si uno está flaco, los cubanos asumen que uno está enfermo? *(Besa a Nidia.)* ¿Y qué tal, Nidia?

NIDIA. Aquí, ya me ves.

Tony mira a Sara, por un momento parece que le va a decir algo, Sara camina hacia él y trata de tocarle la cabeza.

SARA. ¿Cómo te sientes, Tony?

CATALINA. No, no lo vayas a tocan. Después de los últimos tratamientos no le gusta que nadie le toque la cabeza.

SARA. *(Después de una larga pausa.)* Catalina, hace tiempo que estoy por preguntarle, ese retrato suyo que está en la sala es precioso. ¿Usted posó o lo pintaron de una foto?

CATALINA. No, hija, qué voy a haber posado. El Chaval lo pintó de una foto que yo le di.

SARA. ¿El Chaval? No parece nombre de pintor. ¿Es español?

NENITA. No, es un cubano. Era un bailarín flamenco, pero cuando la artritis no le permitió bailar más se dedicó a la pintura. Uno de sus detalles es siempre ponerle a las mujeres una lágrima corriéndole por la mejilla. Pero mamá se negó.

CATALINA. Claro que sí. Si yo estaba muy contenta ese día que me tomaron esa foto, por qué iba a estar llorando.

SARA. *(Ríe.)* Tiene toda la razón, Catalina. Bueno, ¿en qué puedo ayudar?

NIDIA. En nada. Todo está casi listo.

NENITA. *(Le da el cuchillo para que termine de cortar la ensalada.)* Bueno, ya que insistes, toma. ¿Qué tal van las cosas? ¿Han asaltado algún maestro en tu escuela últimamente?

SARA. No, las cosas están bastante calmadas después del secuestro del profesor de matemáticas.

ALEIDA. ¿Secuestraron un maestro?   831

SARA. Sí, por no aprobar a un alumno.

CATALINA. Los estudiantes de hoy en día no le tienen respeto a sus maestros.

SARA. Los que lo secuestraron fueron los padres del muchacho.

NENITA. ¡Ave María! Pero bueno, por lo menos tú estás en el West Side. Tú te podrás imaginar lo que es trabajar en el South Bronx.

SARA. Me imagino que eso sí que tiene que ser algo serio. Yo trato de mantener mi ecuanimidad. Pero te digo que a veces quisiera coger a esos cachos de cabrones y partirles las crismas... ay, discúlpeme.

ALEIDA. Dale, Sara, no te preocupes. Es mucho más saludable descargar.

SARA. Es que la educación en este país es algo muy serio. La ignorancia es aplastante. Llega un momento en que uno se da por vencido. A mí antes me molestaba mucho cada vez que me preguntaban si yo hablaba castellano o español. Yo les trataba de explicar que era el mismo idioma... pero simplemente no había forma de que me entendieran. Ahora ya no me preocupo y cuando me hacen la pregunta, les digo: "Los zapatos de la zarzuela están en el zarzal de Zenaida", y ellos se quedan maravillados con el castellano. *(Todos ríen.)*

NENITA. Qué bien, Sara, que finalmente estás aprendiendo.

SARA. No te creas que esto es nada nuevo para mí. Ya yo lo hize una vez en Cuba cuando había que aparentar lo contentos que estábamos de hacer todo aquel trabajo voluntario e ir al campo a cortar caña, y todo por la revolución. A la verdad que en determinado momento yo creo que todos creímos en aquellos principios, en Fidel, en el sueño que hubiera podido ser, pero que se convirtió en una pesadilla... una comedia. Pero yo extraño a mi isla... Cuba... Cuando llegué aquí, sí quería pertenecer a este país, ser parte de él. Pero siempre me sentí como

el invitado que llega al cumpleaños después que el cake se ha terminado y la fiesta está por acabarse... Y aquí voy de nuevo, quejándome amargamente en contra de este país, en contra de Cuba... en contra de la vida. Bueno, hoy es "Thanksgiving", Nidia, prepárame un tragito de scotch, porque, quiera o no, en mi cara hoy va a figurar una gran sonrisa.

CATALINA. ¿Qué hora es?

NIDIA. Ya van a ser las seis.

TODOS. ¡Ay, la novela!

ALEIDA. Sara, ¿quieres ver a "Margarita en la distancia"?

SARA. No, gracias. Prefiero quedarme aquí chachareando con Nidia y Nenita.

NENITA. Yo bajo luego. Tengo que ayudar a Ileana con la tarea.

SARA. Está bien. *(Nenita, Catalina y Aleida salen. Sara se sienta en una silla.)*

NIDIA. Aurelito empezó a tomar desde anoche.

SARA. Pero él tiene mucha resistencia para la bebida, ¿no?

NIDIA. *(En voz baja. Mira hacia la puerta y después a Tony.)* Tú no lo conoces... él sospecha algo.

SARA. Ay, Nidia, Aurelito es un comemierda... qué se va a sospechar nada.

NIDIA. Tengo el estómago en un hilo. Me parece que voy a vomitar.

SARA. Eso son tus nervios. *(Abre la cartera y saca una caja de pastillas.)* ¿Quieres librium?

NIDIA. No, gracias.

SARA. ¿Un valium?

NIDIA. No, gracias.

SARA. ¿Un traxene?

NIDIA. ¡Ay, chica, pero tú eres una botica ambulante!

SARA. *(Cierra la caja de píldoras y la vuelve a meter en su cartera.)* Bueno, hay que estar preparada. *(Se sirve un vermouth.)* Tómate un vermouth.

NIDIA. Sara, si dijera lo que sospecha.

SARA. Bueno, ¿y qué? Después de todo sería la verdad, ¿no?

NIDIA. Ellos no tienen por qué enterarse.

SARA. Tienes miedo que te dejen de querer.

NIDIA. No. Yo no quiero causarles un disgusto.

SARA. Nidia, aunque así fuera, ellos no te van a dejar de querer, y si lo hicieran, es que entonces nunca te quisieron.

NIDIA. ¿Qué quieres decir?

SARA. Quiero decir que entonces nunca te han querido por ti. Si Aurelito dice lo que sospecha, él estaría diciendo la verdad, lo que tú eres, tu esencia.

NIDIA. Sara, mi esencia son tantas cosas que tú jamás podrías comprender. Yo rehúso a ser encasillada por ti, mi hermano o cualquier otra persona. Yo sé que puede parecer irracional, pero para mí tiene sentido.

SARA. Tranquilízate... ¿Tú sabes quién es la persona más importante del mundo...? *(Indicando a Nidia.)* ... Tú.

NIDIA. Sí, para ti es muy sencillo decir eso. Tú vives sola, sin ninguna responsabilidad.

SARA. Yo lo que he hecho es establecer mis prioridades... *(Mira a Tony y dice en un tono más íntimo.)* y nuestra relación es la primera en mi lista.

NIDIA. Cállate, Sara... ellos para mí son los primeros y siempre
lo serán.

SARA. ¡Me alegro mucho saberlo! Deja prepararme otro trago. Cuando la familia Valdés se reúne, hay que darse un par de tragos. ¿Dónde está el scotch?

NIDIA. En el gabinete, sobre el fregadero.

SARA. *(Buscando la botella.)* Gracias a Dios que yo me pude escapar de mi familia... *(Va hacia la ventana con su vaso de scotch.)* ... Union City... ¿cómo es que tú te empantanaste en este micro-inferno?... Y en esta casa que es como Alcatraz, de donde no hay escape.

NIDIA. No seas exagerada.

SARA. Fíjate en Aurelito, casado y con dos hijos, y todas las noches los deja para venir a estar con mamita.

NIDIA. Mamá nunca pide nada.

SARA. Ella nunca tiene que pedir nada. ¡Tú te crees que yo no me he dado cuenta del sentido de culpa que ella les ha inculcado a todos ustedes! Ustedes son como unos pedacitos de metal atraídos por un gran imán, y no hay forma de separarlos.

NIDIA. ¿Y qué importa, si los pedacitos de metal quieren estar pegados al imán?

SARA. ¿Pero y nosotros?

NIDIA. Ay, Sara, ya yo estoy muy vieja para estar soñando con castillos en el aire. Además ellos dependen de mí. Mamá nunca ha sido una mujer fuerte.

SARA. Ella pretende que es débil, pero probablemente sea ella quien entierre a toda la familia.

NIDIA. Yo soy quien toma las decisiones en esta casa. Nidia, la comida... Nidia, paga las cuentas... Nidia, lleva a Tony al hospital... Nidia, saca a Tony del hospital... Nidia... Nidia... Nidia...

SARA. ¿Y qué quiere Nidia para Nidia? ¿Cuál es el futuro de Nidia?

NIDIA. Yo no quiero analizarlo. Quizás es mi sentido del deber. Papá me crió así. Recuerdo que en Guanajay una vez papá le compró un coche al lechero del pueblo. Cuando salimos a pasear por primera vez, el caballo sólo quería ir por la misma ruta que el lechero lo llevaba antes. Papá le tuvo que poner una viseras para que no pudiera ver para los lados y se aprendiera la nueva ruta. Sara, yo soy como ese caballo. Para mí, los caminos conocidos son seguros. ¿Para qué buscar nuevos caminos?

SARA. Nidia, yo llevo siete años sentándome en esa mesa. Siete años esperando a ver si tú finalmente decides salir de esta casa. Los lazos familiares tienen que romperse a tiempo. Yo no soy como el caballo de tu cuento. Un día de éstos yo cambio mi ruta y buscaré un nuevo camino. Me desaparezco de tu vida... de tu familia... de Union City para siempre.

NIDIA. Sara, yo... (Se tapa la boca con la mano, mira hacia la puerta y después a Tony. Susurrando.) ... yo te necesito... y te extrañaría. Te extrañaría inmensamente si tú decides no regresar jamás... pero tengo que quedarme aquí, quedarme hasta que mi familia aprenda a valérselas por sí mismos... hasta que todas sus necesidades estén resueltas. Cómo puedo decirte que... (Nidia mira a su alrededor y dice en voz muy baja.) te amo... si no me encargo de ellos primero.

SARA. (Sonriendo con tristeza.) Ay, Nidia, tú eres un tesoro... pero un tesoro encerrado en un cofre de cristal. Ahora sé por qué dejaste de pintar.

NIDIA. (Nerviosa.) Es que en esta casa no hay mucha luz.

SARA. (Se toma el trago de un golpe.) Seguro... no hay mucha luz en Union City. Es más... a la verdad, no hay mucha luz en toda el desgraciado estado de New Jersi. ¿Por qué no terminamos de poner la mesa? (Abre la caja de cubiertos.) ¡Óyeme! ¡Qué elegancia!

NIDIA. ¡Abuela los estaba guardando para mi boda!

SARA. ¡Pero ni siquiera estamos comprometidas!

NIDIA. Shhh...

SARA. *(Tarareando la marcha nupcial.)* Toda la casa huele a pavo.

NIDIA. ¡Qué asco!

SARA. Ay, Nidia, chica, me vas a estropear el apetito.

NIDIA. A ti no hay quien te estropee el apetito.

SARA. *(Mirando hacia la sala donde todos están viendo televisión.)* ¡Aquí, como que la novela es el acontecimiento del día!

NIDIA. Imagínate que hoy Daniel Riolobos va a operar del corazón a su exnovia, Margarita.

SARA. ¿Y quién es Margarita?

NIDIA. A mí no me preguntes; pregúntale a abuela que es la que se la sabe de memoria. ¿A que no adivinas con quién me encontré hoy en "Bergenlain"?

NIDIA. ¿Con quién?

SARA. ¡Con Teté Delgado!

NIDIA. ¿Teté?

SARA. Sí, y estaba contentísima. Finalmente Pupi se va a casar con ella.

NIDIA. Bueno, ya era hora.

SARA. ¡Quince años!

NIDIA. ¡Quince años! Llevaban quince años de noviazgo.

SARA. Tú te imaginas lo que es esperar quince años por un hombre como Pupi...

NIDIA. Bueno, pero ella está muy enamorada de él.

SARA. No, mi vida, eso es lo que yo llamo abnegación.

NIDIA. No, Sara, eso es paciencia.

837

Las dos ríen. Aurelito entra. Se sirve una taza de café, se la toma rápido y vuelve a servirse otra, pero no se la toma. Va al refrigerador y coge una cerveza.

AURELITO. ¿Se divierten? *(A Sara.)* ¿Interrumpo?

SARA. No, definitivamente, no interrumpes. ¿Por qué no te quedas y te diviertes un rato con nosotras?

AURELITO. No, gracias. Sólo vine a buscar una cerveza y a decirte que Nenita quiere que subas un momento.

SARA. ¿Para qué?

AURELITO. Para que le ayudes con la tarea de Ileana. Todo el mundo dice que tú eres una excelente maestra

SARA. Y lo soy. Además, cualquier cosa que me propongo hacer la hago magistralmente. Nidia, deja la mesa así, que cuando baje terminamos de ponerla.

AURELITO. Así es Sara... estás en tu casa.

SARA. Lo sé. Tú eres tan amable que me inspiras a quedarme todo el fin de semana para disfrutar de tu compañía.

NIDIA. No tomes más.

AURELITO. Hoy es día de fiesta.

NIDIA. Siempre tienes alguna excusa... A la verdad que Nenita no debería molestar a Sara con la tarea de Ileana. Sara está hasta la coronilla de niños y tareas.

AURELITO. Nenita no llamó a Sara. Yo se lo dije porque quiero hablar contigo.

NIDIA. Pero, ¿qué te traes entre manos?

AURELITO. Nada. Tan pronto Sara llega es imposible hablar contigo a solas.

NIDIA. Eso no es cierto. Bueno, ¿qué quieres? ¿Qué pasa? ¡Di!

AURELITO. No sé por qué te alteras tanto.

NIDIA. ¿Cuál es la emergencia que no puede esperar hasta después de la comida?

AURELITO. Cálmate. ¿No puedes tener una conversación con tu hermano?

NIDIA. Bueno, di. ¿Qué pasa?

AURELITO. No me levantes la voz. *(Pausa.)* Yo lo que quiero saber es por qué Sara tiene que venir a pasar todos los "Sanguivin" con nosotros.

NIDIA. ¿Por qué? Porque ella es mi mejor amiga. Por eso.

AURELITO. Ah... y por eso es que tú has estado yendo a "Manjatan" todos los sábados por siete años.

NIDIA. Bueno, sí. Además, es muy agradable tener una amiga con quien salir. Y tú sabes lo peligroso que es para una mujer salir sola.

AURELITO. ¿Y se puede saber a dónde van ustedes cuando salen juntas?

NIDIA. A bailar... o a un restorán... al cine... o a cualquier sitio.

AURELITO. ¿A bailar? Óyeme, Nidia, cuando tú eras jovencita y yo trataba de embullarte a salir a bailar con mis amigos, a ti nunca te gustó. Y ahora, ¿tú me vas a decir que después de vieja a ti te gusta el baile?

NIDIA. ¿Y esto qué es, un interrogatorio? Yo a ti no tengo por qué darte cuenta de nada. ¡Tú no eres mi padre!

AURELITO. Claro que no. A papá tú siempre lo pudiste manipular.

NIDIA. ¿Bueno, y por qué meter a papá en todo esto?

AURELITO. Porque tú lo engañaste, como has engañado a los otros y como me engañas a mí. Pero mira, ya yo estoy cansado que se rían de mí.

NIDIA. ¿Y quién se está riendo de ti?

AURELITO. ¡Tú y Sara!

NIDIA. ¿Cómo?

AURELITO. Nidia, tú crees que yo me chupo el dedo... ¡que nací ayer!

NIDIA. ¿A qué te refieres?

AURELITO. Por qué no te quitas la careta... ¡yo sé!

NIDIA. ¿Qué es lo que sabes?

AURELITO. Yo sé lo que hay entre tú y Sara... Lo que ha habido todos estos años.

NIDIA. *(Dándole una bofetada.)* Pero cómo te atreves... *(Mira a Tony que observa todo con calma.)* Cómo te atreves a decir semejante cosa.

AURELITO. La gente habla.

NIDIA. Gente, ¿qué gente? ¿Desde cuándo tú le prestas atención a los chismes?

AURELITO. Son mis amigos y yo les creo.

NIDIA. Yo sé lo mucho que tú oyes a tus amistades... Mira, Aurelito, por qué tú siempre te estás quejando de que tu estudio fotográfico no está haciendo negocio y que no puedes contribuir nada al mantenimiento de esta casa. ¿En qué se te está yendo a ti el dinero?

AURELITO. Los negocios andan mal en todos los sitios. ¿Qué tú quieres que yo haga?

NIDIA. Oh... ¿estás seguro que ese dinero tú no se lo estarás dando a otra persona?

AURELITO. ¡No me vayas a decir que tú crees que yo tengo una querida!

NIDIA. Frío, frío... No... Diríamos unos amigos... o algún grupo.

AURELITO. Un grupo... ¿pero de dónde tú sacas esas ideas?

NIDIA. Mira, Aurelito... yo también he oído chismes de unas amistades en las cuales yo creo.

AURELITO. ¿Qué chismes?

NIDIA. Un cierto rumor de que tú estas envuelto con una organización...

AURELITO. ¿Organización?

NIDIA. Tibio, tibio... ¡Sí! ¡Una organización... una organización terrorista!

AURELITO. *(Después de mirar a Tony.)* Pero, Nidia, ¡cómo tú puedes pensar semejante cosa!

NIDIA. *(Se sirve café y se lo toma lentamente.)* Yo no lo creí, al principio. Sé que tú eres incapaz de participar en algo tan arriesgado. Pero sí sé que tú serías capaz de ayudar, pero no tendrías el valor de hacer el trabajo sucio.

AURELITO. ¿Y qué pruebas tienes?

NIDIA. *(Yendo hacia la gaveta y sacanco la carta.)* Esta carta. Tú tienes que ser miembro de alguna organización. Mira este membrete. Hasta un niño puede reconocer los colores.

AURELITO. ¿Tú abriste esta carta?

NIDIA. No, mijito... ¿para qué? Si hasta Fidel Castro ya está enterado de los planes secretos de la próxima invasión.

AURELITO. ¡Cállate!

NIDIA. Yo no puedo creer que tú les estés dando dinero a esa gente.

AURELITO. ¡Dinero! Mira, Nidia, te lo advierto... que esta conversación no salga de nosotros. Como digas algo te voy a cortar la lengua. ¡Me oíste! A nadie...

Entra Catalina.

CATALINA. ¿Y qué es lo que pasa aquí?

NIDIA. Nada. Aquí hablando con Aurelito sobre la porción de los gastos que le corresponde a él este mes.

CATALINA. Ay, mijo, no te preocupes. Si andas apretado, nosotras nos arreglaremos como podamos.

AURELITO. No, para la próxima semana sí puedo... ésta ando un poco apretado.

CATALINA. Yo sé que los negocios no te andan bien.

NIDIA. Especialmente el negocio de Aurelito. Los estudios fotográficos siempre tienen muchos gastos imprevistos.

AURELITO. La semana que viene tendrás el dinero en tus manos.

NIDIA. Mejor en mis manos que en las de otros.

CATALINA. No te preocupes... tu obligación es con tu mujer y tus hijos. Si tu padre estuviera vivo, no tendríamos que molestarte.

AURELITO. Papá no ganaba tanto.

NIDIA. No. Pero todo lo que ganaba se lo daba a su familia.

CATALINA. El pobre... él sabía que en la tienda no le estaban dando todas sus comisiones, pero él no quería quejarse por miedo que lo fueran a botar y quedarse sin trabajo.

AURELITO. ¡Qué diferencia de cuando en Cuba él era el jefe de aquel montón de guajiros que besaban el suelo que él pisaba!

NIDIA. Lo admiraban porque él conocía su negocio.

AURELITO. Lo admiraban porque eran un montón de cretinos. ¡Muchos ídolos se vinieron abajo en el exilio!

CATALINA. ¡Aurelito!

NIDIA. ¡Eres un monstruo!

AURELITO. Sí, ¡un monstruo porque digo la verdad! Papá siempre me trató a mí como a un mierda. No en balde a Tony se le trastornó el cerebro. Pero él tomó el único camino que se puede tomar en esta familia: la locura, y ganó su libertad.

CATALINA. ¡Basta, pero basta!

NIDIA. Con razón papá siempre dijo que tú no te merecías el plato de comida que se te servía.

AURELITO. Tú siempre fuiste su favorita. Él te crió para que caminaras como él, lucieras como él, tuvieras sus mismos intereses. Yo a veces me pregunté cómo es que una mujer se puede parecer tanto a su padre.

CATALINA. Pero, ¿es qué tú nunca vas a olvidar y a perdonar? Tu padre fue un hombre muy especial... a veces díficil, pero especial. Era imposible no quererlo.

AURELITO. Tú debes saberlo muy bien.

NIDIA. ¡Aurelito! Hazme el favor de subir y decirle a Nenita que venga a ayudarme a poner la mesa.

AURELITO. Yo de todos modos te voy a dar mi parte para los gastos de la casa... la semana que viene. *(Sale.)*

CATALINA. *(Sentándose.)* ¿Te fijaste que mirada me echó Aurelito?

NIDIA. *(Sentándose en la silla opuesta a Catalina.)* Son ideas tuyas.

CATALINA. No lo son. Había algo extraño en su mirada.

NIDIA. Ay, mamá.

CATALINA. Él ha cambiado desde la muerte de tu padre. Es como si yo fuera la culpable.

NIDIA. Papá murió de un infarto cardíaco. ¿Cómo tú vas a ser la culpable?

843

CATALINA. Ay, Nidia, ¿por qué es que a veces yo siento que una parte de mí está muerta?

NIDIA. Mamá, él fue tu compañero de muchos años.

CATALINA. No, mija, ese sentimiento yo lo he tenido desde mucho antes de la muerte de tu padre.

NIDIA. Ay, mamá, ¿pero por qué hablar de esas cosas ahora?

CATALINA. Pero, Nidia, es que tú no me entiendes. Tú no sabes lo que yo siento. Es algo que me ha ido comiendo lentamente... que me quita toda la energía.

NIDIA. Déjate de boberías, mamá, y ayúdame a poner la mesa.

CATALINA. Yo traté de ser una buena esposa, el Señor sabe que yo traté. Mi primer bebé fue una niñita preciosa... de pelo negro como el azabache. Tan tierna... tan perfecta. Hasta que la comadrona la viró de espaldas para lavarle. Tenía una bolsa de piel en la nuca. Era una bolsa suave y transparente llena de venitas azules. Cada vez que le daba el pecho, la bolsa se endurecía más. Tres días más tarde... la bolsa explotó como un globo rosado y mi niñita murió. El médico trató de consolarme diciéndome que ella había sido un caso muy raro... uno en un millón... pero yo sabía...

NIDIA. Mamá, por favor... por qué tenemos que hablar de cosas tristes. Hoy es día de dar gracias.

CATALINA. Después fue que nació Tony y yo me empecé a sentir mejor. Qué bebé tan lindo, tan sano... pero tuve que esperar diecinueve años para saber que algo andaba mal... diecinueve años y aún la mala semilla estaba ahí... siempre estuvo ahí.

NIDIA. Mamá, tú estás muy confundida.

CATALINA. Yo sabía... siempre lo supe que tenía que ver con la forma que yo me sentía hacia tu padre.

NIDIA. *(Se levanta, va hacia el horno, lo abre y revisa el pavo.)* Mamá, yo no quiero oír más.

CATALINA. Yo... lo quería... pero me daba asco... Cómo es posible que una mujer se dejara preñar cinco veces por un hombre que le daba asco en la cama.

NIDIA. Si todo eso es verdad, entonces, ¿por qué no te divorciaste?

CATALINA. Porque yo lo quería... pero de una forma diferente. Él era el padre de mis hijos... pero tienes razón. ¿Por qué no me divorcié? Hubiera sido mejor ser un jardín yermo. De qué sirven las flores, cuando uno no soporta la mano del jardinero.

NIDIA. Si tú continúas con todo esto, yo me voy a marchar de esta casa para siempre.

CATALINA. *(Con tristeza.)* Perdóname, Nidia. No era mi intención herirte. Yo sé lo mucho que tú querías a tu padre. Pero yo también necesito desahogarme. Cuarenta y seis años... son muchos años. *(Empieza a sollozar.)* Perdóname... ya me siento mejor, Nidia. ¿Todavía me quieres?

NIDIA. Seguro que sí... ¿no eres mi madre? *(Entra Aurelito con un juego de monopolio lleno de casitas, etc. Le sigue Peter, que trae en una caja todo el dinero en billetes del juego.)*

PETER. Bueno, y ¿cuándo se come en esta casa?

CATALINA. *(Se levanta rápidamente secándose las lágrimas y va al horno pretendiendo revisar el pavo.)* En quince minutos todo va a estar listo.

AURELITO. *(A Catalina.)* ¡Buenas noticias! *(Empieza a arreglar el juego sobre la mesa.)*

NIDIA. ¿Y ustedes van a empezar el juego ahora?

AURELITO. *(Saca otra cerveza del refrigerador.)* No, ya lo habíamos empezado en la sala.

CATALINA. ¿Y por qué no lo continúan allá afuera? Yo necesito la mesita.

845

AURELITO. Es que con esa estúpida novela no hay quien se concentre.

CATALINA. Hoy Daniel Riolobos va a operar a Margarita.

AURELITO. Le ronca... ·

Entra Nenita, acompañada de Aleida y Sara.

NENITA. ¿Ya está el pavo?

CATALINA. Casi.

NENITA. Vamos a terminar de poner las sillas. *(Aleida va a uno de los gabinetes y saca las servilletas y los anillos para ellas. Se sienta al final de la mesa y mete las servilletas en los anillos.)*

ALEIDA. Hacen falta más sillas. Esta familia crece con los años.

CATALINA. Sí, mamá.

SARA. *(A Nenita.)* Déjame darte una manita.

NENITA. Aurelito, tenemos que acabar de poner la mesa.

AURELITO. En un segundo... No hemos terminado.

NENITA. *(A Aurelito.)* Ay, chico... por favor... *(A Peter.)* Déjalo que gane para poder comer.

PETER. I should give him a break... un "breiquesito".

AURELITO. *(Tomando cerveza.)* ¡Qué huevón es este boricua!

NIDIA. Nenita, ayúdame con la ensalada.

SARA. Y el aliño, ¿ya está hecho?

NIDIA. No, pero le podemos echar aceite y vinagre o mayonesa.

SARA. No. ¡Yo les prepararé mi aliño especial a "la Sara"!

NENITA. Ay, sí, qué rico... pero me tienes que dar la receta.

Sara va al fregadero y comienza a mezclar los ingredientes en una taza de medidas.

846   NIDIA. Abuela, ¿y qué tal estuvo la novela?

SANGUIVIN EN UNION CITY

ALEIDA. Margarita no tuvo el coraje de decirle a Daniel Riolobos que ella y Fátima Zulema eran la misma persona... qué decepción.

NIDIA. Yo creo que esa novela no se va acabar más nunca.

ALEIDA. Qué va. La otra nada más que duró dos años y medio.

NENITA. Aurelito, por favor, ¿cuándo vas a acabar con ese juego estúpido? Hay que poner la mesa.

AURELITO. Chica, no jodas. Tengo que ganar más dinero para poder comprar "Par Pleis".

NENITA. ¡El gran financiero! Vamos, Peter... dinner is ready.

AURELITO. Vamos a ver qué te tiene deparado el destino.

PETER. *(Levantando una tarjeta del juego.)* "Go to jail". Do not pass Go and do not collect two hundred dollars.

AURELITO. Vas a tener que vender, berraco. Vamos a ver, ¿pa' qué tú quieres a "Par Pleis"?

CATALINA. Ave María, muchachos... es sólo un juego. Pueden terminar después de comer.

AURELITO. Nadie va a comer hasta que yo no compre "Par Pleis".

ALEIDA. Pero, Aurelito, ¿cuál es la importancia que tiene el "Par Plais" ese?

PETER. Él lo necesita, so he can make monopoly y sel el dueño de la esquina.

AURELITO. *(Besando y tirando los dados.)* "Coneticu Aveniu". La compro. La compro. Monopolio de nuevo. Dame ciento veinte dólares, cuatro casas y dos hoteles. Vamos, viejo, tira los dados.

PETER. Nueve... ¡damn!

AURELITO. Cabrón. Vamos a ver qué tú vas a hacer. Estás pelao sin un kilo... así que me vas a tener que vender a "Par Pleis".

PETER. *(Dándole la tarjeta de Park Place.)* Aquí está... pero, nene, no te tienes que poner tan "obnoxious". *(Aurelito cuenta el dinero y se lo da a Peter.)*

NENITA. ¿Podríamos acabar de poner la mesa, "Rockefeller"? *(A Peter.)* No te preocupes, mi cielo, nosotros somos dueño de una casa de verdad.

AURELITO. Yo también podría tener casa propia si quisiera. Lo que yo no soy como otra gente, que están metidos en deudas hasta aquí. *(Hace gesto al cuello.)*

NENITA. Sí, a lo mejor nosotros estamos hasta aquí en deudas, pero vivimos en la realidad. Mi hija se va a criar en casa propia.

AURELITO. Si no tienen que venderla... cuando no puedan pagar la hipoteca.

PETER. ¡Cut it out, man!

AURELITO. ¡Ésta es una discusión entre mi hermana y yo! ¡Así que no te metas!

PETER. ¡Pero tu hermana es mi mujer!

AURELITO. ¡Pues, viejo, ésa es la suerte que te ha tocado!

PETER. *(Cogiendo a Aurelito por el cuello.)* Mi mala suerte es tenerte a ti como "brother-in-law", y no mapeo el piso contigo polque estás borracho y no te puedes defender.

NIDIA. ¡Basta ya! Ahora sí que se acabó porque yo sí que no puedo más. No tomas una cerveza más.

AURELITO. ¡Qué cerveza ni un carajo! *(Mira a su alrededor y se deprime repentinamente.)* Y ustedes, ¿qué miran? No me miren con esa cara de lástima. Yo sé que puedo triunfar en lo que me proponga. *(Nadie contesta.)* Mis hijos también se van a criar en una casa propia... ¡ya verán! Fíjense que ayer mismo fui a ver una casa en "Chery Hill" con un jardín al frente...

CATALINA. *(Interrumpiendo a Aurelito. Abre el horno.)* El "torqui" está listo.

PETER. ¡All right! ¡About time! Déjame lavalme las manos. *(Sale.)*

NENITA. No uses las toallas rosadas, que son nuevas.

CATALINA. Pero, Nenita, aunque sean nuevas... las cosas son para usarlas.

ALEIDA. Sí, pero si alguien las usa... a ti te da un ataque.

CATALINA. ¡Mamá!

ALEIDA. Sara, ven siéntate a mi lado. Y por favor, disculpa el incidente.

SARA. Ay, por favor, Aleida... ni lo mencione.

AURELITO. No me arrepiento de nada de lo que he dicho. Yo tengo mis razones.

NENITA. *(Gritándole a Peter.)* Peter, baja a Ileana que ya nos vamos a sentar.

CATALINA. Nenita, acuérdate que tú no estás en Guanajay para tanta gritería.

PETER. *(Desde afuera.)* Ileana está viendo televisión y dice que se queda arriba.

ALEIDA. Tú ves, esa televisión es el opio del pueblo.

NENITA. Ay, por Dios, yo luego le subo la comida.

CATALINA. ¿Ya todo está en la mesa?

NIDIA. No... todavía faltan la ensalada, el arroz y el pan.

NENITA. Y los frijoles negros.

849

PETER. *(Entrando.)* ¿Frijoles negros? ¿Con pavo? *(Nenita, Nidia y Sara, al unísono.)* ¡Los frijoles negros pegan con todo!

ALEIDA. *(A Peter.)* Peter, ¿cómo tú puedes comer pavo sin frijoles negros y flan?

PETER. OK, OK, abuela... ¿y pol qué no? Estos americamos no saben lo que se están peldiendo.

CATALINA. Bueno, ya está. Vayan sentándose.

Todos, excepto Tony, que ya está sentado en la primera silla del foro izquierdo, y Aleida, en la primera silla del foro derecho, van a sus sillas. El orden es el siguiente: Sara, Nenita, Peter, Catalina, Aurelito y Nidia.

ALEIDA. *(Admirando el pavo.)* Ay, Catalina... es una belleza.

SARA. ¡Y qué rico huele!

NENITA. ¡Mamá, te la comiste!

PETER. ¡Ave María, y lo grande que es!

AURELITO. No está mal.

NIDIA. ¡Mamá, tú eres la experta! *(Tony mira el pavo pensativo, pero no dice nada. A Tony.)* Echa la silla más pa'cá, Tony. *(Tony no hace nada y ella hala su silla.)* Para que estés más cómodo.

CATALINA. Bueno, caballero, yo espero que sepa tan rico como se ve. *(Cortando el pavo.)* Aquí está, el primer pedazo para Tony, el más lindo de mis hijos.

PETER. *(Levantándose.)* ¡Ay, bendito, el vino! Se me había olvidado el vino. *(Saca las botellas del refrigerador y las empieza a abrir con el sacacorchos.)* Deja ver si no se me palte el corcho, polque eso siempre a mí me pasa, y me enfogona... ¡wow! Aquí está, enterito. *(Comienza a servir el vino.)*

NIDIA. Mami, por qué no dejas que Nenita corte el pavo y así tú no te tienes que preocupar de servir.

CATALINA. No. Además, tú sabes que a mí me gusta servirle a mi familia. *(Dándole el plato a Sara.)* Y a Sara, que ya es casi parte de la familia.

AURELITO. *(Mirando a Nidia.)* Sí, casi, casi...

SARA. Gracias, Aurelito. Estoy conmovida y sorprendida.

AURELITO. ¿Sorprendida? Oh, no te preocupes porque la comida acaba de empezar. ¡Deja que tú pruebes la sorpresita que te tengo de postre!

NIDIA. *(A Catalina, pero mirando a Aurelito.)* Mamá, ¿tú has sabido algo más de la mujer de Ángel?

CATALINA. No. La última vez que la vi fue en la bodega, y la verdad es que se veía más muerta que viva. Es una pena que haya enviudado tan joven.

NIDIA. *(Mirando aún a Aurelito.)* Qué increíble, el daño que un terrorista puede hacer. ¡La cobardía de matar a un hombre por la espalda frente a su propio hijo de once años!

NENITA. ¡Yo lo que no entiendo es por qué si son tan guapos no se van pa' Cuba y tratan de matar a Fidel!

AURELITO. Yo no sé por qué ustedes se ponen tan histéricas cuando matan a un comuñanga infiltrado.

NENITA. Porque es inhumano de la forma que lo hacen. A ver si a ti te gustaría que tu hijo viviera con la memoria de su padre tiroteado en frente de sus propios ojos.

AURELITO. ¿Y cómo tú crees que los hijos de los presos políticos se sienten cuando saben que sus padres se están pudriendo en las cárceles cubanas?

CATALINA. Yo pensé que habíamos decidido que hoy aquí no se iba a hablar ni de Cuba, ni de la revolución.

ALEIDA. Sara, y tu hermana Inés, ¿qué tal anda?

SARA. Bueno, andaba muy bien. Pero imagínese que su hija se acaba de comprometer con un marielito.

851

ALEIDA. ¡Ay, Señor!

SARA. El pobre. Llegó en uno de los últimos botes y todavía no está muy adaptado. Es buena gente, pero el problema es que se pasa todo el día viendo la televisión en colores y la hermana ya no sabe qué hacer con él.

ALEIDA. ¿Y no trabaja?

SARA. No... nada más que ve televisión.

NENITA. Pobrecito... él se debe de haber quedado muy mal cuando se dio cuenta con lo que tenía que enfrentarse aquí... la competencia... el idioma... la burocracia.

AURELITO. Haragán de mierda... ¡eso es todo lo que son! Unos desgraciados haraganes...

NIDIA. No todos son haraganes.

CATALINA. ¿Alguien quiere "cranbery""?

ALEIDA. A mí no me gusta el dulce con la comida. Los dulces son para postre.

CATALINA. El pavo siempre se come con "cranbery".

ALEIDA. Eso es una invención americana.

SARA. *(A Aleida.)* ¿Y qué tal le va a su hermana Cuca en Miami?

ALEIDA. Ay, hija, imagínate... en la forma que Cuca siempre miró a los negros.

CATALINA. ¡Mamá!

ALEIDA. *(A Catalina.)* Sara es parte de la familia... Pues como te iba diciendo, nuestro sobrino, Remberto, llegó de Cuba en uno de los botes y trajo a su mujer, Noelia, con él...

SARA. Ah, sí...

ALEIDA. Bueno, pues cuando Cuca los fue a ver, resulta que la tal Noelia era más negra que un totí, gordita y como quince años más vieja que Remberto.

PETER. ¿Y qué tiene de malo eso?

ALEIDA. No... yo no dije que tenía nada de malo... pero Cuca es la que por poco se muere.

PETER. Mira, pero la mujel de Rembelto debe de estal en algo... si no, no hubiese calgado con ella.

ALEIDA. ¿Que si está en algo? *(Riéndose.)* Imagínate... le salvó la vida.

PETER. ¿Cómo?

ALEIDA. Bueno, cuando ellos llegaron a Miami, los negros tenían uno de esos motines callejeros que ellos hacen, matándose los unos a los otros, y Remberto, por equivocación, se metió con el carro en el medio de la manifestación. Tú sabes que él es blanco y rubio con ojos azules. Los negros se creyeron que era un americano, pararon el carro y lo sacaron a la fuerza. Noelia salió detrás de él y lo metió en el carro otra vez. Cuando vieron que ella era negra y que era su mujer, lo dejaron. Imagínate tú. Cuca se tuvo que tragar la lengua. Noelia hasta apareció en el "Miami Heral". Se convirtió en una celebridad. *(Todos se ríen, excepto Aurelito y Tony.)*

AURELITO. A mí eso no me parece nada simpático.

NIDIA. ¿Qué es lo que no es simpático?

AURELITO. Yo creo que las familias cubanas tienen sus tradiciones y esas tradiciones deben de ser respetadas.

NIDIA. ¿Y tú le llamas al racismo una tradición?

AURELITO. No, tradición es la libertad para decidir.

NENITA. ¡Así que ahora al prejuicio se le llama libertad de decisión!

AURELITO. ¿Y que harías tú si Ileana se te casara con un negro?

NENITA. Me daría mucha tristeza.

853

AURELITO. Ya ves.

NENITA. Me daría mucha tristeza que ella y su marido tuvieran que soportar la actitud de la gente como tú.

AURELITO. ¡Caballero, esto es increíble!

PETER. ¡El increíble eres tú! Posiblemente tú discrimines contra cualquier raza o nacionalidad que no sea la tuya.

AURELITO. Mira quien habla. Los cubanos no la están pasando tan bien en la isla del "desencanto"... ¿tú sabes?

PETER. You know, man... mira, tú sabes que la isla tiene demasiada gente y que los pueltoriqueños no tienen trabajo puñeta, y que allí nadie estaba preparado para una imigración tan grande de cubanos.

CATALINA. ¿Alguien quiere postre?

AURELITO. *(Mirando a Nenita y luego a Nidia.)* A mí me sorprende que a ustedes se les hayan olvidado los valores que a nosotros nos enseñaron. Pero a mí no se me han olvidado, y si tengo que regresar para defenderlos, eso haré, si es necesario dar la vida para recuperar nuestros derechos.

NIDIA. Qué bien. ¿Y tú eres el que le va a encontrar la solución a este conflicto, eh? El destino de nuestra raza está en tus manos.

AURELITO. No, no sólo en mis manos, sino en la de todos aquellos que piensan como yo.

NENITA. ¡Ahora sí que se le salió el agua al coco!

CATALINA. ¿Alguien quiere café?

NIDIA. A ti lo que te pasa es que tú crees que puedes recuperar un pasado heroico y glorioso en una isla imaginaria... que en realidad nunca existió. Tú no acabas de entender que la revolución triunfó en el 1959 y que todo aquello cambió. ¡Que nada es lo mismo y que jamás volverá a ser como lo fue antes de la revolución!

AURELITO. Yo no entenderé muchas cosas... pero lo que yo sí entiendo es que tú estás muy contenta en este país y con las escapadas que tú te das a "Niu Yor" para encontrarte con Sara todos los sábados.

CATALINA. ¿De que tú estás hablando, Aurelito?

SARA. No le haga caso, Catalina. Aurelito está un poco tomado. ¿No es verdad, Aurelito?

AURELITO. Yo tendré unos tragos arriba, pero yo sé perfectamente de lo que estoy hablando.

SARA. Dicen que hay mucha gente que se refugia en el alcohol para dar riendas sueltas al odio y el resentimiento que tienen contra la gente.

AURELITO. Es que a cierta gente la verdad le duele.

NIDIA. Por favor, ¡de una vez y por todas, basta ya!

CATALINA. ¡Ay, sí, por favor!

AURELITO. *(A Nidia.)* Te lo dije y te lo repito. Tú habrás engañado a todo el mundo... menos a mí.

SARA. *(A Nidia.)* No te preocupes, mañana él se levantará sin la borrachera y todo estará tan normal como siempre. *(Mirando a todos.)* Después de todo, la familia es la familia... ¿no es así? *(A Aurelito.)* Qué personaje tan patético tú eres... qué ser tan triste. A veces cuando miro a un hombre como tú, me pongo a pensar si en realidad nosotros los cubanos no nos merecíamos esa revolución... la revolución que tanto detestamos. *(Va hacia la puerta.)* Buenas noches a todos. Muchas gracias por tan maravilloso "Thanksgiving."

CATALINA. Sara, por favor, siéntate. No le hagas caso a Aurelito.

NENITA. No dejes que Aurelito te disguste.

NIDIA. Sara, por favor, no te vayas.

NENITA. Ay, Sara, quédate un ratico mas.

SARA. No, gracias. Es mejor que me vaya. *(A Nidia.)* Nos vemos el sábado. *(Sale.)* 855

ALEIDA. *(A Aurelito!)* Debería darte vergüenza.

AURELITO. ¿Y por qué? ¡Acaso yo no puedo decir lo que quiero en mi casa!

NIDIA. ¡Ah, sí! ¡Pues yo también!

CATALINA. ¡Pero hasta cuándo ustedes dos van a seguir! Hoy es día de dar gracias. Yo todavía me recuerdo cuando esta familia se sentaba a comer junta y nos divertíamos de lo lindo. Mamá, tú te recuerdas de...

NIDIA. *(Interrumpiendo.)* Tú te recuerdas... tú te recuerdas... Pero hasta cuándo, caballero... cuándo vamos a parar de estar viviendo en el pasado y afincar los pies en el presente... ¿cuándo? Mamá, todos esos recuerdos son una ilusión, simplemente memorias. La familia ha cambiado... Cuba ha cambiado y probablemente nunca fue tan maravillosa. No podemos seguir viviendo de los recuerdos.

CATALINA. Pero si me quitan mis recuerdos... ¿qué me queda?

NIDIA. ¡El futuro mamá... el futuro!

CATALINA. ¿El futuro? Aurelito, ¿y a qué tú te referías cuando le dijiste a Nidia que ella se escapaba los sábados?

NIDIA. Yo también tengo mis fantasías. Él probablemente se refería a mi fantasía de escaparme de Union City algún día. Pero no te preocupes, mamá, es sólo una fantasía.

CATALINA. No los entiendo.

AURELITO. *(A Catalina, pero mirando a Nidia.)* Es que Nidia y yo tenemos unos jueguitos secretos, eso es todo. Abuela... ¿yo te conté alguna vez del último "Sansguivin" que pasamos con papá?

ALEIDA. ¿Pero hay que hablar de eso ahora?

AURELITO. Me lo encontré sentado solo en un rincón. Nunca pensé que un ser humano pudiera verse tan triste cuando siente acercarse la muerte. Yo me senté a su lado y de buenas a primeras me dieron ganas de cogerle la mano... la misma mano que había visto tantas veces convertirse en puño y darme en la cara. Yo le quería hablar y pedirle que me dijera que yo no era un fracaso...

dime... dímelo antes que te mueras. Pero ninguno de los dos dijimos nada. Pensé que las palabras eran innecesarias... que el silencio decía más que las palabras que él nunca dijo. Lentamente se sacó del bolsillo su reloj, se lo desenganchó y me lo puso en la palma de la mano. Yo lo miré y le dije: Papá, ¿eso es para mí, me regalas tu reloj? Sin mirarme me dijo: "Cuando yo muera, dáselo a Nidia. No quiero entristecerla ahora." Desde entonces, la comunicación se rompió para siempre.

Tony se levanta y sale de la cocina.

NIDIA. ¿A dónde vas, Tony?

CATALINA. Déjalo. A lo mejor ya se quiere acostar.

NENITA. Apenas ha comido nada. Creo que ni siquiera probó el pavo.

NIDIA. Ni ha probado el flan.

NENITA. Ni tampoco el cake.

ALEIDA. Nadie comió. Nadie dio las gracias. *(Larga pausa.)* Yo recuerdo cuando mi marido y yo llegamos a Cuba llenos de ilusiones en el año 17, alquilamos una casita y lo primero que mi marido hizo fue sembrar una mata de uvas en el patio. Imagínate... una parra en el trópico. Cuando parió por primera vez, las uvas salieron tan amargas... pero nosotros las comíamos con deleite, como si fueran las frutas mas deliciosas del mundo, y pretendíamos que eran tan dulces como las que habíamos dejado en España.

CATALINA. El café ya está frío.

Tony entra cargando una maleta pequeña. Camina hacia Nidia.

TONY. Nidia, llévame al hospital.

Las luces bajan de intensidad lentamente.

FIN

ANTÓN ARRUFAT

LOS SIETE CONTRA TEBAS

EL GOLPE DE DADOS DE ARRUFAT

ABILIO ESTÉVEZ

Al pie de su versión de *Los siete contra Tebas* ha dejado Antón Arrufat una fecha: mayo de 1968. Se sabe que pocos meses después obtenía el Premio "José Antonio Ramos", que otorga anualmente la Unión de Escritores y Artistas de Cuba (UNEAC). La votación del jurado no fue unánime. Dos de los cinco componentes del mismo creyeron necesario dejar constancia de que sus discrepancias con la obra eran "de carácter político-ideológico". [1] En el mismo concurso, en el género de poesía resultó galardonado el poemario de Heberto Padilla *Fuera de juego*. La obra de teatro y el cuaderno de poesía aparecieron publicados el mismo año, precedidos por una declaración de la UNEAC en la que se expresaba el desacuerdo de la institución por considerar que ambos libros eran "ideológicametne contrarios a nuestra Revolución".

Los siete contra Tebas se convirtió en piedra de escándalo. La obra merecía serlo, aunque acaso por razones diferentes. Una lectura empobrecedora, que trasladaba mecánicamente hechos de la realidad a la realidad artística, que es otra y más misteriosa realidad, la pusieron en el camino de una condenación que no le correspondía. Sería pueril sorprenderse: de equivocaciones semejantes está plagada la tradición literaria.

861

Al estallar el escándalo, Arrufat tenía treinta y tres años. Había nacido en Santiago de Cuba, y se había trasladado casi niño a La Habana en ese éxodo que es lugar común en la literatura cubana. El joven Arrufat supo aprovechar las posibilidades de la capital. Gracias a un ensayo sobre Rimbaud que nunca llegó a publicarse, se unió al círculo de la revista "Ciclón", una de las mejores revistas literarias que se han publicado en la isla. Se relacionó con José Rodríguez Feo. Conoció a José Lezama Lima. Se acercó a Virgilio Piñera, cuya amistad contradictoria, beligerante, es decir, benéfica, dejó una huella en el adolescente. Huella que aún persiste en el escritor maduro. Su iniciación es temprana y anuncia impaciencia. Con menos de veinte años publicó, en la propia "Ciclón", los primeros poemas. En 1957 estrenó la pieza en un acto *El caso se investiga*.

El premio de 1968 no lo alcanza siendo un desconocido. Tenía ya tres libros de poemas, uno de cuentos, un tomo de teatro y varios ensayos publicados en revistas, donde daba cuenta de una especial agudeza (con tendencia a la irreverencia), y de un sentido crítico nada común entre nosotros. Vertiginosa carrera que *Los siete contra Tebas* (o mejor dicho, la burocracia amparada en el supuesto acto de traición que es *Los siete contra Tebas*) vino a detener bruscamente.

Una obra injustamente atacada

El autor encontró en el premio su castigo. Conoció la marginación social. Se vio confinado a un oscuro trabajo en una oscura biblioteca municipal. Más de catorce años sin que una línea suya apareciera en la más insignificante de las publicaciones. Se prohibió mencionarlo. Fue excluido de antologías y diccionarios. Dejó de existir. Se deshizo en impalpabilidad, no por muerte o por ausencia, sino por cambio de costumbres.

Pero como el tiempo es aleccionador y, aunque a veces lo olvidemos, no pasa por gusto, hoy debemos reconocer que esa pieza teatral injustamente atacada, premeditadamente olvidada, ha llegado a ser indispensable en nuestra dramaturgia. Algo faltaría si no la situáramos junto a cualquiera de sus contemporáneas: *La noche de los asesinos,* de Triana; *Dos viejos pánicos,* de Piñera; *Los mangos de Caín,* de Estorino. Como ellas, pone en tela de juicio la realidad posrevolucionaria; como ellas, es un juego no exento de peligros donde adquieren relieve bellezas y horrores de un mundo de bellezas y horrores.

No obstante, la pieza que el lector tiene ahora en sus manos termina por ser diferente a sus contemporáneas. Muy diferente, incluso, a las obras anteriores del propio Arrufat. Podría hasta afirmarse que con ella comienza una nueva etapa en la dramaturgia del autor .

Escrita en verso, con un depuradísimo lenguaje lo más alejado de cualquier coloquialismo, con una estructura para la que no encuentro otra palabra que clásica, *Los siete contra Tebas* se aparta de repente del teatro del absurdo, se aparta de Genet y Peter Weiss (dioses tutelares que gravitaban por la escena cubana de entonces), y va a la tragedia griega sin intentar la parodia (como es el caso de *Electra Garrigó)* y sin la pretensión de hacer tragedia (todo lo contrario: ya veremos por qué). Va a la tragedia tal vez en busca del mito y porque parece descubrir allí la posibilidad de un experimento verbal. Y eso puede ser en última instancia la versión de Antón Arrufat: sorprendente experimento verbal: texto poético: exaltación de la palabra: la palabra usurpando el lugar de la acción.

¿Un texto político?

Durante años el texto permaneció oculto, escondido, rodeado por una muralla de prejuicios y malas intencio-

injusticia". "Para ser justos —dice categórico— es necesario ser injusto un momento". Polinice responde:

"Para ti la justicia se llama Etéocles.
Etéocles la patria y el bien.
Me opongo a esa justicia, lucho
contra esa patria que me despoja y olvida"

¿Tiene Polinice la razón?

Va a tener lugar la lucha entre los hermanos. Ellos, que son las dos caras de un mismo cuerpo, o como expresa mucho mejor el propio Etéocles: "No avanzo contra él (...), sino contra mí mismo, contra esa parte de Etéocles que se llama Polinice".

El coro declama: "El dios de la guerra jugará a los dados la victoria".

No hay fatalidad, sino azar

¿Jugará a los dados la victoria? ¿Y dónde está la fatalidad? No, no hay fatalidad; no estamos frente a una tragedia. La fatalidad ha desaparecido. Falta el elemento fundamental de lo trágico. Si en la obra de Esquilo la fuerza dramática radica justo allí donde la inflexible causalidad, donde la culpa y la maldición dibujan el destino de un hombre que merecía otro destino, aquí todo se ha transformado en azar. La casualidad ha ocupado el lugar de la *ananke*. En la inseguridad radica la fuerza de esta no-tragedia. Y sospecho que por este camino se podría llegar a una de las verdades más importantes de *Los siete contra Tebas*. Verdad que le confiere permanencia en la literatura cubana, más allá de circunstancias políticas, pasajeras a la larga.

Para el autor, la Historia parece ser el reino de la incertidumbre. ¿Alternativa de la tradición romántica? ¿Hastío del racionalismo? ¿Influencia de Schopenhauer, de Kierkegaard, de Nieztche? ¿Resultado de un estudio de la historia, de la historia de Cuba en particular? En este

Pero como el tiempo es aleccionador y, aunque a veces lo olvidemos, no pasa por gusto, hoy debemos reconocer que esa pieza teatral injustamente atacada, premeditadamente olvidada, ha llegado a ser indispensable en nuestra dramaturgia. Algo faltaría si no la situáramos junto a cualquiera de sus contemporáneas: *La noche de los asesinos,* de Triana; *Dos viejos pánicos,* de Piñera; *Los mangos de Caín,* de Estorino. Como ellas, pone en tela de juicio la realidad posrevolucionaria; como ellas, es un juego no exento de peligros donde adquieren relieve bellezas y horrores de un mundo de bellezas y horrores.

No obstante, la pieza que el lector tiene ahora en sus manos termina por ser diferente a sus contemporáneas. Muy diferente, incluso, a las obras anteriores del propio Arrufat. Podría hasta afirmarse que con ella comienza una nueva etapa en la dramaturgia del autor .

Escrita en verso, con un depuradísimo lenguaje lo más alejado de cualquier coloquialismo, con una estructura para la que no encuentro otra palabra que clásica, *Los siete contra Tebas* se aparta de repente del teatro del absurdo, se aparta de Genet y Peter Weiss (dioses tutelares que gravitaban por la escena cubana de entonces), y va a la tragedia griega sin intentar la parodia (como es el caso de *Electra Garrigó)* y sin la pretensión de hacer tragedia (todo lo contrario: ya veremos por qué). Va a la tragedia tal vez en busca del mito y porque parece descubrir allí la posibilidad de un experimento verbal. Y eso puede ser en última instancia la versión de Antón Arrufat: sorprendente experimento verbal: texto poético: exaltación de la palabra: la palabra usurpando el lugar de la acción.

¿Un texto político?

Durante años el texto permaneció oculto, escondido, rodeado por una muralla de prejuicios y malas intencio- 863 nes. El reparo, por supuesto, ha sido de orden político. Cabe preguntarse al fin: ¿estamos ante una obra política?

Se pudiera responder con una afirmación si se tiene el cuidado de agregar que sólo en la medida en que toda obra de arte lo es. Obra política que al mismo tiempo no lo es. Y no hay paradoja. O a lo sumo, la paradoja que encierra cualquier acto de creación.

Política, la obra se inscribe en una circunstancia bien determinada de la isla. No cometamos la ingenuidad de olvidar el epígrafe de Alfonso Reyes que el autor coloca delante de sus páginas. Podrían encontrarse, en efecto, semejanzas más o menos descubiertas sobre el ámbito, la realidad cubana posterior al triunfo insurreccional de 1959. Circunstancia sobradamente difícil como para poder abarcarla, como para querer intentarlo siquiera, en una pieza versificada y de un acto. De ese laberinto en que vive, el autor se pregunta con la angustia de quien está perdido en él, con la angustia de quien tiene conciencia de él, sobre la Historia y sus significado, sobre el heroísmo y sus efectos, sobre el sacrificio y sus consecuencias. Y se pregunta sobre un país dividido.

En este punto, pudieran quizá tener razón los que vieron a Etéocles y Polinice, los hijos que Edipo maldijo, los hermanos enfrentados por Tebas, la metáfora de un país con hijos obligados al exilio como consecuencia de una realidad política en la que no creyeron o que simplemente no pudieron entender.

Arrufat no parece compartir la idea que expresa la declaración de la UNEAC de que los que se han marchado de Cuba ''dejan de ser hermanos para convertirse en traidores''. Su criterio es menos drástico, más martiano. Me viene ahora a la memoria aquella carta rimada de José Martí, el apóstol de nuestra independencia, a Néstor Ponce de León, conocido partidario de la anexión de Cuba a los Estados Unidos. Dicen los versos que recuerdo:

Diré a mi hermano sincero:
"¿Quieres en lecho extranjero
A tu patria, a tu mujer?"

Pero en frente del tirano
Y del extranjero enfrente,
Al que lo injurie: "¡Detente!"
Le he de gritar: "¡Es mi hermano!"

Arrufat concede a Etéocles, el caudillo, y a Polinice, el exiliado, la misma posibilidad de diálogo: son hermanos.

Etéocles considera que la razón está de su lado. La guerra es *su* momento, *su* hora; gracias a ella la justicia, el valor de su causa se afirman. "Para nosotros —exclama— florece esta batalla y traza nuestro rostro en la historia". Su causa es más importante que la realidad. "Que empiece el día en que seremos obra de nuestras manos". No duda: cree en la grandeza de su hazaña: "Nuestra locura algo funda en el mundo". Su enfrentamiento es un enfrentamiento doloroso. Es el héroe que conoce el precio de serlo: el sacrificio: la muerte, la oposición a su hermano, la muerte de Tebas si resultara preciso. ¿Tiene Etéocles la razón?

Polinice considera que la razón está de su lado. El combate verbal entre los hermanos, preludio del que tendrá lugar en la séptima puerta, nos hará conocer la desdicha del exiliado, del despojado, del que conoce la añoranza por la tierra que se ha visto en la obligación de abandonar. No entiende por qué han desmantelado su casa, sus recuerdos. Regresa en busca de lo que no existe pero que la distancia, o su sinónimo, la nostalgia, le han magnificado. "Solo gobiernas, solo decides, solo habitas la casa de mi padre", echa en cara al hermano. El otro le replica que rectificó los errores de su gobierno, que partió el pan entre los pobres, que saqueó la casa para repartir los bienes entre todos, "sí, es cierto, profané un juramento. Pero no me importa. Acepto esa impureza, pero no la injusticia". "Para ser justos —dice categórico— es necesario ser injusto un momento". Polinice responde:

"Para ti la justicia se llama Etéocles.
Etéocles la patria y el bien.
Me opongo a esa justicia, lucho
contra esa patria que me despoja y olvida"

¿Tiene Polinice la razón?

Va a tener lugar la lucha entre los hermanos. Ellos, que son las dos caras de un mismo cuerpo, o como expresa mucho mejor el propio Etéocles: "No avanzo contra él (...), sino contra mí mismo, contra esa parte de Etéocles que se llama Polinice".

El coro declama: "El dios de la guerra jugará a los dados la victoria".

No hay fatalidad, sino azar

¿Jugará a los dados la victoria? ¿Y dónde está la fatalidad? No, no hay fatalidad; no estamos frente a una tragedia. La fatalidad ha desaparecido. Falta el elemento fundamental de lo trágico. Si en la obra de Esquilo la fuerza dramática radica justo allí donde la inflexible causalidad, donde la culpa y la maldición dibujan el destino de un hombre que merecía otro destino, aquí todo se ha transformado en azar. La casualidad ha ocupado el lugar de la *ananke*. En la inseguridad radica la fuerza de esta no-tragedia. Y sospecho que por este camino se podría llegar a una de las verdades más importantes de *Los siete contra Tebas*. Verdad que le confiere permanencia en la literatura cubana, más allá de circunstancias políticas, pasajeras a la larga.

Para el autor, la Historia parece ser el reino de la incertidumbre. ¿Alternativa de la tradición romántica? ¿Hastío del racionalismo? ¿Influencia de Schopenhauer, de Kierkegaard, de Nieztche? ¿Resultado de un estudio de la historia, de la historia de Cuba en particular? En este orden de especulación la obra de Antón Arrufat alcanza su verdadera densidad.

El lector de habla española se encuentra ante un ejemplo de lo mejor del teatro cubano, que es al propio tiempo un gran poema. Sólo le resta entrar en ese misterio y sacar sus propias conclusiones.

---

[1] Integraban el jurado Adolfo Gutkin, Ricard Salvat, José Triana, Raquel Revuelta y Juan Larco. Los dos últimos votaron en contra de la obra de Arrufat, por mantener, según expresaron, "posiciones ambiguas frente a problemas fundamentales que atañen a la Revolución Cubana". *(N. del E.)*.

ANTÓN ARRUFAT

Nació en Santiago de Cuba, en 1935. Trabajó en el semanario *Lunes de Revolución* y fue jefe de redacción de la revista *Casa de las Américas*. Como escritor, cuenta con una extensa bibliografía que incluye, entre otros libros, los poemarios *En claro, Repaso final* y *La huella en la arena,* los volúmenes de cuentos *Mi antagonista y otras observaciones* y *¿Qué harás después de mí?* y la novela *La caja está cerrada,* por la que obtuvo en 1984 el Premio de la Crítica. En la actualidad, trabaja como periodista en la revista *Revolución y Cultura.* Su obra dramática incluye los siguientes títulos:

TEATRO

El caso se investiga (1957). Estrenada en el Lyceum de La Habana en 1957. Publicada en *Teatro,* Ediciones Unión, La Habana, 1963.

El último tren (1959). Estrenada en la Sala Arlequín en enero de 1963. Incluida en *Teatro,* y publicada en la *Revista de Bellas Artes* (México), nº 20, marzo-abril, 1968.

El vivo al pollo (1959). Estrenada en la Sala Prometeo en abril de 1961. Incluida en el volumen *Teatro* y en la antología *El teatro actual latinoamericano,* Ediciones de Andrea, México, 1972.

La zona cero (1959-1964). Sin estrenar. Publicada en su primera versión en *Teatro.* La segunda y definitiva versión permanece inédita.

Todos los domingos (1964). Estrenada por Teatro Estudio en 1966. Publicada por Ediciones R, La Habana, 1968.

Los siete contra Tebas (1968). Estrenada por la Compañía de Marta Mardusco, de México, en noviembre de 1970. Publicada por Ediciones Unión, La Habana, 1968.

La tierra permanente (1974-1976). Sin estrenar. Publicada por Letras Cubanas, La Habana, 1987, edición que obtuvo el Premio de la Crítica 1987.

El criollo Juan (1983). Inédita y sin estrenar.

La divina Fanny (1984). Inédita y sin estrenar.

LOS SIETE CONTRA TEBAS

ANTÓN ARRUFAT

> *Cierto amigo, no ayuno de letras, me dijo
> cuando leyó la* Ifigenia: *"Muy bien, pero es
> lástima que el tema sea ajeno."*
> *"En primer lugar —le contesté—, lo mismo
> pudo decir a Esquilo, a Sófocles, a Eurípides,
> a Goethe, a Racine, etc. Además, el tema, con
> mi interpretación, ya es mío. Y, en fin,
> llámale, a Ifigenia, Juana González, y ya
> estará satisfecho su engañoso anhelo de
> originalidad.*

ALFONSO REYES
(En Comentario a su obra *Ifigenia cruel*.)

PERSONAJES

ETÉOCLES, GOBERNANTE DE TEBAS
EL CORO DE MUJERES TEBANAS
ESPÍAS I Y II
LÁSTENES
POLIONTE
MELANIPO HOMBRES Y SOLDADOS DE TEBAS
MEGAREO
HIPERBIO
HÁCTOR
POLINICE, HERMANO DE ETÉOCLES
PUEBLO

Rumor, agitación, comentarios incomprensibles. Hombres y mujeres se desplazan, forman pequeños grupos rítmicos, que expresan expectación o terror. De pronto un silencio imponente. El Coro forma un círculo: se abre y aparece Etéocles en el centro. Tiene el pecho desnudo y está descalzo. Al pronunciar su discurso, los hombres le investirán sus armas, en un ceremonial de gestos precisos y dinámicos, que puede prescindir de la presencia física de las armas.

ETÉOCLES

Ciudadanos, es menester que ahora
hable quien vela por la patria
sin rendir sus ojos al blando sueño,
sin escuchar las voces enemigas
ni entregarse al recuerdo de su propia sangre.
Escúchenme. Mi propio hermano Polinice,
huyendo de nuestra tierra, olvidando
los días compartidos, la hermandad
de la infancia, el hogar paterno,
nuestra lengua y nuestra causa,
ha armado un ejército de extranjeros
y se acerca a sitiar nuestra ciudad.
He enviado espías y exploradores.
Confío en que pronto estarán de regreso
y sabremos nuevas ciertas del campo enemigo:
el número de sus armas, su estrategia,
el valor de sus hombres. Nada ignoraremos,

e instruidos por esas referencias
estaremos prestos contra toda sorpresa.
Ha llegado el momento. Es nuestra hora.
En ella nuestra causa afirmamos,
su justicia y valor. Para nosotros
florece esta batalla y traza
nuestro rostro en la historia.
He aquí el escudo de mi padre,
el casco de mi abuelo, la espada
que mi hermano Polinice abandonó
para que no le recordara su traición.
Esgrimo estas armas, las empuño.
Con ellas retomo el aliento
de toda mi familia, su antiguo
vigor, y juro defender esta ciudad
y su causa. Que empiece el día
en que seremos obra de nuestra manos.

EL CORO

¡Suelten las aves proféticas!

ESPÍA I

(Sale de entre la gente de un salto y expresa con su cuerpo el hecho de soltar los gallos.)

EL CORO

(Se mueve y canta como los gallos, con intensidad expectante, en forma abrupta y basta.)

ESPÍA II

Etéocles, los agoreros signos
del canto de las aves solares,
que unen el cielo a la tierra
y trazan con sus voces el futuro,
anuncian que el ejército invasor
ha determinado atacar la ciudad
esta noche. Sus hombres se preparan.

EL CORO

¡Los Espías! ¡Los Espías! ¡Los Espías!
*(El nombre se repite como a lo largo de una fila de centinelas,
hasta perderse.)*

ESPÍAS I Y II

*(Mientras uno habla el otro permanece en silencio, realizando
físicamente las imágenes de la narración.)*
Te traemos noticias del campo enemigo,
noble Etéocles. Ocultos, anhelantes
vimos siete caudillos, ardorosos guerreros,
sacrificar un toro sobre un escudo negro,
mojar sus manos en su sangre y jurar
destruir la ciudad o morir en esta tierra.
Después, con las manos ensangrentadas
todavía, se despidieron de sus mujeres
y sus hijos. Lloraron. Vimos sus lágrimas
salir hilo a hilo, pero sus rostros
estaban impávidos. Ni una palabra
de piedad brotó de sus labios apretados.
Respiraban guerra sus pechos de hierro,
y con los ojos se alentaban mutuamente
a la matanza. Antes de irnos, noble Etéocles,
divisamos a tu hermano. Allí estaba, junto
a los jefes extranjeros. Lo vimos agitar
los dados, lo vimos iniciar el juego.
Cada uno de los caudillos se repartió
en el juego una de las siete puertas
de la ciudad. En ese momento, sin saber
qué puerta les deparó el azar,
decidimos venir a informarte. Aún escuchamos
el chasquido fatídico de los dados.
Pronto, escoge nuestros guerreros
más diestros y apóstalos en las avenidas
de las siete puertas de la ciudad.
No pierdas tiempo. Todo peligra.
El ejército enemigo eleva una densa

873

polvareda, crujen sus armas, un espumarajo
se desprende de la boca de sus caballos.
Pronto, organiza la defensa, elige
el instante favorable. Ya nos parece
oír los cascos cerca de las murallas.
No pierdas tiempo. Nosotros seguiremos
el resto del día, vigilantes y fieles,
más allá de las puertas. *(Salen.)*

ETÉOCLES

A las almenas, a las puertas, a las torres.
Empuñen sus armas, antiguas o nuevas.
Al pecho las corazas. Firmes. Ánimo.
No teman a una turba de ambiciosos.
Nos protegerán nuestros brazos. Firmes.
A las almenas, a las puertas, a las torres. *(Se van los hombres.*
Etéocles se aparta un momento.)
Que estos hogares no se derrumben
bajo el golpe enemigo. Que el polvo
de sus piedras no se disperse en el viento.
Si es necesario
que enfrente a mi hermano Polinice,
si es necesario, sea.
Estoy dispuesto.
Me entrego a la causa de Tebas.
¿Debo golpear
a mi hermano con esta espada?
¿Debo sacrificarme?
¿Aplacará mi sangre
su ansia de desastres?
¿Es necesario ahora el sacrificio?
Que sepa al fin
el pecho que debo aniquilar,
el instante,
los recuerdos.
Que sepa al fin
la puerta que abre nuestro triunfo.

Ahora estoy solo. Seré Etéocles. Vamos. *(Sale.)*

(Fuera cantan como gallos, lejos. Quedan las mujeres del Coro. Se agitan aterradas.)

EL CORO

I

Veo a los guerreros enemigos lanzarse
hacia nosotros en fiera acometida.
Lo adivino en este polvo que se eleva,
nos envuelve, que nos mancha la cara,
mudo, pero mensajero cierto e infalible.

II

Me arde la piel. Me suda la frente.

III

El polvo me ciega. Me lloran los ojos.

IV

Ay, amigas, ¿quién nos salvará?
¿Quién acudirá a nuestra súplica?

II

El polvo aumenta. Escucho, escucho
el fragor de la tierra, sacudida
por los cascos de sus caballos,
que emerge de entre el polvo
y se acerca, y vuela, y brama
como un torrente victorioso, ¡ay!

V

Veo sus armas lucientes salir
de entre el polvo, avanzar buscando
nuestros pechos. Aquí, aquí.
Me traspasan sus afiladas lanzas.

III

¿Qué puedo hacer sino postrarme
suplicante ante nuestros altares?

I

Esas espadas buscan el corazón
de nuestros hombres, de nuestros esposos.
Rajan sus carnes. Los labios de sus heridas
expulsan el ánimo vital temblando,
y cierran sus ojos, y olvidan sus nombres.

IV

Oigo el chocar de escudos,

II

de millares de lanzas,

I

de millares de carros,

V

de piedras que se abaten contra las murallas,

III

de bronces que golpean nuestras puertas.

*(El coro, integrado por mujeres que hablan mientras otras
expresan con el cuerpo las imágenes que la palabra les provoca,
alcanza un estado de alucinación.)*

II

¡Horror! Veo desde las almenas
una llanura de muertos amados.
Sus partes deshechas en la tierra,
mudos y ciegos,
aplastados por caballos y escudos.

IV

Ay, amigas, ¿quién nos salvará?

¿Quién acudirá a nuestra súplica?

V

Allí, allí: alguien su brazo levanta,
se agita, mueve los dedos, me llama.
Me llama: Es un grito espantoso.
Ya voy. Espera. Pero está rígido,
entreabiertos los dedos. Es el viento.
Ahora bate las cintas de su escudo.
Es el viento. No respira. Está helado.

I

El carro de Etéocles llama
a la séptima puerta: está vacío.
Su caballo tiene sueltas las riendas,
los arreos manchados de sangre.
Da un relincho y se pierde solitario
por esa llanura de cadáveres.

*(Algunas mujeres se golpean los muslos con las manos abiertas,
recrean con fuerza trágica los movimientos de un caballo, su
relincho, mientras otras repiten el mismo texto desde una parte
diferente del espacio escénico.)*

IV

Ay, amigas, ¿quién nos salvará?
¿Quién acudirá a nuestra súplica?

ETÉOCLES

¡Mujeres! ¿Es ésta la manera
de servir a la ciudad, de dar
aliento a sus sitiados defensores?
(Habla a distintas mujeres. Las agarra de los brazos, las increpa.)
¿No saben hacer otra cosa
que lamentarse y gemir?
Desde las almenas se oyen los gritos.
Basta de lamentos y visiones funestas.
Tú, ¿qué temes? ¿Por qué te arrodillas?

Y tú, ¿qué haces con esos ramos?
Y tú, ¿por qué lloras y gimoteas?
Tu esposo está en las murallas.
Lo he visto. Hablé con él.
¿Quieres desalentarlo con tus lamentaciones?
¿Quieres que inerte se entregue al adversario?

III

Me postré tan sólo para depositar
en los dioses mi esperanza...

ETÉOCLES

Ruega tan sólo por nuestros hombres.
Confía en el vigor de sus brazos.

V

Quieran los dioses no abandonarnos nunca.

ETÉOCLES

Que no nos abandonen nuestros guerreros.

II

¿Qué son esas luces? ¡Oh desventura!
Los soldados enemigos implacables
recorren la ciudad con encendidas teas.

ETÉOCLES

No nos pierdas, mujer. Deja los negros
vaticinios. Quien manda pide obediencia.
No lo olviden. Y la obediencia a una sola
cabeza engendra el suceso que salva.

V

Es mayor el poder de los dioses.
Puede levantar el desvalido
de entre sus males, desvanecer de pronto
la niebla del dolor en sus ojos.

ETÉOCLES

Ruega, si así lo quieres. Que los dioses
te escuchen. Pero no dejes de ayudar
con tus manos a nuestros guerreros.
Domina tu terror. Permanece serena.

III

(Golpeándose con el ramo de olivo.)
Ay, vientos inciertos, ay. La muerte
me amenaza. Quiere oler mi carne.
Dioses, acojan mis votos.
¿Dónde me arrastrará ese ejército?

ETÉOCLES

No nos arrastrará. Permaneceremos.
No es el momento de dudar, de ocuparse
de uno mismo. Ellos avanzan
unidos, y nosotros
nos destruimos aquí dentro.

V

¡Rodearán la ciudad de Tebas!
Moriremos de hambre y de sed.

ETÉOCLES

Aquí estoy para ordenar lo que haremos.

I

¡Ya relinchan los caballos,
se agitan sus penachos! Pasan
como miles de brazos de la muerte.

ETÉOCLES

¡Harás como si no los oyeras,
harás como si no los vieras, mujer!

V   879

Crujen las puertas, y se desprenden.

ETÉOCLES

¡Calla! Guarda tus augurios. Te lo ordeno.

II

¡Dioses de Tebas, no entreguen la ciudad!

ETÉOCLES

Teme en silencio. Lucha por ella.

III

¡Líbrame de la esclavitud!

ETÉOCLES

¡Tú misma te esclavizas, y a todos!

IV

¡Dioses, ampárenme de mis enemigos!

ETÉOCLES

¿Suplicas todavía? ¡Te ordené que callaras!

IV

Me falta el aliento. El terror traba mi lengua.
(Las mujeres, desgarradas las ropas, jadeantes, de rodillas, tiradas en el suelo, terminan rodeándolo. Sus manos se aferran a las suyas. Etéocles abre los brazos a lo largo del cuerpo.)

ETÉOCLES

Oigan. Se lo ruego.

EL CORO

(Uniéndose.) Dilo cuanto antes.

ETÉOCLES

Les pido silencio.

EL CORO

Callaremos.

ETÉOCLES

Les pido que no teman.

EL CORO

No temeremos.

ETÉOCLES

Les pido que se unan a nosotros.

EL CORO

Nuestra suerte será la suerte de todos.

ETÉOCLES

(Se sueltan las manos.)
He aquí al fin, una palabra que me agrada.
Por ella les perdono todas las demás palabras.
Depuesto el temor del enemigo, escuchen
ahora mis votos.
Si alcanzamos la victoria
y la ciudad se salva, juro
que honraremos a los guerreros,
a los muertos,
a los que supieron luchar por todos
renunciando un momento a la dicha privada.
Colgaremos en nuestras casas, en las murallas,
en las siete puertas de la ciudad,
las vestiduras de los invasores
que ostenten las señales gloriosas
de nuestras armas. Llena estará
la ciudad con los trofeos de la victoria.
Para mí nada pido. Si muero, recuérdenme
como soy ahora, sitiado por mi hermano
y nuestros enemigos. Que este momento
en sus memorias mi imagen configure,

brillando como el instante puro de mi vida.
Si vuelvo, si mi escudo y mi brazo
me otorgan el regreso a estos lugares
que ya empiezo a añorar, gobernaré
sereno, con cuidado y justicia mayor.
Mujeres, canten ahora un jubiloso himno
de esperanzas marciales. Después, ayuden
a los guerreros a llevar sus armas.
Parto a disponer seis adalides audaces
para que las siete puertas de la ciudad
defiendan. Yo seré el séptimo. *(Sale.)*

EL CORO

(Se divide. Dos mujeres cantan un himno de combate, con voces regocijadas y alaridos. Las otras reanudan el lamento. Poco a poco, arrastradas por el entusiasmo, se integrarán al himno.)

III

Intento obedecerte, y sin embargo
la ansiedad no abandona mi pecho.

IV

Otorga una extraña luz al futuro.

V

Me estremece el anatema de tu hermano.

III

¿Qué cuerpo atravesado caerá en tierra?

IV

Me sigue el perro furioso de la pesadilla.

I Y II

(Cantando.)
Dios de la guerra,
brazo potente,

concede a los tebanos
tu rebosante ardor.
Sostén a la ciudad
y sobre el cuerpo
extiende
tu escudo protector.

III, IV y V

¿Qué crimen cometimos? ¿Qué libertad perderemos?

I Y II

¡Batan los escudos!
¡Toquen las trompetas!
Resuena la guerra.
¡Marchen adelante!

III, IV y V

¡No entreguemos la ciudad a la feroz soberbia!

I, II Y IV

Mi pecho palpita,
mi sangre se quema.
¡Oh cuánto yo diera
por pelear también!

III Y V

Viene la noche y romperá la clave del destino.

I, II Y IV

Nuestros dardos
vuelan,
las lanzas fulguran
bajo el sol de la guerra. *(Se repite.)*

III Y V

¿Qué crimen cometimos? ¿Qué libertad perderemos?

I, II, III Y IV

Nuevas flores
tendremos
al volver.
Y los que no regresen
dispondrán
en silencio
la nueva primavera.

V

Es la luz de las antorchas. ¡Entran los adalides!
Entran los Seis Adalides. Se realiza el ceremonial de la investidura de las armas, que como en el de Etéocles, puede prescindir de la presencia física de las armas. Al entrar los Adalides, las mujeres cantan otra vez la primera estrofa marcial. Las mujeres realizarán el ceremonial de la investidura a lo largo de toda esta escena.

POLIONTE

Salud, mujeres. Nos alegra
encontrarlas aquí. Nos alegra
oírlas cantar en la ciudad.
Todos los hombres abandonaron
sus oficios de paz. Nadie
dormirá en su casa esta noche.
Ante el peligro de dejarnos
de ver, de perder el sabor
del pan, la mañana, el deseo
de los cuerpos, son ahora
la lanza y el escudo nuestros
más perfectos instrumentos.
Hiperbio, tendremos una buena
batalla, una batalla que detenga
la muerte a las puertas de Tebas.
Al volver los Espías, partiremos.

V

Está Hiperbio entre nosotros.

Hijo de Enopo, hemos visto tu
escuela. Es hermosa y sencilla.
¿Qué tiempo te llevó edificarla?

HIPERBIO

Mucho más tiempo que el de esta
noche, en que puedo perderla.
Lenta es la obra, pero la
destrucción tiene rápidos pies.

MEGAREO

Rápida es la defensa, rápido el
golpe del dardo sobre el enemigo,
Hiperbio. Tendremos una buena
batalla. Mañana abriremos tu
escuela otra vez.

HIPERBIO

Así será.
En ella no aprenderán
nuestros hijos
los fúnebres himnos
de los vencidos.

MEGAREO

Mujeres, de mis labores del campo
tengo otro ejemplo.
Mientras ajustas mis armas, oye:
el naranjo acepta su humilde oscuridad
muchos días, trabaja bajo tierra,
espera el fruto,
e irrumpe triunfante una mañana
en un triunfo amarillo.
Sin inquietud, esperó el tiempo.
Y puede en un instante perderse
sin embargo, apagar
su fulgor y morir.

Los hombres de Polinice,
con las manos inquietas, cortan
el ritmo medido de la espera,
amantes impacientes del desastre.
Nuestro tiempo es otro tiempo.
Sabremos fijarlo en nuevas leyes.
Esta noche se abre con ese noble afán.

HIPERBIO

Les digo que es hermoso este momento
porque es triste y hermoso.
Por segunda vez edificaremos
la escuela, plantaremos el naranjo,
al defenderlos esta noche.

LÁSTENES

Mujer, aquí, ajusta la coraza. Hacen
bien en cantar. Oye: cerca de la muerte
estoy más vivo que antes. ¿No te asombras?
Bulle la sangre en mi frente, hasta
el vértigo casi. Miro las cosas de siempre,
el ánfora en la casa, el verdor del olivo,
y todo es igual, y sin embargo distinto.

IV

Joven Lástenes, escuchamos a Hiperbio y Megareo.
Hay un espacio entre la vida y la muerte
en que las cosas resplandecen, y sabemos
entonces su valor. En él aprendemos a vivir
en un instante, en una tarde,
pero no habrá error después.
¿Te pesa la coraza? ¿Está bien?
Déjame entonces, joven, un recuerdo.

POLIONTE

No podrá darte como yo un rizo de la barba.
Toma, mujer. No te aflijas. Regresaré.

IV

Tebanos, ruego a los dioses por ustedes.

POLIONTE

Pronto comeremos un cordero en tu casa.

II

Con vino rojo y laurel.

III

Y cantaremos hasta la noche.

MELANIPO

Lástenes llevará su cítara y Megareo la flauta.
Dulces serán las voces al regreso.

MEGAREO

Perfúmate el cabello, y ponte
para ese día una rosa y un ramo de mirto.

V

Verán de nuevo el huerto de manzanos,
y el agua entre las ramas y la sombra.

LÁSTENES

Para ese momento guarda este broche.
Espero vértelo al servir el cordero.

IV

Tejeré una tela blanca y me haré un vestido.
Sobre mi hombro relucirá tu broche.

MELANIPO

Confía, mujer. No pesa tanto el escudo.
Está firme la cinta de cuero.
A veces uno escapa al golpe del dardo
en él, y vuelve a respirar el olor de su casa.

887

I

¿Quién es éste que pasa
por la tercera puerta
y entra otra vez en la ciudad?
¿Quién es? ¿Dónde ha nacido?

HIPERBIO

Es Melanipo que vuelve victorioso
a su tierra de Tebas.

MELANIPO

Y abraza a su amigo Hiperbio,
de sangre generosa, que combatió
sin temor a la muerte. *(Se abrazan.)*

EL CORO

Tebanos, los hombres que construyeron
la ciudad, acarrearon las piedras
de sus muros, una a una, pacientes,
con las manos llagadas y los hombros
quemados; araron la tierra y sembraron
día y noche, cantando o silenciosos;
tiñeron las telas y labraron los metales;
curtieron la piel de esos escudos;
el bronce fundieron y hornearon el pan:
¡dejan ahora en vuestras manos su obra! *(Se divide.)*

PRIMERO

Llegan los Espías, y parecen
traer alguna nueva del adversario.
Vienen de prisa, corriendo se acercan.

SEGUNDO

Y aquí está Etéocles en persona.
Apenas le deja su prisa
fijar los pies en el suelo.

Entran los Espías y Etéocles. Fuera, voces humanas reproducen los sonidos del ejército invasor. Empiezan con un rumor sordo y terminan en aullidos, creando un clima de funestos presagios. Al entrar los Espías, las mujeres se desplazan, expectantes. Etéocles y los Seis Adalides se mueven unidos.

LOS ESPÍAS

Todo hemos visto. Conocemos las disposiciones,
qué puerta tocó en suerte a cada uno.

El Coro hace los gestos del juego de dados. Agitan las manos, se las frotan, parecen tirar los dados al suelo, chasqueando la lengua.

LOS ESPÍAS

(Uno de los Espías habla, el otro realiza con su cuerpo imágenes.)
A Tideo la primera puerta, donde
vocifera amenazas, gritando
a sus hombres no temas al combate
y la muerte.
Está vestido de negro.
Negras sus ropas, sus armas,
el penacho de su caballo.
Sus adornos metálicos suenan
con ruido aterrador.
En su escudo este arrogante emblema:
un cielo nocturno,
atravesado por un relámpago.

EL CORO

Esa noche nos amenaza,
quiere apagar nuestros ojos
y el resplandor del día.

LOS ESPÍAS

Allí está, oscuro, envanecido,
llamando impaciente al combate.

889

¿Quién le opondrás?
¿Quién será capaz de hacerle frente?

ETÉOCLES

Adelántate, Melanipo. Ocúpate de ese insensato.
¿Temes al poderío de sus armas?

MELANIPO

Los penachos no muerden ni los adornos sonoros.
Los emblemas arrogantes no causan heridas.

ETÉOCLES

En cuanto a esa noche que nos has descrito,
en cuanto a esas negras ropas que lleva,
podrían ser acaso la profecía de su destino.
Si cae sobre sus ojos la noche de la muerte,
habrán sido esas cosas el augurio mejor.
¡Bien, Melanipo! La noche lo cubra, ya que lo pide.

EL CORO

Valeroso hijo de Tebas, que tu lanza no tiemble.

MELANIPO

No temblará.

EL CORO

El dios de la guerra jugará a los dados la victoria.

ETÉOCLES

Pero tú sabrás oponer tu brazo a la derrota.
No importa que ella te busque, si tú no la recuerdas.

EL CORO

Valeroso hijo de Tebas, que tu lanza no tiemble.

MELANIPO

890   No temblará.

LOS ESPÍAS

(Ahora el otro Espía es el que habla.)
Por la puerta segunda,
Hipomedonte de Micenas,
de estatura desaforada,
sediento de poder, viene
contra nosotros dando
alaridos. En sus hábiles
manos de dueño de tierras,
vi girar el disco enorme
de su escudo, echando
reflejos de fuego, y me
sentí estremecer. No haré
bien en negarlo. Sólo
los aullidos de guerra
de Hipomedonte, llamando
arrebatado a la batalla,
lograron que apartara los ojos
de esa hipnótica imagen.
Oigo su voz, quisiera
describir sus gritos, el
sonido rajado de su garganta.
Grito como él, chillo,
amenazo, amenazo despojar
a Tebas de sus tierras
y esclavizar a sus hombres
a mis ansias de posesión.
La tierra delante de mí,
mía al fin, hasta donde
mi vista poderosa abarca.
Sueño con ella, la palpo,
a besarla me inclino, ardo,
deseo acostarme de espaldas
sobre su dulce dureza, girar,
revolcarme, golpear mi frente,
comerla a puñados, sabiendo
que es mía, mía tan sólo,

891

y cruzarla en mi carro veloz
mientras todos se quitan
los sombreros y me saludan
y me llaman: "Señor", "Señor",
con voces trémulas y sumisas.

EL CORO

Noble Etéocles, guárdanos
de este horror que entrar
intenta por la segunda puerta.

ETÉOCLES

¡Escojo a Hiperbio para oponerlo a ese ambicioso!

EL CORO

Conoces a los hombres. Nadie
como Hiperbio, firme y reposado,
para vencer la codicia.
Con razón lo designas.

ETÉOCLES

Y nada que tachar en su porte, en su valor,
en el arreo y solidez de sus armas.

HIPERBIO

¡Vamos, Melanipo! Nuestras puertas están cerca.

ETÉOCLES

Ya desea probar su destreza en el combate.
¡Excelente Hiperbio!: Tienes el don
de construir escuelas y saber defenderlas. *(Salen.)*

ESPÍA I

(Arrebatando una antorcha.)
"Ciudad, maldita por el odio de los hermanos,
te haré cenizas. Sólo el fuego te purificará.
Arderás entera en un gran incendio, y entonces

podremos entrar sin mancharnos con esa culpa.
Mira en mi escudo un hombre armado con una tea
llameante. Está desnudo y es implacable.
Lee lo que dice en letras de oro:
Yo incendiaré Tebas."

ETÉOCLES

(De repente se estremece sobresaltado.)
¿Quién es? ¡No temas! Di su nombre.

ESPÍA I

Capaneo.

ETÉOCLES

¡Ah! Creí que era él.
(Se lleva el puño a la frente, se pone de espaldas.)
¡Descríbelo!

ESPÍA II

Es un guerrero alto, pálido, sin barba.
Sus ojos irradian un brillo inhumano.
Nada le ata a la tierra: ni familia, ni amigos.
Está enfermo de suspicacia. Desconfía.
Desconfía de todo. Ama tan sólo la pureza.

EL CORO

¡Lamentable enemigo! Pelea por otras razones.
No busca la venganza, el botín, las vírgenes.
Quemará una ciudad solamente por una falta.
No nos gusta ese negador de la vida.

ETÉOCLES

(Se vuelve.)
Pero Capaneo se equivoca. La pureza no reina
por el hierro. Si devasta la ciudad, él será
impuro, y más culpable que mi hermano Polinice.
Añadirá un crimen a otro crimen. Recorrerá

una ciudad humeante, después apagada, después fría,
sin hallar la pureza. Su mano estará negra
y su carro cubierto de ceniza. ¡Oh vano pensamiento!
Sabrá que su tea llameante corrompió su designio.
¿Y acaso el odio de mi hermano Polinice mancha
las puertas, ciega, pudre el agua, un velo pone
al sol radiante? ¿Destruye el amor de tu hijo?
¿Aniquila la fuerza de tu cuerpo? ¿Tu cara marca?

LOS ESPÍAS

¿Pero quién lo detendrá sin flaquear?

ETÉOCLES

¡Polionte!
*(Polionte se adelanta. Etéocles retoma su tono de réplica
burlona.)*
¿Recuerdas su emblema? ¡Viste
a ese hombre desnudo con las ropas
de su dueño! Su propia carne vencida
aplastará su antorcha. Parte sin miedo.
(Apaga la antorcha con el pie.)

POLIONTE

(Al salir.)
Mujer, ve preparando el cordero.

EL CORO
¡Perezca quien divide a los hombres
en puros e impuros! Y orgulloso de
su pureza derrama sangre, invade
la ciudad e inicia la persecución.

LOS ESPÍAS

(Comparten el texto y la expresión física.)
"Nadie me arrojará de esta torre",
escribió Ecleo en su divisa, donde
sube un soldado con firmeza
por una escala apoyada al muro de Tebas.

894

Ecleo grita la advertencia
de su emblema soberbio sin cesar:
"Nadie me arrojará de esta torre".
Las venas de su cuello se dilatan
y su cara furiosa se contrae.
Ondea al viento su cabellera
libre, sin casco, espesa, agresiva.
Fustiga a las yeguas de su carro,
las llama, las increpa, haciéndolas
girar exacerbadas bajo el yugo.
Las riendas silban con áspero ruido,
resuellan las bestias impacientes.

ETÉOCLES

¡Ya envié a Megareo! Adornará su casa
con el soldado, y la escala, y la torre.
Sus manos no ostentan pomposos alardes,
pero no retrocederá ante el clamor de unas yeguas.
Su lanza irá al pecho de Ecleo *(Hace la acción.)*
y las yeguas se dispersarán.

EL CORO

Esas yeguas girando en el mismo lugar,
exacerbadas, inútiles, presagian el tormento
que Ecleo ha soñado para nosotros.
Toda Tebas uncida a una rueda que nunca
se detiene, despojada y estéril, oyendo
resonar sin tregua las lenguas del odio.

ESPÍA I

Allí está Anfiarao, apostado frente a la quinta puerta,
hermoso y solitario, de pie en su carro.

ESPÍA II

Ni amenaza ni se jacta.

ESPÍA I

Su mirada es sabia y melancólica.

ETÉOCLES

¿Qué hace este hombre junto a los otros?

ESPÍA I

No pelea por nada ni por nadie.
Nada espera. Sólo la embriaguez de la lucha.
Adivino de su propio fin, ha dicho
que abonará este suelo con sus despojos.

ESPÍA II

Pero no puede evitarlo: vive entregándose a la muerte.

ESPÍA I

La busca, la propicia, anhela el rumor de su paso.

ESPÍA II

En su escudo, bien forjado, no reluce
emblema, ni señal, ni leyenda.
Avanza con su escudo vacío.

ESPÍA I

Escoge para este hombre un adversario
valeroso y diestro. Es temible el que conoce su destino.

ETÉOCLES

No admiro a ese hombre. Me es extraño.
Se ocupa demasiado de sí mismo. No es justo
suicidarse mediante la muerte de los demás.
Él se busca en su propio fin,
y tiene que atravesar cuerpos ajenos,
dejarlos inertes, para encontrarse.
Es un espejo demasiado costoso.
Le pondremos delante el escudo reluciente
de Lástenes: Podrá mirarse mientras agoniza.

(Sale Lástenes.)

EL CORO

Hasta pronto, joven Lástenes.
Tu ojo es certero, tu mano rápida.
Aquí aguardamos tu regreso
y los trofeos de la victoria.

ESPÍA II

(*Arrebata una lanza, la levanta con los brazos abiertos. Circula. Aúlla.*)
Amo este ástil de madera, esta punta de hierro.
Es mi brazo, mi patria, mi ojo, mi padre.
Vibra, relampaguea, azota el aire
metal venerado, frío y penetrante.
(*El Coro se divide.*)

PRIMERO

Resuenan los ayes de los moribundos.
Hay hombres en los atrios de las casas,
pudriéndose, pudriéndose. Una cabeza
cuelga de una ventana, dilatados los ojos.

SEGUNDO

Arrastradas por los cabellos, rasgados
los vestidos por manos crueles,
seremos violadas contra la pared, bajo
los olivares, en el fondo de una cocina,
delante de nuestros hijos aterrados.

ESPÍA II

No tendrás piedad, sordo
a lamentos, a súplicas,
al chasquido de la sangre vertida.

PRIMERO

Oh vagido de los recién nacidos
expirando en el pecho materno.

ESPÍA II

Penetra, corta, raja, llama fría.
No conoces otra emoción ni otra dicha.

SEGUNDO

¿A quién me llevas? ¿De quién seré esclava?
Negros velos cubrirán mi rapada cabeza.
Adiós por última vez, lugares amados.

ESPÍA II

Para ti no hay otra cosa que el temblor
en el aire, el silbido del vuelo
que busca el cuello, el pecho, la espalda
y abre las puertas de la muerte.
Giro contigo, revivo, aliento lejos
de la delicadeza y la ternura.
¡Dolor humano, no te reconozco!

PRIMERO

Cantaremos las hazañas enemigas
por la fuerza.

SEGUNDO

Trabajaremos la tierra de otro
por la fuerza.

PRIMERO

Aprenderemos a olvidar y callar
por la fuerza.

ESPÍA II

Bocas desgajadas a mi paso,
pestañas húmedas, estertor último, ¡les adoro!
No sé quiénes eran ni cómo se llamaban.
Pero la barca de la muerte no pregunta,
te lleva sin lengua y sin nombre.
Mi punta afilada corta las amarras.

PRIMERO

Alza el pie, sonríe, inclínate, saluda.
Danza en la fiesta del enemigo triunfante.

SEGUNDO

Alza el pie, sonríe, inclínate, saluda.
Entona alegres canciones de obediencia.

ESPÍA II

(Golpea con la lanza en un escudo.)
¡Yo, Partenópeo, juro arrasar la ciudad!

ETÉOCLES

¡Que ese asesino no entre, Háctor!
Escucha la descripción de su escudo
y aniquila a esa alimaña. El aire
será más transparente con su silencio.

ESPÍA I

Ancho y dorado escudo defiende
todo su cuerpo. En el centro,
con clavos esplendentes, lleva
un ave de rapiña carnicera,
con las garras abiertas.

ETÉOCLES

Hagan tus dardos que Partenópeo oiga
los aullidos dolorosos del monstruo
que lo cubre. ¡Que el ave se vuelva
contra su dueño y lo devore!

HÁCTOR

Corazón, mi corazón, si te confunde el laberinto
de las armas, los alaridos, el golpe de los dardos,
levántate y resiste. Ofrece al adversario un pecho
firme. No te alegre el éxito demasiado si vences.
Regresa simple. Uno no vale más que por ese instante

899

en que decide, un poco aturdido, morir por los otros.

EL CORO

Ya has visto, Háctor, los males de una ciudad conquistada.
Sal y pelea. Si tu mano nos devuelve la paz,
trabajaremos. Renacerá la primavera después de esta noche.
La tierra es inquebrantable y perenne.
Sus dones tendremos mañana. Sal y pelea.
Retorna con la tranquila luz del héroe.

Háctor entrega a las mujeres una cinta como recuerdo. Se va.
Quedan los Espías y el Coro. El ruido de la guerra acaba de
pronto.

ETÉOCLES

¿Qué ocurre? ¿Por qué callan?

LOS ESPÍAS

Debemos partir. ¿No escuchas?

ETÉOCLES

Se han detenido. No oigo los carros.

LOS ESPÍAS

Iremos en busca de noticias.

ETÉOCLES

¡Un momento! Alguien falta.

ESPÍA II

¿Es necesario que lo digamos?

ESPÍA I

¿Debemos también nombrarlo y describirlo?

ETÉOCLES

Así es.

LOS ESPÍAS

Tú lo sabes, Etéocles.

ETÉOCLES

¿Me tienen lástima?

LOS ESPÍAS

No. Eres igual a nosotros.

ETÉOCLES

¿Quieren ahorrarme un sufrimiento?

ESPÍA II

No. Eres igual a los demás.

ETÉOCLES

Así es. Así debe ser. ¡Dilo entonces!

ESPÍA I

¡En la séptima puerta está tu propio hermano!

ETÉOCLES

¡Al fin la fatalidad me pega en los ojos!
En vano quise ignorarla. Creí
que la acción de la guerra dilataría su llegada.
Pero está aquí. Viene en la rueda de los carros,
los dardos la empujan. Llega del brazo de mi hermano.
¿Qué culpa hallaste en mí, qué maldad interior
para que no me dejes, para que no me olvides
y al fin te cumplas, despiadada?
¡Raza mía enloquecida, sin sosiego, aquí estoy!
Pero no es ocasión de gemir. No tengo derecho.
Termina. Di lo que sabes. Este silencio
te es propicio, tristemente propicio.
Luego irán en busca de noticias.

LOS ESPÍAS   901

No hay imprecación que tu hermano pronuncie,
no hay maldición, amenaza o desdicha
que no te toque y te nombre.
Arrebatada es su voz. Invoca
a los dioses de sus padres y anima
a sus hombres, para precipitar
la muerte entre nosotros.
Su escudo, de hermosa hechura,
recién forjado, tiene esculpido
este símbolo doble:
una mujer conduce a un guerrero
revestido de armadura dorada, y señala:
"Soy el Derecho. Devolveré su patria
a Polinice, y la herencia de su padre."
El relato es exacto. Corresponde
a ti ahora designar el adversario de tu hermano.
Tú riges la ciudad. *(Salen.)*

EL CORO

¡Qué silencio! ¡Qué horrible silencio!
Estábamos preparados para la guerra
y de pronto el silencio como un espacio
blanco y desierto. Presentimientos
brotan y saltan en él y se combaten.
¿Qué ocurrirá? ¡Alguien se acerca!

(Aparece Polinice en el fondo, solo, sin armas.)

EL CORO

¡Es Polinice!
(Pasándose el nombre de una en otra.)
¡Polinice! ¡Polinice! ¡Polinice!

POLINICE

Te ofrezco una tregua, Etéocles.
Vengo a hablar contigo.

(Luego de un silencio.)
Entra. ¿Qué quieres?

POLINICE

¡Me extraña tu pregunta! He detenido
mi ejército a las puertas de la ciudad
¿y me preguntas lo que quiero?

ETÉOCLES

Para desdicha de Tebas hemos oído
el estruendo de tu ejército. Vemos,
yo y estas mujeres, relucir tus armas
bien forjadas y la leyenda arrogante
de tu escudo. Te has entregado
a otras gentes, Polinice,
y con ellos vienes a tu tierra natal.
Eres un extraño y por eso te pregunto
lo que quieres. No reconozco tu voz,
he olvidado el color de tus ojos.

POLINICE

El temblor de tu voz te desmiente.
Pero no importa. Sé que debes fingir
delante de estas mujeres. En eso eres
un buen gobernante. Usas la máscara
que los demás esperan y en el momento esperado.
Pero no importa. Me basta con que veas
el resplandor de mis armas.

ETÉOCLES

No sé si antes me tembló la voz,
pero ahora me tiembla de asco y de sagrado furor.
Eres el mismo de siempre. Por eso
te acompañan esos hombres y alzas
esos escudos. Te conocemos, Polinice.
Te conocemos tanto que hemos empezado a olvidarte.
Di lo que quieres. Di lo que pretendes

903

con esta tregua mentirosa.

POLINICE

Tus alardes no me asombran, Etéocles.
Aparentas estar seguro. Eres el héroe
que al pueblo salva gesticulando con firmeza.
No es la primera vez. Hubo una noche
en que estabas tan seguro como ahora.
Y sin embargo, he ahí un ejército
que me sigue, que me llama su jefe
y mis órdenes cumple. Nunca creíste
que tu hermano regresaría a su ciudad
al frente, rodeado de una hueste fiel y poderosa.
Despierta, Etéocles. Empieza tu fin.
Nadie, sólo un loco, se sentiría
seguro ante un ejército como el mío.
Cuento con su fidelidad y con su fuerza.
Nada conseguirás con un pueblo descalzo
que empuña viejas lanzas y escudos podridos.
Entrégame la ciudad y te salvaré
de la humillación de la derrota.

ETÉOCLES

Ahora sé lo que quieres. Estas mujeres
y yo lo sabemos.

POLINICE

No las mezcles en esto. Ellas
no gobiernan la ciudad.

ETÉOCLES

Ellas también son la ciudad.
Cuento con ellas y las quiero de testigos.
Nada tengo que ocultar, Polinice.
Esta noche acaba al fin todas las distinciones.
Tu tregua nos enseña a conocernos
y a afirmar nuestra causa.

Es tu ejército quien nos une,
es tu crueldad la que nos salva.
Somos un pueblo descalzo, somos
un pueblo de locos, pero no rendiremos
la ciudad.
Tebas ya no es la misma:
nuestra locura
algo funda en el mundo.

POLINICE

¡No derrotarás mi ejército con palabras!
Te ofrezco una salida. Abandona
el gobierno y parte en silencio.
Yo explicaré al pueblo tus razones.

ETÉOCLES

¡Basta, Polinice! Nada puedes ofrecer
a Tebas que a Tebas interese. Hemos
escuchado la descripción de tu ejército.
Sabemos por qué vienen y la ambición
que los une. ¡No les entregaremos la ciudad!

POLINICE

Entonces, habrá sangre. ¡Tuya
es la culpa!

ETÉOCLES

¿Armé yo tu ejército?

POLINICE

Si ese ejército está ahí, es por tu culpa.
Si se derrama sangre, es por tu culpa.
No eres inocente, Etéocles.

ETÉOCLES

Es pronta tu lengua, con facilidad argumentas.
¡Eres un buen retórico!

905

POLINICE

Tuvimos el mismo maestro. ¿No lo recuerdas?

ETÉOCLES

Recuerdo que vivíamos en la misma casa.
Recuerdo que comíamos juntos,
y juntos salíamos a cazar. Recuerdo
que un día, tu venablo más diestro,
me salvó de la muerte.
Nos abrazamos jadeantes,
mientras el jabalí agonizaba
en la yerba, chorreando sangre por el vientre.
Murió en un asqueroso pataleo.
Regresamos a casa, y a todos lo conté.
La luz era distinta aquel día,
la vida me importaba más.
Yo amé tu brazo mucho tiempo.
Lo observaba despacio, con cuidado y fervor.
¿Qué otra cosa recuerdo?
Recuerdo que has armado un ejército enemigo
para destruir esa casa, para arrasar
esta ciudad, alzando
el mismo brazo de aquel día.

POLINICE

¡Hábil Etéocles! Sabes
buscar razones dulzonas.
En aquel momento salvé a mi hermano,
ahora vengo contra mi enemigo.
Mi brazo es el mismo,
pero tú no eres la misma persona.
Quien olvida, se hace otro.
Se hace otro, quien traiciona.
Sin embargo, no es fácil:
los días siguen a los días,
y nada es impune. No podrás
ocultar tu culpa en la tierra.

Yo he regresado para recordártela.
Yo también recuerdo. Recuerdo
el pacto que hicimos hace tres años,
y recuerdo que no lo cumpliste.
Pacté contigo gobernar un año
cada uno, compartir el mando
del ejército y la casa paterna.
Juraste cumplirlo. Y has violado
el juramento y tu promesa.
Solo gobiernas, solo decides,
solo habitas la casa de mi padre.
¿No lo recuerdas?

ETÉOCLES

¿Y es a ésos a quienes encomendaste
recordármelo? ¿Es con el sonido
de sus armas y sus aullidos
con lo que debo recordarlo?

POLINICE

¡Ellos me ayudarán a restaurar el derecho!

ETÉOCLES

¿Te ayudará Capaneo con su tea incendiaria?
¿Te ayudará Partenópeo derramando la sangre
de tus hermanos con su lanza sedienta?
¿Te ayudará Hipomedonte robándole sus tierras?
Te ayudan asesinos, Polinice. Reclamas
tu derecho con las manos ensangrentadas
de una turba de ambiciosos.

POLINICE

¡Crees que todo el que se te opone es un asesino!
¡Crees que todo el que se te opone es un ambicioso!
¡Tú saqueaste mi casa y profanaste un juramento!
¡Tú detentas un poder que no te pertenece del todo!
¿Qué dijiste en Tebas para ocultar tu traición?

907

ETÉOCLES

Rectifiqué los errores de tu gobierno,
repartí el pan, me acerqué a los pobres.
Sí, es cierto, saqueé nuestra casa.
Nada podrás encontrar en ella. Repartí
nuestros bienes, repartí nuestra herencia,
hasta los últimos objetos, las ánforas,
las telas, las pieles, el trigo, las cucharas.
Está vacía nuestra casa, y no alcanzó
sin embargo para todos.
Sí, es cierto, profané un juramento.
Pero no me importa. Acepto esa impureza,
pero no la injusticia.

POLINICE

No te perdonaré. No saqueaste mi casa
para ti, sino para los otros.
Mis cosas están en manos ajenas y desconocidas.
Desprecio tu orden y tu justicia.
Es un orden construido sobre el desorden.
Una justicia asentada sobre una injusticia.

ETÉOCLES

Así ha tenido que ser, Polinice.
Detesto todo afán de absoluto. Yo obro
en el mundo, entre los hombres.
Si es necesario, sabré mancharme las manos.
Para ser justos es necesario ser injusto un momento.

POLINICE

Para ti la justicia se llama Etéocles.
Etéocles la patria y el bien.
Me opongo a esa justicia, lucho
contra esa patria que me despoja y me olvida.
La noche en que te negaste, lleno de soberbia,
a compartir el poder conmigo, destruyendo
nuestro acuerdo, lo está contaminando todo.

ETÉOCLES

Esa noche ha quedado atrás.
No volverá. Si fui injusto contigo,
he sido justo con los demás.
No acepto tu pureza, Polinice.
Está contaminada
por los hombres que te secundan,
está contaminada por ti mismo.

POLINICE

¿Conoces tú el destierro, Etéocles?

ETÉOCLES

¡Conozco a los que se merecen el destierro!

POLINICE

¡Me odias!

ETÉOCLES

¡Tú odias a tu patria!

POLINICE

Contra mi voluntad
hago la guerra.
¡Los dioses son testigos!

ETÉOCLES

¡Los tebanos son testigos de la furia de tu ejército!

POLINICE

¡Eres un sacrílego!

ETÉOCLES

Pero no un enemigo de los hombres.

POLINICE

¡Eres el enemigo de tu hermano!

909

ETÉOCLES

¡Mi hermano es enemigo de Tebas!

POLINICE

¿Qué has dicho en Tebas de mi destierro?
¿Cómo explicaste esa orden injusta?

ETÉOCLES

Les recordé los males de tu gobierno.
Les recordé las promesas sin cumplir,
la desilusión de los últimos meses.
Eres incapaz de gobernar con justicia.
Te obsesiona el poder, pero no sabes
labrar la dicha y la grandeza de Tebas.

POLINICE

Sólo tú sabes, Etéocles. Sólo tú sabes.
Tú decides lo que está bien o mal.
Repartes la justicia, mides el valor de los hombres.
¡Sólo tú eres libre en Tebas!

ETÉOCLES

Pero el pueblo está en las murallas.
Pero el pueblo está dispuesto a tirar contra tu ejército.
Nadie te espera. Estás solo, Polinice.
No hay tebanos contigo.
Nadie ha venido a recibirte.

POLINICE

¡Eres un hombre obstinado y soberbio!
Ves tu persona en todas partes. Eres la ciudad.
Tu cabeza es Tebas y Tebas es tu cabeza.
¡Venga, pues, el fuego, venga el acero!
Ninguno de los dos renunciará a lo suyo
ni lo compartirá con el otro.

ETÉOCLES

¡Sal de aquí!
¿Ves mi mano?

POLINICE

Veo que llevas mi espada.

ETÉOCLES

Ahora es la espada de Tebas.
¡Sal de aquí!

POLINICE

No volveré al destierro, Etéocles.
O entro en la ciudad victorioso
o muero luchando a sus puertas.

ETÉOCLES

¡Morirás!

POLINICE

¡Sírvanme los dioses de testigos
y la tierra que me crió!
Si algún mal te sobreviene, ciudad,
no me acuses, sino a éste.
Suya es la culpa.
Recordad los males del destierro:
vagar por lugares extraños, escribir
y esperar cartas, mientras rostros,
nombres, columnas se deshacen en la memoria.
Aquí está todo lo que soy, y lo que amo.
Contra mi voluntad hago la guerra.
Contra mi voluntad me desterraron.
Etéocles, me repugna cuanto tú representas:
el poder infalible y la mano de hierro.

ETÉOCLES

¡No se pondrá la justicia de tu parte!
Por ti están cerrados los talleres:

911

albañiles, sastres, alfareros
se entregan al furor de la guerra
contra su voluntad.
Vaga el ganado por el campo,
las cosechas se pierden podridas.
¿Es esto, Polinice, restaurar el derecho?

(Sale Polinice.)

Pronto sabremos de qué sirve tu emblema.
En algo tengo confianza: la obra de todos
no será destruida por un hombre solo.
Yo iré a encontrarme con él, yo mismo.
Hermano contra hermano, enemigo
contra enemigo. Ya no podemos
comprendernos. ¡Decida la muerte
en la séptima puerta!

EL CORO

Oh tú, que tan querido me eres, la muerte
abre la séptima puerta buscándote. Pregunta
por ti, dice tu nombre, marcha a tu encuentro.

ETÉOCLES

¡Si esto pudiera detenerse! Pero ya no es posible.
Todo ha ido demasiado lejos. Ha ido donde
quise que fuera. No rehuiré que la muerte
me encuentre: mi mano busca la suya.

EL CORO

Te estrechas a ti mismo, Etéocles. Tu mano
en el aire tu otra mano encuentra.
¡Serás, como él, víctima de la soberbia!
La soberbia reina en un cuarto oscuro,
con un espejo donde se contempla para siempre.
Aparta ese espejo. Recuerda
que hay otros hombres en el mundo.

El viento sopla con furor esta noche.
Innumerables, despiadados astros, silenciosos
espectadores del sagrado furor de la justicia,
no los saludo. Repudio vuestra complicidad
o vuestra ausencia. Me vuelvo hacia ustedes, mujeres:
esos ojos humanos, apasionados, mortales,
podrán aprobar o repudiar este espectáculo:
un hermano avanzando contra su hermano,
pero no podrá nunca serles indiferente.
Ya las cosas no me acompañan, sino los hombres.
Para ellos es mi acto, para ellos el fin.

EL CORO

El fragor de la batalla enajena tu espíritu.
¡No viertas la sangre de tu hermano!
Conserva tus manos puras, tu razón y tu prudencia.

ETÉOCLES

¿Por qué halagar todavía al destino para que demore?
Ahora sé que no es cruel, ni despiadado, ni violento.
Trae en sus brazos la parte de mí mismo que me falta:
la que exige Tebas, mi padre, yo mismo.
La exigen ustedes acaso sin saberlo.
Todo lo que fui desde la infancia
preparaba este instante. El círculo
va a cerrarse. La esfera se completa.

EL CORO

Oh Etéocles, que tan querido me eres, nos toca
asistir a una despedida que no podemos comprender.
Has sostenido la ciudad, organizado la defensa
alentando a nuestros guerreros y a nosotros,
sin ocuparte de ti ni de tus vínculos de sangre,
señalando lo justo, lo que debe hacerse, y su tiempo.
Los tebanos están en las murallas y te esperan.
Pero no esperan que te enfrentes a tu hermano.
¿Por qué buscar a Polinice, por qué mezclar tu sangre

a su sangre, manchando la ciudad y tu misión?

ETÉOCLES

Sé ahora, mujeres, que no es mi hermano
lo que importa. No avanzo contra él,
—no veré la sombra de su barba naciente,
el rictus orgulloso de sus labios que
recuerda el de mi padre—, sino contra mí mismo:
contra esa parte de Etéocles que se llama Polinice.
Estoy calmado y frío. No siento amor ni odio.
Tengo los ojos secos y sin lágrimas.
Dulce sería dormir
y pasear sin temor,
en calma gobernar la ciudad,
alegrarnos con la música y las estatuas,
con las cosechas y las fiestas campestres.
Pero los tebanos están en las murallas
y no tengo derecho a cuidarme
para un tiempo mejor.
¡Éste es el tiempo mejor!
La defensa de la ciudad nos une
en un bien más grande y común.
No cuidaré mi vida.
Mi vida se realiza esta noche.
Polinice nos despierta con una luz atroz:
Implantar la justicia es un hecho áspero
y triste, acarrea crueldad y violencia.
Pero es necesario. Ésta es la última
claridad que alcanzo en esta noche última.
Recuérdenlo: es necesario.
En esas manos frágiles dejo
esta certeza.
La paz vendrá después, aplacado el furor.
Recuérdenlo: es necesario.
De algún modo detendremos la injusticia
en el mundo: de un golpe, de una patada,
de un alarido.

¡Adiós, mujeres!

(Sale.)

EL CORO

(Con voces alternadas.)

¿Qué es esto que sentimos?
Tiene un nombre. ¡Dilo!
¿Qué es esto que inunda
mis arterias, el latido
de mi corazón, comprime
la garganta y los pies,
y resuena en la espalda
como si abriera un hueco?
Tiene un nombre. ¡Dilo!
En vano invoco la razón,
oculto su presencia en vano.
Tiene un nombre. ¡Dilo!
¡Terror! ¡Terror! ¡Terror!
Abres todas las puertas,
entras y sales por los poros,
nos mantienes despiertos
y nos duermes de pronto.
¡Terror! ¡Terror! ¡Terror!
Gira en todo lo posible,
se contradice, llama,
nos oye y nos olvida.
Muestra sus dientes, toca
con su mano de sombra,
levanta el hacha, tira
la lanza, los tormentos
inicia en nuestra frente,
¡Terror! ¡Terror! ¡Terror!
Los ojos cierro para no
verte, y eres tú quien
los cierra y lates bajo
los párpados apretados.

915

Pasan torturas imaginadas,
una ciudad ruinosa, hermanos
que en una torre se degüellan.
¡Terror! ¡Terror! ¡Terror!
Márchate. Márchate. Déjame
suelta la voz. Yo no soy
quien grita, gime, muerde,
sino tú, animal de mi frente,
que el sueño barres
con mis cabellos erizados.
¡Fuera! ¡Fuera! ¡Fuera!
Saltas sobre mi pecho,
pateas, me dejas sin resuello,
esclava y libre a la vez.

(El Coro se divide.)

PRIMERO

La muerte esta noche deja oír
su voz. Chilla el infortunio,
vaticina una sentencia irrevocable.
¡Pobre voluntad luchando en la sombra!

SEGUNDO

Están en un juego que ya se ha jugado,
dados que ruedan hace tiempo
en una mesa de otra casa y otro dueño.
¡Pobre voluntad luchando en la sombra!

EL CORO

Dispuesta la arena, las lanzas erguidas,
tensas las riendas, la mirada fija en el otro,
sopla la muerte en sus pechos,
ruina, ojos cegados
por una sola emoción, por una idea sola,
por un espejo donde asoman sus caras sin calma.
Hermanos que con sus propias uñas se desgarran
916   y cargan contra sí mismos alucinados.

(El Coro se divide.)

PRIMERO

¿Quién va a vencer? ¿Quién perderá?

SEGUNDO

¿Qué cuerpo atravesado caerá en tierra?

EL CORO

(Con voces alternadas.)

¡Echa tu suerte, hierro, esta noche!
Fulgura, árbitro ciego de nuestro futuro.
O entra Etéocles o entra Polinice.
Escoge, hierro, pendemos de tu filo.
Ignoras nuestro deseo y nuestra causa:
brillas sólo al fuego de las antorchas.
¡Echa tu suerte, hierro, esta noche!
Señala quién ocupará la silenciosa tierra
al apagar tu fulgor con su carne.
Nada te importa: sólo vibras al aire.
Eres energía, acero, puño, azar.
¿A quién condenas, a quién absuelves?
¿De quién la muerte quiere su sangre
respirar, dispersa y condenada?
Sangre cuajada y negra, sangre
del fraticidio, ¿quién lavará tu huella
y vestirá su cuerpo?
¿Quién ofrecerá en su nombre
un sacrificio de expiación?
Detrás de esta desdicha, hermanas,
¿cuál vendrá?
¿Qué dejará el infortunio sobre Tebas?
¡Ábrete y muestra tu seno tenebroso!
Enséñanos con la evidencia a resistir.

(Otra vez comienza el estruendo del asedio.)

Amigas, empieza la batalla.   917

Las lanzas se alzan, corren los carros,
la muerte su pabellón despliega.
¡Qué larga expiación!
¿Pero dónde está la culpa? ¿Cuál es?
No quisimos otra cosa que vivir,
que habitar la tierra y repartir el pan,
y engendramos el odio y la venganza,
los ojos resentidos, los labios del rencor,
los emblemas y los escudos y los dardos sonando.
¡Cómo anochece sobre nosotros!
Manos voraces sueltan la sombra.
Oleadas oscuras despiden sus dedos,
arroja el rencor su negra baba.
Manos sombrías nos buscan, manos
detrás del botín, del poder, soñando
reinar sobre los hombres.
Ah locura, cuándo terminará tu aguijón.

Empuñan las armas y empieza la danza. No habrá otra música
que el sonido creciente de la guerra, y de cuando en cuando, el
entrechocar de las armas, que realizan con la boca.

¿Qué esposo perdimos, qué hermano, qué amigo?
¿Cuál de nuestros hijos regresará?
De pie en cada morada, con labios
sin paciencia, con rabioso dolor,
esperamos. Nos acosan los rostros
que partieron, el destello de los dientes,
los pasos rápidos, la puerta que cierra
la despedida y desvanece las espaldas.
Y de pronto esa puerta se abre
y nos devuelven cenizas y armaduras.
Todo lo cambiamos por la muerte.
Ah locura, cuándo terminará tu aguijón.

I

Amigas, yo sé lo que se pierde en la guerra.

Amigas, yo sé lo que se pierde en la guerra.

III

Cuando volvieron
los barcos de la guerra de Troya,

IV

de la guerra de África,

I

de la guerra de Asia,

II

salí muy temprano de casa
para recibir a mi hijo.

V

Llegué al mar.

III

Allí estaba la flota, recogidas
las velas, inmóviles
los remos en el agua.

I

Oí risas, lamentos, órdenes,
y pasaron grandes cofres de oro.

III

Ninguno era para nosotros.

II

Ninguno se detuvo en nuestra puerta.

IV

Estuve horas en el puerto,
afiebrada por el aire marino.

V

Ya era de noche cuando todos
los barcos quedaron vacíos,
y mi hijo no había bajado.

I

Y mi hijo no había bajado.

II

El hijo que me costó tanto
tiempo criar.

IV

Como un arbolito del campo,
como una oveja,

III

como todo cuanto vale en la vida,

V

floreció lentamente,

I

y murió sin embargo
de un golpe solo.

IV

Lo busqué en todas partes,
llamándolo, llamándolo.

III

Regresé a pie desde el mar.

V

Corría llamándolo, llamándolo.

II

Ay, me sentí culpable, amigas.

I

Yo lo dejé partir.

IV

Yo lo dejé partir.

III

Y ahora,
si de pronto volviera de la muerte,

V

no tendría
el valor de mirarlo a la cara.

I

Amigas, yo sé lo que se pierde en la guerra.

EL CORO

Lanza con lanza.
Escudo con escudo.
El viento de la guerra se levanta.
¿Qué pasará afuera?
¿Quién vence?
¿Quién pierde?
Pronto llegarán los Espías.
Polionte contra Capaneo.
Lástenes contra Anfiarao.
Penachos ensangrentados.
Caballos muertos.
Dardos que vuelan y ciegan.
Háctor, Partenépeo.
Nombres, cuerpos que se derrumban.
¿Qué pasará afuera?
¿Quién vencerá?
Te busco, Hipodemonte, te encuentro.

921

Melanipo, Melanipo, derrota a Tideo.
Nadie me arrojará de esta torre.
Adelante, hermanas, adelante.
No retrocedas, Ecleo: tuya es la muerte.
Que la danza propicie la victoria.
Cabezas aplastadas.
Atrás, atrás la destrucción.
Nuestra alegría viene con la victoria.
¡Adelante!
¡Entran los Espías!

La danza termina bruscamente. El ruido de la guerra se ha ido apagando.

ESPÍA I

Tebanas, buen ánimo:
Se cumplieron los votos:
¡la ciudad está salvada!

ESPÍA II

A tierra vinieron
las amenazas
de esos hombres arrogantes.
Tebas entra ya en calma.

ESPÍA I

¡En pie las torres,
íntegras las almenas,
las puertas firmes!

ESPÍA II

Supimos colocar hombres
capaces de defenderlas.

ESPÍA I

Pronto entrarán, mujeres.
La victoria los devuelve.
Pronunciemos sus nombres.

EL CORO

Lástenes y Melanipo.

ESPÍA I

Háctor y Polionte.

ESPÍA II

Hiperbio y Megareo.

EL CORO

¡Nombres de nuestra sangre!

LOS ESPÍAS

¡Nombres de Tebas!

EL CORO

¡Nombres de nuestros hijos!
Hablamos de seis puertas.
Hablamos de seis hombres.
¿Qué pasa con el séptimo?

ESPÍA II

En las seis puertas
fuimos vencedores.

EL CORO

¿Qué dices?
¿Qué quieren decir?

ESPÍA I

La muerte
en la séptima puerta
se reservó la victoria.

EL CORO

¿Qué desgracia
se abate sobre la ciudad?

923

ESPÍA II

La ciudad está salvada.

EL CORO

Pero los hermanos...
¡Qué! ¿Quién?
¡Me espantas!

ESPÍA I

Recobra
tu ánimo y escucha.

EL CORO

¡Ay desdichada!
Adivino ese mal.
¿Quién de los dos
ha muerto?
Dilo todo
aunque
sea cruel de oír.

ESPÍA I

Recobra
tu ánimo y escucha.

ESPÍA II

Revestidos con sus armaduras,
estaban resplandecientes y serenos.

ESPÍA I

—Dioses de mi padre —exclamó Polinice—
concédeme la muerte de mi hermano.
Quiero su sangre en mi diestra victoriosa.
Que pague su ambición y mi destierro.

ESPÍA II

—Que mi lanza vencedora

se hunda en el pecho de Polinice
y lo mate por agredir a su patria
y no entender la justicia.

ESPÍA I

Y se embistieron en veloz carrera,
despidiendo relámpagos al trabar la pelea,
llenos sus labios de espuma.

ESPÍA II

Saltaban chispas de las lanzas.

ESPÍA I

Rápidos se movían los escudos
parando el golpe de las puntas de hierro.

ESPÍA II

Ágiles, la carne hurtaban a la muerte.

ESPÍA I

De repente Etéocles dio un traspiés
y ofreció un blanco propicio a su hermano:
Polinice le hundió la lanza en la pierna.

ESPÍA II

Y Etéocles, apretando los dientes de dolor,
intentó alcanzar a su hermano en el hombro,
pero se rompió su lanza y quedó desarmado.

ESPÍA I

Retrocede, y tirándole una piedra parte
la lanza de Polinice por el centro.

ESPÍA II

Y se arranca la lanza
de la pierna sin un grito.

ESPÍA I

Ahora es igual la lucha.

ESPÍA II

Salen entonces las espadas.

ESPÍA I

Sus cuerpos se acercan.

ESPÍA II

Chocan los escudos.

ESPÍA I

Y de pronto Polinice cae en tierra,
chorreando sangre: la espada de Etéocles
está en su vientre clavada hasta las costillas.

ESPÍA II

—Con mi propia espada me matas.
Ella y tu mano me cierran el mundo.

ESPÍA I

Etéocles se aproxima. Jadea. Arrastra
la pierna. Se inclina sobre su hermano
para quitarle las armas.

ESPÍA II

Pero con la mano trémula, tocada
por la muerte, empuña Polinice
su espada y la clava
en el hígado de su hermano.

ESPÍA I

Los dos caen, ruedan juntos.

ESPÍA II

Etéocles, revolviendo en su pecho
un horrible suspiro, alza la mano

y se despide de sus hombres.

ESPÍA I

No puede hablar.
Borbotea sangre y escupe.

ESPÍA II

—¿Qué eres ahora, Etéocles?
Ya no te reconozco.
No puedo odiarte ni amarte.
¿Dónde estás? Cierra mis ojos.

ESPÍA I

Y ambos los ojos se cerraron.

EL CORO

¿Y ahora deberemos alegrarnos,
y ahora deberemos celebrar
con voces regocijadas
la salvación de la ciudad?
¿O lloraremos a esos tristes
que no pudieron comprenderse?
¿Qué los separa? ¿Qué ejército
extraño y sombrío parte en dos
la patria y la casa paterna?
¿Quién aleja los recuerdos,
transforma el rostro
y los separa para siempre?
Quisimos una obra que nos
uniera con lazos iguales,
¡y se cortó con
la sangre y el hierro!

LOS ESPÍAS

¡Cosas para ser celebradas
con alegría y con llanto!
Salvada la ciudad: el cuerpo

de su defensor se dispersa
en la tierra. Terminada
la obra, entra la muerte.

(Salen.)

EL CORO

¿No hubiera sido mejor detenerse y pensar?
¿No hubiera sido mejor volver victorioso
y gobernar sereno, con cuidado y justicia mayor?
¿Debo acaso lamentar la suerte de Polinice?
¿Recordar los males del destierro?
Oh tercos, tercos, tercos.
Rompo en funerario canto por ustedes.
Nadie podrá reprocharnos la ternura
ante el que muere por error.
Después, Polinice, cumpliremos nuestro deber.
Ya no eres nuestro enemigo: eres un hombre muerto.

(Entran los cuerpos de Etéocles y Polinice.)

EL CORO

(Con voces alternadas.)

Ya están aquí. Ya no se trata de palabras.
La realidad golpea con una espada fulgurante.
Doble infortunio, soledad doble.
Ay, qué extraña noche: mezcla
la desdicha a la alegría,
la soberbia a la justicia,
nos deja con agradecimiento y lástima.

*(El Coro expresa con el cuerpo y la voz, sin estilizaciones
blandas, el movimiento de la barca fúnebre, el golpe de los
remos en el agua, etc.)*

Amigas, se levanta el viento de la despedida.
Se mueven las barcas, los remos se mueven.
¿Qué ven ahora sus ojos,
928 qué laureles, aguas, pájaro sin nombre?

Vuélvete, Etéocles. Mira esta mano despedirte.
Amigas, se levanta el viento de los adioses.
La barca se desprende de nuestra orilla.
Que se difunda el son propicio,
que se dilaten las negras velas,
y entren los peregrinos en el reino de la muerte.

(El Coro se divide.)

PRIMERO

No te persuadieron mis voces
ni quebrantaron mis tribulaciones.

SEGUNDO

Nadie te ha vestido, Polinice,
ni lavado tu cuerpo.

PRIMERO

¡Cómo iba a estar de tu parte
la patria entregada por obra tuya
a la ambición extranjera! Nadie
cantará tan horrible proeza.

SEGUNDO

Tienes tus armas puestas, Etéocles,
y está bien que así sea.
Tebas se dispone a enterrarte
con honor y tristeza,
y está bien que así sea.

PRIMERO

El aire está calmado ahora,
quieto, sin ruido, sin daño.
La sangre derramada
hace el aire más puro.

SEGUNDO

Las torres de la ciudad

se acercan
en el aire tan nítido,
y resplandecen inocentes.

PRIMERO

El odio se desvanece
en este cuerpo inerte,
muere en esta boca muda.
Nos deja libres, sin herencia.

SEGUNDO

Ambos recibieron su parte.
La parte que el destino
les tenía reservada,
y una riqueza sin fondo
bajo sus cuerpos:
la tierra.

PRIMERO

Pronto vendrá la primavera.
La lluvia, moviendo de ternura
la tierra,
estrenarán hojas nuevas
sobre la sangre.
El sacrificio consumado,
abre las puertas.

Entran los Adalides y los Espías. El cortejo fúnebre se organiza.
Los Adalides y los Espías se colocan junto al cuerpo de Etéocles.
Solo, a un lado, queda el cuerpo de Polinice.

EL CORO

Con ustedes amanece, tebanos.
Estamos tristes y alegres al vernos
otra vez. Pero no nos avergonzaremos
mañana de abrazarnos y comer el cordero.

(Se acerca al cuerpo de Etéocles.)

No te perturbaremos con lamentos y lágrimas.
Adiós, Etéocles. No podemos censurarte:
tu obra está en nosotros. Sabremos continuar
esa justicia que no se arrepiente ni claudica.
Por ti reinará un orden nuevo, mientras tú sueñas.
Por eso podremos mañana comer el cordero.

Levantan el cuerpo de Etéocles. Resuenan cánticos funerarios.
El cortejo sale lentamente.

POLIONTE

(A algunas mujeres.)

Ustedes, sepúltenlo.
Tendremos para él la piedad
que no supo tener para Tebas.

(Mientras cubren el cuerpo de Polinice, amanece.)

Mayo, 1968.

EUGENIO HERNÁNDEZ ESPINOSA

MARÍA ANTONIA

UNA CARMEN CARIBEÑA

Inés María Martiatu

D ecían los viejos descendientes de africanos que no se
podía procrear sólo con el semen. Hacía falta
también la magia, y ésta únicamente puede ser aportada
mediante la palabra. Según ellos, era la unión del semen
con la palabra *muzima* lo que daba lugar a la vida. Lo
mismo podría decirse de los artistas que crean personajes
capaces de ser amados, odiados e incorporados para
siempre a la memoria de un pueblo, una cultura, a la
sensibilidad de todos. Tal es el caso del dramaturgo
Eugenio Hernández Espinosa y su *María Antonia*. Hemos
visto a un público emocionado sufrir, llorar y desesperarse
sobrecogido por la magnitud de la tragedia, y un santero
me confesó que había tenido que cruzar las piernas para
no ser poseído por la orisha Yemayá delante de todos en
su butaca de espectador.

María Antonia, estrenada por Roberto Blanco con el
grupo Taller Dramático y el Conjunto Folklórico Nacional el 29 de septiembre de 1967, constituyó un triunfo
artístico y popular sin precedentes en el teatro cubano:
veinte mil espectadores presenciaron sus primeras dieciocho funciones. Pero esta obra suscitó también la expectación, la polémica y el asombro, que llegó casi hasta el
insulto en algunos que no aceptaban ver el mundo de lo
popular alcanzar la grandiosidad y profundidad de la   935

tragedia. Añós después y a pesar de los que intentaron ignorarla, pasó la prueba del tiempo, ¡ese testarudo!

Autor apasionado y prolífico

Eugenio Hernández Espinosa (La Habana, 1936) es un autor prolífico y apasionado. Ha logrado poner en escena varios títulos de gran importancia y entre ellos, por lo menos un clásico indiscutible de la dramaturgia cubana y latinoamericana: *María Antonia,* su primera obra estrenada en el teatro profesional, un hito en la carrera de su director Roberto Blanco, de la actriz Hilda Oates y del resto del elenco que la protagonizó.

La infancia, esa etapa a la que siempre acudimos en busca de claves y explicaciones, transcurrió para Eugenio Hernández en uno de los barrios más interesantes de La Habana: El Cerro. Antiguas residencias de campo de la burguesía del pasado siglo, habitadas por sobrevivientes venidos a menos o convertidas en solares, al lado de modestas viviendas, albergan una población de obreros nucleada alrededor de varias industrias importantes y se mezclan con sectores en que lo marginal tiene más énfasis por la proximidad de la plaza del Mercado, con su galería de personajes populares y su violencia.

Eugenio Hernández fue educado en una escuela de adventistas del Séptimo Día. Su familia lo quería un negrito diferente, y trató de sustraerlo a estas influencias por prejuicios clasistas y con la aspiración de hacerlo ascender socialmente. A las enseñanzas de la Escuela Sabática, agregó el conocimiento de historias paganas y profanas, que le vinieron por la fantasía de una anciana parienta adoradora de los orishas. Eran historias de magia de dioses que se mezclaban en los asuntos de los hombres y con una carga de sensualidad terrenal totalmente opuesta a las exigencias de aquel Jehová omnipotente y lejano. Esta contradicción inflamó la imaginación del niño y lo convirtió en uno de esos especímenes caribeños capaces de apropiarse de dos culturas aparentemente opuestas con la mayor naturalidad del mundo. La obediencia ciega, la castidad, la represión de todos los instintos son negadas por la pasión, el amor carnal y el humanismo desbordante de la vida de los orishas y su culto, en el que la magia establece una relación reveladora y armoniosa con el resto de los elementos de la naturaleza.

En plena adolescencia, su curiosidad lo abre a la influencia de la vida popular, inevitable en aquel medio: desde los juegos de pelota en los solares yermos de Ayestarán, a donde se escapaba de la estrecha vigilancia de niño mimado, hasta las travesuras de la calle. Los personajes que habrían de cobrar vida en *María Antonia* y otras obras, pululaban por la Plaza del Mercado, desfilaban durante el carnaval en la comparsa El Alacrán o asistían a las fiestas populares, las famosas giras bailables que se efectuaban en los jardines de las cervecerías La Polar y La Tropical, a las que acudía Eugenio a despecho de los consejos familiares. Allí, bailando, El Papi (como le decían en ·El Cerro) encontraría a los inefables Cheo Malanga y Manolo El Aguajista, bailador estrella, inventor de pasillos, inmortalizado en la guaracha *Mi socio Manolo*, que da nombre a una de sus más interesantes piezas teatrales. De ahí la importancia que tiene la música popular en la obra de este dramaturgo, unida al ambiente de violencia trágica de la rumba y a la teatralidad total del güemilere. [1]

La vocación de este escritor tiene sus primeros atisbos en las versiones modificadas de pasajes bíblicos que escribía de niño, pero se cumple en el Seminario de Dramaturgia organizado en 1960 por el Teatro Nacional de Cuba, del cual salieron los más importantes dramaturgos de su generación. Con la siempre asombrosa autenticidad del talento, Eugenio no se evade y desde el primer momento intenta llevar a su obra su propio mundo, el más conocido por él. Está la voluntad consciente del creador que se sabe con una responsabilidad histórica precisa. El personaje popular tratado sin prejuicios clasistas, el negro bozal, catedrático o lumpen, personaje ridiculizado o distorsionado en el teatro cubano anterior, alcanza con Eugenio Hernández no sólo una justa reivindicación artística, sino que va más allá de ello, descubriendo un pathos profundo que le permite sacarlo del sainete superficial o la truculencia de la crónica negra y llevarlo a la altura de la tragedia.

Un personaje trágico

María Antonia vino a llenar un vacío en la historia de nuestra dramaturgia. Con la presencia en el bufo del negrito lumpen, la mulata sandunguera y el gallego bruto, se pretendía dar una imagen complaciente y superficial del pueblo cubano que cerraba las puertas a una concepción más compleja del mismo. Estos personajes estaban condenados al choteo, a expresarse siempre en jarana y a no dejar entrever su verdadera problemática ni las causas económicas de su situación. En el mejor de los casos, servían como arquetipos ejemplarizantes de conductas negativas.

Como protagonista, María Antonia se sitúa en esa galería de personajes femeninos paradigmáticos, encabezados entre nosotros por la Cecilia Valdés del novelista Cirilo Villaverde. No por casualidad son mulatas estas cubanas trágicas, en cuya situación convergen las contradicciones sociales que se expresan bajo la circunstancia del drama pasional. La heroína de Eugenio Hernández es una negra, y en ella se plasma la identidad sin escapatoria.

Perteneciente a la estirpe de Medea y de Carmen, esta negra cubana, rumbosa y desafiante, se empeña en exigirle a la vida lo más difícil. Apura el placer, el riesgo y la entrega sin reparar ni temer el dolor o las consecuencias en aras del libre albedrío. Moldeada por la violencia que la vida ha ejercido implacablemente sobre ella desde niña, no tiene otra manera de reaccionar que la propia violencia. Toda decisión la conduce a ella. Al machismo opone un hembrismo que no la salva de la terrible contradicción. María Antonia no quiere ser dominada por nada ni por nadie, ni siquiera por los dioses. No acepta la ética de la sociedad ni la del grupo a que ella pertenece. Busca la libertad en un medio que no se la permite. Su punto débil es su amor por Julián. Se siente traicionada, sobre todo por el hecho de que él la haya utilizado para después dejarla. Eso es inadmisible para ella. Esta mujer soberbia no conoce el remordimiento. Cree que hace justicia, que interpreta el sentido oculto de las cosas matando: "¡Julián estaba cumplido! ¡Le evité el trabajo a Orula!".

Para entender la forma escogida por el autor y los elementos que la definen, debemos señalar la influencia del *güemilere,* fiesta ritual de la Santería con cantos y bailes que nos remonta a los orígenes del teatro. En el *güemilere* o *wa-ni-ilé-ere* [2] se encuentra una teatralidad similar a las de los rituales de las antiguas culturas europeas, americanas o asiáticas. La inclusión de la música, la danza, la pantomima, la acrobacia y la actuación; la participación colectiva y las secuencias de acciones programáticas, que, sin embargo, dejan lugar a la improvisación, caracterizan a esta fiesta ritual. Por medio de la posesión los dioses y los muertos, los *eguns,*[3] participan junto con los vivos en una acción dramática que tiene lugar en este mundo, para los creyentes "el inmenso y único mundo que existe". Según el sabio don Fernando Ortiz, al evocarlos y hacerlos comparecer por medio de la magia o la mística de la fe, el creyente sólo descorre la "cortina" que los separa del mundo visible.

En esta tragedia se nos presenta a la muerte en su sentido de resurrección inciática. En la Santería, el iniciado muere para renacer a una vida nueva. Los

939

neófitos incluso cuentan sus cumpleaños a partir del momento de su iniciación. El sentido trágico está dado en la imposibilidad de la Madrina de hacer renacer virtualmente a María Antonia. "Bórrela por dentro. Arránquela de raíz y siémbrela de nuevo", clama la Madrina, pero María Antonia la rechaza: "Yo no creo en esa mierda".

Escrita en un lenguaje que recrea el habla popular sin pintoresquismo, esta obra tiene valores perdurables por la universalidad y el profundo humanismo de su propuesta. Debemos agregar parafraseando a Fernando Ortiz que es un teatro nuestro, donde el negro vive lo suyo y lo dice en su lenguaje, en sus modales, en sus tonos, en sus emociones.

---

[1] Fiesta pública de la Santería con cantos, bailes, pantomima, etc.

[2] Según Fernando Ortíz, del yorubá, "tomar parte en las convulsiones de la casa de las imágenes". Sinónimo de güemilere.

[3] Espíritu de un muerto.

EUGENIO HERNÁNDEZ ESPINOSA

Nació en La Habana, en 1936. Fue alumno del Seminario de Dramaturgia del Teatro Nacional y, más tarde, responsable del mismo. Ha trabajado en distintos grupos como asistente de dirección, jefe de escena, asesor literario y, desde comienzos de la década del ochenta, como director artístico. En 1967 estrenó su primera pieza: *María Antonia*, que alcanzó un gran éxito de público y crítica. En 1977 obtuvo el Premio Casa de las Américas de Teatro con *La Simona*. Buena parte de su producción dramática permanece inédita y sin estrenar. Se han realizado dos filmes sobre textos suyos: *Patakín* y *María Antonia*. En la actualidad, dirige el proyecto del Teatro Caribeño. Sus obras más importantes son:

TEATRO

María Antonia. Estrenada por Taller Dramático en 1967. Publicada por Letras Cubanas, La Habana, 1979, e incluida en su *Teatro*, Letras Cubanas, Ciudad de La Habana, 1989.

La Simona. Sin estrenar. Publicada por Ediciones Casa de las Américas, La Habana, 1977, e incluida en su *Teatro*.

Calixta Comité. Estrenada por el Teatro de Arte Popular en 1980. Inédita.

Odebí, el cazador. Estrenada por el Conjunto Folklórico Nacional en 1982. Publicada en la revista *Tablas*, nº 4, octubre-diciembre, 1984.

Oba y Shangó. Estrenada por el Teatro de Arte Popular en 1983. Inédita.

Mi socio Manolo. Estrenada por el Teatro Nacional en 1988. Incluida en la edición de su *Teatro*.

Emelina Cundiamor. Estrenada en el Festival del Monólogo de La Habana en 1989. Publicada en la revista *Tablas*, nº 3, julio-septiembre, 1989.

MARÍA ANTONIA

Eugenio Hernández Espinosa

PERSONAJES

María Antonia
Julián
Madrina
Carlos
Cumachela
Yuyo
Matilde
Tino
Cipriano
Batabio
Apwón
Chopa
Caridad
Nena
Manager
Mujer de la Cadena
Johnny
Sonia
Pitico
Yerbero
El caballo de Oshún
Iyalochas
Coros del pueblo

PRIMERA PARTE

PRÓLOGO

Madrina, de rodillas. María Antonia detrás de ella se sostiene de pie. Sobre sus espaldas, la Cumachela. Madrina, con rezo, avanza hasta llevar a su ahijada al centro de la escena.

MADRINA. ¡Ay, Babá orúmila, Babá piriní wala ni kofiedeno Babá Babá emí kafún aetie omi tutu, ana tutu, kosí aro, kosí ikú, kosí eyé, kosí efó, kosí iña, kosí achelú, iré owó, ilé mi Babá. Babá re re, ¡siempre camino blanco! Babá, vengo a ti amanecida en dolor, vengo a tus puertas. Sin fuerzas para vencer lo malo que se le ha metido adentro a mi niña hermosa. ¡Ay, padre, desbarata con tu misericordia, todas las llagas que le impiden avanzar hacia tu luz! Oshún shekesheke, afigueremo, Oshún yalodde. ¡Ay, virgencita de oro, tú que le guardas la voz y la sonrisa a María Antonia, tú conoces el vientre, sus ojos los conoces! ¡Llévala por su andar hacia tu gracia! ¡No la dejes sola! Ven, reina, mira que el dolor es tan grande que casi no puedo hablarte suave. ¡Misericordia, santos míos, misericordia! ¡Ay, qué grito no daría al cielo para hacerlos bajar! ¡Ay! ¿Nadie me escucha? Elegguá, guardián de las puertas y caminos. Omí tutu, ana tutu, inlé tutu, okán tutu, tutu Alaroye, arikú babawa, moyubba Olofin, moyubba asheddá akoddá, ainá yobbo que ibayé, bayé, layé tonú, bobbo eggún ara onú, timbo laye timbo loro, ara onú de inlé, ara onú que nos acompaña. Elegguá baralá yikí tentenú koma niko, koma nikondoro, akí iború, akí ibosehshé. Elegguá, rompe esta encrucijada del destino, ábrenos siquiera un paso más. Truena, Shangó, y amárranos a tu pecho. Shangó moforibale, obá osó moforibale. Babá de mi ibá orisa ma wo moforibale, Babá temí... Olokun ayaó koto aganarí akagüeri. ¡Ay, Yemayá bendita, que mi mano encuentre abiertas las puertas de tu templo! ¡Ay!

AKPWÓN. *(Voz, cantando.)*

Aremú Odudúa
awó ma arelé
agolona
Babá Aremú Odudúa
awo ma arelé.

IYALOCHAS. *(Cantando.)*

Okuó Agolona.

Aparece la casa de Batabio. En ella las Iyalochas y el Akpwón cantan. En el fondo, centro, aparece sentado en el suelo, sobre una esfera frente al tablero de Ifá, Batabio el babalao.

MADRINA. Vamos, hija, Batabio nos escuchará.

MARÍA ANTONIA Y CUMACHELA. ¡Ay! ¿Qué pueden hacer ya de mi vida?

El Akpwón eleva su canto litúrgico. Las Iyalochas, sin dejar de cantar, acuden a Madrina y a María Antonia. Las llevan con reverencia ante Batabio.

MADRINA. *(De rodillas.)* ¡Ay, Batabio! Le han echado un daño. Le han desfigurado su camino. Aquí se la traigo.

MARÍA ANTONIA Y CUMACHELA. ¡Maldita seas, María Antonia! ¡Maldito el día que viste la luz, maldita seas!

BATABIO. *(Desde su sitio, autoritario.)* ¡Lárgate!

MADRINA. Haga algo por ella antes de que se separen cuerpo y cabeza.

BATABIO. *(A María Antonia.)* ¿Con qué derecho vienes a perturbar la tranquilidad de este lugar? Esto no es el mundo donde el hombre lo revienta todo. ¡Quítate los zapatos y limpia tus pensamientos!

Las Iyalochas la descalzan.

MADRINA. *(Tocando el suelo con la punta de los dedos.)* Iború ibó ya.

IYALOCHAS. Ibó sheshé.

BATABIO. Orula awá. *(María Antonia vacila en saludarlo.)* Okunle kunle mokunle.

MARÍA ANTONIA Y CUMACHELA. ¡No vengo a saludarte, ni a que me des tu bendición!

MADRINA. No se ofenda, Batabio. Está como loca. No sabe lo que dice. Ayúdela a salir de su desgracia. Amarre su espíritu, pa'que no se le escape a la tierra.

BATABIO. *(A María Antonia.)* ¿Qué vienes a buscar con tantas exigencias?

MADRINA. Busque su ashé, que lo ha perdido.

BATABIO. ¿Dónde lo perdiste? ¿Correteando por ahí? Algo muy malo has hecho cuando por fin te has decidido a venir a Ifá.

MARÍA ANTONIA Y CUMACHELA. ¡Julián estaba cumplido! ¡Le evité el trabajo a Orula!

MADRINA. ¡Ay! ¡Misericordia, santos míos, misericordia! *(A Batabio.)* Aleje de su cabeza la sombra del muerto. Está llena de difuntos.

BATABIO. ¿Qué quieres que haga con esta mujer?

MADRINA. Bórrela por dentro. Arránquela de raíz y siémbrela de nuevo. *(Cumachela se separa de María Antonia. Desaparece.)* Hágala crecer de alegría. Déle sus alegrías, regístrela, ¿qué cuelga de ese cuerpo?

BATABIO. Okunle, kunle, mokunle. *(María Antonia se arrodilla.)* Okunle, a Babá, Orula awá.

IYALOCHAS. Que la bendición de Orula aún pueda llegar a ti.

BATABIO. Omi tutu, ana tutu, tutu Laroye, tutu ilé.

IYALOCHAS. Agua para refrescar la casa.

BATABIO. Kosi ikú, kosi ano, kosi ofó, kosi eyé. Arikú babawá.

IYALOCHAS. Que no haya muerte ni enfermedad, ni tampoco tragedia; que cualquier cosa mala que se presente, se aleje; que venga lo bueno.

BATABIO. Unsoro bi pa fo.

IYALOCHAS. No hables bueno para malo, ni malo para bueno.

AKPWÓN. *(Cantando.)*

Yoko bi obbo bi.

IYALOCHAS. *(Cantando.)*

Ayarawo
yoko bi obbo bi
ayarawo.

AKPWÓN. Yoko bi obbo bi.

IYALOCHAS.

Ayarawo
yoko bi obbo bi
ayarawo.

AKPWÓN.

Ofe yékete lolúo sérawo
ériki láwasé
ofe yékete lolúo sérawo
ériki lawa sérawo.

IYALOCHAS.

Ofé yékete lolúo sérawo
érik láwasé
ofe yékete lolúo sérawo
ériki lawa sérawo.

948 *El canto va decreciendo hasta un leve murmullo.*

AKPWÓN.

Ounko Orula lakalaka labossi.
Ifá ounko orula lakalaka labossi awo.

IYALOCHAS.

Ounko orula lakalaka labossi
Ifá ounko orula lakalaka labossi awo.

AKPWÓN.

Máyele kunfé le Ifá.

IYALOCHAS.

Ériki
máyele kunfé le Ifá
ériki.

BATABIO. *(Por encima del canto.)* Se va a echar la suerte. Se va a decir lo que pasó, lo que está pasando por ti y lo que va a pasar. ¿Me estás oyendo? ¿Está fuerte tu cabeza pa' no sufrir trastorno, pa' no volverte loca? La verdad vuelve loca a la gente de este mundo. Todos dicen buscar la verdad, pero cuando se acercan a ella la tiemblan como un niño chiquito. Y la verdad está en uno como los ojos, como el corazón. *(Toma el ekuele, tira y recoge; el canto se eleva.)* Hum, si usted no sabe la ley con que tiene que vivir aquí, lo aprenderá en el otro mundo. Enugogó-meyagada-goddo. Mira, el marinero es hijo del mar, expuesto a lo que el mar quiera. Usted gusta encaramarse arriba e la gente. pa'que me entienda mejor, usted ha querido cosas que no le pertenecen.

MARÍA ANTONIA. ¡No estoy aquí para que me juzgues!

MADRINA. ¡Ay!

BATABIO. Déjate de bravuconadas. Aquí tienes que estar con respeto y reverencia. Nadie te mandó buscar.

MADRINA. *(A María Antonia.)* No le cierres la gracia a Orula.

BATABIO. Tú vienes aquí porque tienes miedo.

949

MARÍA ANTONIA. Yo no le tengo miedo a nadie. Si tuviera miedo no estaría frente a Ifá.

MADRINA. ¡Ay!

BATABIO. Que Oloddumare, mija, le perdone su bravuconería; que no tenga usted que avergonzarse de su mala boca. Boyuri enu sodake: mira, oye y calla. ¿Usted es hija de Oshún, no? Oshún shekeshé afiguéremo.

MARÍA ANTONIA. Yo no conocí madre.

BATABIO. Nadie la obligó a venir aquí, ya se lo dije, a buscar la verdad; pero aunque usted trate de huir, ya le dije que la verdad está en su sombra. En cada paso de la noche, en cada conversación del día. Molé yakoyá oshukuá wei koko. Cuando la luna sale, mija, no hay quien la apague.

MADRINA. ¿Qué dice Ifá? Hable. Tenemos que hablar para comprender lo que ha sucedido.

BATABIO. Su mejor amigo es su peor enemigo y su mejor amigo es usted misma. ¿Qué le parece?

MADRINA. Así mismo es. Así fue. Como si la perdición le creciera por dentro. Hasta que un día las plantas de sus pies corrieron solas a desbaratar su ashé. Yo presentía la desgracia, porque se le borró la risa de repente y comenzó a decir palabras que nunca fueron de ella.

BATABIO. *(Tira y recoge el ekuele. Como si repitiera una sentencia.)* Molé yakoyá oskukúa wei koko.

AKPWÓN. *(Elevando el canto.)*

Yoko bi obbo bi.

IYALOCHAS.

Ayarawo
yoko bi obbo bi
ayarawo...

MADRINA. ¡Ay! ¡Cómo duele recordar aquel día en que a mi María Antonia se le perdió su risa cascabelera! El sol había salido como siempre. La gente iba y venía. Por mi niña preparaba ofrendas para los santos. Fui a buscarla temprano. Me la encontré con la cintura rota de dolor; diez días llevaba sin querer probar bocado, tirada en la cama, olvidada, decía, de su amor. Para aliviar la pena, me la llevé al mercado a comprar ofrendas para la Caridad, Oshún. *(El templo de Batabio desaparece, quedan Madrina y María Antonia solas, en medio de la escena. A María Antonia.)* Oshún, Cacha, que te va a proteger. Lo tuyo no es pedir tanto, seguro se arregla. Vamos. Así se abrió el día.

Ante ellas aparecen el mercado y la ciudad. Estallan las imágenes simultáneamente. María Antonia y Madrina se internan en el mercado.

CUADRO PRIMERO

Mercado

Las imágenes del mercado y la ciudad estallan simultáneamente.

IMAGEN 1

Un grupo de jóvenes fuma marihuana.

JOVEN I. Déle rápido, que ahorita viene la fiana.

JOVEN II. El cabito, dame el cabito, anda.

JOVEN III. Toma, negra, pa'que te inspires.

IMAGEN 2

MADRE. *(Golpeando salvajemente una puerta.)* ¡Abre o te mato, desgraciao! ¡Abre! Dios quiera que te caiga el techo arriba. *(Con furia incontrolable abre a empujones la puerta.)*

HIJO. Yo no hice nada malo.

MADRE. Te voy a matar, degenerao. *(Dándole golpes.)* Cuando yo te llame, me contestas enseguida, ¿me oyes? Ahora te quitas los pantalones y no me sales más para la calle. No llores. Los hombres no lloran. No quiero mariquitas en la familia. ¡Yo parí un hombre!

IMAGEN 3

VOZ DE UNA MUJER. *(Encerrada en su cuarto.)* ¡Sáquenme de aquí, que esto se hunde! ¡Ay, esto se hunde!

IMAGEN 4

CHOPA. *(Toca un instrumento.)* Una limosnita a este pobre cieguito, por amor de Dios, una limosnita.

Un muchacho le arrebata la cartera a una mujer. Huye. La gente lo persigue.

IMAGEN 5

DEVOTA. *(Ante una imagen religiosa.)* ¡Nuestra Señora de Loreto, haz que no me falte el techo! ¡Haz que Pedro consiga trabajo! ¿Tú crees que esto es vida? *(Dándole golpes a la imagen.)* De cabeza te voy a poner si no me oyes. ¡Voy a ver hasta cuándo me vas a tener así!

IMAGEN 6

Entra un hombre perseguido por una mujer en estado.

HOMBRE. No me sales más la vida. Lo de nosotros ya terminó.

MUJER. ¿Y piensas irte y dejarme con este paquete?

HOMBRE. ¡Déjame en paz!

MUJER. ¡Que te crees tú eso! ¡Auxilio! ¡Socorro!

HOMBRE. ¿Te has vuelto loca?

MUJER. ¿Loca? Tú no puedes dejarme embarcá. ¡Auxilio! ¡Socorro!

HOMBRE. *(Golpeándola salvajemente.)* No te me atravieses más.

MUJER. ¡Mátame! ¡Mátame!

El hombre sigue golpeándola. La gente pasa.

HOMBRE. *(Yéndose.)* Y como me sigas, te lo voy a sacar por la boca. *(Sale. Un hombre trata de ayudarla a levantarse. Ella rehúye la ayuda. Sale quejándose.)*

IMAGEN 7

LOCO. *(Paseándose por entre la gente.)* ¡El hombre tiene que ser bueno, luz para esta oscuridad! No quiero dinero, no quiero dinero, no quiero dinero. *(Lo maltratan.)* ¡Ay, maldita esta tierra que a todas horas engendra buitres! ¡Mal nacidos! No quiero dinero. ¡El hombre tiene que ser bueno, luz para esta oscuridad!

VOZ. ¡Córtenle la voz a ese loco! ¡Córtensela!

Un grupo de muchachos lo cuelga por los hombros, de un palo. Lo pinchan.

MUCHACHO I. Si eres hijo de Dios, záfate.

Cogen a la Cumachela.

CUMACHELA. Suéltenme, ¿qué van a hacer conmigo? Ése no es mi marido.

MUCHACHO 2. *(Arrojándola ante el Loco, que cuelga.)* He ahí a tu madre.

953

IMAGEN 8

MADRE. *(A la hija, planchando.)* Yo planchando y tú sateando por ahí. ¿Dónde estabas?

HIJA. Donde no te importa.

MADRE. ¡Soy tu madre!

HIJA. No fastidies más y déjame en paz. Fui a buscar marido, ¿me oyes?, marido.

MADRE. *(Pegándole la plancha en un hombro.)* ¡Degenerá!

IMAGEN 9

PADRE. *(Dándole un cuchillo al hijo.)* Pa'que te defiendas. Es mejor estar en la cárcel que en el hoyo. Los hombres no lloran. Antes se sacan los ojos.

El hijo coge el cuchillo y sale.

IMAGEN 10

En un rincón un grupo de gente canta y baila un guaguancó. Se emborrachan y se divierten.

MUJER. *(A un soldado. Borrachos.)* Ésta es la vida, Genaro: gozar, bailar y tomar hasta que nos llegue la pelona.

VOZ. ¡Se llevan a Hueso, se llevan a Hueso! Le partió la cabeza a un hombre.

OTRA VOZ. Este hijo mío quiere acabar con mi vida. ¡Que lo maten ya de una vez! Estoy cansada de correrle atrás a la policía. Allá le irá bien, al menos, tendrá comida todos los días.

IMAGEN 11

CUMACHELA. *(A uno que pasa por su lado.)* Dame tres kilos pa'café, anda. Tres kilos nada más. *(El Hombre no le hace caso. Agarrando a otro que pasa. Comienza a llorar.)*

HOMBRE. ¿Qué pasa?

CUMACHELA. *(Trágica.)* Se me acaba de morir mi hija y no tengo con qué enterrarla.

HOMBRE. Pues cómetela.

CUMACHELA. A tu abuela es a la que me voy a comer, desgraciao. *(A Chopa, que se acerca.)* La calle está que ni para tirarse a morir en ella. *(Chopa y Cumachela corren a la basura. Hurgan jadeantes en ella.)*

VENDEDOR 1. Nueve velas para los muertos. ¿Quiere velas para los muertos? ¡Nueve velas!

VENDEDOR 2. ¡Vaya, para pasado mañana! La tiñosa, el cura, muerto grande. Cómpreme, señora, cómpreme. He dado diez veces el premio gordo y a nadie le he dicho los nombres. Cómprenme, yo soy una mujer pobre.

IMAGEN 12

NIÑO 1. *(Tomándole la cabeza al otro debajo de las axilas, lo aprieta hasta casi asfixilarlo.)* ¿Te rindes?

NIÑO 2. Suél—ta—me.

NIÑO 1. ¿Quién es el más hombre?

NIÑO 2. Suélta—me.

NIÑO 1. *(Apretando más fuerte.)* ¿Quién es el más hombre?

NIÑO 2. Tú.

NIÑO 1. *(Soltándolo.)*. Eso para que aprendas a jugar con los hombres.

IMAGEN 13

POLICÍA 1. Vamos zancando, zancando.

MUJER. ¿Y adónde nos vamos?

POLICÍA 2. ¿No tienes marido? Que se preocupe él de buscarte un cuarto.

MUJER. Está sin trabajo.

POLICÍA 3. Zancando, zancando. No tienen para pagar un cuarto, pero para emborracharse sí.

El Marido atraviesa la escena cargando una carretilla con trastos viejos.

MERCADO

YERBERO. *(Pregonando.)* ¡Vaya, cardo santo, paraíso, romerillo, salvia, abre camino! ¡Rompe zaragüey!

Por uno de los extremos entra corriendo María Antonia, detrás, un hombre. La acción se detiene.

PITICO. *(Deteniéndose.)* Te voy a enseñar a respetar a los hombres.

GENTE 1. ¡Mátala!

GENTE 2. ¡Dale un escarmiento pa'que se le quite esa guapería.

GENTE 3. *(Advirtiéndole.)* Ésa es la mujer de Julián.

María Antonia se detiene bruscamente.

PITICO. *(Alardoso.)*¡Qué! ¿Se te perdió de nuevo el macho? *(La gente se ríe.)* Métele mano a un perro, que es lo que tú necesitas.

La gente se divierte.

MARÍA ANTONIA. *(De una de las tarimas de vender viandas coge un cuchillo. El hombre, en un gesto de alarde, le va a ir encima. La gente trata de sujetarlo. Esgrimiendo el cuchillo, ella.)* ¡Suéltenlo! Es a mí a la que tienen que aguantar, porque le voy a picar una nalga.

La gente se ríe.

PITICO. ¡Suéltenme, suéltenme!

956 VENDEDOR 1. Deja a esa salá. ¿No ves que está cumplida?

PITICO. ¡Suéltenme, que voy a acabar con ella ya; de una vez!

La gente cede. Pitico se suelta.

GENTE 1. Enciéndele la leva, María Antonia.

GENTE 2. Ten cuidado con esa mujer, se faja como los hombres.

Pitico y María Antonia quedan frente a frente. Éste vacila al ver a María Antonia empuñando un cuchillo.

MARÍA ANTONIA. ¡Eres muy penco tú, para meterme miedo a mí! Los hombres como tú me los juego al siló.

GENTE 1. Vamos, Pitico, demuéstrale a esa tipa quién eres tú.

GENTE 2. Dale, compadre, dale.

PITICO. Debieron haberte dejado en la cárcel hasta que te pudrieras.

Hace un intento de irse, pero un grupo le cierra el paso.

MARÍA ANTONIA. *(A un viandero.)* Yuyo, dame acá tu cuchillo.

YUYO. Te vas a desgraciar, María Antonia.

MARÍA ANTONIA. ¡Dámelo! *(Se lo arrebata y se lo arroja a los pies.)* Pa'que te defiendas, pa'que sepas lo que estoy buscando.

GENTE 1. Vamos, Pitico, tienes la mesa servida.

GENTE 2. ¡Cógelo, hombre!

GENTE 3. Defiéndete y no te hagas la chiva loca.

GENTE 4. Vete y deja a esa salá.

GENTE 5. Pínchalo, María Antonia, pínchalo.

GENTE 6. Que no se diga, Pitico, una mujer.

GENTE 7. Pita, Pitico, pita.

PITICO. *(Alardoso.)* Mira, no voy a salarme por una tipa como tú. Estás prestada en esta tierra. Más tarde o más temprano llegará tu hora.

Pitico se va a ir y un grupo lo agarra.

VENDEDOR 2. ¡María Antonia! ¿Qué le hacemos?

MARÍA ANTONIA. ¿Por qué no buscas a tu madre para que saque la cara por ti? ¿O es que no tienes madre?

GENTE 1. Te choteaste, Pitico.

GENTE 2. Pícale la nalga, María Antonia.

GENTE 3. Después de esto, mi hermano, métete a monja.

Un grupo de muchachos le toca las nalgas. La gente se acerca a María Antonia.

YERBERO. ¡Álamo, álamo melodioso! Ofá. Abaile. Iggolé. Ikí yenyé. Ewo ofá.

MARÍA ANTONIA. ¿Qué jerigonza estás hablando?

YERBERO. Vida y luz para tu espíritu y ashé para tu cuerpo: ¡rompe zaragüey!

MARÍA ANTONIA. ¡Bah! Déjate de alarde, que ya tu cuarto de hora se pasó.

CIPRIANO. Bueno, ¿y qué, negrona?

MARÍA ANTONIA. Ya me ves, pasando por blanca hasta que se descubra.

CIPRIANO. Usted no tiene que ser blanca para valer.

MARÍA ANTONIA. Ser blanco en este país es una carrera.

VENDEDOR 3. Estabas perdida, ¿eh? Creíamos que estabas encaná.

MARÍA ANTONIA. Eso es lo que quieren muchos: verme entre
958 rejas o en el hoyo, pero no les voy a dar por la vena del gusto.

Todavía hay María Antonia pa'rato. Mientras que me quede una tira de pellejo, la jaula no se empatará más conmigo.

VENDEDOR 4. No hay hombre en el mundo que te ponga un pie delante. ¿Qué te pasó con ese tipo?

MARÍA ANTONIA. Creyó que me le iba a quedar callada, el pobre.

VENDEDOR 1. Las hembras como tú, hijas de la candela, se merecen un brindis. Toma, reina, ron de la trastienda.

María Antonia se da un trago.

GENTE. ¡Viva la negra más guapa que pisa esta tierra! ¡Viva! ¡Viva María Antonia! ¡Viva!

MARÍA ANTONIA. *(Empujando una de las carretillas.)* A ver, ¿quién va a impedir que yo busque a quien me dé la gana?

CIPRIANO. ¿Cuándo la gente aprenderá a conocerte?

MARÍA ANTONIA. Cipriano, ¿dónde está Julián?

CIPRIANO. ¡Qué sé yo! ¡Ojalá fuera yo su sombra! Ven conmigo, yo voy ahora al gimnasio, a buscarlo.

MARÍA ANTONIA. Por el mercado lo han visto y estuvo diciendo que iba a caminar toda su vida, en este último día, para desandar lo andado. *(A un cargador que pasa.)* Oye, Cheo, ¿dónde está Julián?

CHEO. Está que corta. Como enganche a La Araña con la derecha, no hace el cuento. Este viaje me juego hasta los fondillos por Julián.

MARÍA ANTONIA. Ten cuidado no los pierdas.

Se va a iniciar la pelea. Cipriano, para aliviar la tensión, rompe a cantar un guaguancó.

CIPRIANO. Bele Bele bele belé belebá.

TODOS. La la la...

CIPRIANO. Bele Bele bele belé belebá.

TODOS. La la la...

La gente empieza a dar palmadas rítmicas y a tocar en los cajones.

CIPRIANO. *(Cantando.)*

Llegó el momento
de cantarle
a tus hazañas
el consuelo inmortal
de mi guaguancó:
maltratada
maltratadora
María de los cuchillos
negra de candela y ron
mujer
mujer
como tú no hay otra
loca
flor sin sendero
sin vida
perdida
marchita
marchitadora
por el amor
que no se vio.
María Antonia de los cuchillos
negra de candela y ron
¡Ay! ¡qué dolor!...
¡Ay! ¡qué dolor!...

TODOS. ¡Ay, qué dolor!

La gente baila obstaculizándole el paso a María Antonia. El guaguancó va in crescendo. Los bailadores logran que María Antonia se integre al baile. Con alarde, vacuna a los bailadores. María Antonia se integra al mercado. Los bailadores se dispersan.

960

MARÍA ANTONIA. *(Llamando a gritos por todo el mercado.)* ¡Julián! ¡Julián!

YERBERO. Espera. No te vayas. Yo tengo algo para amarrarlo.

MARÍA ANTONIA. Amarrar. ¿Amarrar a quién?

YERBERO. Al viento que arremolina tu cintura. Vamos, no me vengas con cuentos. ¿A quién va a ser? A ese negro jíbaro que no te deja vivir tranquila. A ése, que tú y yo sabemos quién es, que está bañado con mi yerba para no caer preso, ni mal del cuerpo. ¿Quién ve a ese negro ahora por la gloria? Hace tiempo que no andan juntos; qué, ¿te dejó?

MARÍA ANTONIA. No hablé tan despacio contigo. ¿Tú lo has visto por aquí?

YERBERO. No, pero te veo a ti.

MARÍA ANTONIA. Ahí viene Madrina, viejo, no le digas dónde estoy. *(Corre a esconderse detrás de una de las carretillas del mercado.)*

YERBERO. *(A Madrina, que se acerca.)* ¡Dichosos los ojos que te ven!

MADRINA. ¿Has visto a María Antonia?

YERBERO. Hace tiempo que no sé de ella. ¿Qué le pasa a esa negra?

MADRINA. ¡Qué se yo! Está intranquila. Desde que Julián se metió en el boxeo, no encuentra sosiego. Mañana voy a bailar, cantar y celebrar hasta que baje Oshún, y le refresque el eledda a mi niña. Los caracoles se han vuelto al revés.

YERBERO. Pa'lo malo hay siempre lo bueno. Tengo cardo santo. Orosú de la tierra. Yerbas pa'su espíritu. Con esto le volverá toda su tranquilidad.

MADRINA. *(Cogiendo las yerbas.)* No dejes de ir mañana por mi casa. Déjame seguir buscándola. ¡Ya me contaron la bronca, ya! ¡Zangaletona! Si la ves, dile que se acuerde de ver a Yuyo. 961

(Madrina, avanzando, llamando.) ¡María Antonia! ¡María Antonia! *(Sale.).*

YERBERO. *(A María Antonia, que sale de su escondite, mostrándole una botella con miel.)* Con esto Oshún sacó a Oggún del monte. Mira, oñí, oñí; para endulzar tu voz, tu cuerpo, para endulzar tu vida, mujer.

MARÍA ANTONIA. Mira, yo me las sé arreglar sola. Y hasta ahora, el negro no ha dejado de comer de mi mano, cuando me ha dado la gana. *(Yendo a la carretilla del Yerbero.)* A ver, déjame santigüarte con apasote, porque yo creo que eres tú el que necesita protección. *(Lo despoja burlonamente. María Antonia se pierde entre las carretillas del mercado.)*

YERBERO. ¡Algún día el mundo se desatará, y esa risa tuya, ojalá se te convierta en cuchillos! *(Sale.)*

MARÍA ANTONIA. *(Llamando.)* ¡Julián! ¡Julián! *(A un carretillero.)* Oye, tú, ¿dónde está Julián?

CARRETILLERO. No sé.

MARÍA ANTONIA. *(Avanzando hacia la carretilla de Yuyo.)* ¡Eh, macri! Ahora vengo a hacerte un tiempo.

YUYO. Dichosos los ojos que te ven llegar. Hace mucho que no te veía.

MARÍA ANTONIA. De vez en cuando hay que perderse y repirar otro ambiente.

YUYO. Siempre y cuando sea para el bien de uno. *(A María Antonia, que está echando viandas en la jaba.)* ¡Aguanta, aguanta, eh! Te estás llevando lo mejor.

MARÍA ANTONIA. *(Sensual.)* ¿Me vas a negar a mí, a tu familia, dos o tres ñames más? Madrina quiere hacer frituras.

YUYO. Tú sabes cómo está la cosa; mala de verdad. La gente no tiene plata, y cuando no hay plata se hace la chiva loca y no paga. El negocio cada día va de mal en peor. Ayer no saqué ni para el viaje.

MARÍA ANTONIA. ¡¿Y ese llantén?! ¡Cómo está ese racimo de plátanos!

YUYO. Tú sabes que yo nunca te he negado nada, pero...

MARÍA ANTONIA. ¡Ay! ¡Arráscame aquí... en la espalda! ¡Arráscame! ¿Qué decías?

YUYO. Lo que te había prometido no va a poder ser.

MARÍA ANTONIA. ¿A mí? Será a Madrina y a Oshún, que no es lo mismo. Y lo que se le promete a Oshún...

YUYO. Pero, figúrate, la vida se está poniendo de yuca y ñame pal pobre. No puedo regalarte las viandas.

MARÍA ANTONIA. *(Echando —devolviéndole— las viandas en la carretilla.)* No me llores más miseria. Lo que pasa es que tienes a otra.

YUYO. *(Echándole las viandas en su jaba.)* De sobra sabes el cráneo que tengo contigo. Los sesos se me hacen agua pensando nada más en ti. No, no, no te burles. Mira cómo tiemblo de sólo tocarte. *(La agarra y ella se le escapa. Violento.)* ¡Me gustas mucho!

MARÍA ANTONIA. *(Distante de él. Violenta.)* Esa fruta bomba, me gusta a mí. *(Yuyo se le echa en la jaba.)* Y esos anones. *(Se los echa.)* Y aquel melón. *(Se lo echa. Le entrega la jaba.)* Cuando yo lo digo: no hay en la tierra un ser más bueno que tú. *(Yéndose.)* ¡Que Eleggua te proteja y te abra todos los caminos!

YUYO. Pero si te llevas toda la mercancía, en vez de Eleggua abrírmelos me los vas a cerrar tú.

MARÍA ANTONIA. En la carretilla te le van a echar mal de ojo a esos cocos, y Madrina los necesita para moyubar a los santos. Pónmelos en la jaba. *(Abre la jaba y Yuyo se los echa.)*

YUYO. No sé qué rayos tienes, que todo lo que quieres lo consigues.

MARÍA ANTONIA. No, no, no creas que todo, todo no.

YUYO. Con sólo moverte, la tierra se arrodilla ante ti. Cariño es lo que tú necesitas. Ahora todo te sabe a gloria, pero cuando empiecen a caer los años... Debes ir pensando en el futuro y en mí.

MARÍA ANTONIA. *(Sarcástica.)* ¡Negritos pa'que cuiden mi vejez!

YUYO. *(Suplicante.)* ¿Por qué no nos vemos esta noche?

MARÍA ANTONIA. *(Burlona.)* Tengo cita con el diablo.

YUYO. Un hombre como yo, te hace falta.

MARÍA ANTONIA. No, no. No me gustaría que por mi culpa te echaras a perder. No quiero pervertirte. Tú eres gente decente, que la quiere a una sin interés.

YUYO. Todo en la vida no es más que interés. Tú vienes a mí, porque sabes que a la corta o a la larga te llevas lo que quieres...

MARÍA ANTONIA. No seas mal pensado.

YUYO. ...y yo te lo doy, porque espero que algún día me invites a tu cuarto. *(Trata de abrazarla violentamente.)*

MARÍA ANTONIA. *(Lejos de su alcance.)* Nadie, nadie da nada por bueno, eso sí es verdad. Por eso no seas berraco y aprende a jugar en la vida, así como yo, que soy tremenda tipa. *(Se aleja, llamando.)* ¡Julián! ¡Julián!

YUYO. Esto no se queda así. Mañana tú y yo nos vemos en el toque.

MARÍA ANTONIA. *(Llamando.)* ¡Julián! ¡Julián!

CUADRO SEGUNDO

Al fondo del mismo mercado

En una especie de covacha, una mujer acaricia a Julián. De afuera llegan voces lejanas que se acercan hasta inundarlo todo.

MUJER. *(Voz.)* ¡Policía, un ladrón! ¡Me roban la cartera! ¡Me la roban! ¡Auxilio! ¡Socorro!

VOCES. ¡Ataja! ¡Ataja! Cogió por el fondo del mercado, por aquí. Y eso que parecía un santico. ¿Santico? ¿Cuándo tú has visto a un negro santo? Ladrón, hija, ladrón. ¡Mírenlo, mírenlo, por allí!

MUJER. *(Acariciando a Julián.)* ¡Cómo me gustas, mi negrón! Si nos viéramos más a menudo...

VOCES. ¡Corre como una liebre! Es una pandilla de delincuentes. Mira, aquél es uno de ellos. ¡Cuidado, cuidado, que tiene un palo! Son carne de presidio. No te confíes mucho. Ven acá, negrito, no te vamos a hacer nada malo. Ven, bobito. ¡Cuidado, no huyas porque entonces sí la cosa se pone fea! ¡Cuidado!

MUJER. Desde que entraste aquel día en el solar no pude dormir tranquila. ¿No te dabas cuenta? Llegaste y el solar se prendió de alegría. Los hombres cerraban a sus mujeres. Mi marido me guardó, pero entraste. Entraste sin pedir permiso.

VOCES. Vamos, negrito. ¡Cuidado con ese palo! ¿No se lo dije? Esa gente siempre está armada. Nacieron para hacer daño. ¡Cuidado! ¡Ataja! ¡Ataja! Se metió detrás de aquellas tarimas.

MUJER. Tócame, anda, tócame. Hazme gozar de nuevo.

VOCES. ¡Oye, oye, tú, ¿has visto a un negrito correr por aquí? Esta gente aunque la maten no abre el pico: son compinches. ¡Mírelo por allá! ¡Atájenlo! *(Se oye el ruido de una perseguidora.)* ¡Alto! *(Se oyen disparos al aire.)*

965

JULIÁN. *(Empuja bruscamente a la Mujer y se pone de pie súbitamente.)* ¡Seré campeón!

MUJER. *(Acercándosele.)* ¡Sí, mi negro, serás campeón!

JULIÁN. Seré campeón. El más grande campeón que ha dado Cuba. Seré más grande que Chocolate y Gavilán. Un golpe necesito para vencer el mundo. El otro día reventé a golpes a dos *sparring. (Empujando a la Mujer que lo acaricia.)* ¡Ya!

MUJER. ¿No te gusto?

JULIÁN. Quiero estar entero para mañana.

MUJER. *(Acariciándolo de nuevo.)* Los hombres como tú, están hechos de hierro. Puedes estar con todas las mujeres de San Isidro y Atarés juntas, que de un tirón te llevas a la Araña. Vamos a gozar, anda.

JULIÁN. *(Rechazándola.)* Puede venir tu marido.

MUJER. Entonces, ¿por qué me trajiste aquí?

JULIÁN. Yo qué sé. Para enterrar todo esto.

MUJER. ¿Te has vuelto loco?

JULIÁN. ¿Loco? A veces me escondía aquí de la fiana, cuando muchacho. Después, cuando vine a trabajar a la plaza, ya conocía el lugar. Hasta de la basura se hace una cama. Cuando no tenía dónde dormir, me tiraba aquí. Todavía hay quien sigue haciendo lo mismo. Aquí traje a mi primera mujer. Odio este lugar; lo odio y fui capaz de vencerlo.

MUJER. Vamos a mi cuarto.

JULIÁN. ¡Vete! Quiero quedarme aquí por última vez.

MUJER. Vamos, olvida eso. Mira lo que te compré. *(Le enseña una cadena.)* ¿No te gusta? *(Poniéndosela en el cuello.)* Un campeón merece eso, y mucho más. *(Lo acaricia.)* A un negro como tú, hasta mi sangre.

JULIÁN. Vete ya.

966 MUJER. ¿Por qué eres tan malo conmigo?

JULIÁN. Llegaré a campeón, y ya no tendré más que cargar sacos, ni apestar a sol. Tendré dos, tres máquinas. Compraré la Isla y...

MARÍA ANTONIA. *(Voz, llamando.)* ¡Julián!

JULIÁN. ¿María Antonia?

MUJER. ¿Todavía no has tenido el valor de romper con ella? Te ata como si fueras un carnero.

JULIÁN. *(Apretándola por un brazo.)* No hay ninguna mujer en esta tierra que pueda atarme a mí, ¿me oíste?

MUJER. Sin embargo, no dejan de buscarse. ¿Por qué? Esa mujer te ha echao brujería.

JULIÁN. María Antonia no come de eso.

MARÍA ANTONIA. ¡Julián!

MUJER. Julián, vamos pa'mi cuarto.

JULIÁN. ¡Lárgate!

MUJER. ¡Mi negro santo!

JULIÁN. ¡Que te largues! ¿Me oyes?

MUJER. Le tienes miedo.

JULIÁN. ¿Yo? María Antonia es capaz de formar un titingó y no estoy para tragedias.

MUJER. Pues que lo forme si quiere, chico.

JULIÁN. *(Amenazándola.)* Déjame terminar bien el día, ¿eh?

MARÍA ANTONIA. *(Voz más cerca.)* ¡Julián!

MUJER. A ver, dime, ¿qué es lo que tiene ella que no tenga yo? ¿Qué fue lo que hallaste en esa porquería? Nada más que de oírla, te cagas en los pantalones.

JULIÁN. *(Golpeándola.)* ¡Arranca! ¡Arranca! ¡Arranca!

MUJER. ¡No me botes, no me botes, por lo que tú más quieras! **967**

JULIÁN. *(Zafándosela.)* Ya te he hecho mucho tiempo.

MUJER. Te doy lo que tú quieras; trabajaré para ti.

JULIÁN. *(Dándole golpes y patadas.)* ¡Que te vayas, coño, que te vayas!

MUJER. ¡Mátame! ¡Mátame!

JULIÁN. *(La amenaza con darle en la cara. La mujer da un grito y sale huyendo.)* ¡Y como vuelvas a mirarme la cara, te rajo en dos!

MARÍA ANTONIA. *(Apareciendo.)* Por todo el camino que seguí, el mundo chillaba tu nombre. Es fácil seguirte y encontrarte, por mucho que te escondas, Julián.

JULIÁN. Te estaba esperando.

MARÍA ANTONIA. ¿Aquí?

JULIÁN. ¿Y por qué no?

MARÍA ANTONIA. Ya habías abandonado este lugar. ¿Por qué volviste? ¿Qué hace un futuro campeón por estos desperdicios? Nuestro lugar, ¿te acuerdas? *(Sensual. Comienza a provocarlo.)* Aquí dormíamos escondidos. Tú me contabas tus broncas. Yo las mías, y a reírse. Aquí me robabas. ¡Cuántas veces se prendió el sol sobre nuestro abrazo, aquí, entre estos sacos sucios!

JULIÁN. Mañana tengo una pelea.

MARÍA ANTONIA. ¿Qué se ha hecho de ti?

JULIÁN. Quiero ganar.

MARÍA ANTONIA. Hueles a otro, cuando deberías oler a Julián. *(Comienza a acariciarlo.)*

JULIÁN. Necesito ganar.

María Antonia nota la cadena que lleva puesta Julián.

968 MARÍA ANTONIA. ¿Cuál de tus putas te amarró como un perro? *(Se la arranca del cuello.)*

JULIÁN. Estáte quieta. *(Ríe.)*

MARÍA ANTONIA. Contéstame, Julián, ¿con qué mujer estabas?

JULIÁN. *(Evasivo.)* ¿Eh? Solo. *(Burlón.)* Jugueteando con los recuerdos.

MARÍA ANTONIA. No sabes mentir. Para mentir hay que tener la risa bien escondida.

JULIÁN. *(Con alarde.)* Nací riéndome. Mi madre me lo dijo: ese día el cielo, la tierra y las aguas bailaron y rieron. Yemayá sacudió sus sayas y las penas se convirtieron en risa y se agitaron como cascabeles. *(Tomándola por la cintura.)* Ese día también vino Oshún y se bañó en mi boca y convertimos la vida en miel.

MARÍA ANTONIA. *(Ha palpado las tarimas.)* Está hirviendo como si se hubieran revolcado contigo. ¿Con qué mujer has estado?

JULIÁN. *(Violento.)* ¿Acaso un hombre no puede estar solo?

MARÍA ANTONIA. *(Enfrentándose.)* Sí, pero no un hombre que lleva la roña por dentro...

JULIÁN. ¡Qué sabes tú lo que llevo yo por dentro!...

MARÍA ANTONIA. ...no un hombre que le tiene miedo al silencio y a su propia voz cuando no grita.

JULIÁN. ¿Cuánto vale hasta ahí? *(Pausa.)* ¿Qué te pasa? Antes no hablabas así.

MARÍA ANTONIA. Por eso me has abandonado.

JULIÁN. Julián no abandona nunca a María Antonia. Soy tu dueño y tuyo.

MARÍA ANTONIA. No me hagas reír.

JULIÁN. Tú no naciste para ese carácter. Las hijas de Oshún nacieron para endulzar las aguas y enloquecer el viento.

969

MARÍA ANTONIA. No te acerques. Ya puedes irte al gimnasio, campeón.

Pausa.

JULIÁN. ¿Qué llevas en esa jaba?

MARÍA ANTONIA. Son cosas para Madrina.

JULIÁN. ¡Qué! ¿Tiene algún asiento?

MARÍA ANTONIA. ¿Así estás tú ya? Mañana es día de la Caridad. Madrina piensa sacarla al río y refrescarla. Refrescarla para que yo no pierda la cabeza.

JULIÁN. Tengo hambre.

MARÍA ANTONIA. *(Le abre los brazos, Julián la rodea.)* ¡Cuánto tiempo!

JULIÁN. Me gusta cómo cocinas el carnero.

MARÍA ANTONIA. Ve mañana a comerlo a casa de Madrina.

JULIÁN. ¿El carnero nada más?

MARÍA ANTONIA. ¡Con tantas sazones que has probado!

JULIÁN. Pero la tuya es la más sabrosa.

MARÍA ANTONIA. ¿Qué haces?

JULIÁN. ¡Probarte!

MARÍA ANTONIA. Mañana te guardaré carnero, si vas.

JULIÁN. ¡Brujera!

MADRINA. *(Voz.)* ¡María Antonia!

MARÍA ANTONIA. Madrina me está buscando.

JULIÁN. ¿Y qué?

MARÍA ANTONIA. Tengo que llevarle las jabas.

970 JULIÁN. *(Acariciándola.)* Madrina puede esperar.

MARÍA ANTONIA. ¿Y tú no, eh? Me dijeron que me apartara de ti.

MADRINA. *(Afuera, lejana.)* ¡María Antonia!

JULIÁN. ¿Y lo vas a hacer?

MARÍA ANTONIA. No estés tan seguro.

JULIÁN. *(Incrédulo.)* ¿Serías capaz de dejarme?

MARÍA ANTONIA. *(Con rabia.)* Sería capaz de matarte.

JULIÁN. ¡Mátame! *(Se besan.)*

Por uno de los extremos del mercado. Cerca de la covacha. Aparece Madrina.

MADRINA. ¡María Antonia! ¡María Antonia!

YUYO. *(Saliendo por un costado de la covacha, por donde trataba de ver a Julián y a María Antonia.)* ¿Le pasa algo, Madrina?

MADRINA. Nada, hijo, que se me ha perdido María Antonia. ¿Tú la has visto?

YUYO. No, pero ella se sabe cuidar.

MADRINA. No creas. Más se cuida un recién nacido que esa mujer. Además, la plaza está encendida hoy. Larolle anda suelto con su pendencia. Le entraron a navajazos a una mujer, allá arriba, y creí que era ella. ¿De verdad que no la has visto? ¡Qué estará haciendo por ahí! ¡Ay, María Antonia va a acabar con mi existencia! ¡María Antonia! *(Saliendo.)* ¡María Antonia! Una no puede entretenerse un rato, cuando ya esta mujer desaparece como por arte de magia. ¡María Antonia!

En la covacha, Julián descansa mientras María Antonia lo acaricia.

MARÍA ANTONIA. Diez días sin verte, diez días mandándote recados con todo el mundo; diez días encerrada en ese cuarto, 971 enferma y sola. Sola, Julián; tirada ahí como una cualquiera, basura, y tú de fiesta.

JULIÁN. No sabía que estabas enferma.

MARÍA ANTONIA. ¡Mentira!

JULIÁN. Tú sabes cómo es esa parte: el gimnasio, el *training*...

MARÍA ANTONIA. Pensaba que iba a morirme.

JULIÁN. Mala yerba nunca muere. ¿Qué rayos te han echado?

MARÍA ANTONIA. Nadie subió a verme; nadie a cuidarme; ni un perro siquiera ladró a mi puerta.

JULIÁN. Deja esa tragedia ahora.

MARÍA ANTONIA. Hasta tus ojos se han vuelto malos para mí. Me estoy amargando. No sé qué rayos me pasa que ya no comprendo lo que me sucede, ni a la gente: nuestra indigencia, Julián.

JULIÁN. No te entiendo. ¿Estás hablando en chino o qué? Hay que vivir la vida y dejarse de tanto cuento. Vivir la vida hasta reventarla a golpes.

MARÍA ANTONIA. ¿Qué somos, si no sobras de una comelata, que sólo saben bailar, cantar, reír y revolcarse?

JULIÁN. Yo no soy sobra. Voy a saltar bien alto de todo esto. *(Busca desesperadamente algo.)*

MARÍA ANTONIA. ¿Qué te pasa? ¿Qué te pasa?

JULIÁN. *(Desentierra un par de zapatos viejos.)* ¡Mira! Éstos fueron mis primeros zapatos. Los cogí de un latón de basura y me fui con ellos a bailar. A más de tres mocosos les rompí la cara, porque se reían de mis viejos zapatos que me quedaban como lanchas. El tiempo los rompió y tuve vergüenza de botarlos: era mi inmundicia y la enterré, la enterré como un perro entierra su hueso. Eso se acabó. *(Le tira los zapatos a los pies. Inicia el mutis.)*

MARÍA ANTONIA. ¿Dónde vas?

JULIÁN. *(Deteniéndose.)* Mañana tengo una pelea. Si gano, pelearé en el Garden.

MARÍA ANTONIA. ¿Me enterrarás a mí también, verdad?

JULIÁN. Te pondré como a una reina.

MARÍA ANTONIA. A mí no me duermes con ese cuento. Yo también soy tu vergüenza.

JULIÁN. Te llevaré conmigo.

MARÍA ANTONIA. ¿Te irás a Francia, verdad? ¿Y te bañarás con champán y tendrás miles de pelandrujas pa'que te estiren las pasas, y si te he visto no me acuerdo.

JULIÁN. Te cubriré de prendas de pies a cabeza.

MARÍA ANTONIA. A otro perro con ese hueso.

JULIÁN. Los hombres tienen una sola palabra.

MARÍA ANTONIA. *(Enfrentándosele.)* De mí no se burla nadie, ¿me oíste?

JULIÁN. *(Avanzando.)* Después de la pelea, te veo en el toque.

MARÍA ANTONIA. Si te vas ahora, maldice el día en que nació esta negra.

JULIÁN. No estoy pa'líos hoy. *(Sale.)*

MARÍA ANTONIA. ¡Julián! Yo no soy ninguna de esas que te caen atrás. ¡A mí tienes que ripiarme, Julián! *(Gritando.)* ¡Julián! *(Comienza a destrozarlo todo.)* ¡Ay! Tierra, ábrete y traga su suerte, ¡que los cielos cieguen su espíritu y su paso! ¡Ay, Julián, con qué mujer has dado! ¡Trizas voy a hacer tu alma! ¡Te veré de rodillas ante mí, como cualquier pordiosero; seré tu dolor más grande! ¡Amarraré tu voz en el fondo de mis piernas! No podrás dar un paso sin mí. Mi vida será tu castigo. ¡Ay! ¡Ay! ¡Ay! *(Yuyo aparece con una canasta. Sin dejar de mirarla comienza a echar las viandas y las frutas en un latón de basura.* 973

María Antonia lo ha destruido todo. Silencio.) ¿Qué te pasa? ¿No has visto nunca a una negra endemoniá?

YUYO. Las papas de este año, no han salido muy buenas.

MARÍA ANTONIA. *(Estallando en una carcajada falsa.)* Lo que no sirve se bota, negrón.

YUYO. ¿Te sientes mal?

MARÍA ANTONIA. Dame un cigarro.

Yuyo, servilmente, se apresura a dárselo.

YUYO. *(Encendiéndole el cigarro.)* Tengo unos pesos. Podemos romperlos si quieres.

MARÍA ANTONIA. *(Se limpia con el reverso de las manos las lágrimas.)* No basta, pero no importa. Ve esta noche a mi cuarto. ¡Agarra, Yuyo, agarra!

Yuyo sale contento. María Antonia avanza riéndose. La Cumachela y Chopa corren al latón de basura. Hurgan en él. Entra una Iyawó acampañada de su Madrina.

VOZ. ¡Agua, que se quema Eulalia!

Por un extremo aparece en visión de llamarada, Eulalia. Tras ella, algún familiar o amigo. La Iyawó se sorprende de este mal. Para finalizar su vida Eulalia cruza la escena.

VOZ. ¡Agua, que Eulalia arde! ¡Agua, que se quema Eulalia!

IYALOCHAS. *(Cantando.)*

Babá arayéo
Babá arayéo
Babá Kuouro
owini yo
ladde yeo
okunio Babá ero.

974 *Cantan hasta que su canto se convierte en un murmullo.*

IYALOCHA 1. *(Por encima del canto. Pidiendo protección por la tragedia que se avecina.)* Babá orúmila, babá piriní wale ni kofi edeno Babá babá emi kafún aetie omi tutu, ana tutu, kosi aro, kosi ikú, kosi eyó, kosi efé, kosi iña, kosi achelú, iré owó ilé mi babá; aleja la muerte, la tragedia, el descrédito, la disputa y el castigo. ¡Padre mío! ¡Padre bondadoso!

CUADRO TERCERO

La casa de Madrina y el río

En un barrio de indigentes. Un día después de la última escena.

MADRINA. *(En el umbral de su casa. Ante los concurrentes.)* Día de hoy, danos la calma de tu gracia, en la alegría de tus pasos; la frescura de tu amor en este río que corre ante nosotros, como un niño contento, afortunado. Impide que las aguas se enturbien o se extravíen. Hombres fuertes como el viento, llevemos a la Virgen a sus aguas. *(Un grupo de hombres entra a la casa y carga la Virgen sobre sus hombros.)* Agua de la mañana, entraremos a ti con nuestras fuerzas en los hombros. *(Cantando.)*

Oshiminigeee agó shaworí kokó
agó shaworí kokó
Yalodde apetebí Orúmila
Agó shaworí kokó.

AKPWÓN. *(Arrebatándole su canto.)*

Tonu Mase tonu
Mase tonu Mase.

CORO. Tónashe tónashe.

La gente, cantando y bailando, avanza en procesión hacia el río. 975

IYALOCHAS. *(Junto a las márgenes del río. Con palabras que se repiten al inicio de todos los ritos.)* Kosi ikú, kosi aro, kosi oyó, kosi ofó, arikú babáguá.

IYAWO. *(Al unísono.)* Que no haya muerte, ni enfermedad, ni sangre o maldición, ni desvergüenza. ¡Salud y suerte, padre nuestro!

Los hombres que sostienen a la Virgen se introducen con Madrina en el río. Las Iyalochas hacen sonar sus campanillas de metal.

HOMBRE. Oshún morí—yeyeo—obiniose—ababe—oro—súm nonicolalague—iyá mi—coyá—soún—yalé carigué ñare guaña—rí—oyale cuasé o aña Ayuba!

MADRINA. Nosotros, que no gozamos de gracia, nos hemos limpiado con la tuya para que nos des la vida y salud que no tenemos. Que se repare el mal en que vivimos y el santo tenga compasión de nuestras miserias. *(Cantando.)*

Iyá mí ilé oddo
iyá mí ilé oddo
iya bobbó ashé
ishemí saramawó é
iyá mí ilé oddo.

CORO.

Iyá mí ilé oddo
iyá mí ilé oddo
iyá bobbó ashé
ishemí saramawó é
iyá mí ilé oddo.

Aparece María Antonia.

MADRINA. Hija de Oshún, alégrate con nosotros, muévete, reina, para que tus días sean tranquilos, mujer; suerte para tu espíritu y bendición para tu elédda.

MARÍA ANTONIA. *(Cayendo de rodillas ante ella.)* ¡Ampárame y guíame! Lava mi espíritu con tu bondad y limpia mi vergüenza con agua fresca, madre mía. Hazme nueva, como el primer día que vi tus ojos llenos de compasión, mi madre.

MADRINA. *(Despojándola.)* Que Oloddumare te proteja a cada despertar del día. Y que la noche no caiga antes de haber secado tus angustias; que encuentres tu voz y Elegguá limpie tus caminos; que lo malo se aleje siempre de ti y lo bueno te sea concedido; que tu nombre brille en boca de todos los que estamos aquí reunidos.

AKPWÓN. *(Cantando.)*

Wónlówo unsheke
yalodde moyébberé.

CORO.

Wamilé Osún
Osún wámila
aláweré
wámilé Osún.

María Antonia entra al río junto con las Iyalochas, cae una posesa de Oshún. Se enfrenta a María Antonia. Con los gestos característicos de esta danza, la invita a bailar, a reír, a cantar, a imitarla en su alegría y sensualidad.

AKPWÓN. *(Cantando.)*

Yalodde koledderún
wedde wedde koledderún.

CORO.

Wedde wedde
koledderún.
Wedde wedde koledderún
wedde wedde.

977

La procesión avanza bailando y cantando de regreso a la casa de Madrina. Al frente de ella, María Antonia y la posesa —Oshún— bailan. Entrando en la casa.

AKPWÓN. Iyalodde mofinyeo.

CORO. Á la mofinyé moró.

AKPWÓN. Iyalodde mofinyeo.

CORO. Á la mofinyé moró.

La danza va in crescendo. *El Akpwón canta persistentemente sobre María Antonia, que está a punto de caer en trance. Para precipitar la posesión hace sonar sobre ella una campanilla de metal amarillo. María Antonia trata de escapar, pero las Iyalochas a la Oshún le hacen un cerco. El Akpwón le conversa al oído. María Antonia da un grito y violentamente rompe el cerco. Huye.*

CORO. A la misere misere wolosún.

La música va perdiendo intensidad. Ahora es un leve murmullo que se pierde. Yuyo sigue a María Antonia.

YUYO. *(Medio borracho.)* ¡Y qué! ¡Tremendo calor se está mandando! No corre ni una gota de aire.

MARÍA ANTONIA. Mi cabeza no le pertenece a nadie. ¿Viste cómo me la quisieron robar? Por un minuto creí perderla. Oshún no encuentra cabeza y me busca, pero no se la voy a dar, aunque en ello me vaya la vida. Anoche, antes de que tú llegaras, Ikú vino a verme; Ikú viene a verme todos los días; me persigue.

YUYO. ¿Te sientes mal? *(La acaricia.)*

MARÍA ANTONIA. *(Desasiéndose bruscamente.)* No lo vuelvas a hacer.

YUYO. ¿Por qué?

MARÍA ANTONIA. Porque no me sale del cuerpo que ningún macho me ponga un dedo encima.

YUYO. Déjame tocarte, anda.

MARÍA ANTONIA. ¡Lárgate!

YUYO. Un ratico nada más. Déjame besarte como anoche, ¿te acuerdas?

MARÍA ANTONIA. Que te largues. ¿No oyes?

YUYO. Vamos de nuevo a tu cuarto, negrona.

MARÍA ANTONIA. ¿Quieres que te dé un escándalo? Mira que no tengo la sangre pa'nadie.

YUYO. No me trates así. Sé mi mujer de nuevo.

MARÍA ANTONIA. ¡Es como si me hubiesen echao brujería encima!

YUYO. Anoche no estabas así. Apenas me quieres mirar. ¿Por qué?

MARÍA ANTONIA. Ni que tu cara fuera una lindura. Zumba, zumba por ahí. ¡Diviértete!

YUYO. ¿Te he hecho algo malo? No merezco que me trates así. He sido bueno contigo.

MARÍA ANTONIA. ¿Te hiciste cráneo con lo de anoche?

YUYO. ¿Es que no lo dijiste en serio? *(María Antonia estalla en una carcajada. Yuyo se le encara.)* ¡Yo soy muy macho pa'que te burles de mí!

MARÍA ANTONIA. ¡Y yo muy hembra! El hecho de que me haya acostado contigo no quiere decir que estemos.

YUYO. Entonces, ¿por qué, por qué lo hiciste?

MARÍA ANTONIA. Me dio la gana.

YUYO. Mentira.

MARÍA ANTONIA. ¡La soledad para los muertos!   **979**

YUYO. ¿Y lo que me dijiste? ¿Eh? ¿Lo que me dijiste? Que dejara a mi mujer y me fuera a vivir contigo. No te acuerdas que te rompiste el vestido y nos arrebatamos por el suelo, María Antonia, rodamos y las tablas del piso crujieron. Me dijiste: ¡abrázame! Y te abracé y tú reías, hasta que el viento afuera partió una rama de la ceiba, y tú...

MARÍA ANTONIA. No sigas.

YUYO. ...temblaste y dijiste: Oyá acaba de partirle un brazo a Iroko.

MARÍA ANTONIA. Abre los ojos, Yuyo: anoche yo los cerré bien fuerte, bien fuerte estando contigo, pero desaparecías... ¡Cuánto dolor! Si te buscaba, tú eras él, Julián. Yo ignoraba tus abrazos, tu aliento, tu sudor. Julián es mi cárcel. Quise olvidarlo, pero no pude; enterrarlo en la mentira, pero no pude; en mis besos, en mis caricias. ¿Por qué te mentía cuando quería esconderme en ti? Contigo sólo he conocido ese asco. Vete.

YUYO. Mira, mira cómo me tienes. Dame a María Antonia, ¡dámela entera! *(La agarra y trata de besarla.)*

MARÍA ANTONIA. *(Desasiéndose bruscamente.)* Pero ¿qué es esto? ¿Qué quieren de mí? Yo no soy ningún trapo sucio. ¿Es que soy algo peor que eso? Me estoy achicharrando de verlo todo igual, de no encontrar un camino donde pueda sentarme a respirar, a cantar otra canción que no sea mentira. Quiero olvidarlo todo, nacer de nuevo. Si alguien me escuchara antes de morirme ahogada en estas palabras. Ya no puedo más. Estoy cansada de cantar, de rumbear, de esta miseria que me pudre, de este cuerpo que lo único que sabe es dar deseo, de ser María Antonia, de ser como todo el mundo quiere que yo sea, de sentir lo que siento, ¿me entiendes? No, qué vas a entender tú, que vienes por todo eso.

YUYO. ¿Qué estás hablando? ¿Qué te pasa? Me quedan unos pesos todavía.

980 MARÍA ANTONIA. Vete adonde está tu mujer.

YUYO. Por lo que más tú quieras, vamos a cualquier parte, a gozar, y deja toda esta tragedia. No te vuelvas loca por gusto. ¡Una negra tan rica como tú! El mundo no hay quien lo arregle, pero nosotros sí podemos arreglarnos.

MARÍA ANTONIA. ¡Estoy cansada de tu salación!

YUYO. Mi negra, no me dejes.

MARÍA ANTONIA. Mira, por ahí viene tu mujer.

YUYO. No me importa. Se lo dije todo.

MARÍA ANTONIA. ¿Qué cosa?

YUYO. Que me iba a vivir contigo y que...

MARÍA ANTONIA. ¿Qué dijo ella? Contesta.

YUYO. *(A la ofensiva.)* Se echó a reír y me dijo... que una cualquiera no puede ser mujer de nadie. Tú no puedes dejarme; no puedes burlarte de los hombres así como así.

MARÍA ANTONIA. Vete con tu mujer al toque y diviértete. Ella tiene razón: una puta no sabe ser mujer aunque quiera. No sabemos construir nada.

MATILDE. *(En escena.)* Yuyo, vámonos pa'la casa, anda. Vámonos, Yuyo.

MARÍA ANTONIA. Hazle caso a tu mujer.

YUYO. Te vi gozar, reír, te vi enloquecer.

MARÍA ANTONIA. ¡Cállate!

MATILDE. ¡Yuyo!

YUYO. Nada más piensas en Julián, ¿verdad?

MARÍA ANTONIA. Cuando vuelvas a mencionarlo, te parto el alma.

YUYO. Pero él no te quiere. Si gana te dejará plantada.

MATILDE. ¡Deja a esa mujer!

981

MARÍA ANTONIA. *(A Matilde.)* ¡Llévatelo o no respondo de mí!

YUYO. Por eso estás así, reventada por dentro. Nadie te quiere. Para lo único que sirve una mujer como tú, es para hacer gozar.

MATILDE. *(A María Antonia.)* ¿Qué le has hecho?

MARÍA ANTONIA. ¡Lo que sabe hacerle María Antonia a un hombre!

MATILDE. Le has echao una de tus brujerías, ¿verdad?

MARÍA ANTONIA. ¡Me acosté con él! ¡No sé si después de eso, lo podrá hacer contigo!

MATILDE. No es el primer marido que espantas. Tienes envidia. Éste es mi marido.

MARÍA ANTONIA. ¡Pues ahí está! No le falta ningún pedazo. Sólo que se me olvidó pedírtelo prestado. No tengo la culpa de que se me siga como un perro. ¡Amárralo! *(Se aleja.)*

MATILDE. *(A Yuyo.)* No, esto no puede quedarse así. Esto no puede quedarse así, Yuyo. No, Yuyo, ¿por qué? ¿Por qué? No, no importa. No importa. Esa degenerá saca de quicio a cualquiera. No importa. Si yo hubiera sido hombre hubiera hecho lo mismo, pero al final le hubiera escupido el fondillo. Deja, no hay mayor castigo que aquel que llega a tiempo y a su paso. *(Yuyo saca de uno de sus bolsillos una botella de bebida.)* No tomes más, viejo. Te vas a hacer daño.

YUYO. ¡Vete pal demonio!

MATILDE. Que no se diga que una mujer como ésa...

YUYO. ¡Déjame en paz, Matilde, déjame en paz; por lo más que tú quieras!

MATILDE. Vamos pa'la casa. Y allá te preparo el agua caliente pal baño. ¡Yuyo, oye, oye, hazlo ya no por mí sino por tus hijos!

YUYO. ¡Vete!

MATILDE. No me voy si no vienes conmigo.

YUYO. Vete, antes de que te entre aquí mismo.

MATILDE. ¿Le harías eso a tu mujer?

YUYO. ¡Quítate del medio!

MATILDE. ¡Antes no eras así, coño! Salías del trabajo y te acostabas a mi lado.

YUYO. Sí, me acostaba a tu lado en esa perrera a ver cómo el techo se nos venía arriba, y los muchachos gritando de hambre, y cada kilo que ganaba te lo daba; no te importaba que apestara a papas podridas, ahí estaba el baño para olvidar mi olor. Tú lo olvidabas muy pronto, pero... ¿y yo? ¡Estoy cansado de vivir esa porquería! ¡Quiero vivir! ¡Tengo derecho a vivir!

MATILDE. ¿Qué te ha hecho esa mujer? ¿Qué es lo que hace esa mujer, Yuyo? ¿Adónde vas? Yuyo, no te desgracies por gusto. ¡Yuyo!

YUYO. (*Entrando en la casa de Madrina. Con un grito.*) ¡María Antonia! (*La gente se esparce. La música cesa bruscamente. Frente a frente, Yuyo y María Antonia. Madrina, intercediendo.*)

MADRINA. Yuyo, hijo, vete pa'tu casa y no te desgracies, anda. María Antonia, oye aunque sea una vez. ¿Qué tiene tu cabeza que no guarda consejo?

MARÍA ANTONIA. ¿Quién mandó a parar?

MADRINA. Te van a matar como una perra.

MARÍA ANTONIA. Como una perra rabiosa, que no es lo mismo. Uno se muere una sola vez. Sigan tocando que Oshún quiere alegría.

MATILDE. ¡Yuyo, tus hijos, Yuyo!

MADRINA. (*A Yuyo.*) ¿No te basta con tu mujer? A María Antonia le gusta tentar a la muerte, jugar con ella y hacerla correr. Pero hasta un día, hasta un día.

IYALOCHA 2. Yuyo, hijo, hazle caso a tu mujer. ¡Vete!

MADRINA. *(A María Antonia.)* No me hagas desgraciada, te lo suplico.

MARÍA ANTONIA. Si el río tiene piedras, no es porque se las hayan tirado; las aguas saben lo que tienen que llevar en su fondo. ¡Vamos, toquen! *(Desafiante comienza a cantar.)* Yeyé Yeyé bi obbí tosúo Yeyé bi obbí tosúo.

La gente trata de llevársela.

MADRINA. Yo que la quiero como si la hubiera parido, sé que tiene un defecto muy grave: está llena de caprichos. Cree que el mundo puede moldearse a la medida de sus deseos.

MATILDE. ¡Obbatalá, desbarata a esta mala mujer! Hazla arder en llanto; tuércele los caminos y que no tenga tranquilidad ni sosiego.

Yuyo forcejea por irle arriba a María Antonia.

HOMBRE 1. ¡Compadre, deja eso!

HOMBRE 2. ¡Hazlo por tus hijos!

MATILDE. ¡No, Yuyo, no!

MARÍA ANTONIA. ¡Déjenlo! ¡Si es macho, que camine sin bastón!

Yuyo saca un cuchillo. Matilde se le abraza. Él se la quita.

MADRINA. *(Abrazándose a él para calmarlo y quitarle el cuchillo.)* Lava tu cabeza con agua fresca y no cambies el camino que te ha entregado Eleggua. Líbrate del mal de las esquinas; Laroye anda suelto con su pendencia. Bendice a Eleggua, mensajero de Olofi, que te ha abierto un camino fresco donde no tienen lugar la desgracia y la maldad. *(Yuyo emite sonidos ininteligibles.)* Vete a tus hijos y a tu mujer. Y si alguien te llama, muerde tu voz y no respondas. Ikú está tapado con sábanas hasta el tercer día en que salga la luna nueva.

984

Yuyo se zafa de Madrina con violencia. Va en busca de María Antonia. Frente a ella levanta el brazo empuñando el cuchillo. El grito de un muchacho, que proviene desde afuera, rompe la tensión.

TINO. *(Voz.)* ¡Ganó Julián! ¡Ganó!

MARÍA ANTONIA. *(A Yuyo.)* ¡Dale!

Yuyo deja caer el cuchillo a los pies de María Antonia y la gente corre al encuentro de Tino.

MARÍA ANTONIA. ¡Nunca saques un arma si no vas a usarla! *(Se integra a la gente.)*

MADRINA. *(Recogiendo el cuchillo. A Matilde.)* Llévatelo antes que María Antonia lo desacredite más de la cuenta.

Matilde se lleva a Yuyo. Fuera de la casa, la gente rodea a Tino.

SANTERA 1. Buen día escogió ese negro pa'boxear.

SANTERA 2. Los santos lo protegen.

HOMBRE 1. Bueno, ¿lo van a dejar hablar o qué? A ver, Tino, dinos cómo fue.

TINO. ¡Tremenda pelea! Estaban en el cuarto *round*. La Araña lo estaba llevando hasta la soga. *(Escenificando.)* Derecha, izquierda, derecha, izquierda; un *upper cut* y lo tiró contra la soga. *(Hace como si lo tiraran a golpes a una de las sogas imaginarias del ring. Hay una exclamación total de desagrado.)* La Araña vino a rematarlo. Entonces cayeron en un *clinch*. El *referee* los separó. Un gancho de izquierda a la cabeza de Julián, otro gancho, otro...

JOVEN. ¡Aguanta, hombre, que lo matas!

TINO. Julián echaba sangre como un toro. La Araña empezó a llavearlo a distancia. *(Comienza a dar vueltas en torno de sí.)* Uno, dos, tres, cuatro, cinco, diez *jabs* seguidos a la cara...

MUJER. ¡Animal!, ¿no ves que lo matas?

985

TINO. Una tremendísima derecha y Julián cayó a la lona.

HOMBRE 1. ¡Mi dinero!

Comienzan a silbar.

TINO. ¡Dale, negro! ¡Grande por gusto! ¡Levántate, campeón! (*Haciendo de* referee.) Uno..., dos..., tres..., cuatro...

SANTERA 2. Pero, ¿qué sucedió, hombre de Dios?

HOMBRE 2. ¡Cállate, vieja! ¿No ves que sabe contar las cosas? ¡Es un artista!

MUJER 3. ¡Ya me estoy cansando! ¿Qué hizo ese negro? ¿No mató a golpes al otro?

HOMBRE 2. ¡Cállate, mujer, cálmate! Hay que tener paciencia.

TINO. ...ocho..., nueve..., nueve y medio.

VIEJO. ¡Párate, hombre!

TINO. (*Como si fuera una campana.*) ¡Clan! ¡Clan! ¡Clan! (*La gente hace una exclamación de alivio.*) Sonó la campana. Julián se fue a su esquina. Los ojos los tenía cerrados, como un chino. (*En Julián.*) ¡Un solo golpe necesito!

VIEJA 2. ¡Pero dale, cacho e'cabrón!

La gente empieza a silbar.

GENTE 1. ¿Dónde está el ratón de la plaza?

GENTE 2. ¡Se le acabó la guapería!

GENTE 3. ¡Aquí es donde tienes que ser guapo, campeón!

GENTE 4. He jugao hasta el fondillo, y si ese negro me embarca, no voy a tener con qué sentarme.

GENTE 5. Julián, demuéstrale a estos bemba e'trapo quién eres tú.

GENTE 6. ¡Rómpele la ventrecha, campeón!

GENTE 7. ¡En tremendo patín se ha montao!

GENTE 8. Parece que equivocó la carrera. En vez de boxeador debió haber sido corredor.

GENTE 9. ¡Suéltele una gallina!

GENTE 10. ¡Suéltele a María Antonia!

GENTE 11. ¡Campeón, aquí no está tu ashé! ¡Por eso te están rompiendo to!

TINO. *(En Julián.)* ¡Seré campeón! ¡No me den más masaje!

HOMBRE 1. ¿Quieres que te tire la toalla?

TINO. Si lo haces, te mato como a un perro.

HOMBRE 2. ¡No hables tanto, que se te puede ir el aire!

TINO. ¡Ah! ¡Ése no lleva nada! *(Como una campana.)* ¡Clan! ¡Clan! ¡Clan!

GENTE. ¡Eh, grande por gusto, pelea y no te hagas la chiva loca!

VIEJA 2. ¡Más chiva loca será el corazón de tu madre!

VIEJO 2. No te impulses, mujer, no te impulses.

TINO. Julián estaba tinto en sangre. Empezaron a pelear. Llevó a la Araña hasta la soga. Cayeron en un *clinch*. El referí los separó.

HOMBRE 2. ¡Arriba, Julián, cómete a esa cherna!

HOMBRE 3. Ahora sí me puedo sentar, campeón.

HOMBRE 4. ¡Viva Julián!

HOMBRE 5. ¡Mátalo! ¡Mátalo de un golpe!

TINO. Julián empezó a darle golpes con la izquierda: uno, dos, tres izquierdas seguidas a la nariz. La araña empezó a echar sangre; un gancho duro a la boca del estómago.

GENTE 1. ¡Arráncale la cabeza!

GENTE 2. ¡Pon tu barrio en alto, campeón!

987

GENTE 3. ¡Mátalo!

TINO. *(Tirando golpes como un desenfrenado.)* Uno, dos, tres, cuatro izquierdas...

VIEJO 3. No te encasquilles y acaba de sacar la derecha.

TINO. Lo llevó de nuevo hasta la soga.

MUJER 2. ¿Y no lo rompió en dos?

TINO. Julián botó el protector de la boca... ¡Ash! ¡Cuash!... y dando un tremendo *(El muchacho da un grito tarzanesco.)* ...sacó la derecha y... La Araña quedó sin telaraña.

VOZ. ¡Viva Julián!

TODOS. ¡¡¡Viva!!!

La gente, con júbilo, carga a Tino como si él fuera Julián. Lo exhiben. Tino, en Julián, saluda con alarde. María Antonia, aparte, observa la escena.

VIEJA 1. *(Al Viejo 2.)* ¡Y se levantó!

VIEJO 2. ¿Tú eres boba o qué? ¿No oíste?

VIEJA 1. Ese muchacho cuenta muy rápido.

SANTERA I. Pa'eso na más sirven los negros. No se le ocurrió ser doctor o algo por el estilo. No voy a aplaudir hasta que no vea a un negro montao en una nube.

SANTERA II. Pues las manos se te van a podrir, mi vida. Confórmate con un boxeador o un músico.

HOMBRE 2. Así y todo, él tiene que aprender a boxear; con la derecha solamente no se gana una pelea. Si sigue así terminará en un *punching bag*.

HOMBRE 1. ¿Y Joe Louis?

HOMBRE 2. Ése era distinto y diferente. Joe Louis sabía boxear y era inteligente. El negro americano piensa, legisla. Julián no piensa. Se cree que con la guapería lo arregla todo.

La gente se integra a la fiesta. María Antonia y Tino quedan frente a frente. Se le va a escapar, pero María Antonia lo detiene.

TINO. *(Molesto.)* ¡No tengo na pa'ti!

MARÍA ANTONIA. ¿No te dio un recado?

TINO. Yo no soy ningún recadero. Yo soy un hombre.

MARÍA ANTONIA. ¿Y él piensa que me voy a quedar aquí con los brazos cruzados? *(Tino hace un movimiento de hombros.)* ¿No viene? ¿Firmó algún contrato? ¿Cuándo se va? ¿Qué, te comieron la lengua las tiñosas?

TINO. Fue a celebrar el triunfo por todo lo alto.

MARÍA ANTONIA. ¿Al bar de Nena, verdad? Me dijo que venía después de la pelea.

TINO. De ésta, hasta campeón. Dijo que iba a llevarme y a ponerme cómodo. Me va a regalar una máquina. Las mujeres nos van a caer como moscas. *(Se ríe.)*

MARÍA ANTONIA. Desde chiquitos aprenden a ser compinches.

TINO. Antes tú andabas pa'rriba y pa'abajo con él.

MARÍA ANTONIA. De trago en trago, de barra en barra; pero una se cansa de la misma rutina.

TINO. ¿Qué, quieres meterlo bajo tu saya? Julián es hombre.

MARÍA ANTONIA. ¡Qué sabes tú lo que es un hombre!

TINO. Yo lo soy.

MARÍA ANTONIA. ¿Tú? No me hagas reír. Si todavía no has aprendido a limpiarte los fondillos.

TINO. ¡Te los puedo limpiar a ti!

MARÍA ANTONIA. *(Afectada.)* Tú también.

TINO. Te puedo enseñar lo que hace un hombre de verdad con una mujer como tú.

MARÍA ANTONIA. ¿Te lo enseñó Julián?

TINO. ¡La vida, socia! *(María Antonia estalla en una carcajada.)* No te rías, ¿eh? No permito que ninguna mujer se burle de mí. *(Se toca el sexo con ostentación.)*

MARÍA ANTONIA. ¿Y serías capaz de entrarme a mí, que puedo ser descansadamente tu madre?

TINO. *(Despectivo.)* Ya quisieras tú. Lo único que tú puedes ser es mi mujer.

MARÍA ANTONIA. ¿Por qué no puedo yo ser tu madre?

TINO. ¡Tú eres una desorejá!

MARÍA ANTONIA. ¿También la vida te enseñó a decir eso? La vida te enseña a decir muchas cosas. *(María Antonia lo agarra fuerte.)* ¿Estaba solo Julián?

TINO. Con el ron, con la música y con... Cipriano, Machito...

MARÍA ANTONIA. No te hagas el loco, que tú sabes bien lo que te pregunto.

TINO. Yo no soy chivato.

MARÍA ANTONIA. ¿Con Caridad, verdad?

TINO. Esa tragedia es tuya. *(Se suelta.)*

MARÍA ANTONIA. ¡Más que mía! Pero creí que para tu sangre no tendrías secretos. Así es la vida: cría cuervo y te sacará los ojos. Cuando tú eras chiquito, que no hace mucho, yo te compraba caficola y chicharrones de tripitas de Vicente el Tuerto, ¿te acuerdas?

TINO. No me vengas a sacar eso ahora, porque mucho que te serví de pala. Si ganaste en el siló se lo debes a mangui, que te ayudaba a cargar los dados.

MARÍA ANTONIA. ¿Y aquel día que por poco la fiana te coge con la chicharrita? ¿Te acuerdas? Si no me la trago, derecho pa'la cárcel.

990 TINO. *(Con alarde.)* ¿Y qué? La cárcel se hizo pa los hombres.

MARÍA ANTONIA. ¿Dónde está Julián?

TINO. Los hombres miran y callan. Julián es mi ecobio.

MARÍA ANTONIA. Todos son sus amigos ahora, porque el negro parece que va a llegar bien lejos.

TINO. Me va a jurar en su potencia. Seré abakuá. Seré sangabia unsiro de Julián. Y cuando sea grande seré Mokongo. *(Carcajada. Burlón.)* Julián fue a darle gracias a Orula por su victoria.

MARÍA ANTONIA. El que ríe último ríe mejor y con más ganas.

TINO. Las mujeres nada más que saben... *(Imitándolas, burlonamente.)* mearse de miedo. *(Ríe. Comienza a dar vueltas alrededor de ella. La vacuna.)*

MARÍA ANTONIA. Tú sabes bien quién soy yo.

TINO. *(Burlón.)* Ya tú no puedes hacer nada, María Antonia; Julián ya no piensa en ti. *(Gritando en todas direcciones.)* ¡A Julián ya no le interesa María Antonia! ¡Julián no te quiere! *(Sale riéndose. Desde afuera.)* ¡Julián no quiere a María Antonia!

María Antonia corre alrededor de la casa de Madrina.

IYALOCHAS. *(Cantando mientras María Antonia ejecuta la acción.)*

Babá elú gwamí. Babá elú gwamí
babá fieddeno
kama guá rió
babá elú gwamí.

AKPWÓN.

Olofin elú gwamí
Obbatalá elú gwamí
Babá fieddeno
kama gua rió
babá elú gwamí.

El Coro repite igual.   **991**

MARÍA ANTONIA. ¿Dónde te escondes mala suerte? Quiero el alma de mi hombre para dormir tranquila. ¡Ay! ¡Me han vuelto al revés! Me están comiendo.

IYALOCHA 1. *(Por encima del canto.)* Fereketé ina nube ro afaró. ¿Adónde va la hija de Oshún, colérica? No hay miel que la endulce, ni ebbó que le haga alejar su calentura. La alegría está vestida de mala influencia.

MADRINA. *(Por encima del Coro.)* Hay que hacer algo, hay que hacer algo para que los hijos de Oshún estén alegres. Eshu Abaile, ve al río, al mar o al monte y bota bien lejos la desgracia que se avecina.

El ritmo de los tambores va in crescendo. *María Antonia, como una endemoniada, se lanza a la manigua.*

IYALOCHA 2. Ikú ha salido a la manigua a beber el sudor del viento y a secarle a la tierra su llanto.

MARÍA ANTONIA. *(Despechada, invoca las fuerzas del mal mediante ritos mágicos.)* Ánima mía, en la mano lo tengo; ni te lo doy, ni te lo quito.

IYALOCHAS 1 y 2. *(En cada frase se van incorporando más Iyalochas.)* La muerte amenaza con cáscara de huevo.

MARÍA ANTONIA. Que ande detrás de mí como el muerto detrás de la cruz y el vivo detrás sobre la cruz.

IYALOCHAS. Araña la muerte el desorden que se avecina.

MARÍA ANTONIA. ¡Ánimas!, las de mar y tierra, que no tenga tranquilidad ni sosiego al lado de una mujer, hasta que no llegue a mis pies rendido.

IYALOCHAS. Cabeza tiene cosa mala.

MARÍA ANTONIA. Con dos lo mido y con tres lo ato, la sangre de su corazón me bebo y su corazón le arrebato.

IYALOCHAS. ¡Okana sode ofún! ¡La fosa está abierta!

El canto va in crescendo. *María Antonia sigue girando sobre sí misma. Se interna en lo profundo de la manigua.*

SEGUNDA PARTE

CUADRO CUARTO

La manigua

En la manigua, sentada en una piedra: la Cumachela, envuelta en harapos. A sus pies un saco viejo de recoger desperdicios. Apenas se le distingue la cara. Canta un canto funerario.

CUMACHELA.

Aumba waorí
Aumba waori
awá omó
awá omó
awá omá leyirawó
Olomi dara kaawi.

María Antonia aparece en escena corriendo. Se detiene como si buscara un camino.

CUMACHELA. *(Sentada sobre una piedra que está en medio del camino. Felicitándola.)* ¡Okú édun ekuyé dun ayé iyé mi dun! *(Que quiere decir: que tu santo te haga llegar donde quiera, te proteja y te dé dinero.)*

MARÍA ANTONIA. ¡Quítate del medio, vieja loca! Mira que no estoy pa'ti. ¿Qué quieres?

CUMACHELA. Que me saludes, ¿no?

MARÍA ANTONIA. ¿Por qué tengo que saludarte? ¿Acaso eres santo metido en trapos, que viene a devolverme la suerte?

993

CUMACHELA. Nada de eso. Soy una pobre vieja hedionda y podrida que lo único que tiene por casa es el camino y por techo la noche.

MARÍA ANTONIA. Pero no es de noche.

CUMACHELA Y MARÍA ANTONIA. Por eso me eché a la zanja a refrescarme, pero las aguas gritaron de miedo y huyeron de vergüenza. Me enfangué hasta que el hombre fabricó una trampa para los pájaros que salen por las noches a enredar el viento.

CUMACHELA. Psss', hay que esconderse en el andar. La manigua está mirando con sus cien ojos hasta que llegue la luna nueva.

MARÍA ANTONIA. ¿Qué diablos te pasa? ¿Te han echao algún daño o qué? Hablas como si lo supieras todo. ¿Acaso eres una de esas Iyalochas que vienen a jactarse en casa de Madrina?

CUMACHELA. ¿Has visto mis perros? Me sacaron el corazón y lo perdieron en el fondo de la manigua. Vete, vete adentro. Ahorita vienen mis machos a bailar conmigo y no quiero que te los lleves. Vienen vestidos de sombras. ¡Vete, vete!

MARÍA ANTONIA. Dame el corazón del hombre que no me deja en paz, para echárselo a las tiñosas.

CUMACHELA. *(Ríe.)* Entras sedienta al mundo de la locura, donde la gente viene a buscar paz y no la encuentra. Has llegado al fondo. Aquí no hay más que dos caminos. Entra. La casa está abierta: nada más oirás el grito de la yerba pisoteada; levantarás el polvo de mi camino. La peste de los cuerpos que se quitan la piel, la voz que no es voz, el ruido que lame mis lamentos, te dan la bienvenida. Nada logrará satisfacer tu espíritu, pero él, monte—teje—agonía—, si le pagas con el deseo, hará de tu vida nudo que no se pueda zafar. Y cuando la noche caiga, mis perros regarán tu cuerpo.

MARÍA ANTONIA. Yo no he corrido tanto para eso. Quise respirar, olvidar antes que continuar dando vueltas en espera de esta noche. Cuando llegue sabré qué hacer.

CUMACHELA Y MARÍA ANTONIA. Pero, ¿por qué tengo que hablar contigo? ¿Quién eres?

CUMACHELA. Hace tiempo que perdí mi nombre. Algunos dicen que Oyá se lo robó para barrer el viento; otros, que sopló mi nombre y lo convirtió en su Iruke. *(Ríe.)*

MARÍA ANTONIA. Déjame seguir mi camino, vieja loca.

CUMACHELA. *(A sus espaldas, como un soplo.)* ¡María Antonia!

MARÍA ANTONIA. *(Se detiene bruscamente.)* ¿Quién te dio mi nombre?

CUMACHELA. Eshu, jugando en el camino, lo ensartó en el aire. El grito de Shangó es tu nombre. Lo veo en tu frente. Tan claro está que hasta un recién nacido podría leerlo.

MARÍA ANTONIA. ¿Sabes tirar los caracoles?

CUMACHELA. Sé rodar como el sol. ¿Para qué quieres saber lo que te puede pasar? ¿Qué resuelves con eso?

MARÍA ANTONIA. ¿Conoces a Julián?

CUMACHELA. Y a Carlos. A Carlos, también.

MARÍA ANTONIA. ¿Carlos? ¿Quién diablos es Carlos? No conozco a ningún Carlos. ¿Es alguna de esas sombras que vienen a bailar contigo?

CUMACHELA. Si no lo conoces, mejor. Es manso como el río que en su fondo oculta remolino.

MARÍA ANTONIA. ¡Déjame pasar y no me fastidies más!

CUMACHELA. *(Dándole paso.)* Los hombres corren detrás de los hombres hasta perderse en sus propios secretos. Buen viaje. 995

(María Antonia reanuda la marcha sin hacerle caso a las últimas palabras.) ¡Espérate!

MARÍA ANTONIA. *(Deteniéndose.)* ¿Y ahora qué rayos quieres?

CUMACHELA. Sólo siete kilos prietos. *(Extendiendo la mano temblorosa.)* Siete kilos prietos... ¿me haces el favor?

MARÍA ANTONIA. *(Burlona.)* ¿A tu edad piensas hacerte una limpieza? ¿O es que tus maridos se fugaron con otras? *(Se ríe burlonamente.)*

CUMACHELA Y MARÍA ANTONIA. ¡Qué fea eres! ¡Qué vieja soy!

MARÍA ANTONIA. Me dijeron que por nada en el mundo diera estos kilos prietos, pero total, ellos no me quitan la desgracia que tengo encima. *(Le da unos kilos prietos que lleva envueltos en un pañuelo guardado entre los senos.)* ¿Quién eres?

CUMACHELA. Un grano de alpiste, tu trabazón, la raíz podrida del mundo, tú en tu día peor, en tu mañana sucia. Soy tu palabra y tu paso cuando caga el tiempo.

MARÍA ANTONIA. *(Yéndose.)* Pide por mi suerte junto a Iroko, vieja bruja. Te lo voy a agradecer. Ah, y dile también que me acostaré con él. Y cuando te limpies, échame todo lo malo que tu cuerpo apesta. *(Avanza.)*

CUMACHELA. *(Saca una muñeca de trapo. Le arranca la cabeza y echa los siete kilos en el interior del cuerpo, botando bien lejos la cabeza.)* ¡Yokure ni iché! *(Da un alarido y se pierde.)*

CUADRO QUINTO

En un claro de la manigua

Cerca del río donde Madrina llevó a la virgen a refrescar, está Carlos acostado sobre la hierba. Junto a él, una jaula de cazar pájaros. Aparece María Antonia, corriendo, como si estuviera perseguida por alguien. Carlos se incorpora. María Antonia se detiene. Se miran.

CARLOS. *(A María Antonia, que inicia el mutis.)* Oye.

MARÍA ANTONIA. Yo no soy ninguna de esas viejas que vienen a hacer cochinadas a la manigua. *(Avanzan.)*

CARLOS. ¿Te vas? *(María Antonia vuelve a Carlos, violentamente. Silencio.)* ¿Por qué no te sientas?

MARÍA ANTONIA. *(Cerca de él.)* ¿Para qué?

CARLOS. Aquí hay sombra.

MARÍA ANTONIA. *(Dando vueltas alrededor de Carlos.)* El sol no me va a poner más prieta de lo que estoy.

CARLOS. *(Sin dejar de mirarla.)* Cuando se está intranquilo, el sol hace daño.

MARÍA ANTONIA. *(Se detiene.)* Ya no hay nada que me haga daño.

CARLOS. Algo te pasa.

MARÍA ANTONIA. ¡Qué raro es esto!

CARLOS. Yo siempre vengo a este lugar.

MARÍA ANTONIA. Yo nunca.

CARLOS. No llega ningún ruido. Sólo las campanas de la iglesia o algún pájaro que canta.

MARÍA ANTONIA. Parece un cementerio. *(Carlos comienza a silbar como un pájaro. María Antonia ríe. Se sienta junto a él. Silencio. Se miran.)* ¿Vienes solo?

CARLOS. Es mejor estar solo que mal acompañado.

MARÍA ANTONIA. Yo prefiero estar mal acompañada que sola. A lo mejor por eso estoy aquí.

CARLOS. ¿Tienes miedo?

MARÍA ANTONIA. *(Poniéndose de pie.)* Estoy acostumbrada a tratar con hombres. *(Se aparta.)*

CARLOS. Cuando la gente huye es porque tiene miedo a algo.

MARÍA ANTONIA. *(Volviéndose hacia él.)* ¿Quién rayos te ha dicho que yo estoy huyendo?

CARLOS. Tus ojos.

MARÍA ANTONIA. No tengo por qué huir. A nadie he matado, ni robado.

CARLOS. Eso no importa. A veces se huye de uno mismo.

MARÍA ANTONIA. ¿Tú lo has hecho?

CARLOS. Siempre. Y vengo a parar a este lugar.

MARÍA ANTONIA. ¿Por qué?

CARLOS. *(Después de un breve silencio.)* Uno necesita a veces ser dueño de algo, y cuando no se es dueño de nada, ni de sí mismo, uno se echa a correr. Aquí todo esto es mío: el río, la yerba, la ciudad que me rodea. Sueño despierto y soy feliz. No te vayas a reír. Cuando llega la noche, me voy. *(María Antonia se arrodilla ante la jaula, acerca su cara a ella. Silencio.)* ¿Qué tienes? La soledad te aprieta, ¿verdad? A mí también, lentamente.

MARÍA ANTONIA. *(Alza la jaula tratando de entrar por entre las varillas.)* ¿Me conoces?

CARLOS. *(Se le acerca)*. He visto tu cara en el fondo del río. Te he hablado, te he visto en flor. En un árbol seco una vez escribí tu nombre: María Antonia.

MARÍA ANTONIA. *(Levantándose, bruscamente.)* Ya sabía yo que me conocías. *(Tirando la jaula a sus pies, con violencia.)* No he venido aquí a buscar machos.

CARLOS. *(Violento.)* ¿Qué te han hecho? No te hablo para robarte nada. *(Avanza hacia ella.)*

MARÍA ANTONIA. *(Retrocediendo a medida que Carlos avanza hacia ella.)* A una mujer como yo, siempre quieren quitarle algo. Seré una vieja chocha, sin dientes y apestosa; me tirarán gollejos de naranjas, y por una peseta vendré a limpiarle el deseo a esos cochinos en los matorrales. Un día amaneceré llena de hormigas. No tendré perros que ladren mi muerte.

CARLOS. No. Y si así fuera, del fondo del río buscaría dos piedras brillantes como el sol para guardarte en ellas.

MARÍA ANTONIA. Qué poco me conoces, muchacho.

CARLOS. Hace tanto tiempo.

MARÍA ANTONIA. ¿De dónde eres?

CARLOS. De la loma e'la Mulata.

MARÍA ANTONIA. Donde los hombres huelen a ron y rajan como cuchillos. No parece que eres de allá.

CARLOS. Muchas veces vi tu silueta recostada en el aire: tu piel llena de movimientos. Corría a la puerta a esperarte hasta que pasabas...

MARÍA ANTONIA. Borracha entre hombres, ¿te gustaba así?

CARLOS. Hubiera querido arrancarte de esa gente.

MARÍA ANTONIA. ¿Por qué no lo hiciste?

CARLOS. Quise olvidarte.

MARÍA ANTONIA. ¿Por qué si nunca me tuviste?

999

CARLOS. Los hombres que te buscaban te podían dar música, ron, una alegría. Yo, ¿qué podía darte si al pensar en ti ya me ibas perdiendo? *(Carlos y María Antonia se separan como por dos caminos en medio de la manigua.)* No te vayas a reír. Tuve miedo.

MARÍA ANTONIA. ¿Miedo?

Soliloquios al unísono en voz alta.

CARLOS. Una vez alguien trató de burlarse de mí, allá en el barrio. Todos los días se metían conmigo. Me esperaban a la salida del colegio, me quitaban los libros, me los pisoteaban, me ensuciaban la ropa. Cuando llegaba a la casa, mi madre me caía a golpes. Un día me puso un cuchillo en las manos: "Pa'que te defiendas. Pa'que te hagas respetar". Yo quería eso mismo, pero de otra forma: poder comprar el barrio y quemarlo. Boté el cuchillo bien lejos, en medio de la burla. Mi madre salió a fajarse. A sacar la cara por mí. Los hombres se han hecho pa'la cárcel, me decía mi padre. Y yo pensaba: estos hombres no sirven porque no saben hacer otras cosas. Estudiaba por arriba de los gritos de la vieja: "No estudies tanto que te vas a volver loco. Sé hombre y déjate de tanta guanajería". El jefe de la pandilla se fue envalentonando más y más hasta amenazarme con matarme si volvía a entrar en el colegio. Yo no quería ser igual a ellos. Cuesta bien caro. Me eché un hierro y lo fui a buscar. La gente se apiñó al verme llegar. Avanzó, saqué el hierro y seguía avanzando. Se reía, yo temblaba por dentro. No quería que el mundo se me acabara de repente. La gente me pinchaba: "Dale, dale duro. No tengas miedo. Mátalo. Mátalo que no te va a pasar nada". Cuando estuvo cerca de mí, cruzó los brazos y sonriéndome dijo: "Dale si eres hombre". La gente, el sudor, todo me apestaba. Levanté el hierro y le di con toda mi alma. Estaba en el suelo, sangrando. Me parecía que seguía sonriéndome y le di, le di. La gente empezó a gritar: "Mátalo, mátalo". La cara de mi padre se llenó de fiesta. Corrió a prenderle velas a los santos. Orgulloso, me llevó a la cantina a beber. El bautizo fue de 1000 aguardiente. Los niños con palos y latas salieron en procesión a gritar mi nombre. Mi padre señaló a unas mujeres que abrían las piernas. Me habían hecho hombre al fin.

MARÍA ANTONIA. A lo mejor todos estamos locos. Te dije una mentira. No me importa ahora decirte una verdad. También yo conozco este lugar, pero hacía tiempo que no venía. No me gusta recordar lo que duele. Esto me recuerda cuando era niña. Todos los viernes, madrina me ponía mi bata punzó y botas blancas, y me llevaba al colegio. Pero un viernes, uno de esos días que parece que el mundo se va a acabar, se me acercó con los ojos perdidos en lágrimas: "María Antonia, hija, desde ahora en adelante tengo que llevarte conmigo a la colocación". "¿Por qué?""Ya has crecido y hay que trabajar". "Manuela, la hija del carpintero, es más grande que yo y su madre la lleva al colegio". "Sí, pero su padre trabaja". "Y tú también trabajas, Madrina". "Pero él gana más que yo". "¿Por qué?""No me preguntes más, María Antonia. Tienes que ayudarme. Ya me canso y cuando no sirva me echarán pa'la calle". Empecé a romperlo todo: faroles, ventanas. Les tiraba piedras a los gatos cuando los veía contentos; corría hasta aquí a esconderme de Madrina o de la policía. Dos días estuve aquí escondida cuando le partí la cabeza a uno. Madrina, un día, me encerró porque decía que los malos espíritus se habían apoderado de mí. Madrina me crió. Arañé las paredes mientras ella desde afuera rezaba por mí a la Caridad del Cobre. Me despojaron, pero el mal se escondió muy dentro. Un babalao le dijo que Oshún era dueña de mi cabeza, que tuviera cuidado si no quería perderme. Me desató las manos, la boca. Me enseñó a bailar, a cantar, a ser alegre. Me abrió las puertas y me dijo: "Hija de Oshún, compórtate como tal y que ella sepa refrescar tu Eledda". Fui hija de Oshún, pero la gente empezó a mirarme atravesao. Mi alegría molestaba. Me denunciaban. Los bares cerraban sus puertas; las mujeres tiraban agua a la calle y hacían limpieza a sus maridos. Las madres soltaron a sus hijos a la calle; me los echaron como perros rabiosos. La policía me caía atrás. *(Se encuentran en medio de la manigua.)* A veces hay que entrarle a cabillazos a uno o matar.

Silencio.   1001

CARLOS. ¿Te vas?

MARÍA ANTONIA. Es tarde.

CARLOS. No, no es tarde. Todavía no ha llegado la noche. Te aburro, ¿verdad?

MARÍA ANTONIA. Eres fuerte. Hace calor, ¿por qué no te quitas la camisa? *(Carlos obedece. Ella lo ayuda.)* Algún día tendrás una esposa que te haga esto, te prepare el agua para bañarte, la comida. Te casarás con ella, ¿verdad? *(Se deja caer de rodillas ante él.)* Tendrás muchos hijos, jimaguas, llenarán tu casa de alegría y Dios te los bendecirá. Serás feliz. *(Carlos la besa. Rehuyendo.)* Yo no podría retenerte. Soy una porquería.

CARLOS. *(De rodillas.)* Tú estás llena de amor.

MARÍA ANTONIA. Un hombre me lo ha robado, muchacho, como se lleva un perro un trozo de carne.

CARLOS. Te he apresado en mis sueños y te palpaba en mi memoria, y te acariciaba. Te veía correr, bailar, reír, y te esperaba aquí.

MARÍA ANTONIA. Déjame. No quiero más líos de los que tengo. Tú eres distinto a los demás. Ya es tarde.

CARLOS. Mírame.

MARÍA ANTONIA. Me da pena.

CARLOS. ¿Por qué? No importa, entonces yo también cerraré los ojos. Dale permiso a mi cuerpo para que te encuentre. *(Juntos, de rodillas, sus cuerpos se buscan con los ojos cerrados. Se abrazan.)*

CUADRO SEXTO
Bar de los muelles

En el pequeño bar en penumbras, unos marineros norteamericanos beben y cantan con las meseras. Los demás hacen de sus mesas un mundo aparte. Una música de la época ambienta el lugar. Entra Julián acompañado por sus amigos, Caridad y un marinero norteamericano.

CIPRIANO. *(Que acompaña a Julián.)* ¡Viva Julián!

TODOS. ¡Viva!

CIPRIANO. ¡Viva el boxeador más grande que ha dado Cuba!

TODOS. ¡Viva!

JULIÁN. *(A la dueña del bar.)* Nena, apaga esa vitrola. *(Julián y el amaricano se sientan en una mesa, frente a frente.)*

NENA. La gente quiere divertirse.

CIPRIANO. ¿No oíste? ¡Apaga esa vitrola!

AMIGO 1. El campeón necesita concentrarse.

NENA. *(A la gente.)* ¿Oyeron? *(Manda a una de las meseras a apagar la vitrola. La gente protesta. Cipriano manda a callar: silencio. Julián y el marinero comienzan a pulsear. Detrás de ellos la gente observa el* match.

JULIÁN. ¡Johnny, reza por tu madre, te queda poco de vida!

CARIDAD. ¡Arriba, mi negro, arriba! Todavía no ha nacido el macho que te rinda.

AMIGO 1. Veinte a cinco al campeón.

MESERA 1. ¡Qué barbaro! ¡Se va a reventar!

MESERA 2. ¡... y eso que no hace mucho que peleó!

Julián, en un gesto de alarde, entona un guaguancó.   1003

CARIDAD. ¡No hables, mi negro, que pierdes el aire!

CIPRIANO. ¡Llévatelo de un tirón, campeón!

AMIGO 2. ¡Demuéstrale al Johnny quién tú eres!

AMIGO 1. ¡Cómetelo!

CIPRIANO. ¡Johnny, te encontraste con la horma de tu zapato!

JOHNNY. ¡Esta vez vas a tener que pedir perdón!

AMIGO 1. ¡Primero se corta la lengua!

AMIGO 2. ¡Llévatelo hasta la tabla!

TODOS. *(Coreando.)* ¡A la una; a las dos y a... las tres!

JULIÁN. *(Da un grito y sacando sus últimas fuerzas hace ceder al Johnny.)* Mira, mira el techo y cuenta las telarañas.

CIPRIANO. ¡Viva el campeón!

NENA. *(Subida en una silla, con una botella de aguardiente, echándole el líquido en la cabeza.)* Te bendigo en nombre del padre, del réferi y de los muelles santos.

TODOS. ¡Amén!

Nena lo va a acariciar.

JULIÁN. *(Quitándosela.)* Te hice un tiempo cuando todavía cacareabas, ahora necesito una buena hembra, que no le duelan ni los riñones. *(Abraza fuertemente a Caridad.)* Debes darle las gracias a Dios todos los días, porque al fin te has empatado con un negro sabroso. ¡Aprovecha!

CARIDAD. ¡Macho rico, me vas a partir en dos!

JULIÁN. *(Tirándola a un lado.)* Las mujeres de un campeón no se parten.

NENA. *(Mostrándole una.)* ¿Te gusta ésta, campeón?

JULIÁN. *(Agarrándola.)* ¿De dónde la sacaste? *(A la Mesera.)* ¿Qué, no papeas bien?

NENA. *(Mostrándole otra.)* Sabe hacer bien las cosas, como te gusta.

CIPRIANO. ¡Agárrala, campeón! *(Le tira otra.)*

MARINERO. *(Protestando.) My woman!*

JULIÁN. ¡Estáte quieto! *(Besa a la Mesera; la rechaza. Devolviéndosela al americano.)* Te la regalo. *(A Caridad.)* ¿Cuál me darías tú a mí?

CARIDAD. ¿Qué te pasa?

JULIÁN. *(Empujándola.)* ¡Vamos, escógela! *(Caridad busca. Le tira a Nena.)* ¿Por qué ésa?

CARIDAD. *(Sarcástica.)* Te la mereces.

JULIÁN. *(Violento.)* ¿Qué coño sabes tú lo que me merezco yo?

JOHNNY. *(A Julián.) I never thought you could defeat me,* negrito...

AMIGOS. ¡Aguanta, aguanta que no estás en tu país!

JULIÁN. ¡Cierren el bar!

Los amigos obedecen.

NENA. Julián, ¿qué está pasando? Estáte tranquilo y no busques desgracia por gusto. ¿Te has vuelto loco o qué? ¿Qué piensas tú que es este lugar?

JULIÁN. Hoy triunfé y hago lo que me da la gana.

NENA. Va a venir la policía...

JULIÁN. ¡Que venga a ver si se pueden llevar al campeón! ¡Llámala!

CIPRIANO. Ya te lo cerramos, campeón.

JULIÁN. *(Señalando al Johnny.)* ¡Tráiganmelo!

Se lo traen sin resistencia.

NENA. Oye, ¡Julián, con los americanos no te metas! **1005**

JULIÁN. Te voy a poner malo esto.

NENA. Me vas a buscar una salación.

JULIÁN. *(Al Johnny.)* ¡Arrodíllate! *(El Johnny obedece, sin comprender. Unos americanos tratan de intervenir, pero los amigos de Julián sacan cuchillos.)*

CARIDAD. ¡Deja eso, Julián!

CIPRIANO. *(A los americanos.)* ¡Legislen y no se vuelvan locos!

AMIGO 1. ¡Al que dé un paso lo dejo con las tripas al aire!

JULIÁN. ¡Dame esa manilla! La que apostaste conmigo y gané yo. ¡Dámela!

El Johnny se la da. Julián se la tira a Cipriano.

CIPRIANO. ¡Viva el campeón! *(Se la guarda en el bolsillo.)*

TODOS. ¡Viva!

JULIÁN. *(Dándole la mano al Johnny.)* Te has portado como un hombre. *(Tirándole dos mujeres.)* ¡Pa'que las pongas a gozar! Si se portan mal contigo, me avisas. Cortesía de la casa, ¿verdad, Nena? *(El Johnny se las lleva.)*

NENA. Abran el bar. El campeón necesita aire para refrescarse.

AMIGO 2. *(Al Johnny.)* Has pulsado con el futuro campeón del mundo.

MANAGER. *(Entrando con Sonia.)* ¡Y dilo! Con un solo golpe tendrás la faja mundial.

CIPRIANO. *(Acercándose a Julián.)* ¡Tremenda macri, asere!

AMIGO 2. ¡Está que corta!

MANAGER. *(A Julián.)* ¿Cómo te sientes?

JULIÁN. Como piedra.

1006 MANAGER. Tienes que aprender a cubrirte algunos golpes.

JULIÁN. *(Sin dejar de mirar a Sonia.)* Desde chama conozco el juego.

MANAGER. *(Consciente de las intenciones de Julián.)* Tienes que cuidarte un poco más.

JULIÁN. *(Sin dejar de mirar a Sonia.)* Soy campeón de mil batallas.

MANAGER. Muñeca, ¿has visto alguna vez a un boxeador mejor que éste?

SONIA. Tiene buena pegada, pero habría que ver si lleva.

CARIDAD. *(Tratando de interponerse.)* Vamos a bailar, mi negro.

JULIÁN. *(Empujándola.)* ¡Quita! *(Se acerca a Sonia, llamando.)* ¡Cipriano!

CIPRIANO. Ordene, campeón.

JULIÁN. Tírame golpes.

CIPRIANO. Pero, campeón...

JULIÁN. ¡Pégame! *(Cipriano obedece.)* ¡Como los hombres! *(Empujándolo.)* ¡Ta'fuera e'papa! *(Al Amigo I.)* ¡Ven tú!

AMIGO 2. Campeón...

JULIÁN. Yo nada más trato con hombres. ¡Dale! ¡Más! *(Le pone la mano en la cara y se lo quita. A Sonia.)* ¿Llevo?

SONIA. No todos los pegadores son iguales.

MANAGER. *(Levantándole el brazo a Julián.)* ¡Viva el campeón!

TODOS. ¡Viva!

MANAGER. *(Llevándoselo a un lado.)* ¿Qué te parece esa hembra?

JULIÁN. Dámela.

1007

MANAGER. ¿Ta'buena, verdad? Quiso conocerte de cerca. Es bailarina. Los magnates le caen atrás como moscas. Te vio pelear...

JULIÁN. Huele rico.

MANAGER. Sólo a dos boxeadores he visto como tú, y tan pronto los vi, me dije, campeones mundiales: Joe Louis y Sugar Robinson.

JULIÁN. Quiero estar con ella.

MANAGER. La izquierda te entra todavía. *(Le tira un golpe y logra alcanzarlo en el hombro. Julián, furioso, le tira golpes que él esquiva, lo acorrala. Levanta la derecha.)*

TODOS. *(Con advertencia.)* ¡Julián!

MANAGER. *(Enseñándole un contrato.)* ¿Te gustaría pelear en el Garden? *(Julián detiene la derecha.)* Antes tengo dos peleas para ti; una en México y otra en Filadelfia. No hay mucha plata, pero si ganas...

CIPRIANO. ¡Es un escándalo!

AMIGO 1. En tu peso no hay quien pegue más que tú.

MANAGER. Doscientos pesos por pelea. *(Pausa. Se miran.)* Todavía no eres ni retador. Afuera no te conocen. En esto no hay mucha plata, pero...

JULIÁN. *(Violento.)* No quiero una maraña conmigo.

MANAGER. He sido como un padre para ti. *(Señalándole a Sonia.)* Mira, no te quita los ojos de encima. ¡Está cogía contigo hasta la médula! Eres un hombre de suerte. Ahí la tienes, es tuya. Otra cosa, ¿ves? Huele a limpio. Puedes hacer con ella lo que te dé la gana. Yo quisiera que tú la vieras encuera.

Julín le arrebata el contrato.

CIPRIANO. Campeón, acuérdese de llevarme. Yo puedo ser tu
apoderado.

AMIGO 1. Yo tu *sparring*.

AMIGO 2. Yo tu *second*.

CARIDAD. Negrón, tu suerte está echada. *(Julián firma.)*

MANAGER. *(Arrebatándole el contrato.)* ¡Viva el campeón!

TODOS. ¡Viva!

MANAGER. *(Guardándose el contrato.)* Tendrás una faja.

JULIÁN. *(Obsesivo.)* No me bastará una faja, puedo tener otra. Mis puños no se cansarán de golpear. No tendré retador: ¡Ni mi sombra! *(Julián con violencia voltea la mesa.)*

CIPRIANO. Campeón, ¿qué te pasa?

Julián inicia el mutis.

AMIGO 2. ¿Adónde vas, campeón?

JULIÁN. ¡Al que me siga lo rajo en dos! *(Sale a coger aire.)*

CIPRIANO. El campeón está cansado.

NENA. Está loco.

La gente comienza a bailar. Sonia y el Manager beben aparte. Los Amigos lo hacen en la barra.

CARIDAD. *(Acercándose a Julián.)* ¿Qué tienes, mi negro? Vamos a bailar. *(Lo acaricia.)*

JULIÁN. ¡Me largo!

CARIDAD. Estás flojo.

JULIÁN. *(Rechazando las caricias.)* Ya.

CARIDAD. Todavía no has llegado a campeón. Has tomado mucho, mi negro. ¿Por qué no te vas a mi cuarto a descansar?

JULIÁN. Tengo que andar, andar, andar hasta que se acabe la noche.

CUMACHELA. *(Desde la oscuridad.)* Julián... Julián grande... ¡Grande como un gigante grande!

CHOPA. *(Desde la oscuridad.)* ¿Por qué tiemblan tus pasos?

CUMACHELA. Si cuando el día rompa chillarán tu fama.

JULIÁN. Hoy pegué duro, con todo mi cuerpo. Se escondía entre las luces y sentía cómo mi sombra pisaba la suerte. Mis golpes daban en el aire.

CUMACHELA. Apártate, échate a un lado: mañana, tiempo de la mañana repicarán tu nombre.

CHOPA. Abrirá el silencio tu vientre y te guardará en él.

JULIÁN. De la oscuridad me golpeaba: uno, dos, tres golpes en la cara. Lo perseguí con rabia. Estuve a punto de dejarme caer. ¡¿Quién eres que no me das la cara?! ¡Pelea como los hombres! ¡Pelea, coño, pelea!

CUMACHELA. ¡Ay, la noche se llevó a mi macho, prendido en el viento! ¡Ay! ¡Que no se lo lleven!... Lo quiero para mí... me gusta... ¡Ay!

JULIÁN. ¡Alguien me está hablando en el oído! ¡María Antonia! ¿Quién eres?

CUMACHELA. Aliento que lame tus pasos, sudor, ceniza y sangre en tu camino estrecho.

JULIÁN. ¿Qué quieres, vieja?

CUMACHELA. *(Saliendo de lo oscuro.)* ¡Casarme contigo, campeón!

CARIDAD. *(Burlándose.)* ¡Ésa es Cumachela, Julián!

CHOPA. *(A Cumachela, burlón.)* ¡Que cante la podrida!

CARIDAD. Vamos a bailar, mi negro.

JULIÁN. *(Empujándola.)* No estoy pa'ti hoy, te he hecho mucho tiempo. *(Entra al bar. Caridad lo sigue.)*

MANAGER. Sonia, el campeón ya se refrescó. ¿Por qué no giras con él un rato?

JULIÁN. *(Agarrándola por la cintura.)* Me gustas.

Bailan.

CUMACHELA. *(Entra, cantando.)*

La calle estaba desierta,
el cielo se entristeció
y la ciudad con su polvo
nos cubrió.

CUADRO SÉPTIMO

En un claro de la manigua

MARIA ANTONIA. Déjame abrir los ojos. Ya no puedo cerrarlos por más tiempo. ¿Estás a mi lado?

CARLOS. Me quedé dormido sobre tu piel.

MARÍA ANTONIA. Déjame secarte el sudor.

CARLOS. Tengo sed. *(María Antonia lo besa.)* Más sed.

MARÍA ANTONIA. Te vas a ahogar. *(Lo besa hasta casi cortarle la respiración; se ríen. Carlos se le encima y trata de besarla.)* Ya, ya. Está bueno ya. *(Escapa; se lleva las manos al corazón.)* Mira cómo me hace el corazón.

CARLOS. ¡Pum, pum, pum! *(Se ríen. Silencio. Se miran fijamente.)*

MARÍA ANTONIA. No te vayas a reír, pero...

CARLOS. ¿Pero qué?

MARÍA ANTONIA. Nada.

CARLOS. Dime

MARÍA ANTONIA. No, no.

CARLOS. ¿No tienes confianza en mí?

MARÍA ANTONIA. Quisiera mirarme en un espejo.

CARLOS. ¿Para qué?

MARÍA ANTONIA. ¿Estoy muy fea?

CARLOS. Estás muy fea.

Silencio

MARÍA ANTONIA. No sé. Es como si te hubiera conocido siempre.

CARLOS. Viviremos juntos.

MARÍA ANTONIA. *(Después de un leve silencio.)* Ya dejaron de tocar. Quieren que yo me haga santo.

CARLOS. ¿Viviremos juntos?

MARÍA ANTONIA. Tienes que saber cuidarme.

CARLOS. No quiero verte con nadie. Serás mía nada más.

MARÍA ANTONIA. Te llenaré de hijos. Podría hacerte feliz. ¿Me cuidarás?

CARLOS. Nos iremos bien lejos de aquí.

MARÍA ANTONIA. ¿Adónde?

CARLOS. ¡Ah! ¡Sorpresa! *(Transición. Inician un juego de posibilidades.)* Yo sé que un día... un día... ya verás que puedo estudiar en Artes y Oficios y seré químico.

MARÍA ANTONIA. *(Siguiendo el juego.)* ¿Y otro día...?

CARLOS. Voy a descubrir algo maravilloso, algo que lo pegará todo.

MARÍA ANTONIA. ¡Como de magia!

CARLOS. Un cemento especial. Lo voy a inventar yo; hecho de agua y algo raro que descubra. Con eso haremos primero nuestra casa. Si resiste, la tierra se llenará de casas, casas, casas. *(María Antonia hace como si llamaran a la puerta.)* ¡Ah, el cartero! *(A María Antonia.)* Me mandan a buscar para una empresa muy importante. Tráeme el saco, la corbata, los zapatos. ¡Apúrate! Arréglame la camisa. ¿Me falta algo?

MARÍA ANTONIA. Los espejuelos.

CARLOS. Verdad. Un negro con espejuelos es siempre una persona interesante. Me lo decía mi abuela. ¿Qué haces?

MARÍA ANTONIA. Vestirme.

CARLOS. En las cosas de los hombres las mujeres no se meten.

MARÍA ANTONIA. Y tú crees que yo...

CARLOS. Te quedarás aquí, tranquila, hasta que tu marido regrese.

MARÍA ANTONIA. ¡Ábreme, ábreme! *(Transición.)* ¿Cómo te llamas?

CARLOS. Carlos.

MARÍA ANTONIA. *(Alejándose.)* Carlos, Carlos...

CARLOS. Buenos días. Yo soy el químico, como usted sabe... Ah, bien. Pase y siéntese. La empresa acepta su descubrimiento y está de acuerdo en incorporarlo a ella como químico único, supremo, genial, benefactor absoluto de la humanidad. ¿Quiere usted firmar el contrato? Muchas gracias.

María Antonia suena una trompetilla.

MARÍA ANTONIA. ¿Y cuándo me llevas a las tiendas, a bailar, con un traje bien largo, blanco como la espuma del mar, y cargado de luces?

CARLOS. Mira a tu alrededor. ¿Te gusta este terreno?

MARÍA ANTONIA. ¿Para qué?

CARLOS. Para nuestra casa, en el centro de la ciudad.

MARÍA ANTONIA. ¿No sería mejor un terreno alto, bien alto, que casi toque el cielo?

CARLOS. ¿Aquí?

MARÍA ANTONIA. Nuestra casa tendrá un jardín árabe.

CARLOS. ¿Árabe?

MARÍA ANTONIA. Siempre me gustó tanto la Arabia. No sé por qué. Madrina me decía que en la otra encarnación yo había sido una princesa árabe, y que un día, mi padre, el rey, me guardó en el jardín de palacio, para que sus enemigos, que estaban enamorados de mi belleza, no me robaran. Todas las tardes, antes de irse el sol, me pasearé por Arabia en mi jardín.

CARLOS. Primero haremos dos cuartos. Uno para nosotros y el otro... ¿Cómo se llamará?

MARÍA ANTONIA. Domingo, día de fiesta.

CARLOS. Tendrá tu cara.

MARÍA ANTONIA. Y tu color...

CARLOS. Será médico.

MARÍA ANTONIA. El segundo, pelotero. Saldrá en todos los periódicos.

CARLOS. Y luego vendrá una hembra.

MARÍA ANTONIA. Una artista famosa, rumbera. *(Carlos ríe.)* ¿Por qué te ríes?

CARLOS. Le pondremos Clara, como el día en que vi tu sonrisa. *(Transición.)* Necesito luz, mucha luz, para poder estudiar.

MARÍA ANTONIA. Me duele el vientre. Voy a parir.

1014 CARLOS. Ayer me hablaron de un trabajo.

MARÍA ANTONIA. Me paso la vida limpiando, limpiando, pero todo lo que me rodea es viejo y feo.

CARLOS. No, allí no podemos entrar.

MARÍA ANTONIA. Me estoy secando.

CARLOS. ¿Por qué te miran esos machos? ¿Estuviste con alguno de ellos? Contesta.

CARLOS. Ahí tienes la ropa sucia de América. Dice que para la próxima se la laves mejor.

MARÍA ANTONIA. Los muchachos están enfermos. Hay que buscar un médico. Pronto.

CARLOS. Tengo que llegar a ser algo grande. Cállate ya de una vez. Déjame estudiar, ¿me oyes? ¿Adónde vas?

MARÍA ANTONIA. Ya no me acaricias como antes. ¿Por qué? ¿Qué difícil es todo, verdad? Bésame. No te vayas, Carlos.

CARLOS. Necesito trabajo, señor. En cualquier cosa, señor. Mis hijos están enfermos y mi mujer débil. En cualquier cosa, señor.

MARÍA ANTONIA. Ya no soy la misma de antes.

CARLOS. Dile a esos muchachos que se callen o no respondo de mí. ¡Qué difícil es todo!

MARÍA ANTONIA. El día menos pensado me largo. *(Detiene el juego. Retadora.)* ¿Seguimos?

CARLOS. *(Retador.)* ¡Seguimos!

MARÍA ANTONIA. *(Reinicia el juego.)* Yo soy María Antonia.

CARLOS. Tengo hambre.

MARÍA ANTONIA. Quiero dormir.

CARLOS. Voy a coger aire, a respirar en paz.

MARÍA ANTONIA. Hace días que no te acuestas a mi lado, y cuando lo haces te tiras a roncar. ¿Tienes otra? ¿Quién se ha   **1015** atravesado en mi camino? Dime. No me dejes, Carlos. Todavía no soy vieja.

CARLOS. *(Detiene el juego. Retador.)* ¿Seguimos?

MARÍA ANTONIA. *(Retadora.)* ¡Seguimos!

CARLOS. *(Reinicia el juego.)* Mira, conseguí unos pesos. Todo volverá a ser como antes.

MARÍA ANTONIA. A nuestro cuarto hijo le pondrían cualquier nombre y no podrá ser otra cosa que carbonero.

CARLOS. El cloruro áurico, calentado a ciento ochenta grados, se desdobla en cloruro auroso.

MARÍA ANTONIA. Nos cortaron la luz.

CARLOS. Con este óxido puedo ampliar la solución.

MARÍA ANTONIA. La orden de desalojo. ¿Adónde vamos a vivir? Mi marido está inventando algo muy bueno. ¿Qué quiere que haga? Pues nos tiene que matar. De aquí no nos movemos.

CARLOS. Tengo sueño, mucho sueño...

MARÍA ANTONIA. No es verdad lo que anda diciendo la gente, ¿eh? Tú no estás loco. Júrame que no estás loco. Es que nos tienen envidia, ¿verdad? Ya no aguanto más.

CARLOS. Yo sé que un día, un día... Ya verás que puedo estudiar en Artes y Oficios. Seré químico.

MARÍA ANTONIA. Y otro día...

CARLOS. Voy a descubrir algo maravilloso, algo que lo pegará todo.

MARÍA ANTONIA. ¡Como de magia...!

CARLOS. Un cemento especial. Lo voy a inventar yo, hecho de agua y algo raro que descubra. Con eso haremos primero nuestra casa. Y si resiste, la tierra se llenará de casas, casas...

1016 *Silencio profundo. El juego concluye.*

MARÍA ANTONIA. Es el mejor cuento que he oído en mi vida; ni Madrina los hacía con tanta gracia. Hemos aprendido a decir cosas, desesperadamente. Como si estuviéramos al borde de la muerte.

Silencio

CARLOS. Ya es de noche.

MARÍA ANTONIA. ¿Adónde podríamos ir?

CARLOS. *(Sin mirarla.)* Por ahí.

MARÍA ANTONIA. Yo tengo un cuarto.

CARLOS. No. Allí no.

MARÍA ANTONIA. Tienes asco. Es mi cuarto. El único que tengo. No habría problemas. *(Sarcástica.)* Yo podría ayudarte a estudiar, mi santo. Luego nos mudaremos a un sitio mejor. Cuando tú inventes el cemento ese que tú dices.

CARLOS. *(Violento.)* ¿Por qué eres como eres?

MARÍA ANTONIA. *(Enfrentándosele.)* Porque no soy como no soy. Ya es de noche. ALgunas cosas no se pueden cambiar aunque queramos. ¡Ñinga! Y menos hoy. Uno se puede dar el lujo de soñar, pero no llegaríamos a la esquina. María Antonia es la mujer de un campeón.

CARLOS. ¿Julián? *(María Antonia va a irse, pero Carlos la agarra por el brazo.)* Los he visto riéndose juntos, gozando. Te he visto correrle atrás. *(María Antonia hace por irse.)* ¿Le tienes miedo?

MARÍA ANTONIA. Tú no sabes con qué mujer te has enredado. Ni siento ni padezco por nadie. Adiós. Todo lo que te he dicho es mentira. A Julián soy capaz de escupirle la cara y a ti olvidarte sobre ese escupitajo.

CARLOS. De aquí no te mueves si no es conmigo.

MARÍA ANTONIA. ¿Me pones a prueba?

CARLOS. Vamos a buscarlo a ver si es verdad lo que dices.

MARÍA ANTONIA. ¿Tienes tú la sangre para ganarme?

CARLOS. Ven.

Salen.

CUADRO OCTAVO

En el mismo bar de los muelles

Sonia y Julián bailan en el fondo. Cumachela, en la barra, canta.

CUMACHELA. *(Cantando.)*

La calle estaba desierta,
el cielo se entristeció
y la ciudad con su polvo
nos cubrió.

(Al Johnny.) Si te pagas un trago, te escribo la carta más linda de amor: Querida *my mother, I-love-you. (A Julián.)* Así que le ganaste a la Araña, págate un trago, anda.

JULIÁN. *(Dándole un empujón)*¡Vete a limpiar el cuerpo, cochina!

CUMACHELA. Yo fui la mujer más linda de San Isidro. Las mujeres se morían de envidia porque todos los hombres me caían como hormigas. El otro día, ese degenerao que tú ves allí *(Señala para Chopa.)* me quiso dar una cañona.

CHOPA. Primero muerto.

CUMACHELA. Vamos, Chopita. Le da pena, pero de la pena se
1018 ahoga el muerto. Pregúntele qué tal me porté: ¡como toda una

campeona! Batié de jonrón. ¿Verdad, Chopita? Vamos, hombre, no te dé pena decirlo.

CHOPA. ¡Baahhh!... Ya tú no puedes tirar ni una planchita.

CUMACHELA. ¿A qué puede aspirar un viejo con sarna? Ja *(A Julián)*, campeón, déjame un buchito, un buchito pa'Cumachela.

MANAGER. *(A Julián.)* ¿Cómo te decían cuando chama?

Julián le echa a Cumachela un poco de su bebida en el suelo.

CUMACHELA. ¡Ja! *(Lo mira, se agacha a beber.)* La Pantera.

MANAGER. ¡Kid Pantera!

CIPRIANO. ¡Es un escándalo!

JOHNNY. *(A Nena.) Give me a drink!*

NENA. ¿Qué me sabes tú a mí?

JOHNNY. ¡Yo peleé en Guadalcanal!

NENA. Y yo en San Isidro

JOHNNY. Maté cien alemanes de un tiro, y cuando iba a matar mil...

CIPRIANO. *(Interrumpiéndolo.)* Llegó Superman y te dejó con la carabina al hombro.

CUMACHELA. *(Al grupo, que se divierte.)* ¡María Antonia! *(El grupo se moviliza. Suelta una carcajada triunfal.)* Por poco hay que recoger la porquería en camiones. *(Julián se le enfrenta.)* ¿Qué te pasa? ¿Qué andas buscando como cosa buena? Estás que ardes. ¿Quieres encender el aire? ¡Ja!

JULIÁN. ¡Quien me busca me encuentra!

CUMACHELA. Eso mismo decía un novio que yo tuve.

CHOPA. ¿Novio?

CUMACHELA. Bueno, marinovio, da igual. Yo tenía un marido que era el negro más sabroso de esta tierra. Juntos corríamos las calles; juntos apagábamos el día y la noche; allí donde nos sorprendiera el deseo hacíamos el amor. Éramos los reyes de la vida. Rumbeábamos nuestras tristezas. ¡Cómo gozábamos! Pero un día me cansé de la misma rutina. Lo empecé a querer distinto, como a un hombre.

JULIÁN. ¿Qué pasó?

CUMACHELA. Le pedí al hombre lo que no me podía dar. Me dejó tirada ahí: basura. Corrí, corrí hasta que se apagó el día. Por un camino cualquiera de la noche volví a encontrarle. *(Gimiendo.)* Cumachela es vieja, vieja y quiere olvidar. La gente me lo llevaba. Me emborrachó y me llevó a mi cuarto. Quiso abandonarme, y saqué un cuchillo... *(Como un lamento.)* ¡Ay! la noche se llevó a mi macho enredado en el viento! *(Julián estalla en una carcajada.).* Págate un trago, anda. No te puedes quejar: te he hecho reír, y todo porque la pobre vieja no tuvo su marido.

JULIÁN. Te pago un trago si te casas con Chopa.

CUMACHELA. ¿Oíste, Chopa? ¡Agarra, degenerao! ¿Cuándo en tu vida pensaste en casarte?

CIPRIANO. Yo seré el padrino de esa boda.

CARIDAD. Y yo la madrina.

NENA. Yo el cura.

Tararean la marcha nupcial. Traen un mantel blanco y sucio, se lo ponen a Cumachela de velo. Una mesera trae flores de papel; se las pone sobre las manos. Los amigos de Julián traen a Chopa cargado y lo ponen junto a Cumachela. Ambos se entregan al juego. La marcha nupcial es tarareada por todos. Cumachela y Chopa avanzan. La marcha es tarareada ahora a ritmo de guaguancó. Cumachela y Chopa bailan.

NENA. *(A Cumachela.)* ¿Aceptas a este hombre por marido?

1020 CUMACHELA. Bueno..., hasta que funcione.

JULIÁN. *(Agarra las cabezas de ambos y las restriega una contra otra.)* ¡Bésense!

CUMACHELA. *(A Julián, que ríe.)* ¿No oyes? María Antonia arrastra tu nombre y lo hunde en la noche; lame tu cuerpo su voz. *(De lejos se oye una voz que canta. Es María Antonia que entona un guaguancó.)* ¡Suéltame, suéltame! Estoy vieja. Déjame rodar por las calles y cantar. *(Cantando.)* La calle estaba desierta... *(Estalla en una carcajada y se pierde.)*

MARÍA ANTONIA. *(Entra con Carlos, entonando un guaguancó.)* Está contento el pueblo, ¿hum? *(Se sienta con Carlos aparte.)* ¡Hey, Nena!

NENA. *(Acercándose.)* Dime, corazón, te estábamos extrañando.

MARÍA ANTONIA. Difícil que se preocupen por mí. Han perdido el juicio por lo que veo, o por lo contrario han cambiado. *(Con marcada intención.)* La gente cambia con mucha facilidad. Bueno, bájame una botella de ron, pero del bueno, ¿eh?, no del cacafuaca ese que tú acostumbras dar. *(Acercándose a la mesa donde está Julián.)* ¡Felicidades, Caridad! Son cuarentitantos los que cumples, ¿no? ¡Aprovecha, vieja, que te pudres! *(A Sonia.)* A usted no la conozco, joven, pero de todas maneras, ¡que le aproveche!

Julián se pone de pie.

MANAGER. ¡Deja a esa mujer! No te conviene.

CIPRIANO. Está en nota, ¿no la ves?

AMIGO 1. No le hagas caso, asere.

MARÍA ANTONIA. Bueno, ¿qué? ¿Se murió alguien? Parece que me equivoqué de lugar. ¿Qué funeraria es ésta? *(Coge la botella y se da un trago.)* A tu salud, campeón. *(Rocía con la boca el espacio.)* ¡Pa'refrescar el ambiente! Bueno, Cipriano, inspírate anda, alegra esto. *(María Antonia tararea un guaguancó. Voluptuosa le baila a Carlos. Se le encima. Se miran. Silencio. Huye hacia la barra.)*

CARLOS. ¡Vamos, qué esperas, escúpele la cara!

JULIÁN. *(A María Antonia, que va a irse.)* ¡Ven acá!

MARÍA ANTONIA. Entre tú y yo hay la misma distancia.

MANAGER. Esa tipa no va a torcer tu camino.

CIPRIANO. No tires tu futuro al suelo, campeón.

JULIÁN. Donde está tu macho tú no entras con otro.

MARÍA ANTONIA. ¡Pues aquí me tienes!

Julián va en busca de María Antonia. Carlos se interpone. Pelean.

CIPRIANO. ¡Cómetelo, campeón!

AMIGO 1. ¡Ése no te alcanza ni para empezar!

MESERA 1. Dale nalgadas.

MANAGER. Julián, va a venir la policía y eso no te conviene.

MESERA 1. ¡Mátalo!

CIPRIANO. ¡Quítale los pantalones y escúpele el fondillo!

MESERA 3. ¡Saca la derecha, campeón!

MESERA 1. ¡Está flojo!

Carlos cae al suelo hecho un guiñapo.

JULIÁN. ¡Eso pa'que aprenda pa'la otra a tratar con los hombres! *(Entrándole a golpes a María Antonia se la lleva. Ella no se resiste.)*

MANAGER. *(Corriéndole detrás a Julián.)* ¡Julián, espera! *(Sale.)*

CIPRIANO. *(Siguiéndoles.)* ¡Ésta nada más que viene a joderlo todo!

MESERA 1. *(A Carlos, que está tirado en el suelo.)* Para andar con mujeres, hay que tenerlos bien puestos.

1022 MESERA 2. ¡Pobrecito, mira cómo me lo han dejado!

MESERA 3. ¿Quieres un vaso de leche?

MESERA 4. ¿Quieres una entrada pa'los caballitos?

NENA. *(Dándole puntapiés.)* ¡Vamos, zumba, y vete a coger fresco!

CARIDAD. *(Acercándose a Carlos.)* María Antonia le hace eso a todos los hombres. Su único cráneo es Julián. *(Acariciándolo.)* La gente nada más sabe maltratar. Nada más sabe maltratar. Vámonos pa'mi cuarto, mulatico lindo. Olvida eso y vive la vida. Vamos a mi cuarto. Mira, sé dar cariños, soy tierna, soy... *(Un grupo de marineros aparece en el fondo. Miran a Caridad. Conversan entre sí.)* ¿Lloras? ¿Pero qué clase de hombre eres? *(Los marineros se acercan. Tocan con lujuria a Caridad, que está borracha. La arrastran y se la llevan.)* ¡Mátala! ¡Mátala!

Carlos se incorpora. Sale en busca de María Antonia. Da tumbos y cae al suelo.

CUMACHELA. *(Acercándosele.)*

La calle esta desierta,
el cielo se entristeció
y la ciudad con su polvo
nos cubrió.

Si me das dinero, te consigo una chicharrita y te pongo a gozar. Del tiro se te olvida todo esto. Pero con una condición: el cabito, el cabito pa'Cumachela. *(Carlos se arrastra. Siguiéndolo.)* Soy muy vieja, sé muchas cosas. ¿Qué sabes tú de esta cumbancha? Nada. ¿Me oyes? La muerte siempre nos vigila. Y si te descuidas *(Sacando un cuchillo.)* crac, crac, crac..., no haces el cuento. La noche es muy mirona; la noche lo ve todo. Y hay cosas que no debe ver la noche. *(Dándole el cuchillo.)* Toma, para que la dejes ciega. Es mejor ir pa'la cárcel que pal hoyo. *(Carlos se lo arrebata. Cantando.)* La calle estaba desierta...

Cumachela desaparece. Carlos, empuñando el cuchillo, sale.

CUADRO NOVENO
Cuarto de María Antonia

Julián, sentado en la cama, igual que en un trono, come de la comida que le han servido María Antonia. Está en silencio. Se pasea por todo el cuarto sin rumbo fijo. Los tambores del bembé de Madrina entran como un leve murmullo.

JULIÁN. *(Con un trozo de carnero.)* Humm, negra, qué rico está esto. ¿Quién lo sazonó, tú o Madrina. *(Se empina la botella de aguardiente. Rocía el espacio con la boca.)* ¡Pa'que Elégua se emborrache! Cuando te vi llegar con ese tipo, por poco echo la gandinga de la risa.

MARÍA ANTONIA. ¡Déjalo tranquilo!

JULIÁN. *(Agarrándola.)* Yo soy tu macho, ¿oíste? Eres mía y te tengo cuando me dé la gana. *(Acariciándola.)* Me gustas más que el carnero, ¿tú sabes? Sólo que a él puedo hacerle lo que no te puedo hacer a ti: arrancarle hasta el último trozo de carne. *(Le muerde el brazo y ríe.)*

MARÍA ANTONIA. *(Apartándose.)* ¿No lo has hecho ya? Me has dejao que ni pa'los perros.

JULIÁN. *(Sarcástico.)* Bah, si estás más buena que nunca.

MARÍA ANTONIA. Por fuera, pero por dentro... soy capaz de... *(Julián estalla en una carcajada.)* Mira, no, no vale la pena pensar. Pensar. No. No.

JULIÁN. *(A María Antonia, que da vueltas imprecisas por todo el cuarto.)* Te vas a emborrachar de tantas vueltas.

MARÍA ANTONIA. Si este cuarto fuera grande, grande, grande, y yo pudiera caminar, caminar. Ay, ni cuenta te ibas a dar de que doy vueltas, vueltas, vueltas, vueltas...

1024 JULIÁN. *(Violento.)* Te has vuelto loca.

MARÍA ANTONIA. ¿Te doy risa, verdad? Hablando cosas que ni yo misma entiendo.

JULIÁN. Una hija de Oshún...

MARÍA ANTONIA. ¿Qué diablos piensas tú de mí?

JULIÁN. Tengo sed.

MARÍA ANTONIA. Pues levántate y cógela.

JULIÁN. Ven acá. ¿No le vas a dar un poco de agua a tu negro?

MARÍA ANTONIA. Yo no soy tu esclava.

JULIÁN. Pero eres mi mujer.

MARÍA ANTONIA. Ya yo no sé ni lo que soy, pero hay algo que quiero de ti; algo que me debes.

JULIÁN. Bueno, ya estoy aquí. De qué te quejas. ¡Cóbrate!

MARÍA ANTONIA. ¿Cuándo te vas?

JULIÁN. Tráeme el agua.

MARÍA ANTONIA. ¿Por qué no hablas claro ya de una vez?

JULIÁN. *(Abriendo la boca y echando la cabeza hacia atrás.)* Dámela como a mí me gusta. *(Le va a dar agua de su propia boca. Se aparta de él bruscamente. Violento.)* ¿Qué coño te han echao?

MARÍA ANTONIA. Ya tú no me quieres, ¿verdad?

JULIÁN. No estoy pa'descarga. Vamos al toque.

MARÍA ANTONIA. No, no, no. Tú y yo tenemos que hablar ahora, aquí, para siempre.

JULIÁN. Pues se acabó. Si tú tienes que hablar conmigo yo también tengo que hablar. Cuando nos conocimos, ¿te acuerdas?, quedamos en que yo por mi lado y tú por el tuyo; que siempre habría un momento para nosotros.

MARÍA ANTONIA. Yo no soy ninguna puta de San Isidro. **1025**

EUGENIO HERNÁNDEZ ESPINOSA

JULIÁN. ¿Y qué quieres? ¿Que me case contigo? ¿Encaramarte arriba de mí? Yo soy hombre, no el pelele ese que estaba contigo.

MARÍA ANTONIA. *(Violenta.)* No lo menciones.

JULIÁN. Pues arranca y búscalo. Arrástrate y pídele perdón. Y que no vuelva a verte más. Yo me voy para Méjico esta misma semana; después para Filadelfia... ¡El Garden!

MARÍA ANTONIA. ¿Por qué volvimos aquí otra vez? ¿Por qué me trajiste, Julián? ¿Por qué?

JULIÁN. Después para el Garden. Y solo, María Antonia, solo.

MARÍA ANTONIA. ¿Para eso me sacaste del bar? ¿Para eso le entraste a golpes a ese muchacho?

JULIÁN. La suerte me llegó y no voy a botarla. hoy firmé mi primer contrato. *(Se sienta en el borde de la cama a ponerse los zapatos.)* No voy a mirar atrás.

María Antonia se echa a la cama. Ríe. Se le ofrece.

JULIÁN. *(Rechazándola.)* No tengo la culpa de que tu futuro no sea igual al mío.

MARÍA ANTONIA. *(Agarrándolo.)* ¡Ñinga, ñinga, ñinga, ñinga! Tú. *(Que la amenaza con darle un golpe.)* No me toques porque me vas a tener que rajar en dos. Yo, yo que te lo di todo. ¿Y tú, qué coño me has dado tú? Tu olor de calle, y ahora esto. Cuando soñabas ser grande vendiendo mariguana y aquí estaba esta perra vigilando tu sueño pa'que no te llevaran, entonces contabas conmigo, ¿verdad? Ahora la negra te estorba. ¿Por qué? ¿Por qué te estorba?

JULIÁN. Las mujeres como tú no pueden entrar en ningún lado.

MARÍA ANTONIA. ¿Y los hombres como tú, Julián? ¿Es que ya has olvidado que pisamos el mismo suelo?

1026 JULIÁN. Mis papeles están limpios.

MARÍA ANTONIA. Los míos los ensuciaste tú. A mí sí me retrataron y salí en los periódicos con un numerito colgado, ¿no te acuerdas?

JULIÁN. Yo no te obligué a cargar con la culpa.

MARÍA ANTONIA. ¡Maldita sea la hora en que te conocí!

JULIÁN. Ya hemos vivido demasiado.

MARÍA ANTONIA. Me tienes que matar pa'irte, ¡campeón!, ¡campeón! ¡Mierda!, eso serás, un puching bang, desinflao, pellejo. Nadie se acordará de ti. Te arrastrarás por los portales, apestoso. Por veinte kilos querrás contar tu historia y nadie la escuchará, campeón: ¡Mierda! *(Julián se abraza a ella con desesperación. La aprieta hasta casi ahorcarla.)* ¡Mátame! *(Se acarician torpemente. La impotencia los vence. Silencio.)* Si todo fuera distinto. Si de repente todo se apagara y volviera una luz distinta. Si pudiera respirar con otra voz en otro aliento. *(Julián se mueve ligeramente. Desesperada.)* No, mi negro, no te vayas. Haré lo que tú quieras. Tú eres mi macho, mi dueño. Yo soy tu esclava.

JULIÁN. *(Impotente.)* No me muerdas.

MARÍA ANTONIA. Tú serás campeón. Y yo te esperaré aquí hasta que tú vengas.

JULIÁN. No me arañes. ¿Qué quieres de mí?

MARÍA ANTONIA. Es verdad, hay cosas que no podemos cambiar aunque queramos. *(Lo acaricia.)*

JULIÁN. *(Cediendo a las caricias.)* Te voy a traer un abrigo de piel hasta los tobillos, prendas, perfumes. Serás la negra mejor vestida de Cuba. Te pasearé en mi máquina.

MARÍA ANTONIA. Me traerás una casa hecha con el mejor cemento del mundo, con muchos cuartos y veinticinco negritos. Mi negro, están tocando para Shangó.

JULIÁN. Vámonos pa'casa de Madrina.

MARÍA ANTONIA. *(Vacila un instante.)* Sí, vamos. Quiero que bailes para mí nada más. Pa'tu esclava. Me voy a poner el vestido que a ti tanto te gusta. *(Sale.)*

JULIÁN. *(Con un aire de triunfo baila para Shangó. María Antonia aparece vestida con su mejor vestido; desde un rincón lo observa. Cantando y bailando.)*

Oba lube
oba lube
oba é
oba lube
oba lube
oba é
oba é
oba yana yana
Obba icheré
Shangó iloro
Obba icheré.

María Antonia despliega un papel que contiene unos polvos. Sin que él se dé cuenta, lo echa en un jarro de chequeté.

MARÍA ANTONIA. *(Acercándosele.)* ¿Ves? Todavía estoy buena, ¿verdad?

JULIÁN. Más buena que nunca.

MARÍA ANTONIA. *(Sensual.)* Arráscame la espalda. Suave, suave, más suave, mi negro. Ya estoy de nuevo alegre. ¿Ves? *(Ríe extendiéndole el jarro.)* Toma.

JULIÁN. *(Con un ligero temblor en la voz.)* ¿Qué es eso?

MARÍA ANTONIA. ¡Chequeté! Te lo mandó Madrina. Ella sabe que a ti te gusta mucho el chequeté.

JULIÁN. *(Cogiendo el jarro.)* ¿No le habrás echao algún daño pa'que me rompa?

MARÍA ANTONIA. *(Arrebatándole el jarro.)* Si tienes miedo, lo 1028 boto pa que la tierra se envenene.

JULIÁN. *(Arrebatándole el jarro. Violento.)* Yo no le tengo miedo a eso.

MARÍA ANTONIA. *(Burlona.)* No te hagas el guapo. Estás temblando.

JULIÁN. ¿Yo?

MARÍA ANTONIA. Tus ojos me lo dicen.

JULIÁN. Un abakuá no le tiene miedo a la muerte.

MARÍA ANTONIA. Cuando la cree muy lejos, pero cuando siente que le pisa la sombra, tiembla como un niño chiquito. Y tú tiemblas, no mientas.

JULIÁN. ¡Toma un poco y échamelo en la boca!

MARÍA ANTONIA. *(Llevándole el jarro a la boca.)* No. Hoy quiero que seas tú, mi negro santo. *(Julián se lleva el jarro a la boca. Ella se lo apresura.)*

JULIÁN. ¡Qué amargo!

MARÍA ANTONIA. Es la naranja agria, mi negro. Esta vez a Madrina se le fue la mano.

JULIÁN. *(Doblándose con espanto.)* ¿Oíste?

MARÍA ANTONIA. Parece que ikú ha salido esta noche a recoger a los espíritus traviesos.

JULIÁN. No, no. Es el tambor de Nkrikamo. Nkrikamo habla por Ekue. Y Ekue está muy ofendido porque le han envenenado a un monina. ¿No oyes? *(Sus piernas flaquean. Cae de rodillas. Como un rezo.)* Oteyo bienyaroko ot ete yobían yandín sún ecobio sankén bire ekekorikó.

MARÍA ANTONIA. ¡Destapa el muerto, Julián! Es por ti que rezas. Tu muerte ha llegado, monina Julián. Es por ti que llora Ekue. *(Julián se yergue, da un grito. Cae muerto. Riendo y bailando alrededor del cadáver.)* ¡Vamos a reír, a gozar, a bailar! ¡Vamos! ¡Rómpete de alegría como yo! *(Cae sobre el cadáver de Julián.)* ¡Baila, campeón, baila! *(Transición.)* ¿Ves? Hay cosas 1029 que no podemos cambiar aunque queramos. *(Con un prolongado gemido.)* ¡Julián! *(Se abraza al cadáver. Silencio profundo.)* Qué silencio. Si hubiéramos podido vivir.

CUADRO DÉCIMO

Casa de Madrina

Los tambores tocan para Yemayá. Madrina baila. Está a punto de caer en trance.

AKPWÓN. *(Cantando persistentemente sobre ella.)*

Agolona é yale
yale yalúmao
yale omí yalé
ayagwa mio.

GENTE. *(Cantando y bailando alrededor de Madrina.)*

Okuó yale yalúmao
yalé omi yale
ayagwa mio...

La danza de Madrina va in crescendo. *Da un grito y de un salto cae sobre los tambores. Silencio. Yemayá ha bajado en ella. Llora desconsoladamente.*

MADRINA. *(En Yemayá.)* ¡Ay, ay de mis hijos! ¡Ay, mi llanto reza la ruina de esta ciudad! ¿Dónde están los hombres que quieren beber cuchillos para rasgar mi vergüenza con su maldad? ¡Ay, por qué tuercen las fuerzas que les hice nacer? El hombre tiene ojos para vigilar que el día no se manche en sombras, para desenredar sus pasos, para gozar con mi sonrisa de agua clara. ¡Ay, hombre! Yo, tu madre, te hablo. ¿Por qué mi falda está sucia de mal deseo? ¿De quién es esa sangre que sube en chorro hasta mi corazón de agua? ¡Ay, qué crímenes me arrojas con tus malos usos! A mí, a tu madre que te enseñó a cantar, a consagrarte al día, a la luz, a lo bueno: así dicho es. Crimen es la mala mirada, la lujuria, la intriga, la desolación, el desamor. ¡Hombre, mira al hombre! En vano ofreces sacrificios si no limpias tu casa que es la mía. Día vendrá en que aprendas a caminar con pasos fuertes y tranquilos. ¡Ay, bajaré a reír de amor! ¿Quién grita? ¿Quién ha roto el cuerpo de ese niño que ya no ríe? ¿Dónde está María Antonia? ¿Qué hacemos en esta casa cuando un hijo se ahoga en la maldad? ¡Ay, María Antonia! ¡María Antonia! Será posible que tanta dulzura de tu corazón no logre encontrar su medida.

Yemayá, llorando, se abre paso entre los concurrentes. Da un alarido de dolor y se lanza en busca de María Antonia.

CUADRO ONCENO
María Antonia y los Íremes

María Antonia arrodillada frente al cadáver de Julián.

MARÍA ANTONIA. (*Sobresaltada levanta la cabeza. Sobre su rostro la máscara de la muerte.*) ¿Qué? ¿Quién llama? ¡No! Es el viento que rechina mi nombre.

Se oyen ruidos de cascabeles; por el fondo aparecen los Íremes.

ÍREMES. Awó yé yé yé, oyé yó yó yó.

María Antonia busca una sábana y cubre con ella el cadáver. Las visiones se acercan y destapan al muerto. María Antonia lo cubre de nuevo. Las visiones se le enciman con violencia, haciéndola retroceder.

CUMACHELA. (*Voz.*) Abre la puerta, María Antonia.

De un solo gesto brusco, María Antonia abre la puerta.
Retrocede y grita.

MARÍA ANTONIA Y CUMACHELA. ¿Quién eres? ¿Por qué no llevas rostro? ¿Qué quieres, Cumachela? No, no eres Cumachela. ¿Quién eres entonces? ¿La pordiosera que guarda la manigua? Ay, madre mía, ¿será éste el rostro tuyo, que nunca conocí? No. Vete, eres tú, vieja. No tengo kilos prietos.

CUMACHELA. No vengo a pedirte dinero, ni a robarte la voz, como dicen las Iyalochas. ¿Qué tiene de malo mi rostro si el tuyo ha perdido su color? *(Sacando un espejo.)* ¡Mírate!

María Antonia retrocede espantada al ver su rostro transfigura-do.

MARÍA ANTONIA. ¡Mentira, mentira, mentira!

CUMACHELA. ¿Dónde arrojaste la sandunga, tu bravuconería? ¿Estás sola? ¿Y el negro que me robaste de los muelles? ¡Dámelo!

MARÍA ANTONIA. No tengo nada. ¿Qué más quieres de mí? Vete.

CUMACHELA. Quiero advertirte algo: cuando la noche comienza a caer, Ikú sale a buscar a los espíritus traviesos para echarlos en su saco. Por decir eso, los muchachos me tiran piedras, me confunden, creen que esto es un daño que arrastro y no son más que huesos blandos para mis perros.

ÍREMES. *(Cercando a María Antonia. Cantando.)*

Awanabasina Mongóe
Awanabasina Mongóe
Awanabasina Mongóe
Awanabasina Mongó
deyeyei Iyamba ndebikó...
Mañon bónekue...

CUMACHELA. No temas, 'te limpian el camino. Déjame sentarme un rato. Tengo los pies que me echan candela.

1032 MARÍA ANTONIA. Todo esto es mentira.

CUMACHELA. *(Señalando al cadáver.)* ¿Eso es mentira? ¿Son los huesos que me guardaste?

MARÍA ANTONIA. No, no son huesos. ¡Un burujón de trapos sucios, míos!

ÍREMES. *(Ante el cadáver.)* Yeyéi bário ñañkusú akueré menangaré esié echetúbe obonékue awori apampañá Iya Iyá bekondo akuaramina sánga muñón Ekudeñoma aterendán ekóbio asán komeñón bira Iyá profañá atabaré aboronkeñongo asámge weri Mosóngo sáe mañonbira, Julián, ñangué períe etá Mesongo bakuerí Iya aserirán yerekó.

MARÍA ANTONIA. Fuera, déjenme sola.

CUMACHELA. Antes, dame un poquito de agua. Tengo mucha sed. Te vi, eh, te vi.

MARÍA ANTONIA. ¿Qué viste?

CUMACHELA. Te vi del brazo de Carlos.

MARÍA ANTONIA. No, no pronuncies ese nombre.

CUMACHELA. El muchacho que andaba contigo, el estudiante.

MARÍA ANTONIA. Carlos. ¿Quién es Carlos?

CUMACHELA. Si no lo conoces, mejor. Es manso como el río que en su fondo oculta remolino.

MARÍA ANTONIA. Jamás he conocido hombre. Soy niña... acabo de nacer. ¿No me ves llorar?

CUMACHELA. Dame, dame agua.

MARÍA ANTONIA. ¿La conoces?

CUMACHELA. ¿A quién?

MARÍA ANTONIA. A María Antonia.

1033

CUMACHELA. Ya nos conocemos. *(Se ríe.)* Dame, dame el agua. *(María Antonia le da el agua. Se lleva a la boca el jarro, escupiendo.)* ¿Qué carijo me has dao, cacho de...?

MARÍA ANTONIA. *(Riéndose.)* Chequeté, vieja loca, chequeté.

CUMACHELA. ¡Me has dao meao, meao!

MARÍA ANTONIA. Vete al infierno, vieja bruja.

CUMACHELA. No importa. *(Da un agudo alarido y se desprende de la cara la máscara que lleva puesta, mostrando el rostro de la muerte. Majestuosa.)* ¡Esta noche, antes de que la luna se pierda, bailaré contigo!

Los Íremes cargan a Cumachela sobre sus hombros. Gimen y se pierden llevándosela con ellos. María Antonia, aterrorizada, se oculta con el cuerpo de Julián. Madrina, en Yemayá, entra llorando. Aterrorizada grita y se lamenta.

MADRINA. *(En Yemayá.)* Yemi, yemi. *(Ante la presencia de la muerte llora desgarradoramente, convulsa, emitiendo sonidos guturales. Da un alarido y cae al suelo; se retuerce en él. Una larga y profunda queja de muerte escapa de su garganta. María Antonia, aterrada por la imagen, queda estática. Silencio absoluto. Volviendo en sí. Fuera de trance.)* ¿Qué hago en tu cuarto? ¿Por qué no hablas? ¿Qué te sucede?

MARÍA ANTONIA. Amárrame, Madrina, amárrame; que no puedan llevarme; amárrame bien fuerte.

El cuarto de María Antonia desaparece. En el fondo aparecen Batabio, las Iyalochas y el Akpwón.

MADRINA. ¿Qué has hecho, hija?, le pregunté, y ella me contestó con una voz chica, de madera, que casi no pude reconocer.

MARÍA ANTONIA. Es inútil, Madrina, es inútil.

MADRINA. Me hizo ver su crimen. ¡Qué dolor, qué inmensa pena aquel cuerpo desnudo, muerto dulcemente, quieto de eternidad! ¡Ay! Llamé a todos mis santos de raíz: no respondieron. Y así fue. Como se lo hemos hablado ocurrió. Así fue.

BATABIO. Si usted no sabe la ley con que tiene que vivir en este mundo, la aprenderá en el otro. ¿Qué le parece? Usted se salió de sus costumbres y botó la cabeza, mija. Y la cabeza es la que lleva al cuerpo.

MADRINA. ¡Tenga piedad de nosotros! ¡Haga algo!

BATABIO. Para proteger lo malo, mi hija, ¿qué tiene que hacer Ifá, eh, mija? A ver: ¿detener la noche o amarrar el Sol para que no salga? ¿Soplar las nubes para que no cubran la luna y la noche sea larga? ¿Por qué razón, mi hija, tiene Ifá que hacer todo eso, eh? ¿Complicar la vida por una que ha vivido siempre en desorden? ¿Por una desorejá? Oloddumare, mija, no vive con la ley de este mundo. Oloddumare protege cabeza asentá. Y eso tú debes saberlo muy bien... Oloddumare no va al río a buscar agua en canasta. ¿Cómo tú vienes aquí con esta letra a buscar misericordia a Oloddumare? *(Tira el Ekuele.)* Su ashé su mismitica boca lo desbarató. *(Recoge y tira de nuevo.)* Oyoi akuano oyói akúdeo oyoí akúdeyo oyoí babáguó. Omi tuto, ana tuto, falé tuto, tuto osayé.

IYALOCHAS. Ten compasión de esta alma. Aléjale lo malo, la sangre del camino. Aléjate los muertos, rociándola con agua. Refréscale los muertos, rociándola con agua. Refréscale el camino: con agua no hay mal. Con agua fresca no hay mal.

Batabio tira y recoge el Ekuele.

IYALOCHAS. *(Cantando un canto funerario al ver el Ekuele.)*

Aumba waorí
Aumba waorí
awá awá
awá awá
awá omá leyirawé
Olomi dara keamí.

Madrina cae de rodillas, sollozando.   1035

IYALOCHA 1. *(Por encima del canto.)* Muerto están dando vuelta, buscando a quién coger. Pídele protección y perdón a los santos. Híncate de rodillas para que sea leve el castigo de los hombres. Ellos sabrán qué hacer de ti.

BATABIO. *(De pie. Majestuoso.)* Ésa es la ley del mundo. Cuando falta la verdad hay que conformarse con la mentira, que es lo que se dice. A falta de pan, casabe.

MARÍA ANTONIA. *(Violenta, se quita de los hombros las manos protectoras de Batabio. Dándole la espalda.)* ¡Yo no creo en esa mierda!

MADRINA. ¡María Antonia!

BATABIO. ¡Sal de esta casa con tu muerte! *(Batabio y las Iyalochas salen. Madrina y María Antonia quedan solas.)*

MADRINA. *(Prometiéndole ofrendas a la diosa Oshún para que proteja a María Antonia de la desgracia.)* Oshún morí yeyeó, abeyí moro, apanganishe, eki male odun, ekiladde ekó, ibú wa ñale, wa ñale, oye kan iré, euré amalá, ogguedé, addié ekrú—aro, elegguedde, oshinshín, oñí gan, atana, omi tutu, pa un sodidde, ano unló, ofo unló, iña unló, arayé unló, ikú unló. *(Sollozando se abraza a María Antonia.)*

MARÍA ANTONIA. Vete tú también. Déjame sola. No llores. María Antonia se acabó así: rota y vacía. No me basta esta vida, no la quiero. Necesito otro mundo. ¿Dónde está? Que vengan a buscarme, me encontrarán contenta y sabrosa. A María Antonia sabré cumplirla hasta el final. *(Inicia la salida.)*

MADRINA. *(Siguiéndola.)* Huye, hija, trata de salvarte.

MARÍA ANTONIA. No. A tu casa me irán a buscar. Diles a los tamboreros que no dejen de tocar. Oshún quiere alegría.

Madrina y María Antonia se vuelven. Ante ellas, estallan simultáneamente las imágenes del mercado y la ciudad. Avanzan ambas. Aparece la casa de Madrina. Allí. La gente canta y baila con júbilo para Oshún.

HOMBRE 1. ¡Llegó María Antonia!

HOMBRE 2. Volvió la reina.

MUJER 1. Al fin, hija, al fin.

SANTERA 1. Vamos, tu madre quiere verte. Baila, hija de Oshún. Que tus días se abran entre nosotros llenos de gracia y amor.

SANTERA 2. Suerte, bendición y amparo para ti.

Madrina se mueve inquieta.

MARÍA ANTONIA. *(Cantando y bailando.)*

Oro mi sola lekoddé
oro mi sola
lekoddé.

TODOS. *(Cantando.)* Oro mi sola.

MARÍA ANTONIA. Lekoddé.

TODOS. Oro mi sola.

MARÍA ANTONIA. Lekoddé.

TODOS. Oro mi sola...

La gente la rodea. Ríe, canta y baila voluptuosa. Se sabe hermosa y sensual. En silencio, Madrina reza a los dioses. Carlos aparece colérico.

CARLOS. *(A voz en cuello.)* ¡María Antonia! *(Todo cesa de súbito. Silencio absoluto.)* ¡Vengo a buscarte!

MARÍA ANTONIA. *(Acercándosele.)* Así que viniste. Yo lo sabía. Tendré siempre que hacerte la misma pregunta. ¿A dónde podríamos ir?

CARLOS. Bien lejos de aquí.

MARÍA ANTONIA. A la sombrita, escondidos como una vergüenza.

1037

CARLOS. ¡Vámonos!

MARÍA ANTONIA. Yo no soy tuya. No soy de nadie. El tiempo se detuvo para hacerme soñar y lo hice contigo. Dame las gracias y vete.

CARLOS. *(Violento.)* ¡Dime que no te hice feliz, anda, dímelo!

MARÍA ANTONIA. No me robes, muchacho. Vete y vive. María Antonia no es mujer para ti.

CARLOS. ¡Yo soy muy macho pa'que te burles de mí!

MARÍA ANTONIA. *(Violenta.)* Pues entonces, acércate.

MADRINA. *(Trayéndole una manta y un abanico de Oshún.)* María Antonia, hija, te traía esto para tu gracia.

MARÍA ANTONIA. *(Se los arrebata. Se pone la manta y se abanica, retadora. Suelta los zapatos, gritando.)* ¡María Antonia tiene sed, sed de hombre! ¡Tráigame un jarro lleno de hombres! ¿Quién mandó a parar? ¡Sigan! Sigan tocando, que Oshún quiere alegría. *(Silencio absoluto. Cantando.)* Yeye bi obbi tosúo...

CARLOS. *(Sacando el cuchillo.)* ¡María Antonia!

La gente trata de aguantarlo.

MARÍA ANTONIA. ¡Déjenlo, que ése no tiene paso para mí!

Carlos logra zafarse, queda frente a ella empuñando el cuchillo.

VOCES 1. ¡Rájala!

VOCES 2. Ten cuidado, muchacho.

VOCES 3. ¡Dale!

VOCES 4. No te dejes coger la baja.

VOCES 5. Compórtate como un hombre.

VOCES 6. Ya no respetan ni a los santos.

VOCES 7. Dale un escarmiento.

VOCES 8. ¿Hasta cuándo va a durar esta mujer?

MARÍA ANTONIA. ¡A ver si tienes tú la sangre para ganarme! *(Comienza a bailar retadoramente. Ríe.)*

MADRINA. *(Reza. Suplicante.)* ¡Ay! ¡Yemayá Olókun, madre de agua, óyeme; wanaché ilé wanaché Obara, wanaché abalonké wanaché aina wanaché Beyi Oro. Wanaché Dáda. Wanaché taekué kaidé alabá konkido. Oloddumare.

María Antonia tira la manta y el abanico. Comienza a arrancarse la ropa. Baila voluptuosa. Carlos corre hacia ella. Silencio. Se miran fijamente.

MARÍA ANTONIA. ¡Nunca saques un arma si no vas a usarla!

Carlos, desesperadamente, la abraza.

MARÍA ANTONIA. ¡Dale!

Carlos, con violencia, le hunde el cuchillo en su sexo. María Antonia contiene un grito. Se besan. Se desprende de él. Gira dando un grito. Oshún la ha poseído. Cae muerta. Silencio. Cumachela aúlla. Atraviesa la escena.

TINO. *(Desde afuera.)* ¡Mataron a María Antonia! ¡Tremenda puñalá! ¡Un bárbaro el tipo! ¡La pilló con otro; ella estaba enyerbá y empezó a bailar! Le fue pa'arriba. El socio hasta le rogó, pero ella lo desprestigió gritándole que no era hombre; se arrancó el vestido: ¡dale!, una sola y no hizo el cuento. Un manantial de sangre. El macho la rajó en dos. *(Ríe burlón.)*

CARLOS. *(Desgarrador.)* ¡Ay!

TELÓN

HÉCTOR QUINTERO

EL PREMIO FLACO

EL GROTESCO SOBRE EL HOMBRO
DEL MELODRAMA

AMADO DEL PINO

Víctor Hugo advirtió, en el prefacio de *Crommwell*, que el grotesco era la ventana más rica que la realidad podía abrirle al arte. Esta máxima parece haber animado buena parte de la producción dramática de Héctor Quintero (La Habana, 1942), uno de los autores cubanos de obra más sostenida y enjundiosa; un hombre que ha estado vinculado en los últimos lustros a largas temporadas y salas repletas de un público ávido de reírse de los demás y, en gran medida, de sí mismo.

Quintero es uno de esos casos de temprana y vehemente vocación. De niño llenó muchas cuartillas y debutó muy temprano como actor radial. Cuando en febrero de 1964 estrena *Contigo pan y cebolla*, tiene veintidós años y evidencia una rara y sorprendente madurez. Como Nicolás Dorr, otro autor que se da a conocer cuando tenía muy pocos años, Quintero parte de las vivencias, nostalgias y certezas de la vida familiar. Es fácil descubrir en la carismática Lala Fundora y en el resignado Anselmo de *Contigo...* personajes y circunstancias cercanos y entrañables para el autor.

Otro punto a favor con el que contó el dramaturgo desde la línea de arrancada, fue estar estrechamente vinculado al hecho escénico, ser no sólo un escritor para el teatro, sino todo un creador, en sentido amplio, que

1043

pasó de una intensa vida actoral a una respetable carrera como director escénico.

Las paredes de la sala familiar

Si se cae en la casi inevitable tentación de situar a 1959 como un año definitorio en la sociedad cubana y su proyección artística, se desemboca casi siempre en una demarcación bastante absoluta y excluyente, que suele ignorar una enriquecida continuidad temática y formal. La transformación cultural —en un sentido magno— no encuentra una repercusión inmediata, sino que más bien cambia el punto de vista sobre temas como la familia, la realización, la cubanidad. "Por otra parte, un estudio comparativo indica que el grueso de publicaciones y de obras representadas en los primeros años (1959-1963) corresponden a autores del periodo anterior."[1]

Rine Leal, Raquel Carrió y Rosa Ileana Boudet se han referido con insistencia al término *dramaturgia de transición* para abarcar a Virgilio Piñera, Carlos Felipe y Rolando Ferrer. Estos autores —naturalmente, diversos— comparten varias certezas; la más amarga de todas, haber forcejeado con la palabra y la acción teatral con escasas posibilidades de llegar al escenario. Otra clave común es la insistencia en lo familiar, la auscultación detallada y crítica de la familia cubana.

Piñera tiene la cardinal virtud de haber sido un punto de partida para la dramaturgia cubana contemporánea. Si en *Aire frío* crea la pieza modélica para atrapar el cosmos familiar, llevando los conflictos domésticos hasta la perdurable trascendencia; en *El flaco y el gordo, La boda* o *El filántropo* sienta las bases de una línea de desarrollo que subvierte a los términos más evidentes de la realidad, buscando sus señales más misteriosas y absurdas. "Antes que Ionesco estrenara *La soprano calva* en 1950, en 1949 Virgilio Piñera escribió *Falsa alarma*. Mucho antes que

Las moscas de Sartre, teníamos los cubanos *Electra Garrigó,* una de las piezas liberadoras de nuestro teatro."[2]

En Carlos Felipe hay una fuerte vocación por los mitos, asumidos con una singular poética que en gran medida excluye la presencia de la sala hogareña. *El travieso Jimmy* es la búsqueda desesperada de una identidad y de un sustento espiritual que evite la inminente autodestrucción. En *El chino* impera el desencuentro y ni siquiera la pareja amorosa existe en otro lugar que no sea la nostalgia con ribetes de fantasma.

En Rolando Ferrer, la familia es el asunto esencial, sobre todo desde el ángulo de la frustración y la agonía femenina. Las mujeres solas y sedientas de *La hija de Nacho* o la desesperada sobreprotección maternal de *Lila, la mariposa* están apuntando a una desintegración o, al menos, a un punto de giro en el concepto de lo familiar.

"En 1964, *Contigo pan y cebolla,* título de Héctor Quintero que ha permanecido en cartel hasta nuestros días, reveló en un montaje de Sergio Corrieri a uno de los más consistentes autores en la línea de la comedia, con una acertada manera de exponer los conflictos sociales de forma implícita, subterránea, mediante el empleo del humor negro y el melodrama. La acción se mantiene dentro de los predios de la humilde casa de Lala Fundora (...), cuyas ansias pequeñoburguesas se encarnan en poseer un refrigerador."

"En *El premio flaco,* Iluminada Pacheco se gana una balita de la suerte que transforma el curso de su vida, escindida entre su ingenua bondad y la despiadada deshumanización del medio." [3]

El juego de la negación

La tendencia del melodrama a jugar con su propia negación apuntada por Patrice Pavis, es una pista para seguir la trayectoria dramática de Quintero, especialmente en sus dos textos mayores: *Contigo pan y cebolla* y *El premio flaco*. En *Contigo...* el melodrama fluye desde la radio de la decrépita Fefa, pero no es sometido a la crueldad de la burla porque coexiste con la doméstica naturalidad de los diálogos y el sereno encanto de las situaciones. En *El premio...*, la grotesca y esperpéntica parodia de lo melodramático se convierte en el núcleo fundamental del texto.

Quintero parece creer, de algún modo, en que lo grotesco es el mundo distanciado, pero no sigue esta formulación hasta sus últimas consecuencias. Uno de los encantos que sustenta la lozanía de esta pieza, es que hay un constante entrar y salir en la circunstancia lacrimosa y sentimental. Cuando la lágrima está a punto de rodar por la mejilla viene la risa a negarla, ejerciendo la muy cubana vocación de reírnos constantemente de nuestras desgracias.

En *El premio...* coexisten el naturalismo casi fotográfico y su deformación, como si se tomara ésta fuera de foco. El solar, o ciudadela, donde transcurre la acción está lleno de objetos, personajes y situaciones apegados a la más inmediata realidad. Pero dentro de la casa de Iluminada y Octavio está la vieja carpa del circo, que viene a representar la semilla de la inevitable escena grotesca del último cuadro. Los suicidios constantes de Octavio tienen también una dinámica bastante paralela a la cotidianidad de los vecinos del solar.

Aquí no se alternan, como en *Aire frío* o *Contigo pan y cebolla,* las escenas ridículas y los choques emocionales, sino que aquéllas están totalmente mezcladas en un aparente caos agridulce, que contiene un peculiar sistema de signos. Iluminada es buena pero ridícula; Octavio es un adefesio, pero al final su escepticismo viene a coincidir con la realidad. La vía del sentimiento nos lleva a compadecernos de la protagonista, pero la de la razón nos empuja a reírnos de ella.

Aunque a muchos les extrañó entonces, se hace coherente con los años transcurridos el hecho de que fuera el Grupo Jorge Anckerman, una compañía de teatro vernáculo, el que estrenara esta obra en aquel ya lejano 15 de noviembre de 1966. El experimentado y muy stanislavskiano director Adolfo de Luis logró entonces que una brillante y popularísima actriz cómica como Candita Quintana lograra grandes momentos en las escenas más conmovedoras y dramáticas.

El otro Quintero

Después de convertirse en uno de los nombres imprescindibles en la dramaturgia cubana, antes de cumplir los treinta años, el camino de Héctor Quintero sigue un curso polémico, pero incansable. Después de *El premio...*, el dramaturgo se percata de que "la crítica al pasado" (como estaba de moda decir entonces) había engendrado una retórica esquematizante. Armado de la formidable expresividad y flexibilidad de sus diálogos y de su ojo para captar los personajes y situaciones populares, se lanza al reino de su contemporaneidad. Tanto en *Mambrú se fue a la guerra* (1970) como *Si llueve te mojas como los demás* (1974), la estructura dramática busca "abrirse" a la calle tumultosa y difícil, a la atmósfera de frenéticos cambios sociales que caracteriza estos años. Sucede entonces que la vocación del cronista sustituye a parte de la maestría y la intuición del dramaturgo, y esta referencia de lo anecdótico por lo esencial debilita considerablemente estos dos textos.

Después de una larga, y a ratos quijotesca, lucha de Quintero por el teatro musical, estrena en 1986 *Sábado corto*, donde vuelven a coexistir la sonrisa cotidiana y la mueca tragicómica. Esta deliciosa comedia de costumbres hace una radiografía de la vida habanera de los años ochenta. Hay algo, también aquí, de coexistencia entre lo grotesco y lo melodramático, pero Esperanza Mayor es, desde su mismo nombre, un personaje con una buena dosis de conciliadora alegría.

El premio flaco sigue siendo la más perdurable de las obras de Quintero. Aunque las nuevas generaciones de cubanos vean bastante distantes algunos de los costados conflictivos del argumento, lo poderoso de sus contrastes, la singularidad de sus personajes, hacen comprender que sea una de las obras cubanas con más montajes en el extranjero, y permiten desearle la mejor suerte que puede correr un texto teatral: una larga vida frente al público.

---

[1] Carrió, Raquel: "La dramaturgia de la Revolución en los primeros años (1959-1968)" en *Dramaturgia cubana contemporánea*, Edit. Pueblo y Educación, La Habana, 1988, pág. 18.

[2] Pérez León, Roberto: "Con el peso de una isla de jardines invisibles", revista *Unión*, abril-mayo-junio, 1990.

[3] Boudet, Rosa Ilana: "El teatro de la Revolución", en *Escenarios de dos mundos*, tomo 2, Centro de Documentación Teatral, Madrid, 1988.

HÉCTOR QUINTERO

Nació en La Habana, en 1942. De temprana vocación artística, participa desde niño en programas de televisión y radio. Mientras cursa estudios de Comercio, trabaja como actor en el Lyceum. Después del triunfo de la revolución, pasó a trabajar profesionalmente en el teatro, como actor, director y dramaturgo. Laboró durante algunos años en Teatro Estudio y ha sido director del Teatro Musical de La Habana. Ha realizado versiones de textos de Pushkin, Gogol, Bocaccio y Chéjov, recopiladas en el volumen *Diez cuentos teatralizados* (Letras Cubanas, Ciudad de La Habana, 1985). En 1968, obtuvo con *El premio flaco* el primer premio en el concurso convocado por el Instituto Internacional del Teatro. Sus principales obras son:

TEATRO

Contigo pan y cebolla (1962). Estrenada por Teatro Estudio en 1964. Publicada por Ediciones R, La Habana, 1965, e incluida en *Teatro de Héctor Quintero*, Editorial Arte y Literatura, La Habana, 1978.

El premio flaco (1964). Estrenada por el Grupo Jorge Anckerman en 1966. Publicada por Ediciones Unión, La Habana, 1968, e incluida en *Teatro de Héctor Quintero*.

Mambrú se fue a la guerra (1970). Estrenada por Teatro Estudio en 1970. Incluida en *Teatro de Héctor Quintero* y en la antología *Teatro y revolución*, Letras Cubanas, Ciudad de La Habana, 1980.

La última carta de la baraja (1977). Estrenada por Teatro Estudio en 1978. Inédita.

Aquello está buenísimo (1981). Estrenada por el Teatro Musical de La Habana en 1983. Incluida en la antología *Monólogos teatrales cubanos*, Letras Cubanas, Ciudad de La Habana, 1989, y publicada en la revista *ADE* (España), nº 19, 1990.

El caballero de Pogolotti (1982). Estrenada por el Teatro Musical de La Habana en 1983. Publicada por Letras Cubanas, Ciudad de La Habana, 1985.

Sábado corto (1986). Estrenada por el Teatro Nacional en 1986. Publicada en la revista *Tablas*, nº 3, julio-septiembre, 1986, e incluida en la antología *Repertorio Teatral*, Letras Cubanas, Ciudad de La Habana, 1990.

Declaración de principios (1988). Estrenada en el Café-Teatro Bertolt Brecht en 1989. Publicada en las revistas *Tablas*, nº 3, y *ADE*, nº 19, 1990.

EL PREMIO FLACO

Héctor Quintero

PERSONAJES

ILUMINADA
OCTAVIO
AZUCENA
JUANA
LOLA
EVELIO
CARMELINA
DOMINGO
LOCUTOR
MARIANO
LECHERO
POLICÍA
PRIMITIVO
MODELO
JUAN
JUANITA
CARIDAD
LUIS
EL HIJO DE MARICUSA

La acción en un lugar cercano a la Loma del Burro, en Luyanó, años prerrevolucionarios.

ACTO PRIMERO

CUADRO PRIMERO

Un amanecer de un día cualquiera de los años cincuenta. Al descorrerse el telón nos encontramos en Luyanó, en un lugar cercano a la Loma del Burro. La mayor parte del escenario (área izquierda del actor) está ocupada por la casa de Iluminada y su esposo Octavio. Es una casita muy pobre, de madera, y de ella, la única parte visible para el espectador será la salita—comedor. En las paredes hay una imagen de Santa Bárbara y una foto de Azucena del Río, la hermana de Iluminada. Del otro lado del escenario (área derecha), está la fachada de una paupérrima construcción de madera. En la planta baja viven Lola, su marido Evelio y la pequeña hija de ambos. En la planta alta, el matrimonio compuesto por Carmelina y Domingo. En el centro del escenario, entre una casa y la otra, se extienden largas sogas con palitos de tendedera, que atraviesan la calle. En la puerta de cada casa hay un latón de basura. Al fondo se divisa la Loma del Burro. Al comenzar la acción, la luz irá creciendo lentamente para indicar un amanecer. Hay mucho silencio. Todos duermen. De pronto, se escucha el escandaloso timbre de un reloj despertador y la luz del cuarto de Iluminada y Octavio, cubierto por una floreada cretona, se enciende. Inmediatamente se escucha un estrepitoso grito:

ILUMINADA. ¡AAAayyyYYY! Dios mío, ¿qué es esto? ¡Auxiii-liio! ¡Octavio! ¿Por qué has hecho esto, viejo?

Irrumpe violentamente en la sala y enciende la luz. Su aspecto es semejante al de una demente que huyera del sanatorio. Es una mujer de unos cuarenta años, fea, gruesa, de pelo corto y 1053 *facciones toscas. Viste una bata blanca y ancha. Trae el pelo revuelto y los ojos legañosos. Corre gritando hasta la puerta de salida, la abre y vocifera, elevando los brazos. En la calle.*

CARMELINA. *(Fuera de escena. La luz de su casa se enciende.)* ¿Qué pasa, Iluminada?

ILUMINADA. ¡Octavio se envenenó!

CARMELINA. ¡Ay, Santísimo!

ILUMINADA. ¡Si una nada más que vive para desgracias! *(Entra al cuarto.)*

Se enciende la luz en casa de Lola y Evelio y se escuchan sus voces.)

LOLA. Evelio, ¡levántate! Octavio se envenenó.

EVELIO. ¿Eh?

Se escucha el llanto de una niña pequeña.

LOLA. Ay, la niña se asustó. No es nada, corazón, no es nada.

La puerta de Carmelina se abre, pero no se ve salir a nadie.

VOZ DE CARMELINA. Espérate, chico. ¿Cómo vas a salir en calzoncillos?

En la casa.

ILUMINADA. *(Asómandose a la puerta de su cuarto y agarrándose de las cortinas cual una heroína griega.)* ¡Pronto, que se muere! *(Entra de nuevo.)* ¡Qué desgracia!

En la calle.

VOZ DE LOLA. Ya Evelio va para allá.

La puerta de Evelio y Lola se abre rápidamente y éste sale en pijama y camiseta y corre hasta llegar a la casa de Iluminada. Cruza la salita y entra al cuarto.

En la casa.

EVELIO. ¿Cómo fue?

ILUMINADA. Creo que no respira. Mire qué cara tiene. Está morado.

En la calle. Carmelina sale a la calle en bata. Le sigue su marido, que se abotona la portañuela del pantalón y lleva la camisa abierta. Corre a entrar en casa de Iluminada.

CARMELINA. Ya está. ¡Corre! Y ten cuidado.

Lola sale de su casa con una niña cargada. Es más joven que Carmelina. Tanto una como otra pueden tener cualquier físico y raza. La niña de Lola llora.

LOLA. ¿De qué va a tener cuidado?

CARMELINA. Ay, chica, no sé. A mí, estas cosas de muertos me dan mucho miedo.

En la casa.

EVELIO. Hay que llevarlo para la Casa de Socorros. Ayúdame.

ILUMINADA. Qué desgracia, qué desgracia...

En la calle.

LOLA. Pero, ¿para qué a la Casa de Socorros? ¿No dicen que se murió?

CARMELINA. Parece que todavía no.

Caminan hasta quedar frente a la puerta de Iluminada, pero no entran.

LOLA. ¿Vas a entrar?

CARMELINA. ¿Estás loca? Yo no puedo andar cerca de los muertos, hija. ¿Tú no ves que yo tengo un ser que me perturba?

LOLA. Yo no, ¡pero a los muertos les tengo un respeto! *(A su hija.)* Ay, niña, ¡cállate! *(A Carmelina.)* Se asustó, pobrecita.

En la casa. Del cuarto salen Evelio y Domingo cargando a Octavio, que parece un cadáver. Es un hombre diminuto,   1055 *delgado y de unos cincuenta años. Detrás viene Iluminada, llorando desesperadamente y diciendo algunas frases de circunstancia. Lola y Carmelina se apartan instintivamente de la puerta y se santiguan.*

ILUMINADA. Mira que se lo dije, mira que se lo dije...

En la calle.

CARMELINA. *(Con gran profundidad.)* ¡La vida es tremenda!

LOLA. Y dilo, hija, y dilo. *(Violenta, a la hija.)* ¡Cállate, niña! *(A Carmelina.)* Figúrate, se asustó.

CARMELINA. No es para menos, angelito. *(A la niña.)* Bah, bah, mi vida, ya pasó, ya pasó.

En la casa.

EVELIO. ¿Y cómo lo llevamos hasta la calzada.

DOMINGO. ¿Para qué hasta la calzada?

EVELIO. La Casa de Socorros está en la calzada.

ILUMINADA. Se lo dije, que no lo hiciera...

EVELIO. Hay que buscar una máquina.

En la calle.

LOLA. ¡Una máquina!

CARMELINA. ¡Hay que buscar una máquina!

Pero no se mueven. En la casa. Iluminada se ha dejado caer en un sillón con su llanto, y los dos hombres sostienen al suicida junto a la puerta de entrada.

EVELIO. Pero, pronto. Si no, este hombre no se salva.

ILUMINADA. ¿Usted cree que no se salve, Evelio?

EVELIO. Vieja, no sé, pero yo lo noto muy frío.

1056 ILUMINADA. Se muere, se muere...

EVELIO. Lola, mira a ver si consigues una máquina.

LOLA. *(Desde la calle.)* No se ve nada, Evelio. Son las seis de la mañana.

EVELIO. Pero hay que buscar una máquina. Dale la niña a Carmelina y ve a buscarla.

LOLA. Tú sabes que no se da con nadie. Y, por otra parte, yo estoy en bata de dormir. Y sin peinar ni nada. ¿Cómo voy a salir así a la calle?

EVELIO. *(A Domingo.)* Vamos a ponerlo aquí y yo voy a ir a buscar una máquina o lo que sea.

Colocan a Octavio en una pequeña colombina vestida con un cubrecama, que se encuentra en la salita.

EVELIO. Si no nos apuramos, se muere. *(Sale corriendo hacia la calle.)*

ILUMINADA. *(Mirando a su marido.)* Mira esa cara, ¡mira esa cara!

En la calle.

LOLA. *(Corriendo detrás de Evelio, con la niña en brazos.)* Ten cuidado, viejo. No te demores mucho. *(Lo ve perderse.)*

En la casa.

DOMINGO. ¿Y cuándo se dio cuenta, Iluminada?

ILUMINADA. Cuando sonó el despertador. Las pastillitas están en la mesa de noche.

A lo lejos se escucha un camión que se acerca hasta detenerse.

DOMINGO. ¿Cuántas se tomó?

ILUMINADA. No sé. Pero yo estaba alerta. Yo sabía que en estos días él lo iba a hacer. Si me lo había dicho.

En la calle.

1057

LOLA. *(A Carmelina.)* Chica, y lo que son los presentimientos. ¡Si tú supieras la pesadilla que yo he tenido anoche!

En la casa.

DOMINGO. Carmelina y usted, Lola, no se queden allá afuera. Entren.

En la calle.

LOLA. No. Después, después...

Por la calle viene un lechero con su uniforme y su cesta.

LECHERO. Eh, ¿pasó algo?

LOLA. ¡Ay, el lechero! *(Se le acerca resueltamente.)*

En la casa.

DOMINGO. *(Como si dijera "eureka".)* ¡El lechero! *(Sale velozmente a la calle.)*

En la calle.

LOLA. *(Agarrando su litro.)* Oye, mira que ustedes son. La de ayer estaba cortada.

CARMELINA. Dame el mío. *(Coge el litro y camina hasta su casa. Entra.)*

DOMINGO. ¿Dónde dejaste el carro?

LECHERO. Ahí, en la esquina. ¿Por qué? ¿Qué pasó?

En la casa.

ILUMINADA. *(Yendo de un lado a otro de la sala con las manos en las sienes y mirando hacia el techo.)* Una máquina, una máquina...

En la calle.

DOMINGO. Una desgracia, chico. Octavio, el vecino de aquí, que quiso envenenarse.

1058 LECHERO. *(Chifla.)* ¿Y se murió?

Carmelina regresa.

DOMINGO. No, todavía no. Pero si no lo llevamos rápido a la Casa de Socorros sí se muere. Evelio salió a buscar una máquina, pero a esta hora ¡figúrate! ¿Podríamos llevarlo en el carro de la leche?

LECHERO. ¿En el carro? Oye, eso no es una ambulancia, tú. Y, además, lo tengo abarrotado.

LOLA. *(Molesta.)* Ahora bien, el sábado, no esperes cobrar los veinte quilos esos, ¿sabes?

DOMINGO. Ay, cállese, Lola. Éste no es momento para eso. *(Al lechero.)* Ya veremos cómo nos acomodamos, pero hazme ese favor, mi hermano.

LECHERO. Bueno, está bien. Vamos. *(Deja el litro de Iluminada en su puerta y entra con su cestica detrás de Domingo.)*

En la casa.

DOMINGO. Te lo voy a agradecer en el alma.

ILUMINADA. ¿Qué pasó?

DOMINGO. Lo vamos a llevar en el carro de la leche.

ILUMINADA. *(Elevando los brazos en señal de oración.)* ¡Ay, gracias, gracias!

En la calle.

LOLA. *(Caminando hasta su casa.)* ¡Un fresco es lo que es! *(Entra.)*

En la casa.

DOMINGO. Ayúdame.

LECHERO. Bueno, pero es que yo no puedo con él y con los litros de leche.

DOMINGO. *(Grita.)* Carmelina, llévale la cestica al lechero, anda.

1059

Entre los dos tratan de cargar a Octavio, pero el lechero se traba con la cesta.

En la calle.

CARMELINA. Está bien. Cuando salgan, yo la recojo.

En la casa.

DOMINGO. Pero pon la cesta en el suelo, viejo. Si no, no acabamos nunca.

LECHERO. Perdona. Es que uno se pone nervioso, tú. *(Coloca la cesta en el suelo y entre los dos sacan a Octavio de la casa.)*

En la calle.

ILUMINADA. *(Yendo tras ellos.)* Yo voy con ustedes.

Una vez que ya Octavio está en la calle, Carmelina entra y coge la cesta.

LECHERO. ¿Qué dice? De eso nada. En el carro no cabe nadie más. Y usted menos. ¿No ve que está muy gorda?

ILUMINADA. *(Llorosa.)* ¿Qué importa que sea gorda? Es mi esposo.

LECHERO. *(Caminando.)* Pero en el carro no cabe, señora. Se está tranquila o no me llevo ni al muerto.

CARMELINA. ¡Solavaya!

DOMINGO. *(A punto de perderse por la calle.)* Yo me ocupo de todo, Iluminada. Tranquilícese. *(Grita.)* ¡Carmeliiinaa, los litros de lecheee!

CARMELINA. ¡Ya voy, ya voy!

Carmelina avanza y se pierde con ellos por detrás de la casa de Iluminada mientras se siguen sintiendo sus voces. Iluminada va a seguirlos, pero cambia de opinión. Camina hasta su puerta y se deja caer en el quicio de la entrada. Se escucha el camión que
arranca y se aleja. Lola sale de su casa con la niña en brazos.

LOLA. ¿A dónde van?

ILUMINADA. Se lo llevan a la Casa de Socorros en el carro de leche.

LOLA. *(Muy molesta.)* ¡Ay, chica, y mi pobre marido por ahí, buscando la máquina! Lo hubieran pensado antes, vieja. *(Avanza violentamente hacia el lugar por donde han salido los otros y grita.)* ¡Oyeee, si ven a Evelio por ahí me lo echan para acá! *(En otro tono.)* Pobrecito. Con este relente del amanecer, y en pijama y camiseta por esas calles.

CARMELINA. *(Apareciendo por donde salió.)* Ya se fueron.

LOLA. *(A Carmelina.)* ¿Viste como se lo dije? El tiene que haberse dado cuenta de que estaba cortada, hija. Si eso se nota.

CARMELINA. ¿Quieres que te haga un poco de café, Iluminada?

LOLA. ¿Cómo le vas a dar café si debe estar atacada de los nervios? Yo no soy la viuda y mira cómo estoy. Hazle un poco de tilo.

CARMELINA. ¿Quieres tilo?

ILUMINADA. No. No quiero nada.

LOLA. Óyeme, Carmelina, quédate aquí acompañándola, que yo tengo que ir a darle la leche a la niña, ¿sabes?

CARMELINA. Sí, sí, no te preocupes. Yo me quedo con ella.

LOLA. *(Caminando hasta su casa.)* ¡Pobrecito Evelio! Su día libre, ¡y no pudo dormir la mañana! *(Cierra su puerta de un tirón.)*

CARMELINA. ¿Por qué no entras a la casa?

ILUMINADA. No. Me voy a quedar aquí esperando a que venga Evelio con la máquina. Y si se demora mucho, me voy a pie. Cada vez que Octavio se ha suicidado, yo he estado allí con él. 1061

CARMELINA. ¡Qué casualidad! Ahora me doy cuenta de que el año pasado fue por esta misma fecha más o menos. ¿Cuántas veces lo ha intentado ya?

ILUMINADA. Con ésta van cuatro.

CARMELINA. ¡Dime tú!

ILUMINADA. La primera vez se tiró al malecón.

CARMELINA. Sí, cuando eso no vivíamos aquí todavía.

ILUMINADA. Fue al poquito tiempo de dejar él su trabajo. Una noche que había mucho calor, me dice: "Iluminada, ¿vamos a dar una vuelta por el malecón?". Y aunque ese día yo estaba muerta de cansancio porque había tenido doble turno, como sabía que él estaba deprimido, pobrecito, le digo: "Bueno, viejo, vamos. Yo te acompaño". Y cuando estábamos en el malecón, pasa un granizadero por delante de nosotros, y yo le pregunto: "Viejo, ¿quieres un granizado?". Y él me contesta: "Bueno". ¡Y quién te dice a ti que en el momento en que voy a preguntarle si lo quería de fresa o de limón, viro la cara, y ya se había tirado!

CARMELINA. Qué barbaridad.

ILUMINADA. Imagínate, enseguida empecé a dar gritos, y aquello se llenó de gente.

CARMELINA. ¿Y se tiró alguien?

ILUMINADA. No, no hizo falta. Parece que él mismo cogió miedo después que se tiró, y empezó a nadar.

CARMELINA. Menos mal. Pero date cuenta, Iluminada, es muy duro para un hombre que siempre ha trabajado, verse como se ve él.

ILUMINADA. Sí, si yo lo comprendo. Pero es que está acabando conmigo, Carmelina. ¡Y así yo no puedo seguir! ¿Por qué tengo que ser tan desgraciada?

CARMELINA. Vamos, vieja, vamos. Hay que tener resignación. Cada cual con su destino. Mira, mejor entramos y descansas un rato mientras yo te preparo un poco de tilo, ¿eh? Date cuenta de que estamos en bata las dos. Vamos, anda. *(La levanta, coge el litro de leche y entran a la casa.)*

En la casa.

ILUMINADA. Yo lo que voy a hacer es preparar una maleta con las cosas que puedan hacer falta, para irme en cuanto llegue Evelio con la máquina. *(Entra al cuarto.)*

CARMELINA. ¿Dónde tienes el tilo?

ILUMINADA. Ahí, en un pomito que dice Manzanilla.

Carmelina entra a la cocina con el litro de leche. Iluminada sale del cuarto con una maleta de cartón que coloca sobre la mesa.

ILUMINADA. Y Azucena de gira por el interior desde hace tres semanas. Si por lo menos ella estuviera aquí... *(Entra de nuevo al cuarto.)*

CARMELINA. *(Desde la cocina.)* La verdad es que debe ser terrible para ti vivir en esta agonía.

ILUMINADA. *(Comienza a entrar y salir del cuarto trayendo cosas que coloca dentro de la maleta.)* No vivo, hija, no vivo. ¡Con lo felices que podríamos ser! Si él no es ningún ser inútil.

CARMELINA. Pero lo que él quiere es trabajar en lo suyo, compréndelo.

ILUMINADA. Pero yo no lo puedo dejar, Carmelina. Eso es lo más horrible que hay. Si cada vez que abro el escaparate y me tropiezo con esa carpita... Todavía está ahí guardada. La carpita donde vivíamos. Es chiquitica... Mi trompeta, mi sombrero de copa, la ropa que me ponía, sus espadas y su cuerda floja. No lo he quemado todo ya, por consideración a él. Se consuela sabiendo que esas cosas están ahí, y de vez en cuando las saca y las acaricia. Pero si por mí fuera, ya todo eso sería ceniza. Volver 1063 al circo sería para mí..., ¡mira, preferiría morirme antes, para que te enteres!.

CARMELINA. *(Saliendo de la cocina con la taza de tilo.)* Toma.

ILUMINADA. Gracias, vieja.

CARMELINA. ¿Y desde cuándo padece él de esos ataques?

ILUMINADA. Es de nacimiento. Pero él dice que cuando muchacho no le daban muy a menudo. Sin embargo, cuando tuvo que dejar el trabajo, fue una época muy tremenda, la verdad. *(Le da la taza.)* En tres meses le dieron cinco ataques.

CARMELINA. *(Llevando la taza a la cocina.)* El pobre.

ILUMINADA. *(Trata de cerrar la maleta y cuando ve que no puede, se sienta sobre ella y empieza a dar saltos. Se pellizca.)* ¡Ay!

CARMELINA. *(Saliendo de la cocina.)* ¿Qué te pasó?

ILUMINADA. ¡Me pellizqué con esta dichosa maleta! *(Se levanta y empieza a frotarse los muslos con las manos fuertemente, como si se diera masaje.)*

CARMELINA. A ver, veré si yo puedo. *(Se sienta sobre la maleta y empieza a dar saltos, como hiciera Iluminada.)* Pues sí, Iluminada, él no se resigna. Y hay que comprenderlo. *(Logra cerrar la maleta y se levanta, poniéndola en la colombina.)*

ILUMINADA. Y te digo que yo lo comprendo, pero él debe poner un poco de su parte. Sabe que yo vivo nada más que para él. Más que para mi pobre hermana. Entonces debía procurar no darme estos disgustos. ¡Matarse! *(Camina hacia una mesita donde hay una alcancía de cristal con la forma de un cerdito.)* Mira, ¿tú ves este cochinito? Hasta el último quilo que ahorro lo guardo aquí. Mi sueño siempre ha sido tener una casita. Y el de él, aparte de volver al circo, ha sido el de vivir en un lugar donde haya muchas matas y donde pueda tener sus animales. No aquí, donde lo único que se ve es la Loma del Burro. Pues bien, yo me he privado de ocho mil cosas sólo para guardar dinero y regalarle la casita. Ya tengo en este cochinito más de sesenta pesos. Pero él no piensa en eso. Es egoísta hasta para matarse.

CARMELINA. ¿Y tú no tienes que trabajar hoy?

ILUMINADA. Sí. Tenía el turno de por la mañana. Pero en esta situación yo no voy a irme al trabajo. Así que ahorita llamo por teléfono y digo que me pongan una suplenta. Ay, Dios mío, ¿qué será de Octavio? ¡Y Evelio sin llegar! Ahorita me voy a pie.

A lo lejos se escucha un auto que se acerca hasta detenerse.

ILUMINADA. ¡Una máquina! *(Coge la maleta.)* Ése es Evelio. *(Va a salir.)* Me voy.

CARMELINA. *(Deteniéndola.)* Pero, ¿como vas a irte así? No te has cambiado de ropa.

ILUMINADA. *(Se mira.)* Ay, verdad, ¡qué loca estoy! *(Va a entrar al cuarto para cambiarse, pero al oír una voz escucha con atención y se asoma a la puerta de la calle.)*

En la calle.

VOZ. *(Fuera de escena. Con sorna.)* Y cuídate de andar sola por la carretera, cosa linda. Pueden raptarte. *(Ríe.)*

Después de abrir y cerrar la portezuela se escucha el sonido del auto que emprende la marcha. Segundos después aparece por la calle Azucena del Río. Es una muchacha joven y bonita, pero vestida y maquillada con evidente mal gusto. Al parecer no se ha lavado la cara desde la noche anterior y su rostro se ve ajado. Viste un "elegante" traje de lamé. Completan el atuendo dos largos aretes de falsos brillantes, una larga y despeinada cabellera, y una tira de esparadrapo cerca de su ojo izquierdo. Carga una pequeña maleta de cartón y un neceser. La expresión de su rostro denota tristeza, amargura y algo de frustración. Lola se asoma a la puerta de su casa.)

LOLA. ¿Quién es?

ILUMINADA. ¡Azucena!

1065

CARMELINA. Muchacha, qué sorpresa.

AZUCENA. *(Sintiendo algo raro en la atmósfera.)* ¿Qué pasa?

LOLA. Chica, ¿tú viniste por la calzada?

AZUCENA. Sí.

LOLA. ¿Y no viste a mi marido por ahí?

AZUCENA. No.

LOLA. ¿Dónde se habrá metido? *(Con violencia.)* No, él coge un catarro de lo que no hay remedio. *(A Azucena, bruscamente.)* Con tu permiso, chica.

Cierra su puerta de un tirón. Azucena, Iluminada y Carmelina entran a la casa. En la casa.

CARMELINA. Llegas en un buen momento, Azucena. ¡Tu pobre hermana está!

AZUCENA. *(Poniendo sus cosas sobre la colombina.)* ¿Qué pasa?

ILUMINADA. *(Muy atribulada.)* Acaban de llevarse a Octavio para la Casa de Socorros. Trató de envenenarse.

AZUCENA. *(No le da mucha importancia.)* ¿Ah, sí?

ILUMINADA. Con unas pastillitas para dormir.

AZUCENA. *(Se sienta y empieza a quitarse los zapatos.)* Dime tú. *(Pausita.)* ¿Hay café?

ILUMINADA. ¿Qué va a haber? Si el despertar que tuve fue ése. Ahora estoy esperando una máquina que Evelio fue a buscar para irme enseguida. Mira, si tengo que cambiarme. *(Empieza a quitarse la bata.)* ¿Y a ti qué te pasó en el ojo?

AZUCENA. *(Evadiéndose.)* Nada. Un resbalón. *(Pausita.)* Así que otra vez Octavio...

ILUMINADA. *(Se ha quedado en refajo.)* ¿Tú crees que se muera?

AZUCENA. ¿Morirse? Ay, mis pies... Ése tiene site vidas como los gatos. Dentro de media hora estará aquí otra vez, y más bien que tú y que yo.

ILUMINADA. Ay, Azucena, ¿cómo tú puedes hablar así?

AZUCENA. ¿Y qué tú quieres? ¿Que me preocupe y me ponga a llorar como el día en que se tiró del primer piso de La Manzana de Gómez? Total, él sólo estuvo cojo un par de meses, y lo único que hizo fue desbaratar al pobre viejo que iba por la calle.

ILUMINADA. *(Molesta, camina rápidamente hasta la cocina y entra en ella.)*

AZUCENA. No seas boba, Iluminada. Tu marido podrá engañarte a ti, pero a mí no. Ya para él, matarse es un entretenimiento. Y todas estas cosas no las hace más que para mortificarte.

ILUMINADA. *(Sale de la cocina con varios utensilios que coloca sobre la mesa y entra al cuarto.)*

AZUCENA. *(Abre su maleta y empieza a sacar las ropas sucias.)* Mira esta ropa. Da asco. Ahora mismo me voy a poner a lavar.

ILUMINADA. *(Sale del cuarto con una gran cartera en la que trata de acomodar las cosas que no cupieron en la maleta.)* ¿No estás cansada?

AZUCENA. Sí.

ILUMINADA. Entonces, ¿por qué no te acuestas un rato?

AZUCENA. No, no. Lavo esto y si acaso me acuesto al mediodía. Quiero aprovechar el sol.

CARMELINA. Bueno, y, ¿qué tal la *tournée*? ¿Mucho éxito?

AZUCENA. *(Muy desganada.)* Sí. Fue un arrebato.

En la calle. Entra Evelio con un policía que lo lleva del brazo.

EVELIO. Mira, aquí vivo yo. Aquí están mi mujer y los vecinos, que te pueden decir si es verdad o mentira. *(Grita.)* ¡Lola!

En la casa.

CARMELINA. Ay, ése es Evelio. *(Ella e Iluminada se asoman a la puerta.)*

En la calle.

ILUMINADA. Eh, ¿qué pasó, Evelio?

EVELIO. Este policía, que me...

Lola aparece con la niña en brazos después de abrir violentamente su puerta, y al ver al policía, dice muy angustiada.

LOLA. Ay, ¡las autoridades en mi casa! *(Yendo hacia su marido.)* ¿Qué pasó, por tu madre?

EVELIO. *(Al policía.)* Mira, ésta es mi mujer.

LOLA. Pero, ¿qué pasa? Ay, perdón, Dolores Peña, para servirle. ¿Qué es lo que pasa?

POLICÍA. Mire, señora, el asunto es el siguiente: acá, su marido, me ha formado un tremendo escándalo en plena calzada porque yo le llamé la atención por inmoral.

LOLA. ¿Por inmoral?

POLICÍA. Bueno, eso era lo que parecía. ¿Qué persona decente anda en pijama y camiseta por la calle, eh?

Iluminada se da cuenta entonces de que está en refajo y corre a vertirse. Lo primero que encuentra es la bata que ha dejado tirada en la sala y vuelve a ponérsela para salir de nuevo a su puerta.

LOLA. Ah, pero lo que pasó fue que...

EVELIO. No, no, no, si ya yo le expliqué que iba a buscar una máquina para un hombre que se estaba muriendo y todo eso, pero él...

POLICÍA. Es que ésas no eran formas para darme una explicación, chico. Enseguida me empezaste a manotear y a gritarme como si yo fuera un pelele. Y estás muy equivocado, ¿oíste?

Porque ahora, si a mí me da la gana, te puedo llevar preso por faltarle el respeto a la autoridad, ¿qué te parece?

LOLA. ¡Ay, Dios mío! *(Queriendo ser muy fina.)* Mire, señor, ponga de su parte, sea comprensivo, no se "orceque". *(La niña llora.)* ¡Cállate, niña! *(Sigue.)* Aquí todo el mundo está muy nervioso de los nervios por el accidente. Si mi esposo le gritó un poco fue por eso. Pero él es un hombre muy bueno y muy decente, como somos todos los que vivimos aquí. Muy pobres, pero muy decentes. *(A los demás.)* ¿No es así?

TODOS. Claro, claro, desde luego, etcétera...

LOLA. Deje este asunto así, por lo que más quiera. Aquí donde usted me ve, yo nunca he pisado una estación de policía. ¡En mi vida!

POLICÍA. Bueno, bueno, yo no quiero discutir más, que es muy temprano. Por esta vez, vamos a dejarlo así.

LOLA. ¡Ay, que Dios te bendiga, mi'jo! Te lo agradece una mujer..., ¡y una madre!

POLICÍA. *(A Evelio.)* Pero cuídate esa boca, ¿sabes?, porque para la próxima no te doy ni el chance de venir a la casa. Vas derechito para la jaula.

LOLA. *(Para congraciarse con el policía, dice a los demás.)* No, no, claro. Él tiene toda su razón. Él es la autoridad y tiene que velar por la moral de las familias vecinas. *(La niña llora.)* ¡Cállate, Lolita!

POLICÍA. Bueno, adiós.

TODOS. Buenos días.

POLICÍA. *(Se detiene.)* Bueno, y..., por fin, el enfermo, ¿dónde está? Porque yo no lo veo por ninguna parte.

CARMELINA. Se lo llevó el lechero. *(Le sonríe y le dice adiós con la mano, tratando de suavizarlo. El policía hace mutis.)* 1069

EVELIO. *(Después que ha desaparecido.)* ¡Si lo que me dan ganas es de caerle atrás y...!

LOLA. *(Deteniéndolo con gran aspaviento.)* No, Evelio, no hagas eso. *(Alza a la niña en brazos melodramáticamente.)* ¡Por tu hija!

EVELIO. Es un equivocado, chica.

LOLA. *(Ya en otro tono.)* Esto te pasa a ti por meterte en cosas que ni te van ni te vienen. Si tú no sales a buscar la máquina, no se arma nada de esto. Total, todo fue por Octavio. Y mira a ver si Iluminada te defendió delante del policía, anda.

ILUMINADA. Bueno, Lola...

LOLA. ¡La humanidad es muy mala, chico, muy mala! *(Empuja a su marido hacia la casa y entran frenéticamente en ella.)*

En la casa.

ILUMINADA. *(Entrando.)* Dios mío, pero hay que ver que esto es grande.

CARMELINA. No le hagas caso, tú sabes cómo es ella. Ahorita se le pasa.

ILUMINADA. ¡Ay, qué día, qué día! ¿Y Octavio? ¿Qué será de él? *(Decidida.)* Yo no espero más. Me voy como sea. *(Entra al cuarto.)*

CARMELINA. Y yo voy a llegarme hasta casa para darme un bañito. Tú sabes que a mí me gusta bañarme en cuanto me levanto.

ILUMINADA. *(Desde el cuarto.)* Sí, boba, no tengas pena. Si ya Azucena está aquí. Gracias por todo.

CARMELINA. No hay de qué. Déjame apagarte esta luz que ya no hace falta. *(I o hace.)* Y que lo de Octavio no sea nada.

ILUMINADA. Gracias.

Mutis de Carmelina que al llegar a su casa apaga la luz. Ya Lola lo ha hecho en la suya. Mientras ocurría la escena del policía, Azucena se lavó su cara, cambió su traje de noche por una bata de casa, quizás hasta hizo y tomó café, y ahora se dispone a colocar una batea de ropa en la calle, junto a la puerta de la casa. Habla, llevando la ropa de la colombina hacia la batea.

AZUCENA. ¡Mira eso! Parece que me he restregado en un establo.

ILUMINADA. *(Desde el cuarto.)* Bueno, y ahora que estamos solas, ¿qué tal la *tournée*?

AZUCENA. Mira, ni me hables. Un desastre.

ILUMINADA. ¿Mala?

AZUCENA. Peor que mala.

ILUMINADA. *(Sale del cuarto y le da la espalda a su hermana para que le abroche el vestido. Ya se ha puesto sus zapatos.)*

AZUCENA. Esa gente son unos cafres, chica. Cuando salí, me aplaudieron mucho y hasta me piropearon —eso fue en el último pueblo—, pero en cuanto empecé a cantar..., ¡para qué contarte! No me han roto la cabeza de milagro.

ILUMINADA. ¿Te tiraron cosas?

AZUCENA. No me tiraron los asientos porque estaban clavados en el piso, ¡si no!... Y este ojo por poco me lo sacan. Y, para colmo, el empresario resultó ser un buen hijo de... ¡Ni un centavo! He tenido que regresar pidiendo botellas por la carretera.

ILUMINADA. *(Entrando de nuevo al cuarto.)* Tú debías retirarte, Azucena.

AZUCENA. *(Ofendida.)* ¿Retirarme yo? Pero, ¿qué es lo que tú te crees? Yo no soy una artista cualquiera. *(Muy digna.)* Yo estuve en Venezuela y todo. Lo que pasa es que aquí el tango ya no gusta. Eso es todo. Pero, por eso mismo, no lo canto más.

ILUMINADA. *(Sale de nuevo peinándose con una mano y echándose polvo con la otra.)* ¿Y qué vas a hacer ahora?

AZUCENA. Me meto a *vedette. (Sale y empieza a lavar.)*

ILUMINADA. *(Yendo detrás de ella, le pregunta espantada.)* ¿*Vedette*? ¿Esas que salen con los muslos al aire y moviendo la cintura?

AZUCENA. *(Lavando.)* Sí. Eso es lo único que gusta por ahí. Ya tengo hasta la persona que me va a montar el repertorio.

ILUMINADA. Bueno, tú sabrás lo que haces. Pero a mí no me gusta nada de eso. *(Entra de nuevo para dejar el peine y la mota en cualquier lugar de la sala.)* Me hubiese gustado que mi hermana, en caso de ser artista, fuera algo mejor. Una cantante de ópera..., o cosa así. Algo fino. *(Suspira.)* ¡En fin! Uno cruzando la cuerda floja, y la otra moviendo la cintura. ¡Qué familia! *(Ha tomado su maleta y su cartera y sale a la calle.)* Bueno, me voy.

En la calle.

AZUCENA. *(Se lleva un dedo a la boca.)* ¡Ay!

ILUMINADA. ¿Qué te pasó?

AZUCENA. Nada, chica, ¡que cuando una está salada!... Mira, por poco me llevo una uña con este jabón. Parece que tiene una astilla atravesada.

ILUMINADA. Mira eso, si hasta sangre tienes. *(Deja la maleta y la cartera en la calle y entra de nuevo a la casa.)* Espérate. Te voy a buscar un poquito de mercuro para echártelo.

AZUCENA. Déjame sacársela porque si no se me olvida ¡y me pincha otra vez!

ILUMINADA. *(Desde el cuarto.)* Por tu madre, ¿qué será de Octavio? Me he demorado tanto que ya debe estar muerto.

AZUCENA. *(Mirando el jabón, dice para sí.)* Eh, ¿qué cosa es esto?

ILUMINADA. *(Sale con el mercuro.)* Aquí está el mercuro.

AZUCENA. *(Enseñándole el jabón, muy extrañada.)* Iluminada, ¿qué es esto?

ILUMINADA. ¿Qué cosa?

AZUCENA. Mira, no es una astilla. Es una cosa..., como de material plástico, ¿eh?

ILUMINADA. Ay, verdad. Deja ver. *(Toma el jabón.)* Qué cosa tan ra... *(Pausa, deja el jabón y mira a Azucena. Vuelve a mirar el jabón.)*

AZUCENA. ¿Qué pasa?

ILUMINADA. Azucena...

AZUCENA. ¿Qué?

ILUMINADA. ¿Será lo que yo estoy pensando?

AZUCENA. ¿Qué cosa?

ILUMINADA. ¿Tú no has oído hablar de los planes de regalos de este jabón? ¿No has oído hablar de las "balitas premiadas"?

AZUCENA. Claro que sí.

ILUMINADA. *(Sacándola.)* ¡Pues esto es una balita de ésas! ¡Mira!

AZUCENA. *(Contenta.)* Ay, Dios mío, ¿qué tendrá? El otro día conocí a una señora que se sacó un juego de toallas. Y dan miles de cosas. ¡Hasta una casa!

ILUMINADA. Hoy se me desbaratan los nervios a mí. Pronto. Hay que buscar una tijera.

AZUCENA. ¡Corre!

Entran las dos a la casa y penetran en el cuarto. En la casa.

ILUMINADA. Ahora sí que cuando llegue está muerto.

1073

AZUCENA. Y yo que pensé que era una astilla. Parece que lo que me arañó fue la puntica.

ILUMINADA. *(Cursi.)* ¿Tú ves cómo los pobres también tenemos derecho a un poco de felicidad?

AZUCENA. Claro, claro. A ver, dame la tijera. Yo la abro.

ILUMINADA. Toma. Ay, qué nerviosa estoy. *(Entra a la sala con las manos unidas y camina hacia la imagen de Santa Bárbara.)* Si Octavio supiera... Virgencita, ayúdanos. Que lo de mi pobre marido no sea nada. Y que esa balita..., ¡que esa balita tenga dentro una máquina de coser! Tú sabes que si me saco una máquina, dejo la...

AZUCENA. ¡Mi hermana!

ILUMINADA. *(Se asusta.)* ¡Ay! ¿Qué?

AZUCENA. *(Aparece radiante de alegría y con un papelito en la mano.)* ¡Abrázame! *(Corre a abrazarla.)*

ILUMINADA. ¿Qué es?

AZUCENA. ¡Una casa!

ILUMINADA. ¿Eh?

AZUCENA. ¡Una casa amueblada! ¡Te has sacado una casa!

ILUMINADA. ¡Nooooooo!

AZUCENA. Mira. *(Le da el papelito.)*

ILUMINADA. *(Lo lee y se lleva una mano al corazón sin poder articular palabra, hasta que al fin.)* ¡Ay, Azucena de mi vida! *(La abraza de nuevo. La suelta y camina hasta la imagen de Santa Bárbara.)* ¡Ay, Santa Bárbara bendita! ¡Tú me has iluminado! ¡Al fin viviremos como las personas!

AZUCENA. *(La abraza emocionada.)* Tú te lo mereces. Si tú has sido muy buena, muy buena... *(Llora sensiblemente.)*

ILUMINADA. Pero si es que todavía no lo puedo creer, no puede ser cierto.

AZUCENA. *(Se arrodilla delante de la imagen.)* Santa María, madre de Dios, etcétera...

ILUMINADA. ¡Tengo una casa! *(Corre hacia la mesa donde tiene el cochinito.)* ¡Ya no tengo que esperar a que se te llene la barriga para regalarle la casa a Octavio! ¡Tu casa, Octavio, tu casa! ¡No te me mueras! *(Sale corriendo a la calle. Azucena la sigue. Ambas parecen enloquecidas.)*

En la calle.

ILUMINADA. *(Grita.)* ¡Carmelina! ¡Lola! ¡Salgan pronto!

Carmelina aparece detrás de su ventana con la cabeza envuelta en una toalla.

CARMELINA. *(Muy asustada.)* ¿Qué pasó ahora?

ILUMINADA. ¡Looolaaa, Eveeliiiooo! Ay, mi hermanita... *(Se abrazan de nuevo y dan vueltas en redondo como dos chiquillas.)*

CARMELINA. Pero, ¿se han vuelto locas? ¿Qué pasa?

LOLA. *(Sale con la niña cargada y de muy mal humor.)* Chica, ¿qué escándalo es ése? Mi hija estaba durmiendo, vieja.

ILUMINADA. ¡Me saqué una casa!

LOLA. ¿Qué?

ILUMINADA. Estaba dentro de un jabón. ¡Una casa!

LOLA y CARMELINA. ¡Nooooo!

Carmelina desaparece de su ventana rápidamente. Algunos vecinos llegan al lugar atraídos por los gritos.

AZUCENA. *(A Lola.)* Mira, una balita premiada.

ILUMINADA. *(A los vecinos que llegan.)* ¡Me saqué una casa!

Carmelina ya ha bajado y sale por la puerta de su casa con los brazos extendidos, su turbante de felpa, su bata y sus chancletas de palo.

1075

CARMELINA. ¡Ay, hija, una de cal y otra de arena! ¡Mi vecina del alma! ¡Un abrazo! ¡Felicidades!

LOLA. *(A Azucena, rápida.)* ¿Dónde compraste el jabón?

EVELIO. *(Asomándose.)* ¿Qué pasó?

AZUCENA. *(A Iluminada.)* ¿Dónde compraste el jabón?

ILUMINADA. *(Abrazando a los vecinos.)* En la bodega de Primitivo.

LOLA. *(Metiéndole la mano en el bolsillo a su marido.)* Dame dinero. ¡Rápido!

EVELIO. Pero, ¿qué pasó? ¿Se murió Octavio?

AZUCENA. Iluminada se sacó una casa. Una balita premiada.

Lola sale corriendo con la niña cargada y se pierde por la calle.

EVELIO. ¡Mentira! *(A Lola.)* ¿A dónde vas?

ILUMINADA. *(Como enloquecida.)* Soy propietaria, soy propietaria...

LOLA. *(Perdiéndose.)* ¡A la bodega!

EVELIO. *(Abrazando a Iluminada.)* ¡Felicidades! Cuando Octavio se entere de esto, por su madre.

ILUMINADA. *(Se pone repentinamente seria.)* Octavio... Ay, a lo mejor, en estos momentos, se está muriendo, el pobrecito. Y yo aquí..., riendo y dando saltos... Mi marido se envenenó..., ¡pero yo me saqué una casa! Y ahora no sé si reírme o si llorar. Ay, Santa Bárbara bendita, qué feliz soy..., ¡qué ganas de llorar tengo!

Apagón.

CUADRO SEGUNDO

El mismo lugar, dos horas después. Todo está exactamente igual que al finalizar el cuadro anterior, con la única diferencia de que la casa de Iluminada tiene cerrada la puerta. En cambio, Lola tiene la suya abierta de par en par, como si se tratara de un día de gran fiesta. Ésta se encuentra en el medio de la calle, con su hija cargada, y vistiendo la misma ropa del cuadro anterior. Conversa con Primitivo, el bodeguero, un típico gallego.

PRIMITIVO. ¿Y por fin, Octavio, qué? ¿Se muere o no?

LOLA. Nada, hijo. Aspaviento nada más, como siempre. Lo que se tomó fueron cinco pastillitas para dormir, que eso no mata a nadie. Iluminada fue a verlo, y dice que le hicieron un lavado de estómago y que dentro de un rato lo traen otra vez para acá.

PRIMITIVO. *(Señalando la casa de Iluminada.)* ¿Y dónde están ahora?

LOLA. Antonio, el carnicero, las llevó en la máquina hasta la publicidad. Y mi marido también fue con ellos.

PRIMITIVO. ¿A qué publicidad?

LOLA. La que anuncia el jabón ese. Allí es donde tenía que ir.

PRIMITIVO. ¡Ay, si yo llego a saber que tenía ese jabón en mi bodega!

LOLA. Mire, no me hable de eso. ¿Usted no recuerda, Primitivo, que ese mismo día yo también compré jabón? ¿No recuerda que me tropecé con Iluminada en la bodega?

PRIMITIVO. Lo recuerdo, sí, lo recuerdo.

LOLA. ¡Tuve la casa en mis manos! ¿Usted ve? Ésas son las injusticias que hace Dios. A mí la casa me hace mucha más falta que a Iluminada. Yo tengo una niña chiquita. Por eso, cuando supe lo del premio, corrí a la bodega a comprar más jabones. ¡Pero ni una toalla me saqué! No cabe duda de que Dios le da 1077 barbas al que no tiene quijada. Porque, entre usted y yo, estas gentes son unos cochinos. ¿Usted no ha entrado nunca ahí?

PRIMITIVO. No.

LOLA. Ay, hijo, alégrese. Yo no sé si será porque ellos trabajaron en el circo mucho tiempo y se les quedó impregnada la peste a mono. O si será porque todavía conservan la carpa donde se desvestían, pero el caso es que hay una clase de peste. Yo me tapo la nariz cada vez que entro, fíjese cómo es la cosa.

Se escucha a lo lejos un insistente claxon, seguido de una bulliciosa algarabía.

LOLA. ¿Qué es eso?

PRIMITIVO. *(Corriendo hacia el foro.)* Deben de ser ellos.

LOLA. *(Yendo tras él. Mira hacia la calle.)* Ellos mismo son. *(Grita.)* ¡Carmeliiinaaa!

PRIMITIVO. Traen a Iluminada en un tremendo convertible.

CARMELINA. *(Se asoma.)* ¿Qué pasa?

LOLA. Ya están aquí.

CARMELINA. ¡Ay! *(Desaparece de nuevo.)*

La algarabía se escucha cada vez más fuerte. Sale Carmelina y se une a Lola y Primitivo. El auto ha detenido su marcha y aparecen en escena hombres, mujeres, viejos y viejas. Todos visten pobremente.)

LOLA. *(En anfitriona.)* Sí. Tienen que parquear ahí porque por aquí no se puede doblar. Es un callejón.

PRIMITIVO. A ver, yo los ayudo a bajar. *(Sale de escena.)* Soy el bodeguero que le vendió el jabón. Encantado.

VECINOS. ¡Viva Iluminada! ¡Vivaa!

ILUMINADA. *(Fuera de escena.)* Gracias, gracias, mis vecinos.

1078 CARMELINA. *(A Lola.)* Ella debe estar emocionadísima.

LOLA. No digo yo. ¿Cuándo en su vida había montado en una máquina como ésa?

Iluminada hace su triunfal aparición llevada del brazo por el locutor. Junto a ellos avanza una modelito tipo glamour, *de figura esbelta y pelo platinado, que camina como si pisara huevos. Los sigue toda una camarilla de técnicos con luces, grabadora, cámara de cine, micrófono, y todo lo necesario para una filmación. Iluminada trata de avanzar, pero la multitud forma una masa infranqueable alrededor de ella.*

LOLA. *(Abrazando a Iluminada con un brazo y cargando a su hija con el otro.)* ¡Mi amiga del alma!

ILUMINADA. ¿Todavía no han traído a Octavio?

LOLA. No. *(Sigue abrazada a ella.)*

ILUMINADA. *(Tratando de separársele.)* Vas a ahogar a la niña.

VECINOS. *(Cantan un bombochíe a Iluminada y luego aplauden y gritan.)*

ILUMINADA. *(Tirando besos.)* ¡Gracias, gracias! *(Al locutor.)* Mire, venga... *(Trata de conducirlo hasta la puerta de su casa.)*

Por entre el gentío han aparecido Azucena, Evelio, y otro señor que, se supone, sea Antonio, el carnicero.

ILUMINADA. Ésta es mi casa. Mire, todavía está ahí la batea.

LOCUTOR. *(Siempre muy vital.)* Magnífico. Entonces no hay más que esperar. Colóquese aquí, señora. *(La empuja.)*

MODELO. *(Queda cerca de Iluminada y adquiere una sofisticada pose con un jabón en la mano.)*

ILUMINADA. ¿Por fin van a hacerme la entrevista?

LOCUTOR. Naturalmente, señora. A partir de esta noche se trasmitirá en todos nuestros programas de radio y televisión.

ILUMINADA. Ay, Dios mío...

1079

LOCUTOR. *(A la gente.)* Por favor, ahora tiene que haber mucho silencio. *(A los técnicos.)* Cuco, recuerda panear toda la fachada de la casa, ¿eh? ¡Que se vea bien! *(Se acerca al latón de basura.)* A ver esto... *(Riega la basura por el suelo.)*

ILUMINADA. ¿Qué hace?

LOCUTOR. Crear ambiente, señora. Son detalles técnicos que usted desconoce. *(Con la basura.)* Así..., que se vea bien sucio todo. *(A Iluminada.)* A ver, señora, ríase.

ILUMINADA. *(Sonríe.)*

LOCUTOR. No. Con la boca más abierta. ¡Proyecte la felicidad que siente! Enseñe bien los dientes.

ILUMINADA. *(Señalando, muy apenada.)* Es que me falta este colmillo.

LOCUTOR. ¡Mejor aún! *(Le vira la cara poniendo de frente justamente la parte que Iluminada ha tratado de ocultar.)*

Iluminada ha quedado al centro con su forzada sonrisa. A su izquierda está la modelo doblada en una incómoda pose, y a su derecha el locutor, que abre los brazos exageradamente, mostrando la casa. Uno de los técnicos se acerca con una cámara y saca una instantánea.

LOCUTOR. ¡Ya está! *(A los técnicos.)* En cuanto estén listos para filmar, me avisan.

ILUMINADA. Ay, señor, por favor, ¿no es bastante con que me hayan sacado esa foto? Eso de la película y la entrevista... Yo no sirvo para eso, qué va. Me da mucha pena.

LOCUTOR. Es necesario, señora.

LOLA. No seas boba, Iluminada.

Los técnicos preparan los equipos: grabadora, luces, etcétera.

ILUMINADA. Pero es que... ¿No podrían entrevistar mejor a mi hermana? Después de todo, yo compré el jabón, sí, pero la que se encontró la casa fue ella. Y, además, es artista. Está más acostumbrada a estas cosas.

LOCUTOR. ¿Es artista su hermana?

ILUMINADA. *(Sonríe.)* Sí, compañera de ustedes. Se llama Azucena del Río. Bueno, su verdadero nombre es Conchita Pacheco, pero en el teatro se pone Azucena del Río. ¿Nunca ha oído hablar de ella?

LOCUTOR. La verdad..., no.

ILUMINADA. *(La llama.)* Azucena, ven acá.

AZUCENA. *(Desde su lugar.)* No. Déjame aquí.

UN TÉCNICO. ¡Listos para filmar!

ILUMINADA. ¿Por qué no quieres venir?

AZUCENA. Porque no. Estáte quieta.

ILUMINADA. *(Yendo hacia ella.)* Si tú eres la más indicada. Mira que yo me voy a poner muy nerviosa. Anda, Azucena.

AZUCENA. ¡Nooo!

LOCUTOR. ¡Vamos!

VECINOS. *(Dando palmadas.)* ¡Azucena! ¡Azucena! ¡Azucena!

AZUCENA. *(Agarra a su hermana por un brazo y la lleva hacia un rincón del escenario donde no haya gente. Preferiblemente en primer plano.)* ¡Ven acá!

LOCUTOR. Señora, estamos perdiendo tiempo.

ILUMINADA. Perdone. Un momentico.

VECINOS. ¡Que cante un tango, que cante un tango, que cante un tango!

AZUCENA. *(Grita.)* ¡Sió! *(A su hermana, en voz baja, y de mal humor.)* Ven acá, chica, ¿tú estás loca? ¿Cómo yo voy a hacer eso?

ILUMINADA. Pero, ¿por qué no?

AZUCENA. ¡SSsshhh! ¡Baja la voz!

ILUMINADA. *(En susurro.)* ¿Por qué no?

AZUCENA. ¿Tú no te das cuenta de que todo esto sería un desprestigio para mí? Yo soy una artista. Y tengo que cuidarme. Esa película que van a sacar, la va a ver toda Cuba. Y todo el mundo vería en la choza que yo vivo. Tú comprenderás que a una artista no le conviene eso, ¿no? Así que te voy a agradecer en el alma que ni me menciones. ¡Tú procura no decir mi nombre en esa entrevista!

CARMELINA. *(A la modelo.)* Usted es la que anuncia el jabón de baño por televisión, ¿verdad?

ILUMINADA. *(Con Azucena.)* Bueno, si es así...

MODELO. *(Con Carmelina.)* Ssí, seseñoñora...

CARMELINA. ¡Ay, si la rubia es gaga!

AZUCENA. *(Con Iluminada.)* Ahora, déjate de boberías y acaba de una vez.

CARMELINA. *(Con la modelo.)* ¿Y por qué no trajeron a la negrita que anuncia el jabón de lavar?

MODELO. Está enferma. Tutuve qqque venir yyo.

CARMELINA. ¡Pero gaga con quile!

AZUCENA. *(Con Iluminada.)* Cualquiera creería que van a matarte.

LOCUTOR. Señora, ¡el tiempo es oro! *Time is money.*

ILUMINADA. Ya voy, ya voy. *(Camina hacia el locutor.)*

LOCUTOR. ¿Preparados?

TÉCNICOS. *Okey.*

ILUMINADA. *(Pasándose la mano por la barriga.)* Ay, ahora que me doy cuenta, ¿usted no me dejaría, al menos, entrar un momentico a mi casa para ponerme una tubular? Estoy tan barrigona, este niño.

LOCUTOR. Ni pensarlo. Nada de fajas. Así es como la queremos: gorda, barrigona, como la mayoría de las amas de casa. A ver, alborótese un poco el pelo. *(La despeina.)*

ILUMINADA. Ay, ¿qué es eso?

LOCUTOR. Hágase la idea de que no hay ninguna cámara delante y de que usted está atareada en sus trajines domésticos en el momento de llegar nosotros.

Uno de los técnicos ha instalado la grabadora y le entrega un micrófono al locutor. Se encienden las luces y los técnicos piden silencio.

UN TÉCNICO. ¡Luz, cámara, acción!

La cámara empieza a funcionar y el locutor habla grandilocuentemente.

LOCUTOR. Amigos de toda Cuba. En la mañana de hoy, el jabón Rina, que sigue duro como la jicotea, ha llevado la dicha y la felicidad a otro humilde hogar cubano, a otra miserable familia que hace apenas dos horas ha descubierto una balita premiada dentro de su jabón de lavar, haciéndolos propietarios de una formidable casa totalmente amueblada. ¡La casa número ciento catorce que regala el jabón Rina!

UN VECINO. *(Con voz de mascarita.)* Buena mierda.

PRIMITIVO. ¡Sssshhh!

LOLA. *(Molestísima.)* ¡Qué mala educación!

LOCUTOR. ¡Y aquí tenemos a la feliz agraciada! *(Se acerca a Iluminada. Ésta se pasa la mano por el vientre y respira profundo, tratando de esconderlo. Está muy nerviosa.)* Señora, ¿quiere decirnos su nombre para que todo el pueblo de Cuba lo escuche de sus propios labios?

ILUMINADA. Iluminada Pacheco.

1083

LOCUTOR. ¿Pacheco y qué más?

ILUMINADA. Pacheco y... Pacheco.

LOCUTOR. *(Tratando de disimular.)* Bien, bien, no tiene importancia. Como pobre, con uno le basta, ¿verdad?

ILUMINADA. *(Apenadísima.)* Y bien.

LOCUTOR. Dígame, señora, ¿trabaja?

ILUMINADA. Sí.

LOCUTOR. ¿Eh? Hable más alto por favor.

ILUMINADA. *(Como si fuera a comerse el micrófono.)* ¡Que sí! ¡Que trabajo!

LOCUTOR. *(Apartando el micrófono.)* Señora, ¡el micrófono! No tiene que comérselo.

ILUMINADA. Ay, hijo, es que el tareco ese me pone muy nerviosa.

LOCUTOR. *(Al camarógrafo.)* No, no, sigue, sigue. Después editamos. *(Recupera su sonrisa.)* ¿Dónde trabaja, por favor?

ILUMINADA. En la COA. Cooperativa de Ómnibus Aliados.

LOCUTOR. ¿Qué hace allí?

ILUMINADA. Soy conductora de la ruta 27, Zoológico—Vedado.

LOCUTOR. *(Eufórico, a cámara.)* ¡Ya lo han oído! Una mujer humilde, trabajadora, que gracias al jabón Rina se ve convertida en propietaria de una flamante casa. ¡De guagüera a propietaria! Esta frase correrá de boca en boca a partir de hoy por todo nuestro país. Gracias a Rina, Iluminada Pacheco..., y Pacheco, abandonará esta pocilga... *(Señala la casa.)* ...esta choza miserable en que ha vivido, para instalarse en su formidable casa. ¡Vean dónde ha vivido hasta hoy esta humilde mujer! Techos de guano, paredes y piso de madera, trastos viejos, mal olor, podredumbre...

1084 LOLA. Y bien, y bien...

LOCUTOR. ...cuevas de ratones, en fin, ¡esta mujer ha vivido en una cloaca!

ILUMINADA. ¿Cómo?

LOCUTOR. Pero de ahora en adelante, tendrá una residencia totalmente amueblada. Y todo, ¿gracias a quién?

Los técnicos instruyen a los vecinos y éstos gritan.

VECINOS. ¡A Rina!

LOCUTOR. ¡Aquí está Iluminada Pacheco con su ropa de trabajo, sus manos y su vientre húmedo aún por la reciente batea!

ILUMINADA. *(Trata de esconder la barriga una vez más.)*

LOCUTOR. ¡Aquí están sus vecinos!

La cámara panea a los vecinos. Todos gritan y agitan sus manos diciéndole adiós a la cámara. Azucena se oculta.

LOCUTOR. ¡Todos felices por la noticia! ¡Todos eufóricos!

PRIMITIVO. *(Grita.)* Yo soy el bodeguero que le vendió el jabón.

LOCUTOR. ¡Aquél es el feliz detallista que hizo la venta!

Primitivo sonríe ampliamente ante la cámara y se señala con el dedo diciendo que fue él. La cámara regresa al locutor.

LOCUTOR. ¡Todos contentos, todos emocionados! *(Falsamente conmovido.)* Quizás, en estos momentos, tras una de esas sonrisas..., se oculte una lágrima, provocada por la emoción...

LOLA. *(Rompe a llorar de repente y se abraza a Carmelina.)*

UN TÉCNICO. *(Al camarógrafo, por Lola.)* ¡A ella! ¡A ella!

La cámara se vuelve hacia Lola que, al sentirse fotografiada, da la cara rápidamente con una gran sonrisa y alza a su hija en brazos para que salga en la película.

LOCUTOR. Ahora, señora Pacheco, ¿quisiera decirnos algunas palabras?

ILUMINADA. Bueno, yo... Es que yo soy un poco corta, ¿sabe?

LOCUTOR. Por ejemplo, ¿qué sintió usted al saberse propietaria de esta casa?

ILUMINADA. Bien, a mí me dio mucha emoción, la verdad, porque el sueño de toda mi vida ha sido el poder regalarle una casa a mi esposo, ¿sabe? Me siento muy agradecida al jabón Candado...

LOCUTOR. ¡RRRRRRrrriinaaa!

UN TÉCNICO. ¿Cortamos?

LOCUTOR. No, después se edita. *(A ella.)* Señooora...

ILUMINADA. Ay, hijo, perdone. ¿No le digo que estoy hecha un temblor? Tengo unas ganas de que se acabe la tortura esta. *(A cámara.)* No puedo decir más que..., gracias, muchas gracias.

LOCUTOR. *(A cámara.)* Bien, amigos, ya conocen ustedes a la propietaria de la casa número ciento catorce del jabón Rina, que este año trae más premios que nunca, y que sigue duro, duro como la jicotea. Si usted quiere correr la misma suerte que Iluminada Pacheco, compre jabón Rina y... ¡déle fuego a la lata!

La cámara se acerca a la modelo, que se ha situado junto a la batea con el jabón en una mano y un palo en la otra. De la grabadora sale una musiquilla comercial y estridente, cantada por una voz femenina grave y de acento vulgar. La modelo se dispone a "doblarla" y resultará chocante verla totalmente descompuesta y rumbera, al cantar con una voz que está muy lejos de ser la suya.

MODELO. *(Doblando.)*

Amiga ama de casa,
¡pam, pam, pam! *(Da tres golpes con el palo en la batea.)*
¡Fuueego a la lata! *(Se descompone grotescamente.)*
Que Rina viene dando
casas, muchas casas. *(Mueve la cintura.)*
Rina es duro, duro
como la jicotea. *(Mueve los hombros.)*

Casas, muchas casas
con Rina en la batea. *(Se mueve toda.)*
Casas, muchas casas,
¡con Rina en la batea! *(Termina completamente desgreñada.)*

TÉCNICOS. ¡Corten! Bien, gracias a todos.

Se apagan las luces, se descomponen los grupos y vuelven los comentarios y el ir y venir.

LOCUTOR. Señora, pase mañana por la publicitaria para firmar los papeles, ¿sabe?

ILUMINADA. Bien. Recuerde: quiero que me la fabriquen en el campo.

Se escucha la sirena de una ambulancia que se acerca.

ILUMINADA. ¡La ambulancia!

MODELO. *(Asustada.)* ¿Qué pasa?

ILUMINADA. *(Corriendo hacia el foro.)* Traen a mi esposo.

MODELO. ¿Cómo? *(Al locutor.)* Vavavamos pronprontto de aquí, por favor. Estoy temblando. Estas gentes me dan mimimiedo.

El gentío se ha apilado en el fondo para ver la ambulancia.

EVELIO. Sí, Iluminada, eso mismo es. Ahí traen a Octavio.

ILUMINADA. *(A los vecinos.)* Apártense, apártense.

VECINOS. *(Abrazándola.)* ¡Felicidades! ¡Felicidades!

ILUMINADA. Gracias, gracias, pero ahora apártense.

LOCUTOR. Abran paso. Tenemos prisa.

ILUMINADA. Un momento.

MODELO. ¡Nos mamatan!

ILUMINADA. Ahora está interrumpido el tráfico. Esperen a que se vaya la ambulancia.

LOCUTOR. Pero es que...

ILUMINADA. *(Descubre a su marido y grita.)* ¡Octavio!

El gentío abre paso. Dos camilleros vestidos de blanco entran a escena cargando a Octavio, que lo mira todo confundido. Iluminada se lanza llorando sobre él y lo hace con tal brusquedad, que lo lanza de la camilla al suelo.

ILUMINADA. ¡Octavio!

DOMINGO. *(Haciendo su entrada.)* ¡ILUMINADA! Óigame, con otra así, lo mata de verdad.

Entre Domingo y los camilleros reponen a Octavio en la camilla. El locutor sale, seguido de su camarilla.

DOMINGO. Vamos, Iluminada, deje que los camilleros lo lleven para la casa. Lo abraza después.

ILUMINADA. *(Sin separarse de él, llora.)* Octavio...

OCTAVIO. *(Mirando el gentío.)* ¿Y toda esta gente? Venían a mi velorio, ¿no?

Se escuchan insistentes fotutos.

LOCUTOR. *(Fuera de escena.)* ¡Esa ambulaaaanciiiaaaa! Tiene cerrado el tráfico. ¡Tenemos prisa!

DOMINGO. *(Apartándola.)* Vamos, Iluminada. *(Indica a los camilleros.)* Por aquí...

Introducen a Octavio en la casa y lo colocan en la colombina. Algunos vecinos se despiden de Iluminada con abrazos y apretones de mano. Ella sigue llorando. Azucena se ha colocado junto a ella. Continúan los fotutos. Murmullos.

ILUMINADA. Adiós, adiós..., y gracias.

AZUCENA. Vamos, Iluminada, deja ya de llorar. ¿A qué viene eso ahora?

ILUMINADA. No sé, tengo ganas. Es que hoy han sido muchas **1088** cosas juntas, ¿qué tú quieres? *(A una vecina.)* Adiós, Timotea.

LOCUTOR. *(Fuera de escena, grita estentóreamente.)* ¡L↲
ambulaaanciiiiaaaaa!

EVELIO. ¡Ya va, ya va!

Salen los camilleros con la camilla. Iluminada los despide.

ILUMINADA. Y muchas gracias.

Carmelina ha entrado a la casa de Iluminada y conversa con su marido.

AZUCENA. Vamos para la casa, anda. Gracias por todo, Antonio.

El hombre le hace una seña sonriente, mientras ellas avanzan hasta la casa y entran. Los autos se alejan con el ensordecedor ruido de la sirena. Algunos vecinos se van y otros holgazanean por la calle.

En la casa.

ILUMINADA. ¿Te das cuenta de lo que hubieras hecho si llegas a matarte?

DOMINGO. No, él se lo hubiera perdido, la verdad.

ILUMINADA. *(Queriendo alegrarlo.)* Los de la publicitaria me trajeron en un convertible desde allá hasta acá, y todo el mundo me miraba y me decía adiós, como si yo fuera la reina del carnaval.

CARMELINA. ¿Usted sabe lo que es sacarse una casa? Mire, yo me conformo con sacarme un radio. Desde que se me rompió el mío, no...

ILUMINADA. *(La interrumpe.)* He pedido que me la fabriquen en un lugar bien lejos de La Habana, en el campo, como te gusta a ti. ¡Si Dios ha querido que pasemos nuestros últimos años con tranquilidad y juntos! ¡Juntos! *(Llora.)*

EVELIO. *(Haciendo su entrada con Lola.)* ¡Eh! Pero, ¿qué es esto? ¿Llorando ahora? ¡Ah, no! Pero si aquí lo que tiene que haber es mucha alegría. Si ya lo que había de malo pasó. Ahora todo es bueno.

ILUMINADA. Y bien que sí. ¡Está bueno ya de llorar! A olvidarse de lo malo. Ahora todo es bueno y nuevo. Ahora empezamos una nueva vida. *(Avanza rápidamente hasta una mesita donde tiene un radio, lo desconecta, y se lo entrega a Carmelina.)* Tú querías un radio, ¿verdad? Bueno, pues aquí lo tienes. Y sin balitas premiadas. ¡Es tuyo!

CARMELINA. *(La abraza.)* Gracias, mi amiga. *(Se lo da a Domingo.)* Corre a conectarlo.

ILUMINADA. Sí, al lado de la ventana. ¡Que se oiga en la calle! Y ponga música. Hoy quiero oír música.

DOMINGO. *(Saliendo con el radio.)* Pues para luego es tarde.

ILUMINADA. *(Yendo tras él, se queda en la puerta y grita hacia la calle.)* Que todo el barrio baile aquí, en la puerta de mi casa.

DOMINGO. *(Entrando a su casa.)* ¡Bien!

ILUMINADA. *(Entrando de nuevo a la suya. Va a la mesa.)* Toma, Carmelina. *(Quita el mantel y el centro de mesa.)* El mantel que tanto te gusta. Y el centro de mesa también.

CARMELINA. *(Recibiéndolos.)* ¡Gracias!

LOLA. Chica, en vista de que lo estás regalando todo, a mí me hace falta tu lamparita de mesa para que mi marido pueda leer por las noches.

ILUMINADA. Entra al cuarto y llévatela.

Las vecinas parecen buitres.

AZUCENA. Pero, Iluminada, ¿te has vuelto loca?

ILUMINADA. No. Lo que quiero es acabar con todo lo viejo. Empezar de nuevo.

LOLA. *(Desde el cuarto.)* ¿Me puedo llevar también la sobrecama?

ILUMINADA. Sí.

1090 *Se ve a Domingo asomado a su ventana, colocando el radio.*

AZUCENA. ¡Pero, Iluminada!

OCTAVIO. ¿Tú sabes lo que estás haciendo?

LOLA. *(Desde el cuarto.)* Me llevo el espejo.

AZUCENA. Oye, Lola, ¡cuidado con mi ropa! *(Entra velozmente al cuarto.)*

CARMELINA. *(Descuelga un adorno de la pared, lo guarda y se lleva un cenicero.)*

EVELIO. Bueno, esto hay que celebrarlo, ¿no? Usted quiere que haya baile en la puerta de su casa, pero para eso, aparte de la música, hace falta un poco de alcohol. Unas cervecitas vendrían muy bien.

ILUMINADA. Tiene razón.

Carmelina sale con sus cosas y entra a su casa feliz. Lola sale del cuarto seguida por Azucena. Trae a su hija cargada y además la lamparilla de noche, la sobrecama y un gran espejo. Sale en dirección a su casa.

En la calle.

DOMINGO. *(Grita desde su ventana.)* ¡Vecinos de Luyanó! Vengan a bailar que la orquesta es gratis.

Se empieza a escuchar una ruidosa música bailable.

En la casa.

ILUMINADA. Ya sé. *(Se acerca a la mesa donde tiene el cochinito.)* Mire, ésta era mi alcancía. Aquí guardaba el dinero para comprarle una casita a Octavio. Ya no lo necesito. *(Rompe el cochinito y saca el dinero.)* Mire, son sesenta pesos. Coja cuarenta y traiga toda la bebida que le dé la gana. *(Se guarda el resto en el seno.)*

EVELIO. *(Chifla, mirando el dinero, y se guarda la mitad en el bolsillo.)* ¡Cuarenta pesos!

AZUCENA. ¡Loca! ¡Loca de remate!

ILUMINADA. ¡Loca de felicidad por primera vez en mi vida!

EVELIO. Déjame irme antes de que se arrepienta.

En la calle.

EVELIO. *(Dice al gentío que ya inunda la calle de nuevo.)* Caballeros, veinte pesos para comprar cerveza. El fiestón va a ser por todo lo alto. ¿Quién viene conmigo a cargar las cajas?

VECINOS. Yo, yo, yo.

EVELIO. Pues, ¡vamos! *(Sale corriendo.)*

Ya algunos bailan.

LOLA. *(Asomándose a su puerta.)* ¿Y Evelio?

CARMELINA. *(Asomándose a su ventana.)* Fue a comprar cerveza. ¡Hay fiesta!

En la casa. Azucena e Iluminada continúan una acalorada discusión...

AZUCENA. ...cuando se te pase este arrebato, ya hablaremos con calma. Esto es cosa de locos. Como eso de pedir que te fabriquen la casa en el campo. ¿Y dónde vivo yo, chica? ¿No has pensado en mi carrera?

ILUMINADA. *(Atolondrada y feliz.)* Ya discutiremos eso después. Ahora déjame ser feliz y estar loca si me da la gana. ¡Si lo que nos espera es el Paraíso, mi hermana! ¿Qué nos importan estos trastos viejos? Importa lo nuevo, lo que viene ahora. Lo que importa es que yo soy el ser más feliz de la tierra. ¡Feliz! ¡Feliz! *(Abraza a su hermana y luego a su marido.)*

En el radio que se escucha en la calle, todos bailan al ritmo de un movido número ejecutado por Beny Moré y su orquesta.

ILUMINADA. ¡La felicidad, mi viejo, la felicidad! ¿Tú ves como sí vale la pena vivir?

Crece la música. Todos bailan y ríen.

1092 *Telón.*

ACTO SEGUNDO

CUADRO PRIMERO

El mismo lugar, tres días después, a las tres de la tarde, aproximadamente. La ventana de Carmelina está abierta. En escena aparece Azucena, que le pega lentejuelas y mostacillas a una trusa de baño común.

AZUCENA. *(Canta mientras cose.)* Un meneíto pá aquí, un meneíto pá allá. Un meneíto, cosa rica, por tu madre, que te quiero ver gozar...

Por la calle aparece Mariano. Es un hombre joven y bien parecido, pero su aspecto es vulgar. Se acerca a la puerta abierta de Iluminada, mete la cabeza y silba. Azucena lo descubre.

AZUCENA. ¡Ah! Al fin llegas. Entra.

MARIANO. Tu gente no está, ¿verdad?

AZUCENA. No. *(Cierra la puerta.)*

MARIANO. ¿Demoran?

AZUCENA. Creo que sí. Octavio fue hacerse un chequeo con el médico, así que tardará en venir. Y mi hermana está trabajando.

MARIANO. Bueno, y, ¿a mí se me recibe así, tan fríamente?

AZUCENA. *(Sonríe, se le acerca y lo besa en la boca. Luego se aparta.)*

MARIANO. *(Saca un tabaco y dice burlonamente mientras lo enciende.)* ¡De guagüera a propietaria! *(Ríe.)*

1093

AZUCENA. *(Sonriendo.)* Ah, ya lo oíste.

MARIANO. Son ustedes la comidilla del barrio.

AZUCENA. Imagínate. Siéntate. *(Le enseña la trusa.)* Mira. Era la trusa que tenía para la playa. Le estoy poniendo estas lentejuelas y estas mostacillas por todo el frente. Luego, unos tules rosados que cuelguen por detrás, y queda de maravilla.

MARIANO. Se te ve muy contenta.

AZUCENA. Estoy embullada. Tengo esperanzas. Tú siempre me lo decías y ahora creo que es verdad. Cuando salga delante de esos guajiros con los muslos al aire y moviéndome como Dios manda, me va a llover la plata.

MARIANO. Ojalá.

AZUCENA. Después de todo, eso no es nada malo. El hecho de que me meta a *vedette* no quiere decir que yo sea una..., ¡las hay muy decentes! Y yo voy a ser de ésas. Nada de meneos cochinos, sino una cosa fina, artística. ¡Yo aspiro a ser algo grande!

MARIANO. Pero mira que tú eres ingenua, Concha Pacheco.

AZUCENA. *(Repentinamente molesta.)* Chico, no me gusta que me digan Concha Pacheco, tú lo sabes.

MARIANO. Bueno, está bien, ¡Azucena del Río! Tanto la una como la otra son unas ingenuas.

AZUCENA. ¿Por qué?

MARIANO. ¿De verdad tú te crees que eres artista? ¿Que sabes cantar?

AZUCENA. *(Picada.)* ¿Y por qué no?

MARIANO. *(Cruelmente.)* Eres muy mala.

AZUCENA. *(Violenta.)* Y si tú piensas que soy tan mala, ¿por qué te has tomado tanto interés conmigo, eh? Ahora mismo, enseguida le hablaste a Yuya la bizca para que me montara el repertorio de rumbera.

MARIANO. Es verdad. Me he interesado mucho, pero precisamente por eso. Hasta ahora no has dado pie con bola.

AZUCENA. Pero con esto de ahora, sí. ¿Tú no decías que cuando me metiera a *vedette* las cosas iban a cambiar?

MARIANO. Sí, pero... ¿Quieres que te sea sincero? Ahora que ha llegado el momento, no me siento nada optimista. No te había dicho nada para no desembullarte, pero... La misma Yuya me dijo que eras un gallo ronco, y que ni siquiera sabías moverte.

AZUCENA. ¿Yuya te dijo eso?

MARIANO. Yo le dije que sí, que "moverte" sí sabías... Pero de todas formas, creo que esto sería un fracaso como todo lo demás.

AZUCENA. Y yo que pensé que ya me habías conseguido un trabajo. Cuando me dijiste por teléfono que tenías necesidad urgente de verme y que no me podías adelantar nada, sino verme en persona, yo me dije: "Nada. Ya tengo trabajo." Y ahora te me apareces con..., ¡qué boba soy! *(Pausita.)* Bueno, ¿se puede saber qué es lo que quieres entonces? ¿Para qué viniste?

MARIANO. Para proponerte..., un trabajito. No es nada artístico, pero es mucho mejor.

AZUCENA. ¿Qué cosa?

MARIANO. Esta mañana me encontré con Bermúdez.

AZUCENA. *(Pensando.)* Bermúdez...

MARIANO. El venezolano.

AZUCENA. Ah. *(Lo mira y pregunta con intención.)* ¿Ha cambiado de negocio?

MARIANO. Qué va, sigue con lo mismo. Si le ha ido muy bien.

AZUCENA. Mariano, si lo que tú...

MARIANO. Está buscando cinco muchachas para embarcar la semana que viene. Y me dijo que si yo se las conseguía me daba un treinta por ciento de comisión.

AZUCENA. Mariano, no será ése el "trabajito" que vienes a proponerme, ¿verdad?

MARIANO. Bueno, yo te lo dejo caer. Tú eres la indicada. Ya conoces el ramo. Hace dos años que regresaste, así que ya nadie se acuerda de ti por allá.

AZUCENA. *(Frenética.)* ¿Y tú no recuerdas lo que yo te dije cuando regresé? ¡Prefiero pegarme un tiro antes que volver a hacer eso!

MARIANO. Ay, Libertad Lamarque, estáte quieta.

AZUCENA. ¿No te lo dije acaso?

MARIANO. Sí, me lo dijiste, lo recuerdo.

AZUCENA. ¿Y así y todo vienes a esta casa para proponerme eso a mí?

MARIANO. ¿Y a quién iba a proponérselo? ¿A tu hermana? Está muy gorda y muy vieja. Claro que vengo a decírtelo a ti.

AZUCENA. ¡Y eres tan cínico que...! Mira, me pego un tiro antes, ¿lo oyes? ¡Me doy candela! Yo soy decente.

MARIANO. ¿Decente? ¿No me digas? Para tu hermana, ¿no?, que la muy guanaja todavía piensa que tú eres señorita y que fuiste a Venezuela a cantar tangos.

AZUCENA. ¡Tú tuviste la culpa! Por tu culpa hice lo que hice. ¡Sinvergüenza!

MARIANO. Ay, no, no, espérate un momento. ¿A estas alturas todavía te las quieres dar de santica? ¿De qué soy culpable yo, chica? En ningún momento te puse una venda en los ojos. Fuiste a Venezuela sabiendo muy bien lo que ibas a hacer.

AZUCENA. *(Llorando.)* Pero tenía la esperanza de tropezarme allí con un empresario que me pusiera a cantar.

MARIANO. Ah, bueno, ya eso es asunto tuyo. Pero no me vengas ahora a echar los caballos a mí. Si tú tenías otros planes, **1096** tú sabrías, pero yo te hablé bien claro.

AZUCENA. *(Llorando.)* Si yo debía morirme, morirme...

MARIANO. *(Se le acerca meloso.)* No seas boba, muchacha. Las cosas no hay que tomarlas así. Fíjate, éste es un negocio redondo. Te pasas un tiempito por allá y...

AZUCENA. Prefiero pasar hambre, vivir mal, pero te repito que si yo tengo que irme otra vez a Venezuela a hacer fichas, me mato primero. Si no puedo ser artista, pues friego pisos, vendo café de tres quilos, ¡pero fichera no!

MARIANO. Pues entonces te veo con la frazada o en el kiosquito porque lo que es como artista... Las *tournées* escasean cada vez más. Dentro de poco no se va a poder salir al campo con tanta revuelta que hay por ahí: alzados en la Sierra, sabotajes, bombardeos... La cosa está mala, Azucena, ¿no te das cuenta? En cambio, si te vas para Venezuela...

AZUCENA. ¡Que no, que no y que no! Yo quiero vivir como las personas, chico. Poder caminar con la frente alta. Yo quiero que algún día la gente me diga "señora".

MARIANO. ¿Y quién te quita "lo bailao"? ¿Tú te crees que con la vida de uno puede hacerse eso de borrón y cuenta nueva? Y lo pasado, ¿qué? Ya tú estás sucia, Concha Pacheco.

AZUCENA. *(Grita.)* ¡Vete de aquí!

MARIANO. *(Ya violento.)* Y me voy, chica, me voy. Por fin es que ya bastante tiempo me has hecho perder.

AZUCENA. No quiero verte delante de mí. *(Grita llorando.)* ¡Vete!

MARIANO. No, si ya me voy. Pero oye esto: de ahora en adelante, te buscas a otro comequeque que te sirva de empresario, ¿sabes? Y en cuanto a Yuya la bizca, ¡olvídala! Ahora tú vas a saber la falta que yo te hacía, bobita. Me voy a dar el gusto de verte pasando hambre. ¡Malagradecida! *(Sale violentamente.)*

AZUCENA. *(Llora. Coge la trusa y la tira con rabia en un rincón.)*

En la calle. Al salir Mariano tropieza con una carretilla que en esos momentos entra por la calle. Encima de ella vienen unos trastos viejos y unos bultos de ropa. La conducen Juana, la viuda, y sus cuatro hijos: Luis, de seis años, Juanita, de diez, Caridad, de ocho, y Juan, de trece. Todos visten miserablemente.

MARIANO. *(Violento, a la viuda.)* Toque el fotuto, ¿no? *(Se limpia el pantalón y sale frenéticamente. La viuda y sus hijos se quedan mirando a Mariano y luego avanzan hasta llegar a la puerta de la casita de Iluminada.)*

JUANA. Es aquí. *(Siempre habla muy dulcemente.)*

LUIS. Qué casa más fea, mima.

JUANA. *(Llama.)* Iluminada... Iluminada...

En la casa.

AZUCENA. *(Se seca los ojos rápidamente y va hasta la puerta.)* Iluminada no está.

JUANA. ¡Azucena! *(La abraza.)* ¿No te acuerdas de mí? ¡Juana! La comadre de tu hermana, la que enviudó hace poco.

AZUCENA. Sí, claro que me acuerdo. ¿Cómo está?

JUANA. Regular, gracias. *(A los hijos.)* Miren, hijos, ésta es Azucena del Río, la gran artista.

AZUCENA. *(Trata de sonreír.)* ¿Todos son suyos?

JUANA. Todos. Y pude haber tenido seis más. *(A los hijos.)* Pero, pasen, pasen...

Entran en la casa que de repente se ve invadida. Juan se queda en la calle, bajando las cosas de la carretilla.

AZUCENA. Mi hermana no está. Ya se lo dije.

JUANA. No importa. La esperaremos. *(Se sienta.)* Bueno, muchas felicidades por lo de la casa.

AZUCENA. Gracias. *(Esta visita resulta bastante inoportuna para Azucena por su estado de ánimo, pero trata de ser cortés.)*

JUANA. Me puse de lo más contenta cuando me enteré. Claro, contenta dentro de lo que cabe. Tú sabes mi novedad.

AZUCENA. Sí, claro. ¿Qué tiempo hace que murió su esposo?

JUANA. Juan murió hace seis meses. ¡Seis meses ya, hija! *(Al hijo.)* Luis, ve a ayudar a tu hermano, anda.

El niño obedece.

JUANA. Pues como te iba diciendo: hace seis meses que Juan se murió. ¡Ya te imaginarás la que he pasado yo!

AZUCENA. Me lo imagino, sí. Usted sola, con cuatro mucha-chos... ¿Cómo se las ha arreglado?

JUANA. ¡Pasando más hambre que una hormiga haragana en invierno! Mira esos niños. Parecen cadáveres. *(Con gran natura-lidad.)* Ven acá, Juanita. *(Hala a la niña atrayéndola hacia ella y le mete la mano en la boca.)* Enséñale tus dientes a la muchacha. Mira. ¡Picados todos! Claro, la falta de calcio. *(Por Caridad.)* Y ésta tiene anemia. Pero el que más me preocupa es Juan, que tiene trece años. Está en la edad del desarrollo, imagínate. Necesita una sobrealimentación que yo no puedo darle. Y figúrate, ya tiene hasta novia. Deja que entre para que veas las ojeras que tiene.

Los dos varones empiezan a entrar a la casa con bultos y muebles. Azucena los mira sin comprender.

JUANA. *(A los hijos.)* Déjenlo todo ahí, no traigan nada más. Primero hay que hablar con ellos. *(Azucena, por Juan.)* ¿Ves las ojeras?

AZUCENA. Sí.

JUANA. ¡Hemos pasado las de Caín! Yo lavo para la calle y Juanito vende frutas, pero así y todo no nos alcanza. La que hemos pa...

LUIS. Mima, quiero hacer caca.

JUANA. Espérate. *(Se levanta con gran naturalidad y camina hacia uno de los bultos mientras sigue hablando.)* Y pasó lo que tenía que pasar. Teníamos un cuarto ahí en la Calzada del 10 de Octubre... *(Saca un orinal y se lo da al niño.)* Toma. Y...

AZUCENA. *(Rápidamente.)* Aquí hay baño.

JUANA. ¿Ah, sí? Qué bueno. *(Al hijo.)* Vete al baño, mi vida. *(Deja el orinal.)*

AZUCENA. *(Guiándolo.)* Por aquí... *(En el marco que da al cuarto.)* Mira, es aquella puerta.

El niño sale.

JUANA. Pues como te iba diciendo: teníamos un cuarto en la Calzada del 10 de Octubre y estábamos demandados desde hacía tres meses. El dueño me dijo que si no le pagaba este mes, me ponía los muebles en la calle. Y así lo hizo.

AZUCENA. ¿No tienen casa?

JUANA. No, hija. Nos hemos quedado a la intemperie. *(Con un sollozo.)* ¿Tú sabes lo que es hacerle eso a una pobre mujer con cuatro hijos y sin marido? *(Llora.)* Ahora bien, ¡si hay un Dios en el cielo, Él tiene que castigar a ese sinvergüenza!

JUAN. *(Se le acerca a acariciarla.)* Vamos, vieja, vamos...

JUANA. *(Llorando.)* Si no me alcanza para darle de comer a mis hijos, ¿cómo me va a alcanzar para pagar el alquiler? *(Los enseña.)* ¡Míralos! Creo que lo que le queda a Caridad es un millón de glóbulos rojos.

JUAN. *(Consolándola.)* No llores más.

JUANA. Y yo luchando, luchando, ¡sola con mis cuatro hijos! Cada vez que pienso que si es por mi marido, que en paz descanse, hubiera tenido seis más. Nada más que pensaba en... Por eso se murió como se murió. Acababa de comer, y con la barriga así de llena, iba para la cama, y quería...

1100 JUAN. Vieja, las niñas están delante...

LUIS. *(Fuera de escena.)* ¡Mima! Yo solo no sé.

JUANA. *(A Caridad.)* Niña, ve tú, que yo estoy conversando, anda...

CARIDAD. *(Contrariada.)* ¡Ay, mima! Tú sabes que a mí eso no me gusta. *(Sale.)*

Pausa larga.

AZUCENA. Murió de una embolia, ¿no?

JUANA. Sí. Y yo hace tres noches que no duermo pensando en todo esto. ¿Tú sabes lo que es para una madre verse en la calle con cuatro hijos y sin dinero?

AZUCENA. No, debe ser horrible, la verdad.

JUANA. Por eso, después de pensar y pensar, fue que se me ocurrió esta idea. La única solución posible.

AZUCENA. ¿Cuál?

JUANA. Tú sabes que Iluminada y Octavio bautizaron a mis cuatro hijos. Y yo lo oí bien claro las cuatro veces que el cura se lo dijo: "En caso de faltarle los padres, los padrinos tendrán que hacerse cargo de sus ahijados".

Regresan Luisito y Caridad.

AZUCENA. Quiere decir que..., ¿los niños se mudan para acá?

JUANA. Y yo con ellos, desde luego. Es decir, yo vengo, humildemente, a pedírselo a mi comadre. Y estoy segura de que ella aceptará gustosa porque Iluminada siempre ha tenido muy buen corazón.

AZUCENA. Pero es que esto es muy chiquito y somos muchos.

JUANA. Bueno, pero ella se sacó una casa, ¿no? Esto se queda vacío.

AZUCENA. Pero no puede mudarse hasta que terminen de fabricársela. Y, además, yo me quedo viviendo aquí.

JUANA. ¿Y eso?

AZUCENA. Mi hermana pidió que le fabricaran la casa en el campo, y yo, por mi trabajo, no puedo irme tan lejos. Necesito vivir en La Habana. Por otra parte, la casa no la terminan hasta dentro de seis meses. En caso de que ustedes se quedaran, ¿cómo nos las arreglaríamos?

JUANA. *(La mira, luego a sus hijos y, después de una pausa, empieza a llorar nuevamente.)* La última puerta se nos cierra también, hijos. Nos quedamos en la calle.

Todos empiezan a llorar.

AZUCENA. Juana, yo no quiero que usted se ponga brava, pero comprenda que...

JUANA. Mejor es estar muertos, muertos...

AZUCENA. ¿Qué más quisiera yo que poder ayudarlos? Pero...

JUANA. Descuida, hija, descuida. Nosotros no tenemos derecho a nada, así que no tengas pena. A nadie tiene por qué importarle lo que nos ha pasado. Me iré con la carretilla, los muebles, la ropa lavada de mis clientes, y mis cuatro hijos. No importa... *(Avanza hacia la puerta lentamente.)* Gracias por todo y dile a Iluminada que estuvimos aquí, y que cuando quiera saber de nosotros, vaya por los parques y por los portales. De ahora en adelante, ése será mi hogar y el de mis hijos. *(A los varones.)* Lleven otra vez las cosas para la carretilla.

Se ponen en movimiento.

AZUCENA. Juana, yo no quisiera que usted se fuera así de aquí. Le juro que si en mis manos estuviera poder ayudarla, yo lo haría, pero...

JUANA. *(Secándose las lágrimas.)* No te preocupes, mi vida, no te preocupes. Ya Dios tratará de tendernos una mano y de castigar a ese sinvergüenza que nos desalojó. *(Grita desesperada, "a la italiana".)* ¡Él tiene que ayudarnos porque soy una madre..., y una pobre mujer! *(Llora.)*

En la calle. Aparece Iluminada. Trae puesto su uniforme de conductora. Mira la carretilla extrañada, y a los niños, que ya van saliendo, seguidos de su madre y de Azucena.

ILUMINADA. ¡Eh! ¿Y esto? *(La descubre.)* ¡Juana! *(Corre a abrazarla.)*

JUANA. *(Hecha un mar de lágrimas.)* ¡Iluminada! *(Se abraza a ella, llorando.)*

ILUMINADA. Pero, ¿y esto? ¿Qué pasa?

CARIDAD. *(Se aferra a sus piernas, llorosa.)* Madrina, no tenemos casa.

JUANITA. Nos botaron porque mamá no podía pagar el alquiler.

ILUMINADA. ¡Mentira! Pero..., ¿eso es verdad, Juana?

JUANA. Como lo oyes.

ILUMINADA. *(La abraza de nuevo.)* ¡Por tu vida! Pero..., ¿cómo es posible?

JUANA. Veníamos a pedirte que nos dejaras vivir aquí. Como tú tuviste la suerte de sacarte esa casa... Pero tu hermana dice que no te la entregan hasta dentro de seis meses, y que de todas formas ella se va a quedar viviendo aquí. Dice que no cabemos. Por eso nos íbamos.

ILUMINADA. ¡Ah, no! Yo no puedo consentir que ustedes vivan en la calle. Primero me voy yo antes que ustedes.

AZUCENA. ¡Iluminada!

CARIDAD. ¡Madrina!

JUANA. *(Anhelante.)* ¿Vas a hacer algo por nosotros?

ILUMINADA. Voy no, "tengo que hacer algo por ustedes".

JUANA. *(Elevando los brazos.)* ¡Gracias, Dios mío, gracias!   1103

ILUMINADA. Pero, ¿qué? ¿Qué hago? Lo que te dijo Azucena es verdad... ¡Ay! Si no hubiera roto el cochinito, ahora mismo les daba dinero para que se fueran a alquilar un cuarto y a comprar algo de comer. Pero..., ¿quién iba a saber? *(Pausa. Piensa. Toma una resolución y dice decidida.)* Bueno, no hay otro remedio. Nos arreglaremos como podamos. *(A Juan.)* Juanito, saca las cosas de la carretilla y métalas en la casa. ¡Ustedes se quedan aquí! *(Camina resueltamente hasta la carretilla para ayudarlos.)*

JUANA. *(Abrazándola llorosa.)* ¡Gracias, mi comadre, gracias!

LOS HIJOS. Gracias, madrina.

AZUCENA. Pero, Iluminada, ¿tú te has vuelto loca?

Empiezan a entrar y salir todos, llevando cosas.

ILUMINADA. ¿Loca por qué? ¿Tú te crees que yo puedo permitir que estos angelitos vivan en la calle?

La sala de Iluminada se va llenando de trastos.

AZUCENA. Pero es que no cabemos.

Lola abre su puerta.

LOLA. ¿Y esto qué es?

JUANA. *(Presentándose, muy sonriente.)* Somos los nuevos vecinos.

LOLA. ¡Ay, mi madre! Nos mudan. Las Yaguas para acá.

Cierra violentamente.

JUANA. *(Cargando cosas.)* Yo sabía que Dios no podía abandonarnos.

Luis saca una corneta de uno de los bultos y le da un tambor a Caridad. Empiezan a tocar los dos.

ILUMINADA. Mientras Iluminada Pacheco viva, le estará haciendo favores a todo el que pueda hacérselos.

1104 AZUCENA. ¡Yo quisiera saber quién te ha hecho favores a ti!

ILUMINADA. No importa. Dios me recompensará.

JUANA. *(Con uno de los bultos.)* ¡La ropa de mis clientes! *(A Juanita.)* Vamos a tenderla para que no coja peste. Está húmeda. *(Empieza a tender en las sogas que atraviesan la calle. Lola se asoma de nuevo.)*

LOLA. *(Grita.)* ¡OOOooigaaan! ¡Que mi hija está durmiendo!

Se asoma Carmelina.

CARMELINA. Pero, ¿qué es esto?

LOLA. *(Violentamente.)* ¡Llegaron las lluvias, hija!

Iluminada y Azucena siguen de un lado a otro con sus cargas y discutiendo en alta voz y acaloradamente. Juana tiende la ropa ayudada por Juanita. Luis toca la corneta estrepitosamente y Caridad el tambor. Juan acomoda los bultos en la sala. La hija de Lola llora a todo pulmón y, entretanto, las luces bajan gradualmente hasta el total.

Apagón.

CUADRO SEGUNDO

El mismo lugar, seis meses después. Es domingo y son aproximadamente las diez de la mañana. En la calle, junto a la casa de Iluminada, está instalada una pequeña carpa de circo semejante a una depauperada tienda de campaña. Una soga atraviesa de lado a lado la sala de la casa, llena de ropa lavada, del mismo modo que las sogas que se encuentran en la calle. En la casa es bien visible un torbellino de muebles amontonados, juguetes y trastos viejos. Cerca de la puerta de entrada hay una maleta de cartón, preparada para el viaje. En escena aparece Octavio, sentado junto a la mesa, de frente al público, con su inmutable 1105 *expresión cadavérica en el rostro. Las puertas y ventanas de Carmelina y Lola están cerradas. La entrada a la carpa del circo —que en estos momentos se encuentra cerrada— deberá quedar de frente al público. Carmelina abre su puerta para depositar un paquete de basura en su latón, y cuando lo está haciendo, se abre la puerta de Lola y sale ésta frenéticamente con su hija cargada, y llevando por una oreja a Luisito.*

LOLA. ¡Te he dicho que aquí no te quiero! Lárgate para tu casa y no entres más aquí.

Luisito echa a correr para su casa.

CARMELINA. *(A Lola.)* ¿Qué pasó?

LOLA. Tienen piojos, hija. *(Entra a su casa.)*

Carmelina también entra a su casa. La puerta de la carpa se abre y salen Iluminada y Caridad, la hembra menor de Juana. De todos sus hermanos ella es la más dulce y cariñosa, la menos envilecida por el ambiente. Sostiene una muñeca sucia y rota en sus brazos. Iluminada trae la maleta que utilizara en el acto primero y la coloca en la calle, cerca de la carpa. En el interior de la misma, es visible una colchoneta sin sábana colocada en el suelo y una almohada sin funda.)

CARIDAD. Entonces, ¿podré jugar aquí con mis muñecas? ¿Ésta será la casa de mis muñecas?

ILUMINADA. Sí, preguntona, sí. Ya me tienes la cabeza boba de tantas preguntas que haces. ¿Por qué eres tan preguntona, muchacha?

CARIDAD. Perdona, madrina. No te voy a preguntar nada más. ¿Tú crees que quepan todos los juguetes aquí?

ILUMINADA. *(Sonriendo.)* Si allá dentro he dormido yo durante seis meses, ¿cómo no van a caber tus juguetes, Caridad?

CARIDAD. ¿Y padrino no se pondrá bravo?

1106 ILUMINADA. ¿Bravo por qué?

CARIDAD. Porque tú nos dejes la carpa.

ILUMINADA. No. ¿Para qué quiere él esta carpa? *(Empieza a enrollar el colchón para sacarlo y dejarlo afuera.)* Nosotros nunca volveremos a trabajar en el circo.

CARIDAD. ¿Y por qué él dice que sí?

ILUMINADA. *(Deja su tarea.)* ¿Cómo?

CARIDAD. Hace un ratico me lo dijo. Me dijo que iba a volver. Lo que no me dijo fue cuándo.

ILUMINADA. *(Pausita.)* No le hagas caso. Él quiere..., pero eso no puede ser. *(Sigue con su tarea.)* El circo se acabó hace muchos años para nosotros... *(Termina con el colchón y mira la ropa tendida.)* Déjame quitarle esta ropa a tu madre. Ya tiene cara de estar seca. *(Avanza hacia las tendederas.)*

CARIDAD. ¡Ay, a mí también me gustaría trabajar en el circo!

ILUMINADA. *(Deja su labor y mira a la niña.)* No digas eso ni en broma, muchacha. Tú no sabes lo que dices.

CARIDAD. ¿Por qué?

ILUMINADA. Eso es lo más horrible que hay. Te lo digo yo. En lo que me queda de vida, no voy a un circo ni de visita. *(Ha seguido con la ropa.)* Si una vez pasó un carro por aquí, con unos artistas de circo que iban para Matanzas, y cuando los vi me eché a llorar.

CARIDAD. ¿Por qué?

ILUMINADA. Porque me dieron lástima. Era un circo de mala muerte. De la misma categoría que eran los circos donde trabajábamos nosotros. Me puse a pensar en todo lo que yo había pasado: las burlas, el hambre, la miseria..., ¡nada! ¡Que acabé llorando como una imbécil! Y no me hables nada más de eso. Cada vez que lo hago me vienen mil recuerdos a la cabeza, y todos son malos. *(Ya ha terminado de descolgar toda la ropa. Entra Juan por la calle, arrastrando la carretilla del cuadro anterior, que esta vez viene llena de frutas.)*

CARIDAD. Eh, mira a Juan.

ILUMINADA. ¿Qué pasa, mi ahijado?

JUAN. Hola, madrina. ¿Cuándo se van?

ILUMINADA. A las once vienen a buscarnos los de la publicidad.

Sale Juana de la casa.

JUANA. *(Por el hijo.)* Vaya, al fin llegas. Nada más que estábamos esperando por ti. Si nos agarra el mediodía, no hay quien coja una guagua para ese cementerio.

JUAN. Por mí ya podemos ir andando.

ILUMINADA. Mira, Juana, te quité esta ropa. Ya estaba seca.

JUANA. Ay, mi comadre, muchísimas gracias. No sabes cuánto te lo agradezco. *(Toma la ropa.)* Figúrate, ya es tardísimo y estos muchachos todavía no están listos. Juanita hace una hora que está metida en el baño. ¿Tú me quisieras quitar también la de la sala para ocuparme yo de los niños? Si no, no acabo nunca.

ILUMINADA. Claro, mujer. *(Entrando a la casa.)* Si yo no tengo nada que hacer. Todo está preparado.

Después de cubrir las frutas con un nailon, Juan entra a la casa detrás de su hermana y su madre y penetran todos en la habitación. Iluminada comienza a destender la ropa que atraviesa la salita, mientras Octavio continúa en su mismo sitio.

En la casa.

JUANA. *(Desde el cuarto.)* ¡Niña, apúrate! Tu hermano tiene que lavarse la cara.

OCTAVIO. *(Pausita.)* ¿Ya está todo listo?

ILUMINADA. Sí, viejo.

OCTAVIO. ¿Y la carpa?

ILUMINADA. Allá afuera.

OCTAVIO. Entonces no está todo listo. Hay que recogerla.

ILUMINADA. *(Lo mira seriamente.)* Esa carpa se queda aquí, Octavio.

OCTAVIO. *(Se levanta.)* ¿Y por qué razón? ¡Esa carpa es mía y me la llevo! *(Corre a la puerta para salir a buscarla.)*

ILUMINADA. *(Le interrumpe el paso poniéndose en la puerta con los brazos extendidos.)* ¿Para qué la quieres?

OCTAVIO. ¿Cómo que para qué la quiero? Algún día me hará falta, ¿no? Siempre es útil. Fíjate, si no es por ella, tú no tienes donde dormir estos meses.

ILUMINADA. Ahora tendremos una casa de mampostería, viejo. Con dos cuartos para nosotros solos. Tenemos techo de sobra.

OCTAVIO. *(Buscando argumentos.)* Nadie sabe... La carpa hace falta, así que voy a buscarla.

ILUMINADA. ¡Octavio!

OCTAVIO. ¡Déjame, chica!

ILUMINADA. ¡No!

OCTAVIO. ¿Por qué?

ILUMINADA. ¿Tú quieres que yo te diga una cosa?

OCTAVIO. ¿Qué?

ILUMINADA. Mientras esa carpa esté con nosotros, yo no podré vivir tranquila.

OCTAVIO. ¿Por qué?

ILUMINADA. ¡Porque huele a circo! Ya sé que le estuviste diciendo a Caridad que ibas a volver.

OCTAVIO. Porque es verdad.

ILUMINADA. Bueno, pues, ¡anda! Vete ahora mismo. Pero te vas solo, ¿oíste? ¡Anda! Deja que te dé un ataque en el preciso momento en que estés encaramado allá arriba. ¡Deja que la gente se ría de un epiléptico! ¡Vete a pasar hambre!

Juanita se asoma al marco de la puerta.

JUANITA. ¿Están peleando?

Se asoma Juana.

JUANA. *(Retorciéndole una oreja a su hija.)* ¡Niiiña! ¿A ti qué te importa? *(A ellos.)* Perdónenla. Sigan con su bronca. *(Se van las dos.)*

ILUMINADA. *(Pausita.)* ¿Qué esperas?

OCTAVIO. No me provoques.

ILUMINADA. No te provoco. Quiero darte el gusto. Vete ahora mismo.

OCTAVIO. *(La mira con odio y después de un momento avanza hacia ella y le da una bofetada.)*

ILUMINADA. *(Sorprendida.)* ¡Octavio!

LUIS. *(Asomando la cabeza.)* Mima, le pegó.

JUANA. *(Desde el cuarto.)* ¡Luisito! ¡Sal de la cortina! Ponte el pantalón.

Se advierte que esta escena entre Iluminada y Octavio no deberá conducirse, en el trabajo de puesta en escena, por una línea que lleve al melodrama ni a algo cercano a éste. Es una escena grotesca por excelencia. Ninguna escena de esta obra deberá producir lástima en el espectador, sino rechazo ante la situación dada. El autor no busca lágrimas, sino reflexiones. Esta pieza no es un melodrama ni en sus escenas más cercanas a éste. En todo caso, posee personajes y situaciones melodramáticas, pero esto con un sentido criticista. O sea, no es para realzarlo, sino para burlarlo. Estamos ante una comedia grotesca con elementos d humor negro, que pretende reflejar una época y unos personajes que conformaron parte de la realidad cubana en los años

anteriores al triunfo de la Revolución; no nos hallamos ante un.

sentimental cuadro de miserias humanas y sociales sin remedio, al estilo de los más amelcochados dramones del peor cine comercial latinoamericano. Esta observación del autor responde a los resultados obtenidos con El premio... *en algunas puestas en escena, sobre todo europeas, en donde el melodrama ha debilitado los objetivos primordiales de la pieza.*

OCTAVIO. *(Con odio.)* Ya me tienes harto, ¿oíste? ¡Harto!

ILUMINADA. Pero, Octavio...

OCTAVIO. En primer lugar, quiero decirte que en Cuba nadie ha cruzado la cuerda floja como yo, nadie ha tragado espadas de fuego como yo. ¡Y tú tienes la culpa de que yo no haya llegado a ser todo lo que pude haber sido!

ILUMINADA. ¿Yo?

OCTAVIO. Sí, ¡tú! Por tu culpa me dejaron fuera del circo. Le dijiste al empresario que yo era un epiléptico y que le estaba echando a perder el espectáculo.

ILUMINADA. Pero si yo lo hice por tu bien. Tenía miedo de que te mataras.

OCTAVIO. ¡Mentira! Lo que querías era vivir tranquila, no ponerte más la trusa ni tocar la trompeta. No querías que la gente siguiera riéndose de ti. Pero, ¿es que acaso no comprendes que yo me casé contigo precisamente para eso, comemierda? ¿Para que la gente se riera de ti y luego mirara con simpatía el número que yo iba a hacer? ¿Para "utilizarte", del mismo modo que utilizaba la cuerda y las espadas?

ILUMINADA. *(Anonadada.)* Octavio...

OCTAVIO. ¿Qué creías? ¿Que lo hice porque me gustabas? ¿A quién ibas a gustarle tú, gorda? Y, por otra parte, ¿piensas que en algún momento yo creí que me querías, que estabas enamorada de mí? No soy tan idiota. ¿Quién iba a enamorarse de un epiléptico flaco, medio tieso, con seis dedos en el pie derecho y esta cara de calavera? Te casaste conmigo porque tenías que elegir a un tipo así, si no querías quedarte para vestir santos.

ILUMINADA. Eso no es verdad, Octavio. Yo te...

OCTAVIO. Nuestro matrimonio fue un "negocio". Y por eso nunca quise que tuviéramos hijos... *(Bien grotesco.)* ¡Porque iban a salir muy feeooos! Pero tú me estafaste en el negocio. Te alejaste del circo y me alejaste a mí. Destruiste mi vida. Por eso, cuando me di cuenta, me dije: "Pues bien, me voy a vengar". Y así lo he hecho. Durante todos estos años, yo he vivido de panza, y tú has trabajado para mí. ¡No he disparado un chícharo, y te he obligado a que me mantengas! Durante todos estos años he tratado de torturarte con mis falsos suicidios. ¡Claro que nunca he querido matarme! Lo he hecho nada más que para verte angustiada, llorosa, sufriendo. ¡Lo he hecho para vengarme de lo que me hiciste!

ILUMINADA. ¿Por qué, Octavio, por qué? ¡Si hoy debía ser un día feliz para nosotros, chico! ¿Por qué has esperado a decirme todo eso en un día como hoy?

Sale Luisito del cuarto tocando la corneta chillonamente. Detrás viene Juana, seguida por el resto de sus hijos. Cada uno de ellos lleva un ramito de flores.

JUANA. ¡Niño! ¿Será posible que en un día como el de hoy, en que tu padre cumple su primer año de muerto, tú te pongas a tocar la corneta? *(Se la quita con violencia.)* ¡Déjala aquí! Desde niños hay que empezar a tener sentimientos en la vida, ¿sabes? ¡Y mira a ver cómo te portas en el cementerio! Ése es un lugar sagrado, así que tienes que comportarte como si estuvieras en la iglesia.

ILUMINADA. ¿Ya se van?

JUANA. Ya. ¡Eh! ¿Tú estabas llorando? ¿Y eso? ¿Qué pasó?

LUIS. Mima, que él le dio una galleta. Acuérdat...

JUANA. *(Le retuerce una oreja.)* ¡Niiiñooo!

ILUMINADA. Nada. Es que..., ya se acerca la hora de irme yo también y tú sabes que a una le da tristeza desprenderse de las cosas. Aunque sea de esta miseria. Siempre hay recuerdos y...

¡Nada, que soy muy boba! Mira, ésta es la ropa que estaba tendida aquí. ¿Dónde te la pongo?

JUANA. En el cuarto. Voy a plancharla por la noche. Niños, despídanse de su madrina.

LOS HIJOS. *(Rodeando a Iluminada.)* Adiós, madrina. Un beso. *(Etcétera.)*

JUANA. Tienen que quererla mucho, ¡mucho! ¡Tienen que bendecirla! Gracias a ella ustedes no han tenido que dormir en la calle. *(La abraza.)* ¡Ay, Iluminada!, ¡esto te lo agradecerá toda la vida!

ILUMINADA. No tienes que agradecerme nada, Juana. Los humanos estamos para ayudarnos los unos a los otros.

JUANA. ¡Que goces tu casa con mucha suerte y mucha salud!

ILUMINADA. Eso sobre todo: salud. Habiendo salud, lo demás se arregla.

JUANA. *(A los hijos.)* Bueno, despídanse de Octavio.

LOS HIJOS. Adiós, padrino. Hasta luego. *(Etcétera.)*

JUANA. *(Mientras los hijos se despiden.)* Me hubiera gustado estar aquí para cuando te fueras, pero las casualidades, hija. Juré que el día en que Juan cumpliera un año de muerto, me iba a pasar "el día entero" en el cementerio. Aquí llevo hasta la comida de los muchachos.

ILUMINADA. No tengas pena.

JUANITA. Mima, ya.

JUANA. *(A Iluminada.)* Bueno... *(La besa.)* ¡Muchas cosas buenas! Y no te olvides de nosotros, mi comadre. Ven a visitarnos de vez en cuando. Mis hijos y yo siempre estaremos aquí para recibirte con los brazos abiertos y bendecirte por lo que has hecho por nosotros. Adiós y buena suerte.

ILUMINADA. Igualmente.

JUANA. (*A los hijos.*) Vamos.

Emprenden la marcha saliendo a la calle. Iluminada coge la ropa destendida y entra con ella al cuarto.

LUIS. (*Deteniendo la marcha.*) Mima, quiero hacer pipí.

JUANA. ¿Qué cosa? ¡Ahora aguantas! Has estado diez horas sin hacer nada. Orinas en el cementerio, que allí hay bastante yerba. (*Echan a andar de nuevo.*)

JUANITA. (*Saliendo.*) Pues sí, mima. Le dio tres galletas.

JUAN. Si por poco la mata. (*Desaparecen todos.*)

En la casa. Iluminada sale del cuarto sin el bulto de ropa. Se queda en el marco, contempla a Octavio, y después de unos segundos, le dice.)

ILUMINADA. (*Simple, sincera.*) Fíjate, Octavio, si lo que tú querías era aguarme la fiesta, te felicito, porque lo lograste. Y de qué manera. Ahora me da lo mismo irme a vivir a la casa nueva, que quedarme en esta barraca para siempre. Pero hay algo que me interesa aclararte, ya que espero que nunca volveremos a hablar de esto: si me casé contigo a pesar de tu cara de calavera, tus seis dedos en el pie derecho, y todas tus cosas feas, no fue por lo que piensas. Yo sabía que no era linda, y estaba resignada a quedarme solterona. (*Con una sonrisa suave.*) Nadie se muere por eso, chico. (*Riéndose de sí misma.*) Cuando cumplí los quince, nadie se enteró. No había dinero para fiestas y, aunque lo hubiera habido, yo no me ponía un traje ancho de tul rosado, ni por lo que dijo el cura. Era regordeta y fea, y se hubieran reído de mí, como lo hicieron después en el circo, con la trusa y la trompeta... Lo que pasó fue que cuando me dijiste: "¿Te quieres casar conmigo?", yo creí que eras sincero, ¿tú no sabes? No podía pasarme por la cabeza que sólo me quisieras para..., para lo que me dijiste hace un momento. ¡Qué cosa tan grande! Pero, bueno, vale más tarde que nunca, y al fin me entero de la verdad. El caso es que ahora, aunque lo sepa, ya no puedo echarme atrás, ¿te das cuenta? No puedo, Octavio. (*Conteniendo el llanto.*) Y aunque te importe poco esto, entérate, chico: ¡yo te quiero, coño! *(Sale corriendo a la calle y se recuesta a la pared de su casa, llorando.)*

En la calle.

LOLA. *(Fuera de escena.)* Iluminada...

ILUMINADA. *(Deja de llorar y se seca las lágrimas rápidamente.)* ¿Qué?

LOLA. *(Abre su puerta y le pregunta en voz baja.)* ¿Ya se fue tu comadre con sus hijos?

ILUMINADA. Sí. Ahora mismo. ¿Por qué?

LOLA. Para abrir mis puertas y ventanas, hija. La niña necesita un poco de sol. *(Abre la puerta de par en par.)* Ay, ¡qué bueno! *(Grita.)* ¡Carmelina, ya puedes abrir! ¡Pasó el peligro! *(Entra.)*

Azucena viene por la calle. Descubre a su hermana.

AZUCENA. Iluminada...

ILUMINADA. *(Volviéndose a ella.)* Ah, mi hermana. Al fin.

AZUCENA. ¿Todo listo ya?

ILUMINADA. Sí.

AZUCENA. Pensé que iba a llegar tarde. ¡He corrido! Y... total. No he conseguido nada. Qué mala está la cosa, vieja. El trabajo está cada vez peor.

ILUMINADA. Yo no me hubiera ido sin despedirme de ti, no te ocupes. Así que no conseguiste nada...

AZUCENA. No. Pero no te preocupes. Ya conseguiré. Y sin dejar el arte. Me va de capricho ser artista. Y triunfaré, aunque me cueste trabajo. Como aquella muchacha de la película mexicana, ¿te acuerdas? Digo, ¿era mexicana o argentina?... *(Se queda pensando.)*

ILUMINADA. Bueno, ya ahorita llegan a buscarme. Creo que podemos ir despidiéndonos.

AZUCENA. *(La abraza.)* En cuanto pueda, me llego hasta allá y me paso un par de días contigo.

ILUMINADA. Allí siempre tendrás tu cuarto preparado para que vayas cuando te dé la gana. No me gusta esto de dejarte abandonada. Una muchacha soltera y señorita como tú, necesita una hermana mayor que la cuide. Además, yo sé que tú no te sientes bien aquí, con Juana y sus hijos. Pero, ¿cómo iba a dejarlos desamparados, vieja? ¡A mala hora pedí que me fabricaran la casa en el campo! Ahora me pesa.

Se escucha a lo lejos un enorme barullo seguido del insistente claxon de un auto.

ILUMINADA. Ay, ahí están. *(Se acerca a la puerta de la casa y llama.)* Octavio, ya están aquí.

AZUCENA. *(Que ha corrido hasta el foro.)* Sí, son ellos. Ahí vienen.

ILUMINADA. *(Cogiendo las maletas.)* ¡Carmelina! ¡Lola! ¡Ya me voy!

Octavio está parado, inmóvil, en el umbral de la puerta.

ILUMINADA. Vamos, viejo. Quita esa cara. ¡Hoy debemos estar alegres! *(Lo besa.)*

Carmelina sale de su casa y Lola de la suya, con su hija y su marido.

CARMELINA. ¡Ay, mi vecina del alma! Adiós, buena suerte. *(La abraza.)* Cada vez que ponga el radio me voy a acordar de ti. ¡Te lo agradeceré toda la vida! *(Grita a su ventana.)* ¡Baja, Domingo!

Por la calle comienza a llegar la gente del barrio. Se escucha el auto deteniéndose. Lola también abraza a Iluminada. Baja Domingo.

LOLA. *(Muy eufórica.)* ¡Muchas felicidades, mi amiga, y que disfrutes la casa como tú te mereces! Y gracias una vez más por todos los regalos que me has hecho. *(La abraza.)*

Entra el locutor con unos espejuelos oscuros, seguido de todo su "team", excepto la modelo gaga.

LOCUTOR. *(Acercándose.)* Señora Pacheco...

LOLA. *(Sonriéndole.)* Ey, ¿qué tal?

LOCUTOR. Cuando guste. El auto espera por usted.

ILUMINADA. Enseguida, enseguida.

EVELIO. ¡Ah, no! Un momento. Usted no puede irse así, Iluminada. Tenemos una sorpresa para usted.

ILUMINADA. *(Sonriendo.)* ¿Ah, sí?

EVELIO. Espérese un momento. *(A los vecinos.)* ¡Muchachos!

LOCUTOR. Oiga, estamos apurados.

EVELIO. Un momentico, señor.

De entre los vecinos sale un grupo de hombres y se acerca a Iluminada. Uno trae unas maracas, otro una guitarra, otro dos cajones, y Evelio saca de su bolsillo unas claves.

ILUMINADA. Pero, ¿y esto qué es?

EVELIO. *(A todos.)* ¡Caballeros! Este numerito que vamos a tocar ahora, va dedicado a Iluminada y Octavio, como señal de despedida cariñosa de todos los vecinos del barrio de Luyanó, deseándoles una vida muy feliz en esa casa que se sacaron y pidiéndoles que, de vez en cuando, se acuerden de invitarnos a pasar un fin de semana por allá.

Ríen los vecinos.

EVELIO. ¡Arriba, muchachos!

Los hombres empiezan a tocar y todos cantan.

"Ahora seremos felices"
Yo tengo ya la casita,

(Exclamaciones de júbilo.)

que tanto te prometí,
y llena de margaritas
para ti, para mí.
Será un refugio de amores,
será una cosa ideal,

(Iluminada abraza a Octavio, feliz.)

y entre romances y flores
formaremos nuestro hogar.

(Todos los vecinos se animan y cantan a coro.)

Ahora seremos felices,
ahora podemos cantar
aquella canción que dice así,
con su ritmo tropical:
Larala laralalará
laralala laralá,
¡que Dios nos dé mucha vida, negro,
y mucha felicidad!

Termina la canción y hay aplausos y exclamaciones. Algunos abrazan a Iluminada y Octavio. Otros estrechan sus manos.
ILUMINADA. Gracias, muchas gracias.

LOCUTOR. Vamos, señora. *Time is money.* La entrega de la casa será filmada, y a partir de mañana aparecerá en todos nuestros programas de radio y televisión.

ILUMINADA. Muy bien, muy bien. Vamos, Octavio.

OCTAVIO. *(No se mueve. Mira la carpa fijamente y permanece serio.)*

ILUMINADA. *(Abrazando a Azucena.)* Adiós, mi hermana. Cuidate, ¿eh? Y ve a vernos lo más pronto posible. *(Está a punto de echarse a llorar.)*

EVELIO. *(Se le acerca.)* ¡Ah, no! Despedidas tristes no. Vamos, alegre esa cara. ¡Si hoy es un día muy grande para usted!

ILUMINADA. Claro, si estoy muy alegre. *(Trata de creerlo.)* ¡Si hoy es un día muy grande para mí, claro! Soy una mujer feliz. ¡La más feliz de la tierra! *(Queriendo alegrarse.)* ¡Viva la alegría!

VECINOS. ¡Vivaaa!

LOLA. *(A Evelio.)* ¡Pensar que esa casa debía de ser para nosotros! Yo tengo una niña chiquita y esta gente son unos puercos.

EVELIO. Ay, Lola, al que Dios se lo dio...

LOCUTOR. *(Saliendo.)* A ver, señora, yo llevo sus maletas.

ILUMINADA. Muchísimas gracias.

VECINOS. ¡Adiós, Iluminada, adiós, Octavio! ¡Suerte! ¡Felicidades!

ILUMINADA. *(Alzando los brazos mientras sale.)* ¡Gracias, gracias, mis vecinos! Y suerte para ustedes también. Por lo menos..., ¡en un año!..., no me vuelven a ver el pelo por aquí, así que ¡suerte! ¡Que Dios los bendiga a todos!

Gritos generales. Iluminada repara en Octavio, detenido junto a la puerta, mirando a la carpa.

ILUMINADA. Vamos, Octavio.

OCTAVIO. *(La mira y después de unos breves segundos echa a correr hacia la carpa, encerrándose en ella. Todos reparan ahora en la acción de Octavio y se hace un silencio absoluto.)*

ILUMINADA. ¡Vamos, chico, no perdamos tiempo! *(Pausa. Ve que no sale.)*

LOCUTOR. Señor, por favor. ¡El tiempo es oro!

ILUMINADA. *(Tiene un presentimiento, pero trata de disimular la situación, y dice sonriendo.)* Es un muchacho. Si sigue demorándose, voy a tener que sacarlo de ahí.

LOCUTOR. Hágalo. Ya hemos perdido bastan...

OCTAVIO. *(Dentro de la carpa, grita.)* Iluminada, ven acá. Mira esto.

ILUMINADA. *(A los demás, con una sonrisa forzada.)* ¿Ven lo que les digo? Es un muchacho. ¿Qué querrá ahora? *(Avanza decidida hacia la carpa y entra.)*

OCTAVIO. *(Dentro de la carpa.)* ¡Mira!

ILUMINADA. *(Después de una breve pausa, lanza un estrepitoso grito.)* ¡Octavio! ¡Auxilio!

Todos corren hacia la carpa, pero no entran. Evelio y Domingo en primer término.

EVELIO. *(Sin entrar.)* ¿Qué pasa?

ILUMINADA. *(Sale de la carpa lentamente y hecha un mar de lágrimas.)* Octavio... Está allá adentro... Se..., quitó el cinturón delante de mí... *(Ejecuta la pantomima.)* Y en mi propia cara..., ¡se ha ahorcado!

LAS MUJERES. ¡AAAAAAAYYYYYYY!!!!

Se arma un revuelo general que rompe la tensión. Iluminada da rienda suelta a su llanto. Las mujeres salen corriendo en un gran barullo y los niños también. Domingo entra a la carpa. Evelio va a hacerlo también, pero Lola lo agarra de un brazo, impidiéndoselo.

LOLA. *(Halándolo.)* ¡Corre, Evelio! ¡No te metas en nada! *(Entra a su casa.)*

CARMELINA. *(Entrando a la suya velozmente.)* ¡Solavaya!

Azucena ha corrido a situarse cerca de su hermana. Ésta llora agarrada de la tela de la carpa.

ILUMINADA. Octavio..., ¿por qué? Si hoy debió ser un día feliz, chico. Hoy debió ser un día feliz...

Azucena la consuela. Sale Domingo del interior de la carpa. Su expresión es grave.

AZUCENA. ¿Qué?

DOMINGO. *(Seriamente.)* Tiene los ojos muy abiertos... *(Abre los suyos desmesuradamente.)* Y la lengua afuera... *(Saca la suya.)*

Los hombres han rodeado la carpa. Iluminada llora desconsoladamente. Sobre esto cae rápidamente el

Telón.

ACTO TERCERO

CUADRO PRIMERO

Antes de abrirse el telón, la sala se oscurecerá totalmente. En medio de esto se escucharán estallidos de bombas, tableteo de ametralladoras y un fuerte tiroteo. El telón se abrirá en la oscuridad, y al encenderse las luces ya habrán cesado por completo estos efectos. (Podría también proyectarse un filme con pasajes de la lucha insurreccional en Cuba, durante los años 50.) En la escena todo está más o menos igual que siempre: la carpa en su lugar (con la puerta cerrada), la carretilla cubierta con su nailon, los latones repletos de basura, y las sogas de tendedera llenas de ropa lavada. La antigua casa de Iluminada está cerrada y en ella sigue siendo visible el reguero y el amontonamiento. El retrato de Azucena, que ocupara el sitio de honor en la salita, ha sido eliminado, y en su lugar cuelga una foto de Juan, el difunto esposo de Juana, sobre un pequeño búcaro con flores. Las puertas y ventanas de Lola y Carmelina están abiertas. Han pasado tres meses desde el acto anterior y es una hora cercana al atardecer. En la calle hay varias personas sentadas. En sillas unos y en cajones otros. Son, de izquierda a derecha: Lola, Evelio, Domingo, Carmelina e Iluminada. A esta última parece como si le hubieran caído varios años encima de repente. Luce vencida, aplastada. Su cara descansa pesadamente sobre su puño derecho, y su grueso cuerpo sobre un cajón de madera. Lleva atado un pañuelo a su tobillo izquierdo. Cerca de ella descansan sus dos viejas maletas, que lucen más deterioradas aún que en el acto anterior. Junto a éstas hay otro cajón vacío. Todos contemplan a Iluminada con gravedad.

ILUMINADA. *(Después de una pausa, pesadamente.)* Nada... de repente, nada...

CARMELINA. ¿Quién se lo iba a imaginar?

ILUMINADA. Y si vieran lo bonita que estaba la casa.

LOLA. La vimos en la *Bohemia*, cómo no. Y tú quedaste de lo mejor en la foto.

ILUMINADA. En el portal tenía dos sillones de lo más cómodos para sentarse en ellos por la tarde, que era cuando no daba el sol. ¡Eso fue lo único que quedó en pie! El portal, con sus dos sillones.

De la casa de Carmelina sale Octavio y se dirige al grupo.

OCTAVIO. *(A Domingo.)* Gasté el agua que quedaba en el tanque del inodoro.

DOMINGO. No importa, Octavio. Carmelina tiene más agua recogida.

Octavio se sienta en el cajón desierto.

EVELIO. ¡Y suerte que se salvaron ustedes! Fue un milagro. Bueno, ¡de Octavio no me extraña, claro! Éste tiene site vidas como los gatos. Mira que la última vez, todos pensamos que se había ahorcado de verdad, y, sin embargo, aquí lo tiene. Pero, usted, Iluminada...

ILUMINADA. Ojalá hubiésemos estado dentro de la casa cuando le cayó la bomba.

DOMINGO. No diga eso.

ILUMINADA. Es la verdad. Pero Dios quiso que viera todo aquello con mis propios ojos. Todo roto, quemado, todo en el suelo..., menos el portal, con sus dos sillones grandes, y nosotros dos.

CARMELINA. ¿Y no pudiste salvar nada, nada, nada?

ILUMINADA. La ropa, sí. Se salvó toda. Pero los muebles... ¡Si por lo menos hubiese podido salvar la máquina de coser! Ya estaba haciéndome de una clientela. Pero nada...

LOLA. ¿Y era la primera vez que bombardeaban aquella zona?

ILUMINADA. Sí, por eso nos cogió de sorpresa. Yo sentí los aviones, pero, ¿qué iba a imaginarme eso? Luego nos dijeron que había rebeldes cerca de allí, y que por eso el gobierno ordenó el bombardeo. Se murió un montón de gente. Hasta niños.

CARMELINA. *(Al marido.)* Mira cómo me erizo, mira..., ¡aayy! *(Se estremece de pies a cabeza.)*

EVELIO. ¡Qué momento debe haber pasado usted!

ILUMINADA. No me quiero acordar. Para colmo, me golpeé con un escombro y me viré el pie. Desde ese momento ando coja. Ahora sí estoy completa: gorda, fea, vieja y coja.

LOLA. *(Sonríe.)* ¡Qué cosas tienes! *(El marido le hace señas de que no se ría. Ella cambia.)* Y..., ¿qué vas a hacer ahora?

ILUMINADA. Esa misma pregunta me la he hecho yo tantas veces estas últimas horas. ¿Qué voy a hacer ahora? No se me ocurría nada. Hasta que pensé que los mismos que me regalaron la casa podrían ayudarme. Y por eso, en cuanto llegamos a La Habana, fuimos a verlos. ¡Y si hubieran visto eso! Ya ni se acordaban de mí. Sólo habían pasado tres meses y parecía como si hubiese pasado un siglo. Hasta que, al fin, uno de ellos me dijo: "Ah, sí, ¡la guagüera! ¿Qué la trae por aquí?". Se lo expliqué todo y me dijo que lo sentía, pero que ellos no podían hacer nada; que una vez entregadas las casas ellos terminaban con sus obligaciones, y que lo demás era cuenta de uno. Y enseguida me mandó a salir, porque estaba muy ocupado, dijo. Lo hizo muy finamente, pero el caso fue que me botó. Y cuando salí me sentí tan rara...

Se escucha a lo lejos la voz de Juana.

LOLA. *(Se levanta de un salto, como si le hubiesen puesto un cohete.)* ¡Ay! Ahí viene Juana con sus hijos.

ILUMINADA. *(Se levanta.)* Al fin.

Todos se levantan menos Octavio.

LOLA. *(Cogiendo su silla.)* Vamos, Evelio. Iluminada, ya tendremos tiempo de hablar, ¿sabes? Siento mucho tu desgracia.

CARMELINA. Y yo también. Pero mira, ya es casi de noche y todavía no me he bañado. Si quieres, ve luego por casa. *(Coge su silla.)*

LOLA. *(Entrando a su casa.)* ¡A esconderse, que ahí viene la basura!

Salen las vecinas con sus correspondientes maridos y cierran sus puertas. Por la calle entra Juana, seguida de sus hijos.

JUANA. Por eso no los llevo al parque. Después me agarra esta hora. *(Ve a Iluminada.)* ¡Iluminada! *(Avanza hacia ella con los brazos abiertos.)* Pero, ¿y esta sorpresa?

ILUMINADA. Ay, vieja, ¡si tú supieras!

JUANA. ¿Pasó algo? Niños, saluden a sus padrinos. Hola, Octavio.

LOS HIJOS. Hola, madrina. ¿Qué pasa? *(Etcétera. La van abrazando uno a uno.)*

ILUMINADA. ¿Qué tal, mis ahijados?

JUANA. *(Con Octavio, al mismo tiempo.)* Por fin no era la nuez lo que se había hundido, ¿verdad?

OCTAVIO. No. Sólo me puse morado y perdí un poco de aire. Eso fue todo.

JUANA. Menos mal.

LOS HIJOS. Hola, padrino. *(Lo saludan.)*

JUANA. Bueno, ¿y qué fue lo que pasó?

ILUMINADA. Es largo de contar.

1125

JUANA. Entonces, espérate. Déjame abrirle a los muchachos para que vayan lavándose las manos y las caras. ¡Si no...! *(Abre su cartera.)*

LUIS. Mima, ¿puedo tocar la corneta?

JUANA. *(Saca la llave y abre la puerta.)* No. Nada de corneta, que sus padrinos y yo tenemos que conversar. Derechito al baño y sin discusión. *(Los hace pasar.)* Y según vayan terminando, se quedan en el cuarto.

Los cuatro niños entran al cuarto.

JUANA. *(A Iluminada y Octavio.)* Pasen, están en su casa. Perdonen si lo encuentran todo un poco regado, pero ¡es que estos muchachos!

ILUMINADA. *(Pasando.)* No tengas pena.

En la casa.

JUANA. ¡Eh! ¿Estás coja?

ILUMINADA. Sí.

JUANA. ¿Y eso?

ILUMINADA. Ya te contaré.

JUANA. Siéntense. *(Va a cerrar la puerta y por primera vez repara en las maletas que se han quedado en la calle.)* ¡Eh! Pero, ¿la cosa es de maletas y todo?

ILUMINADA. Sí. Mira, se me olvidó traerlas. *(Se levanta.)* Déjam...

JUANA. *(Deteniéndola.)* No, las traes después. Primero cuéntame, que ya me estoy muriendo de curiosidad.

ILUMINADA. *(Sentándose de nuevo.)* Te lo diré en dos palabras: bombardearon el pueblo y nos echaron la casa abajo.

JUANA. ¿Cómo, cómo, cómo?

ILUMINADA. Que no tenemos casa, ni muebles, ni nada. Lo hemos perdido todo. ¡Un bombardeo!

JUANA. Pero..., ¿tú estás hablando en serio?

ILUMINADA. ¿Que si sí? Después del derrumbe, me caí al suelo y me golpeé con un escombro. Por eso ando coja.

JUANA. Pero..., ¡será posible!

ILUMINADA. Parece un cuento, ¿eh? Si esto pasa en una novela, dirían: "Qué casualidad, qué traído por los pelos". Bueno, pues mira, es verdad, ¿sabes? Tan verdad como que me llamo Iluminada.

JUANA. ¡Ay, Dios mío, qué cosa tan grande! ¡Mi pobre comadre! Con lo buena que tú eres y pasarte esto. ¡Si es que parece mentira! *(Pausita.)* Bueno, ¿y qué tú vas a hacer?

ILUMINADA. ¡Figúrate! Para colmo, nos hemos quedado con dos pesos. Nada más que con dos pesos. Por lo menos, mientras yo consiga otro trabajo, Azucena nos mantendrá. Me escribió diciéndome que estaba fija en un teatro, así que...

JUANA. Sí, ella puede resolverles algo, la verdad. Por lo menos, algún tiempo...

ILUMINADA. Si no, no me quedará más remedio que hacer una colecta entre los vecinos. Por suerte, aquí la gente me quiere mucho.

JUANA. ¿Y dónde vas a vivir?

ILUMINADA. ¿Cómo que dónde voy a vivir? Vuelvo al mismo lugar de donde me fui hace tres meses, qué remedio. Nada, hija, ¡que el que nace pa tamal!... *(Sonriendo amargamente.)* Y yo que les dije a los vecinos que no me verían el pelo por aquí, al menos en un año. ¿Te acuerdas, Octavio? ¡Quién iba a imaginarse nada de esto!

JUANA. Entonces..., esas maletas que están allá fuera..., quiere decir que..., ¿te mudas otra vez para acá?

ILUMINADA. ¡Figúrate! Y todavía me puedo dar con un canto en el pecho de tener esto al menos. *(Lo mira todo.)* Ahora me va a parecer peor que antes. Después de haber vivido en una casa grande y de mampostería, como Maricusa, la de la calzada... ¡Pero en fin...!

JUANA. *(Seria.)* Iluminada..., ¿tú no pensarás sacarnos a nosotros de aquí, verdad?

ILUMINADA. ¿Yoo?

JUANA. Tú no serás capaz de echar mis hijos a la calle, ¿verdad? ¡Recuerda que son tus ahijados! ¡Ustedes dos los bautizaron y tienen la obligación de velar por ellos! Iluminada, tú eres mi comadre. ¡Tú hiciste un juramento al bautizar a mis hijos, y ese juramento es sagrado!

ILUMINADA. Pero, ¿qué cosas estás diciendo, mujer? ¿Cómo tú crees que yo puedo ser capaz de semejante cosa? Nos arreglaremos aquí..., los ocho..., como podamos, hasta que ustedes puedan prosperar un poco y alquilar un cuarto.

JUANA. ¿Alquilar un cuarto nosotros? ¿Y tú serías capaz de mandarnos a un cuarto después que, gracias a Dios, hace nueve meses que vivimos como las personas? Esto será chiquito y de madera, ¡pero es una casa!

ILUMINADA. Bueno, quien dice un cuarto, dice dos. O un apartamentico. Y, además, no digo que se tienen que ir mañana mismo, sino cuando puedan.

JUANA. Óyeme lo que te voy a decir, Iluminada: tú no sabes lo que es una madre cuando está desesperada. ¡A mí no hay quien me saque de aquíii!

ILUMINADA. ¿Qué tú estás diciendo?

JUANA. *(Grosera.)* ¡Que lo que se da no se quita, chica! ¡Que esta casa es mía y, para que te enteres, aquí mando yo!

ILUMINADA. *(Con los ojos muy abiertos.)* ¡Pero, Juana!

1128 *Juan se asoma, sacando la cabeza por el marco de la puerta.*

JUAN. ¿Qué pasa, vieja?

JUANA. *(Tomando a su hijo por un brazo.)* Tus padrinos han venido a sacarnos de aquí.

JUAN. ¿Qué cosa?

ILUMINADA. Pero, Juana, ¿tú te has vuelto loca?

JUANA. ¡Juanita! ¡Caridad! ¡Luisito! ¡Vengan acá!

ILUMINADA. Pero, ¿qué es esto?

Los niños hacen su entrada y Juana los coloca delante de ella, frente a Iluminada.

JUANA. Aquí están los cuatro. ¿Tú crees que estos niños merecen vivir en la calle? ¿Ni siquiera en un cuarto?

ILUMINADA. ¡Pero es que yo no he dicho nada de eso! Estás armando un alboroto por gusto. *(Se le aproxima, cojeando.)*

LUIS. Mira, está coja. ¡Jejeje!

JUANA. Por gusto no. Yo sé lo que son estas cosas. ¿Tú no ves que yo he pasado mucho y conozco a la gente, boba? Ahora vienes así, muy mansita, pero mañana, si te da la gana, nos botas. ¡Y mira, únicamente muerta salgo yo de aquí, ¿sabes?!

JUAN. Pero, ¿qué es lo que pasó?

JUANA. *(Rápida.)* Perdieron la casa. Le cayó una bomba. Y ahora nos quieren sacar de aquí.

ILUMINADA. ¡Mentira!

JUAN. Oye, a mi mamá no le dices mentirosa. ¡Mucho cuidado!

ILUMINADA. *(Asombrada.)* ¡Juanito!

JUAN. ¡Juanito nada! ¿Qué es lo que tú te crees? ¿Que somos unos perros? Mi mamá tiene razón. ¡De aquí no nos saca nadie! ¡Esta casa es de nosotros!

ILUMINADA. ¡Esta casa es mía!

JUANA. "Fue" tuya, corazón. Desde hace tres meses es exclusivamente de nosotros, porque ni siquiera Azucena ha dado un quilo
para pagar el alquiler. ¡El que fue a Sevilla, perdió la silla!

ILUMINADA. Pero, ¿qué es esto, Dios mío, qué es esto?

JUANA. ¿Y si esta casa se hubiese quedado vacía cuando tú te
fuiste, y la hubiese alquilado otra gente? ¿Qué hubieras hecho,
eh? ¿A ellos también vendrías a decirles que tenían que irse? ¿A
ellos también los habrías sacado?

ILUMINADA. *(Grita.)* ¡Pero es que yo no he hablado de sacar a
nadie!

Luisito toca su corneta fuertemente.

JUANA. *(Quitándosela con fuerza y gritando violentamente.)*
¡Niñooo, deja esa cornetaa! *(Hay un momento de silencio.
Juana se calma un poco.)* Bueno, está bien. Entonces quedamos
en que tú no vienes a sacarnos a nosotros de aquí, ¿verdad?

ILUMINADA. Claro que no.

JUANA. *(A sus hijos.)* La están oyendo. ¡Ustedes son testigos!

ILUMINADA. *(Mira a Octavio espantada, sin poder creer nada
de aquello.)*

JUANA. Bueno, entonces vamos a poner las condiciones.

ILUMINADA. ¿Condiciones?

JUANA. Nosotros somos cinco y con tu hermana somos seis. En
caso de que aceptemos que ustedes vuelvan, seremos ocho.
¿Cómo nos las vamos a arreglar?

ILUMINADA. *(Ya disgustada y queriendo ponerle fin a la
conversación.)* No sé, Juana, no sé...

JUANA. Bueno, chica, ¡pues tienes que saber!, porque la que ha
traído este lío aquí eres tú, ¡así que trata de resolverlo! *(Pausita.)*
Ya te dije que seremos ocho. Hay un solo cuarto y tres camas.
(Por la colombina.) Y en ésta no puede dormir nadie porque es
1130 la de Azucena. Ya Juan tiene catorce años. "Desarrolló". Juanita

es casi una señorita. Pueden permitirse el lujo de dormir en el mismo cuarto porque son hermanos, pero así y todo, ¡no está bien! Ahora, encima de eso, estará Octavio, que no es ningún niño y que ya hace mucho tiempo que desarrolló. Como te darás cuenta, ustedes no pueden dormir en el cuarto. Y aquí, en la sala, no caben, porque esto está lleno de tarecos. ¿Dónde dormirán?

ILUMINADA. No te preocupes, Juana. Mientras no podamos irnos de aquí, dormiremos en la carpa que está allá afuera. Total, no será la primera vez que lo hagamos.

LUIS. ¡Ésa es la casa de Tribilín!

ILUMINADA. ¿Tribilín? ¿Quién es Tribilín?

JUANA. El perro.

ILUMINADA. ¿Un perro?

JUANA. Ah, sí. Hace muchos años que mis hijos querían tener un perro, pero como vivíamos en un cuarto no podíamos. Ahora que teníamos la casa...

ILUMINADA. Juana, ¿por casualidad, tú pretendes que nosotros nos quedemos a dormir en la calle?

JUANA. No. Yo soy incapaz de eso. Pero, en último caso, ustedes son personas mayores y mis hijos unas criaturas. En caso de que alguien tenga que dormir en la calle, no creo que deban ser ellos.

OCTAVIO. *(Mirando a Iluminada.)* Cría cuervos...

ILUMINADA. *(Mirando a Juana.)* Y a ti y a tus hijos les abrí yo mis puertas hace nueve meses. Nada menos que a ti. ¡Mira lo que he parido!

JUANA. Era tu deber. Para eso los bautizaste, ¿no? Ustedes tienen un juramento conmigo y ese juramento es sagrado. Además, chica, los favores no se sacan.

1131

ILUMINADA. *(Vencida.)* No, si yo no saco nada. No me arrepiento de nada.

JUANA. Dentro de un rato te darás cuenta de que yo tengo toda la razón. Lo único que he querido hacerte entender es que ahora las cosas son muy distintas que hace tres meses, cuando ustedes se fueron de aquí.

ILUMINADA. Claro que son muy distintas.

JUANA. A lo mejor te he parecido dura, pero tú nunca has tenido hijos, y no sabes lo que es tener encima la responsabilidad de cuatro. Yo he pasado mucho, y he aprendido a defenderme como gato boca arriba. Y por mis hijos araño mar y tierra si es necesario. ¡Me convierto en una fiera!

ILUMINADA. Haces bien.

JUANA. *(Pausita.)* Bueno, y..., ¿qué vas a hacer entonces?

ILUMINADA. Esperaré a mi hermana. Veré lo que ella puede hacer por nosotros. ¿No sabes dónde está?

JUANA. No. Mira, a lo mejor, si ella no viene a dormir esta noche, pueden quedarse ahí, en la colombina. Van a estar apretados, pero será mejor que dormir en el suelo.

ILUMINADA. ¿Y cómo no va a venir a dormir? Ni que ella tuviera otra casa.

JUANA. Bueno, yo no sé si la tiene, pero ella falta muy a menudo. A veces está hasta tres y cuatro días sin venir.

Iluminada y Octavio se miran.

JUANA. Juanita, mira a ver si la ropa que tengo tendida allá fuera está seca ya.

Juanita sale a la calle.

LUIS. Mima, déjame tocar la corneta.

JUANA. No.

LUIS. *(Lloriqueando.)* ¿Por qué?

JUANA. Después de comer. Ahora me duele la cabeza.

LUIS. ¡Ah, chica! *(Entra al cuarto.)*

Poco a poco, Iluminada y Octavio van quedando fuera de grupo, de conversación, alejados, como si no formaran parte de aquello. Ajenos, olvidados, inexistentes.

CARIDAD. *(Dispuesta a entrar en la cocina.)* ¿Prendo el carbón?

JUANA. Sí. Voy a poner el arroz en brasitas.

Sale Caridad. Entra Juanita de la calle.

JUANITA. Mima, está húmeda todavía.

JUANA. Me lo imaginaba. Claro, con el tiempo que ha hecho. La lluvia ha estado amenazando todo el día.

Juan entra al cuarto. Juanita coge la corneta y la guarda debajo de la colombina. Todo esto, mientras Juana habla.

JUANA. Bueno, déjame ver si me quito esta ropa para meterme en la cocina. Ya es casi de noche. Vamos, niña, quítate tú también esa ropa. *(Va a salir y se detiene reparando de nuevo en Iluminada y Octavio.)* Ah..., no los puedo invitar a comer porque la comida no alcanza.

ILUMINADA. No tengas pena.

JUANA. Y..., fuera de lo demás, siento mucho que hayas perdido tu casa. Debe haber sido un golpe muy duro para ti. Con tu permiso. *(Entra al cuarto seguida de su hija. Iluminada y Octavio quedan solos en la salita.)*

ILUMINADA. *(Después de una pausa.)* ¿A ti te pasa lo mismo que a mí?

OCTAVIO. ¿Qué cosa?

ILUMINADA. Me siento como una extraña. Como si estuviera aquí de visita.

OCTAVIO. Creo que, en efecto, estamos aquí de visita.

1133

ILUMINADA. *(Sin expresión en su rostro.)* Yo no me quedo esta noche aquí.

OCTAVIO. Juana piensa lo mismo.

Se escucha un fuerte trueno y la escena se ilumina.

ILUMINADA. *(Santiguándose.)* ¡Santa Bárbara bendita!

En la calle. Por el camino entra Azucena corriendo, seguida de Mariano.

AZUCENA. ¡Corre, que la lluvia está por caer! *(Entra a la casa con Mariano.)*

En la casa.

AZUCENA. *(Al ver a los visitantes se sorprende y se queda en una pieza.)* ¡Iluminada!

ILUMINADA. *(Se va a levantar, pero al ver a Mariano su acción se desvanece. Hay un pequeño silencio. Mirándolo fijamente y algo sorprendida.)* ¿Qué tal... Mariano?

MARIANO. *(Turbado.)* ¿Cómo están? *(Pausita.)* Bueno, yo vengo más tarde, Azucena. Dentro de una hora más o menos te vengo a buscar.

AZUCENA. *(Cortada.)* Está bien.

MARIANO. Buenas noches. *(Mutis.)*

AZUCENA. *(Sonríe forzadamente y dice, después de una pausita.)* ¿Y ese milagro?

ILUMINADA. No sabía que ese tipo y tú eran amigos.

AZUCENA. Ssí... Se ha portado bien conmigo últimamente y..., nos hemos hecho amigos. *(Pausa. Se le acerca y le da un beso.)* Bueno, y, ¿cómo no me avisaste que venías? Hola, Octavio.

OCTAVIO. Hola.

ILUMINADA. No creí necesario avisarte. *(Pausita.)* ¿Sabes que perdimos la casa?

La frase de Iluminada es apagada por otro fuerte relámpago. La escena se ilumina.

AZUCENA. *(No ha oído.)* ¿Qué?

CARIDAD. *(Fuera de escena.)* Mima, está tronando. Tengo miedo.

ILUMINADA. Que perdimos la casa.

AZUCENA. ¿La casa? ¿Cómo?

ILUMINADA. Le cayó una bomba.

Sale Juana del cuarto en dirección a la cocina.

JUANA. Hola, Azucena. *(Mutis.)*

AZUCENA. Pero, ¿tú estás hablando en serio?

ILUMINADA. Tú eres la única persona que puede ayudarnos.

AZUCENA. ¿Yo?

ILUMINADA. Aunque cupiera, no quisiera quedarme aquí. Esta mujer es un monstruo.

JUANA. *(Entrando con un mantel y unos platos.)* Con el permiso, ¿quieren apartarse un poco? Voy a poner la mesa.

Ellos se levantan y se ponen en un rincón.

ILUMINADA. ¿Podrías pagarnos un hotel para pasar aunque sea esta noche?

JUANA. Ah, mira. Ésa es una buena idea.

AZUCENA. *(Atónita.)* Todavía no lo puedo creer.

ILUMINADA. Un hotel de mala muerte. Sólo por un par de noches. Mientras consiga otra cosa.

JUANA. *(Ha cogido las sillas donde estaban sentados Iluminada y Octavio y grita.)* ¡Niños, a comer!

AZUCENA. Yo... Creo que no puedo ayudarte.

La frase de Azucena también es apagada por otro fuerte trueno.
La escena vuelve a iluminarse momentáneamente.

ILUMINADA. *(No la ha oído.)* ¿Eh?

AZUCENA. *(Más alto.)* ¡Que no puedo hacer nada!

Se escucha desde el cuarto un molesto tamborileo.

JUANA. *(Grita.)* ¡Muchachos, dejen ese tambor! ¡Vengan a comer!

ILUMINADA. *(Tomando a su hermana de un brazo.)* Vamos para allá afuera. *(Salen.)*

En la calle. Sopla el viento fuertemente. La ropa tendida se agita con el aire. El rumor del viento las hace hablar en voz alta.

ILUMINADA. Estamos en una situación desesperada, mi hermana. Tú eres la única que puede ayudarnos.

AZUCENA. Dios mío, ¡justamente hoy!

ILUMINADA. ¿Qué pasa?

AZUCENA. Venía a hacer mi maleta. Dentro de dos horas me voy para Venezuela.

ILUMINADA. *(Repentinamente feliz.)* ¿Para Venezuela? ¿Y eso?

AZUCENA. *(Rehuyendo su mirada.)* Un contrato...

ILUMINADA. ¿Cómo no me escribiste nada?

AZUCENA. No quería ir. Lo he estado pensando hasta el último momento. Ya lo tenía todo preparado, pero vine a decidirme hace apenas media hora.

ILUMINADA. Pero entonces te ha ido bien en el teatro. Has ganado dinero. Puedes ayudarnos.

AZUCENA. No puedo.

ILUMINADA. Pero, ¿cómo es eso? Algo tienes que hacer. No puedes dejarnos desamparados, Azucena.

AZUCENA. *(Tratando de evadirse.)* ¿Y yo qué culpa tengo?

ILUMINADA. He sido como una madre para ti. Te he...

AZUCENA. No tengo un centavo. Quisiera ayudarte, pero te juro que no puedo.

ILUMINADA. Vende algo.

AZUCENA. ¡No tengo nada que vender! Por favor, Iluminada, hoy estoy muy nerviosa, no me atormentes. Te juro que quisiera ayudarte, pero no puedo.

ILUMINADA. ¿Por qué estás nerviosa? ¿Qué tienes?

AZUCENA. El viaje. No quería ir. Lo he estado pensando hasta el último momento.

Todo este diálogo deberá ser muy rápido.

ILUMINADA. ¿Por qué no querías ir?

AZUCENA. Es horrible... *(Está a punto de echarse a llorar.)*

ILUMINADA. ¿Por qué?

AZUCENA. ¡No puedo decírtelo! *(Corre a la casa.)*

ILUMINADA. ¿A dónde vas?

AZUCENA. Tengo que hacer la maleta. El avión sale dentro de dos horas.

ILUMINADA. ¡Tú no puedes irte y dejarnos así!

AZUCENA. ¡No puedo hacer otra cosa! *(Entra a la casa.)*

ILUMINADA. *(La sigue.)*

En la casa.

ILUMINADA. Tú no puedes dejarme desamparada en un momento como éste. Eres lo único que tengo.

Azucena se ha puesto de rodillas en el piso para sacar su maleta y su neceser que están guardados debajo de la colombina. Juana y sus hijos vuelven las cabezas hacia ellas, algo asombrados.

AZUCENA. No quisiera abandonarte, pero te repito que no puedo hacer nada por ti. *(Entra rápidamente al cuarto. Iluminada la sigue. Hablan fuera de escena. Juana hace señas a sus hijos para que sigan comiendo.)*

AZUCENA. Ésta es la única ropa que tengo. No la puedo vender.

ILUMINADA. ¿Y el dinero que ganaste en el teatro?

AZUCENA. *(Entra con unos vestidos, seguida de Iluminada. Empieza a ordenarlos dentro de la maleta.)* No he trabajado en ningún teatro. Te escribí diciéndote eso para que estuvieras tranquila, pero en todos estos meses no he tenido trabajo.

ILUMINADA. ¿Ni siquiera has hecho una gira?

AZUCENA. *(Ordenando la ropa con rapidez.)* La cosa anda mal por el campo. No salen giras al interior. *(Entra al cuarto de nuevo. Iluminada la sigue.)*

ILUMINADA. ¿Y de qué has vivido?

AZUCENA. *(Muy excitada.)* ¡Del aire! ¡De milagro! No tengo un centavo. ¡No he trabajado! *(Aparece de nuevo en la sala con otros vestidos. Iluminada detrás.)*

ILUMINADA. ¿Y esas noches que no has dormido aquí? Juana me dijo que has faltado muchas noches. Pensé que era porque estabas de gira. ¿Dónde te has metido esas noches? ¿Con quién andabas?

AZUCENA. *(Grita, ya desesperada.)* ¡Tengo un mariidooo!

ILUMINADA. ¡Azucena!

JUANA. *(Muy molesta.)* Oigan, miren a ver cómo hablan. Aquí hay niños.

ILUMINADA. Repíteme eso.

1138 AZUCENA. ¡Déjame!

ILUMINADA. *(Tomándola por los brazos y sacudiéndola.)* ¡Repíteme eso!

AZUCENA. *(Explotando en llanto y gritando.)* ¡Tengo un mariiidoooo!

JUANA. *(Se levanta frenética.)* ¡He dicho que aquí hay niños! Vayan a decir esas puercadas a la calle.

AZUCENA. Me voy. *(Toma su maleta y su neceser y sale a la calle.)*

ILUMINADA. *(Saliendo con ella.)* Ahora menos te dejo ir.

En la calle.

AZUCENA. Iluminada, por favor, no me hagas flaquear. Tengo que irme.

ILUMINADA. Es Mariano, ¿verdad?

AZUCENA. Sí.

ILUMINADA. ¿Y yo no te dije siempre que no quería verte con ese tipo? ¿Que era un maleante? ¿Un degenerado?

AZUCENA. Sí.

ILUMINADA. ¡Y tú seguiste andando con él!

AZUCENA. Sí.

ILUMINADA. ¿Desde cuándo?

AZUCENA. Desde hace seis años.

ILUMINADA. ¡Seis años!

AZUCENA. ¿Qué tú quieres? Me enamoré.

ILUMINADA. Mereces... *(Alza la mano para abofetearla.)*

AZUCENA. *(Huyendo de ella.)* ¿Qué tú te crees? Ya yo tengo veintiséis años, no soy ninguna niña. ¡No tengo que darle cuentas a nadie! Y, después de todo, ya bastante desgracia tengo con haberme enamorado de él. ¡Y tú tienes la culpa!

1139

ILUMINADA. ¿Yo?

AZUCENA. Sí, tú. Por tu culpa me metí en el circo. ¡Tú me metiste en ese ambiente! Allí nada más podía encontrar tipos como Mariano.

ILUMINADA. Pero, Azucena, si lo hice sólo para que estuvieras al lado mío. Para cuidarte, y que de paso te ganaras unos pesos.

AZUCENA. ¡Mentira! Lo hiciste para que me buscara la comida yo sola. A ti sólo te importaba estar al lado de Octavio.

ILUMINADA. ¡Azucena!

AZUCENA. ¡Cuidarme tú! Pero, ¿es que eres tan guanaja que realmente pensabas que a estas alturas yo todavía era señorita? ¿Cómo iba a serlo con veintiséis años y en medio de ese ambiente?

ILUMINADA. *(Desconcertada.)* Te tenía confianza. Yo...

AZUCENA. ¡Confianza! Yo también me la tenía hasta el día en que me di cuenta de que estaba enamorada de Mariano. ¡La confianza se fue al diablo y lo demás también! Hace seis años que soy mujer de ese sinvergüenza. *(Histérica.)* ¡Y tú tienes la culpa de todo! De que lo conociera, de que me engañara, de que yo también creyera que era artista. ¡Artista! ¡Ja! ¿Sabes lo que fui a hacer a Venezuela hace tres años? No fue a cantar tangos, no. ¡Fui a hacer fichas!

ILUMINADA. *(Sin comprender.)* ¿Fichas?

AZUCENA. No sabes lo que es eso ¿verdad? Es ir a un cabaret elegante, donde vayan viejos ricos, sentarse a su mesa, tomar un trago, y luego ir a acostarse con él para que nos regale veinte pesos.

ILUMINADA. Noo...

AZUCENA. ¡Y eso es lo que voy a hacer ahora! ¡Otra vez! Por eso lo estuve pensando hasta el último momento. Hacía meses que Mariano estaba detrás de mí para que lo hiciera, pero como no quería, me cerró el trabajo por todas partes. ¡Y estos meses han sido...! *(Llorando.)* Mientras tú estabas en tu casita nueva, cuidando las gallinas, yo estaba pasando hambre. Caminando por las calles, por los parques, porque en este infierno no podía estar con ese monstruo de los cuatro hijos. *(Pausita.)* Por eso me voy. Mariano tiene razón. ya no hay quien me quite "lo bailao". ¡Estoy sucia! Allí, al menos, no pasaré hambre, y estaré lejos de él, que es un cínico, y del monstruo de los cuatro hijos, ¡y de toda esta mierda!

Se escucha otro fuerte trueno. La escena se ilumina fugazmente. Azucena se calma un poco y se seca las lágrimas.

AZUCENA. Ya ves que no puedo ayudarte. No tengo nada y aquí no puedo seguir. Soy una mujer hecha y derecha y tengo que arreglármelas yo sola. Cada cual con su vida. Lo siento. Me voy a lavar la cara. *(Entra a la casa.)*

OCTAVIO. *(Lentamente, con una sonrisa.)* Cría cuervos...

ILUMINADA. Azucena... *(Lo mira. Habla lentamente, como atontada.)* ¿Oíste? No puede ayudarnos... Se va a Venezuela...

OCTAVIO. ¿De quién eres hermana? ¿De Azucena del Río, la cantante, o de Conchita Pacheco, la fichera?

ILUMINADA. No puede ayudarnos... Se va... No podemos vivir aquí... No cabemos. Los de la publicidad dicen que tampoco pueden ayudarnos... en la casa.

LUIS. Mima, ya acabé. ¿Puedo coger la corneta?

JUANA. Sí, hijo. ¡Sí! ¡Coge la corneta!

CARIDAD. ¡Y yo el tambor! *(Van a cogerlos.)*

Juana recoge la mesa.

En la calle.

ILUMINADA. Nadie puede ayudarnos. Todas las puertas se cierran. Y ahora..., pienso en todo: tú no me quieres..., no tengo dinero..., perdí mi trabajo..., perdí mi casa..., ahora voy a perder a mi hermana..., no tengo donde vivir y estoy vieja y coja... Es horrible, Octavio, pero de pronto siento que me he quedado sola, ¡que estoy sola! *(Desesperada.)* ¿Qué hacemos, Octavio?

En la casa. Luis, con su corneta, y Caridad con el tambor, caminan alrededor de la mesa como una desnutrida banda, tocando chillonamente. Mientras, Juana y Juanita recogen la mesa y Juan se pone un cartucho de sombrero y dice grandilocuentemente.

JUAN. ¡Y aquí, el gran circo González! ¡Con la atracción del perrito Tribilín!

Luis toca la corneta fuertemente.

En la calle.

OCTAVIO. *(Sonríe y mira a Iluminada significativamente.)*

ILUMINADA. *(Lo mira con ojos muy abiertos y, adivinando sus pensamientos, grita espantada después de una pausa.)* ¡Noooo! *(Echa a correr, cojeando, desesperadamente, y se dirige a la carpa.)* Dormiremos aquí estas noches. Ya veremos después. *(Va a entrar.)*

PERRO. ¡Guau, guau, guau!

ILUMINADA. ¡Ay, me muerde! *(Retrocede y se queda unos segundos sin saber qué hacer. Al fin, sus ojos se detienen en la puerta cerrada de Lola y corre hacia ella tocando con sus puños fuertemente.)* ¡Lola! ¡Lolaaa!

Se escucha otro fuerte trueno. La escena se ilumina. La ventolera es cada vez más fuerte. Ya es casi de noche. Lola abre su puerta.

LOLA. Chica, ¿qué escándalo es éste? Mi hija está durmiendo.

ILUMINADA. *(Desesperada.)* Lola, mi amiga, tienes que ayudarme.

LOLA. ¡Baja la voz!

ILUMINADA. Nadie puede ayudarme. ¡Tú tienes que hacerlo! Déjame dormir aquí.

LOLA. ¿Aquíiii? ¿Estás loca? Esto es muy chiquito. ¿Y Juana?

ILUMINADA. Dice que no cabemos. Tribilín...

LOLA. ¿Y Azucena?

ILUMINADA. *(Rapido.)* Tampoco puede. Se va para Venezuela y no tiene dinero.

LOLA. Pues yo...

ILUMINADA. Préstame dinero.

LOLA. No tengo.

ILUMINADA. Hazme una colecta entre los vecinos. Todos me quieren mucho y...

LOLA. Estamos a fin de mes y nadie tiene un quilo. Y aunque así no fuera. ¿Cómo tú piensas que yo voy a ir de casa en casa pidiendo dinero? Si no lo he hecho por mi marido ni por mi hija, ¿cómo lo voy a hacer por ti? Arréglatelas tú sola.

ILUMINADA. Lola, yo he sido muy buena contigo. Te he hecho muchos favores. La lamparita de noche que tú tienes te la regalé yo. Y la sobrecama. Y el espejo. No es por sacarlo, pero en un momento como éste...

LOLA. ¿Qué tú quieres? No puedo hacer nada. Y, además, chica, los favores no se piden con escopeta, ¿sabes? Si tú tienes problemas, todo el mundo tiene los suyos. ¡Y nadie ayuda a nadie! *(Con rabia.)* Mira que decirme a mí... ¡buena basura son tu lamparita, y tu sobrecama, y tu espejo! Si me regalaste esas cosas fue porque te lo iban a dar todo nuevo. Si no, no me das nada. *(Indignada.)* Y aunque así no fuera. ¡Los favores no se sacan! ¡Eres muy sucia, vieja! *(Le cierra la puerta en las narices.)*

ILUMINADA. Pero si yo no quise... ¡Lola! ¡Evelio!

Empieza a llover con truenos y relámpagos. Octavio se refugia en la casa. Iluminada corre a tocar en la puerta de Carmelina violentamente. Parece una demente.

ILUMINADA. ¡Carmelina! ¡Carmelina! ¡Domingo!   1143

En la casa.

JUANA. Pero, ¿esa mujer se ha vuelto loca? Con esta lluvia y sigue ahí gritando.

OCTAVIO. *(Sonriendo.)* Está loca, sí.

JUANA. ¡Ay, Dios mío! ¡A pique de que le dé un ataque! Y yo con mis hijos chiqui... *(Rápida.)* Juan, ve a buscar un policía, corre. ¡Se ha vuelto loca! Tápate con un periódico. Juanita, ayúdame a quitar la ropa. *(Sale corriendo a la calle y empieza a quitar las ropas. Su hija la sigue. Juan sale tapándose la cabeza con un papel de periódico y se pierde por el camino.)*

En la calle.

DOMINGO. *(Abre su puerta.)* Pero, ¿y esos gritos? ¿Qué pasa?

ILUMINADA. Domingo, quiero hablarle.

DOMINGO. *(Deteniéndola.)* Cuidado, no entre. Está lloviendo y lo va a enfangar todo.

ILUMINADA. ¿Y Carmelina?

Hablan muy rápidamente.

DOMINGO. Se está bañando.

ILUMINADA. Usted entonces.

DOMINGO. *(Extrañado por su estado.)* Estoy comiendo. ¿Qué pasa?

ILUMINADA. ¿Ustedes tampoco me quieren ayudar?

DOMINGO. ¿En qué? ¡Me estoy mojando!

ILUMINADA. ¡Ayúdenme!

JUANA. *(Con la ropa.)* No le haga caso, Domingo. Se ha vuelto loca. Mandé a buscar un policía para que se la lleve.

ILUMINADA. *(Agarrándolo por la camisa.)* ¡Déjeme dormir aquí, présteme dinero, hagan algo por mí! ¡Tienen que hacer algo por mí!

DOMINGO. *(Confundido.)* Usted se ha vuelto loca. Cuando se le pase, hablaremos con calma. Ahora está lloviendo. *(Le cierra la puerta.)*

ILUMINADA. *(Grita, golpeando la puerta.)* ¡Ingratos! ¡Devuélvanme mi radio, y mi mantel, y mi centro de mesa! ¡Ingratos!

JUANA. *(Termina con la ropa y dice a su hija.)* Corre, niña.

Juanita corre hacia la casa.

JUANA. *(A Iluminada.)* Haces bien en mojarte. Eso te calmará. *(Corre para entrar a su casa. Octavio ha introducido las maletas dentro de la casa.)*

ILUMINADA. *(Camina acercándose a Juana y cuando ya ésta se dispone a entrar, le dice en voz baja.)* ¡Judas!

JUANA. ¿Eh?

ILUMINADA. *(Un poco más alto.)* ¡Juana Judas!

Truena fuertemente. El perro empieza a ladrar. Juana retrocede.

ILUMINADA. ¡Azucena Judas!

JUANA. *(Entrando espantada a la casa.)* ¡Loca de remate!

ILUMINADA. *(Completamente histérica, en el medio de la calle.)* ¡Octavio Judas! ¡Lola Judas!

En la casa.

OCTAVIO. *(Riendo.)* Loca. ¡Está loca! *(Ríe.)*

JUANA. *(A los hijos, con miedo.)* Vayan para el cuarto. *(Los empuja.)*

En la calle.

ILUMINADA. *(De un lado a otro.)* ¡Carmelina Judas! ¡Domingo Judas! ¡Evelio Judas! ¡Todos Judaaas!

Entra Juan con el Policía. Vienen corriendo.

JUAN. Es ésta. ¡Llévesela! ¿No lo ve? ¡Está loca!

1145

POLICÍA. *(Agarrando a Iluminada.)* Vamos.

ILUMINADA. *(Forcejeando.)* ¡Suélteme!

En la casa.

OCTAVIO. *(Riendo.)* ¡Está loca!

En la calle.

POLICÍA. *(Arrastrándola.)* ¡Vamos!

ILUMINADA. *(Empujada por él.)* ¡Policía Judas! ¡Juanito Judas!

POLICÍA. ¡Quiieetaa!

Los vecinos salen a sus puertas y ventanas cubriéndose las cabezas con papeles. El perro sigue ladrando. Azucena sale en el momento en que el Policía lleva a Iluminada.

AZUCENA. *(Grita.)* ¡Iluminada!

ILUMINADA. *(Grita perdiéndose.)* ¡Azucena Judaaaas! *(Mutis.)*

Silencio. Azucena baja la cabeza y mira su maleta y su neceser mojados por la lluvia. Juana se asoma a la puerta y después de un silencio, dice.

JUANA. Bueno, al menos tendrá donde dormir esta noche.

Se escucha un fuerte trueno.

Apagón.

CUADRO SEGUNDO

El mismo lugar, al día siguiente. Es mediodía. La carretilla de Juan está "parqueada" junto a la puerta de su casa. Las tendederas se hallan desnudas de ropas. Los hijos de Juana están por distintos lugares de la casa. Las maletas de Iluminada reposan en el suelo, cerca de la puerta de entrada. Carmelina está de pie junto a su puerta, conversando con Juana.

CARMELINA. Hasta que lo vi con mis propios ojos no lo quise creer. ¡Qué horror!

JUANA. El policía la llevó para el hospital y allí le pusieron una inyección.

CARMELINA. ¿Y Octavio?

JUANA. De lo más campante. Durmió en la colombina de Azucena.

CARMELINA. Así que vuelven al circo...

JUANA. No, no, primero van a ir por ahí haciendo números, por las calles, en los parques, en las esquinas... Él tragando espadas de fuego y ella ayudándolo. *(Sonríe.)* Ah, y dice que va a llevar a Iluminada detrás de él, tocando una trompeta, ¡Y en trusa! *(Ríe.)* ¿Usted se imagina a esa gorda en trusa y con una trompeta en la boca? ¡Es para morirse de risa!

CARMELINA. ¡Quién pudiera ver eso!

JUANA. Todo el barrio. Si van a salir de aquí mismo dentro de un rato, como en una caravana. Octavio la fue a buscar.

CARMELINA. ¡Qué espectáculo!

JUANA. Así mismo.

CARMELINA. Bueno, entonces voy a apurarme en almorzar para estar lista cuando se vayan ellos. ¡Ese espectáculo no me lo pierdo yo!

JUANA. Nadie se lo puede perder. Bueno, acuérdese. Luego le entrego su ropa.

CARMELINA. Está bien. No me apura. Hasta luego. *(Cierra su puerta. Juana va a entrar a su casa, pero en ese momento ve entrar por la calle a Iluminada y Octavio, y se detiene. Iluminada luce muy tranquila y serena. Aunque su rostro carece* 1147 *de expresión, está muy lejos de ser la Iluminada del final del cuadro anterior. En el rostro de Octavio no se disimula una escondida e inconsciente expresión de alegría.)*

JUANA. ¿Por qué se demoraron tanto?

OCTAVIO. No quisieron darle el alta hasta después de almorzar. Dice el médico que una de las cosas que provocó la crisis, fue la debilidad. En todo el día de ayer no habíamos comido nada.

Mientras ellos hablan, Iluminada camina lentamente hasta los escaloncitos que anteceden a la entrada de la casa y se deja caer en ellos pesadamente. Aún sigue coja.

JUANA. ¿Y usted?

OCTAVIO. Con los dos pesos que tenía, me metí en una fonda y almorcé.

JUANA. ¡Y hablando de almuerzo! Déjame correr para servirle a mis hijos. ¡Deben tener un hambre! *(Corre hacia la puerta y se detiene ante Iluminada.)* Y tú, ¿cómo te sientes?

ILUMINADA. *(Sin mirada.)* No me siento.

JUANA. *(Mira a Octavio extrañada y haciendo girar su índice sobre la sien, le hace señas de que sigue loca. Él sonríe.)* Ya le dije a Octavio que pueden llevarse la carpa, que les doy permiso, ¿sabes? ¿No te lo dijo él?

ILUMINADA. Sí.

JUANA. Ya verás lo bien que les va a ir. Ahora no hay mucha competencia. El único que hace actos de circo por las calles es el hombre—rana. Y a Luyanó no viene casi nunca. *(Poniéndole una mano sobre el hombro, "generosamente".)* Ya tú verás, muchacha. A lo mejor ganan tanto dinero que hasta puedes comprarte otra casa. *(Sonríe y le dice con suavidad.)* Bueno, quítate de la puerta que voy a pasar. Ahí estás molestando.

Entra a su casa y cierra la puerta. Los hijos de Juana rodean la mesa y ella empieza a preparar la comida. En cuanto ha entrado 1148 *a la casa, Iluminada corre a refugiarse dentro de la carpa. La abre, y los ladridos de Tribilín se escuchan fuertemente. Ella da un salto asustada.)*

ILUMINADA. Se me volvió a olvidar. ¿Cuándo lo sacan de ahí?

OCTAVIO. Será después que almuercen.

Iluminada se aleja un tanto de la carpa y se sienta sobre uno de los cajones que están en la calle. Octavio cerca de ella. Las luces han bajado en la casa y sólo queda alumbrada el área donde se hallan ellos dos.)

OCTAVIO. ¿Crees que te servirá la trusa?

ILUMINADA. Me imagino que no. Cuando aquello pesaba veinte libras más. Y ya debe estar pasada de moda.

OCTAVIO. Eso no importa. ¿Y la trompeta? ¿Te acordarás de tocarla?

ILUMINADA. Nunca supe. Echaba aire y apretaba los botones sin ton ni son. Sonaba muy raro, ¿te acuerdas?

OCTAVIO. Sí.

ILUMINADA. La gente se reía mucho.

OCTAVIO. Ahora se reirán más. Tenemos el éxito asegurado.

ILUMINADA. Octavio, ¿y ya yo no estoy muy vieja para salir en trusa tocando la trompeta?

OCTAVIO. Claro que sí, pero es mucho mejor. Estás vieja, gorda y coja. La gente se reirá horrores de ti y eso nos vendrá bien. Antes de hacer yo mi número, ya nos habremos ganado la simpatía de la gente.

ILUMINADA. Yo les serviré de mona...

OCTAVIO. Hay que comer.

ILUMINADA. Claro. Hay que comer para mantenerse y vivir un poco más. ¿Y para qué, Octavio? ¿Vivir para qué? ¿Para quién?

OCTAVIO. Se vive para uno mismo.

ILUMINADA. Ahora me doy cuenta de que yo siempre he vivido para los demás. Que siempre he sentido la necesidad de... ¡dar!, y que cuando vengo a pensar en mí, ya es demasiado tarde. La vida no es tan larga y he perdido mucho tiempo.

OCTAVIO. Por eso yo ni doy ni digo dónde hay. ¡Total! El mundo no se va a arreglar porque yo sea generoso. Soy sólo una pulga en medio de un perrazo más grande que Tribilín. Tú das, das, das, pero si eres la única que lo hace, al final te quedas "encuera" y yo con un taparrabos y resulta que ninguno de los dos ha resuelto verdaderamente nada. Con obras de caridad, me puedes matar el hambre un día, pero no todos los días. Tu bondad es estúpida, Iluminada. Tan estúpida como tú. Por eso ahora estás hecha leña. ¡Chívate!

ILUMINADA. Tú sí estás contento, ¿verdad?

OCTAVIO. No te lo voy a negar. Por suerte, aunque sea un poco tarde, el que sale ganando soy yo. Vuelvo a mis espadas y a mi cuerda. (Optimista.) Y a lo mejor no me va tan mal.

ILUMINADA. Y la pobre Azucena...

OCTAVIO. Olvídate de ella. Me dijo que no pensaba volver, así que no la verás más.

ILUMINADA. ¿Me escribirá?

OCTAVIO. ¿A dónde? Montaremos la carpa un día aquí... y otro allá... No tendremos dirección fija.

ILUMINADA. Separarnos así... Pero, ¿por qué?

Carmelina abre su puerta y toca en casa de Lola.

CARMELINA. (A ellos.) Ey, ¿qué tal?

ILUMINADA. (Seria.) ¿Qué tal?

1150 LOLA. (Abre su puerta.) ¿Qué pasa?

CARMELINA. Déjame pasar. Tengo una cosa que contarte. ¡Te vas a morir de risa!

Entra. Lola cierra su puerta.

OCTAVIO. Mira a esas dos. ¡Tus grandes vecinas! ¿Te acuerdas? ¡Tus grandes amigas! Mira a ver lo que han hecho por ti o por mí. Si no llega a ser por los dos pesos, me quedo sin almorzar.

ILUMINADA. *(Mirando la puerta cerrada de Lola.)* Lola... Carmelina... *(Vuelve su cabeza hacia Octavio y se levanta.)* Octavio, saca al perro. Yo voy a ir desmontando la carpa. Ya esa gente debe estar terminando de almorzar.

Octavio saca a Tribilín que ladra fuertemente y lo amarra de cualquier parte. Iluminada empieza a desmontar la carpa.

ILUMINADA. ¿Quieres que te diga una cosa? Me parece que tienes razón en lo que dijiste. Soy una estúpida. Me merezco todo lo que me ha pasado. Me pasé la vida pensando en los demás..., y los demás me dieron la patada donde más me dolía.

OCTAVIO. Eso es para que te convenzas de que nadie vale un quilo...

ILUMINADA. En eso sí no estamos de acuerdo. A pesar de todo, yo sigo teniendo fe en la gente. No todo el mundo puede ser igual, Octavio. Tiene que haber alguien que no sea como tú..., como todos estos... Sólo que, hasta ahora, yo no me lo he tropezado. A lo mejor, es el hijo de Maricusa, la que vive en la calzada. Nunca he hablado con él, pero tiene una mirada tan dulce... A lo mejor es él. Y en caso de que él tampoco lo sea..., pues otro será. De todas formas, yo seguiré teniendo fe en la gente. Ésa fe es lo único que me queda para vivir.

La puerta de Lola se abre y sale ésta con Carmelina.

LOLA. *(Con una sonrisa de burla.)* ¿A qué hora se van?

OCTAVIO. Ya nos vamos.

ILUMINADA. *(A Octavio.)* Voy a ponerme la ropa. Tú, saca las maletas. *(Se acerca a la puerta de Juana sin mirar a las vecinas.)* **1151**

LOLA. ¿Mucho embullo, Octavio?

OCTAVIO. Mucho.

ILUMINADA. *(Llamando a la puerta.)* ¿Se puede?

En la casa.

JUANA. Sí, pasa. Ya acabamos de almorzar.

Iluminada abre la puerta y entra, seguida de Octavio.

ILUMINADA. *(Cogiendo una de las maletas.)* Con tu permiso, voy a pasar al baño para cambiarme de ropa.

JUANA. Sí, no tengas pena.

Iluminada sale.

JUANA. ¿Ya se van?

OCTAVIO. En cuanto Iluminada esté lista.

LUIS. *(Aplaudiendo.)* ¡Qué bueno!

OCTAVIO. Juan, ¿por fin me prestas la carretilla?

JUAN. Sí, vamos. Está allá afuera. *(Sale con él para acomodar la maleta y la carpa en la carretilla.)*

JUANA. *(A Juanita.)* ¡Corre! Ve a decir por ahí que el *show* va a empezar. Es la hora del almuerzo, así que todo el mundo está en las casas. *(Está muy contenta.)*

JUANITA. *(Saliendo.)* ¡Me llevo a Tribilín!

JUANA. ¡Bueno!

LUIS. Yo quiero mi corneta.

JUANA. *(A Caridad, que está recogiendo la mesa.)* Deja, la arreglamos después. Cuando se hayan ido. Ahora no quiero perder tiempo.

1152　LOLA. *(Asomándose a la puerta con Carmelina.)* Hola.

JUANA. ¡Muchacha! ¡Al fin te dignas a venir a mi casa! Primera vez desde que vivo aquí. ¿Y ese milagro? ¿Carmelina te contó?

LOLA. *(Riendo.)* Sí.

JUANA. *(Tapándose la boca por la risa.)* Se está vistiendo. Ya debe estar al salir.

LOLA. *(Volviendo la cabeza hacia su casa.)* ¡Evelio, apúrate!

CARMELINA. *(Llamando.)* ¡Domingooo!

Se escucha lejos un murmullo y el ladrido del perro.

LOLA. ¿Qué es eso?

CARMELINA. Parece que viene gente.

JUANA. Ah, sí. Mandé a Juanita para que regara la voz.

En ese momento Iluminada aparece en el marco de la puerta. En la cabeza lleva un viejo sombrero de copa. En una mano: una trompeta; en la otra: su maleta. Viste una trusa antigua, arrugada y desteñida. Le queda bastante ancha, lo que la hace lucir más gruesa. La trusa es de una sola pieza y de la cintura para abajo tiene una sayita rizada que le llega hasta las rodillas, dejándole sólo al descubierto las piernas y rodillas. Delante y detrás tiene pintada la cara de un payaso. Todo se ve bastante deteriorado. Al verla, las mujeres no pueden contener la risa y largan sonoras carcajadas en su misma cara.

JUANA. *(Riendo.)* ¡Esto es increíble!

LOLA. Toca la trompeta, toca la trompeta.

Iluminada se lleva la trompeta a los labios lentamente y emite un sonido chillón.

CARMELINA. *(Muerta de risa.)* ¡Divina! ¡Divina!

LOLA. *(Saliendo a la calle.)* Vamos, dejen el paso libre.

En la calle. Poco a poco han ido llegando curiosos atraídos por los gritos de Juanita y los ladridos del perro. Todos se agrupan ante la puerta de la casa. Ya Juan ha instalado la maleta y la 1153 *carpa en la carretilla. Entre la gente están Domingo y Evelio, que carga a su hija. Cerca de ellos hay un muchacho joven, de ojos claros y rostro dulce. Juana, Carmelina y Lola salen de la casa abriendo paso.*

EL HIJO DE MARICUSA. Pero, ¿y esto qué es?

JUANA. Son artistas de circo. Octavio, "el gato", y su mujer.

EL HIJO DE MARICUSA. ¿Y qué hacen?

CARMELINA. Él traga espadas de fuego y cruza la cuerda floja.

EL HIJO DE MARICUSA. ¿Y ella?

LOLA. *(Muriéndose de risa.)* ¡Toca la trompeta y exhibe sus piernas! *(Ríen.)*

EL HIJO DE MARICUSA. ¿Y por qué le dicen "el gato"?

EVELIO. Porque tiene siete vidas. Ha intentado matarse cinco veces y sigue vivo. Y, por último, a la casa donde vivían le cayó una bomba, ellos estaban adentro, ¡y no les pasó nada!

Ríen todos. En la casa. Sólo quedan en la sala, Iluminada y Caridad. En la calle, Luisito espera con la corneta y Juanita con el tambor. Iluminada ya va a salir, pero ve que Caridad la mira muy seriamente.

ILUMINADA. ¿Por qué me miras así? ¿No te da risa a ti también?

CARIDAD. Me estaba acordando de una cosa.

ILUMINADA. ¿De qué?

CARIDAD. Un día me dijiste que nunca volverías al circo, que eso era horrible. ¿Te acuerdas? Hasta me dijiste que una vez pasaron por aquí unos artistas de circo que iban para Matanzas y te echaste a llorar porque te dieron lástima. ¿Te acuerdas?

ILUMINADA. Sí.

CARIDAD. ¿Y por qué te vas entonces? ¿Quieres seguir lloran-do?

ILUMINADA. *(Después de una pausita.)* Dame un beso, mi amor. *(La besa en la frente.)* Y no preguntes nada. Siempre con tu manía de ser tan preguntona.

CARIDAD. Perdona, madrina.

ILUMINADA. No hay de qué, mi cielo. *(Sale a la calle.)*

En la calle. Al salir Iluminada, el gentío se regocija y explota en sonoras carcajadas. Algunos aplauden. Todos forman un círculo completamente cerrado en medio del cual avanza Iluminada.

UNO. *(Riendo.)* ¡Parece una foca!

OTRO. *(Ídem.)* ¡Y es coja!

Iluminada llega al punto del círculo donde se encuentra el joven que estaba junto a Evelio y Domingo, el hijo de Maricusa. Éste la mira seriamente, se desplaza abriéndole paso y se rompe así el encierro del círculo que inmediatamente se desarticula. Iluminada aparta lentamente la trompeta de sus labios, observa detenidamente al joven, sonríe suavemente y le dice:

ILUMINADA. ¿Usted no es el hijo de Maricusa, la que vive en la calzada? ¿La de la casa de mampostería?

EL HIJO DE MARICUSA. Sí, soy yo. ¿Por qué?

ILUMINADA. Fíjate, Octavio. Es él. *(Al joven.)* Yo también tuve una casa de mampostería. Y a usted me lo he tropezado muchas veces, pero nunca hemos conversado. Siempre me llamó la atención la mirada tan dulce que usted tiene. ¿Verdad, Octavio, que tiene una mirada muy dulce?

OCTAVIO. *(Quitándole la maleta y depositándola en la carretilla.)* Vamos, no perdamos más tiempo. ¡Toca la trompeta!

ILUMINADA. *(Llevándose la trompeta a los labios y sintiéndose arrastrada por Octavio.)* A lo mejor es usted...

EL HIJO DE MARICUSA. ¿Cómo?

ILUMINADA. *(Perdiéndose.)* A lo mejor es usted... *(Toca la trompeta estridentemente, pero avanza con la cabeza vuelta hacia atrás, mirando al joven.)*

EVELIO. *(Confundido.)* Pero, ¿y esto?

LOLA. Ay, por tu madre, yo creo que Iluminada se enamoró de él.

Todos ríen, excepto el hijo de Maricusa, que permanece en su lugar, serio, mirando a Iluminada alejarse.

JUAN. *(Pregonando.)* ¡Aquí, el gran Octavio, "el gato", y su mujer: "la gorda que toca la trompeta"!

La carretilla avanza perdiéndose por el camino, empujada por Juan y seguida de la multitud. Luis toca su corneta y Juanita su tambor.

JUANA. *(Grita.)* ¡Vuelvan pronto del parque! ¡No se queden por allá!

Excepto el hijo de Maricusa, Juana y su hija Caridad, todos se pierden tras la caravana. El joven ha permanecido en el mismo lugar, Caridad dentro de la casa, junto a la puerta; Juana, al final del camino, viendo perderse la procesión. Se escucha el rumor de las voces y el sonido de los instrumentos. Después de unos segundos, Juana grita a su hija, sin moverse de su lugar.)

JUANA. Caridad, tráeme la ropa que quité anoche. Parece que por la tarde vamos a tener sol. *(Mira al cielo, se pasa una mano por la cabeza, y desaparece por el camino.)*

CARIDAD. *(Lentamente pasa una mano por su rostro, cerca de los ojos. toma un bulto de ropa cercano y sale con él a la calle. Se tropieza con el joven, lo mira, y con el bulto de ropa pegado a su pecho, le pregunta.)* ¿Habrá sol?

EL HIJO DE MARICUSA. *(Le mira a los ojos, sonríe suavemente, y asiente con la cabeza.)*

CARIDAD. *(Sonríe. Desata el lío de ropas blancas y comienza a tender.)*

El joven la ayuda. Ambos sonríen. Se escucha una música apropiada. Lentamente cae el

TELÓN

ABRAHAN RODRÍGUEZ

ANDOBA
O MIENTRAS LLEGAN LOS CAMIONES

SAINETE, PÚBLICO Y AFIRMACIÓN DE IDENTIDAD

LILIAM VÁZQUEZ

E l estreno de *Andoba*[1] en junio de 1979, dio lugar a polémicas y discusiones vivas, tanto entre críticos y periodistas como dentro del público que esperaba horas frente a la taquilla del Teatro Mella para obtener entradas. Algunos atacaban la pieza, otros, la defendían, pero lo cierto es que desde el estreno de *María Antonia*, de Eugenio Hernández Espinosa, dirigida por Roberto Blanco en 1967, no había existido entre nosotros otro hecho teatral que deviniera fenómeno sociocultural de tal envergadura. Entre estos dos hitos de nuestra escena habían transcurrido doce años.

Pero tan interesante como los resultados había sido el proceso de trabajo. *Andoba* tenía como presupuesto una seria investigación que borraba las fronteras estáticas entre texto y escena y que permitía la violación por parte del director y del dramaturgo de sus respectivas zonas de creación. Interminables discusiones del equipo de dirección conformaban el diálogo preciso, los movimientos escénicos y el propio sentido de la pieza. Porque la puesta en escena de la obra de Abrahan Rodríguez postulaba la asunción de un código genuinamente popular traducido en una visión sobre la eticidad de una tabla de valores que por primera vez se presentaba con coherencia de sistema en nuestra escena. Si bien es cierto que en la década de los

1159

setenta hubo intentos de llevar a escena la temática de la marginación —*Al duro y sin careta* (1976), dirección y versión teatral de Mario Balmaseda sobre un guión cinematográfico de Sara Gómez y Tomás González—, es sólo un hecho teatral como *Andoba*, dentro de esa curva de creación, el punto que logra trascender íntegramente el peligro de un reflejo naturalista y estereotípico de la zona de la realidad estudiada.

Sólo a partir de esta hipótesis es posible explicar el fenómeno de comunicación que produce el estreno, en tanto bajo este concepto se produce a su vez una indagación en los recursos de comunicación de la tradición escénica popular, asumidos, por actores profesionales, en su calidad de signos de identidad.

Rine Leal, al referirse a la pieza apunta: "En este sentido, *Andoba*, de Abrahan Rodríguez, señala un punto culminante al explorar mecanismos de comunicación que parten de nuestra escena popular, pero que la desarrollan a partir de la temática de los automarginados y de una indagación de los medios expresivos del intérprete en busca de una imagen escénica nacional y popular. La asistencia masiva a sus representaciones, la actitud activa y productiva de los espectadores y su incidencia en el fenómeno teatral, convierten a *Andoba* no sólo en un acontemiento inusitado, sino también en una vía para restituir la relación público—actor, sin apelar a fórmulas populacheras o vacías de intención social".[2]

Éstas son las causas que explican que, al realizar una aproximación a la obra, sea imposible aludir sólo al plano textual: se hace imprescindible asumirla en su sentido de sistema. Sólo así es posible arribar a una valoración que no excluya las claves de su trascendencia.

Reivindicación del antihéroe

No es casual que el dramaturgo escoja un antihéroe como protagonista. Únicamente un personaje como éste permite llevar a escena la discusión de un tema como la integración de un automarginado a una sociedad que es incompatible con su sistema de valores, y cuyo presupuesto ético fundamental es un mal entendido concepto de la hombría: "A mí ningún hombre me pisotea, ni mi hermano. ¿No ves que yo he sido fiera entre las fieras? Yo soy Andoba. ¿Qué 'volá' conmigo?" (Cuadro III).

Sin embargo, estos conceptos no encuentran resonancia en un marco contextual regido por transformaciones sociales que debilitan los puntales de esa "moral de ambiente", cuestionada gradualmente por el propio Oscar, en la misma medida que acepta la integración a través del trabajo y la superación personal. Su nueva conducta social le impone una revisión de los marcos conductuales que condicionaron su llegada a la cárcel, lo cual arroja como resultado un desesperado intento de dinamitar su pasado, traducido en las contradicciones de este personaje profundamente humano, dolorosamente contradictorio y que —con toda la tragicidad que esto supone— es capaz, aun cuando entiende que está marcado por los hechos, de seguir un camino de rompimiento que lo lleva, irremediablemente, a la muerte.

En el Cuadro XIII, en un diálogo con Aniceto, pregunta: "¿Quién me habrá mandado, coño? Ahora no puedo salir de la envolvencia". Frente a las amenazas de muerte de su antagonista, Oscar tiene que solucionar una alternativa que definirá su suerte: o asume los códigos de ese mundo al cual desea integrarse, y acude a la Policía a denunciar al Gato, o trata de ejercer la justicia según sus antiguos patrones de conducta. De esta decisión dependerá tanto su vida como la afirmación de transformaciones esenciales. Sin embargo, aun cuando en el plano social Oscar ha logrado un nivel de aceptación acorde con las exigencias colectivas, más aún, ha logrado desechar los patrones morales que lo marcaron, no está capacitado aún para olvidar, y por eso se enfrenta al Gato sin armas de 1161 defensa: sólo con un cuaderno escolar en sus manos, esgrimido como un estandarte capaz de trascender su muerte. Esto se enuncia de manera diáfana en el Cuadro XVI, en el que se produce el enfrentamiento final entre el Gato y Oscar, o lo que es lo mismo: entre dos fuerzas sociales que tratan de anularse.

Mucho se ha discutido acerca de la necesidad de la muerte de este personaje, pero sólo una visión paternalista y superficial puede votar a favor de su salvación física. Si esto sucediera, la pieza no pasaría de ser una historia bien construida entre "malos" y "buenos", con el inevitable "happy end". Sin embargo, la muerte de Oscar demuestra la fuerza de los imperativos sociales que defiende aun a costa de su vida, y además propone el análisis —quizás amargo— de una zona de nuestra realidad, que debemos asumir para poder superarla.

Desacralizar la palabra

La coherencia en la construcción de los personajes lleva a Abrahan Rodríguez a un riguroso estudio de los códigos expresivos, de manera que la frontera entre lo popular y lo populista no sea traspasada. Justamente es el lenguaje uno de los elementos que testimonian esta intención.

El dramaturgo, tras un riguroso proceso de selección, asume el instrumental lingüístico del "ambiente", en la medida que su incidencia en el habla coloquial haya producido adiciones orgánicas. Esto propicia la comunicación, en tanto evita llegar a extremos bufonescos y caricaturizados, al tomar partido por términos y modismos incorporados genuinamente al caudal expresivo del cubano. Al dramaturgo le interesa captar, más allá de vocablos aislados, el sentido de la sintaxis del cubano, para incorporarlo a la pieza como un signo de identidad.

Aquí radica uno de los valores fundamentales de la obra, al llevar a categoría dramática un sector del lenguaje conformado en grupos automarginales, pero reivindicado en la pieza en tanto expresiones legítimamente populares.

Andoba es, además, un homenaje a las tradiciones de nuestro teatro popular. Sin llegar a extremos bufonescos, el autor recrea situaciones que muy bien pudieran pertenecer a alguno de aquellos incansables libretistas del Alhambra: el sainete se hace presente por momentos, y aunque no pueda establecerse una analogía directa, no puede negarse que en personajes como Corina, Primitivo o Mamacita, se encuentran resonancias de una tradición que sustentó durante años gran parte de la expresión escénica nacional.

Hoy, a doce años de su estreno, se impone preguntar si la obra, en una versión escénica actual, contaría con los mismos resultados de entonces. Si su poder de convocatoria aún se mantiene, la reafirmación de *Andoba* como uno de los clásicos del teatro cubano de los últimos treinta años, sería la única conclusión posible.

---

[1] *Andoba* fue dirigida por Mario Balmaseda y obtuvo Premio a la mejor puesta en escena en el Festival de Teatro de La Habana/1980.

[2] Leal, Rine: "Cuatro siglos de teatro en busca de su expresión". En: *Festival de Teatro de La Habana. 1980*, Editorial Orbe, Ciudad de La Habana, 1982, p. 54.

ABRAHAN RODRÍGUEZ

Nació en La Habana, en 1945. Su vocación literaria se manifestó inicialmente en la poesía y la narrativa. Publicó un poemario, *En el sitio del mundo,* y tiene inédito un libro de cuentos. En 1967 se incorporó al Instituto Cubano de Radio y Televisión, para el que ha escrito guiones de series y telenovelas como *La guerra de los palmares, Tierra o sangre, La Acera del Louvre* y *Un bolero para Eduardo.* El estreno en 1979 de *Andoba* marca el inicio de su carrera como dramaturgo. Entre sus principales obras, se hallan:

TEATRO

Andoba o *Mientras llegan los camiones.* Estrenada por el Teatro Político Bertolt Brecht en 1979. Publicada por Letras Cubanas, Ciudad de La Habana, 1985.

El escache o *El tiro por la culata.* Estrenada por el Teatro Político Bertolt Brecht en 1980. Inédita.

La barbacoa o *Quien se casa, casa quiere.* Estrenada por el Teatro Político Bertolt Brecht en 1982. Inédita.

El brete o *De buenas intenciones.* Estrenada por el Teatro Político Bertolt Brech en 1984. Inédita.

El duro Guao (1985). Inédita y sin estrenar.

El sudor o *Las cosas de la verdad.* Estrenada por el Teatro Nacional en 1987. Publicada en la revista *Tablas,* nº 1, enero-marzo, 1987.

Fasten seat belt o *Qué te traigo de afuera.* Estrenada en el Teatro Carlos Marx en 1991. Inédita.

La pasión de Redento Villacasa o *El camino de la fe.* Inédita y sin estrenar.

ANDOBA
O MIENTRAS LLEGAN LOS CAMIONES

Abrahan Rodríguez

A Adianez,
A Paloma: mis hijas
Al CDR 17, Tirso Urdanivia

PERSONAJES

OSCAR, Andoba
GUILLERMO, Técnico medio
MAMACITA, Madre de Oscar, Guillermo y Luisita
OBDULIA, Madre de Aniceto
DIGNA, Vecina del solar, madre de Enriquito y Periquín
CORINA, Vecina del solar
ESTEBITA, Hijo de Corina. Estudiante de primaria
ISIS, Vecina del solar
ANICETO, Obrero
ENRIQUITO, Obrero y dirigente del CDR (Comité de Defensa
de la Revolución)
PERIQUÍN, Internacionalista
PRIMITIVO, Presidente del Consejo de Vecinos
JUAN DE DIOS, Dirigente del CDR
BENITO, Vendedor de periódicos
GUZMÁN, Jefe de turno
TÍA DE ESTEBITA
MAESTRO ALBAÑIL
GATO, Elemento antisocial
SALFUMÁN, Elemento antisocial
HOMBRE 1
HOMBRE 2
HOMBRE 3
OBREROS, NIÑOS, GENTE DEL BARRIO

PRÓLOGO

Calle de La Habana. Es de día. Al fondo y delante de la pared con un repello grueso, se encuentra un andamio de metal (de los llamados aviones). El andamio está cruzado por un tablón sobre el que descansan diversas herramientas de albañilería: un cubo para la mezcla, otro con agua, nivel, varias flotas, cucharas y un cajón de mezcla. A cada extremo del escenario y a la altura del tablón, cuelgan dos pantallas para diapositivas que muestran, simultáneamente, viviendas en construcción y áreas de las distintas comunidades terminadas en la ciudad de La Habana. Por los alrededores del andamio se ven apiladas tablas de encofrado y trozos de ladrillos. A la derecha hay una pequeña fachada de un barrio típico de la ciudad. En una de las puertas, bajo un farol, cuelga un cartel de un CDR. Un poco más al costado hay un mural. En la esquina se encuentra la panadería, un pequeño local con mostrador, caja y puerta de metal. Se escuchan ruidos de grúas y motoniveladoras.

El ambiente es muy activo. Algunas mujeres entran y salen de la panadería. Sentados en el contén de la acera, un anciano lee el periódico y otro toma el sol. Al fondo, sobre el andamio, trabajan dos albañiles: uno alisa la pared con una flota de madera, y el otro completa el acabado con una brocha que, a ratos, humedece en un cubo depositado a su lado. Abajo, el ayudante termina de palear una "templa" de mezcla, llena un cubo y se lo alcanza a uno de los operarios. En el centro, el maestro albañil comenta el plano con dos jóvenes arquitectos. Mamacita sale de la panadería con una jaba de guano y un cartucho con pan. Camina mirando las diapositivas y a los obreros que trabajan. Se detiene a cierta distancia del maestro. Uno de los arquitectos termina de dar algunas instrucciones al maestro y sale enrollando el plano. Suena el pito de la merienda. El maestro se seca el sudor de la frente con el antebrazo. La obra comienza con el solar en penumbra, iluminado en tonos verdes y violetas. Se ilumina lentamente el lateral derecho con la tercera campanada. Entran los actores por ambos laterales con diversos materiales de construcción. Entra Mamacita por el lateral izquierdo con un cubo de agua.

MAMACITA. *(Caminando hasta el Maestro.)* Buenos días.

MAESTRO. ¿Cómo anda? Vieja, déme un buche de agua.

MAMACITA. ¿Y les falta mucho?

MAESTRO. *(Piensa.)* Metiendo el cuerpo como lo saben hacer los muchachos, la obra no nos resiste seis meses. ¡Ja! ¿Usted no nos ha visto inspirados? ¡Vira y bota! ¡Vira y bota!

MAMACITA. No, sí, si empezaron ayer como quien dice, y mira todo lo que han adelantado.

MAESTRO. Es que son gente de primera. Con gente así se puede echar palante; ¿no?, y además, contamos con la ayuda de ustedes, los vecinos, que son gente bárbara también.

MAMACITA. ¿Cuándo terminan aquí?

MAESTRO. El trabajo de nosotros nunca se acaba. Siempre se necesita construir. A veces nos ponemos a trabajar para el interior, los más viejos comentan lo que hemos hecho y lo que nos falta por hacer. Y es para ponerle a cualquiera los pelos de punta.

MAMACITA. ¡Mira que hay que hacer cosas en este país!

MAESTRO. Y ustedes no se duerman en los laureles; vayan recogiendo los matules, que en cualquier momento les hacemos escombros el solar.

MAMACITA. ¡Por mí! Nosotros ya estamos esperando los camiones. Mis hijos están desesperados.

MAESTRO. ¿Cuántos hijos tiene?

MAMACITA. Tres, dos varones y una hembra.

MAESTRO. Óigame, igual que yo. Usted no es capaz de imaginarse lo contentos que nos pusimos cuando nos dieron nuestro apartamentico en la microbrigada.

Pasa Salfumán, y Aniceto le tira un corte con la carretilla.

MAMACITA. ¿Cómo no me lo voy a imaginar, mi hijo? *(Con un aire muy soñador.)* Mudarse para una casa en altos, con una buena terraza, su buen sillón para cabecear al fresco. Tan acostumbrada una a vivir pegada al piso, ¿eh? *(Sonríe.)*

MAESTRO. ¿Quién va a querer quedarse en el solar? Seguro, seguro que no van a ser los mismos a los que la miseria les estropeó la vida en esos cuartuchos miserables. El solar era la tierra del desgraciado, del arrastrao, del metecabeza, fuera blanco o negro. Nada más tenía que ser un pobretón como cualquiera de nosotros.

MAMACITA. Pero no se crea. Se dejan muchas cosas, pero se llevan otras.

MAESTRO. ¿Qué pasa, vieja? ¿Le da miedo el cambio?

MAMACITA. ¿A mí? *(Pausa.)* ¿Será miedo?

MAESTRO. Al principio no es fácil. Algunos suponen que el asunto es sólo irse del solar. Pero la verdad es que va mucho más allá. Es aprender a vivir de otra forma.

MAMACITA. ¡Casa nueva, vida nueva!

MAESTRO. Vida nueva, no. Otra vida. Mire, vieja, la verdad. Es muy duro romperse el lomo fabricando un buen edificio, y al cabo de un par de años verlo convertido en una pocilga. Los golpes nos han enseñado a velar por la propiedad colectiva. ¿Y quién mejor para eso que la colectividad misma?

MAMACITA. Sí, pero es que son tantos los malos hábitos y el resabio que nos han quedado...

MAESTRO. Pues hay que botarlos con los escombros.

MAMACITA. Como dice usted es fácil. Pero no crea que son todos los que están dispuestos a cambiar tan de raíz. Sacarse hábitos que se han criado y engordado, duele como acomodarse un hueso roto.

MAESTRO. Es que para esos barrios nuevos tiene que ir un vecino que sepa comportarse y convivir con los demás.

MAMACITA. Sé de algunos que no quieren salir del barrio.

MAESTRO. Me figuro que son gentes aferradas a los recuerdos, y por no dejarlos, están dispuestos a seguir viviendo como lo ordenaba la miseria. ¡Qué cosa más grande!

MAMACITA. Fue tarde para ellos, se acostumbraron.

MAESTRO. Bueno, mire, mi vieja, el asunto está en la disposición que tengan para echar palante. ¿No ve usted que los compromisos van a ser otros? Es algo así como un hogar—escuela. Nos educamos todo el mundo para aprender a amar y a respetar desde la florecita del jardín hasta el sueño del semejante. *(Consulta su reloj.)* ¡Alabao! Arreglando el mundo con usted se me está yendo la jornada de trabajo completa. Hasta luego, vieja, la quiero.

MAMACITA. Vaya, vaya para lo suyo.

El Maestro sale por el sitio del andamio. Mamacita espera que se aleje unos pasos y sale por el proscenio.

CUADRO I

Patio del solar. Es de día. Al fondo, las puertas de los cuartos. Se compone de dos pisos. En la planta alta se ven varias puertas en el mismo orden que las de abajo; el pasillo es estrecho y con barandas de balaustres de hierro. Al final, hay una escalera que se comunica con la planta baja. En la baranda hay una tendedera en la que se secan uniformes de colegio, ropas de trabajo, blusas, pares de medias, etc. En la planta baja, a las puertas de los cuartos, hay cocinas de kerosene y hornillas de carbón. En las paredes cuelgan sobre los tanques de agua latones de lavar, palanganones y bateas. En el cuarto de Primitivo (el último) hay un pequeño banco de carpintería, una carretilla de las conocidas por "chivichanas", varias tiras de tubos, algunas latas y carteles con consignas revolucionarias. En el centro del escenario, una caseta de dos puertas con sendos carteles: "Mantenga el baño limpio" e "Higiene es salud", ambas firmadas por el Consejo de Vecinos. De esta caseta a una de las cortinas del proscenio hay una tendedera sujeta por una horqueta, de la que cuelga gran cantidad de ropa.

Corina está sentada en un cajón en la planta alta, frente a su cuarto, y se abanica con una penca. Cerca de ella, Digna recoge ropas de la tendedera. En el patio, Obdulia, junto a un latón de lavar, tiende varios pantalones de trabajo.

OBDULIA. *(Mira satisfecha la ropa tendida.)* Los lunes va para el trabajo como una palomita, y hay que ver como regresa esta ropa. Mira que le digo: "Aniceto, cuida la ropa, ya no estoy para lavar tanto". ¡Pero como el de Lima! Ahora se ha encaprichado

1171

en traerme una lavadora. *(Sonríe cariñosa.)* Dice que para quitarme trabajo.

CORINA. Que la pida cuando le den casa.

OBDULIA. ¿Tú no sabes como es él? Cuando se le mete una cosa en la cabeza...

CORINA. Lo digo para que no se complique con los vecinos. Como su hijo no saluda a derechas a la gente, ni se ve en la esquina, y mucho menos compartiendo... *(Ríe.)* ¡Está en el filin! ¡Tanta rumba de cajón que bailó en este mismo patio!

Corina, en la escalera, se pinta las uñas de los pies. Obdulia y Digna lavan.

OBDULIA. ¿Qué pretendes? ¿Que siguiera de rumbero? Prefiero que sea buen trabajador antes que buen rumbero, ¡vaya! El tiempo pasa, la gente cambia. Aniceto tiene muchas responsabilidades: una casa que atender, está estudiando, tiene sus compromisos en el trabajo, en el Sindicato. ¡El muchacho se quiere superar! ¡Eso es justo! A ver, ¿para qué lo quieres de moscón en la esquina?

CORINA. Va a estar en lo suyo.

OBDULIA. Lo de él ya no está en la esquina, Corina. Es lo mismo que el edificio ese que levantan al doblar. ¡Para arriba, para lo fresco, para lo puro!

CORINA. ¡Ah, bueno! Son los cambios que yo no entiendo en la gente.

DIGNA. Dicen que ya no hay momento fijo para sacarnos del barrio. ¡Ay, mi madre, tú verás!

CORINA. ¿Qué es lo que hay que ver? La salación de que lo manden a uno para los repartos.

OBDULIA. Pues mira, mi amor, vete acostumbrando...

CORINA. Meterse donde no se conoce a nadie, ni se puede decir
un "carajo" bien sonado a los muchachos... Porque a "Fulani-

ta", la responsable de vigilancia, no le gustan las malas palabras, y a "Esperancejito", el organizador, le molesta que la gente de la cochambre de uno vaya a beberse un litro de aguardiente.

PRIMITIVO. *(Entra. Viste ropas de trabajo, camiseta de botones, gorra de vinil negro, botas. Viene con su bicicleta, a la que trae amarradas algunas tablas en el asiento trasero.)* Bueno, si me brindan un poquito para entrar en calor antes del baño, no me niego. *(Llega a la puerta de su cuarto, desanuda las tablas y las coloca sobre el banco. Abre el cuarto y se quita la camisa.)*

CORINA. Primitivo, deja la baba, que el patio está en candela.

PRIMITIVO. *(Para sí.)* ¿Cuándo no...?

OBDULIA. Estoy desesperada porque me acaben de dar un lugar donde vivir un poco más amplio, sin peste a luz brillante a toda hora. *(Suspira.)* Eso fue lo que el difunto y yo añoramos siempre.

DIGNA. Por mi parte, desde que tengo uso de razón siempre he vivido en lugares como éstos: hoy en el Bisté, mañana en el Rancho Grande, pasado en el África, la Madama, el Ochenta y Cinco, y no me he muerto. No quisiera salir del barrio. Uno tiene su vida hecha, y tener que irse para volver a empezar..., pero, bueno...

PRIMITIVO. ¿Entonces qué quieres, mujer?

CORINA. Que no la jodan...

PRIMITIVO. *(Camina hasta el centro del patio.)* ¿Y para ti, qué cosa es que no te jodan? ¿Vivir desgaritada, dándole de lado a la educación y a la tranquilidad del semejante?

CORINA. ¡Ya está el presidente del Consejo de Vecinos!

PRIMITIVO. ¿Quieres quedarte en el barrio, o en la vida que te has impuesto? Aquí te es más fácil sacarle el cuerpo a la disciplina. Como que puedes armar un escándalo a cualquier hora, sin respetar a los hombres que trabajan o a los niños que

1173

duermen, y por pena no se te llama la atención. Nunca te enseñaron a respetar la paz, y ahora te molesta ver que existe a pesar de ti.

CORINA. *(Descompuesta.)* ¡Bueno, ya! ¡Se acabó! *(Entra a su cuarto.)*

DIGNA. *(Pausa.)* Es que ir para otro lado, salir del barrio para los repartos..., eso es lo que yo quiero decir, Primitivo.

PRIMITIVO. No es quitarnos el barrio de la cabeza, no: es quedarnos con lo que de él valga la pena. ¿Cómo van a despreciar la oportunidad de darle un buen empujón a la vida?

OBDULIA. Y después de haber esperado tanto tiempo.

PRIMITIVO. Todo tiene su precio: y éste, el de sacarnos de aquí, es bien barato. Nos van a dar un beneficio. ¿A cambio de qué? De que sigamos palante, de que nos acomodemos en la sociedad, en el tiempo. ¿No se dan cuenta, caballería? Es demostrarnos a nosotros mismos que no somos unos miserables a pesar de haber vivido en la miseria. Esta gente nos van a dar un sueño, porque aquí nadie —¡nadie!— me puede decir que no ha tenido la ilusión de tener un apartamento, un lugar donde poderles dar un cuarto a los hijos y poder recostar tranquilo los huesos.

OBDULIA. Él piensa poner el banco y los hierros de carpintería en el patiecito. Así, ni la viruta ni el serrín pasan para adentro de la casa. ¿Eh, Primitivo?

PRIMITIVO. Bueno, bueno, la gente no tiene por qué enterarse. *(Se cruza de brazos.)* Oiga, Obdulia, a usted se le va la lengua facilito. *(Va hacia su banco y termina de desamarrar las tablas.)* Dígale a Aniceto que traje las tablas para el librero; el sábado está terminado. *(Camina hasta Obdulia.)* Y fíjese, lo primero que quiero es un tabaco mientras esté trabajando...

OBDULIA. ¡Ave María! Si le estamos dando casi la jornada larga de un tabaquero.

1174 PRIMITIVO. Café.

OBDULIA. Se va a poner prieto. Primitivo.

PRIMITIVO. Que el sábado me deje enfriar una cajita de cerveza que compré.

OBDULIA. Óigame, que usted no puede estar en esa bebedera...

PRIMITIVO. ¡Y tranquilidad!

OBDULIA. ¡Qué barbaridad! Con este hombre no se puede hablar, ya tiene majaderías de viejo. *(Mira detenidamente las tablas.)* Primitivo, venga acá, ¿de dónde sacó usted esos palos?

PRIMITIVO. No son palos, que son tablas. No empiece a hablar boberías. *(Pausa.)* Desarmé un mueble viejo que iban a botar. ¡Todavía se puede aprovechar la madera!

OBDULIA. ¿Está usted hurgando en la basura?

PRIMITIVO. *(Camina hasta Obdulia.)* Óigame, vecina. Yo no tengo nada que buscar en la basura. ¿Usted me ha visto a mí cara de buzo? *(Muy preventivo.)* Obdulia, no se mande...

Entra un grupo de niños con cuadernos y uniformes escolares. Gritan y retozan por el patio del solar.

CORINA. *(Saliendo de su cuarto.)* ¡Se acabó la tranquilidad! *(Grita.)* ¡Estebita! Como me ensucies el uniforme, te parto la cabeza con un palo.

ESTEBITA. ¡Primitivo, Primitivo! ¡Me hicieron responsable del aula! Pero mis compañeritos no me quieren obedecer.

PRIMITIVO. Bueno *(Le ofrece la mano.)*, lo felicito. Si no lo obedecen, dígaselo a la maestra. No se me vaya a fajar.

ESTEBITA. *(Grita.)* ¡Mami, mami, me hicieron responsable del aula! *(Sube.)*

CORINA. *(Grita.)* Dale, arranca, acaba de subir para que te vayas a casa de tu tía, que yo no voy a cocinar... Y mira a ver si te quitas el uniforme.

Algunos niños salen y otros quedan jugando por el patio. Entra Oscar, con un maletín, y se detiene en la puerta.

CORINA. *(Grita.)* ¡Andoba! *(Baja la escalera corriendo.)*

OSCAR. ¡Habla! *(Obdulia corre hasta el centro del patio y se abraza a Oscar. Llega Corina y también lo abraza. Primitivo le da palmadas afectuosas.)*

OBDULIA. ¡Ay, Oscarito, qué alegría! Deja que te vea tu madre. Está por la panadería. Las dos estábamos esperándote para esta semana.

CORINA. ¿Y la gente del barrio está allá? ¿Viste al Guante, a Miguelito, "el Tránsfuga"... *(Pausa. Ansiosa.)* ¿Lo viste a él?

OSCAR. ¿A quién, al que fue tu marido? Él y los demás siguen en las mismas, parece que no se cansan. Bueno, Primitivo, mi padre, dime algo.

PRIMITIVO. Di tú.

OSCAR. Entero.

PRIMITIVO. Usted sabe que tiene que acoplar.

OSCAR. ¡Ahhh! Primitivo, no me empiece la muela.

PRIMITIVO. Te peleo y arriba te abro una tabla en el lomo. Yo no ando creyendo en que te digan Andoba ni nada de eso.

OSCAR. No se altere, no se altere.

PRIMITIVO. A tablazos te llamo al orden. A veces un buen palo ayuda más que cincuenta consejos.

OSCAR. Obdulia, ¿y Aniceto? ¿Cómo está mi socito?

OBDULIA. Bien, mi hijo, luchando.

PRIMITIVO. Oscarito, Oscarito, muchacho, acaba de sentar la cabeza. No te quedes atrás. Lo que te pasó a ti también nosotros lo sentimos.

1176 OBDULIA. Te has criado en este patio.

OSCAR. Voy a ver si se puede empezar.

OBDULIA. ¿Cómo no se va a poder empezar? La juventud tiene las puertas abiertas. Mira a Aniceto, a tu mismo hermano.

PRIMITIVO. (Lo toma por un brazo.) ¿Bueno, qué? ¿Se acabó el ambiente?

OSCAR. No se puede tropezar dos veces con la misma piedra. Estoy demasiado escarmentado.

PRIMITIVO. ¿Hablas con el corazón?

OSCAR. Deje que encuentre un buen trabajo. Mi deuda con la sociedad ya está cumplida.

PRIMITIVO. Eso suena como papelito aprendido de memoria. Se lo he escuchado a casi todos, vaya..., los presidiarios. El tiempo, de hoy en adelante, es lo único que puede dar fe de lo que dices ahora. El cambio que quieres dar es brusco, lo sé. Y para eso hay que estar muy convencido. Si la prisión y la granja te han hecho pensar en tus errores, puedes empezar. Y empezar quiere decir trabajar, estudiar, darle la espalda a todo lo que perjudique la honestidad y la moral del hombre decente y trabajador.

CORINA. Andoba, vaya, tócate. (Le ofrece un litro de ron.)

OBDULIA. Oscarito, mi hijo, para hacerlo no tienes que cambiar mucho; mírate en el ejemplo de Aniceto, de tu hermano Guillermo.

OSCAR. El ejemplo de mi hermano termina donde él tenga que hablar de mí: entonces sí que no es un ejemplo; ni como hermano, ni como hombre, ni como nada. No puedo coger de ejemplo a uno que no es capaz de ayudar a un hombre en desgracia, sino que se dedica a humillarlo y a restregarle su decencia por la cara a quien nada más ha procurado ayudarlo a salir alante. Guillermo es ejemplo quizá para ustedes, pero para mí, no.

OBDULIA. ¡Ay, Mamacita!

1177

MAMACITA. ¡Oscarito, mi hijo! *(La madre entra con la jaba y el pan. Corre a abrazarse con Oscar. Se abrazan largo rato. Mamacita lo mira y lo acaricia.)* Mi hijo, mi hijo.

OSCAR. No llores, vieja. *(Le levanta el rostro por la barbilla.)* Ya pasó. Ahora estoy aquí, contigo. Estoy aquí para que no me pases más trabajo.

MAMACITA. *(Los dos caminan abrazados rumbo a la puerta del cuarto.)* ¡Ay, Oscar, cómo has hecho sufrir a tu madre!

OSCAR. Deja eso, no pienses más.

MAMACITA. A ver, ¿qué te ha dado la juntera, qué sacaste de ese ambiente? La cárcel. El bochorno para tu familia.

OSCAR. ¿Cómo te sientes de la presión? ¿Y los muchachos?

MAMACITA. Todos estamos bien. *(Pausa en la que Oscar se sienta en un banco en la puerta del cuarto.)* Oscarito, mi hijo, tu padre fue vendedor de hierbas, de botellas, pasó mucho trabajo en su vida, pero nunca pisó la cárcel.

OSCAR. No tuvo el problema mío. Los hombres tienen circunstancias fatales, los hombres tienen sus momentos. ¿Qué dicen Luisita y Guillermo de mí?

MAMACITA. ¿Qué van a decir de su hermano mayor? Te esperaban. A Luisita tienes que mandarle un telegrama a la beca; me lo encargó la semana pasada antes de irse. Guillermo llega tarde hoy; tiene una reunión, se baña en el trabajo y sigue para casa de la novia. ¿No vas a entrar?

OSCAR. Voy a quedarme un rato aquí. *(La madre entra al cuarto a dejar la jaba y el pan.)* Y Luisita se becó por fin.

MAMACITA. *(Desde adentro.)* Sí, por fin empezó este semestre en la secundaria en el campo. Si la vieras... Está más espigada, ya se le ve el cuerpo de mujer. Yo la noto hasta... *(Sale con un jarrito con café.)* ¡Más refinada! Viene los fines de semana. Se los pasa leyendo, o va al cine con sus compañeritas. Es otro el roce.

OSCAR. ¿Te ayuda en la casa?

MAMACITA. Bueno, en lo que se puede. Su deber es estudiar. De la casa me ocupo yo, que para eso dispongo de bastante tiempo.

OSCAR. ¡Está bueno eso! ¡Tú cocinando y lavando la ropa del zagaletón ese, y la niña leyendo libritos! Como si estuvieras tan saludable. Se ve que falto yo.

MAMACITA. Hay cosas que hacen más daño que lavar y cocinar.

OSCAR. *(Pausa.)* ¿Y tu otro hijo?

MAMACITA. Es tu hermano.

OSCAR. ¿Está bien?

MAMACITA. Bien, con muchísimo trabajo. Es quien lleva los gastos de la casa y está ahorrando para casarse. Mejor no me puede haber salido. Él fue el que entusiasmó a Luisita con la idea de la beca. Yo no estaba muy embullada. Separarme de la niña... Pero nos convenció. La verdad es que no le ha ido mal. ¡Y sus notas tienes que verlas! Te las voy a enseñar. *(Se dirige a la puerta del cuarto.)*

OSCAR. Déjalo para después. *(Termina de tomar el café.)* ¿Y Guillermo tiene un buen trabajo, eh?

MAMACITA. Tú sabes que él se hizo técnico. A cada rato viene con compañeros suyos. Dicen que es un muchacho responsable y disciplinado.

OSCAR. Por lo visto tus hijos están encaminados. Digo, todos menos yo...

MAMACITA. No vas a tener problemas, Oscarito. Trabajo es lo que se sobra. *(Sonríe.)* Si hasta yo estoy pensando en buscarme un trabajito por ahí. Porque después ustedes cogen su camino y no quiero ser una carga para nadie.

OSCAR. No hables boberías, Mamacita. Una madre nunca es carga. ¿Y no te ha dicho nada de mí?

MAMACITA. ¿Quién?

OSCAR. Guillermo.

MAMACITA. Tu hermano.

OSCAR. Se va a erizar cuando me vea. ¡Jum! Con la mala voluntad que me tiene... *(Pausa.)* Me mandó una carta que más que guardarla entre las cosas que traigo, la llevo aquí. *(Se señala el pecho.)* Cada letra me dolió, coño, más que la de los tatuajes.

MAMACITA. Si tú supieras, hemos hablado mucho de ti, Guillermo te desea lo mejor. Es muy recto, pero no es malo.

OSCAR. Ni es malo, ni parece mi hermano. Estaba muy solo, vieja; solo y asqueado. Guillermo no se dio cuenta de eso. Me tiró a matar.

MAMACITA. No es de los que se callan frente a lo mal hecho. Es un muchacho serio, de mucho carácter.

OSCAR. Carácter...

MAMACITA. Guillermito no es como nosotros. Se ha pasado la vida becado. Tiene otra educación. Ahora es cuando lo vengo a conocer bien. No puede ser ni como tú ni como yo.

OSCAR. Nunca le hice daño. Cuando era chamaco lo protegía, lo enseñaba a ser un hombrecito, para que nadie en el barrio pudiera señalarle nada. Quise que fuera como yo...

MAMACITA. Como tú ya no podía ser.

OSCAR. No, él no tiene para eso.

MAMACITA. Te tocó lo peor. Eras el mayor. A los siete años tuviste que ayudar al difunto a empujar la carretilla. Eras Oscarito, "el Botellero". *(Se le raja la voz.)* A mí me partía el corazón verte cambiar globos por botellas a niños de tu misma edad que iban para la escuela.

OSCAR. ¡Olvida! Las cosas malas de la vida se tragan sin saborearlas, como el palmacristi. Yo las salto como un huevo **1180** roto en la esquina.

MAMACITA. Perdona a tu hermano; eres el mayor.

OSCAR. ¿Perdonarle, qué?

MAMACITA. Esa carta la hizo para abrirte los ojos. No quería lastimarte. Oscar, por lo que más quieras, vamos a vivir en paz.

OSCAR. No hay nada que perdonar, Mamacita. Esa carta me ha enseñado mucho.

MAMACITA. Es lo que él quería.

OSCAR. Pero a ser un perro rabioso y a morder a cualquiera, sin consideración. No se es el mismo hombre en la calle, que dentro de una beca. Eso es lo que tu hijo no me puede perdonar.

MAMACITA. Lo que Guillermo no te perdona es que hayas cometido esa locura, que por convivir en ese ambiente, en esa guapería, te hayas olvidado del trabajo, de la casa y de tu familia...

OSCAR. ¡No es quién para juzgar!

MAMACITA. No es sólo él quien te juzga. Heriste de gravedad a un hombre. Ibas a matar, mi hijo. ¡Que Dios te perdone! Después me enteré de que por un asunto de juego. ¿Es razón ésa para quitarle la vida a un semejante?

OSCAR. Tú no entiendes. Fue la moral, ¡mi moral!

MAMACITA. ¿Pero qué moral?

OSCAR. La misma con que he andado con la cabeza bien alta por los Sitios, por Jesús María, por Belén. ¡La moral de hombre, vieja! Por la que hay hasta que matar para no ser un choteao, ni un mierda.

MAMACITA. ¿Y cómo tu hermano tiene tanta moral como tú en el barrio; cómo Aniceto anda por todas partes con su cabeza bien alta, y no han caído presos por ninguna causa? ¿Es que es otra moral la de ellos?

OSCAR. (Molesto.) No sé. No me compliques la vida. Ellos tienen sus cosas, yo tengo las mías; ellos tienen su moral, yo

1181

tengo la mía. *(Se levanta y va hasta el centro del patio. Canta.)* ¡Solar, maldito solar! ¡Solar, maldito solar!

SALFUMÁN. *(Entra buscando a Oscar por todas partes.)* ¡Andoba!

OSCAR. "¿Qué volá, yeneka?"

SALFUMÁN. *(Se dan las manos.)* "¿Qué volá, ambia?". ¿Cuándo botaste?

OSCAR. Por la mañana, consorte.

MAMACITA. Mira qué forma de hablar.

SALFUMÁN. ¿Cómo anda, Mamacita?

MAMACITA. Bien, gracias.

SALFUMÁN. *(Lo mira de arriba abajo.)* Estás sufridito. Tiene que "colársele de afeméremun al encandemo" y salir para la línea de fuego, "monina".

MAMACITA. ¡Dios mío! ¿Quién los entiende a ustedes? ¿No tienen otra forma de hablar?

SALFUMÁN. Usted sabe cómo somos nosotros, Mamacita. Bueno, consorte, ¿en las mismas?

OSCAR. *(Pausa.)* Vamos a ver.

SALFUMÁN. "¿Qué volá?"

OSCAR. No, ninguna. *(Se separan de la madre.)*

SALFUMÁN. ¿Tibieza, "monina"?

OSCAR. *(Por lo bajo.)* La "pura", Mamacita está enferma. No quiero que coja lucha.

SALFUMÁN. ¿Usted me está diciendo que se quiere quitar del ambiente?

OSCAR. Lo que estoy diciendo es que quiero darle un poco de tranquilidad a la vieja.

SALFUMÁN. ¿Y con el enemigo "qué volá"? No le va a interesar mucho que le quieras dar tranquilidad a la "pura". Se tiene que haber enterado de que estás en la calle.

OSCAR. ¿Y qué tú sabes?

SALFUMÁN. ¿Qué voy a saber?

OSCAR. Tú estás siempre bien enterado.

SALFUMÁN. *(Pausa.)* El "tipango" está para la revancha. *(Pausa.)* Cuidado no te madrugue, "asere".

OSCAR. ¿Lo has visto?

SALFUMÁN. Bebí en un lugar donde estaba él, lo dejó caer como para que yo oyera. Me hice el desentendido, la verdad, consorte. Tuve ganas de aplaudirle la carona. Pero..., ¿para qué...? Si tú estabas al salir. Bueno, "¿qué volá?". ¿No vas a hacerle una media a la esquina? Si no me ves, estoy tomándome un "laguer" en La Masacre de Chicago. *(Saliendo.)* Baja para allá, que la gente quiere verte. *(Sale.)* Hasta luego, Mamacita.

MAMACITA. *(Va hasta Oscar, que ha quedado pensativo.)* Por ahí vino y por ahí se va tu desgracia.

OSCAR. Nos conocemos desde chamaquitos. No puedo negarle el saludo. Es mi amigo, y además, un hombre.

MAMACITA. Si por alguien quisiera salir de este barrio es por ti.

OSCAR. Te puedes ir con tus hijos, que yo me quedo.

MAMACITA. ¿Entre los escombros? Oscar, ¿pero no te das cuenta?

OSCAR. Parece que es Guillermo quien te cortó la tripa del ombligo. *(Sale.)*

MAMACITA. Oscar... Pero, Oscarito, si tú acabas de llegar.

Se apagan las luces.

CUADRO II

Patio del solar. Es de noche. Sólo hay claridad en la puerta y en los baños, alumbrados por un bombillo. La luz del alumbrado público ilumina la puerta del solar. En la planta alta, algunos cuartos permanecen encendidos. A lo lejos se escucha un programa musical de radio. Corina, recostada a la puerta, en penumbras, fuma aburrida. Algunos vecinos pasan y la saludan. Al rato entra Aniceto con varias libretas bajo el brazo, un cartucho con varias pizzas y silbando.

ANICETO. *(Con la intención de seguir su camino.)* ¿Qué es lo que hay, Corina? ¿Cómo te va?

CORINA. Aniceto...

ANICETO. Dime.

CORINA. No se te ve el pelo.

ANICETO. Salgo para el trabajo antes de aclarar, sigo para la escuela y regreso casi siempre a esta hora.

CORINA. Te vas a volver loco.

ANICETO. Lo que debe volver loco es quedarse ignorante. Bueno, ¿y tú qué?

CORINA. Na, en lo de siempre, matando el tiempo, aburrida que estoy. ¿Qué llevas ahí? ¡Hummm, pizzas! ¿Las estás vendiendo?

ANICETO. Una es para mi vieja y la otra es para Mamacita. Tú sabes que no me dedico al comercio; yo soy obrero. *(Se dispone a marcharse.)*

CORINA. ¡Oye! *(Aniceto se detiene.)* No te pongas bravo. Lo dije jugando... No tienes que esconderla ni na.

ANICETO. Los juegos deben ser simpáticos.

CORINA. *(Pausa.)* Dice Obdulia que estás terminando...

ANICETO. Estoy terminando uno de los semestres, pero me queda un buen trechito para terminar la Facultad, no te creas. ¿Por qué no te embullas y matriculas en una escuela de por aquí?

CORINA. ¿Quién, yo? Deja eso.

ANICETO. Acabas de decirme que te aburres. ¿Qué te pesa por las noches ponerte a estudiar? A ver, ¿qué haces?

CORINA. Na, salgo por ahí, voy al cine, veo televisión, plancho... No tengo compromiso. Anda, invítame a un "laguer"... ¡Un "laguercito" frío...!

ANICETO. No sería mala idea. Y después de par de cervezas puede pasar cualquier cosa.

CORINA. Ya no soy de tu gusto.

ANICETO. Entonces, ¿para qué enciendes la candelita?

CORINA. Te ha dado por picar alto. Pa ti yo soy una carretilla.

ANICETO. Tú lo que eres una infeliz, Corina.

CORINA. ¿Infeliz yo? ¡Ja! Deja eso.

ANICETO. ¿Qué te pesa sacarle un poco el cuerpo a esa manera de vivir, muchacha?

CORINA. ¿Para qué? Así estoy bien. ¡Ah, no, no, no, qué va, Aniceto! No tengo la noche para sermones. Bastante resalá estoy ya sin un peso y sin marido.

ANICETO. *(La estremece por un brazo.)* ¡Legisla, Corina!

CORINA. De legislar me estoy secando.

ANICETO. Bueno, dale, te voy a invitar.

CORINA. ¿A qué?

ANICETO. A tomarnos par de cervezas. ¿No tenías deseos? Vamos..., de a socios.

CORINA. *(Alegre.)* ¡¿De verdad?! Espérate un momento. *(Camina algunos pasos rumbo a la escalera, pero se detiene y piensa.)* Déjalo para otro día. *(Regresa y se vuelve a recostar en el sitio donde estaba.)* Es muy tarde. Tengo que cambiarme... Y dentro de un rato tengo que ir a comprar hielo... *(Pausa.)* Y no es lo que quiero tampoco.

ANICETO. Entonces, esa majomía tuya... ¿Qué te pasa?

CORINA. No sé, no sé, vete a dormir, anda...

ANICETO. *(Pausa.)* Bueno, por mí no quedó. *(Aniceto se vuelve para irse.)*

CORINA. Aniceto... Son difíciles tus clases, ¿eh?

ANICETO. Un poco. *(Parte un trozo de pizza y se la ofrece. Los dos comen.)* Lo que pasa es que no quieres quedarte sola.

CORINA. *(Desesperada.)* A mí todo me sale al revés. Cuando no es la tía de Estebita, son los envidiosos y los chismosos. ¿Sabes lo que quiere la vieja? Quitarme a mi hijo. Llevárselo para su casa. Dice que no lo educo bien y que no me ocupo del niño. Los breteros le llenan la cabeza de humo con el cuento de que vendo la comida y la ropa, y ella, que se las da de "muy preocupada", se ha puesto de acuerdo con el Comité para vigilarme. Hoy tenían que traerme un asunto ahí, y éstas son las santas horas que el tipo no ha llegado; se acobardó... Nada, que todo me sale al revés.

1186 ANICETO. ¿No serás tú la que estás al revés?

CORINA. *(Piensa.)* Es verdad. Voy a tener que ir a ver a mi padrino.

ANICETO. ¡Si lo tuyo no lo resuelve un siquiatra, cómo te lo va a resolver un babalao!

CORINA. Para ti es algo así como el cáncer. ¿Y quién sabe si esta zoncera se me quita buscándome una buena...?

ANICETO. ¿Sí? ¿Y después? Cuando apagues el último cigarro y te vuelvas a vestir, ¿te vas a volver a parar en la puerta otra vez?

CORINA. ¡Qué salación la mía! ¡Los malos ojos! ¡Son los malos ojos los que me tienen rejodía!

ISIS. Por favor, compañeros. ¡La una de la madrugada!

ANICETO. Te vas a volver a parar en la puerta. Y como la procesión que llevas por dentro no va a terminar ni restregándote el pellejo con mil machos, lo que vas a tenerte va a ir de la lástima al asco.

CORINA. ¿Qué tú dices?

ANICETO. ¿Te quedaste sorda?

CORINA. No te entiendo. No puedo entender eso que tú me dices. *(Se mueve con cierta frivolidad, pero en realidad lo que proyecta es mucha angustia.)* ¿Por qué te voy a entender? Soy así: bruta e hijaeputa. ¿No es lo que dicen? *(Regresa donde Aniceto.)* ¿Y a ti qué te importa mi vida?

ANICETO. *(Palmea su hombro.)* A lo mejor es que no te veo tan bruta. *(Pausa.)* Eres una mala cabeza. Quieres ser como una pirata en el socialismo, y ya los piratas no sirven ni para películas.

CORINA. *(Piensa y sonríe.)* Dices cada cosa... Tienes pico de oro. *(Suspira.)* Y los que yo he conocido han sido animales encaramados en dos patas.

ANICETO. Infelices como tú, encapuchados de gorilas.

1187

CORINA. No siempre fue así, Aniceto. ¿Te acuerdas cuando llegué al cuarto? Mi madrina me lo dejó para que me casara con Pedro. ¿Te acuerdas? Y cuando nació Estebita... ¡qué feliz era! Lo veía tan chiquitico, tan mío. Me quedaba bobita de mirarlo como tomaba el pecho y se reía. ¡Estaba tan contenta con mi hijo varón!

ANICETO. Y antes de que el niño cumpliera el año tuvo que dejarte por tus negocios y cambalaches. No lo respetaste, tú misma derrumbaste el cariño de un hombre que parecía buena persona. De ahí para acá los aguaceros han sido muchos. ¿Sabes cómo te dicen en el barrio? Corina, "la Guagüita". A lo que ha llegado tu fama.

CORINA. Que las oiga; las voy a ripiar...

ANICETO. ¿Con qué moral, Corina? Si yo mismo te he oído criticando a tu mamá, los maridos que ha tenido, el jovencito con quien anda ahora, y tú por las mismas. *(Enumera con los dedos.)* El primero te deja por mala cabeza; al segundo lo pones la ropa en la puerta del cuarto; te empatas con otro que por su guapería le meten un balazo, lo cuidas y terminan fajados en la Unidad.

CORINA. No me recuerdes eso.

ANICETO. El último, preso por delincuente, y me dijeron que te separaste de él.

CORINA. Todos son iguales. Siempre me han pagado con lo peor. Si me equivoqué con el primero, está bien, no me pesa; para como han sido conmigo...

ANICETO. Pero tú nunca quisiste equivocarte. Ni con el último...

CORINA. Lo que no quería era estar sola. Ninguno de ustedes da nada. Todos son "palabras, palabras". *(Pausa.)* Pero es que necesito un hombre que me mantenga... A mí no me gusta trabajar. Tú sabes que antes de estar con él tenía mis negocios, mis buscas.

ANICETO. Estabas contrabandeando, que eso se llama así, Corina. Ahora tienes que entrar derecho por la justicia. ¡Date cuenta! ¡Oye, mala cabeza, oye mi talla!

CORINA. Bueno, déjame a mí.

ANICETO. ¡Bicha! Vamos, que te voy a acompañar.

CORINA. *(Pícara.)* ¿Hasta dónde?

ANICETO. No paso de la escalera para allá.

CORINA. ¿Te dan miedo los chismes del solar?

ANICETO. No, me da miedo el despertador, que hay que levantarse temprano.

Los dos comienzan a caminar rumbo a la escalera. Al pasar frente a la puerta de Oscar, Mamacita se asoma.

MAMACITA. ¡Aniceto! *(Decepcionada.)* Creí que venía contigo... *(Sale algo de la puerta.)* ¿No lo viste por la esquina?

ANICETO. ¿A Oscarito? ¿Ya vino? *(Hace ademán de entregarle una de las pizzas.)*

CORINA. ¿No te lo dije?

MAMACITA. *(Preocupada.)* Salió desde por la tarde. Creí que venía contigo. ¿Dónde estará metido ese muchacho?

Los tres se miran en silencio. Aniceto entra a su cuarto y Corina al suyo. Mamacita comienza a acercarse a la puerta del solar. Se apagan las luces.

CUADRO III

Amanece. El solar comienza a levantarse. Los vecinos van al baño y además se lavan en las pila del patio. Cuarto de la familia de Oscar. A ratos se escuchan los cantos de algunos gallos. La luz se filtra por una pequeña ventana con barrotes situada en la parte superior de la pared del fondo. Bajo la ventana hay una gran cama de hierro. A un lado y junto a la piedra hay dos canapés abiertos que dificultan grandemente los movimientos por la habitación. Distribuidos por diversos sitios y de forma muy hacinada se encuentran: un escaparate con varias cajas encima y gran cantidad de libros; un estante de cocina con una batidora sobre la meseta; una nevera de botellón; una pequeña mesa plegable con un ventilador chino sobre ella. A los pies del canapé de Guillermo y cerca de sus zapatos hay un despertador. Su ropa está doblada sobre una silla a la cabecera. Se escucha Radio Reloj. Guillermo, tapado con una sábana, duerme profundamente en el canapé situado junto a la pielera. Oscar está acostado con ropas y sin zapatos en el otro canapé. Sus manos reposan bajo la nuca y mira al techo. Mamacita entra al cuarto con un jarro con café. Camina con dificultad entre las camas. Toma una tacita de la vitrina y sirve el café.

MAMACITA. *(Caminando hacia la cama de Oscar.)* Oscarito, ¿estás despierto?

OSCAR. Sí, vieja.

MAMACITA. *(Ofreciéndole la taza. Oscar se incorpora.)* Toma café. ¿Por qué no te quitaste la ropa?

OSCAR. No sé. No tuve deseos. *(Bebe.)* Me ha entrado una intranquilidad... La gente me molesta, no estoy bien en ninguna parte. Me siento por dentro como un muelle recogido.

MAMACITA. ¿Quieres una pastilla?

OSCAR. No, no. Eso se me pasa. Lo que necesito es empezar a hacer algo...

MAMACITA. *(Se sienta en el borde de la cama.)* Sí, para que la cabeza no se te vaya para lo malo. ¿Qué resolviste?

OSCAR. Tengo que ir a primera hora al Ministerio del Trabajo. Dicen que hay buenas plazas, y para los que tengan oficio, mejor... Pero como no pude calificarme como soldador... *(Pausa.)* Necesito empezar a trabajar.

MAMACITA. No pierdas tiempo, muchacho. Levántate con tu hermano y termina de una vez las gestiones que te faltan.

OSCAR. *(Termina de beber el café y se vuelve a acostar.)* De buena gana me iría a trabajar para el interior. *(Pausa.)* En Nuevitas hace falta gente. Se puede aprender un buen oficio... Me gustaría calificarme como electricista, hacerme liniero, por ejemplo. Encaramado en los postes, con mis botas altas.

Suena el despertador. Guillermo se levanta inmediatamente y se pone los pantalones. Bosteza y se estira, la madre va hasta él y le lleva café.

GUILLERMO. ¿A qué hora te acostaste?

MAMACITA. Temprano.

GUILLERMO. Pero te volviste a levantar. Te he sentido la noche entera abriendo y cerrando la puerta. Así no se descansa. Se te va a volver a fastidiar la presión. *(Toma el café.)*

MAMACITA. ¿No vas a saludar a tu hermano?

GUILLERMO. Ya habrá tiempo. *(Desde la puerta.)* Sácame una camisa limpia. *(Sale.)*

OSCAR. *(Se sienta en la cama y mira hacia el sitio por donde ha salido Guillermo. Se calza los zapatos.)* Vieja, calienta agua ahí para afeitarme.

MAMACITA. *(Camina desorientada de un sitio para otro en el cuarto.)* ¡Ay, Dios mío, entre hermanos...! ¿Será posible?

OSCAR. *(Comienza a silbar aparentando despreocupación.)* ¿Tengo algún pantalón planchado?

MAMACITA. Sí, mi hijo.

GUILLERMO. *(Entra y va a la cama.)* ¿Me sacaste la camisa?

MAMACITA. Sí, mi hijo. *(Va hacia Guillermo.)* Guillermo, saluda a tu hermano. *(Pausa. Guillermo recoge la cama y toma la toalla que Mamacita le alcanza.)* Guillermo...

GUILLERMO. Te dije que ya habrá tiempo. *(Toma el cepillo y la pasta. Sale con la toalla al cuello.)*

OSCAR. Parece que a éste se le olvida que puedo meterle par de galletas todavía. ¿Qué, se le fue para la cabeza el titulito de mierda ese que le dieron en el Tecnológico? *(Alzando la voz.)* No se acuerda de los buenos gaznatones que le he dado.

MAMACITA. Oscar, por lo que tú más quieras.

OSCAR. *(Muy descompuesto.)* ¡Está bueno ya! ¿Qué se piensa éste? ¿Que le tengo miedo? No me asustan los tiros, mucho menos él...

MAMACITA. Oscar, que es tu hermano.

OSCAR. *(Recoge el canapé a tirones.)* Le está buscando las cuatro patas al gato, ¿no? ¡Está bueno ya de virar este cuarto al revés con sus ideas y sus inventos! ¿Me quiere hacer la vida imposible? ¡Tú vas a ver!

MAMACITA. Guillermo no puede querer nada malo para nosotros, es tu hermano. *(Se señala el vientre.)* También salió de aquí.

1192 OSCAR. Somos demasiado distintos.

MAMACITA. Oscar, si vamos a levantar la cabeza será juntos, unidos. No quiero guerra entre hermanos.

OSCAR. ¡Me tiene que respetar! Como hombre y como el mayor que soy, me tiene que respetar.

MAMACITA. El respeto se gana, y no es a galletas.

OSCAR. A mí ningún hombre me pisotea, ni mi hermano. ¿No ves que yo he sido fiera entre las fieras? Yo soy Andoba. ¿"Qué volá" conmigo?

MAMACITA. Por eso ha perdido la confianza en ti como muchas personas.

OSCAR. También tú, ¿no? *(Guillermo entra y con mucha calma se dirige al escaparate a sacar la camisa. Oscar va hasta él. Mamacita trata de detenerlo tomándolo por un brazo, pero Oscar se desprende.)* ¡Oye!

GUILLERMO. *(Se vuelve.)* ¿Qué es lo que hay?

OSCAR. Tengo que hablar contigo.

MAMACITA. *(Intercediendo.)* Salúdalo, Guillermo, salúdalo.

GUILLERMO. ¿De qué podríamos hablar tú y yo?

OSCAR. Vamos para la calle.

GUILLERMO. Lo que tengas que hablar conmigo lo puedes hacer delante de Mamacita. En definitiva, tiene que saber el resultado. *(Pausa.)* Arriba, que tengo que trabajar.

MAMACITA. Hablen como hermanos. *(Va a sentarse en una silla.)*

OSCAR. Me viraste la familia. Eso era lo que querías, ¿no? Trabajé para el enemigo.

GUILLERMO. No hables boberías, anda.

OSCAR. *(Advierte.)* Soy malo como enemigo.

1193

GUILLERMO. Nunca he querido serlo. No me interesa tener enemigos, y menos a mi hermano. Lo que impuse fue un poco de orden. No tengo la culpa que en este cuarto hayan vivido ajenos a la realidad. Ésta también es mi casa, y soy incondicional al respeto y a la honradez, a pesar de tu opinión.

OSCAR. *(Se cruza de brazos.)* Oye, ven acá, ¿tú te hiciste técnico o abogado? A mí no se me envuelve con esas palabritas lindas.

GUILLERMO. Mira, Oscar, si vas a estar con nosotros, no va a ser para lo mismo de siempre. ¡Me parte el corazón verla desvelada, parada al sereno en la puerta del solar esperando por ti, y tú haciendo de las tuyas por ahí!

MAMACITA. *(A Guillermo.)* ¡Mira, eso no es asunto tuyo! Oscar, comprende.

OSCAR. ¿Qué tengo que comprender?

GUILLERMO. Que el invento se acabó. Yo trabajo, cobro un sueldo y no hay necesidad de...

OSCAR. ¿De qué?

GUILLERMO. De tus negocios, de tus inventos, de meter cabeza. El dinero que entre en este cuarto tiene que ser fruto de un trabajo decente.

OSCAR. ¡Pero qué fresco es este chiquito! *(A la madre.)* ¿No le has dicho que de esos inventos se vivió cuando él estaba muy tranquilito en su beca y no sabía del lugar que se sacaba el dinero para comer en esta casa?

GUILLERMO. Mamacita lavaba para la calle.

OSCAR. ¿Y de su lavadito podíamos vivir los cuatro? Mucho que tuve que moverme sabroso. Y lo que puedo decirte es que, trabajando o no, nunca faltó un peso en este cuarto. De la longana, del siló, de la fañuga, salía el plato de comida que te ponían delante cuando llegabas de tu bequita. De esos inventos que tú dices, salía el peso que te llevabas y la camisa que te ponías, porque aquí todos vivíamos del invento.

1194

GUILLERMO. ¿Y por qué no lo buscabas decentemente? La misma disposición para "moverte sabroso" podía haber sido para trabajar ocho horas. Mira, Oscar, si aquí se vivió del invento, fue por tu culpa. El sistema lo implantaste tú. Fue lo que hiciste de la confianza que te entregó Mamacita para ocuparte del futuro de tus hermanos más chiquitos. Pena debería darte.

OSCAR. *(A la madre.)* ¿Lo estás oyendo, lo estás oyendo? Lo mismo que me puso en la carta... Si es un malagradecido.

MAMACITA. No, no...

GUILLERMO. ¿Querías un pedestal para tu conducta? Moverte sabroso te era más fácil... Andoba. Pero óyeme bien: tu época pasó, para que me entiendas, y no va a regresar.

OSCAR. Está bueno ya de inventar formulitas. Ésta es la casa de mi madre, y en un final, la que me manda es ella. *(Pausa.)* Luisita tiene que salir de la beca. Mamacita no se puede ocupar sola de la casa, alguien tiene que ayudarla. En la calle hay bastantes secundarias, si quiere estudiar.

GUILLERMO. *(Sonríe a Mamacita.)* Éste está loco.

OSCAR. De mi madre y de mi casa me ocuparé yo como siempre.

GUILLERMO. Mira, Oscar, aquí nada va a cambiar. Nosotros vamos a seguir como hasta hoy. Cuando seas una persona decente y trabajadora, entonces sí vamos a oír y respetar tus opiniones como el mayor de la familia que eres.

OSCAR. Habla tú, Mamacita; determina esta situación.

GUILLERMO. Luisita no sale de la beca, Oscar.

MAMACITA. Ay, Oscar. Ay, Oscar... *(Pausa.)* Cada hora que pasaste preso yo también lo estuve. *(Se toca la frente.)* Primero encerrada con el bochorno, después analizando. Trataba de entender por qué eras así. Cuando lo descubrí, me volví como loca. Me dio por caminar La Habana, sentarme en los parques a

1195

hablar sola y llorar. ¡La culpa fue mía! Fui yo la que te llevó a la cárcel. Por no preguntar, por permitir que entrara a este cuarto el primer peso mal habido. *(Pausa.)* No quiero otra vida que la que me ofrece tu hermano. Guillermo tiene razón. Becar a Luisita fue lo mejor que se hizo por ella, y yo estoy a su lado.

OSCAR. Entonces sobro yo. *(Va al escaparate a recoger su ropa.)*

MAMACITA. Pero, Oscar, date cuenta de que no hemos estado luchando por la vida, sino contra la vida. *(Va hacia Oscar, lo aparta y cierra el escaparate, parándose ante la puerta.)*

GUILLERMO. Déjalo que se vaya, Mamacita; ya recapacitará, si no se le vuelve a hacer tarde.

OSCAR. *(Recogiendo.)* ¿Qué voy a hacer aquí, si lo que he hecho por ustedes no vale "pa un carajo"?

GUILLERMO. Para ti es más importante mantener el falso prestigio barriotero ese, que darle un poco de tranquilidad a Mamacita. ¿Quién te entiende? ¡Qué difícil es tu mundo, muchacho...!

OSCAR. *(Regresa donde Guillermo. Los dos se miden.)* Es en el que viví siempre.

GUILLERMO. Porque quisiste. Le diste la espalda a lo que valía la pena para arrimarte a los amigotes, al vicio de la esquina, a todo lo podrido que no se ha podido terminar de arrancar en estos barrios. Ahí es donde Andoba está en su ambiente.

OSCAR. ¿Sabes que no te parto un diente por respeto a la vieja?

MAMACITA. *(Va hasta Guillermo y lo separa de Oscar tomándolo por un brazo.)* Se te hace tarde para el trabajo. Y tú, Oscar, dale, que tienes que ir a lo tuyo...

GUILLERMO. Oscar, yo no me voy a fajar contigo...

MAMACITA. *(A Guillermo.)* Acaba de irte, déjame hablar con él.

GUILLERMO. Me parece que todo está dicho.

OSCAR. Mira lo que te voy a decir, Guillermo. *(Pausa.)* Voy a empezar a trabajar. Sí, voy a pinchar; pero no lo voy a hacer por ti, ni por tus palabritas de diccionario. Voy a pinchar porque necesito un peso, y no lo quiero de ninguno de ustedes. Y este que está aquí les va a demostrar a ustedes que también lo sabe buscar honradamente. Cuando encuentre trabajo, no des ni un quilo más para esta casa. Soy el mayor, el mismo que se encargó de ustedes cuando se murió el viejo, quien dejó la escuela para ayudarla a ella, para que tú pudieras estudiar y hablar tanta bazofia y mandarme esas cartitas a prisión... ¿Me estás oyendo, mi amorcito?

GUILLERMO. Quítate del camino, Oscar.

MAMACITA. ¿No ves, Guillermo, no ves? Los dos son..., *(Encuentra la palabra.)* un par de cabezones. Ya Oscarito va a dejar todo eso. Él me lo estaba diciendo. *(A Oscar.)* ¿No es verdad, mi hijo? *(Va hasta Guillermo.)* Él va a cambiar, yo sé que él va a cambiar.

GUILLERMO. Que no lo haga por mí. Que piense en ti, en la hermana, en el país y en el momento que está viviendo. Está bueno ya de tolerar parásitos y elementos antisociales.

OSCAR. ¡Óyeme, coño! *(Oscar levanta la mano para abofetear a Guillermo, pero Mamacita se interpone.)*

MAMACITA. *(Grita.)* ¡Misericordia!

Primitivo sale y va hacia la casa de Mamacita para intermediar entre los dos hermanos. Los vecinos hacen amago de correr hacia allí. La luz se apaga cuando Oscar y Guillermo se van a ir a las manos. Se escucha el sonido de un tractor.

CUADRO IV

Calle de La Habana (la misma del prólogo). Es por la tarde. Se escucha el ruido de los equipos que aún trabajan en la edificación. Por la calle pasan hombres y mujeres que regresan de sus trabajos. Varios niños, que vienen de la escuela con sus uniformes y sus libros, corren y retozan entre los transeúntes. Aparece Benito, el vendedor de periódicos, con su incansable pregón.

BENITO. ¡Oye, *Rebelde*! ¡Cinco centavos! ¡*Rebelde*! ¡Con la cartelera del cine y la televisión! ¡Vaya, con la noticia de la zafra! ¡*Rebelde*! ¡Con el resultado de la pelota...!

Salfumán fuma agachado en cuclillas en el contén de la acera. Entra Oscar y se detiene a ver el trabajo del edificio. Después de un instante va al encuentro de Salfumán, que se incorpora.

OSCAR. "¡Eh, qué volá, yeneka!". *(Se estrechan las manos.)* ¡Qué clase de polvo! *(Se sacude los pantalones.)* ¿Quién se puede parar en esta esquina?

SALFUMÁN. Y eso que tú no sabes nada.

OSCAR. "¿Qué volá, Andoba?"

SALFUMÁN. Imagínate, esperando a ver qué se pega. Bueno, ¿y qué?

OSCAR. Me he pasado el día en las gestiones de la ubicación.

SALFUMÁN. ¿Estás apurado, consorte?

OSCAR. Necesito trabajar.

SALFUMÁN. *(Pensativo.)* Oye, que no hay forma de resolver un peso sin "curralar". Yo, que soy el rey del invento, me las veo negras.

OSCAR. *(Mira a todas partes como extrañado.)* Bueno, ¿y qué pasa con la gente de la esquina? Es raro que a esta hora no haya nadie.

SALFUMÁN. La esquina está en candela. ¡Ah! Tú no sabes como ha cambiado esto. El Consejo de Vecinos de allá arriba se quejó al Comité. De mí dijeron que me pasaba el día sentado aquí, que no trabajaba; que decíamos malas palabras y que no respetábamos el sueño de los vecinos de madrugada. Están puestos para nosotros.

OSCAR. *(Cruzándose de brazos.)* ¡Ehhh! De verdad que está mala.

SALFUMÁN. Los revirados de verdad son los que siguen bajando contra viento y marea. El ambiente es cuestión de calibre de hombre: Pistolita, el Peca, que está cumpliendo, tú, yo... y para de contar. *(Pausa.)*

OSCAR. ¿Quién queda?

Se escuchan los ruidos de los equipos y los gritos alegres de los trabajadores.

SALFUMÁN. *(Mira al sitio de donde proviene el ruido y con un gesto de contrariedad se sacude la ropa.)* Ahorita les toca mudarse.

OSCAR. Sí, parece.

SALFUMÁN. ¿Te conviene, eh?

OSCAR. ¿A mí, por qué?

SALFUMÁN. En los repartos vas a estar más tranquilo. Los enemigos se van a ir olvidando de ti.

OSCAR. ¿Sabes si me quiero ir del barrio?

SALFUMÁN. *(Muy ambiguo¿)* Siempre es bueno cambiar de aire.

OSCAR. *(Rebate la intención de Salfumán con un gesto vago de los hombros.)* Cualquier lugar es bueno para plantar bandera.

SALFUMÁN. Lo malo es que en esos reparticos tu bandera no gusta nada. *(Pasa Guillermo. Viene con ropas de trabajo. Salfumán lo saluda con un movimiento de cabeza, al que Guillermo responde con un saludo frío y digno. Su mirada se mide con la de Oscar, quien lo sigue con la vista hasta que sale.)* Seguro que tu hermano se quiere ir. Es tranquilo. Siempre lo veo del trabajo para la casa. ¡Buen chiquito! Mejor es que se vaya del barrio. Tú eres una bola de humo y tienes mil bretes pendientes. Cualquiera sabe lo que pueda pasar.

OSCAR. No tiene por qué meterse en mis problemas.

SALFUMÁN. Es tu hermano. ¿Y si en un momento determinado lo precisan a sacar el pecho por ti?

OSCAR. *(Pausa.)* No. Guillermo no vive nada de eso. Se ha criado de otra forma. Su educación es distinta, más sana. Esta gente tiene la moral de la Revolución. No son como nosotros.

SALFUMÁN. Un día tienes un problema, el muchacho sale a promediar de buena fe, y ahí cae en el "volcán de la envolvencia". Vaya, lo mejor es que te vayas del barrio. El Gato dice que si durmiendo te coge, durmiendo te mata. Sé que, por lo menos, lisiado te quiere dejar. Así que ve pensando en adelantarte.

OSCAR. La "pura" está enferma y no quiero que por mí pase más calamidades. Me interesa más cazar un trabajo que cazarlo a él. El enemigo que me tiene nervioso es el bolsillo vacío. Lo que pasó, pasó. No hubo trampa para ganarle los cien pesos ni para quitarle el machete. Le tocó perder como me hubiera tocado a mí. *(Pensativo.)* Esa bronca me ha costado mucho... Caballero, mira que aprender cuesta sofocones.

SALFUMÁN. Oye, consorte, estás que no se te conoce. El Gato es malo. Parece que tienes ganas de morirte.

OSCAR. Lo que tengo ganas es de quitarme todos estos líos de encima, de vivir tranquilo y no pisar más la prisión.

SALFUMÁN. ¿No será tarde para lo que quieres?

OSCAR. Estoy vivo.

SALFUMÁN. Entonces, ¿no estás en nada?

OSCAR. Si tiene apuro por la revancha, que me salga a buscar. Seguro que no le voy a correr delante.

Entra Aniceto con ropas de trabajo y cantando.

ANICETO. "Chambele, qué chambele...". *(Ve a Oscar y se detiene; abre los brazos.)* ¡Mira que te he buscado! *(Va al encuentro de Oscar y se estrechan en un largo y fraterno abrazo.)* ¡Mi hermano, cará! ¡Qué alegría!

OSCAR. Gracias por la carta y los cigarros que me mandaste.

ANICETO. Deja eso. ¿Y qué?

OSCAR. ¡Nada, en "poma"!

ANICETO. La vieja me dijo que andabas resolviendo la ubicación. De eso quiero hablar contigo.

OSCAR. Mañana me dan la contesta. *(Los dos caminan hasta la esquina. Salfumán, con un pie en la pared, intercambia un frío saludo con Aniceto.)*

ANICETO. ¿Qué piensas hacer?

OSCAR. "Curralar".

ANICETO. Oscarito, ¿trabajar cómo? ¿Cómo, Oscar? ¿Igual que siempre?

OSCAR. No me vayas a descargar.

ANICETO. Dime la verdad. ¿Se empieza o seguimos en las mismas? *(Mira a Salfumán.)* No te vayas a quedar varado como muchos.

SALFUMÁN. *(Saliendo.)* Consorte, "voy quitado", ¿sabes? 1201

OSCAR. Espérate.

SALFUMÁN. *(Saliendo.)* No, no, voy abajo, que no estoy para las muelas de éste. Nos vemos por el barrio, "monina". *(Sale.)*

ANICETO. *(Lo sigue con la mirada.)* Mira ese caso. ¡Infeliz! Uno que sigue encaprichado con la esquina. Es de los que dice que no cambia.

OSCAR. *(Enciende un cigarrillo y fuma en silencio.)* No es fácil cambiar sin quitarse el pellejo. Bueno, dale, anda, canta.

ANICETO. ¡A la marcha del tren! El trabajo, la Facultad... Compadre, estuvimos dos días en una tareíta de choque, que no hubo tiempo para nada. Pero me va bien. ¿No te dijo la vieja que me subieron a otra escala?

OSCAR. *(Con tristeza.)* Estás hecho un bárbaro. *(Pausa.)* Yo no tengo calificación, tendré de nuevo que empezar de ayudante. *(Pensativo.)* Si te hubiera hecho caso cuando salimos del servicio militar... Estaría terminando la Facultad y casi dueño de un oficio. Na, que me fui con la peor bola.

ANICETO. Yo mismo no sé cómo navegué en buena agua. Te aconsejaba, sí, pero lo que hacía era hablar ante un espejo. Una noche, medio borracho, me sorprendí cogiéndome asco, y ahí empezó como un miedo que no me soltó hasta que me libré del ambiente. Por eso me fui de La Habana. Eras el ejemplo de lo que sería mi futuro; lleno de enemigos, sancionado por los Consejos de Trabajo y señalado por la justicia. No podía condenar a eso la vejez de madrina.

OSCAR. Tuviste valor para irte sin mirar atrás. Yo no entendí, me figuré que te habías vuelto loco. *(Aniceto sonríe.)* Era el tiempo en que me sentía el tipo más duro de La Habana. *(Sarcástico.)* ¡Comemierda!

ANICETO. Oscar, mi socito, tienes que acabar de darle la espalda a esa forma de vivir. Bueno, mira, cuenta conmigo.

OSCAR. Se te ve más fuerte, más cuadrado. *(Sonríe.)* Te sienta la "pincha". Eso es lo mío, una "pincha" bárbara y un jefe correcto para caerle bien, porque nunca le he caído en gracia a ninguno, compadre.

ANICETO. Te voy a hacer un cuento. Oscar, estoy "pitando"... Yo era de los que pensaban como tú, bien los sabes... Cuando llegué a la Isla mi primer trabajo fue de ayudante de plomero. *(Imitando a un ambientoso.)* "¿Qué volá, consorte?". "¿Qué volá, yeneka?", inventando para zafar el cuerpo en cualquier momento. *(Los dos ríen.)* ¿Qué jefe me iba a querer? Estaba silvestre, ignorante como un pobre esclavo. Sí, quería cambiar, pero nunca encontraba un responsable a quien le fuera simpático. Los amigos que tenía eran los trabajadores de peor actitud. Me imaginaba que el cambio estaba sólo en salir del barrio. Na, un buen día me trasladaron de brigada —a decir verdad me botaron. Empecé en una donde los trabajadores eran hacha y machete. Se sabía que a las siete se empezaba a trabajar pero nunca cuándo se terminaba. Los compañeros estudiaban de noche, y tenían una biblioteca en el comedor. Cada noche, antes de apagar la luz, el jefe de la brigada se paraba en la punta del albergue y señalaba la meta a cumplir para el día siguiente. Yo lo escuchaba sin salir del mosquitero, y me decía: "Mi madre, ¿dónde me he metido?". Pero ese truquito me fue entusiasmando, y para que la brigada pudiera adelantar me iba haciendo cargo del trabajo del operario. Sin saber cómo, una mañana me puse a replantear uno de los baños para que el plomero terminara la instalación de la cocina. Y era un plomero. Claro, tuve que salir del quinto grado, porque todos los compañeros terminaban el sexto, y no iba a ser el burro. Bueno, la brigada se disolvió, pero me quedé un año más para terminar una secundaria. Con el jueguito me convertí en un trabajador de confianza. No sé la hora ni el lugar en que se perdió Aniceto, el ambientoso. Aprendí a trabajar y a diferenciar entre la gente, definí que ser ambientoso es negarse a pertenecer a esta clase, ¿me entiendes? Mira, un grupo de trabajadores es la clase trabajadora. ¿Y qué es un grupo de ambientosos? Una crápula, que es distinto. Es mejor que no te arrimes para este lado. Hay un solo camino, Oscar. Además, no eres lombriz para hacer cuevas, ni gavilán para levantar el vuelo.

1203

OSCAR. *(Pausa.)* Tengo que levantar cabeza.

ANICETO. ¡Palante con los tambores!

OSCAR. *(Molesto.)* Pero empezar otra vez de ayudante... Tú encontraste un rejuego, ascendiste, y a mí siempre me van a tener el ojo echado; soy el presidiario.

ANICETO. Ya te estás justificando.

OSCAR. No me justifico nada.

ANICETO. Sí, te metes en esa concha para esconder la falta de voluntad. Al Gobierno le interesa sumar hombres, no marginarlos. A peores que tú les han dado la mano, y lo único que les han pedido es que se comporten honradamente. Al que no se tolera es al vago, al descarado que cierra un ojo para no ver su tarea completa.

OSCAR. A un ayudante lo manda todo el mundo. Y me jode que me manden. Es buscarme un peso recondenado. Por eso es mejor "inventarlo" por la calle.

ANICETO. Y vas preso otra vez. Oye, Oscar, no te metas con la justicia revolucionaria, porque con dolor de su alma te parten las patas. ¿Qué pasa, Oscar? *(Malhumorado.)* Coño, ¿en qué idioma te voy a tener que hablar?

OSCAR. Yo sé que no puedo seguir viviendo "a la bartola". A nadie le gusta que le digan parásito en su cara, y que la propia familia lo mire a uno con desconfianza. *(Pausa.)* Si yo encontrara un lugar donde me tuvieran consideración...

ANICETO. Ven acá, ¿se puede empezar a fabricar una casa por el techo? La consideración es como la experiencia, viene poco a poco. Las dos se ganan sudando la camisa.

OSCAR. Tú hablas así porque eres "pincho" en tu trabajo, estás cómodo, y todo lo ves facilito.

ANICETO. Soy uno más, Oscar, ése es el lío. Uno que ha sabido hacer lo suyo.

Oscar se aparta pensativo de Aniceto, con las manos en los bolsillos. Pasa Primitivo en su bicicleta y saluda a los jóvenes levantando la mano. Entra Enriquito caminando en puntillas y le hace señas a Aniceto para que guarde silencio. Llega a la espalda de Oscar y le da una palmada. Éste se vuelve con violencia, pero se relaja al ver a Enriquito con los brazos extendidos para abrazarlo.

ENRIQUITO. *(Abrazándolo.)* ¡Mi socio!

OSCAR. Enriquito, cará. "¿Qué volá?". *(Pausa.)* "Acere", no me hagas más eso, porque te martillo.

ENRIQUITO. Relájate, muchacho. Me dijeron que estabas por el barrio y vine a saludarte.

OSCAR. ¿Quién te dijo que estaba en la esquina?

ENRIQUITO. ¿En qué otro lugar ibas a entrar?

OSCAR. ¿Y tu otro hermano, el más chiquito?

ENRIQUITO. ¿Mi hermano? Ah, pero Aniceto, ¿tú no le has dicho nada?

ANICETO. ¿En qué tiempo?

ENRIQUITO. Na, que el tipo es combatiente internacionalista. Está en Angola.

OSCAR. ¡No! ¿Es verdad, "acere"?

ANICETO. Estás oyendo cómo es la cuestión.

ENRIQUITO. Sí, señor, fajao contra el imperialismo.

ANICETO. Vaya, ésa sí es una guapería linda.

ENRIQUITO. El tipo está que no se quiere. Está de patria o muerte y sin "guagüina" de ningún tipo.

ANICETO. Ése es un ambiente rico de verdad.

OSCAR. ¿Qué te pasa, tú?

ANICETO. ¡Ah, no te acomplejes!

OSCAR. Cuando le escribas, dale recuerdos.

ANICETO. ¿Y qué más?

OSCAR. Dile, dile que salí.

ANICETO. Mándale a decir que tú también te vas a fajar y hasta obrero ejemplar no vas a parar.

ENRIQUITO. Si se lo mando a decir, se va a llevar tremendo alegrón. Tú sabes que mi hermano siempre te ha llevado.

ANICETO. Bueno, qué, ¿se lo mandas a decir o no?

OSCAR. Bueno, después paso por tu casa.

ENRIQUITO. *(Pausa.)* Primero tengo que calmar a la vieja. Tú sabes cómo son las madres, hacen causa común por cualquier cosa. Aniceto, acuérdate de que mañana tenemos reunión del Comité. No dejes de ir, Oscar. Bueno, voy echando.

OSCAR. ¿No vas a hacer "una media"?

ENRIQUITO. ¡Qué va! Tengo que irme a preparar el informe para mañana. Bueno, ve por casa a tomar café. *(Saliendo.)* No dejes de ir.

OSCAR. ¿Qué le pasa a éste?

ANICETO. ¿Qué le va a pasar? *(Chifla.)* Enriquito, ven acá, cántale la jugada.

ENRIQUITO. *(Regresa.)* Oscar, no bajes mucho por la esquina.

OSCAR. ¿Por qué? Yo pagué mi deuda con la sociedad.

ANICETO. Pero es que con la gente que está bajando aquí, vas a contraer otra.

ENRIQUITO. Mira, Oscarito, los tiempos cambian, y la verdad es que en la esquina ha quedado la morralla. Si quieres coger fresco ve por allá, por el local del Comité. Allí tenemos bancos, periódicos, revistas y bajan buenos conversadores. *(Pausa.)* Es mejor para ti. Oscarito... ¡Digo!, si quieres que la gente tenga mejor opinión de ti. *(Le da varias palmadas afectuosas y sale.)*

ANICETO. ¿Más explicaciones?

OSCAR. *(Mordaz.)* Me basta. Están llevando el ambiente contra la pared... Compadre, si uno pudiera cambiar, ser otro hombre... Te lo juro por Mamacita. Si quiero empezar a trabajar es para taparles la boca a todos los que hablaron bazofia de mí.

ANICETO. Empiezas mal. El trabajo es algo más que una venganza. Mira, en mi obra hay cientos de obreros. Estamos empeñados en ganar la emulación a nivel de Ministerio. Hace poco ganamos el último chequeo a nivel de empresa. Te puedes imaginar cómo están los ánimos. Hay compañeros que son largos en el trabajo, otros que hacen lo que pueden, y los tenemos que hay que halarlos por el narigón. ¿Crees que los últimos pueden disfrutar lo más importante del trabajo? Es algo que no viene en el sobre de la quincena, ni está en el "cui—cui—cui—risita" con los compañeros. ¿Sabes qué cosa es?

OSCAR. No. ¿Qué cosa es?

ANICETO. Es..., es una tripa que se te hincha cuando trabajas en un rincón y pasa un compañero y te dice: "¡Bárbarooo!". La satisfacción de haber terminado el trabajo en tiempo y forma, y ver tu esfuerzo ahí delante, como agradeciéndote tu sudor y cansancio.

OSCAR. Tanto tiempo trabajando y nunca encontré nada de eso.

ANICETO. Ibas al trabajo a buscar un peso; ibas para evitar problemas con la justicia..., para cubrirte, para limpiarte, para embarajar, pero nunca para la sociedad.

OSCAR. Yo puedo quitarme completo. *(Pausa.)* Pero no me da la gana de que lo tomen por cobardía. *(Pausa.)*

ANICETO. Haz una prueba: no te quites radicalmente: sigue compartiendo y andando con Salfumán, con el Venado, con el Muerto. Ahora, analiza sus "conceptos de hombría" y la moral de ambiente esa que dicen tener. Lo único que tienes que hacer

1207

es rebatírselas, aunque lo hagas por probar. Verás que antes del mes te van a eliminar.

OSCAR. Háblame claro, consorte.

ANICETO. Que la cuestión de quitarse no es dejar de verlos, sino abandonar la falsa moral y los criterios que te unen a ellos. Tomar otra, la moral de la clase a la que te vas a incorporar. Oscar, te repito que ser ambientoso es empeñarse en vivir desclasado, y ser desclasado aquí, ahora, es como andar con un mal contagioso y negarse a la cura. ¡Eso es sífilis, no traición!

OSCAR. Si mi hermano me hubiera hablado como tú...

ANICETO. Hay muchas formas de decir las verdades. Lo importante es que no se te mueran dentro.

OSCAR. *(Pausa. Mira los escombros.)* ¡Qué polvo!

ANICETO. Si no te quitas, vamos a enterrarte con la escombrera esa. *(Pausa.)* Si estás dispuesto a dar el salto, tienes mi mano esperándote de la otra orilla. *(Le tira el brazo por encima.)* Vamos...

OSCAR. No, no, qué va. Guillermo está allá y...

ANICETO. ¿Y qué tiene que ver Guillermo?

OSCAR. Estamos a palos y piedras.

ANICETO. No es el problema con Guillermo lo que te aleja de tu casa. Es la disciplina, la nueva conducta a la que te ves sometido. A ésa sí que le tienes miedo; a Guillermo no.

OSCAR. Ése se cree que los hombres no pueden cometer errores.

ANICETO. A tu hermano le duelen bastante los traspiés que has dado. Te está juzgando con el sentimiento. Es muy triste ver que se derrumban la admiración y la confianza sentidas hacia el hermano mayor. *(Pausa.)* Deja al tiempo trabajar. Cuando él vea el cambio, siéntalo, entonces, a hablar de a hermanos y de a hombres. *(Le da cariñosos tirones.)* Dale, dale.

1208 OSCAR. Bueno, está bien, pero no me empujes.

ANICETO. *(Lo empuja con paternalismo.)* ¡Que camines!

OSCAR. *(Se resiste.)* Está bien, pero no juegues de mano.

ANICETO. *(Lo toma por un brazo y lo arrastra.)* Dale, entra por camino.

OSCAR. *(Saliendo.)* Déjate de bobería... *(Los dos salen enfrascados en la discusión.)*

Se apagan las luces.

CUADRO V

Patio del solar. Anochece. Mamacita cocina. Primitivo clavetea en el librero y silba una vieja canción. Corina sale de su cuarto con ropas de salir y baja la escalera rumbo a la calle. El hijo sale.

ESTEBITA. *(Sale del cuarto y corre a la escalera.)* Mami... Mami...

CORINA. *(Después de bajar algunos escalones.)* ¿Qué quieres? La comida está hecha; caliéntala.

ESTEBITA. ¿No te acuerdas del recado de la maestra?

CORINA. Mira, déjate de zoncera: te dije que tenía un compromiso.

MAMACITA. El pobrecito...

CORINA. Ay, yo no voy a ir. *(Camina rumbo a la puerta.)* ¡No me vayas a regar nada!

ESTEBITA. Entonces, ¿no vas a la reunión de padres y maestros?

CORINA. Pero qué animal es este chiquito... ¿No entiendes el "cubano"? Tengo un compromiso.

ESTEBITA. ¿Qué compromiso?

CORINA. ¿A ti qué te importa? No tengo marido para rendirle cuentas.

MAMACITA. No trates así a la criatura.

CORINA. A su edad yo no podía preguntar tanto.

ESTEBITA. Tú nunca vas a las reuniones de la escuela, los maestros siempre me lo dicen.

CORINA. Bueno, bueno, ya iré o me enteraré... Tantas reuniones y reuniones...

MAMACITA. Ocúpate de la educación de tu hijo. Lo digo por experiencia. El varón le pierde el apego a los libros, ¿y quién lo sienta de nuevo en el pupitre? Crecen, vienen las junteras, las noviecitas; o lo peor, el ambiente, y todo perdido.

CORINA. ¡Ay, Mamacita! Éste es un pazguato.

MAMACITA. No, es que hoy los niños son distintos, son más niños, chica.

CORINA. Pues no sé hasta cuándo lo va a ser. Quisiera que lo viera, bobo, mirando para los celajes... ¡Me hierve la sangre!

MAMACITA. Cuando tengas mis años, vas a comprender que es mejor así... *(Pausa.)* Oscar era muy vivo, nunca estaba tranquilo en ninguna parte.

CORINA. Me gusta el varón despierto, jodedor.

MAMACITA. Desde chiquito se me iba para la calle. Mira en lo que ha parado. Deja niño a Estebita, que disfrute el tiempo que pueda. La niñez es una sola.

ESTEBITA. Anda, mami, ve a la reunión.

CORINA. ¡Ay, qué salación! Déjame irme...

MAMACITA. Complácelo, chica.

CORINA. *(Regresa donde Mamacita.)* Mamacita, soy muy joven para estar en la bobería de las reuniones, tengo que divertirme también. *(Saliendo.)* Cuando me pasen por encima los cascos, se me va a ir todo, todo menos lo bailado. *(Sale.)*

Estebita regresa al cuarto cabizbajo y con las manos en los bolsillos.

1211

MAMACITA. ¡Qué madre, Dios mío!

PRIMITIVO. *(Va hasta Mamacita. Le ofrece un jarrito con café.)* ¿Y cómo va a ser, Mamacita? ¿Ha visto ella otra cosa en la vida?

MAMACITA. Es despreocupada.

PRIMITIVO. Es que ha crecido sin amor y sin educación. Como madre da lo que recibió como hija. *(Pausa.)* Estebita es inteligente; Corina va a ser la lección más triste de su niñez.

Estebita se asoma a la puerta del cuarto y sale muy preocupado, con un lápiz y una libreta. Baja la escalera y se sienta en un peldaño cerca de Primitivo.

ESTEBITA. Primitivo, ayúdeme...

PRIMITIVO. ¿Qué te pasa?

ESTEBITA. La Matemática... La maestra me explicó, pero no entiendo.

PRIMITIVO. *(Toma la libreta con autoridad, mira con largueza lo escrito y se rasca la cabeza.)* Ven acá, ¿y esto es...? ¡Sí, sí, yo sé! *(Pausa.)* ¿Por qué no esperas a que vengan Aniceto o Guillermo? Ellos tienen la cabeza más fresca que yo...

ESTEBITA. Esto se da en quinto grado, y usted tiene un diploma ahí de sexto.

PRIMITIVO. ¿Yo te he dicho que no lo sé?

ESTEBITA. Bueno, explíquemelo...

PRIMITIVO. *(Pausa. Toma aliento.)* Esto... Es que yo tengo que terminar ese librero... *(El niño toma la libreta y va rumbo a la puerta de Aniceto. Se asoma por la cortina.)* Obdulia, ¿Aniceto no ha llegado?

OBDULIA. No.

ESTEBITA. ¿Y viene temprano?

1212 ESTEBITA. ¿Y viene temprano?

OBDULIA. Imagínate, Aniceto es una cajita de sorpresas. Nunca se sabe a la hora que regresa. ¿Qué querías?

ESTEBITA. Que me ayudara en la tarea de Matemática. Hay una cosa que no entiendo... *(Cierra la libreta y se la entrega a Obdulia.)* Obdulia, guárdeme la libreta hasta que venga Aniceto.

OBDULIA. ¿Qué vas a hacer?

ESTEBITA. Voy a la esquina a jugar taco.

OBDULIA. Sabes que está prohibido jugar taco en la esquina; van a romper un cristal. Además, no está bien que se ponga a mataperrear con la tarea sin terminar.

ESTEBITA. Es que yo no entiendo nada.

OBDULIA. Esfuércese, hombre. Me parece que su jefatura en la escuela va a durar bien poco.

ESTEBITA. Me aburro allá arriba.

OBDULIA. Tu mamá se fue, ¿no? A ver, ¿por qué no entras un rato a ver la televisión hasta que venga Aniceto?

ESTEBITA. *(Entusiasmado.)* ¿Me lo va a poner, Obdulia?

OBDULIA. Sí, vamos... ¿Ya comiste?

ESTEBITA. Voy a esperar a que venga mami... Es que comer solo...

OBDULIA. Bueno, entra para que tomes un plato de sopa.

GUILLERMO. *(Entra en ropas de trabajo.)* Buenas tardes...

OBDULIA. Aquí, mi hijo...

PRIMITIVO. Estebita, llegó Guillermo. Dale para que te explique la tarea.

ESTEBITA. ¡Guille! Explícamelo tú. *(Va a Guillermo abriendo la libreta. Guillermo lee.)*

GUILLERMO. ¿Qué tienes?

1213

ESTEBITA. La maestra puso esta tarea de Matemática, pero no entendí.

GUILLERMO. ¿No atendiste a clases?

ESTEBITA. Yo atendí, yo atendí.

GUILLERMO. Hay que preguntar. ¿No oyes que los viejos dicen que preguntando se llega a Roma?

ESTEBITA. *(Pausa.)* Creí que lo sabía...

GUILLERMO. Estudiar no es un asunto de creer, sino de saber.

ESTEBITA. Anda, Guille, apúrate, que quiero ver los muñequitos... No puedo llegar a la escuela con la tarea sin hacer y tampoco sin saberla. Soy monitor, y debo explicar a los compañeritos que no entiendan.

GUILLERMO. *(Tirándole el brazo por encima.)* Vamos para el cuarto, que hay más tranquilidad. *(Salen.)*

Benito entra completamente borracho, con el portaperiódicos y una flauta de pan.

BENITO. *(Canta.)*
Con el pucho de la vida
apretado entre los labios,
la mirada torva y fría,
un poco lento al andar...

ISIS. ¡Shhh!

DIGNA. *(Desde el fondo de su cuarto.)* ¡Sioooo!

BENITO. ¡A callar a sus gallinas! Estoy en mi casa, en mi patio, y nadie me puede callar... *(Gira retadoramente.)* A ver, ¿quién me va a mandar a callar?

DIGNA. Benito, acuéstate a pasar la borrachera esa, anda.

BENITO. ¡Señora, con el respeto y la consideración que usted se merece, no me voy a dormir nada...! ¿Cómo me va a mandar a quitar durmiendo lo que me costó mi dinero?

MAMACITA. *(Entra con un jarro lleno de agua que coloca en el fogón.)* Benito, acuéstese, hombre. Báñese.

BENITO. Bañarme, menos... Está diciendo que soy un cochino. Yo soy un hombre limpio, de desodorante a cualquier hora.

Guillermo sale y hace entrar a la madre. Intercambia miradas con Primitivo, que observa a Benito de hito en hito sin dejar de trabajar.

BENITO. *(Canta.)*
Yo soy guajiro,
vivo en el monte,
¡y tengo un sitio en la loma!
¡Y tengo un sitio en la loma!
(Bailando.)
¡Y tengo un sitio en la loma!

GUILLERMO. Benito, dése un baño.

ISIS. *(Desde el balcón.)* Tanto que se habla en el Consejo de Vecinos y total nada. *(Primitivo se asoma a mirar a la vecina.)*

DIGNA. *(En off.)* La misma cantaleta de todos los días.

BENITO. Oiga...

ISIS. ¡No se equivoque! ¡No se equivoque! Que sale por la puerta...

BENITO. ¡Eh...! ¿Pero qué le pasa a la doctora? ¡Ja, ja, ja!

DIGNA. *(Sale al balcón.)* Sí, para qué hablar de tanta disciplina. Éste se emborracha todos los días y hace y dice lo que le da la gana en el patio.

BENITO. ¡Porque es mío! Porque la propiedad privada se acabó, y yo soy revolucionario y socialista, que se sepa. *(Ve a Obdulia, que ha salido.)* Obdulia mi vecina, usted me entiende, porque cuando pasan los años, los vecinos se hacen familia. *(Abraza a Obdulia, que rechaza el aliento de Benito.)* ¡Usted sí es mi familia! Usted y Mamacita, aunque no me quiere ya...

1215

OBDULIA. Háganos caso, báñese y duerma.

BENITO. Me voy a bañar, yo me voy a bañar, pero ahorita... ahoritica mismo... *(Benito pone el pan y el portaperiódicos en la cocina de Mamacita y se sienta en la escalera.)*

DIGNA. Tanta jodedera... Tengo unas ganas de salir de este solar para no oír más al borracho este.

BENITO. ¿Me emborracho con su dinero, vecina...? Porque su aguardiente usted lo guarda y no se lo da a nadie; es para su brujería.

DIGNA. ¡Cállate la boca, so borracho!

BENITO. Y tú, ¡brujera!

DIGNA. ¡No me faltes el respeto, porque te voy a mandar un cubo con agua y todo!

BENITO. ¡Brujera! *(Digna le tira un cubo con agua.)*

PRIMITIVO. Bueno, caballero, ¿qué pasa aquí? ¡Orden, orden!

BENITO. Primitivo, esta señora me ha faltado el respeto. Estoy borracho, pero digo la verdad.

DIGNA. Deja que venga mi marido, tú vas a ver.

BENITO. No mezcle a los hombres de línea y condición en sus trapalerías. ¡Trapalera!

PRIMITIVO. *(Interrumpe.)* ¡Está bueno ya, chico!

BENITO. ¡Yo soy un caballero! ¡Un caballero! *(Lloroso.)* Y aunque nadie se acuerde de mí, coño, soy una persona de sentimientos y corazón, y no es borrachera... Ustedes saben que soy un desgraciado... Bebo porque tengo sentimientos y corazón... y no es borrachera... *(Camina a tumbos hasta un banco y se sienta.)* En el solar nadie se preocupa de las penas que este infeliz lleva en medio del pecho. Porque lo que soy es un desgraciado. Mira cómo se me hinchan las piernas. *(Llora y se levanta colérico.)* Y lloro porque los hombres tienen como las mujeres, débil el alma.

PRIMITIVO. *(Lo toma por un brazo.)* La bebida es lo que te tiene enfermo. Vamos, anda para que te acuestes, chico, te voy a acompañar a tu cuarto.

BENITO. Primitivo, tú eres mi hermano, tú me comprendes. La gente dice que Benito es un borracho, que las mujeres lo dejan por la bebida, pero nadie dice que tengo un corazón más grande que La Habana, que estoy enfermo y solo. *(Comienza a caminar arrastrado por Primitivo.)* Déjame decir cuatro cosas.

DIGNA. ¡La misma, la misma cantaleta!

BENITO. Oiga, señora...

PRIMITIVO. ¡Caballeros, qué pasa...! Benito, sabes que el Consejo de Vecinos prohibió este tipo de escándalo. ¡Está bueno ya! Vamos, a dormir... *(Benito hace por abrazarlo.)* No, no me abraces, si eres tan revolucionario como tú dices, lo que tienes que hacer es predicar con el ejemplo.

BENITO. ¡Eh! ¿Y mi pan?

PRIMITIVO. ¿Pero qué pan?

BENITO. Yo tenía un pan. ¡Eh! ¿Dónde está mi pan? ¡Ah! Míralo aquí.

Benito recoge el portaperiódicos y el pan. Primitivo se lo lleva para su cuarto, le abre la puerta y los dos salen.

ESTEBITA. *(Entra y corre al cuarto de Obdulia con la libreta y el lápiz.)* ¡Obdulia, ya terminé..., pon los muñe! *(Sale.)*

OBDULIA. Sí, ven, sube.

Entra Guillermo con la toalla colgada al cuello. Va hasta el baño, pero está ocupado. Se sienta cerca de la puerta a esperar que se desocupe. Primitivo entra a su cuarto y regresa con una toalla y un cubo.

PRIMITIVO. ¿Estás detrás?

GUILLERMO. Si está apurado, báñese, Primitivo.

PRIMITIVO. ¡Eh! ¿Y no vas a visitar a la novia?

GUILLERMO. *(Mueve los hombros con indiferencia.)* No sé, a lo mejor...

PRIMITIVO. ¿Qué te pasa, Guillermo? ¿Y esa morriña, como dicen los gallegos?

GUILLERMO. No veo la hora de salir de este solar. Estoy cansado de la cola del baño, de estar siempre ligado a la gente.

PRIMITIVO. No te preocupes, queda poco.

GUILLERMO. ¡Las ganas que tengo de que nos caiga encima!

PRIMITIVO. No hables boberías... Si no se ha caído con la amargura y la miseria que han aguantado estas paredes, hay que tumbarlo con una de esas bolas "jandangotas" de acero.

GUILLERMO. Yo lo que no entiendo es cómo hay gentes que no quieren largarse de aquí. Uno que viene borracho, y hay que soportar sus impertinencias; la otra, que no se ocupa del hijo. A esta gente parece que la Revolución no les ha llegado.

PRIMITIVO. Nada más tienes ojos para ver lo malo.

GUILLERMO. ¿Y dónde está lo bueno, Primitivo? Estoy cansado.

PRIMITIVO. Como vives, claro que te cansas. Sólo sabes criticar, y hacerlo tan a menudo causa y amarga. Se critica para buscar una solución. Eres uno de los muchachos de más nivel, y no veo que hagas nada por el prójimo. A mi modesto entender, el revolucionario es un hombre que sabe transformar lo viejo en nuevo, lo malo en bueno, ¿no? *(Pausa.)* Busca el lado bueno de las cosas, mi hijo.

GUILLERMO. *(Irónico.)* ¡El lado bueno!

PRIMITIVO. Sí, lo tiene. Mira a la hija de Yuya, la de la accesoria... Se crió en el patio también, y ya es médico... La hicimos médico ayudándola un poquito, cada uno a su alcance. ¡Y tuvimos un médico del que estamos orgullosos! Los muchachos de Juan de Dios: uno, economista; el otro, bueno al deporte; y el más chiquito, ahorita es arquitecto... Salieron de esos cuartos. Quiere decir que está la Revolución.

GUILLERMO. Frente a cuatro buenos, veinte malos. El saldo es negativo. Y entre lo peor le puedo poner de ejemplo a Oscar, mi hermano.

PRIMITIVO. Lo importante es que nadie volverá a ser como tu hermano.

GUILLERMO. Estebita...

PRIMITIVO. No, no puede... Los niños ya viven otro tiempo. Son árboles bien abonados, como tú. Porque cuando el Gobierno no ha podido hacer nada, nada, nada, al menos ha educado a los hijos. Ésa es la mejor semilla que se puede sembrar en un hombre. El vecindario opina que Estebita es bueno de casualidad, y yo digo que no.

GUILLERMO. Se ha criado, como aquel que dice, a la buena de Dios..., comiendo en su cuarto, en el de Obdulia, en el nuestro.

PRIMITIVO. También se le da un alimento muy importante: ¡fósforo vivo!, y es la formación que le da la Revolución. Esta gente no es boba, no descuida la educación. En Estebita es otro el hombre que crece. Así viva, coño, en el fondo de una letrina, sabe que en cualquier momento una mano lo va a sacar.

GUILLERMO. *(Se levanta y camina incómodo de un sitio a otro. Sale una vecina con un cubo, una jabonera y la cabeza envuelta en la toalla.)* Yo me voy a buscar mi casa a otra parte. No espero más.

PRIMITIVO. Quieres cambiar el mundo en un día, y cada cosa tiene su paso, y cada paso tiene su tiempo. No hay que ser sabio para darse cuenta. Cuando miras al patio, nada más ves a Oscar.

GUILLERMO. Lo que yo quiero es acabar de irme. Tengo mi oficio, quiero una casa para mi madre y mi hermana, casarme, hacer otra vida... *(Pausa.)* Quiero que él cambie, y el mal está en este solar, Primitivo, en el barrio.

PRIMITIVO. ¡Está bueno ya de llamarlo solar y solar! Solar fue mientras los inquilinos éramos gente sin oficio ni beneficio. Los solares a que te refieres no hacían médicos, ni juventud como la de hoy. Llámalo como quieras, pero deja a un lado el solar. *(Pausa.)* ¿Qué pasa, hay pesimismo?

GUILLERMO. Pesimista sería si creyera que nada iba a cambiar.

PRIMITIVO. Pero que lo cambie otro, ¿no? Porque lo que eres tú, vas echando.

GUILLERMO. ¿Qué puedo hacer, Primitivo?

PRIMITIVO. Hay mucho por hacer mientras llegan los camiones. Se debe educar a los vecinos, prepararlos para otra vida; que salgan para la comunidad conscientes de lo que ha de ser el futuro. Ayudar en el Consejo de Vecinos. La única forma de acabar con ese elemento es en el combate sin tregua, como el vietnamita hizo con el yanqui.

GUILLERMO. Yo lo hago.

PRIMITIVO. Tú lo criticas; eso lo hace cualquiera. ¿Conoces la diferencia entre tú y yo? La misma entre aquella época y ésta. Aspiras a mucho, tienes apuros por arreglar una situación que se va a resolver a mayor o menor plazo. Siempre te han dado lo que has necesitado, como que a ustedes se lo dieron casi todo. Pero yo... *(Pausa.)* Cuando tenía tu edad era un guajiro cortador de caña del fondo de Pinar del Río, hijo de una familia tan cargada de muchachos como de miseria. De niño nunca soñé con Reyes Magos —¡je!, Reyes Magos. La imaginación se me iba pensando en un buen plato de comida para tranquilizar las lombrices que me devoraban. Vine a La Habana en pleno machadato. De ahí para acá, mi gran sueño fue conseguir un trabajo decente, mi ilusión era un trabajito de cien pesos.

GUILLERMO. Usted soñó de acuerdo con su época, y yo de acuerdo con la mía.

PRIMITIVO. Claro, con la diferencia de que ahora estamos en un mismo bote. Nos salvamos todos o nos hundimos todos.

Primitivo prueba el agua y se dispone a entrar al baño. Aparece Corina corriendo. Va hasta Primitivo y Guillermo.

CORINA. Guillermo, Guillermo, ¿dónde está tu hermano?

GUILLERMO. ¿Qué es lo que pasa?

CORINA. ¿Está en el cuarto?

PRIMITIVO. Pero, ¿qué pasa, Corina?

CORINA. ¡Ay, Primitivo, por su madre! Tomaba un trago con un amigo, y el Gato se sentó a la mesa con nosotros. Estaba medio jalado. Dijo que no pasaba de esta noche para tumbar a Andoba. Lo está cazando para matarlo, Guillermo; te van a matar a tu hermano.

Se apagan las luces.

CUADRO VI

Nave de una industria en proceso de montaje. Al fondo, sobre varios equipos embalados, cuelga una tela con la consigna: "En la emulación especial del Primero de Mayo, nosotros cumpliremos". Por diversos sitios hay motores eléctricos y cajas de madera abiertas. En primer plano, un andamio con ruedas. Ruidos de trabajo.

Hay una extraordinaria actividad. Los obreros del andamio lo ruedan, y atornillan la parte alta de la pared; otro grupo, en el que se encuentra Aniceto, acomodan las cajas, tiran cables, prueban conexiones de los motores, etc. Guzmán, el jefe de turno, inspecciona el trabajo y ayuda. Entra Oscar con un bulto de ropa bajo el brazo y un sobre. Busca con la cabeza a Guzmán, ve a Aniceto, que lo saluda, y le señala a Guzmán. Oscar va a Guzmán y le entrega el sobre.

GUZMÁN. *(Lee y se guarda el sobre en uno de sus bolsillos. Lo mira detenidamente.)* Así que eres el nuevo ayudante... *(Le ofrece la mano.)* Me llamo Osvaldo Guzmán. Soy el jefe de turno... ¿Te dijeron cómo es la cosa, Oscar?

OSCAR. Sí.

GUZMÁN. ¿Conoces el oficio?

OSCAR. Algo.

GUZMÁN. Ya veo que trajiste ropa, ¿eh? ¡Qué bien! *(Sonríe.)* Nosotros estamos tan apurados como tú. Se debe entregar esta planta en saludo al Primero de Enero. El trabajo da al cuello...

OSCAR. Conmigo no tenga "bacterias", que yo...

GUZMÁN. ¿Cómo?

OSCAR. Que no coja lucha, que no hay problema, quiero decir... Antes de estar en la calle, estoy trabajando, ¿no?

GUZMÁN. El asunto de la falta de ayudantes es una tragedia. La mayoría son muchachos jóvenes, con buen nivel y deseos de adelantar... ¡Imagínate! Aparece un curso, y no les vamos a negar el derecho a superarse; el resto se califica en la práctica, y también los perdemos como ayudantes. ¿Cuál es tu nivel de escolaridad?

OSCAR. *(Pausa.)* Cuarto grado, adelantado...

BUZMÁN. ¿Y tu edad?

OSCAR. *(Molesto.)* Veintisiete.

GUZMÁN. *(Cruzado de brazos.)* Muchacho, ¿y qué has hecho todo este tiempo?

OSCAR. Yo, na... ¿En qué turno empiezo?

GUZMÁN. Espérate, contigo hay que pensar. El sindicato tiene el compromiso de que todo el mundo coja el sexto grado. Te vas a quedar en el turno de la mañana para que puedas estudiar. ¿Está bien?

OSCAR. No hay problemas.

GUZMÁN. Ve para la oficina a avisar que empiezas hoy mismo. *(Oscar hace por irse.)* Oye, ven acá... *(Oscar regresa.)* ¿Cómo me dijiste que te llamabas?

OSCAR. Ando..., Oscar.

GUZMÁN. ¡Oscar! Oscar..., aquí tenemos la costumbre de ayudarnos.

OSCAR. ¿Por qué me dices eso?

GUZMÁN. Por nada, para que lo sepas. Lo importante es terminar la fábrica. *(Sonríe.)* El tiempo no lo tenemos en el reloj, sino en las manos.

OSCAR. Yo no soy vago.

GUZMÁN. No digo que seas vago. *(Pausa.)* Lo que quiero es que entiendas nuestra mecánica; ser ayudante de un determinado operario no significa que, en un momento determinado, te niegues a ayudar a otro. Una mano lava la otra y las dos la cara. *(Afectuoso.)* Con el respeto y la disciplina se llega lejos. Lo que no camina es la guapería ni el alarde. Y dale a cambiarte, que hace rato te estamos esperando.

Andoba sale. Su forma de caminar ha cambiado visiblemente. Aniceto va hasta el jefe de turno.

ANICETO. ¿Qué te parece?

GUZMÁN. Para ayudante no está mal, cuerpo tiene. Lo que hace falta es que tenga disposición para el trabajo. ¿Como gente qué tal es?

ANICETO. Nos conocemos de chamaquitos. ¡Es mi hermano!

GUZMÁN. ¿Eso qué dice, Aniceto...?

ANICETO. *(Pausa.)* No es mala gente. Ha tenido lo suyo en la vida. En el ejército no era de los mejores, la verdad. Y en la calle ha venido dando cabezazos hasta la prisión.

GUZMÁN. Ambientoso, ¿no?

ANICETO. *(Sonríe.)* No, ya no, se quiere quitar.

GUZMÁN. *(Palmeando su espalda.)* Aniceto, cará. Se ve que la juventud es como una venda. Has recomendado a un hombre que te puede hacer quedar mal. ¿No te das cuenta de que es tu palabra la que está en juego? ¿Y si a ese hombre se le ocurre hacer una trastada, a ver? ¿Dónde meterías la cara?

ANICETO. No va a hacerlo.

1224 GUZMÁN. Por si acaso, hay que ser precavido.

ANDOBA

ANICETO. Ven acá, ¿y en mi caso no harías lo mismo?

GUZMÁN. *(Pausa. Pensativo.)* Depende. Es que este elemento...

ANICETO. *(Interrumpe.)* Es que no se puede saber si un hombre desea cambiar, si no le damos la oportunidad de hacerlo.

GUZMÁN. ¿Conoces a ese tipo en persona, Aniceto? ¿Conoces el ambiente?

ANICETO. *(Pausita.)* Si no lo conociera, no hiciera esto.

GUZMÁN. Con ellos hay que andar con mucho cuidado, hay que tratarlos con pinzas.

ANICETO. Son gentes como tú y como yo.

GUZMÁN. Como tú y como yo, no. Son lúmpenes, chico... O al menos, piensan como tales. Ven acá, ¿tú eres el padre Bartolomé de las Casas?

ANICETO. Lo que soy es uno que supo salir a tiempo.

GUZMÁN. ¿Usted ambientoso? ¡Estése tranquilo!

ANICETO. Ambiente completo, cerrado.

GUZMÁN. *(Pausa.)* Para lidiar con un personal así, hay que tener un carácter determinado. En la brigada nos llevamos bien. *(Pausa.)* Para serte franco, no me gusta la idea de contar con un trabajador que sólo garantiza indisciplina y conflictos. Hace un rato fui a aconsejarlo, y me saltó como un león.

ANICETO. Están acostumbrados a que si les dices una cosa, te responden con otra más arriba, te suben la parada, aunque no lo hagan de corazón. Hay que salvarlos, Guzmán, crearles conciencia de trabajadores para sacarlos del hueco. La lucha de clases no es sólo contra los burgueses.

GUZMÁN. Tú lo quieres mucho, ¿eh?

ANICETO. *(Pausa.)* Yo garantizo a ese hombre.

GUZMÁN. *(Ríe.)* Ay, Aniceto, estás viendo la situación como un problema de lucha de clases. Así la cosa no funciona. *(Pausa.)*

1225

Pero, bueno, a lo mejor tienes razón. *(Sonríe y lo toma por un brazo.)* No me vas a meter en tus líos.

ANICETO. Oscar viene amargado, convencido de que ha consumido la juventud alquilándose como enemigo... Ésta es la de nosotros. Vamos a darle la oportunidad de ganarse un lugar entre los trabajadores, entre los que sudan la camisa.

OSCAR. *(Entra con ropas de trabajo.)* Bueno, alante con los tambores.

GUZMÁN. *(Lo mira de arriba abajo.)* Mira, Oscar, vas a ayudar a tres operarios y a desarmar las cajas aquellas. Las maderas se apilan por orden de tamaño en el fondo de la nave.

OSCAR. ¿Y después?

ANICETO. *(El Jefe mira a Aniceto, que comienza a hablar serio, sin familiaridad.)* Oye, Oscar, le dije al compañero que contigo no había problemas, que eres de los que no andan mirando el reloj.

OSCAR. Yo también se lo dije.

GUZMÁN. Mira, Oscar, y después, para que no te aburras, ve con aquel compañero para que te enseñe a instalar las conexiones de los motores... *(Oscar sale.)* ¡Oye! De paso, dile que me mande la escuadra redonda. *(Intercambia miradas con Aniceto y los dos contienen la risa.)*

OSCAR. ¿Cómo es?

GUZMÁN. La escuadra redonda, que me la mande.

Oscar va hasta el obrero que le indicó Guzmán y señala hacia el sitio donde se encuentran éste y Aniceto. Se apagan las luces.

CUADRO VII

Varias cajas con botellas de cerveza vacías y pequeños bancos. El Gato y tres hombres beben de un litro de aguardiente. Hay un solo vaso, el cual se pasan unos a otros. La botella la tiene uno de los hombres.

HOMBRE 1. El "monina" hace como un mes que está "pitando" que se le va a colar el "tipango", y en definitiva, na de na.

HOMBRE 2. Los hombres pensaron que iba a resolver cuando el enemigo estuviese en "poma"

HOMBRE 1. ¿No hay calibre, "monina"?

GATO. Deja la baba esa. Tú sabes que yo tengo calibre pa eso y más.

HOMBRE 3. ¡Pues no lo parece, "yeneka", la verdad!

GATO. ¿Qué tú dices?

HOMBRE 3. Que estás "moniado", Gato. Consorte, si no le das el "tipango", seguro se te va a colar.

GATO. Él es un ratón.

HOMBRE 1. ¿Ratón Andoba? Él lo que está "guitarriao" pa sorprenderte con un "embele". ¡Y Lola comió pastel!

GATO. Está estudiando, no está en na... Yo lo que estoy esperando es que me dé un filo pa resalarlo to.

HOMBRE 2. ¡Ah! deja la bobera esa, que tú lo que estás es arratonao!

GATO. ¿Qué tú quieres decir? Consorte, lo que estoy es esperando la oportunidad.

HOMBRE 2. Pero es lo que estás dando a demostrar, "acere".

GATO. Yo sé que en el ambiente, un trastazo se alivia con otro trastazo.

HOMBRE 3. "Acere", y te echó pa "jamarte". Lo que parece que ese día tú tenías la "nasa" clara.

HOMBRE 1. No, consorte, y la verdad es que cuando se comparte diáfanamente, y se tiene un "barretín" de ese tipo, los hombres que están presentes van a vivir la intriga de: "Bueno, ¿y éste por fin qué con su problema?" ¡Vaya, que no eres el mismo hasta que no determines!

HOMBRE 3. Si no va a coger a lo cortico al "tipango", no diga más que va a hacer y tornar...

HOMBRE 1. Sí, "crukuro", porque nosotros somos "ambia" del muerto y amigo del matador.

GATO. ¿Qué "volá", caballero?

HOMBRE 2. Que has llenado de preventivos La Habana y no has determinado. Y la verdad, honestamente, y de a hombre, te voy a hablar, y tengo mi moral y mi nombre en el ambiente, y soy mentado. ¡Vaya! Y si tú andas conmigo y no metes mano, se va a decir que Fulano, que anda con Mengano, y Fulano no tiene calibre para salir a resolver. Tú sabes como es ese "barretín".

GATO. Oye, "monina", yo sé como hago las cosas. El "tipango" no es jamón. En el "curralo" no me le voy a colar, porque no sé bien dónde es; en el barrio de él le tienen tremenda consideración, y siempre va a haber un consorte que mande voz.

HOMBRE 1. ¡Me le cuelo en cualquier parte! ¡Y Lola comió pastel!

HOMBRE 3. A mí el hombre que dé un trastazo, lo menos una escupía le meto.

HOMBRE 2. Es que el "yeneka" parece que no tiene saliva.

GATO. ¡Caballero! ¿Qué "volá"? ¿Hay duda con mi hombría?

HOMBRE 1. Deje eso. La hombría es frágil como el cariño de las bandoleras.

HOMBRE 3. Hasta que no resuelvas, no se te pueden tener las mismas consideraciones... Por ejemplo, ¿si aquí hay un grupo de hombres más extenso, y te dijeran que no puedes beber de este vaso, porque has entrado en cierto tipo de choteo...?

GATO. ¿Quién va a decir eso, pa que le parta el buche?

HOMBRE 2. ¡Ah, y al que se lo tienes que partir no se lo vas a partir!

GATO. ¡A los dos les doy!

HOMBRE 2. Mira, "Monina", si tienes calibre, dale a uno primero.

GATO. Caballero, ¿qué "volá" conmigo?

HOMBRE 1. Contigo no puede haber ninguna "volá" aquí. Si nosotros somos "ambia"...

HOMBRE 3. ¡No te mandes, Gato!

HOMBRE 2. Así que quieres virar con el "panga", que es "ambia" tuyo, y no tienes corazón para partirle la ventrecha a Andoba. ¡Consorte, estás fuera de picao!

GATO. Lo que lo dejé correr.

HOMBRE 3. ¡A usted lo que parece es que se le salió la veta!

GATO. ¡¿Qué tú dices?!

HOMBRE 3. *(Llevándose las dos manos al pecho.)* ¿Me vas a rectificar a mí, a tu socio? ¿Y por qué no le rectificas a los que 1229 dicen en la calle que tienes miedo a que el tipo te "jame" en esta vuelta?

GATO. ¡Coño, consorte!

HOMBRE 1. "monina", usted vive en el ambiente y sabe lo que pasa cuando no hay desquite.

HOMBRE 2. ¡Gato, determina!

HOMBRE 3. Sí, "ambia", no estoy en condiciones de compartir más contigo... *(Volviéndose a sus amigos con el litro de aguardiente en la mano.)* ¡Sí, "yeneka", la verdad! A lo mejor mañana nosotros estamos compartiendo muy tranquilos, llega al Andoba, se cuela en la finca del tipo, y nosotros, por la consideración y el respeto aquel de la hombría, vamos a tener que determinar y ponerle el pecho al enemigo.

GATO. ¡Yo no quiero que nadie saque la cara por mí!

HOMBRE 2. Entonces no vivas más esta lucha, consorte; acaba de caminarlo.

GATO. *(Se bebe el trago.)* Tú verás si el Gato tiene calibre. *(Sale.)*

HOMBRE 1. ¡Que acabe ya de una vez! Para dar un machetazo no se piensa tanto.

Se apagan las luces

CUADRO VIII

Patio del solar. Es de noche. Mamacita espera sentada en un banco junto a la puerta de su cuarto. A ratos se levanta inquieta y se asoma a la puerta del solar.

MAMACITA. ¿Cuándo acabará de llegar? ¿Será verdad lo que me dijo Candelaria de que está trabajando hasta tan tarde? ¡Ay, virgencita de la Caridad del Cobre, protégelo! ¿Dónde estará metido ese muchacho? *(Regresa.)* ¿Se habrá quedado con alguna mujer? No, si salió tempranito por la mañana con ropas de trabajo. Se levantó detrás de Aniceto. *(Va hasta el cuarto de Obdulia con intenciones de tocar, pero detiene el gesto.)* No voy a llamar. Me apena que sepan que sigo en lo mismo.

GUILLERMO.*(Asomándose a la puerta de su cuarto.)* Mamacita, ¿qué estás haciendo hasta tarde en el patio?

MAMACITA. Estoy..., cogiendo agua. Duerme, duerme.

JUAN DE DIOS. Buenas noches, Mamacita. *(Sube las escaleras.)*

MAMACITA. Buenas noches... *(Pausa. Llorosa.)* ¡Ay, Dios mío! ¿tendré que vivir siempre así? ¿Será ésta mi condena?

BENITO. *(Entra con un cubo.)* Buenas noches... ¿No hay nadie para coger agua?

MAMACITA. Coja, coja agua. ¿Cómo anda?

BENITO. *(Pone el cubo en la pila y se sienta en la escalera.)* Partió, con el estómago que parece una caldera. Ya no estoy para esta bebedera...

1231

MAMACITA. Usted es una bella persona, pero se da un trago y se desgracia.

BENITO. No, un trago, no... Lo que a mí me desgracia son tres tragos. Nada, que llego a una cantina, me encuentra con un amigo, y se me va el tiempo.

MAMACITA. Y la voluntad. Si no lo sabré yo. Hay amigos que matan, que son como la lepra, como el diablo. ¡Que Dios me perdone!

Benito coge su cubo de agua, y con él en la mano termina la conversación con Mamacita.

BENITO. ¿No va a coger agua? ¿Y sus cubos?

MAMACITA. *(Pausa.)* Estoy esperando a Oscar.

BENITO. ¡Ah! ¡No ha llegado! Acuéstese, no se preocupe, seguro que se complicó. *(Sonríe.)* Usted sabe como somos nosotros.

MAMACITA. ¡Claro que lo sé! *(Camina inquieta.)* Mire la hora que es y ese muchacho no acaba de llegar. Me tiene seca.

BENITO. No se preocupe.

MAMACITA. Parece que usted no sabe quién es mi hijo.

BENITO. ¡Mala comida ese muchacho, caray!

MAMACITA. Benito, ¿usted cree que está en algo...?

BENITO. No se caliente la cabeza. *(Pausa.)* Para mí que él quiere cambiar... No sé, lo veo más tranquilo, y hace días que no se para en la esquina...

CORINA. *(En bata de casa, abanicándose, habla alto.)* ¡Ñoó! En este cuarto hace un calor que no se puede dormir... ¡Ay, perdón, no me di cuenta que era de madrugada...! Mamacita. ¿Andoba no ha llegado?

MAMACITA. No. ¿Lo has visto? ¿Tú sabes por dónde anda?

CORINA. No, ni me lo imagino.

Se apagan las luces.

CUADRO IX

Puerta del solar. Por la noche. El Gato espera en la oscuridad.
Salfumán va caminando por el medio de la calle. Al ver que el
Gato le sale al encuentro, se detiene y se queda a cierta distancia.

SALFUMÁN. *(Receloso.)* ¿Qué "volá". Gato?

GATO. Vine a dar una vuelta, a ver cómo está el barrio.

SALFUMÁN. Estás en territorio enemigo.

GATO. Cuando hay valor, se puede andar por cualquier parte...
(Pausa.) ¿Has visto el descarado ese por ahí?

SALFUMÁN. Vive ahí, tú lo sabes.

GATO. Como eres su "ambia"...

SALFUMÁN. Yo no soy "ambia" de nadie, consorte. En el
ambiente no hay "ambias".

GATO. ¿Lo has visto?

SALFUMÁN. No he visto a nadie.

GATO. Hace días te vieron hablando con él.

SALFUMÁN. Como cualquiera me puede ver ahora hablando
contigo.

GATO. Se corre en el ambiente que se quiere quitar. Se le salió
la veta.

SALFUMÁN. No sé, eso es asunto de ustedes.

GATO. Le voy a partir el pecho.

SALFUMÁN. "Acere", no me lo digas a mí.

GATO. ¡Le voy a partir el pecho, te dije!

SALFUMÁN. *(Con gestos muy alardosos.)* Tú verás que ahorita voy a estar metido en el brete. Oye, "monina", me voy a dormir, ¿sabes?

GATO. ¿Estás arratonao?

SALFUMÁN. Es que ese problema no puede ir en mi presencia.

GATO. Él sabe que no me iba a olvidar. ¿Me va a dar y se va a quedar tranquilo?

SALFUMÁN. No vi la bronca, pero me han dicho que fue con tu mismo machete. Se fajaron de buena ley.

GATO. Para el que le dan, nunca es de buena ley.

SALFUMÁN. Eso es guapería del tiempo de España. Deja eso, Gato.

GATO. Es un agravio, consorte. Él vive su ambiente y yo vivo el mío; me dio a tumbar y yo vengo a tumbarlo a él.

SULFAMÁN. La gente no se acuerda, ya pasó. La mentalidad se calentó y vino el lío. Ustedes compartían, eran amigos.

GATO. Amigo es "un caña" en el bolsillo. Va a ir de la sorpresa para el hospital. *(Pausa.)* Cada vez que me miro el costurón que por culpa de ese "reventao" tengo en el pellejo...

SALFUMÁN. Eso es lo que dan el chisme y la intriga... Según los breteros, todo fue una bobería, una carta mal virada, y se armó una discusión zonza, cosa de ignorantes.

GATO. Nada, que fue por moral. ¿Cómo va a levantar la mano y darme una galleta? ¿Por qué le dicen Andoba? Le iba a cortar la mano.

SALFUMÁN. *(Pausa.)* Lo mejor es que te vayas... A él, con sus defectos, lo quieren en el barrio; lo menos que puede pasarte es que te hagas sospechoso a la guardia del Comité, te llamen un patrullero, y eso no te conviene.

GATO. Tengo que chocar con él.

SULFAMÁN. Andoba no viene mucho por el barrio, tiene una "jebita" por Jesús María... Vete, que te vas a resalar, mira que hay quien te conoce y se van a dar cuenta en lo que estás.

GATO. Lo voy a coger asando maíz.

Mamacita se asoma a la puerta. Sulfamán se da cuenta de la situación y parte hacia ella.

SULFAMÁN. Mamacita, ¿qué tiene? ¿Se siente mal?

MAMACITA. No, mi hijo. El cuarto, el calor...

SULFAMÁN. Seguro que el calor no la deja dormir y salió a coger un poco de fresco.

MAMACITA. Sí, el calor. *(Mira a todas partes y se va.)*

SULFAMÁN. Es la pura, consorte. ¿No te da lástima?

GATO. ¿Él la tuvo de la mía cuando me dio el trastazo? *(Pasa la guardia del CDR.)*

SULFAMÁN. ¡Buenas noches, familia! De guardia, ¿eh? *(La posta reconoce a Sulfamán, lo saluda y sigue su recorrido.)* Te lo dije, "monina", que están para ti. Tu pinta no es la del barrio.

GATO. ¿Cuándo viene?

SULFAMÁN. Él no está en nada, consorte.

GATO. Quién duda que soltó la bolita para darme desprevenido.

SULFAMÁN. *(Pausa.)* Dale, dale, que te están mirando todavía. Vamos, que yo te voy a hacer la media hasta la esquina. *(Las dos se van.)*

Se apagan las luces.

CUADRO X

Patio del solar completamente vacío. Entran Oscar y Aniceto. Vienen con ropas de trabajo y cansados. Entran en el patio, se detienen muy cerca de la puerta.

ANICETO. Tenemos dieciséis horas de trabajo voluntario. La semana que viene tiramos cuatro o cinco, y cumplimos sin matarnos.

OSCAR. ¿Qué te ha dicho la gente de mí?

ANICETO. ¿Qué me van a decir?

OSCAR. Como yo... ¡vaya!, como tuve mi problema, y lo planteé sin tapujos al tipo de personal...

ANICETO. Al compañero de personal.

OSCAR. *(Sonríe)* La verdad es que debo pulirme. El ambiente se me sale por encima de la ropa.

ANICETO. No te acomplejes. ¿No te das cuenta de cómo son los compañeros? *(Ríe)* El estreno fue mandarte a buscar la escuadra redonda.

OSCAR. *(Sonríe.)* La trajinada que me dieron: me pasé toda la mañana buscando la escuadra redonda. Son buena gente, se nota. *(Pausa.)* Ven acá, Aniceto, ¿es tan importante que yo coja el sexto grado?

ANICETO. Pregúntatelo a ti mismo.

1236 OSCAR. *(Rascándose la cabeza.)* Es que me he quedado atrás.

ANICETO. ¿No entiendes al maestro, te aburren las clases?

OSCAR. No, es que me dan ganas de salir echando. A lo mejor es la falta de costumbre.

ANICETO. En primer lugar, es un problema colectivo. Hay una pila de compañeros más viejos que tú estudiando; a ellos también tiene que haberles costado trabajo habituarse. Si esos viejos lo hacen, cómo no lo vas a hacer tú, que eres joven y con más necesidad de superarte.

OSCAR. Hay que estudiar más que el cará.

ANICETO. ¡Palante! Terminas el sexto, pasas a la secundaria, y estás metido en la Facultad Obrera. ¡Oye, la calificación y los pesos están en la superación, no en otra parte! *(Comienzan a caminar rumbo a sus cuartos. Aniceto ve la pila abierta y se apresura a cerrarla.)* Dejaron la pila abierta.

OSCAR. Bueno, voy a "emparrillarme".

ANICETO. Oscar...

OSCAR. ¿Qué "volá"?

ANICETO. Oscar... mi hermano... *(Pausa.)* Quiero que pienses cada paso que vayas a dar. Lo único que tengo en la vida es este par de manos y el prestigio que me he ganado con ellas.

OSCAR. ¿Qué pasa, chico?

ANICETO. Oscar, por favor, mira que no somos ni tú ni yo... Es a la esperanza a quien se le hace daño. No me hagas quedar mal, mulato. *(Pausa.)*

OSCAR. *(Sonríe.)* Ahora entiendo tu miedo. Es una cosa que, por Mamacita, nos obliga a pensar en cambiar hasta la forma de hablar. No sería capaz de defraudar a personas que tanto cariño y amistad, de corazón, de a hombre, me han mostrado.

ANICETO. Oye, yo no sé quién dijo que el trabajo educaba; a lo mejor, si viene aquí y nos ve a nosotros, hubiera dicho algo lindo.

CORINA. *(Se asoma al balcón.)* Andoba...

OSCAR. Habla.

CORINA. Tengo que verte.

MAMACITA. *(Sale. Se asoma al patio desde su puerta.)* Oscarito, ¿eres tú...?

OSCAR. Sí, vieja.

MAMACITA. ¡Al fin, mi hijo! Me has tenido...

ANICETO. ¿Qué pasa, Mamacita?

OSCAR. Vieja, estaba trabajando, no te preocupas más.

ANICETO. Mamacita, Oscar está puesto para las cosas, y tranquilo, que es lo más importante.

OSCAR. ¿Hay agua caliente para darme un baño? Estoy más cansado que un buey...

MAMACITA. Tu agua se ha gastado como cuatro veces. Vamos, mi hijo, para que te bañes.

Mamacita entra a su cuarto. Corina sale al balcón.

CORINA. Andoba, tengo que hablar contigo.

Aniceto sale y Corina se esconde en su cuarto. Se apagan las luces.

CUADRO XI

Calle del barrio. La puerta de metal de la panadería está levantada, y al fondo se ve el mostrador. Un grupo de hombres, mujeres y niños esperan en cola. entre las personas se encuentran Obdulia y Corina. Entra Salfumán y le quita un pedazo de pan a un niño. Va hasta Corina.

SALFUMÁN. ¡Vaya!, ¿qué dice la empresa de autos de alquiler?

CORINA. ¡Ah! ¿Qué te pasa?

SALFUMÁN. Desde que la van a sacar del solar, no quiere saludar a nadie... ¿Qué, comadre, tampoco usted está en nada ya?

CORINA. ¡Déjate de salación! A mí la mudanza no me ha vuelto loca... Si todavía lo estoy pensando.

SALFUMÁN. Pues apúrate. Al paso que van, esta gente derrumba el solar contigo dentro. *(Pausa. Entra Oscar y pasa por la cola.)* ¡Andoba! *(Salfumán va hasta Oscar ofreciéndole la mano.)* Consorte, no se puede chocar con usted.

OSCAR. El trabajo, compadre.

SALFUMÁN. Pensé que anoche ibas a bajar para la esquina. Como te dejé el recado...

OSCAR. Termino cansado. Me acuesto a oír un rato el radio y me quedo dormido.

SALFUMÁN. *(Irónico.)* ¿Qué, estás oyendo novelitas?

OSCAR. No, el... ¿Qué "volá", compadre?

SALFUMÁN. "Ambia", salga un poco, estire los huesos, haga una media.

OSCAR. ¿En la esquina?

SALFUMÁN. Déjese ver. En casa de Chispa hay cerveza. Se reúne tremendo piquete. Me preguntan por ti..., si estás quitado...

OSCAR. Estoy en otra cosa. El tiempo que voy a pasar hablando cáscara en casa de Chispa, lo aprovecho en la escuela. Quiero acabar de coger el sexto.

SALFUMÁN. Eso es lo que digo, "monina"... Total, el ambiente lo que trae es enemigos y dolores de cabeza *(Pausa. Discreto.)* ¿Corina te lo dijo?

OSCAR. Sí.

SALFUMÁN. Yo lo vi. Te estaba cazando, y en la puerta del solar.

OSCAR. ¿Qué le dijiste?

SALFUMÁN. Que no estabas en nada. ¿No es así?

OSCAR. *(Pausa.)* Sí, más o menos.

SALFUMÁN. Pero él está encaprichado en seguir. ¡No hay paz! Si quieres, le digo...

OSCAR. No, no le digas nada... Si me obliga, de la misma forma que me quité, me pongo de nuevo.

SALFUMÁN. Consorte, la verdad que como vives, no se puede. En el ambiente se está corriendo una bolita contigo.

OSCAR. ¿Una bolita? ¿Qué bolita?

SALFUMÁN. Que el machetazo que le diste al Gato fue precisado, que ahora no se te ve por ninguna parte, porque tienes miedo a chocar con el tipo. Son bretes, son chismes...

1240 *Oscar lo coge por el cuello y le da un empujón.*

OSCAR. Así que andan diciendo que yo estoy arratonado.

SALFUMÁN. Tú sabes las bajezas que se viven.

OSCAR. *(Va en silencio hasta la acera y se sienta.)* ¡Qué cosa más grande!

SALFUMÁN. ¿Para dónde tú ibas?

OSCAR. *(Pausa.)* Para la "pincha". Pero me ha precisado a salir a buscarlo.

SALFUMÁN. Te he dicho esto para que andes a cuatro ojos. Es el Gato, y se lo dicen porque salta: mata.

OSCAR. Yo que pensaba tranquilizarme, compadre. *(Se levanta.)* Mira lo que te voy a decir: no estaba en nada porque no quería volver a pisar una prisión. Pero voy a empezar dándole al Gato, y a terminar con el que se ponga por medio...

ANICETO. *(Grita.)* ¡Oscar! *(Entra.)* ¡Vamos, que se nos va el transporte! *(Llega hasta Oscar.)* ¿Qué "volá," no vas a trabajar?

OSCAR. Tengo un problema ahí.

SALFUMÁN. ¿Qué tú me miras a mí, consorte?

ANICETO. Yo no pierdo tiempo en ti, chico... Oye, acuérdate que hoy es la "puesta en marcha" de una sección y te conviene estar: mira que ahí es donde más se aprende.

OSCAR. Es que...

ANICETO. *(Interrumpe.)* Y hoy es la asamblea de producción. Ésta es la oportunidad para plantear el problema de los ayudantes y la evaluación. *(Pausa.)* Bueno, allá tú. *(Sale.)*

OSCAR. *(Lo mira alejarse, y reacciona.)* Oye, Aniceto, me voy contigo. *(Oscar y Safulmán se miran.)* Mira, dile que... No le digas nada. *(Oscar corre a alcanzar a Aniceto.)*

Se apagan las luces.

CUADRO XII

Patio del solar. Día. Por todas partes hay numerosas sillas, bancos y taburetes alineados. Al fondo, una mesa con varias sillas y vasos de agua. El Consejo de Vecinos es presidido por Primitivo, Obdulia, el Presidente del CDR y dos vocales. Una de las sillas perteneciente a un vocal está vacía. Los reunidos hablan; al levantarse Primitivo, hacen silencio. Oscar está sentado un poco apartado.

PRIMITIVO. *(Levantándose.)* Bien, compañeros... *(Pausa. Carraspea.)* ¡Bien, compañeros! *(Pausa muy marcada y mira a los que aún conversan.)* Vamos a dar comienzo a esta reunión del Consejo de Vecinos, con vista a analizar el cumplimiento de los acuerdos..., y a terminar de elegir de una vez el vocal que nos falta. *(Aniceto levanta la mano.)* Nosotros hemos acercado a varios vecinos para plantearles la necesidad de un vocal que nos ayude en las tareas del Consejo, y hasta el momento, a los vecinos que nos acercamos a pedirles colaboración, han tenido siempre un "pero" en la punta de la boca.

ISIS. Un momento, un momento, Primitivo. Me negué porque nunca estoy en el cuarto, y el poco tiempo que tengo para limpiar y cocinar no lo puedo emplear en las cuestiones del patio del solar.

PRIMITIVO. Solar, no. Vecindario, ciudadela. Pero solar, no.

1242 ISIS. Yo expongo mis razones.

PRIMITIVO. Si la compañera me dejara terminar de hablar... Podemos decir que por el momento los cumplimientos de algunos acuerdos no han sido los mejore. Eso ocurre por la falta de comprensión y colaboración del vecindario. *(Comentarios.)* Y se nota cuando ni a un vocal podemos elegir. Nosotros entendemos que es imprescindible, antes de pasar al chequeo de los acuerdos, elegir inmediatamente un vocal. *(Pausa.)* A ver, una proposición.

VECINO. Cualquiera es bueno.

Los vecinos hacen comentarios.

ANICETO. No, cualquiera no es bueno. Se supone que si la masa elige un vocal, es para que ese compañero asuma la responsabilidad y pueda exigir en un momento determinado.

OBDULIA. Aniceto tiene razón. A veces a nosotros, los vocales, nos da pena llamar la atención. Y los errores se siguen cometiendo.

PRIMITIVO. ¡Proposiciones concretas, proposiciones concretas! *(Guillermo levanta la mano.)* A ver, Guillermo.

GUILLERMO. *(Levantándose.)* Bueno, tengo una proposición que hacer... A lo mejor los compañeros se creen que es bonche mío, pero es muy serio. Yo propongo al compañero Benito como vocal.

ISIS. ¿Estás loco, muchacho?

CORINA. Se jodió el Consejo. Cambien el vaso de agua ese por un vaso de Coronilla.

La asamblea hace comentarios adversos.

GUILLERMO. *(Corta los comentarios.)* Déjenme terminar de hablar, compañeros, ¿no?

PRIMITIVO. *(Sobre los comentarios.)* Dejen hablar a Guillermo... ¿A ver, cuáles son las cualidades morales que encuentras en este compañero para que sea elegido vocal del Consejo de Vecinos?

BENITO. Deja eso, Guillermo.

DIGNA. ¡Ninguna!

GUILLERMO. Conocemos muy bien los defectos del compañero Benito. No es secreto que el compañero es bebedor, ¡vaya!, y que no son pocas las veces a la semana que llega, vaya, pasado de tragos.

BENITO. Oye, Guillermo, deja eso, viejo.

GUILLERMO. Nosotros proponemos aquí al compañero Benito, en primer lugar, con la intención de ayudarlo; segundo, porque debemos demostrar confianza en él, y tercero, porque estamos seguros de que si se compromete aquí, delante de nosotros...

CORINA. ¿A qué? ¿A qué?

GUILLERMO... A no beber..., tanto..., y a evitar los escándalos, uno de los problemas más graves del patio queda resuelto.

Comienzan ciertos comentarios favorables.

PRIMITIVO. Benito, ¿qué tienes que decir...?

BENITO. *(Levantándose.)* Bueno, yo... *(Pausa.)* La verdad es que el compañero ha demostrado tener tremenda confianza en mí. Yo soy un hombre y no lo voy a hacer quedar mal... *(Pausa.)* Yo me comprometo, delante de los compañeros, a quitarme de la bebida, ya ahacer lo que esté a mi alcance por ayudar al Consejo de Vecinos.

Aumentan los comentarios de los vecinos.

PRIMITIVO. Fíjate, te estás comprometiendo delante de toda la masa.

BENITO. ¿Ni probarla! ¿Salvo los días de fiesta nacional! *(Pausa. Se sienta.)*

PRIMITIVO. Los compañeros que estén de acuerdo con la proposición de Guillermo, que levanten la mano. *(La mayoría levanta la mano.)* ¡Mayoría! Yo también deposito mi confianza en la voluntad del compañero... ¡Benito, fíjate que te comprometiste delante de todo el mundo!

DIGNA. ¿Deja que le pongan un vaso de Coronilla ahí delante!

BENITO. ¿Ni probarlo, ni probarlo!

PRIMITIVO. Bueno, ahora vamos a pesar al primer punto... El ahorro de agua.

ANICETO. Sobre ese punto es que le quería hablar, compañero presidente.

MAMACITA. *(Levantando la mano.)* Yo fui quien dejó la pila abierta. Yo me comprometo a que, por mi parte, no va a volver a ocurrir.

PRIMITIVO. Otro acuerdo que no ha sido cumplido es la botadera de basura en cualquier parte y a cualquier hora; lo de los animales es algo serio y está prohibido. Tercero: andar sin camisa por el patio del vecindario.

JUAN DE DIOS. Tengo una crítica.

PRIMITIVO. ¡Venga!

JUAN DE DIOS. Es al compañero Aniceto, que es el primero que se pasea por el patio sin camisa.

ANICETO. ¡No lo acepto!

OBDULIA. ¡Critíquelo, Juan de Dios, que se lo he dicho mil veces! A ver si se le cae la cara de vergüenza.

ANICETO. No, no, no, no lo acepto.

PRIMITIVO. Para salir de eso..., que hay otro asunto más polémico que queremos someter a la consideración de los compañeros. *(Pausa muy marcada.)* Hace unos cuantos días, dos o tres, o a lo mejor una semana, hemos visto un movimiento bastante raro en el gallinero... *(Comentario.)* No creo que sea conveniente decir el nombre del vecino. Pero la cuestión es que a cualquier hora se ve una entrada y salida de personas ajenas a

1245

este lugar..., del ambiente, que sobrepasa la medida de una visita.

JUAN DE DIOS. Habla claro, Primitivo, o hablo yo...

PRIMITIVO. No queremos que se nos considere extremistas, ni que abusamos de la autoridad que el colectivo nos ha entregado, pero muy responsablemente, este compañero que les está hablando como presidente del Consejo de Vecinos y en su nombre, dice que está prohibido el expendio de bebidas alcohólicas.

Corina entra al cuarto, brava, haciendo bulla, y sale vestida con pullover y short.

DIGNA. ¡Los "tiros clandestinos", para ser más exactos!

PRIMITIVO. ¡Eso mismo! La venta de bebidas alcohólicas en este país la tiene Gastronomía, y el que la vende por su cuenta lo está haciendo fuera de la ley. Nosotros sabemos muy bien el elemento que se reúne en esos lugares. *(Corina se levanta y sale. Oscar la sigue y la trae por un brazo.)* Nosotros aconsejamos al vecino que se dedica a este tipo de asunto que cierre su "barcito" antes de que se lo cierre la policía. Somos vecinos, caballeros. No nos obliguen.

Comentarios de los vecinos.

OSCAR. Corina, ¿tú estás locas?

CORINA. De algo tenía que vivir, ¿no?

OSCAR. ¿Pero cómo tú vas a hacer eso en tu cuarto?

CORINA. No perjudico a nadie.

OSCAR. Sí, a ti y a tu hijo.

CORINA. ¡Ah, déjame tranquila!

PRIMITIVO. No se permiten reuniones aparte.

OSCAR. Perdón, es que Corina quería decir algo. *(Por lo bajo.)* ¡Límpiate! ¡Anda!

CORINA. Ay, viejo, yo no me arratono, lo único que digo es que soy una mujer sola, con un hijo que atender; de algo tengo que vivir, ¿no? Esas cervecitas que vendo no le hacen daño a nadie.

ISIS. Ella sabe que si una cosa asegura la Revolución a la mujer, es su derecho al trabajo.

CORINA. ¡No, muelas no!

JUAN DE DIOS. No seas recalcitrante.

PRIMITIVO. *(Levantando la voz sobre los comentarios.)* ¡Mira, compañera, para terminar la discusión, porque ni nosotros te vamos a entender a ti, ni tú nos vas a entender a nosotros; si tienes necesidad de mantener a tu hijo... ¡trabaja! Trabajo hay de sobra para las mujeres. Pero ese negocio al que te dedicas perjudica a la colectividad, que se niega a permitir ese tipo de cuestión. Si en veinticuatro horas no terminas el expendio de bebida, yo, personalmente, te llevo para la unidad de Policía.

CORINA. *(Grita.)* ¡Claro, ustedes lo que quieren es hacerme la vida imposible!

OBDULIA. Lo que queremos es que cambies, Corina.

CORINA. ¡Pal carajo todo el mundo! *(Sale.)*

PRIMITIVO. El sábado y el domingo, trabajo en la Micro. Y para terminar, tengo el notición del año... ¡Vayan recogiendo los trastes, que no pasa de este mes que nos mudemos! Ya el papeleo está listo.

Se apagan las luces

CUADRO XIII

Nave. Rincón entre grandes cajones de equipos. Rollos de cables. Oscar entra con una carretilla, y después de descargarla, se pone a enrollar un trozo de cable sentado en un rincón. Entra Aniceto muy orondo.

ANICETO. Te acaban de dar tremenda mejorana. Habría sido bueno que estuvieras escuchando por un huequito. *(Pausa.)* ¿Me estás oyendo?

OSCAR. *(Sin dejar de trabajar.)* Anjá.

ANICETO. Un grupo de operarios estaba comentando que eras el más serio y trabajador de los ayudantes. El secretario del Partido puso la tapa diciendo que te iba a proponer como ayudante destacado de la brigada durante el trimestre. ¡Ésa es buena!

OSCAR. ¡Vaya, cará!

ANICETO. *(Lo mira extrañado.)* Recoges lo sembrado. ¿No te alegras?

OSCAR. *(Pausa.)* Más o menos.

ANICETO. *(Lo mira serio.)* ¿Qué te pasa, mi hermanito? No fuiste a merendar. Te has pasado la mañana en este rincón con la cablería esa.

OSCAR. *(Arroja furioso el rollo de cables a un lado, se levanta y se aparta.)* ¡La cosa está a punto de joderse!

ANICETO. *(Sentándose.)* El Gato.

OSCAR. Sí.

ANICETO. ¿Lo viste? ¿Hubo lío?

OSCAR. Anda diciendo que estoy encuevado como los guayabitos.

ANICETO. ¿Dónde lo ha dicho?

OSCAR. No hay esquina que llegue, que no se conozca el problema.

ANICETO. Pero en este lugar no es eso, precisamente, lo que se habla de ti.

OSCAR. Estáte tranquilo. Aniceto... Tendrá que llegar la bola, me persigue.

ANICETO. No es la reacción de quien iba a dejar de ser Andoba.

OSCAR. Lo que no puedo es dejar de ser un hombre.

ANICETO. *(Se levanta y va hasta Andoba.)* De un hombre hablaba un grupo de compañeros hace un rato. Por las esquinas se habla de un ambientoso, o de un comemierda, que para el caso es lo mismo.

OSCAR. Si estoy en la escuela, no atiendo la explicación del maestro. La cabeza se me va en pensar cómo evitar lo que tarde o temprano tendrá que ser. Sólo me siento seguro caminando por el medio de la calle, parándome de espaldas a la pared. Siempre tengo que ir pa mi casa por una calle distinta... *(Colérico.)* ¿Por qué, por qué, a ver...? *(Pausa.)* ¡Yo voy a determinar con ese tipo! *(Va a salir.)*

ANICETO. *(Le corta el paso.)* ¿Y después que determines, qué? Piensa.

OSCAR. Uno menos. Pero a mí nadie me señala por cobarde.

ANICETO. *(Lo sujeta.)* ¿Por qué no lo denuncias? La Policía está para eso. Si vas a la unidad y hablas de corazón con... **1249**

OSCAR. *(Interrumpe.)* Eso es asunto mío. *(Se suelta.)* Los ratones son los que van a hacer denuncias.

ANICETO. ¿Y los hombres los que se echan un machete o un revólver a la cintura y lo salen a buscar por toda La Habana?

OSCAR. *(Angustiado.)* ¿Quién me habrá mandado, coño? Ahora no puedo salir de la envolvencia.

ANICETO. ¿Cómo no vas a poder salir, si muchos lo han hecho, y con problemas tan graves como el tuyo?

OSCAR. ¿Tú crees que no tengo ganas de ir a la Policía a denunciarlo? ¿Tú crees que soy capaz de tirar por la borda el cariño y la consideración que me tienen aquí?

ANICETO. Vamos para la unidad. Te acompaño... Mira, si hablamos con el Sindicato, con el Partido, nos pueden aconsejar.

OSCAR. No puedo. Aniceto, yo soy un hombre. Esto lo tengo que resolver yo... ¡Me han acorralado!

ANICETO. *(Pausa.)* Bueno, no te pongas así. Esto se tiene que resolver de alguna forma.

OSCAR. Sí, buscándolo.

ANICETO. *(Pausa.)* Oscar, si como compañero te he ayudado en lo que está a mi alcance, como amigo quiero ir contigo a resolver esa situación.

OSCAR. ¿Para qué te vas a desgraciar? Lo tuyo está hecho. Yo a derechas no he podido empezar.

ANICETO. Contigo me jugué mi resto a una sola carta. Si de algo estaba convencido, era de que querías salir del mal vivir que arrastramos.

OSCAR. Pero es que así no puedo seguir, Aniceto, tú lo sabes.

ANICETO. Está bien, chico, vamos a buscarlo, total...

1250 OSCAR. No, tú no. Bastante has hecho ya por mí.

ANICETO. No hice nada. Ahora es cuando empezaba. *(Pausa.)* Uno se ilusiona. A lo mejor es por eso que tengo más deseos que tú de chocar con ese tipo. ¡Qué cosa más grande! ¡Creí que habíamos ganado! Te veía con tu diploma de Avanzada, codo a codo con nosotros en el Sindicato. ¡Hijoputa! ¡Oscar, vamos a buscarlo!

OSCAR. ¡Aniceto!

ANICETO. ¡Vamos a resalarnos todos! ¡Perdimos! Si ese degenerado te desgracia a ti, no lo va a hacer a nadie más, por mi madre te lo juro.

OSCAR. Mi hermano, no te vuelvas loco. *(Lo toma por los brazos y lo estremece.)* Tú no puedes desgraciarte... *(Pausa.)* ¡A lo mejor es falsa moral mía! Si los dejara hablar y me acabara de olvidar de que existen...

ANICETO. ¿Y si te da a traición?

OSCAR. *(Sonríe.)* ¿Para qué pensar lo peor? *(Pausa.)* Deja eso, ayúdame a acomodar toda esta cablería, anda.

Oscar comienza a trabajar. Aniceto lo mira y se decide a ayudarlo. Se apagan las luces.

CUADRO XIV

Mamacita entra con una antena de televisión y el cable. Está muy nerviosa y alegre. Señala hacia la mesa y se detiene ante ella.

MAMACITA. ¡Ay, Primitivo, por su madre, corra, corra! Ayude a Guillermo, me trae un televisor. Obdulia, Digna, me traen un televisor. Corran, bajen.

Mientras Mamacita llama a Digna y a Obdulia para que vean el televisor, prepara la mesa en que van a colocarlo.

PRIMITIVO. ¡Mira pa eso! Parece un niño con un juguete nuevo.

GUILLERMO. ¡Dale, vieja, después llamas a los vecinos! ¿Dónde lo ponemos? Todavía tenemos que instalar la antena.

PRIMITIVO. Tengo por mi cuarto una tira de tubo que a lo mejor te sirve.

MAMACITA. *(Abrazando al hijo.)* ¡Ay, mi hijo, es la sorpresa más grande que me pudiste dar! Deja que lo vea Oscar. Y Luisita ni se diga, le gusta más la televisión que la comida. Conoce a todos los artistas.

OBDULIA. *(Entra quitándose un delantal.)* ¡Ay, mira qué cosa más linda! ¡Y es más moderno que el mío!

GUILLERMO. Es el último modelo.

DIGNA. *(Abraza a Mamacita.)* Mamacita, me voy, que se me queman los frijoles; que lo disfrute.

MAMACITA. Gracias, mi hija.

PRIMITIVO. *(A Guillermo.)* ¡Setecientos y maromas! ¡Y tú que siempre estabas llorando miseria!

GUILLERMO. Lo saqué del banco, del dinero del matrimonio.

MAMACITA. ¡Pero qué muchacho más loco! Te dije que tenía dinero guardado.

OBDULIA. ¡Pero si quería darte la sorpresa, chica!

Quedan Guillermo y Mamacita, que mira arrobada el televisor y le quita el polvo con un pañito.

GUILLERMO. *(Quitándose la camisa.)* ¿Oscar no ha llegado?

MAMACITA. Es temprano. Se entretiene en el trabajo, para después atragantarse el plato de comida y salir corriendo para la escuela.

GUILLERMO. Quería hablar con él.

MAMACITA. Bueno, espera que venga. No sé hasta cuándo van a estar sin tratarse a derechas. Hermanos, viviendo juntos, parece mentira.

GUILLERMO. Es él.

MAMACITA. No, son los dos. Un día de éstos agarro una raja de leña y voy a repartir palos como en mis buenos tiempos. *(Pausa.)* ¿Qué es lo que tienen que hablar, si se puede saber?

GUILLERMO. Nada, vieja, que tuve que pedir prestado a un compañero para completar el dinero del televisor. No lo quise comprar a plazos, Mamacita, estoy al casarme y no quiero tener deudas.

MAMACITA. Sí, pero, muchacho, tú sabes que en el escaparate hay dinero.

GUILLERMO. Pero, vieja, es que yo tengo mis planes. Mira, con la platica esa que tienes guardada separamos un dinerito para el cumpleaños de Luisita. Vamos a celebrarle una fiesta, Mamacita... Ha sacado buenas notas. Vamos a darnos el lujo con ella que no pudimos darnos nosotros... ¡Una buena fiesta de

1253

cumpleaños, que invite a sus compañeritas, ponemos un radio en el patio y que baile y se divierta a sus anchas!

OSCAR. *(Entra, se quita la camisa y descubre el televisor.)* ¡Eh! ¿Y esto?

GUILLERMO. ¿Te gusta?

OSCAR. *(Hermético.)* Está bueno, Mamacita, el agua corriendo, que se me hace tarde.

MAMACITA. Ya va la esclava. ¿Por qué no llegaste más temprano?

OSCAR. Porque el trabajo que tenemos da al cuello.

Mamacita sale. Desde la puerta intercambia miradas con Guillermo. Oscar busca sus chancletas.

GUILLERMO. Oscar, quería hablar contigo.

OSCAR. ¿Conmigo? *(Quitándose los zapatos.)* ¿Qué quieres?

GUILLERMO. ¿Qué te parece el aparato?

OSCAR. Está bueno. Tú eres un bárbaro, te puedes ganar todo eso.

GUILLERMO. ¡Contra, Oscar, está bueno ya!

OSCAR. ¿Qué es lo que querías?

GUILLERMO. *(Pausa.)* Nada, deja, nada.

OSCAR. Dime, para eso somos hermanos, ¿no? En lo que pueda ayudarte...

GUILLERMO. Es que no es para mí, es para Luisita.

OSCAR. Bueno, venga.

GUILLERMO. Estaba pensando que... mira, el televisor lo compré sin decirle nada a la vieja para darle la sopresa. *(Sonríe.)* Y ahora estoy medio sobregirado. Necesito que me prestes una tierrita ahí... Pienso que...

1254 OSCAR. ¿Cuánto es?

GUILLERMO. Setenta pesos. Es que quiero darle una fiestecita a Luisita. Si tú ves las notas que sacó...

OSCAR. ¿No te da miedo?

GUILLERMO. ¿Miedo?

OSCAR. Ese dinero puede ser un invento. ¿Y si me lo gané en una "longana"? *(Irónico.)* Va y te mancha las manos.

GUILLERMO. *(Pausa.)* Eso yo no lo creo Oscar. Pero si tanto te molesta, deja, yo lo busco por ahí.

OSCAR. El dinero lo tiene la vieja; ella es la caja fuerte. Pídeselo.

GUILLERMO. Que conste que es para hacerle una fiesta a Luisita.

OSCAR. Ya lo dijiste. A ti siempre se te ocurren cosas muy bonitas, Guillermo. Tú eres gente de detalles. ¿Ésa no es la palabra?

GUILLERMO.¿Tú no sabes perdonar, Oscar? ¿No sabes olvidar? ¿Todo lo tienes que meter para allá adentro?

OSCAR. ¿Y quién se olvida de mí? ¿Y quién me perdona?

GUILLERMO.Esa carta la hice para ayudarte. ¡Me dolía y me abochornaba tener un hermano delincuente!

OSCAR. Ya ves, y yo hablaba maravillas de ti en la prisión. Estaba orgulloso de tener un hermano como tú. *(Pausa.)* Como lo estoy ahora. Le traes un televisor a la vieja, le preparas una fiesta a tu hermanita... Tú eres un modelo, Guillermo, tú eres un ejemplo. *(Sale.)*

Se apagan las luces.

CUADRO XV

Patio del solar. Noche. Primitivo y Estebita juegan al ajedrez.

ESTEBITA. Primitivo, ¿cuando nos mudemos usted va a vivir muy lejos de nosotros?

PRIMITIVO. No sé, se sabrá a su tiempo. Juega, juega.

ESTEBITA. Para visitarlo y pasarme unos días con usted.

PRIMITIVO. Que juegues. Voy a darte jaque mate.

ESTEBITA. *(Juega en silencio un rato.)* Los compañeritos de mi grado seguro se trasladan para una escuela de allá. Yo no quiero quedarme solo. Mami no quiere irse, y si ella no se va, me voy yo.

PRIMITIVO. ¿Qué estas diciendo? ¿Tú no ves que no levantas dos cuartas del suelo para gobernarte?

ESTEBITA. A mi tía también la van a mudar. Total, si mi mamá no me quiere...

PRIMITIVO. *(Mira a todas partes y se levanta.)* ¡Si lo vuelves a decir, te voy a dar un pescozón!

ESTEBITA. ¡No me quiere! Yo lo sé. Nunca va a las reuniones de la escuela. Lo que dice siempre es que yo le tengo la vida resalá.

PRIMITIVO. Las personas mayores tienen sus problemas... No es fácil ser una persona mayor. Ella tiene sus líos. Lo que debes hacer es ayudarla portándote bien.

ESTEBITA. El otro día estaba haciendo las tareas, y como no quise ir a buscar el hielo para una gente que estaba tomando, me rompió la libreta.

PRIMITIVO. *(Pausa.)* No vas a seguir jugando.

ESTEBITA. Primitivo, cuando se mude, lléveme para su casa. Mi tía me quiere llevar, pero pelea mucho.

PRIMITIVO. ¿Y quién ayuda a tu mamá?

ESTEBITA. Ahorita se echa un marido.

PRIMITIVO. ¡Qué cosa más grande, caballero!

ESTEBITA. Quisiera tener un papá como usted, como Aniceto. *(Recoge el juego de ajedrez.)* Los padres de mis compañeritos los van a buscar, conocen a la maestra. Ella nunca va.

PRIMITIVO. No quiere decir que no te quiera.

ESTEBITA. Usted verá que, cuando sea hombre, voy a hacer todas las cosas que me dé la gana, y si se pone a pelear, la voy a llevar para Mazorra. *(Estebita deja a un lado el juego de ajedrez y va hasta la puerta de Obdulia.)* Obdulia, ponme los muñe, me voy a estar tranquilo.

OBDULIA. Sí, sí, mi hijo. *(Primitivo queda pensativo jugando con las fichas. Obdulia sale con un jarro con café, y al verlo sentado solo le ofrece el jarro.)* Aquí te traigo una sorpresita que te va a gustar. Está calentico, como a ti te gusta. *(Se lo entrega a Primitivo.)*

PRIMITIVO. *(Bebe.)* ¡Buen café! Obdulia, tú sabes, lo que más me molesta de la mudada es tener que separarme de ustedes.

OBDULIA. Pero si vamos a estar cerquitica.

PRIMITIVO. Son muchos años viéndonos todos los días, viéndonos las caras puerta con puerta.

Entra Benito de prisa.

BENITO. ¡Buenas noches!

PRIMITIVO. *(Lo observa caminar.)* ¡Benito, ven acá!

Benito regresa. Primitivo lo observa con detenimiento de pies a cabeza.

BENITO.¡Ah, Primitivo! ¡Ni probarla! ¡Ni probarla!

Primitivo y Obdulia ríen. Obdulia se levanta.

OBDULIA. Hay que recogerse.

PRIMITIVO. Deja ver si en estos días vamos al cine y a comernos par de pizzas.

OBDULIA. Sí, a ver si te quito algo. Porque a ti no se te puede coger nada.

PRIMITIVO. Ya está la vaina soltando el pica-pica.

Entra Corina y, sin saludar, se dirige a Obdulia.

CORINA. Obdulia, ¿dónde anda Estebita?

OBDULIA. Está viendo televisión en el cuarto.

CORINA. *(Grita.)* ¡Estebita! *(Más alto.)* ¡Estebita! *(Estebita sale.)*

ESTEBITA. Estoy viendo la televisión.

CORINA. ¡Arranca para tu cuarto, que tú no tienes televisión!

ESTEBITA. Mami, déjame un rato, si estoy tranquilo...

CORINA. ¡Arranca! ¡Dale! ¡Mira que no quiero...!

ESTEBITA. *(Interrumpe.)* ¡Me tienes más cansado! *(Grita.)* A ver, ¿por qué no te quedaste por la calle como siempre *(Corre rumbo a la escalera.)*

CORINA. Ay, coño, tú me vas a decir eso cuando llegue allá arriba. Es como el padre, mal agradecido y degenerado.

Se escuchan los golpes que Corina le da a Estebita. Apagón.

CUADRO XVI

Puerta del solar. Es de noche. Estebita juega en el patio. Llega Oscar con sus libretas. El Gato entra violentamente por uno de los costados y se le interpone sacando un machetín.

GATO. *(Se detiene a cierta distancia de Oscar.)* ¡Andoba, rejuega pa que te mueras!

Oscar va a reaccionar con violencia lanzando las libretas que trae en la mano, pero se controla. Estebita se levanta asustado. Los dos hombres se miden. El Gato comienza a girar lentamente en torno a Oscar, dispuesto a atacar.

OSCAR. ¡Mata!

GATO. *(Girando.)* ¡Te voy a partir el buche, degenerado! ¡Te voy a resalar todo!

OSCAR. ¡Mata! ¡Aquí hay un hombre! *(Lo sigue con la mirada.)* ¡No me voy a revirar!

GATO. No podías más, ¿eh?

OSCAR. Yo sabía que este momento tenía que venir, Gato. Y prefiero el hospital o el cementerio antes de virar pa trás. ¡No me voy a revirar!

GATO. ¡Mete mano por lo que tengas arriba! *(Se lanza y Oscar lo esquiva.)*

OSCAR. ¡No me voy a revirar!

GATO. ¡No me hables más y acaba de venir a morirte!

OSCAR. Te hice un mal; no te pido que me perdones. Lo que quiero es que pienses, coño.

GATO. No vine a pensar, sino a ripiarte. *(Gira en torno a Oscar, pero no se atreve a atacar. Estebita se aparta muy asustado y corre para la esquina.)*

OSCAR. ¡Mírame! Le vas a meter un machetazo a un hombre que está loco por recuperar un carrajal de años perdidos en la guapería y en la delincuencia.

GATO. ¡Está bueno ya! *(El Gato se tira. Oscar trata de parar el golpe tirándole los libros. Coge un leño.)*

OSCAR. En el tiempo que llevo en la calle, lo más difícil fue acostumbrarme a pasar por alto el cranque, la intriga de los que quieren que nos despedacemos. Los dos somos mentados en el ambiente. A lo único que nos dedicamos fue a tener enemigos. Cualquiera de los dos que se muera habrá sido un favor... hasta para la sociedad.

GATO. No te "tanguees" más y brinca. ¡Maricón! *(Se lanza de nuevo sobre Oscar y trata de herirlo.)*

OSCAR. *(Se aparta con agilidad. Lo mide.)* Es mejor que me dejes pasar. Ese tipo de guapería lo boté en la escombrera aquella. Ahora el valor me lo gasto subido en una cruceta, a treinta metros de altura, techando una nave, conectando la 220 a pellejo limpio o echándome al lomo lo que cargan dos ayudantes. Ésa es mi nueva guapería. Estás precisado a darme, por lo falso y asqueroso que te lleva hasta a matar a un hombre; a mí me costó la prisión y el desprecio de la gente. Por eso, pá trás ni pa coger impulso. *(Pausa.)* Gato, es rico ganarse un peso sin miedo. Ya yo llegué, mi socito, y me muero donde estoy. Aquí es el único lugar donde un semejante me puso con cariño un brazo por encima. Por lo demás, mira *(Se levanta la camisa.)* no tengo nada. *(Le muestra la faja del pantalón.)* ¡Lo mío es a conciencia!

Oscar se vuelve. El Gato reacciona y lo coge de un tajo por detrás. Entra Guillermo corriendo, seguido de Estebita. Le lanza dos ladrillos de los escombros al Gato. Logra darle en un hombro, por lo que suelta el machete y se dobla de dolor. Guillermo aprovecha para cogerlo.

OSCAR. *(Herido, desde la pared.)* ¡Guillermo, suelta eso! ¡Vete de aquí!

GUILLERMO. ¡Échate tú para allá!

GATO. ¡Eh, se encuadrillaron!

OSCAR. Guillermo, que esto no es asunto tuyo. ¡Vete de aquí!

GUILLERMO. Ve a buscar a la Policía.

GATO. Los dos contra mí, ¿no?

GUILLERMO. Tú eres el que está contra el mundo.

OSCAR. ¡Guillermo, no te metas!

GUILLERMO. A mí no me interesa lo que hayas tenido con mi hermano... Estoy aquí para defender el derecho de un hombre a vivir en paz.

GATO. ¿Y quién me va a pagar a mí este trastazo?

GUILLERMO. Pagó a la sociedad por ti, y más que por ti, por él.

OSCAR. ¡Vete, te dije que te fueras!

GUILLERMO. Tú también échate para allá.

OSCAR. ¡Guillermo, obedéceme, que soy el mayor!

GUILLERMO. Mira lo que te voy a decir, Gato: te vamos a denunciar a la Policía, te vamos a acusar de amenaza de muerte, de hacerle la vida imposible a un hombre trabajador... *(A Oscar.)* Ve a buscar al patrullero.

GATO. Son de los que resuelven con la Policía, ¿no?

GUILLERMO. Para eso está. *(De nuevo a Oscar.)* ¡Que llames al patrullero! ¡Ejerce tu derecho de hombre trabajador, coño!

Oscar no puede moverse.

1261

GATO. *(Irónico.)* Trabajador.

GUILLERMO. Sí, trabajador. Lo vamos a defender de ti con lo que se tenga a mano, desde la Policía hasta los CDR; en definitiva, aquí el enemigo eres tú.

GATO. Está bien, ganaron.

GUILLERMO. No, bobo, no, todavía no hemos ganado. Vamos a ganar cuando te mires ese verdugón que te ha quedado en el pecho y comprendas que no tienes que matar a Oscar sino a tu ignorancia... ¡Dale, tumba de aquí! *(El Gato sale, Guillermo y Oscar quedan solos. Hay una larga pausa en la que no saben qué decirse. Oscar da un cariñoso piñazo en el hombro a Guillermo. Éste le enseña el machetín a Oscar.)* Vamos a guardarlo para el trabajo voluntario.

OSCAR. *(Pausa.)* Guillermo, ¿tú sabes cuáles son los golpes más grandes que le han dado a Andoba? *(Sonríe.)* Una carta que le mandaste a la prisión, y éste, el de hoy. ¡Mataste al tipo!

Sonríen. Entran Aniceto y Primitivo, conducidos por Estebita.

GUILLERMO. Vamos, que mañana hay que trabajar.

ANICETO. Dale, anda.

Oscar le va a tirar el brazo a Guillermo por encima, pero se cae. Todos se miran. Se escucha el claxon de carros patrulleros, se sienten frenazos, etc. Se apagan las luces.

CUADRO XVII

Patio del solar. Día. Frente a la puerta de Aniceto hay colocado un tablero de dominó con varias sillas. Aniceto, Benito, Juan de Dios y Guillermo juegan al dominó. La mesa la rodean algunos curiosos. Entra Mamacita.

GUILLERMO. Mamacita, ¿dónde tú estabas?

MAMACITA. Hoy hace un mes. En el cementerio.

GUILLERMO. *(Se levanta.)* Dale, Benito.

ANICETO. No te vayas, Guillermo, me vas a dejar con esta pila de viejos...

GUILLERMO. Mira como está la vieja.

ANICETO. ¿Y me vas a dejar solo con estos viejos?

JUAN DE DIOS. Juegue y no se lamente más. Los hombres mueren con las botas puestas.

ANICETO. *(Revisa el tablero y se molesta.)* ¡Qué cosa más grande! *(Golpea la mesa.)* No llevo. *(Al compañero.)* Compadre, ¿usted no sabe que nunca se debe doblar en la ficha del compañero?

BENITO. Jugué con la tuya.

Sale la Tía de Estebita del cuarto de Corina. Al pasar frente a los jugadores, todos la saludan.

CORINA. *(Sale, se asoma al balcón antes de que la Tía llegue a la puerta y grita:)* ¡Muerta me van a quitar mi hijo! ¡Degenerá! ¡Vieja chismosa! Estebita se queda conmigo a pasar los trabajos que yo pasé, para eso lo parí. *(La Tía se ha detenido a escuchar a Corina. Ésta se apresura a bajar la escalera.)* Es mi hijo y lo educo como me sale de adentro. *(Bajando.)* Yo sé que usted se ha puesto de acuerdo con los envidiosos para quitarme el chiquito. ¡Porque me envidian! ¡Porque su hermano de usted lo que quiere es verme rejodía! *(La Tía sale.)* No se vaya, no se vaya. *(Queda en medio del patio, desamparada: mira a los vecinos, que la observan en silencio.)* ¡Me quieren quitar a Estebita! *(Va hasta Mamacita.)* ¡Como he sido con mi hijo, con el sacrificio que lo he criado! Ahora quieren aprovechar el fruto, ¡claro! La voy a hacer picadillo. ¡Ay, primero muerta, coño! *(Espera una respuesta de Mamacita, que vuelve a su tarea.)* ¿He sido mala con él? Dígamelo, Mamacita. ¿Quién lo va a atender mejor que yo, que soy la madre? *(Camina hasta Obdulia, que se ha asomado a la puerta de su cuarto.)* Obdulia, usted que pertenece al Consejo de Vecinos, diga que yo atiendo a mi hijo, que me preocupo por él. *(Comienza a llorar.)* Por su madre, Obdulia, que no se lo lleve el padre. Es lo único que tengo en la vida... *(Va hasta los jugadores de dominó.)* Juan de Dios, usted que es un hombre mayor, que es del Comité, diga que no soy mala madre. ¡Ayúdeme! Haga un informe; es un abuso lo que quieren hacer conmigo. ¡Una maraña...! *(Va a Aniceto.)* Aniceto, explícale, dile que yo quiero a mi hijo. *(Llora con desconsuelo.)* Si me lo quitan me muero. Yo voy a cambiar, caballero, lo juro por mi madre..., pero que no se lo lleven... *(Hay un silencio muy marcado en el que los jugadores reanudan el juego. Grita.)* ¡Me mato, coño, me doy candela! ¡No me dejen sola! ¡Alguien me tiene que ayudar! Yo voy a cambiar, pero ayúdenme. *(Se sienta a llorar desesperada en un banco. Obdulia y Mamacita van hasta ella y comienzan a consolarla con caricias.)* Mamacita, Obdulia, soy una desgraciada.

1264 OBDULIA. Ya, no llores más.

MAMACITA. Bastante te lo dijimos. No hubieras tenido necesidad de llegar a esta situación con la familia del padre.

ESTEBITA. *(Que ha bajado la escalera y va hacia la madre.)* Mami, yo me voy a quedar contigo. *(Conteniendo el llanto.)* No llores más.

CORINA. *(Abrazándolo.)* Mi hijo, mi hijito...

ESTEBITA. Dile a tía que vas a ir a la escuela cuando haya reuniones; ella nada más pelea por eso.

CORINA. Ve y díselo, ve tú y díselo... *(Estebita sale.)*

Se reanuda el juego de dominó. Hace su entrada Periquín.

ENRIQUITO. ¡Caballero, vieja, asómate ahí! Mira esto.

OBDULIA. ¡Periquín!

PERIQUÍN. ¡Habla!

ANICETO. ¡Coño!

PRIMITIVO. ¡Digna, llegó tu hijo!

DIGNA. ¿Qué, qué?

ANICETO. De Angola, vieja, de Angola.

CORINA. Periquín... y llegó vivo.

DIGNA. ¡Mi hijo, mi hijo!

PRIMITIVO. ¡Caballerooo, no le pasó nada allá y lo van a matar aquí!

ENRIQUITO. ¡Qué va! Éste, con el AK, lo que armó fue tremendo lío.

DIGNA. ¡Mi hijo!

PERIQUÍN. Está bueno ya, vieja. Bueno, Primitivo, dígame algo.

PRIMITIVO. ¡Muchacho, cará!

1265

PERIQUÍN. Enriquito, vaya, abre ahí. *(Le entrega una botella de ron.)*

ENRIQUITO. Vaya, mi hermano si es internacionalista de verdad. Benito, tócate. *(Mamacita sale.)*

PERIQUÍN. Mamacita, mi vieja. ¿Qué vuelta?

MAMACITA. Ay, mi hijo...

PERIQUÍN. ¿Y Oscarito? Recibí la carta que me mandó. Tremenda "muela". *(Entra Estebita.)*

ESTEBITA. ¡Llegaron los camiones!

PERIQUÍN. ¿Pero qué es lo que pasa aquí, caballero?

ENRIQUITO. Recoge, que nos mudamos.

PRIMITIVO. ¡Caballero, dejen todo lo que sea basura, que allá todo es nuevo!

ESTEBITA. Vamos, Mamacita, vamos.

Todos los vecinos salen eufóricos y corren a la puerta.

CORINA. ¡Ay, mi madre! ¿Y ahora qué me hago?

ANICETO. *(Va hasta el proscenio. Se vuelve y grita:)* ¡Los camiones! ¡Llegan los camiones!

ISIS. *(Que ha bajado la escalera.)* ¡Ay, Dios mío! ¡Ay, Santísima Virgen, a mí me da algo! *(Benito corre a auxiliarla.)*

BENITO. *(Grita.)* Busquen un abanico para esta mujer, que ahora sí que le dio el santo.

Todos bajan el escenario con cajas, bateas y latones y corren por los pasillos rumbo a la calle.

TELÓN

RENÉ R. ALOMÁ

ALGUNA COSITA
QUE ALIVIE EL SUFRIR

UN TESTIMONIO DE
AMOR Y NOSTALGIA

Alberto Sarraín

A proximarnos al teatro cubano escrito en el exilio en estos últimos treinta años, exige, más que con cualquier otro movimiento dramatúrgico, considerar en el análisis las condiciones históricas en que esas obras fueron creadas, la concomitancia y penetración de diferentes culturas, primordialmente la norteamericana, y, en fin, los objetivos políticos de los autores, que cubren un variado espectro ideológico.

Partiendo de la clasificación más simple, los dramaturgos cubanos del exilio pueden dividirse en dos grandes grupos: aquellos que al abandonar el país ya habían publicado y/o estrenado (Matías Montes Huidobro, Julio Matas, José Triana) y los que comenzaron a escribir fuera de Cuba (Pedro Monge, Eduardo Machado, Dolores Prida). Este último está compuesto, significativamente, por un nutrido número de autores que llegaron al exilio siendo niños y que han crecido inmersos en dos culturas, la cubana (familiar) y la foránea (social-escolar-laboral). Muchos de ellos tienen en común la extraña contradicción de escribir en inglés sobre temas cubanos. Por supuesto, hay excepciones en cualquiera de los extremos: autores que escriben en inglés sobre temáticas puertorriqueñas o judías. Pero de modo significativo se repiten en sus obras estos dos elementos: inglés-cubano.

1269

Si tomamos en cuenta que lo cubano en esta combinación doble proviene de fuentes imaginativas y no vivenciales, podríamos pensar a simple vista que nos encontramos frente a un fenómeno de alienación cultural, y que estamos llamando "teatro cubano" a obras escritas en un idioma diferente al que se habla en Cuba y por autores que apenas pasaron allí su infancia. Para un "experto en minorías" de Estados Unidos, tal fenómeno está más que estudiado. Algo similar, por ejemplo, ha ocurrido con los italianos, los irlandeses o los polacos que antes que los cubanos se asentaron en territorio norteamericano y cayeron en el *melting pot,* una especie de fragua donde las diferentes nacionalidades que componen la sociedad se funden en una sola. Hay muchos ejemplos en la literatura, el cine y la dramaturgia norteamericanos. Si nos preguntásemos cuántas costumbres polacas podemos reconocer en el Stanley Kowalski de Tennessee Williams, sólo podríamos responder que se diferencia de la burguesía sureña, representada por Blanche y Stella, en una serie de conductas que ponen en evidencia una educación diferente, otra sensibilidad o, al menos, un prejuicio discriminatorio existente en la sociedad norteamericana de la época, del cual ni el propio Williams logró escapar. Del mismo modo, las aportaciones a la literatura norteamericana hechas por autores procedentes de distintos grupos migratorios, pero formados en territorio norteamericano, no reflejan de modo significativo elementos culturales de su procedencia. Temas que se repiten en los autores cubanos del grupo al que nos referimos, como la nostalgia, el regreso, el sentido de pertenencia a otro país, están totalmente ausentes. Podemos afirmar, sin temor a equivocarnos, que el teatro de Neil Simon es definitivamente norteamericano, como también lo son el de Mastrosimone, Mamet y Woody Allen. La diferencia entre ellos y la mayoría de los autores cubanos de la segunda generación radica precisamente en las temáticas, en las que la presencia de Cuba es centro de la trama y objetivo final, incluso en aquellas obras en que la acción transcurre por completo en Estados Unidos.

Una distancia que no es olvido

Alguna cosita que alivie el sufrir (A Little Something to Ease the Pain), de René R. Alomá (1947-1986), se inscribe dentro de este fenómeno, al mostrarnos un retrato casi costumbrista de un espacio y un tiempo no vividos por el autor. Tengamos en cuenta que cuando éste llegó a Cuba en 1979, veinte años después de su partida, llevaba terminada en su maleta la obra. Su estancia en Cuba aportó al texto sólo pequeños cambios cosméticos.

Si profundizamos en los elementos con que Alomá contaba para escribir una obra "cubana", descubriremos que éstos estaban prácticamente ausentes. Salió de Cuba hacia Jamaica, en donde había nacido y crecido su madre, por lo que desde pequeño el inglés formaba parte de su vida cotidiana. Un año después, se trasladó a Canadá, donde estudió y se formó como intelectual. En todo ese período, su relación con Cuba puede decirse que fue inexistente. Asimismo, el hecho de que viviese en Toronto hizo que no recibiera la influencia de la comunidad cubana. En realidad, no es hasta su contacto con el grupo INTAR, de Nueva York, cuando comienza a vincularse estrechamente con otros escritores de origen hispano, en particular, cubanos. Sus primeras piezas las escribió en inglés y francés (*Once a Family, A Friend is a Friend, Le Cycliste*), y en ellas no abordaba ni siquiera de manera tangencial los temas o personajes cubanos. Paradójicamente, su encuentro y asistencia al laboratorio de dramaturgia de María Irene Fornés lo llevó a interesarse por la búsqueda e indagación de sus raíces. Y digo paradójicamente porque desde sus inicios, el laboratorio de INTAR ha orientado la formación de los autores hispanos según los parámetros estéticos de la dramaturgia norteamericana   1271 de moda, con vistas a hacerlos aptos para la competencia en el mundo teatral de Off-Broadway. Prueba de ello es que el texto escrito por Alomá en el laboratorio, *Alguna cosita que alivie el sufrir,* nunca fue llevado a escena por INTAR, que prefirió apostar por textos ubicados más en la línea del musical. Su estreno mundial tuvo lugar en Canadá en 1980, en el Saint Lawrence Centre, el mayor teatro en idioma inglés de Toronto. Hasta 1986 la obra no se estrena en Estados Unidos, por el Teatro Avante, de Miami, que la escenificó en castellano e inglés y la presentó luego en el Festival Latino de Nueva York. El mismo montaje fue producido al año siguiente por el Teatro Rodante Puertorriqueño.

La verdadera motivación para escribir *Alguna cosita...,* la encontró Alomá entre los cubanos que en aquel momento asistían al laboratorio de INTAR, que se movían en torno a la política de acercamiento entre el gobierno cubano y parte de las tendencias políticas del exilio. Ese movimiento se inició con la formación del Grupo Areíto y la premiación en el concurso organizado por la Casa de las Américas del testimonio colectivo "Contra viento y marea", hechos a los que se sumó la filmación por el Instituto Cubano del Arte e Industria Cinematográficos de un documental en el que se llamaba "hermanos" a los jóvenes exiliados que en 1977 visitaron Cuba. Maravillados por las "conquistas de la revolución", meta de sus delirios juveniles, hablaban con entusiasmo del reencuentro con la patria. Todos esos factores hicieron que para los escritores de la generación de Alomá el tema del diálogo entre cubanos de la isla y el exilio pasara a ocupar un primer plano. Similares inquietudes se manifestaban entre los cubanos que asistían por esos años al laboratorio de INTAR, entre los que se encontraban representantes de la izquierda (Dolores Prida), el centro (Manuel Martín Jr.) y la derecha (René R. Alomá). Algunos viajan a Cuba como invitados, otros, como Alomá, lo hacen buscando la emoción del reencuentro.

Las vivencias contadas por sus compañeros de laboratorio y la lectura de sus obras, en particular, *Swallows*, de Martín Jr., le suministraron a Alomá suficientes elementos emocionales, que mezclados con personajes reales de su adolescencia en Santiago se plasmaron en una obra cuya lectura impresiona, ante todo, como testimonio. *Alguna cosita...* es una obra realista, con ingredientes costumbristas, cuya estructura dramática parte de un modelo norteamericano del cual Tennessee Williams es su mejor exponente. Incluso el empleo de personajes distanciados, que en determinado momento de la trama se dirigen al público como narradores, recuerda mucho la estructura de *Zoológico de cristal,* del propio Williams, aunque sin la eficacia que éste consigue. Estos parlamentos narrativos, el monólogo de Cacha, el epílogo, son usados para introducir un cambio de cuadro cuando el autor, guiado por una tendencia nostálgica de recrear sus recuerdos, llega a callejones sin salida para la trama. Esta tendencia se hace tan marcada, que el conflicto básico de la obra, exiliado que quiere quedarse a vivir en Cuba versus cubano integrado a la revolución que quiere exiliarse, no se plantea hasta diez minutos antes del final. Por ende, la resolución es apresurada y el final abrupto.

No obstante, *Alguna cosita...* es un texto que, aunque escrito originalmente en inglés, llevaba en su interior voces cubanas que facilitaban su traducción a un lenguaje coloquial y distintivo del habla de la isla. Habría que destacar, por tanto, la proeza de Alomá de escribir en inglés reproduciendo ritmo, tonos y transiciones típicas no sólo del castellano, sino del "cubano".

René R. Alomá fue un escritor sin país, que se vio obligado a vivir en otras culturas, aunque paradójicamente sus obras más importantes (*Alguna cosita..., A Flight of Angels, Secretos de amor*) abordaron temas cubanos. Su prematura muerte ocurrió el mismo día que terminábamos la traducción de su obra más conocida. No pudo así ver a cientos de espectadores que aplaudían al final de cada representación de *Alguna cosita que alivie el sufrir,* cuando se estrenó en Miami. No resulta prudente hablar de cuál habría sido el desarrollo de Alomá como dramaturgo, pero sí puede afirmarse que, más allá de las imperfecciones lógicas de un escritor novel y de las oscuras motivaciones de su obra, este joven nacido en Santiago y muerto en Toronto antes de cumplir cuarenta años vibraba de manera muy particular cuando escribía sobre Cuba. Al menos eso es lo que nos hizo sentir a todos los que fuimos testigos de su éxito póstumo.

RENÉ R. ALOMÁ

Nació en Santiago de Cuba, en 1947, y murió en Toronto, en 1986. Salió de su país después del triunfo de la revolución. Cursó estudios en Ontario y obtuvo una Maestría en Arte en la Universidad de Windsor. Comenzó su carrera de escritor como dramaturgo residente del Tarragon Theatre, de Toronto. Versiones anteriores de *A Little Something to Ease the Pain* recibieron el máximo galardón en el concurso de dramaturgia de Smile Co. y el premio al nuevo autor del Southampton College en 1976. Sus principales obras son:

TEATRO

Once a Family. Estrenada por el Tarragon Theatre.

Le Cycliste.

A Friend is a Friend.

Fit for a King.

Red.

The Magic Box.

Mountain Road.

Token Booth.

A Flight of Angels.

Secretos de amor.

A Little Somethin to Ease the Pain. Estrenada en el St. Lawrence Centre, de Toronto, en 1980. La versión en español, *Alguna cosita que alivie el sufrir,* fue estrenada por el Teatro Avante, de Miami, en 1986.

ALGUNA COSITA QUE ALIVIE EL SUFRIR

RENÉ R. ALOMÁ

Traducción: Alberto Sarraín
Título original: A Little Something to Ease the Pain

PERSONAJES

CARLOS RABEL (PAY), un visitante del exilio
NELSON RABEL (TATÍN), su hermano
DOÑA CACHA, su abuela
DILIA, su tía
ANA, esposa de Tatín
AMELIA, una estudiante
JULIO RABEL, su primo

La acción tiene lugar en la casa de los Rabel, en Santiago de Cuba, durante una semana de julio de 1979.

PRIMER ACTO

ESCENA 1

Las luces comienzan a subir después de la salida de Pay y descubren algunas columnas y rejas que delimitan un portal y cuatro grandes arcadas, a través de las cuales podemos ver la cocina, el cuarto de Amelia, el de Cacha y el resto de la casa. El piso del escenario debe pintarse de manera que estos cuartos parezcan estar distribuidos alrededor de un pequeño patio interior. Hay unos escalones para subir al portal y vemos que se ha sugerido la puerta de la calle. Pay sube las escaleras. Hace mucho calor. Viene con su maleta y una grabadora portátil. Va hacia la puerta abierta, pero no se atreve a entrar. Camina alrededor del portal hasta llegar al centro del proscenio, le echa una mirada a todo el portal. Las paredes que supuestamente dividen el portal del resto de la casa, a través de las cuales se ve el patio y los cuartos, no existen, pero deben ser respetadas como tal. Hay otra entrada al patio, situada en el lateral izquierdo del portal, que puede ser indicada por un pequeño techo de tejas que cuelgue. Pay mira hacia la casa y después le habla directamente al público.

PAY. Ésta es la casa de mis abuelos. Es una vieja casa colonial, una de las más antiguas en Santiago de Cuba. Yo nací en esta casa. Aquí pasé los primeros años de mi infancia, montando velocípedo en este portal con mis primos. Esta casa ha sido testigo de bodas y velorios, nueve hijos y veintiséis nietos, ciclones, fuegos, revoluciones, reuniones y despedidas. Ahora detrás de la puerta hay una pequeña placa que dice: "Gracias, Fidel" y el nombre de mis abuelos, que de la noche a la mañana, 1279 se convirtieron en propietarios de la Reforma Urbana. *(Dirigiéndose a alguien que se supone está en el interior de la casa.)* ¡Abue! Buenos días. ¡Abuela!. *(Pay entra al patio. Se ha caído una toalla de la tendedera y la recoge para colgarla, cuando entra Amelia, que se asusta y coge un palo de trapear para amenazarlo.)*

AMELIA. ¡Déjala ahí!

PAY. ¿Qué?

AMELIA. *(Gritando.)* ¡Dilia! ¡Ana!

PAY. Yo...

AMELIA. *(Gritando.)* ¡Apúrense!

PAY. ¡Un momento!

AMELIA. ¡Un ladrón, caballero, un ladrón1

PAY. Usted está equivocada.

AMELIA. ¡Dilia, vieja, apúrate! *(Trata de golpearlo con el palo.)*

PAY. Déjeme explicarle, por favor. *(Amelia le lanza el palo y él lo esquiva, pero ella aprovecha para treprársele encima.)*

AMELIA. ¡Lo agarré! *(Entra Dilia.)* ¡Lo agarré!

DILIA. Déjalo ir, niña. Amelia, déjalo ir que te va a dar un golpe.

AMELIA. ¡Primero lo mato!

PAY. ¡Soy yo!

AMELIA. Llamen a alguien para que nos ayude. *(Comienza a gritar.)* ¡Socorro! ¡Auxilio! ¡Un ladrón!

A partir de este momento, todo el mundo empieza a hablar a la vez, diciendo sus bocadillos sin esperar su pie. Todo el mundo grita y gesticula hasta que Cacha manda a callar.

1280 DILIA. Amelia, no seas loca, déjalo ir.

PAY. Pero si yo mandé un cable. *(Amelia lo muerde en el cuello.)* ¡Ay!

ANA. ¿Qué pasa?

DILIA. Un ladrón.

PAY. ¡Tía! *(Se suelta.)*

DILIA. ¡Cuidado!

ANA. Amelia, ¿tú estás segura que es un ladrón?

PAY. Soy yo, tía.

ANA. Déjalo que se vaya.

DILIA. Cuidado, Ana.

ANA. *(Dándole un bate de baseball.)* Coge, Amelia.

PAY. Pero, por favor, óiganme. ¡Soy yo! ¡Pay!... ¡Abuela!

AMELIA. Lo voy a noquear.

ANA. *(Se une a Amelia.)* ¡Ladrón!

PAY. ¡Soy yo, Pay!

CACHA. ¿Pay? ¡Cállense todos! ¡Es Pay!

DILIA. ¿Pay? *(Corre a apagar la radio.)*

CACHA. ¡Es Pay! *(Le extiende los brazos.)* Pay... mi Pay. *(Se abrazan.)*

AMELIA. *(Después de una pausa.)* ¡Qué barbaridad! Por poco le parto la cabeza. *(Recoge el trapeador y el bate y sale.)*

VOZ. *(Desde afuera.)* ¡Doña Cacha! ¿Pasa algo?

CACHA. Sí, Beto. Que llegó Pay, el hijo de Tato. Ha vuelto a su casa.

DILIA. Pero el carnaval no es hasta la semana que viene.

ANA. Pero tú no has cambiado nada.

1281

CACHA. ¡Ay, Pay! ¡Qué sorpresa!

DILIA. Lo último que supimos fue que venías para el carnaval.

PAY. Es que me adelantaron el viaje.

ANA. Yo hubiera podido irte a esperar.

DILIA. Pero no te esperábamos hasta la semana que viene.

CACHA. Bueno, basta ya. Lo que importa es que estás aquí. Pensé que me iba a morir sin volverte a ver. *(Pay la besa.)* ¡Te he extrañado tanto! Y a Tato, y... a todos ustedes.

DILIA. Tú no nos reconociste, ¿verdad, Pay?

PAY. Claro que sí.

CACHA. Estamos más viejas... ¡requeteviejas!

PAY. Qué va, Abue. Si parece que tienes quince.

DILIA. ¡Huh! No te dejes engañar por las apariencias.

CACHA. ¿Y ese huh? ¿Qué quieres, que sea una inútil? *(A Pay.)* Ya estoy vieja, pero mira mi dentadura. Como sola, me baño y me visto sin ayuda de nadie, y todavía no me orino en la cama.

DILIA. ¡Ay, mamá! Tienes cada cosa. Pay no ha venido desde la conchinchina para oír hablar de meao. *(Pay ríe.)* ¡Ay, Pay! ¿Cuánto tiempo hacía que no nos veíamos?

PAY. ¡Diecisiete años!

DILIA. Apuesto que nos has extrañado mucho.

PAY. Sí.

DILIA. ¿Cómo es Canadá? Por supuesto que no se parece en nada a esto.

PAY. No.

ANA. Nada es como esto. ¿Te acuerdas de Perucho?

1282 DILIA. ¿Qué Perucho?

ANA. Hace muchos años, chica. Perucho.

PAY. Yo me acuerdo.

ANA. *(A Dilia.)* El que vendía frituritas de maíz en La Placita.

PAY. Sí, cómo no. Aquellas cosas grasientas. Tenía un ojo de vidrio y siempre se ponía una capa de agua aunque no lloviera.

CACHA. ¡Qué memoria!

PAY. Es difícil olvidarse de un hombre con un ojo de vidrio.

DILIA. Yo lo olvidé.

ANA. Bueno, su hermana es muy amiga de Gaetana, la costurera de Mirta que vive al lado de mi hermana Somalia. Pero a lo que iba, el hijo de Perucho se fue para Nueva York y pasó las de Caín con el frío y con el inglés. Odió tanto a Nueva York que se mudó para Miami, porque todo el mundo le decía que era igualito a Cuba. Pero qué va. En Miami habrá muchos cubanos, y todos se creerán que todavía viven en La Habana, pero, mi amor, La Habana no es Santiago y de todos modos, no era lo mismo. Bueno, es que no es lo mismo.

DILIA. ¡Ay, chica, abrevia el cuento!

ANA. Espérate, yo sé lo que estoy diciendo. Y Pay sabe también a dónde quiero llegar. ¿No es así?

PAY. Sí, creo que sí.

ANA. Bueno, pues se mudó de Miami para Puerto Rico, porque le decían que San Juan sí era igualito a esto. Pero no, señor... su padre recibió una postal por año nuevo donde le decía que nada era como Santiago. Y ahora quiere regresar.

DILIA. *(Completamente desinteresada.)* ¡Cuándo llegará Tatín!

ANA. Él dijo que venía antes de almuerzo.

CACHA. ¡Qué sorpresa se va a llevar!

ANA. Se va a alegrar que este año vinimos más temprano a Santiago.

DILIA. ¡Ay, Ana! ¿Vendrán los muchachos antes de que Pay se vaya?

ANA. No creo... lo preparamos todo para que vinieran la semana que viene. Todos pensábamos que Pay...

DILIA. Tatín lo va a sentir tanto.

ANA. Y los niños también.

PAY. ¿Dónde están ellos?

ANA. Ernesto tiene una beca.

DILIA. En una de las mejores escuelas del país.

ANA. Y Adrián está en un campamento de niños, en una finca cerca de La Habana. Hicimos los preparativos para que vinieran para el carnaval. Se pasan el tiempo preguntando por ti y por el resto de la familia de allá.

CACHA. Adrián se parece mucho a ti cuando tenías su edad.

ESCENA 2

Entra Amelia. Viene un poco más arreglada.

AMELIA. Espero no haberme perdido nada importante.

DILIA. Aquí está la que por poco le parte la cabeza.

CACHA. Éste es mi nieto Carlos. Pay, ésta es Amelia.

AMELIA. Encantada, compañero.

CACHA. Amelia vive aquí con nosotros, mientras asiste a la escuela en Santiago.

1284 PAY. ¿De dónde eres tú?

AMELIA. No creo que hayas oído hablar de mi pueblo en tu vida. Está cerca de Baracoa, encaramado en las montañas. Se llama Alán.

PAY. ¿Alán?

AMELIA. Era un cafetal de una americano que se llamaba así y él lo bautizó con su nombre.

CACHA. Está en el pico de una loma.

AMELIA. Desde mi pueblo puedes ver el mar cuando no hay muchas nubes. A lo mejor te gustaría conocerlo.

DILIA. ¡Ay, Amelia! Pay no es un turista. Ha venido para estar con nosotros.

CACHA. Eso sí. Y nosotros queremos estar con él. Deja que Clara te vea.

DILIA. Mejor corres y vas a ver a tu tía Clara. Si no, nos va a acusar de acapararte para nosotros.

CACHA. Clara ha esperado diecisiete años. Ahora no se va a morir por esperar unos minutos más.

DILIA. ¿Te has olvidado como era ella con Pay?

ANA. *(A Pay.)* Ella es tu madrina, ¿no?

PAY. Sí.

DILIA. Clara tiene dos altares, uno para su Corazón de Jesús y el otro para Pay. *(Amelia se ríe.)*

PAY. Debo ir a verla...

ANA. ¿Y por qué no voy yo y le digo que él está aquí? Ella vendría corriendo. *(Sale.)*

DILIA. ¡Ana! Dile que acaba de llegar en este mismo instante.

VOZ EN OFF. *(Desde fuera del escenario.)* ¡Dilia! Llegó el detergente.

DILIA. Muy bien, Graciela, gracias. *(Para sí.)* Hay que ver a esa Graciela, está hecha una vaca.

CACHA. Es hija de Elpidio. ¿Te acuerdas de ella, Pay? La que salía con Tatín.

DILIA. Salió una sola vez, mamá. Cuando Pay se fue, ya Tatín era novio de Ana.

CACHA. A Dilia no le cae bien porque salía con Tatín.

DILIA. Cómo me iba a gustar esa mujer tan vulgar. Tosía y escupía como un carretonero.

PAY. Me alegro que Tatín se haya casado con Ana.

CACHA. Oh, sí.

DILIA. A mí Ana no me disgusta.

CACHA. No es fácil estar casada con Tatín. "Don Perfecto Carrasquillo".

DILIA. Él es un muchacho que tiene grandes aspiraciones, y eso es bueno.

CACHA. Demasiadas. Ernesto y Adrián le tienen pánico. Y Ana vive con el corazón en la boca, tratando de apaciguar las cosas.

DILIA. Tatín nunca tuvo a nadie que le diera una mano en la vida y él espera que los demás se la zapateen como él.

CACHA. ¿La oyes, Pay? Nadie puede hablar de Tatín en frente de tu tía Dilia.

PAY. ¿Ya Tatín...? *(Parándose.)* ¡Qué calor! ¿No tienen mucho calor?

CACHA. ¿Te sientes bien?

DILIA. ¿Quieres un poco de agua? *(Le hace señas a Amelia, que muy extrañada va a buscarle el agua.)* Él no está acostumbrado a este calor.

CACHA. ¿Pay?

DILIA. ¿Tienes hambre? Apuesto a que no has comido.

PAY. Estoy bien, tía.

DILIA. Te voy a preparar el almuerzo enseguida. *(Sale.)*

AMELIA. *(Entra con el agua.)* Toma.

PAY. Gracias. *(Toma.)*

DILIA. *(Desde la cocina.)* ¡Amelia! ¿Me puedes dar una mano?

AMELIA. ¡Ya voy!

PAY. *(Dándole el vaso a Amelia.)* Gracias, Amelia. *(Amelia sale.)*

CACHA. ¿Te sientes bien, Pay?

PAY. Abue, no estoy seguro de haber olvidado todo lo que Tatín me hirió.

CACHA. Tú también lo heriste a él y le negaste la palabra hasta para decirle adiós.

PAY. ¿Abue, tú crees que Tatín...? ¿Que todavía él...?

CACHA. *(Tomándole la mano.)* Cuando yo era una niña, Pay, mi madre tenía una amiga que se llamaba Nenita. Era una mujer muy bella y muy presumida. Nos visitaba a menudo. Pero de repente, no vino más y yo pregunté por qué. Entonces mi madre me contó que Nenita se había quemado y que se había quedado llena de cicatrices por el fuego. Yo lloré mucho. Pero el tiempo pasó, y un día Nenita vino a visitarnos otra vez. Oí su voz desde mi cuarto y supe enseguida que era ella. Me puse tan nerviosa que me daba miedo a salir a verla, pero me vinieron a buscar. Cuando entré en la sala y la vi, me eché a llorar de nuevo, como una idiota. Nenita lucía tan bella como siempre. La única diferencia era en la ropa. A pesar del calor, tenía una blusa de cuello alto y mangas largas. ¿Te das cuenta, Pay? Nenita aprendió a esconder sus cicatrices. *(Pausa.)* Tatín es tu hermano, y tendrá que aprender a esconder sus cicatrices también. Y tú tendrás que hacer lo mismo, Pay.

PAY. *(Casi llorando.)* Sí, Abue.

Se sientan. Un largo silencio.

ESCENA 3

Clara entra, seguida de Ana.

CLARA. ¿Dónde está? ¿Dónde está mi Pay?

PAY. *(Al verla.)* ¡Tía!

CLARA. ¡Pero miren esto, Dios mío! ¡Mi niño, mi Pay! *(Lo colma de besos.)* Pero déjame verte. ¡Virgen del Cobre! No lo puedo creer. *(Lo abraza nuevamente.)*

PAY. Vamos, tía, no te pongas así.

CLARA. Cacha, ¿no es bello mi Pay?

CACHA. Todos mis nietos son bellos.

CLARA. ¿Y mírame a mí? Le meto miedo al susto.

PAY. Estás muy bien, tía. Tan bonita como siempre.

CLARA. Ay, hijo, ni yo te puedo creer. No tengo ni polvos en la cara y estoy toda sudada, y mírame estas canas, me las iba a teñir esta tarde. A pesar del trabajo que paso para conseguir el tinte, que ni con dólares se consigue. Todos piensan que soy una vieja pispireta, pero yo me limpio con la gente. ¡Ay, pero Dios Santo! Yo así sin arreglarme y tú aquí. ¡Ay, Pay, Pay! Si mi Pay ya es un hombre. *(Llora.)*

DILIA. *(Entra.)* ¡Ay, tía,·vieja, déjalo respirar!

CLARA. Tú te callas, que tú has tenido a Tatín todos estos años, pero ahora me toca a mí. Mi Pay está aquí, conmigo... y...

(Llora.)

PAY. Tía, por favor.

ANA. Quisiera saber dónde se habrá metido Tatín.

CLARA. *(Se limpia la nariz con su vestido.)* Estoy tan orgullosa de ti. Tu padre nos mantiene al tanto de todas tus obras de teatro y de todas tus cosas.

PAY. Papá tiende a exagerar un poco.

CLARA. Siempre supe que tú eras el único en la familia con buenos sentimientos. *(Lo besa.)*

DILIA. ¿Tú sabías que Tatín se gano una medalla de la Academia Española?

PAY. Sí, cómo no.

CLARA. Un escritor necesita tener buenos sentimientos.

DILIA. ¡El primer premio!

CACHA. Primera vez, desde 1948, que un cubano obtiene ese honor.

DILIA. *(Corrigiéndola.)* Desde 1938, mamá. Su trabajo ha sido publicado en México, en Chile, en...

CLARA. Ay, por Dios, está bueno ya de tanto Tatín. Yo quiero oír cosas de Pay.

CACHA. ¿Cómo va el almuerzo?

DILIA. Ya puse el arroz.

CLARA. Cuéntame de tu madre. ¿Cómo está Silvia?

PAY. Mamá está de lo más bien.

DILIA. Mamá, si te vas a bañar, es mejor que lo hagas ahora antes de que se vaya el agua.

CACHA. No. Me baño después.

DILIA. Acuérdate que después no hay suficiente agua en el tanque si Amelia friega. A esa niña no hay quien le meta en la cabeza que cuando se va el agua la poca que nos queda es para el resto del día. Después soy yo la que se queda sin bañar.

CACHA. Díselo a ella.

DILIA. ¿Yo? Yo no tengo nada que hablar con ella. Tú fuiste la que la trajiste a vivir a aquí.

CACHA. Pero yo no soy la que se queda sin bañar.

DILIA. Olvídalo. Yo me encargaré de arreglar el tanque.

CLARA. Ay, chica, ¿cuál es el problema ahora?

DILIA. Que el tanque no se llena como Dios manda.

CLARA. Pero eso no es nuevo. Siempre pasa.

DILIA. ¿Y qué tu quieres que haga? ¿Que me suba en el techo? Le pedí a Fito que le echara una miradita, porque Roberto no quiere volverse a subir. Y Nando es un cero a la izquierda. ¡Qué va! A veces mis hermanos me dan ganas de vomitar. ¿Tú sabes lo que es que viven a unas cuadras de aquí y sólo se aparecen para criticar?

CLARA. ¡Dilia, por favor!

DILIA. Y mamá cree que son unos santos.

ANA. No te pongas así, tía.

CLARA. ¡Ay Dilia, por favor! Pay va a pensar que nuestra familia está desbaratándose.

DILIA. ¿Y quién ha dicho semejante cosa?

CLARA. Tú, con esa forma que tienes de quejarte de todos.

DILIA. Me sobran razones para pensar así.

CACHA. Bueno, ¡se acabó!

DILIA. Yo no sé de qué me acusa tía Clara. Pay conoce de la pata que cojea la familia. ¿Qué quieres que piense? ¿Que somos monjitas rezando el rosario? *(Pay se ríe.)*

CACHA. *(Se levanta.)* Mejor es que me vaya a dar un baño.

DILIA. *(Saliendo.)* Apúrate, mamá, que la comida estará lista en veinte minutos.

Cacha sigue a Dilia hasta el interior de la casa.

CLARA. No le hagas mucho caso a tu tía Dilia, la vejez no le asienta. *(Mirando a su alrededor a ver si están solos.)*

ANA. Déjame ayudar a tía con el almuerzo. *(Sale.)*

ESCENA 4

CLARA. Ven, siéntate aquí. Vamos a conversar un minuto. *(Clara lo lleva al sillón.)* Cuando me dijeron que estabas aquí, no podía creerlo. Se me puso el corazón en la boca. Dejé atrás a Ana subiendo la loma. Y eso que se me caían los zapatos porque estas porquerías *(Se las enseña.)*, que vienen de Rumania o no sé dónde, se derriten con el calor y dejas las suelas en la calle. ¡Ay, mi hijito! Si hubiéramos sabido entonces cómo iba a ser esto. Déjame decirte, que todavía en esta casa todo el mundo piensa que Fidel es Cristo bajado del cielo. Si se me ocurre abrir la boca, me muerden. Pero yo, ni media palabra, como el de lima, pero sólo por respeto a Cacha, porque yo no le tengo miedo a nadie, ¡qué carajo! A Tatín ya lo he puesto en su lugar más de una vez y muy bien puesto. Una vez, yo estaba haciendo alusión al día que te dio una galleta en aquel almuerzo, ¿te acuerdas? Y el muy fresco me dice que lo volvería a hacer. Y yo le dije: "Dale, gracias a Dios que Pay no esté aquí, porque nadie te hubiera quitado de encima un buen sopapo mío, señor Tatín". Ah, sí, lo puse en su sitio y más nunca se atrevió a decirme ni esta boca es mía.

PAY. ¿Tú y Tatín no se hablan?

CLARA. Sí, hijo, cómo no. Pero él sabe hasta dónde puede llegar conmigo. Él sabe que delante de mí, no puede ponerse a guataquear a Fidel. Pero, mi hijito, a ti no se te ocurra decir nada, por favor. ¡Por Dios te lo pido! Mira que si te pasa algo en este viaje, tu madre nunca nos lo perdonaría.

PAY. No va a pasar nada, tía.

CLARA. ¿Tú te acuerdas de Ñico el turco? *(Pay asiente.)* Lo prendieron hace un mes. ¡Ay, Pay! Tú no tienes la menor idea de lo que es esto. ¿Tú puedes creer que ahora en Cuba no hay naranjas?

PAY. Eso es por el comercio con Rusia.

CLARA. Claro, eso es lo que dicen ellos. Pero yo lo que sé es que antes teníamos naranjas.

PAY. Tía, tú no has cambiado nada. *(Se ríe.)*

CLARA. Bueno, pero cuéntame. Háblame del Canadá y... ay, y ¿qué me dices de tus postales? Todas las que me enviaste desde Europa las tengo en un álbum. Las he visto tantas veces que me parece como si yo hubiera visitado todos esos lugares. Pero, mi hijito, tú estás muy flaco. Claro, no tienes una mujer que te cocine. Tenemos que engordarte. Tienes que venir a mi casa, te voy a hacer natilla. Pero mírame a mí hablando y hablando y tú eres el que debías estar haciéndolo.

PAY. Yo prefiero oírte a ti.

CLARA. ¿A mí? Pero si yo no tengo nada que contar. Voy de la casa a la iglesia y de la iglesia a la casa. La vida de una viuda es muy sola, especialmente cuando no ha tenido hijos. Tu tío y yo, *(Se santigua.)* nunca tuvimos hijos y tú lo sabes. Hubiera sido mucho mejor haber tenido, pero yo no podía.

PAY. Tía, yo no sabía eso.

CLARA. Claro, porque ya nadie habla de eso en la familia. Ni se menciona siquiera. Pero hubo un tiempo en que toda la familia compadecía a tu pobre tío por haberse casado con una mujer estéril. ¡Ay, pero eso fue en tiempos de la martinica! Ahora lo importante es que tengo a mi Pay aquí, otra vez. Tu vas a ver lo bien que la vamos a pasar. Será como en los viejos tiempos, como cuando yo te celebraba tu cumpleaños, ¿te acuerdas?

Pay asiente.

ESCENA 5

Desde la calle entra Tatín.

TATÍN. ¡Hey, Tía!

CLARA. ¡Tatín! *(Tatín avanza en dirección a Pay.)* ¿A que no adivinas...?

TATÍN. ¿Pay? *(Pay se levanta.)*

CLARA. ¡Adivinaste! *(Tatín y Pay quedan frente a frente en silencio.)*

TATÍN. ¿Pay? ¿Ahora me vas a hablar? *(Lo abraza.)*

PAY. *(Atrapado en el abrazo de Tatín.)* ¡Tatín!

Dilia y Ana entran y ven la escena.

DILIA. ¿No lo reconoció?

CLARA. Inmediatamente.

TATÍN. Pay, ¿te acuerdas de Ana?

ANA. Claro que sí.

DILIA. Llegó de sorpresa.

PAY. Me traspapelaron la visa.

CLARA. *(A Tatín.)* ¿Qué te parece? Nuestro Pay llegó antes de tiempo. Mi Pay. *(Pay y Tatín tratan de hablar a la misma vez. Se ríen.)*

TATÍN. ¡Pay—Pay!

PAY. Qué agradable es que me vuelvan a llamar Pay.

DILIA. ¿Y cómo te dicen?

PAY. Mis amigos, Carlos.

TATÍN. Entonces te llamamos Carlos.

PAY. No, no. Pay es mejor. Sólo que hacía mucho tiempo que nadie me había llamado Pay, ni siquiera la familia en Jamaica. Fíjate que hace tiempo, en unas Navidades que fui a pasar con ellos, a papá se le fue un Pay y Alejandra por poco se ahoga de la risa. Decía que era lo más cómico que había pasado desde que la tía Sofía se cayó en la tumba del tío Salomón. *(Tatín empieza a dudar.)* Resulta que durante todo el velorio se la había pasado lloriqueando y gritando: "Llévame contigo, no me dejes. Yo no soy nada sin ti, llévame contigo". Pero en el momento del entierro, con tanto aspaviento, se cayó en el hoyo. Y entonces gritaba con todas sus fuerzas: "Sáquenme de aquí, sáquenme de aquí". *(Todos, menos Tatín, se ríen.)* Imagínense, en medio del entierro, nadie podía aguantar la risa y nadie tenía fuerzas para sacarla del hueco. Pero ahí no para la cosa. El tío Elías que resbala, también se cae en el hueco. *(Más risas.)*

TATÍN. ¿Por qué insistes en ser tan mentiroso?

Momento de tensión. Poco después, entra Cacha.

CACHA. *(A Dilia.)* ¿Ya llegó Tatín?

DILIA. Sí, mamá.

PAY. Tatín, te traje una grabadora. *(Busca por su maleta.)*

CACHA. Amelia llevó tu maleta al cuarto. ¡A tu cuarto!

PAY. También te traje una cosita a ti, Abue. Y a ti, tía.
1294 *(Comienza a salir.)*

CLARA. *(Siguiéndolo.)* ¿Qué cosa me trajiste? ¿A mí? ¿De afuera? ¿Qué me trajiste?

PAY. *(Fuera.)* Agua de Violetas. Rusas.

CLARA. *(Fuera.)* ¡Rusas! ¡Ay, qué bueno!

Clara y Pay se van.

ANA. *(A Tatín.)* No seas tan duro con él.

TATÍN. *(Viendo si Cacha lo ha oído.)* Ana, por favor.

CACHA. Ve a ver qué te trajo a ti. *(Se oye exclamación de alegría de Clara.)* ¿Tú no querías una grabadora desde hace tiempo?

TATÍN. Sí. ¿Y tú no quieres ver lo que te trajo a ti?

CACHA. Los viejos podemos esperar. ¡Ve, anda! ¡Ve! *(Tatín y Ana comienzan a salir.)* Tatín. *(Se detienen.)* Pay va a estar sólo una semana... quiero que haya paz y armonía.

TATÍN. Sí, Abue.

Ana y Tatín salen. Cacha se sienta en su sillón y se abanica.

CACHA. ¡Pay! *(Al público.)* ¡Qué cosa tan simpática la de los apodos! Como Tatín, por ejemplo. Cuando nació, Tato no quería ponerle Carlos como él, como todo el mundo hace. Entonces le puso Nelson, el nombre de un inglés. *(Sonríe.)* Bueno, pues no heredó el nombre de su padre, ¿verdad?, pero le heredó lo peor, el nombrete. Al hijo de Tato, Tatín. *(Se oyen risas de Pay y Tatín.)* Cuando nació Pay, todos esperábamos una niña. Imagínese, ya yo tenía *(Cuenta.)* cinco nietos, todos varones. Tato tenía una lista con nombres de niñas, para escoger, todos extranjeros, por supuesto. ¡Qué parejero! El nombre de una duquesa sueca, de una escritora francesa, nada que pudiera pronunciar un cristiano. Pero cuando la comadrona me puso a la criatura en los brazos y me dijo: "Otro varón", todos nos sorprendimos. Así que yo los cogí desprevenidos y le puse Carlos, como su padre y como mi marido. ¡Carlos! Un nombre como Dios manda. Pero lo que son las cosas de la vida, se le quedó Pay por una bobería. Cuando era un bebito, Silvia, 1295 su mamá, lo llevó a Jamaica para que conociera a su familia y allí aprendió a decir "adiós" en inglés: "Bye—Bye". El niño era una monada, decía adiós con la manita. Entonces sus primos, que no tenían la menor idea de qué era lo que el niño decía, comenzaron a decirle Pay—Pay. Bueno pues Pay—Pay y así se quedó. *(Se ríe.)* Al tercero le pusieron Aramís, por los tres mosqueteros y los apodos fueron prohibidos... bueno, Ari, para chiquearlo un poco. A mi hijo Tato siempre le han encantado las payasadas extranjeras. Y creo que le puso Alejandra a su hija, por una princesa rusa, ¿qué les parece? *(Pausa.)* Yo no conozco a Alejandra, nunca la he tenido en mis brazos. He sido siempre la primera en cargar a mis nietos cuando nacían. Aquí mismo en esta casa nacieron todos y según la comadrona los sacaba, así mismo me los daba. Todos mis nietos menos una. Tato nos mandó un cable cuando Silvia tuvo a Alejandra. Y yo agarré aquel pequeño pedazo de papel, lo acaricié y se me aguaron los ojos.

Se mece suavemente en el sillón, abanicándose en silencio. Después de una larga pausa, Amelia llama desde adentro. Las luces bajan en cuanto Cacha sale de escena.

ESCENA 6

Las luces suben sobre Tatín. El interior de la casa está a oscuras. Tatín está sentado sobre la varanda del portal. Pay entra al portal desde el interior de la casa, vestido con unos pantalones "shorts" de hacer ejercicios, una camisa abierta y descalzo. Se para detrás de Tatín y bosteza.

TATÍN. ¿Dónde tú piensas que estás? ¿En Miami? No puedes vestirte así en Santiago de Cuba.

1296 PAY. No puedo dormir. *(Pausa.)*

TATÍN. Yo tampoco. *(Pausa.)* ¿El calor?

PAY. Sí, debe ser por el calor. *(Pausa.)* ¿Y Ana? ¿Está dormida?

TATÍN. Supongo que sí. *(Pausa.)* ¿Qué hora es?

PAY. Casi las cinco. ¿Tatín...? *(Pausa.)* ¿Quieres hablar un poco más? *(Tatín le señala para que se siente a su lado.)* ¿Tatín... de veras crees lo que le dijiste a Amelia?

TATÍN. ¿A qué te refieres?

PAY. Le dijiste que yo era un notable dramaturgo cubano y...

TATÍN. ¿No lo eres?

PAY. Me sorprendió el adjetivo.

TATÍN. ¿Notable?

PAY. No, cubano. *(Silencio.)*

TATÍN. Dondequiera que esté, el cubano no se despinta jamás. *(Pay sonríe. Silencio.)* Tenemos pocos que escriben para el teatro. En la última convención de escritores conocí a una muchacha que escribía teatro, pero realmente lo que hacía eran libretos para la televisión. Yo tengo algunas cosas que hubiera podido adaptar para teatro, pero entre el programa de radio y el tiempo que dedico a enseñar, nunca encuentro un momento para escribir lo que realmente quiero. *(Fuma.)* Además, me siento más cómodo escribiendo narrativa. No creo que tenga suficiente imaginación para ser un escritor dramático. Ahora estoy trabajando en un cuento acerca de un hombre que lo llevan a juicio porque sus vecinos lo acusan de fabricar mariposas del aire. Quiero terminarlo para una antología. Estoy muy embullado con eso. *(Pausa.)* ¿Y tú? ¿Estás trabajando en algo ahora?

PAY. *(Negando con la cabeza.)* Trato. Me siento en la máquina de escribir y pongo los dedos en el teclado, pero nada. Hace como dos años que no escribo una sola palabra.

TATÍN. Estás perdiendo tu tiempo.

PAY. ¿Te acuerdas del poema que escribí cuando tenía once años? "Oda a la Revolución Triunfante". *(Tatín asiente, Pay sonríe.)* Me acuerdo cuando lo publicaron en el periódico. Tía Clara leyéndolo en alta voz y todo el mundo muy orgulloso de mí. ¡Hasta tía Dilia... todo el mundo! También recuerdo que tú cogiste el periódico, le pasaste por arribita al poema, ni siquiera me diste una mirada de aprobación, y te pusiste a leer las noticias del día. ¿Por qué siempre has querido humillarme?

TATÍN. No siempre.

PAY. Sí, siempre lo has querido hacer. Crees que soy un mentiroso, y porque estoy teniendo dificultades para escribir me dices que estoy perdiendo el tiempo.

TATÍN. Es verdad. Estás malgastando el tiempo. ¿Qué decían tus cartas? Contando todas las maravillas que hay fuera de este país. Mencionabas hasta las carnes que te comías, sabiendo la escasez que tenemos aquí. Describías tu viaje a Europa y las cosas que habías visto y enfatizabas la pena que te daba que yo no pudiera ver esto o aquello. Si es que lo hacías para joderme, chico. Y la última obra que me mandaste era una porquería.

PAY. Estoy escribiendo comedia. Las obras serias no se venden. *(Comienzan a levantar la voz.)*

TATÍN. ¿Y tú sí? Las obras serias se convierten en literatura.

PAY. *(En alta voz.)* Yo escribo acerca de la gente que conozco.

TATÍN. Entonces lo que tienes que hacer es denunciar a la gente que conoces.

PAY. *(Gritando.)* ¿Y por qué no denuncias tú a la gente que conoces? *(Dilia entra en bata de casa.)*

DILIA. *(A Pay.)* Shhh, vas a despertar a tu abuela. *(Pay se vuelve bruscamente y entra en la casa. Dilia se acerca a Tatín y lo acaricia.)* ¿Qué pasa? Algo pasa, ¿no es cierto?

TATÍN. No pasa nada.

DILIA. Te conozco muy bien, Tatín. Algo está hirviendo en esta cabecita y me duele mucho que no lo quieras hablar conmigo. *(Tatín no contesta. Pausa. Dilia lo besa en la mejilla.)* Entra, vamos, tienes que dormir un poco.

Las luces bajan inmediatamente que salen de escena.

ESCENA 7

Se escucha una música cubana. Luz del día sube sobre Ana, que está sentada en la mesa escogiendo frijoles. Dilia está en la cocina. Pay y Cacha se acaban de levantar y se les ve pasar a través de uno de los arcos que dan al interior de la casa. Pay lleva una toalla en la mano y Cacha todavía viste su bata de dormir. Cuando Ana comienza a hablar, Dilia está preparando una bandeja con una cafetera y un jarro de leche caliente. Inmediatamente después que Pay y Cacha pasan al interior de la casa, Dilia va tras ellos. La música baja.

ANA. *(Al público.)* La familia Rabel fue muy importante en Santiago. Imagínense. El hijo menor de Cacha murió peleando en la Sierra. Y no sólo él, toda la familia estuvo luchando en la clandestinidad contra Batista. Por eso cuando la revolución triunfó, ellos, como es natural, cogieron altos puestos en el gobierno. *(Pausa.)* Es cierto que Pay estaba haciendo contrarrevolución. ¡Esos curas...! Los jesuitas... Pero eso no es lo peor... imagínense qué golpe cuando se enteraron que Tato Rabel... ¡que Tato Rabel!... el viejo Tato, el hijo mayor de la familia, se iba del país... ¡Eso fue increíble! Fue en el '62. Tato y Silvia su mujer se fueron del país con Pay y Aramís, y regresaron a Jamaica... Ah... porque Tato había estado trabajando en las oficinas del consulado cubano en Jamaica a principio de los años cuarenta. Ahí fue donde aprendió a hablar inglés. *(Pausa.)* Pay se alegró mucho de poder salir con sus padres. Pero Tatín se

1299

negó a irse. *(Pausa larga.)* Silvia... ¡qué mujer aquella, caballero! No me canso de oír el cuento de cuando el viejo Tato en 1942 vino de Jamaica casado con Silvia, una inglesa judía de quince años, con pelo rubio y carita de ángel. ¡La pobre Silvia! En poco tiempo se tuvo que acostumbrar al catolicismo, al español, a los pesos... y sobre todo, ¡a la familia Rabel! Durante veinte años fue más cubana que la caña. Ella hizo muchos sacrificios por su matrimonio...

Se oye música cubana del radio. Las luces suben sobre Tatín y Pay que están sentados en unos sillones en el patio. No se ve a nadie más. Según suben las luces, la música baja hasta quedarse de fondo.

PAY. Me sorprendí tanto cuando llegó tu primera carta. ¿Qué te hizo escribirme?

TATÍN. No sé. *(Le ofrece un cigarro.)*

PAY. No, gracias.

TATÍN. Creo que fue una carta que papá le escribió a abuela, diciéndole lo preocupado que estaba porque te habías metido en el movimiento contra la guerra de Vietnam en la universidad.

PAY. *(Sonriendo.)* Y pensaste que todavía podía haber alguna esperanza conmigo.

TATÍN. Más o menos. *(Se ríen.)* ¿Y tú? ¿Por qué me contestaste?

PAY. No sé. Pero cuando empecé a leer de tu trabajo, de nuestra familia, del carnaval... *(Suspira.)* ¿Tú sabes que tengo todas tus cartas archivadas por fechas y que de vez en cuando las leo de nuevo? Mi preferida es una que escribiste cuando nació Adrián. Hablablas de cada uno de los primos, de cómo eran, sus gustos, qué estaban haciendo. Ésa la he leído tantas veces... cada vez que añoraba estar aquí, con ustedes. *(Mirando hacia la calle.)* Me ilusionaba tanto estar aquí para el carnaval.

TATÍN. Eso hubiera sido lo ideal.

1300 PAY. ¿Tatín...? *(Pausa.)* ¿Nunca has pensado en irte?

TATÍN. ¿Por qué? ¿Debería haberlo pensado?

PAY. No, supongo que no.

Se oye, repetidamente, la bocina de un jeep. Entra Julio.

TATÍN. ¿Te acuerdas de Julio, tu primo?

PAY. Sí, pero éste no se parece al Julio que yo recuerdo.

JULIO. *(Gritando.)* ¡Pay!

DILIA. *(Sale apurada.)* ¿Qué pasa?

JULIO. ¡Pero mírenme a Pay!

DILIA. Es Julio, mamá.

CACHA. *(Sale.)* ¿A esta hora?

PAY. ¡Julio! ¡Cómo has cambiado!

JULIO. *(Sacando el biceps.)* Sólo un poquito de ejercicio. Y tú luces muy bien para la edad que tienes, no pareces tan viejo. Estás más blanco que la pared. Traje el jeep para llevarte a la playa.

PAY. ¿A la playa?

TATÍN. No nos hemos acostado todavía.

JULIO. ¿Y a ti quién te invitó? Acuéstate tú.

DILIA. Y a nosotras, ni siquiera nos saludas.

JULIO. ¡Caray! *(Besa a Dilia.)* Abuelota. *(Besa a Cacha.)*

CACHA. ¿Cómo está el niño?

DILIA. La esposa de Julio acaba de tener un bebé.

CACHA. Hace un mes.

JULIO. Un machazo.

CACHA. Le pusieron Eduardo.

JULIO. ¿Y tú? ¿Ya te casaste?

1301

PAY. No, todavía.

JULIO. ¡Pero cómo es eso! Ya yo voy por la tercera mujer.

CACHA. No es ninguna gracia.

JULIO. ¿Que no? No hay muchos hombres que puedan conseguir tan fácil una buena hembra y mucho menos tres.

DILIA. Sí, ni tampoco hay muchos hombres que lo dejen dos veces en lo que dura un merengue en la puerta de un colegio.

PAY. ¿Te has divorciado dos veces?

JULIO. Seguro. Vivimos en un país moderno.

AMELIA. *(Entra vistiéndose.)* ¡Julio!

JULIO. ¡Hey! Qué dice mi amorcito. *(Le coge la cara. A Pay.)* ¿Tú has visto algo más feo que esto en algún lugar del mundo?

AMELIA. ¡Quita, chico! *(Le cae a golpes.)*

JULIO. *(Dándole una nalgada.)* Bueno, por lo menos tienes con qué caerte.

AMELIA. ¡Saca las manos, descarado!

JULIO. ¡Comprobado! ¡Tienes con qué caerte!

AMELIA. Y con esto tengo que lidiar yo en todos los ensayos.

JULIO. Abuela, ¿para qué me empataste con esto, vieja?

CACHA. Porque necesito que me la cuides.

JULIO. No juegues. Con esa cara, ¿quién le va a meter el diente?

CACHA. ¿Con esa cara? Todos los borrachos que andan por ahí en estos días de carnaval. No le puedes quitar los ojos de arriba.

JULIO. Tendrán que estar cayéndose de la borrachera para meterle el diente... *(Amelia le pega.)*

1302 DILIA. ¿Tú sabes que Pay no se puede quedar para el carnaval?

JULIO. Eso es lo que se cree él. Si piensas que te vamos a dejar ir antes del veinticinco de julio, estás equivocado.

PAY. Me hubiera encantado ver el carnaval, pero lo que importa son ustedes.

JULIO. Este año, nuestra comparsa es lo mejor que La Placita ha visto en su vida. Los jueces se van a caer de culo cuando nos vean. Uno de los muchachos que va tocar los bongós acaba de llegar de Angola.

AMELIA. Y ha traído unos ritmos que van a poner la conga caliente.

PAY. Quisiera quedarme, Julio, de veras.

JULIO. Entonces quédate.

DILIA. Sólo tiene permiso por una semana.

JULIO. Y para qué carajo él necesita permiso, ¿para estar en su país?

PAY. La próxima vez, Julio.

JULIO. Así que te vas a perder el carnaval. Entonces, por lo menos, tenemos que hacer una fiesta. ¿Qué te parece, tía? ¿Hacemos un macho asado?

DILIA. ¿De dónde vamos a sacar un macho, Julio?

JULIO. Yo lo resuelvo. ¿Qué les parece el sábado?

CACHA. *(Bajando la voz.)* Julio, no quiero que te vayas a meter en un lío.

JULIO. No te preocupes, Abue. Dalo por hecho.

AMELIA. ¡Ay, una fiesta!

JULIO. ¿Oká? Bueno, entonces vámonos para la playa. ¡Vamos! Que sólo tengo el jeep por unas horas.

DILIA. Julio, mi hijito, antes que te vayas, necesito que me le eches una miradita al tanque del agua.

1303

JULIO. ¿Otra vez?

DILIA. Sí, por favor. A ver si me lo puedes arreglar.

JULIO. ¿Pero tiene que ser ahora mismo?

DILIA. Sólo una miradita. Si eso no te va a robar más de dos minutos.

JULIO. Bueno, caballero, cojan sus toallas y espérenme en el jeep. Estas viejas me van a volver loco. *(Sale acompañado de Dilia.)*

AMELIA. ¡Qué Julio!

PAY. ¡Ha cambiado tanto! Yo me acuerdo de un Julio flaquito como una lombriz, sin dientes y lleno de golpes por todas partes. *(Amelia se ríe y sale.)*

CACHA. Creo que todos han crecido un poco. ¿Van a ir a la playa? Pay quiere ir.

TATÍN. No sé. Le iba a preguntar a Pay.

CACHA. ¿Por qué no? Ustedes son jóvenes. Les voy a buscar sus toallas. ¡Ana!

PAY. La playa, una fiesta, un cochino asado... ¿y de dónde va a sacar Julio un cochino?

TATÍN. No sé. Probablemente tiene un "socio" que cría cochinos.

PAY. ¿Y está permitido?

TATÍN. ¿Criar puercos?

PAY. No, tener un "socio".

TATÍN. Ay, Pay, esto es Cuba todavía. ¿Seguro que no estás cansado?

PAY. Claro que lo estoy, pero ahora no voy a poder dormir.

1304 *Entra Ana.*

ANA. Pay, Abue no puede encontrar tu trusa.

PAY. Está en la maleta. Yo la busco. *(Sale.)*

ANA. ¿De verdad que van a ir a la playa?

TATÍN. Sí, ¿por qué?

ANA. No, por nada. Acuérdate que tienes que hacer dos programas de radio antes de regresar a La Habana.

TATÍN. ¿Has tenido que recordármelo alguna vez?

ANA. No. ¿Y cómo van las cosas entre tú y Pay?

TATÍN. Bien.

ANA. Tú sabes, me recuerda a Adrián. *(Tatín se ríe cínicamente.)* ¿De qué te ríes?

TATÍN. De nada.

ANA. ¿Qué dije?

TATÍN. Ahora sé por qué pierdo la paciencia con Adrián, es igualito a su tío Pay.

ANA. Pero tú antes no perdías la paciencia con Adrián.

TATÍN. Bueno, qué quieres que haga si se pone a dar una charla revolucionaria cada vez que alguien se queja de la escasez o cosas por el estilo. Ya no me respeta y para colmo, me contesta.

ANA. Eso puede ser cierto, pero tú también tienes algo de culpa. Llevas unos meses de locura y cuando te pregunto qué te pasa me dices que nada. ¿Es por mí que te sientes tan mal? *(Se acerca.)* ¿No eres feliz conmigo?

TATÍN. Tranquilízate. No tiene nada que ver contigo.

JULIO. *(Fuera.)* No te preocupes, te lo arreglo el sábado. *(Tatín se aleja de Ana, que lo sigue con la mirada.)* ¡Nos vamos! Abuela nos empaquetó el desayuno. Mejor nos vamos antes de que nos empaquete un catre.

Entran Pay y Cacha, con un bulto que le da a Tatín.   1305

CACHA. Y procura regresar antes del almuerzo. Toma. *(A Julio.)*

JULIO. *(Saliendo, apurado.)* ¡Arriba! ¡Vámonos de aquí y pronto! Vamos. Vamos.

CACHA. Mira que tu tío Nando no ha visto a Pay todavía y viene a almorzar con él.

JULIO. *(Gritando, sobre el bocadillo de Cacha.)* ¡A la playa! Y que nadie se vaya a tirar un peo en el "yipi", caballero, que el piso no está muy seguro.

Salen ruidosamente. Cacha dice adiós. Ana no se ha movido.

CACHA. ¿Te sientes bien, Ana?

ANA. Sí. Sólo que no dormí en toda la noche. Me preocupa cuando Tatín no duerme conmigo.

CACHA. No tienes por qué preocuparte. Ya dormirá más tarde. Ahora está muy excitado. Tú no te puedes imaginar lo que significa la visita de Pay para él. Bueno... para todos nosotros.

ANA. No sé qué pensar, qué esperar.

CACHA. No tienes de qué preocuparte, ya verás. *(Salen. Apagón)*

ESCENA 8

Se escucha música del radio. Dilia está ocupada en la cocina. Pay entra de la calle, gritando.

PAY. *(Entra.)* ¡Abuee...!

DILIA. *(En voz baja.)* Está acostada.

PAY. ¡Oh! *(Se detiene por un momento, sin tener nada que decir.)*

DILIA. Te estoy haciendo algo muy especial... ¡natilla!

PAY. ¿Para mí?

DILIA. ¿Ya no te gusta?

PAY. ¡Cómo no! ¡Me encanta!

DILIA. Siempre fue tu dulce preferido.

PAY. Y lo sigue siendo.

DILIA. ¡Bien! He estado guardando la nata todos los días, pero no te iba a decir nada hasta que no tuviera suficiente.

PAY. ¿Para la fiesta?

DILIA. No, para ti. No quiero que te vayas sin algo para que te acuerdes de mí. *(Silencio.)* ¿Dónde está Tatín?

PAY. Fue a La Placita. Alguien lo llamó.

DILIA. Él todavía tiene sus seguidores aquí en Santiago. Y eso que nunca viene con suficiente tiempo. *(Silencio.)* ¿Quieres tomar algo frío? *(Le da un vaso de limonada.)*

PAY. Hace un calor tremendo, ¿no?

DILIA. Sí, insoportable.

PAY. Doña Rosario dice que parece como si fuera a temblar.

DILIA. ¡Sch! ¿Qué carajo sabe ella? Siempre hay alguien que le pone la tapa al pomo. Como si no tuviéramos suficiente con el calor. *(Dilia observa beber a Pay.)* Dime si quieres más azúcar.

PAY. No, está bien así.

DILIA. Nosotros no hemos tenido oportunidad de hablar. Yo sé que probablemente no tengas un buen recuerdo mío... *(Pay va a hablar.)* No, no, lo sé. Es lógico... yo...

PAY. Tía...

1307

DILIA. Yo sé que nunca tuve tiempo para nadie más que Tatín. *(Pausa. Se escucha al locutor de la radio anunciando el carnaval.)* Es una lástima que no te puedas quedar para el carnaval.

PAY. ¿Tú sigues yendo, tía?

DILIA. ¿Yo? A mirar. Estoy muy vieja para eso. Pero me gusta ir y disfruto viendo a los demás. Tiene que haber alguien que mire, ¿no? *(Silencio. Dilia apaga la radio. Bajando la mirada.)* No sé si te habrás dado cuenta que Tatín y yo... ya no somos como antes. Yo me entero de sus cosas por el periódico. Una tía más, eso es lo que soy. Mamá siempre decía que yo era muy egoísta, y parece que tenía razón. Algunas veces la vida es como un juego al que le apuestas la carta equivocada. ¿Por qué te has ido a vivir a Toronto? ¿Tan lejos?

PAY. Porque en Jamaica casi no hay teatro.

DILIA. Tal vez. Pero, ¿no puedes ir a ver a tu familia más a menudo?... ¿sólo una vez al año?

PAY. Y gracias. Si a pesar de eso, papá me tiene que pagar la mitad del viaje porque nunca me alcanza.

DILIA. ¿Y tú no puedes hacer alguna otra cosa?

PAY. ¿Aparte de escribir? No. Pero lo he pensado muchas veces.

DILIA. ¿Y por qué no te has casado y tienes hijos?

PAY. *(Ríe.)* No puedo ni mantener a una mujer, mucho menos hijos. Además, cuando las mujeres se enteran lo que gana un escritor no se entusiasman mucho con él.

DILIA. Así y todo, yo pienso que es mejor que te mudes para Jamaica. Está más cerca.

PAY. Si pudiera vivir bajo el comunismo, me mudaría para Santiago.

DILIA. Yo no soy comunista, Pay. Estoy muy vieja y soy muy estúpida para entender el socialismo. Yo soy... fidelista, porque soy una Rabel. Qué sé yo de Carlos Marx, si nunca lo oí mentar. Pero lo peor del asunto es que mi vida no ha cambiado mucho; ni con unos ni con otros. Me sigo levantando a las seis y treinta de la mañana a hacer el café, hervir la leche, ponerle mantequilla al pan... en fin, lo mismo. La revolución no se hizo para mí. Se hizo para Tatín y sus hijos. Ellos sí podrán ver la Cuba que Fidel está construyendo para ellos... y no es que me esté quejando por esto que te digo, pero ésta es la razón por la que Tatín tenía que quedarse. Tato no podía llevárselo. Por eso se lo supliqué, se lo imploré, porque el lugar de Tatín era éste. Él entiende la revolución, tenía el derecho a quedarse... Tatín era lo único que yo tenía.

PAY. *(Poniéndole una mano en el hombro.)* Tía...

DILIA. La vida de Tatín... le va muy bien. Él es alguien aquí.

PAY. Claro que sí, tía. Tatín lo tiene todo. ¿Quieres que te diga la verdad? Lo envidio.

DILIA. ¿De veras?

PAY. Sí, lo envidio. *(Se miran y Dilia sonríe.)*

DILIA. *(Revolviendo la natilla.)* Tienes que seguir revolviéndola o se te hace pelotas. *(La prueba.)* Creo que necesita un poquito más de vainilla.

PAY. *(Alcanzándole el frasco.)* Toma. Me muero por probarla.

DILIA. Me alegro. Te advierto que no es como la que hace mamá, pero ella fue la que me enseñó, así que no puede estar muy mala. *(Ofreciéndole la cuchara para que pruebe.)*

PAY. ¡Hmmmmmmm! ¡Está deliciosa!

DILIA. *(Sonríe.)* Te voy a dar la cazuela para que te comas la raspita.

Apagón.

ESCENA 9

Las luces suben sobre el cuarto de Pay mientras se está
cambiando de camisa. Amelia está parada al lado de la coqueta,
vestida de miliciana. Está buscando algo en el fondo de una
gaveta. Saca una canana con cartuchera y pistola.

PAY. ¡Gracias por prestarme tu cuarto!

AMELIA. Es tu cuarto.

PAY. *(Se ríe.)* Sí.

Amelia se coloca la pistola.

AMELIA. Es bueno que hayas cogido un poco de sol.

PAY. ¿Por qué?

AMELIA. Porque cuando llegaste estabas más blanco que un
marinero polaco. *(Pausa. Amelia se sienta al borde de la cama.)*
Doña Cacha es otra desde que tú llegaste, se ve hasta más joven,
menos cansada.

Pay se sienta y se quita los zapatos y las medias.

PAY. Tú eres muy buena con ella. Lo sé.

AMELIA. Ella también lo ha sido conmigo. Yo era una niña
cuando la conocí. La revolución acababa de construir la primera
escuela de mi pueblo, la Escuela Primaria Tony Rabel, en
memoria de tu tío. Doña Cacha fue a la inauguración y a mí me
habían escogido para entregarle un ramo de flores. Ese día dijo
que el futuro de Cuba estaba en nuestras manos, en manos de los
niños, y mientras hablaba no me soltó la mano. Yo estaba tan
orgullosa. Después le empecé a escribir frecuentemente, contándole acerca del nuevo monumento en honor a su hijo, y cómo yo
era la encargada de pulir la placa de bronce. Cuando terminé el
Pre, le escribí contándole lo que me gustaría entrar en la
Universidad. Pero cómo iba a venir para Santiago, sin un
1310 trabajo, con el problema de la vivienda... mi padre no tenía

dinero para mandarme. Pues, ¿sabes lo que hizo? Le escribió a mi papá diciéndole que se hacía cargo de mí mientras estudiara. *(Se levanta.)* Doña Cacha ha sido muy buena conmigo. La revolución ha sido muy buena conmigo y con mi familia. Por eso estudio y trabajo duro, porque quiero ser un fiel y excelente reflejo de los valores de la revolución.

PAY. Mira, vamos a dejarlo ahí. Tú eres muy niña todavía y no sabes lo que estás diciendo. Lo único que hemos hecho es cambiar un tirano por otro.

Tatín ha entrado. Está cerca y escucha sin ser visto.

AMELIA. *(Gritando.)* ¡Ahora las cosas han mejorado!

PAY. ¿Mejorado? ¿Mejor de qué? Lo único que necesitábamos era un gobierno honesto.

AMELIA. ¿Y qué me dices de la Alfabetización?

PAY. Sí, claro. Aprender a leer para poder ser adoctrinado más fácilmente. Para poder leer en el periódico lo maravilloso que es el Comandante en Jefe.

AMELIA. Bueno, ¿y qué? Claro que es maravilloso. Con gusto yo daría mi vida por él.

PAY. Bueno, pues yo lo odio y nada me alegraría más que verlo muerto. *(Pausa.)* Cuando me fui de Cuba, nunca pensé que el exilio iba a ser para siempre. Creía que Fidel no iba a durar. Pero cerró las fronteras y aisló a Cuba. Él decide quién se va y quién se queda. Me arrebató mi derecho de ser cubano por nacimiento, estableció su dictadura y te enseñó a decir: "Gracias, Fidel". *(Pausa.)* Gracias, ¿por qué? Si nos vendió a los rusos para poder quedarse en el poder para siempre.

AMELIA. Doña Cacha nos advirtió que no discutiéramos de política contigo.

PAY. Lo siento. Me exploté contigo y no es contigo con quien tengo que explotar. *(Pausa.)*

1311

AMELIA. *(Cambiando el tema.)* ¿Es verdad que en Toronto hay pingüinos?

PAY. ¿Pingüinos? Sí, domesticados. La gente los sacan a pasear por las calles... Un amigo mío tiene uno. Me mordió una vez, mira.

AMELIA. No creo que pudiera vivir en un lugar donde hay pingüinos.

PAY. ¿No?

AMELIA. ¡Ay! Me tengo que ir, voy a llegar tarde. *(Sale.)*

PAY. *(Molesto consigo mismo.)* ¡Jesus Christ! *(Se tira en la cama a llorar. Apagón y oscuro lento sobre Tatín.)*

ESCENA 10

Cuando suben las luces, vemos a Tatín arrastrando dos sillones hacia el portal. Cacha lo sigue despacito. Sobre uno de los sillones hay un periódico. Tatín se sienta en el sillón de la derecha y Cacha en el de la izquierda. Cacha tiene un abanico. Tatín abre el periódico y se pone a leer.

CACHA. Pay ya es todo un hombre. *(Silencio.)* ¡Qué lindo es tenerlos a los dos, a ti y a Pay, juntos de nuevo. *(Silencio.)*

TATÍN. *(Comentando del periódico.)* Van a hacer más fáciles las visitas de los exiliados y ya no van a ser considerados unos traidores. Fidel está pidiéndole a todos que traten a los visitantes con respeto.

CACHA. Sí. Y yo me alegro que alabaras el trabajo de Pay en frente de Amelia. Pay necesita oírte decir esas cosas. Lo ha estado esperando por mucho tiempo. *(Suspira.)* Aunque lo sientas o no, acuérdate que Pay sólo va a estar aquí unos días. *(Silencio.*

Cacha se mece en el sillón y se abanica. Tatín lee el periódico.)
Extraño a tu padre, ¿tú no?

TATÍN. Sí. *(Silencio.)*

CACHA. Cuando mataron a tu tío Tony, yo pensé que nunca me recuperaría. Pero la muerte es el final de todo... y el tiempo... *(Pausa.)* Pero tener a un hijo en el exilio nunca termina. Un hijo, un padre, un hermano. Pay ha extrañado mucho. El exilio es un castigo terrible... para todos. *(Pausa.)*

VOZ. *(Fuera.)* ¡Buenas tardes, Doña Cacha!

CACHA. *(Saludando con el abanico.)* Buenas tardes, Celia. ¡Oye! ¿Te enteraste de lo del cochino? Vamos a hacer fiesta en honor de Pay, mi nieto que regresó por...

VOZ. *(Fuera.)* Sí, ya me lo dijeron. Dicen que pesa sesenta y ocho libras.

CACHA. ¿Mi nieto?

VOZ. No, vieja, el puerco.

Clara y Pay entran riéndose. Tatín le cede el sillón a Clara y se sienta a leer en la varanda.

CACHA. ¿De qué se ríen?

CLARA. *(Controlando la risa.)* Tan pronto empezamos a caminar cuesta arriba, la pareja de chinos que se mudó para la casa del doctor Pera salieron corriendo por el medio de la calle. La china lo perseguía, dándole con un pollo medio desplumado y gritándole barbaridades, con todos los hijos detrás. Parecían un dragón, como los que salen en la celebración del año nuevo chino. *(Clara y Pay se ríen de nuevo.)*

TATÍN. Tía, no son chinos. Son coreanos. ¿Te acuerdas de Corea? ¿Dónde hubo una guerra en los años cincuenta?

CLARA. ¡Tú ves lo que te digo! No en balde hay tantas guerras en el mundo. En mi tiempo, un chino era un chino, sin importar de donde viniera. ¡Qué calor! *(Abanicándose.)* Ustedes nunca tienen tanto calor allá en Canadá, ¿verdad, Pay?

PAY. No.

CACHA. *(Para sí.)* Pero nieva.

PAY. En invierno.

CLARA. *(A Pay.)* ¡Ay, pero no te quedes ahí parado como una estaca. Ven, que te voy a echar fresco. Ven. *(Pay se acerca.)* Siéntate en mis piernas, como cuando eras mi niñito querido.

PAY. Mira que peso mucho. *(Se sienta.)*

CLARA. ¡Ay, nieve! Y además de la nieve, ¿qué hay en el Canadá, Pay? Ven acá, ¿ése no era el lugar de donde venía el Canada Dry?

Pay y Tatín se ríen. Clara abanica a Pay.

TATÍN. *(Le da el periódico a Cacha, que le echa un vistazo.)* Siempre tuve una imagen del Canadá como si fuera un Peyton Place. Las aceras llenas de hojas, cerquitas de madera dividiendo los jardines, y siempre con un vecino llamado Billy, con pecas.

PAY. Las aceras llenas de hojas, definitivamente. Pero las cerquitas de madera, depende, y el vecino es más probable que se llame Enzo o Pascuale.

TATÍN. ¿Qué te gusta de Toronto?

PAY. ¿Cómo explicarte? Mira, Toronto lo tiene todo, pero no sabe qué hacer con lo que tiene. Es como una muchacha adolescente.

Clara se ríe.

CACHA. *(Deja el periódico a un lado.)* Bueno, ya acabé.

CLARA. Ella, sin espejuelos, nada más ve los titulares.

1314 PAY. ¿Quieres que te traiga los espejuelos, abuela?

CACHA. No, mi hijito, gracias. Si realmente no los necesito. De todas maneras lo único que me interesa leer son los titulares. Si hay algo suficientemente importante, me entero en las conversaciones de esta casa.

CLARA. *(En secreto.)* Es una vieja muy vanidosa para usar espejuelos.

CACHA. *(La oye.)* No digas tonterías. No me gusta usarlos porque lo distorsionan todo. Si yo veo bien, no tanto como antes... porque mi vista, poco a poco... Pero me he ido acostumbrando a ver las cosas a mi manera. Además, conozco mi mundo... ¿y qué me pasa? Que me dan esos espejuelos y de repente no sé qué es qué. Miro hacia la pared y está allá, ¿verdad? Pues después vuelvo a mirar y la tengo encima. Si miro para arriba, te veo de lo más bien, pero si miro para abajo, te veo nada más que la nariz.

TATÍN. Es que son bifocales.

CACHA. Lo que son es insoportables. A mí me gusta ver las cosas siempre de la misma manera. Y si tengo que renunciar a leer las letras chiquitas, pues es un pequeño precio que tengo que pagar por mantener mi mundo en perspectiva. *(Clara abanica a Pay.)* Ya veo que te volvió el color. *(Pay se mira los brazos.)* A lo mejor Julio puede llevarte otra vez a Mar Verde. ¡Dicen que esa playa es muy bonita!

PAY. Lo es. ¿Tú nunca has ido?

CACHA. *(Riéndose.)* ¿Yo? Tu abuelo siempre me llevaba a la playa. Íbamos a Ciudamar todos los sábados por la tarde.

CLARA. ¡Te acuerdas!

CACHA. En aquella época, no todas las playas eran públicas y había una sección cercada para que los militares de Batista pudieran nadar cómodamente. Tenían un trampolín, taquillas para cambiarse, sillas de extensión para tomar el sol y unas sombrillas preciosas. Tenían de todo. El resto del pueblo, nosotros, teníamos que compartir dos duchas y un pedacito de

1315

arena que cabía en una caja. En la zona privada, siempre veías a las señoras, imitando a Eva Perón, cubriéndose la piel de porcelana con cremas para protegerse del sol. ¡Ah! Y no permitían negros. *(Risas.)* Pero dicen que cuando un negro se desquita, lo hace con estilo. *(Se ríe.)* ¿Tú sabes lo que hacían? Esperaban que la marea corriera de la sección pública a la sección militar, nadaban hasta la net que dividía hasta el agua y se ensuciaban. Entonces empujaban el regalito hacia el otro lado. *(Se ríe.)* Una vez, tu abuelo estaba flotando en la parte honda, cuando de repente cambió la marea y todo aquello empezó a regresar. Él sintió que algo le rozaba el pie, ¿y qué pensó?, ¡un tiburón! Pues no, era una cosa del tamaño de un chorizo. *(Todos ríen. Las luces comienzan a cambiar para el atardecer.)* Nunca más volvimos a la playa. Eso fue en mil novecientos... cincuenta y cuatro. Y jamás he vuelto a la playa desde entonces.

PAY. Tienes que venir con nosotros la próxima vez. El aire de mar es muy saludable.

CACHA. Me temo que Mar Verde no es para mí.

PAY. Mar Verde es para todo el mundo. ¡Es un paraíso! ¡Es bellísimo, Abue! ¡Es sensacionalmente bello! *(Se para al borde de la varanda. Silencio.)*

CACHA. Dicen que cuando Colón desembarcó en Cuba, dijo que era la tierra más hermosa...

PAY. *(Continúa.)* ...que ojos humanos han visto.

CACHA. Nadie sabe exactamente dónde desembarcó Colón... pero en cualquier parte de Cuba que haya sido, no podía haber dicho otra cosa.

El atardecer brilla por unos instantes. Apagón.

Fin del primer acto

SEGUNDO ACTO

ESCENA 1

Las luces suben en el patio. Julio, sin camisa, está metido dentro de un tanque cantando "Quiéreme mucho". Pay entra. Julio le dedica la canción.

JULIO. ¿Te acuerdas de ésta?

PAY. *(Aplaudiendo.)* Lo que me sorprende es que te acuerdes tú.

JULIO. Siempre me acuerdo de ti cuando la oigo. Tú se la cantaste a abuelo cuando cumplió sesenta años. *(Pay sonríe apenado. Julio sale del tanque.)*

PAY. ¿Lo arreglaste?

JULIO. *(Secándose el sudor del cuerpo.)* Sí, creo que se le tupe la tubería todas las mañanas. ¿Qué vas a hacer? Hay que resolver. La culpa la tiene el bloqueo imperialista. Como diría Tatín. Oye, ¿dónde se metió Tatín?

PAY. Está escribiendo algo para su programa de radio. Lo voy a buscar.

JULIO. No, no, déjalo. Ése no tiene que sudar. Ni tú tampoco.

PAY. Con este calor, sudas de todos modos.

JULIO. Sí, pero no así. Ustedes tienen cerebro. No tienen que hacer fuerza. No como yo, que lo único que tengo es eso, fuerza. *(Flexiona el brazo con orgullo.)* Aunque no me puedo quejar. Las jevitas se vuelven locas. *(Se señala con un dedo la cabeza.)* Pero de aquí no tengo nada.

PAY. No digas eso.

JULIO. Es verdad. Tú y Tatín se cogieron toda la inteligencia de la familia. Yo estoy hecho para cortar caña, practicar en la milicia, y así será para el resto de mi vida.

PAY. ¿Y qué te gustaría hacer?

JULIO. ¿Lo quieres saber?

PAY. Sí, dime.

JULIO. Lo que realmente quisiera hacer es estar sentado en una oficina, frente a una ventana para poder ver para afuera, como en La Habana, y manejar un carro. Uno de esos carritos deportivos... rojo.

PAY. ¡Julio, eres un playboy!

JULIO. ¿Qué es eso, tú?

PAY. Un playboy es como un chulo, pero independiente.

JULIO. ¡Sí, eso es lo que me viene de perilla!

PAY. ¿Nunca has pensado en irte?

JULIO. No. ¿Para qué? Si uno no tiene cerebro, no importa donde estés: siempre terminas limpiando fosas. *(Pay se ríe.)* ¿Tú ganas mucho dinero?

PAY. ¿Yo? No.

JULIO. *(Sorprendido.)* ¿Y cómo es eso?

PAY. Los dramaturgos no hacen mucho dinero.

JULIO. No jodas. *(Se seca de nuevo el sudor y se estira.)* ¿Y a ti no te importa ganar poco dinero?

PAY. Claro que me importa. Me siento un desgraciado por eso.

JULIO. ¿A ti no te gustaba ser doctor como Ari?

PAY. No.

1318 JULIO. ¿Y qué haces todavía fuera de Cuba?

PAY. No te entiendo.

JULIO. ¡Coño! Para ganar poco dinero, sentirme un desgraciado, sin un kilo partido por la mitad, para eso me quedo en Cuba. Y tú eres inteligente, pudieras ser rico. Si yo fuera como tú, consideraría la idea de irme para hacerme rico... pero entonces me sentiría un desgraciado lejos de Cuba. *(Piensa un momento.)* Tuviera que estar muy rico. ¿Cómo voy a querer vivir lejos de aquí sin dinero? ¿Cuál sería el consuelo? *(Silencio.)* ¿Tú te acuerdas el día que le diste candela a la cama de Tatín?

PAY. Y le tiré un cubo de agua por la cabeza. *(Se ríen.)* Me encerré en el baño y cuando creí que todo estaba tranquilo y que la gente ya se había acostado, salí. Y allí estaba papá, esperándome con el cinto en la mano.

Se ríen. Música. Apagón.

ESCENA 2

Amelia está en el portal. Sobre ella, luz.

AMELIA. *(Gritando.)* ¡Rosario! Compañera, Doña Cacha quiere saber si nos pudieras prestar algunas sillas para la fiesta.

VOZ. ¡Sí, mi amor! Cómo no. Tengo seis de bagazo, cuatro con patas de cromo, la de mi coqueta, y...

AMELIA. ¿Y el banco grande?

VOZ. Es bien pesado...

AMELIA. Más pesado es estar parada. Además, va a venir mucha gente.

VOZ. ¿Me lo dices? Si yo he estado pensando todo el día en el puerco.

AMELIA. *(Tratando de irse.)* Me tengo que ir ahora... hasta casa de Clara, a ver si me presta sus manteles.

VOZ. ¡Ay, Amelia! Ahora que me acuerdo, sólo me quedan cinco sillas de bagazo. Se me había olvidado que Graciela me rompió una la semana pasada.

AMELIA. Pues Graciela se quedará parada. *(Apagón.)*

ESCENA 3

Luz sobre Tatín que está sentado en el centro de la varanda. Fuma. Se escucha música y ruidos de la fiesta. Voces. Entra Ana.

ANA. Aquí era donde estabas. *(Tatín la mira.)* Hace más fresco. *(Se sienta a su lado.)* El puerco estaba exquisito, ¿no? *(Tatín asiente.)* Vi que tía Cuca te echó salsa encima del arroz y que a ti no te gusta así. *(Se oyen risas adentro.)* ¡Oye eso! Qué pena que los niños no hayan podido venir. Deberían estar aquí. *(Pausa.)* Aunque te hubiera sido más difícil hablar con Pay.

TATÍN. ¿Bailaste con él?

ANA. Sí. Me estuvo contando que había visto bailar a Baryshnikov en un anfiteatro al aire libre. *(Pausa.)* ¿Te dijo que no era feliz viviendo en Toronto?

TATÍN. ¿Por qué me lo preguntas?

ANA. No sé. Siempre pienso que... bueno... por la manera que habla, me parece que él no se siente muy contento por allá.

TATÍN. Estará pasando ahora por un mal momento.

ANA. ¿Te lo dijo?

TATÍN. Más o menos.

ANA. Él se desenvuelve bastante bien.

TATÍN. Trabaja en otras cosas también.

ANA. ¡Ah! *(Tatín la mira.)* ¿Viste la camisa que tiene puesta? Es de seda. Se la compró en la India. Se pasó tres meses por allá.

TATÍN. Lo sé.

ANA. Ha estado en todas partes.

TATÍN. También lo sé. Recibe el "New York Times" los domingos y conoció a Lillian Hellman. Tiene una máquina de escribir eléctrica, teléfono privado y todos los discos de Paul Simon. *(Pausa.)*

ANA. ¿Te gustaría estar en su lugar?

TATÍN. Me gustaría estar en el lugar de cualquiera.

ANA. Tatín...

TATÍN. Y tú, ¿en el lugar de quién te gustaría estar?

ANA. ¿Yo?... No sé.

TATÍN. Vamos, dime... ¿en quién has pensado?

ANA. *(Piensa.)* Creo que todavía me gustaría ser Kim Novak.

TATÍN. ¿Kim Novak?

ANA. Cuando yo era una pepilla, soñaba con ser Kim Novak. Y ahora resulta que dice Pay que ya ella no es ni famosa.

TATÍN. ¿Tú le preguntaste a Pay por Kim Novak? *(Se ríe.)*

ANA. ¿Y por qué no? *(Tatín ríe más.)* Me estás haciendo sentir como una estúpida. *(Se sonríe.)*

TATÍN. Kim Novak... *(Los dos se ríen.)*

ANA. *(Después de la risa.)* Tatín... yo sé qué es lo que te pasa, yo sé por qué estás actuando así. *(Tatín la mira atentamente.)* Al principio pensé que era por Pay... su visita... y los recuerdos... 1321 pero, en realidad, lo que te tiene así son los programas de radio, ¿no es verdad?

Se oyen aplausos adentro. Voces. Dilia y Cacha entran. Cuando las ve, Tatín reacciona como si lo hubieran descubierto.

DILIA. ¿Eh? Pero qué hacen ustedes dos aquí, si la fiesta es adentro.

TATÍN. ¡Abue, tía! *(Ambas se sientan en el patio.)*

CACHA. Deberían estar bailando.

TATÍN. Estábamos cogiendo un poco de fresco.

CACHA. ¡Ay, sí! Aquí hace menos calor.

DILIA. Tienes que ver a tía Clara.

TATÍN. Debe estar asándose con ese vestido.

DILIA. *(A Tatín en el oído.)* Está tratando de empatar a Amelia con Manolo, uno de los hijos de Moreno.

TATÍN. ¿El que tiene un diente dorado?

DILIA. ¡No, niño! El de las verrugas. *(Señala varios lugares de la cara y ríe.)* Yo creo que tía Clara ha tomado demasiado.

TATÍN. Tú no estás muy derecha que digamos, tía.

DILIA. ¿Quién? ¿Yo? ¿Borracha yo?

TATÍN. Te vi empinándote la cerveza de tío Nando cuando estábamos en la mesa, más de una vez.

DILIA. ¡Tjch! ¿Quién se va a emborrachar con un buchito de cerveza? *(Risas y vivas desde la fiesta.)*

CACHA. ¡Oigan eso! *(Entra Clara, vistiendo un sobrecargado traje de fiesta de los años cincuenta.)*

CLARA. ¡Ay! ¡Aquí está la reina del carnaval! ¡Cómo he bailado!

CACHA. Mejor te sientas un rato.

CLARA. Pero si todavía estoy entera. No he dejado nada para la juventud. *(Se sienta.)* Si pudiera volver a mis quince.

CACHA. O por lo menos, a los cincuenta. *(Todos ríen.)*

CLARA. ¡Ay, no! No, Cacha, no cuentes conmigo para los cincuenta. Si voy a soñar, déjame hacerlo en grande. Quiero imaginármelo todo en technicolor, quince años, violines, y una melena rubia. Me alegro haberme vestido así. *(Trata de refrescarse, soplándose por el frente del vestido.)*

ANA. ¿Quieres que te traiga un trago, tía?

CLARA. Ay, Anita, bien sabes que yo no tomo, pero sé buena y consígueme mi abanico. Está arriba de la mesa del tocadiscos. *(Ana sale.)* Lo único que tengo es calor, pero en cuanto me refresque... ¡Ay, Cacha, vieja, yo no me doy por vencida! *(Ríe.)*

CACHA. Acuérdate que el lunes es día de lavar. *(La música cambia a una conga.)*

CLARA. En estos momentos yo no me acuerdo de nada.

DILIA. ¡Llegó la conga! *(Sale bailando.)*

ANA. *(Entra.)* Yo creo que Julio ya está borracho. Quiere cargar a tía Carmen. *(Le da a Clara su abanico y un vaso de agua fría.)*

CLARA. Te darás cuenta de que está borracho cuando quiera cargar a Graciela.

Tatín ríe.

CACHA. ¿Y de qué te ríes, si tú salías con ella?

ANA. Pero eso fue antes de casarse conmigo.

CLARA. No, eso fue antes de que fuera gorda.

PAY. *(Desde fuera.)* ¡Tía Clara, la conga!

CLARA. ¡Ay, muchachitas, me solicitan!... ¡Me solicitan!

CACHA. Despacito, Clara...

1323

CLARA. *(Tratando de ponerse los zapatos muy apurada.)* Cacha, estoy divinamente bien. *(Grita de repente.)* ¡Ay... ay, mi juanete! No me cabe el zapato. *(Todos ríen.)*

ANA. No bailes esta pieza, tía, descansa.

CLARA. ¿Qué tú dices? ¡Jamás! Bailaré descalza.

CACHA. ¡Clara, mañana estarás...

CLARA. *(Levantándose.)* ¿Mañana? ¡Mañana que me amputen el pie! *(Sale cojeando con los zapatos en la mano.)*

ANA. ¡Está loca!

CACHA. No le hagas caso, Anita. Quiere lucir su vestido de fiesta, eso es todo. Me alegro tanto que Julio haya podido conseguir el puerco. Le hemos podido preparar a Pay un pequeño carnaval. *(Dilia se ríe adentro.)* Cuando tu abuelo vivía, las fiestas en esta casa duraban hasta el mediodía del día siguiente. Todos tus tíos cuando eran jóvenes... eran unos trompos bailando. Tu tío Pucho se pasaba los tres días que duraba el carnaval bailando, y no paraba ni cuando venía por las tardes a buscar otra camisa limpia. Entraba por esa puerta, arrollando una conga que decía: "si me paro, pierdo el ritmo, si me paro, pierdo el ritmo", una y otra vez.

DILIA. *(Entra.)* Tienen que ver a Pay bailando. A ése no se le ha olvidado que es cubano. Y a tía Clara, que está bailando sin zapatos. *(Coge el abanico de Clara.)*

ANA. Yo nunca había visto a tía Clara así.

DILIA. Hace dos semanas lo único que hacía era quejarse de las hemorroides. La pobre, todos estos años sin su Pay.

CLARA. *(Entra.)* Allá adentro todo baila.

DILIA. ¿Estás cansada, tía?

CLARA. No, hija. Sólo le estoy dando una oportunidad a las jovencitas, para que puedan bailar un poco con Pay. Dame mi abanico. *(Se sienta.)*

DILIA. Vas a tener que regalar ese vestido después de esta noche.

CLARA. Todavía aguanta otra lavada.

ANA. Tía, deberías comprarte un vestido nuevo.

CLARA. ¡No me digas! ¿Y dónde voy a encontrar, en estos momentos, una tela como ésta?

DILIA. No la cuqueen, por favor. *(Se oyen vivas adentro.)*

CLARA. ¡Oigan eso! Como en los viejos tiempos. Ay, si Silvia y Tato estuvieran aquí. *(A Ana.)* Silvia se divertía muchísimo en estas fiestas y cuando tenía dos tragos en la cabeza ya no sabía si hablaba en inglés, en español o en hebreo. *(A Dilia.)* ¿Te acuerdas el día que le estaba tratando de decir algo en español al Padre Efraín y terminó diciéndole una barbaridad? *(Todos ríen.)*

PAY. *(Entra con una cerveza.)* Así que la fiesta es aquí.

DILIA. ¡Miren cómo está, como un pollo mojado!

CLARA. ¿Díganme si no es bello?

CACHA. ¿Por qué no te cambias la camisa? Vas a coger una pulmonía.

PAY. Sólo me queda una, con la que me voy mañana.

CACHA. ¿Y qué le hiciste a las otras?

TATÍN. Me deja unas a mí.

PAY. Y a Julio, y a Roberto, y a todo el barrio.

CACHA. ¿Y qué piensas hacer, andar por el Canadá desnudo?

PAY. ¿Cómo la está pasando todo el mundo aquí afuera? *(Todos contestan "muy bien", excepto Clara, que tiene la mirada perdida. Pay tropieza.)*

DILIA. ¡Estás borracho, Pay!

CLARA. ¡Ay, Dilia, todo el mundo está borracho para ti! Es una lástima que nunca hayas tenido un marido para que supieras lo que es una buena borrachera.

DILIA. No empieces con eso.

AMELIA. *(Entra con su disfraz de carnaval.)* ¿Dónde está Pay?

CLARA. ¡Amelia!

DILIA. ¿Ves, tía? Amelia no pudo soportar que tú fueras la única que estuviera disfrazada.

CLARA. ¡Déjame verte! Modela.

AMELIA. Le prometí a Pay ponérmelo antes de que se fuera.

PAY. ¡Está fantástico!

AMELIA. Si te lo dije, este año la comparsa de La Placita se gana el primer premio.

DILIA. ¡Como siempre! *(Amelia sale.)*

CACHA. ¿La estás pasando bien, Pay?

PAY. ¡El mejor momento de mi vida! *(Hace un brindis.)* ¡Por La Placita!

CLARA. Esta noche todos estamos contentos, Pay.

DILIA. Vas a tener mucho que contar cuando regreses.

CACHA. Claro que sí. Si mírenlo, hasta el color le ha vuelto al cuerpo.

Clara abanica a Pay.

DILIA. Unos paseítos más a Mar Verde y entonces sí que volvería a lucir como un cubano.

PAY. *(Se levanta de repente.)* Tengo algo que decirles.

Se oye un grito dentro.

DILIA. Déjame ver qué pasa.

PAY. No, tía, no. Siéntate. Quiero que todo el mundo me oiga. *(La besa.)* ¿Sabes una cosa? Antes te tenía miedo. *(A todos.)* Pero 1326 ahora me he dado cuenta que me quieres después de todo.

DILIA. ¡Ay, Pay, estás borracho!

PAY. *(Hace un brindis.)* Por mi tía Dilia. *(Trata de levantarse sobre una silla.)*

ANA. *(A Tatín.)* Creo que ha tomado mucho.

PAY. *(Besando a Clara.)* No, no, tía. Ahora que todos están aquí... *(Mira a su alrededor.)* Bueno... los más importantes... mi familia. *(Pausa.)* ¡Quiero volver a Cuba para siempre! *(Un momento de tensión.)*

TATÍN. No le hagan caso que está borracho.

PAY. ¡No, no lo estoy! Quiero regresar a mi casa, si es que ustedes me aceptan de nuevo.

TATÍN. ¡Estás loco!

Gritos dentro. Una muchacha grita, pero Pay y Tatín gritan más.

PAY. ¿Y qué tiene eso de loco? Es muy natural que...

Entra Amelia.

AMELIA. *(Aterrada.)* ¡Dilia, ven, rápido! Es Julio que está muy borracho.

TATÍN. Tú no sabes qué carajo estás diciendo. Tú no pudieras vivir aquí.

VOZ. *(Afuera.)* ¡Julio!

VOZ. *(Afuera.)* Busquen a alguien. Vayan a buscar a Dilia.

Dilia sale.

TATÍN. La cosa no es tan sencilla como tú piensas.

VOZ. *(Afuera.)* ¿Pero qué coño está haciendo?

PAY. ¿Qué te pasa, Tatín? ¿No me quieres aquí?

TATÍN. ¡No!

PAY. ¡Ésta es mi casa también!

1327

AMELIA. ¡Dilia, apúrate!

VOZ. *(Afuera.)* No lo dejes, ¡agárralo!

VOZ. *(Afuera.)* Dale la vuelta.

VOZ. *(Afuera.)* ¡Cógelo!

TATÍN. Tú no estás pensando en nadie más que en ti mismo. Bueno, pues déjame decirte una cosa, para que te enteres: la vida en Cuba no es como tú te piensas. La vida en Cuba no es como lo que tú has visto en esta semana. No siempre estamos de fiesta.

VOZ. *(Afuera.)* ¡Ha tomado mucho!

PAY. ¿Y tú crees que en el Canadá me sirven las cosas en bandeja de plata?

VOZ. *(Afuera.)* ¡No, Julio, no!

AMELIA. ¡Dilia, por favor, que Julio se está quitando la ropa!

VOZ. *(Afuera.)* ¡Está bueno ya, Julio!

Las voces que se escuchan dentro aumentan en desesperación. Julio aparece completamente desnudo. Amelia y Dilia corren detrás de él. Dilia se detiene en la puerta.

JULIO. ¡Adiós, Abuela!

Tatín y Pay ignoran lo que está pasando y agudizan la discusión.

TATÍN. ¡Tú no serías feliz aquí! ¡Nadie es feliz aquí!

PAY. Julio es feliz.

TATÍN. Eso te cres tú. Pero tú no eres Julio. *(Se sube en la mesa.)* ¡Yo también tengo algo que decirte! ¡Me quiero ir de Cuba para siempre!

ANA. ¡Tatín, cállate, por favor!

DILIA. ¿Pero qué está pasando aquí? ¡Todos se han vuelto locos!

ANA. Piensa en nosotros, en tus hijos.

TATÍN. ¿Por qué carajo todos los cubanos se empeñan en no oír a los demás y en hablar todos a la misma vez?

PAY. Pues tendrás que soportar a este cubano, porque de todos modos voy a solicitar mi regreso.

TATÍN. ¡Y tú crees que te lo van a dar, comemierda! Ni porque eres un Rabel. De aquí se sale una vez y para siempre, y si en mis manos estuviera, usaría todo mi poder para que no te lo dieran.

PAY. ¿Qué poderes tienes tú, hijo de la gran puta?

TATÍN. El único que funciona aquí, el poder de destruir. Y mira, no me jodas, que si a mí me diera la gana tú te pudres en la cárcel.

PAY. ¡Comunista asqueroso de mierda! Eres capaz de traicionar a tu hermano con tal de salirte con la tuya. ¿Tanto me odias?

TATÍN. Está bueno ya de hablar tanta mierda, chico.

PAY. Sí, es odio. Y yo te odio también. Qué se puede esperar de ti, si siempre tuviste un corazón de palo. *(Pay se vuelve como loco gritando.)* ¡Te odio! ¡Te odio! ¡Te odio! ¡Comunista de mierda!

Tatín abofetea a Pay y éste le devuelve el golpe. Pausa. De pronto, Pay estalla en llanto y se arroja en los brazos de su hermano. Dilia se da cuenta que Cacha está teniendo dificultad para respirar.

DILIA. ¡Mamá! *(A Ana.)* ¡Tráele agua!

PAY. ¿Abuela?

CACHA. Estoy bien, estoy bien.

DILIA. *(A Clara y a Ana.)* Ayúdenme a llevarla a la cama. *(Pay va a ayudar.)*

TATÍN. ¡No! ¡Quédate! *(Tratando de no ser oído.)* Yo no te odio, Pay. No quiero que regreses porque si yo pudiera, me iría yo también.

PAY. *(En voz alta.)* ¿Tú? ¿Tú te quieres ir de Cuba?

Ana y Dilia miran a Tatín. Pay se sienta.

TATÍN. Si yo pudiera llevarme a mi mujer y a mis hijos, si pudiéramos irnos todos juntos, yo tomaría el próximo avión, un bote, una balsa, cualquier cosa, con tal de irme para siempre de este infierno.

PAY. ¿Cómo?

TATÍN. Esto es una mierda.

PAY. En los seis días que llevo aquí, tú me has hecho creer... yo pensaba que tú...

TATÍN. Uno cree que quiere creer, chico. Lo que le conviene creer.

Entra Ana.

PAY. *(Dirigiéndose a Ana.)* ¿Cómo está la abuela?

ANA. Ya está bien. Estas cosas, a su edad... figúrate. Pero ya está respirando mejor.

TATÍN. ¿Tú te quieres ir, Ana?

ANA. De mí no dudan.

TATÍN. ¿Pudieras irte?

ANA. Yo no pido mucho, Tatín. Varios niños para enseñar, no importa donde sea. Y que estemos juntos, Tatín, tú, yo y los niños. ¡Los cuatro juntos! Pay, acuérdate que tu avión se va mañana. Me alegro tanto que hayas venido. No hay que hacer mucho esfuerzo para vivir en Cuba. Solamente necesitas estar ciego. *(Lo abraza.)*

1330 PAY. ¡Gracias, Ana! *(Ana sale. A Tatín.)* ¿Qué vas a hacer?

TATÍN. Irse de Cuba no es fácil. Es un proceso largo y complicado, en el mejor de los casos. Aquí los comités cada vez tienen más poder. Ahora que saben que lo que escribo interesa fuera, todo mi trabajo lo inspeccionan minuciosamente. Gente que aprendió a leer hace varios años, califican mi trabajo y no saben ni el significado de muchas palabras.

PAY. ¿Pero tú sabías que iba a haber censura?

TATÍN. Por supuesto que lo sabía. Se sobreentiende que la censura era necesaria como un paso a la estabilidad. Teníamos que adoctrinar al pueblo para que pudiera adaptarse a una nueva vida. Pero después de tantos años, seguimos igual. Así es y seguirá siendo "nuestra nueva vida". Estoy desilusionado, Pay.

PAY. ¿Y entonces?

TATÍN. Tengo dos hijos que lo único que conocen es esto y que han sido adoctrinados muy bien. Dentro de unos años tendrán edad militar y no podrán salir de aquí.

PAY. No sabes lo que te envidio el carnaval.

TATÍN. Euforia para las masas. Alguna cosita que alivie el sufrir. ¿A qué hora sale tu avión?

DILIA. Pay, mamá quiere verte. Tiene miedo quedarse dormida y que te vayas sin despedirte de ella. *(Pay va al cuarto de Cacha.)* Tatín... ¿tú no te vas, verdad? *(Casi llorando.)* ¿Qué va a ser de mí cuando mamá se muera? *(Tatín se echa a llorar en los brazos de Dilia. Apagón.)*

ESCENA 4

Las luces suben en el cuarto de Cacha. Pay está sentado al borde de la cama, debajo del mosquitero.

PAY. ¡Abuela!

CACHA. ¿Pay?

PAY. Tía me dijo que...

CACHA. Te estaba esperando. Me dieron algo para dormir, pero te estaba esperando. Tengo que hablar contigo.

PAY. Sí, abue, dime.

CACHA. Ven, acércate más. *(Pay obedece.)* Yo no me voy a morir, Pay. Al menos, todavía no. Estoy... estoy esperando que todos regresen a esta casa. Tienen que regresar porque yo los estoy esperando. *(Le acaricia una mano.)* Mañana... mañana hablaré con Julio y con Tatín. Díselo, que mañana hablaré con ellos.

PAY. Está bien, abue, pero ahora descansa. *(Va a levantarse, pero ella no lo deja.)*

CACHA. Tato es mi hijo y tú eres mi nieto. Naciste en mis brazos. *(Silencio.)* Ésta es tu casa, Pay. Nadie puede mantenerte alejado de ella. ¿Me entiendes, Pay?

PAY. Sí, abue.

CACHA. Aún después de mi muerte, ésta seguira siendo tu casa. Tú naciste aquí, en estos brazos, en esta casa.

PAY. Abue...

CACHA. Volverás, Pay. Yo sé que volverás. Tal vez no muy pronto, pero volverás. Todos volverán. *(Lo abraza.)* ¡Mi pequeño Pay!

PAY. *(Controlándose.)* Duerme ahora, abuela... Mañana...

CACHA. Sí, mañana. Dile a Tato que yo estoy bien y que no me voy a morir, por ahora. Mañana, Pay. Pay—Pay.

Cacha se queda dormida. Pay la besa. La música comienza suavemente. Apagón.

ESCENA 5

Las luces suben en el portal en donde Tatín, Dilia y Ana están parados viendo pasar una de las comparsas del carnaval. Cacha sale y se une a ellos. Música de carnaval. En el lateral derecho, sube una luz sobre Pay que está grabando.

PAY. Muy pronto el invierno estará de regreso. Los árboles de toda la ciudad son un verdadero carnaval de colores; pero en mi mente nada se puede comparar con aquel carnaval que me perdí en Santiago. No puedo dejar de extrañarlo. El carnaval y todo lo demás que dejé atrás. No importa dónde esté, siempre habrá algo de mí allá. Mi patria. *(Pausa.)* Te extraño, Tatín. Siempre estoy pensando en ti. Pienso en todo lo que nos dijimos y en todo lo que nos dejamos de decir. *(Pausa.)* Nunca pude llegar a decir que... que te quiero... y que ni la distancia ni los largos silencios podrán cambiar este sentimiento que hace mi exilio menos cruel, más llevadero. Bueno, ¿qué más puedo decirte? Y sin embargo, quisiera seguir... Mamá y papá están tratando de hacer todo lo que pueden a través de la embajada de Jamaica. Mamá conoce muy bien al cónsul y cree que él pueda sacarte con toda la familia. Un millón de besos para ti y para toda la familia... de tu hermano que te espera, Pay. Post data: Te incluyo una copia de mi obra, ¡ojalá te guste!

Antes de terminar, la escena se convierte en un colorido carnaval, con música, luces, confeti, etcétera. La música termina de repente y todo se congela, como uno de esos adornos plásticos. Cuando el último pedacito de confeti cae al escenario, las luces empiezan a bajar hasta el apagón.

FIN

1333

ABILIO ESTÉVEZ

LA VERDADERA CULPA DE
JUAN CLEMENTE ZENEA

DE LA POLÉMICA A LAS TABLAS

Laura Fernández

En uno de los fosos de la antigua fortaleza La Cabaña hay una lápida rodeada de pasto, una insignificante tarja. En ella se recuerda que, en ese lugar y sobre esas piedras, fue encarcelado y fusilado el poeta Juan Clemente Zenea, el 25 de agosto de 1871, a la edad de treinta y nueve años. Al inicio del habanero Paseo del Prado, está la estatua del poeta, sentado frente al mar, con su musa a un lado. Y no son muchos los que conocen la identidad de la escultura, como tampoco quienes se interesan por sus poemas. Aparte de estos dos vestigios, no conozco que exista, en La Habana, algo que lo recuerde. El gran poeta Zenea se enseña como un capítulo más de la literatura cubana y ha sido estudiado por importantes figuras de las letras, pero nadie se había adentrado tan profundamente en la tragicidad de su vida y muerte como un joven que no era hasta entonces conocido como autor teatral: Abilio Estévez. *La verdadera culpa de Juan Clemente Zenea,* su primera obra, fue escrita en 1983, y desde entonces ha recibido varios premios y reconocimientos, incluido su estreno, en marzo de 1986, por Teatro Estudio, bajo la dirección de Abelardo Estorino.

¿Por qué interesarse por un poeta ya casi olvidado? ¿No se respira cierto olor a polvo, a viejo, o incluso a muerte, cuando se tratan asuntos tan lejanos? Zenea, un poeta fusilado por los españoles y considerado traidor por los cubanos. Poeta y traidor por partida doble: he aquí una profunda contradicción, un conflicto tan interesante que por sí solo basta para desarrollar algo más que un discurso dramático efectivo. Eso es lo que ha hecho el autor de esta obra. Abilio Estévez indaga en los móviles sociales y psicológicos que llevaron a un hombre de sensibilidad muy especial a inmiscuirse en asuntos políticos y... fracasar.

El presente a través del pasado

José María Heredia, Julián del Casal, José Jacinto Milanés, Gertrudis Gómez de Avellaneda, Juana Borrero, Gabriel de la Concepción Valdés, han sido motivo de obras teatrales creadas en los últimos años, a partir de la segunda mitad de los ochenta, a excepción de la obra que sobre Milanés escribiera Estorino. Es curioso que esto suceda en un país en el que, por idiosincrasia y condiciones sociales, el presente ocupa un primer lugar dentro de la vida del cubano. No es casual, ni se trata de una moda o fenómeno mimético; nuestros autores —es significativo que estas piezas son escritas por dramaturgos de vasta experiencia junto a otros muy jóvenes, por tanto, no se trata de una circunstancia generacional— encuentran en el pasado la posibilidad de recurrir al presente con mayor desenfado y libertad. Ante la casi absolutización de la "tragedia optimista", ante la avalancha de los años setenta, cuando el "teatro nuevo" pobló los escenarios de marginales redimidos, obreros y estudiantes con conflictos de solución tibia, finales felices y mucho "sabor popular", se imponen, desde los primeros años de la pasada década, nuevas maneras de representar y decir. Se escriben y estrenan algunas piezas que recobran en parte el hálito de autenticidad que le había sido cercenado a nuestro teatro.

Son nuestros poetas del siglo XIX quienes nos devolverán

los grandes personajes, hermosos en sus conflictos con ellos mismos, con sus aspiraciones o incluso con el poder, como realmente les ocurrió a todas las grandes figuras literarias del pasado siglo.

La verdadera culpa... se distingue, entre estas obras, por su estructura acabada y perfecta, por la síntesis y la fuerza de sus personajes y, sobre todo, por abordar, con profundo sentido crítico y universal, la figura central del drama. Pero no imaginemos encontrar un recorrido biográfico por la vida del poeta, sino un juego teatral, un espacio en el cual todo confluye, donde se mezclan ambientes y personajes reales e imaginarios y que tienen como centro a un poeta, el Poeta, que ha llegado hasta la mazmorra donde Zenea vivió sus últimos días con el objetivo de saber. Y el precio de saber será convertirse en el poeta traidor, será sufrir como él, amar como él, presentir, como desde siempre le sucedió al otro, que su vida estaría determinada por un destino trágico. Esta aparición de un personaje contemporáneo, además de ser un recurso que facilita narrar la historia, ofrece un punto de vista sugerente, a partir de que sean los ojos de un hombre de hoy, de otro cubano, los que indaguen en la culpa del poeta, no como un espectador, sino a partir de su propia encarnación. De nuevo una mazmorra, unos espejuelos rotos y un carcelero para llevarlo, como Virgilio condujo a Dante por el infierno. Un simple cambio de ropa, el trueque de la camisa moderna por aquella ensangrentada que perteneciera al autor de "Fidelia", basta para iniciar el camino que llevará al interesado por el infierno de Zenea, su horror, su desaliento.

Un padre leal a la nación española, una madre bayamesa, la flauta que toca el padre y que marcará sus primeras reflexiones, el amor a Cuba que trata de inculcarle la madre; nada es gratuito: el dilema está planteado y en su dualidad de Poeta-Zenea, el personaje se debate en un conflicto de siempre y las palabras "patria", "isla", "libertad", "mundo", "exilio" trascienden los límites de la escena e incluso los de las preocupaciones de Juan Clemente. ¿No ha venido a saber? Pues el Poeta sabrá e incluso se le mostrará más: se le mostrará su propio infierno.

¿Por qué de los amores de Juan Clemente, el autor escogió para el teatro sólo el de la actriz norteamericana que fuera la musa adolescente del poeta, la amante de contados encuentros y sorpresiva fuga, la famosa Adah Menken? Envuelta en la tenue atmósfera de una luz azul, surge esta mujer para materializar las angustias del escritor y reclamar, ante la "locura poética" del hombre, el apego a lo terrenal, a la necesidad de vivir en tiempo presente. Si ella significó algo grande para él, ahí están sus magníficos versos para decirlo. Sin embargo, para el Poeta-Zenea la aparición es vital para descubrirse a sí mismo enfrentado a una disyuntiva que le resulta tan cercana como, más de un siglo atrás, le resultara a Juan Clemente la difícil elección de ser fiel al amor o a la poesía.

Entre la ironía y la culpa

Pordioseros, Enmascarados, Jueces, todos ellos figuran como un gran personaje colectivo. Todos acosan, reclaman, increpan, acusan. Nadie comprende al Poeta, como tal vez nadie escuchó a Zenea. Para ese grupo es admisible todo menos la transgresión; puedes estar en un bando o en otro, pero no se acepta una posición que intente conciliar o, al menos, ser diferente. No se trata de castigar para defender una verdad, sino para ocultarla. De ahí que la contradicción amplía sus significados: mientras el Poeta ha llegado hasta allí para buscar, para comprender, este personaje colectivo busca todo lo contrario, y sus preguntas, su aparente ansia de justicia, no son más que una manera sutil de hacer que impere la ceguera.

Por un camino sin regreso, tan descendente como el que siguiera el escritor, se adentra el Poeta-Zenea, sin darse cuenta de que no hay marcha atrás. Cuando llegue al último escalón, cuando haya terminado el recorrido por pabellones de imágenes cada vez más oscuras, ¿podrá recobrar su verdadera identidad? ¿Será el mismo, una vez conocida la verdad? Si el Poeta no se arranca los ojos como Edipo, una vez que llegó al conocimiento de su culpabilidad, es porque este gesto le corresponde mejor a los otros personajes, los que acusan, y porque, en definitiva, ¿fue su culpa alejarse de la poesía o defenderla a toda costa?

Hábil juego de la ironía y la culpa, de la verdad y la mentira, matizado con frases sentenciosas, con sutilezas del lenguaje, con diálogos perfectos, de todo lo cual se hubiera sentido muy feliz Virgilio Piñera, de haberlo conocido. Piñera, que fue amigo y maestro de Abilio Estévez, está, de cierta manera, presente en esta obra, en la que esa mezcla de crueldad y desamparo, esa posibilidad de verse y juzgarse, de ser descarnado y débil a un mismo tiempo, prevalecen durante todo el texto.

Este hombre débil y confundido que está en escena, con un carcelero lúcido y siniestro, con fantasmas como únicos compañeros, es un poeta. Vivió una época de horror; se debatió en la duda de serle fiel a esa época o a sí mismo. Se sabía condenado a una angustia perenne, a la tortura de una frase, de un verso o de una imagen triste. El tiempo fue mostrándole otros pesares, un mundo en el que los versos brillantes y los poemas bellos, perecen ante la ceguera. Su culpa, si es que la hubo, fue intentar que todo ese horror desapareciera. Si Juan Clemente Zenea comprendió que en la flauta que su padre tocaba para él se encerraba su melancolía posterior, su fin triste, de mártir inútil y poeta despreciado, el Poeta-Zenea no había de imaginar que llegar hasta una oscura mazmorra y hablar con los fantasmas, quién sabe a qué fin lo conduciría. La camisa ensangrentada y los espejuelos rotos han quedado atrás, fuera de la escena está la vida. ¿Qué culpa le tocará en suerte?

ABILIO ESTÉVEZ

Nació en La Habana, en 1954. Realizó estudios de Lengua y Literatura Hispánicas en la Universidad de La Habana. Fue secretario de redacción de la revista *Conjunto* y ha sido lector en la Universidad de Sassari, Italia. Tiene publicados un libro de cuentos, *Juego con Gloria*, y un poemario, *Manual de las tentaciones*, con el cual ganó en España el Premio Luis Cernuda y en Cuba, el de la Crítica correspondiente a 1989. Este último galardón lo recibió también por su pieza *La verdadera culpa de Juan Clemente Zenea*, con la que había obtenido en 1986 el Premio de Teatro de la Unión de Escritores y Artistas. En la actualidad, trabaja como asesor dramático del Teatro Irrumpe. Su producción dramática incluye los siguientes títulos:

TEATRO

La verdadera culpa de Juan Clemente Zenea. Estrenada por Teatro Estudio en 1986. Publicada por la revista *Conjunto*, nº 71, enero-marzo, 1987, y por Ediciones Unión, Ciudad de La Habana, 1987.

Un sueño feliz. Estrenada por Teatro Irrumpe en 1991. Una primera versión de esta obra, con el título de *Yo tuve un sueño feliz*, se publicó en la revista *Tablas*, nº 2, abril-junio, 1989.

LA VERDADERA CULPA DE
JUAN CLEMENTE ZENEA

ABILIO ESTÉVEZ

Para mi madre
y también para Olivia

PERSONAJES

EL CARCELERO
EL POETA
EL PADRE
LA MADRE
ADAH MENKEN
JUECES 1, 2 y 3
ENRIQUE TABARES
CONDE DE VALMASEDA
ENMASCARADOS
PORDIOSEROS
DOS SOLDADOS
UN SACERDOTE

OBSERVACIÓN PARA LA PUESTA EN ESCENA:
Téngase en cuenta que todos los personajes son resultado de la
imaginación del Poeta. Là pieza misma debe dar la impresión de una
pesadilla.

PRIMER ACTO

Interior de una mazmorra. En algún lugar visible la ropa que usó Juan Clemente Zenea durante los ocho meses de cautiverio: camisa blanca ensangrentada, un par de espejuelos de oro.
Entra el Poeta vestido con ropas actuales. Observa la mazmorra con atención.
Aparece el Carcelero que trae un farol.

POETA. *(Sobresaltado al descubrir al Carcelero.)* ¿Quién es usted?

CARCELERO. Nadie. No soy nadie.

POETA. ¿Qué hace aquí?

CARCELERO. Soy yo quien hace las preguntas: ésta es mi casa.

POETA. Usted no puede vivir aquí.

CARCELERO. Te diré: hace ciento treinta y cinco años que ésta es mi casa.

POETA. ¡Déjese de burlas!

CARCELERO. ¡Ojalá me burlara! Soy un hombre muy serio. No creas que resulta agradable vivir tanto tiempo entre estos muros húmedos, donde todavía se escuchan gritos, lamentos... *(Pausa breve.)* Dime, tú ¿a qué viniste?

POETA. Vine porque quería saber.

CARCELERO. ¿Saber?

1345

POETA. Sí. En esta mazmorra estuvo encerrado Juan Clemente Zenea.

CARCELERO. ¡Ah! Te refieres al poeta. Así que quieres saber del poeta. *(Burlón.)* Un joven inquieto preocupado por un poeta que fusilaron hace más de cien años. *(Pausa. Otro tono.)* ¿Quieres un consejo? Olvida eso. Vete a tu casa y lee otros libros.

POETA. *(Sin prestar atención. Descubriendo la camisa.)* ¿Llevaba esta camisa?

CARCELERO. La misma. Durante ocho meses. *(Pausa.)* ¡Vete por donde viniste!

POETA. Los espejuelos están rotos.

CARCELERO. Los tiró.

POETA. No hay un libro, no hay papel, nada con que escribir. ¿Dónde dormía?

CARCELERO. La verdad, no dormía. Pasaba las horas hablando solo. Mencionaba nombres, fechas, lugares... Decía versos. Se quejaba de su suerte. A veces, lo oía reír; otras, eran sollozos.

POETA. Aun aquí escribía. Lo he leído. Sus últimos libros...

CARCELERO. Sí, lo veía hacer letras con el dedo sobre el polvo. Yo me daba cuenta, pero lo dejaba. No me gusta ensañarme con los prisioneros.

POETA. ¿Cómo era?

CARCELERO. ¡Vete! Es un consejo.

POETA. Quiero saber.

CARCELERO. ¿Te conmueven los traidores?

POETA. *(Midiendo el alcance de la palabra.)* Traidor. *(Pausa. Dudando.)* ¿Traidor? A eso vengo. Quiero saber.

CARCELERO. Vuelve la espalda y desaparece.

1346 POETA. Es tan extraño...

CARCELERO. ¿Qué te parece extraño?

POETA. Traidor por partida doble.

CARCELERO. *(Paternal.)* Muchacho, hay de todo en la viña del señor. Es mejor que te vayas a tu casa y te pongas a leer, a escribir.

POETA. *(Sin prestar atención.)* Traidor a la corona española por entrevistarse con Céspedes y llevar documentos.

CARCELERO. Así mismo.

POETA. Traidor a Cuba porque buscaba introducir el descontento entre los insurrectos y saber detalles para informar a España.

CARCELERO. Eres muy joven. ¡Las cosas que he visto...!

POETA. ¿Traidor? Después de todo se trata de un poeta. Un gran poeta.

CARCELERO. *(Irónico.)* ¡Un gran poeta! *(Otro tono.)* ¿Eso basta?

POETA. *(Se vuelve indignado, va a dar una explicación, pero permanece sin saber qué decir. Desviando la conversación.)* ¿Venía alguien a verlo?

CARCELERO. De tarde en tarde el señor fiscal.

POETA. ¿Ningún amigo?

CARCELERO. *(Imitando la ingenuidad del poeta.)* Aquí no hay libros ni colchones de plumas, ni una jofaina con agua de rosas. ¡Ni siquiera una humilde escribanía de palisandro! *(Otro tono.)* Despierta.

POETA. Un prisionero también es un hombre. Y aquí había un poeta. Un poeta aislado, incomunicado, sin más compañía que su sombra.

CARCELERO. *(Despectivo.)* Tú eres de otra época.

POETA. Dígame, ¿lo recuerda? ¿Cómo era?

CARCELERO. ¿Cómo era? Físicamente, nada. Un hombre común. No esperes que te diga: se veía un iluminado de los dioses. Ningún rasgo sobresaliente. Pequeño, muy blanco, el pelo de un rubio oscuro. Los ojitos parecían de ratón detrás de las lentes. Y tembloroso como si estuviera al borde de un precipicio. ¡Me molestaba tanto aquella expresión de miedo! Cada vez que lo veía arrinconarse como una alimaña, yo mismo, con mis propias manos, lo hubiera matado. No me mires así. ¿Quieres la verdad? *(Pausa breve.)* Pequeño, torpe, casi estúpido. Un pobre diablo.

POETA. *(Ofendido.)* Sépalo: aquí hubo un poeta encerrado. Un "pobre diablo" que escribió "Fidelia", una de las grandes elegías...

CARCELERO. *(Interrumpiéndolo.)* ¡Qué manera de hablar! Pareces un libro.*(Pausa.)*

POETA. Aquí estuvo ocho meses y después lo fusilaron.

CARCELERO. El 25 de agosto de 1871. Tenía treinta y nueve años. Si de verdad era poeta, no se pudo quejar.

POETA. ¿Por qué?

CARCELERO. ¡Qué mañana! Tantos años y no recuerdo otra igual. No ha habido desde entonces un cielo tan despejado ni un sol tan brillante. Hasta aquí llegaba la brisa del mar. Cuando salí al patio, vi gaviotas volando. ¡Hasta el Foso de los Laureles parecía un jardín! ¡Qué mañana!

POETA. Fue temprano, ¿verdad?

CARCELERO. A las siete en punto.

POETA. ¿Se veía angustiado?

CARCELERO. Hazme caso, vete, no averigües.

POETA. Quiero saber.

CARCELERO. No es fácil.

1348 POETA. No importa. Quiero saber.

CARCELERO. Después no vayas a echarme la culpa. *(Va donde la camisa de Zenea y se la trae al Poeta.)* Quítate esa ropa. Nadie vendrá si sigues vestido de esa forma. Ponte esta camisa. La usó durante ocho meses.

El Poeta comienza a ponerse la camisa de Zenea.

CARCELERO. Vete, te lo digo por tu bien. Más sabe el viejo por diablo que por viejo. Estás a tiempo. Ya mi memoria falla. Sí, puedo olvidar. Puedo olvidar que viniste a verme para tratar este asunto que es mejor no mencionar nunca. Vete. Ninguna verdad se alcanza así como así. Y una vez que pongas un pie en este laberinto... ¡Mejor no pensarlo! *(Pausa.)* Estás vestido. Ponte los espejuelos. Es el único detalle que te falta.

POETA. *(Que no ha oído.)* Debió estar angustiado.

CARCELERO. Yo mismo vine a buscarlo, con dos soldados y un sacerdote. Hace mucho tiempo: más de un siglo. Mis recuerdos se borran unas veces y otras, en cambio, aparecen con una nitidez... Como si fuera el presente.

POETA. ¿Usted lo recuerda?

CARCELERO. Llegué, abrí la reja. Él estaba tirado en el piso con los ojos muy abiertos. Lo miré con indiferencia. No me juzgues mal. Un oficio como el mío... Yo sólo soy un carcelero. Tuve que acostumbrarme. Vi morir a tantos hombres...

POETA. ¿Qué hizo?

CARCELERO. Solemne, me puse solemne para decirle: "Ciudadano Juan Clemente Zenea, sírvase acompañarme". Él se levantó, me miró sin mirarme. *(Pausa breve.)* ¡Qué raro! Siempre miraba así, como si no viera. Sus ojos eran dos cuentas de vidrio. Preguntó. *(Alarga el índice hacia el Poeta conminándolo para que hable.)*

POETA. ¿Ya es la hora?

CARCELERO. Es la hora. Encomiende su alma a Dios.

POETA. *(No sabe qué decir.)*

CARCELERO. Piensa. Tú eres un hombre que ha estado och
meses en bartolina. No crees en nada. De modo que cuando yo
menciono a Dios —estás a punto de morir—, te confundes, te
sorprendes. Vamos, confúndete, sorpréndete. Pregúntame: ¿A
Dios?

POETA. ¿A Dios?

CARCELERO. No le respondí. Para eso estaba el cura. Un
carcelero no está para cuidar el alma de nadie. Yo sólo sé de
llaves y de cerraduras. El cura se le acercó. Él lo rechazó. Pidió
agua.

POETA. ¿Me da un poco de agua? Tengo sed.

CARCELERO. Nunca entendí por qué pedían agua. Siempre lo
hacían y siempre me intrigaba.

POETA. Tengo sed.

CARCELERO. Le di agua. Soy cristiano.

POETA. *(Tomando de las manos juntas del Carcelero.)* Dios se
lo pague.

CARCELERO. Todos decían lo mismo. Caminaban con los
mismos pasos. Miraban de la misma forma. *(Toca una rodilla
del Poeta.)* ¿No te duele aquí? Tienes una úlcera. Pidió que no
le vendaran los ojos porque era miope. Se quitó los espejuelos y
los lanzó lejos.

POETA. ¿Y después?

CARCELERO. *(Se oye descarga de fusilería.)* Una descarga de
fusilería. Ahora, un breve silencio. *(Se oye un disparo.)* El tiro de
gracia. Todo ha terminado.

POETA. Ya estaba muerto.

CARCELERO. Y bien muerto. *(Irónico.)* Imagínate aquella
mañana del 25 de agosto. Nunca ha habido un cielo tan
despejado, un sol tan brillante, tantas gaviotas. Si de verdad era
1350 poeta, no se pudo quejar.

POETA. No se iba a poner a mirar el paisaje.

CARCELERO. Pues sí.

POETA. No vio nada.

CARCELERO. Te equivocas. Cuando salimos al Foso de los Laureles, miró hacia arriba y suspiró. Hasta tuvo una leve sonrisa. En ese momento se le veía sereno.

POETA. No pudo haber visto el paisaje, sino a su padre, a Adah Menken. Adah Menken medio desnuda como la vio en aquel teatro donde ella actuaba.

CARCELERO. Esas imágenes las había visto aquí día tras día.

POETA. Repitió aquellos versos:
No busques volando inquieta,
mi tumba oscura y secreta,
golondrina, ¿no lo ves?
en la tumba del poeta
no hay un sauce ni un ciprés.

CARCELERO. *(Remedando burlonamente el tono del poeta.)* En la tumba del poeta/ no hay un sauce ni un ciprés. *(Otro tono.)* Deja la poesía y atiéndeme. ¿No viniste a saber? Desde que entraste en esta mazmorra, hasta el momento en que te fusilaron, pasaron ocho meses, ocho meses de silencio, de soledad. Estas paredes desaparecían. El Castillo de la Cabaña desaparecía. La Habana desaparecía. Todo, todo desaparecía.

POETA. Entiendo. El mundo era el laberinto de los recuerdos.

CARCELERO. ¿Quién eres?

POETA. Soy Juan Clemente Zenea.

CARCELERO. Estamos en 1871.

POETA. 1871.

VOZ. ¡Silencio!

CARCELERO. La hora no importa.

POETA. En la cárcel todos los minutos se parecen. Un minuto y otro y otro. Lo mismo. Lo mismo.

VOZ. ¡Presenten armas!

CARCELERO. El calabozo, el silencio, los minutos iguales.

Se oye un grito. Luego un lamento.

POETA. *(Como bajo estado de hipnosis.)* El calabozo, el silencio, los minutos iguales.

CARCELERO. Una monotonía que abruma.

POETA. Como la muerte.

Se oyen rejas, disparos lejanos.

CARCELERO. Todo está oscuro.

POETA. No sé si tengo los ojos abiertos.

CARCELERO. No ves. Ni tus propias manos.

VOZ. ¡Silencio!

POETA. El silencio. Un silencio que da miedo. Si se escucha el grito de algún centinela, el silencio se hace más potente.

CARCELERO. ¿Entra alguien?

POETA. Tú.

CARCELERO. ¿Qué más?

POETA. Me arrincono. No me gusta que entres. Traes el farol, ese farol, y entonces todo resulta más oscuro.

CARCELERO. ¿Me ves?

POETA. No.

CARCELERO. ¿Oyes algo?

POETA. Tu respiración, tus pasos.

1352 CARCELERO. No. Algo más.

POETA. Nada más.

CARCELERO. Esfuérzate.

POETA. Silencio.

CARCELERO. Sí, silencio. Pero detrás de ese silencio... Oye, hay algo.

POETA. *(Tratando de escuchar.)* Nada. Silencio.

Comienza a escucharse, muy débil primero, una música de flauta. El Poeta sonríe, se entusiasma.

POETA. Sí, sí, la oigo. Una música.

CARCELERO. ¿Cómo es?

POETA. Flauta. Una flauta lejana.

CARCELERO. ¿Sabes quién la toca?

POETA. No.

El Carcelero hace un gesto para que entre el Padre tocando la flauta. La música adquiere gran intensidad.

CARCELERO. ¿Escuchaste?

POETA. Además de la música, oí pasos.

CARCELERO. Busca. Hay alguien más junto a ti.

POETA. *(Buscando sin ver.)* Mentira. Sólo esa música.

CARCELERO. Estás ciego. *(Lo lleva donde el padre.)* ¿Ves?

POETA. Nada. Tú, yo, la música.

CARCELERO. Mira bien.

POETA. Es posible. Una sombra...

CARCELERO. Más, más que una sombra.

POETA. Parece... Sí, ¡veo un traje militar!

CARCELERO. ¿Nada más?

POETA. Quizá... Un militar que toca la flauta.

CARCELERO. ¿Sabes quién es?

POETA. No.

CARCELERO. Don Rafael Zenea, el padre. Háblale.

POETA. Yo...

CARCELERO. Sí, háblale.

POETA. *(Al padre. Con miedo:)* Señor...

CARCELERO. ¡No! Así no. Tú eres el hijo.

POETA. Padre.

CARCELERO. Dices padre sin emoción, como cualquier otra palabra. Hace años que dejaste de verlo.

POETA. *(Con emoción.)* ¡Padre!

El Padre deja de tocar la flauta y queda escuchando con extrañeza. Silencio.

CARCELERO. Por fin. Astucia ahora. Un movimiento en falso... *(Guía al Poeta de modo que las manos de éste aprisionen los brazos del Padre.)* Procura recordar. No hay como el recuerdo para despertar el recuerdo.

Hay unos segundos de silencio en los que el Poeta se concentra. El Padre está impávido. Sólo se animará en la medida en que el Poeta hable.

POETA. ¿Te acuerdas de cómo me gustaba dormir bajo los árboles? Tú y yo paseábamos y antes de terminar el paseo, yo me sentaba en la hierba. Me llamabas perezoso, "este muchacho perezoso". Me llevabas al Cauto. Te detenías en la orilla, mirabas al cielo y citabas a San Antonio.

PADRE. Hijo, aprende esta frase de San Antonio: "El que reposa en soledad, de tres cosas se libra: de oír, de hablar y de ver. Ya sólo batallará contra su corazón."

POETA. ¡Con qué exactitud recuerdo aquellos juegos! Veo los pájaros volando. Me hablabas de las aves que migran.

PADRE. Son el símbolo de todo lo errante, de lo que necesita el cambio para vivir. Ánades, golondrinas, gaviotas. Deben ser felices: van hacia lo desconocido.

POETA. Siempre hablabas de lo desconocido.

PADRE. Es lo único conocido.

POETA. Hablabas del tiempo.

PADRE. Los años parecen un soplo, hijo. Pero, óyeme, los años no son fugaces. Lo que es fugaz, muy fugaz, es la existencia.

POETA. ¿Por qué me hablabas de la muerte?

PADRE. Para que comprendieras, Juan Clemente. Lo mejor sería admitir la vida como un préstamo. Así se apuran mejor sus goces.

POETA. Pero hablabas a un niño.

PADRE. De inteligencia muy viva.

POETA. Pero un niño.

PADRE. Si la muerte no respeta la edad, ¿por qué ponerle edad a las verdades?

POETA. Una vez me llevaste al cementerio.

PADRE. Sí, tus ojos iban de un lado a otro. No perdías detalle.

POETA. Aún puedo escuchar los sollozos.

PADRE. Quería que vieras cómo el hombre desaparece en una fosa.

POETA. *(Recriminándolo.)* Después tuve tiempo de verlo muchas veces.

PADRE. Un entierro es como sentarse a la mesa, caminar por una calle, leer un libro de Gracián.

POETA. Muchos murieron.

PADRE. Todos morirán.

POETA. Y tus ojos se han cerrado
y llegó tu noche eterna.
Y he venido a acompañarte
y ya está bajo la tierra... !

PADRE. Me gustan. ¿Quién los escribió?

POETA. No sé. Los repito y repito como si tuvieran una significación para mí, pero no sé de quién son. *(Pausa breve.)* Después te entendí. Tuvieron que pasar los años para darme cuenta.

PADRE. Siempre tienen que pasar los años.

POETA. Al cabo del tiempo vi la muerte. Tenía una copa en la mano y una palma en la otra. La figura de un ángel hermoso con las alas negras.

PADRE. ¿Quieres mayor dicha que saber el minuto exacto de tu muerte?

POETA. Siempre preferí ignorarlo.

PADRE. No entiendes.

POETA. Tú no sabes lo que son ocho meses esperando ese minuto.

PADRE. ¿Y esperarlo toda una vida? *(Pausa.)* ¿Alguna vez te dije por qué me gustaba tanto la flauta?

POETA. Lograbas olvidarte de ti mismo.

PADRE. No es tan sencillo. Me hace falta una frase para explicártelo. ¿Cómo decirlo? Imagina que hay un momento en que te ves, te ves como si fueras otro. No, tampoco es así. No puedo explicarlo.

POETA. Pero yo te entiendo. Uno se desvanece, deja de ser uno. La primera vez lo sentí con un poema de Alfredo de Musset.

1356

El Carcelero da la flauta al Poeta.

PADRE. Toma la flauta. Toca. Como te enseñé.

POETA. Nunca lo haré como tú.

PADRE. Toca y olvídate.

El Poeta toca la flauta. El Carcelero hace entrar a la Madre.

PADRE. ¿Ves lo que te digo? La flauta es poderosa. *(El Poeta deja de tocar.)* ¿Por qué callas? Esa música exquisita es Satán que llora sobre el mundo.

POETA. Ha sido condenado a enamorarse de las cosas que pasan.

PADRE. Y por eso llora.

MADRE. *(Enérgica.)* ¡Basta! Le hace daño.

PADRE. *(Sorprendido.)* ¿Qué dice?

MADRE. Le hace daño, ¿no se da cuenta?

PADRE. ¿Me va a dar lecciones?

MADRE. Soy la madre. Él es un niño. No hay que tener muchas luces para darse cuenta.

PADRE. *(Irónico.)* ¿Terminó sus labores? Vi que estaba tejiendo.

MADRE. Sí, estaba tejiendo, pero también voy a hablar. Mi hijo...

PADRE. *(Interrumpiéndola.)* ¿Regó las plantas? Las azucenas se están muriendo.

MADRE. ¡Deje las azucenas!

PADRE. Entonces, señora, vaya a la cocina. Allí deben estarla esperando sus calderos. Ocupe su lugar.

MADRE. Mi lugar es éste. Voy a gritar que usted le hace daño. Ese niño también es mío y tengo derecho a protegerlo.

1357

PADRE. *(Despectivo.)* ¡Protegerlo!

MADRE. No son formas. Hace tiempo que lo veo. No puedo callarme más.

PADRE. Usted no es quien para darme lecciones.

MADRE. ¡Yo soy la madre! Que no se le olvide.

PADRE. Un hijo varón debe ser educado por el padre.

MADRE. Tengo derecho a decir lo que pienso.

PADRE. ¡Cuando se le pregunte!

MADRE. *(Repentinamente dócil y angustiada.)* No puedo esperar, Rafael, compréndalo. Se trata del futuro de Juan Clemente.

PADRE. No hay que discutir sobre su futuro. Será un hombre de bien. Leal servidor de la corona.

MADRE. *(Con amargura.)* ¡Leal servidor de la corona!

PADRE. ¡Un gran militar!

MADRE. ¿Como usted?

PADRE. Como yo.

MADRE. ¿Ésas son sus aspiraciones?

PADRE. ¿Qué más?

MADRE. ¿Y para leal servidor de la corona...?

PADRE. *(Interrumpiéndola.)* Por ahora le enseño a tocar la flauta.

MADRE. Hay ideas que no son para los niños. Usted sabe bien lo que digo. Si se limitara a enseñarle cómo se toca la flauta... Él es un niño. ¡Qué se le escapa a una madre! Lo veo. Delante de mis ojos ocurre el cambio. Juan Clemente está distinto. No se comporta como los otros muchachos de su edad. En él se adivina... Conozco a mi hijo.

PADRE. Exageraciones.

MADRE. En él hay algo distinto, algo que comienza a ocultar y a ocultarme. Un secreto que veo crecer junto con él. Ese silencio en que cae durante horas. No lo veo jugar; ya no corre como antes detrás de los gorriones de la plaza.

PADRE. Ya no es un niño.

MADRE. Piensa y piensa y piensa. Se pasa el día pensando y no puedo saber qué esconde ese silencio. A veces me mira y es como si no me viera. Sus ojos me traspasan. A veces soy invisible para él.

PADRE. Es un muchacho inteligente.

MADRE. Juan Clemente es otro. Lo observo. Constantemente lo observo. Es mi deber. Y cuando atardece...

PADRE. Se hace un hombre.

MADRE. Y cuando atardece, lo veo acercarse a la ventana que da a la parroquia. Por ella ve la puesta de sol. Es un espectáculo hermoso, sí, pero no es eso. Él permanece quieto, inmóvil, con expresión de asombro, o como si alguien le hablara, alguien... ¡Dios me perdone!, alguien que yo no sé.

PADRE. ¡Como todas las madres!

MADRE. No me engaño. Cuando no está en silencio o tocando la flauta, está leyendo. Lee más de lo debido.

PADRE. ¿También tiene algo en contra de los libros?

MADRE. No hay que ir a Salamanca para darse cuenta de que un niño necesita el aire, el sol, un río donde bañarse, un árbol al que subirse, una mariposa que cazar.

PADRE. Juan Clemente va dejando de ser un niño. Busca placeres nuevos.

MADRE. Lo he descubierto acostado en el suelo, rígido, los ojos cerrados, las manos dobladas sobre el pecho.

1359

PADRE. Le gusta la tranquilidad.

MADRE. Dios sabe lo que me horroriza verlo así. Lo llamo con mucha suavidad para que no se asuste: "Juan Clemente, hijo".

El Carcelero lleva al Poeta hasta donde está la madre.

MADRE. ¡Me da tanto miedo! Abre los ojos, con qué lentitud abre los ojos y me mira. No, no me mira. Esos ojos... Esa mirada...

CARCELERO. *(Al Poeta.)* Mírala sin mirarla, así como tú siempre haces. Llámala "madre".

POETA. Madre.

MADRE. Hijo.

POETA. *(Mira confundido al Carcelero.)*

CARCELERO. Asústala. Cuéntale algún sueño, algo que soñaste y debe horrorizarla.

POETA. Madre, ¿qué siente un cadáver?

MADRE. *(Asustada.)* Nunca he estado muerta.

POETA. Yo sí.

MADRE. *(Tratando de no dar importancia.)* ¡Qué muchacho!

POETA. A veces me muero y tengo un sueño.

MADRE. Yo nunca sueño. Descanso bien.

POETA. Un sueño hermoso. En mi sueño hay una golondrina.

MADRE. Me gustan las golondrinas.

POETA. Viene y vuela hasta donde estoy y después huye para que yo la siga.

MADRE. ¿A dónde va?

POETA. No sé. Veo un camino. Hay árboles, árboles blancos. Todo lo que veo en este sueño es blanco. Yo sigo caminando. La golondrina vuela delante de mí. Llegamos a un lugar sombrío oculto entre la vegetación, en la "floresta", como diría algún clásico.

MADRE. ¿Qué ves allí?

POETA. Un sepulcro.

MADRE. ¿De quién?

POETA. Mío. Mi sepulcro.

MADRE. *(Horrorizada.)* Tú estás vivo, Juan Clemente. Abre los ojos. ¿Por qué hablas de sepulcros?

POETA. Estoy allí para siempre entre los árboles blancos.

MADRE. Estás aquí, conmigo, y yo te abrazo. Eso prueba que estamos vivos.

POETA. Pero en mi sepulcro no está mi nombre. ¿Sabes lo que es eso? No está mi nombre. No hay losa, no hay un sauce ni un ciprés.

CARCELERO. ¡Bravo, bravo, muchacho!

MADRE. *(Histérica.)* No hablas más de la muerte. Olvídala. Mírame, pero mírame de verdad. Te exijo que olvides ese sueño.

POETA. *(Sin reaccionar.)* La golondrina desaparece y yo quiero que vuelva.

MADRE. ¡Tú estás vivo! ¡Yo te exijo que hables de la vida!

POETA. Quiero que haya mucha gente allí, que sepan, que me recuerden, que digan: "aquí yace Juan Clemente Zenea".

MADRE. ¡Cállate!

POETA. Lo peor no es la muerte. Lo peor es el olvido, que nadie te recuerde.

MADRE. Vamos a dar un paseo por la plaza. Bayamo está de fiesta. Estamos vivos y debemos dar gracias a Dios. *(Pausa. Al Padre, con dureza.)* Nadie sabe, nadie como yo, que soy la madre.   1361

PADRE. *(Tratando de no demostrar el abatimiento.)* ¡Váyase a tejer!

MADRE. Y en cuanto a sus deseos de hacerlo un leal servidor de la corona...

PADRE. ¿A dónde quiere llegar?

MADRE. Mi hijo nació en Bayamo. Es bayamés. No es vizcaíno, ni gallego, ni catalán. Es cubano como yo, como usted. Aunque usted parece ignorarlo.

PADRE. ¡Váyase a la cocina! Ése es su lugar.

MADRE. Mi hijo es cubano.

PADRE. El mío es español.

MADRE. Nació en Cuba.

PADRE. Cuba es de España.

MADRE. No será por mucho tiempo.

PADRE. Mientras la corona quiera.

MADRE. Ya hay muchos cubanos con vergüenza.

PADRE. ¡Ningún cubano tiene vergüenza!

Hay un silencio embarazoso. Luego, el Padre se acerca a la Madre.

PADRE. *(Contemporizando.)* Celestina, entremos en razones. *(Va a acariciarla, pero ella lo rechaza.)* Yo sigo pensando en ti, Celestina. *(Pausa breve. Quiere abrazarla, pero se contiene.)* Yo te amaba.

MADRE. Me amaba.

PADRE. Veía por tus ojos.

MADRE. Yo estaba ciega.

PADRE. Sentía por tu piel.

1362 MADRE. Yo era de mármol.

PADRE. Traté de hacerte feliz.

MADRE. ¡Qué noble propósito!

PADRE. Fue mucho más que un propósito.

MADRE. No logró nada.

PADRE. Siempre hay tiempo.

MADRE. Para mí no.

PADRE. Podemos volver atrás.

MADRE. Frases. Palabras.

PADRE. Todo depende de nosotros.

MADRE. De mí sólo depende mi hijo.

PADRE. Somos jóvenes, Celestina.

MADRE. Por dentro estoy muy vieja, Rafael. Hágase la idea de que habla con una muerta.

PADRE. Empecemos otra vez. Vámonos de esta tierra maldita. En España seremos felices, estoy seguro. Sevilla te gustará.

MADRE. Para mí, Sevilla no existe.

PADRE. Entonces podemos irnos a Madrid. Yo sabré ganarme la vida. Tengo amigos, relaciones. Viviremos como reyes y dejaré este traje que tanto te disgusta.

MADRE. No quiero salir de mi casa.

PADRE. Aquella es la civilización, Celestina. No quieras tapar el sol con un dedo. En esta isla vivimos como salvajes. Una isla sin historia. Monte y monte, monte por todos lados. Europa es la civilización. Decídete. Cada semana hay un buque que zarpa.

MADRE. *(Tapando los oídos del Poeta.)* No lo escuches, hijo. ¿Ves esa tierra? Es la tuya. Maldita o no, es la tuya. Ese cielo sin nubes, limpio, es tu cielo. Y si de pronto se oscurece y los relámpagos lo abren en dos, sigue siendo el tuyo. 1363

PADRE. Juan Clemente, cuando estemos en Madrid, te llevaré a la Plaza de las Descalzas. He pasado horas inolvidables en esa plaza.

MADRE. No le hagas caso, Madrid no existe. El mundo entero es esta isla en que vivimos y debes sentirte dichoso.

PADRE. *(Al Poeta.)* Está loca. El mundo empieza en el horizonte.

MADRE. En el horizonte termina el mundo. Europa es una mentira. Esto que ves es todo lo que existe.

Por el lado del Padre entran tres enmascarados ataviados como para una fiesta; bailan, ríen, conversan. Por el de la madre, tres pordioseros que arrastran cadenas, gritan, imploran, se lamentan.

PADRE. Madrid es la civilización. El paraíso, hijo. Míralos. No parecen seres reales. Son visiones, seres de sueño.

MADRE. *(Señalando a los pordioseros.)* Míralos y no los olvides. Trabajan de sol a sol. Están enfermos, tienen llagas en la piel, marcas de latigazos. Acércate. No tengas miedo. Tócalos para que sientas cómo tiemblan.

PADRE. *(Señalando a los enmascarados.)* Ellos piensan, ¡piensan! y saben apreciar una melodía de Mozart. Dices un verso y ya son tus amigos.

MADRE. Mírales los ojos. Aprende a conocer el odio. Tócales la frente: arden, pero más que todo mírales los ojos, ¿ves? Así es el odio.

PADRE. Con ellos podrás hablar de la vida y de la muerte. Siempre te entenderán.

MADRE. No le hagas caso. Esto que ves es lo que importa. Siempre doblados, echando abajo un cañaveral que parece de fuego.

PADRE. Vamos a Europa. Allí conocerás la vida.

MADRE. No se vive en paz cuando los demás sufren.

PADRE. Piensa en ti mismo y olvídate de todo. El centro del Universo eres tú.

MADRE. Si ya eres hombre, aprende: esos lamentos son la patria. Esas cadenas, son la patria. Nosotros mismos, que no somos libres, somos la patria.

PADRE. La patria está en tu cabeza, en lo que haces. Un sueño, una nostalgia, un deseo.

MADRE. Libertad, Juan Clemente, libertad. Repite esa palabra mil veces al día.

Los Enmascarados y los Pordioseros se mezclan. Se acercan al Poeta. La Madre y el Padre desaparecen.

POETA. *(Con miedo y sorpresa.)* ¡Váyanse! ¡Váyanse! *(Al Carcelero.)* Dígales que se vayan. Dígales que yo no soy Zenea.

CARCELERO. Ya es tarde, demasiado tarde.

PORDIOSERO 1. Libertad. Repite la palabra libertad y todo será claro.

PORDIOSERA. ¡Libertad, Juan Clemente, libertad!

PORDIOSERO 2. Libertad, recuerda esa palabra.

ENMASCARADO 1. Libertad se llama una puta que cobra muy barato.

ENMASCARADO 2. Libertad, puta con olor a limpio. Libertad con las piernas abiertas.

PORDIOSERO 1. ¿Sabes lo que es vivir en este horror?

ENMASCARADA. Madrid es la civilización. Allí sí sabemos vivir.

PORDIOSERO 2. Es mejor morirse que seguir así.

ENMASCARADO 1. La realidad es la buena vida.

PORDIOSERO 2. Quieren engañarte.

PORDIOSERA. La realidad somos nosotros.

ENMASCARADA. La vida es un banquete.

PORDIOSERO 1. ¿Sabes lo que es un bocabajo?

PORDIOSERO 2. ¿Y el cepo?

PORDIOSERA. ¿Un perro que te persigue por el monte?

ENMASCARADO 1. ¿Sabes lo que son las grandes mesas?

ENMASCARADA. ¿Los asados jugosos?

ENMASCARADO 2. ¿Los buenos vinos?

PORDIOSERO 2. Te arden las rodillas de caminar con ellas.

PORDIOSERO 1. Te duele el cuello de tener la cabeza baja.

ENMASCARADO 1. ¡Qué delicia dormir la siesta en una hamaca!

PORDIOSERA. Dormir tres horas cada noche. ¡Nada más!

ENMASCARADA. La siesta en el jardín embalsamado.

PORDIOSERO 2. Mírame bien.

ENMASCARADO 2. Mírame a mí.

PORDIOSERO 1. No me olvides.

ENMASCARADO 1. Ven con nosotros.

PORDIOSERA. Nosotros confiamos en ti.

CARCELERO. ¡Confían en ti! ¿Oíste? ¿Por qué no les dices la verdad?

POETA. ¿Qué verdad?

CARCELERO. ¡No te hagas el inocente! Tus versos. Aquellos que dicen...

POETA. ¡Cállate!

1366 CARCELERO. Si no quieres que yo los diga, dilos tú.

POETA. Le gustaba decirlos cuando nadie lo escuchaba.

A una señal del Carcelero, se oyen disparos, campanadas, gritos.

POETA. ¿Qué es eso?

CARCELERO. Carlos Manuel de Céspedes. Ustedes lo llamarán el Padre de la Patria. Dio la libertad a sus esclavos. Prefiere no tener esclavos, para ser libre de España.

POETA. Va hacia Yara. La historia comienza a ser luminosa.

CARCELERO. *(Burlón.)* ¿Luminosa? ¿Para ti?

POETA. ¡Quieres empañar este momento!

CARCELERO. Te dije que no sería fácil.

POETA. ¡Déjame!

CARCELERO. ¿Te produce angustia, verdad?

POETA. Le producía angustia. No soportaba que el hombre matara al hombre.

CARCELERO. ¿Y que el hombre esclavizara al hombre?

POETA. Tampoco. *(Se lleva las manos a la cabeza.)* ¡Mi cabeza!

CARCELERO. Vamos, di esos versos.

POETA. No puedo. Quiero irme. Desaparecer de aquí. No quiero verte ni a ti ni a ellos.

CARCELERO. Ya no es posible, muchacho. Ahora eres Zenea. Así se aprende: poniendo las manos en el fuego y dejándolas sobre las brasas. Di los versos, dilos. Como los dijo él.

POETA. No puedo. Fue una noche de horror.

CARCELERO. En las noches de horror se dice la verdad.

POETA. Nada tenía sentido. Ya estaba acostado. Tuvo que levantarse.

CARCELERO. Las sienes te ardían.

POETA. Muchas veces me ocurre. Una palabra, un verso. No puedo dormir. ¿Nunca has sentido el acoso de una palabra?

CARCELERO. *(Irónico.)* ¡Qué triste el destino del poeta!

POETA. Mirarlo todo sabiendo que hay que escribirlo después.

CARCELERO. *(Irónico.)* ¡No se vive más que para la poesía!

POETA. A veces ni siquiera una palabra, ni siquiera un verso, sino una angustia.

CARCELERO. Y esa noche...

POETA. ¿Cuando eras niño nunca escondiste un cocuyo entre las manos? *(Pausa breve.)* Esa noche se sentó en el escritorio, con miedo. Cuando las palabras llegan, lo primero es el miedo. Después te resignas y escribes. No puedes hacer otra cosa.

CARCELERO. Ya sé. Esa noche no pudiste hacer otra cosa.

POETA. Tengo el alma, Señor, adolorida
por unas penas que no tienen nombre:
y no me culpes, no, porque te pida
otra patria y otros siglos y otros hombres

Que aquella edad conque soñé no asoma,
con mi país de promisión no acierto:
mis tiempos son los de la antigua Roma,
y mis hermanos con la Grecia han muerto.

Los grupos de enmascarados y mendigos caminan hacia el Poeta, amenazantes. Con una sonrisa, el Carcelero aplaude sin entusiasmo. Cuando los grupos se van a lanzar sobre el Poeta, el Carcelero los detiene.

POETA. ¿Por qué me obligaste a decirlos?

CARCELERO. Para que entiendas. Los hombres no son como se lee en los libros. Zenea traidor, Zenea no traidor. *(Transición.)* Vamos, ya vienen los jueces.

POETA. ¿Los jueces?

CARCELERO. Sí. Siento un retumbar de pasos por las galerías. Oye. Y si miras bien, a lo lejos se ve un resplandor de antorchas.

POETA. ¿A qué vienen?

CARCELERO. ¿A qué van a venir? A interrogarte.

JUECES. *(En off. Varias veces.)* ¡Zenea! ¡Juan Clemente Zenea!

CARCELERO. Aquí están. Ya están aquí.

Entran los Jueces.

JUEZ 1. Acusado Juan Clemente Zenea, lo sabemos todo.

JUEZ 2. No niegue nada. Es inútil.

JUEZ 3. Sólo venimos a comprobar.

JUEZ 1. *(Irónico.)* Rogamos su colaboración para el esclarecimiento de este caso.

JUEZ 2. De este caso, que con el favor de Dios, llevaremos hasta el fin.

JUEZ 3. ¡Hasta el fin!

JUEZ 1. Acusado, díganos su edad.

POETA. Treintinueve años, señor.

CARCELERO. Joven y sin embargo un poeta conocido.

JUEZ 2. ¿Dónde nació?

POETA. En Bayamo. Nació en Bayamo en 1832.

JUEZ 3. ¿Practica alguna religión?

CARCELERO. Diles que sí. Tú crees en Dios.

POETA. Católico.

CARCELERO. Más, explícales más.

POETA. Era católico. Creía en Dios y creía en la vida perdurable.

JUEZ 2. Acusado, ¿cómo se ganaba usted la vida?

1369

POETA. Daba clases de idiomas. Era profesor de inglés y de francés.

JUEZ 3. Sabemos, además, que el acusado se dedicaba a escribir artículos en algunos periódicos. ¿No es cierto?

POETA. A veces.

JUEZ 1. ¿A veces?

JUEZ 2. ¿No sería mejor decir: con bastante frecuencia?

JUEZ 3. O con peligrosa frecuencia.

JUEZ 1. *(Con dulzura engañosa.)* De nada vale que niegue, acusado. Lo sabemos todo, absolutamente todo.

JUEZ 2. Acusado, ¿cuándo se trasladó usted a La Habana?

POETA. Era muy joven, casi un niño.

JUEZ 2. Exactamente, ¿a qué edad llegó a La Habana?

POETA. A los trece años.

JUEZ 2. ¿Quién lo trajo?

POETA. El padre.

JUEZ 2. ¿Dónde vivió?

POETA. Primero en casa de un tío, Evaristo Zenea.

JUEZ 2. ¿Y después?

POETA. En casa de su primo Ildefonso Estrada y Zenea.

CARCELERO. Cierto, es cierto cuanto respondes. La lucidez de tus recuerdos me deslumbra. Sigue, sigue recordando.

JUEZ 1. ¿Dónde estaba la casa de su primo?

POETA. Plaza de Santa Clara.

CARCELERO. Bien, muy bien, Plaza de Santa Clara. ¡Cómo te gustaba esa plaza!

POETA. Después, muchos años después, él cerraba los ojos y veía el cuadrado mágico en el que entraba con una extraña
sensación de miedo y de sorpresa. Siempre la caída de la tarde fue

un misterio para él, pero en la plaza... Una luz encendía las paredes. Aparecían escenas, un juego de luces y sombras, extrañas figuras. Y no había nadie. La plaza desierta, pero en las paredes Zenea leía como en un libro. Entonces terminaba de oscurecer. En realidad había sido sólo un segundo... *(Pausa breve.)* ¡Qué raro! ¿Por qué sé todo esto?

CARCELERO. Son tus recuerdos.

POETA. *(Con violencia.)* No, no son mis recuerdos.

JUEZ 2. Acusado, ¿cuál fue el primer periódico en que usted trabajó?

POETA. La Prensa de La Habana.

JUEZ 1. Ya entonces usted usaba un seudónimo.

JUEZ 3. Y con ese seudónimo firmó un artículo que...

POETA. *(Interrumpiéndolo.)* ¡No!

JUEZ 2. ¡Toda negativa irá en su contra!

POETA. No quiero hablar de eso.

CARCELERO. Soberbia y debilidad al mismo tiempo. Esa mezcla siempre es fatal.

JUEZ 1. Nosotros sí queremos hablar de eso.

JUEZ 2. Semana Santa.

JUEZ 3. Virgen María.

JUEZ 1. Su culto y sus devotos.

POETA. Siempre quiso olvidarlo.

CARCELERO. Ellos no.

JUEZ 3. ¿Qué edad tenía cuando escribió ese artículo?

POETA. Diecisiete años.

JUEZ 1. ¿De qué hablaba ese artículo?

POETA. Ustedes lo saben, de la Virgen María.

JUEZ 2. Diecisiete años y ya daba muestras de rebeldía. 1371

JUEZ 3. Acusado Juan Clemente Zenea, yo leí ese artículo. Yo hablé con el obispo que amenazó con excomulgarlo. Resultaba escandaloso, hablaba de la Virgen en términos tan... vamos a decir "poéticos", en términos tan apasionados, tan dudosamente ortodoxos que la excomunión hubiera sido poco.

JUEZ 2. ¿Por qué no llegaron a excomulgarlo?

POETA. No sé.

CARCELERO. Lo sabes perfectamente bien.

POETA. Nunca supo por qué no llegaron a excomulgarlo.

CARCELERO. ¿De veras? ¿Y la carta?

POETA. ¿Qué carta?

JUEZ 1. Al día siguiente se publicó una carta en la que usted se retractaba de todo lo dicho en aquel artículo.

POETA. ¡No fue él quien escribió la carta!

JUEZ 1. ¿Quién entonces?

POETA. Su padre.

JUEZ 1. Pero usted la firmó.

POETA. Él no la firmó. Se enteró cuando la vio publicada.

JUEZ 3. Da lo mismo, lo importante es que con diecisiete años escribió un artículo irrespetuoso contra la Virgen.

VOZ. ¡Juan Clemente Zenea!

POETA. ¡Presente!

Pausa. Se oye el chirrido de una puerta de hierro que se cierra.

JUEZ 2. ¿Qué le dice el nombre de Narciso López?

POETA. No sé de quién me habla.

JUEZ 2. Narciso López, un aventurero a quien el acusado, en su entusiasmo, transformó en héroe.

CARCELERO. ¡Recuérdalo! ¡Qué días tan terribles! Primero el
fusilamiento de cincuenta hombres que venían en la expedición.

Ese fusilamiento fue público, para dar escarmiento. Y esa tarde tú estuviste allí.

POETA. Sí, él estaba allí. Los vio caer uno a uno como muñecos, figuras de papel ensangrentadas. No pudo olvidar la sangre. Hubo uno que lo miró... ¡Qué expresión la de aquella mirada! ¿Por qué recordaba a ése más que a ninguno? *(Pausa breve.)* Zenea nunca pudo olvidar tanta sangre.

CARCELERO. ¡Los recuerdos son insistentes! Y aquel hombre... Narciso López, el hombre que poseía para ti la aureola del héroe, fue ejecutado días después. También estuviste.

POETA. También.

JUEZ 2. Usted estaba indignado.

JUEZ 3. Consideraba que España había cometido una injusticia.

JUEZ 1. ¿Qué pasó después en el Café Monserrate?

POETA. No recuerdo.

CARCELERO. Claro que recuerdas.

POETA. No puedo recordar.

CARCELERO. ¿Cómo es posible? Corriste a casa y escribiste una oda. Escribir odas no era tu fuerte, pero en un caso así...

POETA. Aquella visión, aquel cuerpo destrozado no le permitían respirar y escribió una oda.

JUEZ 1. En el Café Monserrate sus amigos debieron contener su ira, obligarlo a callar.

JUEZ 2. Había testigos.

JUEZ 1. Siempre hay un testigo.

JUEZ 3. Gritó improperios ¡públicamente! contra la Corona española.

JUEZ 2. En una palabra, rebeldía. Otra vez la rebeldía.

VOZ. ¡Juan Clemente Zenea!

POETA. ¡Presente!

Se escucha un grito.

JUEZ 1. ¿Qué relación tenía Juan Clemente Zenea con Eduardo Facciolo?

POETA. No sé quién era Eduardo Facciolo.

JUEZ 2. ¿Y el periódico La Voz del Pueblo?

POETA. Tampoco.

JUEZ 3. Sabemos que usted colaboró con Facciolo en la redacción de ese periódico subversivo.

JUEZ 2. Y cuando Facciolo cayó prisionero, usted huyó.

POETA. ¿Huir? Fue a los Estados Unidos en busca de calma para escribir.

JUEZ 3. ¿Por qué miente? Pretendía llegar a los Estados Unidos y unirse a alguna expedición que viniera a Cuba.

JUEZ 1. Allá escribió artículos en contra de la Corona.

POETA. Siempre se opuso a la infamia.

JUEZ 3. Y por eso un consejo de guerra, reunido en La Habana, lo declaró traidor, ¡sí, traidor! y lo condenó a muerte en garrote vil.

POETA. Su único delito fue amar la libertad.

JUEZ 3. Escribió artículos contra España y tuvo la desfachatez de enviárselos al Capitán General.

JUEZ 2. Insultando así, en la persona de esa elevada autoridad, a toda la Nación española.

JUEZ 1. Y entonces aparece en escena Domingo Goicuría.

CARCELERO. ¡Domingo Goicuría! Recuérdalo.

POETA. Un enemigo de España. Sesenta y cuatro años, pequeño, cuerpo enjunto, barba blanca muy larga... Pero sus ojos eran un par de relámpagos. Enseguida lo preparó todo. La expedición quedó organizada y él venía al frente.

1374 JUEZ 2. ¿Usted venía en la expedición?

POETA. *(Con arrogancia.)* Sí, él venía.

CARCELERO. Con grados de teniente coronel.

JUEZ 3. ¿Qué se proponían?

POETA. Venían llenos de fe, de entusiasmo. En aquel momento él pensaba que unirse a los Estados Unidos era lo mejor para Cuba.

JUEZ 3. Cualquier cosa con tal de separarse de España.

JUEZ 1. Quiere decir que pretendían arrancar esta isla de la Corona española para entregarla a un país extraño. En una palabra: rebeldía.

JUEZ 2. Una trayectoria de rebeldías e infidencias desde los diecisiete años.

JUEZ 1. Trayectoria que basta para condenarlo.

JUEZ 3. Ya lo creo que basta.

JUEZ 1. Acusado Juan Clemente Zenea, por hoy es suficiente.

El Carcelero hace un gesto: los Jueces salen.

CARCELERO. Se han ido. Ahora puedes descansar. *(Pausa.)* Cierra los ojos. Descansa. Cierra, cierra los ojos, Dime, ¿qué ves?

POETA. *(Cerrando los ojos.)* Nada. Déjame descansar.

CARCELERO. Sí, descansa. Pero yo sé que cuando cierras los ojos siempre ves algo hermoso.

POETA. Voy en un barco hermoso. Veo el mar.

CARCELERO. Y te sientes feliz.

POETA. Feliz pero indefenso.

CARCELERO. Además, hay una sensación... ¡extraña!

POETA. No puedo explicarte. Estoy frente al mar y me doy cuenta de que es una sensación única. No basta con ser humano, habría que transformarse en pez, en ola, en brisa para comprender.

1375

CARCELERO. ¿Es veloz ese barco?

POETA. Sí, pero me gustaría que volara para llegar a la Isla.

CARCELERO. Hay ajetreo a tu alrededor, hay hombres.

POETA. No los veo. Sólo el mar.

CARCELERO. ¿Nada más? ¿Estás seguro?

POETA. Sólo el mar.

CARCELERO. ¿No recuerdas a nadie?

POETA. Sólo el mar.

CARCELERO. ¿No hay ninguna nostalgia? ¿Y aquellos versos...?

Hinchaba el viento las lonas
la quilla espumas hollaba,
y en la popa tremolaba
orgulloso el pabellón...

POETA. ... y yo a la borda del buque,
lloroso y meditabundo
llevaba en mi mente un mundo
de entusiasmo y de ilusión
La gaviota pasajera
las blancas alas batía
y el sol entero se hundía
tras un cielo azul turquí
y yo mirando al poniente
suspiré en aquel instante
y al verme solo y errante
me puse a pensar en ti.

CARCELERO. Bien, muy bien. "Me puse a pensar en ti". Es importante ese verso. ¿No oyes su voz?

POETA. Sólo el mar.

CARCELERO. Por encima del rumor del mar. Escucha.

1376 POETA. Si acaso un eco, un eco lejano. ¿Son tus palabras?

CARCELERO. No es un eco. No son mis palabras.

POETA. Entonces... No sé.

CARCELERO. Deja los ojos cerrados. No pienses. Escucha. Escucha nada más. Esa voz de mujer, esa voz potente.

POETA. Nada. Sólo el mar. *(Pausa.)*

ADAH. *(En off.)* ¡Good night, good night!
Parting is such sweet sorrow
That I shall say good night
till, it be morrow.[1]

CARCELERO. ¿Oíste?

POETA. *(Entusiasmado. Abre los ojos.)* ¿Es ella?

CARCELERO. Es su voz y son versos de Shakespeare.

POETA. ¿Viene?

CARCELERO. Se acerca. Haz un esfuerzo y oirás sus pasos. Se acerca, poeta, se acerca. Ya está casi junto a ti. Será un momento inolvidable: el reencuentro, el amor todo lo vence como en los libros que no te cansas de leer. Escucha. Son sus pasos. Se acerca. La mujer de tus sueños. Casi desnuda. Casi desnuda como la viste aquella noche en el teatro. Ya se acerca. Está tan junto a nosotros que puede oírse su respiración. Está aquí y vine a verte. Está aquí. Aquí mismo. Mírala, mírala, Juan Clemente. Adah Menken ya está aquí.

Aparece Adah Menken. La escena alcanza una luminosidad máxima antes de sumirse en la oscuridad total.

---

[1] Shakespeare. "La tragedia de Romeo y Julieta".

SEGUNDO ACTO

Adah Menken y el Poeta. El Carcelero en la penumbra.

POETA. Te hallé por fin... La susurrante brisa
el lino blanco de tu traje ondeaba...

ADAH. Juan Clemente, ¿sabes por qué vuelvo cada tarde?

POETA. Vienes porque te llamo.

ADAH. *(Riendo.)* Nadie puede llamarme. Ni siquiera tú. Hay
otra razón.

POETA. Dímela.

ADAH. *(Coqueta.)* Descúbrela.

POETA. ¡Me amas!

ADAH. ¿Amarte?... No... No sé... Tantos hombres me han
preguntado lo mismo...

POETA. Yo no soy como los otros.

ADAH. *(Burlona.)* Tú eres distinto.

POETA. Un poeta nunca es igual a los demás.

ADAH. ¡Ah, vanidoso! Siempre vanidoso. Lo comprendí aquella
noche en que te vi entrar por primera vez en mi camerino.
Abriste la puerta con resolución, pero le dabas vueltas al
sombrero entre las manos y los espejuelos te saltaban en la nariz.
1378 Un niño tímido tratando de hacerse pasar por emperador.

POETA. Te diste cuenta de que yo era distinto.

ADAH. Tratabas de ser distinto.

POETA. ¿Y por qué vuelves cada tarde?

ADAH. Algún día lo comprenderás: ¡qué terrible cómo se te va la vida sin que te des cuenta y sin haber hecho lo que de verdad quisiste!

POETA. No entiendo.

ADAH. Siempre la misma frase.

POETA. No entiendo.

ADAH. No entiendo. No entiendo. No entiendo. ¿Recuerdas aquel veintiocho de noviembre?

POETA. *(Mirando al Carcelero, confundido. El Carcelero hace afirmación de cabeza. Sin convicción.)* Lo recuerdo.

ADAH. No dudo de que lo recuerdes, aunque por razones diferentes.

POETA. ¡Fue una noche inolvidable!

ADAH. ¡Nuestra primera cita! Desde temprano me preparé como para una fiesta. Puse en el agua de mi baño pétalos de jazmines. Durante horas refresqué mi piel. *(El Carcelero trae un velador con una lámpara cubierta por un velo azul. Adah ríe de la lámpara.)* Perdóname: soy actriz hasta cuando no actúo. No puedo resistir la magia de una luz. Te esperé. Te esperé mucho. Se hacía tarde. La noche comenzaba a asustarme. *(Pausa breve.)* Un gran silencio envolvía a La Habana después que se cerraban sus siete puertas. Me sabía desnuda debajo de la bata y a veces me tocaba, yo misma me tocaba, pero el calor de mis manos no era suficiente. *(Pausa breve.)* Ahora quiero hacerte una confesión.

POETA. Quiero oír todas tus confesiones.

ADAH. Soy actriz desde muy joven. La primera vez que subí a un escenario era casi una niña, pero fuiste tú el primer hombre que dejé entrar en mi alcoba.

1379

POETA. ¿Aquel veintiocho de noviembre?

ADAH. Aquel veintiocho de noviembre. Te esperaba a ti. Nunca había sentido esa necesidad de desaparecer bajo el cuerpo de un hombre.

POETA. ¿Llegué muy tarde?

ADAH. Muy tarde. Ya amanecía.

POETA. *(Tomando un ramo de siemprevivas que el Carcelero le tiende.)* ¿Qué importa la hora si ya estoy aquí?

ADAH. Al fin, Juan Clemente, ¿por qué tardaste?

POETA. Olvida la hora. Para nosotros es la eternidad. Todo lo que indique el tiempo lo destruiré con mis manos.

ADAH. ¡Deseaba tanto que llegaras!

POETA. Te traigo dos sorpresas. La primera: siemprevivas. *(Le entrega el ramo de siemprevivas.)* La segunda: tú siempre viva en este papel. *(Extrae un papel de la manga de su camisa.)*

ADAH. ¿Qué es?

POETA. ¿No deseamos la inmortalidad? Está en este papel.

ADAH. ¡Fantasioso!

POETA. Abelardo y Eloísa, Laura y Pretarca, Dante y Beatriz... ¿No suena hermoso también Adah y Juan Clemente?

ADAH. Hablas de muertos.

POETA. No están muertos, son eternos.

ADAH. Yo no envidio esa eternidad.

POETA. Yo no quiero otra vida.

ADAH. Pero es que no es vida. Dante, Petrarca, Beatriz son nombres, sólo nombres. Vivir, nosotros que respiramos y sentimos que nos arden las sienes. Vivir, nosotros que sentimos la necesidad de otro cuerpo junto al nuestro.

POETA. Necesito que mi nombre viva siempre, que alguien, dentro de cien años, piense en mí.

ADAH. Yo necesito que alguien, ahora mismo, piense en mí.

POETA. Yo pienso en ti. Pienso en ti y al mismo tiempo hago que alguien, dentro de cien años, piense en ti.

ADAH. ¿Cómo?

POETA. Escucha. *(Lee)* La imagen de las penas parecías
que el escultor enfermo y delirante
talló en el mármol de las tumbas frías.
Del verde de las olas en reposo
el verde puro de tus ojos era
cuando tiñe su manto el bosque hojoso
con sombras de esmeralda en la ribera.

ADAH. ¡Qué maravilla, me has escrito un poema!

POETA. Ciento doce versos.

ADAH. ¡Y yo esperándote!

POETA. *(Sin prestar atención al reproche.)* Sólo habrá que cambiar algunas palabras. Llevaba días pensándolo, pero la verdadera fiebre fue esta noche. Un ángel que se te parecía descendió para tocarme la frente. No pude detener mi mano. La pluma casi se movía sola.

ADAH. Entonces te perdono la tardanza.

POETA. Un poema lleva su tiempo. Se llama como tú. Su nombre es tu nombre.

ADAH. ¿Yo soy la imagen de las penas?

POETA. Así te veo.

ADAH. ¿La imagen de las penas en el mármol de las tumbas frías?

POETA. Quizá ese verso necesite un retoque.

ADAH. *(Tomando un espejo de mano que el Carcelero le alcanza.)* ¿Qué dices de mis ojos?

POETA. Del verde de las olas en reposo
el verde puro de tus ojos era...

ADAH. *(Extrañada.)* ¿Son verdes mis ojos?

POETA. Yo los veo verdes.

ADAH. ¡Mira bien!

POETA. ¡Verdes!

ADAH. No, no, vuelve a mirarme.

POETA. ¡Esmeraldas!

ADAH. Siempre me dijeron que eran grises.

POETA. Siempre te engañaron.

ADAH. De niña, mi padre me decía que yo tenía los ojos más grises que había visto.

POETA. Nunca te vio bien.

ADAH. Decía que tenía los ojos de mi madre, y los ojos de mi madre eran como el acero.

POETA. Nunca he visto ojos más verdes.

ADAH. Dime la verdad: ¿son verdes mis ojos?

POETA. Son verdes porque yo los veo verdes.

ADAH. Juan Clemente, te esperé tanto esta noche.

POETA. Valió la pena que esperaras. Ahora estás en este papel.

ADAH. ¡Tenía que decirte tantas cosas!

POETA. Yo también, y las escribí.

ADAH. Yo quería decírtelas con mi boca en tu oído.

POETA. *(Contando el número de sílabas.)* En su boca se
hospedaba el sentimiento/ y los besos de la paz y la constancia.

ADAH. Yo no tengo paz. Yo voy a morirme de impaciencia.

POETA. Yo también. La impaciencia de hacer un endecasílabo perfecto.

ADAH. *(Acariciándolo.)* Tu pecho es perfecto. Tus muslos son perfectos.

POETA. *(Descubre la lámpara sobre el velador.)* ¡La lámpara!

ADAH. *(Riendo apenada.)* Perdóname. Siempre soy actriz.

POETA. Me faltaba la atmósfera.

ADAH. Necesitaba ver tus manos. Esos dedos finos y blancos.

POETA. Lanzaba un rayo tenue y azul.

ADAH. Necesitaba que me hablaras.

POETA. Azul no, son nueve sílabas. Necesito dos sílabas más.

ADAH. Necesitaba que estuvieras a mi lado.

POETA. ¡Azulado! Ésa es la palabra. Lanzaba un rayo tenue y azulado. Once sílabas.

ADAH. Para ti he preparado esa lámpara.

POETA. Lanzaba un rayo tenue y azulado
la lámpara encubierta con un velo
como un rayo de luna aprisionado
en un vaso de cielo.

ADAH. Me gustan tus brazos y tu cuello y tu boca.

POETA. *(Abrazándola.)* Soy feliz.

ADAH. ¿Me amas?

POETA. Porque te amo he escrito un gran poema, porque te amo te llevaré conmigo.

ADAH. ¿Llevarme? ¿A dónde?

POETA. A una isla desierta.

ADAH. ¡Poeta! La fantasía te domina.

POETA. Fantasía, no, invención. Poeta en griego quiere decir inventor y vate, adivino. Invento otra realidad y adivino que seremos felices.

ADAH. Sería demasiado hermoso.

POETA. La imaginación basta. Confía en mí.

ADAH. ¡Si pudiera creerte!

POETA. Cree. Cierra los ojos y olvida. Olvidando entras en el cuerpo de otra Adah Menken y yo en el de otro Juan Clemente Zenea. No es difícil. Déjate llevar. Vamos hacia una isla que nadie conoce, una isla perdida en los mares. Podemos cambiar esta época por otra. Otra época mejor: mi gran sueño. Aquí hay una barca. Una barca providencial. Sube conmigo y navegaremos hasta el horizonte.

ADAH. Tengo miedo.

POETA. Neptuno está con nuestra causa.

ADAH. No iremos lejos.

POETA. No seas incrédula y verás la isla con la que siempre soñamos.

ADAH. ¿Cómo nos orientamos?

POETA. Las estrellas han servido siempre para eso.

ADAH. Cuando lleguemos, ¿dejaremos de ser Adah y Juan Clemente?

POETA. Si prefieres, Pablo y Virginia, Abelardo y Eloísa.

ADAH. ¿Podremos rectificarlo todo?

POETA. Lo que estaba mal quedará bien.

ADAH. ¡Y no tendré que encarnar otros personajes!

POETA. Ni yo escribiré más elegías. Sólo canciones para celebrar tu belleza.

Ambos actores quedan extasiados unos segundos. Al cabo, el Carcelero se acerca, levanta un brazo en gesto de mandato y al instante una luz intensa ilumina a Adah y al Poeta. Él se tapa los ojos con las manos.

ADAH. *(Transformada. Con dureza.)* Déjate de ilusiones y mírame.

POETA. *(Mirando hacia el lado contrario.)* Te estoy mirando.

ADAH. ¡Acaríciame!

POETA. *(Pasando las manos por el aire, tratando de retener una figura imaginaria.)* Te estoy acariciando.

ADAH. Siempre lo mismo, Juan Clemente Zenea, siempre lo mismo. Para ti yo no soy Adah Menken, sino la idea que tú te haces de Adah Menken.

POETA. Verte y oírte es la mitad de mi vida.

ADAH. Tú nunca ves ni oyes sino lo que está en tu cabeza.

POETA. *(Se toca el pecho.)* Tú estás aquí. Como Laura en Petrarca y Beatriz en Dante.

ADAH. No fueron mujeres, fueron musas.

POETA. Te amé desde el primer momento.

ADAH. Escribir, escribir era lo único importante.

POETA. Noche por noche iba a verte al teatro.

ADAH. Sí, ibas buscando una palabra para un verso sin terminar. Nunca te dejaron tranquilo las palabras. Siempre en función de algo que tenías la obligación de escribir.

POETA. ¡Es verdad! ¡Toda la vida, hasta el placer, una simple materia literaria!

ADAH. No mirabas las cosas como eran sino como tú querías que fueran.

1385

POETA. Es terrible, Adah, mirarlo todo en el convencimiento de que hay que escribirlo después.

ADAH. Por eso me fui de tu lado y un día, en Nueva Orleans, despertaste una mañana y no me viste.

POETA. Te busqué. Anduve por todas las calles buscándote. Estuve horas en el bosque.

ADAH. Estabas dormido. Me vestí mirando cómo dormías: más hermoso que nunca. Toda la vida en tu cuerpo desnudo. Pero yo necesitaba ser Adah Menken. No Fidelia, ni Infelicia, ni Isabel: Adah Menken. Yo no quería ser tu musa. Yo no quería que mi nombre sirviera para completar un endecasílabo.

POETA. Me dejaste. Fuiste a Europa. ¿Llegaste a ser feliz?

ADAH. Actué. Conocí hombres ilustres, lugares hermosos...

POETA. ¿Tuviste éxito?

ADAH. *(Burlándose.)* ¡Delirante!

POETA. ¿Llegaste a ser feliz?

ADAH. La verdad, nunca entendí esa pregunta. Londres, París, aplausos, Dickens Swinburne, aplausos, Dumas, Gautier, aplausos, aplausos, aplausos... Vivía en las nubes. Un sueño. *(Pausa breve.)* ¿Fui feliz? Nunca entendí esa pregunta. Teatros repletos. Siempre rodeada de admiradores, pero yo sola, sola en alma, como si fuera la última persona del mundo. *(Pausa.)* Por eso vuelvo cada tarde. Necesito reconstruirlo todo, no como fue, sino como debió haber sido. Y al final siempre la misma decepción, y me voy como aquella vez para regresar la tarde siguiente y encontrarte y repetir la misma escena que nunca queda como a mí me hubiera gustado. Algún día lo comprenderás: qué terrible cómo se te va la vida sin que te des cuenta y sin haber hecho lo que de verdad quisiste.

POETA. ¡Existe una posibilidad!

1386 ADAH. No, ya es tàrde.

POETA. Poeta en griego quiere decir inventor y vate, adivino. Vamos hacia una isla, una isla que nadie conoce, perdida en los mares...

A medida que Adah Menken dice el texto que sigue, comienza a desaparecer. El Carcelero ocupa su lugar; habla por ella.

ADAH. *(Interrumpiendo al Poeta.)* Mírame. Aunque no veas nada, mírame. Yo estoy muerta. Mírame. Muerta. Desde hace años mis huesos se pudren en el cementerio judío de París. Ahora yo soy una mentira de tu imaginación. Estas mismas palabras que digo no son más que otra mentira. Mírame. Yo no soy nada, nada. Para mí no hay más isla desierta que el lugar en donde están mis cenizas. Mírame. Mírame bien. Es mentira que vengo cada tarde. Mírame. No dejes de mirarme. Ya todo es mentira.

El Poeta se abraza a las piernas del Carcelero como si fueran las de Adah Menken.

POETA. "... no quedan de tu amor, Dios mío,
sino una tosca cruz y un sauce triste
llorando a orillas de extranjero río..."

CARCELERO. Buenos versos. No hay duda, estás dotado.

POETA. *(Como si despertara.)* ¿Versos? No... No me interesa repetir sus versos, sino comprenderlo.

CARCELERO. Repetir sus versos ayuda a comprenderlo. *(Le muestra una soga.)* ¿Ves esto? También ayuda a comprenderlo. *(Le ata las manos.)*

POETA. *(Luchando por zafarse.)* ¡Déjame!

CARCELERO. ¿Tú no eres Juan Clemente Zenea?

POETA. No, tú sabes bien que no.

CARCELERO. Dijiste que querías saber.

POETA. ¿A dónde me quieres llevar?

CARCELERO. Hasta el fin. *(Paternal.)* Vamos, no te asustes. 1387

POETA. ¡Suéltame!

CARCELERO. Muchacho, en la vida hay cosas peores. Quieto, quédate quieto. No pienses y olvida.

POETA. ¡Quiero irme!

CARCELERO. Ya no puedes. No te queda otro remedio que estar ahí. No será nada. Pronto vas a saber. Sé dócil y sabrás. Tú eres Juan Clemente Zenea. ¿No es así? Mira esas paredes. Todo está oscuro.

Se oye un grito. Luego un lamento.

CARCELERO. Es fuerte la humedad.

Se oyen golpes de cadena. Rejas que se cierran y se abren.

CARCELERO. Estás solo. No hay nadie más que tú. Dime, ¿qué lugar es éste?

POETA. Una mazmorra del Castillo de La Cabaña.

CARCELERO. El tiempo vuela aunque no lo veamos. ¿Sabes el año?

POETA. 1871.

Se oyen disparos lejanos.

CARCELERO. Te han traído a esta mazmorra, pero antes estuviste en la manigua, y antes... ¿dónde vivías?

POETA. No sé, no sé.

CARCELERO. Piensa, piensa. El frío. Edificios grises. El frío. Mucha gente. El frío, el frío. ¿Recuerdas?

POETA. Sí. Antes vivía en Nueva York.

CARCELERO. Y allí trabajabas en un periódico hasta el día en que te quedaste sin trabajo. Casado y con una hija. Tu hija necesitaba pan, ropa, calor. Hacía frío ese año en Nueva York y venías de una isla donde el sol no se oculta nunca. Tener frío es la mayor desgracia para un cubano.

El Carcelero hace un gesto para que los Jueces interroguen al Poeta.

JUEZ 1. Acusado, ¿cómo es posible que viviendo usted en Nueva York, apareciera en territorio insurrecto?

JUEZ 3. Y más: en un lugar infestado de bandidos, acompañado de una virtuosa dama, esposa de un virtuoso bandido.

JUEZ 2. ¿Quién era esa mujer?

POETA. Doña Ana de Quesada, esposa de Carlos Manuel de Céspedes.

JUEZ 3. ¿Por qué usted vino a Cuba, acusado?

CARCELERO. No contestes ahora. Él no lo dijo de primer momento. Ya sabes, nunca iba a los asuntos cara a cara.

POETA. Señores, no puedo hacer pública la razón que me llevó a la manigua.

JUEZ 1. ¿Por qué?

POETA. Es asunto delicado, exige secreto... ¡Si pudiera hablar con el Capitán General! He venido a esta isla con el consentimiento de España. El ministro español en los Estados Unidos me dio un salvoconducto.

JUEZ 2. *(Mostrando un papel.)* ¿Es este papel?

POETA. Sí.

Los Jueces ríen.

JUEZ 3. ¿Sabe por qué está en prisión?

POETA. No lo sé. Debe haber una confusión, un error. El treinta de diciembre yo estaba en la bahía del Sabinal acompañado de Doña Ana de Quesada y fui arrestado por una compañía española.

JUEZ 1. ¿Qué tipo de negocio vino a tratar con los bandidos?

POETA. Un asunto privado. Vine a...

CARCELERO. Si lo vas a decir, dilo de una vez. Esas cosas se dicen rápido.

POETA. Vine a buscar un acuerdo que pusiera fin a esta guerra. *(Pausa. Con evidente disgusto.)* Para el bien y el honor de la nación española.

JUEZ 1. ¿Por qué el acusado no vino por la vía natural?

JUEZ 3. ¿Por qué llegó oculto, aprovechando la noche?

POETA. Era necesario... Así convenía al objeto de mi misión.

JUEZ 2. Especifique: ¿qué misión?

POETA. Por favor, señores, créanme: no puedo hablar. ¡Si al menos el Capitán General se dignara...! El salvoconducto lo explica. Este tipo de negocio no puede ser publicado.

JUEZ 2. ¿Desde cuándo el acusado vivía en Nueva York?

POETA. Desde 1865.

JUEZ 3. En esa ciudad radica la llamada Junta Revolucionaria. ¿Tenía vínculos con ella?

POETA. No. Soy republicano, señor, es verdad. Siempre he sido republicano. Estoy a favor del republicanismo, pero... no, no trabajé para la Junta. Sólo... daba opinión a veces. Nada más.

CARCELERO. No te detengas.

POETA. Al ver el carácter sangriento que tomaba la guerra, dejé de mezclarme en política.

JUEZ 1. ¿Por qué?

POETA. No entiendo cómo un hombre puede matar a otro.

CARCELERO. *(Ríe.)* ¡Bravo! ¡Una confesión! ¡Qué rasgo de sinceridad!

POETA. Por eso comencé a trabajar en contra de la Revolución. Así lo pueden atestiguar el ministro español en los Estados Unidos y Don Enrique Tabares.

JUEZ 3. ¿Quién?

POETA. Enrique Tabares, editor de un periódico llamado El Cronista.

JUEZ 1. *(Dando voces.)* ¡Enrique Tabares! ¡Que haga acto de presencia Don Enrique Tabares!

Suenan rejas. Se oye, repetido como un eco lejano, el nombre de Tabares.

CARCELERO. Atención ahora. Mucha atención. Ese testigo que has citado quizá te salve de la muerte española, pero no de la cubana. Oye bien, ese hombre te va a hundir para siempre en la tumba "oscura y secreta".

Entra Enrique Tabares.

TABARES. *(Al público.)* Mi nombre es Enrique Tabares. Nací hace treinta y dos años en Barcelona, España. Soy viudo. Me desempeño como escritor público.

JUEZ 2. Señor Tabares, ¿conoce usted al acusado Juan Clemente Zenea?

TABARES. Desde el verano pasado.

JUEZ 2. ¿Por qué razones?

TABARES. Vino al periódico. Me pidió una entrevista.

JUEZ 2. ¿Para qué solicitó esa entrevista?

TABARES. Era un hombre extraño, reticente. Me dijo que quería prestar sus servicios, que él conocía bien a los hombres que participaban en la rebelión. Manifestó su decisión de cooperar, destruir los planes de los rebeldes, hacer que todas las expediciones fracasaran.

JUEZ 2. ¿Sabe si el acusado colaboró en Nueva York a favor de la insurrección?

TABARES. Sí, él mismo me lo explicó. Dijo que en cierta época había estado en contra de la presencia de España en Cuba. Y 1391 más: dijo haber trabajado para eso. Incluso puedo asegurar que resultaba un hombre de confianza para la Junta Revolucionaria. Se le daban misiones, se le tenía en alta estima. Un hombre que ellos consideraban útil.

JUEZ 2. ¿Cómo fue que el acusado, tan patriota, abandonó sus antiguas ideas y comenzó a trabajar en favor nuestro?

TABARES. Ese cambio de opinión dio lugar a la entrevista entre él y yo. *(Pausa breve. Recuerda.)* Un hombre extraño. Nunca parecía decidido, ¡nunca! Hablaba con torpeza, como si le resultara trabajoso encontrar las palabras. Costaba creer que fuera el poeta que decían. Se veía nervioso, triste, siempre triste. Y su mirada... No miraba. Era como si sus ojos no pudieran fijarse en nada... O quizá sólo sus manos. A veces, llevaba las palmas de las manos a la altura de sus ojos. Decepcionando, triste. Por eso le creí: un hombre decepcionado es un posible traidor. *(Se acerca al Poeta, lo mira con extrañeza.)* Le pregunté... *(Al Poeta.)* ¿Qué ocurrirá si Cuba llega a liberarse de España?

POETA. Si los cubanos vencen, Cuba llegará a ser un segundo Haití o algo peor.

TABARES. ¿Comprenden? Un escéptico. Repito: un hombre decepcionado es un posible traidor. Por eso, señor juez, le creí. Es verdad que no estaba de acuerdo con el gobierno de España en la Isla; incluso decía amar a Cuba y quería verla libre. Pero no creía que la libertad viniera por la vía de los cubanos. Sentí que entraba en el desfiladero del Diablo, que nada ni nadie podía salvarlo. Un hombre perdido. Y sentí repugnancia, ¿para qué negarlo? Según él, si los cubanos triunfaban, sobrevendría la anarquía, la miseria, la desolación.

JUEZ 2. De modo que ofreció sus servicios, prometió cooperar.

TABARES. Sí y cooperar quería decir destruir los planes de los rebeldes.

JUEZ 2. ¿Continuaron viéndose?

TABARES. Todas las noches.

JUEZ 2. ¿Para qué?

TABARES. Venía a darme información sobre el movimiento de los rebeldes, los planes que ellos maduraban, las diferencias que había entre ellos.

JUEZ 2. ¿Diferencias?

TABARES. Sí. Los emigrados de Nueva York están divididos. Un grupo sigue al general Quesada. El otro, a Miguel Aldama. Zenea odiaba a Quesada. Hablaba de él con ira. Yo notaba su rencor.

JUEZ 2. El ministro de España en Estados Unidos, ¿conoció las confidencias de Zenea?

TABARES. Por supuesto. Yo mismo lo puse al corriente. Pedí que se le recompensara. Zenea pasaba por un mal momento económico.

JUEZ 2. ¿Y recibió dinero?

TABARES. No sé.

JUEZ 3. ¿Qué sucedió después?

TABARES. Nos dejamos de ver. Un tiempo después lo encontré en la oficina del ministro. Me dijo que al día siguiente saldría para Cuba con un salvoconducto para cumplir una misión: poner fin a la guerra. Nunca lo volví a ver.

JUEZ 2. Eso es todo, señor Tabares, puede retirarse.

TABARES. *(Mientras sale.)* Un hombre extraño. Nunca parecía decidido. ¡Nunca! Venía a darme información sobre los rebeldes. Triste, siempre triste. Nunca parecía decidido. ¡Nunca!

CARCELERO. Ese testimonio, ¿te salva o te pierde? Depende, ¿verdad? Puedes decirles que te hiciste pasar por afecto a la causa española para venir a la manigua y hablar con Céspedes. ¿Quién te creería? Reconócelo. Mírate sin lástima, poeta, y analiza, sé imparcial. ¿Qué pensarías de un hombre que ha hecho lo que tú? No, no respondas. Tus jueces son ésos, no yo.

1393

JUEZ 1. Acusado, ¿qué día llegó a la isla?

POETA. El veintiocho de noviembre de 1870.

JUEZ 2. ¿Por dónde desembarcó?

POETA. Por Nuevitas.

JUEZ 1. ¿Dónde encontró a Céspedes?

POETA. Cerca del río Caonao.

JUEZ 3. *(Mostrando papeles y cartas.)* Acusado, todo esto se econtró en su poder. Felicitaciones de Céspedes al Presidente de la República Francesa, papeles pidiendo ayuda al gobierno de Ecuador, de Bolivia, de Perú... Una proclama donde amenaza con destruir las propiedades y los bienes de los cubanos que no cooperen. Una carta para Aldama. Otra para Benito Juárez.

JUEZ 2. ¿Por qué tenía esa correspondencia?

POETA. Señor, Céspedes me dio correspondencia, es cierto. Estuve días en el campamento. Muchos se me acercaron. Comprenda, todos querían... Yo no podía negarme, hubieran sospechado de mí.

JUEZ 1. ¿Quiénes?

POETA. *(No sabe qué responder.)*

JUEZ 2. ¿Alguien le confió dinero?

POETA. Recibí cien doblones del cuartelmaestre de los cubanos.

JUEZ 1. Ahora díganos qué misión se le confió.

JUEZ 3. ¿Qué instrucciones le dieron?

JUEZ 2. ¿Cómo debía ejecutarla?

POETA. No voy a responder. Quiero hacer las declaraciones en un documento aparte para el Capitán General.

1394 JUEZ 3. ¡Tendrá que responder! ¡Está ante un tribunal!

CARCELERO. A veces te portas con una ingenuidad... ¡conmovedora! Un documento aparte para el Capitán General, nada menos que Don Blas Villate, Conde de Valmaseda. *(Ríe.)* Creíste en el salvoconducto, crees en ese documento. ¿Sabes lo que va a hacer el Conde de Valmaseda?

El Carcelero zafa las manos del Poeta. Entra el Conde de Valmaseda sobre un palanquín que transportan cuatro negros. Una negra lo abanica.

VALMASEDA. ¡Francisca! ¡Francisca!

POETA. Señor Conde, yo soy Juan Clemente Zenea. He venido a Cuba en una misión importante. Traigo un salvoconducto.

VALMASEDA. *(Hablando con la negra.)* Francisca, hoy me como un buey. Los problemas de gobierno me despiertan el apetito. El mejor aperitivo, un decreto real.

POETA. El ministro y yo planeamos este viaje. Yo debía demostrar a los insurrectos que la guerra va al fracaso y que los auxilios que vienen de Nueva York serán suprimidos. Yo vine a aconsejarles que depusieran las armas.

VALMASEDA. ¿Ya ordenaste que me tuvieran listo el almuerzo? Me comería un buey. Pero si me como un buey, después ¿quién me resiste? Me da una flatulencia... Últimamente tengo la barriga llena de gases. Por la noche no puedo dormir. Gases por arriba, gases por abajo. Un infierno.

POETA. Si los insurrectos insistían en sus propósitos, yo debía procurar que Céspedes me diera autorización para intervenir en las expediciones que vinieran a Cuba. De esa forma yo conocería todo el movimiento y podría denunciar las expediciones.

VALMASEDA. Francisca, los decretos reales no sólo abren el apetito. Últimamente como y expulso. Por un lado como y por el otro expulso.

POETA. Señor, yo tenía la confianza de Céspedes. Él quiso hacerme su ministro del Interior. Confiaba en mí. Tuve que convencerlo de que era más útil en Nueva York.

VALMASEDA. Pero estoy bien. Eso significa salud. Hoy te voy a llamar para que veas: ¡bellísimos! ¡Qué color! ¡Y un olor...! Eso quiere decir que estoy saludable.

POETA. Hice mi trabajo. En el campamento hablé de lo difícil que se ponía la situación.

VALMASEDA. El almuerzo, temprano. Una siesta, y al campo de Marte.

POETA. Señor Conde, no es culpa mía que Céspedes se oponga a una rendición.

VALMASEDA. Si no fuera por este flato... Pero estoy bien, mi salud es perfecta. *(Huele.)* ¡Qué olor! Parece que ya está el almuerzo. El aire se embalsama. *(Pausa breve. Reflexiona.)* Francisca, dime, ¿tú has oído hablar de un poeta llamado...? ¿Cómo carajo se llama? Bueno, no hagas caso, un imbécil como todos los poetas.

Sale Valmaseda sobre el palanquín.

POETA. Céspedes no quiere pactos ni rendiciones. No hay más que verlo. Está decidido a continuar la lucha aunque se quede solo.

CARCELERO. ¿Ésa es tu declaración? Valmaseda la ha leído muy atentamente.

POETA. Quisiera saber si es verdad lo que declaró. ¿No estaría tratando de salvarse?

CARCELERO. ¿Salvarse? ¿Tú crees que eso es forma de salvarse? Ven, atiende a tus jueces. Tienes que seguir.

JUEZ 1. Acusado, en una carta encontrada en su poder se habla de los cien doblones que usted recibió para la compra de armas.

CARCELERO. Ahora Juan Clemente Zenea, el poeta de Fidelia, va a caer en contradicción.

POETA. Nadie me dio cien doblones.

1396 JUEZ 1. Usted mismo lo dijo.

JUEZ 3. Está escrito. Aquí está, mire, escrito en este papel.

CARCELERO. ¿Torpeza? ¿Astucia?

POETA. Nunca, señores, es un error.

CARCELERO. ¿Error?

POETA. Jamás recibí ningún dinero de ningún cubano.

JUEZ 2. ¿De dónde lo sacó entonces?

POETA. Ese dinero me lo dio el ministro español en los Estados Unidos.

JUEZ 1. ¿Para qué?

POETA. Para gastos de viaje.

El Carcelero lanza una carcajada. Se hace un breve silencio. Entran los enmascarados y los pordioseros.

JUEZ 2. Acusado, según una carta encontrada en su poder, existe una vía para la comunicación de los cubanos con el exterior.

JUEZ 3. Conteste, acusado, ¿qué lugar secreto utilizan los cubanos para recibir armas y pertrechos?

JUEZ 1. ¿Qué lugar es ése?

CARCELERO. No dudes. Él no dudó.

POETA. *(Con dificultad.)* Un lugar cercano a Nuevitas. Piedra del Sabinal.

Pausa. El Carcelero comienza a incitar a los enmascarados y a los pordioseros para que acosen al Poeta.

PORDIOSERO 1. No te creen.

PORDIOSERO 2. Ellos tampoco te creen.

PORDIOSERA. Un hombre que dice traicionar a los suyos no es digno de fiar.

JUEZ 1. ¿Qué seguridad tenemos de que no nos engaña?   1397

JUEZ 3. ¡Es una farsa, una pura farsa!

CARCELERO. Y ahora ese juez va a liquidar este asunto por orden del Conde de Valmaseda.

JUEZ 2. En este día, 23 de agosto de 1871, después de haber oído la misa del Espíritu Santo, el Consejo de Guerra constituido en la Fortaleza de La Cabaña ha decidido que el acusado Juan Clemente Zenea es culpable del delito de traición a la corona española. Se le condena a la pena de muerte. Sus propiedades serán confiscadas. El dinero será confiscado y la maldición de Dios caerá sobre su nombre.

PORDIOSERO 1. ¿Lo ves? Ellos no te creyeron.

PORDIOSERA. Si dijiste la verdad, no te creyeron.

ENMASCARADA. Si dijiste mentira, tampoco te creyeron.

ENMASCARADO 1. Nunca te creyeron.

PORDIOSERO 2. Ni ellos ni nosotros.

ENMASCARADO 2. Nadie. Nadie te creyó.

PORDIOSERO 1. *(Solemne.)* En este día 23 de agosto, sin haber oído ninguna misa, también nosotros te declaramos culpable.

POETA. Juro solemnemente que...

CARCELERO. *(Parodiando al unísono.)* Juro solemnemente que...

POETA. ... que quise lograr una paz justa, acabar con el horror, que los campos no se tiñeran de sangre.

CARCELERO. No pierdas el tiempo.

POETA. Carcelero, dime, ¿qué va a pasar?

CARCELERO. Cada acto, el más simple, tiene su consecuencia.

POETA. *(Con entusiasmo repentino.)* Cuando uno quiere que algo suceda, y no sucede, lo escribe. Escribe que rompe esos 1398 barrotes y escala muros que llegan al cielo. Sale al aire, al sol.

CARCELERO. Un dulce día de verano. El horizonte ahí, ahí mismo.

POETA. Izo las velas al punto
doy al aire mi bandera
y me lanzo mar afuera
os dejo a vos.
Puede ser que no retorne
si se enfurece el Oceano
moved al lejos la mano
decidme adiós.

El Carcelero da la orden: los enmascarados y los pordioseros gritan en tono de burla "Viva Juan Clemente Zenea", "Viva el rey de los poetas". Entran el Padre, la Madre, Adah Menken y permanecen silenciosos.

CARCELERO. Oye cómo te aclaman.

POETA. ¡Quiero irme!

CARCELERO. ¿Ahora? Todavía falta lo mejor.

POETA. *(Con violencia.)* Sé bastante. Me voy.

CARCELERO. *(Con dulzura.)* No te irás. *(Hace un gesto para que los enmascarados y los pordioseros se acerquen al Poeta.)*

PORDIOSERO 1. Nunca nos viste.

ENMASCARADA. Nunca nos oíste.

PORDIOSERA. Nunca oíste nuestros gritos.

ENMASCARADO 1. Para ti nadie existía.

PORDIOSERO 2. Caminabas por las calles y nadie cruzaba a tu lado.

ENMASCARADO 2. La Habana, la Isla, el mundo eran un inmenso desierto donde sólo vivías tú.

PORDIOSERO 1. Nunca supiste qué pasaba a tu alrededor.

ENMASCARADA. Lo único claro para ti: escribir un poema. 1399

PORDIOSERA. Nunca nos viste.

ENMASCARADO 1. Nunca nos oíste.

PORDIOSERO 2. Nunca oíste nuestros gritos.

ENMASCARADO 2. ¿Quieres culpa más grave?

A un gesto del Carcelero, los grupos comienzan a empujar al Poeta en una especie de juego de la "Gallina Ciega".

PORDIOSERO 1. ¡Juan Clemente Zenea!

ENMASCARADO 1. ¡Juan Clemente Zenea!

PORDIOSERA. Tu nombre está maldito.

ENMASCARADO 2. ¡Traidor!

ENMASCARADA. ¡Traidor a España!

PORDIOSERO 2. ¡Traidor a Cuba!

PORDIOSERO 1. Olvidaste la palabra libertad.

PORDIOSERA. Podrías haber sido un cubano digno.

ENMASCARADO 1. Fuiste a pactar con el enemigo.

ENMASCARADO 2. Borraremos tu nombre.

PORDIOSERO 2. La poesía no te salvará.

PORDIOSERA. Mis hijos te condenarán.

ENMASCARADA. Y los hijos de mis hijos.

PORDIOSERO 1. Así hasta el fin de los siglos.

ENMASCARADO 1. Olvídate de Fidelia.

PORDIOSERO 2. Olvídate de los crepúsculos.

ENMASCARADO 2. Despídete del ángel de la niebla.

PORDIOSERA. Despídete del murmullo del bosque.

ENMASCARADA. Trata de escribir tu propia elegía.

POETA. ¡Yo no soy Juan Clemente Zenea!

1400 *Todos quedan inmóviles. Se hace un gran silencio.*

POETA. Yo no soy Juan Clemente Zenea. Yo sólo vine porque quería saber. Mírenme, mírenme bien. Miren mi cara, mi cuerpo: yo no soy él.

CARCELERO. Es inútil. No te oyen.

POETA. *(A Adah Menken.)* Mírame, mira mis ojos, ¿ves? Yo no soy el poeta que tú amabas.

ADAH. *(Sin oírlo.)* ¡Good night, good night! Parting is such sweet sorrow...

POETA. *(A la madre.)* Señora, yo no soy el hijo que un día le contó aquel sueño. Míreme y comprenda: yo no soy él.

MADRE. *(Sin oírlo.)* Hijo, ¿qué importa una pesadilla? Siempre despertarás y verás qué linda la mañana y cómo vuelan los pájaros sobre la parroquia.

POETA. *(Al Padre.)* Míreme usted, vea, yo no soy ese muchacho que usted enseñó a tocar la flauta.

PADRE. Oye esa música. Óyela. Satán llora sobre el mundo.

CARCELERO. Te dije que no te oían. No pueden oírte. Están muertos. Yo estoy muerto. Tú también estás muerto.

POETA. ¿Y él? ¿Dónde está? Quiero verlo.

CARCELERO. ¿Ver? ¿A quién?

POETA. A Juan Clemente Zenea.

CARCELERO. No me canso de repetirte que Juan Clemente Zenea eres tú.

POETA. No lo soy. Lo sabes. Me viste entrar. Me diste esta camisa, me diste los espejuelos.

CARCELERO. Pero ahora, si quieres entenderlo, tienes que ser él.

POETA. ¿Entenderlo? *(Pausa. Hacia una figura imaginaria.)* Sí, vine a tratar de entenderte. Escúchame, Zenea, desde el rincón en que te encuentres, grita, una palabra sola, aunque sea un gesto para saber, para tener una certeza. *(Pausa breve.)* Muchas veces te

1401

veía encerrado en esta bartolina oscura, más silenciosa que un sepulcro, escribiendo con el índice sobre el polvo, tan solo, tan solo, imaginando una golondrina. A veces, pidiendo un espejo. Imaginaba tu angustia y trataba de convencerme de que eras inocente. Si fuiste traidor o no, no fuiste claro y te enredaste en una neblina de palabras ambiguas. ¿No pensaste que cualquier acto, el más simple, tiene después sus consecuencias? No siempre, Zenea, se puede jugar con las palabras.

Pausa. Por el fondo se observa pasar la silueta de Zenea.

POETA. *(Al Carcelero.)* Di, ¿me falta mucho?

CARCELERO. *(Repentinamente sumiso.)* Depende de usted, señor.

POETA. Me gustaría mandar, como Josué, que el sol se detuviera.
Quisiera a mi hogar volver
y allí, según mi costumbre,
sin desdichas que temer,
verme al amor de la lumbre,
con mi niña y mi mujer.

CARCELERO. Esos versos ¿los escribió aquí, señor?

POETA. *(Sarcástico.)* Con la punta de este dedo.

CARCELERO. *(Irónico.)* Al menos habrá que reconocerle esa fidelidad.

POETA. *(Burlón.)* Alguien dirá que en la heráldica de la poesía cubana, yo fui un príncipe de la sangre.

CARCELERO. Heredia, Milanés, Zenea. Un príncipe de la sangre. *(Pausa breve.)* ¿Y la traición?

POETA. *(Confundido.)* Vamos, quiero terminar. Ya he imaginado todas las pesadillas.

CARCELERO. ¿Sabe qué día es hoy?

POETA. En esta celda nunca se sabe el paso de los días.

CARCELERO. Veinticinco de agosto de 1871. Es temprano, muy temprano. Acaba de amanecer.

El Carcelero hace entrar a dos soldados y un sacerdote.

CARCELERO. *(Solemne.)* Ciudadano Juan Clemente Zenea, sírvase acompañarme.

POETA. ¿Ya es la hora?

SACERDOTE. Encomiende su alma a Dios.

POETA. ¿Dios? "El hombre ha nacido para creer o morir", dijo una vez Lamartine. Por tanto yo, que no creo...

El Sacerdote se acerca. El Poeta lo rechaza.

POETA. *(Al Carcelero.)* ¿Me da un poco de agua? Tengo sed.

CARCELERO. *(Juntando las manos.)* Tome.

POETA. Dios se lo pague. *(Van a salir. El Poeta se detiene como si recordara algo.)* Por favor, no me venden los ojos. *(Lanza los espejuelos al suelo. Se vuelve hacia los enmascarados y los pordioseros.)* Sembrad, amigos, cuando yo muera/ un triste sauce en el cementerio...

Salen. Todos los actores quedan de espaldas al público. Sólo la Madre está de frente y se tapa los oídos. Se escucha descarga de fusilería, un breve silencio, un disparo y otro silencio. Entra el Carcelero. Va al proscenio.

CARCELERO. *(Al público.)* Veinticinco de agosto. ¡Qué mañana! ¡Hasta el Foso de los Laureles parecía un jardín! Cualquiera se hubiera vuelto poeta en una mañana como aquélla. *(Hace ademán de retirarse, pero recuerda que algo le ha quedado por decir.)* Esa mañana hubo cuatro condenados a muerte. El poeta fue uno más.

Se oye música de flauta. La luz se apaga lentamente. El Carcelero se aleja con paso cansado. Entra el Poeta que ha vuelto a vestir su ropa; antes de salir, apaga el farol. Oscuro total.

JOEL CANO

TIMEBALL

CONVERTIR EL JUEGO EN POESÍA

ESTHER MARÍA HERNÁNDEZ AROCHA

Hasta hace apenas tres años, Joel Cano era en el Instituto Superior de Arte de La Habana el "guajirito que vino de Las Villas", el flaquito silencioso y semidesconocido. Luego vino la revelación: apenas en unos días, se convirtió en "el autor de *Timeball*", la obra que presentó como trabajo de diploma para culminar sus estudios universitarios. Un dramaturgo se daba a conocer con absoluta timidez, mas su carta de presentación resultó ser, casi a su pesar, demasiado llamativa, pues obviando su intención de ser apenas percibido, todos le identificaban a partir del hito que inconscientemente ha impuesto un "antes" y un "después" de *Timeball*.

En una década reconocida públicamente como desafortunada para la escena cubana —reconocimiento que asume, además, como una causa principalísima de tal estado de cosas la carencia de textos de calidad—, esta obra efectivamente representa un punto simultáneo de llegada y partida que, sin la necesidad expresa —que no excluida— de oponerse de modo absoluto a esa escena, la induce a una autorrevisión purificadora, o, al menos, la cuestiona, la relativiza, coloca ante ella perspectivas inusitadas.

Se ha afirmado que en *Timeball* se da la "desestructuración de la estructura", mas pienso que asistimos en realidad a su apoteosis, en el sentido de que, a nivel de 1407 esencias, es una investigación, un experimento centrado en las posibilidades múltiples que una concepción desprejuiciada y antiacadémica del texto teatral puede conceder a la estructuración dramática. Cano, pues, consigue enfocar inusualmente el antiquísimo tema del tiempo, ateniéndose en buena medida al hallazgo de una forma novedosa, y esta conjunción determina el surgimiento de una estructura que opta por la recurrencia como base de apoyo para los dilemas temporales puestos en debate: "Usted mismo elige al azar cuál será el devenir de la historia, el desarrollo de los personajes".

El correlato estructural de esa "no linealidad" del tiempo asumirá una progresión que, más que épica o causal, será eminentemente probabilística: no hay inicio, no hay clímax, no hay desenlace, no hay, incluso, un desarrollo concebido de manera ortodoxa. Por el contrario, la existencia de una *Boda eterna* o de una *Eterna pelea* desconcertará al que acuda a este texto con intenciones de disección, pues al modo de los "songs" brechtianos, las canciones de Charro Jiménez extrañarán aún más la acción a partir de la intención paródica que comportan. Por otra parte, la existencia de escenas "golem" favorecerá la narratividad épica, al marcar un efecto de "continuidad discontinua" rayando en el desconcierto, cuya reproducción sugiere una infinitud que dinamiza la percepción del tiempo.

Pero hay algo más. Las escenas-imágenes, exentas de texto verbal, deconstruyen aún más la estructura, en el sentido de que tras la aparente ingenuidad de las sugerencias , está el reto a la acción escénica que el montaje consiga hallar, pero lleva, además, la interrogante de otorgar o no a estas escenas simultaneidad con respecto a las otras o a ellas mismas, de ubicarlas en un área delimitada del espacio, de conferirles rango escénico de "leit-motivs". En fin, la consiguiente alternativa que la libertad de elección supone, con lo cual la estructura posible deviene probable, inapresable, cambiante y escurridiza, caótica en su paradójico "orden perfecto de reglas del juego". En consecuencia, la intención de desentrañar totalmente los hilos estructurales del *Timeball,* terminará siendo apenas aproximación a un juego que, a tales efectos, sólo ofrece los fugaces y precarios asideros del azar

Los intrincados hilos del Timeball

Leyendo *Timeball* no resultará entonces difícil deslizarse en la trampa de la doctrina del "eterno retorno" —idea antigua y pertinaz en la literatura universal—. Mas me resisto a considerarla como una ilustración de ese tiempo circular, ahogado en su propia metafísica, pues sucede que Cano es dialéctico, pero además, afortunadamente, aprendió la sutileza e introduce, con respecto a la relación individuo-tiempo, una idea que resulta muchísimo más inquietante: ¿somos cuerpos nuevos con ideas de otros que pueden habernos antecedido o podrán sucedernos? ¿Damos vida a otros cuerpos con nuestras ideas? ¿O las ideas de otros habitan en nuestro cuerpo? ¿O ambas cosas? Evidentemente, los hilos del *Timeball* son más intrincados de lo que aparentan.

Y he aquí que, con igual sutileza, Cano sugiere otra idea que, relacionada con la anterior desde la perspectiva del tiempo, conduce a nuevas preguntas desde la perspectiva de la historia. Esto es: la existencia en un país de circunstancias similares en dos momentos temporalmente distantes, no obedece necesariamente a razones de índole cósmico-filosófica general (tiempo), sino que puede ser atribuible a las características que definen el devenir de este país (historia). En efecto, no son lo mismo ideas recurrentes que historia repetida, pero Joel Cano se sirve de ambas para significar lo inextricable de la trama que las une, para utilizar un fenómeno como hilo que conduce al otro y viceversa: Francis, el inventor irremediable, declara que "el tiempo de una isla es la isla misma, un tiempo que se crea y se destruye con cada ola que la rodea". Eslóganes similares, héroes similares, espíritu similar tras cada actitud que podría sólo invocar una reflexión repetida a diario: los cubanos de hoy somos iguales a los de entonces —y podría incluso suprimirse el "iguales a"—. Pero detrás de esta frase hay algo más. Afortunada y desafortunadamente, Joel Cano lo ha visto. pero no lo revela ingenuamente. Sólo da las claves, ya verán los que puedan.

En lo que a teatralidad respecta, el caso de *Timeball* resulta paradójico, pues se trata de un texto dramático cuyos significados potenciales parecen, a priori, más numerosos que aquellos susceptibles de ser incluidos en una puesta en escena, aun cuando cada montaje admita un amplio rango de interpretaciones. Es decir, una aproximación apresurada a la obra provoca la sensación de que no hay propuesta escénica capaz de agotar —y mucho menos trascender— la nutrida cantidad de significados que encierra, la profusión de símbolos y los subtextos múltiples que aparecen en el texto escrito. Y la paradoja resulta de que, muy por el contrario, esta pluralidad es el principio en el que descansa una teatralidad desatada y estimulante, apoyada en el apenas perceptible soporte de la sugerencia. Una teatralidad "apelativa" que induce a descifrar sus códigos, a re-crear las imágenes que propone, a tentar la suerte de componer un "mapa" para la disposición de las páginas-cartas, conformando con ello un espectáculo que, cotejado con la fuente literaria, puede resultar libérrimo.

Poesía de la ingenuidad y el ingenio

Joel Cano ha colocado a sus personajes, por demás, en situaciones que conjuran al teatro para existir, como son los casos de la Ironía en el "No tiempo", el *Regreso-ida de Beata* o la *Apoteosis del icono,* confiriéndoles al mismo tiempo la autonomía más insólita: "la arena del circo, que puede ser la aduana del puerto"; "Beata se apoya en una baranda, que puede ser la de un trapecio, pero es la baranda de un barco"; y con ello estimula y cede el lugar a la imaginación escénica que podrá optar por seguir la indicación textual o inventarse una nueva forma de asumir la propuesta del autor sin sentimiento de culpa, pues precisamente ése es el propósito.

Analizada como literatura dramática, *Timeball* es un feliz ejemplo de sencilla poesía de la ingenuidad, pero también del ingenio; poesía de lo cotidiano y lo inusitado, grave y lúdica, imaginativa y elemental. Joel Cano construye un poema de cincuenta y dos "cartas", desde las cuales cuatro personajes recrean un discurso aparentemente simple, pero cargado de cuestionamientos esenciales. No se trata de individuos preeminentes, más bien todo lo contrario. Consecuentemente, los diálogos entre ellos exhibirán las aristas de lo cotidiano, de lo "normal". Pero tácitamente, el lector-espectador intuirá la trampa en afirmación tan categórica, pues el discurso de estos personajes trae consigo un misterio escondido entre líneas que proviene de su ambiguo tránsito en el tiempo, de la esencia última de cada uno de ellos —el inventor, el payaso...—, de los enigmas en que discurre su convivencia. De ahí que en el texto de Francis se filtren disquisiciones de índole filosófica en términos "simples", mas no exentos de voluntad poética manifiesta; o que Comodín, a ratos críptico en su pirueta verbal, no nos soprenda ya cuando afirma que "nuestro presente sirve, únicamente, de puente entre la conquista recordada y la ambición futura. Como nada ambiciono, nada en mí transcurre. Todo permanece en mi risa".

En consecuencia, los soportes esenciales de *Timeball*, sus cuatro deliciosos personajes, no serán, ingenua y únicamente, cuatro deliciosos personajes. De hecho, más allá de su innegable valor simbólico individual, me atrevo a sostener que su integración asume también rango de

1411

símbolo en un plano superior, el de la esencia humana, pues una lectura en profundidad nos conducirá a descubrir en Francis no sólo al inventor, sino a nuestra propia y connatural disposición al cuestionamiento, la indagación, la especulación y la solución de enigmas que, como el tiempo, gravitan sobre nuestra especie. En Charro Jiménez estarán nuestro orgullo personal, nuestro intento —vano o afortunado— de crear, nuestra ironía y nuestra bohemia. Comodín es el perfil lúdico, la ternura, el inevitable sedimento infantil, el conocimiento intuitivo, el oscilante sentido del ridículo. Finalmente, Beata es la tendencia al amor y la sensualidad, pero también es la ineludible condición de extranjeros que, en alguna medida, acompaña nuestro tránsito entre aquello y aquellos que nos rodean, nuestra dramática incomunicación.

Y esta lectura, unida al cuidado de no perder de vista la insólita peripecia en que estos personajes transcurren, conformará una imagen del ser humano que incluye su transformación temporal matizada por la recurrencia, sus rasgos transmutables-inmutables, su más elemental similitud a congéneres de cualquier época. De esta suerte, el trabajo de caracterización, unido a los valores ya referidos, convierte en alguna medida al "Juego de perder el tiempo" en el "Juego de conocer al hombre". En ello radica no sólo uno de sus notables aciertos, sino el más fascinante de sus retos.

JOEL CANO

Nació en Santa Clara, en 1966. Cursó estudios de Dramaturgia en el Instituto Superior de Arte. Tiene inéditos un libro de cuentos, *La caza del ángel,* y otro de poemas para niños, *Viva yo.* Dirigió el Teatro de la Villa, con el cual montó en 1988 *Así es, si así os parece,* de Pirandello. Sus principales obras son:

TEATRO

Fábula de un país de cera, sin estrenar. Publicada por la revista *Tablas,* nº 1, enero-marzo, 1989.

Fábula de nunca acabar, inédita y sin estrenar.

Fábula del insomnio, inédita y sin estrenar.

Beatlemanía, inédita y sin estrenar.

Timeball, estrenada en 1990 por el grupo La Ventana.

TIMEBALL
O EL JUEGO DE PERDER EL TIEMPO

Joel Cano

A mi abuela
A mi mamá
A Belmaris

TIMEBALL:	Así como existe un deporte nacional llamado Baseball, existe otro deporte favorito del cubano, el Timeball. Su esencia radica en la pérdida de tiempo irrazonable, sobre todo en no sentir que pasa o que pasan por él. Por eso los personajes del Timeball no reciben mutaciones temporales visibles como las arrugas, nada en ellos cambia. Esto es fundamental para ser un buen timebolista.
GÉNERO:	Cartomancia teatral.
PERSONAJES:	Comodín. Payaso de circo. Catedrático Callejero. Francisco Gómez I — (1933). Francisco Gómez II — (1970). Alias Francis Gordon. Afiliado político confundido. Inventor irremediable. Pedro Jiménez. Nombre artístico: Charro Jiménez I (1933), II (1970). Vividor y músico versátil. Honorable decadente. Beata Korsakowicz. Polaca inmigrante. Trapecista. Silenciosa.

ÉPOCA DE LA OBRA:
Año 1933
Año 1970
No tiempo.

LUGARES DE ACCIÓN: ˙
Caballeriza: En ella acontecen los diálogos tradicionales de los personajes. Allí estarán las fotos, una vitrola, un viejo piano, un acordeón roto, un pez inflable que cuelga en un perchero,

una gran sábana, agua, baldes. Todos estos objetos terminarán seguramente en otros sitios.
Parque: Lugar de la boda interminable y de las sombras.
Circo: Encuentro y despedida — regreso de Beata.
Tribuna: Aquí los personajes, desnudos, exponen sus soledades; amparados en la oportunidad irreal del no tiempo.

Todos estos personajes pueden haber existido desde el inicio del mundo. Transitan desde 1933 hasta 1970 manteniendo sus mismas edades.

Cada personaje puede ser interpretado por uno o dos actores, según las reglas que decida el director del juego.

Cualquier parecido con la realidad atribúyalo a la historia universal.

REGLAS DEL TIMEBALL

— Cantidad de jugadores: cuatro directores o actores. Se puede jugar al solitario.
— Estructura del juego: es la misma que la de las cartas; o sea, cincuenta y dos cartas y dos comodines contra cincuenta y dos cartas y dos comodines, subrayando la idea del no final o comienzo del tiempo, su no linealidad.
— Para ello cada página—carta es autosuficiente, egoísta y autónoma.
— Como en las cartas de juego, aquí se habla del destino, por lo tanto se puede comenzar por cualquier destino, por lo tanto se puede comenzar por cualquier carta—página. Usted mismo elige al azar cuál será el devenir de la historia, y el desarrollo de los personajes, las canciones.

INSTRUCCIONES:

— Baraje las páginas-cartas, desordenando, así, los nexos habituales del drama.

— Reparta las cartas-páginas entre los jugadores-directores-actores.

— En el orden que decida, coloque las páginas—cartas al centro de la mesa. Al hacerlo, éstas deben ser leídas. La disposición final de las cartas-páginas será la estructura del montaje del juego. Para ello directores y actores deben hablar la propia lógica interna del caos.

— Los cuatro jugadores-directores-actores pueden distribuirse equitativamente las páginas-cartas y hacer cada uno un espectáculo independiente. Después de terminado se confrontará en el escenario con los demás, entonces la mesa de juego tendrá público. Los directores y actores asumirán el montaje y los personajes de formas muy distintas.

— En época de adiestramiento se puede jugar todos los días a hacer un nuevo espectáculo. Es un reto. Para ello es preferente un solo director, que sepa mover a su antojo la historia, buscando cada día nexos nuevos. ¿Qué obtiene del Timeball? Una recreación del tiempo nuestro de cada día. Con él nadie sabe quién es, qué vendrá, qué pasó... Ganará quien logre montar el espectáculo. O quien salga del círculo lleno de hilos de timeball.

El Autor.

PRIMERA CANCIÓN DEL CHARRO JIMÉNEZ

(1933)

De los polos del frío la Ballena
trajo su boca de riquezas llena
y las puso ante mí, sobre la blanca arena.
Un anillo rodó junto a la espuma.
Otros con manos de codicia llenas,
muerte dieron en la orilla a la Ballena.
Una Ballena verde.
Y el Mar, siendo Mar, púsose rojo.
Ellos corrieron a su antojo
disputándose el oro,
revuelto entre la sangre.
Y pasaron los siglos.
Otra vez viene azul el Mar hasta la orilla.
Barro y óxido el tiempo tornó al oro.
Y polvo, y otros seres, a aquellos tesoreros.
Cruzan la Historia solemnes y agoreros.
Mi barco lleva hoy tan fina quilla,
que un anillo, dorado por los años,
a ella unióse alumbrando mi barbilla.
Ese anillo en tu dedo salvaría
lo poco que ya fui, seré, soy todavía.
Porque hace siglos, en la desierta playa,
mataron la Ballena.
Una Ballena verde yo maté
frente a la mar tan roja,
que a pesar de los soles
su reflejo a mi rostro lo sonroja

y a mi poco corazón deja sin sangre.
Y el círculo infernal de mi condena
no sé si será el aire,
si la Tierra no sé,
si el santo anillo.
Que el recuerdo fatal borre en su brillo
si se pueden borrar del aire los recuerdos,
y si se pueden borrar también las penas,
que su luz quite las sombras a mis ojos
de una verde Ballena muriendo entre la espuma.
Derramando su oro y su inocencia
sobre una mar tan roja.

LA BODA ETERNA

Parque desierto. (1970)

Un coro de niños canta el himno nacional.

Beata y Francis II colocan una ofrenda floral ante una estatua. Van a casarse. Francis I llega al parque vestido a la moda del año 1933. La sombra de los familiares se asombra.

FRANCIS I. Perdonen mi tardanza, me demoré porque la vitrola estalló y miren, hasta un chichón tengo en la frente.

BEATA. *(A Francis II.)* No me dijiste que tenías un hermano gemelo.

FRANCIS II. Y no lo tengo.

BEATA. Pero este señor es idéntico a ti.

FRANCIS II. Que no es mi hermano.

FRANCIS I. *(A Beata.)* ¿No me conoces?

BEATA. No, señor.

FRANCIS II. La compañera se casa conmigo. ¿Alguien lo invitó?

FRANCIS I. ¿Para qué? Yo soy el novio. ¿No es así? *(La sombra de los familiares calla.)*

FRANCIS II. Vaya descaro.

BEATA. *(A Francis II.)* No te incomodes. *(A Francis I.)* ¿Quién es usted?

FRANCIS I. Soy Francis Gordon, el Newton cubano, y me caso con la pelirroja más linda de La Habana. ¿No es así? *(La sombra de los familiares calla.)*

FRANCIS II. Oye, o te largas, o te rompo la cara, mamarracho.

BEATA. No, por favor. Ay, esto ya pasó. Francis, si eres Francis vete. No sé qué hacer. Estoy rodeada por sombras, mareada por sombras. Este matrimonio no es fácil. Parece que la escena se repite desde hace mucho y que nunca va a terminar de ocurrir. Vete, por favor. Siempre hay un Francis que sobra.

FRANCIS I. Está bien. La oyeron, ¿no? *(La sombra de los familiares calla.)* Me voy, pero recuerden que voy a volver. *(Sale malhumorado, guardando el anillo de compromiso. Estalla una ola de aplausos.)*

BEATA. Lo sé.

FRANCIS II. Y para colmo se parece a la estatua. Sí tenía cara de mártir el tipo ese.

BEATA. Sí, esto ya pasó.

La sombra de los familiares reparten panecillos sobre una larga sábana o un mantel.

DESILUSIÓN FRANCIS II

Caballeriza. (1933)

Francis II entra, malhumorado.

Beata y Comodín se encuentran en la aduana del puerto o en la arena del circo. Año 1970.

COMODÍN. ¿Qué dice Kairos, el inventor? ¿No te casabas?

FRANCIS. *(Iniciando su rutina con las tuercas de la vitrola.)* Casarme, a esa pelirroja se le ocurrió a última hora decir que el matrimonio era cosa seria, que eso ya había pasado, que todo lo que la rodeaba eran sombras, pero yo sé que toda esa complejidad fue por un tipo que apareció antes de que yo llegara y que se quedó tan tranquilo como mis familiares. Nada, la dejé casándose con él. Sombras, matrimonio. ¿Y ésta quién es? ¿Otra puta cirquera a la que enseñas malabares?

COMODÍN. Es polaca.

FRANCIS. *(Mirando a Beata.)* Ah, es puta. Hola, señora puta. ¿Desea un anillo? Aquí tiene uno. Con él le entrego todo lo que hubiera sido mi tiempo futuro de matrimonio. Ileusprendase quina mis penas próximas, mis posib lga Pa-tri-a, anciano. Que su tengo todo el t del tiempo. bien rápi Pa-tri-

BE

COMODÍN. Déjala en paz.

FRANCIS. Oye, ¿y la estatua del parque?

COMODÍN. Ahí no hay ninguna estatua.

FRANCIS. Me parece que alguna vez vi allí una estatua.

BEATA. *(Razonablemente llora.)*

FRANCIS. Cuando podamos viajar al futuro veremos si por fin aprendió a hablar. *(Por la ventana pasa una pareja recién casada. Tras ellos la sombra de sus familiares.)*

COMODÍN. Confórmate con el triste presente y trata por lo menos de que esa vitrola se escuche, porque ni siquiera eso has logrado. No llores más, polaquita. Mira. *(Saca unos anillos de magia y comienza a hacer malabares. Beata se interesa. Los anillos se unen, forman una cadena.)*

FRANCIS. *(Malicioso.)* Ves, le estás enseñando malabares.

COMODÍN. Aunque no lo creas esto que aquí ves es el tiempo.

La máquina del tiempo comienza a cantar la segunda canción del Charro Jiménez.

MENSAJE DE FUTURO

Caballeriza. (1933)

Francisco enciende la radio de la vitrola. Beata escucha.

VOZ LOCUTOR. ...Y ahora Azuquín y Zacarín nos informarán el estado actual de la zafra.

VOZ ZACARÍN. Para empezar diremos que la zafra está cada día más dulce y se incrementa el nivel de molida. Optimizar es la principal medida para hacer una zafra de calidad. Esta zafra del pueblo, esta zafra de los diez millones... *(El radio se descompone.)*

COMODÍN. Apretaron hoy con esos comerciales.

FRANCISCO. ¿No te das cuenta? Fue un mensaje del futuro.

COMODÍN. ¿Qué mensaje? Ni que nunca hubieras escuchado demagogia, eso es. En este país muerto de hambre, en plenos años treinta, con medio mundo en cueros, hablar de una zafra de diez millones es más cómico que un chiste de Charles Chaplin. Lo mejor que hizo el radio fue romperse.

FRANCISCO: Qué payaso más escéptico eres.

VOZ ZACARÍN. Y para callar al Escéptico le diremos q·· ya vamos para cinco millones. ¡Abajo los escépticos! *los*

Pasa una pareja recién casada. Tras ellos va ¹ª descom- familiares. Un fotógrafo la custodia.

Y ZACARÍN. Los diez millone·   1425
ponerse.)

FRANCISCO. ¿Viste? Habló el futuro.

COMODÍN. Baja, que yo te hablo desde el presente. Las vacas gordas no van a volver ni aunque las pongan a dormir en colchón de muelles.

FRANCISCO. Es que me parece que eso que escuchamos es de otra época, está dicho con una fe...

COMODÍN. ¿Qué sabes tú?

FRANCISCO. Eres un payaso escéptico. ¡Abajo el Escéptico!

BEATA. Esto ya pasó... *(Todos ríen.)*

VOZ LOCUTOR. Y ahora para ustedes un número del compositor Charro Jiménez, fallecido en la tarde de ayer a la edad de sesenta años. Charro era al morir uno de nuestros compositores más prestigiosos, tanto por su vida como por su obra. Escucharán su última pieza, dedicada, según dijo antes de fallecer, al tiempo sagrado de la vida... *(El radio se descompone. Los tres personajes se miran. Charro Jiménez abre la puerta. El flash del fotógrafo recupera las sombras. Luz cegadora.)*

UNA ETERNA PELEA

Caballeriza. (1970)

Los niños del coro juegan. Comodín se encuentra con Beata por primera vez. Charro Jiménez está sentado al piano con un acordeón quejumbroso entre las manos. Intenta componer una melodía. Está borracho. Francis trata de viajar al pasado en su vitrola. Entre los dos cuelga una foto de Ernesto Guevara. Todo puede ser, de repente, una iglesia.

CHARRO. Estás conjugando en presente, esto te molesta.

FRANCIS. Y mucho, pero tú estás desafinado, eso es peor.

CHARRO. Sí, aunque afinar es cuestión de práctica. Viajar al pasado es un poco más ambicioso. *(Ríe.)* Con una vitrola. En la isla continente un sucesor de Matías Pérez viajará por el tiempo en una vitrola atómica. Las vitrolas se hicieron para escuchar boleros mientras se revuelca el dominó en una mesa dominical.

FRANCIS. Y los boleros se hicieron para detener el tiempo de este país. ¿No te aburres de las siete notas?

CHARRO. ¿Y tú no te cansas de la siete tuer~~c~~... ~~ción no~~
~~...tas con las~~
FRANCIS. Esta máquina funciona ~~...final sin haber~~
da para componer una nu~~ev~~...
mismas palabras. ~~...o el verso.~~
final del ~~...~~
comenza

CHA~~r~~ 1427

FR

CHARRO. Mira, inventor de los chicharrones de viento, tú y tus porquerías temporales ya me tienen cansado. *(Coge una botella y la rompe, amenaza con ella a Francis.)* Ahora, si te quieres salvar tendrás que volar con tu maquinita, porque si te quedas aquí no haces el cuento. *(Francis retrocede hasta la vitrola, choca con ella. Con la mano libre Charro le lanza el acordeón, éste va a dar contra la máquina. Se escucha un largo suspiro. La vitrola estalla, haciendo desaparecer a Francis y a la foto de Ernesto Guevara. Cae en el espacio una foto de Julio Antonio Mella. Queda en el aire la eterna respiración del acordeón.)*

IDA-REGRESO DE BEATA

Arena del circo. No tiempo.

Estalla la máquina del tiempo después de cantar su última canción. Una muchacha pelirroja se mece en el trapecio. Otra muchacha pelirroja espera su turno, se llama Beata. Se apoya en una baranda, puede ser la de un trapecio, pero es la baranda de un barco.

En la arena del circo, que puede ser la aduana del puerto, Comodín el payaso ensaya su número; éste consiste en tratar de agarrar un pez verde, semejante a una ballena, que flota en un mar de atrezzo rojo. El pez está lleno de aire, cada vez que Comodín lo toca lanza un pitazo ensordecedor. Comodín pierde la paciencia y se lanza sobre él. Desaparecen tras el atrezzo. Comodín reaparece con el pez desinflado en una mano y con el pito atragantado, cada vez que trata de hablar lanza un pitazo ensordecedor. Beata arroja su equipaje desde el barco. Comodín lo recoge en la arena del circo. La maleta cae en su cabeza. Se escucha una música tocada por instrumentos tradicionales polacos. Una canción.

> Venía en un barco
> un barco velero
> con su viento entero
> por el mar más fiero.
> Salió de Guatemala
> atracó en Guatepeor.
> Venía en un barco
> un barco de pena
> con su luna llena

por la espuma ajena.
Salió de Guatemala
atracó en Guatepeor.

(Beata baja del trapecio, o de la baranda del barco. Comodín la recibe.)

COMODÍN. Welcome to Havana, caribbean paradise. *(Beata permanece impasible.)* Oye, mija, ¿tú eres francesa? ¿Sueca? ¿Polaca? *(Beata sonríe incomprensiva.)* ¿Puta? Puta, puta, puta... *(Beata ríe al no entender.)* Ah, eres puta. Oye, puta, yo tengo tu maleta, coge. *(El circo está vacío pero es la aduana. Beata va a coger la maleta.)* No, yo la llevo hasta su burdel, señora puta, es una caballeriza, pero es mi casa, la casa de la risa.

Beata le da una flor que trae en la solapa, está bastante marchita, es de tafetán. Él la obsequia con un pez verde desinflado.

LA BODA ETERNA

Parque desierto. (1933)

Un coro de niños canta el himno nacional. Beata y Francis I se retratan junto a una fuente. Van a casarse. Francis II llega al parque vestido a la moda del año 1970. La sombra de los familiares se asombra.

FRANCIS II. Disculpen mi demora, es que la vitrola estalló y miren, hasta un chichón tengo en la frente.

BEATA. *(A Francis I.)* No me dijiste que tenías un hermano gemelo.

FRANCIS I. Y no lo tengo.

BEATA. Pero este señor es idéntico a ti.

FRANCIS I. No es mi hermano.

FRANCIS II. *(A Beata.)* ¿No me reconoces?

BEATA. No, señor.

FRANCIS I. La señorita se casa conmigo. ¿Alguien lo invitó?

FRANCIS II. ¿Para qué? Yo soy el novio. ¿No es así? *(La sombra de los familiares calla.)*

FRANCIS I. Vaya descaro.

BEATA. *(A Francis I.)* No te incomodes. *(A Francis II.)* ¿Quién es usted?

FRANCIS II. Francis Gordon, el Newton cubano, y me caso con la pelirroja más linda de La Habana. ¿No es así? *(La sombra de los familiares calla.)*

FRANCIS I. Oye, o te largas, o te parto la cara, mamarracho.

BEATA. No, por favor. Esto ya pasó. *(A Francis II.)* Francis, si eres Francis vete. No sé qué hacer. Estoy rodeada por sombras. Este matrimonio no es fácil. Parece que la escena se repite hace siglos y nunca va a terminar de ocurrir. Vete, por favor, siempre hay un Francis que sobra.

FRANCIS II. Está bien. ¿La oyeron? *(La sombra de los familiares calla.)* Pero voy a volver. *(Se marcha malhumorado, guardando el anillo de compromiso. Estalla una oleada de aplausos.)*

BEATA. Lo sé.

FRANCIS II. Y para colmo tenía la postura de estatua. Sí, tenía cara de mártir el tipo ese.

Los niños juegan sobre una larga sábana o un mantel.

LÍMITE

Caballeriza. (1970)

La ventana contiene un parque desierto. Allí colocan una estatua.

COMODÍN. Díganme, ¿pueden imaginar un mundo sin final ni comienzo?

FRANCIS: Sí, éste en el que vivimos.

COMODÍN. No. En éste hasta la mierda tiene comienzo y final. Todo se compone y se descompone, vive y muere, cae o se eleva, tiene esplendor y decadencia...

CHARRO: Cállalo. No sé cómo puede ser payaso. Es más trágico que Katharine Hepburn.

FRANCIS. Díganme, ¿pueden imaginar como era el mundo hace unos cuarenta años?

COMODÍN. Sí, como éste en el que vivimos.

BEATA. *(Ríe.)*

CHARRO. La reina africana.

FRANCIS. He hecho algunos cálculos y tengo mi propia teoría. Comodín, apaga la luz.

Beata se levanta y apaga la luz. Francis enciende un proyector y sobre una sábana aparece una foto de ellos mismos en una manifestación estudiantil del año 1933.

COMODÍN. Yo no veo al enemigo por ninguna parte.

CHARRO. ¿Contra qué lucha la polaca con esas canillas?

FRANCIS. ¿No notan la diferencia?

COMODÍN. Estamos vestidos distintos.

BEATA. *(Se interesa.)*

FRANCIS. Es otra cosa. No somos nosotros, son los cuerpos de otra época, a los que nosotros le damos vida hoy con nuestras ideas.

CHARRO. Otra gente con las ideas de uno... No. ¿Y eso? Además, yo no le prestaría mis ideas a nadie para hacer revoluciones, mucha música que tengo que componer todavía, y muchas mujeres que quedan por enamorar.

COMODÍN. Pero no estaría mal eso de renovar el cuerpo de alguien con ideas... Francisco, ¿entonces, no seremos las ideas que habitan en los cuerpos de hace cuarenta años? ¡Seré un payaso de la Prehistoria! Eso me gusta.

CHARRO. ¿Y qué no te gusta a ti? Enciendan la luz que la época no está para oscurantismos.

A través de la ventana se ve pasar a una pareja de recién casados, seguida por la sombra de sus familiares y de un fotógrafo. La pareja lleva una ofrenda floral. Se dirigen hacia algún parque desierto.

INDICIO DE FUTURO

Caballeriza. (1933)

Pasa una pareja recién casada. Las sombras de sus familiares se dispersan.

COMODÍN. Hoy en la casa de al lado entró una pelirroja y luego hubo una gran explosión. Si esa pared no existiera se aclararía la Historia.

FRANCIS. Una explosión dices...

COMODÍN. Sí, hasta mi ballena se cayó del perchero. Además siempre se escucha una música rarísima, como hecha con electricidad.

FRANCIS. Música eléctrica, eso está bien. Seguramente dentro de cuarenta años el público morirá electrocutado por una orquesta de aniones, kationes, electrones...

BEATA. *(Recoge una foto de Ernesto Guevara que estaba en el piso y la muestra a Francis.)*

FRANCIS. *(Mirando la foto.)* ¿Quién será? Me parece haber visto su cara.

COMODÍN. Parece la de un santo, pero lo extraño es que es una foto, así que debe estar vivo, o al menos haber existido.

BEATA. *(Reza.)*

FRANCIS. Esto ya pasó... ¿Por qué no logro recordar? Sí, sólo el futuro puede traer recuerdos. Hay que ir al futuro, para recordar. *(Deja la foto sobre la vitrola y comienza su rutina con las tuercas. Comodín y Beata salen al circo.)*

UN DÍA DE TODOS FELICES

(1970)

Comodín afila una mocha.
Charro Jiménez afila una mocha.
Beata afila una mocha.
Francis afila una mocha.

REGRESO-IDA DE BEATA

Arena del circo. No tiempo.

La máquina del tiempo comienza a cantar su última canción.
Beata está parada en el trapecio, o en la baranda de un barco.
Debajo de ella, en la arena del circo, o en la aduana del puerto,
están Francis, el Charro Jiménez y Comodín. Con las manos le
dicen adiós a la pelirroja, o le dicen que baje. Se escucha una
canción acompañada por instrumentos típicos polacos:

> Se iba en un barco
> un barco de vapor
> dejando su olor
> buscando el amor.
> Zarpó de Guatemala
> llegará a Guatepeor.
> Se iba en un barco
> un barco de guerra
> que el destino encierra
> buscando la tierra.
> Zarpó de Guatemala
> llegará a Guatepeor.

Francis se marcha. Beata lanza el último anillo al Charro. El
anillo no entra en su dedo. Charro hace mutis. Beata toma el
trapecio y se lanza al aire. Comodín coloca el decorado de su
número, un mar de atrezzo rojo, e infla un enorme pez verde,
semejante a una ballena. En la baranda aparece otra muchacha
pelirroja. Puede ser un trapecio, pero es la baranda de un barco
que llega.

DESILUSIÓN DEL CHARRO JIMÉNEZ I

Caballeriza. (1970)

Entra el Charro Jiménez malhumorado y borracho. Cae la bomba atómica.

CHARRO. Vaya, reunida la familia, ¿eh? ¿Y esta belleza?

COMODÍN. La compañera es polaca. Se llama Beata.

CHARRO. Hola, hermosa europea, mi nombre es Charro Jiménez, y le canto a las bellezas como tú.

FRANCIS. ¿Y tú no te casabas?

CHARRO. Sí, pero ya no. La vida cambia. ¿No creen? Hay que adaptarse.

COMODÍN. ¿Cómo fue?

CHARRO. Nada, apareció un tipejo confundiendo a mi novia con la suya... y resulta que era la suya. *(Todos ríen.)* Además el tipo tenía la cara idéntica a la estatua del parque, la que apunta con el dedo, como si en el aire hubiera algún culo. *(Se retuerce de la risa.)*

BEATA. *(Mira sin comprender.)*

CHARRO. Hermosa europea, no entiendes, ¿eh?

BEATA. *(Toma un jarro y se moja la cara.)*

CHARRO. Aquí tienes mi anillo de bodas. Me caso contigo.

1438 COMODÍN. Yo la vi primero.

FRANCIS: Yo le enseñé la primera palabra. *(Charro hace gesto de que se callen. A través de la ventana se ve una pareja recién casada dirigirse hacia una estatua.)*

CHARRO. Con este anillo te desposo y con él se van todas las horas que gasté y malgastaré. Desde ahora tu destino está unido a mí. Que se vaya con esta joya toda la mala música que acecha tras las partituras, o escondida en los uniformes de las musas breteras de los CDR de este barrio hediondo. ¡Charro Jiménez tiene una musa europea! Ahora voy a componer rock... Ja, ja, ja...

FRANCIS. Oye, no te pases que te puedes quedar afónico.

CHARRO. Miren quien habla... el inventor... si tú no tienes ni una tuerca para arreglar esa vitrola desfondada. No me importa la situación social. ¡Viva la situación temporal! Estoy cansado de los coros felices por la nueva vida, de las odas celestes por la creación de nuevos poderes, del combatiente que no verá a la amada, del campesino que siembra con su sudor, de la mujer que ahora es hombre, de los nuevos héroes. Un héroe colectivo. Si todos son héroes, ¿a quién van a salvar? ¿A mí? A mí me humilla vivir en un país de héroes, pensando que hago música inmoral. Mareado estoy de marchas y de finales épicos. Quiero una canción donde haya una polaca que no sabe hablar, un inventor que no tiene piezas para experimentar, un payaso inútil en un circo solemne. Así estaría feliz con mi miseria. Pero hay que adaptarse, combatiente, campesino, mujer—hombre, nuevo héroe y poder. Y por desgracia canto en el coro que aborrezco. *(Telón, aplausos. Todos aplauden. Beata se quita la blusa.)*

Marilyn Monroe sonsaca a Charles Chaplin. Cae una foto de Julio Antonio Mella.

BEATA SE VISTE

Beata se va encontrando unas ropas ni antiguas ni modernas.
Las ropas pasan por el tiempo.
Beata se pone un collar.
Francis la mira.
La vitrola es una máquina de sexo.
Beata rompe el collar.
Unas cuentas se separan, otras chocan, otras se aman.

MAPA DE TIMEBALL
(Isla temporal)

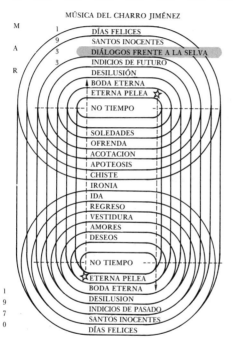

MAR   MAR   MAR   MAR   MAR   MAR   MAR   MAR   MAR   MAR

MÚSICA DEL CHARRO JIMÉNEZ

M   1   DÍAS FELICES
       9   SANTOS INOCENTES
A   3   DIÁLOGOS FRENTE A LA SELVA
       3   INDICIOS DE FUTURO
R   DESILUSIÓN
       BODA ETERNA
       ETERNA PELEA ☆
       NO TIEMPO

       SOLEDADES
       OFRENDA
       ACOTACION
       APOTEOSIS
       CHISTE
       IRONIA
       IDA
       REGRESO
       VESTIDURA
       AMORES
       DESEOS

       NO TIEMPO
       ☆ ETERNA PELEA
       BODA ETERNA
1   DESILUSION
9   INDICIOS DE PASADO
7   SANTOS INOCENTES
0   DÍAS FELICES

MÚSICA DEL CHARRO JIMÉNEZ

R
A
MAR   MAR   MAR   MAR   MAR   MAR   MAR   MAR   MAR   MAR

☆ Explosión máquina del tiempo.
- - - - ➤ Trayectoria a través del no tiempo y arribo a la boda.
———— Conexión de las escenas a través del agua temporal.
Su interacción resulta no tiempo.

SANTOS INOCENTES

(1933)

Francis prende el radio.

VOZ RADIAL. El presidente Gerardo Machado acaba de abandonar el país a bordo de un avión, tras la insurrección popular que se ha desatado en estos días...

El radio se descompone. Todos corren a pararse frente a la vitrola para tomarse una foto. Están sonrientes.

SEGUNDA CANCIÓN DEL CHARRO JIMÉNEZ

(1933)

¿Dónde estará el destino?
Es un largo camino.
O un inmenso molino
al que importa un comino
cuándo va a terminar
                    de girar.

¿A dónde irán las voces?
Hacia el aliento eterno.
A calmar otro invierno
con algún canto tierno
que nadie va a escuchar
                    terminar.

¿Dónde ha empezado el tiempo
que no tiene comienzo?
¿Y dónde ha terminado
si no quiere acabar?

¿Dónde estará la Historia,
y su estela de gloria
cuando el sol deje ya de pasar?

AMOR DE COMODÍN

Comodín se mira en un espejo

AMOR DEL CHARRO JIMÉNEZ

Hace una flauta con un preservativo inflado.
Hace falta la nota más aguda.
Es un estallido.

AMOR DE FRANCIS

Rompe un reloj de pared.

DIÁLOGO FRENTE A LA SELVA OSCURA

Caballeriza. (1933)

Comodín y Charro Jiménez. Cada uno a lo suyo.

CHARRO. Tú eres payaso. Yo quiero ser un gran músico.

COMODÍN. Y lo serás. Sólo que el tiempo en todo está metido, porque todo le atañe. Compondrás grandes obras y dirás las verdades que nadie pudo imaginar, serás aplaudido, loado, levantarás oleadas de criterios sobre tu persona y tus gustos. Las mujeres morirán por uno de tus sonetos, por decir, esta canción fue dedicada a mí. Te eternizarán en discos y te escuchará el mundo entero, te ensancharás como una piedra que cae al agua. Tú mismo no entenderás quién eres y te cargarás de cadenas invisibles. El payaso ríe pero sabe por qué. ¿Sabes también que lloran los payasos? ¿Por qué quieres ser músico? El anillo de la piedra se ensancha, ya no puedes agarrar sus bordes, y hechos de agua se te escapan. Tu propia fama es tu sepulcro y el payaso se ríe mientras tanto, porque la buena fe estará en la risa. Hasta los esqueletos se ríen del final que tuvieron. El anillo choca en alguna orilla y retrocede, va despacio a su centro, tal vez busque la piedra; pero ya no estará, hundida yace en ese fondo donde tu cuerpo yace. Tus verdades, borradas por el tiempo, no servirán a nadie. Hablas solamente de verdades comestibles. El sacrificio de mi risa me hará reír por siglos, de ellos también me río. ¿Qué me importan los siglos? ¿Qué las verdades? De interés están hechas y de esperma. ¿Qué hay más allá? Vanal hipocresía. Ya eres famoso, no te puedes confundir con otro hombre. Tu música está escrita, es tu música, organizada a tu imagen y semejanza. Todo hombre está hecho a imagen y semejanza de Dios. Cada hombre quiere hacer un mundo propio, y cinco mil millones de hombres, tratando de crear al unísono cinco mil millones de mundos, anularán al mundo cinco mil millones de veces. Y no acabarán hasta que se autodestruyen. Loada sea la ambición, diosa de todo reino humano. Caes enfermo. Los diarios obtienen con tu padecimiento, más ganancias que con tu música. ¿Podrá cantar? No será el mismo. Eso lo padeció en la infancia. ¿Será blenorragia? Tu espíritu infectado te hará más humano que nunca y razonarás con la lógica de un perro. Aullarás no precisamente canciones y verás que nada desentrañan las palabras al final de tus horas. Homenajes apresurados, ediciones de tus obras no conocidas, encargadas por un funcionario o general y que garantizan tu fama hablando de amores ajenos al prójimo o de abundancias inexistentes. Con las medallas horizontales morirás en do menor, o en sí, depende de tu pecho. Al otro día los periódicos hablarán de la visita del embajador esquimal. El país entero se alegrará del frío esquimal, y los gusanos del tuyo. Serás famoso. Por suerte soy payaso. *(Risa eterna.)*

Sobre una mesa Charles Chaplin hace bailar dos panecillos.

AMOR DE BEATA

Se deja caer un balde con agua.

DESILUSIÓN DE FRANCIS I

Caballeriza. (1970)

Entra Francis I malhumorado. Beata y Comodín llegan a su casa o a la caballeriza (Año 1933.) La máquina del tiempo canta la segunda canción.

COMODÍN. ¿Y tú no te casabas, inventor Kairos?

FRANCIS. *(Iniciando su rutina con las tuercas de la vitrola.)* ¡Casarme!... A esa pelirroja se le ocurrió a última hora decir que las sombras la rodeaban, que el matrimonio era una cosa seria, que le parecía que todo eso había pasado ya... y todo porque ella y la familia ya habían acordado la boda con un tipejo idéntico a la estatua del parque. Por cierto. ¿Cuándo la pusieron allí?

COMODÍN. Uf, hace como diecisiete años, es de un mártir.

FRANCIS. ¡Qué raro que no la haya visto! *(Reparando en Beata.)* Eh, ¿y ésta quién es? ¿Otra cirquerita a la que enseñas malabares?

COMODÍN. La compañera es polaca, se llama Beata. Vino a colaborar como especialista en el número del trapecio.

FRANCIS. Hola, señora polaca. ¿Desea un anillo? Aquí lo tiene, uno de oro dieciocho. Con él voy a entregarle todo lo que hubiera sido mi tiempo futuro de matrimonio, para que lleve con cuidado mis penas próximas, mis posibles hijos, mis achaques de anciano...

1450 BEATA. Esto pasar ya.

FRANCIS. ¿Ves, Comodín? Ahora tengo todo el tiempo para dedicarme a mi máquina del tiempo. Y usted, señora, apréndase la palabra Patria, está de moda pero casi nadie la comprende. Diga Pa-tri-a, Pa-tri-a...

BEATA. Pe-tri-a...

COMODÍN. Déjala, pellizcador de cristales.

FRANCIS. Cuando viajemos al pasado veremos por qué no aprende a hablar. *(Por la ventana pasa una pareja recién casada. Tras ellos, la sombra de sus familiares.)*

COMODÍN. Confórmate con que puedas reparar esa vitrola, está tan oxidada que no sirve ni para escuchar a Pello el Afrokán. No llores más, polaquita. *(Comienza a hacer un número de prestidigitación con anillos; parecen no tener aberturas, pero se unen formando una cadena.)*

FRANCIS. *(Malicioso.)* Ves, le estás enseñando malabares.

COMODÍN. Aunque no lo creas, esto que aquí ves puede ser el tiempo.

Se va el fluido eléctrico. La máquina del tiempo enmudece.

IRONÍA

Un coro de niños interpreta correctamente el himno nacional.

La bandera es blanca.

Beata, la polaca, sabe hablar español.

Beata y Comodín se casan.

Beata y Charro Jiménez se casan.

Beata y Francis se casan.

Comodín infla su pez.

El mundo es hermoso.

La gente buena.

Los ríos claros.

La tribuna no existe.

El dinero no existe.

La realidad no existe porque todo esto es un sueño.

LÍMITE

Caballeriza. (1933)

La ventana contiene un parque desierto. Allí desmontan una estatua.

COMODÍN. Díganme, ¿pueden imaginar un mundo sin final ni comienzo?

FRANCIS: Sí, éste en el que vivimos.

BEATA. *(Mira a Charro.)*

COMODÍN. No, en éste hasta la mierda tiene comienzo y final. Todo entra y sale, se hace y se deshace, sube y baja, se cubre y se descubre, es antónimo y sinónimo...

CHARRO. Cállalo. No sé cómo puede ser payaso. Es más trágico que Greta Garbo.

FRANCIS. Díganme, ¿pueden imaginar cómo será el mundo dentro de cuarenta años?

COMODÍN. Sí. Éste en el que vivimos.

BEATA. *(Ríe.)*

CHARO. La divina sueca.

FRANCIS: He hecho unos cálculos y tengo mi propia hipótesis. *(Comodín, apaga la luz.)*

BEATA. *(Se para y apaga la luz.)*

Francis enciende un proyector y sobre una sábana aparece una foto de ellos mismos en un corte de caña del año 1970.

1453

COMODÍN. Por ahora hay tiempo muerto.

CHARRO. Y la polaca en pantalones parece un bacalao.

FRANCIS. ¿No notan la diferencia?

COMODÍN. Sí, estamos vestidos distinto.

FRANCIS. No, es otra cosa. No somos nosotros, son otras personas, otras ideas que quizás vivan en nuestro físico.

BEATA. *(Se interesa.)*

CHARRO. Otra gente con la cara de uno. No, ¿y eso? Además yo nunca prestaría mis manos para cortar caña, mucho piano que tengo que tocar todavía, y mucho acordeón.

COMODÍN. Pero no estaría mal eso de seguir joven un tiempo... Francisco, ¿entonces no seremos los cuerpos de las ideas que surjan dentro de cuarenta años? Habrá un payaso saltando con los chistes de otro payaso de hace ochenta años, que a su vez hace los chistes en un cuerpo de hace ciento sesenta años; y así hay un cuerpo al inicio de cada hombre...

BEATA. *(Reza.)*

CHARRO. Enciendan la luz y déjense de hablar sandeces, que bueno está el tiempo para pensar en brujerías. *(A través de la ventana se ve pasar una pareja de recién casados. Van seguidos por la sombra de sus familiares y de un fotógrafo. La pareja lleva una ofrenda floral hacia algún parque.)*

APOTEOSIS DEL ICONO

Francis viaja en el tiempo

Espacio imaginado.

Lenin desde su tribuna gesticula un discurso. Tras él cuelga la bandera soviética.

Delante de la tribuna leninista, Los Beatles interpretan en una plataforma su canción "Revolution". Globos terráqueos flotan sobre ellos.

Entre los globos terráqueos, Marilyn Monroe desciende por un tubo para bailar en otra plataforma. Los diamantes son el mejor amigo de la mujer.

Delante de la plataforma de Marilyn, Charles Chaplin hace bailar dos panecillos sobre una mesa.

Marilyn sonsaca a Chaplin.

Chaplin baila en patines con John Lennon.

Marilyn se come un panecillo y le brinda otro a Vladimir Ilich.

Vladimir Ilich interrumpe su discurso gestual.

Marilyn sonsaca a Los Beatles. "And I love Her".

Chaplin se coloca un bigote a lo Hitler y comienza a reventar los globos terráqueos.

Vladimir Ilich termina el panecillo.

Chaplin sube a otra tribuna, tras la que cuelga la bandera nazi. El gran dictador. Hace muecas, grita.

1455

Paralelamente, Lenin continúa su llamado a las masas.

Los Beatles comienzan su concierto. "Sargent Pepper".

Marilyn llama por teléfono.

La bandera soviética cae. Cuelga tras la tribuna de Chaplin.

La bandera nazi cae. Cuelga tras la tribuna de Vladimir Ilich.

Los Beatles recogen sus instrumentos.

Silencio absoluto.

Lenin consuela a Marilyn.

Chaplin consuela a Marilyn.

Los Beatles consuelan a Marilyn.

Todos besan a Marilyn.

Todos se besan.

Cae la bomba atómica.

Luz cegadora.

ASIMILACIÓN

*La noche ha llegado. No hay fluido eléctrico, pero en la
oscuridad: Beata existe.*

Comodín existe.

Charro Jiménez existe. Francis Gordon existe.

Cada uno con su luz.

SANTOS INOCENTES

(1970)

Una foto en la zafra. Todos ríen.

CUARTA CANCIÓN DEL CHARRO JIMÉNEZ

(1933)

La barricada del sol me atemoriza,
y al ocaso de sombras desespero.
Es que cierto no sé lo que yo espero.
Si es el llanto tenaz, o si la risa.

Con la vida nos llega alguna brisa
que la muerte se lleva de repente.
Y es inútil vivir. Quizás la mente
es la que hace sentir la negra prisa.

Me declaro ya un muerto, ya un profeta
por escapar del hado, y cual poeta,
sólo pienso, mujer, en tus dos tetas.

Y mi Ser en tu sexo yo lo anulo.
Y al placer que transpiras yo le adulo
cantándole a tus nalgas y a tu cu... ello.

¿DESEA CAMBIAR LOS PERSONAJES?

¿DESEA VARIAR ALGÚN DIÁLOGO?

¿DESEA OTRO FINAL?

¿PREFIERE OTRO CONFLICTO?

ESTA PÁGINA ES PARA TODO ESO, NO DEJE PASAR LA OPORTUNIDAD. ES LA ÚNICA.

SOLEDAD DE COMODÍN

Tribuna. No tiempo.

Todo puede ser un número de circo.

Sobre sus patines, con los ojos vendados, Charles Chaplin arriesga la vida.

COMODÍN. ¿Qué es un payaso? Me he preguntado muchas veces y siempre he respondido al final que es sólo un hombre, puesto tal vez en condiciones un poco más ridículas. Ayer, por ejemplo, leí que un rey quiso morir para luego existir. Eso es muy sabio. Si yo fuera bufón de esa corte con gusto cortaría el cuello de su alteza y después me iría tras él buscando sombras en lo ignoto. Mi limitante de payaso es no poder ser un cómico más fuera de escena. La tragedia me encanta, y si alguien muere, que es la piedra fundamental de todo drama, o si está por morir, o si nace que es a la larga un proyecto de muerte o si dos personas se aman, lo cual traería proyectos más fatales aún, yo siento un cosquilleo en el rostro y la risa me estalla. Quiero siempre reír; músculos sobran para hacerlo. ¿Por qué llorar si es la sombra el complemento de la luz? ¿Por qué divorciar lo que a nosotros forma y ofrece materialidad? Filosóficamente la burla nos rodea, yo puedo olerla, saber por dónde viene; y de tiempo está hecha, y nos ensarta como las blandas cuentas en el pectoral de un Dios carnívoro. Somos pues material de la burla. Hasta las duras estatuas terminan siendo formas que el aire desgasta, el simple aire. Si el público no ríe, mejor, es más imbécil, y sabiéndolo yo me doy por satisfecho.

¿No da ganancia el circo? Si el circo es de Dios, y el dinero del dueño tampoco será suyo. (*Charles Chaplin se quita la venda.*)

Cada hombre se encierra en su anillo de tiempo, cualquier anillo hecho de barro o de oro, y muy pocos saben cómo unir dos anillos que están sin abertura, cómo hacerlos girar, coexistir, ensartarlos como los destinos. Y así chocando están los millones de anillos, rodando. A veces la casualidad los ensarta y provoca un milagro que a los hombres espanta. Pero casualidad al fin, pronto se deshace y todo resulta inexplicable a la razón. Sólo yo, sólo yo sé que fueron los anillos que algún día unirá de nuevo el tiempo para hacernos hallar nuestro reino perdido. ¿Qué es un payaso? Un hombre más revuelto en su destino. Pero que ríe y que conoce el truco del anillo.

Charles Chaplin cae sentado.

EL DESEO DEL CHARRO JIMÉNEZ

(Ante la pizarra)
El Charro dibuja una corona.

ÚLTIMA CANCIÓN DEL CHARRO JIMÉNEZ

(1970)

Las cañas se doblan
al beso del aire
y todo su aroma
por él se reparte.

La zafra comienza
con ella, el tractor,
recoge los frutos
de tanto sudor.

Machetes y mochas
lleva el cortador
que todas las cañas
taja con amor.

Soy un machetero,
canto con honor,
mi vida es la zafra,
yo soy cumplidor.

Soy un machetero,
ya llegué al millón.
Pero no de pesos,
eso es ambición.

Soy un machetero,
millonario soy.
Cortándole arrobas
a mi patria voy.

SOLEDAD DE BEATA

Tribuna. No tiempo.

Beata saca de su maleta las ropas estrujadas. Se descalza y comienza a vestirse con un traje popular polaco. Canta algo ininteligible y baila despacio. Ahora habla, primero despacio, hasta que su voz, adentrada en la historia que cuenta, se hará potentísima.

BEATA. Opocsiem wam stara basn. Ksiezniczka, ktúra míaTa zTota obraczke, mieszkata w marmicrowuni. NadeszTa zima. BudowaTa drugi paTac z krysztaTu, ale ten zniknaT w sniezycy. Ksiezniczka pTakaTa. Dlaczego nasza kstazuiczka jert smutna? pytali sia bTazny. To samo chieli wiedziei stuzacy w paTaw.

To na pewno wina ziwy—powieckiáT jéj ulubiony ptak. To zima ja zbija. Pryszli doktory, biegali weszcrowie, przyniesli masci zrobione ze stonca; z trawy. Ale ona umieraTa i jak ta sniezynka lezaTa na biatej poscieli. Zamek sniezny rósT coraz bardziej, brzozy wygladaTy jak oszvonione wieze. PrybaT piakny ksiza ze srebvna tarcza i ztota czupryna. PodeniósT biana ksizní czka w swych ramionach i zdjaT zTota obraczka z jej biatego palusa. Rzucit obraczka w kierweku snieznego zabiku i ta potoczyTa sta az do oszrontonych wierów. Z tego zawku który obraczka spolita powstato wielkie jezioro z pTywajacymi po nim Tabadzíami. Kśíazuíczka zegna kasiacia z okna marmuro-wego potacu. Piakna wiesna która zjawiTa sig za sprawa obrawa obraczkai prywrocí Ta kśíazniczce rumience na jej twarzy. Ale drugiej ksiazní czce zamek ze stouca sprawua ból uwTasnie na progn wjazdowej bramy zrobionej z biaTego lodu. Przubadzie jej xielbícíel? Pryzywiezíe jakas obraczka która zniszczy lo'd?   1465

Beata se quita un anillo y lo lanza, espera a ver qué ocurre. Lanza el segundo anillo y repite la espera del milagro.

Junto al teléfono Marilyn Monroe se coloca un anillo.

DESILUSIÓN DEL CHARRO JIMÉNEZ

Caballeriza. (1933)

Charro Jiménez entra malhumorado y borracho. Cae la bomba atómica.

CHARRO. Vaya, reunida la familia. ¿Eh? ¿Y ésta quién es?

COMODÍN. Es una polaca. Se llama Beata.

CHARRO. Hola, hermosa europea, mi nombre es Charro Jiménez y le canto a las bellezas como tú.

FRANCIS. ¿Y tú no te casabas?

CHARRO. Sí, pero ya no. La vida cambia. ¿No creen? Hay que adaptarse.

COMODÍN. ¿Cómo fue?

CHARRO. Nada, apareció un tipejo confundiendo a mi novia con la suya... y resulta que era la suya. *(Todos ríen.)* Hermosa europea, no entiendes, ¿eh?

BEATA. *(Se ríe extrañamente, toma un jarro con agua y se lo echa en la cara.)*

CHARRO. Aquí tienes mi anillo de bodas. Me caso contigo.

COMODÍN. Yo la vi primero.

FRANCIS. Yo le enseñé la primera palabra.

CHARRO. *(Los calla con un gesto.)* Con este anillo te desposo y con él se van todas las horas que gasté y malgastaré. Desde ahora tu destino estará unido a mí. Que vaya con él toda la mala música que acecha tras las partituras o escondida en el vestido de las musas breteras de este barrio hediondo. ¡Charro Jiménez tiene una musa europea! Ahora voy a componer valses, ja...

COMODÍN. Oye, ¿no viste la estatua que están poniendo en el parque? *(A través de la ventana se ve una pareja recién casada colocando una ofrenda floral.)*

CHARRO. Sí. Debe ser un nuevo presidente. Pero yo soy un artista, y de las estatuas sólo me interesa la geometría. La que vi estaba aborrecible. Recuerdo que apuntaba con el dedo al aire como si en él hubiera algún culo. Bah, no me importa la situación social. ¡Viva la situación temporal! Estoy cansado de las óperas con reyes que mueren por una corona y mujeres que se agarran a la cortina con una daga clavada por no ser esclavas, y de hijos muertos por un falso poder. Quiero una canción donde haya una hermosa europea que no sabe hablar, un inventor que no sabe a quién le cayó la manzana en la cabeza, y un payaso que da lástima. Entonces algo bello saldría de tanta miseria. Pero hay que adaptarse. Ésa es la daga, la corona, el reino, el tiempo que pasa; y por desgracia vivo en la obra que aborrezco. *(Telón, aplausos. Todos aplauden. Beata se quita la blusa.)*

Marilyn Monroe sonsaca a Charles Chaplin. Cae una foto de Ernesto Guevara.

UN CHISTE DE COMODÍN

Circo. No tiempo.

Comodín se dirige al público, elige a un semejante.

COMODÍN. ¿Quieres que te haga el cuento de la buena pipa?

Adolfo Hitler juega con un globo terráqueo. Tras él cuelga la bandera nazi.

SOLEDAD DEL CHARRO JIMÉNEZ

Tribuna. No tiempo.

Los Beatles preparan su concierto Sargent Pepper.

CHARRO. Estoy al inicio o al final de una última melodía, pero es un puente que no veré. ¿Qué puede decidir mi persona en una historia? ¿De qué estoy hecho? ¿De música? Ja, ja, ja, ja. Estoy hecho de tierra y de agua... no, de ron, ja, ja, ja, ja. Alguien hará música con mi esqueleto. Mi esqueleto no tiene columna. Puedo caminar lo mismo con las manos que con los codos. Aunque los codos mejor los empino; o con la cabeza. ¿Dónde está mi columna, a ver? Respuesta: la columna de un hombre está en cada uno de los demás hombres, berracos o no, que existen en este globo de tierra..., y de agua, y de ron, ja, ja, ja, ja. Charro Jiménez, como me gusta anunciarme. Charro Jiménez se apoya en la humanidad y la humanidad se apoya en Charro Jiménez. Charro Jiménez le canta a la humanidad y la humanidad lo deja sordo. Beethoven era sordo. Compondré una guaracha sinfónica, o la compuse, ya me da lo mismo que esté el tiempo al derecho o al revés, así es; si recuerdo las cosas que debo hacer como si las hubiera hecho, entonces las haré más fácil. Es un buen método. Ahora me emborracharé primero y beberé después. Es un buen método. Aplaudirán primero y cantaré después; si no aplauden no canto. Ah, poseo la bola de cristal. No, eso es brujería de Europa, me gusta el bembé con la prenda en el medio. Ja, ja, ja, ja. Pero no puedo ver el camino de la muerte. Alguien te tapa los ojos, saltas, y ya estás al otro lado.
¿Cómo será morirse?
1470 A lo mejor es virarse al revés.

Aprieta con fuerza el vaso con ron y lo rompe en su mano.
Agarra una larga sábana y se limpia.
Charles Chaplin baila en patines con John Lennon. Consuelan
a Marilyn Monroe con un beso. Queda en el aire la eterna
respiración del acordeón.

ACOTACIÓN

No tiempo.

El espacio es un lugar imaginado.
Puede recordarnos la arena de un circo.
Pero es también un establo.
Pero es un laboratorio.
Pero es una sala de conciertos.
Pero es una plaza.
Pero es un barco.
Pero es un parque.
Pero es un estrado.
Pero es un salto.
Pero es una calle.
Pero es una esperanza.
Pero es un salón de baile.
Pero es un anillo.
Pero es un viaje.
Pero es...
Pero es...
Pero es... pero...
Es... pero...
Es... pero...
Es... pero...
Es... pero... es...
Pero...

TERCERA CANCIÓN DEL CHARRO JIMÉNEZ

(1933)

La europea vaporosa
tras una verja vi
callada y sola.
Pensando sabe Dios
cosas tan bellas.
Y ruborosa.
como la peregrina Rosa,
su perfume dejó
mi corazón en primavera.

Porcelana su cuerpo modelado
por cinceles en la China lejana.
Ramillete de sol
su cabello al albor,
que se asoma a la clara ventana.

Y tan hermosa fue
la Rosa que yo hallé
que no sé si mañana la veré.

La ventana cerró
acallando mi ola.
La guitarra podrá cantarla sola.

Y tan hermosa fue
la rosa que yo hallé
que la guitarra cantará
al recuerdo.
Y tan hermosa fue
la Rosa que yo hallé
que no sé si mañana la veré.

IRONÍA

No tiempo.

Estalla una oleada de aplausos.
En una plataforma, los Beatles interpretan una melodía del
Charro Jiménez.
Charro Jiménez es muy parecido a McCartney.
Delante de los Beatles, Beata baila alegremente una polka.
Beata es muy parecida a Marilyn Monroe.
Delante de Beata, Comodín baila con su Ballena verde desinfla-
da, luego tratará de comerla.
Comodín es muy parecido a Charles Chaplin.
Detrás de todos, Francis recita un discurso que no dejan escuchar
los aplausos.
Francis es muy parecido a Vladimir Ilich.
Lástima que la historia no se dé cuenta de ello.

UN DÍA DE TODOS FELICES

(1933)

La vitrola-radio-cámara-máquina del tiempo de Francis
echa a andar.
Beata baila con el Comodín.
Beata baila con el Charro Jiménez.
Beata baila con Francis.
Beata es un país.
La vitrola-radio-cámara-máquina del tiempo de Francis se
detiene con una trompetilla.

INDICIOS DE PASADO

Caballeriza. (1970)

Pasa una pareja recién casada. Las sombras de sus familiares inician una riña.

COMODÍN. Hoy en la casa de al lado entró una pelirroja y luego hubo una gran explosión. Si esa pared no estuviera, se aclararía la historia.

FRANCIS. Una explosión dices...

COMODÍN. Sí, hasta mi ballena se cayó del perchero. Además siempre se escucha una música muy antigua, como de acordeón.

FRANCIS. Música de acordeón... Seguramente hace cuarenta años que ésa era la música favorita para el público, que se adormecía bajo sus acordes.

BEATA. *(Recoge una foto de Julio Antonio Mella y la muestra a Francis.)*

COMODÍN. Mira, parece que cayó de al lado con la explosión.

FRANCIS. *(Mirando la foto.)* ¿Quién será? Me parece haber visto su cara.

COMODÍN. Parece la de un santo. Pero lo extraño es que es una foto, así es que debe estar vivo, o al menos haber existido.

BEATA. *(Reza.)*

FRANCIS. Esto ya pasó. ¿Por qué no logro recordar? Sí, sólo el pasado nos puede traer recuerdos. Hay que ir al pasado, para recordar. *(Deja la foto sobre la vitrola y comienza su rutina con las tuercas. Comodín y Beata salen al circo.)*

UNA ETERNA PELEA

Caballeriza. (1933)

Un coro de ángeles canta el himno nacional. Comodín se encuentra con Beata por primera vez.
Charro Jiménez está sentado al piano, tiene en las manos un acordeón que se queja. Francis trata de viajar al futuro en su vitrola. El Charro trata de componer una melodía. Está borracho. Entre los dos cuelga la foto de Julio Antonio Mella. Todo puede ser de repente una iglesia.

CHARRO. Estás conjugando en presente. Esto te molesta.

FRANCIS. Y mucho. Pero tú estás desafinado, eso es peor.

CHARRO. Sí, aunque afinar es cuestión de práctica. Viajar al futuro es un poco más ambiciooso. *(Ríe.)* ¡Con una vitrola! ¡En la isla imaginaria un sucesor de Charles Darwin viajará por el tiempo en la vitrola de Noé! Las vitrolas se hicieron para darle dinero a unos cuantos músicos muertos de hambre.

FRANCIS. Y los músicos para alegrar el tiempo detenido de este país. ¿No te aburres de las siete notas?

CHARRO. ¿Y tú no te cansas de las siete tuercas? Sal a buscar mujer.

FRANCIS. Yo no soy como tú, amamantado por una ramera.

CHARRO. *(Coge una botella y la rompe.)* Cállate.

FRANCIS. Esta máquina funcionará y me dará nuevos caminos, pero tu imaginación juega desde siempre con los mismos versos y melodías, para hacerte descubrir al final lo que descubriste al   1477 final del final de otro final, y al final verás que aún no has comenzado.

CHARRO. Cállate o te parto la cara.

FRANCIS. Pónle música, es bueno el verso.

CHARRO. Mira, el inventor del agua tibia, tú y tus porquerías temporales me tienen hasta la coronilla. *(Amenaza con el pico de botella.)* Ahora, si te quieres salvar, tendrás que volar con tu maquinita, porque si te quedas aquí no haces el cuento. *(Francis retrocede hacia la vitrola, choca con ella. Con la mano libre Charro lanza el acordeón, que va a dar contra la máquina. Se escucha un largo suspiro. La vitrola estalla, haciendo desaparecer a Francis y a la foto de Julio Antonio Mella. Cae en el espacio una foto de Ernesto Guevara. Queda en el aire la eterna respiración del acordeón.)*

SOLEDAD DE COMODÍN

Tribuna. No tiempo.

Todo puede ser un número de circo. Beata se viste de blanco.

COMODÍN. El inventor sueña con abrazar la eternidad. El músico con crear una melodía celestial. Pero este mundo es un tema que varía, y para eso existimos nosotros. El inventor desea la máquina perfecta para volar, que ya posee el pájaro, la eterna manutención de la carne y el espíritu que alcanzó el Kairos egipcio, la intemporalidad que arrastra la tortuga, la fluidez del agua que no cesa y fertiliza... El músico quiere evidenciar las notas que ya tiene el viento, el choque de la piedra, el crujir del esqueleto que en las olas viaja, el trino del ave... Todo está ordenado en una melodía universal, con ritmos que el destino distribuye a la perfección. Es por tanto impotente el inventor, como gazmoño el músico, repitiendo como están las notas que ya sabe la orquesta organizada por la energía primaria. ¿De dónde sé todo eso? En el circo se aprende mucho. Allí cada día es un reto. El payaso es otra continuidad de la risa necesaria en la fórmula divina. Yo soy la anunciación burlesca. Y nadie muere, sólo es apagado, hasta que el viento lo enciende, recuperándolo en otra forma de vida, convertido en una nueva energía. El día del animal está hecho de instinto. Nuestro presente sirve únicamente de puente entre la conquista recordada y la ambición futura. Como nada ambiciono, nada en mí transcurre. Todo permanece en mi risa. No ambiciono la melodía ni la máquina perfectas. La variación o la originalidad son la inútil conquista de la inseguridad. El ave sale a volar y no conoce ya del vuelo anterior. Quiere volar por primera vez y no recuerda que hace siglos que vuela, que hace siglos que el aire lo levanta. Todo es primario para él. Pero el aire se ha vuelto una mala sombra. Yo veo caer el ave de la altura, acercarse al agua suavemente. Como una piedra emplumada la atraviesa y ya el agua, para siempre, no tendrá tranquilidad.

Marilyn Monroe viste de blanco. Llama por teléfono. Charles Chaplin la consuela con un beso. Ella le obsequia una flor de tafetán.

EL DESEO DE FRANCIS

(Ante la pizarra)

Francis dibuja una tortuga.

FRANCIS REALIZA SU PRIMER DESCUBRIMIENTO CIENTÍFICO

Tras el mar de atrezzo rojo, están los ahorros de Comodín.

SOLEDAD DE BEATA

Tribuna-batea. No tiempo.

Beata lava una inmensa sábana blanca. Encuentra una mancha de sangre, la toca, la sumerge en el agua, la sacude por el espacio, y continúa lavando la blanca sábana que no tiene final.

BEATA. La sangre volverá. Yo lavo culpa. Siempre lavo culpa, blanca culpa. La sangre volverá a pasar, pero hay que esperar mucho. Lavar mucha pureza para después llegar a la sangre.

Sigue lavando el blanco anillo de tela que no termina de pasar.

Junto al ventilador, Marilyn Monroe se viste de blanco. Sobre la sábana que lava Beata se inicia el banquete de la boda eterna. Todos se comen un oloroso panecillo.

SOLEDAD DEL CHARRO JIMÉNEZ

No tiempo.

Están sentado ante el feto de un piano. Hurga una música fetal. Balbucea.

CHARRO. ¡Oh Patria, oh Patria
tus hijos te reclaman!
Reclaman... aman... ganan... emanan... coño, con patria nada
pega..., bueno, se cambia por otra palabra... coño, no, si no digo
patria... ¿Qué digo?... Ah, ya sé... *(Declama.)*
De la Patria mi Amor
es el sinónimo.
Defenderla sin valor
es el antónim.. no, tampoco. En esto de los himnos no se puede
ser rebuscado. Con la patria las cosas claras. Algo que la gente
aprenda de memoria, sabiendo lo que dice. Este pueblo tan
ignorante conoce muy pocas palabras, tan pocas que no
alcanzan para un verso, a ver...
Patria, quiero comida,
otra cosa no esperes que pida
si no pruebo un pan con lechón
nunca haré la Revolución.
(Ríe y da golpes al piano.) ¿Para qué me metí en esto? A veces me
asusto de mí mismo. *(Toma un trago.)* Hasta ayer la Patria no
era más que una palabra dicha por esos líderes de la Universidad,
y ahora... es la protagonista de mis versos. *(Toca violentamente.)*
Patria, el pueblo te llama.
Quieren todos llevarte a la cama.
Patria. ¿Crees que eso pueda ser?

No apuremos vamos a ver.
(Carcajadas y alcohol.) Me imagino a las putas de San Isidro cantándole a la patria. ¡La Revolución de los clítoris! Me imagino los burdeles hechos casa cunas y a las rameras de nodrizas. *(Alcohol y llanto.)* ¡Vivan las putas amamantadoras de los grandes músicos! *(Se acoda en el teclado.)*
Para todo hay tiempo en la vida, hasta para creer. *(Toca despacio, canta.)* Patria, quiero creer. No apuremos vamos a ver si mi amor por ti es el sinónimo, otra cosa no esperes que pida que poquito más de comida,
o un pequeño pan con lechón,
para hacer la Revolución
de la que mi estómago es antónimo.
Patria, el pueblo te llama
porque quiere tener una cama donde pueda tu sueño beber.
No apuremos vamos a ver.
¡Coño! *(Golpea el techado.)* Por primera vez Charro Jiménez se declara incompetente.

El feto es un amasijo de piano y músico.

Los Beatles inician su concierto Sargent Pepper.

SOLEDAD DE FRANCIS

Tribuna. No tiempo.

FRANCIS. El tiempo de una isla es la isla misma, un tiempo que se crea y se destruye con cada ola que la rodea.
En las islas se juega mejor al dominó porque con él se crean nuevas tramas en la aburrida vida de todo jugador. Cada ficha encaja en otra, y así todo hombre tiene la clave de un final. Mi clave está en otra época. ¿Dónde está la época? Quiero hacer máquinas. El hombre llegará algún día a ser una síntesis mayor, una poesía de la naturaleza. La máquina ayudará a ello. Aunque la enfermedad también ayuda a que lo malsano penetre más en su esencia hasta que un día la naturaleza del hombre sea la infección. Me importa todo siglo y todo segundo, todo átomo o electrón, cada microbio y cada ballena. ¡Si pudiera poseer al unísono toda la historia de los objetos! No, sería un Dios ambicioso. Pero quizás la clave sea la física. Si este mundo es redondo, todas las órbitas confluyan en algún centro vital.
Todos somos iguales ante los ojos de las estrellas, el mundo es redondo y ellas lo rodean. A la vez somos una de las tantas estrellas que rodeará otro mundo.
¿Quién posee la primera ficha del dominó? ¿Quién revolcó primero el juego? Cada trazo físico define al otro trazo, y todos los días nos veremos más ínfimos, más innecesarios. Yo quiero adelantar el final porque la clave del hombre no está en esta época. Yo quiero, yo quiero, yo...

Cae la bomba atómica. Luz cegadora.

EL DESEO DE BEATA

(Ante la pizarra)

Beata lava una larga bandera.
Un coro de niños ensaya el himno nacional.
Cuando termine dibujará un barco con su viento entero por el
mar más fiero.
Marilyn Monroe llama por teléfono.

SOLEDAD DE FRANCIS

Tribuna. No tiempo.

Vladimir Ilich se pasea. Tras él cuelga la bandera soviética. Está parado frente a su sombra, que es la de un árbol enmarañado.

FRANCIS. Si quiero que la luna baje por el árbol, debo acercarme al árbol. ¿Cómo hacer una luna? ¿Cómo hacer un árbol? ¿Cómo hacer un dios? ¿Qué quiero yo mío? ¿Qué invento? ¿No está todo hecho ya? Hora tras hora pasa el pensamiento realizando su función, no soy su dueño, él me domina. En este siglo de luces dantescas, de extrema incoherencia, ¿salvaré mi ecuanimidad?
El prójimo no es el prójimo, la Iglesia es casa del Pastor, Dios está en algún sitio. La tierra está en un sitio. El agua avanza. Cuídese del agua el que de tierra está hecho porque de él será el reino de los gusanos.
¡Amor! ¿Quién inventa palabras de cosas que no existen? A... mor. Si quiero que la luna suba por el árbol, me debo alejar del árbol. El hombre crea a Dios todos los días para borrar su culpa de cada mañana. Un hombre se equivoca para sí y Dios para un Continente; pero el hecho de matar una hormiga puede ser comparable a la trata negrera. Pero las dimensiones que establece el hombre lo amparan. Dios es un invento perfecto, irrevocable. ¿Qué Dios conoce el hombre si bautizo no tiene todavía? Nadie sabe por qué echó a andar, o por qué para. ¿Qué máquina divina o vulgar espera tras mis horas de insomnio? El Tiempo es también la máquina perfecta con eso de pasar sin nunca pasar. El Tiempo permanece, está ahí, más ínfimo que el aire o toda ley vital, tras el sillón de la mala suerte, tras la puerta,

en el lento pez, o empacado en la cinta de una película muy
larga que aburre pero sigue impasible

en la luz y en la sombra
en sombra y en la luz.

Un roce repetido, repetido, y la máquina estalla, estamos solos,
la soledad. ¿Qué quiero? Traspasar la barrera de ser un animal
oscuro y trágico. Si quiero que la luna esté sola en el cielo debo
tronchar el árbol.
Para eso hay que ser una forma de luz.

*Camina, tras él va la sombra de su árbol. De repente se vuelve y
la luz sobre él se hace tan intensa que lo deja blanco, casi como
una estatua en un parque desierto.*

Vladimir Ilich se come un panecillo.

DESEO DE COMODÍN

(Ante la pizarra)

Comodín dibuja un comodín.

QUINTA CANCIÓN DEL CHARRO JIMÉNEZ

(1970)

Al borde de la calle 54,
que llega al cielo,
espero sentado por mí,
bajo estrellas de neón que me circundan.
Puedo creer que todo existe.
Camino, camino, pero está lejos,
el final de la calle 54.
Necesito evitar tanta agonía.
El parpadeante deseo de una estrella.
Una lágrima que solitaria brilla.
Un cofre inabarcable de pureza.
Necesito el vacío del silencio
la textura ignota de los fuegos
sacrificar al mundo la inocencia,
para llegar hasta allí.
Sé que hay un sitio bajo el sol
donde todo puedo alcanzar.
Sé que está dentro de mí
ese remoto lugar.
Sé que hay un sitio sobre el mar
donde todo vuelve a empezar,
profundo dentro de mí,
allí lo debo encontrar.
Al borde de la calle 54
espero sentado por mí.
Los Ángeles de Neón que me iluminan
son una buena excusa
para creer que todo existe.
Camino, camino, pero está lejos...

(Se repite.)

OFRENDA FLORAL

*Parte desierto. Sólo existen las sombras de los objetos
que en él son usuales.
Sombras de bancos.
Sombras de árboles.
Sombras de palomas que pasan.
La sombra de un hombre que espera.
La sombra de un niño que sube por la sombra de una rama.
La sombra de una pareja que discute sentada en una sombra de
banco.
La sombra de una sombrilla que da sombra a la sombra de una
encorvada anciana.
Sombra de dos perros que fornican.
Sombra de música en la sombra y un altoparlante.
La sombra de una fuente en la que beben sombra las sombras de
los gorriones.
La sombra de un auto.
La única realidad espacial es la de la estatua, que desde el
pedestal sentencia a las sombras.
Una pareja de recién casados, real a los ojos, atraviesa el parque,
va seguida por las sombras de sus familiares y de un fotógrafo.
El vestido de la novia es de un mármol muy parecido al de la
estatua. Pero ella es pelirroja. El novio es una inconstancia
como la música del altoparlante.
La pareja sostiene una ofrenda floral. Caminan despacio. Al
pasar junto a la sombra de la fuente, ella toma la sombra del
agua y salpica las flores de la ofrenda, reales a los ojos.*

1492 *La sombra de los gorriones echa a volar.*

El cortejo se detiene ante la estatua. Los recién casados dejan su cargamento.
La sombra de los familiares aplaude.
El sol se oculta.
El flash del fotógrafo rescata las sombras.

NOVIA PELIRROJA: Esto ya pasó.

Luz cegadora.

GLOSARIO DE VOCES INFRECUENTES

Aguaje: Coba, alarde, engaño.
Alebrestarse: Rebelarse, alzarse.
Amarillo: Liberal.
Anafre: Cocina diminuta.
Apolismao: Inhibido, débil, falto de carácter.
Apurruñaderas: Besos, abrazos, agasajos entre personas.
Arrechar, arrecharse: Enfurecer, enfurecerse.
Arrechera: Rabia, ira.
Auyamas: Un tipo de hortalizas.
Azul: Conservador, oligarca, godo.

Birriondo: Sexualmente insatisfecho.
Bojote: Gran cantidad de alguna cosa.
Bolas (echarle...): Tener valor para realizar una acción.

Cacerina: Envase metálico que contiene proyectiles y se inserta en las armas de fuego automáticas.
Cachachá: Criollismo venezolano que se refiere a las pertenencias, al equipaje.
Cachilapo: Persona de poco valor.
Caletas: Provisiones para los campamentos guerrilleros.
Caña: Aguardiente.
Caño: Corriente de agua de poco caudal.
Carajita: Niña, muchacha.
Carricito: Niño pequeño.
Cartilla (cantar la...): Decirle a alguien la verdad.
Ceregumil: Reconstituyente nervioso.
Clóset: (anglicismo) Armario.
Cobre: Moneda de ínfimo valor.
Cogida: Coito.
Comemielda: Del argot cubano, imbécil.
Concreto: Cemento armado.
Concha: Lugar donde se ocultan los perseguidos, en el argot de la clandestinidad.

Cónfiro!: Interjección leve, ¡cáspita!

Conuco: Pedazo mínimo de tierra que rodea la choza de un campesino, cultivo pequeño.

Coñoemadre: Hijo de puta.

Coroto, el: El gobierno.

Correlón: Aventurero.

Cuatriboliado: Valiente.

Cucambeo: Acción poco clara.

Cuerda de...: Grupo de...

Curucutear: Buscar, indagar.

Chinchorro: Especie de hamaca.

Cholúo: Pobre de solemnidad.

Chopo: Fusil recortado.

Chusearse: Deslizarse, caminar subrepticiamente.

Digépoles: Miembro de la Dirección General de Policía.

Empepada: Entusiasmada sexualmente.

En menos que la turca espanta: Rapidísimo.

Enconchado: Escondido, clandestino.

Enchinchorrear: Meterse en un chinchorro (especie de hamaca).

Entaparao: Acción poco clara.

Enzanjonar: Meter a alguien en un conflicto.

Esmangurrillado: Desamparado.

Esterero: Cantidad grande.

Fornituras: Correajes con bolsillos de cuero o lona donde se guardan los proyectiles.

Forro (hacer lo que a uno le sale del...): Hacer lacer lo que le da la gana.

Ful: (anglicismo) Lleno.

Fustanes: Enaguas.

Fututa: Grave, complicada.

Gafo: Tonto.

Guacharacas (cantar...): Decir tonterías.

Guarandinga: Provocación, tontería, manipulación.

Guarapo (enfriar el...): Acobardarse.

1496 *Guevonadas:* Tonterías, pendejadas.

Guindar: Colgar (la hamaca o el chinchorro), por extensión, descansar.

Hierro: Arma de fuego.

Interiores: Prendas interiores, calzoncillos.
Invierno: Se llama así a la temporada de lluvias.

Jocica: Deformación de hocico, referido a boca.

Lamparazo: Trago de licor.
Lavagallo: Aguardiente.
Lavativa: Broma, provocación, tontería.
Lequeleque: Conversación fastidiosa.
Lesmaniasis: Enfermedad tropical transmitida por los mosquitos.

Macán (prenderse el...): Estallar un conflicto.
Mamaderita e gallo: Tomadura de pelo.
Mariqueras: Tonterías afeminadas.
Metras: Canicas, bolas de juego.
Miraflores: Sede del Gobierno venezolano.
Muérgano: Malvado, mal intencionado.

Ñángara (dar en la...): Matar, golpear en lo más sensible.

Naricear: Dominar, esclavizar, domesticar.

Pajonales: Maleza que crece en las orillas del agua.
Palo: Trago de licor.
Paltó: Chaqueta de traje.
Panquear: Morir.
Pantaletas: Bragas.
Papaya: Además de la fruta tropical, se aplica a todo aquello que resulta fácil de conseguir.
Paraparas: Fruto del árbol paraparo, que esconde tras su concha una esfera negra, pulida y brillante.
Parar, pararse: Levantarse.
Pata en el suelo: Pobre de solemnidad.
Pava: Sombrero grande de paja.
Peinar (estar peinando a alguien): Estarle ganando.
Peinilla: Machete.

Peladeros: Eriales.
Pelar bolas: Estar equivocado.
Pelona: La muerte.
Peo armao: Una gran complicación.
Peorra: Carente de valor.
Pepas: Píldoras.
Pichón (echarle...): Poner esfuerzo en una actividad.
Pintar, pintarse: Verse.
Pipotes: Recipientes metálicos para recoger la basura.
Piquete: Doble intención.
Popsides: Nombre con el que se conocían antiguamente en Caracas los helados de palito.
Porsiacaso: Provisión de alimento.

Rajita: Migaja.
Real: Dinero.
Regadera: Ducha.
Rejo: Látigo, fusta.
Remates: Saldos, rebajas.
Retrucarle: Pagarle con la misma moneda.
Rochela: Algazara, bullicio, diversión ruidosa.
Rochelero: Alguien que se divierte ruidosamente.
Romero (palito de...): Objeto muy ansiado.

Saco: Chaqueta.
San Carlos: Cuartel utilizado como cárcel.
Sarataco: Achispado, medio ebrio.
Sesera: Cabeza.
Sigüices: Incondicionales, lacayos.

Tabaco (tener ... en la vejiga): Ser valiente.
Taita: Papá.
Tarascazo: Zarpazo, golpe imprevisto.
Temiga: Suciedad del pene.
Tendezón: Mortandad.
Tirar: Realizar el acto sexual.
Tiro e cachito: Tiro a traición.
Tobo: Cubo de agua, balde.
Totora: Cabeza.

Tronco de...: Una gran cantidad de...
Tubazo: Primicia periodística de carácter sensacionalista.

Vaina: Dícese de cualquier cosa.
Vasié: Expresión de origen larense que puede traducirse por "de ninguna manera".
Virotas: Tonterías.

Zamuro: Pájaro carroñero.

ÍNDICE

TEATRO IBEROAMERICANO CONTEMPORÁNEO

ANTOLOGÍAS

Plan de ediciones

ARGENTINA

*

BRASIL

*

COLOMBIA

*

CUBA

*

CHILE

*

ESPAÑA

*

MÉXICO

*

PORTUGAL

*

PUERTO RICO

*

URUGUAY

*

VENEZUELA

*

BOLIVIA, ECUADOR, PARAGUAY, PERÚ

*

COSTA RICA, GUATEMALA, HONDURAS
EL SALVADOR, NICARAGUA, PANAMÁ,
REPÚBLICA DOMINICANA

1505

VOLÚMENES EDITADOS

TEATRO MEXICANO CONTEMPORÁNEO
ANTOLOGÍA

RAFAEL SOLANA
Debiera haber obispas

LUIS G. BASURTO
Cada quién su vida

ELENA GARRO
Felipe Ángeles

SERGIO MAGAÑA
Moctezuma II

EMILIO CARBALLIDO
Fotografía en la playa

JORGE IBARGÜENGOITIA
El atentado

LUISA JOSEFINA HERNÁNDEZ
Los frutos caídos

HÉCTOR AZAR
Inmaculada

HUGO ARGÜELLES
Los gallos salvajes

VICENTE LEÑERO
La mudanza

JUAN TOVAR
La madrugada

JESÚS GONZÁLEZ DÁVILA
Un delicioso jardín

ÓSCAR VILLEGAS
Atlántida

ÓSCAR LIERA
El camino rojo a Sabaiba

CARLOS OLMOS
El eclipse

VÍCTOR HUGO RASCÓN BANDA
Playa Azul

VOLÚMENES EDITADOS

TEATRO ESPAÑOL CONTEMPORÁNEO
ANTOLOGÍA

ANTONIO BUERO VALLEJO
La fundación

JOSE MARTÍN RECUERDA
Las arrecogías del beaterio de Sta. María Egipciaca

JOSÉ MARÍA RODRÍGUEZ MÉNDEZ
Flor de Otoño

ALFONSO SASTRE
La sangre y la ceniza

FRANCISCO NIEVA
Los españoles bajo tierra

MIGUEL ROMERO ESTEO
Pasodoble

FERNANDO ARRABAL
El arquitecto y el emperador de Asiria

DOMINGO MIRAS
La Saturna

ANTONIO GALA
Los buenos días perdidos

JOSEP M. BENET I JORNET
Deseo

JOSÉ SANCHIS SINISTERRA
El retablo de Eldorado

JOSÉ LUIS ALONSO DE SANTOS
La estanquera de Vallecas

RODOLF SIRERA
El veneno del teatro

FERMÍN CABAL
Esta noche, gran velada...

SERGI BELBEL
Elsa Schneider

VOLÚMENES EDITADOS

TEATRO VENEZOLANO CONTEMPORÁNEO
ANTOLOGÍA

CÉSAR RENGIFO
Lo que dejó la tempestad

ROMÁN CHALBAUD
Los ángeles terribles

ISAAC CHOCRÓN
Clipper

JOSÉ IGNACIO CABRUJAS
El día que me quieras

GILBERTO PINTO
La guerrita de Rosendo

RODOLFO SANTANA
Encuentro en el parque peligroso

JOSÉ GABRIEL NÚÑEZ
Los peces del acuario

JOSÉ ANTONIO RIAL
Cipango

ELISA LERNER
Vida con mamá

EDILIO PEÑA
Los pájaros se van con la muerte

MARIELA ROMERO
El juego

UGO ULIVE
Prueba de fuego

NÉSTOR CABALLERO
Con una pequeña ayuda de mis amigos

CARLOTA MARTÍNEZ
Que Dios la tenga en la gloria

ÓSCAR GARAYCOCHEA
Hembra fatal de los mares del trópico

SE TERMINÓ DE IMPRIMIR ESTE LIBRO, *TEATRO
CUBANO CONTEMPORÁNEO. ANTOLOGÍA*, EL DÍA
25 DE MARZO DE 1992 EN LOS TALLERES
DE EDICIONES GRÁFICAS ORTEGA,
AV. VALDELAPARRA, 35.
28100 ALCOBENDAS
(MADRID)